Fjodor Michailowitsch Dostojewski, geboren am 11. November 1821 in Moskau, ist am 9. Februar 1881 in Petersburg gestorben. Was wäre die Welt ohne Dostojewski? Welcher bedeutende Schriftsteller unserer Zeit hätte ihn nicht gelesen, sich nicht über ihn geäußert? Welchen Leser hätten die von ihm dargestellten Probleme nicht aufgewühlt?

Fjodor Dostojewskis literarisches Werk, vor gut hundert Jahren abgeschlossen, hat unverändert starke Wirkung und liegt auch in vielen deutschen Übersetzungen vor. Eine der großen Meisterleistungen des Insel Verlages zu Beginn der zwanziger Jahre war die Veröffentlichung sämtlicher Romane und Novellen des großen Russen in der Übersetzung von Hermann Röhl – einer so sorgfältigen und klug durchdachten Übersetzung, daß sie ohne Überarbeitung heutigen Kriterien voll standhält. Die Übertragung des Spätwerks »Die Brüder Karamasow« hatte mit gleichem Erfolg Karl Nötzel übernommen.

Es gibt in der Welt Dostojewski-Anhänger und Tolstoi-Anhänger, es wechseln im Leben eines Menschen Dostojewski-Phasen mit Tolstoi-Phasen. So gibt es auch Dostojewski-Phasen in der Geschichte, und wir stehen in einer solchen Phase des verstärkten Blickes auf diesen Dichter. Die Vielschichtigkeit seines Werkes mit seiner religiösen Grundhaltung, dem psychologischen Durchdringen, dem ethischen Anliegen und der ständigen Aufforderung an den Leser, selbst zu entscheiden, zieht junge und alte Menschen, Leser im Westen und in der Sowjetunion heute besonders stark in ihren Bann. Bei den besten russischen Autoren der Gegenwart verbindet sich Achtung vor Dostojewski mit unmittelbarem Einfluß auf ihr schriftstellerisches Schaffen.

»Der Spieler«, »Schuld und Sühne«, »Der Idiot«, »Die Teufel«, »Die Brüder Karamasow« sind nur ein Teil des Schaffens dieses außergewöhnlichen Genius. Erzählungen und romanartige Aufzeichnungen ergänzen das Werk. Sie verdienen dieselbe Beachtung. Vor uns steht ein Bild des Menschen in seiner Widersprüchlichkeit und Vielfalt. Es entstehen Teufel und Engel von Menschen. Es zeigt sich das Teuflische und Engelhafte im einzelnen.

In 16 Bände aufgeteilt, legt der Insel Verlag die zuverlässige und empfehlenswerte Übersetzung in Einzelausgaben vor, die viele Menschen wieder zu Dostojewskis Werk führen sollte.

insel taschenbuch 972

Dostojewski

Die Dämonen

# Dostojewski
# Sämtliche Romane und Erzählungen

BAND 12

# Dostojewski
# Die Dämonen

ROMAN
AUS DEM RUSSISCHEN VON
HERMANN RÖHL

INSEL VERLAG

insel taschenbuch 972
Erste Auflage 1986

Vertrieb durch den Suhrkamp Taschenbuch Verlag
Umschlag nach Entwürfen von Willy Fleckhaus
Satz: Fotosatz Otto Gutfreund, Darmstadt
Druck: Ebner Ulm · Printed in Germany

3 4 5 6 7 – 01 00

# DIE DÄMONEN

Hat der Teufel sich verschworen
Gegen uns, führt uns im Kreis,
Haben uns im Schnee verloren,
Daß ich keinen Ausgang weiß.

. . . . . . . . . . . . . . . . . . . . .

Hu! Das ist ein schaurig Klingen!
Doch wer mag den Sinn verstehn?
Ob sie Hochzeitsreigen schlingen,
Ob ein Totenfest begehn?

A. Puschkin.*

Es weidete aber daselbst eine große Herde Säue auf dem Berge. Und sie baten ihn, daß er ihnen erlaubte, in diese zu fahren. Und er erlaubte es ihnen. Da fuhren die Teufel aus von dem Menschen und fuhren in die Säue; und die Herde stürzte sich von dem Abhange in den See und ersoff. Da aber die Hirten sahen, was da geschah, flohen sie und verkündigten's in der Stadt und in den Dörfern. Da gingen die Einwohner hinaus, zu sehen, was da geschehen war, und kamen zu Jesu und fanden den Menschen, von welchem die Teufel ausgefahren waren, sitzend zu den Füßen Jesu, bekleidet und vernünftig; und sie erschraken. Und die es gesehen hatten, verkündigten's ihnen, wie der Besessene gesund geworden war.

Ev. Lucae 8, 32-36.

* Aus dem Gedichte: »Die bösen Geister«, nach der Übersetzung von Bodenstedt.

# ERSTER TEIL

## ERSTES KAPITEL

*Statt der Einleitung: einige Einzelheiten aus der Lebensgeschichte des hochgeachteten Stepan Trofimowitsch Werchowenski*

### I

Indem ich mich anschicke, die sehr merkwürdigen Ereignisse zu schildern, die sich kürzlich in unserer, bis dahin durch nichts ausgezeichneten Stadt zugetragen haben, sehe ich mich durch meine schriftstellerische Unerfahrenheit genötigt, etwas weiter auszuholen und mit einigen biographischen Angaben über den talentvollen, hochgeachteten Stepan Trofimowitsch Werchowenski zu beginnen. Diese Angaben sollen nur als Einleitung zu der in Aussicht genommenen Erzählung dienen; die Geschichte selbst, die ich zu schreiben beabsichtige, soll dann nachfolgen.

Ich will es geradeheraus sagen: Stepan Trofimowitsch hat unter uns beständig sozusagen eine bestimmte Charakterrolle, die Rolle eines politischen Charakters, gespielt und sie leidenschaftlich geliebt, dermaßen, daß er meines Erachtens ohne sie gar nicht leben konnte. Nicht, daß ich ihn mit einem wirklichen Schauspieler vergleichen möchte: Gott behüte; das kommt mir um so weniger in den Sinn, als ich selbst ihn sehr hoch achte. Es mochte bei ihm alles Sache der Gewohnheit sein oder, richtiger gesagt, Sache einer steten, schon aus dem Jugendalter herrührenden wohlanständigen Neigung, sich vergnüglichen Träumereien über seine schöne politische Haltung hinzugeben. Er gefiel sich zum Beispiel außerordentlich in seiner Lage als »Verfolgter« und sozusagen als »Verbannter«. Diese beiden Worte umgibt ein eigenartiger klassischer Glanz, der ihn seinerzeit verführt hatte, ihn dann allmählich im Laufe vieler Jahre in seiner eigenen Meinung gehoben und ihn schließlich auf ein sehr hohes und für seine Eigenliebe sehr angenehmes Piedestal gestellt hatte. In einem satirischen englischen Romane des vorigen Jahrhunderts kehrte ein gewisser Gulliver aus dem Lande der Liliputaner zurück, wo die Menschen nur vier Zoll groß waren, und hatte sich während seines Aufenthaltes unter ihnen so daran gewöhnt, sich für einen Riesen zu halten, daß er, auch wenn er in den Straßen Londons umherging, unwillkürlich den Fußgängern und Wagen zurief, sie sollten sich vorsehen und ihm ausweichen, damit sie nicht zertreten würden; denn er bildete sich ein, er sei immer noch ein Riese und sie Zwerge. Man lachte ihn deswegen aus und schimpfte auf ihn, und grobe Kutscher schlugen sogar mit der Peitsche nach dem Riesen; aber ob mit Recht? Was kann nicht die Gewohnheit bewirken? Die Gewohnheit brachte auch Stepan Trofimowitsch zu einem sehr ähnlichen Verhalten, das sich aber in einer noch unschuldigeren und harmloseren Weise zeigte, wenn man sich so ausdrücken kann; denn er war ein ganz prächtiger Mensch.

Ich glaube allerdings, daß er in der letzten Zeit von allen und überall vergessen war; aber man kann keineswegs sagen, daß er auch früher ganz unbekannt gewesen wäre. Es läßt sich nicht bestreiten, daß auch er eine Zeitlang zu einer angesehenen Gruppe hervorragender Männer der vorigen Generation gehörte, und daß eine Zeitlang (freilich nur während einer ganz, ganz kurzen Spanne Zeit) viele, die damals lebten, übereilterweise seinen Namen beinah in eine Reihe mit den Namen Tschaadajews, Belinskis, Granowskis und des damals soeben im Auslande aufgetretenen Herzen stellten. Aber Stepan Trofimowitschs Tätigkeit endete fast in demselben Augenblicke, in dem sie begonnen hatte, angeblich »infolge des Wirbelsturmes der zusammengekommenen Umstände«. Aber wie stand es damit? Es hat sich später herausgestellt, daß es damals keinen »Wirbelsturm«, ja nicht einmal irgendwelche »Umstände« gegeben hat, wenigstens nicht in diesem Falle. Ich habe erst jetzt, in diesen Tagen, zu meinem größten Erstaunen, aber mit völliger Sicherheit erfahren, daß Stepan Trofimowitsch bei uns, in unserm Gouvernement, ganz und gar nicht, wie man bei uns allgemein glaubte, als Verbannter gewohnt, sondern nicht einmal irgendwann unter Aufsicht gestanden hat. Wie groß muß also seine eigene Einbildungskraft gewesen sein! Er hat sein ganzes Leben lang aufrichtig geglaubt, daß man in gewissen höheren Kreisen beständig vor ihm auf der Hut sei, daß alle seine Schritte fortwährend kontrolliert und in Erfahrung gebracht würden, und daß jeder der drei Gouverneure, die einander bei uns in den letzten zwanzig Jahren abgelöst haben, schon bei seiner Ankunft im Gouvernement eine besonders feindselige Meinung über ihn mitgebracht habe, die ihm von oben her als eine Sache von besonderer Wichtigkeit bei Übergabe der Verwaltung des Gouvernements eingeflößt worden sei. Hätte jemand damals dem ehrenwerten Stepan Trofimowitsch den unwiderleglichen Beweis geliefert, daß er überhaupt nichts zu befürchten habe, so würde er sich sicherlich sehr gekränkt gefühlt haben. Und dabei war er ein sehr kluger, begabter Mensch, sogar sozusagen ein Mann der Wissenschaft; allerdings in der Wissenschaft ... na, kurz gesagt, in der Wissenschaft leistete er nicht viel oder wohl überhaupt nichts. Aber das ist in unserm lieben Rußland bei Männern der Wissenschaft etwas ganz Gewöhnliches.

Er kehrte aus dem Auslande zurück und glänzte ausgangs der vierziger Jahre als Lektor auf einem Universitätskatheder. Er hielt nur einige wenige Vorlesungen, wenn ich nicht irre, über die Araber; auch verteidigte er eine glänzende Dissertation über die im Entstehen begriffene politische und hanseatische Bedeutung der deutschen Stadt Hanau in der Zeit zwischen 1413 und 1428 sowie über die speziellen unklaren Ursachen, weswegen diese Bedeutung dann doch nicht zustande kam. Diese Dissertation versetzte in geschickter Weise den damaligen Slawophilen schmerzhafte Seitenhiebe und verschaffte ihm dadurch unter ihnen zahlreiche erbitterte Feinde. Ferner ließ er (übrigens fiel dies bereits in die Zeit nach dem Verluste des Lehrstuhls), gewissermaßen um sich zu rächen und um der gebildeten Welt zu zeigen, was für einen Mann sie an ihm verloren habe, in einer liberalen Monatsschrift, welche Übersetzungen aus Dickens brachte und die Anschauungen von George Sand vertrat, den Anfang einer sehr tiefsinnigen Untersuchung drucken, ich glaube über die Ursachen des hohen sittlichen Adels irgendwelcher Ritter in irgendwelcher Periode der Weltgeschichte oder ein ähnliches Thema. Jedenfalls behandelte er darin einen sehr hohen und außerordentlich edlen Gedanken. Es hieß später, die Fortsetzung dieser Untersuchung sei schleunigst verboten worden, und das liberale Journal habe sogar wegen des Druckes der ersten Hälfte Maßregelungen zu erdulden gehabt. Sehr möglich; denn was geschah damals nicht alles! Aber im vorliegenden Falle ist es doch wahrscheinlicher, daß nichts Derartiges geschah und daß einfach der Verfasser selbst zu faul war, die Untersuchung zu beenden. Der Grund, weswegen er seine Vorlesungen über die Araber abbrach, war, daß irgendwie von irgend jemand (offenbar von einem seiner reaktionären Feinde) ein Brief abgefangen war, den er an irgend jemand geschrieben und in dem er irgendwelche »Umstände« dargelegt hatte; infolgedessen hatte dann irgend jemand von ihm irgendwelche Erklärungen verlangt. Ich weiß nicht, ob es wahr ist; aber es wurde auch noch behauptet, in Petersburg sei gleichzeitig ein gewaltiger staatsfeindlicher Klub entdeckt worden, der aus dreizehn Mitgliedern bestanden und beinahe das Staatsgebäude erschüttert habe. Man sagte, sie hätten sogar vorgehabt, die Schriften von Fourier zu übersetzen. Es war ein eigentümliches Zusammentreffen, daß gerade in dieser Zeit in Moskau auch ein Gedicht Stepan Trofimowitschs aufgegriffen wurde, das er schon vor sechs Jahren in Berlin als ganz junger Mensch verfaßt hatte und das in einer Abschrift zwischen zwei Literaturfreunden und einem Studenten von Hand zu Hand gegangen war. Dieses Gedicht liegt jetzt vor mir auf dem Tische; ich habe es erst im vorigen Jahre in einer eigenhändigen neuen Abschrift von Stepan Trofimowitsch selbst erhalten; es trägt seine Unterschrift und ist prächtig in roten Saffian gebunden. Übrigens ist es nicht ohne poetischen Wert und bekundet sogar einiges Talent; es ist ja freilich etwas seltsam; aber damals (das heißt genauer in den dreißiger Jahren) schrieb man häufig in diesem Genre. Wenn ich aber den Inhalt erzählen soll, so bringt mich das in Verlegenheit, da ich tatsächlich nichts von ihm verstehe. Es ist eine Art Allegorie in lyrisch-dramatischer Form und erinnert an den zweiten Teil des ›Faust‹. Zuerst erscheint auf der Bühne ein Frauenchor, dann ein Männerchor, dann ein Chor von irgendwelchen Naturkräften und ganz zuletzt ein Chor von Seelen, die noch nicht leben, aber gern leben möchten. Alle diese Chöre singen etwas sehr Unbestimmtes, großenteils Verwünschungen jemandes, aber mit einer Beimischung erhabensten Humors. Aber auf einmal ändert sich die Szene, und es beginnt eine Art »Lebensfest«, bei dem sogar Insekten singen, eine Schildkröte mit lateinischen religiösen Formeln auftritt und sogar, wenn ich mich recht erinnere, ein Mineral, also ein ganz lebloser Gegenstand, etwas singt. Überhaupt singen alle ohne Unterbrechung, und wenn sie reden, so schimpfen sie einander in einer unbestimmten Weise, aber wieder mit einem Beiklang höchster Bedeutsamkeit. Zuletzt ändert sich die Szene wieder, und es zeigt sich eine wilde Gegend; zwischen den Felsen wandert ein zivilisierter junger Mensch umher, der irgendwelche Kräuter ausreißt und an ihnen saugt und auf die Frage einer Fee, warum er an diesen Kräutern sauge, antwortet, er fühle eine Überfülle von Leben in sich, suche Vergessenheit und finde sie in dem Safte dieser Kräuter; sein größter Wunsch aber sei, möglichst bald den Verstand zu verlieren (vielleicht ein unnötiger Wunsch). Dann kommt auf einmal ein unbeschreiblich schöner Jüngling auf einem schwarzen Rosse hereingesprengt, und ihm folgt eine unabsehbare Menge aller möglichen Völker. Der Jüngling stellt den Tod vor, und alle Völker dürsten nach ihm. Und endlich, in der allerletzten Szene, erscheint auf einmal der babylonische Turm, und eine Anzahl von Athleten baut ihn unter einem Gesange, der von neuer Hoffnung spricht, zu Ende, und als sie ihn bis zur obersten Spitze fertiggestellt haben, da läuft der Herrscher, allerdings nur der des Olymps, in komischer Weise davon, und die Menschheit, die das gemerkt hat, nimmt seinen Platz ein und beginnt sogleich ein neues Leben mit voller Erkenntnis der Dinge. Also dieses Gedicht fand man damals gefährlich. Ich habe im vorigen Jahre Stepan Trofimowitsch den Vorschlag gemacht, es drucken zu lassen, da es in unserer Zeit vollkommen harmlos sei; aber er lehnte diesen Vorschlag mit sichtlichem Mißvergnügen ab. Meine Ansicht von der vollkommenen Harmlosigkeit seines Gedichtes gefiel ihm nicht, und ich führe darauf sogar eine gewisse Kälte seinerseits gegen mich zurück, welche volle zwei Monate dauerte. Aber was geschah? Auf einmal, und fast zu derselben Zeit, wo ich ihm den Vorschlag gemacht hatte, das Gedicht hier drucken zu lassen, wurde unser Gedicht anderwärts gedruckt, nämlich im Auslande, in einem revolutionären Sammelwerke, und zwar ganz ohne Stepan Trofimowitschs Wissen. Er war anfangs sehr erschrocken, stürzte zum Gouverneur hin und schrieb einen sehr edlen Rechtfertigungsbrief nach Petersburg, las ihn mir zweimal vor, sandte ihn aber nicht ab, da er nicht wußte, an wen er ihn adressieren sollte. Kurz, er war einen ganzen Monat lang in Aufregung; aber ich bin überzeugt, daß er sich in den geheimen Falten seines Herzens höchst geschmeichelt fühlte. Er nahm das ihm übersandte Exemplar des Sammelwerkes bei Nacht mit ins Bett, versteckte es bei Tage unter der Matratze und duldete nicht einmal, daß das Dienstmädchen das Bett zurechtmachte. Und obgleich er alle Tage von irgendwoher ein unheilvolles Telegramm erwartete, machte er doch eine hochmütige Miene. Ein Telegramm kam nicht. Da versöhnte er sich auch mit mir, was von der außerordentlichen Güte seines stillen, nicht nachtragenden Herzens Zeugnis ablegt.

## II

Ich will ja nicht behaupten, daß er von seiten der Regierung überhaupt gar nichts zu leiden hatte; aber ich bin doch jetzt völlig überzeugt, daß er seine Vorlesungen über die Araber hätte fortsetzen können, solange es ihm beliebte, wenn er nur die nötigen Zusicherungen abgegeben hätte. Aber er ließ sich nur durch sein Ehrgefühl leiten und hatte nichts Eiligeres zu tun, als sich ein für allemal die Überzeugung zurechtzumachen, seine Karriere sei für sein ganzes Leben durch den »Wirbelsturm der Umstände« vernichtet worden. Wenn man aber die ganze Wahrheit sagen soll, so war der wirkliche Grund zu der Veränderung seines Lebensweges ein ihm schon früher gemachter und jetzt erneuerter höchst zartfühlender Vorschlag Warwara Petrowna Stawroginas, der Gemahlin eines Generalleutnants und schwerreichen Mannes, nämlich der Vorschlag, als pädagogischer Oberaufseher und Freund die Erziehung und gesamte geistige Ausbildung ihres einzigen Sohnes zu übernehmen; von dem glänzenden Gehalte wollen wir gar nicht erst reden. Dieser Antrag war ihm zum ersten Male schon in Berlin gemacht worden, und zwar gerade zu der Zeit, als er zum ersten Male Witwer geworden war. Seine erste Frau war ein leichtsinniges Mädchen aus unserm Gouvernement gewesen, die er als noch sehr junger, urteilsloser Mensch geheiratet hatte, und es scheint, daß er mit ihr, übrigens einem reizenden Persönchen, viel Kummer durchzumachen hatte, aus Mangel an Mitteln zu ihrem Unterhalt und außerdem noch aus anderen, zum Teil etwas delikaten Gründen. Sie starb in Paris, nachdem sie die letzten drei Jahre von ihm getrennt gelebt hatte, und hinterließ ihm einen fünfjährigen Sohn, »die Frucht der ersten, frohen, noch ungetrübten Liebe«, ein Ausdruck, der sich dem schwergebeugten Stepan Trofimowitsch einmal in meiner Gegenwart entrang. Der Knabe wurde alsbald nach Rußland geschickt, wo er die ganze Zeit über in der Obhut einiger entfernter Tanten an irgendeinem abgelegenen Orte heranwuchs. Stepan Trofimowitsch lehnte damals Warwara Petrownas Vorschlag ab und verheiratete sich schnell, sogar noch vor Ablauf eines Jahres, von neuem, und zwar mit einer Deutschen, einer Berlinerin, die sehr schweigsam und vor allen Dingen sehr anspruchslos war. Aber außer diesem Grunde hatte er noch einen andern Grund gehabt, die Erzieherstelle abzulehnen: Der hohe damalige Ruhm eines gewissen unvergeßlichen Professors hatte für ihn etwas Verführerisches, und so flog denn auch er auf das Katheder, für das er sich vorbereitet hatte, um seine Adlerfittiche zu erproben. Jetzt nun, wo er sich seine Fittiche bereits versengt hatte, war es nur natürlich, daß er sich an den Vorschlag erinnerte, der ihn auch früher schon in seinem Entschlusse beinahe wankend gemacht hatte. Der plötzliche Tod auch seiner zweiten Frau, die mit ihm nicht einmal ein Jahr lang zusammengelebt hatte, führte die definitive Entscheidung herbei. Ich sage geradezu: Ausschlaggebend war dabei die warme Teilnahme und die wertvolle und sozusagen klassische Freundschaft (wenn man von einer Freundschaft diesen Ausdruck gebrauchen kann), die ihm Warwara Petrowna erwies. Er warf sich in die Arme dieser Freundschaft, und so wurde ein fester Bund geschlossen, der mehr als zwanzig Jahre Bestand hatte. Ich gebrauche den Ausdruck »er warf sich in die Arme«; aber Gott behüte, niemand darf dabei an etwas Ungehöriges, Unpassendes denken; diese Arme sind nur in einem höchst moralischen Sinne aufzufassen. Das reinste, zarteste Band vereinte diese beiden so merkwürdigen Persönlichkeiten für alle Zeit.

Er nahm die Erzieherstelle auch deswegen an, weil das sehr kleine Gut, das ihm seine erste Frau hinterlassen hatte, ganz dicht bei Skworeschniki lag, dem prächtigen, nahe bei der Stadt gelegenen Stawroginschen Gute. Auch hatte er immer die Möglichkeit, in der Stille seines Arbeitszimmers, und ohne durch die massenhafte Universitätstätigkeit abgezogen zu werden, sich der Wissenschaft zu widmen und die vaterländische Literatur duch die tiefsinnigsten Untersuchungen zu bereichern. Diese Untersuchungen erschienen nun allerdings nicht; aber dafür konnte er sein ganzes übriges Leben lang, also mehr als zwanzig Jahre, sozusagen als lebendiger Vorwurf vor dem Vaterlande dastehen, nach dem Ausdrucke, den ein volkstümlicher Dichter von einem zur Untätigkeit verurteilten Vorkämpfer für die Ideale des Liberalismus gebraucht:

»Vor dem Vaterlande stand er
Ein lebend'ger Vorwurf da.«

Aber die Persönlichkeit, von der sich der volkstümliche Dichter so ausgedrückt hat, hatte vielleicht auch ein Recht, das ganze Leben lang in dieser Absicht eine theatralische Stellung beizubehalten, wenn sie Lust dazu hatte, wiewohl die Sache recht langweilig ist. Unser Stepan Trofimowitsch dagegen war, die Wahrheit zu sagen, solchen Persönlichkeiten gegenüber nur ein Nachahmer und wurde auch vom Stehen müde und legte sich auf die faule Seite. Aber auch wenn er sich auf die faule Seite legte, so blieb er doch auch in dieser Haltung ein lebendiger Vorwurf (diese Gerechtigkeit muß man ihm widerfahren lassen), und zwar um so eher, als für unser Gouvernement auch eine solche Haltung genügte. Man mußte ihn bei uns im Klub sehen, wenn er sich zum Kartenspiel hinsetzte. Seine ganze Miene besagte: »Karten! Ich setze mich mit euch zum Whist hin! Paßt das etwa zu meiner Persönlichkeit? Aber wer trägt die Verantwortung dafür? Wer hat meiner geistigen Tätigkeit einen Riegel vorgeschoben und mich gezwungen, sie dem Whist zuzuwenden? Na, dann mag Rußland zugrunde gehn!« Und er trumpfte würdevoll mit Coeur.

In Wirklichkeit spielte er leidenschaftlich gern Karten und hatte deswegen, namentlich in der letzten Zeit, häufige scharfe Scharmützel mit Warwara Petrowna, um so mehr, da er beständig verlor. Aber davon später. Ich bemerke nur noch, daß er ein sehr gewissenhafter Mensch war (das heißt manchmal) und deswegen häufig traurig wurde. Während der ganzen zwanzigjährigen Dauer der Freundschaft mit Warwara Petrowna verfiel er drei- oder viermal im Jahre in das, was man bei uns politischen Katzenjammer nennt, das heißt einfach in Hypochondrie; aber jener Ausdruck gefiel der hochachtbaren Warwara Petrowna besonders gut. In der Folge befiel ihn außer dem politischen Katzenjammer manchmal auch ein heftiger Drang zum Champagnertrinken; aber die wachsame Warwara Petrowna behütete ihn lebenslänglich vor allen unwürdigen Neigungen. Und er bedurfte auch einer solchen Kinderfrau, da er sich mitunter sehr sonderbar benahm: Mitten im erhabensten Grame begann er bisweilen in der plebejischsten Weise zu lachen. Es kamen Augenblicke vor, wo er sich sogar über sich selbst humoristisch aussprach. Aber nichts mochte Warwara Petrowna so wenig leiden wie den Humor. Sie war eine klassische Mäzenatin und hatte bei allem, was sie tat, nur die höchsten Ideen im Auge. Der Einfluß, den diese hochgesinnte Dame im Laufe von zwanzig Jahren auf ihren armen Freund ausübte, war außerordentlich groß. Von ihr müßte man besonders sprechen, und das werde ich auch tun.

## III

Es gibt sonderbare Freundschaften; beide Freunde möchten einander fast auffressen vor Ingrimm, verbringen ihr ganzes Leben in diesem Zustande und bekommen es doch nicht fertig, sich voneinander zu trennen. Eine Trennung ist sogar ganz unmöglich. Derjenige von beiden, der in eigensinniger Laune das Band der Freundschaft zerreißt, ist der erste, der infolgedessen krank wird und womöglich stirbt, wenn es sich so trifft. Ich weiß zuverlässig, daß Stepan Trofimowitsch mehrmals und bisweilen, nachdem er sich mit Warwara Petrowna unter vier Augen in der intimsten Weise ausgesprochen hatte, wenn sie weggegangen war, auf einmal vom Sofa aufsprang und mit den Fäusten gegen die Wand zu schlagen begann.

Und er tat das ganz und gar nicht im übertragenen Sinne, sondern so, daß er einmal sogar den Kalk von der Wand losschlug. Vielleicht fragt jemand, woher ich eine so spezielle Einzelheit habe in Erfahrung bringen können. Aber wie, wenn ich selbst Zeuge gewesen bin? Wie, wenn Stepan Trofimowitsch selbst mehr als einmal an meiner Schulter geschluchzt und mir sein ganzes geheimes Leid in grellen Farben hingemalt hat? (Und was für Dinge hat er mir dabei nicht mitgeteilt!) Und nun höre man, was sich fast immer begab, nachdem er in solcher Weise geschluchzt hatte: Am andern Tage hatte er schon die größte Lust, sich selbst wegen seines Undanks zu kreuzigen; er ließ mich eilig zu sich rufen oder kam auch selbst zu mir gelaufen, einzig und allein, um mir mitzuteilen, daß Warwara Petrowna ein Engel von Ehrenhaftigkeit und Zartgefühl sei und er das reine Gegenteil davon. Und er kam nicht nur zu mir gelaufen, sondern schrieb auch mehr als einmal all dies ihr selbst in schön stilisierten Briefen und machte ihr zum Beispiel mit seiner vollen Unterschrift Geständnisse von folgender Art: Er habe erst am vorhergehenden Tage einer fremden Persönlichkeit erzählt, daß sie ihn nur aus Eitelkeit um sich behalte und ihn um seine Gelehrsamkeit und um seine Talente beneide, daß sie ihn hasse und sich nur deshalb scheue, ihren Haß offen auszusprechen, weil sie fürchte, er könne von ihr weggehen und dadurch ihrem literarischen Rufe schaden; infolge dieser seiner Äußerungen verachte er sich selbst und habe beschlossen, sich das Leben zu nehmen; von ihr erwarte er das letzte, entscheidende Wort, und so weiter, und so weiter, alles in diesem Genre. Danach kann man sich eine Vorstellung davon machen, welchen Grad von Überreizung die nervösen Anfälle dieses unschuldigsten aller fünfzigjährigen Kinder manchmal erreichten! Ich selbst habe einmal einen solchen Brief gelesen, den er ihr nach einem Streite zwischen ihnen geschrieben hatte, welcher aus nichtiger Ursache entstanden, aber in seinem weiteren Verlaufe sehr bitter geworden war. Ich bekam einen Schreck und bat ihn inständig, den Brief nicht abzusenden.

»Es muß sein ... es ist ehrenhafter ... es ist meine Pflicht ... es ist mein Tod, wenn ich ihr nicht alles bekenne, schlechthin alles!« antwortete er beinahe fiebernd und schickte den Brief ab.

Darin lag eben ein Unterschied zwischen ihnen, daß Warwara Petrowna ihm niemals solche Briefe sandte. Er allerdings hatte eine sinnlose Passion für das Briefschreiben und schrieb an seine Gönnerin sogar in der Zeit, als er mit ihr in demselben Hause wohnte, und in Fällen nervöser Überreizung selbst zweimal an einem Tage. Ich weiß bestimmt, daß sie diese Briefe immer mit der größten Aufmerksamkeit durchlas, sogar wenn sie zwei an demselben Tage erhielt, und daß sie sie nach dem Durchlesen, mit dem Eingangsdatum versehen und wohlgeordnet, in einem besonderen Fache aufhob; außerdem bewahrte sie sie in ihrem Herzen auf. Nachdem sie dann ihren Freund einen ganzen Tag lang ohne Antwort gelassen hatte, verkehrte sie mit ihm, als ob nichts geschehen wäre und als ob sich am vorhergehenden Tage nichts Besonderes zugetragen hätte. Mit der Zeit richtete sie ihn so ab, daß er selbst nicht mehr wagte, der Ereignisse des vorigen Tages Erwähnung zu tun, sondern ihr nur eine Weile in die Augen sah. Aber sie vergaß nichts, während er mitunter nur zu schnell vergaß und, durch ihr ruhiges Benehmen ermutigt, nicht selten gleich an demselben Tage, wenn Freunde zu Besuch gekommen waren, beim Champagner lachte und Tollheiten trieb. Mit welchem Ingrimm sah sie ihn in solchen Augenblicken an, ohne daß er etwas davon gemerkt hätte! Etwa nach einer Woche, nach einem Monat oder auch erst nach einem halben Jahre fiel ihm bei irgendeinem besonderen Anlaß irgendein Ausdruck aus einem solchen Briefe wieder ein und demnächst der ganze Brief mit allen Begleitumständen; dann stieg eine heiße Scham in ihm auf, und seine Pein war manchmal so groß, daß er an einem seiner Cholerineanfälle erkrankte. Diese ihm eigentümlichen cholerineartigen Anfälle bildeten den gewöhnlichen Ausgang einer Nervenerschütterung und waren eine in ihrer Art merkwürdige Kuriosität seiner Körperkonstitution.

Allerdings war es sicher, daß ihn Warwara Petrowna haßte, und zwar sehr oft haßte; aber während er dies bemerkte, nahm er etwas anderes an ihr bis zu seinem Lebensende nicht wahr, daß er nämlich schließlich für sie gleichsam ihr Sohn, Fleisch von ihrem Fleische, ihr Geschöpf, ja man kann sagen ihre Erfindung geworden war, und daß sie ihn keineswegs nur deswegen bei sich behielt und unterhielt, weil sie ihn, wie er sich ausdrückte, um seine Talente beneidete. Wie mußte sie sich also durch solche Vermutungen gekränkt fühlen! Mitten unter dem unaufhörlichen Haß, der steten

Eifersucht und der dauernden Geringschätzung lag in ihrem Herzen eine warme Liebe zu ihm verborgen. Sie behütete ihn vor jedem Lüftchen, sorgte zweiundzwanzig Jahre lang für ihn wie eine Kinderfrau und hätte ganze Nächte nicht geschlafen vor Sorge, wenn sein Ruhm als Dichter, als Gelehrter und als Politiker in Gefahr gewesen wäre. Sie hatte ihn sich ausgesonnen und war die erste, die an das Produkt ihres eigenen Geistes glaubte. Er war gewissermaßen ein Gebilde ihrer Phantasie. Aber dafür forderte sie von ihm auch wirklich viel, manchmal sogar einen sklavischen Gehorsam. Nachtragend war sie in ganz unglaublichem Grade. Bei dieser Gelegenheit möchte ich zwei Geschichten erzählen.

## IV

Eines Tages (es war zu der Zeit, als sich eben erst das Gerücht von der Befreiung der Bauern verbreitet hatte und ganz Rußland plötzlich aufjubelte und sich zu einer völligen Wiedergeburt anschickte) erhielt Warwara Petrowna den Besuch eines durchreisenden Barons aus Petersburg, der sehr hohe Verbindungen besaß und diesem Vorgange sehr nahe stand. Warwara Petrowna legte auf solche Besuche außerordentlich viel Wert, weil ihre Verbindungen mit den höchsten Gesellschaftskreisen nach dem Tode ihres Mannes sich immer mehr gelockert und zuletzt ganz aufgehört hatten. Der Baron blieb eine Stunde bei ihr und trank Tee. Andere Gäste waren nicht anwesend; aber Stepan Trofimowitsch war eingeladen worden und wurde zur Schau gestellt. Der Baron hatte bereits früher über ihn einiges gehört oder tat wenigstens so, als ob er etwas über ihn gehört hätte, beachtete ihn aber beim Tee nur wenig. Selbstverständlich sollte Stepan Trofimowitsch nach dem Willen seiner Gönnerin nicht im Hintergrunde bleiben, und er besaß ja auch sehr feine Umgangsformen. Wiewohl er meines Wissens nur von geringer Herkunft war, hatte es sich doch so gemacht, daß er schon von frühester Kindheit an in einem Moskauer Hause gelebt und daher eine vorzügliche Erziehung erhalten hatte; Französisch sprach er wie ein Pariser. Auf diese Weise sollte der Baron gleich auf den ersten Blick erkennen, mit was für Leuten sich Warwara Petrowna auch in der Abgeschiedenheit der Provinz umgab. Indessen kam es anders. Als der Baron die völlige Glaubwürdigkeit der sich damals erst soeben verbreitenden Gerüchte über die große Reform positiv bestätigte, da konnte sich Stepan Trofimowitsch auf einmal nicht mehr halten und rief: »Hurra!« Ja, er machte sogar mit dem Arm eine Gebärde, die sein Entzücken zum Ausdruck brachte. Er rief ja zwar nicht laut und sogar in einer eleganten Manier; sein Entzücken war sogar vielleicht ein vorherüberlegtes und die Gebärde eine halbe Stunde vor dem Tee absichtlich vor dem Spiegel einstudiert; aber die Sache mußte doch wohl bei ihm nicht richtig herausgekommen sein, da der Baron sich erlaubte zu lächeln, obgleich er sofort mit außerordentlicher Höflichkeit eine Redewendung über die allgemeine, erklärliche Rührung aller russischen Herzen angesichts des großen Ereignisses einfließen ließ. Bald darauf brach er auf und vergaß beim Abschiede nicht, Stepan Trofimowitsch zwei Finger hinzustrecken. Als Warwara Petrowna in den Salon zurückkehrte, schwieg sie zunächst etwa drei Minuten lang und tat, als ob sie etwas auf dem Tische suche; plötzlich aber wandte sie sich zu Stepan Trofimowitsch um und murmelte leise mit blassem Gesichte und funkelnden Augen:

»Das werde ich Ihnen nie vergessen!«

Am andern Tage verkehrte sie mit ihrem Freunde, als ob nichts vorgefallen wäre; das Geschehene erwähnte sie niemals. Aber dreizehn Jahre später, in einem tragischen Augenblick, kam sie darauf zurück und machte ihm Vorwürfe, wobei sie ebenso blaß wurde wie dreizehn Jahre vorher, als sie ihn zum ersten Male deswegen gescholten hatte. Nur zweimal in ihrem ganzen Leben sagte sie zu ihm: »Das werde ich Ihnen nie vergessen!« Der Fall mit dem Baron war bereits der zweite derartige Fall; der erste ist in seiner Weise so charakteristisch und hatte, wie ich meine, für Stepan Trofimowitschs Lebensschicksal eine solche Wichtigkeit, daß ich mich dazu entschließe, auch ihn zu erzählen.

Es war im Jahre 1855, im Frühling, im Mai, bald nachdem in Skworeschniki die Nachricht von dem Tode des Generalleutnants Stawrogin eingelaufen war, eines leichtlebigen alten Herrn, der auf der Reise nach der Krim, wohin er zur aktiven Armee kommandiert war, an einer Magenverstimmung gestorben war. Warwara Petrowna war Witwe geworden und hatte tiefe Trauer angelegt. Sehr betrübt konnte sie allerdings nicht sein; denn in den letzten vier Jahren hatte sie infolge des schlechten Zusammenpassens der beiderseitigen Charaktere von ihrem Manne völlig getrennt gelebt und ihm ein Jahrgeld gezahlt. (Der Generalleutnant selbst besaß nur hundertfünfzig Seelen und sein Gehalt sowie außerdem sein Ansehen und seine Konnexionen; der ganze Reichtum aber, darunter auch das Gut Skworeschniki, gehörte Warwara Petrowna, der einzigen Tochter eines sehr reichen Branntweinpächters.) Nichtsdestoweniger war sie durch die unerwartete Nachricht tief erschüttert und zog sich ganz von der Geselligkeit zurück. Selbstverständlich befand sich Stepan Trofimowitsch beständig um sie.

Der Mai war in voller Blüte; die Abende waren wundervoll. Der Faulbaum duftete. Die beiden Freunde kamen jeden Abend im Garten zusammen, saßen bis zur Nacht in einer Laube und sprachen einer dem andern seine Gefühle und Gedanken aus. Es waren poetische Stunden. Warwara Petrowna sprach unter dem Eindrucke der in ihrem Schicksal eingetretenen Veränderung mehr als gewöhnlich. Sie schmiegte sich gewissermaßen an das Herz ihres Freundes, und so dauerte das mehrere Abende. Da fuhr dem braven Stepan Trofimowitsch plötzlich ein sonderbarer Gedanke durch den Kopf: Ob die untröstliche Witwe nicht vielleicht auf ihn spekuliere und am Ende des Trauerjahres einen Antrag von ihm erwarte. Es war ein frivoler Gedanke; aber gerade durch die hohe Vollkommenheit der seelischen Organisation wird mitunter die Neigung zu frivolen Gedanken befördert, schon allein infolge der Vielseitigkeit der Entwicklung. Er begann darüber nachzudenken und fand, daß es allerdings danach aussehe. Er dachte: »Es ist ein gewaltiges Vermögen; aber . . .« In der Tat, Warwara Petrowna konnte keinen Anspruch darauf erheben, eine Schönheit genannt zu werden: Sie war eine hochgewachsene, gelbliche, knochige Frau mit unverhältnismäßig langem Gesichte, das einigermaßen an einen Pferdekopf erinnerte. Immer mehr und mehr geriet Stepan Trofimowitsch ins Schwanken; er quälte sich mit Zweifeln und weinte sogar ein paarmal aus Unschlüssigkeit (er weinte überhaupt ziemlich oft). Abends aber, das heißt in der Laube, begann sein Gesicht unwillkürlich einen launischen, spöttischen, koketten und gleichzeitig hochmütigen Ausdruck anzunehmen. So etwas pflegt unversehens und unwillkürlich zu geschehen, und je edler der betreffende Mensch ist, um so leichter ist ein solcher Ausdruck bemerkbar. Es ist schwer, darüber etwas zu behaupten, aber das wahrscheinlichste ist, daß in Warwara Petrownas Herzen sich nichts regte, wodurch Stepan Trofimowitschs Verdacht hätte gerechtfertigt werden können. Auch hätte sie ihren Namen Stawrogina wohl nicht mit dem seinigen vertauschen mögen, mochte dieser auch noch so berühmt sein. Vielleicht lag ihrerseits weiter nichts vor als ein Spiel mit diesem Gedanken; es dokumentiert sich darin eben ein unbewußtes weibliches Bedürfnis, das in manchen außerordentlichen Situationen des Weibes sehr natürlich ist. Übrigens kann ich dafür keine Bürgschaft übernehmen; die Tiefen des Frauenherzens sind bis auf den heutigen Tag noch unerforscht.

Man muß annehmen, daß sie im stillen den seltsamen Gesichtsausdruck ihres Freundes gar bald verstanden hatte; denn sie war achtsam und scharfsichtig, er dagegen bisweilen nur allzu harmlos. Aber die Abende nahmen ihren bisherigen Verlauf, und die Gespräche waren ebenso poetisch und interessant wie vorher. Eines Abends hatten sie sich bei Einbruch der Nacht nach einem höchst lebhaften, poetischen Gespräche in freundschaftlicher Weise mit einem warmen Händedruck voneinander an der Tür des Nebengebäudes getrennt, in welchem Stepan Trofimowitsch wohnte. Jeden Sommer zog er aus dem riesigen Herrschaftsgebäude von Skworeschniki in dieses fast im Garten stehende Nebengebäude um. Kaum war er in sein Zimmer gekommen, hatte sich in unruhvollem Nachdenken eine Zigarre genommen, aber noch nicht Zeit gefunden, sie anzurauchen, hatte sich müde, wie er war, ans offene Fenster gestellt und betrachtete nun, regungslos dastehend, die leichten, weißen Federwölkchen, die an dem klaren Monde vorüberglitten, als plötzlich ein leichtes Geräusch ihn zusammenfahren ließ und ihn veranlaßte, sich umzuwenden. Vor ihm stand wieder Warwara Petrowna, die er erst vor vier Minuten verlassen hatte. Ihr gelbes Gesicht war fast bläulich geworden; die fest zusammengepreßten Lippen zuckten an den Mundwinkeln. Etwa zehn Sekunden lang sah sie ihm schweigend mit festem, unerbittlichem Blicke in die Augen und flüsterte auf einmal hastig:

»Das werde ich Ihnen nie vergessen!«

Als Stepan Trofimowitsch erst zehn Jahre später, nachdem er vorher die Tür verschlossen hatte, mir flüsternd diese traurige Geschichte erzählte, da schwur er mir, er sei damals so starr vor Schreck gewesen, daß er weder gehört noch gesehen habe, wie Warwara Petrowna wieder verschwunden sei. Da sie nachher nie ihm gegenüber eine Anspielung auf diesen Vorgang machte und alles seinen Gang nahm, als ob nichts geschehen wäre, so neigte er sein ganzes Leben lang zu der Annahme, daß dies alles eine Halluzination vor einer Krankheit gewesen sei, um so mehr, weil er in derselben Nacht wirklich für volle zwei Wochen erkrankte, was sehr gelegen auch den Zusammenkünften in der Laube ein Ende machte.

Aber trotzdem er halb und halb an eine Halluzination glaubte, erwartete er doch sein ganzes Leben lang täglich gewissermaßen eine Fortsetzung dieses Ereignisses, eine Lösung dieses Rätsels. Er glaubte nicht, daß die Sache damit zu Ende sei! Unter diesen Umständen konnte er nicht umhin, seine Freundin mitunter in sonderbarer Weise anzusehen.

V

Sie hatte sogar selbst für ihn ein Kostüm entworfen, in dem er denn auch lebenslänglich ging. Dieses Kostüm war geschmackvoll und charakteristisch: ein langschößiger, schwarzer, fast bis oben zugeknöpfter, aber elegant sitzender Oberrock; ein weicher Hut (im Sommer ein Strohhut) mit breiter Krempe; ein weißes batistnes Halstuch mit einem großen Knoten und herabhängenden Enden; ein Spazierstock mit silbernem Knopf; dazu bis auf die Schultern reichendes Haar. Er war dunkelblond, und erst in der letzten Zeit begann sein Haar ein wenig zu ergrauen. Den Bart rasierte er weg. Es wurde gesagt, er sei in seiner Jugend sehr hübsch gewesen. Aber meiner Ansicht nach war er auch im Alter noch außerordentlich anziehend. Und kann man überhaupt schon von Alter reden, wenn jemand dreiundfünfzig Jahre alt ist? Aber aus einer Art von politischer Koketterie machte er sich nicht nur nicht jünger, sondern war gewissermaßen auf sein höheres, gesetztes Lebensalter stolz, und in seinem Kostüme, bei seinem hohen Wuchse, seiner Magerheit und mit dem auf die Schultern reichenden Haare glich er einigermaßen einem Patriarchen oder, noch richtiger, dem lithographierten Bilde des Dichters Kukolnik, das einer in den dreißiger Jahren gedruckten Ausgabe seiner Gedichte beigegeben war. Die Ähnlichkeit trat besonders hervor, wenn Stepan Trofimowitsch im Sommer im Garten auf einer Bank unter einem blühenden Fliederstrauche saß, sich mit beiden Händen auf seinen Stock stützte, ein aufgeschlagenes Buch neben sich liegen hatte und sich in poetische Gedanken über den Sonnenuntergang versenkte. Was Bücher anlangt, so bemerke ich, daß er gegen das Ende seines Lebens immer mehr davon zurückkam, solche zu lesen. Übrigens war das erst ganz kurz vor seinem Ende der Fall. Zeitungen und Journale, deren Warwara Petrowna eine große Menge hielt, las er beständig. Für die Erfolge der russischen Literatur interessierte er sich gleichfalls dauernd, ohne dabei seiner eigenen Würde etwas zu vergeben. Eine Zeitlang fing er schon an, sich durch das Studium der höheren zeitgenössischen Politik auf dem Gebiete der inneren und äußeren Angelegenheiten fesseln zu lassen; aber bald gab er diese Beschäftigung geringschätzig wieder auf. Auch das kam nicht selten vor, daß er Tocqueville mit in den Garten nahm und einen Band Paul de Kock in der Tasche versteckt trug. Indessen das sind Lappalien.

Über das Bild Kukolniks bemerke ich in Parenthese folgendes. Dieses Bild war Warwara Petrowna zum erstenmal in die Hände gekommen, als sie sich noch als junges Mädchen in einer vornehmen Moskauer Pension befand. Sie verliebte sich sofort in dieses Bild, wie es die Gewohnheit aller jungen Pensionärinnen ist, sich in alles zu verlieben, was ihnen vor Augen kommt, zugleich auch in ihre Lehrer, namentlich in die Schreib- und Zeichenlehrer. Merkwürdig war aber dabei nicht das Verhalten des jungen Mädchens, sondern vielmehr der Umstand, daß Warwara Petrowna noch, als sie schon fünfzig Jahre alt war, dieses Bild unter ihren liebsten Kostbarkeiten aufbewahrte und vielleicht nur deswegen für Stepan Trofimowitsch ein Kostüm entwarf, das mit dem auf dem Bilde dargestellten einige Ähnlichkeit hatte. Aber auch das ist natürlich unwichtig.

In den ersten Jahren oder, genauer gesagt, in der ersten Hälfte seines Aufenthaltes bei Warwara Petrowna hatte Stepan Trofimowitsch immer noch an dem Gedanken festgehalten, eine Abhandlung zu schreiben, und es sich täglich ernsthaft vorgenommen. Aber in der zweiten Hälfte begann er offenbar schon das zu vergessen, was er früher gewußt hatte. Immer häufiger sagte er zu uns: »Ich möchte meinen, daß ich zur Arbeit vorbereitet bin, das Material beisammen habe, und doch schaffe ich nichts! Es kommt nichts zustande!«, und er ließ in trüber Stimmung den Kopf hängen. Ohne Zweifel mußte dies ihm als einem Märtyrer der Wissenschaft in unseren Augen eine noch höhere Bedeutung verleihen; aber er selbst wollte noch auf etwas anderes hinaus. »Man hat mich vergessen; niemand bedarf meiner!« Diese Klage entrang sich nicht selten seiner Brust. Diese gesteigerte Hypochondrie bemächtigte sich seiner besonders ganz am Ende der fünziger Jahre. Warwara Petrowna gelangte schließlich zu der Erkenntnis, daß die Sache ernst sei. Auch konnte sie den Gedanken nicht ertragen, daß ihr Freund vergessen sei und niemand seiner bedürfe. Um ihn zu zerstreuen und zugleich seinen Ruhm wieder aufzufrischen, nahm sie ihn damals mit nach Moskau, wo sie mit mehreren hervorragenden Literaten und Gelehrten bekannt war; aber auch Moskau brachte nicht die gewünschte Wirkung hervor.

Es war damals eine eigenartige Zeit; es kündigte sich etwas Neues an, das der bisherigen Stille sehr unähnlich war, etwas sehr Seltsames, das aber überall gespürt wurde, sogar in Skworeschniki. Allerlei Gerüchte drangen bis dorthin. Die Tatsachen waren im allgemeinen mehr oder minder bekannt; aber es war klar, daß außer den Tatsachen auch gewisse sie begleitende Ideen aufgetaucht waren und, was die Hauptsache war, in außerordentlicher Menge. Aber gerade das richtete Verwirrung an: Es war schlechterdings unmöglich, sich darin zu orientieren und sich ordentlich darüber klar zu werden, was diese Ideen nun eigentlich zu bedeuten hatten. Warwara Petrowna wollte ihrer weiblichen Natur zufolge darin absolut ein Geheimnis spüren. Sie machte sich selbst daran, Zeitungen und Journale, ausländische verbotene Bücher und sogar die damals aufkommenden Proklamationen zu lesen (all dies konnte sie sich verschaffen); aber davon wurde ihr nur der Kopf schwindlig. Sie machte sich daran, Briefe zu schreiben; aber man antwortete ihr wenig und aus je weiterer Ferne um so unverständlicher. Sie forderte Stepan Trofimowitsch feierlich auf, ihr alle diese Ideen ein für allemal zu erklären; aber sie war mit seinen Erklärungen entschieden nicht zufrieden. Stepan Trofimowitschs Urteil über die allgemeine Bewegung war im höchsten Grade hochmütig; bei ihm kam alles darauf hinaus, daß er selbst vergessen sei und niemand seiner bedürfe. Endlich erinnerte man sich auch seiner, zuerst in ausländischen Publikationen, als eines verbannten Dulders, und dann sofort auch in Petersburg als eines früheren Sternes in einem bekannten Sternbilde; man verglich ihn sogar aus irgendwelchem Grunde mit Radischtschew. Dann ließ jemand drucken, Stepan Trofimowitsch sei bereits gestorben, und stellte einen Nekrolog von ihm in Aussicht. In einem Nu war Stepan Trofimowitsch von den Toten auferstanden und nahm nun eine sehr würdevolle Haltung an. Der ganze Hochmut seines Urteils über die Zeitgenossen trat auf einmal zutage, und es entbrannte in ihm der schwärmerische Wunsch, sich der Bewegung anzuschließen und seine Kraft zu zeigen. Warwara Petrowna glaubte sofort von neuem an alles und wurde von einem großen Eifer ergriffen. Es wurde beschlossen, ohne den geringsten Verzug nach Petersburg zu reisen, alles an Ort und Stelle in Erfahrung zu bringen, persönlich in diese Kreise einzudringen und womöglich voll und ganz sich einer neuen Tätigkeit zu widmen. Unter anderm erklärte sie, sie sei bereit, ein eigenes Journal zu gründen und diesem von nun an ihr ganzes Leben zu weihen. Als Stepan Trofimowitsch sah, bis zu welchem Punkte die Sache gekommen war, wurde er noch hochmütiger und begann sich unterwegs gegen Warwara Petrowna sogar gönnerhaft zu benehmen, was sie sogleich in ihrem Herzen deponierte. Übrigens hatte sie auch noch einen andern sehr wichtigen Grund zu dieser Reise, nämlich die Auffrischung ihrer Beziehungen zu hochgestellten Persönlichkeiten. Sie mußte sich in der guten Gesellschaft möglichst wieder in Erinnerung bringen oder dies wenigstens versuchen. Der Hauptvorwand für die Reise war ein Wiedersehen mit ihrem einzigen Sohne, der damals ein Petersburger Lyzeum besuchte.

## VI

Sie fuhren hin und verlebten in Petersburg fast die ganze Wintersaison. Aber um die großen Fasten platzte alles entzwei wie eine regenbogenfarbene Seifenblase. Die Zukunftsträumereien verflogen, und der unsinnige Wirrwarr klärte sich nicht nur nicht auf, sondern wurde noch widerwärtiger. Zunächst: Es gelang fast gar nicht, die Verbindungen mit hochgestellten Persönlichkeiten wieder anzuknüpfen, außer in ganz mikroskopischem Umfange und nur mittels demütigender Anstrengungen. Im Gefühl der erlittenen Kränkung stürzte sich Warwara Petrowna ganz in die »neuen Ideen« und richtete sich einen Abend ein. Sie wünschte sich Literaten als Gäste, und die wurden ihr denn auch sogleich in Menge zugeführt. Demnächst kamen sie auch von selbst, ohne Einladung; einer brachte den andern mit. Sie hatte noch nie solche Literaten zu sehen bekommen. Sie waren unglaublich eitel, aber in ganz offener Weise, wie wenn sie damit eine Pflicht erfüllten. Manche (wiewohl bei weitem nicht alle) erschienen in Warwara Petrownas Salon sogar in betrunkenem Zustande, aber als ob sie sich damit einer besonderen, erst gestern entdeckten Schönheit bewußt wären. Alle waren sie auf irgend etwas so stolz, daß es ganz seltsam herauskam. Auf allen Gesichtern stand geschrieben, daß sie soeben erst ein außerordentlich wichtiges Geheimnis entdeckt hätten. Sie zankten sich untereinander und rechneten sich dieses Benehmen zur Ehre an. Es war ziemlich schwer, in Erfahrung zu bringen, was sie eigentlich schrieben; aber es gab da Kritiker, Romanschriftsteller, Dramatiker, Satiriker und Polemiker. Stepan Trofimowitsch drang sogar in ihren höchsten Kreis ein, von wo aus die Bewegung geleitet wurde. Bis zu diesen leitenden Persönlichkeiten war es unglaublich hoch; aber sie begegneten ihm freundlich, obwohl keiner von ihnen über ihn etwas wußte oder gehört hatte, außer daß er »eine Idee vertrete«. Er manövrierte so geschickt um sie herum, daß er auch sie trotz all ihrer olympischen Höhe ein paarmal dazu brachte, Warwara Petrownas Salon zu besuchen. Es waren sehr ernste, sehr höfliche Männer; sie betrugen sich gut; die übrigen hatten offenbar Furcht vor ihnen; aber es war augenscheinlich, daß sie keine Zeit hatten. Es erschienen dort auch zwei oder drei frühere literarische Zelebritäten, mit denen Warwara Petrowna schon seit längerer Zeit die besten Beziehungen unterhielt und die sich damals zufällig in Petersburg aufhielten. Aber zu Warwara Petrownas Erstaunen waren diese wirklichen und unzweifelhaften Zelebritäten wie um den Finger zu wickeln, und manche von ihnen schmeichelten geradezu diesem ganzen neuen Gesindel und buhlten in schmählicher Weise um seine Gunst. Anfangs hatte Stepan Trofimowitsch Glück; man bemühte sich um ihn und stellte ihn in öffentlichen literarischen Versammlungen zur Schau. Als er zum erstenmal an einem öffentlichen literarischen Vortragsabende als einer der Vorlesenden die Rednerbühne betrat, erscholl ein rasendes Händeklatschen, das fünf Minuten lang nicht verstummte. Er erinnerte sich daran neun Jahre später mit Tränen in den Augen, übrigens mehr infolge seiner Künstlernatur als aus Dankbarkeit. »Ich schwöre Ihnen und wette darauf«, sagte er selbst zu mir (aber nur zu mir und im geheimen), »daß unter diesem ganzen Publikum niemand von mir auch nur das Geringste wußte!« Ein beachtenswertes Bekenntnis: Also besaß er doch einen scharfen Verstand, wenn er gleich damals auf der Rednerbühne seine Situation trotz seines Freudenrausches so klar zu erfassen vermochte, und andrerseits besaß er keinen scharfen Verstand, wenn er noch neun Jahre nachher daran nicht ohne eine Gefühl der Kränkung zurückdenken konnte. Man bat ihn, zwei oder drei Kollektivproteste zu unterschreiben (wogegen, das wußte er selbst nicht); er unterschrieb. Auch Warwara Petrowna wurde um ihre Unterschrift unter einem »Protest gegen das ungehörige Verhalten jemandes« ersucht; auch sie unterschrieb. Übrigens hielten die meisten dieser neuen Männer, wenn sie auch Warwara Petrowna besuchten, doch aus nicht recht verständlichem Grunde sich für verpflichtet, mit Geringschätzung und unverhohlenem Spotte auf sie herabzusehen. Stepan Trofimowitsch deutete mir später in Augenblicken der Bitterkeit an, daß sie ihn seitdem sogar beneidet habe. Sie sah allerdings ein, daß sie mit diesen Menschen nicht verkehren könne; aber trotzdem empfing sie sie bei sich mit großer Beflissenheit und echt weiblicher nervöser Ungeduld, da sie (und das war die Hauptsache) immer erwartete, daß bald etwas kommen werde. Bei den Abendgesellschaften redete sie wenig, obgleich sie sehr wohl imstande gewesen wäre zu reden; aber sie hörte meist zu. Man sprach über die Abschaffung der Zensur und der stummen Endbuchstaben, über den Übergang von der russischen Schrift zur lateinischen, über die tags zuvor erfolgte Verbannung irgend jemandes, über eine Skandalgeschichte, die in der Passage vorgekommen war, über die Zweckmäßigkeit einer Zerstückelung Rußlands in einzelne Völkerschaften mit einem freien föderativen Bundesverhältnis, über die Abschaffung der Armee und der Flotte, über die Wiederherstellung Polens am Dnjepr, über die bäuerliche Reform und die Proklamationen, über die Abschaffung des Erbrechts, des Familienlebens, der privaten Kindererziehung und der Geistlichkeit, über die Frauenrechte, über Krajewskis Haus, das niemand Herrn Krajewski verzeihen konnte, usw. usw. Es war klar, daß sich in dieser Gesellschaft von neuen Männern viele Schurken befanden; aber unzweifelhaft waren darunter auch viele ehrenhafte, sogar sehr anziehende Persönlichkeiten, wenn sie auch einige verwunderliche Färbungen aufwiesen. Die ehrenhaften waren weit unverständlicher als die unehrenhaften und groben; aber es war nicht zu erkennen, wer den andern in seiner Gewalt hatte. Als Warwara Petrowna von ihrer Absicht, ein Journal herauszugeben, Mitteilung machte, strömte ihr noch mehr Volk zu; aber sofort wurde ihr auch die ebenso dreiste wie überraschende Beschuldigung ins Gesicht geschleudert, sie sei eine Kapitalistin und beute die Arbeitenden aus. Der hochbejahrte General Iwan Iwanowitsch Drosdow, ein früherer Freund und Kamerad des verstorbenen Generals Stawrogin, ein (notabene in seiner Art) sehr achtungswerter Mann, den wir alle hier kannten, ein äußerst starrköpfiger, reizbarer Mensch, der gewaltig viel zu essen pflegte und den Atheismus gewaltig verabscheute, der geriet auf einer Abendgesellschaft bei Warwara Petrowna mit einem berühmten Jünglinge in Streit. Dieser sagte ihm gleich zu Anfang des Wortwechsels: »Wenn Sie so reden, sind Sie ein General«, womit er sagen wollte, daß er ein stärkeres Schimpfwort als »General« überhaupt nicht finden könne. Iwan Iwanowitsch brauste heftig auf: »Ja, mein Herr, ich bin General, und zwar Generalleutnant, und habe meinem Kaiser gedient; aber Sie, mein Herr, sind ein grüner Junge und ein Gottesleugner!« Es folgte eine häßliche Skandalszene. Am andern Tage wurde der Fall in der Presse erörtert, und man begann, Unterschriften zu einem Kollektivprotest gegen Warwara Petrownas »ungehöriges Verhalten« zu sammeln, weil sie dem General nicht hatte sogleich die Tür weisen wollen. In einem illustrierten Journale erschien eine boshafte Karikatur, in welcher auf ein und demselben Bildchen Warwara Petrowna, der General und Stepan Trofimowitsch als drei reaktionäre Freunde dargestellt waren; dem Bildchen waren auch einige Verse beigefügt, die ein Volksdichter expreß für den vorliegenden Fall verfaßt hatte. Ich bemerke noch von mir aus, daß tatsächlich viele Personen im Generalsrang die lächerliche Gewohnheit haben zu sagen: »Ich habe meinem Kaiser gedient«, gerade wie wenn sie nicht denselben Kaiser hätten wie wir einfachen Staatsbürger, sondern einen besonderen für sich.

Länger in Petersburg zu bleiben war natürlich nicht möglich, um so weniger, da auch Stepan Trofimowitsch ein entschiedenes Fiasko machte. Er hatte sich nicht enthalten können, über die Rechte der Kunst zu sprechen, und da lachte man ihn noch mehr aus als schon vorher. Bei seiner letzten Vorlesung gedachte er durch politische Beredsamkeit zu wirken; er bildete sich ein, es werde ihm gelingen, die Herzen zu rühren, und rechnete darauf, daß man ihn wegen der »Verfolgungen«, denen er ausgesetzt gewesen sei, respektieren werde. Er gab die Wertlosigkeit und Lächerlichkeit des Wortes »Vaterland« widerspruchslos zu; auch mit der Anschauung, daß die Religion schädlich sei, erklärte er sich einverstanden; aber er sprach sich laut und mit Festigkeit dahin aus, daß Puschkin mehr wert sei als ein Paar Stiefel, sogar erheblich viel mehr. Er wurde erbarmungslos ausgepfiffen, so daß er gleich auf dem Fleck, ohne von der Rednerbühne hinabzusteigen, in aller Öffentlichkeit in Tränen ausbrach. Warwara Petrowna brachte ihn mehr tot als lebendig nach Hause. »On m'a traité comme un vieux bonnet de coton!« stammelte er halb bewußtlos. Sie pflegte ihn die ganze Nacht über, gab ihm Kirschlorbeertropfen und wiederholte ihm bis zum Tagesgrauen: »Sie sind auf der

Welt noch nützlich; Sie werden noch zeigen, was Sie leisten können; Sie werden an einem andern Orte gebührend gewürdigt werden.«
Gleich am andern Tage erschienen bei Warwara Petrowna frühmorgens fünf Literaten, von denen ihr drei ganz unbekannt waren; sie hatte sie nie gesehen. Sie erklärten ihr mit ernster Miene, sie hätten die Angelegenheit mit ihrem Journal erwogen und darüber Beschluß gefaßt. Warwara Petrowna hatte absolut nie und niemandem den Auftrag gegeben, in betreff ihres Journals etwas zu erwägen und einen Beschluß zu fassen. Der Beschluß bestand darin, sie solle, sobald sie das Journal werde gegründet haben, ihnen dasselbe sofort mitsamt dem erforderlichen Kapitale übergeben, und zwar mit den Rechten einer freien Handelsgesellschaft; sie selbst solle nach Skworeschniki zurückreisen und nicht vergessen, Stepan Trofimowitsch mitzunehmen, »der schon recht alt geworden sei«. Aus Zartgefühl erklärten sie sich bereit, ihr das Eigentumsrecht zuzuerkennen und ihr jährlich ein Sechstel des Gewinnes zuzusenden. Das rührendste war dabei, daß von diesen fünf Leuten aller Wahrscheinlichkeit nach vier keinerlei eigennützige Absicht hatten, sondern sich nur im Namen der »gemeinsamen Sache« so viel Mühe machten.
»Wir waren, als wir abfuhren, wie betäubt«, erzählte Stepan Trofimowitsch, »ich konnte keinen klaren Gedanken fassen, und ich erinnere mich, daß ich beim Klappern der Waggonräder immer nur ein paar sinnlose Verse vor mich hinmurmelte, bis dicht vor Moskau. Erst in Moskau kam ich wieder ordentlich zur Besinnung, als ob ich dort tatsächlich in eine andere Atmosphäre gelangt wäre.« – »O meine Freunde!« rief er manchmal in edler Erregung aus, »Sie können es sich gar nicht vorstellen, welche Betrübnis und welcher Ingrimm die ganze Seele erfüllen, wenn unverständige Menschen eine große Idee, die man schon lange heilig geachtet hat, aufgreifen und zu ebensolchen Dummköpfen, wie sie selbst es sind, auf die Straße schleppen und man sie dann auf einmal auf dem Trödelmarkte wiederfindet, kaum wiederzuerkennen, mit Schmutz besudelt, in abgeschmackter Art in einem

Winkel zur Schau gestellt, wo es an aller Proportion und Harmonie fehlt, ein Spielzeug für dumme Kinder! Nein, da war es doch zu unserer Zeit anders, und wir haben andere Ziele verfolgt. Ja, ja, ganz andere Ziele! Ich erkenne die Welt gar nicht wieder . . . Aber unsere Zeit wird wiederkommen und wird alles, was jetzt schwankt und taumelt, auf den festen Weg führen. Was soll denn auch sonst aus der Welt werden? . . .«

## VII

Gleich nach der Rückkehr aus Petersburg schickte Warwara Petrowna ihren Freund »zu seiner Erholung« ins Ausland; auch war es erforderlich, daß sie sich für einige Zeit voneinander trennten, das fühlte sie. Stepan Trofimowitsch fuhr ganz entzückt ab: »Dort werde ich ein neues Leben beginnen!« rief er aus. »Dort werde ich mich endlich wieder der Wissenschaft widmen!« Aber gleich in den ersten Briefen aus Berlin stimmte er wieder die alte Leier an: »Mein Herz ist zerrissen«, schrieb er an Warwara Petrowna, »ich kann die Vergangenheit nicht vergessen! Hier in Berlin hat mich alles an meine alte Zeit erinnert, an meine ersten Wonnen und an meine ersten Qualen. Wo ist sie? Wo sind jetzt diese beiden weiblichen Wesen? Wo seid ihr, ihr meine beiden guten Engel, deren ich nie wert gewesen bin? Wo ist mein Sohn, mein geliebter Sohn? Wo ist endlich mein eigenes früheres Ich geblieben, ich, der ich ehemals stark wie Stahl und unerschütterlich wie ein Fels war, während jetzt so ein Andrejeff, ein rechtgläubiger, bärtiger Hansnarr, peut briser mon existence en deux«, usw. usw. Was Stepan Trofimowitschs Sohn anlangt, so hatte er ihn nur zweimal in seinem ganzen Leben gesehen, das erstemal, als er geboren wurde, und das zweitemal kürzlich in Petersburg, wo der junge Mensch sich zum Eintritt in die Universität vorbereitete. Die ganze Zeit her war der Knabe, wie bereits gesagt ist, bei seinen Tanten im Gouvernement O***, siebenhundert Werst von Skworeschniki entfernt, (auf Warwara Petrownas Kosten) erzogen worden. Was nun jenen Andrejeff anlangt, so war das ganz einfach unser hiesiger Kaufmann und Ladenbesitzer Andrejeff, ein großer Sonderling, archäologischer Autodidakt, leidenschaftlicher Sammler russischer Altertümer, der sich manchmal vor Stepan Trofimowitsch mit seinen Kenntnissen und namentlich mit seiner patriotischen Gesinnung aufspielte. Dieser achtbare Kaufmann mit seinem grauen Barte und seiner großen silbernen Brille hatte von Stepan Trofimowitsch einige Desjatinen Wald auf dessen kleinem, bei Skworeschniki gelegenen Gute zum Abschlagen gekauft, war aber mit der Zahlung von vierhundert Rubeln im Rückstand geblieben. Obgleich Warwara Petrowna ihren Freund, als sie ihn nach Berlin schickte, reichlich mit Geldmitteln ausgestattet hatte, hatte Stepan Trofimowitsch doch auf diese vierhundert Rubel vor seiner Abreise noch besonders gerechnet, wahrscheinlich für seine geheimen Ausgaben, und hatte beinah geweint, als Andrejeff bat, ihm einen Monat Frist zu geben; übrigens hatte dieser sogar ein Recht auf einen solchen Aufschub; denn er hatte die ersten Raten fast ein halbes Jahr vor den Terminen bezahlt, weil Stepan Trofimowitsch sich damals in besonderer Geldklemme befunden hatte. Warwara Petrowna las diesen ersten Brief mit lebhaftem Interesse durch, unterstrich mit Bleistift den Ausruf: »Wo sind jetzt diese beiden weiblichen Wesen?«, vermerkte darauf das Eingangsdatum und schloß ihn in das Schubfach. Er hatte natürlich seine beiden verstorbenen Frauen gemeint. In dem zweiten Briefe, der aus Berlin eintraf, war die Tonart eine etwas andere: »Ich arbeite zwölf Stunden täglich«, (»na, wenn's auch nur elf sind«, murmelte Warwara Petrowna), »stöbere in den Bibliotheken umher, kollationiere, kopiere, laufe herum; ich bin bei vielen Professoren gewesen. Ich habe die Bekanntschaft mit der prächtigen Familie Dundassow erneuert. Wie reizend ist Nadeschda Nikolajewna noch immer! Sie läßt Sie grüßen. Ihr junger Gatte und alle drei Neffen sind in Berlin. Abends unterhalte ich mich mit der Jugend bis zum Morgengrauen, und wir haben somit beinah attische Nächte, aber nur was Geist und

Geschmack anlangt; es geht alles sehr gesittet zu; viel Musik, spanische Melodien, Phantasien von der Erneuerung des ganzen Menschengeschlechtes, die Idee der ewigen Schönheit, die sixtinische Madonna, Licht mit stellenweiser Dunkelheit; aber auch die Sonne hat ja ihre Flecken! O meine Freundin, meine edle, treue Freundin! Mit meinem Herzen bin ich bei Ihnen und der Ihrige; mit Ihnen allein möchte ich immer zusammensein en tout pays, und wäre es selbst dans le pays de Makar et de ses veaux, von dem wir (Sie werden sich erinnern) so oft mit Zittern und Zagen in Petersburg vor meiner Abreise gesprochen haben. Ich erinnere mich daran mit einem Lächeln. Nachdem ich die Grenze überschritten hatte, fühlte ich mich sicher, ein seltsames, neues Gefühl, zum erstenmal nach so langen Jahren . . .« usw. usw.

»Na, das ist lauter dummes Zeug!« sagte Warwara Petrowna, indem sie auch diesen Brief weglegte. »Wenn er bis zum Morgengrauen attische Nächte verlebt, dann kann er nicht zwölf Stunden täglich bei den Büchern sitzen. Ob er das in betrunkenem Zustande geschrieben hat? Wie kann diese Frau Dundassowa sich erdreisten, mich grüßen zu lassen? Übrigens, mag er meinetwegen ein bißchen bummeln . . .«

Der Ausdruck »dans le pays de Makar et de ses veaux« bedeutete: »wohin Makar seine Kälber nicht getrieben hat«.* Stepan Trofimowitsch übersetzte manchmal absichtlich in der dümmsten Art und Weise echt russische Sprichwörter und Redensarten ins Französische, obwohl er sie ohne Zweifel richtig verstand und sie hätte besser übersetzen können; aber er tat das aus einer eigenartigen Geschmacksrichtung heraus und fand es geistreich.

Aber sein Bummelleben dauerte nicht lange; er hielt es nicht vier Monate aus und eilte nach Skworeschniki zurück. Seine letzten Briefe bestanden nur aus Ergüssen der gefühlvollsten Liebe zu seiner abwesenden Freundin und waren buchstäblich von Tränen durchnäßt, die er über die Trennung

* Eine Wüstenei, z. B. Sibirien. (A. d. Ü.)

vergossen hatte. Es gibt Naturen, die sich außerordentlich an das Haus gewöhnen, wie Stubenhunde. Das Wiedersehen der Freunde war entzückend. Nach zwei Tagen ging alles wieder im alten Gleise und sogar langweiliger als vorher. »Mein Freund«, sagte Stepan Trofimowitsch nach vierzehn Tagen zu mir unter dem Siegel des tiefsten Geheimnisses, »mein Freund, ich habe etwas Neues entdeckt, was für mich ganz schrecklich ist: Je suis un einfacher Parasit et rien de plus! Mais r-r-rien de plus!«

## VIII

Darauf trat bei uns eine stille Zeit ein, die beinah diese ganzen neun Jahre dauerte. Die Anfälle von krankhafter Traurigkeit, bei denen er an meiner Schulter schluchzte, setzten sich in regelmäßiger Wiederkehr fort, ohne uns in unserer Glückseligkeit zu stören. Ich wundere mich, daß Stepan Trofimowitsch in dieser Zeit nicht dick wurde. Nur seine Nase rötete sich ein wenig, und seine Sanftmut nahm noch zu. Allmählich bildete sich um ihn ein Verein von Freunden, der übrigens immer nur klein war. Warwara Petrowna kam mit unserem Vereine nur wenig in Berührung; aber dennoch erkannten wir sie alle als unsere Patronin an. Nach der schmerzlichen Lehre, die ihr in Petersburg zuteil geworden war, hatte sie sich endgültig in unserer Stadt niedergelassen; im Winter wohnte sie in ihrem Stadthause und im Sommer auf ihrem in der Nähe der Stadt gelegenen Gute. Noch nie hatte sie in der besseren Gesellschaft unserer Gouvernementsstadt so viel Bedeutung und Einfluß gehabt wie in den letzten sieben Jahren, das heißt bis zur Ernennung unseres jetzigen Gouverneurs. Unser früherer Gouverneur, der unvergeßliche, milde Iwan Ossipowitsch, war ein naher Verwandter von ihr und hatte ehemals von ihr viele Wohltaten empfangen. Seine Gemahlin zitterte bei dem bloßen Gedanken, daß Warwara Petrowna ihr etwas übelnehmen könne; und die Verehrung, die die Gesellschaft der Gouvernementsstadt ihr erwies, hatte schon beinah etwas

Sündhaftes. Eine Folge davon war, daß auch Stepan Trofimowitsch es gut hatte. Er war Mitglied des Klubs, verlor würdevoll im Kartenspiel und genoß die allgemeine Achtung, obgleich viele in ihm nur einen »Gelehrten« sahen. Als ihm im Laufe der Zeit Warwara Petrowna erlaubte, in einem andern Hause zu wohnen, fühlten wir uns noch ungenierter. Wir versammelten uns bei ihm zweimal in der Woche; es ging meist heiter her, namentlich wenn er den Champagner nicht sparte. Der Wein wurde im Laden des schon genannten Andrejeff auf Borg entnommen. Alle Halbjahr bezahlte Warwara Petrowna die Rechnung, und der Tag der Bezahlung war fast immer auch ein Tag der Cholerine.

Das älteste Mitglied unseres Vereins war der Gouvernementsbeamte Liputin, ein nicht mehr junger Mann, ein großer Fortschrittler; in der Stadt galt er auch für einen Atheisten. Er war zum zweitenmal verheiratet, mit einer jungen, hübschen Frau, die ihm eine beträchtliche Mitgift gebracht hatte; außerdem hatte er drei Töchter im Backfischalter. Seine ganze Familie hielt er zur Gottesfurcht und zu einem sehr häuslichen Leben an; er war außerordentlich geizig und hatte sich von seinen Ersparnissen im Dienste ein Häuschen angeschafft und ein Kapital angesammelt. Er war ein unruhiger Mensch, auch bekleidete er nur ein niedriges Amt; in der Stadt genoß er wenig Achtung, und in die bessere Gesellschaft hatte er keine Aufnahme gefunden. Zudem war er ein notorisches Lästermaul, wofür er schon mehrmals und empfindlich bestraft worden war, einmal von einem Offizier und ein anderes Mal von einem achtbaren Familienvater, einem Gutsbesitzer. Aber wir liebten seinen scharfen Verstand, seine Wißbegierde, seine eigenartige, boshafte Lustigkeit. Warwara Petrowna mochte ihn nicht leiden; aber er verstand es immer, ihr gegenüber den Liebenswürdigen zu spielen.

Auch Schatow erfreute sich nicht ihrer Gunst, der erst im letzten Jahre Mitglied unseres Vereines geworden war. Schatow war früher Student gewesen, aber infolge einer studentischen Skandalgeschichte von der Universität verwiesen worden; als Kind hatte er Stepan Trofimowitschs

Unterricht genossen; geboren war er als Leibeigner Warwara Petrownas, und zwar als Sohn ihres verstorbenen Kammerdieners Pawel Fjodorow, und er hatte von ihr viele Wohltaten empfangen. Sie mochte ihn nicht leiden wegen seines Stolzes und wegen seiner Undankbarkeit und konnte es ihm nie verzeihen, daß er nach seiner Relegation von der Universität nicht sogleich zu ihr gekommen war; ja, auf einen Brief, den sie damals expreß an ihn geschrieben hatte, hatte er ihr nicht einmal geantwortet, sondern es vorgezogen, sich bei einem einigermaßen kultivierten Kaufmann als Lehrer der Kinder desselben zu verdingen. Er war mit der Familie dieses Kaufmanns ins Ausland gefahren, mehr in der Stellung eines Aufsehers der Kinder als eines Erziehers; aber es zog ihn damals außerordentlich nach dem Auslande. Bei den Kindern befand sich auch noch eine Gouvernante, ein frisches russisches Fräulein, die ebenfalls erst kurz vor der Abreise in das Haus eingetreten und hauptsächlich der Wohlfeilheit halber angenommen war. Nach zwei Monaten jagte sie der Kaufmann »wegen ihrer freien Anschauungen« weg. Nach ihr machte sich auch Schatow davon und ließ sich bald darauf mit ihr in Genf trauen. Sie lebten etwa drei Wochen zusammen; dann trennten sie sich wieder als freie, durch nichts gebundene Menschen, allerdings auch wegen ihrer Armut. Lange Zeit trieb er sich darauf allein in Europa umher und lebte Gott weiß wovon; es heißt, er habe auf der Straße Stiefel geputzt und sei in einem Hafen Lastträger gewesen. Vor einem Jahre war er endlich in seinen Heimatort zurückgekehrt und hatte sich daselbst mit einer alten Tante zusammen niedergelassen, die er nach einem Monate begrub. Mit seiner Schwester Dascha, die ebenfalls ein Pflegekind Warwara Petrownas war und in einer Günstlingsstellung bei ihr auf sehr vornehmem Fuße lebte, unterhielt er nur sehr spärliche und entfernte Beziehungen. Unter uns war er beständig mürrisch und schweigsam; aber mitunter, wenn jemand seine Überzeugungen antastete, zeigte er eine krankhafte Reizbarkeit und ließ dann seiner Zunge die Zügel schießen. »Schatow muß man zuerst binden; erst dann kann man mit ihm disputieren«, sagte

Stepan Trofimowitsch manchmal; aber er hatte ihn gern. Im Auslande hatte Schatow einige seiner früheren sozialistischen Ansichten vollständig geändert und war zum entgegengesetzten Extrem übergegangen. Er war eine jener idealen russischen Naturen, die irgendeine starke Idee plötzlich überkommt und sofort gleichsam mit ihrer Last niederdrückt, manchmal sogar für das ganze Leben. Sie verstehen niemals mit ihr fertig zu werden, glauben aber an sie leidenschaftlich, und so vergeht denn ihr ganzes Leben wie in einem Todeskampfe unter dem auf ihnen lastenden und sie schon halb zermalmenden Steine. Schatows Äußeres entsprach vollständig seinen Anschauungen: Er war unbeholfen, blond, strublig, klein von Wuchs, breitschulterig, hatte dicke Lippen, sehr dichte, überhängende, hellblonde Augenbrauen, eine finstere Stirn und einen unfreundlichen, hartnäckig auf den Boden gerichteten Blick, als ob er sich über etwas schämte. Unter seinem Haare gab es einen Büschel, der sich absolut nicht glattkämmen ließ und immer in die Höhe stand. Er war ungefähr siebenundzwanzig oder achtundzwanzig Jahre alt. »Ich wundere mich nicht mehr darüber, daß seine Frau von ihm weggelaufen ist«, bemerkte Warwara Petrowna einmal, nachdem sie ihn aufmerksam betrachtet hatte. Er bemühte sich trotz seiner außerordentlichen Armut, sich sauber zu kleiden. An Warwara Petrowna wandte er sich auch jetzt nicht um Hilfe, sondern schlug sich durch mit dem, was ihm der Zufall an Verdienst zuführte; auch bei Kaufleuten war er tätig. Einmal war er Verkäufer in einem Laden; dann sollte er auf einem mit Waren beladenen Dampfschiffe als Gehilfe des Faktors wegfahren, wurde aber unmittelbar vor der Abfahrt krank. Man kann sich schwer eine Vorstellung davon machen, eine wie arge Armut er zu ertragen imstande war, ohne an sie überhaupt zu denken. Warwara Petrowna schickte ihm nach seiner Krankheit heimlich und anonym hundert Rubel. Er erfuhr indes das Geheimnis, überlegte, was er tun sollte, nahm das Geld an und ging zu Warwara Petrowna, um sich zu bedanken. Diese empfing ihn mit freundlicher Wärme; aber auch jetzt täuschte er schmählich ihre Erwartungen: Er blieb nur fünf Minuten sitzen, während welcher Zeit er schwieg, stumpfsinnig zu Boden blickte und dumm lächelte; dann plötzlich stand er an der interessantesten Stelle des Gespräches auf, ohne zu Ende zu hören, was sie sagte, verbeugte sich schief und ungeschickt, schämte sich furchtbar, stieß an ihren Nähtisch an, warf dieses kostbare, mit eingelegter Arbeit verzierte Möbelstück um, so daß es zerbrach, und ging, halbtot vor Beschämung, weg. Liputin schalt ihn nachher heftig dafür aus, daß er diese hundert Rubel, als eine Gabe seiner ehemaligen Gutsherrin und Despotin, nicht mit Verachtung zurückgewiesen und nicht nur angenommen hatte, sondern sogar noch hingegangen war, um sich zu bedanken. Er lebte einsam am Rande der Stadt und sah es nicht gern, wenn jemand zu ihm kam, mochte es sogar einer von uns sein. Zu den abendlichen Zusammenkünften bei Stepan Trofimowitsch erschien er regelmäßig und las dort Zeitungen und Bücher.

Zu diesen Abenden erschien auch noch ein junger Mensch, ein gewisser Wirginski, ein hiesiger Beamter, der einige Ähnlichkeit mit Schatow hatte, wiewohl er anscheinend in jeder Hinsicht das volle Gegenstück zu ihm war; aber auch er war »Ehemann«. Er war ein kümmerlicher, außerordentlich stiller junger Mensch, übrigens schon ungefähr dreißig Jahre alt, mit einer nicht unbeträchtlichen Bildung, die er sich größtenteils selbst angeeignet hatte. Er war arm, verheiratet und unterhielt eine Tante und eine Schwester seiner Frau. Seine Frau sowie auch die übrigen Damen der Familie hatten die extremsten Ansichten; aber alles kam bei ihnen etwas grob heraus; gerade hier konnte man sagen, daß »die Idee auf die Straße geraten war«, wie sich Stepan Trofimowitsch einmal bei anderem Anlaß ausgedrückt hatte. Diese Damen hatten alles aus Büchern geschöpft, und auf den ersten Wink aus den fortschrittlichen Konventikeln der Residenz waren sie bereit, jede beliebige ältere Anschauung, die sie noch hatten, aus dem Fenster zu werfen, wenn man ihnen dazu riet. Madame Wirginskaja übte bei uns in der Stadt den Beruf einer Hebamme aus; in ihrer Mädchenzeit hatte sie lange in Petersburg gelebt.

Wirginski selbst war von einer Reinheit des Herzens, wie man sie selten findet, und selten ist mir ein ehrlicheres Feuer der Seele vorgekommen. »Niemals, niemals werde ich diese leuchtenden Hoffnungen aufgeben«, sagte er zu mir mit strahlenden Augen. Über diese »leuchtenden Hoffnungen« sprach er immer ruhig, mit einem Wonnegefühl, beinah flüsternd, als ob es sich um ein Geheimnis handelte. Er war von ziemlich großer Statur, aber sehr dünn und in den Schultern schmal, und hatte recht spärliches Haar von rötlicher Färbung. Alle hochmütigen Spöttereien Stepan Trofimowitschs über einige seiner Ansichten nahm er mit Sanftmut hin und gab ihm manchmal mit großem Ernste Erwiderungen, durch die er ihn nicht selten verblüffte. Stepan Trofimowitsch verkehrte mit ihm freundlich, wie er sich denn uns allen gegenüber eines väterlichen Tones bediente.

»Ihr seid alle ›unausgebrütet‹«, bemerkte er scherzend, indem er sich zu Wirginski wandte. »Darin sind sie alle Ihnen ähnlich, wiewohl ich an Ihnen, Wirginski, nicht jene Be-schränkt-heit wahrgenommen habe, wie ich sie in Petersburg chez ces séminairistes angetroffen habe; aber trotzdem sind Sie noch ›unausgebrütet‹. Schatow möchte gern ausgebrütet werden; aber auch er hat das noch nicht erreicht.«

»Und ich?« fragte Liputin.

»Sie halten sich einfach auf der goldenen Mittelstraße und finden sich daher überall zurecht . . . in Ihrer Weise.«

Liputin fühlte sich gekränkt.

Man erzählte von Wirginski, und leider sehr glaubhaft, daß seine Frau, nachdem sie noch nicht ein Jahr mit ihm verheiratet gewesen sei, ihm auf einmal erklärt habe, sie gebe ihm den Abschied und ziehe einen gewissen Lebjadkin vor. Dieser Lebjadkin, der von auswärts zugezogen war, erwies sich später als eine höchst verdächtige Persönlichkeit und war überhaupt nicht Stabskapitän a. D., wie er sich titulierte. Er verstand weiter nichts, als sich den Schnurrbart zu drehen, zu trinken und das törichteste Zeug zu schwatzen, das man sich nur denken kann. Dieser Mensch war sogleich in der taktlosesten Weise zu ihnen gezogen, freute sich, an fremdem Tische essen zu können, schlief auch bei ihnen und begann schließlich, den Hausherrn von oben herab zu behandeln. Man behauptete, Wirginski habe, als ihm von seiner Frau der Abschied erteilt worden sei, zu ihr gesagt: »Liebe Frau, bisher habe ich dich nur geliebt; jetzt achte ich dich hoch«; aber schwerlich hat er einen solchen altrömischen Ausspruch getan; er soll im Gegenteil bitterlich geweint haben. Eines Tages, es war zwei Wochen nach der Verabschiedung, begaben sie sich alle, die ganze »Familie«, vor die Stadt in ein Wäldchen, um dort mit Bekannten Tee zu trinken. Wirginski befand sich in einer fieberhaft lustigen Stimmung und beteiligte sich am Tanze; aber auf einmal packte er, ohne daß ein Streit vorhergegangen wäre, den hünenhaften Lebjadkin, der gerade ein Cancansolo ausführte, mit beiden Händen bei den Haaren, zog ihn herunter und begann kreischend, schreiend und weinend ihn zu raufen. Der Hüne zeigte sich dermaßen feige, daß er sich nicht einmal verteidigte und die ganze Zeit über, während der andere ihn an den Haaren riß, fast vollständig schwieg; aber nach dieser Mißhandlung spielte er mit dem ganzen Zorne eines edlen Menschen den Beleidigten. Wirginski flehte die ganze Nacht über seine Frau auf den Knien an, ihm zu verzeihen; aber es wurde ihm keine Verzeihung gewährt, weil er sich doch nicht dazu verstehen wollte, zu Lebjadkin hinzugehen und ihn um Entschuldigung zu bitten; außerdem machte ihm seine Frau Beschränktheit der Anschauung und Dummheit zum Vorwurf, letztere deswegen, weil er bei diesem Gespräche mit ihr auf den Knien gelegen habe. Der Stabskapitän verschwand bald darauf und erschien in unserer Stadt erst in der allerletzten Zeit wieder, mit seiner Schwester und mit neuen Absichten; aber davon später. Unter diesen Umständen war es kein Wunder, daß der arme »Ehemann« bei uns Erholung suchte und ein Bedürfnis nach unserer Gesellschaft fühlte. Über seine häuslichen Angelegenheiten sprach er sich übrigens bei uns nie aus. Nur einmal, als er mit mir von Stepan Trofimowitsch heimging, machte er einen entfernten Ansatz dazu, von seiner Lage zu sprechen; aber sogleich rief er auch,

indem er mich bei der Hand ergriff, mit flammender Begeisterung:
»Das hat nichts zu besagen; das ist nur eine Privatangelegenheit und kann für die gemeinsame Sache in keiner Weise ein Hemmnis bilden, in keiner Weise!«
Auch Gäste stellten sich in unserem Vereine gelegentlich ein: So kamen der Jude Ljamschin und der Hauptmann Kartusow. Eine Zeitlang erschien ein wißbegieriger alter Herr; aber dieser starb. Liputin führte uns einen verbannten römisch-katholischen Geistlichen namens Slonzewski zu, und einige Zeit gestatteten wir ihm aus Grundsatz den Besuch unserer Abende, dann aber nicht mehr.

## IX

Eine Zeitlang hieß es von uns in der Stadt, unser Verein sei eine Pflanzstätte der Freigeisterei, der Liederlichkeit und der Gottlosigkeit, und dieses Gerücht verstärkte sich immer mehr. Und doch fand bei uns nur das harmloseste, netteste, echt russische, lustige liberale Geschwätz statt. »Der höchste Liberalismus« und »der höchste Liberale«, das heißt der Liberale ohne jedes Ziel, sind nur in Rußland möglich. Stepan Trofimowitsch brauchte, wie jeder geistreiche Mensch, notwendig einen Zuhörer, und außerdem mußte er notwendigerweise das Bewußtsein haben, daß er die höchste Pflicht, für die Idee Propaganda zu machen, erfülle. Und schließlich mußte er auch jemand haben, um mit ihm Champagner zu trinken und gewisse vergnügliche Gedanken über Rußland und den »russischen Geist«, über Gott im allgemeinen und den »russischen Geist« im besonderen auszutauschen und russische Skandalgeschichten, die ein jeder kannte und auswendig wußte, zum hundertsten Male zu wiederholen. Auch dem Stadtklatsch waren wir nicht abgeneigt und gelangten dabei manchmal zu strengen, hochmoralischen Urteilssprüchen. Auch allgemein menschliche Dinge zogen wir in den Kreis unserer Erörterungen; wir sprachen ernst über das zukünftige Schicksal Europas und der Menschheit, sagten im Professorentone voraus, daß Frankreich nach dem Cäsarismus mit einem Male auf die Stufe eines Staates zweiten Ranges herabsinken werde, und waren völlig davon überzeugt, daß dies sehr bald und sehr leicht geschehen könne. Dem Papste hatten wir schon längst vorausgesagt, daß er in dem geeinigten Italien die Rolle eines einfachen Metropoliten spielen werde, und zweifelten nicht im geringsten daran, daß die Lösung dieser ganzen ein Jahrtausend alten Frage in unserm Zeitalter der Humanität, der Industrie und der Eisenbahnen eine Bagatelle sei. Aber anders stellt sich ja »der höchste russische Liberalismus« zu den Dingen überhaupt nicht. Stepan Trofimowitsch sprach auch manchmal über die Kunst und immer gut, nur etwas zu abstrakt. Auch gedachte er mitunter seiner Jugendfreunde, lauter in der Geschichte unserer Gesamtentwicklung hervorragender Persönlichkeiten; er gedachte ihrer mit Rührung und Verehrung, aber, wie es schien, zugleich mit etwas Neid. Wenn es einmal gar zu langweilig wurde, so setzte der Jude Ljamschin, ein niederer Postbeamter und vorzüglicher Klavierspieler, sich an das Instrument, und zwischen den einzelnen Stücken, die er spielte, imitierte er allerlei Töne: ein Schwein, ein Gewitter, eine Entbindung mit dem ersten Schrei des Kindes usw. usw.; nur deswegen wurde er auch eingeladen. Hatten wir sehr stark getrunken (und das kam vor, wiewohl nicht oft), so gerieten wir in Begeisterung und sangen sogar einmal im Chor mit Ljamschins Klavierbegleitung die Marseillaise; aber ob es gerade sehr gut klang, weiß ich nicht. Den großen Tag des 19. Februar* begrüßten wir enthusiastisch und leerten in den folgenden Jahren noch lange ihm zu Ehren unter Trinksprüchen unsere Gläser. Das liegt schon weit, weit zurück, damals gehörten Schatow und Wirginski unserem Vereine noch nicht an, und Stepan Trofimowitsch wohnte noch mit Warwara Petrowna in demselben Hause. Einige Zeit vor dem großen Tage hatte Stepan Trofimowitsch es sich angewöhnt, ein paar Verse vor sich hinzumurmeln, die allerdings

* Am 19. Februar 1861 wurde die Leibeigenschaft aufgehoben. (A. d. Ü.)

ziemlich sinnlos waren und wohl von einem früheren liberalen Gutsbesitzer herrührten:

»Mit Beilen sieht man Bauern gehn;
Gewiß wird Schreckliches geschehn.«

So ungefähr war es; auf den Wortlaut kann ich mich nicht besinnen. Warwara Petrowna hörte das einmal zufällig mit an, rief ihm zu: »Unsinn, Unsinn!« und wurde sehr zornig. Liputin aber, der gerade zugegen war, bemerkte, zu Stepan Trofimowitsch gewendet, boshaft:
»Es würde doch zu bedauern sein, wenn den Herren Gutsbesitzern ihre früheren Leibeigenen wirklich in der Freude ihres Herzens eine Unannehmlichkeit bereiten sollten!« Dabei fuhr er sich mit dem Zeigefinger um den Hals.
»Cher ami«, erwiderte ihm Stepan Trofimowitsch gutmütig, »Sie können glauben, daß dies« (er wiederholte die Fingerbewegung um den Hals) »weder den Gutsbesitzern noch uns allen insgemein irgendwelchen Nutzen bringen würde. Auch ohne Köpfe würden wir nicht verstehen, eine brauchbare Einrichtung zu treffen, obwohl gerade unsere Köpfe es sind, die uns am meisten daran hindern, etwas zu verstehen.«
Ich bemerke, daß viele bei uns glaubten, am Tage des Manifestes werde etwas Ungewöhnliches geschehen, etwas von der Art, wie es Liputin und alle sogenannten Kenner des Volkes und des Staates vorhersagten. Es scheint, daß auch Stepan Trofimowitsch dieser Ansicht war und sogar in solchem Grade, daß er kurz vor dem großen Tage auf einmal Warwara Petrowna um die Erlaubnis bat, ins Ausland reisen zu dürfen; kurz, er befand sich in großer Unruhe. Aber als der große Tag und dann noch eine gewisse Zeit vergangen war, da zeigte sich wieder auf Stepan Trofimowitschs Lippen das frühere hochmütige Lächeln. Er sprach vor uns als Zuhörern einige bemerkenswerte Gedanken über den Charakter des Russen im allgemeinen und des russischen Bauern im besonderen aus.
»Hastig, wie wir nun einmal sind«, schloß er die Reihe seiner interessanten Gedanken, »haben wir uns mit unsern

Bauern übereilt. Wir haben sie in Mode gebracht, und ein ganzer Zweig unserer Literatur hat sich mehrere Jahre hintereinander mit ihnen wie mit einem neuentdeckten Kleinode beschäftigt. Wir haben Lorbeerkränze auf verlauste Köpfe gesetzt. Das russische Dorf hat im Laufe eines ganzen Jahrtausends uns weiter nichts gegeben als den Kamarinski-Tanz. Ein bedeutender russischer Dichter, dem es nicht an klugem Verstande mangelt, rief, als er zum erstenmal die große Rachel auf der Bühne sah, entzückt aus: ›Ich gebe die Rachel nicht für einen Bauer hin!‹ Ich möchte noch weitergehen und sagen: Ich gebe alle russischen Bauern für die eine Rachel hin. Es ist Zeit, daß wir die Sache etwas nüchterner betrachten und nicht unsern heimischen derben Teer mit bouquet de l'impératrice vermischen.«
Liputin stimmte ihm sogleich bei, bemerkte aber, daß es damals doch für die liberale Richtung unumgänglich notwendig gewesen sei, auch gegen die eigene Überzeugung die Bauern zu loben; hätten doch selbst Damen der höchsten Gesellschaftskreise bei der Lektüre von Grigorowitschs Erzählung ›Anton, der Unglücksmensch‹ Tränen vergossen, und manche von ihnen hätten sogar aus Paris an ihre Verwalter geschrieben, sie sollten von nun an die Bauern möglichst human behandeln.
Es begab sich, und zufällig gerade nach jenen Gerüchten, daß auch in unserm Gouvernement, nur fünfzehn Werst von Skworeschniki entfernt, Mißhelligkeiten vorkamen, so daß man in der ersten Hitze ein Militärkommando hinschickte. Bei diesem Anlaß regte sich Stepan Trofimowitsch dermaßen auf, daß auch wir darüber einen Schreck bekamen. Er rief im Klub, es sei mehr Militär nötig; man solle aus einem andern Kreise telegraphisch welches herbeirufen. Er lief zum Gouverneur und versicherte ihm, daß er bei der Sache ganz unbeteiligt sei; er bat, man möchte ihn nicht etwa auf Grund alter Erinnerungen in diese Affäre hineinmengen, und ersuchte den Gouverneur, über diese seine Erklärung unverzüglich nach Petersburg an die zuständige Stelle zu berichten. Ein Glück, daß dies alles schnell vorüberging und

sich in nichts auflöste; aber ich habe mich damals über Stepan Trofimowitsch höchlichst gewundert.

Drei Jahre darauf fing man bekanntlich an, von Nationalität zu sprechen, und es entstand die »öffentliche Meinung«. Stepan Trofimowitsch lachte darüber herzlich.

»Meine Freunde«, sagte er in lehrhaftem Tone, »unsere Nationalität, wenn sie wirklich ›geboren ist‹, wie die Leute jetzt in den Zeitungen behaupten, sitzt noch in der Schule, in einer deutschen Kinderschule, bei einem deutschen Buche, und lernt ihre ewige deutsche Aufgabe, und der deutsche Lehrer läßt sie nötigenfalls zur Strafe niederknien. Wegen des deutschen Lehrers lobe ich sie; aber das wahrscheinlichste ist, daß überhaupt nichts geschehen und nichts Derartiges geboren ist, sondern alles so weitergeht, wie es bisher gegangen ist, das heißt unter Gottes Schutze! Meiner Ansicht nach genügt das auch für Rußland, pour notre sainte Russie. Zudem sind dieses ganze Allslawentum und diese ganze Nationalität viel zu alt, um neu zu sein. Die Nationalität, kann man wohl sagen, ist bei uns noch nie etwas anderes gewesen als ein phantastischer, aus vornehmen, noch dazu Moskauer, Klubs herstammender Einfall. Ich rede natürlich nicht von der Zeit Igors. Und schließlich rührt das alles vom Müßiggange her. Daher rührt bei uns alles, auch das Gute und Schöne. Alles rührt von unserm herrschaftlichen, lieben, gebildeten, launischen Müßiggange her! Das werde ich nie müde werden zu wiederholen. Wir verstehen es nicht, von unserer Arbeit zu leben. Und was machen sie jetzt für ein Gerede von einer angeblich bei uns entstandenen öffentlichen Meinung? Ist die so plötzlich ohne weiteres vom Himmel gefallen? Verstehen diese Menschen denn nicht, daß, um in den Besitz einer eigenen Meinung zu gelangen, vor allen Dingen Arbeit nötig ist, eigene Arbeit, eigene Initiative, eigene Praxis? Ohne Müh und Arbeit wird nie etwas erreicht. Wenn wir arbeiten werden, werden wir auch eine eigene Meinung haben. Aber da wir nie arbeiten werden, so werden an unserer Statt auch immer diejenigen eine Meinung haben, die statt unser bisher gearbeitet haben, das heißt Westeuropa, die Deutschen, die seit zwei Jahrhunderten unsere Lehrer sind. Überdies ist Rußland ein zu großes Rätsel, als daß wir allein, ohne die Deutschen und ohne Arbeit, es lösen könnten. Schon seit zwanzig Jahren läute ich Sturm und rufe zur Arbeit auf! Ich habe mein Leben diesem Aufrufe geweiht, und ich Tor habe an einen Erfolg geglaubt! Jetzt glaube ich daran nicht mehr; aber ich läute und werde läuten bis zu meinem Ende, bis zum Grabe; ich werde den Glockenstrick ziehen, bis man zu meiner Seelenmesse läutet!«

Leider stimmten wir ihm lediglich bei. Wir klatschten unserm Lehrer Beifall, und mit welchem Eifer! Aber, meine Herren, hört man nicht auch jetzt noch auf Schritt und Tritt solchen »hübschen«, »verständigen«, »liberalen«, altrussischen Unsinn?

An Gott glaubte unser Lehrer. »Ich begreife nicht, warum mich hier alle als Gottesleugner hinstellen?« sagte er manchmal. »Ich glaube an Gott; mais distinguons: Ich glaube an ihn wie an ein Wesen, das sich seiner nur in mir bewußt wird. Ich kann eben nicht in der Weise an ihn glauben wie meine Nastasja« (das Dienstmädchen), »oder wie ein Hausherr, der ›unter allen Umständen‹ glaubt, oder wie unser lieber Schatow, – übrigens nein, Schatow scheidet hier aus. Schatow glaubt zwangsweise, als Moskauer Slawophile. Was aber das Christentum anlangt, so bin ich bei all meiner aufrichtigen Hochachtung gegen dasselbe doch kein Christ. Eher bin ich ein antiker Heide wie der große Goethe oder wie die alten Griechen. Man nehme schon allein den Umstand, daß das Christentum kein Verständnis für das Weib gehabt hat, wie das George Sand in einem ihrer genialsten Romane so prächtig dargelegt hat. Was Verbeugungen, Fasten und all dergleichen anlangt, so sehe ich nicht ab, wen meine Ansicht darüber etwas angeht. Mögen auch unsere hiesigen Denunzianten eine noch so rege Tätigkeit entwickeln, so will ich doch kein Jesuit sein. Im Jahre 1847 schickte Belinski, der damals im Auslande war, seinen bekannten Brief an Gogol und machte diesem darin heftige Vorwürfe darüber, daß er ›an irgendwelchen Gott‹ glaube.

Entre nous soit dit, ich kann mir nichts Komischeres vorstellen als den Augenblick, wo Gogol (der damalige Gogol!) diesen Ausdruck und den ganzen Brief las! Aber ich lasse die Lächerlichkeit beiseite, und da ich in allem Wesentlichen einverstanden bin, so sage ich und spreche es aus: das waren Männer! Sie verstanden es, ihr Volk zu lieben; sie verstanden es, für dasselbe zu leiden; sie verstanden es, für dasselbe alles zu opfern, und sie verstanden es gleichzeitig, wo das nötig war, auf ein Zusammengehen mit ihm zu verzichten und ihm in gewissen Anschauungen nicht nach dem Munde zu reden. Es war doch auch wirklich unmöglich, daß ein Belinski die Erlösung in Fastenöl oder in Rettich mit Erbsen suchte! . . .«

Aber hier erhob Schatow Einspruch.

»Niemals haben diese Ihre Männer das Volk geliebt, für dasselbe gelitten und ein Opfer gebracht, wenn sie sich das auch selbst zu ihrem Troste eingebildet haben mögen!« brummte er grimmig, indem er die Augen auf den Boden richtete und sich ungeduldig auf seinem Stuhle hin und her drehte.

»Diese Männer, die sollten das Volk nicht geliebt haben!« rief Stepan Trofimowitsch klagend. »O, wie haben sie Rußland geliebt!«

»Weder Rußland noch das Volk!« rief nun Schatow ebenfalls erregt; seine Augen funkelten. »Man kann nicht lieben, was man nicht kennt, und sie haben keinen Begriff vom russischen Volke gehabt! Alle diese Männer und Sie mit ihnen haben das russische Volk durch eine Brille betrachtet, und Belinski ganz besonders; das geht schon aus ebendiesem seinem Briefe an Gogol hervor. Belinski hat, genauso wie der Wißbegierige in der Krylowschen Fabel, den Elefanten im zoologischen Museum nicht bemerkt und seine ganze Aufmerksamkeit auf die französischen sozialistischen Käferchen gerichtet; dabei ist er bis zu seinem Lebensende verblieben. Und der war doch noch verständiger als Sie alle! Und nicht genug damit, daß Sie das Volk verkennen, empfinden Sie gegen dasselbe auch Ekel und Geringschätzung, schon allein deswegen, weil Sie sich unter einem Volke nur das französische Volk vorstellen, und auch von dem nur die Pariser, und sich schämen, daß das russische Volk nicht von derselben Art ist. Das ist die nackte Wahrheit! Wer aber kein Volk hat, der hat auch keinen Gott! Glauben Sie sicher: Jeder, der sein Volk zu verstehen aufhört und die Verbindung mit ihm verliert, verliert auch im selben Augenblick und im selben Maße den väterlichen Glauben und wird entweder ein Atheist oder gleichgültig. Ich spreche die Wahrheit! Das ist eine Tatsache, die sich belegen läßt. Das ist der Grund, weshalb Sie alle und wir alle jetzt entweder schändliche Atheisten oder indifferentes, liederliches Gesindel sind und weiter nichts! Und ich schließe auch Sie, Stepan Trofimowitsch, ganz und gar nicht aus; was ich gesagt habe, war sogar ausdrücklich auf Sie gemünzt. Das mögen Sie wissen!«

Gewöhnlich ergriff Schatow nach einem solchen längeren Erguß (wie er bei ihm oft vorkam) seine Mütze und stürzte zur Tür, fest überzeugt, daß nun alles zu Ende sei, und daß er seine freundschaftlichen Beziehungen zu Stepan Trofimowitsch vollständig und für alle Zeit zerstört habe. Aber der hielt ihn immer noch rechtzeitig zurück.

»Wollen wir uns nun nicht nach all diesen freundlichen Worten versöhnen, Schatow?« pflegte er zu sagen und ihm von seinem Lehnstuhl aus gutmütig die Hand hinzustrecken.

Der plumpe, aber sich leicht schämende Schatow mochte Zärtlichkeiten nicht leiden. Seinem äußeren Wesen nach grob und derb, besaß er doch, wie ich glaube, im stillen ein großes Zartgefühl. Er überschritt zwar oft das rechte Maß, war aber selbst der erste, der darunter litt. Nachdem er auf Stepan Trofimowitschs einladende Worte etwas vor sich hingebrummt und wie ein Bär auf demselben Flecke herumgetreten hatte, lächelte er auf einmal unerwartet, legte seine Mütze wieder hin und setzte sich auf seinen früheren Platz, wobei er hartnäckig auf den Boden blickte. Natürlich wurde Wein gebracht, und Stepan Trofimowitsch brachte einen passenden Toast aus, zum Beispiel auf das Andenken einer der früheren Größen der Politik und Literatur.

## ZWEITES KAPITEL

### *Prinz Harry. Die Brautwerbung*

#### I

Es gab auf der Erde noch ein Wesen, zu welchem Warwara Petrowna nicht mindere Zuneigung empfand als zu Stepan Trofimowitsch, und das war ihr einziger Sohn Nikolai Wsewolodowitsch Stawrogin. Für ihn war ja auch Stepan Trofimowitsch als Erzieher angenommen worden. Der Knabe war damals acht Jahre alt, und der leichtsinnige General Stawrogin, sein Vater, lebte damals schon von seiner Frau getrennt, so daß das Kind ausschließlich unter ihrer Obhut aufwuchs. Man muß Stepan Trofimowitsch die Gerechtigkeit widerfahren lassen, anzuerkennen, daß er es verstand, seinen Zögling an sich zu fesseln. Sein ganzes Geheimnis dabei bestand darin, daß er selbst noch ein Kind war. Ich stand damals mit ihm noch in keiner Beziehung; er bedurfte aber beständig eines aufrichtigen Freundes. Er trug kein Bedenken, den Kleinen, sowie er nur ein wenig heranwuchs, zu seinem Freunde zu machen. Sie stimmten in ihrem Wesen so gut zusammen, daß sich zwischen ihnen nicht der geringste Abstand fühlbar machte. Nicht selten weckte er seinen zehn- oder elfjährigen Freund in der Nacht auf, einzig und allein, um ihm unter Tränen sein gekränktes Herz auszuschütten oder ihm irgendein häusliches Geheimnis zu entdecken, ohne daran zu denken, daß das durchaus unerlaubt sei. Sie fielen einander in die Arme und weinten. Der Knabe wußte, daß seine Mutter ihn sehr liebte; aber er selbst liebte sie kaum. Sie redete wenig mit ihm und legte seinem Willen nur selten Beschränkungen auf; aber er fühlte, daß ihr Blick ihn immer unverwandt verfolgte, und das war ihm peinlich. Übrigens setzte die Mutter in allem, was den Unterricht und die moralische Erziehung des Knaben anlangte, auf Stepan Trofimowitsch volles Vertrauen. Sie glaubte damals an ihn noch ohne Einschränkung.

Man muß wohl annehmen, daß der Pädagog das Nervensystem seines Zöglings in Unordnung gebracht hatte. Als dieser im Alter von sechzehn Jahren auf das Lyzeum gebracht wurde, war er schwächlich und blaß und in auffälliger Weise still und nachdenklich. (In der Folge zeichnete er sich durch außerordentliche Körperkraft aus.) Man muß auch annehmen, daß die beiden Freunde, wenn sie sich nachts umarmten, nicht immer nur über häusliche Vorkommnisse weinten. Stepan Trofimowitsch verstand es, in dem Herzen seines Freundes die verborgensten Saiten anzurühren und in ihm das erste, noch unbestimmte Gefühl jenes ewigen, heiligen Sehnens zu erwecken, welches manche auserwählte Seele, nachdem sie es einmal gekostet und kennengelernt hat, nachher nie mehr mit einer billigen Zufriedenheit vertauschen möchte. (Es gibt auch solche Liebhaber dieses Sehnens, die dasselbe sogar höher schätzen als eine *absolute* Zufriedenheit, wenn eine solche selbst möglich wäre.) Aber jedenfalls war es gut, daß der Zögling und der Erzieher voneinander getrennt wurden, wenn es auch erst etwas spät geschah.

Vom Lyzeum aus kam der junge Mensch in den beiden ersten Jahren zu den Ferien nach Hause. In der Zeit, als Warwara Petrowna und Stepan Trofimowitsch sich in Petersburg aufhielten, war er manchmal bei den literarischen Abendgesellschaften anwesend, die bei seiner Mutter stattfanden, hörte zu und beobachtete. Er sprach wenig und war immer noch wie früher still und schüchtern. Gegen Stepan Trofimowitsch betrug er sich wie früher freundlich und respektvoll, aber doch etwas zurückhaltender: Von hohen Gegenständen und von Erinnerungen an die Vergangenheit mit ihm zu reden vermied er offenbar. Nachdem er die Schule durchgemacht hatte, trat er dem Wunsche seiner Mutter gemäß beim Militär ein und wurde bald bei einem der vornehmsten Garde-Kavallerieregimenter eingestellt. Er kam nicht nach Hause, um sich seiner Mutter in Uniform zu zeigen, und seine Briefe aus Petersburg fingen an selten zu werden. Geld schickte ihm Warwara Petrowna freigebig, obwohl nach der Reform die Einkünfte von ihrem Gute so zurückgegangen waren, daß sie in der ersten Zeit nicht die Hälfte der früheren Einnahme bekam. Übrigens hatte sie durch lange Sparsamkeit ein nicht unbeträchtliches Kapital angesammelt. In hohem Grade interessierten sie die Erfolge ihres Sohnes in der höchsten Petersburger Gesellschaft. Was ihr selbst nicht gelungen war, das gelang nun dem jungen, reichen, hoffnungsvollen Offizier. Er erneuerte Bekanntschaften, auf deren Erneuerung sie für sich selbst gar nicht mehr zu hoffen gewagt hatte, und wurde überall mit dem größten Vergnügen aufgenommen. Aber sehr bald begannen der Mutter recht seltsame Gerüchte zu Ohren zu kommen: Es hieß, der junge Mensch treibe es auf einmal ganz sinnlos. Nicht, daß er angefangen hätte zu spielen oder übermäßig zu trinken; sondern man erzählte von einer wilden Zügellosigkeit, von Menschen, die er mit seinen Trabern überfahren habe, von seinem brutalen Benehmen gegen eine Dame der guten Gesellschaft, mit der er in Beziehungen gestanden und die er dann öffentlich beleidigt habe. Hierbei handelte es sich offenbar um eine recht schmutzige Geschichte. Man fügte noch hinzu, er sei ein Raufbold, suche Händel und beleidige andere Menschen aus reinem Vergnügen. Warwara Petrowna geriet darüber in große Aufregung und grämte sich. Stepan Trofimowitsch versicherte ihr, das seien nur die ersten ungestümen Ausbrüche einer sehr reich begabten Natur; die Wogen dieses Meeres würden sich schon legen; all das habe große Ähnlichkeit mit der von Shakespeare geschilderten Jugend des Prinzen Harry, der mit Falstaff, Poins und Mrs. Quickly Tollheiten treibe. Diesmal rief ihm Warwara Petrowna nicht zu: »Unsinn, Unsinn!«, was sie sich in der letzten Zeit gewöhnt hatte ihm zuzurufen, sondern sie hörte im Gegenteil sehr aufmerksam zu, ließ sich das von der Jugend des Prinzen Harry noch eingehender auseinandersetzen, nahm selbst den Shakespeare zur Hand und las jenes unsterbliche Drama außerordentlich achtsam. Aber diese Lektüre diente nicht zu ihrer Beruhigung, auch fand sie die Ähnlichkeit nicht gerade groß. Mit fieberhafter Ungeduld erwartete sie die Antworten auf mehrere Briefe, die sie an Bekannte in

Petersburg geschrieben hatte. Die Antworten blieben nicht lange aus; nach kurzer Zeit erhielt sie die verhängnisvolle Nachricht, daß Prinz Harry fast zu gleicher Zeit zwei Duelle gehabt habe und bei beiden der einzig Schuldige gewesen sei; einen seiner Gegner habe er auf dem Fleck getötet, den andern zum Krüppel gemacht; infolge dieser Handlungen sei er vor Gericht gestellt worden. Die Sache endete damit, daß er zum Gemeinen degradiert, seiner Vorrechte beraubt und strafweise in ein Linien-Infanterieregiment versetzt wurde. Und auch damit hatte man es nur aus besonderer Gnade bewenden lassen.

Im Jahre 1863 gelang es ihm, sich auszuzeichnen; er erhielt das Kreuz und wurde zum Unteroffizier befördert, bald darauf auch zum Offizier. Während dieser ganzen Zeit schickte Warwara Petrowna wohl hundert Briefe mit Gesuchen und Bitten nach der Hauptstadt. Sie erlaubte es sich in einem so ungewöhnlichen Falle, sich etwas zu demütigen. Nach seiner Beförderung nahm der junge Mensch auf einmal seinen Abschied, kam aber wieder nicht nach Skworeschniki und hörte völlig auf, an seine Mutter zu schreiben. Man erfuhr endlich von anderer Seite, daß er sich wieder in Petersburg befinde, in seiner früheren Gesellschaftssphäre aber gar nicht mehr anzutreffen sei; er halte sich irgendwo verborgen. Nachforschungen ergaben, daß er in einer sonderbaren Gesellschaft lebte und sich an den Abschaum der Petersburger Bevölkerung angeschlossen hatte, an stiefellose Beamte, verabschiedete Militärs, die in anständiger Form um Almosen baten, und Trunkenbolde, daß er die schmutzigen Familien dieser Leute besuchte, Tag und Nacht in obskuren Spelunken und Gott weiß was für Winkelgassen zubrachte, heruntergekommen und zerlumpt war und offenbar an diesem Leben Gefallen fand. Er bat seine Mutter nicht um Geld; er hatte ein eigenes kleines Gut, das Dörfchen, welches dem General Stawrogin gehört hatte, wenigstens einigen Ertrag gab, und das er den Gerüchten zufolge an einen Deutschen aus Sachsen verpachtet hatte. Schließlich bat ihn die Mutter inständig, zu ihr zu kommen, und Prinz Harry erschien in unserer Stadt. Das war das

erstemal, wo ich ihn erblickte; bis dahin hatte ich ihn nie zu sehen bekommen.
Er war ein sehr schöner junger Mann von etwa fünfundzwanzig Jahren, und ich muß bekennen, daß ich von seiner Erscheinung überrascht war. Ich hatte erwartet, einen schmutzigen, zerlumpten, von Ausschweifungen abgemergelten, nach Branntwein riechenden Menschen vor mir zu sehen. Aber er war ganz im Gegenteil der eleganteste Gentleman, der mir je vor Augen gekommen ist, außerordentlich gut gekleidet und mit einer Haltung, wie sie nur ein an den feinsten Anstand gewöhnter Herr aufweisen kann. Und ich war nicht der einzige, welcher staunte; es staunte die ganze Stadt, der natürlich Herrn Stawrogins ganze Biographie bereits bekannt war und sogar mit solchen Details, daß man sich wundern mußte, wie sie hatten an die Öffentlichkeit gelangen können; und das wunderbarste dabei war, daß sich die Hälfte dieser Details als wahr erwies. Alle unsere Damen waren über den neuen Gast in Aufregung. Sie teilten sich in scharfer Sonderung in zwei Parteien; die einen vergötterten ihn, die andern haßten ihn tödlich; aber in Aufregung waren die einen wie die andern. Für die einen hatte es einen besonderen Reiz, daß auf seiner Seele vielleicht ein verhängnisvolles Geheimnis lastete; andere fanden entschieden Gefallen daran, daß er ein Mörder war. Es stellte sich auch heraus, daß er eine ganz hübsche Bildung und sogar einige wissenschaftliche Kenntnisse besaß. Kenntnisse waren allerdings nicht viele erforderlich, um uns in Verwunderung zu versetzen; aber er war imstande, auch über interessante Tagesfragen zu sprechen und, was dabei das wertvollste war, mit bemerkenswerter Besonnenheit. Als eine Seltsamkeit erwähne ich dies: Wir alle fanden fast vom ersten Tage an, daß er ein außerordentlich vernünftiger Mensch sei. Er war ziemlich schweigsam, geschmackvoll ohne Künstelei, erstaunlich bescheiden und dabei gleichzeitig kühn und selbstvertrauend wie bei uns sonst niemand. Unsere Stutzer blickten auf ihn mit Neid und wurden von ihm vollständig in den Schatten gestellt. Auch sein Gesicht überraschte mich: Das Haar war dunkel-

schwarz, seine hellen Augen sehr ruhig und klar, die Gesichtsfarbe sehr zart und weiß, die Röte der Wangen etwas zu grell und rein, die Zähne wie Perlen, die Lippen wie Korallen; – man glaubte, das gemalte Porträt eines schönen Mannes zu sehen, und doch wirkte sein Gesicht abstoßend. Manche sagten, sein Gesicht erinnere an eine Maske; übrigens wurde vieles geredet, unter anderem spach man auch von seiner ungewöhnlichen Körperstärke. Was seine Natur anlangt, so konnte man ihn beinahe hochgewachsen nennen. Warwara Petrowna blickte auf ihn mit Stolz, aber auch mit steter Unruhe. Er lebte bei uns etwa ein halbes Jahr, matt, still und ziemlich mürrisch; er zeigte sich auch in der Gesellschaft und erfüllte mit steter Achtsamkeit die Vorschriften der in unserer Gouvernementsstadt herrschenden Etikette. Mit dem Gouverneur war er von Vaterseite her verwandt und wurde in seinem Hause wie ein naher Verwandter aufgenommen. Aber einige Monate waren vergangen, da zeigte die Bestie auf einmal ihre Krallen.

Ich bemerke bei dieser Gelegenheit in Parenthese, daß unser lieber, milder früherer Gouverneur Iwan Ossipowitsch einige Ähnlichkeit mit einem alten Weibe hatte, aber von guter Familie war und wertvolle Konnexionen besaß, wodurch es sich auch erklärt, daß er bei uns so viele Jahre in seinem Amte verblieb, obwohl er sich gegen jede Arbeit sträubte. Wegen seiner Gastfreiheit hätte er in der guten alten Zeit zum Adelsmarschall getaugt, aber nicht zum Gouverneur in einer so unruhvollen Zeit wie die unsrige. In der Stadt hieß es beständig, das Gouvernement werde nicht von ihm verwaltet, sondern von Warwara Petrowna. Das war allerdings eine bissige Bemerkung, aber auch eine vollständige Unwahrheit. Indessen auf solche Bemerkungen wurde bei uns viel Witz verwandt. Aber Warwara Petrowna hatte sich ganz im Gegenteil in den letzten Jahren geflissentlich jeder stärkeren Einwirkung auf die Verwaltung enthalten, trotz der außerordentlichen Hochachtung, die ihr die ganze Gesellschaft entgegenbrachte, und ihre Tätigkeit freiwillig in strenge, von ihr selbst gesteckte Grenzen eingeschlossen. Statt solcher Einwirkung auf die Verwaltung hatte sie auf einmal angefangen, sich mit der Gutswirtschaft zu beschäftigen, und in zwei, drei Jahren den Ertrag ihres Gutes beinah auf die frühere Höhe gebracht. Statt der früheren schwärmerischen Anwandlungen, wie es die Reise nach Petersburg, die beabsichtigte Gründung eines Journals und anderes mehr gewesen waren, hatte sie angefangen, zusammenzuscharren und zu geizen. Sogar ihren Freund Stepan Trofimowitsch hatte sie von sich etwas weiter entfernt, indem sie ihm erlaubt hatte, sich eine Wohnung in einem andern Hause zu mieten, worum er sie schon lange unter verschiedenen Vorwänden gebeten hatte. Allmählich begann Stepan Trofimowitsch sie eine prosaische Frau oder noch scherzhafter seine prosaische Freundin zu nennen. Selbstverständlich erlaubte er sich diese Scherze nur in der respektvollsten Form und nachdem er lange auf einen geeigneten Augenblick gewartet hatte.

Wir alle, die wir ihr nahestanden, merkten (und Stepan Trofimowitsch fühlte das noch mehr heraus als wir übrigen), daß sich für sie an ihren Sohn eine neue Hoffnung, ja ein neuer Zukunftstraum knüpfte. Ihre leidenschaftliche Liebe zu ihrem Sohne hatte begonnen, als er in der Petersburger Gesellschaft so reussierte, und war noch besonders in dem Augenblicke gewachsen, als sie die Nachricht von seiner Degradation zum Gemeinen erhalten hatte. Aber gleichzeitig fürchtete sie sich offenbar vor ihm und machte ihm gegenüber den Eindruck einer Dienerin. Man konnte merken, daß sie etwas Unbestimmtes, Geheimnisvolles fürchtete, was sie selbst nicht näher hätte bezeichnen können, und oft betrachtete sie heimlich und unverwandt ihren Nicolas und überlegte etwas und suchte etwas zu erraten . . . und siehe da, plötzlich streckte die Bestie ihre Krallen heraus.

## II

Unser Prinz beging auf einmal aus heiler Haut zwei, drei unglaubliche Dreistigkeiten gegen verschiedene Personen; die Hauptsache war dabei, daß diese Dreistigkeiten ganz unerhört waren, alles überstiegen, gar keine Ähnlichkeit mit solchen hatten, wie sie gang und gäbe sind, ganz gemein und bubenhaft waren und jedes Anlasses vollständig entbehrten. Einer der hochachtbaren Vorsteher unseres Klubs, Pjotr Pawlowitsch Gaganow, ein bejahrter und sogar verdienstvoller Mann, hatte die unschuldige Gewohnheit angenommen, zu jedem Satze zornig hinzuzufügen: »Nein, ich werde mich nicht an der Nase herumführen lassen!« Nun, mochte er! Aber als er wieder einmal im Klub aus Anlaß eines hitzigen Disputs dieses Sprüchlein zu einem um ihn versammelten Häufchen von Klubgästen (lauter Männern höheren Ranges) gesagt hatte, da trat Nikolai Wsewolodowitsch, der etwas abseits allein stand und an den sich überhaupt niemand gewendet hatte, auf einmal an Pjotr Pawlowitsch heran, faßte ihn unerwartet, aber kräftig mit zwei Fingern bei der Nase und zog ihn zwei, drei Schritte weit im Saale hinter sich her. Irgendwelchen Groll konnte er gegen Herrn Gaganow nicht haben. Man hätte dies für einen reinen Schülerstreich, selbstverständlich allerdings für einen unverzeihlichen, halten können; aber Nikolai war, wie später erzählt wurde, im Augenblick der Tat fast nachdenklich, »wie wenn er den Verstand verloren gehabt hätte«; indes war es erst später, daß man sich daran erinnerte und sich darüber klar wurde. In der ersten Erregung erinnerten sich alle nur an den zweiten Augenblick, wo Nikolai das Getane sicherlich schon in seiner wahren Gestalt begriffen hatte, aber statt verlegen zu werden vielmehr im Gegenteil boshaft und heiter lächelte, »ohne die geringste Reue«. Es erhob sich ein schrecklicher Lärm; man umringte ihn. Nikolai Wsewolodowitsch drehte sich nach allen Seiten um und sah alle an, gab aber niemandem eine Antwort und betrachtete neugierig die Gesichter der ihn Anschreienden. Endlich machte er plötzlich, wie wenn er wieder nachdenklich würde (so erzählte man wenigstens), ein finsteres Gesicht, ging festen Schrittes auf den beleidigten Pjotr Pawlowitsch zu und murmelte hastig und anscheinend verdrossen: »Sie entschuldigen wohl . . . Ich weiß wirklich nicht, wie ich auf einmal Lust dazu bekam . . . Es war eine Dummheit . . .«

Die Nachlässigkeit der Entschuldigung kam einer neuen Beleidigung gleich. Ein noch ärgeres Geschrei erhob sich. Nikolai Wsewolodowitsch zuckte mit den Achseln und ging hinaus.

Dies alles war sehr dumm, um noch nicht von der Unanständigkeit zu reden, einer, wie es auf den ersten Blick schien, wohlüberlegten, beabsichtigten Unanständigkeit, die somit eine beabsichtigte, im höchsten Grade freche Beleidigung unserer ganzen Gesellschaft bildete. So wurde die Sache denn auch allgemein aufgefaßt. Das erste war, daß man unverzüglich und einmütig Herrn Stawrogin aus dem Klub ausschloß; dann beschloß man, sich im Namen des ganzen Klubs an den Gouverneur zu wenden und ihn zu bitten, er möge sofort, ohne ein formelles Gerichtsverfahren abzuwarten, »den gemeingefährlichen Händelsucher und großstädtischen Raufbold mittels der ihm anvertrauten Administrativgewalt unschädlich machen und so die Ruhe der gesamten anständigen Gesellschaft unserer Stadt gegen dreiste Angriffe schützen«. Mit boshafter Harmlosigkeit wurde noch hinzugefügt, »es werde sich vielleicht auch gegen Herrn Stawrogin ein Gesetz finden lassen«. Gerade diese Wendung hatte man für den Gouverneur ausgesucht, um ihm wegen seiner Beziehungen zu Warwara Petrowna einen Stich zu versetzen. Das besprach man mit vielem Vergnügen. Es traf sich, daß der Gouverneur damals nicht in der Stadt war; er war nicht weit davon zur Kindtaufe zu einer netten, kürzlich Witwe gewordenen Dame gefahren, die ihr Mann in interessanten Umständen zurückgelassen hatte; aber man wußte, daß er bald zurückkehren werde. In der Zwischenzeit bereitete man dem allgemein verehrten, beleidigten Pjotr Pawlowitsch eine vollständige Ovation: Man umarmte und küßte ihn; die ganze Stadt machte bei ihm Visite. Man plante sogar ihm zu Ehren ein Diner auf Subskription und nahm nur auf seine dringenden Bitten von diesem Gedanken wieder Abstand, vielleicht weil man sich schließlich sagte, der Mann habe sich ja doch an der Nase herumziehen lassen, und es sei somit kein Anlaß, ihn besonders zu feiern.

Aber wie, wie war das nur zugegangen? Wie hatte das nur geschehen können? Bemerkenswert war namentlich der Umstand, daß niemand bei uns in der ganzen Stadt dieses rohe Benehmen auf Wahnsinn zurückführte; denn man meinte, sich von Nikolai Wsewolodowitsch, auch wenn er bei Verstande sei, solcher Handlungen versehen zu müssen. Ich für meine Person weiß noch bis auf den heutigen Tag nicht, wie ich mir die Sache erklären soll, trotzdem ein bald danach stattfindender Vorfall alles zu erklären schien und alle anscheinend versöhnlich stimmte. Ich füge noch hinzu, daß vier Jahre nachher Nikolai Wsewolodowitsch auf meine vorsichtige Frage nach jener Begebenheit im Klub mir mit finsterer Miene antwortete: »Ja, ich war damals nicht ganz wohl.« Aber es liegt kein Grund vor, der Erzählung vorzugreifen.
Interessant war mir auch der Ausbruch des allgemeinen Hasses, mit dem alle bei uns damals über den »Händelsucher und großstädtischen Raufbold« herfielen. Sie wollten in seinem Verhalten unbedingt einen frechen Vorsatz und die wohlüberlegte Absicht, die ganze Gesellschaft mit einem Mal zu beleidigen, sehen. In der Tat hatte er während seines bisherigen Aufenthaltes sich niemanden zum Freunde gemacht, sondern im Gegenteil alle gegen sich aufgebracht; wodurch eigentlich? Vor diesem letzten Falle hatte er nie mit jemand Streit gehabt und niemanden beleidigt, sondern war so höflich gewesen wie ein Herr auf einem Modebilde, wenn man sich so ausdrücken darf. Ich nehme an, daß man ihn wegen seines Stolzes haßte. Sogar unsere Damen, die ihn anfangs vergöttert hatten, erhoben gegen ihn jetzt ein noch schlimmeres Verdammungsgeschrei als die Männer.
Warwara Petrowna bekam einen furchtbaren Schreck. Sie gestand später ihrem Freunde Stepan Trofimowitsch, daß sie das alles längst geahnt habe, dieses ganze Halbjahr über, jeden Tag, und sogar etwas »gerade in dieser Art«, ein merkwürdiges Bekenntnis von seiten einer leiblichen Mutter. »Nun hat es angefangen!« dachte sie zusammenfahrend. Am Morgen nach dem verhängnisvollen Abend im Klub schickte sie sich vorsichtig, aber entschlossen zu einer

Aussprache mit ihrem Sohne an; aber trotz ihrer Entschlossenheit zitterte die Ärmste an allen Gliedern. Sie hatte die ganze Nacht nicht geschlafen und war sogar am frühen Morgen zu Stepan Trofimowitsch gegangen, um ihn um Rat zu fragen, und hatte bei ihm geweint, was ihr noch nie in Gegenwart anderer begegnet war. Sie wünschte, Nicolas möchte ihr wenigstens ein Wort über die Sache sagen, sie einer erklärenden Mitteilung würdigen. Nicolas, der sich sonst immer gegen seine Mutter so höflich und respektvoll benahm, hörte sie eine Weile mit finsterem Gesichte, aber sehr ernst an; auf einmal stand er, ohne ein Wort zu erwidern, auf, küßte ihr die Hand und ging hinaus. Gleich an demselben Tage aber, als wenn es Absicht gewesen wäre, erfolgte abends noch eine andere Skandalgeschichte, die zwar erheblich zahmer und gewöhnlicher war als die erste, aber nichtsdestoweniger infolge der allgemeinen Stimmung das Gerede in der Stadt sehr vermehrte.

Diesmal war unser Freund Liputin der davon Betroffene. Er kam zu Nikolai Wsewolodowitsch, gleich nachdem dieser die Begegnung mit seiner Mutter gehabt hatte, und bat ihn inständigst, ihm an diesem selben Tage die Ehre seines Besuches zu einer kleinen Abendgesellschaft zu erweisen, die bei ihm anläßlich des Geburtstages seiner Frau stattfinde. Warwara Petrowna hatte schon lange mit Unruhe und Besorgnis die niedrige Geschmacksrichtung beobachtet, die ihr Sohn bei der Wahl seiner Bekanntschaften bekundete, wagte aber nicht, ihm etwas darüber zu sagen. Er hatte außer der in Rede stehenden Bekanntschaft auch schon einige andere ebenfalls in der dritten Gesellschaftsschicht unserer Stadt angeknüpft und sogar noch tiefer; dazu neigte er nun eben. Bei Liputin hatte er bisher noch nicht im Hause verkehrt, wiewohl er mit ihm selbst anderweitig zusammengetroffen war. Er erriet, daß Liputin ihn jetzt infolge des gestrigen Skandals im Klub einlade und als Liberaler sich über diesen Skandal höchlichst freue und aufrichtig der Ansicht sei, so müsse man alle Vorsteher des Klubs behandeln, und es sei sehr gut, daß ein Anfang gemacht sei. Nikolai Wsewolodowitsch lachte und versprach zu kommen.

Es hatten sich eine Menge Gäste eingefunden, nicht vornehme, aber geistig rege Leute. Der selbstsüchtige, neidische Liputin gab nur zweimal im Jahre Gesellschaften; aber bei diesen beiden Gelegenheiten zeigte er sich dann auch nicht knauserig. Der ansehnlichste Gast, Stepan Trofimowitsch, war krankheitshalber nicht gekommen. Es wurde Tee gereicht; auch war ein reichlicher kalter Imbiß mit Likören aufgestellt; an drei Tischen wurde Karten gespielt; die Jugend aber amüsierte sich in Erwartung des Abendessens damit, nach dem Klavier zu tanzen. Nikolai Wsewolodowitsch forderte Madame Liputina auf, eine sehr hübsche Dame, die vor ihm schreckliche Bange hatte, und tanzte mit ihr einige Touren; dann setzte er sich neben sie, unterhielt sich mit ihr und brachte sie zum Lachen. Da er schließlich bemerkte, wie hübsch sie war, wenn sie lachte, faßte er sie plötzlich vor den Augen aller Gäste um die Taille und küßte sie dreimal hintereinander nach Herzenslust auf den Mund. Die arme Frau fiel vor Schreck in Ohnmacht. Nikolai Wsewolodowitsch ergriff seinen Hut, trat an den Ehemann heran, der in der allgemeinen Erregung wie betäubt dastand, wurde, als er ihn anblickte, ebenfalls verlegen, murmelte ihm schnell zu: »Seien Sie nicht böse!« und ging hinaus. Liputin lief ihm nach ins Vorzimmer, reichte ihm eigenhändig den Pelz und begleitete ihn unter Verbeugungen die Treppe hinunter. Aber gleich am folgenden Tage hatte dann diese vergleichsweise wirklich harmlose Geschichte ein ganz amüsantes Nachspiel, welches seitdem Herrn Liputin sogar zu einem gewissen Ansehen verhalf, das er zu seinem Vorteil auszunutzen verstand.
Um zehn Uhr morgens erschien in Frau Stawroginas Hause Liputins Magd Agafja, ein gewandtes, flinkes, rotbackiges Frauenzimmer im Alter von ungefähr dreißig Jahren; sie war von ihm mit einer Bestellung zu Nikolai Wsewolodowitsch geschickt und wünschte sogleich »den jungen Herrn selbst zu sprechen«. Er hatte starke Kopfschmerzen, kam aber doch heraus. Warwara Petrowna war bei der Ausrichtung der Bestellung anwesend.
»Sergej Wassiljewitsch« (das heißt Liputin), begann Agafja

flink zu plappern, »läßt sich Ihnen erstens bestens empfehlen und sich nach Ihrer Gesundheit erkundigen, wie Sie nach dem gestrigen Abend geruht haben, und wie Sie nach dem gestrigen Abend sich befinden.«

Nikolai Wsewolodowitsch lächelte.

»Bestelle wieder eine Empfehlung, Agafja, und ich ließe bestens danken; und sage deinem Herrn von mir, er wäre der klügste Mensch in der ganzen Stadt.«

»Und dann hat er mir befohlen, Ihnen darauf zu antworten«, erwiderte Agafja noch flinker, »das wisse er auch ohne Sie, und er wünsche Ihnen ebendasselbe.«

»Nun sieh mal an! Wie konnte er denn wissen, was ich dir sagen würde?«

»Das weiß ich nicht, woher er das wußte; aber als ich hinausgegangen und schon die ganze Gasse hinuntergegangen war, da hörte ich, wie er mir nachgelaufen kam, ohne Mütze. ›Du‹, sagte er, ›Agafja, wenn er etwa zu dir sagen sollte: Bestelle deinem Herrn, daß er der klügste Mann in der ganzen Stadt ist, dann antworte ihm doch sogleich: Das weiß er selbst recht gut und wünscht Ihnen ebendasselbe.‹«

## III

Endlich fand nun auch die Auseinandersetzung mit dem Gouverneur statt. Kaum war unser lieber, milder Iwan Ossipowitsch zurückgekehrt, als ihm auch sofort die energische Beschwerde des Klubs vorgelegt wurde. Ohne Zweifel mußte etwas geschehen; aber er war in Verlegenheit. Unser gastfreundlicher alter Herr hatte ebenfalls Furcht vor seinem jungen Verwandten. Er beschloß indes, ihm zuzureden, er möchte den Klub und den Beleidigten um Entschuldigung bitten, aber in einer zufriedenstellenden Weise und, wenn es verlangt werde, auch schriftlich; und dann wollte er ihm in freundlicher Form den Rat geben, uns zu verlassen und zum Beispiel aus Wißbegierde nach Italien zu fahren, jedenfalls irgendwohin ins Ausland. Im Saale, wohin er diesmal ging, um Nikolai Wsewolodowitsch zu empfangen

(zu anderen Zeiten wanderte dieser mit dem Rechte eines Verwandten unbehindert im ganzen Hause umher), war Aljoscha Teljatnikow, ein wohlerzogener Sekretär und Hausgenosse des Gouverneurs, in einer Ecke an einem Tische damit beschäftigt, Briefe zu öffnen, und im anstoßenden Zimmer saß an dem der Saaltür zunächst gelegenen Fenster ein von auswärts gekommener dicker, gesund aussehender Oberst, ein Freund und früherer Kamerad von Iwan Ossipowitsch, und las den Golos*, natürlich ohne irgendwie auf das zu achten, was im Saale vorging; er wendete ihm sogar den Rücken zu. Obgleich Iwan Ossipowitsch in weiter Entfernung von ihm sprach und fast flüsterte, war er doch etwas verlegen. Nicolas sah sehr unfreundlich aus, gar nicht wie ein Verwandter, war blaß, saß mit niedergeschlagenen Augen da und hörte mit zusammengezogenen Brauen zu, wie wenn er einen heftigen Schmerz unterdrückte.
»Sie haben ein gutes Herz, Nicolas, ein edles Herz«, sagte der alte Herr nach vielem andern zum Schlusse. »Sie sind ein gebildeter Mensch, haben in den höchsten Kreisen verkehrt, sich auch hier bisher musterhaft gehalten und dadurch das Herz Ihrer uns allen teuren Mutter beruhigt. Und nun erscheint alles auf einmal wieder in einer so rätselhaften und für alle gefährlichen Färbung! Ich rede als Freund Ihres Hauses, als Ihr bejahrter Verwandter, der Sie aufrichtig liebt und von dem Sie sich nicht beleidigt fühlen können. Sagen Sie, was veranlaßt Sie zu solchen argen Ausschreitungen, die allen herkömmlichen Formen und Regeln des Umgangs zuwiderlaufen? Was bedeuten solche Extravaganzen, die mit den Handlungen eines Fieberkranken Ähnlichkeit haben?«
Nicolas hörte verdrossen und ungeduldig zu. Plötzlich aber blitzte in seinem Blicke für einen Moment ein listiger, spöttischer Ausdruck auf.
»Nun, dann will ich Ihnen meinetwegen sagen, was mich dazu veranlaßt«, antwortete er mürrisch und bog sich,

* Petersburger liberale Zeitung. (A. d. Ü.)

nachdem er um sich gesehen hatte, zu Iwan Ossipowitschs Ohre hin. Der wohlerzogene Aljoscha Teljatnikow entfernte sich noch drei Schritte weiter nach dem Fenster zu, und der Oberst hustete hinter seinem Golos. Der arme Iwan Ossipowitsch hielt eilig und vertrauensvoll sein Ohr hin; er war äußerst neugierig. Und da geschah etwas ganz Unerhörtes und doch andrerseits in gewisser Hinsicht nur zu Klares. Der alte Herr fühlte auf einmal, daß Nicolas, statt ihm ein interessantes Geheimnis zuzuflüstern, plötzlich den oberen Teil seines Ohres mit den Zähnen faßte und ziemlich fest zwischen ihnen zusammenklemmte. Er fing an zu zittern, und der Atem setzte ihm aus.

»Nicolas, was sind das für Späße!« stöhnte er mechanisch und mit ganz fremdklingender Stimme.

Aljoscha und der Oberst hatten den Vorgang noch nicht verstanden, konnten ihn auch nicht ordentlich sehen und meinten immer noch, daß die beiden miteinander flüsterten; indes beunruhigte sie doch das verzweifelte Gesicht des Alten. Sie sahen sich mit weit aufgerissenen Augen an und wußten nicht, ob sie der Verabredung gemäß zu Hilfe eilen oder noch warten sollten. Nicolas bemerkte das vielleicht und kniff das Ohr schmerzhafter.

»Nicolas, Nicolas!« stöhnte das arme Opfer von neuem. »Nun lassen Sie es genug sein mit dem Scherze . . .«

Noch ein Augenblick, und der Arme wäre vor Angst gestorben; aber der Unmensch hatte Erbarmen und ließ das Ohr los. Diese ganze Todesangst hatte eine volle Minute gedauert, und der Alte bekam nachher einen Schwächeanfall. Aber eine halbe Stunde darauf wurde Nicolas arretiert und abgeführt, vorläufig nach der Wache, wo er in eine besondere Zelle eingeschlossen wurde, mit einer besonderen Schildwache vor der Tür. Diese Maßregel war hart; aber unser milder Chef war dermaßen in Zorn geraten, daß er beschlossen hatte, die Verantwortung dafür sogar Warwara Petrowna selbst gegenüber auf sich zu nehmen. Zu allgemeinem Erstaunen wurde dieser Dame, als sie eilig und in größter Aufregung zum Gouverneur gefahren kam, um unverzüglich Aufklärung zu verlangen, am Portal der Eintritt verwei-

gert; so fuhr sie denn, ohne aus dem Wagen ausgestiegen zu sein, wieder nach Hause; sie wußte gar nicht, wie ihr geschehen war.
Und endlich klärte sich alles auf! Um zwei Uhr nachts fing der Arrestant, der bis dahin erstaunlich ruhig gewesen war und sogar geschlafen hatte, plötzlich an zu lärmen; er schlug wütend mit den Fäusten gegen die Tür, riß mit unnatürlicher Kraft das eiserne Gitter von dem Fensterchen in der Tür ab, zerschlug die Scheibe und zerschnitt sich dabei die Hände. Als der wachhabende Offizier mit einigen Soldaten und den Schlüsseln herbeigelaufen kam und die Zelle aufschließen ließ, damit sie sich auf den Rasenden würfen und ihn bänden, stellte es sich heraus, daß sich dieser im stärksten Delirium befand; er wurde nach Hause zu seiner Mutter gebracht. Nun war mit einem Schlage alles klar! Unsere sämtlichen drei Ärzte sprachen ihre Meinung dahin aus, daß der Kranke sich auch schon drei Tage vorher im Fieberzustande befunden haben könne; er habe zwar Bewußtsein und eine gewisse Schlauheit besessen, aber nicht mehr seine gesunde Vernunft und einen klaren Willen, was übrigens durch die Tatsachen bestätigt wurde. Es ergab sich somit, daß Liputin früher als alle andern das Richtige erraten hatte. Iwan Ossipowitsch, ein sehr zartfühlender, weich empfindender Mensch, war sehr verlegen; aber interessant war doch, daß auch er also Nikolai Wsewolodowitsch jeder wahnsinnigen Handlung auch bei vollem Verstande für fähig gehalten hatte. Auch im Klub schämte man sich und war darüber erstaunt, daß sie alle den Elefanten nicht bemerkt und nicht auf die einzig mögliche Erklärung dieser wunderlichen Handlungen verfallen waren. Allerdings fanden sich auch Skeptiker; aber sie vermochten sich nicht lange zu behaupten.
Nicolas lag länger als zwei Monate. Aus Moskau wurde ein berühmter Arzt zur gemeinsamen Beratung mit den hiesigen Ärzten herbeigerufen; die ganze Stadt machte bei Warwara Petrowna Visiten. Sie verzieh allen. Als Nicolas im Frühjahr bereits vollständig wiederhergestellt war und ohne jeden Widerstand dem Vorschlage seiner Mutter, nach

Italien zu reisen, beigestimmt hatte, da bat sie ihn, uns allen Abschiedsbesuche zu machen und dabei da, wo es nötig sei, sich nach Möglichkeit zu entschuldigen. Nicolas war mit großer Bereitwilligkeit einverstanden. Im Klub wurde bekannt, daß er mit Pjotr Pawlowitsch Gaganow in dessen Hause eine sehr zartfühlende Aussprache gehabt hatte, durch die dieser vollständig zufriedengestellt worden sei. Bei seinen Visitenfahrten war Nicolas sehr ernst und sogar etwas traurig. Alle empfingen ihn anscheinend mit großer Teilnahme; aber alle fühlten sich doch einigermaßen verlegen und freuten sich darüber, daß er nach Italien fuhr. Iwan Ossipowitsch vergoß sogar Tränen, konnte sich aber aus einem gewissen Grunde nicht entschließen, ihn zu umarmen, auch nicht im Augenblicke des Abschiedes selbst. Allerdings verblieben einige von uns bei der Überzeugung, daß der Taugenichts sich einfach über uns alle lustig gemacht habe und die ganze Krankheit fingiert gewesen sei. Auch bei Liputin machte er einen Besuch.

»Sagen Sie«, fragte er ihn, »wie konnten Sie das, was ich über Ihren Verstand sagen würde, im voraus erraten und Ihrer Agafja eine Antwort darauf mitgeben?«

»Nun, ganz einfach«, erwiderte Liputin lachend, »auch ich halte Sie für einen klugen Menschen; daher konnte ich Ihre Antwort vorhersehen.«

»Immerhin ist es ein merkwürdiges Zusammentreffen. Aber erlauben Sie noch eine Frage: Sie haben mich also für einen unvernünftigen Menschen gehalten, als Sie Agafja zu mir schickten, und nicht für einen Verrückten?«

»Für einen sehr klugen und vernünftigen; ich stellte mich nur, als hielte ich Sie für gestört . . . Und Sie selbst haben ja auch meine Gedanken damals sofort erraten und mir durch Agafja ein Zeugnis über meine Klugheit zugeschickt.«

»Nun, in diesem Punkte irren Sie sich ein bißchen; ich war wirklich nicht wohl . . .« murmelte Nikolai Wsewolodowitsch mit finsterer Miene. »Bah!« rief er, »glauben Sie denn wirklich, daß ich bei vollem Verstande fähig wäre, über Menschen herzufallen? Was sollte ich denn dabei für einen Zweck haben?«

Liputin krümmte sich zusammen und wußte nicht, was er darauf antworten sollte. Nicolas wurde etwas blaß; wenigstens schien es Liputin so.

»Jedenfalls haben Sie eine sehr amüsante Art der Gedankenbildung«, fuhr Nicolas fort. »Und was Agafja anlangt, so begreife ich natürlich, daß Sie sie zu mir geschickt haben, um mich auszuschimpfen.«

»Ich konnte Sie doch nicht zum Duell fordern.«

»Ach ja, sehen Sie mal! Ich habe ja so etwas gehört, daß Sie ein Gegner des Duells sind . . .«

»Warum soll man das von den Franzosen herübernehmen?« erwiderte Liputin, sich wieder zusammenkrümmend.

»Sie sind ein Anhänger der Nationalitätsidee?«

Liputin krümmte sich noch mehr zusammen.

»Ah, ah! Was sehe ich!« rief Nicolas auf einmal, als er auf dem Tische an der sichtbarsten Stelle einen Band von Considérant bemerkte. »Sie sind doch nicht etwa Fourierist? Na so etwas! Ist denn das etwa nicht eine Übersetzung aus dem Französischen?« sagte er lachend und klopfte mit den Fingern auf das Buch.

»Nein, das ist keine Übersetzung aus dem Französischen!« versetzte Liputin und sprang mit einem gewissen Ingrimm auf. »Das ist eine Übersetzung aus der universellen Sprache der Menschheit und nicht nur aus dem Französischen! Aus der Sprache der universellen sozialen Republik und Harmonie; so ist es! Und nicht nur aus dem Französischen! . . .«

»Donnerwetter! So eine Sprache gibt es ja gar nicht!« erwiderte Nicolas weiter lachend.

Manchmal nimmt sogar eine Kleinigkeit unsere Aufmerksamkeit ausschließlich und lange in Anspruch. Über Herrn Stawrogin werde ich noch recht viel zu sagen haben; aber jetzt bemerke ich der Kuriosität halber, daß von allen Eindrücken während der ganzen Zeit, die er in unserer Stadt verlebte, sich seinem Gedächtnisse am schärfsten die unscheinbare und beinah gemeine Gestalt Liputins einprägte, dieses geringen Gouvernementsbeamten, eifersüchtigen Ehemannes und groben Familiendespoten, argen Geizhalses und Wucherers, der die Überreste vom Mittagessen und die Lichtstümpfchen wegschloß und gleichzeitig ein fanatischer Anhänger Gott weiß welcher künftigen »sozialen Harmonie« war, sich nachts bis zur Berauschtheit bei den phantastischen Vorstellungen von einem künftigen phalanstère entzückte und an dessen nahe Verwirklichung in Rußland und in unserm Gouvernement so fest wie an seine eigene Existenz glaubte. Und das an einem Orte, wo er selbst sich von seinem zusammengescharrten Gelde ein Häuschen gekauft, wo er sich zum zweitenmal verheiratet und mit seiner Frau ein Sümmchen Geld bekommen hatte, und wo es vielleicht auf hundert Werst im Umkreise keinen Menschen gab (mit ihm selbst angefangen), der auch nur äußerlich einem zukünftigen Mitgliede der »universellen, die ganze Menschheit umfassenden sozialen Republik und Harmonie« ähnlich gewesen wäre.

»Weiß Gott, wie sich eine solche Sorte von Menschen herausbilden kann!« dachte Nicolas erstaunt, wenn er sich manchmal an diesen überraschenden Fourieristen erinnerte.

## IV

Unser Prinz reiste mehr als drei Jahre lang, so daß man ihn in unserer Stadt beinahe ganz vergaß. Uns Näherstehenden war durch Stepan Trofimowitsch bekannt, daß er ganz Europa bereist hatte, sogar in Ägypten gewesen war und Jerusalem besucht hatte; dann hatte er sich irgendwo einer wissenschaftlichen Expedition nach Island angeschlossen und war wirklich in Island gewesen. Es hieß auch, er habe einen Winter über an einer deutschen Universität Vorlesungen gehört. An seine Mutter schrieb er nur wenig, einmal im Halbjahr und sogar noch seltener; aber Warwara Petrowna nahm es ihm nicht übel und fühlte sich dadurch nicht gekränkt. Die Beziehungen zu ihrem Sohne nahm sie so, wie sie sich nun einmal herausgebildet hatten, ohne zu murren ergebungsvoll hin, sehnte sich unaufhörlich nach ihrem Nicolas und überließ sich in betreff seiner allerlei phantastischen Zukunftsträumereien. Weder von diesen Träumereien noch von ihren Klagen machte sie irgend jemandem Mitteilung. Sogar von Stepan Trofimowitsch zog sie sich anscheinend etwas zurück. Sie machte im stillen gewisse Pläne und wurde, wie es schien, noch geiziger als vorher, begann noch eifriger Geld zusammenzuscharren und über Stepan Trofimowitschs Verluste im Kartenspiel böse zu werden.

Endlich, im April des laufenden Jahres, empfing sie einen Brief aus Paris von der Generalin Praskowja Iwanowna Drosdowa, einer Jugendfreundin von ihr. Praskowja Iwanowna, mit der Warwara Petrowna während eines Zeitraumes von acht Jahren weder zusammengekommen war noch korrespondiert hatte, teilte ihr in diesem Briefe mit, daß Nikolai Wsewolodowitsch bei ihnen viel im Hause verkehre, mit Lisa (ihrer einzigen Tochter) Freundschaft geschlossen habe und die Familie im Sommer nach der Schweiz, nach Vernex-Montreux, zu begleiten vorhabe, trotzdem er in der Familie des Grafen K*** (einer in Petersburg sehr einflußreichen Persönlichkeit), der sich jetzt in Paris aufhalte, wie ein leiblicher Sohn Aufnahme gefunden habe, so daß er beinahe ganz bei dem Grafen lebe. Der Brief war kurz und ließ seinen Zweck klar erkennen, obgleich er nur die oben angeführten Tatsachen, aber keine Schlußfolgerungen aus ihnen enthielt. Warwara Petrowna überlegte nicht lange; in einem Augenblick hatte sie ihren Entschluß gefaßt, machte sich fertig, nahm ihre Pflegetochter Dascha (Schatows Schwester) mit und fuhr Mitte April nach Paris und dann nach der Schweiz. Im Juli kehrte sie allein zurück, indem sie Dascha bei Drosdows gelassen hatte; Drosdows selbst hatten, nach einer Nachricht, die sie mitbrachte, versprochen, Ende August zu uns zu kommen.

Die Drosdows waren ebenfalls eine Gutsbesitzerfamilie in unserem Gouvernement; aber der Dienst des Generals Iwan Iwanowitsch (der mit Warwara Petrowna befreundet und ein Kamerad ihres Mannes gewesen war) hatte sie beständig gehindert, jemals ihr prächtiges Gut zu besuchen. Nach dem im vorigen Jahre erfolgten Tode des Generals hatte die untröstliche Praskowja Iwanowna sich mit ihrer Tochter ins Ausland begeben, unter anderm auch in der Absicht, eine

Traubenkur zu gebrauchen, die sie in der zweiten Hälfte des Sommers in Vernex-Montreux vorzunehmen gedachte. Nach ihrer Rückkehr in das Vaterland hatte sie vor, sich in unserm Gouvernement dauernd niederzulassen. In der Stadt hatte sie ein großes Haus, das schon viele Jahre leer stand und dessen Fenster mit Brettern verschlagen waren. Sie waren sehr reiche Leute. Praskowja Iwanowna, in erster Ehe Frau Tuschina, war, wie ihre Pensionsfreundin Warwara Petrowna, ebenfalls die Tochter eines Branntweinpächters der früheren Zeit und hatte ebenfalls bei ihrer Verheiratung eine große Mitgift erhalten. Der Rittmeister a. D. Tuschin war selbst bemittelt gewesen und hatte einige Fähigkeiten besessen. Bei seinem Tode vermachte er seiner siebenjährigen einzigen Tochter Lisa ein hübsches Kapital. Jetzt, wo Lisaweta Nikolajewna schon ungefähr zweiundzwanzig Jahre alt war, konnte man ihr Vermögen kühn auf zweihunderttausend Rubel eigenen Geldes schätzen, ungerechnet das Vermögen, das ihr seinerzeit als Erbschaft von ihrer Mutter zufallen mußte, die in ihrer zweiten Ehe keine Kinder gehabt hatte. Warwara Petrowna war mit dem Erfolge ihrer Reise anscheinend sehr zufrieden. Ihrer Meinung nach hatte sie sich mit Praskowja Iwanowna bereits in befriedigender Weise geeinigt, und sie teilte gleich nach ihrer Ankunft alles Stepan Trofimowitsch mit; sie war ihm gegenüber sogar sehr offen, was schon seit langer Zeit bei ihr nicht der Fall gewesen war.

»Hurra!« rief Stepan Trofimowitsch und schnippte mit den Fingern.

Er war höchst entzückt, um so mehr, da er die ganze Zeit der Trennung von seiner Freundin in größter Niedergeschlagenheit verbracht hatte. Bei ihrer Abreise ins Ausland hatte sie von ihm nicht einmal ordentlich Abschied genommen und »diesem alten Weibe« nichts von ihren Plänen mitgeteilt, vielleicht in der Befürchtung, daß er etwas weiterplaudern werde. Sie war damals auf ihn wegen eines beträchtlichen Verlustes im Kartenspiel ärgerlich gewesen, der plötzlich zutage gekommen war. Aber schon, als sie noch in der Schweiz war, hatte sie in ihrem Herzen gefühlt, daß sie den zurückgesetzten Freund bei ihrer Rückkehr belohnen müsse, um so mehr, da sie ihn schon seit längerer Zeit unfreundlich behandelt habe. Die schnelle, geheimnisvolle Trennung hatte Stepan Trofimowitschs schüchternes Herz befremdet und verwundet, und unglücklicherweise drangen gleichzeitig auch noch andere Sorgen auf ihn ein. Es quälte ihn eine recht bedeutende, schon lange bestehende pekuniäre Verpflichtung, die ohne Warwara Petrownas Beihilfe schlechterdings nicht in befriedigender Weise erledigt werden konnte. Außerdem hatte im Mai des laufenden Jahres die Tätigkeit unseres guten, milden Iwan Ossipowitsch als Gouverneur endlich ein Ende genommen; er wurde durch einen Nachfolger abgelöst, und sogar nicht ohne Unannehmlichkeiten. Darauf war, ebenfalls in Warwara Petrownas Abwesenheit, die Ankunft unseres neuen Chefs, Andrej Antonowitsch von Lembke, erfolgt; damit gleichzeitig hatte sofort auch eine merkliche Veränderung in den Beziehungen fast der ganzen höheren Gesellschaft unserer Gouvernementsstadt zu Warwara Petrowna und folglich auch zu Stepan Trofimowitsch begonnen. Wenigstens hatte er bereits mehrere unangenehme, wiewohl wertvolle Beobachtungen gemacht und war, wie es schien, so allein, ohne Warwara Petrowna, sehr ängstlich geworden. In großer Aufregung argwöhnte er, daß er dem neuen Gouverneur schon als ein gefährlicher Mensch denunziert sei. Er hatte als sicher erfahren, daß mehrere unserer Damen ihre Besuche bei Warwara Petrowna einzustellen beabsichtigten. Über die künftige Frau Gouverneur (die bei uns erst zum Herbst erwartet wurde) hieß es allgemein, sie sei zwar dem Vernehmen nach sehr stolz, aber dafür eine echte Aristokratin, »eine ganz andere Sorte als unsere unglückliche Warwara Petrowna«. Allen war es irgendwoher mit Einzelheiten glaubwürdig bekannt, daß die neue Frau Gouverneur und Warwara Petrowna schon früher einmal in der Gesellschaft einander begegnet, aber als Feindinnen voneinander geschieden seien, so daß schon die bloße Erwähnung des Namens bei Frau von Lembke auf Warwara Petrowna einen peinlichen Eindruck machen werde. Aber Warwara Petrownas mutige, siegesbewußte Miene und der geringschätzige Gleichmut, mit dem sie die Mitteilungen über die Meinungen unserer Damen und über die Aufregung der Gesellschaft anhörte, belebten die gesunkenen Lebensgeister des furchtsamen Stepan Trofimowitsch von neuem und machten ihn in einem Augenblicke wieder heiter. Mit freudiger Dienstwilligkeit und besonderem Humor begann er ihr von der Ankunft des neuen Gouverneurs zu erzählen.

»Es ist Ihnen, excellente amie, ohne Zweifel bekannt«, sagte er, indem er die Worte in gezierter, stutzerhafter Weise in die Länge zog, »was ein russischer Verwaltungsbeamter allgemein gesagt und insbesondere ein neuer, das heißt neugebackener, neuernannter russischer Verwaltungsbeamter zu bedeuten hat. Aber Sie haben wohl kaum bisher aus eigener Erfahrung kennengelernt, was es mit dem Beamtenkoller auf sich hat und was das eigentlich für ein Ding ist?«

»Beamtenkoller? Nein, ich weiß nicht, was das ist.«

»Das ist . . . Vous savez, chez nous . . . En un mot, man stelle einen ganz wertlosen Menschen als Verkäufer von elenden Eisenbahnbilletten an, und dieser wertlose Mensch wird sich sogleich für berechtigt halten, auf Sie wie ein Jupiter herabzusehen, wenn Sie ein Billett lösen wollen, pour vous montrer son pouvoir. ›Warte‹, denkt er, ›ich werde dir mal meine Macht zeigen!‹ Und so kommt es bei diesen Leuten zum Beamtenkoller. En un mot, da habe ich neulich gelesen, daß im Ausland in einer unserer Kirchen ein Küster (mais c'est très curieux) unmittelbar vor dem Beginn des Fastengottesdienstes (vous savez ces chants et le livre de Iob) eine vornehme englische Familie, les dames charmantes, aus der Kirche hinausgejagt hat, das heißt buchstäblich hinausgejagt, einzig und allein mit der Begründung, es passe sich nicht, daß sich Fremde in den russischen Kirchen umhertrieben; sie sollten zu der dafür angesetzten Zeit kommen. Die Damen fielen beinah in Ohnmacht. Dieser Küster hatte einen Anfall von Beamtenkoller, et il a montré son pouvoir . . .«

»Fassen Sie sich kurz, Stepan Trofimowitsch, wenn es Ihnen möglich ist!«

»Herr von Lembke hat also jetzt das Gouvernement bereist. En un mot, dieser Andrej Antonowitsch ist zwar ein Deutschrusse rechtgläubiger Konfession und sogar (das will ich ihm konzedieren) ein auffallend hübscher Mann in den Vierzigern . . .«
»Woher haben Sie das, daß er ein hübscher Mann ist? Er hat Hammelaugen.«
»Im höchsten Grade. Aber ich konzediere das aus Konnivenz gegen das Urteil unserer Damen . . .«
»Bitte lassen Sie uns von etwas anderem reden, Stepan Trofimowitsch! Apropos, Sie tragen ein rotes Halstuch; tun Sie das schon lange?«
»Ich . . . ich habe erst heute . . .«
»Und machen Sie sich auch gehörig Bewegung? Gehen Sie täglich Ihre sechs Werst spazieren, wie es Ihnen der Arzt verordnet hat?«
»Nicht . . . nicht immer.«
»Das habe ich doch gewußt! Schon, als ich noch in der Schweiz war, ahnte es mir!« rief sie in gereiztem Tone. »Jetzt werden Sie nicht sechs, sondern zehn Werst täglich gehen! Sie sind furchtbar heruntergekommen, furchtbar, ganz furcht-bar! Sie sind nicht sowohl alt geworden, sondern schlaff und matt. Ich habe einen Schreck bekommen, als ich Sie vorhin sah, trotz Ihres roten Halstuches . . . quelle idée rouge! Fahren Sie nun über Lembke fort, wenn Sie wirklich etwas über ihn zu sagen haben, und machen Sie, bitte, bald ein Ende; ich bin müde.«
»En un mot, ich wollte nur noch sagen, daß er einer jener Verwaltungsbeamten ist, die erst mit vierzig Jahren hervorzutreten beginnen, bis dahin unbeachtet vegetieren und dann auf einmal durch eine plötzliche Heirat oder sonst ein nicht minder unwürdiges Mittel Karriere machen . . . Jetzt ist er nun weggefahren . . . Ich wollte noch sagen, daß man sich, was mich betrifft, beeilt hat, ihm von verschiedenen Seiten zuzuflüstern, ich verdürbe die Jugend und machte hier im Gouvernement Propaganda für den Atheismus. Er hat denn auch sofort Erkundigungen eingezogen.«
»Ist das wahr?«

»Ich habe mich sogar genötigt gesehen, meine Maßregeln dagegen zu ergreifen. Als man ihm über Sie ›berichtete‹, Sie hätten ›das Gouvernement verwaltet‹, vous savez, da erlaubte er sich die Bemerkung: ›So etwas wird nicht mehr vorkommen.‹«

»Hat er das gesagt?«

»Ja, ›so etwas wird nicht mehr vorkommen‹, und avec cette morgue . . . Seine Gemahlin Julija Michailowna werden wir Ende August hier zu sehen bekommen; sie kommt direkt aus Petersburg.«

»Vielmehr aus dem Auslande. Ich bin mit ihr zusammengetroffen.«

»Vraiment?«

»In Paris und in der Schweiz. Sie ist mit Drosdows verwandt.«

»Verwandt? Was für ein merkwürdiges Zusammentreffen! Es heißt, sie sei sehr ehrgeizig und habe hohe Konnexionen?«

»Unsinn! Ihre Konnexionen sind ganz unbedeutend! Bis zum Alter von fünfundvierzig Jahren war sie eine alte Jungfer ohne eine Kopeke Geld; nun ist es ihr gelungen, ihren Lembke zu kapern, und jetzt geht natürlich ihr ganzes Dichten und Trachten darauf, ihm zu einer Karriere zu verhelfen. Sie sind beide Intriganten.«

»Man sagt, sie sei zwei Jahre älter als er?«

»Fünf Jahre älter. Ihre Mutter machte mir in Moskau gewaltig den Hof. Sie wurde nur aus Mitleid zu den Bällen eingeladen, die ich zu Wsewolod Nikolajewitschs Lebzeiten gab. Und diese jetzige Frau von Lembke saß manchmal die ganze Nacht über ohne einen Tänzer in der Ecke, mit ihrer Türkismouche auf der Stirn, so daß ich nach zwei Uhr ihr den ersten Kavalier zuschickte. Sie war damals schon fünfundzwanzig Jahre alt, wurde aber immer noch wie ein kleines Mädchen im kurzen Kleidchen ausgeführt. Man mußte sich genieren, die beiden bei sich zu haben.«

»Es ist mir, als ob ich diese Mouche vor mir sähe!«

»Ich sage Ihnen, ich kam hin und stieß sofort auf eine Intrige. Sie haben ja doch soeben Frau Drosdowas Brief gelesen; was konnte klarer sein? Was aber fand ich? Frau Drosdowa, diese Närrin (sie ist immer eine Närrin gewesen), sieht mich fragend an, warum ich denn eigentlich gekommen sei? Sie können sich mein Erstaunen vorstellen! Ich merkte sehr schnell, daß diese Lembke um sie fuchsschwänzelte, und bei ihr war dieser Vetter, ein Neffe des alten Drosdow; nun war mir alles klar! Selbstverständlich brachte ich alles in einem Augenblicke wieder ins rechte Geleise, und Praskowja ist nun wieder auf meiner Seite; aber ich war doch empört über die Intrige!«

»Über die Sie jedoch den Sieg davongetragen haben. O, Sie sind ein Bismarck!«

»Auch ohne ein Bismarck zu sein, bin ich imstande, Falschheit und Dummheit zu erkennen, wo ich ihnen begegne. Die Lembke ist falsch, und Praskowja ist dumm. Selten habe ich eine apathischere Frau gesehen, und dazu hat sie noch geschwollene Füße, und dazu ist sie noch gutmütig. Was kann dümmer sein als so eine dumme, gute Seele?«

»Ein moralisch schlechter Dummkopf, ma bonne amie, ein moralisch schlechter Dummkopf ist noch dümmer«, widersprach Stepan Trofimowitsch ihr in wohlanständiger Weise.

»Da haben Sie vielleicht recht. Sie erinnern sich wohl noch an Lisa?«

»Charmante enfant!«

»Aber jetzt ist sie nicht mehr ein enfant, sondern eine junge Dame, und eine junge Dame mit ausgeprägtem Charakter. Sie ist edeldenkend und feurig, und ich liebe es an ihr, daß sie sich ihrer Mutter, dieser vertrauensseligen Närrin, nicht fügt. Um dieses Vetters willen ist es da beinah zum Krach gekommen.«

»Und dabei ist er ja mit Lisaweta Nikolajewna eigentlich gar nicht einmal verwandt . . . Hat er denn Absichten?«

»Sehen Sie, er ist ein junger Offizier, sehr schweigsam und sogar bescheiden. Ich bemühe mich immer, gerecht zu sein. Mir scheint, daß er selbst gegen diese ganze Intrige ist und keine Wünsche nach dieser Richtung hat, und daß nur die Lembke schlau manövriert. Er achtete Nicolas sehr. Sie verstehen: Die ganze Sache hängt von Lisa ab; aber als ich abreiste, war ihr Verhältnis zu Nicolas das allerbeste, und Nicolas selbst hat mir versprochen, jedenfalls im November zu uns zu kommen. Also es intrigiert da einzig und allein die Lembke, und Praskowja ist einfach blind. Auf einmal sagte sie zu mir, mein ganzer Verdacht sei nur eine Einbildung; ich antwortete ihr ins Gesicht, sie sei eine Närrin. Ich bin bereit, das beim Jüngsten Gericht zu erhärten. Und wenn mich nicht Nicolas gebeten hätte, es vorläufig zu unterlassen, so wäre ich von da nicht weggefahren, ohne dieses falsche Weib entlarvt zu haben. Sie hat sich durch Nicolas Vermittlung beim Grafen K*** eingeschmeichelt; sie hat Mutter und Sohn veruneinigen wollen. Aber Lisa ist auf unserer Seite, und mit Praskowja bin ich zu einer Einigung gelangt. Wissen Sie, daß Karmasinow mit der Lembke verwandt ist?«

»Wie? Der ist mit Frau von Lembke verwandt?«

»Allerdings. Entfernt verwandt.«

»Karmasinow, der Novellist?«

»Nun ja, der Schriftsteller; was ist Ihnen dabei verwunderlich? Er selbst hält sich freilich für ein großes Tier. Ein aufgeblasener Patron! Sie wird mit ihm zusammen herkommen; jetzt brüstet sie sich dort mit ihm. Sie beabsichtigt, hier etwas einzuführen, so eine Art von literarischem Kränzchen. Er wird auf einen Monat herkommen; er will hier sein letztes Gut verkaufen. Ich wäre in der Schweiz beinahe mit ihm zusammengetroffen, was mir sehr wenig erwünscht gewesen wäre. Übrigens hoffe ich, daß er mir hier die Ehre erweisen wird, mich wiederzuerkennen. In alter Zeit hat er Briefe an mich geschrieben und in meinem Hause verkehrt. Es wäre mir lieb, wenn Sie sich besser kleideten, Stepan Trofimowitsch; Sie werden mit jedem Tage schlampiger. Ach, was habe ich mit Ihnen für Quälerei! Was lesen Sie denn jetzt?«

»Ich . . . ich . . .«

»Ich verstehe schon. Bei Ihnen ist alles wie früher: der Verkehr mit den Freunden, das Trinken, der Klub und die Karten und der Ruf eines Atheisten. Dieser Ruf gefällt mir nicht, Stepan Trofimowitsch. Ich mag nicht, daß man Sie einen Atheisten nennt; besonders jetzt mag ich das nicht. Ich habe es auch früher nicht gemocht, weil das ja doch mit dem Atheismus alles nur leeres Gerede ist. Das muß ich Ihnen endlich einmal sagen.«

»Mais, ma chère . . .«

»Hören Sie, Stepan Trofimowitsch, in allen gelehrten Dingen bin ich natürlich Ihnen gegenüber arg unwissend; aber während der Herreise habe ich viel an Sie gedacht. Ich bin zu einer Überzeugung gelangt.«

»Zu welcher denn?«

»Zu der Überzeugung, daß wir beide, Sie und ich, nicht die klügsten Menschen auf der Welt sind, sondern daß es noch klügere gibt als wir.«

»Geistreich und treffend! Es gibt klügere Leute; das heißt, es gibt Leute, die das Richtige besser erkennen als wir; also können wir uns irren, nicht wahr? Mais, ma bonne amie, gesetzt auch, ich irre mich, so habe ich doch mein allgemein menschliches, dauerndes, höchstes Recht, frei nach meinem Gewissen zu handeln. Ich habe das Recht, wenn ich will, kein Frömmler und kein Fanatiker zu sein, und aus diesem Grunde werden mich naturgemäß verschiedene Herren bis zum Ende aller Dinge hassen. Et puis, comme on trouve toujours plus de moines que de raison, und da ich völlig dieser Meinung bin . . .«

»Wie war das? Was haben Sie gesagt?«

»Ich sagte: on trouve toujours plus de moines que de raison, und da ich völlig . . .«

»Das rührt gewiß nicht von Ihnen her; das haben Sie gewiß irgendwoher entlehnt?«

»Das hat Pascal gesagt.«

»Das habe ich mir doch gedacht, daß es nicht von Ihnen herrührte! Warum reden Sie selbst nie in dieser Weise, so kurz und treffend, sondern ziehen alles immer so in die Länge? Dieser Ausspruch ist weit besser, als was Sie vorhin über den Beamtenkoller sagten . . .«

»Ma foi, chère . . . warum ich nicht in dieser Weise rede? Erstens deswegen, weil ich wahrscheinlich kein Pascal bin, et puis ... zweitens, weil wir Russen nichts in unserer Sprache auszudrücken verstehen ... Wenigstens haben wir es bisher nicht verstanden ...«

»Hm! Das ist vielleicht doch nicht richtig. Mindestens sollten Sie sich eine Anzahl solcher Sentenzen aufschreiben und sie vorbringen, wissen Sie, falls das Gespräch einen solchen Gang nimmt ... Ach, Stepan Trofimowitsch, ich beabsichtigte, mit Ihnen ernstlich zu reden, sehr ernstlich.«

»Chère, chère amie!«

»Jetzt, wo alle diese Lembkes, alle diese Karmasinows herkommen ... O Gott, wie sind Sie heruntergekommen! Ach, was habe ich mit Ihnen für Quälerei! ... Ich möchte, daß diese Leute Hochachtung vor Ihnen empfänden, weil sie nicht soviel wert sind wie Ihr Finger, wie Ihr kleiner Finger; aber wie halten Sie sich? Was werden diese Leute zu sehen bekommen? Was kann ich ihnen präsentieren? Statt in wohlanständiger Weise als ein Zeuge für das Gute und Rechte dazustehen und mit Ihrer eigenen Person ein Muster zu geben, statt dessen umgeben Sie sich mit irgendwelchem Gesindel haben widerwärtige Gewohnheiten angenommen, sind schlaff und matt geworden, können ohne Wein und Karten nicht leben, lesen nur Paul de Kock und schreiben nichts, während die da alle schreiben; Sie füllen Ihre ganze Zeit nur mit leerem Geschwätz aus. Ist es erlaubt, mit einem solchen Subjekt befreundet zu sein, wie es Ihr Liputin ist, von dem Sie unzertrennlich sind?«

»Warum denn ›mein‹ und ›unzertrennlich‹?« protestierte Stepan Trofimowitsch schüchtern.

»Wo ist er jetzt?« fuhr Warwara Petrowna in strengem, scharfem Tone fort.

»Er ... er verehrt Sie grenzenlos und ist nach S***k gefahren, um die Hinterlassenschaft seiner Mutter in Empfang zu nehmen.«

»Ich glaube, er tut überhaupt nichts anderes als Geld einnehmen. Und wie steht es mit Schatow? Ist er immer noch derselbe?«

»Irascible, mais bon.«

»Ich kann Ihren Schatow nicht leiden; er ist ein schlechter Mensch und von sich zu sehr eingenommen!«

»Wie befindet sich Darja Pawlowna?«

»Sie fragen nach Dascha? Wie kommen Sie darauf?« fragte Warwara Petrowna und blickte ihn forschend an. »Sie ist gesund; ich habe sie bei Drosdows gelassen . . . Ich habe in der Schweiz etwas über Ihren Sohn gehört, Schlechtes, nichts Gutes.«

»Oh, c'est une histoire bien bête! Je vous attendais, ma bonne amie, pour vous raconter . . .«

»Lassen Sie es nun genug sein, Stepan Trofimowitsch, und gönnen Sie mir Ruhe; ich bin ganz erschöpft. Wir werden später noch Zeit genug haben, miteinander zu sprechen, namentlich über das Schlechte. Sie fangen an, Speichel aus dem Munde zu spritzen, wenn Sie lachen; das ist auch schon ein Symptom von Hinfälligkeit! Und in wie seltsamer Manier Sie jetzt immer lachen! . . . O Gott, was für eine Menge schlechter Gewohnheiten haben Sie angenommen! Karmasinow wird Ihnen keinen Besuch machen! Und hier sind die Leute sowieso schon über alles mögliche schadenfroh . . . Erst jetzt zeigen Sie sich in Ihrer wahren Gestalt. Nun genug, genug, ich bin müde! Man muß dem Menschen auch endlich einmal Ruhe gönnen!«

Stepan Trofimowitsch »gönnte dem Menschen Ruhe«; aber er entfernte sich in großer Verwirrung und Verstimmung.

## V

Bei unserm Freunde hatten sich in der Tat nicht wenige schlechte Gewohnheiten festgesetzt, besonders in der allerletzten Zeit. Er war sichtlich und schnell heruntergekommen, und es war richtig, daß er in seiner äußeren Erscheinung unordentlich geworden war. Er trank mehr, war weinerlicher und hatte schwächere Nerven. Sein Gesicht hatte die sonderbare Fähigkeit erlangt, sich auffallend schnell zu verändern und zum Beispiel von dem feierlichsten Ausdrucke zu dem lächerlichsten und sogar zu dem dümm-

sten überzugehen. Er konnte das Alleinsein nicht ertragen und hatte ein stetes, ungeduldiges Verlangen nach Zerstreuung. Man mußte ihm unbedingt eine Klatschgeschichte erzählen, eine Stadtbegebenheit, und zwar alle Tage etwas Neues. Wenn längere Zeit niemand zu ihm gekommen war, wanderte er unruhig durch die Zimmer, trat ans Fenster, kaute nachdenklich an den Lippen, seufzte tief und fing am Ende beinah an zu schluchzen. Er ahnte etwas und fürchtete immer etwas Unerwartetes, Unvermeidliches; er wurde schreckhaft und achtete sehr auf seine Träume.
Diesen ganzen Tag sowie den Abend verbrachte er in sehr trüber Stimmung; er ließ mich holen, war sehr aufgeregt, sprach lange, erzählte lange, aber alles sehr unzusammenhängend. Warwara Petrowna wußte schon lange, daß er vor mir keine Geheimnisse hatte. Zuletzt gewann ich den Eindruck, daß ihn etwas Besonderes quäle, etwas, worüber er sich vielleicht selbst nicht klar werden konnte. Wenn wir früher unter vier Augen zusammen waren und er mir etwas vorklagte, wurde fast immer nach einiger Zeit ein Fläschchen gebracht, und alles gewann dann eine weit freundlichere Färbung. Diesmal erschien kein Wein, und er unterdrückte offenbar den mehrmals bei ihm rege werdenden Wunsch, welchen holen zu lassen.
»Und worüber ist sie immer so aufgebracht?« klagte er alle Augenblicke wie ein Kind. »Tous les hommes de génie et de progrès en Russie étaient, sont et seront toujours des Kartenspieler et des Trinker, qui boivent periodisch . . . und ich bin noch gar kein solcher Kartenspieler und kein solcher Trinker . . . Sie macht mir Vorwürfe, warum ich nichts schriebe! Ein sonderbarer Gedanke! . . . Warum ich still läge! Sie sagt: ›Sie müssen als Muster und als Vorwurf dastehen.‹ Mais entre nous soit dit, was soll denn ein Mensch, dessen Bestimmung es ist, als ›Vorwurf‹ dazustehen, anders tun als still liegen? Kann sie das sagen?«
Und schließlich wurde mir der hauptsächlichste, besondere Kummer klar, der ihn diesmal so hartnäckig quälte. Viele Male an diesem Abend trat er zum Spiegel und blieb lange vor ihm stehen. Endlich wendete er sich vom Spiegel ab und

zu mir hin und sagte in seltsamer Verzweiflung: »Mon cher, je suis un heruntergekommener Mensch!«

Ja, in der Tat, bis dahin, bis auf diesen Tag hatte er, trotzdem Warwara Petrowna oft zu »neuen Anschauungen« überging und ihre »Ideen wechselte«, doch an einer Überzeugung unwandelbar festgehalten, nämlich daß er immer noch ihr weibliches Herz bezaubere, das heißt nicht nur als Verbannter oder als berühmter Gelehrter, sondern auch als schöner Mann. Zwanzig Jahre lang hatte diese für ihn schmeichelhafte und beruhigende Überzeugung in seiner Seele fest gewurzelt, und vielleicht fiel ihm unter allen seinen Überzeugungen die Trennung von dieser am schwersten. Ahnte er an diesem Abend, welch eine gewaltige Prüfung ihm in der nächsten Zukunft bevorstand?

## VI

Ich komme jetzt zu der Schilderung des zum Teil spaßhaften Ereignisses, mit welchem meine Erzählung eigentlich erst beginnt.

In den letzten Tagen des August kehrten endlich auch Drosdows zurück. Ihr Eintreffen erfolgte etwas früher als die von der ganzen Stadt seit langem erwartete Ankunft ihrer Verwandtin, unserer neuen Frau Gouverneur, und brachte einen bemerkenswerten Eindruck in der Gesellschaft hervor. Aber über all diese interessanten Ereignisse werde ich später reden; jetzt beschränke ich mich auf die Bemerkung, daß Praskowja Iwanowna der sie ungeduldig erwartenden Warwara Petrowna ein sehr beunruhigendes Rätsel mitbrachte: Nicolas hatte sich von ihnen schon im Juli getrennt und, nachdem er am Rhein mit dem Grafen K*** zusammengetroffen war, sich mit diesem und der Familie desselben nach Petersburg begeben. (NB. Der Graf hatte drei erwachsene Töchter.)

»Von Lisaweta habe ich infolge ihres Stolzes und ihrer Verstocktheit nichts erfahren können«, schloß Praskowja Iwanowna, »aber ich habe mit meinen eigenen Augen gesehen, daß zwischen ihr und Nikolai Wsewolodowitsch etwas vorgefallen ist. Ich weiß die Ursachen nicht; aber ich glaube, es wird zweckmäßig sein, wenn Sie, meine liebe Freundin Warwara Petrowna, nach den Ursachen Ihre Darja Pawlowna fragen. Meiner Ansicht nach ist Lisa gekränkt worden. Ich bin heilfroh, daß ich Ihnen endlich Ihren Liebling Darja Pawlowna habe wiederbringen können, und übergebe sie Ihnen hiermit. Nun bin ich sie los.«

Sie sprach diese giftigen Worte in merklicher Gereiztheit. Es war klar, daß die »apathische Frau« sie sich schon vorher zurechtgelegt und sich im voraus auf ihre Wirkung gefreut hatte. Aber Warwara Petrowna war nicht diejenige, die sich durch affektvolle Reden und durch Rätsel verblüffen ließ. Sie verlangte energisch ganz genaue, ausreichende Erklärungen. Praskowja Iwanowna stimmte ihren Ton sofort herab, brach schließlich sogar in Tränen aus und ging zu den wärmsten Freundschaftsversicherungen über. Diese reizbare, aber gefühlvolle Dame hatte ebenso wie Stepan Trofimowitsch fortwährend ein Bedürfnis nach wahrer Freundschaft, und ihre hauptsächlichste Klage über ihre Tochter Lisaweta Nikolajewna bestand gerade darin, daß ihre Tochter nicht ihre Freundin sei.

Aber aus allen ihren Erklärungen und Herzensergüssen ergab sich mit Sicherheit nur das eine, daß tatsächlich zwischen Lisa und Nicolas ein Zerwürfnis stattgefunden hatte; aber von welcher Art dieses Zerwürfnis war, darüber konnte Praskowja Iwanowna sich offenbar keine bestimmte Vorstellung machen. Schließlich zog sie nicht nur die Beschuldigungen, die sie gegen Darja Pawlowna ausgesprochen hatte, vollständig zurück, sondern sie bat auch ausdrücklich, ihren Worten von vorhin keinerlei Bedeutung beizulegen, weil sie sie »in der Erregung« gesprochen habe. Kurz, alles kam sehr unklar heraus, sogar verdächtig. Nach ihrer Darstellung hatte Lisas »eigensinniges, spöttisches Wesen« den ersten Anlaß zu dem Zerwürfnisse gegeben; der »stolze« Nikolai Wsewolodowitsch habe trotz all seiner Verliebtheit die Spöttereien nicht ertragen können und sei selbst spöttisch geworden. »Bald darauf«, erzählte sie, »wurden wir mit einem jungen Manne bekannt, ich glaube, einem Neffen Ihres Professors; er führt auch denselben Familiennamen . . .«

»Es ist sein Sohn, nicht sein Neffe«, verbesserte Warwara Petrowna.

Praskowja Iwanowna hatte auch früher Stepan Trofimowitschs Familiennamen niemals behalten können und ihn immer den »Professor« genannt.

»Nun, meinetwegen sein Sohn, um so besser; mir ganz gleich. Es ist ein gewöhnlicher junger Mensch, sehr lebhaft und ungeniert; aber etwas Besonderes ist nicht an ihm. Nun, da hat nun Lisa selbst sich nicht richtig benommen; sie zog den jungen Mann an sich heran, um Nikolai Wsewolodowitschs Eifersucht zu erregen. Ich will darüber nicht zu streng urteilen; die jungen Mädchen machen es nun einmal so; es ist etwas ganz Gewöhnliches und nimmt sich sogar recht nett aus. Aber statt eifersüchtig zu werden, befreundete sich vielmehr Nikolai Wsewolodowitsch selbst mit dem jungen Menschen, als ob er nichts sähe und ihm alles gleich wäre. Darüber war nun Lisa empört. Der junge Mensch reiste bald ab (er mußte sehr eilig irgendwohin); Lisa aber suchte nun bei jeder Gelegenheit mit Nikolai Wsewolodowitsch Händel. Als sie bemerkte, daß dieser mit Dascha einige Male sprach, da geriet sie in Wut; ich konnte es schon gar nicht mehr aushalten, liebe Freundin. Die Ärzte hatten mir jede Aufregung verboten, und ihr gepriesener See war mir schon ganz zuwider geworden; nur die Zähne taten mir von ihm weh, einen solchen Rheumatismus hatte ich bekommen. Man kann es auch gedruckt lesen, daß man vom Genfer See Zahnschmerzen bekommt; das ist nun einmal so eine Besonderheit von ihm. Aber da erhielt Nikolai Wsewolodowitsch auf einmal einen Brief von der Gräfin und reiste sofort von uns ab; an einem einzigen Tage machte er sich reisefertig. Abschied nahmen die beiden voneinander in freundschaftlicher Weise, und Lisa war, als sie ihn zur Bahn begleitete, sehr heiter und vergnügt und lachte viel. Aber das war alles nur Maske. Sowie er weg war, wurde sie sehr nachdenklich, sprach gar nicht mehr von ihm und wollte auch nicht, daß ich ihn erwähnte. Und auch Ihnen, liebe Warwara Petrowna, möchte ich raten, jetzt im Gespräch mit Lisa nicht von diesem Gegenstande anzufangen; Sie würden die Sache dadurch nur verderben. Wenn Sie dagegen schweigen, so wird sie zuerst mit Ihnen davon zu reden beginnen; dann werden Sie mehr zu hören bekommen. Meiner Ansicht nach werden die beiden jungen Leute sich wieder zusammenfinden, wenn nur Nikolai Wsewolodowitsch bald herkommt, wie er versprochen hat.«

»Ich werde sofort an ihn schreiben. Wenn alles sich so verhält, dann ist es mit dem Zerwürfnis nicht weit her. Es ist alles Unsinn. Auch Darja kenne ich hinreichend, Unsinn!«

»An der lieben Dascha habe ich mich mit meinem Verdachte versündigt und bereue es. Es waren nur Gespräche ganz gewöhnlicher Art, und sie wurden laut geführt. Aber das alles hat mich damals gar zu sehr aufgeregt, liebe Freundin. Und auch Lisa selbst ist, wie ich gesehen habe, mit ihr wieder zu dem früheren freundschaftlichen Verhältnisse zurückgekehrt . . .«

Warwara Petrowna schrieb noch gleich an demselben Tage an Nicolas und bat ihn dringend, wenigstens einen Monat vor dem von ihm in Aussicht genommenen Termine zu kommen. Aber doch blieb ihr hier manches unklar und unverständlich. Sie dachte den ganzen Abend und die ganze Nacht darüber nach. Praskowjas Meinung schien ihr gar zu harmlos und gefühlvoll.

»Praskowja ist ihr Leben lang zu gefühlvoll gewesen, schon von der Pensionszeit an«, dachte sie. »Nicolas ist nicht der Mann danach, vor den Spöttereien eines Mädchens davonzulaufen. Da steckt ein anderer Grund dahinter, wenn wirklich ein Zerwürfnis stattgefunden hat. Dieser Offizier ist aber doch hier; den haben sie mitgebracht, und er wohnt bei ihnen im Hause wie ein Verwandter. Und auch was Darja angeht, hat Praskowja gar zu schnell sich selbst beschuldigt; gewiß hat sie etwas für sich behalten, was sie nicht sagen wollte . . .«

Am Morgen war in Warwara Petrownas Kopfe der Plan zur

Reife gelangt, wenigstens einen Zweifel mit einemmal zu erledigen, ein merkwürdiger, überraschender Plan. Was in ihrem Herzen vorging, als sie diesen Plan entwarf, das ist schwer zu sagen, und ich unternehme es nicht, im voraus all die Widersprüche zu erklären, die er enthielt. Als Chronist beschränke ich mich darauf, die Ereignisse in ihrer richtigen Gestalt darzustellen, genau so, wie sie sich zugetragen haben, und ich kann nichts dafür, wenn sie den Eindruck der Unwahrscheinlichkeit machen. Aber ich muß doch noch einmal bezeugen, daß am Morgen bei Warwara Petrowna kein Verdacht gegen Dascha mehr zurückgeblieben war und daß sie einen solchen strenggenommen nie gehegt hatte; dazu war sie ihrer zu sicher. Auch konnte sie es gar nicht für möglich halten, daß ihr Nicolas sich in ihre Dascha verliebt haben sollte. Am Morgen, als Darja Pawlowna am Teetisch den Tee eingoß, blickte Warwara Petrowna sie lange prüfend an und sagte vielleicht zum zwanzigsten Male seit dem gestrigen Tage im stillen aus voller Überzeugung:

»Es ist alles Unsinn!«

Es fiel ihr nur auf, daß Dascha ein so müdes Aussehen hatte und noch stiller und apathischer als früher war. Nach dem Tee setzten sie sich gemäß der ein für allemal eingeführten Ordnung beide an eine Handarbeit. Warwara Petrowna forderte sie auf, ihr einen vollständigen Bericht über die Eindrücke zu erstatten, die sie im Auslande empfangen hatte, namentlich über die Natur, die Bewohner, die Städte, die Gebräuche, die Kunstwerke, die Industrie, über alles, was sie wahrgenommen habe. Aber über Drosdows und das Leben bei diesen stellte sie auch nicht eine Frage. Dascha, die neben ihr am Nähtische saß und ihr beim Sticken half, hatte schon eine halbe Stunde lang mit ihrer gleichmäßigen, eintönigen, aber etwas schwachen Stimme erzählt.

»Darja«, unterbrach Warwara Petrowna sie plötzlich, »hast du nichts Besonderes, was du mir mitteilen möchtest?«

»Nein, ich habe nichts«, antwortete Dascha nach ganz kurzem Nachdenken und blickte Warwara Petrowna mit ihren hellen Augen an.

»Hast du nichts auf dem Herzen, auf dem Gewissen?«

»Nein«, wiederholte Dascha leise, aber mit einer Art von mürrischer Festigkeit.

»Das habe ich gewußt! Und ich will dir sagen, Darja, daß ich niemals an dir zweifeln werde. Jetzt setze dich hin und höre einmal zu! Setz dich dort auf den andern Stuhl, mir gegenüber; ich möchte dir voll ins Gesicht sehen. So ist es gut! Also höre: Möchtest du dich verheiraten?«

Dascha antwortete mit einem langen, fragenden, übrigens nicht allzu verwunderten Blicke.

»Warte! Sei still! Erstens ist ein Unterschied in den Jahren, ein sehr bedeutender; aber du weißt ja am besten, daß das dummes Zeug ist. Du bist ein vernünftig denkendes Mädchen, und daher werden in deinem Leben keine Fehler vorkommen. Übrigens ist er noch ein hübscher Mann . . . Kurz, ich meine Stepan Trofimowitsch, den du immer sehr geschätzt hast. Nun?«

Der fragende Ausdruck in Daschas Gesichte steigerte sich noch; sie blickte ihre Gönnerin jetzt nicht nur verwundert an, sondern errötete auch merklich.

»Halt, schweig! Keine Überstürzung! Du wirst zwar nach meinem Testamente eine Summe Geldes erhalten; aber wenn ich sterbe, was wird dann aus dir werden, auch mit dem Gelde? Man wird dich betrügen und dir das Geld abnehmen, und dann bist du verloren. Aber wenn du ihn heiratest, bist du die Frau eines angesehenen Mannes. Nun betrachte die Sache von der anderen Seite: Wenn ich jetzt sterbe, was wird dann aus ihm werden, auch wenn ich ihn in meinem Testamente bedenke? Da setze ich nun meine Hoffnung auf dich. Warte, ich bin noch nicht zu Ende. Er ist leichtsinnig, schlaff, ohne Mitgefühl, selbstisch, hat unwürdige Gewohnheiten; aber habe du dennoch Achtung vor ihm, schon deswegen, weil es noch weit schlechtere gibt. Ich will dich doch nicht irgendeinem Lumpen zur Frau geben, um dich loszuwerden; das hast du doch nicht gedacht? Aber die Hauptsache ist: Weil ich dich darum bitte, deshalb mußt du ihn schätzen und achten«, brach sie auf einmal gereizt ab. »Hörst du wohl? Warum sperrst du dich?«

Dascha hörte noch immer schweigend zu.

»Halt, warte noch! Er ist ein altes Weib; aber um so besser für dich. Sogar ein klägliches altes Weib; er verdient es durch seine Persönlichkeit gar nicht, daß ihn eine Frau liebt. Aber er verdient es wegen seiner Schutzbedürftigkeit; liebe du ihn um derentwillen! Du verstehst mich doch? Verstehst du mich?« Dascha nickte bejahend mit dem Kopfe.

»Nun, das wußte ich; ich habe nichts anderes von dir erwartet. Er wird dich lieben, weil er muß, weil er muß; er muß dich vergöttern!« kreischte Warwara Petrowna in besonders gereiztem Tone. »Übrigens wird er, auch ohne es zu müssen, sich in dich verlieben; ich kenne ihn ja. Außerdem werde ich selbst nach dem Rechten sehen. Sei unbesorgt; ich werde immer nach dem Rechten sehen. Er wird sich über dich beklagen, wird dich verleumden, wird dem ersten besten etwas über dich ins Ohr flüstern, wird wimmern, ewig wimmern; er wird dir von einem Zimmer nach dem andern Briefe schreiben, zwei Stück an einem Tage, und wird doch ohne dich nicht leben können, und das ist die Hauptsache. Zwinge ihn, dir zu gehorchen; wenn du ihn dazu nicht zu zwingen verstehst, bist du dumm. Wenn er sich aufhängen will und dir damit droht, so glaube ihm nicht; das ist nur dummes Zeug! Glaube es nicht, aber paß dennoch gut auf; am Ende tut er es doch einmal; das kommt bei solchen Menschen vor; nicht aus Stärke, sondern aus Schwäche hängen sie sich auf; und darum treibe ihn nie bis zum äußersten; das ist die erste Regel in der Ehe. Vergiß auch nicht, daß er ein Dichter ist. Höre, Darja: Es gibt kein höheres Glück als sich selbst aufzuopfern. Und außerdem tust du mir damit einen großen Gefallen, und das ist die Hauptsache. Denke nicht, daß ich aus Dummheit soeben törichtes Zeug geredet habe: Ich weiß sehr wohl, was ich sage. Ich bin egoistisch; sei du es auch! Ich zwinge dich ja nicht gegen deinen Willen; du hast völlig freie Hand; wie du sagst, so wird es geschehen. Nun, warum sitzt du so da? Sprich ein Wort!«

»Mir ist alles gleich, Warwara Petrowna, wenn ich mich denn einmal durchaus verheiraten soll«, sagte Dascha in festem Tone.

»Durchaus? Was willst du damit andeuten?« fragte Warwara Petrowna und blickte sie streng und unverwandt an.
Dascha schwieg und kratzte mit der Nadel an ihren Fingern herum.
»Du bist ja sonst ein verständiges Mädchen, hast aber doch eben Unsinn geredet. Es ist zwar richtig, daß ich jetzt ernstlich daran gedacht habe, dich zu verheiraten, aber nicht weil es unbedingt nötig wäre, sondern nur weil ich mir das so ausgesonnen hatte, und nur mit Rücksicht auf Stepan Trofimowitsch. Wäre Stepan Trofimowitsch nicht da, so würde ich gar nicht daran denken, dich sogleich zu verheiraten, obgleich du schon zwanzig Jahre alt bist ... Nun?«
»Ich werde ganz nach Ihren Wünschen handeln, Warwara Petrowna.«
»Also du bist einverstanden! Halt, sei still, wohin hast du es denn so eilig? Ich bin noch nicht fertig mit dem, was ich sagen wollte. In meinem Testamente habe ich dir fünfzehntausend Rubel ausgesetzt. Ich werde sie dir jetzt gleich geben, nach der Trauung. Davon gib ihm achttausend, das heißt nicht ihm, sondern mir. Er hat Schulden im Betrage von achttausend Rubeln; die will ich bezahlen; aber er muß wissen, daß es mit deinem Gelde geschieht. Die andern siebentausend behältst du in deinen Händen; davon gib ihm nie auch nur einen Rubel! Bezahle nie seine Schulden! Tust du es einmal, so kommst du nachher nicht wieder davon los. Übrigens werde ich immer nach dem Rechten sehen. Ihr werdet von mir jährlich zwölfhundert Rubel zu eurem Unterhalt bekommen, mit einer Extrazuwendung fünfzehnhundert, außer Wohnung und Beköstigung, die ihr gleichfalls von mir erhalten werdet, genau ebenso, wie er das alles jetzt genießt. Nur eigene Bedienung müßt ihr euch halten. Das Jahrgeld werde ich dir alles mit einemmal geben, und zwar dir in deine eigene Hand. Aber sei auch gut gegen ihn; gib ihm manchmal ein bißchen und erlaube, daß seine Freunde einmal in der Woche zu ihm kommen; wenn sie öfter kommen, so jage sie weg! Aber ich werde auch selbst nach dem Rechten sehen. Und wenn ich sterbe, so wird euer

Jahrgeld bis zu seinem Tode weiterbezahlt werden; hörst du wohl: bis zu seinem Tode; denn es ist sein Jahrgeld und nicht das deinige. Und dir will ich außer den jetzigen siebentausend Rubeln, die du dir, wenn du nicht selbst dumm bist, unangebrochen erhalten wirst, noch weitere achttausend Rubel testamentarisch hinterlassen. Weiter wirst du von mir nichts bekommen; das mußt du wissen. Nun, bist du einverstanden, wie? Nun antworte aber auch endlich!«

»Ich habe ja schon geantwortet, Warwara Petrowna.«

»Vergiß nicht, daß du völlige Willensfreiheit hast; wie du willst, so wird es geschehen.«

»Gestatten Sie eine Frage, Warwara Petrowna: Hat denn Stepan Trofimowitsch schon mit Ihnen darüber gesprochen?«

»Nein, er hat noch nicht gesprochen und weiß auch noch nichts davon; aber . . . er wird sogleich reden!«

Sie sprang augenblicklich auf und warf ihr schwarzes Umschlagetuch um. Dascha errötete wieder ein wenig und folgte ihr mit einem fragenden Blicke. Warwara Petrowna wandte sich plötzlich zu ihr um und sagte mit zornrotem Gesichte, indem sie wie ein Habicht auf sie losschoß:

»Du Närrin! Du undankbare Närrin! Was denkst du dir denn? Glaubst du etwa, daß ich dich auch nur im geringsten kompromittieren werde? Er selbst wird dich kniefällig bitten; er muß ganz vergehen vor Glückseligkeit; so wird das arrangiert werden! Du weißt ja doch, daß ich dir mit der Verheiratung nichts zuleide tun will! Oder meinst du, daß er dich um dieser achttausend Rubel willen nehmen wird und ich jetzt hinlaufe, um dich zu verkaufen? Du Närrin, du Närrin, ihr seid alle undankbare Narren! Gib mir meinen Regenschirm!«

Und sie lief zu Fuß das feuchte Ziegeltrottoir entlang und über die hölzernen Brückchen zu Stepan Trofimowitsch.

## VII

Es war die Wahrheit, daß sie Darja nicht verheiratete, um ihr etwas zuleide zu tun; im Gegenteil hielt sie sich jetzt erst recht für deren Wohltäterin. Die edelste, gerechteste Entrüstung flammte in ihrer Seele auf, als sie beim Umlegen des Schaltuches bemerkte, daß ihre Pflegetochter sie verlegen und mißtrauisch ansah. Sie liebte sie aufrichtig von der Zeit an, wo diese noch ein kleines Kind gewesen war. Praskowja Iwanowna hatte Darja Pawlowna mit Recht als ihren Liebling bezeichnet. Schon längst hatte sich Warwara Petrowna ein für allemal gesagt, Darjas Charakter habe mit dem ihres Bruders (das heißt Iwan Schatows) keine Ähnlichkeit; sie sei still und sanft und sehr aufopferungsfähig; sie zeichne sich durch Anhänglichkeit, durch außerordentliche Bescheidenheit, durch eine seltene Verständigkeit und vor allen Dingen durch Dankbarkeit aus. Bisher hatte Darja anscheinend alle ihre Erwartungen erfüllt. »In dem Leben dieses Mädchens werden keine Fehler vorkommen«, hatte Warwara Petrowna gesagt, als Dascha zwölf Jahre alt war, und da es in ihrem Wesen lag, jede Idee, die sie fesselte, jeden neuen Einfall, den sie hatte, jeden Gedanken, der ihr glücklich schien, auch sogleich hartnäckig und leidenschaftlich zur Ausführung zu bringen, so hatte sie sich sofort entschlossen, Dascha wie eine leibliche Tochter zu erziehen. Sie legte für sie unverzüglich ein Kapital beiseite und nahm eine Gouvernante, eine Miß Criggs, ins Haus, die bis zum sechzehnten Lebensjahre der Pflegetochter bei ihnen blieb; dann aber wurde ihr auf einmal aus irgendwelchem Grunde gekündigt. Nun folgten Lehrer aus dem Gymnasium, darunter ein Nationalfranzose, der Dascha im Französischen unterrichtete. Auch diesem wurde plötzlich gekündigt; ja, er wurde beinahe weggejagt. Eine arme, von auswärts zugezogene Dame, eine Witwe von Adel, gab ihr Klavierunterricht. Aber der eigentliche Erzieher war doch Stepan Trofimowitsch. In Wirklichkeit war er es gewesen, der als der erste Dascha entdeckt hatte: Er hatte das stille Kind schon zu einer Zeit unterrichtet, als Warwara Petrowna an dasselbe noch gar nicht dachte. Ich wiederhole, was ich schon einmal gesagt habe: Es war erstaunlich, wie die Kinder an ihm hingen. Lisaweta Nikolajewna Tuschina war von ihrem achten bis zu ihrem elften Lebensjahre seine Schülerin gewesen (natürlich unterrichtete Stepan Trofimowitsch sie ohne Honorar und hätte ein solches von Drosdows unter keinen Umständen angenommen). Aber er verliebte sich selbst in das reizende Kind und erzählte ihr eine Art von Dichtungen über die Einrichtung der Welt und der Erde und über die Geschichte der Menschheit. Die Unterrichtsstunden über den ersten Menschen und die ersten Völker waren interessanter als arabische Märchen. Lisa, die für diese Erzählungen schwärmte, kopierte bei sich zu Hause ihren Lehrer Stepan Trofimowitsch in außerordentlich lächerlicher Weise. Dieser erfuhr davon, kam einmal unerwartet dazu und überraschte sie dabei. In höchster Verlegenheit warf Lisa sich in seine Arme und fing an zu weinen; Stepan Trofimowitsch weinte ebenfalls, aber vor Entzücken. Aber Lisa reiste bald weg, und es blieb nur Dascha übrig. Als zu Dascha Lehrer ins Haus kamen, hörte Stepan Trofimowitsch auf, sie zu unterrichten, und kümmerte sich bald gar nicht mehr um sie. So verging eine lange Zeit. Einmal, als sie schon siebzehn Jahre alt war, war er plötzlich von ihrer lieblichen Erscheinung überrascht. Dies war in Warwara Petrownas Hause, bei Tische. Er knüpfte mit dem jungen Mädchen ein Gespräch an, war mit ihren Antworten sehr zufrieden und machte schließlich den Vorschlag, mit ihr einen ernsthaften, umfassenden Kursus der russischen Literatur durchzunehmen. Warwara Petrowna lobte ihn für den schönen Gedanken und dankte ihm; Dascha aber war entzückt. Stepan Trofimowitsch bereitete sich auf diese Unterrichtsstunden besonders vor, und endlich begannen dieselben. Er fing mit der ältesten Periode an; die erste Unterrichtsstunde nahm einen sehr interessanten Verlauf; Warwara Petrowna war dabei zugegen. Als Stepan Trofimowitsch geschlossen hatte und seiner Schülerin beim Weggehen mitteilte, er werde das nächstemal an die Würdigung des »Liedes von der Heerfahrt Igors« gehen, da stand

Warwara Petrowna auf einmal auf und erklärte, die Unterrichtsstunden sollten nicht fortgesetzt werden. Stepan Trofimowitsch krümmte sich zusammen, schwieg aber; Dascha wurde dunkelrot vor Erregung. Damit hatte das Vergnügen ein Ende. Das hatte sich genau drei Jahre vor Warwara Petrownas jetzigem unerwarteten Einfall begeben.

Der arme Stepan Trofimowitsch saß allein zu Hause und ahnte nichts. In trübem Nachdenken blickte er schon lange durch das Fenster, ob nicht irgendein Bekannter zu ihm komme. Aber es wollte niemand kommen. Es fiel ein feiner Sprühregen, und es war kalt geworden; es war nötig, den Ofen zu heizen; er seufzte. Auf einmal bot sich seinen Augen eine seltsame Vision dar: Warwara Petrowna kam in solchem Wetter und zu so ungewöhnlicher Stunde zu ihm! Und zu Fuß! Er war so verblüfft, daß er vergaß, sein Kostüm zu wechseln, und sie so, wie er war, empfing: in seiner ewigen rosafarbenen, wattierten Hausjacke.

»Ma bonne amie! . . .« rief er ihr mit schwacher Stimme entgegen.

»Sie sind allein; das freut mich; ich kann Ihre Freunde nicht leiden! Wie Sie immer rauchen! Mein Gott, was ist das für eine Luft! Sie haben auch Ihren Tee noch nicht ausgetrunken, und dabei ist es schon zwölf Uhr! Sie finden Ihre ganze Seligkeit in der Unordnung und Ihren ganzen Genuß im Schmutze! Was sind das für zerrissene Papiere auf dem Fußboden? Nastasja, Nastasja! Was macht denn Ihre Nastasja? Mach die Fenster und die Türen auf, Nastasja, alles sperrangelweit! Und wir wollen in den Salon gehen; ich komme in einer ernsten Angelegenheit zu Ihnen. Fege doch wenigstens einmal im Leben aus, Nastasja!«

»Er macht ja doch alles gleich wieder schmutzig und unordentlich!« erwiderte Nastasja in gereiztem, klagendem Tone.

»Fege du nur aus; fege fünfzehnmal am Tage aus! Einen elenden Salon haben Sie« (sie waren inzwischen in den Salon getreten). »Machen Sie die Tür fester zu; sie wird horchen. Sie müssen den Salon unbedingt umtapezieren lassen. Ich habe Ihnen ja doch den Tapezierer mit Mustern zugeschickt; warum haben Sie sich keines ausgesucht? Setzen Sie sich, und hören Sie zu! So setzen Sie sich doch endlich hin, ich bitte Sie! Wo wollen Sie hin? Wo wollen Sie hin? Wo wollen Sie hin?«

»Ich . . . sofort!« rief Stepan Trofimowitsch aus dem anstoßenden Zimmer. »Da bin ich wieder!«

»Ah, Sie haben den Anzug gewechselt!« sagte sie spöttisch, indem sie ihn musterte. (Er hatte einen Oberrock über die Hausjacke gezogen.) »Das wird in der Tat zu unserem Gespräche besser passen. Setzen Sie sich doch endlich hin, ich bitte Sie!«

Sie setzte ihm alles mit einem Male auseinander, scharf und eindringlich. Sie deutete auch auf die achttausend Rubel hin, die er dringend nötig hatte. Ausführlich sprach sie von der Mitgift. Stepan Trofimowitsch riß die Augen auf und fing an zu zittern. Er hörte alles; aber er vermochte nicht, es klar zu erfassen. Er wollte etwas erwidern; aber immer versagte ihm die Stimme. Er wußte nur, daß alles so geschehen werde, wie sie es sagte, daß ein Widerspruch, eine Ablehnung ein Ding der Unmöglichkeit und er selbst unwiderruflich ein verheirateter Mann war.

»Mais, ma bonne amie, zum drittenmal und in meinen Jahren . . . und mit einem solchen Kinde!« sagte er endlich. »Mais c'est une enfant!«

»Ein Kind, das glücklicherweise schon zwanzig Jahre alt ist. Verdrehen Sie doch nicht so die Augen, ich bitte Sie; Sie sind hier nicht auf dem Theater. Sie sind ein sehr kluger gelehrter Mann; aber Sie verstehen nichts vom Leben; auf Sie muß beständig eine Wärterin aufpassen. Ich werde sterben, und was wird dann aus Ihnen werden? Aber sie wird für Sie eine gute Wärterin sein: Sie ist ein bescheidenes, energisches, vernünftiges Mädchen; außerdem werde ich selbst nach dem Rechten sehen; ich werde nicht gleich sterben. Sie ist häuslich; sie ist ein Engel an Sanftmut. Dieser glückliche Gedanke ist mir schon gekommen, als ich noch in der Schweiz war. Verstehen Sie auch wohl, was das heißen will, wenn ich selbst Ihnen sage, daß sie ein Engel an Sanftmut ist?« schrie sie plötzlich heftig. »Bei Ihnen sieht es wüst und unsauber aus; da wird sie für Reinlichkeit und Ordnung sorgen, und alles wird wie ein Spiegel sein . . . Na, Sie bilden sich wohl ein, wenn ich Ihnen ein solches Kleinod bringe, müßte ich mich tief vor Ihnen verbeugen, Ihnen alle Vorteile aufzählen und Ihnen wer weiß wie zureden! Nein, Sie müßten auf den Knien . . . O, Sie einfältiger, kleinmütiger Mensch!«

»Aber . . . ich bin ein alter Mann!«

»Was wollen Ihre dreiundfünfzig Jahre besagen! Fünfzig Jahre sind nicht das Ende, sondern die Mitte des Lebens. Sie sind ein schöner Mann und wissen das selbst. Sie wissen auch, wie sehr sie Sie verehrt. Wenn ich sterbe, was wird dann aus ihr werden? Aber als Ihre Frau kann sie ruhig sein, und auch ich bin dann beruhigt. Sie besitzen Ansehen, einen Namen, ein liebendes Herz; Sie erhalten ein Jahrgeld, das zu zahlen ich für meine Pflicht halte. Sie werden sie vielleicht retten, ja retten! In jedem Falle werden Sie ihr eine Ehre erweisen. Sie werden sie für das Leben bilden, ihr Herz entwickeln, ihren Gedanken die Richtung geben. Wie viele Menschen gehen heutzutage zugrunde, weil ihre Gedanken eine üble Richtung haben! Zugleich wird auch Ihr Werk fertig werden, und Sie werden sich mit einem Male auf sich selbst besinnen.«

»Ich habe gerade vor«, murmelte er, durch Warwara Petrownas geschickte Schmeichelei gekitzelt, »ich habe gerade vor, mich an meine ›Erzählungen aus der spanischen Geschichte‹ zu machen . . .«

»Na sehen Sie wohl! Sehen Sie, wie gut das stimmt!«

»Aber . . . sie? Haben Sie schon mit ihr gesprochen?«

»Beunruhigen Sie sich nicht über sie; da brauchen Sie nicht neugierig zu sein. Natürlich müssen Sie sie selbst bitten, sie anflehen, Ihnen die Ehre zu erweisen, Sie verstehen? Aber beunruhigen Sie sich nicht; ich werde selbst nach dem Rechten sehen. Außerdem lieben Sie sie ja doch!«

Dem guten Stepan Trofimowitsch schwindelte der Kopf: Die Wände drehten sich um ihn herum. Aber da war noch ein schrecklicher Gedanke, mit dem er in keiner Weise zurechtkommen konnte.

»Excellente amie!« sagte er, und seine Stimme zitterte plötzlich, »ich ... ich hätte nie geglaubt, daß Sie sich entschließen würden, mich ... mit einer andern Frau ... zu verheiraten!«
»Sie sind kein Mädchen, Stepan Trofimowitsch; nur Mädchen werden verheiratet; aber Sie heiraten selbst«, erwiderte Warwara Petrowna bissig.
»Oui, j'ai pris un mot pour un autre. Mais ... c'est égal«, versetzte er, indem er sie fassungslos anstarrte.
»Ich sehe, daß c'est égal«, antwortete sie verächtlich. »O Gott, da wird er gar ohnmächtig! Nastasja, Nastasja! Wasser!«
Aber die Anwendung des Wassers war nicht mehr nötig. Er kam von selbst zu sich. Warwara Petrowna griff nach ihrem Regenschirm.
»Ich sehe, daß mit Ihnen jetzt nicht zu reden ist ...«
»Oui, oui, je suis incapable.«
»Aber bis morgen werden Sie sich erholen und sich die Sache überlegen. Bleiben Sie zu Hause; wenn etwas vorfallen sollte, so benachrichtigen Sie mich, selbst wenn es in der Nacht ist. Schreiben Sie mir aber keine Briefe; ich werde sie nicht lesen. Morgen um diese Zeit werde ich selbst allein herkommen, um mir die endgültige Antwort zu holen, und ich hoffe, daß sie eine befriedigende sein wird. Sorgen Sie dafür, daß niemand hier ist und daß es nicht schmutzig und unordentlich ist; denn jetzt sieht es ja unerhört aus. Nastasja, Nastasja!«
Natürlich erklärte er sich am andern Tage einverstanden; er konnte auch gar nicht anders. Es lag da ein besonderer Umstand vor ...

## VIII

Das Gut, das wir bisher Stepan Trofimowitschs Gut genannt haben (es enthielt nach alter Rechnung fünzig Seelen und lag dicht bei Skworeschniki), war überhaupt nicht das seinige, sondern hatte seiner ersten Frau gehört und war somit jetzt das Eigentum ihres und seines Sohnes Pjotr Stepanowitsch Werchowenski. Stepan Trofimowitsch war nur dessen Vormund gewesen und hatte dann, als der junge Vogel flügge geworden war, das Gut aufgrund einer von diesem ausgestellten formellen Vollmacht verwaltet. Die Abmachung war für den jungen Mann vorteilhaft: Er erhielt von seinem Vater jährlich fest tausend Rubel als Einnahme von dem Gute, während dieses nach der Reform nur fünfhundert und vielleicht noch weniger einbrachte. Gott weiß, wie eine solche Abmachung hatte getroffen werden können. Übrigens schickte diese ganzen tausend Rubel Warwara Petrowna hin, während Stepan Trofimowitsch nicht einen einzigen Rubel dazu beitrug. Vielmehr behielt er die ganze Einnahme vom Gute in seiner Tasche und ruinierte dasselbe außerdem dadurch in Grund und Boden, daß er es an einen Geschäftsmann verpachtet und ohne Warwara Petrownas Wissen ein Wäldchen, in welchem der Hauptwert desselben steckte, zum Abholzen verkauft hatte. Dieses Wäldchen hatte er schon längst dann und wann in einzelnen Portionen verkauft. Es war zusammen mindestens achttausend Rubel wert gewesen, und er hatte nur fünftausend dafür bekommen. Aber seine Spielverluste im Klub waren manchmal gar zu groß, und er scheute sich dann, Warwara Petrowna um Geld zu bitten. Sie knirschte mit den Zähnen, als sie endlich alles erfuhr. Und nun teilte der Sohn auf einmal mit, er werde selbst kommen, um sein Gut um jeden Preis zu verkaufen, und beauftragte den Vater, unverzüglich sich um den Verkauf zu bemühen. Es war verständlich, daß Stepan Trofimowitsch bei seiner edelmütigen, selbstlosen Gesinnung sich vor ce cher fils schämte, den er übrigens zum letzten Male vor ganzen neun Jahren in Petersburg als Studenten gesehen hatte. Ursprünglich hatte das ganze Gut dreizehn- oder vierzehntausend Rubel wert sein können; jetzt hätte jemand kaum auch nur fünftausend dafür gegeben. Ohne Zweifel war Stepan Trofimowitsch nach dem Wortlaute der formellen Vollmacht vollständig berechtigt gewesen, den Wald zu verkaufen, und wenn er in Rechnung stellte, daß dem Sohne so viele Jahre lang jährlich pünktlich tausend Rubel geschickt waren, die doch aus dem Gute nicht hatten vereinnahmt werden können, so konnte er sich damit bei der Abrechnung hinreichend verteidigen. Aber Stepan Trofimowitsch war ein Mensch von edler Gesinnung mit einem Streben nach Höherem. In seinem Kopfe blitzte ein Gedanke von wunderbarer Schönheit auf: Wenn der liebe Pjotr kommen werde, auf einmal den Maximalwert des Gutes, das heißt fünfzehntausend Rubel, ohne den geringsten Hinweis auf die bisher übersandten Summen edelmütig auf den Tisch zu legen, ce cher fils unter Tränen fest an die Brust zu drücken und damit die ganze Abrechnung beendet sein zu lassen. Ganz von weitem und mit großer Vorsicht hatte er begonnen, dieses Bild vor Warwara Petrownas geistigem Blick zu entrollen. Er hatte angedeutet, daß eine solche Handlungsweise dem freundschaftlichen Verhältnisse zwischen ihm und seinem Sohne, der »Idee« dieses Verhältnisses, sogar eine besondere, edle Färbung verleihen werde. Dadurch würden die der älteren Generation angehörigen Väter und überhaupt die Menschen der älteren Generation gegenüber der modernen, leichtsinnigen, sozialistisch gesinnten Jugend uneigennützig und hochherzig erscheinen. Er hatte noch vieles der Art geredet; aber Warwara Petrowna hatte immer dazu geschwiegen. Schließlich hatte sie ihm trocken erklärt, sie sei bereit, das Gut zu kaufen, und wolle dafür den Maximalwert, das heißt sechs- bis siebentausend Rubel, geben (es war auch für viertausend zu haben). Von den übrigen achttausend, die das Gut mit dem Walde verloren hatte, sagte sie keine Silbe.

Dies war einen Monat vor der Brautwerbung geschehen. Stepan Trofimowitsch war bestürzt gewesen und sehr nachdenklich geworden. Früher war wenigstens noch die Hoffnung möglich gewesen, daß der liebe Sohn vielleicht überhaupt nicht kommen werde; das heißt Hoffnung vom Standpunkte eines Fremden aus, im Sinne eines Unbeteiligten. Stepan Trofimowitsch dagegen, als Vater, hätte schon den bloßen Gedanken an eine solche Hoffnung mit Entrüstung von sich gewiesen. Wie dem nun auch sein mochte, jedenfalls waren uns bisher über Pjotr recht sonderbare Gerüchte zu Ohren gekommen. Als er vor sechs Jahren seinen Kursus auf der Universität absolviert hatte, hatte er sich zunächst in Petersburg ohne Beschäftigung umhergetrieben. Auf einmal erhielten wir die Nachricht, er habe sich an der Abfassung einer geheimen Proklamation beteiligt und sei in diese Sache verwickelt. Dann erfuhren wir, er sei plötzlich im Auslande, in der Schweiz, in Genf, erschienen; er war also am Ende gar ein Flüchtling.

»Das kommt mir ganz wunderbar vor«, hatte sich Stepan Trofimowitsch, der darüber in starke Unruhe geraten war, damals uns gegenüber geäußert, »der gute Pjotr, c'est une si pauvre tête! Er ist brav, edelgesinnt, sehr gefühlvoll, und ich habe mich damals in Petersburg gefreut, wenn ich ihn mit der modernen Jugend verglich; aber c'est un pauvre sire tout de même . . . Und wissen Sie, das kommt davon her, daß die jungen Leute nicht ordentlich ausgebrütet, daß sie zu gefühlvoll sind! Was sie fesselt, ist nicht der Realismus, sondern die empfindsame, ideale Seite des Sozialismus, sozusagen seine religiöse Färbung, seine Poesie . . . die allerdings aus einer fremden Sprache stammt. Und daß das mir, gerade mir begegnen mußte! Ich habe sowieso schon hier so viele Feinde und dort in Petersburg noch mehr; da wird man alles dem väterlichen Einflusse zuschreiben . . . O Gott! Mein Pjotr ein Aufwiegler! In was für Zeiten leben wir!«

Pjotr schickte übrigens aus der Schweiz sehr bald seine genaue Adresse, damit ihm das Geld wie gewöhnlich zugesandt werde: Also war er doch nicht vollständig ein Emigrant. Und siehe da: Nachdem er etwa vier Jahre im Auslande gelebt hatte, erschien er jetzt auf einmal wieder in seinem Vaterlande und meldete seine baldige Ankunft; also lag doch keine Anklage gegen ihn vor. Ja, noch mehr: Es schien sich sogar jemand für ihn zu interessieren und ihn zu protegieren. Er schrieb jetzt aus Südrußland, wo er sich in jemandes privatem, aber wichtigem Auftrage befand und irgendein schwieriges Geschäft zu erledigen hatte. Das war ja alles sehr schön; aber woher sollte Stepan Trofimowitsch nun die übrigen sieben-, achttausend Rubel nehmen, um in anständiger Weise den Maximalwert des Gutes voll zu machen? Wie aber, wenn Pjotr ein Geschrei erhob und es nicht zu jenem herrlichen Bilde, sondern zu einem Prozesse kam? Eine innere Stimme sagte dem besorgten Stepan Trofimowitsch, daß der gefühlvolle Pjotr auf nichts, was ihm zustehe, verzichten werde. »Woher kommt das (ich habe das beobachtet)«, flüsterte mir in jener Zeit einmal Stepan Trofimowitsch zu, »woher kommt das, daß alle diese enragierten Sozialisten und Kommunisten gleichzeitig so unglaublich geizig, habgierig und egoistisch sind, und zwar in der Weise, daß, je mehr einer Sozialist ist, je weiter er dabei geht, er auch um so egoistischer ist; woher kommt das? Rührt das wirklich auch von der Empfindsamkeit her?« Ich weiß nicht, ob an dieser Bemerkung Stepan Trofimowitschs etwas Wahres ist; ich weiß nur, daß Pjotr über den Verkauf des Waldes und anderes Nachrichten erhalten hatte, und daß Stepan Trofimowitsch wußte, daß sein Sohn darüber orientiert sei. Ich bekam auch gelegentlich Briefe Pjotrs an seinen Vater zu lesen: Er schrieb nur äußerst selten, einmal im Jahre und noch seltener. Nur in der letzten Zeit, wo er seine nahe bevorstehende Ankunft meldete, schickte er zwei Briefe fast unmittelbar nacheinander. Alle seine Briefe waren kurz und trocken und bestanden nur aus Anordnungen, und da Vater und Sohn sich noch von Petersburg her nach moderner Sitte duzten, so hatten Pjotrs Briefe eine entschiedene Ähnlichkeit mit den Verfügungen, die in älterer Zeit die Gutsbesitzer aus den Residenzen denjenigen ihrer Untergebenen zugehen ließen, welche sie mit der Verwaltung ihrer Güter betraut hatten. Und da kamen nun auf einmal diese achttausend Rubel, um die sich die Sache drehte, nach Warwara Petrownas Vorschlage herbeigeflogen, wobei sie deutlich zu verstehen gab, daß sie von anderswoher schlechterdings nicht würden herbeigeflogen kommen. Natürlich erklärte sich Stepan Trofimowitsch einverstanden.

Sowie Warwara Petrowna ihn verlassen hatte, ließ er mich rufen; vor jedem andern Besuch aber schloß er sich den ganzen Tag über ein. Natürlich weinte er ein bißchen; er redete viel und gut, befand sich in starker Verwirrung und machte gelegentlich Wortspiele, mit denen er sehr zufrieden war; dann kam eine leichte Cholerine, kurz, alles nahm seinen ordnungsmäßigen Gang. Darauf zog er ein Bild seiner schon vor zwanzig Jahren verstorbenen Frau, der Deutschen, hervor und wimmerte kläglich: »Wirst du es mir verzeihen?« Überhaupt benahm er sich, wie wenn er den Verstand verloren hätte. Vor Kummer tranken wir auch ein bißchen. Übrigens schlief er bald und ruhig ein. Am Morgen band er sich sein Halstuch äußerst kunstvoll, zog sich elegant an und trat oft vor den Spiegel, um sich zu besehen. Er bespritzte sein Taschentuch mit Parfüm, indessen nur ganz wenig, und kaum sah er durchs Fenster, daß Warwara Petrowna kam, als er auch schleunigst ein anderes Taschentuch nahm und das parfümierte unter das Kissen schob.

»Nun, das ist ja schön!« lobte ihn Warwara Petrowna, als sie hörte, daß er einwilligte. »Erstens haben Sie eine edle Entschlossenheit bewiesen, und zweitens haben Sie auf die Stimme der Vernunft gehört, auf die Sie in Ihren Privatangelegenheiten nur so selten hören. Besondere Eile ist übrigens nicht erforderlich«, fügte sie hinzu, als ihr der Knoten seines weißen Halstuches ins Auge fiel, »schweigen Sie vorläufig davon, und ich werde ebenfalls schweigen. Nächstens ist Ihr Geburtstag, da werde ich mit ihr zusammen bei Ihnen sein. Geben Sie eine Abendgesellschaft, Tee, aber bitte ohne Spirituosen und ohne kalten Imbiß; übrigens werde ich alles selbst arrangieren. Laden Sie Ihre Freunde dazu ein; wir wollen zusammen die Auswahl treffen. Tags zuvor können Sie mit ihr reden, wenn es nötig sein sollte; aber auf Ihrer Abendgesellschaft wollen wir nichts proklamieren und keine Verlobung feiern, sondern es nur so andeuten und zu verstehen geben, ohne alle Feierlichkeit. Und dann zwei Wochen darauf soll die Hochzeit stattfinden, möglichst ohne Aufsehen. Sie könnten sogar beide gleich nach der Trauung auf einige Zeit verreisen, zum Beispiel nach Moskau. Vielleicht werde ich mit Ihnen mitfahren. Aber die Hauptsache ist: Schweigen Sie bis dahin!«

Stepan Trofimowitsch war erstaunt. Er wollte stotternd

einwenden, das ginge doch nicht, er müsse doch mit der Braut reden; aber Warwara Petrowna fuhr ihn in gereiztem Tone an:

»Wozu das? Erstens wird vielleicht überhaupt nichts daraus werden . . .«

»Wie meinen Sie das: es wird nichts daraus werden?« murmelte der Bräutigam, der wie betäubt war.

»Nun ja. Ich werde erst noch einmal sehen . . . Übrigens wird alles so geschehen, wie ich gesagt habe, und Sie brauchen sich gar keine Sorge zu machen; ich werde das Mädchen selbst vorbereiten. Sie haben gar nichts damit zu tun. Alles, was nötig ist, wird gesagt und getan werden; aber Sie sind dabei ganz unbeteiligt. Wozu wollen Sie dabei mitwirken? Was wollen Sie dabei für eine Rolle spielen? Kommen Sie selbst nicht hin, und schreiben Sie auch keine Briefe! Und lassen Sie nichts verlauten, bitte ich Sie. Ich werde ebenfalls schweigen.«

Sie wollte absolut keine weiteren Erklärungen geben und ging, offenbar sehr verstimmt, weg. Es schien, daß Stepan Trofimowitschs übermäßige Bereitwilligkeit sie befremdet hatte. Leider hatte er schlechterdings kein Verständnis für seine Lage und betrachtete die Frage nur von einem ganz einseitigen Gesichtspunkte aus. Er schlug sogar jetzt einen neuen, siegesgewissen, leichtfertigen Ton an. Er war sehr mutig geworden.

»Das gefällt mir!« rief er, indem er vor mir stehen blieb und mit den Armen in der Luft umherfuhr. »Haben Sie es gehört? Sie wird es noch dahinbringen, daß ich, ich schließlich nicht will. Ich kann ja doch auch die Geduld verlieren und nicht wollen! ›Bleiben Sie zu Hause!‹ sagt sie, ›Sie brauchen da nicht hinzugehen‹; aber schließlich, warum muß ich denn unbedingt heiraten? Nur weil sie einen lächerlichen Einfall gehabt hat? Aber ich bin ein ernsthafter Mensch und habe vielleicht keine Lust, mich den müßigen Launen eines unvernünftigen Weibes unterzuordnen! Ich habe Pflichten gegen meinen Sohn und . . . und gegen mich selbst! Ich bringe ein Opfer; hat sie dafür auch Verständnis? Vielleicht habe ich nur deswegen eingewilligt, weil mir das

Leben langweilig geworden und mir alles gleich ist. Aber sie kann mich reizen, und dann wird mir nicht mehr alles gleich sein; ich werde mich beleidigt fühlen und mich weigern. Et enfin le ridicule ... Was wird man im Klub dazu sagen? Was wird Liputin dazu sagen? ›Vielleicht wird nichts daraus werden!‹ Unerhört! Das ist der Gipfel! Das ist ... ja, was ist das eigentlich? Je suis un forçat, un Badinguet, ein an die Wand gedrückter Mensch! ...«

Und zugleich blickte durch all diese kläglichen Jammerreden eine Art von launischer Selbstgefälligkeit, eine Art von leichtfertiger Koketterie hindurch. Am Abend tranken wir wieder etwas.

## DRITTES KAPITEL

### *Fremde Sünden*

#### I

Es verging ungefähr eine Woche, und der Schwebezustand der Sache wurde peinlich.

Ich bemerke in Parenthese, daß ich in dieser unglücklichen Woche viel auszustehen hatte, da ich in meiner Eigenschaft als nächster Vertrauter fast ununterbrochen bei meinem armen verlobten Freunde blieb. Was ihn quälte, war besonders das Gefühl der Scham, obwohl wir in dieser Woche keinen Menschen zu sehen bekamen und immer allein saßen; aber er schämte sich sogar vor mir, und das ging so weit, daß er, je mehr er sich vor mir decouvrierte, um so mehr deswegen auf mich ärgerlich wurde. Bei seiner Neigung zum Argwohn bildete er sich ein, daß schon alles allen, der ganzen Stadt bekannt sei, und fürchtete sich davor, im Klub, ja selbst in seinem Verein zu erscheinen. Auch Spaziergänge zum Zwecke der notwendigen Bewegung unternahm er nur, wenn es schon vollständig dunkel geworden war.

Eine Woche war vergangen, und er wußte immer noch nicht, ob er Bräutigam war oder nicht, und vermochte das auf keine Weise trotz all seiner Bemühungen mit Sicherheit zu erfahren. Mit der Braut war er noch nicht zusammengekommen; er wußte nicht einmal, ob sie seine Braut sei; er wußte nicht einmal, ob an der ganzen Sache überhaupt etwas Ernsthaftes war. Aus unbekanntem Grunde lehnte Warwara Petrowna es entschieden ab, ihn zu empfangen. Auf einen seiner ersten Briefe (er hatte deren eine ganze Menge an sie geschrieben) antwortete sie ihm geradezu mit der Bitte, sie für einige Zeit von jedem Verkehr mit ihm zu dispensieren, weil sie sehr beschäftigt sei; sie habe ihm auch ihrerseits viele, sehr wichtige Mitteilungen zu machen, warte aber damit absichtlich auf eine minder besetzte Zeit, als es die jetzige sei, und werde es ihn selbst seinerzeit wissen lassen, wann er wieder zu ihr kommen könne. Weitere Briefe aber werde sie ihm uneröffnet zurückschicken; denn das sei doch nur Torheit. Diese Zuschrift habe ich mit eigenen Augen gelesen; er hat sie mir selbst gezeigt.

Aber der Verdruß darüber, daß Warwara Petrowna ihn so grob behandelte und in Ungewißheit ließ, war nichts im Vergleiche mit seiner Hauptsorge. Diese Sorge quälte ihn außerordentlich und ohne Aufhören; sie bewirkte, daß er abmagerte und kleinmütig wurde. Es handelte sich dabei um etwas, worüber er sich am allermeisten schämte und worüber er nicht einmal mit mir reden wollte; vielmehr log er, wenn das Gespräch darauf kam, und machte vor mir Ausflüchte wie ein kleiner Knabe; trotzdem aber ließ er mich selbst alle Tage zu sich rufen; er konnte es nicht zwei Stunden ohne mich aushalten; er hatte mich nötig, wie man Wasser oder Luft nötig hat.

Ein solches Benehmen beleidigte mein Ehrgefühl einigermaßen. Es versteht sich von selbst, daß ich dieses sein Hauptgeheimnis schon längst im stillen erraten hatte und völlig durchschaute. Nach meiner tiefsten damaligen Überzeugung hätte die Enthüllung dieses Geheimnisses, dieser Hauptsorge Stepan Trofimowitschs, ihm keine Ehre gemacht, und daher war ich, als ein noch junger Mensch, über die Niedrigkeit seiner Gedanken und die Häßlichkeit gewisser argwöhnischer Vermutungen, die er hegte, etwas entrüstet. In meiner Hitze (und ich muß bekennen, weil es mir langweilig wurde, sein Vertrauter zu sein) beschuldigte ich ihn vielleicht zu hart. In meiner Grausamkeit zwang ich ihn, mir alles zu bekennen, obwohl ich mir sagte, daß manches davon zu bekennen allerdings recht peinlich sei. Er durchschaute mich seinerseits völlig, das heißt, er sah klar, daß ich ihn durchschaute und auf ihn ärgerlich war, und er war selbst auf mich ärgerlich, weil ich auf ihn ärgerlich war und ihn durchschaute. Vielleicht war meine Gereiztheit kleinlich und dumm; aber es schadet manchmal der wahren Freundschaft sehr, wenn zwei Freunde zu lange miteinander allein zusammen sind. Von einem gewissen Gesichtspunkte aus faßte er einige Seiten seiner Lage richtig auf und definierte sogar seine Lage sehr genau in denjenigen Punkten, bei denen er nicht für nötig fand, sich zu verstecken.

»Oh, was war sie damals für eine Frau!« sagte er manchmal zu mir mit Bezug auf Warwara Petrowna. »Was war sie früher für eine Frau, wenn ich mich mit ihr unterhielt! Wissen Sie wohl, daß sie damals noch zu reden verstand? Können Sie es glauben, daß sie damals noch Gedanken hatte, eigene Gedanken? Jetzt hat sich alles verändert! Sie sagt, das sei alles nur altmodisches Gerede! Sie verachtet das Frühere . . . Jetzt hat sie so etwas Subalternes, Plebejisches, Erbittertes; immer ist sie aufgebracht . . .«

»Warum ist sie denn jetzt aufgebracht, obwohl Sie doch ihr Verlangen erfüllt haben?« erwiderte ich ihm.

Er sah mich mit einem feinen Lächeln an.

»Cher ami, wenn ich nicht eingewilligt hätte, wäre sie furchtbar zornig geworden, ganz furcht-bar! Aber doch weniger als jetzt, wo ich eingewilligt habe.«

Dieser sein pointierter Ausspruch gefiel ihm sehr gut, und wir tranken an diesem Abend ein Fläschchen. Aber das dauerte nur einen Augenblick; am andern Tage war er verdrießlicher und mürrischer als je zuvor.

Aber am meisten ärgerte ich mich über ihn deswegen, weil er sich gar nicht entschließen konnte, zu den nunmehr eingetroffenen Drosdows zu gehen und ihnen zur Erneuerung der Bekanntschaft den notwendigen Besuch zu machen, was sie dem Vernehmen nach selbst wünschten, da sie, wie es hieß, nach ihm gefragt hatten; und auch er sehnte sich alle Tage zu ihnen hin. Von Lisaweta Nikolajewna redete er mit einem mir unbegreiflichen Entzücken. Ohne Zweifel hatte er sie in der Erinnerung, wie sie einst als Kind gewesen war, wo er sie außerordentlich gern gehabt hatte; aber außerdem hatte er eigentümlicherweise die Vorstellung, daß er beim Zusammensein mit ihr sogleich eine Erleichterung all seiner jetzigen Qualen verspüren und sogar über seine wichtigsten Zweifel ins klare kommen werde. Er erwartete in Lisaweta Nikolajewna ein ganz ungewöhnliches Wesen vorzufinden. Und doch ging er nicht zu ihr hin, wiewohl er es sich täglich vornahm. Die Hauptsache war, daß ich damals selbst den lebhaften Wunsch hatte, ihr vorgestellt zu werden, wobei ich einzig und allein auf Stepan Trofimowitsch angewiesen war. Großen Eindruck machten auf mich damals meine häufigen Begegnungen mit ihr, natürlich nur auf der Straße, wenn sie auf einem schönen Pferde in Begleitung ihres sogenannten Verwandten, des hübschen Offiziers, des Neffen des verstorbenen Generals Drosdow, spazieren ritt. Meine Verblendung dauerte nur ganz kurze Zeit, und ich erkannte dann sehr bald selbst die ganze Aussichtslosigkeit meiner Schwärmerei; aber wenn sie auch nur kurze Zeit dauerte, so war sie doch tatsächlich vorhanden, und daher kann man sich denken, wie empört ich damals manchmal über meinen armen Freund wegen seines eigensinnigen Einsiedlerlebens war.

Alle Mitglieder unseres Vereins waren gleich zu Anfang offiziell benachrichtigt worden, daß Stepan Trofimowitsch eine Zeitlang niemanden empfangen werde und bitte, ihn vollständig in Ruhe zu lassen. Er hatte auf einer Mitteilung an jeden einzelnen bestanden, obwohl ich ihm davon abgeraten hatte. Auf seine Bitte ging ich bei allen herum und sagte ihnen, Warwara Petrowna habe unserm »Alten« (so nannten wir alle Stepan Trofimowitsch unter uns) eine besondere Arbeit aufgetragen, nämlich eine mehrjährige

Korrespondenz in Ordnung zu bringen; er habe sich eingeschlossen, und ich sei ihm dabei behilflich usw. usw. Nur zu Liputin war ich noch nicht gegangen und schob dies immer auf; richtiger gesagt, ich fürchtete mich davor, zu ihm hinzugehen. Ich wußte vorher, daß er mir kein Wort glauben, sondern unfehlbar denken werde, es stecke da ein Geheimnis dahinter, das man gerade vor ihm allein verbergen wolle, und daß er, sowie ich von ihm weggegangen sein würde, sogleich durch die ganze Stadt laufen werde, um sich zu erkundigen und es weiterzuklatschen. Während ich all das bei mir bedachte, traf es sich, daß ich mit ihm zufällig auf der Straße zusammenstieß. Es erwies sich, daß er von unseren Leuten, die durch mich soeben benachrichtigt waren, bereits alles erfahren hatte. Aber merkwürdig: Er zeigte gar keine Neugier und erkundigte sich nicht weiter nach Stepan Trofimowitsch, sondern unterbrach mich sogar im Gegenteil, als ich mich entschuldigen wollte, daß ich nicht früher zu ihm gekommen wäre, und sprang sogleich auf ein anderes Thema über. Allerdings hatte sich bei ihm auch viel Gesprächsstoff angesammelt; er befand sich in sehr angeregter Stimmung und freute sich darüber, daß er an mir einen Zuhörer gefunden hatte. Er begann über die Stadtneuigkeiten zu reden, über die Ankunft der Frau Gouverneur, welche »neue Gesprächsthemata« mitgebracht habe, über die Opposition, die sich bereits im Klub bilde, über das Geschrei, das alle von den neuen Ideen machten, und wie dies den einzelnen stehe usw. usw. Er sprach in dieser Art etwa eine Viertelstunde und so amüsant, daß ich mich nicht losreißen konnte. Obgleich ich ihn nicht leiden konnte, so muß ich doch bekennen, daß er die Gabe besaß, einen Zuhörer zu fesseln, besonders wenn er über etwas sehr aufgebracht war. Dieser Mensch war meiner Ansicht nach der richtige, geborene Spion. Er wußte in jedem Augenblikke die sämtlichen letzten Neuigkeiten und alle Geheimnisse unserer Stadt, namentlich die von skandalösem Genre, und man mußte sich darüber wundern, wie sehr er sich für Dinge interessierte, die ihn manchmal gar nichts angingen. Ich hatte von ihm immer den Eindruck, daß der Hauptzug seines Charakters der Neid sei. Als ich am Abend desselben Tages Stepan Trofimowitsch erzählte, daß ich am Morgen Liputin getroffen hätte und was wir miteinander gesprochen hätten, da geriet dieser zu meinem Erstaunen in große Aufregung und fragte mich ganz wild: »Weiß Liputin es oder nicht?« Ich setzte ihm auseinander, daß es für jenen ein Ding der Unmöglichkeit sei, die Sache so schnell in Erfahrung zu bringen; von wem solle er auch etwas gehört haben; aber Stepan Trofimowitsch verblieb bei seiner Ansicht:

»Mögen Sie es nun glauben oder nicht«, schloß er unerwartet, »aber ich bin überzeugt, daß ihm nicht nur alles mit allen Einzelheiten über unsere« (so!) »Lage bereits bekannt ist, sondern daß er auch außerdem noch etwas weiß, was weder ich noch Sie bisher wissen und was wir vielleicht niemals erfahren werden oder erst erfahren werden, wenn es schon zu spät ist und keine Umkehr mehr möglich ist! . . .«

Ich schwieg; aber diese Worte enthielten doch viele Andeutungen. Nach diesem Gespräche taten wir ganze fünf Tage lang Liputins mit keinem Worte Erwähnung; es war mir klar, daß Stepan Trofimowitsch es sehr bedauerte, mir gegenüber einen solchen Verdacht geäußert und sich verplappert zu haben.

## II

Eines Morgens, nämlich am siebenten oder achten Tage, nachdem Stepan Trofimowitsch eingewilligt hatte, Bräutigam zu werden, gegen elf Uhr, als ich wie gewöhnlich zu meinem betrübten Freunde eilte, hatte ich unterwegs ein Erlebnis.

Ich begegnete Karmasinow, dem »großen Schriftsteller«, wie Liputin ihn nannte. Karmasinows Schriften hatte ich seit meiner Kindheit gelesen. Seine Novellen und Erzählungen sind der ganzen vorigen Generation und sogar noch der unsrigen bekannt; ich hatte mich an ihnen berauscht; ihre Lektüre war mir in meinem Knaben- und Jünglingsalter ein

Genuß gewesen. Später war ich den Produkten seiner Feder gegenüber etwas kühler geworden; die Tendenznovellen, die er in der letzten Zeit geschrieben hatte, gefielen mir nicht mehr so gut wie seine ersten, ursprünglichen Schöpfungen, die soviel unmittelbare Poesie enthielten, und seine letzten Schriften gefielen mir gar nicht.

Wenn ich es wagen darf, über einen so heiklen Gegenstand auch meine Meinung zum Ausdruck zu bringen, so möchte ich allgemein folgendes sagen. All diese unsere Herren Landsleute, die mit einem Talente mittlerer Sorte begabt sind, aber zu ihren Lebzeiten gewöhnlich beinah für Genies gehalten werden, verschwinden nicht nur mit ihrem Tode plötzlich und fast spurlos aus dem Gedächtnis der Menschen, sondern es kommt auch vor, daß sie schon bei ihren Lebzeiten unglaublich schnell von allen geringgeschätzt und vergessen werden, nämlich sobald eine neue Generation heranwächst und an die Stelle derjenigen tritt, zu deren Zeit sie gewirkt haben. Das vollzieht sich bei uns so plötzlich wie ein Dekorationswechsel im Theater. Oh, da geht es ganz anders zu als bei Männern wie Puschkin, Gogol, Molière, Voltaire und all diesen Großen, die vor die Welt hintraten, um Neues zu verkündigen! Auch das ist wahr, daß bei uns diese mit nur mittelmäßigem Talente begabten Herren sich gegen das Ende ihres an Ehren reichen Lebens gewöhnlich in der kläglichsten Weise ausschreiben, ohne es auch nur zu bemerken. Nicht selten dokumentiert ein Schriftsteller, dem man lange Zeit eine außerordentliche Tiefe der Ideen zugeschrieben und von dem man eine bedeutende, ernste Einwirkung auf die geistige Bewegung der Mitwelt erwartet hat, gegen das Ende seines Lebens eine solche Dürftigkeit und Kümmerlichkeit seines Fundamentalideechens, daß es niemand auch nur bedauert, daß er es fertiggebracht hat, sich so schnell auszuschreiben. Aber die grauhaarigen alten Herren bemerken das nicht und werden ärgerlich. Ihre Eitelkeit nimmt, namentlich gegen das Ende ihrer Laufbahn, mitunter erstaunliche Dimensionen an. Gott weiß, wofür sie sich dann zu halten anfangen, aber mindestens für Götter. Von Karmasinow erzählte man, daß ihm seine

Beziehungen zu einflußreichen Leuten und zu den höchsten Gesellschaftskreisen fast wertvoller seien als sein eigenes Leben. Man erzählte von ihm, er empfange diejenigen, die zu ihm kämen, freundlich, benehme sich gegen sie liebenswürdig, entzücke und bezaubere sie durch seine Gutherzigkeit, namentlich wenn er ihrer irgendwie bedürfe, und selbstverständlich, wenn sie ihm vorher gut empfohlen seien. Aber sowie ein Fürst hereintrete oder eine Gräfin oder jemand, den er fürchte, halte er es für seine heiligste Pflicht, jene andern Besucher mit der beleidigendsten Geringschätzung wie Holzspänchen oder Fliegen unbeachtet zu lassen, und zwar sofort, ehe sie noch aus der Tür seien; das halte er in allem Ernste für den feinsten und besten Ton. Trotz seiner genauen Kenntnis und vollständigen Beherrschung der guten Umgangsformen sei er so eitel und empfindlich, daß er seine Reizbarkeit als Autor nicht einmal in denjenigen Gesellschaftskreisen verbergen könne, in denen man sich für die Literatur wenig interessiere. Wenn ihn aber zufällig jemand durch seine Gleichgültigkeit befremde, so fühle er sich tief gekränkt und suche sich zu rächen.
Vor einem Jahre habe ich in einer Zeitschrift einen Artikel von ihm gelesen, der gewaltige Ansprüche darauf erhob, naive Poesie und feine psychologische Beobachtungen zu enthalten. Er schilderte den Untergang eines Dampfers an der englischen Küste, bei dem er selbst Zeuge gewesen war und gesehen hatte, wie Untergehende gerettet und Ertrunkene herausgezogen wurden. Dieser ganze ziemlich lange und redselige Artikel war einzig und allein in der Absicht geschrieben, den Verfasser selbst in das rechte Licht zu stellen. Man konnte es ordentlich zwischen den Zeilen lesen: »Interessiert euch für meine Persönlichkeit; seht, wie ich mich in diesen Augenblicken benommen habe! Was kümmert euch das Meer, der Sturm, die Felsen, die zerbrochenen Planken des Schiffes? Ich bin es ja gewesen, der euch das alles in großartigem Stile geschildert hat! Wozu blickt ihr nach dieser ertrunkenen Frau mit dem toten Kinde in den toten Armen? Seht lieber mich an, wie ich

dieses Schauspiel nicht ertragen konnte und mich von ihm abwandte! Ich drehte ihm den Rücken zu; ich war vor Angst nicht imstande, zurückzublicken; ich kniff die Augen zu . . . nicht wahr, das ist interessant?« Als ich Stepan Trofimowitsch meine Meinung über den Karmasinowschen Artikel mitteilte, stimmte er mir bei.

Als es nun vor kurzem bei uns hieß, Karmasinow werde in unsere Stadt kommen, da wurde natürlich bei mir ein starkes Verlangen rege, ihn zu sehen und, wenn möglich, seine Bekanntschaft zu machen. Ich wußte, daß sich dies durch Stepan Trofimowitschs Vermittlung erreichen ließ; denn die beiden waren früher einmal befreundet gewesen. Und da begegnete ich ihm nun plötzlich an einer Straßenkreuzung. Ich erkannte ihn sofort; er war mir erst drei Tage vorher gezeigt worden, als er in einer Equipage zur Frau Gourverneur fuhr.

Er war ein sehr kleiner, gezierter alter Herr, übrigens nicht über fünfzig Jahre alt, mit ziemlich frischem Gesichtchen, mit dichten, grauen Löckchen, die unter seinem Zylinderhute hervorquollen und sich um seine sauberen, rosafarbenen kleinen Ohren kräuselten. Sein sauberes Gesichtchen war nicht besonders hübsch, die Lippen schmal, lang und schlau zusammengekniffen, die Nase etwas fleischig; die kleinen Augen hatten einen scharfen, klugen Blick. Er war etwas altmodisch gekleidet und trug eine Art Mantel zum Umwerfen, wie man ihn in dieser Jahreszeit etwa in der Schweiz oder in Oberitalien trägt. Aber wenigstens alle kleineren Bestandteile seines Kostüms: die Hemdknöpfchen, der Chemisettkragen, die Rockknöpfe, die Schildpattlorgnette an einem schmalen, schwarzen Bande, der Ring am Finger, waren sämtlich von der Art, wie man sie bei Leuten von untadelhaft gutem Tone findet. Ich bin überzeugt, daß er im Sommer bestimmt in Halbstiefeln von farbigem Wollenstoff mit Perlmutterknöpfen an der Seite geht. Als wir zusammentrafen, blieb er an der Straßenecke stehen und sah mich aufmerksam an. Da er bemerkte, daß ich ihn neugierig betrachtete, fragte er mich mit einem süßlichen, wiewohl etwas kreischenden Stimmchen:

»Gestatten Sie die Frage: Wie komme ich am nächsten nach der Bykowa-Straße?«

»Nach der Bykowa-Straße? Die ist hier gleich«, rief ich in großer Aufregung. »Immer diese Straße geradeaus und dann bei der zweiten Ecke nach links.«

»Ich danke Ihnen bestens.«

Verflucht sei dieser Augenblick! Ich glaube, ich war verlegen geworden und machte ein knechtisches Gesicht! Im Nu hatte er alles bemerkt und gewiß sofort alles durchschaut, nämlich daß ich bereits wußte, wer er war, und daß ich seine Schriften seit meiner Kindheit gelesen und ihn verehrt hatte, und daß ich jetzt verlegen geworden war und ein knechtisches Gesicht machte. Er lächelte, nickte mir noch einmal mit dem Kopfe zu und ging geradeaus weiter, wie ich es ihm angegeben hatte. Ich weiß nicht, warum ich umdrehte und ihm nachging; ich weiß nicht, warum ich zehn Schritte neben ihm herlief. Auf einmal blieb er wieder stehen.

»Könnten Sie mir nicht angeben, wo hier in der Nähe Droschken stehen?« kreischte er mir wieder zu.

Ein widerwärtiges Kreischen, eine widerwärtige Stimme!

»Droschken? Droschken sind hier ganz nah . . . beim Dom stehen sie; da stehen immer welche.«

Beinah hätte ich mich umgedreht und wäre hingelaufen, um ihm eine Droschke zu holen. Ich vermute, daß er eben dies auch von mir erwartet hatte. Natürlich kam ich sofort zur Besinnung und blieb stehen; aber er hatte meine Bewegung recht wohl bemerkt und mit demselben widerwärtigen Lächeln verfolgt. Nun begab sich etwas, was ich nie vergessen werde.

Er ließ auf einmal einen kleinen Sack fallen, den er in der linken Hand trug. Übrigens war es eigentlich kein Sack, sondern eine Art Schächtelchen oder richtiger ein Portefeuille oder noch besser ein Ridikül von der Art, wie ihn früher die Damen trugen; übrigens weiß ich nicht genau, was es war; ich weiß nur, daß ich darauf zustürzte, um es aufzuheben.

Ich bin vollkommen überzeugt, daß ich es nicht aufgehoben

hätte; aber die erste Bewegung, die ich machte, war unbestreitbar; sie ließ sich nicht mehr verbergen, und ich wurde rot wie ein Dummkopf. Der schlaue Patron nutzte diesen Umstand sofort auf die denkbar beste Weise aus.

»Bemühen Sie sich nicht; ich kann ja selbst . . .« sagte er in bezaubernd liebenswürdigem Tone; das heißt, erst als er sich vollständig davon überzeugt hatte, daß ich ihm seinen Ridikül nicht aufheben würde, erst da hob er ihn auf, wie wenn er mir zuvorkommen wollte, nickte mir noch einmal zu und ging seines Weges weiter, indem er mich wie einen dummen Jungen stehen ließ. Es kam ganz auf dasselbe hinaus, wie wenn ich ihm seinen Ridikül wirklich selbst aufgehoben hätte. Etwa fünf Minuten lang war ich der Ansicht, daß ich völlig und für mein ganzes Leben entehrt sei; aber als ich mich Stepan Trofimowitschs Hause näherte, lachte ich plötzlich laut auf. Die Begegnung kam mir so lächerlich vor, daß ich mir sofort vornahm, mit der Erzählung davon Stepan Trofimowitsch zu erheitern und ihm die ganze Szene sogar mimisch vorzuführen.

## III

Aber diesmal fand ich ihn zu meiner Verwunderung ganz verändert vor. Er eilte mir allerdings, sowie ich eintrat, mit einem gewissen Eifer entgegen und begann, mir zuzuhören; aber er hörte mit so zerstreuter Miene zu, daß er anfangs offenbar gar nicht verstand, was ich sagte. Aber kaum hatte ich den Namen Karmasinow ausgesprochen, als er auf einmal ganz außer sich geriet.

»Reden Sie mir nicht von ihm! Nennen Sie seinen Namen nicht!« schrie er wie rasend. »Da, da, sehen Sie, sehen Sie! Lesen Sie!«

Er zog ein Schubfach auf, nahm drei kleine Zettel heraus und warf sie auf den Tisch; sie waren eilig mit Bleistift geschrieben, sämtlich in Warwara Petrownas Handschrift. Das erste Billett war vom vorgestrigen Tage, das zweite vom gestrigen, und das letzte war erst an diesem Tage gekommen, erst vor einer Stunde. Der Inhalt war ganz unwichtig: Alle bezogen sie sich auf Karmasinow und bekundeten Warwara Petrownas unruhige, ehrgeizige Aufregung und Besorgnis, Karmasinow könne es vergessen, ihr einen Besuch zu machen.

Hier ist der erste, der zwei (wahrscheinlich übrigens drei oder vier) Tage alt war.

»Wenn er Sie heute endlich beehren sollte, so sagen Sie, bitte, von mir keine Silbe! Nicht die geringste Andeutung! Fangen Sie von mir nicht an, und erwähnen Sie mich nicht!

W. S.«

Der vom vorletzten Tage:

»Wenn er sich endlich entschließt, Ihnen heute vormittag einen Besuch zu machen, so wird es meines Erachtens das passendste sein, ihn überhaupt nicht anzunehmen. So denke ich darüber; ich weiß nicht, wie Sie die Sache auffassen.

W. S.«

Der vom laufenden Tage, der letzte:

»Ich bin überzeugt, daß in Ihren Zimmern eine Fuhre Schmutz liegt und alles dick ist von Tabaksqualm. Ich werde Ihnen Marja und Fomuschka schicken; die sollen bei Ihnen eine halbe Stunde lang aufräumen. Aber stören Sie sie nicht dabei, und sitzen Sie so lange in der Küche, bis sie fertig sind! Ich sende Ihnen einen bucharischen Teppich und zwei chinesische Vasen, die ich Ihnen schon längst schenken wollte, und außerdem meinen Teniers (diesen leihweise). Die Vasen können Sie aufs Fensterbrett stellen, und den Teniers hängen Sie rechts auf, unter das Porträt Goethes; da ist er am besten zu sehen, und vormittags ist da immer Licht. Wenn er endlich erscheint, so empfangen Sie ihn mit vollendeter Höflichkeit; aber geben Sie sich Mühe, nur von Lappalien, von irgendetwas Gelehrtem zu reden, und machen Sie dabei ein Gesicht, als wenn Sie sich erst gestern von ihm getrennt hätten! Von mir keine Silbe! Vielleicht komme ich heute abend zu Ihnen heran.

W. S.

P. S. Wenn er heute nicht kommt, so kommt er überhaupt nicht.«

Ich las die Zettel durch und wunderte mich, daß er über diese Possen in solche Aufregung geraten war. Als ich ihn fragend anblickte, bemerkte ich auf einmal, daß er, während ich las, sein stetiges weißes Halstuch mit einem roten vertauscht hatte. Sein Hut und sein Stock lagen auf dem Tische. Er selbst war blaß, und es zitterten ihm sogar die Hände.

»Ich will von ihrer Aufregung nichts wissen!« schrie er wütend als Antwort auf meinen fragenden Blick. »Je m'en fiche! Es beliebt ihr, sich über Karmasinow aufzuregen, und mir antwortet sie nicht auf meine Briefe! Da, da liegt ein unerbrochener Brief von mir, den sie mir gestern zurückgeschickt hat, da auf dem Tische, unter dem Buche, unter L'Homme qui rit. Was kümmert es mich, daß sie sich um ihren süßen Nikolai grämt! Je m'en fiche et je proclame ma liberté. Au diable le Karmazinoff! Au diable la Lembke! Ich habe die Vasen im Vorzimmer versteckt und den Teniers in der Kommode und habe von ihr verlangt, sie solle mich sofort empfangen. Hören Sie wohl: ich habe es verlangt! Ich habe ihr ebenso einen Zettel geschickt, mit Bleistift geschrieben, unversiegelt, durch Nastasja, und warte nun. Ich will, daß Darja Pawlowna selbst sich mir gegenüber ausspricht, mit eigenem Munde und vor dem Angesichte des Himmels oder wenigstens in Ihrer Gegenwart. Vous me seconderez, n'est-ce pas, comme ami et témoin. Ich will nicht erröten; ich will nicht lügen; ich will keine Geheimnisse; ich werde nicht dulden, daß es in dieser Sache Geheimnisse gibt! Mögen sie alles bekennen, in offener, ehrlicher, anständiger Weise, und dann ... dann werde ich vielleicht die ganze jetzt lebende Generation durch meine Seelengröße in Erstaunen versetzen! ... Bin ich ein Schurke, mein Herr?« schloß er plötzlich, indem er mich drohend ansah, wie wenn ich ihn für einen Schurken hielte.

Ich bat ihn, ein Glas Wasser zu trinken; ich hatte ihn noch nie in einer solchen Verfassung gesehen. Die ganze Zeit, während er redete, war er im Zimmer von einer Ecke nach der andern gelaufen; nun aber blieb er plötzlich vor mir in einer ungewöhnlichen Pose stehen.

»Glauben Sie wirklich«, begann er von neuem mit krankhaftem Hochmute und sah mich dabei vom Kopfe bis zu den Füßen an, »können Sie wirklich meinen, daß ich, Stepan Werchowenski, in mir nicht genug sittliche Kraft finden sollte, um den Bettelsack auf meine schwachen Schultern zu legen, aus dem Haustore zu gehen und von hier für immer zu verschwinden, wenn das die Ehre und das hohe Prinzip der Unabhängigkeit fordern? Es wäre nicht das erstemal, daß Stepan Werchowenski einem Despotismus mit Seelengröße entgegentritt, wenn es sich hier auch nur um den Despotismus eines verrückten Weibes handelt, das heißt um den beleidigendsten, grausamsten Despotismus, den es nur auf der Welt geben kann, trotzdem Sie sich soeben, wie es scheint, erlaubten, über meine Worte zu lächeln, mein Herr! Oh, Sie glauben nicht, daß ich in mir so viel Seelengröße zu finden vermag, um mein Leben als Hauslehrer bei einem Kaufmann zu beschließen oder hinter einem Zaune zu verhungern! Antworten Sie, antworten Sie unverzüglich: Glauben Sie es, oder glauben Sie es nicht?«

Aber ich schwieg absichtlich. Ich tat sogar, als könne ich mich nicht entschließen, ihn durch eine verneinende Antwort zu kränken, sei aber nicht imstande, bejahend zu antworten. In diesem ganzen gereizten Benehmen meines Freundes lag etwas, was mich entschieden verletzte, nicht mich persönlich, o nein! Aber . . . ich werde das später erklären.

Er war sogar blaß geworden.

»Vielleicht sind Sie meiner Gesellschaft überdrüssig, G***w« (dies ist mein Familienname), »und würden wünschen . . . Ihre Besuche bei mir ganz einzustellen?« sagte er in jenem Tone gekünstelter Ruhe, der gewöhnlich einem heftigen Ausbruche vorhergeht.

Ich sprang erschrocken auf; in demselben Augenblicke kam Nastasja herein und reichte ihrem Herrn schweigend einen Zettel, auf dem etwas mit Bleistift geschrieben stand. Er sah ihn an und warf ihn mir hin. Auf dem Zettel standen von Warwara Petrownas Hand nur die wenigen Worte: »Halten Sie sich zu Hause!«

Stepan Trofimowitsch nahm schweigend Hut und Stock, ging schnell zur Tür und öffnete sie, um das Zimmer zu verlassen. Plötzlich wurden auf dem Flur Stimmen und das Geräusch schneller Schritte vernehmbar. Er blieb stehen wie vom Donner gerührt.

»Das ist Liputin! Ich bin verloren!« flüsterte er, indem er mich bei der Hand ergriff.

In demselben Augenblick trat Liputin ins Zimmer.

## IV

Inwiefern Liputins Ankunft bewirken könne, daß er verloren sei, das wußte ich nicht; ich legte auch diesem Ausdrukke keine Bedeutung bei; ich schrieb alles seiner Nervenerregung zu. Aber sein Schreck war doch ein sehr auffallender, und ich nahm mir vor, den weiteren Verlauf aufmerksam zu beobachten.

Schon die bloße Miene des eintretenden Liputin ließ erkennen, daß er diesmal trotz aller Verbote ein besonderes Recht zum Eintritt habe. Er brachte einen unbekannten Herrn mit, der von auswärts gekommen sein mußte. In Erwiderung auf den fassungslosen Blick des ganz starr gewordenen Stepan Trofimowitsch rief er sogleich laut:

»Ich bringe einen Gast mit, und einen besonderen Gast! Ich wage es, Sie in Ihrer Einsamkeit zu stören. Herr Kirillow, ein hervorragender Ingenieur und Architekt. Die Hauptsache aber ist: Der Herr kennt Ihren Sohn, den hochverehrten Pjotr Stepanowitsch; sehr gut sogar; und er hat einen Auftrag von ihm. Der Herr hat ihn eben erst besucht.«

»Was Sie von einem Auftrage sagen, ist Ihr Zusatz«, bemerkte der Gast in scharfem Tone. »Einen Auftrag habe ich überhaupt nicht erhalten; aber Werchowenski kenne ich allerdings. Ich habe ihn vor zehn Tagen im Gouvernement Ch*** verlassen.«

Stepan Trofimowitsch reichte ihm mechanisch die Hand und forderte ihn auf, Platz zu nehmen; dann blickte er mich an, blickte Liputin an und setzte sich plötzlich, wie wenn er zur Besinnung käme, schnell selbst hin, wobei er aber Hut und Stock immer noch in der Hand behielt, ohne es zu bemerken.

»Ah, Sie wollten selbst ausgehen! Und mir war gesagt worden, Sie seien vor vieler Arbeit ganz krank geworden.«

»Ja, ich bin auch krank und wollte eben spazieren gehen; ich . . .«

Stepan Trofimowitsch stockte, warf schnell den Hut und den Stock auf das Sofa und – errötete.

Ich hatte unterdessen schnell den Gast gemustert. Es war ein noch junger Mann von ungefähr siebenundzwanzig Jahren, anständig gekleidet, schlank und mager, brünett, mit blassem, etwas unreinem Teint und schwarzen, glanzlosen Augen. Er schien etwas nachdenklich und zerstreut zu sein, sprach abgebrochen und nicht ganz grammatisch richtig, stellte die Worte etwas sonderbar und verwirrte sich, wenn er einen längeren Satz bilden mußte. Liputin bemerkte sehr genau, was für einen Schreck Stepan Trofimowitsch bekommen hatte, und war davon sichtlich befriedigt. Er setzte sich auf einen Rohrstuhl, den er beinah in die Mitte des Zimmers gezogen hatte, um sich in gleicher Entfernung zwischen dem Wirte und dem Gaste zu befinden, die einander gegenüber auf zwei gegenüberstehenden Sofas Platz genommen hatten. Seine scharfen Augen fuhren neugierig in allen Winkeln umher.

»Ich . . . ich habe Pjotr schon lange nicht gesehen . . . Sie sind im Auslande mit ihm zusammengetroffen?« fragte Stepan Trofimowitsch mühsam murmelnd den Gast.

»Sowohl hier als im Auslande.«

»Alexej Nilowitsch kommt soeben selbst nach vierjähriger Abwesenheit aus dem Auslande«, fügte Liputin hinzu. »Er ist gereist, um sich in seinem Spezialfache zu vervollkommnen, und jetzt zu uns gekommen, weil er begründete Hoffnung hat, eine Anstellung beim Bau unserer Eisenbahnbrücke zu erhalten; er wartet jetzt auf die Antwort. Er ist durch Pjotr Stepanowitsch mit den Drosdowschen Herrschaften, mit Lisaweta Nikolajewna, bekannt geworden.«

Der Ingenieur saß mit finsterem Gesichte da und hörte

unbehaglich und ungeduldig zu. Es schien mir, daß er sich über etwas ärgerte.

»Der Herr ist auch mit Nikolai Wsewolodowitsch bekannt.«

»Sie kennen auch Nikolai Wsewolodowitsch?« erkundigte sich Stepan Trofimowitsch.

»Ja, den auch.«

»Ich . . . ich habe Pjotr außerordentlich lange nicht gesehen und . . . habe somit kaum ein Recht, mich seinen Vater zu nennen . . . c'est le mot; ich . . . wie haben Sie ihn verlassen?«

»Nichts Besonderes zu sagen darüber . . . Er wird selbst herkommen«, erwiderte Herr Kirillow wieder eilig, um von der Frage loszukommen.

Er war entschieden ärgerlich.

»Er wird herkommen! Endlich werde ich . . . Sehen Sie, ich habe Pjotr schon gar zu lange nicht gesehen!« versetzte Stepan Trofimowitsch, der an dieser Phrase hängen blieb. »Ich erwarte jetzt meinen armen Jungen, gegen den . . . o gegen den ich mich so vergangen habe! Das heißt, ich will eigentlich sagen, daß ich, als ich ihn damals in Petersburg verließ . . . kurz gesagt, ich hielt ihn für eine Null, quelque chose dans ce genre. Wissen Sie, der Junge war nervös, sehr empfindsam und . . . ängstlich. Wenn er sich schlafen legte, machte er tiefe Verbeugungen vor dem Heiligenbilde und bekreuzte sein Kopfkissen, um nicht in der Nacht zu sterben . . . je m'en souviens. Enfin, kein Gefühl für das Schöne, das heißt für etwas Höheres, Fundamentales, kein Keim einer künftigen Idee . . . c'était comme un petit idiot. Übrigens bin ich, wie mir vorkommt, selbst verwirrt; entschuldigen Sie, ich . . . Sie treffen mich heute . . .«

»Sagen Sie das im Ernst, daß er sein Kopfkissen bekreuzte?« erkundigte sich der Ingenieur mit besonderer Neugier.

»Ja, das tat er . . .«

»Ich tue so etwas nicht; fahren Sie fort!«

Stepan Trofimowitsch blickte Liputin fragend an und wandte sich dann wieder an den Fremden.

»Ich bin Ihnen sehr dankbar für Ihren Besuch; aber ich muß

gestehen, ich bin jetzt . . . nicht imstande . . . Gestatten Sie aber die Frage: Wo wohnen Sie?«

»In der Bogojawlenskaja-Straße, im Filippowschen Hause.«

»Ach, das ist dasselbe Haus, in dem Schatow wohnt«, bemerkte ich unwillkürlich.

»Ganz richtig, in demselben Hause«, rief Liputin, »nur wohnt Schatow oben, im Halbgeschoß, und dieser Herr hier hat sich unten einquartiert, beim Hauptmann Lebjadkin. Er kennt auch Schatow, und auch Schatows Frau kennt er. Er ist im Auslande mit ihr in sehr nahe Berührung gekommen.«

»Comment! Also wissen Sie wirklich etwas von der unglücklichen Ehe de ce pauvre ami und kennen diese Frau?« rief Stepan Trofimowitsch, auf einmal von seinem Gefühle fortgerissen. »Ich habe noch nie jemand getroffen, der diese Frau persönlich gekannt hätte; Sie sind der erste; und wenn nur . . .«

»Was für dummes Zeug!« unterbrach ihn der Ingenieur, ganz rot vor Ärger. »Wie können Sie nur so etwas hinzuerfinden, Liputin! Ich habe Frau Schatowa gar nicht gesehen; nur einmal von weitem; aber näher kennen tue ich sie nicht . . . Schatow kenne ich. Warum erfinden Sie denn allerlei hinzu?«

Er drehte sich mit kurzer Wendung auf dem Sofa herum und griff nach seiner Mütze; dann legte er sie wieder hin, nahm seine frühere Haltung wieder ein und richtete seine schwarzen Augen mit dem Ausdrucke zorniger Herausforderung auf Stepan Trofimowitsch. Ich vermochte mir eine so sonderbare Gereiztheit schlechterdings nicht zu erklären.

»Verzeihen Sie mir«, bemerkte Stepan Trofimowitsch im Tone eindringlicher Bitte, »ich begreife, daß das vielleicht eine sehr zarte Angelegenheit ist . . .«

»Hier gibt es keine sehr zarte Angelegenheit; das ist ein ganz falscher Ausdruck; aber daß ich rief: ›Dummes Zeug!‹, das war nicht für Sie bestimmt, sondern für Liputin, weil er immer etwas hinzuerfindet. Schatow kenne ich; seine Frau aber kenne ich gar nicht . . . gar nicht kenne ich sie!«

»Ich verstehe, ich verstehe, und wenn ich mir eine Frage erlaubte, so tat ich es nur deshalb, weil ich unsern armen Freund, notre irascible ami, liebe und mich immer für ihn interessiert habe ... Dieser Mensch hat meiner Ansicht nach seine früheren vielleicht zu jugendlichen, aber doch richtigen Anschauungen in gar zu schroffer Weise gewechselt. Und er erhebt jetzt gegen notre sainte Russie so vielerlei Anklagen, daß ich diesen Umschwung in seinem Organismus (anders kann ich es nicht bezeichnen) schon längst auf die starke Erschütterung seines Familienlebens und speziell auf seine unglückliche Ehe zurückführe. Ich, der ich mein armes Rußland studiert habe und kenne wie meine eigenen Finger und dem russischen Volke mein ganzes Leben geweiht habe, ich kann Ihnen versichern, daß er das russische Volk nicht kennt und überdies ...«

»Ich kenne das russische Volk auch gar nicht, und ... ich habe gar keine Zeit dazu, es zu studieren!« unterbrach ihn der Ingenieur von neuem und drehte sich wieder kurz auf dem Sofa herum.

Stepan Trofimowitsch war in der Mitte seiner Auseinandersetzung unterbrochen worden.

»Der Herr studiert es, er studiert es«, fiel Liputin ein, »er hat dieses Studium bereits begonnen und verfaßt eine interessante Abhandlung über die Ursachen der Zunahme der Selbstmorde in Rußland und überhaupt über die Ursachen, welche die Verbreitung des Selbstmordes in der menschlichen Gesellschaft befördern oder hemmen. Er ist zu staunenswerten Resultaten gelangt.«

Der Ingenieur geriet in eine schreckliche Erregung.

»Dazu haben Sie gar kein Recht«, murmelte er zornig, »ich schreibe gar keine Abhandlung. Solche Dummheiten mache ich nicht. Ich habe Sie vertraulich gefragt, nur ganz zufällig. Von einer Abhandlung ist hier überhaupt nicht die Rede; ich veröffentliche nichts, und Sie haben nicht das Recht ...«

Liputin hatte offenbar seine Freude daran.

»Pardon«, sagte er, »vielleicht habe ich mich falsch ausgedrückt, wenn ich Ihre literarische Arbeit eine Abhandlung nannte. Der Herr sammelt nur Beobachtungen und läßt sich auf den eigentlichen Kern der Frage oder sozusagen auf ihre moralische Seite überhaupt nicht ein und lehnt sogar die Moralität selbst völlig ab und hält sich an den neuesten Grundsatz der allgemeinen Zerstörung zum Zwecke der Erreichung guter Endziele. Er fordert schon mehr als hundert Millionen Köpfe, um die gesunde Vernunft in Europa zur Herrschaft zu bringen, also weit mehr, als auf dem letzten Weltkongreß gefordert wurden. In diesem Gedanken geht Alexej Nilowitsch weiter als alle andern.«

Der Ingenieur hatte mit einem geringschätzigen, schwachen Lächeln zugehört. Etwa eine halbe Minute lang schwiegen alle.

»Das sind lauter Dummheiten, Liputin«, sagte schließlich Herr Kirillow mit einer gewissen Würde. »Wenn ich Ihnen zufällig einige Punkte gesagt habe und Sie sie aufgeschnappt haben, so ist das Ihre Sache. Aber Sie haben kein Recht, es zu erwähnen, weil ich nie mit jemandem darüber rede. Es widersteht mir, darüber zu reden ... Wenn es Überzeugungen gibt, so ist es für mich klar ... aber damit haben Sie dumm gehandelt. Ich stelle keine Erwägungen über jene Punkte an, wo schon alles erledigt ist. Ich kann die Erwägungen nicht leiden. Ich mag nie Erwägungen anstellen ...«

»Vielleicht tun Sie daran ganz recht«, konnte Stepan Trofimowitsch sich nicht enthalten zu bemerken.

»Ich entschuldige mich bei Ihnen; aber ich bin hier auf niemand zornig«, fuhr der Gast mit fieberhafter Geschwindigkeit fort. »Ich habe vier Jahre lang nur mit wenigen Menschen verkehrt ... Ich habe vier Jahre lang nur wenig gesprochen und mich bemüht, nicht mit andern zusammenzukommen, um meiner Ziele willen, um die es sich hier nicht handelt, vier Jahre lang. Liputin hat das lächerlich gefunden und lacht darüber. Ich verstehe das und kümmere mich nicht darum. Ich bin nicht empfindlich; ich ärgere mich nur über seine Ungeniertheit. Wenn ich Ihnen aber meine Ideen nicht auseinandersetze«, schloß er unerwartet, indem er uns alle der Reihe nach mit festem Blicke ansah, »so unterlasse ich das ganz und gar nicht deswegen, weil ich von Ihnen eine

Denunziation bei der Regierung fürchte; das nicht; denken Sie, bitte, nicht Torheiten in diesem Sinne . . .«

Auf diese Worte antwortete niemand mehr etwas; wir sahen einander nur an. Sogar Liputin selbst vergaß zu kichern.

»Meine Herren, es tut mir sehr leid«, sagte Stepan Trofimowitsch, indem er entschlossen vom Sofa aufstand, »aber ich fühle mich unwohl und leidend. Entschuldigen Sie mich!«

»Aha, das bedeutet, daß wir fortgehen sollen«, sagte Herr Kirillow mit plötzlichem Verständnis und griff nach seiner Uniformmütze. »Es ist gut, daß Sie es noch einmal gesagt haben; ich bin so vergeßlich.«

Er stand auf und trat mit gutmütiger Miene und mit ausgestreckter Hand auf Stepan Trofimowitsch zu.

»Schade, daß Sie unwohl sind und ich gekommen bin.«

»Ich wünsche Ihnen bei uns allen Erfolg«, antwortete Stepan Trofimowitsch, indem er ihm wohlwollend und in Ruhe die Hand drückte. »Ich begreife vollkommen, daß, wenn Sie nach Ihrer Mitteilung so lange im Auslande gelebt und um Ihrer Ziele willen die Menschen gemieden und Rußland vergessen haben, Sie schließlich uns Stockrussen unwillkürlich mit einer gewissen Verwunderung ansehen müssen, und ebenso wir Sie. Nur eins ist mir nicht recht verständlich: Sie wollen unsere Brücke bauen und erklären gleichzeitig, Sie verträten das Prinzip der allgemeinen Zerstörung! Man wird Ihnen den Bau unserer Brücke nicht übertragen!«

»Wie? Was haben Sie da gesagt? . . . Donnerwetter, ja!« rief Kirillow überrascht und brach auf einmal in ein helles, heiteres Lachen aus.

Für einen Augenblick nahm sein Gesicht einen ganz kindlichen Ausdruck an, der ihm meines Erachtens sehr gut stand. Liputin rieb sich die Hände, ganz entzückt über Stepan Trofimowitschs wohlgelungene Bemerkung. Ich aber wunderte mich immer noch im stillen, weshalb Stepan Trofimowitsch einen solchen Schreck über Liputins Ankunft bekommen und warum er, als er ihn hörte, gerufen hatte: »Ich bin verloren!«

## V

Wir standen alle bei der Türschwelle. Es war jener Augenblick, wo Wirte und Gäste schnell die letzten, liebenswürdigsten Redensarten auszutauschen und dann befriedigt auseinanderzugehen pflegen.

»Daß der Herr heute so mürrisch ist«, warf Liputin, der schon ganz aus dem Zimmer hinausgegangen war, auf einmal noch wie beiläufig hin, »das kommt nur daher, daß er mit dem Hauptmann Lebjadkin vorhin wegen der Schwester desselben einen heftigen Zusammenstoß gehabt hat. Hauptmann Lebjadkin schlägt seine schöne, irrsinnige Schwester täglich mit der Peitsche, einer richtigen Kosakenpeitsche, morgens und abends. Aus diesem Grunde ist Alexej Nilowitsch sogar in ein Seitengebäude desselben Hauses gezogen, um davon nichts zu sehen und zu hören. Nun, auf Wiedersehen!«

»Seine Schwester? Eine Kranke? Mit der Peitsche?« schrie Stepan Trofimowitsch auf, wie wenn er selbst einen Hieb mit der Peitsche erhalten hätte. »Was für eine Schwester? Was ist das für ein Lebjadkin?«

Die frühere Angst war sofort zurückgekehrt.

»Lebjadkin? Das ist ein Hauptmann a. D.; früher bezeichnete er sich nur als Stabskapitän . . .«

»Ach, was kümmert mich sein Rang? Was für eine Schwester? Mein Gott . . . Sie sagen Lebjadkin? Aber bei uns war ja ein Lebjadkin . . .«

»Eben der ist es, *unser* Lebjadkin; Sie erinnern sich wohl, er wohnte bei Wirginski?«

»Der ist ja aber mit falschen Banknoten abgefaßt worden.«

»Nun ist er zurückgekehrt, schon vor fast drei Wochen, und zwar unter ganz besonderen Umständen.«

»Aber da ist er ja ein Nichtswürdiger!«

»Als ob es bei uns keine nichtswürdigen Menschen geben könnte!« schmunzelte Liputin auf einmal und sah Stepan Trofimowitsch mit seinen listigen Augen an, wie wenn er ihn betastete.

»Ach, mein Gott, das will ich ja gar nicht sagen . . . wiewohl ich übrigens über diesen Nichtswürdigen mit Ihnen durchaus einer Meinung bin, speziell mit Ihnen. Aber was weiter, was weiter? Was wollten Sie damit sagen? Sie wollen doch sicherlich damit etwas sagen!«

»Ach, das sind ja alles so unwichtige Dinge! . . . Also dieser Hauptmann ist damals allem Anschein nach nicht wegen falscher Banknoten von uns weggereist, sondern lediglich, um diese seine Schwester zu suchen, die sich, wie es scheint, vor ihm an einem unbekannten Orte verborgen hielt; na, aber jetzt hat er sie hergebracht; das ist die ganze Geschichte. Warum haben Sie denn einen solchen Schreck bekommen, Stepan Trofimowitsch? Übrigens habe ich alles, was ich da sage, von ihm selbst gehört, als er in der Betrunkenheit ins Schwatzen gekommen war; wenn er nüchtern ist, schweigt er darüber. Er ist ein reizbarer Mensch und sozusagen ein militärischer Ästhetiker, der aber einen schlechten Geschmack hat. Diese Schwester aber ist nicht nur irrsinnig, sondern auch lahm. Es scheint, daß sie von jemand entehrt worden ist und daß Herr Lebjadkin dafür schon seit vielen Jahren von dem Verführer eine jährliche Rente bezieht, wenigstens ist das aus seinem Geschwätze zu entnehmen – aber meiner Meinung nach ist das nur Gerede eines Betrunkenen. Er prahlt einfach. Das kann man allerdings auch tun, wenn man weniger Geld hat. Daß er aber bedeutende Summen besitzt, das ist ganz sicher; vor anderthalb Wochen ging er barfuß, und jetzt (das habe ich selbst gesehen) hat er Hunderte in Händen. Seine Schwester hat täglich eine Art von Anfällen; sie kreischt dann, und er ›bringt sie in Ordnung‹, nämlich mit der Peitsche. ›Einem Weibe‹, sagt er, ›muß man Respekt einflößen.‹ Ich begreife nur nicht, wie Schatow noch über ihnen wohnen bleiben kann. Alexej Nilowitsch hat nur drei Tage bei ihnen gewohnt (er war mit ihm noch von Petersburg her bekannt); jetzt bewohnt er infolge der steten Aufregung ein Seitengebäude.«

»Ist das alles wahr?« wandte sich Stepan Trofimowitsch an den Ingenieur.

»Sie schwatzen sehr viel, Liputin«, brummte dieser zornig.
»Geheimnisse, Heimlichkeiten! Woher gibt es nur auf einmal bei uns so viele Geheimnisse und Heimlichkeiten?« konnte Stepan Trofimowitsch sich nicht enthalten auszurufen.
Der Ingenieur machte ein finsteres Gesicht, errötete, zuckte mit den Achseln und wollte das Zimmer verlassen.
»Alexej Nilowitsch hat ihm sogar die Peitsche aus der Hand gerissen, sie zerbrochen, aus dem Fenster geworfen und sich heftig mit ihm gezankt«, fügte Liputin hinzu.
»Warum schwatzen Sie soviel, Liputin? Das ist dumm. Warum tun Sie das?« sagte Alexej Nilowitsch und drehte sich augenblicklich wieder um.
»Warum soll man denn aus Bescheidenheit die edelsten Regungen seiner Seele verbergen? Das heißt, ich rede von Ihrer Seele, nicht von meiner eigenen.«
»Wie dumm das ist . . . und ganz unnötig . . . Lebjadkin ist ein ganz dummer Mensch, ein Hohlkopf und für unsere Aktion nicht zu gebrauchen; er kann da nur schaden. Warum schwatzen Sie allerlei Zeug? Ich gehe weg.«
»Ach, wie schade!« rief Liputin mit heiterem Lächeln. »Sonst hätte ich Sie, Stepan Trofimowitsch, noch durch ein kleines Geschichtchen erheitert. Ich bin sogar mit der Absicht hergekommen, es Ihnen mitzuteilen, obwohl Sie es übrigens wahrscheinlich schon selbst gehört haben. Nun, dann also ein andermal; Alexej Nilowitsch hat es so eilig . . . Auf Wiedersehen! Das Geschichtchen ist mir mit Warwara Petrowna passiert; sie hat mich vorgestern zum Lachen gebracht; sie ließ mich expreß rufen; es war zum Kranklachen. Auf Wiedersehen!«
Aber nun klammerte sich Stepan Trofimowitsch ordentlich an ihm fest: Er faßte ihn bei der Schulter, drehte ihn kurz um, zog ihn ins Zimmer zurück und zwang ihn, sich auf einen Stuhl zu setzen. Liputin wurde beinah ängstlich.
»Nun ja«, begann er von selbst, indem er Stepan Trofimowitsch von seinem Stuhle aus vorsichtig ansah, »sie ließ mich auf einmal rufen und fragte mich ›vertraulich‹, wie ich

persönlich darüber dächte: Ob Nikolai Wsewolodowitsch geistesgestört sei oder seinen Verstand habe. Ist das nicht erstaunlich?«

»Sie sind verrückt geworden«, murmelte Stepan Trofimowitsch, der ganz außer sich geraten war. »Liputin, Sie wissen ganz genau, daß Sie nur deshalb hergekommen sind, um mir eine gemeine Geschichte von dieser Art mitzuteilen und . . . noch etwas Schlimmeres!«

In demselben Augenblicke fiel mir seine Vermutung ein, daß Liputin in unserer Angelegenheit nicht nur mehr wisse als wir, sondern auch noch etwas, was wir selbst nie erfahren würden.

»Erbarmen Sie sich, Stepan Trofimowitsch!« murmelte Liputin, wie wenn er schreckliche Furcht hätte. »Erbarmen Sie sich . . .«

»Schweigen Sie, und fangen Sie an! Herr Kirillow, ich bitte Sie dringend, ebenfalls wieder umzukehren und dabei anwesend zu sein; dringend bitte ich Sie darum! Nehmen Sie Platz! Und Sie, Liputin, fangen Sie nun an: geradezu, einfach, ohne die geringsten Umschweife!«

»Hätte ich gewußt, daß Sie das so aufregen würde, dann hätte ich überhaupt nicht davon angefangen . . . Und ich dachte, es wäre Ihnen schon alles durch Warwara Petrowna selbst bekannt!«

»Das haben Sie gar nicht gedacht! Fangen Sie an, fangen Sie an, sage ich Ihnen!«

»Tun Sie mir den Gefallen und setzen Sie sich selbst hin; wie kann ich denn dasitzen, wenn Sie in solcher Aufregung vor mir hin und her laufen? Das kommt ja unpassend heraus.«

Stepan Trofimowitsch tat sich Gewalt an und ließ sich in eindrucksvoller Weise auf einen Lehnsessel nieder. Der Ingenieur starrte finster auf den Fußboden. Liputin betrachtete beide mit größtem Genusse.

»Ja, wie soll ich denn anfangen? Sie haben mich ganz wirr gemacht . . .«

## VI

»Vorgestern schickte sie auf einmal ihren Diener zu mir: ›Die gnädige Frau‹, sagte er, ›läßt Sie morgen um zwölf Uhr zu sich bitten.‹ Können Sie sich das vorstellen? Ich ließ also gestern meine Arbeit liegen und klingelte bei ihr Punkt zwölf. Ich wurde geradeswegs in den Salon geführt; ich wartete etwa eine Minute, da kam sie; sie forderte mich auf, Platz zu nehmen, und setzte sich selbst mir gegenüber. Da saß ich nun und traute meinen eigenen Sinnen nicht; Sie wissen selbst, wie sie mich immer behandelt hat! Sie begann geradezu und ohne Umschweife zu reden, wie das stets ihre Art ist. ›Sie erinnern sich‹, sagte sie, ›daß vor vier Jahren Nikolai Wsewolodowitsch, als er krank war, einige sonderbare Handlungen begangen hat, so daß die ganze Stadt erstaunt war, bis sich alles aufklärte. Eine dieser Handlungen betraf Sie persönlich. Nikolai Wsewolodowitsch hat Ihnen damals nach seiner Genesung auf meine Bitte einen Besuch gemacht. Es ist mir auch bekannt, daß er auch früher schon mehrere Male mit Ihnen gesprochen hatte. Sagen Sie offen und ehrlich, wie Sie ...‹ (hier stockte sie ein wenig) ›wie Sie damals Nikolai Wsewolodowitsch gefunden haben. Wie haben Sie überhaupt über ihn geurteilt? Welche Meinung haben Sie sich damals über ihn gebildet, und ... welche Meinung haben Sie jetzt von ihm?‹ Hier geriet sie nun gänzlich ins Stocken, so daß sie sogar eine ganze Minute wartete und auf einmal rot wurde. Ich bekam einen Schreck. Da fing sie wieder an, nicht etwa in gerührtem Tone (der würde ihr nicht stehen), sondern so recht nachdrücklich: ›Ich wünsche‹, sagte sie, ›daß Sie mich genau und richtig verstehen. Ich habe Sie jetzt rufen lassen, weil ich Sie für einen scharfsichtigen, klugen Menschen halte, der fähig ist, richtig zu beobachten.‹ (Was sagen Sie zu diesen Komplimenten?) ›Sie werden gewiß verstehen‹, sagte sie, ›daß es eine Mutter ist, die mit Ihnen spricht. Nikolai Wsewolodowitsch hat in seinem Leben mancherlei Unglück und viele Umwälzungen durchgemacht. Alles das‹, sagte sie, ›konnte auf seine Geistesverfassung einwirken. Selbstverständlich‹, sagte sie, ›rede ich nicht von Irrsinn; der ist völlig ausgeschlossen!‹ Das sprach sie in festem, stolzem Tone. ›Aber es konnte sich bei ihm etwas Seltsames, Besonderes herausbilden, eine gewisse Gedankenrichtung, eine Neigung zu einer besonderen Anschauungsweise.‹ (Alles dies sind ihre eigenen Worte, und ich bin erstaunt, Stepan Trofimowitsch, mit welcher Genauigkeit Warwara Petrowna eine Sache klarzumachen versteht; sie ist eine geistig hochbegabte Dame!) ›Wenigstens‹, sagte sie, ›habe ich selbst an ihm eine beständige Unruhe und eine Richtung auf besondere Neigungen wahrgenommen. Aber ich bin die Mutter, und Sie sind ein Fremder und deshalb bei Ihrem Verstande fähig, sich eine unabhängigere Meinung zu bilden. Ich bitte Sie nun inständig‹ (so drückte sie sich aus: ›ich bitte Sie inständig‹), ›mir die ganze Wahrheit zu sagen, ohne alle Grimassen; und wenn Sie mir dabei noch das Versprechen geben, nachher nie zu vergessen, daß ich Ihnen das im Vertrauen gesagt habe, so können Sie darauf rechnen, daß ich stets durchaus bereit sein werde, mich Ihnen bei jeder möglichen Gelegenheit dankbar zu zeigen.‹ Nun, was sagen Sie dazu?«

»Sie . . . Sie haben mich so überrascht . . .«, stammelte Stepan Trofimowitsch, »daß ich Ihnen nicht glauben . . .«

»Nein, beachten Sie dies, beachten Sie dies«, fiel Liputin ein, wie wenn er nicht gehört hätte, was Stepan Trofimowitsch sagte: »Wie groß mußte ihre Aufregung und Unruhe sein, wenn sie sich mit einer solchen Frage von ihrer Höhe herab an einen solchen Menschen, wie ich, wandte und sich obendrein dazu herabließ, mich selbst um Verschwiegenheit zu bitten! Wie ist das zu erklären? Haben Sie irgendwelche unerwarteten Nachrichten über Nikolai Wsewolodowitsch erhalten?«

»Ich weiß von keinen Nachrichten . . . ich bin mehrere Tage nicht mit ihr zusammengekommen; aber . . . aber ich muß Ihnen doch bemerken . . .« stotterte Stepan Trofimowitsch, der offenbar Mühe hatte, seine Gedanken zu sammeln, »ich muß Ihnen doch bemerken, Liputin, daß, wenn

Ihnen dies im Vertrauen mitgeteilt ist und Sie jetzt vor aller Ohren . . .«

»Vollständig im Vertrauen! Und Gott strafe mich, wenn ich . . . Aber wenn ich hier . . . was ist denn da dabei? Sind wir denn etwa Fremde, auch Alexej Nilowitsch eingeschlossen?«

»Ich kann Ihre Anschauung nicht teilen; ohne Zweifel werden wir drei hier das Geheimnis bewahren; aber was Sie, den vierten, anlangt, so habe ich da meine Befürchtungen und traue Ihnen gar nicht.«

»Aber wie können Sie nur so etwas sagen? Ich habe doch von uns allen das größte Interesse daran, daß die Sache nicht auskommt, da mir für diesen Fall lebenslängliche Dankbarkeit versprochen ist! Aber ich wollte eigentlich bei eben diesem Anlaß auf eine sehr sonderbare Tatsache hinweisen, die übrigens sozusagen mehr psychologisch interessiert als einfach sonderbar ist. Gestern abend, wo ich noch unter der Einwirkung des Gespräches mit Warwara Petrowna stand (Sie können sich vorstellen, welchen Eindruck es auf mich gemacht hatte), wandte ich mich an Alexej Nilowitsch mit der beiläufigen Frage: ›Sie haben ja‹, sagte ich, ›sowohl im Auslande als auch schon früher in Petersburg Nikolai Wsewolodowitsch gekannt; wie urteilen Sie über ihn‹, sagte ich, ›was Verstand und geistige Fähigkeiten anlangt?‹ Da antwortete er mir so lakonisch, wie das seine Art ist, er sei ein Mensch von feinem Verstande und gesunder Urteilskraft. ›Aber haben Sie nicht im Laufe der Jahre‹, sagte ich, ›eine gewisse Schieflenkung der Ideen oder eine besondere Verdrehung der Denktätigkeit oder sozusagen eine Art von geistiger Störung an ihm bemerkt?‹ Kurz, ich wiederholte Warwara Petrownas Frage. Stellen Sie sich vor: Alexej Nilowitsch wurde auf einmal nachdenklich und runzelte die Stirn geradeso wie jetzt und sagte: ›Ja, ich habe manchmal an ihm etwas Sonderbares bemerkt.‹ Und beachten Sie dabei noch dies: Wenn selbst Alexej Nilowitsch an ihm etwas Sonderbares bemerken konnte, wie mag es dann erst in Wirklichkeit gewesen sein? Nicht wahr?«

»Ist das wahr?« wandte sich Stepan Trofimowitsch an Alexej Nilowitsch.
»Ich möchte nicht gern davon sprechen«, antwortete Alexej Nilowitsch; er hob plötzlich den Kopf in die Höhe, und seine Augen blitzten. »Ich bestreite Ihnen das Recht dazu, Liputin. Sie haben kein Recht, bei dieser Sache von mir zu reden. Ich habe überhaupt nicht meine ganze Meinung ausgesprochen. Wenn ich auch in Petersburg mit ihm bekannt war, so ist das doch schon lange her; und wenn ich ihn auch jetzt getroffen habe, so kenne ich Nikolai Stawrogin doch nur sehr wenig. Ich bitte Sie, mich aus dem Spiele zu lassen, und . . . das alles sieht wie ein elender Klatsch aus.«
Liputin breitete die Arme auseinander, wie wenn er eine verfolgte Unschuld wäre.
»Ich ein Klatschbruder! Warum nicht auch ein Spion? Sie haben gut kritisieren, Alexej Nilowitsch, wenn Sie selbst sich von der ganzen Sache fernhalten. Aber Sie können gar nicht glauben, Stepan Trofimowitsch, was für ein Mensch dieser Hauptmann Lebjadkin ist; er ist so dumm wie . . . man schämt sich ordentlich, auch nur zu sagen, wie dumm; es gibt im Russischen einen Vergleich, der diesen höchsten Grad bezeichnet. Er meint auch von Nikolai Wsewolodowitsch beleidigt zu sein, wiewohl er dem Scharfsinne desselben Bewunderung zollt; ›ich bin über diesen Menschen ganz erstaunt‹, sagte er, ›er ist klug wie eine Schlange‹ (das sind seine eigenen Worte). Also zu dem sage ich, immer noch unter der Einwirkung des gestrigen Gespräches mit Warwara Petrowna und erst nach dem Gespräche mit Alexej Nilowitsch: ›Hören Sie mal, Hauptmann‹, sagte ich, ›wie urteilen Sie Ihrerseits darüber: Ist Ihre kluge Schlange verrückt oder nicht?‹ Da war es doch (können Sie es glauben?), als ob ich ihm hinterrücks ohne seine Erlaubnis einen Peitschenschlag versetzt hätte; er sprang geradezu von seinem Sitze auf. ›Ja‹, sagte er, ›ja‹, sagte er, ›aber das kann keinen Einfluß darauf haben‹ . . . aber worauf es keinen Einfluß haben könne, das sagte er nicht. Und dann verfiel er in ein solches Nachdenken, in ein so trübes Nachdenken, daß sogar sein Rausch davon verflog. Ich saß mit ihm in

dem Filippowschen Restaurant. Und erst nach einer halben Stunde schlug er auf einmal mit der Faust auf den Tisch: ›Ja‹, sagte er, ›vielleicht ist er auch verrückt; aber das kann keinen Einfluß darauf haben‹, und er sagte wieder nicht, worauf. Ich gebe Ihnen natürlich nur einen Extrakt aus dem Gespräche; aber der Sinn desselben ist ja verständlich. Man mag fragen, wen man will, allen kommt sofort ein und derselbe Gedanke, auch wenn er vorher keinem von ihnen durch den Kopf gegangen ist: ›Ja‹, sagen sie, ›er ist verrückt; ein sehr kluger Mensch, aber vielleicht dabei auch verrückt.‹«

Stepan Trofimowitsch saß in Gedanken versunken da und überlegte angestrengt. »Aber woher weiß Lebjadkin das?«

»Ist es Ihnen vielleicht gefällig, danach Alexej Nilowitsch zu fragen, der mich soeben hier einen Spion genannt hat? Ich bin ein Spion und weiß nichts; aber Alexej Nilowitsch kennt das ganze Geheimnis und schweigt.«

»Ich weiß nichts oder doch nur wenig«, antwortete der Ingenieur in demselben gereizten Tone. »Sie machen Lebjadkin betrunken, um etwas zu erfahren. Sie haben auch mich hierher geführt, um mich zum Reden zu bringen und etwas zu erfahren. Mithin sind Sie ein Spion!«

»Ich habe ihm noch nichts zu trinken gegeben, und er ist auch mit all seinen Geheimnissen nicht so viel Geld wert; so viel« (er schnippte mit den Fingern) »sind mir seine Geheimnisse wert; wieviel sie Ihnen wert sind, weiß ich nicht. Im Gegenteil ist er es, der mit Geld um sich wirft, während er vor zwölf Tagen zu mir kam, um mich um fünfzehn Kopeken zu bitten; und jetzt traktiert er mich mit Champagner, nicht ich ihn. Aber Sie bringen mich da auf einen guten Gedanken, und wenn es nötig sein sollte, werde ich ihn betrunken machen, speziell um all Ihre kleinen Geheimnisse zu erfahren, und vielleicht wird mir das auch gelingen«, antwortete Liputin boshaft und bissig.

Stepan Trofimowitsch blickte erstaunt die beiden Streitenden an. Beide verrieten sich selbst und, was die Hauptsache war, legten sich keinen Zwang auf. Ich hatte den Eindruck, daß Liputin diesen Alexej Nilowitsch gerade in der Absicht zu uns gebracht habe, um ihn durch eine dritte Person in ein Gespräch hineinzuziehen, das er nicht vermeiden könne – ein Lieblingsmanöver von ihm.

»Alexej Nilowitsch ist mit Nikolai Wsewolodowitsch sehr gut bekannt«, fuhr er gereizt fort, »aber er verheimlicht es. Und wenn Sie mich nach dem Hauptmann Lebjadkin fragen, so ist Nikolai Wsewolodowitsch früher als wir alle mit ihm in Petersburg bekannt gewesen, vor fünf oder sechs Jahren, in jener (wenn man sich so ausdrücken kann) halbdunklen Periode des Lebens Nikolai Wsewolodowitschs, wo er noch nicht daran dachte, uns hier mit seiner Ankunft zu beglücken. Man muß annehmen, daß unser Prinz damals einen ziemlich seltsamen Bekanntenkreis um sich gesammelt hatte. Damals ist er, wie es scheint, auch mit Alexej Nilowitsch bekannt geworden.«

»Nehmen Sie sich in acht, Liputin; ich warne Sie: Nikolai Wsewolodowitsch wollte bald selbst herkommen, und er steht seinen Mann.«

»Wofür könnte er sich an mir rächen? Ich bin der erste, der es laut ausspricht, daß er ein Mann vom größten, feinsten Verstande ist, und auch Warwara Petrowna habe ich gestern in dieser Hinsicht völlig beruhigt. ›Für seinen Charakter‹, habe ich zu ihr gesagt, ›kann ich allerdings keine Bürgschaft übernehmen.‹ Lebjadkin sprach sich gestern ebenfalls in demselben Sinne aus: ›Unter seinem Charakter‹, sagte er, ›habe ich zu leiden gehabt.‹ Ach, Stepan Trofimowitsch, Sie haben gut schreien, daß ich der Klatscherei und Spionage schuldig sei; aber wohlgemerkt, Sie tun das erst, nachdem Sie selbst alles aus mir herausgefragt haben, und noch dazu mit solcher maßlosen Neugier. Aber wie machte es Warwara Petrowna? Die ging gestern gleich auf den Hauptpunkt los: ›Sie sind bei der Sache persönlich interessiert gewesen‹, sagte sie, ›darum wende ich mich an Sie.‹ Und ob ich dabei interessiert gewesen bin! Was könnte ich also mit Klatsch und Spionage für Ziele verfolgen, da ich doch vor den Augen der ganzen Gesellschaft eine persönliche Beleidigung von Seiner Exzellenz erlitten habe? Ich möchte meinen, ich habe meine eigenen Gründe, mich für ihn zu interessieren, und bedarf keines Klatsches. Heute drückt er Ihnen die Hand, und morgen versetzt er Ihnen ohne jeden Anlaß in Gegenwart der ganzen verehrlichen Gesellschaft zum Dank für Ihre Gastfreundschaft nach Herzenslust Backenstreiche. Ihn sticht der Hafer! Aber die Hauptsache ist bei diesen Herren das weibliche Geschlecht; sie sind Schmetterlinge und tapfere Hähnchen! Gutsbesitzer mit Flügelchen, wie die antiken Amoretten, Frauenjäger à la Lermontows Petschorin. Sie, als fanatischer Hagestolz, Stepan Trofimowitsch, können es sich leisten, so zu reden und mich um Seiner Exzellenz willen einen Klatschbruder zu nennen. Aber wenn Sie eine junge, hübsche Frau nehmen sollten, wie Sie denn noch ein frischer, kräftiger Mann sind, dann rate ich Ihnen, vor unserm Prinzen Ihre Tür zuzuschließen und in Ihrem eigenen Hause Barrikaden zu errichten! Wahrhaftig, wäre diese Mademoiselle Lebjadkina, die mit der Peitsche geschlagen wird, nicht irrsinnig und krummbeinig, so würde ich wirklich glauben, daß auch sie ein Opfer der Begierden unseres hohen Herrn sei, und daß er selbst derjenige gewesen sei, von welchem Hauptmann Lebjadkin ›in seiner Familienehre‹ gekränkt worden ist, wie er sich selbst ausdrückt. Nur stimmt es vielleicht nicht zu seinem feinen Geschmacke; aber das macht ihm wohl nichts aus. Ihm schmeckt jede Beere, wenn sie bei ihm die richtige Stimmung trifft. Sie reden von Klatscherei; aber bin ich es denn, der schreit, wo doch schon die ganze Stadt Lärm macht und ich nur zuhöre und ja sage? Und ja zu sagen ist doch nicht verboten.«

»Die Stadt macht Geschrei? Worüber macht die Stadt Geschrei?«

»Ich meine, Hauptmann Lebjadkin macht in betrunkenem Zustande in der ganzen Stadt Geschrei; na, und ist das nicht dasselbe, wie wenn der ganze Marktplatz schriee? Was trifft mich für eine Schuld? Ich rede über diese Sache nur unter Freunden und glaube doch hier unter Freunden zu sein«, sagte er und ließ mit harmloser Miene seine Augen über uns alle hingleiten. »Da ist eine merkwürdige Geschichte passiert, denken Sie nur: Es kommt heraus, daß Seine Exzellenz noch aus der Schweiz durch ein hochachtbares junges Mädchen, nämlich durch eine bescheidene Waise, die zu kennen ich die Ehre habe, dreihundert Rubel zur Aushändigung an Hauptmann Lebjadkin hergeschickt hat. Aber bald darauf hat Lebjadkin die ganz zuverlässige Nachricht erhalten (ich sage nicht von wem, aber ebenfalls von einer hochachtbaren und somit durchaus glaubwürdigen Persönlichkeit), daß nicht dreihundert, sondern tausend Rubel abgeschickt sind! . . . Infolgedessen macht Lebjadkin Geschrei, das junge Mädchen habe ihm siebenhundert Rubel unterschlagen, und beabsichtigt, die Hilfe der Polizei anzurufen; wenigstens droht er damit und erhebt in der ganzen Stadt einen großen Lärm . . .«

»Das ist gemein! Das ist gemein von Ihnen!« rief der Ingenieur und sprang von seinem Stuhle auf.

»Aber Sie selbst sind ja die hochachtbare Persönlichkeit, die dem Hauptmann Lebjadkin von Nikolai Wsewolodowitsch die Nachricht gebracht hat, daß nicht dreihundert, sondern tausend Rubel übersandt seien. Mir hat es ja der Hauptmann selbst in der Betrunkenheit mitgeteilt.«

»Das . . . das ist ein unglückliches Mißverständnis. Irgend jemand hat sich geirrt, und nun hat es solche Folgen . . . Es ist Unsinn, und Sie haben gemein gehandelt! . . .«

»Auch ich will gern glauben, daß es Unsinn ist, und habe es mit Bedauern gehört, weil dadurch erstens ein hochanständiges Mädchen in die Geschichte mit den siebenhundert Rubeln hineingezogen wird und zweitens ihre intimen Beziehungen zu Nikolai Wsewolodowitsch offenkundig werden. Aber was macht sich Seine Exzellenz daraus, ein anständiges Mädchen zu kompromittieren oder eine fremde Frau zu entehren, ähnlich wie er es in meinem Falle tat? Wenn ihm ein hochgesinnter Mann vorkommt, dann zwingt er ihn, fremde Sünden mit seinem ehrlichen Namen zu verdecken. Eben das habe ich erdulden müssen; ich rede von mir selbst . . .«

»Nehmen Sie sich in acht, Liputin!« rief Stepan Trofimowitsch, indem er sich von seinem Lehnstuhl erhob; er war ganz blaß geworden.

»Glauben Sie es nicht, glauben Sie es nicht! Es hat sich irgend jemand geirrt, und Lebjadkin ist ein Trunkenbold!« schrie der Ingenieur in unbeschreiblicher Aufregung. »Es wird sich alles aufklären; aber ich kann nicht mehr . . . und ich halte es für eine Niederträchtigkeit . . . Genug davon, genug!«
Er rannte aus dem Zimmer.
»Was haben Sie denn? Ich komme ja mit Ihnen mit!« rief Liputin eilig, sprang auf und lief hinter Alexej Nilowitsch her.

## VII

Stepan Trofimowitsch stand eine Minute lang in Gedanken versunken da, blickte mich an, ohne mich zu sehen, nahm dann seinen Hut und Stock und ging sachte aus dem Zimmer. Ich folgte ihm wieder wie vorher. Als wir aus dem Tor traten, bemerkte er, daß ich ihn begleitete, und sagte:
»Ach ja, Sie können als Zeuge dienen . . . de l'accident. Vous m'accompagnerez, nest-ce pas?«
»Stepan Trofimowitsch, wollen Sie denn wirklich wieder dorthin? Überlegen Sie doch, was die Folge sein kann!«
Mit einem kläglichen, fassungslosen Lächeln, einem Lächeln, in welchem Scham und völlige Verzweiflung und gleichzeitig ein sonderbares Entzücken zum Ausdruck kamen, flüsterte er mir, einen Augenblick stehen bleibend, zu:
»Ich kann doch nicht ›fremde Sünden‹ heiraten!«
Auf dieses Wort hatte ich nur gewartet. Endlich war dieses bedeutungsvolle Wort ausgesprochen worden, das er mir eine ganze Woche lang durch allerlei Winkelzüge und Ausflüchte zu verbergen gesucht hatte. Ich kam geradezu außer mir.
»Und ein so schmutziger, ein so gemeiner Gedanke konnte bei Ihnen entstehen, bei Stepan Werchowenski, in Ihrem hellen Verstande, in Ihrem guten Herzen, und . . . und sogar noch vor Liputins Mitteilungen!«

Er sah mich an, antwortete aber nicht und ging auf demselben Wege weiter. Ich wollte ihn nicht verlassen. Ich wollte bei Warwara Petrowna Zeuge sein. Ich hätte ihm verziehen, wenn er in seinem weibischen Kleinmute nur Liputin Glauben geschenkt hätte; aber jetzt war es deutlich, daß er schon lange vor Liputins Einflüsterungen sich in seinem Kopfe alles in dieser Weise zurechtgelegt und daß Liputin jetzt nur seinen Verdacht bestärkt und Öl ins Feuer gegossen hatte. Er hatte kein Bedenken getragen, das junge Mädchen gleich vom ersten Tage an zu beargwöhnen, noch ehe er irgendwelche Gründe dafür hatte, nicht einmal die von Liputin vorgebrachten. Warwara Petrownas despotisches Verfahren erklärte er sich nur aus ihrem Wunsche, um jeden Preis so schnell wie möglich durch die Heirat mit einem achtbaren Manne die adligen Sünden ihres teuren Nicolas zu vertuschen! Ich wünschte von Herzen, daß er dafür bestraft werden möchte.

»O! Dieu, qui est si grand et si bon! Oh, wer wird mir meine Ruhe wiedergeben?« rief er aus, nachdem er noch hundert Schritte weitergegangen war, und blieb plötzlich stehen.

»Kommen Sie schnell nach Hause; da will ich Ihnen alles erklären!« rief ich und drehte ihn mit Gewalt um, nach seinem Hause zu.

»Er ist es! Stepan Trofimowitsch, sind Sie es? Wirklich?« ertönte eine frische, muntere, jugendliche Stimme, die wie Musik klang, in unserer Nähe.

Wir sahen nichts; aber neben uns erschien plötzlich eine Reiterin, Lisaweta Nikolajewna, mit ihrem ständigen Begleiter. Sie hielt ihr Pferd an.

»Kommen Sie, kommen Sie schnell her!« rief sie laut in lustigem Tone. »Ich habe ihn zwölf Jahre lang nicht gesehen und doch erkannt; aber er ... Erkennen Sie mich wirklich nicht?«

Stepan Trofimowitsch ergriff die Hand, die sie ihm entgegenstreckte, und küßte sie ehrfurchtsvoll. Er blickte sie an mit einem Gesichte, als ob er betete, und konnte kein Wort herausbringen.

»Er hat mich erkannt und freut sich! Mawriki Nikolajewitsch, er ist entzückt darüber, daß er mich wiedersieht! Warum sind Sie denn die ganzen zwei Wochen nicht zu uns gekommen? Die Tante wollte mir einreden, Sie wären krank und dürften nicht aufgeregt werden; aber jetzt sehe ich, daß sie mich belogen hat. Ich habe immer mit den Füßen gestampft und auf Sie geschimpft; aber ich wollte unbedingt, unbedingt, daß Sie von selbst zuerst kommen sollten; darum habe ich nicht zu Ihnen geschickt. O Gott, und er hat sich gar nicht verändert!« fügte sie hinzu, indem sie sich vom Sattel herabbeugte und ihn näher betrachtete. »Es ist ordentlich lächerlich, wie er unverändert geblieben ist! Ach nein, da sind Fältchen, viele Fältchen um die Augen und auf den Backen, und auch einige graue Haare sind da; aber die Augen sind dieselben geblieben! Aber habe ich mich verändert? Ja? Habe ich mich verändert? Aber warum reden Sie denn gar nicht?«

In diesem Augenblicke erinnerte ich mich an die Erzählung, daß sie ordentlich krank geworden sei, als man sie als elfjähriges Kind nach Petersburg brachte. Sie habe in der Krankheit geweint und nach Stepan Trofimowitsch verlangt.

»Sie . . . ich . . .« stammelte er jetzt; aber die Stimme versagte ihm vor Freude. »Ich habe soeben gerufen: ›Wer wird mir meine Ruhe wiedergeben?‹, und da ertönte Ihre Stimme . . . Ich halte das für ein Wunder, et je commence à croire.«

»En Dieu? En Dieu, qui est là haut et qui est si grand et si bon? Sehen Sie, ich weiß alles, was Sie mir beigebracht haben, noch auswendig. Mawriki Nikolajewitsch, was hat er mich damals für einen Glauben en Dieu, qui est si grand et si bon, gelehrt! Erinnern Sie sich an Ihre Erzählung davon, wie Kolumbus Amerika entdeckte, und wie alle schrien: ›Land, Land‹? Meine Wärterin Aljona Frolowna sagt, ich hätte nachher in der Nacht phantasiert und im Schlafe ›Land, Land!‹ gerufen. Und wissen Sie noch, wie Sie mir die Geschichte vom Prinzen Hamlet erzählten? Und wissen Sie noch, wie Sie mir beschrieben, wie die armen Auswanderer von Europa nach Amerika transportiert werden? Es war alles unwahr; ich habe es nachher alles erfahren, wie sie transportiert werden; aber wie hübsch hat er mir damals alles vorgelogen, Mawriki Nikolajewitsch; es war beinah schöner als die Wahrheit! Warum sehen Sie denn Mawriki Nikolajewitsch so an? Das ist der beste, treueste Mensch auf dem ganzen Erdball, und Sie müssen ihn unbedingt ebenso lieb gewinnen wie mich! Il fait tout ce que je veux. Aber mein Täubchen, Stepan Trofimowitsch, Sie sind also wieder unglücklich, wenn Sie mitten auf der Straße ausrufen: ›Wer wird mir meine Ruhe wiedergeben?‹ Sie sind unglücklich, nicht wahr, nicht wahr?«

»Jetzt bin ich glücklich . . .«

»Hat die Tante Ihnen etwas zuleide getan?« fuhr sie, ohne auf ihn zu hören, fort. »Sie ist noch immer dieselbe böse, ungerechte und uns allen ewig teure Tante! Wissen Sie noch, wie Sie sich im Garten mir in die Arme warfen und ich Sie tröstete und weinte? Fürchten Sie sich nur nicht vor Mawriki Nikolajewitsch; er weiß über Sie alles, alles, schon lange; Sie können an seiner Schulter weinen, soviel wie Ihnen beliebt; er wird, solange es Ihnen beliebt, stehen bleiben! . . . Schieben Sie Ihren Hut ein bißchen zurück, oder nehmen Sie ihn für einen Augenblick ganz ab, strecken Sie den Kopf vor, und stellen Sie sich auf die Zehen; ich will Sie gleich auf die Stirn küssen, wie ich Sie das letztemal geküßt habe, als wir voneinander Abschied nahmen. Sehen Sie nur, jenes Fräulein da beobachtet uns aus dem Fenster . . . Nun, näher, näher! O Gott, wie grau er geworden ist!«

Sie beugte sich im Sattel herunter und küßte ihn auf die Stirn.

»Nun, jetzt will ich Sie bei Ihnen zu Hause besuchen! Ich weiß, wo Sie wohnen. Ich werde gleich bei Ihnen sein. Ich werde Ihnen den ersten Besuch machen, Sie eigensinniger Mensch, und Sie dann für den ganzen Tag zu mir schleppen. Gehen Sie, und bereiten Sie sich auf meinen Besuch vor!«

Dann sprengte sie mit ihrem Kavalier davon. Wir kehrten nach Hause zurück. Stepan Trofimowitsch setzte sich auf das Sofa und brach in Tränen aus.

»Dieu, Dieu!« rief er. »Enfin une minute de bonheur!«

Schon nach zehn Minuten erschien sie ihrem Versprechen gemäß, und zwar in Begleitung ihres Mawriki Nikolajewitsch.
»Vous et le bonheur, vous arrivez en même temps!« sagte er, indem er aufstand und ihr entgegenging.
»Da haben Sie ein Bukett; ich bin eben zu Madame Chevalier herangeritten; die hat den ganzen Winter über Buketts für Damen, die ihren Namenstag feiern. Und da ist auch Mawriki Nikolajewitsch; bitte, machen Sie sich mit ihm bekannt. Ich wollte Ihnen schon eine Pastete statt des Buketts mitbringen; aber Mawriki Nikolajewitsch versichert, das sei in Rußland nicht Ton.«
Dieser Mawriki Nikolajewitsch war Artilleriehauptmann, ungefähr dreiunddreißig Jahre alt, hochgewachsen, von schönem, tadellos anständigem Äußern, mit einem ernsten Gesichtsausdruck, der auf den ersten Blick sogar streng erschien, trotz seines bewundernswerten Zartgefühls und seiner großen Herzensgüte, Eigenschaften, von denen sich ein jeder fast vom ersten Augenblicke der Bekanntschaft an überzeugte. Er war übrigens schweigsam, schien sehr kaltblütig zu sein und drängte sich niemandem als Freund auf. Viele erklärten später, er sei ein beschränkter Kopf; aber das war durchaus nicht zutreffend.
Lisaweta Nikolajewnas Schönheit zu beschreiben will ich nicht unternehmen. Die ganze Stadt redete bereits von ihrer Schönheit, obgleich mehrere unserer verheirateten Damen und unserer jungen Mädchen unwillig widersprachen. Es gab unter ihnen sogar einige, die Lisaweta Nikolajewna bereits haßten, erstens wegen ihres Stolzes: Drosdows hatten bisher kaum angefangen, Besuche zu machen, was man als eine Kränkung empfand, wiewohl tatsächlich Praskowja Iwanownas schlechter Gesundheitszustand die Schuld an der Verzögerung trug. Zweitens haßte man sie deswegen, weil sie eine Verwandte der Frau Gouverneur war; drittens deswegen, weil sie täglich spazieren ritt. Bis dahin hatte es bei uns noch nie Amazonen gegeben; es war nur natürlich, daß die Gesellschaft sich durch Lisaweta Nikolajewnas Erscheinen, die spazieren ritt und noch keine Besuche

gemacht hatte, beleidigt fühlte. Übrigens wußten alle bereits, daß sie auf ärztliche Verordnung ritt, und sprachen nun auch noch giftig über ihre Krankheit. Aber sie war wirklich krank. Was an ihr auf den ersten Blick auffiel, das war ihre beständige, krankhafte nervöse Unruhe. Ach, die Ärmste hatte viel zu leiden, und alles wurde in der Folgezeit klar. Wenn ich jetzt an die Vergangenheit zurückdenke, so kann ich nicht mehr sagen, daß sie die Schönheit war, als die sie mir damals erschien. Vielleicht hatte sie sogar überhaupt kein schönes Äußeres. Hochgewachsen und etwas dünn, aber biegsam und kräftig, fiel sie sogar durch die Unregelmäßigkeit ihrer Gesichtszüge auf. Ihre Augen standen kalmückenartig schief; sie war blaß und mager im Gesicht und hatte starke Backenknochen; aber es lag in diesem Gesichte etwas Anziehendes, Sieghaftes! In dem feurigen Blicke ihrer schwarzen Augen kam eine starke Macht zum Ausdruck; sie erschien »als Siegerin und mit dem Zweck zu siegen«. Sie schien stolz, mitunter sogar dreist; ich weiß nicht, ob es ihr gelang, gut zu sein; aber ich weiß, daß sie es sehnlich wünschte und sich quälte, um sich dahinzubringen, daß sie einigermaßen gut sei. In dieser Natur lagen sicherlich viele schöne Triebe, und es waren die besten Ansätze vorhanden; aber alles in ihr suchte fortwährend gewissermaßen ins Gleichgewicht zu kommen, ohne daß dies doch gelang; alles befand sich in Unordnung, in Aufregung, in Unruhe. Vielleicht stellte sie auch gar zu strenge Anforderungen an sich und fand in sich nicht die Kraft, diesen Anforderungen zu genügen.

Sie setzte sich auf das Sofa und sah sich im Zimmer um.

»Warum wird mir in solchen Augenblicken immer so traurig zumute? Erklären Sie mir das, Sie gelehrter Mann! Ich habe mein ganzes Leben lang gedacht, daß ich mich Gott weiß wie sehr freuen würde, wenn ich Sie wiedersähe und mir alles ins Gedächtnis zurückriefe, und nun bin ich eigentlich gar nicht froh, obgleich ich Sie liebe . . . Ach Gott, da haben Sie ja mein Bild hängen! Geben Sie es einmal her! Ich erinnere mich daran, ich erinnere mich daran!«

Vor zehn Jahren hatten Drosdows aus Petersburg an Stepan

Trofimowitsch ein vorzügliches, kleines Aquarellporträt der zwölfjährigen Lisa geschickt. Seitdem hing es beständig bei ihm an der Wand.

»Bin ich wirklich ein so hübsches Kind gewesen? Ist das wirklich mein Gesicht?«

Sie stand auf und schaute mit dem Porträt in der Hand in den Spiegel.

»Nehmen Sie es schnell hin!« rief sie, indem sie ihm das Porträt zurückgab. »Hängen Sie es jetzt nicht wieder auf; lassen Sie das bis nachher; ich mag es jetzt nicht sehen.« Sie setzte sich wieder auf das Sofa. »*Ein* Leben verging, und ein zweites begann; dann verging auch das zweite, und es begann ein drittes, und keines hatte einen rechten Abschluß. Der Abschluß war immer wie mit einer Schere weggeschnitten. Sehen Sie, was ich für alte Dinge erzähle; aber es ist viel Wahres daran!«

Sie lächelte, indem sie mich ansah; schon mehrmals hatte sie mich angeblickt; aber Stepan Trofimowitsch hatte in seiner Aufregung vergessen, daß er mir versprochen hatte, mich vorzustellen.

»Aber warum hängt mein Bild bei Ihnen unter Dolchen? Und wozu haben Sie überhaupt so viele Dolche und einen Säbel?«

Es hingen bei ihm wirklich an der Wand, ich weiß nicht wozu, zwei gekreuzte Jatagans und darüber ein echter tscherkessischer Säbel. Während sie die obige Frage stellte, schaute sie mir so gerade ins Gesicht, daß ich schon etwas antworten wollte; aber ich unterdrückte es. Stepan Trofimowitsch merkte endlich, wie es stand, und stellte mich vor.

»Ich kenne Sie, ich kenne Sie«, sagte sie. »Ich freue mich sehr. Auch Mama hat schon viel über Sie gehört. Machen Sie sich auch mit Mawriki Nikolajewitsch bekannt; er ist ein vortrefflicher Mensch. Ich habe mir von Ihnen schon eine komische Vorstellung gemacht; Sie sind ja wohl Stepan Trofimowitschs Vertrauter?«

Ich errötete.

»Ach, verzeihen Sie mir, bitte; ich habe einen falschen Ausdruck gebraucht; er sollte keinen komischen Klang haben, sondern nur einen ganz einfachen Sinn ...« (Sie war rot und verlegen geworden.) »Übrigens brauchen Sie sich nicht darüber zu schämen, daß Sie ein so vortrefflicher Mensch sind. Aber es wird Zeit, daß wir gehen, Mawriki Nikolajewitsch! Stepan Trofimowitsch, in einer halben Stunde müssen Sie bei uns sein. O Gott, wieviel wollen wir miteinander reden! Jetzt werde ich Ihre Vertraute sein, und zwar in allen Stücken, in allen Stücken, verstehen Sie wohl?«

Stepan Trofimowitsch bekam sofort einen Schreck.

»Oh, Mawriki Nikolajewitsch weiß alles; vor dem brauchen Sie nicht verlegen zu werden!«

»Was weiß er denn?«

»Sie fragen noch!« rief sie erstaunt. »Also ist es wahr, daß es geheimgehalten werden soll! Ich wollte es gar nicht glauben. Und Dascha wird auch verborgen gehalten. Die Tante ließ mich neulich nicht zu ihr, mit der Begründung, Dascha habe Kopfschmerzen.«

»Aber ... aber wie haben Sie es denn erfahren?«

»Ach mein Gott, ebenso wie alle. Das war kein Kunststück!«

»Wissen es denn alle?«

»Nun ja, gewiß. Die Wahrheit ist: Mama hat es zuerst von Aljona Frolowna, meiner alten Kinderfrau, gehört; zu der war Ihre Nastasja angelaufen gekommen und hatte es ihr gesagt. Sie haben es ja doch zu Nastasja gesagt? Sie gibt an, daß Sie es ihr selbst gesagt hätten.«

»Ich ... ich habe einmal davon geredet ...« stammelte Stepan Trofimowitsch, der ganz rot geworden war; »aber ... ich habe nur eine Andeutung gemacht ... j'étais si nerveux et malade et puis ...«

Sie lachte.

»Und der Vertraute war gerade nicht bei der Hand, und Nastasja kam Ihnen in den Wurf, – da ist es ja ganz erklärlich! Die aber hat die ganze Stadt zu Gevatterinnen. Nun, lassen wir es gut sein; es ist ja auch ganz gleich; mögen sie es immerhin wissen, sogar um so besser. Kommen Sie nur recht bald; wir essen früh zu Mittag ... Ja, das hatte ich

vergessen«, sagte sie und setzte sich wieder hin, »hören Sie mal: Was für ein Mensch ist Schatow?«
»Schatow? Das ist Darja Pawlownas Bruder . . .«
»Das weiß ich, daß er ihr Bruder ist; wie können Sie so antworten, wahrhaftig!« unterbrach sie ihn ungeduldig. »Ich will wissen, was er eigentlich ist, was für eine Art Mensch?«
»C'est une pense-creux d'ici. C'est le meilleur et le plus irascible homme du monde.«
»Das habe ich selbst schon gehört, daß er etwas sonderbar ist. Darum handelt es sich übrigens nicht. Ich habe gehört, daß er drei Sprachen beherrscht, auch das Englische, und eine literarische Arbeit ausführen kann. Wenn dem so ist, so hätte ich für ihn viel Arbeit. Ich brauche einen Gehilfen, und je eher ich einen bekomme, um so besser. Wird er eine Arbeit übernehmen oder nicht? Man hat ihn mir empfohlen.«
»Oh, jedenfalls, et vous ferez un bienfait . . .«
»Ich tue es durchaus nicht um des bienfait willen; es ist mir selbst an einem Gehilfen gelegen.«
»Ich bin mit Schatow ziemlich gut bekannt«, sagte ich, »und wenn Sie mich mit einer Bestellung an ihn beauftragen wollen, so will ich sofort zu ihm hingehen.«
»Bestellen Sie ihm, er möchte morgen mittag um zwölf Uhr zu mir kommen. Wunderschön! Ich danke Ihnen. Mawriki Nikolajewitsch, sind Sie fertig?«
Sie gingen weg. Ebenso natürlich ich, um sofort zu Schatow zu laufen.
»Mon ami!« sagte Stepan Trofimowitsch zu mir, der mir nacheilte und mich auf den Stufen vor der Haustür einholte, »seien Sie jedenfalls um zehn oder elf Uhr bei mir, wenn ich zurückkomme. Oh, ich stehe sehr, sehr schuldbeladen vor Ihnen da und . . . vor allen, vor allen!«

## VIII

Schatow traf ich nicht zu Hause; ich ging zwei Stunden darauf noch einmal heran: Er war wieder nicht da. Endlich, es war schon sieben durch, begab ich mich noch einmal zu ihm, um ihn entweder anzutreffen oder einen Zettel für ihn dazulassen; aber auch diesmal traf ich ihn nicht. Seine Wohnung war verschlossen, und er wohnte allein, ohne alle Bedienung. Ich wollte unten bei Hauptmann Lebjadkin vorsprechen, um nach Schatow zu fragen; aber auch da war zugeschlossen und kein Laut zu hören und kein Licht zu sehen; es schien kein Mensch da zu sein. Neugierig ging ich unter der Nachwirkung der kurz vorher gehörten Erzählungen an Lebjadkins Tür vorbei. Schließlich entschied ich mich dafür, am nächsten Tage recht früh wiederzukommen. Auch auf den Zettel setzte ich, um die Wahrheit zu sagen, nicht viel Hoffnung. Sehr möglich, daß Schatow sich nicht darum kümmerte; er war so ein eigenwilliger, scheuer Mensch. Mein Mißgeschick verwünschend, ging ich schon aus dem Torwege, als ich plötzlich auf Herrn Kirillow stieß; er ging ins Haus und erkannte mich zuerst. Da er selbst zu fragen begann, so erzählte ich ihm alles in den Hauptpunkten und sagte auch, daß ich einen Zettel bei mir hätte.

»Kommen Sie mit!« sagte er, »ich werde alles erledigen.«

Ich erinnerte mich, daß er nach Liputins Mitteilung seit dem Vormittage ein auf dem Hofe gelegenes hölzernes Seitengebäude bewohnte. In diesem Seitengebäude, das für ihn sehr viel Platz bot, wohnte mit ihm zusammen eine alte taube Frau, die bei ihm die Aufwartung hatte. Der Besitzer dieses Hauses hatte in einer andern Straße in einem andern ihm gehörigen, neuen Hause ein Restaurant und hatte diese alte Frau, wohl eine Verwandte von ihm, zurückgelassen, um das ganze alte Haus zu beaufsichtigen. Die Zimmer in diesem Seitengebäude waren ziemlich sauber gehalten, aber die Tapeten schmutzig. In demjenigen Zimmer, in das wir eintraten, waren die Möbel bunt zusammengewürfelt, nicht zueinander passend und von sehr geringem Werte: zwei

L'hombretische, eine Kommode von Erlenholz, ein großer Brettertisch aus einer Bauernstube oder einer Küche, ein paar Stühle und ein Sofa mit einer Lattenlehne und harten Lederkissen. In einer Ecke befand sich ein altertümliches Heiligenbild, vor welchem die Alte schon vor unserem Eintritte das Lämpchen angezündet hatte, und an den Wänden hingen zwei große, dunkel gewordene Porträts in Öl; das eine stellte den ehemaligen Kaiser Nikolai Pawlowitsch dar und war, nach dem Aussehen zu urteilen, in den zwanziger Jahren dieses Jahrhunderts gemalt; das andere war das Bild irgendeines Bischofs.
Herr Kirillow zündete, sobald er eingetreten war, ein Licht an und holte aus seinem Koffer, der in der Ecke stand und noch nicht ausgepackt war, ein Kuvert, Siegellack und ein kristallenes Petschaft heraus.
»Siegeln Sie Ihren Zettel ein, und schreiben Sie die Adresse auf das Kuvert!«
Ich erwiderte, das sei eigentlich nicht nötig; aber er bestand darauf. Nachdem ich das Kuvert adressiert hatte, griff ich nach meiner Mütze.
»Ich dachte, Sie würden bei mir Tee trinken«, sagte er, »ich habe Tee gekauft. Mögen Sie?«
Ich lehnte es nicht ab; die alte Frau brachte bald den Tee, das heißt eine mächtige Kanne mit heißem Wasser, ein kleines Kännchen mit sehr starkem Tee, zwei große, grob bemalte Tassen von Steingut, Semmeln und einen ganzen Teller voll Stückenzucker.
»Ich trinke gern Tee«, sagte er, »nachts; ich gehe viel hin und her und trinke; bis zum Morgengrauen. Im Auslande ist das Teetrinken bei Nacht unbequem.«
»Sie legen sich erst gegen Morgen hin?«
»Ja, immer; schon lange. Ich esse wenig; immer Tee. Liputin ist schlau, aber ungeduldig.«
Es wunderte mich, daß er sich auf ein Gespräch einlassen wollte; ich beschloß, den günstigen Augenblick zu benutzen.
»Es sind vorhin unangenehme Mißverständnisse vorgekommen«, bemerkte ich.

Er machte ein sehr finsteres Gesicht.

»Das sind Dummheiten; das sind lauter Possen. Das sind lauter Possen, weil Lebjadkin ein Trunkenbold ist. Ich habe zu Liputin nichts gesagt, sondern nur erklärt, daß es Possen sind; denn jener Mensch hat gelogen. Liputin hat viel Phantasie; aus einer Mücke macht er einen Elefanten. Ich habe ihm gestern geglaubt.«

»Und heute glauben Sie mir?« fragte ich lachend.

»Sie wissen ja schon von vorhin über alles Bescheid. Liputin ist entweder schwach oder ungeduldig oder böswillig oder . . . neidisch.«

Das letzte Wort fiel mir auf.

»Sie haben da so viele Kategorien aufgestellt, daß es nicht wunderbar ist, wenn er in eine von ihnen hineingehört.«

»Oder auch in alle zusammen.«

»Ja, auch das könnte sein. Liputin ist ein reines Chaos. Hat er das wirklich heute erlogen, daß Sie eine Abhandlung schreiben wollen?«

»Warum soll er das erlogen haben?« erwiderte er, wieder mit finsterer Miene und zu Boden blickend.

Ich bat um Entschuldigung und versicherte ihm, daß ich ihn nicht ausfragen wolle. Er wurde rot.

»Er hat die Wahrheit gesagt; ich schreibe. Aber das ist ganz egal.«

Ein Weilchen schwiegen wir beide; auf einmal trat auf sein Gesicht das kindliche Lächeln, das ich schon von vorhin kannte.

»Das von den Köpfen hat er selbst aus einem Buche entnommen und mir selbst zuerst gesagt; er versteht aber schlecht, was ich vorhabe. Ich suche nur die Ursache, weswegen die Menschen es nicht wagen, sich das Leben zu nehmen; weiter nichts. Und das ist ganz egal.«

»Was meinen Sie damit, daß die Menschen es nicht wagen? Gibt es denn etwa so wenig Selbstmörder?«

»Sehr wenige.«

»Finden Sie das wirklich?«

Er antwortete nicht, stand auf und begann nachdenklich auf und ab zu gehen.

»Was hält denn Ihrer Ansicht nach die Menschen vom Selbstmorde zurück?« fragte ich.

Er sah mich zerstreut an, wie wenn er sich zu besinnen suchte, wovon wir gesprochen hätten.

»Ich . . . ich bin mir darüber noch nicht ganz im klaren . . . Zwei vorgefaßte Meinungen sind es, die die Menschen zurückhalten; zwei Dinge, nur zwei; ein sehr kleines und ein anderes sehr großes. Aber das kleine ist auch sehr groß.«

»Was ist denn das kleine?«

»Der Schmerz.«

»Der Schmerz? Ist denn das so wichtig . . . in einem solchen Falle?«

»Das steht an erster Stelle. Es gibt zwei Arten von Selbstmördern: Solche, die sich entweder aus großem Kummer töten oder aus Ingrimm oder im Wahnsinn oder aus ähnlichem Grunde . . . die tun es alle plötzlich. Die denken wenig an den Schmerz, sondern tun es plötzlich. Aber diejenigen, die es mit Überlegung tun, die denken viel darüber nach.«

»Aber gibt es denn solche, die es mit Überlegung tun?«

»Sehr viele. Wenn die vorgefaßte Meinung nicht da wäre, würden es noch mehr sein; sehr, sehr viele; alle.«

»Nun, nun! Wirklich alle?«

Er schwieg.

»Gibt es denn kein Mittel, um schmerzlos zu sterben?« fragte ich.

»Denken Sie sich«, erwiderte er, indem er vor mir stehen blieb, »denken Sie sich einen Stein von solcher Größe wie ein großes Haus; er hängt, und Sie befinden sich unter ihm; wenn er herunterfällt, Ihnen auf den Kopf, wird Ihnen das weh tun?«

»Ein hausgroßer Stein? Gewiß, das ist ja furchtbar.«

»Von der Furcht rede ich nicht; wird es weh tun?«

»Ein Stein wie ein Berg? Ein Stein, der Millionen Pud schwer ist? Selbstverständlich wird es nicht weh tun.«

»Aber obwohl Sie das einsehen, werden Sie doch, solange er hängt, sehr fürchten, daß es weh tun werde. Der größte Gelehrte, der klügste Mann, alle, alle werden sie das sehr fürchten.«

»Nun, und die zweite Ursache, die große?«
»Das Jenseits.«
»Das heißt: die Bestrafung?«
»Ganz egal; das Jenseits; nur das Jenseits.«
»Gibt es nicht solche Atheisten, die überhaupt nicht an ein Jenseits glauben?«
Er schwieg wieder.
»Sie urteilen vielleicht nach sich?« fragte ich.
»Jeder kann nur nach sich urteilen«, sagte er errötend. »Die volle Freiheit wird dann da sein, wenn es dem Menschen ganz egal sein wird, ob er lebt oder nicht. Das ist das Ziel für die Gesamtheit.«
»Das Ziel? Aber dann wird vielleicht niemand mehr leben wollen?«
»Nein, niemand«, erwiderte er in entschiedenem Tone.
»Der Mensch fürchtet den Tod, weil er das Leben liebt; so fasse ich das auf«, bemerkte ich, »und so hat es die Natur gewollt.«
»Das ist gemein, und hierin steckt der Betrug!« Seine Augen funkelten. »Das Leben ist Schmerz, das Leben ist Furcht, und der Mensch ist unglücklich. Jetzt ist alles Schmerz und Furcht. Jetzt liebt der Mensch das Leben, weil er den Schmerz und die Furcht liebt. Das Leben wird einem jetzt gegeben zum Zwecke des Schmerzes und der Furcht, und hierin steckt der ganze Betrug. Jetzt ist der Mensch noch nicht der richtige Mensch. Es wird einen neuen Menschen geben, einen glücklichen und stolzen Menschen. Wem es ganz egal sein wird, ob er lebt oder nicht, der wird ein neuer Mensch sein. Wer den Schmerz und die Furcht überwindet, der wird selbst ein Gott sein. Und jener Gott wird dann nicht sein.«
»Also existiert jener Gott doch nach Ihrer Ansicht?«
»Er existiert nicht; aber Er existiert. Der Stein bereitet keinen Schmerz; aber die Furcht vor dem Stein bereitet Schmerz. Gott ist der Schmerz der Todesfurcht. Wer den Schmerz und die Furcht überwindet, der wird selbst ein Gott. Dann wird ein neues Leben sein und ein neuer Mensch; alles wird neu sein . . . Dann wird man die Ge-

schichte in zwei Teile teilen: vom Gorilla bis zur Vernichtung Gottes und von der Vernichtung Gottes bis . . .«

»Bis zum Gorilla?«

». . . bis zur physischen Umgestaltung der Erde und bis zur physischen Umgestaltung des Menschen. Der Mensch wird ein Gott sein und wird sich physisch umgestalten. Auch die Welt wird sich umgestalten, und die Dinge werden sich umgestalten und die Gedanken und alle Empfindungen. Wie denken Sie darüber: Wird sich dann der Mensch physisch umgestalten?«

»Wenn es den Menschen ganz egal sein wird, ob sie leben oder nicht, dann werden sich alle töten, und darin wird vielleicht die Umgestaltung bestehen.«

»Das ist ganz egal. Der Betrug wird getötet werden. Jeder, der die völlige Freiheit erlangen will, muß es wagen, sich zu töten. Wer es wagt, sich zu töten, der hat das Geheimnis des Betruges erkannt. Eine höhere Freiheit gibt es nicht; das ist alles, darüber hinaus gibt es nichts. Wer es wagt, sich zu töten, der ist ein Gott. Jetzt kann jeder bewirken, daß Gott nicht existiert und nichts existiert. Aber es hat es noch nie jemand getan.«

»Es hat doch Millionen von Selbstmördern gegeben.«

»Aber alle haben es nicht deswegen getan, alle mit Furcht und nicht zu diesem Zwecke. Nicht um die Furcht zu töten. Wer sich nur deswegen tötet, um die Furcht zu töten, der wird sogleich ein Gott werden.«

»Er wird dazu vielleicht keine Zeit mehr haben«, bemerkte ich.

»Das ist ganz egal«, antwortete er leise mit ruhigem Stolze, beinah geringschätzig. »Es tut mir leid, daß Sie anscheinend sich darüber lustig machen«, fügte er nach einer halben Minute hinzu.

»Es kommt mir sonderbar vor, daß Sie vorhin so reizbar waren und jetzt mit solcher Ruhe, wenn auch mit großem Eifer reden.«

»Vorhin? Das war eine lächerliche Geschichte«, versetzte er lächelnd. »Ich streite nicht gern und lache niemals«, fügte er traurig hinzu.

»Ja, Sie verbringen Ihre Nächte beim Tee gewiß nicht fröhlich.«
Ich stand auf und griff nach meiner Mütze.
»Meinen Sie?« fragte er lächelnd und einigermaßen erstaunt. »Warum denn? Nein, ich . . . ich weiß nicht« (er geriet auf einmal in Verwirrung), »ich weiß nicht, wie es bei andern ist; aber ich habe das Gefühl, daß ich nicht so kann wie jeder. Jeder denkt daran und denkt dann gleich wieder an etwas anderes. Ich kann an nichts anderes denken; ich denke das ganze Leben über nur an das eine. Mich hat Gott das ganze Leben über gequält«, schloß er plötzlich mit erstaunlicher Mitteilsamkeit.
»Aber sagen Sie doch, wenn Sie die Frage gestatten, woher kommt es, daß Sie das Russische nicht korrekt sprechen? Haben Sie es wirklich im Auslande in den fünf Jahren verlernt?«
»Spreche ich es denn inkorrekt? Ich weiß es nicht. Nein, nicht deshalb, weil ich im Auslande gewesen bin. Ich habe mein ganzes Leben lang so gesprochen . . . es ist mir ganz egal.«
»Noch eine delikatere Frage: Ich glaube Ihnen vollkommen, daß Sie keine Neigung haben, mit Menschen zu verkehren, und daß Sie wenig mit Menschen reden. Warum haben Sie sich dann aber mit mir jetzt in ein Gespräch eingelassen?«
»Mit Ihnen? Sie haben vorhin so nett dabeigesessen, und Sie . . . übrigens ist das ganz egal . . . Sie haben eine große Ähnlichkeit mit meinem Bruder, eine sehr große, ganz außerordentliche«, sagte er errötend. »Er starb vor sieben Jahren; der älteste; eine sehr, sehr große.«
»Da hat er gewiß großen Einfluß auf Ihre Denkweise gehabt?«
»N-nein, er sprach wenig; er sagte nichts. Ich werde Ihren Zettel abgeben.«
Er begleitete mich mit einer Laterne zum Haustor, um hinter mir zuzuschließen.
»Selbstverständlich ein Verrückter!« sagte ich mir im stillen. Im Tore hatte ich ein neues Zusammentreffen.

## IX

Kaum hatte ich den Fuß über die hohe Schwelle des Pförtchens gesetzt, als mich auf einmal eine starke Hand an der Brust packte.

»Werda?« brüllte eine Stimme. »Freund oder Feind? Rede!«

»Es ist einer von den Unsrigen, einer von den Unsrigen!« kreischte daneben Liputins schwache Stimme. »Es ist Herr G***w, ein junger Mann, der eine klassische Bildung hat und in den höchsten Kreisen verkehrt.«

»Das gefällt mir, in den höchsten Kreisen, klass . . . klassisch . . . also sehr ge-gebildet . . . Hauptmann a. D. Ignat Lebjadkin; stehe der Welt und den Freunden zu Diensten . . . wenn sie treu sind, wenn sie treu sind, die Schurken!«

Hauptmann Lebjadkin, ein Hüne von Gestalt, dick, fleischig, kraushaarig, rot im Gesicht und stark betrunken, konnte kaum vor mir auf den Beinen stehen und brachte die Worte nur mit Mühe heraus. Ich hatte ihn übrigens auch früher schon von weitem gesehen.

»Ach, auch der ist da!« brüllte er wieder, als er Kirillow erblickte, der mit seiner Laterne immer noch nicht fortgegangen war. Er wollte schon die Faust erheben, ließ sie aber sogleich wieder sinken.

»Ich verzeihe Ihnen wegen Ihres Wissens! Ignat Lebjadkin ist ein hoch-hoch-ge-gebildeter . . .

Die Liebe fiel mit süßem Schmerz
Wie eine Bombe in mein Herz.
Ich büßte (o wie kummervoll!)
Den Arm ein bei Sewastopol.

Ich bin allerdings nicht bei Sewastopol gewesen und bin auch nicht einmal einarmig; aber was sagen Sie zu den Versen?« Dabei kam mir der Betrunkene mit seinem übelriechenden Gesichte näher.

»Der Herr hat keine Zeit, keine Zeit; er muß nach Hause gehen«, redete ihm Liputin zu. »Er wird morgen alles Lisaweta Nikolajewna wiedererzählen.«

»Lisaweta! . . .« heulte er wieder. »Halt! Gehen Sie nicht weg! . . . Noch ein andres Gedicht:

Vergleichbar dem leuchtenden Sterne,
Jagt die Reit'rin einher wie der Wind;
Es grüßt mich mit Lächeln von ferne
Das ari-sto-kratische Kind.

An die sterngleiche Reiterin.«
Ja, sehen Sie wohl, das ist ein Hymnus! Das ist ein Hymnus, wenn Sie kein Esel sind! Die Tagediebe, die haben kein Verständnis dafür! »Halt!« schrie er und klammerte sich an meinen Paletot fest, obwohl ich mich mit aller Kraft durch das Pförtchen drängte. »Bestellen Sie ihr, daß ich ein Ritter bin, der Ehre im Leibe hat; und Dascha . . . diese Dascha werde ich mit zwei Fingern . . . Diese leibeigene Magd wird nicht wagen . . .«
Hier fiel er hin, weil ich mich mit Gewalt aus seinen Händen riß und auf die Straße lief. Liputin folgte mir dorthin.
»Alexej Nilowitsch wird ihn schon aufheben. Wissen Sie, was ich soeben von ihm erfahren habe?« schwatzte er eifrig. »Haben Sie die Verse gehört? Nun, diese selben Verse an die ›sterngleiche Reiterin‹ hat er drucken lassen und wird sie morgen mit seiner vollen Namensunterschrift an Lisaweta Nikolajewna schicken. Was sagen Sie zu einem solchen Menschen?«
»Ich möchte darauf wetten, daß Sie selbst ihn dazu veranlaßt haben.«
»Sie werden die Wette verlieren!« versetzte Liputin lachend. »Er ist verliebt, verliebt wie ein Kater, und wissen Sie wohl, daß die Geschichte mit Haß begonnen hat? Er hat Lisaweta Nikolajewna anfangs wegen ihres Reitens dermaßen gehaßt, daß er beinahe auf der Straße laut auf sie geschimpft hat; und er hat es auch wirklich getan! Noch vorgestern hat er auf sie geschimpft, als sie vorbeiritt; zum Glück hörte sie es nicht. Und nun auf einmal heute Verse! Wissen Sie wohl, daß er es wagen will, ihr einen Antrag zu machen? Im Ernst, im Ernst!«
»Ich muß mich über Sie wundern, Liputin; überall, wo solch

ekelhaftes Treiben stattfindet, überall sind Sie der Anführer!« rief ich zornig.
»Da übertreiben Sie doch, Herr G***w! Hat Ihnen nicht das Herzchen gepuckert aus Angst vor dem Nebenbuhler? Wie?«
»Wa-a-as?« rief ich, stehenbleibend.
»Sehen Sie, nun werde ich Ihnen zur Strafe auch nichts weiter sagen! Und wie gern würden Sie es hören! Schon allein das, daß dieser Dummkopf jetzt kein einfacher Hauptmann ist, sondern ein Gutsbesitzer unseres Gouvernements, und noch dazu ein ziemlich bedeutender, da Nikolai Wsewolodowitsch ihm sein ganzes Gut, seine früheren zweihundert Seelen dieser Tage verkauft hat, und Gott straf mich, ich lüge Ihnen nichts vor. Ich habe es eben erst erfahren, aber dafür aus ganz zuverlässiger Quelle. Na, jetzt tasten Sie sich nur selbst mit Ihrem Spürsinn weiter; mehr werde ich Ihnen nicht sagen. Auf Wiedersehen!«

## X

Stepan Trofimowitsch erwartete mich in krampfhafter Aufregung. Er war schon vor einer Stunde zurückgekehrt. Als ich ihn sah, machte er den Eindruck eines Betrunkenen; wenigstens glaubte ich die ersten fünf Minuten lang, daß er betrunken sei. Der Besuch bei Drosdows hatte ihn leider vollkommen wirr im Kopfe gemacht.
»Mon ami, ich habe jetzt den Faden des Zusammenhanges ganz und gar verloren . . . Was Lise angeht, so liebe und verehre ich diesen Engel wie früher, ganz wie früher; aber es scheint mir, daß die beiden Damen mich nur erwartet haben, um etwas zu erfahren, das heißt, um einfach irgend etwas aus mir herauszuholen und mich dann meiner Wege zu schicken . . . So steht es.«
»Schämen Sie sich!« rief ich, nicht imstande, mich zu beherrschen.
»Mein Freund, ich stehe jetzt vollständig allein da. Enfin c'est ridicule. Denken Sie nur: Auch dort ist alles mit

Geheimnissen vollgepfropft. Sie stürzten auf mich los und verlangten Auskunft über diese Nasen- und Ohrengeschichten und über einige Petersburger Geheimnisse. Sie hatten beide erst hier zum erstenmal von den Tollheiten gehört, die Nicolas hier vor vier Jahren angegeben hat; ›Sie sind ja hier gewesen; Sie haben es miterlebt‹, sagten sie; ›ist es wahr, daß er verrückt ist?‹ Und wie sie auf diese Idee gekommen sind, das ist mir unbegreiflich. Warum will Praskowja durchaus, daß Nicolas sich als Verrückter herausstellt? Und das will dieses Weib, das will sie! Ce Maurice oder, wie sie ihn nennen, Mawriki Nikolajewitsch, ist ein brave homme tout de même; aber sollte sie das wirklich in seinem Interesse wünschen, und nachdem sie selbst zuerst aus Paris an cette pauvre amie jenen Brief geschrieben hat? . . . Enfin, diese Praskowja, wie sie von cette chère amie genannt wird, ist ein Typus; sie ist Frau Korobotschka aus Gogols ›Toten Seelen‹, und zwar in außerordentlich vergrößertem Maßstabe.«
»Nun, wenn sie es in vergrößertem Maßstabe ist, dann kommt wohl eine gehörige Schachtel heraus?«
»Na oder in verkleinertem Maßstabe; das ist ganz gleichgültig; unterbrechen Sie mich nur nicht; mir ist der Kopf sowieso schon ganz wirbelig. Dort haben sich die Weiber vollständig verzankt; außer Lise, die immer noch ›Tantchen, Tantchen‹ sagt; aber Lise ist schlau, und da steckt noch etwas anderes dahinter. Geheimnisse. Aber mit der Alten hat es einen großen Zank gegeben. Cette pauvre Tante tyrannisiert allerdings alle schrecklich. Aber da ist nun die Frau Gouverneur und die Respektlosigkeit der Gesellschaft und die Respektlosigkeit Karmasinows; und dazu nun noch auf einmal die Idee, Nicolas sei vielleicht geistesgestört, und ce Lipoutine, ce que je ne comprends pas . . . und es heißt, sie habe sich Essigumschläge um den Kopf gemacht, und dann noch Sie und ich mit unseren Klagen und mit unseren Briefen . . . Oh, wie habe ich sie gequält, gerade in einer solchen Zeit! Je suis un ingrat! Denken Sie sich: Ich komme zurück und finde einen Brief von ihr vor; lesen Sie ihn, lesen Sie ihn! Oh, wie undankbar habe ich mich benommen!«
Er gab mir den Brief, den er soeben von Warwara Petrowna

erhalten hatte. Sie schien ihre schroffe Anweisung vom Vormittage: »Halten Sie sich zu Hause!« zu bereuen. Das Briefchen war höflich, aber doch entschieden und wortkarg. Sie ersuchte Stepan Trofimowitsch, übermorgen, am Sonntage, pünktlich um zwölf Uhr zu ihr zu kommen, und riet ihm, einen seiner Freunde (in Klammern stand mein Name) mitzubringen. Sie versprach, ihrerseits Schatow, als Darja Pawlownas Bruder, hinzuzuziehen. »Sie können von ihr eine endgültige Antwort erhalten; wird Ihnen das genügen? Legen Sie auf diese Formalität solchen Wert?«

»Beachten Sie am Schlusse diese gereizte Redewendung von der Formalität! Arme, arme Freundin meines ganzen Lebens! Ich bekenne, diese plötzliche Entscheidung, die das Schicksal trifft, hat mich niedergedrückt . . . Ich bekenne, ich hoffte immer noch; aber jetzt tout est dit; ich weiß jetzt, daß alles zu Ende ist; c'est terrible. O wenn es doch diesen Sonntag gar nicht gäbe, sondern alles wie früher wäre: Sie würden zu mir kommen, und ich würde hier . . .«

»Sie haben sich durch all die Gemeinheiten und Klatschereien, die Liputin heute vorgebracht hat, ganz aus dem ruhigen Geleise bringen lassen.«

»Mein Freund, Sie haben soeben mit Ihrem Freundesfinger einen andern wunden Punkt berührt. Diese Freundesfinger sind überhaupt erbarmungslos und manchmal unvernünftig, pardon; aber (werden Sie es glauben?) ich hatte dies alles, diese Gemeinheiten beinah vergessen, das heißt vergessen hatte ich sie durchaus nicht; aber die ganze Zeit über, während ich bei Lise war, bemühte ich mich in meiner Dummheit, glücklich zu sein, und redete mir ein, daß ich glücklich sei. Aber jetzt . . . o jetzt denke ich an diese großmütige, humane, gegen meine häßlichen Mängel so nachsichtige Frau; das heißt, sie ist nicht durchweg nachsichtig gewesen, aber was bin ich auch für ein Mensch mit meinem schwächlichen, häßlichen Charakter! Ich bin ja ein eigensinniges Kind und besitze den ganzen Egoismus eines Kindes, aber ohne dessen Unschuld. Sie hat mich zwanzig Jahre lang wie eine Kinderwärterin gepflegt, dieses arme ›Tantchen‹, wie Lise sie so anmutig nennt . . . Und auf einmal, nach zwanzig Jahren, will das Kind sich verheiraten, ›verheirate mich, verheirate mich!‹ sagt es und schreibt Brief auf Brief, und sie hat sich Essigumschläge gemacht, und ... und da hat es nun am nächsten Sonntag erreicht, was es wollte, und ist ein verheirateter Mann; es klingt komisch! ... Und warum habe ich denn selbst darauf bestanden und die Briefe geschrieben? Ja, das hatte ich noch vergessen zu sagen: Lise ist entzückt von Darja Pawlowna; wenigstens sagt sie es; sie sagt von ihr: ›C'est un ange; sie versteckt es nur etwas.‹ Beide haben sie mir dazu geraten, sogar Praskowja ... übrigens hat mir Praskowja nicht dazu geraten. Oh, wieviel Gift liegt in dieser Frau Korobotschka verborgen! Und auch Lise hat mir eigentlich nicht dazu geraten: ›Wozu wollen Sie eine Frau nehmen‹, sagte sie, ›Sie haben doch an den gelehrten Genüssen genug.‹ Dazu lachte sie. Ich habe ihr ihr Lachen verziehen, weil ihr selbst nicht wohl ums Herz ist. Aber sie sagten beide: ›Ohne Frau können Sie nicht zurechtkommen. Die Jahre der Altersschwäche rücken bei Ihnen heran; da wird dann die Frau Sie betreuen‹, oder wie sie da sagten ... Ma foi, ich habe auch selbst in dieser ganzen Zeit, während ich hier mit Ihnen zusammensaß, bei mir gedacht, daß wohl die Vorsehung selbst sie mir beim Ausgange meiner stürmischen Tage sendet, und daß sie mich betreuen wird, oder wie sie da sagten ... Enfin, sie ist in meiner Wirtschaft notwendig. Was herrscht bei mir für eine Unsauberkeit! Und sehen Sie nur: alles liegt herum; vorhin habe ich befohlen aufzuräumen, und nun liegt noch ein Buch auf der Erde! La pauvre amie hat sich immer darüber geärgert, daß es bei mir so unreinlich aussieht ... Oh, jetzt wird ihre Stimme hier nicht mehr ertönen! Vingt ans! Und sie haben, wie es scheint, anonyme Briefe erhalten, in denen steht, denken Sie nur, Nicolas habe sein Gut an Lebjadkin verkauft. C'est un monstre: et enfin, was für ein Mensch ist dieser Lebjadkin? Lise hörte mit gespannter Aufmerksamkeit zu; nein, wie sie zuhörte! Ich habe ihr ihr Lachen verziehen; ich sah, mit was für einem Gesichte sie zuhörte, und ce Maurice ... ich möchte jetzt nicht an seiner Stelle sein, brave homme tout de même, aber etwas blöde; übrigens wünsche ich ihm alles Gute . . .«

Er schwieg; er war müde und konfus, saß mit gesenktem Kopfe da und blickte mit matten Augen starr auf den Fußboden. Ich benutzte diese Pause und erzählte von meinem Besuche im Filippowschen Hause, wobei ich in scharfem, trockenem Tone meine Meinung dahin aussprach, daß Lebjadkins Schwester (die ich nicht gesehen hatte) tatsächlich einmal Nicolas' Opfer geworden sein könne, in jener rätselhaften Periode seines Lebens, wie sich Liputin ausgedrückt hatte, und daß es sehr möglich sei, daß Lebjadkin aus irgendwelchem Grunde von Nicolas Geld empfange; das sei aber auch alles. Was die Klatschereien über Darja Pawlowna anlange, so sei das alles nur dummes Zeug, Verdrehungen des Schurken Liputin; wenigstens versichere das Alexej Nilowitsch mit großer Wärme, und es sei kein Grund vorhanden, diesem zu mißtrauen. Stepan Trofimowitsch hörte meine Versicherungen mit zerstreuter Miene an, wie wenn ihn die Sache gar nichts anginge. Ich erwähnte bei dieser Gelegenheit auch mein Gespräch mit Kirillow und fügte hinzu, Kirillow sei vielleicht geistesgestört.

»Er ist nicht geistesgestört; aber er gehört zu den Menschen mit beschränktem Gesichtskreise«, murmelte er matt und anscheinend nur mit Überwindung. »Ces gens-là supposent la nature et la société humaine autres que Dieu ne les a faites et qu'elles ne sont réellement. Manche scherzen mit diesen Leuten; aber Stepan Werchowenski tut das jedenfalls nicht. Ich habe sie damals in Petersburg gesehen, avec cette chère amie (oh, wie habe ich diese Freundin damals gekränkt!), und habe mich nicht nur ihren Schimpfreden, sondern auch ihren Lobsprüchen gegenüber furchtlos bewiesen. Ich fürchte sie auch jetzt nicht; mais parlons d'autre chose . . . ich habe, wie es scheint, schreckliche Dinge angerichtet; denken Sie sich: Ich habe gestern einen Brief an Darja Pawlowna abgeschickt, und . . . wie verwünsche ich mich nun deswegen!«

»Was haben Sie ihr denn geschrieben?«

»O mein Freund, Sie können mir glauben: Es war alles ein Ausfluß edler Gesinnung. Ich teilte ihr mit, daß ich schon fünf Tage vorher an Nicolas geschrieben hätte, und zwar in demselben Sinne.«

»Jetzt verstehe ich!« rief ich erregt. »Und welches Recht hatten Sie, die beiden so miteinander zu konfrontieren?«

»Aber, mon cher, drücken Sie mich doch nicht vollständig zu Boden, und schreien Sie mich nicht so an; ich bin ja so schon zerquetscht wie ... wie eine Schabe; und ich glaube doch auch, daß meine ganze Handlungsweise durchaus edel ist. Nehmen Sie an, daß dort, en Suisse, wirklich etwas geschehen ist ... oder sich angebahnt hat. Da muß ich doch vorsichtshalber ihre Herzen befragen, damit ... enfin, damit ich ihren Herzen nicht hinderlich werde und ihnen wie ein Pfahl im Wege stehe ... Ich habe nur aus edler Gesinnung gehandelt.«

»O Gott, wie dumm haben Sie gehandelt!« entfuhr es mir unwillkürlich.

»Dumm, dumm!« fiel er ordentlich eifrig ein. »Das ist das Klügste, was Sie je gesagt haben; c'était bête, mais que faire, tout est dit. Ich werde ja doch unter allen Umständen heiraten, auch wenn ›fremde Sünden‹ vorliegen; also wozu brauchte ich da erst noch zu schreiben? Nicht wahr?«

»Sie kommen wieder auf dasselbe zurück!«

»Oh, jetzt lasse ich mich nicht durch Ihr Geschrei erschrekken; jetzt haben Sie nicht mehr jenen früheren Stepan Werchowenski vor sich; der ist begraben; enfin, tout est dit. Und warum machen Sie ein solches Geschrei? Einzig und allein deswegen, weil Sie selbst nicht heiraten und auf diese Art nicht in die Lage kommen, den bekannten Kopfschmuck zu tragen. Ärgert Sie diese Bemerkung wieder? Mein armer Freund, Sie kennen das Weib nicht; ich aber habe im Leben kaum etwas anderes getan als das Weib studiert. ›Wenn du die ganze Welt überwinden willst, so überwinde dich selbst!‹ Das ist der einzige gute Ausspruch, der einem andern, Ihnen ähnlichen Romantiker, Schatow, dem Bruder meiner künftigen Frau, gelungen ist. Gern nehme ich diesen Gedanken von ihm herüber. Nun, sehen

Sie: Auch ich bin bereit, mich selbst zu überwinden, und heirate; aber was werde ich statt der ganzen Welt erobern? O mein Freund, die Ehe ist der geistige Tod jeder stolzen Seele, jeder Unabhängigkeit. Das Eheleben wird mich verderben, mir die Energie rauben, mir den Mut benehmen, der guten Sache zu dienen; es werden Kinder kommen, die noch dazu möglicherweise nicht die meinigen sind, das heißt, die selbstverständlich nicht die meinigen sind: Der Weise scheut sich nicht, der Wahrheit ins Gesicht zu schauen . . . Liputin hat mir heute geraten, mich vor Nicolas durch Barrikaden zu schützen; er ist dumm, dieser Liputin. Das Weib betrügt selbst das Auge, das alles sieht. Le bon Dieu wußte, als er das Weib schuf, gewiß, was er wollte; aber ich bin überzeugt, daß das Weib selbst ihn an der Ausführung seiner wahren Absicht gehindert und ihn dahingebracht hat, sie so zu schaffen, wie sie jetzt ist, und mit solchen Eigenschaften; wer würde sich sonst ohne Not so viele Mühe und Sorgen aufladen? Nastasja wird mir allerdings vielleicht wegen meiner Freidenkerei zürnen; aber . . . Enfin, tout est dit.«
Er wäre nicht er selbst gewesen, wenn er es unterlassen hätte, ein billiges, freidenkerisches Späßchen zu machen, wie dergleichen damals en vogue waren; jedenfalls tröstete er sich jetzt durch ein solches Späßchen; aber der Trost hielt nicht lange vor.
»Oh, warum fällt nicht dieses Übermorgen, dieser Sonntag ganz fort!« rief er plötzlich, nunmehr in völliger Verzweiflung, aus. »Warum kann nicht wenigstens diese eine Woche ohne Sonntag sein, si le miracle existe? Nun, was würde es denn der Vorsehung ausmachen, aus dem Kalender diesen einen Sonntag auszustreichen, wärs auch nur, um den Atheisten ihre Macht zu zeigen et que tout soit dit! O wie habe ich sie geliebt! Zwanzig Jahre lang, ganze zwanzig Jahre lang, und niemals hat sie mich verstanden!«
»Aber von wem reden Sie denn?« fragte ich ihn erstaunt. »Auch ich verstehe Sie nicht.«
»Vingt ans! Und kein einziges Mal hat sie mich verstanden; oh, das ist hart! Und glaubt sie denn wirklich, daß ich aus Furcht, aus Not heirate? O welche Schmach! Tante, Tante,

ich tue es um deinetwillen! Oh, möge sie es erfahren, diese Tante, daß sie die einzige Frau ist, die ich zwanzig Jahre lang angebetet habe! Das muß sie erfahren; sonst wird nichts daraus; sonst wird man mich nur mit Gewalt unter das schleppen können ce qu'on appelle la Krone.*«

Ich hörte zum ersten Male dieses so energisch ausgesprochene Bekenntnis. Ich will nicht leugnen, daß ich die größte Lust hatte, laut loszulachen. Ich hatte unrecht.

»Nur er, nur er ist mir jetzt geblieben; er ist meine einzige Hoffnung!« rief er und schlug die Hände zusammen, wie wenn er plötzlich von einem neuen Gedanken überrascht wäre. »Jetzt wird nur er, mein armer Junge, mich retten und ... oh, warum kommt er nicht? O mein Sohn, o mein Pjotr ... Ich verdiene zwar eher den Namen eines Tigers als den eines Vaters, aber ... laissez moi, mon ami: Ich will mich ein bißchen hinlegen, um meine Gedanken zu sammeln. Ich bin so müde, so müde; und auch für Sie, glaube ich, ist es Zeit, schlafen zu gehen; voyez-vous, es ist schon zwölf Uhr ...«

## VIERTES KAPITEL

### *Die Lahme*

### I

Schatow benahm sich nicht eigensinnig und erschien infolge meines Zettels um zwölf Uhr bei Lisaweta Nikolajewna. Wir traten fast gleichzeitig ein; ich war ebenfalls gekommen, um meinen ersten Besuch zu machen. Sie saßen alle, das heißt Lisa, die Mama und Mawriki Nikolajewitsch, in dem großen Salon und stritten sich miteinander. Die Mama hatte verlangt, Lisa solle ihr einen bestimmten Walzer auf dem Klavier vorspielen; als diese aber den verlangten Walzer

* Bei der Trauung werden über dem Brautpaar Kronen gehalten. (A. d. Ü.)

angefangen hatte, hatte die Mama behauptet, das sei nicht der richtige. Mawriki Nikolajewitsch war in seiner schlichten Aufrichtigkeit für Lisa eingetreten und hatte versichert, daß es wirklich eben jener Walzer sei; die Alte aber hatte vor Ärger angefangen zu weinen. Sie war krank und konnte nur mit Mühe gehen. Die Füße waren ihr geschwollen, und so hatte sie denn seit einigen Tagen nichts anderes getan als die übrigen durch ihre Launen gequält und mit ihnen Händel gesucht, trotzdem sie vor Lisa immer etwas Furcht hatte. Über unser Kommen freuten sie sich. Lisa wurde ganz rot vor Freude und sagte zu mir merci, natürlich mit Bezug darauf, daß ich Schatow zum Kommen veranlaßt hatte; dann trat sie zu ihm hin und betrachtete ihn neugierig.

Schatow war linkisch an der Tür stehen geblieben. Nachdem sie ihm für sein Kommen gedankt hatte, führte sie ihn zur Mama.

»Dies ist Herr Schatow, über den ich schon mit Ihnen gesprochen habe, und dies ist Herr G***w, ein guter Freund von mir und von Stepan Trofimowitsch. Mawriki Nikolajewitsch ist gestern auch schon mit ihm bekannt geworden.«

»Und welcher von beiden ist der Professor?«

»Ein Professor ist überhaupt nicht da, Mama.«

»Aber du hast doch selbst gesagt, es werde ein Professor herkommen; gewiß ist es der«, sagte sie, indem sie nachlässig auf Schatow zeigte.

»Ich habe nie zu Ihnen gesagt, daß ein Professor zu uns kommen werde. Herr G***w ist Beamter, und Herr Schatow ist früher Student gewesen.«

»Student, Professor, das kommt doch auf eins heraus; die sind beide von der Universität. Du willst immer nur streiten. Der in der Schweiz trug einen Vollbart.«

»Mama nennt den Sohn von Stepan Trofimowitsch immer Professor«, sagte Lisa und führte Schatow nach dem andern Ende des Salons zu einem Sofa. »Wenn ihr die Füße geschwollen sind, ist sie immer so; Sie verstehen wohl: Sie ist krank«, flüsterte sie Schatow zu und fuhr dabei fort, ihn

und besonders den aufrechtstehenden Haarbüschel auf seinem Kopfe mit größtem Interesse zu betrachten.
»Sind Sie beim Militär?« fragte mich die Alte, der mich Lisa erbarmungslos überlassen hatte.
»Nein, ich bin Beamter . . .«
»Herr G***w ist ein guter Freund von Stepan Trofimowitsch«, rief Lisa sogleich.
»Sind Sie bei Stepan Trofimowitsch angestellt? Der ist ja auch Professor?«
»Ach Mama, Sie träumen gewiß auch in der Nacht von Professoren!« rief Lisa ärgerlich.
»Ich habe auch schon bei Tage genug davon! Aber du mußt doch auch immer deiner Mutter widersprechen. Waren Sie hier, als Nikolai Wsewolodowitsch vor vier Jahren herkam?«
Ich antwortete bejahend.
»War da ein Engländer mit Ihnen zusammen hier?«
»Nein, es war keiner hier.«
Lisa lachte.
»Siehst du wohl, es ist gar kein Engländer dagewesen; also ist das Schwindel. Warwara Petrowna und Stepan Trofimowitsch schwindeln alle beide. Alle Menschen schwindeln.«
»Nämlich die Tante und Stepan Trofimowitsch«, sagte Lisa erklärend zu uns, »fanden gestern eine gewisse Ähnlichkeit zwischen Nikolai Wsewolodowitsch und dem Prinzen Harry in Shakespeares Heinrich dem Vierten, und daher fragt Mama, ob kein Engländer dagewesen sei.«
»Wenn kein Harry da war, dann war auch kein Engländer da. Nikolai Wsewolodowitsch hat seine Tollheiten allein begangen.«
»Ich versichere Ihnen, daß Mama absichtlich so redet«, fand Lisa für nötig, zu Schatow zur Erklärung zu sagen. »Sie weiß sehr gut mit Shakespeare Bescheid. Ich habe ihr selbst den ersten Akt des Othello vorgelesen; aber sie ist jetzt sehr leidend. Mama, hören Sie? Es schlägt zwölf; es ist Zeit, daß Sie Ihre Medizin einnehmen.«
»Der Doktor ist gekommen«, meldete das Stubenmädchen, das in der Tür erschien.

Die alte Dame stand auf und rief ihr Hündchen:
»Semirka, Semirka, komm mit mir mit!«
Das kleine, alte, häßliche Hündchen Semirka gehorchte indessen nicht, sondern kroch unter das Sofa, auf dem Lisa saß.
»Du willst nicht? Dann will ich dich auch gar nicht haben. Leben Sie wohl, mein Lieber; ich kenne Ihren Vor- und Vatersnamen nicht«, wandte sie sich an mich.
»Anton Lawrentjewitsch . . .«
»Nun, es ist ganz gleich, ob ich es höre oder nicht; so etwas geht bei mir zum einen Ohre herein und aus dem andern hinaus. Sie brauchen mich nicht zu begleiten, Mawriki Nikolajewitsch; ich hatte nur Semirka gerufen. Ich kann ja, Gott sei Dank, noch allein gehen, und morgen will ich spazieren fahren.«
Ärgerlich verließ sie den Salon.
»Anton Lawrentjewitsch, unterhalten Sie sich solange mit Mawriki Nikolajewitsch; ich versichere Ihnen, daß Sie beide Gewinn davon haben werden, wenn Sie einander näher kennen lernen«, sagte Lisa und lächelte dem Offizier freundlich zu, dessen Gesicht unter ihrem Blick freudig aufleuchtete.
Es war weiter nichts zu machen; es blieb mir nichts übrig, als mich mit Mawriki Nikolajewitsch zu unterhalten.

## II

Zu meiner Verwunderung stellte es sich heraus, daß Lisaweta Nikolajewna mit Schatow tatsächlich nur über ein literarisches Unternehmen sprechen wollte. Ich weiß nicht warum, aber ich hatte mir eingebildet, sie habe ihn zu irgendeinem andern Zwecke zu sich kommen lassen. Da wir, das heißt ich und Mawriki Nikolajewitsch, sahen, daß die beiden aus der Sache kein Geheimnis vor uns machten und ganz laut sprachen, so fingen wir an zuzuhören; dann wurden wir sogar zu Rate gezogen. Die ganze Sache bestand darin, daß Lisaweta Nikolajewna schon lange die

Herausgabe eines ihrer Meinung nach nützlichen Buches plante, aber bei ihrer völligen Unerfahrenheit eines Mitarbeiters bedurfte. Der Ernst, mit welchem sie sich daran machte, Schatow ihren Plan auseinanderzusetzen, setzte mich geradezu in Erstaunen.

»Also auch eine von der modernen Richtung«, dachte ich, »sie scheint nicht umsonst in der Schweiz gewesen zu sein.«

Schatow hörte, den Blick auf den Boden geheftet, aufmerksam zu und bekundete nicht die geringste Verwunderung darüber, daß eine durch ganz andere Interessen in Anspruch genommene Dame der höheren Gesellschaftskreise sich mit solchen, ihr anscheinend fernliegenden Dingen abgab.

Das literarische Unternehmen war von folgender Art. Es erscheinen in Rußland in den Hauptstädten und in der Provinz eine Menge von Zeitungen und anderen Journalen, und in ihnen wird täglich über eine Menge von Ereignissen berichtet. Das Jahr geht zu Ende, die Zeitungen werden überall entweder in Schränke gepackt oder beschmutzt und zerrissen oder zum Einwickeln und zu Nachtmützen verwendet. Viele der publizierten Tatsachen machen Eindruck und haften eine Weile im Gedächtnisse, werden aber dann im Laufe der Jahre vergessen. Viele Leute möchten sich dann gern über solche Dinge informieren; aber was ist es für eine Arbeit, in diesem Meere von Blättern etwas zu suchen, wenn man oft weder den Tag noch den Monat des betreffenden Ereignisses kennt? Wenn aber alle diese Tatsachen für ein ganzes Jahr in einem einzigen Buche nach einem bestimmten Plane und einer bestimmten Idee vereinigt würden, mit Inhaltsverzeichnissen und Hinweisungen, nach Monaten und Tagen geordnet, dann würde ein solches Sammelwerk eine vollständige Charakteristik des russischen Lebens für ein Jahr bieten können, auch wenn von allen Tatsachen, die sich wirklich begeben haben, nur ein verhältnismäßig sehr kleiner Teil veröffentlicht würde.

»Statt einer Menge von Blättern hätten wir dann ein paar dicke Bücher; das wäre alles«, bemerkte Schatow.

Aber Lisaweta Nikolajewna verteidigte ihren Gedanken mit Wärme, obwohl es ihr bei ihrer Unerfahrenheit Mühe machte, sich auszudrücken. Es sollte nur ein einziges Buch werden, nicht einmal sehr dick, versicherte sie. Aber selbst wenn es dick würde, so würde es doch klar und übersichtlich sein; denn die Hauptsache sei die ganze Anlage und die Art, in der die Tatsachen dargestellt würden. Allerdings dürfe man nicht alles sammeln und abdrucken. Kaiserliche Erlasse, Verfügungen der Regierung, Anordnungen der Lokalbehörden, Gesetze, all das seien zwar sehr wichtige Tatsachen; aber in der beabsichtigten Ausgabe könnten derartige Tatsachen ganz fortgelassen werden. Man könne gar vieles fortlassen und sich auf eine Auswahl von Ereignissen beschränken, die für das sittliche individuelle Leben des Volkes, für die Individualität des russischen Volkes in einem bestimmten Zeitabschnitte mehr oder weniger charakteristisch wären. Natürlich könne allerlei aufgenommen werden: Kuriosa, Feuersbrünste, Spenden, gute und schlechte Handlungen aller Art, Aussprüche und Reden aller Art, vielleicht auch Nachrichten von Überschwemmungen, vielleicht auch einige Regierungsverfügungen; aber es müsse aus dem Gesamtmaterial nur das ausgewählt werden, was die betreffende Periode kennzeichne. Bei der Aufnahme müsse ein bestimmter Gesichtspunkt, eine bestimmte Absicht, eine bestimmte Idee maßgebend sein, eine Idee, die das Ganze, die ganze Sammlung durchleuchte. Und endlich müsse das Buch auch eine interessante, leichte Lektüre abgeben, ganz abgesehen von seiner Unentbehrlichkeit als Nachschlagewerk! Es würde das sozusagen ein Bild des geistigen, sittlichen, inneren russischen Lebens innerhalb eines ganzen Jahres sein. »Alle müssen es kaufen; das Buch muß ein weitverbreitetes Handbuch werden«, sagte Lisa nachdrücklich. »Ich sehe sehr wohl ein, daß dabei alles auf die Anlage ankommt, und deshalb wende ich mich an Sie«, schloß sie. Sie war sehr in Eifer geraten, und trotzdem sie sich nur unklar und unvollständig ausgesprochen hatte, begann Schatow doch, sie zu verstehen.

»Also es wird etwas mit einer bestimmten Tendenz heraus-

kommen, eine nach einer bestimmten Tendenz getroffene Auswahl von Tatsachen«, murmelte er, noch immer ohne den Kopf in die Höhe zu heben.
»Durchaus nicht; die Auswahl darf nicht tendenziös sein; eine Tendenz ist ausgeschlossen. Die einzige Tendenz muß die Unparteilichkeit sein.«
»Eine Tendenz wäre kein Schade«, versetzte Schatow, der nun in Bewegung kam; »und sie läßt sich auch nicht vermeiden, sobald man ans Auswählen geht. In der Auswahl der Tatsachen wird auch ein Hinweis darauf liegen, wie sie aufzufassen sind. Ihre Idee ist nicht übel.«
»Also ist ein solches Buch möglich?« fragte Lisa erfreut.
»Das muß man noch näher überlegen und erwägen. Es ist ein gewaltiges Unternehmen. Mit einemmal kann man es nicht durchdenken. Man muß erst Erfahrungen machen. Und auch wenn wir das Buch herausbringen, werden wir kaum schon den besten Modus erkannt haben. Vielleicht nach vielen Versuchen; aber der Gedanke wird sich durch die Eierschale hindurchpicken. Der Gedanke ist nützlich.«
Er hob endlich die Augen in die Höhe, und sie leuchteten sogar vor Vergnügen, so interessierte er sich für die Sache.
»Haben Sie sich das selbst ausgedacht?« fragte er Lisa freundlich und gewissermaßen, als ob er sich schämte.
»Das Ausdenken war nicht schwer; was schwer ist, das ist die Anlage«, erwiderte Lisa lächelnd. »Ich verstehe wenig von solchen Dingen und bin nicht sehr klug und verfolge nur das, was mir selbst klar ist . . .«
»Sie verfolgen es?«
»Das ist wohl nicht der richtige Ausdruck?« fragte Lisa schnell.
»Man kann so sagen; ich habe nichts dagegen einzuwenden.«
»Schon als ich noch im Auslande war, habe ich mir gesagt, auch ich könnte irgendwie nützlich sein. Ich besitze eigenes Geld, das unnütz daliegt; warum sollte nicht auch ich für die gemeinsame Sache arbeiten? Zudem kam mir diese Idee auf einmal ganz von selbst; ich habe sie nicht mühsam ersonnen

und freute mich sehr über sie; aber ich sah sogleich ein, daß ich ohne einen Mitarbeiter nichts würde ausrichten können, weil ich selbst nichts davon verstehe. Der Mitarbeiter wird natürlich zugleich Mitherausgeber des Buches werden. Wir wollen jeder die Hälfte beisteuern: Sie den Entwurf des Planes und die Arbeit, ich die erste Idee und die Mittel zur Herausgabe. Das Buch wird sich schon bezahlt machen!«

»Wenn wir die richtige Anlage finden, dann wird das Buch gehen.«

»Ich sage Ihnen von vornherein, daß ich es nicht des Gewinnes wegen tue; aber ich wünsche dem Buche sehr einen guten Absatz und werde auf den Gewinn stolz sein.«

»Nun, und wie soll ich mich bei der Sache beteiligen?«

»Ich fordere Sie ja auf, mein Mitarbeiter zu sein; wir machen halbpart. Sie sollen den Plan zur Anlage entwerfen.«

»Woher glauben Sie denn, daß ich imstande bin, einen solchen Plan zu entwerfen?«

»Man hat mir von Ihnen erzählt, und hier habe ich von Ihnen gehört . . . ich weiß, daß Sie sehr klug sind und . . . sich mit ernster Arbeit beschäftigen und . . . viel denken; Pjotr Stepanowitsch Werchowenski hat in der Schweiz zu mir von Ihnen gesprochen«, fügte sie eilig hinzu. »Er ist ein sehr kluger Mensch, nicht wahr?«

Schatow sah sie mit einem schnellen, huschenden Blicke an, schlug dann aber sogleich die Augen nieder.

»Auch Nikolai Wsewolodowitsch hat mir viel von Ihnen gesagt.«

Schatow errötete plötzlich.

»Übrigens, hier sind schon einige Zeitungen«, fuhr Lisa fort, indem sie schnell ein bereitliegendes, zusammengebundenes Paket Zeitungen von einem Stuhle nahm. »Ich habe hier versuchsweise eine Anzahl von Tatsachen für die Sammlung ausgewählt, angestrichen und numeriert . . . Sie werden ja sehen.«

Schatow nahm das Päckchen hin.

»Nehmen Sie es mit nach Hause, und sehen Sie es in Ruhe durch; wo wohnen Sie denn?«

»In der Bogojawlenskaja-Straße, im Filippowschen Hause.«
»Ach ja, ich weiß. Da wohnt ja wohl, wie es heißt, auch ein Hauptmann mit Ihnen, ein Herr Lebjadkin?« fragte Lisa in derselben raschen Art wie vorher.
Schatow saß mit dem Päckchen in der Hand eine volle Minute lang in derselben Haltung, wie er es hingenommen hatte, ohne zu antworten da und blickte zu Boden.
»Für diese Angelegenheiten müßten Sie sich einen andern aussuchen; ich werde Ihnen da nicht dienen können«, sagte er schließlich auffallend leise, fast flüsternd.
Lisa wurde dunkelrot.
»Von was für Angelegenheiten reden Sie? Mawriki Nikolajewitsch!« rief sie. »Bitte, geben Sie doch den gestrigen Brief her!«
Ich ging ebenfalls hinter Mawriki Nikolajewitsch her zum Tische hin.
»Sehen Sie einmal dies hier an!« wandte sie sich auf einmal an mich, indem sie in großer Aufregung den Brief auseinanderschlug. »Haben Sie je etwas Ähnliches gesehen? Bitte, lesen Sie es laut vor; ich möchte, daß es auch Herr Schatow hört.«
Mit nicht geringem Erstaunen las ich laut folgende Epistel:
»An das in jeder Hinsicht vollkommene Fräulein Tuschina.

Gnädiges Fräulein

Jelisaweta Tuschina!

Schön und allerliebst ist ja
Lisaweta Tuschina,
Wenn sie mit ihrem Verwandten auf dem Damensattel reitet geschwind
Und ihre Locken flattern im Wind,
Oder wenn sie mit ihrer Mutter in der Kirche kniet
Und man die Röte der andächtigen Gesichter sieht.
Dann geht nach den Freuden der Ehe mein Sehnen,
Und ich vergieße hinter ihr und ihrer Mutter Tränen.

Gedichtet von einem Ungelehrten
infolge einer Wette.

Gnädiges Fräulein!
Am meisten bedauere ich, daß ich nicht in Sewastopol einen Arm um des Ruhmes willen verloren habe; ich bin überhaupt nicht da gewesen, sondern war während des ganzen Feldzuges bei der Austeilung gemeinen Proviants tätig, was ich für unwürdig hielt. Sie sind eine Göttin des Altertums; ich aber bin ein Nichts und habe die Grenzenlosigkeit geahnt. Sehen Sie das Obige als Verse an; denn Verse sind dummes Zeug, und man darf in ihnen das sagen, was in Prosa für Dreistigkeit gilt. Kann die Sonne dem Infusionstierchen zürnen, wenn dieses an sie aus dem Wassertropfen schreibt, wo ihrer eine Menge vorhanden sind, wenn man durchs Mikroskop sieht? Sogar jener Verein bei der höchsten Gesellschaft in Petersburg, der gegen die großen Tiere so menschenfreundlich ist und mit den Hunden und Pferden Mitleid hat, verachtet das winzige Infusionstierchen und erwähnt es gar nicht, weil es so klein ist. Auch ich bin ein kleines Wesen. Der Gedanke an eine Ehe könnte humoristisch erscheinen; aber ich werde bald zweihundert frühere Seelen durch einen Menschenfeind besitzen, der Ihrer Verachtung wert ist. Ich kann vieles mitteilen und erbiete mich auf Grund von schriftlichen Beweisen sogar nach Sibirien. Verachten Sie meinen Antrag nicht. Das von dem Infusionstierchen Gesagte ist poetisch gemeint.
Hauptmann Lebjadkin, Ihr ergebenster Freund und hat viel freie Zeit.«
»Das hat einer in der Betrunkenheit geschrieben und zugleich ein Taugenichts!« rief ich empört. »Ich kenne den Menschen.«
»Diesen Brief habe ich gestern erhalten«, sagte uns Lisa zur Erklärung; sie war rot geworden und sprach hastig. »Ich sah sofort selbst, daß er von einem Narren herrührt, und habe ihn Mama bis jetzt noch nicht gezeigt, um sie nicht noch mehr aufzuregen. Aber wenn er damit fortfahren sollte, so weiß ich nicht, wie ich mich verhalten soll. Mawriki Nikolajewitsch will hingehen und es ihm verbieten. Da ich Sie als meinen Mitarbeiter betrachte«, fuhr sie, zu Schatow gewendet, fort, »und da Sie in demselben Hause wohnen, so wollte

ich Sie fragen, um beurteilen zu können, was noch weiter von ihm zu erwarten ist.«
»Er ist ein Trunkenbold und ein Taugenichts«, murmelte Schatow wie mit Überwindung.
»Ist er immer so dumm, wie?«
»O nein, wenn er nicht betrunken ist, ist er gar nicht so dumm.«
»Ich habe einen General gekannt, der genau ebensolche Verse schrieb«, bemerkte ich lachend.
»Sogar aus diesem Briefe ist zu ersehen, daß es ihm nicht an Verstand fehlt«, warf der schweigsame Mawriki Nikolajewitsch unerwartet dazwischen.
»Er lebt, wie es heißt, mit einer Schwester zusammen?« fragte Lisa.
»Ja, allerdings!«
»Und es wird gesagt, er tyrannisiere sie; ist das wahr?«
Schatow blickte Lisa wieder an, machte ein finsteres Gesicht und brummte: »Was kümmert es mich?« Dann ging er zur Tür.
»Ach, warten Sie doch!« rief Lisa erregt. »Wo wollen Sie denn hin? Wir haben ja noch so vieles miteinander zu besprechen . . .«
»Worüber sollen wir denn noch reden? Ich werde Sie morgen benachrichtigen . . .«
»Über das Wichtigste, die Druckerei. Sie können mir glauben, daß ich keinen Scherz treibe, sondern ernstlich etwas leisten will«, versicherte Lisa in immer wachsender Erregung. »Wenn wir uns dazu entschließen, das Buch herauszugeben, wo werden wir es dann drucken lassen? Das ist ja doch die wichtigste Frage; denn nach Moskau werden wir doch deswegen nicht reisen, und in einer hiesigen Druckerei ist die Herstellung einer solchen Ausgabe unmöglich. Ich habe mich schon längst dafür entschieden, eine eigene Druckerei einzurichten, wenn auch auf Ihren Namen, und Mama wird es sicherlich erlauben, vorausgesetzt, daß es auf Ihren Namen geschieht . . .«
»Woher wissen Sie denn, daß ich mit dem Drucken Bescheid weiß?« fragte Schatow grimmig.

»Pjotr Stepanowitsch hat mir, als ich noch in der Schweiz war, ausdrücklich gesagt, Sie könnten eine Druckerei leiten und verständen sich auf dieses Metier. Er wollte mir sogar ein Briefchen an Sie mitgeben; aber ich habe es vergessen.«

In Schatows Gesicht ging, wie ich mich noch jetzt erinnere, eine auffällige Veränderung vor. Er blieb noch einige Sekunden stehen und ging auf einmal aus dem Zimmer.

Lisa wurde ärgerlich.

»Geht er immer so weg?« fragte sie, sich an mich wendend.

Ich zuckte die Achseln; aber plötzlich kehrte Schatow zurück, ging geradeswegs auf den Tisch zu und legte das Zeitungspaket, das er mitgenommen hatte, darauf.

»Ich werde nicht Ihr Mitarbeiter sein; ich habe keine Zeit . . .«

»Warum denn nicht? Warum denn nicht? Es scheint, daß Sie etwas übelgenommen haben?« fragte Lisa in betrübtem, bittendem Tone.

Dieser Ton schien auf ihn Eindruck zu machen; ein paar Augenblicke sah er sie unverwandt an, wie wenn er geradezu in ihre Seele hineinschauen wollte.

»Ganz gleich!« murmelte er leise. »Ich will nicht . . .«

Damit ging er endgültig fort. Lisa war ganz bestürzt, anscheinend sogar mehr, als es die Sache verdiente; wenigstens hatte ich diesen Eindruck.

»Ein höchst sonderbarer Mensch!« bemerkte Mawriki Nikolajewitsch laut.

### III

Sonderbar war er allerdings; aber die ganze Sache war doch außerordentlich unklar. Es mußte etwas dahinterstecken. Ich glaubte entschieden nicht an diese Herausgabe eines Buches; ferner dieser dumme Brief, in dem sehr deutlich eine Denunziation »auf Grund von schriftlichen Beweisen« offeriert wurde; über diesen Punkt aber hatten alle geschwiegen und es vorgezogen, von etwas ganz anderem zu sprechen. Dazu dann endlich noch diese Druckerei und der Umstand, daß Schatow plötzlich weggegangen war, gerade weil Lisa von der Druckerei zu reden angefangen hatte. Alles dies brachte mich auf den Gedanken, daß hier schon vor meinem Besuche etwas vorgegangen sei, wovon ich nichts wisse, daß ich mithin überflüssig sei und die ganze Sache mich nichts angehe. Auch war es Zeit, daß ich wegging: für einen ersten Besuch war ich schon lange genug dagewesen. Ich trat an Lisaweta Nikolajewna heran, um mich zu verabschieden.

Sie schien völlig vergessen zu haben, daß ich im Zimmer war, und stand immer noch in Gedanken versunken auf demselben Flecke am Tische; den Kopf hielt sie geneigt und blickte regungslos auf einen bestimmten Punkt im Teppich.

»Ah, Sie wollen auch gehen; auf Wiedersehen!« sagte sie in ihrem gewöhnlichen, freundlichen Tone. »Empfehlen Sie mich Stepan Trofimowitsch, und reden Sie ihm zu, recht bald zu mir zu kommen! Mawriki Nikolajewitsch, Anton Lawrentjewitsch geht fort. Entschuldigen Sie, Mama kann nicht kommen, um Ihnen Adieu zu sagen . . .«

Ich ging hinaus und war schon die Treppe hinabgestiegen und vor die Haustür gelangt, als mich ein Diener einholte.

»Das gnädige Fräulein läßt Sie sehr bitten, noch einmal zurückzukommen.«

Ich fand Lisa nicht mehr in jenem großen Salon, wo wir soeben gesessen hatten, sondern in dem anstoßenden Empfangszimmer. Die Tür nach dem Salon, in welchem jetzt Mawriki Nikolajewitsch allein zurückgeblieben war, war vollständig zugemacht.

Lisa lächelte mich an; aber sie war blaß. Sie stand mitten im Zimmer, sichtlich unentschlossen und sichtlich mit sich kämpfend; aber auf einmal faßte sie mich bei der Hand und führte mich schweigend schnell ans Fenster.

»Ich will unverzüglich dieses Mädchen sehen«, flüsterte sie, indem sie einen leidenschaftlichen, energischen, unge-

duldigen Blick auf mich richtete, der nicht den geringsten Widerspruch duldete. »Ich muß sie mit meinen eigenen Augen sehen und bitte Sie um Ihre Hilfe.«
Sie war ganz außer sich und in Verzweiflung.
»Wen wollen Sie sehen, Lisaweta Nikolajewna?« fragte ich erschrocken.
»Dieses Fräulein Lebjadkina, diese Lahme . . . Ist es wahr, daß sie lahm ist?«
Ich war starr vor Erstaunen.
»Ich habe sie nie gesehen; aber ich habe gehört, daß sie lahm sei; noch gestern habe ich es gehört«, stammelte ich eilig und dienstfertig und ebenfalls flüsternd.
»Ich muß sie unbedingt sehen. Könnten Sie das noch heute so einrichten?«
Sie tat mir schrecklich leid.
»Das ist unmöglich; ich weiß absolut nicht, wie ich das machen sollte«, begann ich, »ich will zu Schatow gehen . . .«
»Wenn Sie es nicht bis morgen einrichten können, so gehe ich selbst zu ihr, ganz allein; denn Mawriki Nikolajewitsch hat sich geweigert. Sie sind meine einzige Hoffnung; außer Ihnen habe ich niemanden; dummerweise habe ich mit Schatow gesprochen . . . Ich bin überzeugt, daß Sie ein durchaus ehrenhafter Mann und vielleicht mir ergeben sind; machen Sie es doch möglich!«
Es wurde in mir der leidenschaftliche Wunsch rege, ihr in allem behilflich zu sein.
»Also ich werde es so machen«, sagte ich nach kurzer Überlegung: »Ich will heute selbst hingehen und es unter allen Umständen durchsetzen, daß ich sie zu sehen bekomme! Darauf gebe ich Ihnen mein Ehrenwort; nur müssen Sie mir erlauben, mich mit Schatow ins Einvernehmen zu setzen.«
»Sagen Sie ihm, daß es mein dringender Wunsch ist und daß ich nicht länger warten kann, daß ich ihn aber soeben nicht zu täuschen gesucht habe. Er ist vielleicht deshalb weggegangen, weil er sehr ehrenhaft ist und es ihm mißfallen hat, daß ich ihn anscheinend zu täuschen suchte. Ich

habe ihn nicht zu täuschen gesucht; ich will wirklich das Buch herausgeben und eine Druckerei gründen . . .«

»Er ist ein ehrenhafter, durchaus ehrenhafter Mann«, bestätigte ich mit warmer Empfindung.

»Wenn es sich übrigens bis morgen nicht einrichten läßt, dann will ich selbst hingehen, mag daraus entstehen, was da will, und wenn es auch alle erfahren.«

»Vor drei Uhr kann ich morgen nicht bei Ihnen sein«, bemerkte ich nach einiger Überlegung.

»Also um drei Uhr? Also habe ich gestern bei Stepan Trofimowitsch richtig vermutet, daß Sie mir ein klein wenig ergeben sind?« sagte sie lächelnd, drückte mir eilig zum Abschiede die Hand und ging schnell zu dem alleingelassenen Mawriki Nikolajewitsch.

Als ich hinauskam, fühlte ich mich ganz niedergedrückt durch mein Versprechen und begriff gar nicht, was eigentlich vorgegangen war. Ich hatte eine Frau in wahrer Verzweiflung gesehen, so daß sie sich nicht davor gefürchtet hatte, sich durch ihr Vertrauen zu einem ihr fast ganz unbekannten Manne zu kompromittieren. Ihr weibliches Lächeln in einem für sie so schweren Augenblicke und der Hinweis darauf, daß sie schon gestern meine Gefühle bemerkt habe, gaben mir gewissermaßen einen Stich ins Herz; aber sie tat mir leid, sehr leid; das wars! Ihre Geheimnisse wurden für mich plötzlich etwas Heiliges, und wenn man sie mir sogar jetzt hätte enthüllen wollen, so hätte ich mir vermutlich die Ohren zugestopft und nichts weiter hören wollen. Ich ahnte nur etwas . . . Und doch begriff ich gar nicht, auf welche Weise ich hier etwas ermöglichen könnte. Ja, ich wußte noch nicht einmal, was ich eigentlich ermöglichen sollte: eine Begegnung? Aber was für eine Begegnung? Und wie sollte ich die beiden zusammenbringen? Meine ganze Hoffnung beruhte auf Schatow, obgleich ich im voraus wissen konnte, daß er mir nicht behilflich sein werde. Aber dennoch eilte ich zu ihm.

## IV

Erst am Abend, es war schon sieben durch, traf ich ihn zu Hause. Zu meinem Erstaunen hatte er Besuch: Alexej Nilowitsch war bei ihm und noch ein mir nur wenig bekannter Herr, ein gewisser Schigalew, ein Bruder von Frau Wirginskaja.

Dieser Schigalew hielt sich schon seit zwei Monaten in unserer Stadt auf; ich wußte nicht, wo er hergekommen war; ich hatte über ihn nur gehört, daß er einen Aufsatz in einer fortschrittlichen Petersburger Zeitschrift habe drucken lassen. Wirginski hatte mich mit ihm gelegentlich auf der Straße bekannt gemacht. In meinem ganzen Leben habe ich nie einen Menschen mit so finsterem, mürrischem, verdrossenem Gesichte gesehen. Er sah aus, als erwarte er den Weltuntergang, und zwar nicht etwa irgendwann auf Grund von Prophezeiungen, die auch trügen könnten, sondern mit völliger Bestimmtheit, also zum Beispiel übermorgen vormittag um zehn Uhr und fünfundzwanzig Minuten. Wir hatten übrigens damals kaum ein Wort miteinander gewechselt, sondern einander nur wie zwei Verschwörer die Hand gedrückt. Am meisten waren mir an ihm die Ohren aufgefallen, die von unnatürlicher Größe, lang, breit und dick waren und in eigentümlicher Weise vom Kopfe abstanden. Seine Bewegungen waren ungeschickt und langsam. Wenn Liputin sich manchmal in Zukunftsträumereien darüber erging, daß die Fourierschen sozialistischen Phantasien sich in unserm Gouvernement verwirklichen würden, so wußte dieser aufs genaueste Tag und Stunde, wann das geschehen werde. Er machte mir einen unheimlichen Eindruck; ich war erstaunt, ihn jetzt bei Schatow zu treffen, um so mehr, da Schatow Besuch überhaupt nicht gern bei sich sah.

Schon als ich noch auf der Treppe war, hörte ich, daß sie sehr laut sprachen, alle drei zugleich, und, wie es schien, miteinander stritten; aber sowie ich erschien, verstummten sie alle. Sie hatten stehend gestritten; nun aber setzten sie sich auf einmal alle hin, so daß auch ich mich setzen mußte. Das dumme Stillschweigen wurde etwa drei volle Minuten lang nicht unterbrochen. Obgleich Schigalew mich wiedererkannte, tat er doch, als kenne er mich nicht, und das tat er gewiß nicht aus Feindschaft, sondern ohne besonderen Grund. Mit Alexej Nilowitsch begrüßte ich mich leichthin, aber schweigend und ohne Händedruck. Schigalew begann endlich, mich ernst und finster anzusehen, in dem sehr naiven Glauben, ich würde auf einmal aufstehen und hinausgehen. Schließlich erhob sich Schatow von seinem Stuhle, und alle andern sprangen plötzlich ebenfalls auf. Sie gingen hinaus, ohne Lebewohl zu sagen; nur sagte Schigalew, als sie schon in der Tür waren, zu Schatow, der ihnen das Geleit gab:

»Vergessen Sie nicht, daß Sie Rechenschaft schuldig sind.«

»Ich schere mich den Kuckuck um Ihre Rechenschaft und bin keinem Teufel etwas schuldig«, erwiderte Schatow und legte, als die beiden heraus waren, den Haken vor die Tür.

»Narren!« sagte er, indem er mich anblickte und das Gesicht zu einem schiefen Lächeln verzog.

Er sah zornig aus, und es kam mir ganz seltsam vor, daß er von selbst zu sprechen anfing. Gewöhnlich war früher der Hergang der gewesen: Wenn ich zu ihm kam (was übrigens nur sehr selten geschah), so setzte er sich finster in eine Ecke, gab ärgerliche Antworten, wurde erst nach langer Zeit lebendig und begann dann mit Vergnügen zu reden. Dafür machte er beim Abschiede wieder jedesmal unfehlbar ein mürrisches Gesicht und entließ seinen Gast, wie wenn er sich einen persönlichen Feind vom Halse schaffte.

»Ich habe bei diesem Alexej Nilowitsch gestern Tee getrunken«, bemerkte ich. »Er scheint ja ein fanatischer Atheist zu sein.«

»Der russische Atheismus ist noch nie über die Witzelei hinausgekommen«, brummte Schatow, während er eine neue Kerze an Stelle des bisherigen Stümpfchens aufsteckte.

»Nein, dieser schien mir nicht auf Witzeleien auszugehen; er versteht nicht einmal einfach zu reden, geschweige denn Witze zu machen.«

»Es sind schlappe Kerle; das kommt alles von der lakaienhaften Denkweise«, bemerkte Schatow ruhig, setzte sich in eine Ecke auf einen Stuhl und stützte sich mit beiden Handflächen auf die Knie.

»Haß ist auch dabei«, sagte er, nachdem er etwa eine Minute lang geschwiegen hatte. »Sie würden die ersten sein, die kreuzunglücklich wären, wenn Rußland plötzlich auf irgendwelche Weise umgestaltet würde, selbst nach ihren Wünschen, und auf einmal unermeßlich reich und glücklich würde. Dann hätten sie niemand, den sie hassen und verhöhnen könnten, nichts, worüber sie spotten könnten! Bei ihnen ist nur ein tierischer, grenzenloser Haß gegen Rußland zu finden, der sich in ihren Organismus hineingefressen hat . . . Und von Tränen hinter dem sichtbaren Lachen, von ›Tränen, die die Welt nicht sieht‹, ist bei ihnen nicht die Rede! Noch nie ist in Rußland etwas Verlogeneres gesagt worden als dieses Wort von den ungesehenen Tränen!« rief er beinah wütend.

»Nun, nun, Sie sind ja aber ganz wild!« sagte ich lachend.

»Und Sie sind ein ›gemäßigter Liberaler‹«, erwiderte Schatow lächelnd. »Wissen Sie«, fügte er plötzlich hinzu, »ich habe den Ausdruck, ›lakaienhafte Denkweise‹ vielleicht falsch gegriffen; Sie werden mir gewiß sofort sagen: ›Du selbst bist als Sohn eines Lakaien geboren; aber ich für meine Person bin kein Lakai.‹«

»Das wollte ich durchaus nicht sagen . . . Was reden Sie da!«

»Entschuldigen Sie sich nicht; ich fürchte Sie nicht. Früher war ich nur der Sohn eines Lakaien; aber jetzt bin ich selbst ein Lakai geworden, ein ebensolcher wie Sie. Unser russischer Liberaler ist vor allen Dingen ein Lakai und lauert nur darauf, jemandem die Stiefel zu putzen.«

»Was für Stiefel? Was ist das für ein bildlicher Ausdruck!«

»Das ist gar kein bildlicher Ausdruck! Ich sehe, Sie lachen . . . Stepan Trofimowitsch hat ganz recht, wenn er sagt, daß ich zusammengequetscht, aber noch nicht totge-

drückt unter einem Steine liege und mich winde; das ist ein sehr treffender Vergleich von ihm.«
»Stepan Trofimowitsch behauptet, daß Sie in die Deutschen vernarrt seien«, bemerkte ich lachend. »Und wir haben ja auch viel geistiges Eigentum der Deutschen in unsere Tasche gesteckt.«
»Zwanzig Kopeken haben wir von ihnen genommen und hundert Rubel eigenes Geld hingegeben.«
Etwa eine Minute lang schwiegen wir beide.
»Diese Anschauungsweise hat er sich zu eigen gemacht, als er in Amerika dalag.«
»Wer? Wieso dalag?«
»Ich meine Kirillow. Ich und er haben da vier Monate lang in einer Hütte auf dem Fußboden gelegen.«
»Sind Sie denn in Amerika gewesen?« fragte ich verwundert. »Sie haben ja nie davon gesprochen.«
»Was ist davon zu erzählen? Vor zwei Jahren fuhren wir zu dreien auf einem Auswandererdampfer für unser letztes Geld nach den Vereinigten Staaten, ›um an uns das Leben eines amerikanischen Arbeiters zu erproben und auf diese Art durch ein am eigenen Leibe vorgenommenes Experiment den Zustand des Menschen in seiner schlimmsten sozialen Stellung zu konstatieren‹. In dieser Absicht begaben wir uns dorthin.«
»Herrgott!« rief ich lachend, »da hätten Sie nur in unserem Gouvernement zur Erntezeit irgendwohin als Arbeiter zu gehen brauchen, um das durch ein Experiment am eigenen Leibe zu erproben; die Fahrt nach Amerika konnten Sie sich sparen!«
»Wir verdingten uns da als Arbeiter bei einem Unternehmer; Russen waren wir insgesamt sechs Mann: Studenten, sogar Gutsbesitzer, die eigene Güter hatten, sogar Offiziere, und alle mit demselben großartigen Ziele. Nun, wir arbeiteten und quälten uns, daß wir ganz herunterkamen; schließlich gingen Kirillow und ich weg; wir waren krank geworden und konnten es nicht mehr aushalten. Der Unternehmer übervorteilte uns gehörig bei der Abrechnung: Statt der kontraktmäßigen dreißig Dollar bezahlte er mir acht und

ihm fünfzehn; auch waren wir dort wiederholt geprügelt worden. Na, da lagen wir denn, Kirillow und ich, ohne Arbeit in einem kleinen Städtchen vier Monate hintereinander auf dem Fußboden; er hing seinen Gedanken nach und ich den meinigen.«

»Hat der Unternehmer Sie wirklich geprügelt? Geschieht so etwas in Amerika? Na, aber gewiß hatten Sie ihn geschimpft!«

»Durchaus nicht. Im Gegenteil, Kirillow und ich waren sogleich zu der Einsicht gekommen, daß ›wir Russen den Amerikanern gegenüber kleine Kinder sind, und daß man in Amerika geboren sein oder wenigstens lange Jahre mit den Amerikanern zusammengelebt haben muß, um mit ihnen auf gleichem Niveau zu stehen‹. Ja, wenn man uns für einen Gegenstand, der eine Kopeke wert war, einen Dollar abverlangte, so zahlten wir ihn nicht nur mit Vergnügen, sondern sogar mit Begeisterung. Wir lobten alles: den Spiritismus, das Lynchgesetz, die Revolver, die Vagabunden. Einmal fuhren wir auf der Bahn, da griff einer in meine Tasche, zog meine Haarbürste heraus und bürstete sich damit; Kirillow und ich wechselten nur einen Blick miteinander und sagten uns im stillen, daß dieses Benehmen in der Ordnung sei und uns sehr gefalle . . .«

»Sonderbar, daß bei uns mancher sich den Gedanken an ein solches Experiment nicht nur durch den Kopf gehen läßt, sondern ihn auch zur Ausführung bringt.«

»Aber die meisten sind schlappe Kerle«, sagte Schatow noch einmal.

»So über den Ozean zu fahren, auf einem Auswandererschiffe, nach einem unbekannten Lande, mit der Absicht, ›durch ein am eigenen Leibe vorgenommenes Experiment zu erfahren‹ und so weiter: Darin liegt doch wirklich eine hochsinnige Festigkeit . . . Aber wie sind Sie denn von dort zurückgekommen?«

»Ich schrieb an jemand in Europa, und er schickte mir hundert Rubel.«

Schatow hatte, während er sprach, die ganze Zeit über nach seiner Gewohnheit hartnäckig auf die Erde geblickt, selbst

wenn er in Eifer geriet. Nun hob er auf einmal den Kopf in die Höhe:
»Wollen Sie den Namen des Menschen wissen?«
»Wer war es denn?«
»Nikolai Stawrogin.«
Er stand plötzlich auf, wandte sich zu seinem Schreibtische aus Lindenholz und begann auf ihm herumzukramen. Bei uns ging ein dunkles, aber glaubwürdiges Gerücht, daß seine Frau eine Zeitlang in Paris ein Verhältnis mit Nikolai Stawrogin gehabt habe, und zwar gerade vor zwei Jahren, also als Schatow in Amerika war, allerdings schon lange, nachdem sie ihn in Genf verlassen hatte. »Wenn es so steht, wie kommt er dann jetzt auf den Einfall, den Namen zu nennen und von der Geschichte zu reden?« dachte ich.
»Ich habe sie ihm bis jetzt noch nicht zurückgegeben«, sagte er, indem er sich wieder zu mir wandte; dann setzte er sich, mich unverwandt ansehend, auf seinen früheren Platz in der Ecke und fragte kurz in ganz anderem Tone:
»Sie sind doch gewiß mit einer Absicht hergekommen; was steht zu Ihren Diensten?«
Ich erzählte ihm sogleich alles in genauer historischer Ordnung und fügte hinzu, obgleich ich von meiner früheren Verliebtheit bereits zur Besinnung gekommen sei, befände ich mich doch in noch größerer Verlegenheit: Ich sähe ein, daß es sich hier um etwas sehr Wichtiges für Lisaweta Nikolajewna handle, und hätte den dringenden Wunsch, ihr zu helfen; aber das ganze Unglück bestehe darin, daß ich nicht wüßte, wie ich das ihr gegebene Versprechen halten solle, ja, mir jetzt nicht einmal darüber im klaren sei, was ich ihr eigentlich versprochen hätte. Darauf versicherte ich ihm mit allem Nachdruck, daß es ihr durchaus ferngelegen habe, ihn täuschen zu wollen; es liege irgendein Mißverständnis vor, und sie sei sehr betrübt darüber, daß er heute in so ungewöhnlicher Art weggegangen sei.
Er hatte sehr aufmerksam zugehört.
»Vielleicht habe ich nach meiner Gewohnheit wirklich heute eine Dummheit gemacht . . . Nun, wenn sie selbst

nicht verstanden hat, warum ich so weggegangen bin, um so besser für sie.«

Er stand auf, trat zur Tür, öffnete sie ein wenig und horchte nach der Treppe zu.

»Sie wünschen diese Person selbst zu sehen?«

»Gerade das möchte ich; aber wie ist es zu machen?« rief ich, erfreut aufspringend.

»Wir wollen einfach hingehen, solange sie noch allein ist. Wenn er kommt und erfährt, daß wir dagewesen sind, dann schlägt er sie. Ich gehe oft heimlich zu ihr. Ich habe ihn heute durchgewalkt, als er wieder anfing, sie zu schlagen.«

»Was Sie sagen!«

»Allerdings; an den Haaren habe ich ihn von ihr weggerissen; er wollte mich dafür prügeln; aber ich habe ihn eingeschüchtert, und damit war die Sache zu Ende. Ich fürchte, wenn er betrunken zurückkommt und sich daran erinnert, so schlägt er sie gehörig dafür.«

Wir gingen sogleich nach unten.

## V

Die Tür zu der Lebjadkinschen Wohnung war nur zugemacht, aber nicht verschlossen, und wir traten ungehindert ein. Ihre ganze Behausung bestand aus zwei häßlichen kleinen Zimmern mit verräucherten Wänden, an denen die schmutzigen Tapeten buchstäblich in Fetzen hingen. Es war dort früher einige Jahre lang eine Speisewirtschaft gewesen, bevor der Hausbesitzer Filippow sie in sein neues Haus verlegt hatte. Die übrigen Zimmer, die zur Speisewirtschaft gedient hatten, waren jetzt zugeschlossen, und diese beiden waren dem Hauptmann Lebjadkin überlassen worden. Das Mobiliar bestand aus einfachen Bänken und Brettertischen, dazu noch aus einem sehr alten Lehnstuhl ohne Seitenlehnen. In dem zweiten Zimmer stand in einer Ecke ein mit einer baumwollenen Decke zugedecktes Bett, welches Mademoiselle Lebjadkina gehörte; der Hauptmann selbst warf sich, wenn er sich schlafen legte, jedesmal auf den Fußboden, nicht selten in den Kleidern. Überall waren Speisereste, Schmutz und Nässe zu sehen; ein großer, dicker, ganz nasser Lappen lag im ersten Zimmer mitten auf dem Fußboden, und ebendort lag in einer Lache ein alter ausgetretener Schuh. Es war klar, daß sich hier niemand um etwas kümmerte; die Öfen wurden nicht geheizt, Speisen nicht zubereitet; nicht einmal einen Samowar hatten sie, wie mir Schatow ausdrücklich erzählte. Der Hauptmann war mit seiner Schwester in größter Armut hier angekommen, wie Liputin gesagt hatte, und tatsächlich anfangs in einigen Häusern betteln gegangen; dann aber hatte er unerwartet Geld erhalten, sogleich angefangen zu trinken und war vom Branntwein so dumm und duselig geworden, daß er sich um den Haushalt gar nicht mehr kümmerte.

Mademoiselle Lebjadkina, die ich so sehr zu sehen wünschte, saß still und ruhig im zweiten Zimmer in einer Ecke auf einer Bank an einem bretternen Küchentisch. Sie redete uns nicht an, als wir die Tür öffneten, und rührte sich nicht einmal vom Platze. Schatow sagte, die Türen würden bei ihnen nie zugeschlossen, und einmal habe die Flurtür die ganze Nacht über sperrangelweit aufgestanden. Bei dem matten Scheine eines dünnen Lichtes, das in einem eisernen Leuchter steckte, erblickte ich eine weibliche Person von vielleicht dreißig Jahren, von schrecklicher Magerkeit, bekleidet mit einem alten dunklen Kattunkleide; der lange Hals war unbedeckt, die dünnen, dunklen Haare im Nacken in einen kleinen Kauz zusammengefaßt, der nicht größer war als die Faust eines zweijährigen Kindes. Sie blickte uns ganz heiter an; außer dem Leuchter befanden sich vor ihr auf dem Tische ein kleiner Spiegel in einem Holzrahmen, ein altes Spiel Karten, ein abgegriffenes Liederbüchelchen und eine Semmel, von der schon ein- oder zweimal abgebissen war. Bemerkenswert war, daß Mademoiselle Lebjadkina sich weiß und rot schminkte und sich die Lippen mit etwas bestrich. Auch malte sie sich die Augenbrauen schwarz, die auch ohnedies lang, schmal und dunkel waren. Auf ihrer schmalen, hohen Stirn zeichneten sich trotz der weißen

Schminke drei lange Runzeln ziemlich scharf ab. Ich wußte bereits, daß sie lahm war; aber diesmal stand sie während unserer Anwesenheit nicht auf und ging nicht. Früher einmal, in der ersten Jugend, mochte dieses abgemagerte Gesicht ganz schön gewesen sein; aber die stillen, freundlichen grauen Augen waren auch jetzt noch merkwürdig; aus ihrem stillen, offenen, beinah fröhlichen Blicke leuchtete eine sanfte Träumerei heraus. Diese stille, ruhige Fröhlichkeit, die auch in ihrem Lächeln zum Ausdruck kam, setzte mich nach allem, was ich von der Kosakenpeitsche und den Roheiten des Bruders gehört hatte, in Erstaunen. Sonderbar: Statt des peinlichen und sogar ängstlichen Gefühles, das man gewöhnlich in Gegenwart all solcher von Gott gestraften Wesen empfindet, war es mir gleich vom ersten Augenblick an beinah angenehm, sie anzusehen, und das Gefühl, das sich nachher meiner bemächtigte, war nur Mitleid, aber keineswegs Widerwillen.
»So sitzt sie nun buchstäblich tagelang allein da, ohne sich zu rühren, legt sich Karten oder sieht in den Spiegel«, sagte Schatow, auf sie hinweisend, als wir auf der Schwelle standen. »Er gibt ihr nichts zu essen. Die alte Frau aus dem Seitengebäude bringt ihr manchmal etwas aus Barmherzigkeit. Da sitzt sie nun hier so allein beim Lichte!«
Zu meiner Verwunderung redete Schatow laut, wie wenn sie gar nicht im Zimmer wäre.
»Guten Abend, lieber Schatow!« sagte Mademoiselle Lebjadkina freundlich.
»Ich habe dir einen Gast mitgebracht, Marja Timofejewna«, sagte Schatow.
»Nun, der Gast soll mir willkommen sein. Ich weiß nicht, wen du da hergebracht hast; ich kann mich auf so einen nicht besinnen«, erwiderte sie, indem sie mich ein Weilchen unverwandt hinter dem Lichte hervor betrachtete; dann aber wendete sie sich sogleich wieder zu Schatow; um mich kümmerte sie sich nun während des ganzen Gespräches gar nicht mehr, wie wenn ich überhaupt nicht anwesend wäre.
»Es ist dir wohl langweilig geworden, so allein in deinem

Zimmer umherzuwandern?« sagte sie lachend, wobei zwei Reihen wunderschöner Zähne sichtbar wurden.
»Ja, es wurde mir langweilig, und dann wollte ich dich auch gern besuchen.«
Schatow rückte eine Bank an den Tisch, setzte sich hin und forderte mich auf, neben ihm Platz zu nehmen.
»Ein Gespräch habe ich immer gern; aber du kommst mir doch lächerlich vor, lieber Schatow; du siehst ja aus wie ein Mönch. Wann hast du dich denn zuletzt gekämmt? Komm, ich werde dich wieder einmal kämmen!« Mit diesen Worten zog sie ein Kämmchen aus der Tasche. »Seit ich dich zum letzten Male gekämmt habe, hast du wohl dein Haar nicht mehr angerührt?«
»Ich habe ja keinen Kamm!« versetzte Schatow lachend.
»Wirklich nicht? Dann werde ich dir meinen schenken; nicht diesen hier, sondern einen andern; aber du mußt mich daran erinnern.«
Mit dem ernstesten Gesichte machte sie sich daran, ihn zu kämmen, zog ihm sogar einen Scheitel auf der Seite, bog sich ein wenig zurück, um zu sehen, ob alles gut gelungen war, und steckte den Kamm wieder in die Tasche.
»Weißt du was, lieber Schatow«, sagte sie, den Kopf hin und her wiegend, »du bist doch sonst ein vernünftiger Mensch, aber doch langweilst du dich. Ich muß mich wundern, wenn ich euch alle so ansehe: Ich verstehe gar nicht, wie sich die Leute langweilen können. Sehnsucht ist nicht langweilig. Ich bin ganz vergnügt.«
»Auch wenn dein Bruder da ist?«
»Du meinst Lebjadkin? Der ist mein Bedienter. Es ist mir ganz gleich, ob er da ist oder nicht. Wenn ich ihm befehle: ›Lebjadkin, bring Wasser! Lebjadkin, gib die Schuhe her!‹, dann läuft er nur so; manchmal versündige ich mich sogar und lache über ihn.«
»Und das ist wirklich genau so«, sagte Schatow wieder laut und ungeniert, indem er sich zu mir wandte. »Sie behandelt ihn ganz wie einen Bedienten; ich habe selbst gehört, wie sie ihn anherrschte: ›Lebjadkin, bring Wasser!‹ und dazu lachte; der Unterschied besteht nur darin, daß er nicht nach

Wasser läuft, sondern sie dafür schlägt; aber sie fürchtet sich gar nicht vor ihm. Sie hat beinahe täglich eine Art von Nervenanfällen, die ihr das Gedächtnis benehmen, so daß sie nach ihnen alles vergißt, was soeben geschehen ist, und immer die Zeiten verwechselt. Sie denken wohl, daß sie sich daran erinnert, wie wir hereingekommen sind? Vielleicht tut sie es; gewiß aber hat sie alles schon in ihrer Weise umgestaltet und hält uns jetzt für ganz andere Menschen, obwohl sie sich erinnert, daß ich der liebe Schatow bin. Daß ich laut spreche, tut nichts; wenn man nicht mit ihr spricht, hört sie sofort auf zuzuhören und überläßt sich ihren Träumereien, in denen sie ganz versinkt. Sie ist eine erstaunliche Träumerin; sie sitzt manchmal acht Stunden, ja einen ganzen Tag lang auf einem Fleck. Da liegt nun eine Semmel; sie hat vielleicht seit dem Morgen nur einmal davon abgebissen und wird sie erst morgen zu Ende essen. Da! Jetzt hat sie angefangen, sich Karten zu legen . . .«

»Ich lege und lege, lieber Schatow; aber es kommt nicht ordentlich heraus«, fiel auf einmal Marja Timofejewna ein, die die letzten Worte gehört hatte; und ohne hinzusehen, streckte sie die linke Hand nach der Semmel aus; wahrscheinlich hatte sie auch gehört, daß diese erwähnt wurde.

Endlich erfaßte sie die Semmel; aber nachdem sie sie eine Weile in der linken Hand gehalten hatte, ließ sie sich durch das neu in Gang kommende Gespräch fesseln und legte sie, ohne abgebissen zu haben, wieder auf den Tisch; sie war sich dieser Handlungen gar nicht bewußt geworden.

»Es kommt immer dasselbe heraus: eine Reise, ein böser Mensch, eine Hinterlist jemandes, ein Sterbebett, ein Brief von irgendwoher, eine unerwartete Nachricht, – ich meine, das ist alles Lug und Trug; wie denkst du darüber, lieber Schatow? Wenn die Menschen lügen, warum sollten die Karten nicht auch lügen?« Sie mischte die Karten. »Dasselbe sagte ich auch einmal zu Mutter Praskowja; das war eine sehr achtbare Frau, die kam immer zu mir in meine Zelle gelaufen, um sich ohne Wissen der Mutter Äbtissin Karten legen zu lassen. Und es kamen auch noch andere mit ihr mitgelaufen. Da sagten sie nun ›Ach!‹ und ›Oh!‹ und wiegten die Köpfe hin und her und redeten und schwatzten; aber ich lachte: ›Na, Mutter Praskowja‹, sagte ich, ›wie werden Sie denn einen Brief bekommen, wenn zwölf Jahre lang keiner angekommen ist?‹ Ihre Tochter hatte der Mann derselben irgendwohin in die Türkei mitgenommen, und es war zwölf Jahre lang nichts von ihr zu hören gewesen. Aber da saß ich am folgenden Tage abends zum Tee bei der Mutter Äbtissin (sie war aus einer fürstlichen Familie), und bei ihr saß auch eine Dame von auswärts, eine große Phantastin, und auch ein Mönch vom Berge Athos, ein sehr komischer Mensch nach meiner Ansicht. Und was meinst du wohl, lieber Schatow? Dieser selbe Mönch hatte an demselben Morgen der Mutter Praskowja aus der Türkei von ihrer Tochter einen Brief gebracht, – siehst du, da ist Karo-Bube, eine unerwartete Nachricht! Also wir tranken da Tee, und der Mönch vom Athos sagte zur Mutter Äbtissin: ›Und am allermeisten, ehrwürdige Mutter Äbtissin, hat Gott Ihr Kloster dadurch gesegnet, daß Sie einen so kostbaren Schatz in seinen Mauern bewahren.‹ ›Was für einen Schatz?‹ fragte die Mutter Äbtissin. ›Die gottwohlgefällige Mutter Lisaweta‹, antwortete der Mönch. Diese gottwohlgefällige Mutter Lisaweta war in der Umfassungsmauer des Klosters eingemauert, in einem Käfig, der drei Ellen lang und zwei Ellen hoch war, und saß da hinter einem eisernen Gitter schon siebzehn Jahre, Sommer und Winter im bloßen hänfenen Hemde, und stach immer mit einem Strohhalm oder einem Stöckchen in ihr Hemd, in die Leinwand, hinein und redete nichts und kämmte sich nicht und wusch sich nicht, die ganzen siebzehn Jahre lang. Im Winter schob man ihr einen Schafpelz durchs Gitter und alle Tage ein Körbchen mit Brot und einen Krug Wasser. Die Wallfahrer sahen sie an, staunten, seufzten und legten Geld hin. ›Na ja, ein schöner Schatz‹, versetzte die Mutter Äbtissin (sie ärgerte sich; denn sie konnte Lisaweta gar nicht leiden); ›Lisaweta sitzt da nur aus Bosheit, nur aus Eigensinn, es ist alles nur Verstellung.‹ Das gefiel mir nicht; ich wollte mich damals selbst einsperren lassen. ›Meiner Ansicht nach‹, sagte ich,

›ist Gott und die Natur ein und dasselbe.‹ Da riefen sie alle wie aus einem Munde: ›Aber so etwas!‹ Die Äbtissin lachte, fing an mit der fremden Dame zu flüstern, rief mich zu sich und streichelte mich, und die Dame schenkte mir ein rosa Band; wenn du willst, werde ich es dir zeigen. Na, und der Mönch hielt mir eine belehrende Rede und sprach so freundlich und ruhig und gewiß auch sehr verständig, und ich saß da und hörte zu. ›Hast du es verstanden?‹ fragte er. ›Nein‹, antwortete ich, ›ich habe nichts verstanden; lassen Sie mich nur ganz in Ruhe!‹ Seitdem ließen sie mich ganz in Ruhe, lieber Schatow. Aber als ich einmal aus der Kirche kam, da flüsterte mir eine unserer Nonnen, die bei uns Buße tun mußte für ihre Weissagungen, leise zu: ›Was ist die Muttergottes? Was meinst du?‹ ›Die Muttergottes‹, antwortete ich, ›ist die Hoffnung des Menschengeschlechtes.‹ ›Ja‹, sagte sie, ›die Muttergottes ist die kühle Mutter Erde, und sie schließt für den Menschen große Freude ein. Und jeder irdische Kummer und jede irdische Träne wird uns zur Freude; und wenn du mit deinen Tränen die Erde unter dir eine halbe Elle tief getränkt haben wirst, dann wirst du dich sogleich über alles freuen. Und du wirst keinen, gar keinen Kummer mehr haben‹, sagte sie, ›eine solche Prophezeiung gibt es.‹ Dieses Wort prägte sich mir damals ein. Seitdem fing ich an, beim Gebete, wenn ich die tiefen Verbeugungen machte, jedesmal die Erde zu küssen; ich küßte sie und weinte. Und ich kann dir sagen, lieber Schatow: Diese Tränen sind etwas Gutes; und wenn du auch keinen Kummer hast, so fließen deine Tränen doch vor lauter Freude. Die Tränen fließen von selbst, das ist sicher. Ich ging manchmal an das Seeufer: Auf der einen Seite lag unser Kloster und auf der andern unser spitzer Berg; er hieß darum auch der Spitzberg. Ich stieg auf diesen Berg hinauf und wandte mich mit dem Gesichte nach Osten, fiel auf die Erde nieder, weinte und weinte und konnte mich nicht erinnern, wie lange ich geweint hatte, und konnte mich damals an nichts erinnern und wußte damals nichts. Dann stand ich auf und wandte mich um, und die Sonne ging unter, so groß und prächtig und herrlich, – siehst du gern in die Sonne, lieber Schatow? Es ist ein schöner, aber trauriger Anblick. Dann wandte ich mich wieder nach Osten, und der Schatten, der Schatten unseres Berges lief wie ein Pfeil weit über den See hin, schmal und lang, ganz lang, über eine Werst weit, bis zu der Insel im See, und da zerschnitt er diese steinige Insel in zwei Hälften, und wenn er sie in zwei Hälften zerschnitten hatte, dann ging die Sonne ganz unter, und alles erlosch plötzlich. Dann wurde ich ganz traurig; dann kam mir auf einmal die Erinnerung wieder, und ich fürchtete mich vor der Dunkelheit, lieber Schatow. Und am meisten weinte ich um mein Kindchen . . .«

»Hast du denn eines gehabt?« fragte Schatow, der die ganze Zeit über sehr aufmerksam zugehört hatte, und stieß mich mit dem Ellbogen an.

»Gewiß doch! Ein ganz kleines, rosiges, mit so winzigen Nägelchen, und mein ganzer Kummer ist, daß ich mich nicht erinnern kann, ob es ein Knabe oder ein Mädchen war. Bald ist es mir, als sei es ein Knabe, bald, als sei es ein Mädchen gewesen. Und als ich es damals geboren hatte, wickelte ich es gleich in Batist und Spitzen und umwand es mit rosa Bändern und bestreute es mit Blumen und putzte es an und verrichtete ein Gebet über ihm und trug es ungetauft weg; ich trug es durch einen Wald und fürchtete mich vor dem Walde, und mir war so bange, und am meisten weinte ich darüber, daß ich es geboren hatte und meinen Mann nicht kannte.«

»Hast du denn einen gehabt?« fragte Schatow vorsichtig.

»Du kommst mir lächerlich vor, lieber Schatow, mit deinen Einwendungen. Ich hatte einen, ich werde wohl einen gehabt haben; aber was hilft mir das, wenn es ganz ebenso ist, als ob ich keinen gehabt hätte? Da hast du ein leichtes Rätsel; nun rate mal!« fügte sie lächelnd hinzu.

»Wo hast du das Kind denn hingetragen?«

»In den Teich habe ich es getragen«, antwortete sie seufzend.

Schatow stieß mich wieder mit dem Ellbogen an.

»Wie aber, wenn du überhaupt kein Kind gehabt hast und das alles nur ein Hirngespinst ist, wie?«

»Da legst du mir eine schwere Frage vor, lieber Schatow«, antwortete sie nachdenklich und ohne über eine solche Frage irgendwie erstaunt zu sein. »Darüber kann ich dir nichts sagen; vielleicht habe ich auch keines gehabt; meiner Meinung nach ist das von dir nur Neugier. Aber jedenfalls werde ich immer über das Kindchen weinen; habe ich es denn nicht im Traume gesehen?« Und große Tränen glänzten in ihren Augen. »Lieber Schatow, lieber Schatow, ist das wahr, daß dir deine Frau weggelaufen ist?« fragte sie, indem sie ihm plötzlich beide Hände auf die Schultern legte und ihn mitleidig anblickte. »Sei mir nicht böse wegen der Frage; mir ist ja auch traurig ums Herz. Weißt du, lieber Schatow, mir hat geträumt, er käme wieder zu mir und riefe lockend: ›Komm her, mein Kätzchen; komm zu mir, mein Kätzchen!‹ Am meisten freute ich mich darüber, daß er ›mein Kätzchen‹ sagte; er liebt mich noch, dachte ich.«

»Vielleicht wird er auch in Wirklichkeit kommen«, murmelte Schatow halblaut.

»Nein, lieber Schatow, das war ein Traum . . . in Wirklichkeit kann er nicht kommen. Kennst du das Lied:

›Statt deines Prunkgemachs erwähle
Ich diese enge Zelle mir;
Daß meiner und auch deiner Seele
Sich Gott erbarme, bet' ich hier.‹

Ach, mein lieber, guter Schatow, warum fragst du mich nie nach etwas?«

»Du sagst ja doch nichts; deshalb frage ich dich erst gar nicht.«

»Ich werde nichts sagen, ich werde nichts sagen, und wenn man mich in Stücke reißt; ich werde nichts sagen«, fiel sie schnell ein. »Und wenn man mich brennt, werde ich nichts sagen. Was ich auch erdulden muß, ich werde nichts sagen, die Leute werden nichts erfahren.«

»Nun, siehst du, so hat also jeder sein Geheimnis«, sagte Schatow noch leiser und ließ den Kopf immer tiefer herabsinken.

»Aber wenn du mich bätest, würde ich es vielleicht doch

sagen!« wiederholte sie verzückt. »Warum bittest du mich nicht? Bitte mich, bitte mich hübsch, lieber Schatow; vielleicht werde ich es dir sagen; bitte mich inständig, lieber Schatow, damit ich es gern tue ... lieber Schatow, lieber Schatow!«

Aber der liebe Schatow schwieg; das allgemeine Schweigen dauerte ungefähr eine Minute lang. Die Tränen rannen still über ihre blassen Wangen; sie saß da, ohne zu wissen, daß ihre beiden Hände noch auf Schatows Schultern lagen; aber sie blickte ihn nicht mehr an.

»Ach was! Was gehst du mich an! Es ist sogar unrecht!« rief Schatow und erhob sich plötzlich von der Bank. »Stehen Sie auf!« Er zog mir ärgerlich die Bank unter dem Leibe weg und stellte sie an ihren früheren Platz.

»Damit er nichts merkt, wenn er kommt. Es ist Zeit, daß wir gehen.«

»Ach, du sprichst immer von meinem Bedienten!« sagte Marja Timofejewna auflachend. »Du hast Angst vor ihm! Nun, lebt wohl, meine lieben Gäste; aber höre noch einen Augenblick, was ich sagen will! Heute kam dieser Nilowitsch mit dem rotbärtigen Hauswirt Filippow her, gerade als mein Bedienter auf mich losstürzte. Nein, wie der Hauswirt ihn packte und durch das Zimmer schleifte und mein Bedienter immer schrie: ›Ich trage keine Schuld; ich leide für fremde Sünden!‹ Kannst du es glauben: Wir alle, die wir da waren, schüttelten uns nur so vor Lachen ...«

»Ach was, Timofejewna, das war ja ich und nicht der Rotbart; ich habe ihn ja heute an den Haaren von dir weggerissen. Der Hauswirt aber ist vorgestern zu euch gekommen, um euch zu schimpfen. Das hast du verwechselt.«

»Warte mal, das habe ich wirklich verwechselt; vielleicht bis du es gewesen. Nun, wozu sollen wir über Kleinigkeiten streiten; ihm kann es ganz gleich sein, wer ihn wegreißt«, sagte sie lachend.

»Kommen Sie!« rief Schatow und zog mich fort. »Das Tor hat geknarrt; wenn er uns hier antrifft, schlägt er sie.«

Wir waren kaum die Treppe hinaufgelaufen, als am Tore das

Geschrei eines Betrunkenen und massenhafte Schimpfworte hörbar wurden. Schatow ließ mich in seine Wohnung hinein und schloß die Tür zu.
»Sie müssen ein Weilchen hier warten, wenn Sie nicht einen großen Skandal hervorrufen wollen. Hören Sie, er schreit wie ein Schwein; gewiß ist er wieder über die Schwelle gestrauchelt; jedesmal schlägt er da lang hin.«
Ohne Skandal ging es jedoch nicht ab.

## VI

Schatow stand an seiner verschlossenen Tür und horchte nach der Treppe hin; auf einmal sprang er zurück.
»Er kommt hierher! Wußte ich es doch!« flüsterte er wütend. »Nun werden wir ihn vielleicht vor Mitternacht nicht los.«
Es erschollen einige starke Faustschläge gegen die Tür.
»Schatow, Schatow, mach auf!« brüllte der Hauptmann. »Schatow, lieber Freund! . . .

›Kam, dir meinen Mo-morgengruß zu bringen,
Dir zu me-melden, daß die liebe Sonne
Schon am Himmel str-r-rahlt, die Vöglein singen
Hell in Wald und Feld vor Lebenswonne,
Dir zu melden, daß auch ich erwache‹,
(hol dich der Teufel!),
›Froh erwachte auf der Ba-bank von Rasen‹,
(wie auf der Prügelbank, ha-ha!),
›Dir zu melden, . . .‹

daß ich etwas trinken werde. Trinkt ja auch jedes Vöglein ein Schlückchen. Aber ich weiß nicht, was ich trinken werde. Na, hol der Teufel die dumme Neugier! Schatow, verstehst du auch wohl, wie schön es sich auf der Welt lebt?«
»Antworten Sie ihm nicht!« flüsterte mir Schatow wieder zu.
»Mach doch auf! Verstehst du auch wohl, daß es etwas

Höheres gibt als Prügelei ... bei der Menschheit? Es gibt bei einem e-edlen Menschen Augenblicke ... Schatow, ich bin ein guter Mensch; ich verzeihe dir ... Schatow, hol der Teufel die Proklamationen, was?«

Schweigen.

»Verstehst du auch wohl, du Esel, daß ich verliebt bin? Ich habe mir einen Frack gekauft; sieh mal, einen Liebesfrack, für fünfzehn Rubel; die Liebe eines Hauptmanns verlangt ein anständiges äußeres Auftreten ... Mach auf!« brüllte er auf einmal wild und schlug wieder rasend mit den Fäusten an die Tür.

»Scher' dich zum Teufel!« schrie Schatow plötzlich.

»Kne-knecht! Ein leibeigner Knecht bist du, und deine Schwester ist eine Magd und ... eine Diebin!«

»Du aber hast deine Schwester verkauft.«

»Du lügst! Ich leide ohne meine Schuld und kann durch eine einzige Aussage ... verstehst du wohl, wer sie ist?«

»Nun, wer?« fragte Schatow und trat neugierig an die Tür heran.

»Verstehst du es auch wohl?«

»Ich werde es schon verstehen; sage nur, wer sie ist!«

»Ich habe den Mut, es zu sagen! Ich habe immer den Mut, alles öffentlich zu sagen! ...«

»Na, du wirst wohl kaum den Mut dazu haben«, höhnte Schatow und winkte mir mit dem Kopfe, ich möchte zuhören.

»Ich habe nicht den Mut dazu?«

»Meiner Meinung nach hast du ihn nicht.«

»Ich habe nicht den Mut dazu?«

»So rede doch, wenn du nicht zu fürchten hast, daß dich ein Herr und Gebieter durchpeitschen läßt ... Du bist ein Feigling, und das will ein Hauptmann sein!«

»Ich ... ich ... sie ... sie ist ...« stammelte der Hauptmann aufgeregt mit zitternder Stimme.

»Nun?« Schatow hielt das Ohr hin.

Es trat ein Stillschweigen ein, das mindestens eine halbe Minute dauerte.

»Schu-schurke!« ertönte es endlich auf der anderen Seite der

Tür, und der Hauptmann retirierte, wie ein Samowar schnaufend, schnell nach unten, wobei er auf jeder Treppenstufe geräuschvoll stolperte.

»Nein, er ist schlau; auch wenn er betrunken ist, verplappert er sich nicht«, sagte Schatow und trat von der Tür zurück.

»Was bedeutet denn das alles?« fragte ich.

Schatow machte eine mißmutige Handbewegung, schloß die Tür auf und horchte wieder nach der Treppe hin; er horchte lange und stieg sogar leise ein paar Stufen hinunter. Endlich kehrte er zurück.

»Es ist nichts zu hören; er hat sie nicht geschlagen; also hat er sich ohne weiteres hingeworfen und ist eingeschlafen. Es ist Zeit, daß Sie gehen.«

»Hören Sie, Schatow, was soll ich denn jetzt aus alledem schließen?«

»Ach was! Schließen Sie daraus, was Sie wollen!« antwortete er müde und verdrossen und setzte sich an seinen Schreibtisch.

Ich ging weg. Ein sonderbarer Gedanke befestigte sich immer mehr in meinem Kopfe. Mit Sorge dachte ich an den morgigen Tag . . .

## VII

Dieser »morgige Tag«, das heißt eben jener Sonntag, an welchem sich Stepan Trofimowitschs Schicksal unwiderruflich entscheiden sollte, war einer der merkwürdigsten Tage der Geschichte, die ich hier erzähle. Es war ein Tag der Überraschungen, ein Tag, an welchem frühere Knoten ihre Lösung fanden und neue sich schürzten, ein Tag greller Aufklärungen und noch ärgerer Verwirrungen. Am Mittag sollte ich, wie dem Leser bereits bekannt ist, meinen Freund zu Warwara Petrowna begleiten, und um drei Uhr nachmittags sollte ich bereits bei Lisaweta Nikolajewna sein, um ihr, ich wußte selbst nicht was, zu erzählen und ihr, ich wußte selbst nicht wobei, behilflich zu sein. Aber alles gestaltete sich in einer Weise, die niemand hatte voraussehen können.

Kurz, es war ein Tag, an dem eine Anzahl von Zufällen wunderbar zusammentrafen.
Es begann damit, daß wir, Stepan Trofimowitsch und ich, als wir bei Warwara Petrowna ihrer Bestimmung gemäß pünktlich um zwölf Uhr erschienen, sie nicht zu Hause trafen; sie war noch nicht von der Messe zurückgekehrt. Mein armer Freund befand sich in einer solchen Stimmung oder, richtiger gesagt, in einer solchen Zerrüttung, daß dieser Umstand ihn sogleich niederschmetterte; halb ohnmächtig sank er im Salon auf einen Lehnstuhl. Ich bot ihm ein Glas Wasser an; aber obwohl er ganz blaß im Gesicht aussah und ihm sogar die Hände zitterten, wies er dies doch würdevoll zurück. Ich bemerke beiläufig, daß sich sein Kostüm bei dieser Gelegenheit durch ungewöhnliche Eleganz auszeichnete: Er trug fast ballmäßige gestickte Batistwäsche, ein weißes Halstuch und neue strohgelbe Handschuhe; in der Hand hielt er einen neuen Hut, und er hatte sich sogar ein ganz klein wenig parfümiert. Kaum hatten wir uns hingesetzt, als Schatow, von dem Kammerdiener geführt, hereintrat; offenbar war auch er offiziell eingeladen worden. Stepan Trofimowitsch schickte sich schon an, aufzustehen, um ihm die Hand zu reichen; aber Schatow drehte, nachdem er uns beide aufmerksam angesehen hatte, sich kurz um, ohne uns auch nur zuzunicken, ging in eine Ecke und setzte sich dort hin. Stepan Trofimowitsch blickte mich wieder erschrocken an.
So saßen wir noch mehrere Minuten in völligem Stillschweigen da. Stepan Trofimowitsch fing an, mir etwas sehr schnell zuzuflüstern; aber ich konnte ihn nicht verstehen, und er selbst sprach vor Aufregung nicht zu Ende, sondern brach ab. Der Kammerdiener kam noch einmal herein, um etwas auf dem Tische in Ordnung zu bringen, wahrscheinlicher aber, um uns anzusehen. Plötzlich wandte sich Schatow an ihn mit der lauten Frage:
»Alexej Jegorowitsch, wissen Sie nicht, ob Darja Pawlowna mit ihr mitgefahren ist?«
»Warwara Petrowna sind allein nach dem Dom gefahren, und Darja Pawlowna sind oben in ihrem Zimmer geblieben;

Fräulein sind nicht ganz wohl«, meldete Alexej Jegorowitsch feierlich und zeremoniös.
Mein armer Freund warf mir wieder einen flüchtigen, unruhigen Blick zu, so daß ich mich endlich von ihm abwandte. Plötzlich fuhr an der Haustür eine Equipage vor, und eine entfernte Bewegung im Hause benachrichtigte uns, daß die Hausfrau zurückgekehrt sei. Wir sprangen sämtlich von unseren Plätzen auf; aber es begab sich wieder etwas Unerwartetes: Es wurde das Geräusch vieler Schritte hörbar, woraus sich entnehmen ließ, daß die Hausfrau nicht allein zurückgekehrt war, und dies war wirklich einigermaßen sonderbar, da sie uns doch selbst diese Stunde bestimmt hatte. Zuletzt hörten wir, daß jemand mit ungewöhnlicher Schnelligkeit herbeikam oder geradezu lief; so konnte doch Warwara Petrowna nicht kommen? Und auf einmal kam sie ins Zimmer hereingestürzt, ganz atemlos und in höchster Aufregung. Hinter ihr folgte in einigem Abstande und weit ruhiger Lisaweta Nikolajewna und mit Lisaweta Nikolajewna Arm in Arm – Marja Timofejewna Lebjadkina! Wenn mir das geträumt hätte, so hätte ich es nicht einmal da geglaubt.
Um dieses völlig unerwartete Ereignis zu erklären, muß ich eine Stunde zurückgreifen und ausführlich das ungewöhnliche Erlebnis erzählen, das Warwara Petrowna im Dom gehabt hatte.
Zur Messe hatte sich an diesem Sonntage fast die ganze Stadt zusammengefunden, ich meine damit die höchste Schicht unserer Gesellschaft. Man wußte, daß die Frau Gouverneur zum erstenmal nach ihrer Ankunft bei uns in der Kirche erscheinen werde. Ich bemerke, daß bei uns schon Gerüchte im Umlauf waren, sie sei eine Freidenkerin und huldige »neuen Prinzipien«. Ferner war allen Damen bekannt, daß sie prächtig und mit außerordentlichem Geschmack gekleidet sein werde; und deshalb zeichneten sich die Kostüme unserer Damen diesmal durch besondere Eleganz und Kostbarkeit aus. Nur Warwara Petrowna trug wie immer ihr bescheidenes schwarzes Kleid; so war sie unveränderlich die ganzen letzten vier Jahre gegangen. Als

sie in den Dom gekommen war, nahm sie auf ihrem gewöhnlichen Sitz links in der ersten Reihe Platz, und ein Diener in Livree legte ein Samtkissen für das Niederknien vor ihr auf den Fußboden; kurz, es war alles wie gewöhnlich. Aber man konnte bemerken, daß sie diesesmal während des ganzen Gottesdienstes besonders eifrig betete; man behauptete sogar nachher, als man sich alles ins Gedächtnis zurückrief, es hätten ihr die Tränen in den Augen gestanden. Endlich war die Messe zu Ende, und unser Bischof, Vater Pawel, kam heraus, um eine feierliche Predigt zu halten. Seine Predigten waren bei uns sehr beliebt und wurden sehr geschätzt; man hatte ihm sogar schon oft zugeredet, sie drucken zu lassen; er hatte sich aber dazu noch nicht entschließen können. Diesmal fiel die Predigt besonders lang aus.

Und siehe da, als die Predigt schon begonnen hatte, fuhr beim Dome eine Dame in einer leichten Droschke alter Bauart vor, das heißt in einer jener Droschken, in denen Damen nur seitwärts sitzen können, sich an dem Leibgurt des Kutschers festhalten müssen und von den Stößen des Wagens wie ein Halm auf dem Felde im Winde hin und her schwanken. Solche Droschken fahren in unserer Stadt immer noch. Die Droschke hielt an der Ecke des Domes (denn am Portale standen eine Menge Equipagen und sogar Gendarmen); die Dame stieg aus und reichte dem Kutscher vier Kopeken.

»Das ist wohl zu wenig, Kutscher?« rief sie, als sie sah, was er für eine Grimasse schnitt. »Aber es ist alles, was ich habe«, fügte sie in kläglichem Tone hinzu.

»Na, in Gottes Namen; ich habe vorher keinen Preis festgemacht!« sagte der Kutscher mit einer Handbewegung des Verzichtes und sah sie an, wie wenn er dachte: »Es wäre ja auch Sünde, zu dir ein böses Wort zu sagen.«

Dann steckte er sein ledernes Geldbeutelchen vorn in die Brust, trieb sein Pferd an und fuhr davon, von den Spöttereien der dabeistehenden Droschkenkutscher begleitet. Ausdrücke des Spottes und der Verwunderung begleiteten auch die Dame die ganze Zeit über, während sie sich zwischen den

Equipagen und den auf das baldige Herauskommen ihrer Herrschaften wartenden Dienern hindurch nach dem Domportale hinarbeitete. Und es lag auch wirklich etwas Ungewöhnliches und für alle Überraschendes in dem Umstande, daß eine Dame dieser Art auf einmal von irgendwoher auf der Straße unter dem Volke erschien. Sie war von einer krankhaften Magerkeit und hinkte; das Gesicht war stark weiß und rot geschminkt, der lange Hals ganz bloß; sie trug kein Tuch und keinen Mantel, sondern nur ein altes, dunkles Kleid trotz des kalten und windigen, wenn auch hellen Septembertages; der Kopf war völlig unbedeckt; in die Haare, die im Nacken in einen winzigen Kauz zusammengefaßt waren, war auf der rechten Seite nur eine künstliche Rose hineingesteckt, von der Art, wie man sie zum Schmucke der Osterengel benutzt. Einen solchen Osterengel mit einem Kranze aus Papierrosen hatte ich Tags zuvor, als ich bei Marja Timofejewna saß, in der Ecke unter den Heiligenbildern bemerkt. Die Verwunderung wurde aufs höchste gesteigert dadurch, daß die Dame zwar mit bescheiden niedergeschlagenen Augen, aber doch gleichzeitig mit einem heiteren, schlauen Lächeln einherging. Hätte sie noch einen Augenblick gezaudert, so würde man sie vielleicht gar nicht in den Dom hineingelassen haben. Aber es gelang ihr hineinzuschlüpfen, und als sie das Gotteshaus betreten hatte, drängte sie sich unauffällig nach vorn.
Obgleich es mitten in der Predigt war und die ganze dicht gedrängte Menge, die das Gotteshaus anfüllte, ihr mit voller, lautloser Aufmerksamkeit lauschte, so schielten doch einige Augen neugierig und erstaunt nach der Eingetretenen hin. Sie warf sich auf den Fliesensteinen der Kirche nieder, beugte ihr blasses Gesicht zu ihnen hinab, lag lange so da und schien zu weinen; aber als sie den Kopf wieder in die Höhe gehoben und sich von den Knien aufgerichtet hatte, war sie sehr bald wieder gefaßt und munter. Heiter und mit sichtlichem, großem Vergnügen ließ sie ihre Augen über die Anwesenden und über die Wände des Doms hingleiten; mit besonderer Neugier betrachtete sie einige Damen und hob sich zu diesem Zwecke sogar auf die Fußspitzen; ja, sie

lachte sogar ein paarmal mit seltsamem Kichern. Aber nun war die Predigt zu Ende, und es wurde das Kreuz herausgetragen. Die Frau Gouverneur war die erste, die auf das Kreuz zuging; aber als sie noch nicht zwei Schritte gemacht hatte, blieb sie stehen, in der offenkundigen Absicht, Warwara Petrowna den Vortritt zu lassen, die ihrerseits geradeswegs darauf losging, als ob sie niemanden vor sich bemerkte. In der ungewöhnlichen Höflichkeit der Frau Gouverneur lag zweifellos eine deutliche und in ihrer Art kluge Stichelei; so faßten es alle auf; so faßte es jedenfalls auch Warwara Petrowna auf; aber sie tat wie vorher, als ob sie niemanden bemerke, küßte mit einer Miene unerschütterlicher Würde das Kreuz und begab sich sogleich zum Ausgange. Ihr Livreediener bahnte ihr den Weg, obgleich auch ohne dies alle auseinandertraten. Aber unmittelbar am Ausgange, in der Vorhalle, versperrte ein dicht zusammengeballter Menschenhaufe ihr für einen Augenblick den Weg. Warwara Petrowna blieb stehen, und auf einmal drängte ein seltsames, auffallendes Wesen, eine Frauensperson mit einer Papierrose im Haar, sich durch die Menschen hindurch und fiel vor ihr auf die Knie. Warwara Petrowna, die sich nicht leicht aus der Fassung bringen ließ, namentlich nicht in der Öffentlichkeit, blickte sie würdevoll und streng an.

Ich beeile mich, hier möglichst kurz zu bemerken, daß Warwara Petrowna zwar in den letzten Jahren außerordentlich ökonomisch, wie man sich ausdrückte, und sogar geizig geworden war, manchmal aber, und besonders zu wohltätigen Zwecken, mit dem Gelde nicht knauserte. Sie war Mitglied eines Wohltätigkeitsvereins in der Hauptstadt. In dem vorigen Hungerjahre hatte sie nach Petersburg an das Hauptkomitee zur Annahme von Unterstützungen für die Notleidenden fünfhundert Rubel geschickt, worüber bci uns viel gesprochen worden war. Ferner hatte sie in der allerletzten Zeit vor der Ernennung des neuen Gouverneurs die Gründung eines lokalen Damenkomitees zur Unterstützung der ärmsten Wöchnerinnen in der Stadt und im übrigen Gouvernement bereits so gut wie zustande gebracht. Man tadelte bei uns heftig ihren Ehrgeiz; aber das bekannte

Ungestüm ihres Charakters, verbunden mit ihrer Ausdauer, hatte beinahe schon alle Hindernisse überwunden; der Verein hatte sich fast schon konstituiert, und der ursprüngliche Gedanke entwickelte sich in der entzückten Phantasie der Gründerin zu größeren Dimensionen: Sie träumte schon von der Gründung eines ebensolchen Komitees in Moskau und von der allmählichen Ausbreitung der Wirksamkeit desselben über alle Gouvernements. Aber siehe da, durch den plötzlichen Personalwechsel in der Verwaltung des Gouvernements geriet alles ins Stocken; die neue Frau Gouverneur hatte, wie man sagte, in der Gesellschaft bereits einige spitze und, was die Hauptsache war, zutreffende sachliche Einwendungen in betreff der Undurchführbarkeit der Grundideen eines solchen Komitees zum Ausdruck gebracht, was, selbstverständlich mit Ausschmückungen, Warwara Petrowna bereits hinterbracht worden war. Nur Gott kennt die Tiefen des Menschenherzens; aber ich glaube, daß Warwara Petrowna jetzt sogar mit einem gewissen Vergnügen am Portal des Domes stehen blieb, da sie wußte, daß im nächsten Augenblicke die Frau Gouverneur und nach dieser alle andern Damen an ihr vorbeikommen mußten. Sie sagte sich: »Mag sie mit eigenen Augen sehen, wie gleichgültig es mir ist, was sie über mich denkt und was sie über die Eitelkeit meiner Wohltätigkeitsbestrebungen witzelt. Nun könnt ihr alle zusehen!«

»Was wollen Sie, liebes Kind? Um was bitten Sie?« fragte Warwara Petrowna, indem sie die vor ihr Kniende aufmerksam betrachtete.

Diese sah mit einem überaus zaghaften, schüchternen, aber beinah andächtigen Blicke zu ihr auf und lachte auf einmal in derselben sonderbaren kichernden Manier wie vorher.

»Was hat sie? Wer ist sie?«

Warwara Petrowna ließ ihren befehlshaberischen, fragenden Blick bei den Umstehenden herumgehen. Alle schwiegen.

»Sind Sie unglücklich? Bedürfen Sie einer Unterstützung?«

»Ja ... ich bin gekommen ...« stammelte die »Unglückliche« mit einer Stimme, die vor Aufregung versagte. »Ich bin nur gekommen, um Ihnen die Hand zu küssen . . .« Und wieder kicherte sie.

Mit einem ganz kindlichen Blicke, so wie Kinder blicken, wenn sie schmeichelnd um etwas bitten, streckte sie den Arm aus, um Warwara Petrownas Hand zu ergreifen, zog ihn aber, wie erschrocken, auf einmal wieder zurück.

»Nur deswegen sind Sie gekommen?« fragte Warwara Petrowna mit mitleidigem Lächeln, zog aber sofort ihr Perlmutterportemonnaie aus der Tasche, entnahm ihm einen Zehnrubelschein und reichte ihn der Unbekannten hin.

Diese nahm ihn. Warwara Petrownas Interesse war stark angeregt, und sie hielt die Unbekannte offenbar nicht für eine gewöhnliche Bittstellerin.

»Nun seht mal an, zehn Rubel hat sie ihr gegeben!« sagte jemand in der Menge.

»Gestatten Sie mir, bitte, ihre Hand!« stammelte die »Unglückliche«; sie hielt mit den Fingern der linken Hand die empfangene Banknote an einer Ecke fest, so daß sie im Winde wehte.

Warwara Petrowna runzelte ein wenig die Stirn (es mußte ihr wohl etwas mißfallen) und hielt ihr mit ernster, fast strenger Miene die Hand hin; diese küßte sie ehrfurchtsvoll. In ihrem dankbaren Blicke leuchtete sogar eine Art von Entzücken. Und gerade in diesem Augenblicke kam die Frau Gouverneur heran, und hinter ihr her strömte die ganze Schar unserer Damen und höchsten Würdenträger. Die Frau Gouverneur mußte notgedrungen einen Augenblick im Gedränge stehen bleiben; und ebenso die anderen.

»Sie zittern ja; frieren Sie?« fragte Warwara Petrowna plötzlich.

Sie warf ihren Mantel ab, den der Diener im Fallen auffing, nahm ihr schwarzes, sehr kostbares Schaltuch von den Schultern und hüllte den entblößten Hals der immer noch knienden Bittstellerin eigenhändig damit ein.

»Aber stehen Sie doch auf; erheben Sie sich; ich bitte Sie darum!«

Jene stand auf.
»Wo wohnen Sie? Weiß denn wirklich niemand, wo sie wohnt?« fragte Warwara Petrowna ungeduldig und sah sich rings um.
Aber die frühere Volksmenge war nicht mehr da; es waren nur bekannte, der besseren Gesellschaft angehörige Personen zu sehen, die den Vorgang verfolgten, die einen mit großem Erstaunen, andere mit schlauer Neugier und zugleich mit einer unschuldigen Freude an einem kleinen Skandal; wieder andere fingen sogar an, sich darüber lustig zu machen.
»Ich glaube, sie ist eine Angehörige eines gewissen Lebjadkin«, meldete sich schließlich ein gutmütiger Mensch mit einer Antwort auf Warwara Petrownas Frage, nämlich unser achtungswerter und von vielen hochgeschätzter Kaufmann Andrejew mit der Brille, dem grauen Barte, der russischen Tracht und dem in der Hand gehaltenen Zylinderhute. »Sie wohnen im Filippowschen Hause in der Bogojawlenskaja-Straße.«
»Lebjadkin? Im Filippowschen Hause? Davon habe ich schon etwas gehört . . . Ich danke Ihnen, Nikon Semjonowitsch; aber wer ist dieser Lebjadkin?«
»Er nennt sich Hauptmann und ist, man muß sagen, ein unsolider Mensch. Dies aber ist jedenfalls seine Schwester. Ich denke mir, daß sie jetzt der Aufsicht entlaufen ist«, fügte Nikon Semjonowitsch leiser hinzu und blickte Warwara Petrowna bedeutsam an.
»Ich verstehe Sie, ich danke Ihnen, Nikon Semjonowitsch. Sie sind Fräulein Lebjadkina, liebes Kind?«
»Nein, ich heiße nicht Lebjadkina.«
»Aber vielleicht ist Lebjadkin Ihr Bruder?«
»Ja, Lebjadkin ist mein Bruder.«
»Also, da werde ich es so machen: Ich werde Sie jetzt mit mir in meine Wohnung mitnehmen, liebes Kind, und von da sollen Sie zu Ihrer Familie gebracht werden. Wollen Sie mit mir mitfahren?«
»Ach ja, gern!« antwortete jene und klatschte in die Hände.

»Tante, Tante! Nehmen Sie mich auch mit!« rief Lisaweta Nikolajewna.
Ich bemerke, daß Lisaweta Nikolajewna mit der Frau Gouverneur zusammen der Messe beigewohnt hatte, während Praskowja Iwanowna unterdessen auf ärztliche Vorschrift spazieren gefahren war und zu ihrer Zerstreuung Mawriki Nikolajewitsch mitgenommen hatte. Nun verließ Lisa auf einmal die Frau Gouverneur und trat eilig zu Warwara Petrowna heran.
»Liebes Kind, du weißt, daß ich mich immer über das Zusammensein mit dir freue; aber was wird deine Mutter sagen?« begann Warwara Petrowna würdevoll, stutzte aber plötzlich, da sie Lisas ungewöhnliche Aufregung bemerkte.
»Tante, Tante, ich muß jetzt unter allen Umständen mit Ihnen mit«, bat Lisa inständig und küßte Warwara Petrowna.
»Mais qu'avez-vous donc, Lise?« fragte die Frau Gouverneur erstaunt und nachdrücklich.
»Ach, verzeihen Sie, mein Täubchen, chère cousine, ich muß zu meiner Tante!« erwiderte Lisa, indem sie sich schnell zu ihrer unangenehm überraschten chère cousine umwendete und sie zweimal küßte. »Und sagen Sie doch zu Mama, sie möchte gleich mit dem Wagen zur Tante fahren, um mich abzuholen; Mama wollte ganz bestimmt, ganz bestimmt mit herankommen; sie hat es vorhin selbst gesagt; ich habe vergessen, es Ihnen mitzuteilen«, sagte Lisa eilig. »Pardon! Seien Sie nicht böse, Julie, chère . . . cousine . . . Tante, ich bin bereit!«
»Wenn Sie mich nicht mitnehmen, Tante, so laufe ich hinter Ihrem Wagen her und schreie Ihnen nach«, flüsterte sie schnell und verzweifelt dicht an Warwara Petrownas Ohr.
Es war nur gut, daß es niemand gehört hatte. Warwara Petrowna trat sogar einen Schritt zurück und sah das wahnsinnige Mädchen mit einem durchdringenden Blicke an. Dieser Blick entschied alles: Sie beschloß, Lisa unter allen Umständen mitzunehmen.
»Dem muß ein Ende gemacht werden!« entfuhr es ihr leise.

»Nun gut, ich werde dich mit Vergnügen mitnehmen, Lisa«, fügte sie sogleich laut hinzu, »selbstverständlich nur, wenn Julija Michailowna einwilligt, dich fortzulassen«, wandte sie sich mit offener Miene und natürlicher Würde unmittelbar an die Frau Gouverneur.

»Oh, gewiß; ich will Sie dieses Vergnügens nicht berauben, um so weniger, da ich selbst . . .« begann Julija Michailowna auf einmal mit erstaunlicher Liebenswürdigkeit zu plaudern, »da ich selbst recht wohl weiß, was für ein phantastisches, eigenwilliges Köpfchen wir auf unseren Schultern haben.« Hier lächelte Julija Michailowna bezaubernd.

»Ich bin Ihnen außerordentlich dankbar«, versetzte Warwara Petrowna mit einer höflichen, würdevollen Verbeugung.

»Und es ist mir um so angenehmer«, fuhr Julija Michailowna in ihrem Geplauder fort, die nun schon ganz entzückt war und vor angenehmer Erregung errötete, »da, abgesehen von dem Vergnügen, mit Ihnen zusammen zu sein, Lisa sich jetzt auch durch ein so schönes, durch ein, man kann sagen, so edles Gefühl hinreißen läßt . . . durch das Mitleid . . .« (hier warf sie einen Blick auf die »Unglückliche«), ». . . und . . . und gerade in der Vorhalle des Gotteshauses . . .«

»Eine solche Anschauung macht Ihnen Ehre«, versetzte Warwara Petrowna in würdigem, beifälligem Tone.

Julija Michailowna streckte ihr eifrig die Hand hin, und Warwara Petrowna berührte dieselbe sehr bereitwillig mit ihren Fingern. Der allgemeine Eindruck war ein sehr guter; die Gesichter mehrerer Anwesenden strahlten vor Vergnügen, und es erschien auf ihnen ein süßes, schmeichlerisches Lächeln.

Kurz, es wurde der ganzen Stadt auf einmal klar, daß nicht etwa Julija Michailowna durch Unterlassung einer Visite bisher eine Geringschätzung gegen Warwara Petrowna an den Tag gelegt, sondern umgekehrt diese letztere »die Frau Gouverneur in einem gewissen Abstande von sich gehalten habe, während dieselbe doch vielleicht sogar zu Fuß zu ihr gelaufen wäre, um ihr einen Besuch zu machen, wenn sie nur überzeugt gewesen wäre, daß Warwara Petrowna ihr nicht die Tür weisen werde«. Warwara Petrownas Ansehen hatte sich außerordentlich gehoben.

»Steigen Sie ein, liebes Kind!« sagte Warwara Petrowna zu Mademoiselle Lebjadkina und wies auf den Wagen, der vorgefahren war.

Die »Unglückliche« lief fröhlich zu dem Wagenschlage hin, wo ihr der Lakai beim Einsteigen behilflich war.

»Wie? Sie hinken?« rief Warwara Petrowna ganz erschrokken und wurde blaß. Alle bemerkten dies damals, ohne es zu verstehen . . .

Die Equipage rollte davon. Warwara Petrownas Haus lag nicht weit vom Dom. Lisa erzählte mir später, Fräulein Lebjadkina habe während der drei Minuten dauernden Fahrt fortwährend hysterisch gelacht und Warwara Petrowna habe »wie in einem magnetischen Schlafe« dagesessen; das war Lisas eigener Ausdruck.

## FÜNFTES KAPITEL

### *Die kluge Schlange*

#### I

Warwara Petrowna zog an der Klingelschnur und warf sich in einen Lehnstuhl am Fenster.

»Setzen Sie sich dorthin, liebes Kind!« sagte sie zu Marja Timofejewna, indem sie ihr einen Platz in der Mitte des Zimmers an dem großen runden Tische anwies. »Stepan Trofimowitsch, was hat das zu bedeuten? Da, da, sehen Sie dieses Mädchen an; was hat das zu bedeuten?«

»Ich . . . ich . . .« stammelte Stepan Trofimowitsch.

Aber ein Diener trat ein.

»Eine Tasse Kaffee, sofort, so schnell wie irgend möglich! Die Pferde sollen nicht ausgespannt werden!«

»Mais, chère et excellente amie, dans quelle inquiétude! . . .« rief Stepan Trofimowitsch mit matter Stimme.

»Ach, französisch, französisch! Da sieht man gleich, daß man in vornehmer Gesellschaft ist!« rief Marja Timofejewna, vor Vergnügen in die Hände klatschend, und schickte sich ganz begeistert an, das französische Gespräch mit anzuhören.
Warwara Petrowna starrte beinah ängstlich nach ihr hin. Wir schwiegen sämtlich und warteten auf eine Auflösung des Rätsels. Schatow hob den Kopf nicht in die Höhe, und Stepan Trofimowitsch sah so bestürzt aus, als ob er an allem schuld wäre; der Schweiß trat ihm an den Schläfen heraus. Ich sah nach Lisa hin; sie saß in einer Ecke, ziemlich nahe bei Schatow. Ihre Augen wanderten mit scharfem Blicke von Warwara Petrowna zu dem lahmen Mädchen und wieder zurück; ihre Lippen verzogen sich zu einem unangenehmen Lächeln. Warwara Petrowna sah dieses Lächeln. Inzwischen schwamm Marja Timofejewna in Wonne; mit Entzücken und ohne die geringste Verlegenheit betrachtete sie Warwara Petrownas schönen Salon: Die Möbel, die Teppiche, die Bilder an den Wänden, die altertümliche gemalte Decke, das große bronzene Kruzifix in der Ecke, die Porzellanlampe, die Alben, die Nippsachen auf dem Tische.
»Also du bist auch hier, lieber Schatow!« rief sie auf einmal. »Kannst du dir das vorstellen: Ich sehe dich schon lange an und denke bei mir: Er ist es nicht; wie soll er hierherkommen?«
Und sie lachte fröhlich auf.
»Sie kennen dieses Mädchen?« wandte sich Warwara Petrowna sogleich an ihn.
»Ja, ich kenne sie«, murmelte Schatow; er rührte sich auf seinem Stuhle, blieb aber sitzen.
»Was wissen Sie denn von ihr? Bitte, schnell!«
»Was soll ich von ihr wissen?« erwiderte er mit einem unmotivierten Lächeln und stockte dann. »Sie sehen ja selbst . . .«
»Was sehe ich? So reden Sie doch etwas!«
»Sie wohnt in demselben Hause wie ich . . . mit ihrem Bruder . . . er ist Offizier.«

»Nun?«
Schatow stockte wieder.
»Es lohnt nicht, davon zu reden ...« brummte er und verstummte nun endgültig. Er errötete sogar vor Entschlossenheit.
»Natürlich, von Ihnen kann man nichts anderes erwarten!« rief Warwara Petrowna unwillig.
Es war ihr jetzt klar, daß alle etwas wußten, dabei aber sämtlich etwas fürchteten, ihren Fragen auswichen und ihr etwas verheimlichen wollten.
Der Diener trat ein und präsentierte auf einem kleinen silbernen Teller die so dringlich verlangte Tasse Kaffee; aber auf ihren Wink ging er damit sogleich zu Marja Timofejewna.
»Sie haben vorhin sehr gefroren, liebes Kind; trinken Sie recht schnell, und erwärmen Sie sich!«
»Merci!« sagte Marja Timofejewna, indem sie die Tasse hinnahm.
Plötzlich aber brach sie in ein Gelächter darüber aus, daß sie zu dem Diener »merci« gesagt hatte. Als sie jedoch Warwara Petrownas drohendem Blicke begegnete, wurde sie ängstlich und stellte die Tasse auf den Tisch.
»Tante, Sie sind doch nicht böse?« stammelte sie mit einer Art von leichtfertiger Scherzhaftigkeit.
»Wa-a-as?« rief Warwara Petrowna aufschreckend und richtete sich in ihrem Lehnsessel gerade. »Bin ich denn Ihre Tante? Was wollen Sie damit sagen?«
Marja Timofejewna, die einen solchen Zorn nicht erwartet hatte, begann am ganzen Leibe mit kleinen krampfhaften Zuckungen wie bei einem Anfalle zu zittern und sank gegen die Lehne des Stuhles zurück.
»Ich ... ich dachte, so müßte ich sagen«, flüsterte sie und blickte Warwara Petrowna mit weit geöffneten Augen an. »So hat Lisa Sie doch genannt.«
»Was für eine Lisa?«
»Nun, das Fräulein da«, antwortete Marja Timofejewna, mit dem Finger hinzeigend.
»Heißt die bei Ihnen auch schon Lisa?«

»Sie haben sie doch vorhin selbst so genannt«, versetzte Marja Timofejewna etwas mutiger. »Und im Traum habe ich eine ganz ebensolche schöne Dame gesehen«, fügte sie hinzu und lächelte dabei, anscheinend unwillkürlich.
Warwara Petrowna überlegte und beruhigte sich ein wenig; sie lächelte sogar ganz leise über Marja Timofejewnas letzte Bemerkung. Als diese das Lächeln bemerkte, stand sie auf und hinkte schüchtern zu ihr hin.
»Nehmen Sie; ich habe vergessen, es zurückzugeben; seien Sie nicht böse wegen meiner Unachtsamkeit!« sagte sie und nahm das schwarze Schaltuch von den Schultern, das ihr Warwara Petrowna vorhin umgelegt hatte.
»Legen Sie es sofort wieder um, und behalten Sie es für immer! Gehen Sie, und setzen Sie sich hin; trinken Sie Ihren Kaffee, und haben Sie nur keine Furcht vor mir, liebes Kind; bitte beruhigen Sie sich! Ich fange an, Sie zu verstehen.«
»Chère amie . . .« wagte Stepan Trofimowitsch wieder zu beginnen.
»Ach, Stepan Trofimowitsch, hier kann man auch schon ohne Ihre Bemerkungen die Fassung verlieren; schonen wenigstens Sie mich! . . . Bitte, ziehen Sie einmal da an dem Klingelzuge, neben Ihnen; er führt zum Mädchenzimmer.«
Es trat ein längeres Stillschweigen ein. Ihr argwöhnischer, gereizter Blick glitt über unser aller Gesichter hin. Agascha, ihre Lieblingszofe, erschien.
»Bring mir das karierte Tuch, das ich in Genf gekauft habe! Was macht Darja Pawlowna?«
»Das Fräulein befindet sich nicht ganz wohl.«
»Geh hin und bitte sie, hierher zu kommen! Sage, ich ließe sie sehr bitten, auch wenn sie nicht wohl sei.«
In diesem Augenblicke wurde aus den anstoßenden Zimmern wieder ungewöhnliches Geräusch von Schritten und Stimmen, ähnlich dem von vorhin, vernehmbar, und plötzlich erschien auf der Schwelle atemlos und aufgeregt Praskowja Iwanowna, auf Mawriki Nikolajewitschs Arm gestützt.

»Ach Herr Gott, ich habe mich nur mit Mühe hergeschleppt; Lisa, du Unsinnige, was tust du deiner Mutter an!« jammerte sie und brachte in diesem Gejammer nach der Gewohnheit aller schwächlichen, leicht reizbaren Personen alles zum Ausdruck, was sich an Erregung bei ihr angesammelt hatte.

»Liebste Warwara Petrowna, ich komme zu Ihnen, um meine Tochter zu holen!«

Warwara Petrowna warf ihr einen mürrischen Blick zu, erhob sich nur wenig zu ihrer Begrüßung und sagte mit kaum verhehltem Ärger:

»Guten Tag, Praskowja Iwanowna; sei so freundlich und nimm Platz! Das habe ich mir gedacht, daß du kommen würdest.«

## II

Für Praskowja Iwanowna konnte in einem solchen Empfange nichts Überraschendes liegen. Warwara Petrowna hatte ihre ehemalige Pensionsfreundin schon immer, seit den Tagen der Kindheit, despotisch und unter dem Scheine der Freundschaft beinah verächtlich behandelt. Aber im vorliegenden Falle war die Lage noch eine ganz besondere. In den letzten Tagen war es zwischen den beiden Häusern zu einem vollständigen Bruche gekommen, wie ich das auch bereits beiläufig erwähnt habe. Die Ursachen dieses Bruches waren für Warwara Petrowna vorläufig noch ein Geheimnis und infolgedessen um so kränkender; aber die Hauptsache war, daß Praskowja Iwanowna ihr gegenüber ein außerordentlich hochmütiges Benehmen angenommen hatte. Warwara Petrowna fühlte sich selbstverständlich dadurch verletzt, und dabei waren auch bereits gewisse sonderbare Gerüchte zu ihr gedrungen, die sie ebenfalls maßlos aufregten, und zwar gerade durch ihre Unbestimmtheit. Warwara Petrownas Charakter war offen und stolz; sie war eine Draufgängerin, wenn dieser Ausdruck erlaubt ist. Am allerwenigsten konnte sie geheime, versteckte Anschuldigungen leiden und zog den offenen Krieg immer vor. Wie dem nun auch sein mochte, jedenfalls hatten die beiden Damen einander seit fünf Tagen nicht mehr gesehen. Der letzte Besuch war von Warwara Petrownas Seite erfolgt, die von der »Drosdowschen« tief gekränkt und verstimmt weggefahren war. Ich kann ohne Gefahr eines Irrtumes sagen, daß Praskowja Iwanowna jetzt in der naiven Überzeugung hereinkam, Warwara Petrowna müsse aus irgendwelchem Grunde vor ihr Angst haben; das konnte man schon an ihrem Gesichtsausdrucke sehen. Aber über Warwara Petrownas Herz gewann jedesmal der Hochmutsteufel die Herrschaft, sobald sie auch nur im entferntesten argwöhnen konnte, daß jemand über ihr zu stehen glaubte. Praskowja Iwanowna aber zeichnete sich, wie viele schwächliche Personen, die sich lange ohne Protest haben beleidigen lassen, durch besondere Heftigkeit des Angriffs aus, sobald einmal die Sache eine für sie günstige Wendung nahm. Allerdings war sie jetzt krank, und während einer Krankheit wurde sie stets reizbarer. Ich füge endlich noch hinzu, daß wir alle, die wir uns im Salon befanden, durch unsere Gegenwart die beiden Jugendfreundinnen nicht besonders genieren konnten, falls wirklich ein Streit zwischen ihnen entbrennen sollte; denn wir galten als Familienangehörige und beinahe als Untergebene. Ich erwog das gleich damals nicht ohne Besorgnis. Stepan Trofimowitsch, der sich seit Warwara Petrownas Ankunft nicht wieder hingesetzt hatte, ließ sich kraftlos auf einen Stuhl niedersinken, als er Praskowja Iwanownas Gejammer hörte, und suchte in seiner Verzweiflung meinen Blick aufzufangen. Schatow drehte sich in scharfer Wendung auf seinem Stuhle herum und brummte etwas vor sich hin. Es kam mir so vor, als wolle er aufstehen und weggehen. Lisa hatte sich nur ein klein wenig erhoben, sich aber sogleich wieder zurücksinken lassen und dem Gejammer ihrer Mutter nicht einmal die schuldige Aufmerksamkeit zugewendet, aber nicht infolge ihres »eigensinnigen Charakters«, sondern weil sie sich offenbar ganz im Banne einer anderen mächtigen Empfindung befand. Sie blickte jetzt irgendwohin in die Luft, beinah zerstreut, und wandte selbst

Marja Timofejewna nicht mehr die frühere Aufmerksamkeit zu.

### III

»Ach, hierher!« stöhnte Praskowja Iwanowna, indem sie auf einen Lehnsessel am Tische zeigte, und ließ sich mit Mawriki Nikolajewitschs Hilfe schwerfällig auf ihn niedersinken. »Ich würde mich bei Ihnen nicht hinsetzen, liebe Freundin, wenn nicht die Beine wären!« fügte sie mit matter Stimme hinzu.

Warwara Petrowna hob den Kopf ein wenig in die Höhe, drückte mit schmerzlichem Gesichtsausdruck die Finger der rechten Hand gegen die rechte Schläfe, in der sie anscheinend einen heftigen Schmerz (tic douloureux) empfand.

»Was redest du, Praskowja Iwanowna? Warum solltest du dich denn bei mir nicht hinsetzen? Ich habe mein ganzes Leben lang die aufrichtige Freundschaft deines seligen Mannes genossen, und wir beide, ich und du, haben, als wir noch kleine Mädchen waren, in der Pension zusammen mit Puppen gespielt.«

Praskowja Iwanowna winkte abwehrend mit den Händen.

»Das wußte ich doch, daß das kommen würde! Immer und ewig fangen Sie von der Pension an, wenn Sie mir Vorwürfe machen wollen; das ist so ein schlaues Manöver von Ihnen. Aber meiner Ansicht nach ist das nur eine schönklingende Redensart. Ich mag von Ihrer Pension nichts wissen.«

»Du bist, wie es scheint, schon in sehr schlechter Laune hergekommen. Was machen deine Füße? Da wird dir Kaffee gebracht; bitte, lange zu, trink und sei nicht böse!«

»Liebe Warwara Petrowna, Sie behandeln mich, als ob ich ein kleines Kind wäre. Ich mag keinen Kaffee!«

Sie winkte dem Diener, der ihr Kaffee präsentierte, ärgerlich ab. (Übrigens dankten für Kaffee auch die anderen außer mir und Mawriki Nikolajewitsch. Stepan Trofimowitsch nahm eine Tasse, stellte sie aber auf den Tisch. Marja Timofejewna hatte zwar sehr große Lust, eine zweite Tasse zu nehmen, und streckte schon die Hand danach aus; aber sie besann sich anders und lehnte in manierlicher Weise ab, wobei sie offenbar mit ihrem Benehmen sehr zufrieden war.)

Warwara Petrowna lächelte spöttisch. »Weißt du was, liebe Praskowja Iwanowna, du hast dir gewiß wieder irgendeine Einbildung zurechtgemacht, mit der du dann hergekommen bist. Du hast dein ganzes Leben über immer in der Einbildung gelebt. Du ereifertest dich soeben darüber, daß ich von der Pension sprach; aber weißt du wohl noch, wie du hinkamst und der ganzen Klasse versichertest, der Husarenoffizier Schablykin habe um deine Hand angehalten, und wie Madame Lefebure dich sofort der Lüge überführte? Aber du hattest nicht gelogen; du hattest dir das einfach zu deinem Amüsement eingebildet. Nun sage, was du jetzt mitgebracht hast. Was hast du dir wieder eingebildet? Womit bist du unzufrieden?«

»Sie aber haben sich in der Pension in den Popen verliebt, der uns Religionsstunde gab. Da haben Sie es, wenn Sie anderen von jener Zeit her noch Schlechtes nachreden! Ha-ha-ha!«

Sie lachte höhnisch und geriet dabei ins Husten.

»A-ah, also den Popen hast du nicht vergessen . . .«, versetzte Warwara Petrowna und warf ihr einen haßerfüllten Blick zu.

Ihr Gesicht war ganz grünlich geworden. Praskowja Iwanowna nahm auf einmal eine würdevolle Haltung an.

»Mir ist jetzt nicht zum Lachen zumute, meine Liebe; warum haben Sie meine Tochter angesichts der ganzen Stadt in Ihre Skandalgeschichte mit hineingezogen? Deshalb bin ich hergekommen.«

»In meine Skandalgeschichte?« fragte Warwara Petrowna und richtete sich drohend gerade.

»Mama, auch ich bitte Sie dringend, sich zu mäßigen«, sagte Lisaweta Nikolajewna auf einmal.

»Was hast du gesagt?« rief die Mama, die sich anschickte,

wieder loszujammern; aber sie stockte plötzlich unter dem funkelnden Blicke ihrer Tochter.

»Wie können Sie von einer Skandalgeschichte reden, Mama?« ereiferte sich Lisa. »Ich bin auf meinen eigenen Wunsch und mit Julija Michailownas Erlaubnis hierhergefahren, weil ich die Geschichte dieser Unglücklichen erfahren wollte, um ihr nützlich zu sein.«

»Die Geschichte dieser Unglücklichen!« sagte Praskowja Iwanowna gedehnt mit boshaftem Lachen. »Paßt es sich etwa, daß du dich in solche Geschichten hineinmischst? Ach, meine Liebe, von Ihrem Despotismus haben wir jetzt genug!« wandte sie sich wütend zu Warwara Petrowna. »Man sagt, mags nun wahr sein oder nicht, Sie hätten hier die ganze Stadt tyrannisiert; aber jetzt ist es augenscheinlich damit zu Ende!«

Warwara Petrowna saß gerade aufgerichtet da; sie glich einem Pfeile, der bereit ist, vom Bogen zu fliegen. Etwa zehn Sekunden lang hielt sie einen strengen Blick unverwandt auf Praskowja Iwanowna geheftet.

»Nun, du kannst Gott danken, Praskowja, daß wir hier unter uns sind«, sagte sie endlich mit unheilverkündender Ruhe. »Du hast viel Ungehöriges gesagt.«

»Ich für meine Person, meine Liebe, fürchte die Meinung der Welt nicht so, wie es manche andern Leute tun; Sie sind es, die unter dem Scheine des Stolzes vor der Meinung der Welt zittert. Und daß hier nur gute Freunde sind, das ist für Sie besser, als wenn Fremde zuhörten.«

»Du bist wohl in dieser Woche sehr klug geworden, wie?«

»Ich bin in dieser Woche nicht weiter klug geworden; aber offenbar ist die Wahrheit in dieser Woche ans Licht gekommen.«

»Was für eine Wahrheit soll in dieser Woche ans Licht gekommen sein? Höre, Praskowja Iwanowna, reize mich nicht; sprich dich augenblicklich deutlich aus, ich bitte dich inständig: Was für eine Wahrheit ist ans Licht gekommen, und was willst du damit sagen?«

»Da sitzt ja die ganze Wahrheit!« rief Praskowja Iwanowna und wies mit dem Finger auf Marja Timofejewna; sie zeigte

jene Entschlossenheit zum Äußersten, die nicht mehr an die Folgen denkt, wenn sie nur im Augenblick kräftig wirken kann.
Marja Timofejewna, die die ganze Zeit über mit heiterer Neugier nach ihr hingeblickt hatte, lachte vergnügt auf, als sie den Finger der zornigen Besucherin auf sich gerichtet sah, und bewegte sich vergnügt in ihrem Lehnsessel hin und her.
»Herr Jesus Christus, sind denn hier alle verrückt geworden?« rief Warwara Petrowna und sank erbleichend gegen die Lehne zurück.
Sie war so blaß geworden, daß eine allgemeine Aufregung entstand. Stepan Trofimowitsch war der erste, der zu ihr hineilte; auch ich trat näher heran; sogar Lisa stand von ihrem Platze auf, obgleich sie bei ihrem Lehnsessel stehen blieb; aber am meisten erschrak Praskowja Iwanowna selbst: Sie schrie auf, erhob sich, so gut es ging, und heulte fast mit weinerlicher Stimme:
»Liebe Freundin, Warwara Petrowna, verzeihen Sie mir meine boshafte Dummheit! Aber gebe ihr doch jemand wenigstens Wasser!«
»Bitte, plinze nicht, Praskowja Iwanowna, und Sie, meine Herren, treten Sie, bitte, zurück; tun Sie mir den Gefallen; ich brauche kein Wasser!« sagte Warwara Petrowna mit blassen Lippen in festem Tone, wenn auch nicht laut.
»Liebe Freundin!« fuhr Praskowja Iwanowna fort, nachdem sie sich ein wenig beruhigt hatte, »liebste Warwara Petrowna, ich habe mich allerdings durch unvorsichtige Worte vergangen; aber ich bin auch gar zu sehr durch diese anonymen Briefe gereizt worden, mit denen mich schlechte Menschen bombardieren; na, sie sollten die Briefe doch lieber an Sie schicken, da sie sich ja doch auf Sie beziehen; aber ich habe eine Tochter, liebe Freundin!«
Warwara Petrowna sah sie mit weit geöffneten Augen sprachlos an und hörte erstaunt zu. In diesem Augenblicke öffnete sich geräuschlos in einer Ecke eine Seitentür, und es erschien Darja Pawlowna. Sie blieb einen Augenblick stehen und sah um sich; unsere Aufregung befremdete sie. Marja

Timofejewna, von deren Anwesenheit niemand sie vorher benachrichtigt hatte, fiel ihr wohl nicht sogleich in die Augen. Stepan Trofimowitsch war der erste, der sie bemerkte; er machte eine schnelle Bewegung, errötete und rief, man wußte nicht recht wozu, laut: »Darja Pawlowna!«, so daß die Augen aller sich mit einem Male nach der Eintretenden hinwandten.

»Wie? Also das ist eure Darja Pawlowna!« rief Marja Timofejewna. »Nun, lieber Schatow, deine Schwester sieht dir nicht ähnlich! Wie konnte nur mein Teuerster ein so reizendes Wesen ›die leibeigene Magd Dascha‹ nennen!«

Darja Pawlowna hatte sich inzwischen schon Warwara Petrowna genähert; aber überrascht von Marja Timofejewnas Worten wandte sie sich schnell um, blieb stehen und sah die Irre mit einem langen, starren Blicke an.

»Setz dich, Dascha!« sagte Warwara Petrowna mit erschreckender Ruhe, »näher bei mir, so; du kannst dieses Mädchen auch im Sitzen ansehen. Kennst du sie?«

»Ich habe sie nie gesehen«, antwortete Dascha leise und fügte nach kurzem Stillschweigen sofort hinzu: »Es ist gewiß die kranke Schwester eines Herrn Lebjadkin.«

»Auch ich sehe Sie, meine Liebe, jetzt zum erstenmal, obgleich ich schon lange sehr gewünscht habe, Sie kennen zu lernen; und in jeder Ihrer Bewegungen erkenne ich die gute Erziehung!« rief Marja Timofejewna entzückt. »Und was da mein Bedienter schimpft, wie wäre es denn überhaupt denkbar, daß Sie ihm Geld weggenommen hätten, ein so gebildetes, liebenswürdiges Fräulein? Denn Sie sind liebenswürdig, liebenswürdig, liebenswürdig; das sage ich Ihnen aus eigener Überzeugung!« schloß sie enthusiastisch mit lebhaften Gestikulationen.

»Verstehst du etwas davon?« wandte sich Warwara Petrowna mit stolzer Würde an ihre Pflegetochter.

»Ich verstehe alles.«

»Hast du das von dem Gelde gehört?«

»Das ist gewiß dasselbe Geld, das ich auf Nikolai Wsewolodowitschs Bitte, als ich noch in der Schweiz war, diesem Herrn Lebjadkin, ihrem Bruder, zuzustellen übernahm.«

Es folgte ein Stillschweigen.
»Hat Nikolai Wsewolodowitsch selbst die Bitte an dich gerichtet, es zu übergeben?«
»Es lag ihm sehr daran, dieses Geld, es waren dreihundert Rubel, Herrn Lebjadkin zu übersenden. Und da er dessen Adresse nicht kannte, sondern nur wußte, daß er in unsere Stadt ziehen werde, so beauftragte er mich damit, es Herrn Lebjadkin zuzustellen, falls dieser herkäme.«
»Was für Geld ist denn ... verloren gegangen? Wovon redete dieses Mädchen eben?«
»Das weiß ich allerdings nicht; auch mir ist zu Ohren gekommen, daß Herr Lebjadkin laut von mir gesagt habe, ich hätte ihm nicht alles abgeliefert; aber diese Behauptung ist mir unverständlich. Es waren dreihundert Rubel, und ich habe ihm dreihundert Rubel übersandt.«
Darja Pawlowna hatte sich bereits fast vollständig beruhigt. Und überhaupt bemerke ich, daß es schwer war, dieses Mädchen durch irgend etwas auf längere Zeit in Verwirrung und aus der Fassung zu bringen, welches auch immer innerlich ihre Empfindungen sein mochten. Sie gab jetzt alle ihre Antworten ohne Eile, antwortete sogleich auf jede Frage bestimmt, leise, gleichmäßig, ohne die geringste Spur ihrer ursprünglichen plötzlichen Erregung und ohne irgendwelche Verwirrung, die von einem Schuldbewußtsein hätte zeugen können. Warwara Petrowna hatte die ganze Zeit über, während sie sprach, den Blick nicht von ihr abgewandt und dachte nun etwa eine Minute lang nach.
»Wenn«, sagte sie endlich in festem Tone und offenbar zu den Zuhörern, obgleich sie nur Dascha ansah, »wenn Nikolai Wsewolodowitsch sich mit seinem Auftrage nicht an mich gewandt, sondern dich gebeten hat, so hat er gewiß seine Gründe dazu gehabt, so zu verfahren. Ich halte mich nicht für berechtigt, nach ihnen zu forschen, wenn mir aus ihnen ein Geheimnis gemacht wird. Aber schon allein deine Beteiligung bei dieser Angelegenheit beruhigt mich in dieser Hinsicht vollständig; das sollst du vor allen Dingen wissen, Darja. Aber siehst du, liebes Kind, du konntest auch mit reinem Gewissen aus Unkenntnis der Welt eine Unvorsich-

tigkeit begehen, und du hast eine solche begangen, indem du es übernahmst, dich mit einem schlechten Menschen in Verbindung zu setzen. Die Gerüchte, die dieser Taugenichts ausgesprengt hat, bestätigen deinen Fehler. Aber ich werde über ihn Erkundigungen einziehen, und da ich deine Beschützerin bin, so werde ich dich zu verteidigen wissen. Jetzt aber muß diese ganze Sache ein Ende haben.«

»Wenn er zu Ihnen kommt«, fiel Marja Timofejewna, sich aus ihrem Lehnstuhl vorstreckend, plötzlich ein, »so schikken Sie ihn am besten in die Bedientenstube. Da kann er mit den andern auf der Wandbank Karten spielen, und wir wollen hier sitzen und Kaffee trinken. Allenfalls können Sie ihm auch eine Tasse Kaffee hinschicken; aber ich verachte ihn tief.«

Sie schüttelte energisch den Kopf.

»Diese Sache muß ein Ende haben«, sagte Warwara Petrowna, die Marja Timofejewnas Äußerung aufmerksam angehört hatte, noch einmal. »Bitte klingeln Sie, Stepan Trofimowitsch!«

Stepan Trofimowitsch klingelte und trat plötzlich in großer Aufregung vor.

»Wenn . . . wenn ich . . .« begann er eifrig, errötend, stokkend und stammelnd, »wenn ich ebenfalls diese höchst widerwärtige Geschichte oder, richtiger gesagt, Verleumdung angehört habe, so habe ich es nur . . . mit der größten Entrüstung . . . enfin, c'est un homme perdu et quelque chose comme un forçat évadé.«

Er brach ab, ohne zu Ende zu sprechen; Warwara Petrowna betrachtete ihn, die Augen zusammenkneifend, vom Kopf bis zu den Füßen. Der korrekte Alexej Jegorowitsch trat ein.

»Den Wagen!« befahl Warwara Petrowna. »Und du, Alexej Jegorowitsch, mach dich fertig, um Fräulein Lebjadkina nach Hause zu bringen; wohin, wird sie dir selbst angeben.«

»Herr Lebjadkin wartet schon einige Zeit selbst unten auf das Fräulein und hat sehr gebeten, ihn zu melden.«

»Das ist unmöglich, Warwara Petrowna«, sagte Mawriki

Nikolajewitsch, der die ganze Zeit über vollständig geschwiegen hatte, nun aber in starker Unruhe vortrat. »Gestatten Sie die Bemerkung: das ist kein Mensch, der in anständiger Gesellschaft empfangen werden kann; das ... das ... das ist ein ganz unmöglicher Mensch, Warwara Petrowna.«

»Er soll warten!« wandte sich Warwara Petrowna zu Alexej Jegorowitsch, und dieser verschwand.

»C'est un homme malhonnête et je crois même, que c'est un forçat évadé ou quelque chose dans ce genre«, murmelte Stepan Trofimowitsch wieder, wobei er wieder errötete und wieder nicht zu Ende redete.

»Lisa, es ist Zeit, daß wir fahren«, rief Praskowja Iwanowna in verdrossenem Tone und erhob sich von ihrem Platze. Es war ihr wohl bereits leid geworden, daß sie vorhin im Schrecken sich selbst dumm genannt hatte. Schon während Darja Pawlowna sprach, hatte sie mit einem hochmütigen Zuge um die Lippen zugehört. Aber am allermeisten setzte mich das Aussehen Lisaweta Nikolajewnas, seit Darja Pawlowna hereingekommen war, in Erstaunen: in ihren Augen funkelten Haß und Verachtung, und zwar ganz unverhohlen.

»Warte noch ein Augenblickchen, Praskowja Iwanowna, ich bitte dich darum«, sagte Warwara Petrowna immer mit der gleichen erstaunlichen Ruhe. »Tu mir den Gefallen und setze dich; ich beabsichtige, mich vollständig auszusprechen, und dir tun die Füße weh. So ist's schön; ich danke dir. Vorhin habe ich meine Ruhe verloren und dir ein paar hastige Worte gesagt. Sei so gut und verzeihe sie mir: ich habe dumm gehandelt und bereue das von ganzem Herzen, weil ich in allen Dingen Gerechtigkeit liebe. Allerdings bist auch du außer dir geraten und hast anonyme Briefe erwähnt. Jede anonyme Denunziation verdient schon allein deswegen Verachtung, weil sie keine Unterschrift trägt. Wenn du darin anderer Ansicht bist, so beneide ich dich nicht. Jedenfalls hätte ich an deiner Stelle derartige gemeine Schriftstücke nicht aus der Tasche hervorgeholt und mich damit nicht beschmutzt. Du dagegen hast das getan. Aber

da du damit angefangen hast, so will ich dir sagen, daß auch ich vor etwa sechs Tagen einen albernen anonymen Brief erhalten habe. Darin versichert mir irgendein Taugenichts, Nikolai Wsewolodowitsch habe den Verstand verloren und ich müsse mich vor einer lahmen Frauensperson hüten, die ›in meinem Lebensschicksal eine wichtige Rolle spielen werde‹, ich habe den Ausdruck im Gedächtnis behalten. Ich dachte nach, und da ich weiß, daß Nikolai Wsewolodowitsch außerordentlich viele Feinde hat, so ließ ich sogleich einen hiesigen Einwohner, einen geheimen, besonders rachsüchtigen, verachtenswerten Feind meines Sohnes, zu mir kommen und überzeugte mich im Gespräche mit ihm augenblicklich von dem verächtlichen Ursprunge des anonymen Briefes. Wenn auch du, meine arme Praskowja Iwanowna, um meinetwillen mit solchen verächtlichen Briefen belästigt und, wie du dich ausgedrückt hast, bombardiert worden bist, so tut es mir aufrichtig leid, daß ich die unschuldige Ursache davon gewesen bin. Das ist alles, was ich dir zur Erklärung sagen wollte. Mit Bedauern sehe ich, daß du so müde und so außer dir bist. Ferner bin ich fest entschlossen, sogleich diesen verdächtigen Menschen hereinkommen zu lassen, von welchem Mawriki Nikolajewitsch gesagt hat, es sei unmöglich, ihn zu ›empfangen‹; dieser Ausdruck paßt hier freilich nicht. Aber speziell Lisa wird dabei nichts zu tun haben. Komm zu mir her, liebe Lisa, und laß dich noch einmal küssen!«
Lisa durchschritt das Zimmer und blieb schweigend vor Warwara Petrowna stehen. Diese küßte sie, faßte sie an beiden Händen, schob sie ein wenig von sich zurück und betrachtete sie mit warmer Empfindung; dann bekreuzte sie sie und küßte sie noch einmal.
»Nun, dann lebe wohl, Lisa« (Warwara Petrownas Stimme klang fast, als ob sie die Tränen unterdrückte), »sei überzeugt, daß ich niemals aufhören werde, dich zu lieben, was dir auch das Schicksal von nun an bringen mag . . . Gott sei mit dir! Ich habe mich immer willig in das gefügt, was Seine heilige Hand über uns verhängt . . .«
Sie wollte noch etwas hinzufügen, beherrschte sich aber und

schwieg. Lisa ging, immer noch in gleicher Weise schweigend und wie in Gedanken versunken, nach ihrem Platze zu, blieb aber plötzlich vor ihrer Mutter stehen.

»Ich werde noch nicht fortfahren, Mama; ich werde noch eine Weile bei der Tante bleiben«, sagte sie leise; aber aus diesen leisen Worten konnte man eine eiserne Entschlossenheit heraushören.

»Herr du mein Gott, was stellt das nun wieder vor!« jammerte Praskowja Iwanowna und schlug kraftlos die Hände zusammen. Aber Lisa antwortete nicht und schien nicht einmal zu hören; sie setzte sich in ihre frühere Ecke und begann wieder irgendwohin in die Luft zu sehen.

Ein stolzes Siegesbewußtsein leuchtete in Warwara Petrownas Gesichte auf.

»Mawriki Nikolajewitsch, ich habe eine große Bitte an Sie: tun Sie mir doch den Gefallen, nach unten zu gehen und sich diesen Menschen anzusehen; und wenn es einigermaßen möglich ist, ihn hereinzulassen, so bringen Sie ihn hierher!«

Mawriki Nikolajewitsch verbeugte sich und ging hinaus. Eine Minute darauf kehrte er mit Herrn Lebjadkin zurück.

## IV

Ich habe schon einiges von dem Äußeren dieses Herrn gesagt: er war ein hochgewachsener, kraushaariger, vierschrötiger Mann, etwa vierzig Jahre alt, mit rotem, etwas schwammigem, aufgedunsenem Gesichte, in welchem die Backen bei jeder Kopfbewegung zitterten, mit kleinen, blutunterlaufenen, manchmal sehr schlau blickenden Augen, mit Schnurrbart und Backenbart und mit einem vorstehenden, fleischigen Kehlkopf von recht häßlichem Aussehen. Aber am meisten überraschte bei ihm der Umstand, daß er jetzt im Frack und mit reiner Wäsche erschien. »Bei manchen Leuten sieht reine Wäsche geradezu unanständig aus«, hatte Liputin einmal gesagt, als ihm Stepan Trofimowitsch einen scherzhaften Vorwurf wegen seiner Unsauberkeit machte. Der Hauptmann hatte auch schwarze Handschuhe, von denen er den rechten noch nicht angezogen hatte, sondern in der Hand hielt, während der linke, straff anliegend und nicht zugeknöpft, nur zur Hälfte seine dicke linke Tatze bedeckte, in welcher er einen ganz neuen, glänzenden und gewiß zum ersten Male in Gebrauch genommenen Zylinderhut hielt. Es erwies sich also, daß der »Liebesfrack«, von dem er Schatow gestern etwas zugeschrien hatte, tatsächlich existierte. Alles dies, das heißt der Frack und die Wäsche, war, wie ich nachher erfuhr, auf Liputins Rat für irgendwelche geheimen Zwecke angeschafft worden. Und wenn er jetzt hierher gefahren war (in einer Droschke!), so war auch dies zweifellos nach fremder Anweisung und mit jemandes Beihilfe geschehen; allein würde er es in der Zeit von etwa dreiviertel Stunden nicht fertig gebracht haben, auf diesen Einfall zu kommen, sich zu entschließen, sich anzukleiden und fertigzumachen, angenommen sogar, daß die Szene in der Vorhalle des Domes sogleich zu seiner Kenntnis gelangt wäre. Er war nicht betrunken, befand sich aber in dem peinlichen, benommenen, dumpfen Zustande eines Menschen, der nach mehrtägiger Betrunkenheit auf einmal zur Besinnung kommt. Ich glaube, man hätte ihn nur ein paarmal mit der Hand an der Schulter hin und her zu biegen gebraucht, und er wäre sofort wieder betrunken gewesen.

Er wollte schnell und forsch in den Salon eintreten, stolperte aber an der Tür über den Teppich. Marja Timofejewna lachte sich darüber beinah tot. Er sah sie mit einem wilden Blicke an und machte plötzlich einige schnelle Schritte auf Warwara Petrowna zu.

»Ich bin gekommen, gnädige Frau . . .« begann er trompetenhaft loszuschmettern.

»Tun Sie mir den Gefallen, mein Herr«, sagte Warwara Petrowna, sich gerade aufrichtend, »und nehmen Sie dort Platz, auf jenem Stuhle! Ich kann Sie auch von dort aus hören und werde Sie von hier aus besser ansehen können.«

Der Hauptmann blieb stehen und starrte stumpfsinnig vor

sich hin, drehte sich aber dann doch um und setzte sich auf den angewiesenen Platz, dicht an der Tür. Ein starkes Mißtrauen gegen sich selbst, zugleich damit aber auch Frechheit und eine ständige Reizbarkeit kamen auf seinem Gesichte zum Ausdruck. Er hatte schreckliche Angst, das war augenscheinlich; aber auch sein Selbstgefühl hatte schwer zu leiden, und man mußte darauf gefaßt sein, daß er aus verletztem Selbstgefühl trotz seiner Angst sich bei Gelegenheit zu irgendwelcher Frechheit entschließen werde. Augenscheinlich machte ihm jede Bewegung seines ungeschlachten Körpers Sorge. Bekanntlich sind bei all solchen Herren, wenn dieselben durch einen wunderlichen Zufall in gute Gesellschaft hineingeraten, das Hauptunglück ihre eigenen Hände und das dauernde Bewußtsein, daß sie sie nicht anständig unterzubringen wissen. Der Hauptmann saß starr auf seinem Stuhle, mit seinem Hute und den Handschuhen in der Hand, und wandte seinen gedankenlosen Blick nicht von Warwara Petrownas ernstem Gesichte ab. Er hätte vielleicht gern aufmerksamer um sich gesehen, wagte das aber vorläufig noch nicht. Marja Timofejewna, die seine Figur wahrscheinlich wieder furchtbar lächerlich fand, kicherte von neuem los; aber er rührte sich nicht. Warwara Petrowna ließ ihn lange, eine ganze Minute lang, ohne Erbarmen in dieser Positur verbleiben, indem sie ihn schonungslos musterte.

»Erlauben Sie mir zunächst, Sie selbst nach Ihrem Namen zu fragen«, sagte sie dann in gemessenem, nachdrücklichem Tone.

»Hauptmann Lebjadkin«, donnerte der Hauptmann. »Ich bin gekommen, gnädige Frau . . .« Er wollte sich wieder von seinem Platze rühren.

»Erlauben Sie!« unterbrach ihn Warwara Petrowna und hielt ihn durch eine Handbewegung zurück. »Ist diese bemitleidenswerte Person, die in so hohem Grade meine Teilnahme erweckt hat, wirklich Ihre Schwester?«

»Jawohl, sie ist meine Schwester, gnädige Frau; sie ist der Aufsicht entronnen; denn sie befindet sich in einem solchen Zustande . . .«

Er stockte plötzlich und wurde dunkelrot.
»Fassen Sie das nicht falsch auf, gnädige Frau«, fuhr er dann in schrecklicher Verwirrung fort, »der leibliche Bruder wird nichts Beschimpfendes sagen ... in einem solchen Zustande, das bedeutet nicht in einem solchen Zustande ... in einem den Ruf befleckenden Sinne ... in der letzten Zeit ...«
Er brach plötzlich ab.
»Mein Herr!« Warwara Petrowna hob den Kopf in die Höhe.
»Sehen Sie: in einem solchen Zustande!« schloß er plötzlich, indem er sich mit dem Finger mitten auf die Stirn tippte.
Es trat für eine Weile Stillschweigen ein.
»Leidet sie daran schon lange?« fragte Warwara Petrowna langsam.
»Gnädige Frau, ich bin gekommen, um Ihnen für die Großmut, die Sie ihr in der Vorhalle des Domes erwiesen haben, auf echt russische Art brüderlich zu danken ...«
»Brüderlich?«
»Das heißt, nicht brüderlich, sondern nur in dem Sinne, daß ich der Bruder meiner Schwester bin, gnädige Frau, und seien Sie überzeugt, gnädige Frau«, fuhr er, die Anrede häufig wiederholend, fort und wurde wieder dunkelrot, »daß ich nicht so ungebildet bin, wie ich in Ihrem Salon auf den ersten Blick vielleicht erscheine. Ich und meine Schwester sind ein Nichts, gnädige Frau, im Vergleiche zu der Pracht, die wir hier wahrnehmen. Außerdem haben wir Feinde, die uns verleumden. Aber auf seinen Ruf ist Lebjadkin stolz, gnädige Frau, und ... und ... ich bin gekommen, um zu danken ... Hier ist das Geld, gnädige Frau!«
Er zog eine Brieftasche hervor, entnahm ihr ein Päckchen Banknoten und begann unter ihnen mit zitternden Fingern in einem wütenden Anfall von Ungeduld zu suchen. Offenbar wollte er noch möglichst schnell etwas zur Erklärung sagen, und das war ja auch sehr notwendig; aber da er wahrscheinlich selbst merkte, daß das Herumkramen in dem Gelde ihm ein noch dümmeres Ansehen gab, so verlor er den letzten Rest von Selbstbeherrschung; das Geld wollte

sich absolut nicht zusammenzählen lassen; seine Finger hinderten sich gegenseitig, und um die Blamage voll zu machen, glitt ein grüner Schein aus der Brieftasche heraus und flatterte im Zickzack auf den Teppich.

»Zwanzig Rubel, gnädige Frau«, sagte er und sprang mit einigen Banknoten in der Hand auf; sein Gesicht war von der ausgestandenen Qual mit Schweiß bedeckt; als er auf dem Fußboden die hingefallene Banknote bemerkte, wollte er sich schon bücken, um sie aufzuheben, schämte sich aber aus irgendwelchem Grunde und machte eine verzichtende Handbewegung.

»Für Ihre Leute, gnädige Frau, für den Bedienten, der es aufheben wird; mag er sich an Lebjadkin erinnern!«

»Das kann ich unter keinen Umständen zulassen«, versetzte Warwara Petrowna eilig und ein wenig ängstlich.

»Nun dann . . .«

Er bückte sich, hob den Schein auf, wurde dunkelrot, trat plötzlich auf Warwara Petrowna zu und hielt ihr das abgezählte Geld hin.

»Was ist das?« fragte sie; sie war jetzt ganz erschrocken und bog sich sogar in ihrem Lehnstuhl zurück.

Mawriki Nikolajewitsch, ich und Stepan Trofimowitsch taten jeder ein paar Schritte vorwärts.

»Beruhigen Sie sich, beruhigen Sie sich; ich bin nicht verrückt; ich bin wahrhaftig nicht verrückt«, versicherte der Hauptmann in großer Aufregung nach allen Seiten hin.

»Doch, mein Herr; Sie haben den Verstand verloren.«

»Gnädige Frau, das verhält sich alles anders, als Sie meinen! Ich bin freilich nur ein unbedeutendes Glied in der Kette . . . Oh, gnädige Frau, Ihre Prunkgemächer sind reich, und armselig ist die Wohnung meiner Schwester Marja Namenlos, geborene Lebjadkina; aber wir nennen sie vorläufig Marja Namenlos, vorläufig, gnädige Frau, nur vorläufig; denn für die Dauer wird das Gott selbst nicht zulassen! Gnädige Frau, Sie haben ihr zehn Rubel gegeben, und sie hat sie angenommen, aber nur weil sie von Ihnen kamen, gnädige Frau! Hören Sie, gnädige Frau! Von keinem andern in der Welt nimmt diese Marja Namenlos etwas an; sonst müßte sich ja ihr Großvater, der Stabsoffizier, der im Kaukasus vor Jermolows eigenen Augen fiel, im Grabe umdrehen; aber von Ihnen, gnädige Frau, von Ihnen nimmt sie alles an. Aber mit der einen Hand nimmt sie an, und mit der andern reicht sie Ihnen hier zwanzig Rubel, in Gestalt einer Spende für eines der hauptstädtischen Wohltätigkeitskomitees, deren Mitglied Sie, gnädige Frau, sind . . . wie Sie ja selbst, gnädige Frau, in den ›Moskauer Nachrichten‹ angezeigt haben, daß bei Ihnen hier in unserer Stadt das Gabenbuch einer wohltätigen Gesellschaft ausliegt, in das sich jeder eintragen kann . . .«

Der Hauptmann brach plötzlich ab; er atmete mühsam, wie nach einer schweren Heldentat. Alles, was er über das Wohltätigkeitskomitee gesagt hatte, war wahrscheinlich vorher zurechtgelegt, vielleicht ebenfalls unter Liputins Redaktion. Er schwitzte jetzt noch ärger; der Schweiß stand ihm in großen Tropfen an den Schläfen. Warwara Petrowna blickte ihn durchdringend an.

»Dieses Buch«, erwiderte sie in strengem Tone, »befindet sich immer unten bei dem Portier meines Hauses; dort können Sie Ihre Gabe eintragen, wenn Sie wollen. Deshalb bitte ich Sie, Ihr Geld jetzt einzustecken und nicht damit in der Luft herumzufuchteln. So ist's schön. Ferner bitte ich Sie, Ihren früheren Platz wieder einzunehmen. So ist's schön. Ich bedauere sehr, mein Herr, daß ich mich in betreff Ihrer Schwester geirrt und ihr eine Unterstützung gegeben habe, während sie so reich ist. Nur eines verstehe ich nicht: Warum sie von mir allein etwas annehmen kann, von andern aber um keinen Preis etwas annehmen will. Sie haben darauf einen solchen Nachdruck gelegt, daß ich eine ganz genaue Erklärung zu erhalten wünsche.«

»Gnädige Frau, das ist ein Geheimnis, das vielleicht erst im Sarge begraben sein wird!« antwortete der Hauptmann.

»Warum denn?« fragte Warwara Petrowna, aber ihr Ton war nicht mehr ganz so fest.

»Gnädige Frau, gnädige Frau! . . .«

Er schwieg mit finsterer Miene, blickte zu Boden und legte

die rechte Hand auf das Herz. Warwara Petrowna wartete, ohne die Augen von ihm abzuwenden.
»Gnädige Frau!« brüllte er auf einmal los, »erlauben Sie, daß ich Ihnen eine Frage vorlege, nur eine einzige, aber offen, geradezu, in echt russischer Art, von Herzen?«
»Bitte sehr.«
»Haben Sie in Ihrem Leben gelitten, gnädige Frau?«
»Sie wollen einfach sagen, daß Sie selbst von jemandem zu leiden gehabt haben oder noch zu leiden haben?«
»Gnädige Frau, gnädige Frau!« Er sprang auf einmal wieder auf, wahrscheinlich ohne sich dessen selbst bewußt zu werden, und schlug sich gegen die Brust. »Hier in diesem Herzen hat sich so viel angesetzt von allem, was darin gesiedet hat, so viel, daß beim Jüngsten Gerichte Gott selbst sich wundern wird, wenn es zutage kommt!«
»Hm! Das ist stark ausgedrückt.«
»Gnädige Frau, ich spreche vielleicht in etwas gereiztem Tone . . .«
»Seien Sie unbesorgt; ich weiß schon selbst, wann es nötig sein wird, Sie anzuhalten.«
»Darf ich Ihnen noch eine Frage vorlegen, gnädige Frau?«
»Tun Sie das!«
»Kann man einzig und allein an Edelmut des Herzens sterben?«
»Das weiß ich nicht; ich habe mir diese Frage noch nicht vorgelegt.«
»Sie wissen es nicht! Sie haben sich diese Frage noch nicht vorgelegt!« schrie er mit spöttischem Pathos.
»Wenn's so ist, wenn's so ist, dann

›Schweig still, mein hoffnungsleeres Herz!‹«

Und er schlug sich wütend gegen die Brust.
Er ging schon wieder im Zimmer auf und ab. Eine Eigenheit dieser Leute besteht darin, daß sie völlig außerstande sind, ihre Wünsche in ihrem Innern zurückzuhalten, und vielmehr einen unüberwindlichen Drang verspüren, dieselben sofort nach ihrem Entstehen zu äußern, sogar in ihrer ganzen Häßlichkeit. Wenn ein solcher Herr in eine Gesell-

schaft hineingerät, in die er nicht hineinpaßt, so benimmt er sich gewöhnlich anfangs schüchtern; aber sobald man ihm die Zügel auch nur ein klein wenig locker läßt, geht er sofort zu Dreistigkeiten über. Der Hauptmann war bereits in Hitze geraten; er ging hin und her, schwenkte die Arme, hörte nicht auf Fragen und redete in sehr schnellem Tempo von sich selbst, so daß die Zunge manchmal nicht mitkonnte und er, ohne den Satz zu Ende zu bringen, auf einen andern übersprang. Allerdings war er nicht ganz nüchtern; auch saß Lisaweta Nikolajewna dabei, nach der er zwar nie hinblickte, deren Gegenwart aber bei ihm anscheinend ein starkes Gefühl des Schwindels hervorrief. Übrigens war das von mir nur eine Vermutung. Es mußte also einen Grund geben, weshalb Warwara Petrowna mit Überwindung ihres Widerwillens sich entschloß, einen solchen Menschen anzuhören. Praskowja Iwanowna zitterte einfach vor Angst; allerdings schien sie nicht ganz zu verstehen, um was es sich handelte. Stepan Trofimowitsch zitterte ebenfalls, aber im Gegensatze zu ihr, weil er immer geneigt war, zuviel zu verstehen. Mawriki Nikolajewitsch stand in der Haltung des gemeinsamen Beschützers da. Lisa war etwas blaß und blickte mit weit geöffneten Augen unverwandt nach dem wilden Hauptmann hin. Schatow saß in seiner früheren Haltung da; aber was das Allerseltsamste war, Marja Timofejewna hatte nicht nur aufgehört zu lachen, sondern war sogar schrecklich traurig geworden. Sie hatte sich mit dem rechten Ellbogen auf den Tisch gestützt und verfolgte mit einem langen, traurigen Blicke ihren schwadronierenden Bruder. Nur Darja Pawlowna schien mir ruhig zu sein.
»Das ist ja lauter törichtes allgemeines Geschwätz!« rief Warwara Petrowna endlich ärgerlich. »Sie haben noch nicht auf meine Frage ›warum‹ geantwortet. Ich warte immer noch auf Ihre Antwort und dringe darauf.«
»Ich habe nicht geantwortet ›warum‹? Sie erwarten eine Antwort auf die Frage ›warum‹?« erwiderte der Hauptmann, mit den Augen zwinkernd. »Dieses kleine Wörtchen ›warum‹ ist seit dem ersten Schöpfungstage durch das ganze Weltall ausgegossen, gnädige Frau, und die ganze Natur

schreit ihrem Schöpfer in jedem Augenblicke zu: ›warum?‹ und erhält schon siebentausend Jahre lang keine Antwort. Soll wirklich nur Hauptmann Lebjadkin darauf antworten? Kann man diese Forderung als gerecht ansehen, gnädige Frau?«

»Das ist lauter Unsinn und keine Antwort, wie sie sich gehört!« Warwara Petrowna war zornig geworden und hatte die Geduld verloren. »Das ist allgemeines Gerede; zudem erlauben Sie sich, allzu hochfahrend zu sprechen, mein Herr, was ich für eine Dreistigkeit halte.«

»Gnädige Frau«, redete der Hauptmann weiter, wie wenn er nicht gehört hätte, »ich würde vielleicht wünschen, Erneste zu heißen, während ich genötigt bin, den plebejischen Namen Ignat zu tragen; warum? Wie denken Sie darüber? Ich würde wünschen, Fürst de Montbard zu heißen, während ich Lebjadkin heiße, von dem Worte lebed (Schwan); warum? Ich bin ein Dichter, gnädige Frau, ein Dichter aus tiefstem Drange der Seele, und könnte tausend Rubel von einem Verleger erhalten, während ich genötigt bin, in einem Spüleimer zu leben; warum, ja warum? Gnädige Frau! Meiner Ansicht nach ist Rußland ein Spiel der Natur, nichts weiter!«

»Sind Sie wirklich nicht imstande, etwas mehr zur Sache Gehörendes zu sagen?«

»Ich kann Ihnen das Gedicht ›Die Schabe‹ deklamieren, gnädige Frau!«

»Wa-a-as?«

»Gnädige Frau, ich bin noch nicht verrückt! Ich werde einmal verrückt werden, gewiß; aber ich bin noch nicht verrückt! Gnädige Frau, ein Freund von mir, ein Mann von edelster Gesinnung, hat eine Krylowsche Fabel mit der Überschrift ›Die Schabe‹ geschrieben; darf ich sie Ihnen vortragen?«

»Sie wollen mir eine Krylowsche Fabel vortragen?«

»Nein, ich will Ihnen keine Krylowsche Fabel vortragen, sondern eine Fabel von mir, mein eigenes Produkt. Sie können, ohne sich selbst zu nahe zu treten, glauben, gnädige Frau, daß ich nicht dermaßen ungebildet und verkommen bin, um nicht zu wissen, daß Rußland den großen Fabeldichter Krylow besitzt, dem der Kultusminister im Sommergarten ein Denkmal errichtet hat, damit die Kinder drumherumspielen. Sie fragen ›warum‹, gnädige Frau? Die Antwort steht mit feurigen Lettern auf dem Grunde dieser Fabel geschrieben!«

»Nun, dann tragen Sie Ihre Fabel vor!«

»Eine Schabe, flach und schwärzlich,
Lebte ohne Neid und Haß;
Leider fiel sie (oh, wie schmerzlich!)
In ein volles Fliegenglas.«

»Was soll das heißen: ein Fliegenglas?« rief Warwara Petrowna.

»Das heißt, wenn im Sommer«, erklärte der Hauptmann eilig unter gewaltigen Gestikulationen, mit der reizbaren Ungeduld eines Autors, den man verhindert, sein Werk vorzutragen, »wenn im Sommer die Fliegen in ein Glas hineinkriechen, so wird das ein Fliegenglas; das versteht doch jeder Dummkopf; unterbrechen Sie mich nicht; Sie werden schon sehen, Sie werden schon sehen . . .« (er fuchtelte mit den Händen in der Luft umher):

»Und bei Zeus erhob Beschwerde
Alsobald der Fliegen Chor,
Daß der Raum verengert werde,
Der kaum ausgereicht zuvor.
Während man sich so beklagte,
Trat Nikifor schnell hinzu,
Er, der edle, hochbetagte . . .

Weiter habe ich das Gedicht noch nicht fertig; aber das ist ganz egal, ich werde es Ihnen in Prosa sagen!« fuhr der Hauptmann fort zu schwatzen. »Nikifor nimmt das Glas und schüttet trotz alles Geschreies die ganze Komödie, Fliegen und Schabe, in den Spüleimer, was er schon längst hätte tun sollen! Aber beachten Sie das wohl, beachten Sie das wohl, gnädige Frau: Die Schabe murrt nicht! Das ist die Antwort auf Ihre Frage: ›warum‹«, rief er triumphierend.

»*Die Schabe* murrt nicht! Was aber Nikifor anlangt, so repräsentiert er die Natur«, fügte er eilig hinzu und ging selbstzufrieden im Zimmer auf und ab.

Warwara Petrowna war wütend.

»Gestatten Sie die Frage: Was hat es für eine Bewandtnis mit dem Gelde, das Sie angeblich von Nikolai Wsewolodowitsch erhalten haben und das Ihnen angeblich nicht vollständig ausgezahlt ist und wegen dessen Sie eine zu meinem Hause gehörige Person zu beschuldigen gewagt haben?«

»Verleumdung!« brüllte Lebjadkin und hob schauspielerhaft den rechten Arm in die Höhe.

»Nein, das ist keine Verleumdung.«

»Gnädige Frau, es gibt Umstände, die jemanden zwingen können, lieber Schande der Familie zu ertragen als laut die Wahrheit zu verkünden. Lebjadkin wird nicht mehr sagen, als er darf, gnädige Frau!«

Er war wie ein Geblendeter; er war in Begeisterung; er fühlte seine Wichtigkeit; gewiß schwebte ihm etwas der Art vor. Jetzt verlangte es ihn, zu beleidigen, Schaden anzurichten, seine Macht zu zeigen.

»Bitte klingeln Sie, Stepan Trofimowitsch!« bat Warwara Petrowna.

»Lebjadkin ist schlau, gnädige Frau!« sagte er häßlich lächelnd und mit den Augen zwinkernd, »er ist schlau; aber auch für ihn gibt es ein Hindernis, eine Vorhalle der Leidenschaften! Und diese Vorhalle, das ist die alte Husaren-Feldflasche, die Denis Dawydow besungen hat. Und wenn er sich in dieser Vorhalle befindet, gnädige Frau, dann kommt es vor, daß er einen hochpoetischen Brief absendet, einen ganz prächtigen Brief, den er aber nachher mit den Tränen seines ganzen Lebens wieder zurückkaufen möchte; denn die Empfindung des Schönen wird verletzt. Aber wenn der Vogel einmal ausgeflogen ist, kann man ihn nicht mehr am Schwanze fassen! In dieser Vorhalle also, gnädige Frau, konnte Lebjadkin auch über ein edles Mädchen etwas in Gestalt einer edlen Entrüstung seiner durch Kränkungen aufgewühlten Seele sagen, was dann seine Verleumder ausgenutzt haben. Aber Lebjadkin ist schlau, gnädige Frau!

Und vergebens sitzt der böse Wolf lauernd neben ihm und gießt ihm alle Augenblicke ein und wartet auf das schließliche Ergebnis; aber Lebjadkin verplappert sich nicht, und auf dem Boden der Flasche findet sich jedesmal statt der erwarteten Auskunft – Lebjadkins Schlauheit! Aber genug davon, oh, genug davon! Gnädige Frau, Ihre prächtigen Gemächer könnten dem Edelsten aller Sterblichen gehören; aber die Schabe murrt nicht! Achten Sie wohl darauf, achten Sie wohl darauf, daß die Schabe nicht murrt, und erkennen Sie ihre Geistesgröße an!«

In diesem Augenblicke ertönte von unten, aus der Portierloge, die Glocke, und unmittelbar darauf erschien, etwas verspätet nach Stepan Trofimowitschs Klingeln, Alexej Jegorowitsch. Der alte würdige Diener befand sich in ungewöhnlicher Aufregung.

»Nikolai Wsewolodowitsch sind soeben angekommen und kommen hierher«, sagte er als Antwort auf Warwara Petrownas fragenden Blick.

Ich erinnere mich mit besonderer Deutlichkeit an ihr Aussehen in diesem Augenblicke: Zuerst wurde sie blaß; dann fingen ihre Augen auf einmal an zu funkeln. Sie richtete sich in ihrem Lehnstuhl mit der Miene festester Entschlossenheit gerade auf. Aber auch alle übrigen waren überrascht. Nikolai Wsewolodowitschs ganz unerwartete Ankunft, die wir erst etwa in einem Monat erwartet hatten, erschien nicht nur durch ihre Plötzlichkeit seltsam, sondern besonders auch durch ihr verhängnisvolles Zusammentreffen mit der augenblicklichen Situation. Sogar der Hauptmann blieb wie ein Pfahl mitten im Zimmer stehen, sperrte den Mund auf und blickte mit furchtbar dummem Gesichte nach der Tür.

Da ließen sich aus dem anstoßenden Saale, einem langen, großen Raume, Schritte vernehmen, die sich schnell näherten, kleine, außerordentlich rasch aufeinanderfolgende Schritte; es war, als ob jemand angerollt käme; und plötzlich kam der Ankömmling in den Salon hineingeeilt, – aber es war gar nicht Nikolai Wsewolodowitsch, sondern ein uns allen völlig unbekannter junger Mensch.

## V

Ich erlaube mir, hier einen Augenblick stehen zu bleiben und, wenn auch nur mit ein paar flüchtigen Strichen, diese plötzlich erschienene Person zu skizzieren.

Es war ein junger Mensch von ungefähr siebenundzwanzig Jahren, ein wenig über Mittelgröße, mit dünnem, blondem, ziemlich langem Haar und spärlichem, kaum bemerkbarem Schnurr- und Kinnbart. Er war sauber und sogar nach der Mode, aber nicht stutzerhaft gekleidet; auf den ersten Blick schien er krumm und unbeholfen zu sein; er war aber ganz und gar nicht krumm und sogar recht gewandt. Er machte den Eindruck eines wunderlichen Gesellen, und doch fanden alle nachher seine Manieren sehr anständig, und was er redete, sehr passend und sachgemäß.

Niemand kann sagen, daß der junge Mensch häßlich wäre; aber doch gefällt sein Gesicht niemandem. Sein Kopf ist hinten verlängert und wie von den Seiten zusammengedrückt, so daß sein Gesicht spitzig erscheint. Seine Stirn ist hoch und schmal, aber die Gesichtszüge fein, die Augen scharf, das Näschen klein und spitz, die Lippen lang und dünn. Sein Gesichtsausdruck hat etwas Krankhaftes; aber das scheint nur so. Eine magere Falte zieht sich über die Backen und neben den Backenknochen hin, was ihm das Aussehen eines Rekonvaleszenten nach einer schweren Krankheit verleiht. Und doch ist er völlig gesund und kräftig und sogar überhaupt nie krank gewesen.

Er geht und bewegt sich sehr schnell, hastet aber niemals. Es scheint, daß ihn nichts in Verwirrung bringen kann; er bleibt in jeder Situation und in jeder beliebigen Gesellschaft derselbe. Er besitzt eine große Selbstgefälligkeit, bemerkt sie aber an sich gar nicht.

Er spricht schnell und eilig, dabei aber selbstbewußt und ist nicht auf den Mund gefallen. Seine Gedanken sind ruhig und trotz der äußerlichen Eile genau präzisiert; und was besonders auffällt, an dem, was er einmal gesagt hat, ändert er nachher nichts mehr. Seine Aussprache ist erstaunlich deutlich; die Worte rieseln ihm aus dem Munde wie gleichmäßige, große, tadellose Körner, die dem Hörer sofort zu Diensten stehen. Anfangs gefällt einem das; aber dann wird es einem widerwärtig, und zwar gerade wegen dieser allzu deutlichen Aussprache und wegen dieses perlenartigen Geriesels stets dienstbereiter Worte. Man kommt auf den Gedanken, er müsse eine Zunge von besonderer Gestalt im Munde haben, ungewöhnlich lang und schmal, sehr rot, mit besonders feiner, sich ununterbrochen und unwillkürlich bewegender Spitze.

Also dieser junge Mann kam jetzt eilig in den Salon, und wirklich, ich habe noch bis auf den heutigen Tag die Vorstellung, er habe schon im anstoßenden Saal zu sprechen angefangen und sei sprechend hereingekommen. In einem Augenblicke stand er vor Warwara Petrowna.

». . . Stellen Sie sich das vor, Warwara Petrowna«, ließ er die Worte herausrieseln, »ich komme herein und denke, er wird schon seit einer Viertelstunde hier sein; vor anderthalb Stunden ist er angekommen; ich bin mit ihm bei Kirillow gewesen; er machte sich von dort vor einer halben Stunde direkt hierher auf und sagte mir, ich möchte nach einer Viertelstunde ebenfalls hierher kommen . . .«

»Aber wer denn? Wer hat Ihnen gesagt, Sie möchten hierher kommen?« fragte Warwara Petrowna.

»Nun, Nikolai Wsewolodowitsch! Also erfahren Sie das wirklich erst in diesem Augenblick? Aber sein Gepäck muß doch wenigstens schon hier angekommen sein; wie geht es zu, daß Ihnen das nicht gemeldet ist? Dann bin ich also der erste, der Sie davon benachrichtigt. Man könnte ihn ja zwar von einer gewissen Stelle abholen lassen; aber er wird gewiß gleich von selbst erscheinen, und wie es scheint, gerade in einem Zeitpunkte, der in wunderbarer Weise seinen Erwartungen und, soweit ich es wenigstens beurteilen kann, auch seinen Wünschen entspricht.« Hier ließ er seine Augen durch das Zimmer schweifen und heftete sie mit besonderer Aufmerksamkeit auf den Hauptmann. »Ah, Lisaweta Nikolajewna, wie freue ich mich, Ihnen hier gleich beim ersten Schritt zu begegnen; ich freue mich sehr, Ihnen die Hand zu drücken!« Damit flog er schnell zu ihr hin, um die Hand zu ergreifen, die Lisa ihm heiter lächelnd entgegenstreckte. »Und soviel ich bemerken kann, hat auch die hochverehrte Praskowja Iwanowna, wie es scheint, ihren ›Professor‹ nicht vergessen und ist nicht mehr zornig auf ihn, wie sie es immer in der Schweiz war. Aber wie geht es Ihnen hier mit den Füßen, Praskowja Iwanowna? Haben die Schweizer Ärzte recht damit gehabt, daß sie Ihnen das heimatliche Klima verordneten? . . . Wie? Wundwasser? Das mag wohl sehr nützlich sein. Aber wie sehr habe ich bedauert, Warwara Petrowna« (er drehte sich schnell wieder um), »daß ich Sie damals nicht mehr im Auslande traf und Ihnen nicht mehr persönlich meinen Respekt bezeigen konnte; und zudem hatte ich Ihnen so vieles mitzuteilen. Ich habe diese Mitteilungen allerdings hierher an meinen Vater geschrieben; aber es scheint, daß er nach seiner Gewohnheit . . .«

»Pjotr!« rief Stepan Trofimowitsch, der nun aus seiner Erstarrung zu sich kam; er schlug erstaunt die Hände zusammen und stürzte zu seinem Sohn hin. »Pierre, mon enfant, ich habe dich ja gar nicht erkannt!« Er umschlang ihn mit seinen Armen; die Tränen rollten ihm aus den Augen.

»Na, mach nur keine Geschichten, keine Geschichten! Ohne Gehabe! Na, nun genug, nun genug, ich bitte dich!« murmelte Pjotr eilig und suchte sich aus der Umarmung frei zu machen.

»Ich habe es dir gegenüber immer, immer an mir fehlen lassen!«

»Na, genug davon; darüber können wir ja später noch reden. Das habe ich mir doch gedacht, daß du eine große Geschichte machen würdest. Na, rege dich nur nicht so auf, ich bitte dich.«

»Aber ich habe dich ja zehn Jahre lang nicht gesehen!«

»Um so weniger Anlaß ist zu solchen Gefühlsergüssen . . .«

»Mon enfant!«

»Na, ich glaube ja, ich glaube ja, daß du mich liebst; nimm nur deine Arme weg! Du störst ja die andern . . . Ah, da ist ja auch Nikolai Wsewolodowitsch! Na, nun laß endlich die Torheiten, ich bitte dich!«

Nikolai Wsewolodowitsch war tatsächlich bereits im Zimmer; er war sehr leise eingetreten, war einen Augenblick in der Tür stehen geblieben und überschaute mit ruhigem Blicke die Versammelten.

Wie vor vier Jahren, als ich ihn zum erstenmal sah, so war ich auch jetzt beim ersten Blick auf ihn überrascht. Ich hatte ihn keineswegs vergessen; aber es gibt, wie es scheint, Physiognomien, die immer, jedesmal wenn sie einem vorkommen, gleichsam etwas Neues mit sich bringen, etwas, was man an ihnen noch nicht bemerkt hat, wenn man ihnen auch hundertmal vorher begegnet ist. Anscheinend war er ganz derselbe wie vor vier Jahren, ebenso elegant, ebenso gemessen, ebenso würdevoll in seinem Gange wie damals, sogar beinah ebenso jung. Sein leises Lächeln zeigte dieselbe förmliche Freundlichkeit und dieselbe Selbstzufriedenheit; sein Blick war ebenso ernst, nachdenklich und anscheinend zerstreut. Kurz, es war mir, als hätten wir uns erst gestern voneinander getrennt. Aber eines überraschte mich: Wenn man ihn auch früher schön gefunden hatte, so hatte sein Gesicht doch tatsächlich einer Maske ähnlich gesehen, wie sich die bösen Zungen mehrerer Damen unserer höheren Gesellschaftskreise ausgedrückt hatten. Jetzt aber, jetzt aber erschien er mir, ich weiß nicht warum, gleich beim ersten Blick entschieden und unbestreitbar als ein schöner Mann, so daß man in keiner Weise mehr sagen konnte, sein Gesicht habe Ähnlichkeit mit einer Maske. Ob dies daher kam, daß er etwas blasser geworden war als früher und anscheinend auch etwas magerer? Oder leuchtete jetzt vielleicht in seinem Blicke eine neue Sinnesart?

»Nikolai Wsewolodowitsch!« rief Warwara Petrowna, indem sie sich in ihrem Lehnstuhle gerade aufrichtete, sich aber nicht von ihm erhob, und hielt ihren Sohn durch eine gebieterische Handbewegung zurück, »bleib da noch einen Augenblick stehen!«

Aber um die schreckliche Frage verständlich zu machen, die auf diese Handbewegung und diesen befehlenden Anruf folgte, eine Frage, die ich sogar in Warwara Petrownas Munde nicht für möglich gehalten hätte, muß ich den Leser bitten, sich daran zu erinnern, wie eigenartig Warwara Petrownas Charakter während ihres ganzen Lebens war und von welcher ungewöhnlichen Heftigkeit er in manchen außerordentlichen Augenblicken sein konnte. Ich bitte den Leser auch zu bedenken, daß trotz der großen seelischen Festigkeit und trotz der bedeutenden Portion von Vernunft und von praktischem, ja sozusagen sogar wirtschaftlichem Taktgefühl, welche sie besaß, es doch in ihrem Leben nicht an Momenten fehlte, in denen sie sich auf einmal ganz und, wenn man sich so ausdrücken kann, völlig zügellos gehen ließ. Schließlich bitte ich noch, in Betracht zu ziehen, daß der gegenwärtige Augenblick tatsächlich für sie einer von denen sein konnte, in denen sich plötzlich wie in einem Brennpunkte der gesamte Inhalt des Lebens, der ganzen Vergangenheit, der ganzen Gegenwart und womöglich auch der ganzen Zukunft konzentriert. Ich erinnere auch noch beiläufig an den anonymen Brief, den sie empfangen und von dem sie kurz vorher in so gereiztem Tone zu Praskowja Iwanowna gesprochen hatte, wobei sie, wie es schien, den weiteren Inhalt des Briefes verschwiegen hatte; aus diesem Briefe erklärte es sich aber vielleicht, wie sie dazu kam, sich plötzlich mit dieser schrecklichen Frage an ihren Sohn zu wenden.

»Nikolai Wsewolodowitsch«, sagte sie, indem sie jedes Wort mit fester Stimme und im Tone einer drohenden Herausforderung deutlich artikulierte, »ich bitte Sie, sagen Sie sogleich, ohne von diesem Platze wegzugehen: Ist es wahr, daß diese unglückliche, lahme Frauensperson (die da, sehen Sie sie an!), ist es wahr, daß sie . . . Ihre legitime Ehefrau ist?«

Ich erinnere mich sehr genau an diesen Augenblick; Nikolai Wsewolodowitsch zuckte mit keiner Wimper und blickte seine Mutter unverwandt an; auf seinem Gesichte vollzog sich nicht die geringste Veränderung. Endlich lächelte er langsam mit einer Art von Herablassung, trat, ohne ein Wort zu erwidern, sachte an seine Mutter heran, ergriff ihre Hand, führte sie respektvoll an die Lippen und küßte sie.

Und sein steter, unwiderstehlicher Einfluß auf seine Mutter war so stark, daß sie auch jetzt es nicht wagte, die Hand wegzuziehen. Sie blickte ihn nur, ganz Frage, ganz Spannung, an, und ihre ganze Erscheinung besagte, daß sie die Ungewißheit keinen Augenblick länger ertragen könne.
Aber er schwieg weiter. Nachdem er seiner Mutter die Hand geküßt hatte, ließ er seinen Blick noch einmal durch das ganze Zimmer umherwandern und ging dann mit derselben Ruhe wie vorher geradeswegs auf Marja Timofejewna zu. Es ist sehr schwer, den Gesichtsausdruck der Menschen in manchen Augenblicken zu beschreiben. Ich erinnere mich zum Beispiel, daß Marja Timofejewna, halb tot vor Schreck, sich zu seinem Empfange erhob und, als ob sie ihn anflehen wollte, die Hände vor der Brust faltete; zugleich aber erinnere ich mich auch an das Entzücken, das sich in ihrem Blicke aussprach, ein sinnloses Entzücken, das beinah ihre Gesichtszüge entstellte, ein Entzücken, wie es Menschen nur schwer ertragen können. Es war bei ihr wohl beides vorhanden, Schreck und Entzücken; aber ich erinnere mich, daß ich schnell zu ihr herantrat (ich stand nicht weit von ihr), da es mir schien, daß sie im nächsten Augenblick in Ohnmacht fallen werde.
»Sie können hier nicht bleiben«, sagte Nikolai Wsewolodowitsch zu ihr mit freundlicher, wohlklingender Stimme, und in seinen Augen leuchtete eine große Zärtlichkeit auf.
Er stand in der respektvollsten Haltung vor ihr, und in jeder seiner Bewegungen kam die aufrichtigste Hochachtung zum Ausdruck. Das arme Mädchen stammelte hastig, halb flüsternd und nur mühsam atmend:
»Aber darf ich ... jetzt gleich ... vor Ihnen niederknien?«
»Nein, das geht nicht«, antwortete er mit einem prächtigen Lächeln, so daß auch sie auf einmal freudig lächelte.
Dann fügte er mit derselben wohlklingenden Stimme, indem er ihr wie einem Kinde zärtlich zuredete, ernst hinzu:
»Bedenken Sie, daß Sie ein Mädchen sind, und daß ich zwar Ihr treuester Freund, aber doch kein Angehöriger von Ihnen bin, weder Ihr Mann noch Ihr Vater, noch Ihr Bräutigam.

Nehmen Sie meinen Arm, und kommen Sie; ich werde Sie zum Wagen führen und Sie, wenn Sie erlauben, selbst nach Ihrer Wohnung begleiten.«

Sie hatte zugehört und ließ nun, wie nachdenkend, den Kopf sinken.

»Wir wollen gehen«, sagte sie seufzend und nahm seinen Arm.

Aber nun begegnete ihr ein kleines Unglück. Wahrscheinlich hatte sie eine unvorsichtige Wendung gemacht und war dabei auf ihr krankes, zu kurzes Bein getreten; kurz, sie fiel mit der ganzen Seite auf den Lehnstuhl und wäre, wenn dieser nicht dagestanden hätte, auf den Fußboden gefallen. Im selben Augenblick ergriff Nikolai Wsewolodowitsch sie, richtete sie auf, faßte sie kräftig unter den Arm und führte sie teilnahmsvoll und behutsam zur Tür. Sie war offenbar betrübt über ihren Fall, wurde verlegen, errötete und schämte sich schrecklich. Schweigend, zur Erde blickend und stark hinkend wankte sie neben ihm her; sie hing beinah an seinem Arme. So verließen sie das Zimmer. Lisa sprang, wie ich sah, während die beiden hinausgingen, aus irgendwelchem Grunde von ihrem Sessel auf und verfolgte sie mit einem starren Blicke bis zur Tür. Dann setzte sie sich schweigend wieder hin; aber über ihr Gesicht lief ein krampfhaftes Zucken hin, als ob sie ein Reptil berührt hätte.

Während diese ganze Szene zwischen Nikolai Wsewolodowitsch und Marja Timofejewna vorging, hatten alle erstaunt geschwiegen; man hätte eine Fliege hören können; aber kaum waren die beiden hinausgegangen, als plötzlich alle zu reden anfingen.

## VI

Geredet wurde übrigens nur wenig; größtenteils wurde geschrien. Ich habe jetzt nicht mehr genau im Kopfe, in welcher Reihenfolge dies alles damals vorging; denn es herrschte ein gewaltiger Wirrwarr. Stepan Trofimowitsch

rief etwas auf französisch und schlug vor Erstaunen die Hände zusammen; aber Warwara Petrowna hatte keine Lust, sich mit ihm abzugeben. Sogar Mawriki Nikolajewitsch brummte ein paar abgebrochene Bemerkungen schnell vor sich hin. Aber den größten Eifer von allen entwickelte Pjotr Stepanowitsch; er gab sich unter vielen Gestikulationen die denkbar größte Mühe, Warwara Petrowna von etwas zu überzeugen; aber ich konnte lange Zeit nichts davon verstehen. Auch an Praskowja Iwanowna wandte er sich und an Lisaweta Nikolajewna; er schrie in seinem Eifer sogar seinem Vater etwas zu; kurz, er bewegte sich geschäftig im ganzen Zimmer umher. Warwara Petrowna, die ganz rot im Gesicht geworden war, sprang von ihrem Platze auf und schrie Praskowja Iwanowna zu: »Hast du gehört, hast du gehört, was er hier eben zu ihr gesagt hat?« Aber diese war nicht mehr imstande zu antworten und murmelte nur mit abwehrenden Handbewegungen etwas vor sich hin. Die Ärmste hatte ihre eigene Sorge: Sie drehte alle Augenblicke den Kopf nach Lisa hin und blickte sie in grenzenloser Angst an; aber aufzustehen und fortzufahren, bevor sich ihre Tochter erhob, das wagte sie nicht. Inzwischen ließ der Hauptmann deutlich den Wunsch erkennen, sich fortzuschleichen. Dies bemerkte ich. Er befand sich von dem Augenblicke an, wo Nikolai Wsewolodowitsch erschienen war, zweifellos in starker Angst; aber Pjotr Stepanowitsch ergriff ihn am Arme und ließ ihn nicht weggehen.
»Das ist unbedingt notwendig, unbedingt notwendig«, redete er in seiner gewandten Weise auf Warwara Petrowna ein, immer noch bemüht, sie zu überzeugen.
Er stand vor ihr; sie hatte sich bereits wieder auf den Lehnstuhl gesetzt, und ich erinnere mich, daß sie ihm eifrig zuhörte; er hatte dies erreicht und ihre Aufmerksamkeit gefesselt.
»Das ist unbedingt notwendig. Sie sehen selbst, Warwara Petrowna, daß hier ein Mißverständnis vorliegt; dem Anscheine nach ist hier vieles wunderbar, in Wirklichkeit aber ist die Sache sonnenklar und außerordentlich einfach. Ich bin mir sehr wohl bewußt, daß mich niemand ermächtigt

hat, die Sache zu erzählen, und daß ich mich vielleicht lächerlich mache, wenn ich mich selbst dazu aufdränge. Aber erstens legt Nikolai Wsewolodowitsch selbst dieser Sache keine Bedeutung bei, und dann gibt es Fälle, in denen es dem Betreffenden schwer wird, sich zu einer persönlichen Darlegung zu entschließen, und dies notwendigerweise ein dritter übernehmen muß, dem es leichter wird, gewisse delikate Dinge auszusprechen. Glauben Sie mir, Warwara Petrowna, Nikolai Wsewolodowitsch hat ganz recht gehandelt, wenn er Ihnen soeben auf Ihre Frage keine erschöpfende Erklärung gab, trotzdem die Sache eine Lappalie ist; ich kenne sie schon von Petersburg her. Außerdem macht die ganze Geschichte ihm nur Ehre, wenn man dieses unbestimmte Wort ›Ehre‹ einmal gebrauchen soll . . .«

»Wollen Sie sagen, daß Sie Zeuge eines Ereignisses gewesen sind, aus dem diese unverständliche Situation hervorgegangen ist?« fragte Warwara Petrowna.

»Zeuge und Teilnehmer«, versicherte Pjotr Stepanowitsch eilig.

»Wenn Sie mir Ihr Wort darauf geben können, daß Nikolai Wsewolodowitsch, der mir nichts zu verbergen pflegt, dadurch nicht in seinem Zartgefühl verletzt wird, und wenn Sie außerdem davon überzeugt sind, daß Sie ihm damit sogar einen Gefallen erweisen . . .«

»Ganz bestimmt erweise ich ihm damit einen Gefallen, und eben deswegen wird es mir ein besonderes Vergnügen sein. Ich bin überzeugt, daß er selbst mich darum bitten würde.«

Das aufdringliche Verlangen dieses plötzlich vom Himmel herabgefallenen Herrn, fremde Erlebnisse zu erzählen, war allerdings recht sonderbar und verstieß gegen die üblichen Formen des Verkehrs. Aber er hatte nun einmal Warwara Petrowna an seiner Angel gefangen, indem er ihren wundesten Punkt berührt hatte. Ich kannte damals den Charakter dieses Menschen noch nicht völlig und noch weniger seine Absichten.

»Nun, dann werde ich zuhören«, sagte Warwara Petrowna

zurückhaltend und vorsichtig; ihre Nachgiebigkeit kam ihr offenbar schwer an.
»Die Geschichte ist nur kurz; man kann sogar sagen, daß es eigentlich gar keine Geschichte ist«, begann das Wortgeriesel. »Übrigens könnte ein Romanschriftsteller, wenn er Langeweile hat, daraus einen Roman zurechtkneten. Es ist eine ganz interessante kleine Affäre, Praskowja Iwanowna, und ich bin überzeugt, daß Lisaweta Nikolajewna sie mit lebhafter Teilnahme anhören wird, weil darin viele wenn auch nicht wunderbare, so doch wunderliche Dinge vorkommen. Vor fünf Jahren lernte Nikolai Wsewolodowitsch in Petersburg diesen Herrn kennen, ebendiesen Herrn Lebjadkin hier, der mit offenem Munde dasteht und anscheinend soeben große Lust hatte zu verschwinden. Entschuldigen Sie, Warwara Petrowna! Ich rate Ihnen übrigens nicht, sich davonzumachen, Herr Proviantbeamter a. D. (Sie sehen, ich erinnere mich Ihrer ganz genau.) Sowohl mir als auch Nikolai Wsewolodowitsch sind Ihre hiesigen Streiche sehr gut bekannt, und Sie werden, vergessen Sie das nicht, Rechenschaft davon ablegen müssen. Ich bitte noch einmal um Entschuldigung, Warwara Petrowna. Nikolai Wsewolodowitsch nannte diesen Herrn damals seinen Falstaff; das muß wohl«, fügte er zur Erklärung hinzu, »früher einmal ein burlesker Charakter gewesen sein, über den alle sich lustig machten, und der selbst nichts dagegen hatte, daß alle über ihn lachten, wenn sie ihm nur Geld gaben. Nikolai Wsewolodowitsch führte damals in Petersburg ein sozusagen spöttisches Leben; mit einem andern Ausdruck kann ich es nicht bezeichnen: Blasiertheit liegt ihm fern, eine ernste Beschäftigung aber verschmähte er damals. Ich rede nur von der damaligen Zeit, Warwara Petrowna. Dieser Lebjadkin hatte eine Schwester, ebendieselbe, die soeben hier gesessen hat. Bruder und Schwester hatten keine eigene Wohnung und nomadisierten bei anderen Leuten. Er trieb sich in den Bogengängen des Kaufhofes umher, wobei er stets seine frühere Uniform trug, und hielt anständig aussehende Passanten an, und was er bekam, vertrank er. Seine Schwester nährte sich wie die Vögel unter dem Himmel. Sie half in

fremden Wohnungen und verrichtete Magddienste für den notwendigsten Unterhalt. Es war ein wüstes, unordentliches Leben, von dem ich keine genauere Schilderung geben will; aber an diesem Leben beteiligte sich damals infolge einer wunderlichen Laune auch Nikolai Wsewolodowitsch. Ich rede nur von der damaligen Zeit, Warwara Petrowna, und was die wunderliche Laune anlangt, so ist das sein eigener Ausdruck. Er ist gegen mich sehr offenherzig. Auf Mademoiselle Lebjadkina, mit der Nikolai Wsewolodowitsch eine Zeitlang häufig zusammentraf, machte sein Äußeres großen Eindruck. Er war sozusagen ein Brillant auf dem schmutzigen Hintergrunde ihres Lebens. Ich verstehe mich schlecht auf die Schilderung von Gefühlen und gehe deshalb darüber hinweg; aber elende Gesellen machten das Mädchen sofort zur Zielscheibe ihres Spottes, und da versank sie in Traurigkeit. Man hatte sich dort überhaupt von jeher über sie lustig gemacht; aber früher hatte sie das gar nicht bemerkt. Ihr Kopf war schon damals in Unordnung, wenn auch nicht so wie jetzt. Es ist Grund zu der Annahme vorhanden, daß sie in ihrer Kindheit durch eine Wohltäterin eine leidliche Erziehung und Bildung erhalten hat. Nikolai Wsewolodowitsch wandte ihr nie die geringste Aufmerksamkeit zu und spielte lieber mit alten schmutzigen Karten um eine Viertelkopeke Preference mit kleinen Beamten. Aber einmal, als sie von einem solchen Beamten beleidigt wurde, da faßte er, ohne viel zu fragen, diesen am Rockkragen und warf ihn aus dem zweiten Stockwerk durchs Fenster. Von ritterlicher Entrüstung zugunsten der beleidigten Unschuld war dabei nicht die Rede; der ganze Vorgang spielte sich unter allgemeinem Gelächter ab, und am meisten von allen lachte Nikolai Wsewolodowitsch selbst; und als alles glücklich abgelaufen war, versöhnten sie sich und fingen an, Punsch zu trinken. Aber die verfolgte Unschuld selbst vergaß diese Begebenheit nicht. Natürlich endete die Sache mit einer vollständigen Zerrüttung ihrer geistigen Fähigkeiten. Ich wiederhole, ich verstehe mich schlecht auf die Schilderung von Gefühlen; aber hier war die Hauptsache ein Hang zu phantastischer Träumerei. Und Nikolai Wsewolodowitsch nährte wie mit Absicht diesen Hang bei ihr noch mehr: Statt über sie zu lachen, begann er auf einmal, ihr mit überraschender Hochachtung zu begegnen. Kirillow, der dort lebte (er ist ein außerordentliches Original, Warwara Petrowna, und ein äußerst wortkarger Mensch; Sie werden ihn vielleicht einmal zu sehen bekommen; denn er wohnt jetzt hier), na also dieser Kirillow, der gewöhnlich immer schweigt, der wurde da auf einmal hitzig und sagte, wie ich mich erinnere, zu Nikolai Wsewolodowitsch, dieser behandle das Fräulein wie eine Marquise und richte sie damit vollständig zugrunde. Ich füge hinzu, daß Nikolai Wsewolodowitsch vor diesem Kirillow eine gewisse Achtung empfand. Und was meinen Sie, daß er ihm antwortete? ›Sie glauben, Herr Kirillow‹, sagte er, ›daß ich mich über sie lustig mache; aber seien Sie versichert, ich schätze sie wirklich hoch; denn sie ist besser als wir alle.‹ Und wissen Sie, das sagte er in durchaus ernstem Tone. Dabei hatte er in diesen zwei, drei Monaten außer ›Guten Tag‹ und ›Adieu‹ in Wirklichkeit zu ihr kein Wort gesprochen. Ich, der ich damals dort lebte, erinnere mich zuverlässig, daß sie schließlich dahin gelangte, ihn für ihren Liebhaber zu halten, der einzig deswegen nicht wage, sie zu entführen, weil er viele Feinde habe oder in seiner Familie auf Hindernisse stoße oder aus ähnlichen Gründen. Es wurde dort viel darüber gelacht. Die Sache endete damit, daß Nikolai Wsewolodowitsch, als er damals hierher reisen mußte, vorher für ihren Unterhalt sorgte, und zwar in der Weise, daß er ihr eine ziemlich beträchtliche jährliche Pension aussetzte, mindestens dreihundert Rubel, wenn nicht mehr. Kurz, wir können annehmen, daß das alles von seiner Seite ein mutwilliges Spiel war, die Laune eines vor der Zeit müde Gewordenen, oder auch schließlich, wie Kirillow sagte, eine neue psychologische Studie eines Übersättigten, um zu sehen, wie weit man einen geistesgestörten Krüppel treiben kann. ›Sie haben sich‹, sagte Kirillow, ›absichtlich das elendste Wesen ausgesucht, ein verkrüppeltes Wesen, das lebenslänglich nur Schande und Schläge kennengelernt hat und von dem Sie obendrein wissen, daß es in komischer

Weise in Sie verliebt ist; und nun machen Sie sich absichtlich daran, dieses Mädchen zu betrügen, lediglich um zu sehen, was dabei herauskommt!‹ Schließlich: Trifft denn einen Mann wirklich ein so besonderer Vorwurf, wenn eine geistesgestörte Frauensperson, mit der er, wohlgemerkt, die ganze Zeit über kaum ein paar Worte gewechselt hatte, auf phantastische Ideen gerät? Es gibt Dinge, Warwara Petrowna, über die man nicht verständig sprechen kann, über die überhaupt zu reden unverständig ist. Nun, mag es schließlich auch eine wunderliche Laune gewesen sein; aber einen stärkeren Ausdruck kann man jedenfalls nicht dafür anwenden; und trotzdem hat man jetzt eine Skandalgeschichte daraus gemacht ... Es ist mir zum Teil bekannt, Warwara Petrowna, was hier vorgeht.«

Der Erzähler brach plötzlich ab und wollte sich an Lebjadkin wenden; aber Warwara Petrowna hielt ihn davon zurück; sie befand sich in einer hochgradigen Erregung.

»Sind Sie zu Ende?« fragte sie.

»Nein, noch nicht; um der Vollständigkeit wegen muß ich, wenn Sie erlauben, diesen Herrn hier über etwas befragen ... Sie werden sofort sehen, um was es sich handelt, Warwara Petrowna.«

»Genug davon; lassen Sie das bis nachher; warten Sie einen Augenblick; ich bitte Sie. O wie gut habe ich daran getan, daß ich Sie reden ließ!«

»Und bitte, beachten Sie das wohl, Warwara Petrowna«, rief Pjotr Stepanowitsch erregt: »Konnte etwa Nikolai Wsewolodowitsch Ihnen dies alles selbst vorhin auseinandersetzen, als Antwort auf Ihre Frage, die vielleicht etwas zu schroff war?«

»Ja, das war sie!«

»Und hatte ich nicht recht, wenn ich sagte, daß es in manchen Fällen für einen dritten weit leichter ist, eine Erklärung zu geben, als für den Beteiligten selbst?«

»Ja, ja! ... Aber in einem Punkte haben Sie sich geirrt und irren sich, wie ich zu meinem Bedauern sehe, auch noch.«

»Wirklich? Worin denn?«

»Sehen Sie . . . Aber wollen Sie sich denn nicht setzen, Pjotr Stepanowitsch?«
»Oh, wie es Ihnen beliebt; ich bin allerdings müde; ich danke Ihnen.«
Im Nu hatte er einen Lehnstuhl herbeigezogen und so gedreht, daß er zwischen Warwara Petrowna auf der einen Seite und Praskowja Iwanowna am Tische auf der andern Seite saß und Herrn Lebjadkin sich gegenüber hatte, von dem er seine Augen auch nicht einen Augenblick wegwandte.
»Sie irren sich darin, daß Sie dies eine wunderliche Laune nennen . . .«
»Oh, wenn es nur das ist . . .«
»Nein, nein, nein, warten Sie!« hielt ihn Warwara Petrowna zurück, die sich offenbar zu einer längeren, affektvollen Äußerung anschickte. Sobald Pjotr Stepanowitsch dies bemerkte, war er sofort ganz Ohr.
»Nein, das war etwas Höheres als eine wunderliche Laune, und ich versichere Sie, sogar etwas Heiliges! Er ist ein stolzer, in früher Jugend gekränkter Mensch, der schließlich dahin gelangt ist, jenes ›spöttische Leben‹ zu führen, von dem Sie so treffend gesprochen haben; kurz, er ist ein Prinz Harry, mit dem ihn damals Stepan Trofimowitsch so prächtig verglich; und das würde vollständig richtig sein, wenn er nicht noch mehr Ähnlichkeit mit Hamlet hätte, wenigstens meiner Ansicht nach.«
»Et vous avez raison«, rief Stepan Trofimowitsch gefühlvoll und nachdrücklich.
»Ich danke Ihnen, Stepan Trofimowitsch, und danke Ihnen ganz besonders dafür, daß Sie nie den Glauben an Nicolas, den Glauben an seine Seelengröße und an seinen hohen Beruf verloren haben. Diesen Glauben haben Sie auch bei mir gekräftigt, als ich kleinmütig geworden war.«
»Chère, chère . . .«
Stepan Trofimowitsch wollte schon vortreten; aber er bedachte, daß es gefährlich sei, sie zu unterbrechen, und blieb auf seinem Platze.
»Und wenn Nicolas immer« (Warwara Petrowna war be-

reits in einen etwas singenden Ton geraten) »einen stillen, in seiner Ruhe großen Horatio um sich gehabt hätte (ein anderer schöner Ausdruck von Ihnen, Stepan Trofimowitsch), dann wäre er vielleicht schon längst von dem traurigen ›Dämon der Ironie‹, der ihn sein ganzes Leben lang gepeinigt hat, befreit. (Der Dämon der Ironie, das ist wieder ein wundervoller Ausdruck von Ihnen, Stepan Trofimowitsch.) Aber Nicolas hat nie weder einen Horatio noch eine Ophelia gehabt. Er hatte nur seine Mutter; aber was kann eine Mutter allein tun, und in solchen Umständen? Wissen Sie, Pjotr Stepanowitsch, es ist mir sogar außerordentlich verständlich, daß ein Mensch wie Nicolas es fertiggebracht hat, sich in jenen schmutzigen Spelunken zu zeigen, von denen Sie erzählt haben. Ich stelle mir jetzt mit völliger Klarheit dieses ›spöttische Leben‹ vor (ein erstaunlich treffender Ausdruck von Ihnen!), diesen unersättlichen Durst nach dem Kontraste, diesem dunklen Hintergrund des Bildes, von dem er sich wie ein Brillant abhebt; wieder ein Vergleich von Ihnen, Pjotr Stepanowitsch. Und da trifft er nun ein von allen Menschen gequältes, verkrüppeltes, halbirres Wesen, das gleichzeitig vielleicht von den edelsten Gefühlen erfüllt ist! . . .«

»Hm . . . Ja, nehmen wir das an!«

»Und unter diesen Umständen ist es Ihnen nicht begreiflich, daß er über dieses Mädchen nicht lacht wie alle andern? O ihr Menschen! Habt ihr denn kein Verständnis dafür, daß er sie gegen ihre Beleidiger verteidigt, ihr ›wie einer Marquise‹ Achtung erweist (dieser Kirillow muß eine ungewöhnlich tiefe Menschenkenntnis besitzen, wiewohl auch er Nicolas nicht verstanden hat). Möglicherweise ist das Unglück gerade infolge dieses Kontrastes entstanden; hätte die Unglückliche in anderen Verhältnissen gelebt, so wäre sie vielleicht nicht zu solchen wahnwitzigen Phantasien gelangt. Nur eine Frau, nur eine Frau kann das verstehen, Pjotr Stepanowitsch, und wie schade, daß Sie . . . das heißt nicht, daß Sie keine Frau sind, sondern daß Sie es nicht wenigstens für dieses Mal sind, um die Sache verstehen zu können!«

»Also in dem Sinne, wie man sagt: je schlimmer, um so besser; ich verstehe, ich verstehe, Warwara Petrowna. Das ist ungefähr so wie in der Religion: Je schlechter es einem Menschen geht, oder je geplagter und ärmer ein Volk ist, um so hartnäckiger träumen sie von den Belohnungen im Paradiese; und wenn dabei noch hunderttausend Geistliche eifrig tätig sind, die diese phantastischen Hoffnungen anfachen und auf sie ihre Spekulationen gründen, dann . . . ich verstehe Sie, Warwara Petrowna; seien Sie unbesorgt!«
»Ganz allerdings doch wohl nicht; aber sagen Sie: Sollte Nicolas wirklich, um diese phantastische Idee in diesem unglücklichen Organismus zu vernichten« (warum Warwara Petrowna hier das Wort »Organismus« gebrauchte, war mir nicht verständlich), »sollte er wirklich auch seinerseits über sie lachen und mit ihr so umgehen, wie es jene gemeinen Gesellen taten? Verwerfen Sie wirklich jenes hohe Mitleid, jenes edle Zittern des ganzen Organismus, mit welchem Nicolas Herrn Kirillow ernst zur Antwort gab: ›Ich lache nicht über sie‹? Eine edle, eine heilige Antwort!«
»Sublime!« murmelte Stepan Trofimowitsch.
»Und beachten Sie auch dies: Er ist keineswegs so reich, wie Sie meinen; ich bin reich, nicht er, und er erhielt damals von mir fast gar nichts.«
»Ich verstehe, ich verstehe das alles, Warwara Petrowna«, versetzte Pjotr Stepanowitsch, der sich bereits etwas ungeduldig auf seinem Stuhle hin und her bewegte.
»Oh, das ist mein eigener Charakter! Ich erkenne mich selbst in Nicolas wieder. Ich erkenne diese Jugendlichkeit wieder, diese Neigung zu stürmischen, heftigen Ausbrüchen . . . Und wenn wir beide einander einmal näher treten sollten, Pjotr Stepanowitsch, was ich meinerseits aufrichtig wünsche, um so mehr, da ich Ihnen bereits zu Dank verpflichtet bin, dann werden Sie vielleicht den Drang begreifen . . .«
»Oh, glauben Sie mir, ich wünsche es auch meinerseits«, murmelte Pjotr Stepanowitsch kurz.
»Sie werden dann den Drang begreifen, vermöge dessen

man in der Blindheit des Edelmutes auf einmal nach einem Menschen greift, der unser in keiner Beziehung wert ist, nach einem Menschen, der uns absolut nicht versteht und es fertigbringt, uns bei jeder Gelegenheit zu quälen. Und in einem solchen Menschen sieht man dann trotz alledem die Verkörperung eines Ideales, des eigenen Traumgebildes und setzt auf ihn all seine Hoffnungen; man beugt sich vor ihm, liebt ihn das ganze Leben lang, ohne im geringsten zu wissen, wofür – vielleicht ebendeswegen, weil er dieser Liebe nicht würdig ist . . . Oh, wie ich mein ganzes Leben lang gelitten habe, Pjotr Stepanowitsch!«

Stepan Trofimowitsch wollte mit schmerzlicher Miene meinen Blick auffangen; aber ich wandte mich noch rechtzeitig ab.

». . . Und erst vor kurzem, erst vor kurzem – oh, wie habe ich mich gegen Nicolas vergangen! . . . Sie können es gar nicht glauben: Von allen Seiten haben sie mich gequält, alle, alle, meine Feinde, und elende Menschen, und meine Freunde; und die Freunde vielleicht noch mehr als die Feinde. Als ich den ersten verächtlichen anonymen Brief erhielt, Pjotr Stepanowitsch, da ließ ich es (Sie werden es nicht glauben) an der gebührenden Verachtung als Antwort auf diese ganze Schändlichkeit fehlen . . . Niemals, niemals werde ich mir meinen Kleinmut verzeihen!«

»Ich habe schon ein wenig von den hiesigen anonymen Briefen gehört«, bemerkte Pjotr Stepanowitsch, der nun auf einmal wieder lebhaft wurde, »und ich werde den Schreiber derselben schon ausfindig machen; seien Sie unbesorgt!«

»Aber Sie können sich gar nicht vorstellen, was hier für Intrigen begonnen haben! Sogar unsere arme Praskowja Iwanowna hat man gequält; und warum sie eigentlich, warum sie? Ich habe mich vielleicht dir gegenüber heute arg vergangen, meine liebe Praskowja Iwanowna«, fügte sie in einem Anfalle von hochherziger Rührung, aber nicht ohne eine gewisse triumphierende Ironie hinzu.

»Lassen Sie es gut sein, meine Liebe!« murmelte jene mißvergnügt. »Meiner Ansicht nach sollte man nun der ganzen Sache ein Ende machen; es ist schon zuviel darüber geredet worden . . .«

Sie ließ wieder einen schüchternen Blick zu Lisa hinüberschweifen; aber diese sah nach Pjotr Stepanowitsch hin.

»Aber dieses arme, unglückliche Wesen, diese Irrsinnige, die alles verloren und sich nur ihr Herz bewahrt hat, die beabsichtige ich jetzt selbst an Kindes Statt anzunehmen!« rief Warwara Petrowna plötzlich. »Das ist eine heilige Pflicht, die ich gewissenhaft zu erfüllen beabsichtige. Von diesem Tage an nehme ich sie unter meinen Schutz!«

»Und das wird in gewisser Hinsicht sogar sehr gut sein!« sagte Pjotr Stepanowitsch mit großer Lebhaftigkeit. »Entschuldigen Sie, ich war vorhin mit dem, was ich sagen wollte, nicht zu Ende gekommen. Ich wollte gerade noch über die Notwendigkeit eines Schutzes reden. Können Sie sich das vorstellen, daß damals nach Nikolai Wsewolodowitschs Abreise (ich fange genau an der Stelle wieder an, wo ich stehen blieb, Warwara Petrowna) dieser Herr, eben dieser Herr Lebjadkin hier, sich sofort für berechtigt hielt, über die seiner Schwester ausgesetzte Pension restlos zu verfügen? Und er verfügte darüber. Ich weiß nicht genau, welche Einrichtungen Nikolai Wsewolodowitsch damals getroffen hatte; aber als er nach einem Jahre (er befand sich zu dieser Zeit schon im Auslande) das Vorgefallene erfuhr, sah er sich genötigt, diese Einrichtungen abzuändern. Die Einzelheiten darüber sind mir wieder nicht bekannt; er wird sie ja selbst erzählen; ich weiß nur, daß die interessante Person in einem fernen Kloster untergebracht wurde, sogar in recht komfortabler Weise, aber unter freundlicher Aufsicht – Sie verstehen? Und was meinen Sie, was Herr Lebjadkin nun unternahm? Er machte zunächst die größten Anstrengungen, um herauszubekommen, wo man seinen Pachtacker, das heißt seine Schwester, vor ihm versteckt hatte; erst vor kurzem erreichte er seinen Zweck, nahm sie aus dem Kloster heraus, indem er eine Art von Recht auf sie geltend machte, und brachte sie geradeswegs hierher. Hier gibt er ihr nichts zu essen, schlägt sie, tyrannisiert sie, erhält schließlich auf irgendwelchem Wege von Nikolai Wsewolodowitsch eine beträchtliche Geldsumme und fängt sogleich an zu trinken. Statt aber dankbar zu sein, benimmt er sich gegen Nikolai Wsewolodowitsch mit der unverschämtesten Dreistigkeit, stellt ihm sinnlose Forderungen und droht, wenn die Pension künftig nicht zu seinen eigenen Händen bezahlt werde, mit dem Gerichte. Auf diese Weise faßt er Nikolai Wsewolodowitschs freiwillige Gabe als einen schuldigen Tribut auf – können Sie sich das vorstellen? Herr Lebjadkin, ist alles, was ich soeben gesagt habe, wahr?«

Der Hauptmann, der bisher schweigend und mit niedergeschlagenen Augen dagestanden hatte, trat schnell zwei Schritte vor und wurde dunkelrot.

»Pjotr Stepanowitsch, Sie sind grausam mit mir verfahren«, sagte er und stockte dann.

»Wieso grausam? Warum? Aber erlauben Sie, über Grausamkeit oder Milde können wir nachher reden; jetzt bitte ich Sie nur, auf meine erste Frage zu antworten: Ist alles, was ich gesagt habe, wahr oder nicht? Wenn Sie finden, daß es unwahr ist, so können Sie unverzüglich Ihre Gegenerklärung abgeben.«

»Ich . . . Sie wissen selbst, Pjotr Stepanowitsch . . .« murmelte der Hauptmann; dann brach er ab und verstummte.

Ich muß bemerken, daß Pjotr Stepanowitsch auf einem Lehnstuhl saß und ein Bein über das andere geschlagen hatte, der Hauptmann aber in respektvollster Haltung vor ihm stand.

Herrn Lebjadkins Zaudern schien Pjotr Stepanowitschs großes Mißfallen zu erregen; sein Gesicht verzog sich krampfartig zu einem bösen Ausdruck.

»Wollen Sie nicht doch eine Erklärung abgeben?« fragte er, den Hauptmann listig anblickend. »In diesem Falle seien Sie so gut; wir warten darauf.«

»Sie wissen selbst, Pjotr Stepanowitsch, daß ich keine Erklärung abgeben kann.«

»Nein, das weiß ich nicht; ich höre es sogar zum ersten Male; warum können Sie es denn nicht?«

Der Hauptmann schwieg und blickte zu Boden.

»Erlauben Sie mir, wegzugehen, Pjotr Stepanowitsch«, sagte er in entschlossenem Tone.
»Aber nicht eher, ehe Sie nicht eine Antwort auf meine erste Frage gegeben haben: Ist alles, was ich gesagt habe, wahr?«
»Ja, es ist wahr«, antwortete Lebjadkin dumpf und richtete die Augen auf seinen Peiniger.
Es trat ihm sogar der Schweiß an den Schläfen heraus.
»Ist alles wahr?«
»Ja, alles.«
»Haben Sie nichts hinzuzufügen, zu bemerken? Wenn Sie finden, daß wir ungerecht sind, so sprechen Sie das aus; protestieren Sie dagegen; erklären Sie laut Ihre Unzufriedenheit.«
»Nein, ich habe nichts.«
»Haben Sie vor kurzem Nikolai Wsewolodowitsch gedroht?«
»Das . . . das war mehr der Wein, Pjotr Stepanowitsch.« Er hob auf einmal den Kopf in die Höhe. »Pjotr Stepanowitsch! Wenn die Ehre der Familie und eine Schande, die das Herz nicht verdient hat, in einem aufheulen, ist dann . . . ist dann wirklich der Mensch schuldig?« brüllte er, indem er sich plötzlich wieder in der Art wie vor einem Weilchen vergaß.
»Sind Sie jetzt nüchtern, Herr Lebjadkin?« fragte Pjotr Stepanowitsch und sah ihn durchdringend an.
»Ich . . . bin nüchtern.«
»Was bedeutet denn das: ›die Ehre der Familie und eine Schande, die das Herz nicht verdient hat‹?«
»Das bezieht sich auf niemand; ich habe damit niemand gemeint. Ich sprach nur von mir . . .« versetzte der Hauptmann, der wieder zusammensank.
»Sie scheinen sich durch die Ausdrücke, die ich von Ihnen und Ihrem Benehmen gebraucht habe, sehr beleidigt zu fühlen? Sie sind sehr empfindlich, Herr Lebjadkin. Aber erlauben Sie, ich habe ja noch gar nichts von Ihrem wirklichen Benehmen gesagt. Von Ihrem wirklichen Benehmen werde ich noch reden. Das werde ich tun, das kann sehr

wohl noch geschehen; aber bis jetzt habe ich von Ihrem wirklichen Benehmen noch nicht gesprochen.«

Lebjadkin fing an zu zittern und starrte Pjotr Stepanowitsch wild an.

»Pjotr Stepanowitsch, ich fange erst jetzt an aufzuwachen!«

»Hm! Und da bin ich es wohl, der Sie aufgeweckt hat?«

»Ja, Sie haben mich aufgeweckt, Pjotr Stepanowitsch; ich habe vier Jahre lang unter einer über mir hängenden Gewitterwolke geschlafen. Darf ich mich nun endlich entfernen, Pjotr Stepanowitsch?«

»Das dürfen Sie jetzt, vorausgesetzt, daß nicht Warwara Petrowna selbst für nötig findet . . .«

Aber diese winkte ablehnend mit der Hand.

Der Hauptmann verbeugte sich, machte zwei Schritte nach der Tür zu, blieb plötzlich stehen, legte die Hand aufs Herz, schien etwas sagen zu wollen, sagte aber nichts, sondern ging schnell hinaus. Aber in der Tür stieß er gerade mit Nikolai Wsewolodowitsch zusammen; dieser trat zur Seite; der Hauptmann krümmte sich ordentlich vor ihm zusammen und blieb regungslos auf dem Flecke stehen, ohne seine Augen von ihm abzuwenden, wie ein Kaninchen eine Riesenschlange anstarrt. Nikolai Wsewolodowitsch wartete einen Augenblick; dann schob er ihn sacht mit der Hand zur Seite und trat in den Salon.

## VII

Er war heiter und ruhig. Vielleicht war ihm soeben etwas sehr Gutes begegnet, das uns noch unbekannt war; jedenfalls schien er mit etwas sehr zufrieden zu sein.

»Verzeihst du mir, Nicolas?« rief Warwara Petrowna, die sich nicht mehr beherrschen konnte, und erhob sich eilig, um ihm entgegenzugehen.

Aber Nicolas lachte laut auf.

»Na, da haben wir's!« rief er gutmütig und scherzhaft. »Ich sehe, daß den Herrschaften schon alles bekannt ist. Als ich von hier weggegangen war, dachte ich im Wagen: ›Hättest doch wenigstens ein Geschichtchen erzählen sollen; wer geht auch so weg?‹ Aber als mir dann einfiel, daß ja Pjotr Stepanowitsch hiergeblieben war, da verschwand meine Sorge.«

Während er sprach, sah er sich flüchtig ringsum.

»Pjotr Stepanowitsch hat uns eine alte Petersburger Geschichte aus dem Leben eines wunderlichen Kauzes erzählt«, sagte Warwara Petrowna in hellem Entzücken, »aus dem Leben eines launenhaften, verdrehten Menschen, der aber immer eine hohe Gesinnung hegt, immer ritterlich und edel denkt . . .«

»Ritterlich? Wie sind Sie nur auf den Gedanken gekommen?« unterbrach Nicolas sie lachend. »Übrigens bin ich Pjotr Stepanowitsch diesmal für seine Eilfertigkeit sehr dankbar« (hier wechselte er mit ihm einen schnellen Blick). »Sie müssen wissen, Mama, daß Pjotr Stepanowitsch der allgemeine Friedensstifter ist; das ist nun einmal seine Rolle, seine Krankheit, sein Steckenpferd, und ich empfehle ihn Ihnen in dieser Hinsicht angelegentlich. Ich kann mir denken, worüber er Ihnen hier Bericht erstattet hat. Wenn er erzählt, kommt es immer wie eine Berichterstattung heraus; er hat ein Büro im Kopfe. Beachten Sie, daß er als Realist nicht lügen darf und ihm die Wahrheit wertvoller ist als der Erfolg . . . ausgenommen natürlich die besonderen Fälle, wo ihm der Erfolg wertvoller ist als die Wahrheit.« (Während des Redens blickte er fortwährend um sich.) »Sie sehen also klar, Mama, daß Sie mich nicht um Verzeihung zu bitten haben und daß, wenn hier irgendwo eine Verrücktheit vorliegt, sie jedenfalls vor allen Dingen auf meiner Seite zu suchen ist und daß ich somit letzten Endes doch verrückt bin – ich muß doch den Ruf, in dem ich hier früher gestanden habe, aufrechterhalten.«

Dann umarmte er seine Mutter zärtlich.

»Jedenfalls ist jetzt durch Pjotr Stepanowitschs Erzählung diese Sache erledigt, und wir können also damit aufhören«, fügte er hinzu; seine Stimme hatte bei diesen Worten einen etwas trockenen, harten Klang.

Warwara Petrowna bemerkte diesen Klang; aber ihr Enthusiasmus verschwand nicht, im Gegenteil.
»Ich hatte dich erst in einem Monat erwartet, Nicolas.«
»Ich werde Ihnen natürlich alles erklären, Mama; aber jetzt . . .«
Er ging zu Praskowja Iwanowna.
Aber diese drehte kaum den Kopf zu ihm hin, trotzdem sie eine halbe Stunde vorher bei seinem ersten Erscheinen wie betäubt gewesen war. Jetzt aber hatte sie wieder neue Sorgen: Von dem Augenblicke an, wo der Hauptmann hinausgegangen und in der Tür mit Nikolai Wsewolodowitsch zusammengestoßen war, hatte Lisa auf einmal angefangen zu lachen, zuerst leise und in Absätzen, aber dann hatte ihr Lachen immer mehr zugenommen und war immer lauter und vernehmlicher geworden. Ihr Gesicht war ganz rot. Der Kontrast mit der finsteren Miene, die sie soeben noch gezeigt hatte, war überraschend. Während Nikolai Wsewolodowitsch mit Warwara Petrowna sprach, hatte sie ein paarmal Mawriki Nikolajewitsch zu sich herangewinkt, wie wenn sie ihm etwas zuflüstern wollte; aber sowie er sich zu ihr herabgebeugt hatte, war sie in ein Gelächter ausgebrochen, so daß es aussah, als ob sie über den armen Mawriki Nikolajewitsch selbst lachte. Sie suchte sich übrigens offenbar zu beherrschen und drückte das Taschentuch gegen die Lippen. Nikolai Wsewolodowitsch wandte sich mit dem unschuldigsten, gutmütigsten Gesichte zu ihr und begrüßte sie.
»Bitte, entschuldigen Sie!« sagte sie hastig. »Sie . . . Sie haben gewiß auch Mawriki Nikolajewitsch gesehen . . . Mein Gott, wie unerlaubt groß Sie doch sind, Mawriki Nikolajewitsch!«
Sie lachte von neuem. Mawriki Nikolajewitsch war allerdings nicht klein, aber ganz und gar nicht »unerlaubt groß«.
»Sind Sie . . . sind Sie schon lange hier?« murmelte sie; sie beherrschte sich wieder und war sogar verlegen geworden, aber ihre Augen funkelten.
»Etwas über zwei Stunden«, antwortete Nicolas, indem er

sie aufmerksam betrachtete. Ich bemerke, daß er sich ungewöhnlich gemessen und höflich benahm, aber, von der Höflichkeit abgesehen, einen ganz gleichmütigen, sogar matten Gesichtsausdruck zeigte.

»Wo werden Sie denn wohnen?«

»Hier.«

Warwara Petrowna richtete ihre Aufmerksamkeit ebenfalls auf Lisa; aber plötzlich machte ein Gedanke, der ihr kam, sie stutzig.

»Wo bist du denn bis jetzt diese ganzen zwei Stunden und mehr gewesen, Nicolas?« fragte sie herantretend.

»Der Zug kommt doch um zehn Uhr an.«

»Ich habe zuerst Pjotr Stepanowitsch zu Kirillow gebracht. Pjotr Stepanowitsch hatte ich in Matwejewo« (drei Stationen von unserer Stadt entfernt) »getroffen, und wir waren dann in demselben Abteil hierher gefahren.«

»Ich hatte vom Morgengrauen an in Matwejewo warten müssen«, fiel Pjotr Stepanowitsch ein. »Bei unserm Zuge waren in der Nacht die hintersten Waggons aus den Schienen gesprungen; wir hätten uns dabei die Beine brechen können.«

»Die Beine brechen!« rief Lisa. »Mama, Mama, und wir beide, Sie und ich, wollten in der vorigen Woche nach Matwejewo fahren; da hätten wir uns auch die Beine brechen können!«

»Um Gottes willen!« rief Praskowja Iwanowna und bekreuzte sich.

»Mama, Mama, liebe Mama, erschrecken Sie nicht, wenn ich wirklich einmal beide Beine breche; das kann mir sehr leicht passieren; Sie sagen ja selbst, daß ich alle Tage einen halsbrecherischen Galopp reite. Mawriki Nikolajewitsch, werden Sie mich führen, wenn ich lahm bin?« Sie lachte wieder. »Wenn das passiert, werde ich mich von niemand als von Ihnen führen lassen; darauf können Sie sich sicher verlassen. Ich nehme an, daß ich nur ein Bein breche . . . Nun, seien Sie doch liebenswürdig und sagen Sie, daß Sie das für ein Glück halten werden!«

»Was soll das für ein Glück sein, wenn man nur ein Bein

hat?« erwiderte Mawriki Nikolajewitsch ernst mit finsterem Gesichte.

»Dafür werden Sie auch mein Führer sein, Sie allein, sonst niemand!«

»Sie werden auch dann meine Führerin sein, Lisaweta Nikolajewna«, brummte Mawriki Nikolajewitsch noch ernster.

»O Gott, jetzt hat er einen Witz machen wollen!« rief Lisa ordentlich erschrocken. »Mawriki Nikolajewitsch, wagen Sie sich nie auf dieses Gebiet! Aber was sind Sie für ein schrecklicher Egoist! Ich bin zu Ihrer Ehre davon überzeugt, daß Sie sich jetzt selbst verleumden; Sie werden mir dann vielmehr vom Morgen bis zum Abend versichern, daß ich ohne das Bein noch interessanter sei! Nur eines ist ein Übelstand, der sich nicht wird beseitigen lassen: Sie sind so schrecklich groß, und ich werde ohne das Bein sehr klein sein; wie werden Sie mich dann am Arm führen? Wir werden nicht richtig zusammenpassen!«

Sie lachte krampfhaft auf. Ihre Scherze und Anspielungen waren geringwertig gewesen; aber es lag ihr augenscheinlich nicht daran, Ehre damit einzulegen.

»Hysterie!« flüsterte Pjotr Stepanowitsch mir zu. »Man müßte ihr schnell ein Glas Wasser geben.«

Er hatte recht; einen Augenblick darauf waren alle in eifriger Bewegung und brachten Wasser. Lisa umarmte ihre Mama, küßte sie herzlich und weinte an ihrer Schulter; dann wich sie wieder ein wenig zurück, blickte ihr ins Gesicht und fing an zu lachen. Schließlich schluchzte auch die Mama los. Warwara Petrowna führte beide zu sich in die Wohnstube, und zwar durch dieselbe Tür, durch welche Darja Pawlowna zu uns hereingekommen war. Aber sie blieben dort nicht lange, nur etwa vier Minuten, nicht mehr.

Ich gebe mir Mühe, mich jetzt an jede Einzelheit der letzten Augenblicke dieses denkwürdigen Vormittags zu erinnern. Ich erinnere mich, daß, als wir damals allein geblieben waren, ohne die Damen (nur Darja Pawlowna war noch anwesend, die sich nicht vom Fleck rührte), Nikolai Wsewolodowitsch bei uns allen herumging und jeden begrüßte, mit Ausnahme Schatows, der in seiner Ecke zu sitzen fortfuhr und den Kopf noch tiefer gesenkt hielt als vorher. Stepan Trofimowitsch wollte mit Nikolai Wsewolodowitsch über irgendeinen Gegenstand ein sehr geistreiches Gespräch anfangen; dieser entfernte sich jedoch eilig von ihm, um zu Darja Pawlowna zu gehen. Aber unterwegs faßte ihn Pjotr Stepanowitsch beinah mit Gewalt und zog ihn ans Fenster, wo er ihm schnell etwas zuzuflüstern anfing; nach seinem Gesichtsausdrucke und den Gestikulationen zu urteilen, mit denen er sein Geflüster begleitete, mußte es sich wohl um etwas sehr Wichtiges handeln. Nikolai Wsewolodowitsch aber hörte nur sehr lässig und zerstreut mit seinem förmlichen Lächeln zu, und gegen das Ende bekundete er sogar Ungeduld, wie wenn er sich losmachen und fortgehen wollte. Er ging vom Fenster gerade in dem Augenblicke weg, als unsere Damen zurückkehrten. Warwara Petrowna drang in Lisa, sich wieder auf ihren früheren Platz zu setzen; sie versicherte, sie müßten unbedingt wenigstens noch zehn Minuten warten und sich erholen; wenn Lisa sofort an die frische Luft käme, so würde das ihren kranken Nerven schwerlich gut tun. Sie war außerordentlich besorgt um Lisa und setzte sich selbst neben sie. Pjotr Stepanowitsch kam, sobald er frei geworden war, unverzüglich zu ihnen gesprungen und begann schnell und heiter zu plaudern. Und nun ging Nikolai Wsewolodowitsch endlich in seinem ruhigen Gange zu Darja Pawlowna hin; diese geriet bei seiner Annäherung auf ihrem Platze in lebhafte Bewegung und sprang dann in sichtlicher Erregung und das ganze Gesicht von roter Glut übergossen schnell auf.

»Man kann Ihnen wohl Glück wünschen ... oder noch nicht?« fragte er; in seinem Gesichte bildete sich dabei eine besondere Falte.

Dascha antwortete ihm etwas; aber es war schwer zu verstehen.

»Verzeihen Sie meine Indiskretion«, sagte er mit erhobener Stimme. »Aber Sie wissen ja wohl, daß ich ausdrücklich davon benachrichtigt worden bin. Ist Ihnen das bekannt?«

»Ja, ich weiß, daß Sie ausdrücklich benachrichtigt worden sind.«

»Ich hoffe doch, daß mein Glückwunsch keinen Schaden angerichtet hat«, meinte er lachend, »und wenn Stepan Trofimowitsch . . .«

»Wozu wird Ihnen Glück gewünscht, wozu?« fragte Pjotr Stepanowitsch, der plötzlich hinzusprang. »Wozu wird Ihnen Glück gewünscht? Ei, gewiß zu dem wichtigsten Ereignis, das es gibt? Ihre Röte bezeugt, daß ich richtig geraten habe. In der Tat, wozu gratuliert man unseren schönen jungen Damen am meisten, und über welche Gratulationen pflegen sie am meisten zu erröten? Nun, nehmen Sie auch von mir, wenn ich richtig geraten habe, den besten Glückwunsch entgegen, und bezahlen Sie Ihre Wette: Sie erinnern sich, Sie haben in der Schweiz gewettet, Sie würden sich nie verheiraten . . . Ach ja, apropos Schweiz . . . was mache ich nur! Denken Sie sich: Ich bin halb und halb gerade deswegen hergefahren, und nun hätte ich es beinah vergessen: Sage mir doch«, wandte er sich schnell zu Stepan Trofimowitsch um, »wann fährst du denn nach der Schweiz?«

»Ich . . . nach der Schweiz?« erwiderte Stepan Trofimowitsch erstaunt und verlegen.

»Wie? Fährst du etwa nicht hin? Aber du verheiratest dich ja ebenfalls . . . Du hast es mir ja geschrieben!«

»Pierre!« rief Stepan Trofimowitsch.

»Ach was, Pierre . . . Sieh mal, wenn du das gern hörst, so will ich dir sagen: Ich bin hierher geflogen, um dir mitzuteilen, daß ich nicht das geringste dagegen habe, da du doch nun einmal durchaus gewünscht hast, meine Meinung so schnell wie möglich zu hören; wenn es aber notwendig ist, dich zu ›retten‹« (die Worte rieselten ihm nur so aus dem Munde), »wie du gleichzeitig in demselben Briefe schreibst und inständig bittest, so stehe ich auch darin zu deinen Diensten. Ist es wahr, daß er sich verheiraten wird, Warwara Petrowna?« wandte er sich schnell an diese. »Ich hoffe, daß ich nicht indiskret bin; er schreibt mir ja selbst, die ganze

Stadt wisse es und gratuliere ihm, so daß er, um dem aus dem Wege zu gehen, nur bei Nacht ausgehe. Ich habe den Brief in der Tasche.« Er zog ihn heraus. »Aber können Sie es glauben, Warwara Petrowna, daß ich in dem Briefe nichts begreife? Sage mir nur das eine, Stepan Trofimowitsch: Soll man dir Glück wünschen oder dich ›retten‹? Sie werden es gar nicht glauben: Neben Zeilen voll der höchsten Glückseligkeit stehen bei ihm Zeilen voll der ärgsten Verzweiflung! Zuerst bittet er mich um Verzeihung; nun, das liegt ja allerdings so in seiner Art ... Übrigens, ich muß sagen: Denken Sie sich, er hat mich im Leben nur zweimal gesehen, und auch da nur zufällig, und jetzt auf einmal, wo er sich zum dritten Male verheiraten will, bildet er sich ein, er verletze dadurch mir gegenüber irgendwelche Vaterpflichten, und bittet mich inständig auf tausend Werst Entfernung, deswegen nicht böse zu sein und es ihm zu erlauben! Bitte, fühle dich nicht beleidigt, Stepan Trofimowitsch; deine Handlungsweise liegt im Charakter deiner Zeit; ich habe einen weiten Blick und verurteile nicht leicht jemanden, und deine Gesinnung macht dir ja auch alle Ehre usw. usw. Aber um es noch einmal zu sagen: Die Hauptsache ist, daß ich die Hauptsache nicht verstehe. Hier steht etwas von ›Sünden in der Schweiz‹. ›Ich heirate‹, schreibt er, ›wegen gewisser Sünden‹ oder ›um fremder Sünden willen‹ oder wie es sonst heißt; kurz: ›Sünden‹ kommen ein paarmal vor. ›Das Mädchen‹, sagt er, ›ist eine Perle, ein Diamant‹; na, und natürlich ist er ›ihrer unwürdig‹ – das ist so sein Stil; aber wegen gewisser dortiger Sünden und Umstände sei er ›genötigt zu heiraten und nach der Schweiz zu fahren‹; darum ›laß alles stehn und liegen und eile herbei, um mich zu retten!‹ Verstehen Sie davon etwas? Übrigens ... übrigens sehe ich an dem Ausdruck der Gesichter« (er drehte sich mit dem Briefe in der Hand herum und betrachtete mit unschuldigem Lächeln alle Gesichter), »daß ich nach meiner Gewohnheit wohl wieder irgendeinen Bock geschossen habe, infolge meiner dummen Offenherzigkeit oder, wie Nikolai Wsewolodowitsch es nennt, Übereilung. Aber ich dachte, wir wären hier lauter gute Freunde, das heißt, es wären alles deine guten Freunde, Stepan Trofimowitsch, deine guten Freunde; denn ich bin tatsächlich ein Fremder und sehe . . . und sehe, daß alle etwas wissen und gerade ich nichts weiß.«

Er fuhr fort, seinen Blick umhergehen zu lassen.

»Hat Ihnen Stepan Trofimowitsch das geschrieben, daß er fremde, in der Schweiz begangene Sünden heirate, und daß Sie hereilen möchten, um ihn zu retten, mit diesen selben Ausdrücken?« fragte auf einmal Warwara Petrowna, die herangetreten war. Sie sah ganz gelb aus; ihre Gesichtszüge hatten sich verzerrt; ihre Lippen zuckten.

»Das heißt . . . sehen Sie . . . wenn ich da etwas nicht verstanden habe«, erwiderte Pjotr Stepanowitsch anscheinend sehr erschrocken und noch hastiger als zuvor, »so ist natürlich er daran schuld, weil er so schreibt. Da ist der Brief. Wissen Sie, Warwara Petrowna, er hat mir endlos lange Briefe geschrieben, und ohne Aufhören, in den letzten zwei, drei Monaten immer Brief auf Brief, und ich muß gestehen, ich habe sie zuletzt manchmal nicht bis zu Ende durchgelesen. Nimm mir mein dummes Bekenntnis nicht übel, Stepan Trofimowitsch; aber du mußt ja selbst zugeben, daß du die Briefe zwar an mich adressiert, aber doch mehr für die Nachwelt geschrieben hast; also kann es dir ja ganz gleich sein, ob ich sie vollständig gelesen habe . . . Nun, nun, sei nicht böse: du und ich, wir sind ja doch gute Freunde! Aber diesen Brief, Warwara Petrowna, diesen Brief habe ich bis zu Ende gelesen. Diese ›Sünden‹, diese ›fremden Sünden‹, das sind gewiß irgendwelche kleinen Sünden, die wir selbst begangen haben, und ich möchte darauf wetten: Sünden allerunschuldigster Art; aber wir haben auf einmal den Einfall gehabt, daraus eine furchtbare Geschichte mit hochedlem Anstrich zu machen; und eben wegen des hochedlen Anstrichs haben wir diesen Einfall auch ausgeführt. Und hier (bitte, sehen Sie!) will bei uns im Rechnungswesen etwas nicht stimmen; das müssen wir schließlich eingestehen. Wissen Sie, wir haben so eine kleine Passion für das Kartenspiel . . . aber was ich da sage, ist ungehörig, ganz ungehörig; Pardon; ich bin zu schwatzhaft; aber weiß Gott,

Warwara Petrowna, er hat mir einen Schreck eingejagt, und ich habe mich wirklich darauf vorbereitet, ihn nach Kräften zu ›retten‹. Schließlich schäme ich mich auch selbst. Wie? Setze ich ihm denn etwa das Messer an die Kehle? Bin ich denn ein unerbittlicher Gläubiger? Er schreibt hier etwas von einer Mitgift ... Übrigens, wirst du dich denn nun wirklich verheiraten, Stepan Trofimowitsch? Die Sache wird ja wohl zustande kommen; wir machen ja hier viel Gerede, aber doch mehr wegen der Ausdrucksweise ... Ach, Warwara Petrowna, ich fürchte, daß Sie mir jetzt zürnen, und namentlich wegen dessen, was ich über die Ausdrucksweise gesagt habe ...«

»Im Gegenteil, im Gegenteil; ich sehe, daß Sie die Geduld verloren haben; und gewiß haben Sie dazu Ihre Gründe gehabt«, erwiderte Warwara Petrowna boshaft.

Sie hatte mit boshaftem Genusse das ganze »wahrheitsgemäße« Wortgeriesel Pjotr Stepanowitschs angehört, der offenbar eine Rolle spielte (was für eine, das wußte ich damals nicht; aber daß es eine Rolle war, unterlag keinem Zweifel; er spielte sie sogar ziemlich plump).

»Im Gegenteil«, fuhr sie fort, »ich bin Ihnen sehr dankbar dafür, daß Sie gesprochen haben; ohne Sie hätte ich das alles nicht erfahren. Zum erstenmal seit zwanzig Jahren öffne ich die Augen. Nikolai Wsewolodowitsch, Sie sagten vorhin, auch Sie seien ausdrücklich benachrichtigt worden: Hat Stepan Trofimowitsch auch an Sie in demselben Sinne geschrieben?«

»Ich habe von ihm einen sehr unschuldigen und ... und ... sehr edlen Brief erhalten ...«

»Sie sind verlegen, Sie suchen nach Worten ... das genügt! Stepan Trofimowitsch, ich erwarte von Ihnen eine außerordentliche Gefälligkeit«, wandte sie sich plötzlich mit funkelnden Augen an ihn. »Haben Sie die Güte, uns jetzt sofort zu verlassen und in Zukunft nie mehr über die Schwelle meines Hauses zu kommen!«

Ich bitte den Leser, sich an Warwara Petrownas vorherige starke Aufregung zu erinnern, die auch jetzt noch nicht vorüber war. Allerdings war Stepan Trofimowitsch wirklich

schuldig! Was mich aber damals am meisten in Erstaunen versetzte, das war die bewundernswerte Würde, mit der er sowohl die »Entlarvung« durch Pjotr, ohne ein Wort dazwischen zu werfen, als auch die »Verfluchung« durch Warwara Petrowna über sich ergehen ließ. Woher nahm er soviel Mut? Ich hatte nur das eine bemerkt, daß er vorher bei der ersten Begegnung mit Pjotr und namentlich bei der Umarmung sich unzweifelhaft tief beleidigt gefühlt hatte. Das war, wenigstens in seinen Augen, ein tiefes, echtes Herzensleid. Er hatte in diesem Augenblicke auch noch ein anderes Leid, nämlich das schmerzliche eigene Bewußtsein, daß er eine gemeine Handlung begangen hatte; das hat er mir später selbst mit aller Offenheit gestanden. Nun aber ist ein echtes, unzweifelhaftes Leid imstande, sogar einen phänomenal leichtsinnigen Menschen manchmal gesetzt und standhaft zu machen, wenigstens auf kurze Zeit; ja, durch ein wirkliches, echtes Leid werden sogar Dummköpfe manchmal klug, natürlich ebenfalls nur für eine gewisse Zeit; das ist eben eine eigentümliche Wirkung des Leides. Wenn sich das aber so verhält, was konnte da mit einem solchen Menschen wie Stepan Trofimowitsch vorgehen? Eine vollständige Umwandlung – allerdings auch nur für eine gewisse Zeit.
Er verbeugte sich würdevoll vor Warwara Petrowna, ohne ein Wort zu sprechen; und in der Tat blieb ihm auch nichts anderes übrig. Er wollte auch schon in dieser Weise ganz weggehen; aber er konnte es doch nicht über sich gewinnen und trat zu Darja Pawlowna heran. Diese schien das geahnt zu haben; denn sie begann sofort ganz erschrocken selbst zu sprechen, als wenn sie sich beeilte, ihm zuvorzukommen.
»Bitte, Stepan Trofimowitsch, um Gottes willen, sagen Sie nichts!« sagte sie in fieberhafter Hast mit schmerzerfüllter Miene und streckte ihm eilig die Hand hin. »Seien Sie überzeugt, daß ich Sie immer in gleicher Weise hochachten werde . . . und verehren werde, und . . . denken Sie von mir ebenfalls gut, Stepan Trofimowitsch; das wird mir sehr, sehr viel wert sein . . .«
Stepan Trofimowitsch machte ihr eine tiefe, tiefe Verbeugung.

»Tu, was du willst, Darja Pawlowna; du weißt, daß du in dieser ganzen Sache völlige Freiheit hast! So ist es gewesen, so ist es jetzt, und so wird es auch in Zukunft sein«, sagte Warwara Petrowna mit großem Nachdruck.

»Ach! Nun begreife ich alles!« rief Pjotr Stepanowitsch und schlug sich vor die Stirn. »Aber . . . aber in was für eine Situation bin ich nun dadurch geraten? Darja Pawlowna, bitte, verzeihen Sie mir! . . . Was hast du mir da angerichtet?« wandte er sich an seinen Vater.

»Pierre, du könntest dich mir gegenüber anders ausdrücken; nicht wahr, mein Lieber?« sagte Stepan Trofimowitsch ganz ruhig.

»Schrei nicht so, ich bitte dich!« versetzte Pierre und bewegte abwehrend beide Hände. »Glaube mir, das kommt alles von deinen alten, kranken Nerven, und Schreien taugt dabei gar nichts. Sage mir lieber (denn du mußtest dir doch vorhersagen, daß ich gleich von vornherein davon zu reden anfangen würde): Warum hast du mich nicht vorher orientiert?«

Stepan Trofimowitsch sah ihn durchdringend an.

»Pierre, du, der so viel von den hiesigen Vorgängen weiß, du solltest wirklich von dieser Sache nichts gewußt, nichts gehört haben?«

»Wa-a-as? Na, du bist mir schön! Also nicht genug, daß ich ein altes Kind sein soll, ich soll auch noch ein böses Kind sein! Warwara Petrowna, haben Sie gehört, was er gesagt hat?«

Es erhob sich ein großer Lärm; aber da brach plötzlich ein Ereignis herein, das niemand hatte erwarten können.

## VIII

Vor allen Dingen muß ich erwähnen, daß in den letzten zwei, drei Minuten sich Lisaweta Nikolajewnas eine neue Unruhe bemächtigt hatte; sie flüsterte schnell mir ihrer Mama und mit Mawriki Nikolajewitsch, der sich zu ihr herabbeugte. Ihr Gesicht war erregt, drückte aber gleichzeitig eine große Entschlossenheit aus. Endlich stand sie von ihrem Platze auf; sie hatte es offenbar eilig, fortzufahren, und trieb auch ihre Mama zur Eile an, welcher Mawriki Nikolajewitsch beim Aufstehen aus dem Lehnstuhl behilflich war. Aber es war ihnen nicht beschieden, wegzufahren, ehe sie nicht alles bis zu Ende gesehen hatten.

Schatow, der, von allen vollständig vergessen, in seiner Ecke nicht weit von Lisaweta Nikolajewna saß und anscheinend selbst nicht wußte, warum er dasaß und nicht lieber fortging, stand plötzlich vom Stuhle auf, ging, ohne Eile, aber mit festem Schritte, durch das ganze Zimmer, zu Nikolai Wsewolodowitsch hin und sah ihm gerade ins Gesicht. Dieser hatte schon von weitem seine Annäherung wahrgenommen und ganz leise gelächelt; aber als Schatow dicht vor ihn hintrat, hörte er mit dem Lächeln auf.

Als Schatow schweigend vor ihm stehen blieb, ohne ein Auge von ihm abzuwenden, bemerkten dies plötzlich alle Anwesenden und verstummten, zuletzt von allen Pjotr Stepanowitsch; Lisa und ihre Mama blieben mitten im Zimmer stehen. So vergingen etwa fünf Sekunden; der Ausdruck dreister Verwunderung auf Nikolai Wsewolodowitschs Gesichte ging in den Ausdruck des Zornes über; er zog die Augenbrauen finster zusammen, und plötzlich . . .

Und plötzlich holte Schatow mit seinem langen, schweren Arme aus und schlug ihn aus aller Kraft auf die Backe. Nikolai Wsewolodowitsch taumelte stark auf der Stelle, wo er stand.

Schatow hatte aber auch auf eine besondere Weise geschlagen, ganz und gar nicht so, wie man nach herkömmlichem Brauche Ohrfeigen zu geben pflegt, wenn man sich so ausdrücken kann, nicht mit der flachen Hand, sondern mit der ganzen Faust, und seine Faust war groß, schwer, knochig, mit rötlichem Flaum bewachsen und mit Sommersprossen bedeckt. Wäre der Schlag auf die Nase gegangen, so hätte er die Nase zerschmettert. Aber er ging auf die Backe und traf den linken Mundwinkel und die Oberzähne, von wo denn auch sofort Blut floß.

Ich glaube, es erscholl ein momentaner Aufschrei; vielleicht hatte ihn Warwara Petrowna ausgestoßen; ich erinnere mich nicht daran, weil alle sogleich wieder starr standen. Übrigens dauerte die ganze Szene nicht länger als ungefähr zehn Sekunden.

Nichtsdestoweniger ereignete sich in diesen zehn Sekunden außerordentlich viel.

Ich erinnere den Leser wieder daran, daß Nikolai Wsewolodowitsch zu denjenigen Naturen gehörte, die keine Furcht kennen. Beim Duell konnte er vor der Pistole des Gegners kaltblütig dastehen, selbst zielen und mit einer tierisch zu nennenden Ruhe töten. Hätte ihn jemand auf die Backe geschlagen, so würde er, wie ich glaube, den Beleidiger nicht zum Duell gefordert, sondern gleich auf dem Fleck getötet haben; gerade das lag in seinem Wesen, und er würde ihn mit vollem Bewußtsein und keineswegs in sinnloser Erregung getötet haben. Es scheint mir sogar, daß er auch jene Zornesausbrüche nicht kannte, die den Menschen blind machen und der Überlegung berauben. Bei dem grenzenlosen Ingrimm, der sich seiner manchmal bemächtigte, vermochte er doch immer vollständige Selbstbeherrschung zu bewahren und somit auch es sich gegenwärtig zu erhalten, daß er für einen nicht im Duell begangenen Totschlag unfehlbar zur Zwangsarbeit nach Sibirien verschickt werden würde; aber trotzdem hätte er den Beleidiger totgeschlagen, und zwar ohne im geringsten zu zaudern.

Ich habe Nikolai Wsewolodowitsch in der ganzen letzten Zeit genau studiert und weiß infolge besonderer Umstände jetzt, wo ich dies schreibe, sehr viele Tatsachen über ihn. Ich möchte ihn mit einigen Herren aus dem vergangenen Zeitalter vergleichen, an welche sich bei uns noch jetzt gewisse legendenhafte Erinnerungen erhalten haben. Man erzählte zum Beispiel von dem Dekabristen L***n, er habe sein ganzes Leben lang die Gefahr absichtlich aufgesucht, sich an dem Gefühl der Gefahr berauscht und dieses Gefühl zu einem Bedürfnis seiner Natur gemacht; in seiner Jugend habe er sich oft ohne jeden Grund duelliert; in Sibirien sei er, nur mit einem Messer bewaffnet, auf den Bären losgegangen; er sei in den sibirischen Wäldern gern mit entlaufenen Sträflingen zusammengetroffen, die, nebenbei bemerkt, noch furchtbarer sind als der Bär. Unzweifelhaft waren diese legendenhaften Herren fähig, das Gefühl der Furcht zu empfinden, vielleicht sogar in hohem Grade; sonst wären sie weit ruhiger gewesen und hätten nicht das Gefühl der Gefahr zu einem Bedürfnisse ihrer Natur gemacht. Aber die in ihnen steckende Feigheit zu überwinden, das war es, was sie reizte. Die ununterbrochene Siegestrunkenheit und das Bewußtsein, keinen Stärkeren über sich zu haben, das hatte für sie eine große Anziehungskraft. Dieser L***n hatte schon vor seiner Verschickung eine Zeitlang mit dem Hunger gekämpft und sich sein Brot durch schwere Arbeit erworben, einzig und allein weil er sich den Forderungen seines reichen Vaters nicht fügen wollte, die er für ungerecht hielt. Also verstand er sich auf vielen Gebieten darauf, zu kämpfen und zu ringen; nicht nur dem Bären gegenüber und nicht nur in Duellen legte er Wert darauf, Festigkeit und Charakterstärke zu beweisen.

Aber seitdem sind viele Jahre vergangen, und bei der nervösen, abgequälten und zerspaltenen Natur der Menschen unserer Zeit kann jetzt überhaupt kein Bedürfnis nach jenen starken, vollen Empfindungen aufkommen, nach denen damals manche von ruhiger Tätigkeit nicht befriedigte Herren der guten alten Zeit so begierig waren. Nikolai Wsewolodowitsch hätte auf einen L***n vielleicht von oben herabgesehen und ihn wohl gar einen stets tapfer tuenden Feigling, ein Hähnchen genannt; allerdings würde er das nicht laut ausgesprochen haben. Er würde im Duell auf den Gegner geschossen haben und einem Bären entgegengetreten sein, wenn es nötig gewesen wäre, und im Walde sich eines Räubers erwehrt haben, alles ebenso erfolgreich und ebenso furchtlos wie L***n, aber ohne jede Lustempfindung, sondern lediglich infolge der unangenehmen Notwendigkeit, matt, träge, sogar gelangweilt. Was Bosheit anlangte, war er natürlich einem L***n und sogar einem Lermontow weit überlegen. Bosheit besaß Nikolai Wsewolodowitsch vielleicht mehr als diese beiden zusammen; aber diese Bosheit war eine kalte, ruhige und, wenn man sich so ausdrücken kann, eine vernünftige, also die abscheulichste und furchtbarste, die es nur geben kann. Ich wiederhole noch einmal: Ich hielt ihn damals und halte ihn noch jetzt (wo alles schon zu Ende ist) entschieden für einen Menschen, der, wenn er einen Schlag ins Gesicht oder eine ähnliche Beleidigung von gleicher Stärke empfangen hätte, seinen Gegner unverzüglich totgeschlagen haben würde, sofort, auf der Stelle und ohne Herausforderung zum Duell.

Und doch geschah im vorliegenden Falle etwas ganz anderes, etwas Seltsames.

Kaum hatte er sich wieder geradegerichtet, nachdem er sich infolge der erhaltenen Ohrfeige so schmählich beinah bis zur halben Höhe seines Wuchses zur Seite gebeugt hatte, und noch war, wie es mir vorkam, im Zimmer der gemeine und gewissermaßen feuchte Klang von dem Faustschlage ins Gesicht nicht verhallt, als er sofort Schatow mit beiden Händen an den Schultern faßte; aber unmittelbar darauf, fast in demselben Augenblicke, zog er auch seine beiden Arme wieder zurück und verschränkte sie hinter seinem Rücken. Er schwieg, blickte Schatow an und wurde bleich wie Leinwand. Aber sonderbar: Sein Blick war wie erloschen. Nach zehn Sekunden blickten seine Augen kalt und (ich bin überzeugt, daß ich nicht die Unwahrheit rede) ruhig. Er war nur furchtbar blaß. Natürlich weiß ich nicht, was in seinem Innern vorging; ich sah nur die Außenseite. Mir scheint, wenn es jemanden gäbe, der zum Beispiel eine rotglühende Eisenstange ergriffe und mit der Hand festhielte, um seine Standhaftigkeit zu erproben, und dann zehn Sekunden lang den entsetzlichen Schmerz zu überwinden suchte und ihn schließlich wirklich überwände, dann würde, glaube ich, dieser Mensch eine ähnliche Empfindung haben wie jetzt Nikolai Wsewolodowitsch in diesen zehn Sekunden.

Der erste von den beiden, der die Augen niederschlug, war Schatow, und offenbar, weil er sich gezwungen sah, sie niederzuschlagen. Dann drehte er sich langsam um und ging aus dem Zimmer, aber keineswegs mehr mit demselben Gange, mit dem er soeben an seinen Gegner herangetreten war. Er ging leise fort, zog in einer eigentümlich unbeholfenen Weise die Schultern von hinten in die Höhe, ließ den Kopf herunterhängen und schien etwas bei sich zu überlegen. Mir war, als ob er etwas vor sich hin flüsterte. Er ging vorsichtig bis an die Tür, ohne an etwas anzustoßen oder etwas umzuwerfen, und öffnete die Tür nur ein wenig, so daß er sich durch die Öffnung beinahe seitwärts hindurchschob. Während er hindurchschlüpfte, war der auf seinem Hinterkopfe aufragende Haarbüschel besonders auffällig. Dann erscholl, noch vor allen anderen Ausrufen, ein furchtbarer Schrei. Ich sah, wie Lisaweta Nikolajewna ihre Mama an der Schulter und Mawriki Nikolajewitsch bei der Hand faßte und zwei-, dreimal den Versuch machte, sie hinter sich her aus dem Zimmer zu ziehen, plötzlich aber aufschrie und der Länge nach ohnmächtig zu Boden stürzte. Bis heute noch ist es mir, als hörte ich, wie sie mit dem Hinterkopfe auf den Teppich aufschlug.

# ZWEITER TEIL

## ERSTES KAPITEL

### *Die Nacht*

I

Es vergingen acht Tage. Jetzt, wo alles vorüber ist und ich diese Geschichte niederschreibe, wissen wir bereits, wie alles zusammenhing; aber damals wußten wir noch nichts, und es war nur natürlich, daß uns manche Dinge sonderbar erschienen. Wir beide, Stepan Trofimowitsch und ich, zogen uns in der ersten Zeit ganz zurück und beobachteten angstvoll von weitem. Ich allerdings unternahm doch einige wenige Ausgänge und brachte ihm wie früher allerlei Nachrichten mit, ohne die er nun einmal nicht existieren konnte.

Es braucht nicht erst gesagt zu werden, daß in der Stadt die mannigfachsten Gerüchte im Umlauf waren: über die Ohrfeige, über Lisaweta Nikolajewnas Ohnmacht und über die übrigen Ereignisse jenes Sonntags. Aber eines setzte uns dabei in Erstaunen: Durch wen hatte dies alles mit solcher Schnelligkeit und mit solchen Einzelheiten in die Öffentlichkeit dringen können? Man hätte meinen sollen, keine der damals anwesenden Personen konnte ein Bedürfnis verspüren oder es für vorteilhaft halten, das Geheimnis des Vorgefallenen bekanntzugeben. Dienerschaft war nicht dabei gewesen; nur Lebjadkin hätte einiges ausplaudern können, nicht sowohl aus Bosheit (denn er war damals in größter Angst weggegangen, und durch die Furcht vor dem Feinde wird auch die Bosheit vernichtet, von der man gegen ihn erfüllt ist), sondern einzig und allein aus Schwatzhaftigkeit. Aber Lebjadkin war mitsamt seiner Schwester gleich am andern Tage spurlos verschwunden: Im Filippowschen

Hause war er nicht vorhanden; er war weggezogen, niemand wußte wohin; er war wie verschollen. Schatow, bei dem ich mich nach Marja Timofejewna erkundigen wollte, hatte sich eingeschlossen und saß, wie es schien, diese ganzen acht Tage in seiner Wohnung; er hatte sogar seine Beschäftigungen in der Stadt unterbrochen. Mich ließ er nicht zu sich herein. Ich ging am Dienstag hin und klopfte an die Tür. Ich erhielt keine Antwort; da ich aber aus untrüglichen Anzeichen davon überzeugt war, daß er zu Hause sei, so klopfte ich zum zweitenmal. Da sprang er anscheinend vom Bette auf, kam mit kräftigen Schritten zur Tür und rief mir aus voller Kehle zu: »Schatow ist nicht zu Hause.« Mit diesem Bescheide mußte ich wieder fortgehen.

Stepan Trofimowitsch und ich blieben schließlich bei einem bestimmten Gedanken stehen; allerdings schien uns diese Annahme gewagt, aber wir bestärkten uns gegenseitig darin: Wir gelangten nämlich zu der Überzeugung, der Urheber der umlaufenden Gerüchte könne niemand anders sein als Pjotr Stepanowitsch, obgleich er selbst einige Zeit nachher in einem Gespräche mit seinem Vater versicherte, er habe die Geschichte bereits in aller Leute Munde gefunden, namentlich auch im Klub; auch der Frau Gouverneur und ihrem Gatten sei sie schon bis auf die kleinsten Einzelheiten vollständig bekannt gewesen. Merkwürdig war aber auch noch dies: Gleich am nächsten Tage, Montag abend, traf ich Liputin, und er wußte bereits alles bis auf das letzte Wort, hatte es also offenbar aus erster Hand erfahren.

Viele Damen, auch solche, die den höchsten Kreisen angehörten, erkundigten sich neugierig nach der »rätselhaften Lahmen«, wie sie Marja Timofejewna nannten. Es fanden sich sogar einige, die sie durchaus selbst sehen und ihre Bekanntschaft machen wollten, so daß die Herren, die sich beeilt hatten, das Geschwisterpaar Lebjadkin unsichtbar zu machen, offenbar richtig verfahren waren. Aber im Vordergrunde stand doch Lisaweta Nikolajewnas Ohnmacht; dafür interessierte sich die ganze vornehme Gesellschaft, schon deswegen, weil die Sache Julija Michailowna als Lisaweta Nikolajewnas Verwandte und Patronin direkt anging. Und was wurde nicht alles zusammengeredet! Dem Gerede gab auch noch ein geheimnisvoller Umstand Nahrung: Beide Häuser waren fest verschlossen; Lisaweta Nikolajewna lag, wie man erzählte, an einem heftigen Nervenfieber krank; dasselbe wurde auch über Nikolai Wsewolodowitsch behauptet, mit widerwärtigen Einzelheiten über einen ihm angeblich ausgeschlagenen Zahn und über seine geschwollene Backe. In verschwiegenen Ecken sprach man sogar davon, es werde bei uns vielleicht ein Mord stattfinden; Stawrogin sei nicht der Mann, der eine solche Beleidigung hinnähme; er werde Schatow töten, aber insgeheim, wie bei der korsischen Blutrache. Dieser Gedanke gefiel vielen; aber die Mehrzahl unserer vornehmen jungen Männer hörte das alles mit Nichtachtung und mit einer Miene geringschätziger, natürlich erkünstelter, Gleichgültigkeit an. Überhaupt trat die alte Feindschaft unserer Gesellschaft gegen Nikolai Wsewolodowitsch wieder klar zutage. Sogar gesetzte Leute suchten ihm die Schuld zuzuschieben, obwohl sie nicht wußten, die Schuld woran. Flüsternd erzählte man sich, er habe Lisaweta Nikolajewna die Ehre geraubt und es habe zwischen ihnen in der Schweiz eine Intrige gespielt. Allerdings verhielten sich vorsichtige Leute dabei reserviert; aber doch hörten alle es mit Genuß an. Es gab auch noch andere Darstellungen, die aber nicht in der Öffentlichkeit, sondern nur im Privatverkehr, nur spärlich und beinah im Verborgenen geäußert wurden, äußerst seltsame Darstellungen, deren Vorhandensein ich nur im Hinblick auf die weiteren Ereignisse meiner Erzählung erwähne, um die Leser vorzubereiten. Manche sagten nämlich mit finster zusammengezogenen Augenbrauen und Gott weiß auf welcher Grundlage, Nikolai Wsewolodowitsch habe ein besonderes Geschäft in unserm Gouvernement; er sei durch den Grafen K*** mit hochgestellten Männern in Petersburg in Beziehung gekommen; er sei vielleicht sogar angestellt und von irgend jemand mit irgendwelchen Aufträgen betraut. Und als sehr gesetzte, besonnene Leute über dieses Gerücht lächelten und verständig bemerkten, daß ein Mensch, der fortwährend Skandalgeschichten veranlasse und sich bei uns mit einer geschwollenen Backe eingeführt habe, einem Beamten nicht sehr ähnlich sei, da erwiderte man ihnen flüsternd, er sei ja auch nicht offiziell angestellt, sondern sozusagen konfidentiell, und in einem solchen Falle erfordere der Dienst gerade, daß der Angestellte mit einem Beamten möglichst wenig Ähnlichkeit habe. Dieses Argument verfehlte seine Wirkung nicht; man wußte bei uns, daß die Regierung in der Hauptstadt unseren Landständen eine besondere Aufmerksamkeit zuwende. Ich wiederhole, daß diese Gerüchte nur flüchtig auftauchten und nach kurzer Zeit, bei Nikolai Wsewolodowitschs erstem Wiedererscheinen, spurlos wieder verschwanden; aber ich bemerke, daß die Ursache vieler Gerüchte einige kurze, aber boshafte Äußerungen waren, die der unlängst aus Petersburg zurückgekehrte Gardehauptmann a. D. Artemi Petrowitsch Gaganow in undeutlicher, wortkarger Manier im Klub hatte fallen lassen. Es war dies ein sehr großer Gutsbesitzer unseres Gouvernements und Kreises, ein Angehöriger der vornehmen Gesellschaft der Residenz und ein Sohn des verstorbenen Pjotr Pawlowitsch Gaganow, eben jenes hochangesehenen Klubvorstehers, mit welchem Nikolai Wsewolodowitsch vor mehr als vier Jahren das durch seine Unmanierlichkeit und Plötzlichkeit überraschende Rencontre gehabt hatte, das ich bereits oben, am Anfange meiner Erzählung, erwähnt habe.

Allen wurde es sogleich bekannt, daß Julija Michailowna bei Warwara Petrowna einen extraordinären Besuch hatte machen wollen, an der Haustür aber benachrichtigt worden war, die gnädige Frau könne wegen Unwohlseins niemanden empfangen. Ebenso, daß Julija Michailowna zwei Tage nach ihrem Besuche sich durch einen besonderen Boten nach Warwara Petrownas Befinden hatte erkundigen lassen. Schließlich begann sie sogar, Warwara Petrowna überall zu »beschützen«, natürlich nur im höchsten Sinne, das heißt in möglichst unbestimmter Weise. Alle die anfänglichen eilfertigen Anspielungen auf die Affäre vom Sonntage hörte sie mit strenger, kalter Miene an, so daß sie an den folgenden Tagen in ihrer Gegenwart nicht mehr erneuert wurden. Auf diese Weise befestigte sich überall die Vorstellung, daß Julija Michailowna nicht nur mit dieser ganzen geheimnisvollen Affäre, sondern auch mit ihrem ganzen geheimnisvollen Zusammenhange bis in die kleinsten Einzelheiten bekannt sei und nicht die Stellung einer Fernstehenden, sondern einer Teilnehmerin einnehme. Ich bemerke bei dieser Gelegenheit, daß sie bereits anfing, bei uns allmählich jenen hohen Einfluß zu gewinnen, nach dem unzweifelhaft ihr ganzes Sinnen und Streben ging, und sich als den »anerkannten Mittelpunkt« zu betrachten. Ein Teil der Gesellschaft sprach ihr praktischen Verstand und gesundes Taktgefühl zu . . . aber davon später. Ihre Gönnerschaft war es auch, durch die sich zum Teil Pjotr Stepanowitschs sehr schnelle Erfolge in unserer Gesellschaft erklärten, Erfolge, über die damals Stepan Trofimowitsch besonders erstaunt war.

Vielleicht überschätzten aber er und ich diese Einwirkung. Erstens hatte Pjotr Stepanowitsch sich fast augenblicklich, gleich in den ersten vier Tagen nach seiner Ankunft, mit der ganzen Stadt bekannt gemacht. Angekommen war er am Sonntag, und am Dienstag sah ich ihn schon in der Equipage mit Artemi Petrowitsch Gaganow zusammen, einem trotz seiner weltmännischen Gewandtheit stolzen, empfindlichen, hochmütigen Menschen, mit dem wegen dieser Charaktereigenschaften schwer umzugehen war. Bei dem Gouverneur fand Pjotr Stepanowitsch ebenfalls eine sehr gute Aufnahme, dergestalt, daß er sofort in die Stellung eines nahen jugendlichen Freundes, ja eines Günstlings einrückte; er speiste bei Julija Michailowna fast täglich zu Mittag. Er war zwar mit ihr schon in der Schweiz bekannt geworden; aber dennoch war sein schneller Erfolg im Hause Seiner Exzellenz tatsächlich etwas auffallend. Hatte er doch früher einmal, ob mit Recht oder mit Unrecht, als ausländischer Revolutionär gegolten und sich bei irgendwelchen ausländischen Publikationen und Kongressen beteiligt, »was sich sogar aus den Zeitungen beweisen läßt«, wie sich mir gegenüber bei einer Begegnung Aljoscha Teljatnikow ärgerlich ausdrückte, der jetzt leider ein verabschiedeter Beamter ist, früher aber im Hause des alten Gouverneurs ebenfalls die Rolle eines jungen Günstlings gespielt hatte. Aber dennoch stand die Tatsache fest: Der frühere Revolutionär wurde, nachdem er wieder im lieben Vaterlande erschienen war, nicht nur nicht behelligt, sondern er fand sogar Förderung; also hatte vielleicht doch nichts gegen ihn vorgelegen. Liputin flüsterte mir einmal zu, einem Gerüchte zufolge habe Pjotr Stepanowitsch bei einer maßgebenden Instanz Reue bekundet und durch Angabe einiger anderer Namen für sich Verzeihung erlangt; auf diese Art habe er sein Verschulden vielleicht schon gutgemacht, habe auch außerdem versprochen, in Zukunft dem Vaterlande nützlich zu sein. Ich überbrachte diese giftige Mitteilung Stepan Trofimowitsch, und obwohl dieser es sich nicht zurechtlegen konnte, wurde er doch sehr nachdenklich. In der Folge wurde bekannt, daß Pjotr Stepanowitsch mit sehr wertvollen Empfehlungsbriefen zu uns gekommen war; jedenfalls hatte er einen an die Frau Gouverneur von einer außerordentlich hochgestellten alten Dame in Petersburg mitgebracht, deren Gatte einer der einflußreichsten alten Herren in Petersburg war. Diese alte Dame, die Patin Julija Michailownas, hatte in ihrem Briefe erwähnt, daß auch Graf K*** durch Nikolai Wsewolodowitschs Vermittelung Pjotr Stepanowitsch gut kenne, ihn sehr gern habe und ihn »trotz seiner früheren Verirrungen für einen sehr würdigen jungen Mann halte«. Julija Michailowna legte den allergrößten Wert auf ihre spärlichen und von ihr nur mit Mühe unterhaltenen Verbindungen mit den höchsten Sphären und freute sich natürlich sehr über den Brief der hohen alten Dame; aber auch dadurch schien ihr Interesse für Pjotr Stepanowitsch noch nicht vollständig erklärt. Selbst ihren Gatten suchte sie in beinah familiäre Beziehungen zu dem jungen Manne zu bringen, so daß Herr von Lembke sich darüber beklagte ... aber davon ebenfalls später. Als Denkwürdigkeit merke ich nur noch an, daß auch der große Schriftsteller sich gegen Pjotr Stepanowitsch sehr wohlgeneigt benahm und ihn sogleich zu sich einlud. Eine solche Beeiferung von seiten eines so dünkelhaften Menschen war für Stepan Trofimowitsch ein ganz besonderer Schmerz; aber ich erklärte mir die Sache anders: Wenn Herr Karmasinow den Nihilisten zu sich einlud, so hatte er dabei gewiß seine Beziehungen zu den fortschrittlich gesinnten jungen Männern der beiden Hauptstädte im Auge. Der große Schriftsteller zitterte ängstlich vor der neuen revolutionären Jugend, und da er in seiner Unkenntnis der tatsächlichen Verhältnisse sich einbildete, daß diese den Schlüssel zu Rußlands Zukunft in Händen habe, so suchte er sich in unwürdiger Weise bei ihr einzuschmeicheln, hauptsächlich deswegen, weil sie ihn gar nicht beachtete.

## II

Pjotr Stepanowitsch sprach auch bei seinem Vater zweimal vor, leider beidemal in meiner Abwesenheit. Das erstemal besuchte er ihn am Mittwoch, also am vierten Tage nach jener ersten Begegnung, und zwar geschäftlich. Beiläufig: Die Abrechnung über das Gut wurde zwischen ihnen ganz im stillen erledigt. Warwara Petrowna hatte alles auf sich genommen und alles bezahlt, natürlich in der Weise, daß sie das kleine Gut für sich erwarb; an Stepan Trofimowitsch hatte sie nur die Benachrichtigung geschickt, daß alles abgetan sei, und ihr Bevollmächtigter, der Kammerdiener Alexej Jegorowitsch, hatte ihm zum Unterschreiben ein Schriftstück vorgelegt, unter das er denn auch schweigend und mit großer Würde seinen Namen setzte. Anläßlich der Würde bemerke ich, daß ich unseren früheren lieben Alten in diesen Tagen kaum wiedererkannte. Er hielt sich wie nie zuvor, war erstaunlich schweigsam geworden, hatte vom Sonntag an keinen einzigen Brief an Warwara Petrowna geschrieben, was mir als ein Wunder erschien, und war vor allen Dingen ruhig. Was ihn stark und fest machte, war offenbar ein großer Gedanke, mit dem er endgültig ins reine gekommen war und der ihm Ruhe verlieh. Diesen Gedanken hatte er gefunden, und nun saß er da und wartete auf etwas. Zu Anfang war er übrigens krank gewesen, namentlich am Montag; er hatte an Cholerine gelitten. Ohne Nachrichten konnte er es die ganze Zeit über nicht aushalten; aber kaum verließ ich die äußeren Tatsachen, ging zu dem eigentlichen Kern der Sache über und sprach irgendwelche Vermutungen aus, so winkte er sofort ab, ich möchte aufhören. Aber die beiden Begegnungen mit seinem Sohne übten, wenn sie auch seine Haltung nicht erschütterten, doch auf ihn eine schmerzliche Wirkung aus. An den betreffenden beiden Tagen lag er nach dem Beisammensein auf dem Sofa, ein mit Essig angefeuchtetes Tuch um den Kopf geschlagen; aber er blieb im höchsten Grade ruhig.

Manchmal kam es übrigens auch vor, daß er mir nicht abwinkte. Auch schien es mir manchmal, als ob seine gewöhnliche geheimnisvolle Entschlossenheit ihn verließe und er mit einer neuen verführerischen Idee zu kämpfen beginne. Das war nur in einzelnen Augenblicken der Fall; aber ich bemerkte diese. Ich vermutete, daß er große Lust hatte, sich wieder unter Menschen blicken zu lassen, seine Einsamkeit aufzugeben, seinen Gegnern einen Kampf anzubieten, die letzte Schlacht zu liefern.

»Cher, ich möchte diese Menschen zerschmettern!« entfuhr es ihm am Donnerstagabend nach Pjotr Stepanowitschs zweitem Besuche, als er, den Kopf mit einem Handtuch umwickelt, ausgestreckt auf dem Sofa lag.

Bis zu diesem Augenblicke hatte er den ganzen Tag über noch kein Wort mit mir gesprochen.

»›Fils, fils chéri‹ und so weiter, nun ja, ich gebe zu, daß all diese Ausdrücke dummes Zeug sind, ein phrasenhafter Jargon; ich sehe das jetzt selbst ein. Ich habe ihn nicht genährt und getränkt, sondern ihn von Berlin als Säugling mit der Post nach dem Gouvernement O*** geschickt, nun ja, und so weiter, ich gebe es zu . . . ›Du hast mich nicht genährt‹, sagte er, ›und hast mich mit der Post weggeschickt, und hier hast du mich noch obendrein ausgeplündert.‹ ›Aber Unglücklicher‹, rief ich ihm zu, ›um dich hat mir ja mein Herz das ganze Leben lang weh getan, wenn ich dich auch mit der Post weggeschickt habe!‹ Il rit.

Aber ich gebe es zu, ich gebe es zu . . . das mit der Post hat seine Richtigkeit«, schloß er, als ob er im Fieber redete.
»Passons!« fing er nach fünf Minuten von neuem an. »Ich verstehe Turgenjew nicht. Sein Basarow in ›Väter und Söhne‹ ist eine Phantasiegestalt, die gar nicht existiert; die Neuen sind ja die ersten gewesen, die sie damals als unmöglich ablehnten. Dieser Basarow ist eine Art von unklarer Mischung eines Nosdrjow aus Gogols ›Toten Seelen‹ mit Byron, c'est le mot! Betrachten Sie einmal diese Neuen aufmerksam: Sie wälzen sich herum und winseln vor Freude wie junge Hunde in der Sonne; sie sind glücklich; sie sind die Sieger! Wo bleibt da die Ähnlichkeit mit Byron? . . . Und dabei welche gewöhnliche Alltäglichkeit! Welch eine plebejische Empfindlichkeit der Eigenliebe, welch eine unwürdige Begierde de faire du bruit autour de son nom, ohne zu bemerken, daß son nom . . . Oh, welch eine Karikatur! ›Aber ich bitte dich‹, rief ich ihm zu, ›willst du dich denn wirklich so, wie du bist, den Menschen als Ersatz für Christus anbieten?‹ Il rit. Il rit beaucoup. Il rit trop. Er hat eine seltsame Art zu lächeln. Seine Mutter hatte dieses Lächeln nicht. Il rit toujours.«
Es trat wieder Stillschweigen ein.
»Sie sind schlau; sie hatten sich am Sonntag verabredet . . .« sagte er plötzlich unbedachtsamerweise.
»Oh, ohne Zweifel!« rief ich und spitzte die Ohren. »Es war alles ein abgekartetes Spiel, das sie noch dazu herzlich schlecht durchführten.«
»Ich meine etwas anderes. Wissen Sie wohl, daß sie absichtlich so plump spielten, damit es diejenigen merkten, die es nach ihrer Absicht merken sollten? Verstehen Sie das?«
»Nein, das verstehe ich nicht.«
»Tant mieux. Passons! Ich bin heute sehr nervös.«
»Aber warum haben Sie sich denn mit ihm gestritten, Stepan Trofimowitsch?« fragte ich vorwurfsvoll.
»Je voulais convertir. Lachen Sie meinetwegen! Cette pauvre tante, elle entendra de belles choses! O mein Freund, können Sie es glauben, daß ich mich vorhin als Patrioten gefühlt habe? Übrigens bin ich mir von jeher bewußt

gewesen, daß ich ein Russe bin . . . und ein echter Russe kann auch nicht von anderer Art sein als ich und Sie. Il y a là dedans quelque chose d'aveugle et de louche.«

»Zweifellos«, antwortete ich.

»Mein Freund, die echte Wahrheit ist immer unwahrscheinlich; wissen Sie das? Um die Wahrheit wahrscheinlicher zu machen, muß man ihr unbedingt etwas Unwahrheit beimischen. So haben es die Menschen auch von jeher gemacht. Vielleicht ist hier etwas, was wir nicht verstehen. Was meinen Sie, ist hier etwas, was wir in diesem Siegesgekreisch nicht verstehen? Ich möchte wünschen, daß dem so wäre. Das möchte ich wünschen.«

Ich schwieg. Er schwieg ebenfalls sehr lange.

»Manche sagen, das Gerede von dem französischen Verstande«, begann er auf einmal wie im Fieber, »sei eine Unwahrheit und sei immer eine Unwahrheit gewesen. Warum verleumden sie den französischen Verstand? Hier ist weiter nichts zu finden als russische Faulheit, unsere unwürdige Unfähigkeit, einen Gedanken zu produzieren, unser häßliches Parasitentum unter den Völkern. Ils sont tout simplement des paresseux; aber französischen Verstand haben sie nicht. Ah, die Russen müßten zum Besten der Menschheit wie schädliche Parasiten ausgerottet werden! Wir Älteren, wir haben nach ganz, ganz anderen Dingen gestrebt; ich verstehe nichts, ich verstehe nichts mehr! ›Begreifst du wohl‹, rief ich ihm zu, ›begreifst du, daß, wenn ihr die Guillotine mit solchem Entzücken in den Vordergrund stellt, ihr das einzig deswegen tut, weil es das allerleichteste ist, Köpfe abzuschlagen, und das allerschwerste, einen Gedanken zu haben? Vous êtes des paresseux! Votre drapeau est une guenille, une impuissance. Diese Bauernwagen, oder wie es da heißt: ›Das Rattern der Bauernwagen, die der Menschheit Getreide zuführen‹, das soll nützlicher sein als die Sixtinische Madonna, oder wie es bei ihnen heißt . . . une bêtise dans ce genre. Aber begreifst du wohl‹, rief ich ihm zu, ›begreifst du wohl, daß der Mensch das Unglück ebenso notwendig braucht wie das Glück?‹ Il rit. ›Du läßt hier Bonmots los‹, sagte er, ›während du es deinen Gliedern‹ (er drückte sich derber aus) ›auf einem Samtsofa bequem machst ...‹ Und beachten Sie dies: Unsere Gewöhnung, daß sich Vater und Sohn gegenseitig duzen, ist ja sehr schön, wenn beide übereinstimmen; aber wie, wenn sie sich zanken?«

Wir schwiegen wieder ungefähr eine Minute lang.

»Cher«, schloß er dann plötzlich, indem er sich schnell erhob, »wissen Sie wohl auch, daß dies unfehlbar mit etwas enden wird?«

»Nun, natürlich!« erwiderte ich.

»Vous ne comprenez pas. Passons! Aber ... gewöhnlich enden die Dinge auf der Welt mit nichts; aber hier wird ein Ende vorhanden sein, unfehlbar, unfehlbar!«

Er stand auf, ging in stärkster Aufregung durch das Zimmer, und als er wieder zum Sofa kam, ließ er sich kraftlos darauf niedersinken.

Am Freitagmorgen fuhr Pjotr Stepanowitsch irgendwohin in unserm Kreise und blieb bis zum Montag fort. Von seiner Abreise erfuhr ich durch Liputin, und gleichzeitig erfuhr ich von ihm wie gesprächsweise, daß die Lebjadkins, Bruder und Schwester, beide irgendwo jenseits des Flusses in der Töpfervorstadt wohnten. »Ich habe sie selbst hinübergebracht«, fügte Liputin hinzu, und von Lebjadkins abbrechend, benachrichtigte er mich plötzlich, daß Lisaweta Nikolajewna sich mit Mawriki Nikolajewitsch verheiraten werde, und wenn das auch nicht publiziert sei, so habe doch die Verlobung stattgefunden und die Sache sei perfekt. Am andern Tage traf ich Lisaweta Nikolajewna, die in Begleitung Mawriki Nikolajewitschs zum erstenmal nach ihrer Krankheit ausritt. Sie blitzte mich von weitem mit ihren Augen an, lachte und nickte mir sehr freundschaftlich zu. All dies erzählte ich Stepan Trofimowitsch; aber er schenkte nur der Nachricht über Lebjadkins einige Aufmerksamkeit.

Nachdem ich so unsere rätselhafte Lage während der acht Tage, wo wir noch nichts wußten, geschildert habe, will ich jetzt an die Erzählung der folgenden Ereignisse gehen, und zwar sozusagen schon mit Kenntnis des ganzen Sachverhaltes, wie er sich jetzt enthüllt und herausgestellt hat. Ich beginne mit dem achten Tage nach jenem Sonntage, das heißt mit Montagabend; denn mit diesem Abend beginnt in Wirklichkeit eine neue Geschichte.

## III

Es war sieben Uhr abends. Nikolai Wsewolodowitsch saß allein in seinem Zimmer. Gerade in diesem hatte er schon früher gern gewohnt; es war hoch, mit Teppichen belegt und mit etwas schwerfälligen, altmodischen Möbeln ausgestattet. Er saß in einer Ecke auf dem Sofa, wie zum Ausgehen gekleidet, schickte sich aber, wie es schien, nicht dazu an.

Auf dem Tische vor ihm stand eine Lampe mit einem Lichtschirm. Die Seiten und Ecken des großen Zimmers blieben im Schatten. Sein Blick war nachdenklich und auf einen Punkt gerichtet, aber nicht ganz ruhig, sein Gesicht müde und etwas abgemagert. An einer geschwollenen Backe hatte er tatsächlich gelitten; aber das Gerücht von einem ausgeschlagenen Zahne war übertrieben gewesen. Der Zahn hatte nur gewackelt, war aber nun wieder fest geworden; auch die Oberlippe war auf der Innenseite gespalten gewesen; aber auch das war schon geheilt. Die Geschwulst aber war nur deswegen die ganze Woche über nicht vergangen, weil der Kranke sich nicht dazu hatte verstehen mögen, einen Arzt zu nehmen und sie rechtzeitig schneiden zu lassen, sondern gewartet hatte, bis das Geschwür von selbst aufging. Er hatte nicht nur keinen Arzt genommen, sondern auch die Mutter kaum zu sich hereingelassen, nur auf einen Augenblick, einmal am Tage und durchaus nur in der Dämmerung, wenn es schon dunkel geworden, aber noch kein Licht angezündet war. Auch Pjotr Stepanowitsch hatte er nicht empfangen, der doch, solange er in der Stadt war, täglich zwei- oder dreimal zu Warwara Petrowna herangekommen war. Nun war dieser endlich Montag morgen nach dreitägiger Abwesenheit wieder zurückgekehrt und erschien, nachdem er in der ganzen Stadt umhergelaufen war und bei Julija Michailowna zu Mittag gespeist hatte, am Abend endlich bei Warwara Petrowna, die ihn ungeduldig erwartete. Das Verbot war aufgehoben; Nikolai Wsewolodowitsch empfing wieder Besuch. Warwara Petrowna führte den Gast selbst an die Tür ihres Sohnes; sie hatte schon lange gewünscht, daß die beiden einander wiedersehen möchten, und Pjotr Stepanowitsch hatte ihr versprochen, von Nikolai nachher wieder zu ihr heranzukommen und ihr Bericht zu erstatten. Schüchtern klopfte sie bei Nikolai Wsewolodowitsch an, und da sie keine Antwort erhielt, wagte sie es, die Tür eine Handbreit zu öffnen.

»Nicolas, darf Pjotr Stepanowitsch zu dir hereinkommen?« fragte sie leise und ruhig und bemühte sich, ihren Sohn hinter der Lampe zu erkennen.

»Er darf, er darf, natürlich darf er!« rief Pjotr Stepanowitsch selbst laut und in heiterem Tone, öffnete mit eigener Hand die Tür und trat ein.

Nikolai Wsewolodowitsch hatte das Klopfen an der Tür nicht gehört gehabt, sondern nur die schüchterne Frage der Mutter, fand aber keine Zeit mehr, darauf zu antworten. Vor ihm lag in diesem Augenblicke ein Brief, den er soeben durchgelesen hatte und über den er ernstlich nachdachte. Er fuhr zusammen, als er plötzlich Pjotr Stepanowitschs laute Worte hörte, und verbarg schnell den Brief unter einem Briefbeschwerer, der ihm gerade in die Hand kam; indes gelang ihm dies nicht vollständig: Eine Ecke des Briefes und fast das ganze Kuvert schauten darunter hervor.

»Ich habe absichtlich aus voller Kehle geschrien, damit Sie Zeit hätten, sich vorzubereiten«, flüsterte Pjotr Stepanowitsch eilig mit erstaunlicher Naivität, lief zum Tische hin und richtete seine Blicke im Nu auf den Briefbeschwerer und die Ecke des Briefes.

»Und Sie haben natürlich noch sehen können, wie ich einen Brief, den ich soeben erhalten habe, vor Ihnen unter dem Briefbeschwerer versteckte«, erwiderte Nikolai Wsewolodowitsch ruhig, ohne sich vom Platze zu rühren.

»Einen Brief? Aber ich bitte Sie, was kümmert mich Ihr

Brief!« rief der Besucher. »Aber ... die Hauptsache ...« flüsterte er wieder, indem er sich nach der bereits geschlossenen Tür umwandte und mit dem Kopfe nach jener Seite hindeutete.

»Sie horcht nie«, bemerkte Nikolai Wsewolodowitsch kühl.

»Na, und wenn sie es auch täte!« erwiderte Pjotr Stepanowitsch flink, laut und fröhlich und setzte sich auf einen Lehnstuhl. »Ich habe nichts dagegen; ich bin jetzt nur hergelaufen, um mit Ihnen unter vier Augen zu reden. Na, nun bin ich Ihrer ja endlich habhaft geworden! Vor allen Dingen: Wie steht es mit Ihrem Befinden? Ich sehe, daß es vortrefflich ist; morgen werden Sie sich vielleicht wieder öffentlich zeigen, wie?«

»Vielleicht.«

»Lassen Sie doch die Leute und auch mich selbst endlich wissen, was Sie zu tun gedenken!« rief er mit heftigen Gestikulationen, aber mit scherzhafter, freundlicher Miene. »Wenn Sie wüßten, was ich ihnen habe vorschwatzen müssen! Übrigens wissen Sie es ja.«

Er lachte.

»Alles weiß ich nicht. Ich habe nur von meiner Mutter gehört, daß Sie sehr ... rührig gewesen seien.«

»Das heißt, ich habe nichts Bestimmtes gesagt«, ereiferte sich Pjotr Stepanowitsch auf einmal, wie wenn er sich gegen einen heftigen Angriff verteidigte. »Wissen Sie, ich habe Schatows Frau hervorgeholt, das heißt die Gerüchte von Ihrer Liaison mit ihr in Paris, wodurch natürlich der Vorfall am Sonntag seine Erklärung fand ... Sie nehmen es doch nicht übel?«

»Ich bin davon überzeugt, daß Sie sich alle Mühe gegeben haben.«

»Nun, das war meine einzige Besorgnis. Indessen was bedeutet das: ›sich alle Mühe gegeben haben‹? Darin liegt ja ein Vorwurf ... Übrigens, bringen Sie nur die Sache in Gang; auf dem Wege hierher fürchtete ich am allermeisten, daß Sie keine Lust haben würden, die Sache in Gang zu bringen.«

»Ich will auch nichts in Gang bringen«, erwiderte Nikolai Wsewolodowitsch etwas gereizt; jedoch lächelte er sogleich wieder.

»Ich werde nicht davon reden, ich werde nicht davon reden; mißverstehen Sie mich nicht, ich werde nicht davon reden!« versetzte Pjotr Stepanowitsch, indem er mit den Händen abwehrende Bewegungen machte und die Worte wie Erbsen aus dem Munde rollen ließ; an der Reizbarkeit seines Wirtes hatte er sofort seine Freude. »Ich werde Sie nicht mit ›unserer‹ Angelegenheit aufregen, namentlich in Ihrem jetzigen Zustande. Ich bin nur wegen des Vorfalls vom Sonntag herangekommen, und zwar notgedrungen; es geht nicht anders. Ich wollte Ihnen eine sehr offene Erklärung machen, an der das Hauptinteresse ich habe, nicht Sie; das sage ich um Ihrer Eigenliebe willen; aber es ist auch gleichzeitig die Wahrheit. Ich bin gekommen, um Ihnen zu sagen, daß ich von nun an immer aufrichtig sein werde.«

»Also waren Sie es früher nicht?«

»Das wissen Sie ja selbst. Ich habe es oft mit Schlauheit versucht . . . Sie lächeln; ich freue mich sehr über dieses Lächeln, das mir Anlaß zu einer Erklärung gibt; ich habe ja dieses Lächeln durch das prahlerische Wort ›Schlauheit‹ absichtlich hervorgelockt, damit Sie sich sofort ärgern sollten: Wie ich nur denken könne, daß ich imstande sei, durch Schlauheit etwas bei Ihnen zu erreichen; und damit ich dann sogleich eine Erklärung daran anknüpfen könnte. Sehen Sie wohl, sehen Sie wohl, wie offenherzig ich jetzt geworden bin? Nun also, ist es Ihnen gefällig, zuzuhören?«

Nikolai Wsewolodowitschs Gesichtsausdruck war bisher ruhig, geringschätzig und sogar spöttisch gewesen, trotzdem der Gast sichtlich bemüht war, seinen Wirt durch die Frechheit seiner vorbereiteten und absichtlich plump naiven Bemerkungen zu reizen, ließ aber jetzt endlich eine gewisse unruhige Neugier erkennen.

»Nun, dann hören Sie!« fuhr Pjotr Stepanowitsch, sich noch mehr als vorher hin und her drehend, fort. »Als ich hierher kam, das heißt überhaupt hierher, in diese Stadt, vor zehn

Tagen, da nahm ich mir bestimmt vor, in einer Rolle aufzutreten. Das Beste ist ja freilich, ganz ohne Rolle aufzutreten und seine eigene Persönlichkeit zu präsentieren, nicht wahr? Es ist nichts schlauer als sich zu zeigen, wie man wirklich ist, weil doch niemand daran glaubt. Ich wollte eigentlich, offen gestanden, die Rolle eines Dummkopfes spielen, weil das leichter ist, als die eigene Persönlichkeit zu zeigen; aber da ein Dummkopf ein Extrem ist und jedes Extrem die Neugier rege macht, so bin ich endgültig bei der eigenen Persönlichkeit stehen geblieben. Na, was habe ich denn auch für eine eigene Persönlichkeit? Ich gehöre zur goldenen Mittelsorte: Ich bin weder dumm noch klug, ziemlich unbegabt und naiv, wie verständige Leute hier sagen, nicht wahr?«

»Nun ja, vielleicht verhält es sich so«, erwiderte Nikolai Wsewolodowitsch leise lächelnd.

»Ah, Sie stimmen mir bei; das freut mich sehr; ich wußte im voraus, daß das Ihre eigenen Gedanken seien . . . Beunruhigen Sie sich nicht, beunruhigen Sie sich nicht; ich nehme es Ihnen nicht übel und habe diese Charakteristik von mir durchaus nicht in der Absicht gegeben, um von Ihnen die entgegengesetzten Lobsprüche herauszulocken: ›Nein, Sie sind nicht unbegabt, nein, Sie sind klug . . .‹ Ah, Sie lächeln wieder! . . . Ich bin wieder hereingefallen. Sie würden ja gar nicht sagen: ›Sie sind klug‹; na, allerdings; Sie haben recht. Passons! wie mein Papa sagt, und beiläufig gesagt: Nehmen Sie mir meine Redseligkeit nicht übel! Apropos, es geht mir so: Ich rede immer viel, das heißt, ich mache viele Worte und überhaste mich; aber dabei hört es sich doch nie gut an. Aber woher kommt das, daß ich viele Worte mache und es sich doch nie gut anhört? Das kommt daher, daß ich nicht zu reden verstehe. Wer gut zu reden versteht, der redet kurz. Das ist eben bei mir mangelnde Begabung, nicht wahr? Aber da diese Gabe der mangelnden Begabung bei mir eine natürliche ist, warum sollte ich sie da nicht künstlich benutzen? Und ich benutze sie. Allerdings, als ich mich anschickte, hierher zu reisen, dachte ich daran, anfänglich zu schweigen; aber schweigen, das ist ein großes Talent und somit nichts für mich; und zweitens ist das Schweigen doch gefährlich; na, da sagte ich mir denn endgültig, daß es doch das Beste sei zu reden, aber nach Art eines Unbegabten, das heißt viel, viel, viel zu reden und in hastiger Manier alles Mögliche zu beweisen und mich zum Schluß immer in meinen eigenen Beweisen so zu verheddern, daß der Zuhörer die Hände über dem Kopfe zusammenschlägt und weggeht, ohne das Ende abzuwarten, und am liebsten ausspucken möchte. Und das Resultat ist, daß man erstens die Menschen von seiner Einfalt überzeugt, zweitens sie sehr langweilt und drittens ihnen unverständlich bleibt: drei Vorteile mit einemmal! Ich bitte Sie, wer wird einen dann noch im Verdachte geheimer Pläne haben? Ja, jeder von ihnen wird es als persönliche Beleidigung auffassen, wenn ihm jemand sagt, ich gäbe mich mit geheimen Plänen ab. Und außerdem bringe ich die Menschen manchmal zum Lachen, was auch sehr viel wert ist. Und sie werden mir jetzt alles schon allein deswegen verzeihen, weil sich nun hier in Rußland herausstellt, daß der vermeintlich kluge Mensch, der im Auslande Proklamationen verfaßt hat, dümmer ist als sie selbst; nicht wahr? An Ihrem Lächeln sehe ich, daß Sie mir zustimmen.«

Nikolai Wsewolodowitsch hatte übrigens gar nicht gelächelt, sondern hörte im Gegenteil mit finsterer Miene und etwas ungeduldig zu.

»Wie beliebt? Ich glaube, Sie sagten: ›Ganz egal‹?« plapperte Pjotr Stepanowitsch weiter (Nikolai Wsewolodowitsch hatte überhaupt nichts gesagt). »Gewiß, gewiß; ich versichere Ihnen, daß ich durchaus nicht beabsichtige, Sie durch meine Kameradschaft zu kompromittieren. Aber wissen Sie, Sie sind heute furchtbar empfindlich; ich komme in aller Aufrichtigkeit und Heiterkeit zu Ihnen, und Sie legen jedes Wort von mir auf die Goldwaage. Ich versichere Ihnen, daß ich heute von keinem kitzligen Gegenstande zu reden anfangen werde; mein Wort darauf; und ich bin im voraus mit allen Ihren Bedingungen einverstanden!«

Nikolai Wsewolodowitsch schwieg hartnäckig.

»Nun? Wie steht's? Haben Sie etwas gesagt? Ich sehe, ich

sehe, daß ich wieder, wie es scheint, Unsinn geredet habe. Sie haben keine Bedingungen gestellt und werden keine stellen; ich glaube es, ich glaube es; nun, beruhigen Sie sich nur; ich weiß ja schon allein, daß es sich nicht der Mühe lohnt, mir Bedingungen zu stellen, nicht wahr? Ich nehme Ihnen die Antworten vorweg, und natürlich aus mangelnder Begabung; die ist für mich charakteristisch ... Sie lachen? Nun, worüber?«

»Es ist nichts«, antwortete Nikolai Wsewolodowitsch endlich lächelnd. »Es fällt mir soeben ein, daß ich Sie tatsächlich einmal unbegabt genannt habe; aber Sie waren damals nicht zugegen, also muß man es Ihnen hinterbracht haben ... Ich möchte Sie bitten, möglichst schnell zur Sache zu kommen.«

»Aber ich bin ja bei der Sache; ich sage das ja gerade anläßlich des Sonntags!« erwiderte Pjotr Stepanowitsch. »Nun, was bin ich nach Ihrer Ansicht am Sonntag gewesen? Ich war der Typus der hastigen, mittelmäßigen Unbegabtheit und bemächtigte mich auf die unbegabteste Weise mit Gewalt des Gespräches. Aber Sie haben mir alles verziehen, weil ich erstens so naiv bin (das scheint jetzt hier die feststehende Meinung aller zu sein), und zweitens, weil ich ein hübsches Geschichtchen erzählt und damit allen aus der Verlegenheit geholfen habe, nicht wahr, nicht wahr?«

»Das heißt, Sie haben absichtlich in dieser Weise erzählt, um bei den Hörern einen Zweifel bestehen zu lassen und bei ihnen den Glauben zu erwecken, daß wir beide unter einer Decke steckten, während doch in Wirklichkeit keine Abmachung zwischen uns bestand und ich Sie nicht um Ihre Beihilfe gebeten hatte.«

»Ganz richtig, ganz richtig!« fiel Pjotr Stepanowitsch ein, wie wenn er höchst entzückt wäre. »Genau so habe ich gehandelt, damit Sie dieses ganze Manöver merken sollten; in der Hauptsache habe ich ja diese Farce Ihretwegen vorgebracht, weil ich Sie fangen und kompromittieren wollte ... Die Hauptsache war mir, zu erfahren, bis zu welchem Grade Sie sich fürchten.«

»Ich möchte wohl wissen, warum Sie jetzt so offenherzig sind!«
»Werden Sie nicht ärgerlich, werden Sie nicht ärgerlich, funkeln Sie nicht so mit den Augen! . . . Übrigens tun Sie das gar nicht. Also Sie möchten gern wissen, warum ich so offenherzig bin? Nun, weil jetzt alles sich geändert hat, beendet, vergangen, mit Sand verschüttet ist. Ich habe auf einmal meine Meinung über Sie geändert. Die alte Methode ist vollständig abgetan; ich werde Sie jetzt nie mehr auf die alte, sondern von nun an auf die neue Weise kompromittieren.«
»Sie haben Ihre Taktik geändert?«
»Taktik kann man das nicht nennen. Sie haben jetzt in allen Dingen Ihren freien Willen; Sie können nach Belieben Ja und Nein sagen. Das ist meine neue Taktik Ihnen gegenüber. Von ›unserer‹ Angelegenheit aber werde ich keinen Ton sagen, ehe Sie mich nicht selbst dazu auffordern. Sie lachen? Möge es Ihnen wohl bekommen; ich lache auch selbst. Aber jetzt meine ich es ernst, ganz ernst, obwohl jemand, der so hastet, gewiß unbegabt ist, nicht wahr? Aber ganz egal; mag ich auch unbegabt sein, aber ich meine es ernst, ganz ernst.«
Er sprach wirklich ernst, in einem ganz anderen Tone und in einer besonderen Erregung, so daß Nikolai Wsewolodowitsch ihn mit lebhaftem Interesse anblickte.
»Sie sagen, Sie hätten Ihre Meinung über mich geändert?« fragte er.
»Ja, ich habe meine Meinung über Sie in dem Augenblicke geändert, als Sie nach Schatows Tätlichkeit die Hände zurücknahmen. Aber genug davon, genug davon; fragen Sie, bitte, nichts weiter; mehr werde ich jetzt nicht sagen.«
Er sprang auf und gestikulierte mit den Händen, als wollte er weitere Fragen abwehren; da aber keine Fragen erfolgten und er noch nicht fortzugehen beabsichtigte, so beruhigte er sich einigermaßen und setzte sich wieder auf den Lehnstuhl.
»Apropos, beiläufig gesagt«, schwatzte er wieder los, »hier reden manche, Sie würden ihn töten, und bieten Wetten

darauf an, so daß Lembke sogar daran gedacht hat, die Polizei in Bewegung zu setzen; aber Julija Michailowna hat ihn davon zurückgehalten . . . Genug davon, genug davon; ich wollte Sie nur benachrichtigen. Noch einmal apropos: Ich habe die beiden Lebjadkins noch gleich an demselben Tage hinübergeschafft, Sie wissen; haben Sie mein Briefchen mit ihrer Adresse erhalten?«

»Ja, ich habe es gleich damals erhalten.«

»Das habe ich nicht infolge mangelnder Begabung, sondern aus aufrichtiger Dienstfertigkeit getan. Wenn es unbegabt herausgekommen ist, so war es dafür doch gut gemeint.«

»Nun, das tut nichts; vielleicht war es sogar nötig . . .« sagte Nikolai Wsewolodowitsch nachdenklich. »Aber ich möchte Sie bitten: Schreiben Sie mir keine Briefe mehr!«

»Es ging nicht anders; ich habe ja auch nur den einen geschrieben.«

»Also weiß es Liputin?«

»Das ließ sich nicht vermeiden; aber Liputin wird, wie Sie selbst wissen, nicht wagen . . . Apropos, wir müßten auch zu den Unsrigen gehen, ich will sagen zu denen, nicht zu den ›Unsrigen‹; nehmen Sie nur nicht wieder an dem Ausdruck Anstoß! Und beunruhigen Sie sich nicht; ich meine nicht jetzt gleich, sondern später einmal. Jetzt wird es gleich regnen. Ich werde sie vorher davon in Kenntnis setzen; sie werden sich versammeln, und dann können wir am Abend hingehen. Sie werden mit aufgesperrten Mäulern warten wie die jungen Dohlen im Neste, was wir ihnen für einen schönen Bissen bringen. Es ist ein hitziges Völkchen. Sie haben sich irgendwelche Büchelchen vorgesucht, und dann kommen sie zusammen, um darüber zu disputieren. Wirginski vertritt die allgemein menschliche Richtung; Liputin ist Fourierist, mit einer starken Neigung zum Polizeiwesen; ich sage Ihnen, in dieser einen Beziehung ist er ein wertvoller Mensch, aber in allen andern bedarf er strenger Behandlung; und dann ist da schließlich noch der mit den langen Ohren, der trägt sein eigenes System vor. Und wissen Sie, sie fühlen sich gekränkt, weil ich gering-

schätzig mit ihnen umgehe und sie mit Wasser begieße, hehe! Aber hingehen müssen wir unbedingt einmal.«
»Haben Sie mich da als eine Art Chef bezeichnet?« fragte Nikolai Wsewolodowitsch in möglichst lässigem Tone.
Pjotr Stepanowitsch blickte ihn schnell an.
»Apropos«, begann er, schnell auf ein anderes Thema übergehend, als ob er die Frage nicht gehört hätte, »ich bin zwei-, dreimal bei der hochverehrten Warwara Petrowna gewesen und bin ebenfalls genötigt gewesen, viel zu reden.«
»Das kann ich mir vorstellen.«
»Nein, stellen Sie es sich nicht vor; ich habe ihr einfach gesagt, Sie würden keinen Mord begehen, na und andere solche süßen Sachen. Und denken Sie nur: Sie wußte schon am andern Tage, daß ich Marja Timofejewna über den Fluß hinübergebracht hatte; haben Sie es ihr gesagt?«
»Das ist mir nicht eingefallen.«
»Das habe ich mir gedacht, daß Sie es nicht gewesen waren. Wer außer Ihnen könnte es aber gesagt haben? Das ist interessant.«
»Selbstverständlich Liputin.«
»N-nein, Liputin nicht«, murmelte Pjotr Stepanowitsch mit finsterem Gesichte. »Ich weiß schon, wer. Das sieht Schatow ganz ähnlich ... Übrigens ist das dummes Zeug; lassen wir es! Aber es ist höchst wichtig ... Apropos, ich erwartete immer, daß Ihre Frau Mutter mir gegenüber plötzlich mit der Hauptfrage herausplatzen werde ... Ach ja, all diese Tage her war sie furchtbar mürrisch, und auf einmal, wie ich heute zu ihr komme, strahlte sie nur so. Wie hängt das zusammen?«
»Das kommt daher, daß ich ihr heute mein Wort gegeben habe, mich in fünf Tagen um Lisaweta Nikolajewnas Hand zu bewerben«, antwortete Nikolai Wsewolodowitsch mit überraschender Offenherzigkeit.
»Ah, nun ... ja, dann allerdings«, brachte Pjotr Stepanowitsch stammelnd heraus. »Es gehen in der Stadt Gerüchte von einer andern Verlobung; Sie wissen wohl? Es mag auch seine Richtigkeit haben. Aber Sie haben recht; sie würde

auch noch vom Traualtar weglaufen; Sie brauchen sie nur zu rufen. Sie nehmen es doch nicht übel, daß ich so rede?«

»Nein, ich nehme es nicht übel.«

»Ich bemerke, daß es heute sehr schwer ist, Sie zu ärgern, und fange an, mich vor Ihnen zu fürchten. Ich bin sehr neugierig, in welcher Weise Sie sich morgen in der Öffentlichkeit zeigen werden. Sie haben gewiß schon viele schöne Streiche vorbereitet. Sie nehmen es mir nicht übel, daß ich das sage?«

Nikolai Wsewolodowitsch gab gar keine Antwort, wodurch Pjotr Stepanowitsch sich sehr verletzt fühlte.

»Apropos, haben Sie das von Lisaweta Nikolajewna Ihrer Mama im Ernst gesagt?« fragte er.

Nikolai Wsewolodowitsch blickte ihn unverwandt und kalt an.

»Ah, ich verstehe, nur zur Beruhigung, nun ja.«

»Und wenn ich es im Ernst gesagt hätte?« fragte Nikolai Wsewolodowitsch in festem Tone.

»Nun, dann mit Gott, wie man in solchen Fällen zu sagen pflegt; der Sache wird es nicht schaden (Sie sehen: Ich habe nicht gesagt: ›unserer Sache‹; Sie können das Wörtchen ›unser‹ nicht leiden). Ich aber ... ich aber, nun, ich stehe zu Ihren Diensten; das wissen Sie selbst.«

»Meinen Sie?«

»Ich meine nichts, gar nichts«, beeilte sich Pjotr Stepanowitsch lachend zu erwidern, »denn ich weiß, daß Sie Ihre Angelegenheiten selbst im voraus überlegt und alles reiflich bedacht haben. Ich will nur sagen, daß ich Ihnen im Ernst zu Diensten stehe, immer und überall und in jedem Falle, das heißt in jedem, verstehen Sie auch wohl?«

Nikolai Wsewolodowitsch gähnte.

»Ich langweile Sie«, rief Pjotr Stepanowitsch, griff nach seinem ganz neuen Zylinderhute und sprang auf, als wenn er fortgehen wollte, blieb aber dabei doch noch da und redete im Stehen ununterbrochen weiter; manchmal machte er ein paar Schritte im Zimmer, und an lebhafteren Stellen des Gespräches schlug er sich mit dem Hute gegen

das Knie. »Ich hatte gedacht, Sie noch mit Mitteilungen über Lembkes zu erheitern!« rief er in munterem Tone.
»Jetzt nicht; ein andermal. Wie ist übrigens Julija Michailownas Befinden?«
»Was haben Sie doch alle für gute gesellschaftliche Manieren: Das Befinden dieser Dame ist Ihnen genauso gleichgültig wie das einer grauen Katze; aber doch erkundigen Sie sich danach. Ich lobe das. Sie ist gesund und verehrt Sie abgöttisch und erwartet von Ihnen unglaublich Großartiges. Über den Vorfall vom Sonntag schweigt sie und ist überzeugt, daß Sie selbst durch Ihr bloßes Erscheinen über alle Gegnerschaft triumphieren werden. Wahrhaftig, sie hat die Vorstellung, daß Sie Gott weiß was vermögen. Übrigens sind Sie jetzt eine rätselhafte, romantische Persönlichkeit, mehr als je vorher, – eine außerordentlich vorteilhafte Position. Alle erwarten Sie in einer Spannung, die geradezu unglaublich ist. Schon als ich wegfuhr, herrschte eine fieberhafte Erregung, und jetzt ist es noch ärger geworden. Apropos, ich danke Ihnen noch einmal für den Brief. Vor dem Grafen K*** haben sie sämtlich Angst. Wissen Sie, man hält Sie, wie es scheint, für einen Spion! Ich sage dazu ja; Sie nehmen es doch nicht übel?«
»Nein, es schadet nichts.«
»Es schadet nichts; es ist für die Folgezeit sogar notwendig. Die Leute haben hier ihre hergebrachten Ordnungen; ich bin dabei natürlich das belebende Element. An der Spitze steht Julija Michailowna, desgleichen Gaganow . . . Sie lachen? Ja, ich habe da meine eigene Taktik: Ich rede fortwährend Unsinn, und auf einmal sage ich ein verständiges Wort, gerade in dem Augenblicke, wo alle danach suchen. Dann umringen sie mich, und nun fange ich wieder an, Unsinn zu reden. Sie haben mich schon alle aufgegeben; ›er ist nicht ohne Fähigkeiten‹, sagen sie, ›aber schrecklich naiv‹. Lembke fordert mich auf, in den Staatsdienst zu treten, damit ich mich bessere. Wissen Sie, ich behandle ihn schauderhaft, das heißt, ich kompromittiere ihn, so daß er die Augen vor Schreck aufreißt. Julija Michailowna stachelt mich dazu an. Ja, apropos, Gaganow ist auf Sie sehr wü-

tend. Gestern in Duchowo hat er von Ihnen in einer ganz abscheulichen Weise zu mir gesprochen. Ich gab ihm sogleich vollständig recht, selbstverständlich nicht vollständig. Ich habe bei ihm einen ganzen Tag in Duchowo verlebt. Ein prachtvolles Gut, ein schönes Haus!«

»Also ist er jetzt in Duchowo?« rief Nikolai Wsewolodowitsch erregt; er machte eine lebhafte Bewegung nach vorn und sprang beinah auf.

»Nein, er hat mich heute morgen hierher gefahren; wir sind zusammen zurückgekehrt«, erwiderte Pjotr Stepanowitsch, wie wenn er Nikolai Wsewolodowitschs plötzliche Erregung gar nicht bemerkte. »Was ist das? Ich habe ein Buch hingeworfen«, sagte er und bückte sich, um ein Buch aufzuheben, das auf dem Tische gelegen hatte und von ihm heruntergestreift worden war. »Die Frauen, von Balzac, mit Illustrationen« (er hatte das Buch aufgeschlagen), »das habe ich nicht gelesen. Lembke schreibt auch Romane.«

»Ja?« fragte Nikolai Wsewolodowitsch, wie wenn er sich dafür interessierte.

»Natürlich in russischer Sprache und im geheimen. Julija Michailowna weiß es und erlaubt es ihm. Er ist eine Schlafmütze; aber er weiß sich zu benehmen; diese Fähigkeit hat sich bei den Verwaltungsbeamten herausgebildet. Diese Strenge in den Formen, diese Konsequenz! Wenn wir nur etwas von der Art hätten!«

»Sie loben die Verwaltung?«

»Aber gewiß doch! Die ist ja noch das einzige, was in Rußland von Natur gewachsen ist, und was wir erreicht haben . . . ich bin schon still, ich bin schon still!« unterbrach er sich plötzlich. »Ich werde von diesen bedenklichen Dingen keine Silbe mehr sagen. Aber nun leben Sie wohl; Sie sehen ganz grün aus.«

»Ich habe Fieber.«

»Das ist sehr glaublich; legen Sie sich doch ins Bett! Apropos: Hier im Kreise gibt es Skopzen, ein merkwürdiges Völkchen . . . Aber davon ein andermal. Übrigens noch ein Geschichtchen: Hier im Kreise steht ein Infanterieregiment. Freitagabend kneipte ich mit den Offizieren zusammen in

B***zi. Da haben wir drei Freunde, vous comprenez? Es wurde über Atheismus gesprochen, und sie setzten natürlich Gott ab. Sie kreischten vor Vergnügen. Apropos, Schatow behauptet, wenn einmal in Rußland ein Aufstand ausbreche, so werde er unbedingt mit Atheismus beginnen. Vielleicht hat er recht. Aber da saß ein grauhaariger Hauptmann dabei, ein Mensch ohne Bildung; der schwieg immer und redete kein Wort; auf einmal stellte er sich mitten im Zimmer hin und sagte laut, aber, wissen Sie, wie wenn er zu sich selbst spräche: ›Wenn es keinen Gott gibt, wie kann ich dann Hauptmann sein?‹ Dann nahm er seine Mütze, breitete wie verständnislos die Arme auseinander und ging hinaus.«

»Da hat er einen ziemlich gesunden Gedanken ausgesprochen«, sagte Nikolai Wsewolodowitsch und gähnte zum drittenmal.

»Ja? Ich hatte ihn nicht verstanden; ich wollte Sie danach fragen. Nun, was hatte ich doch noch für Sie? Ja: interessant ist die Fabrik der Gebrüder Schpigulin; es sind darin, wie Sie wissen, fünfhundert Arbeiter beschäftigt; die Fabrik ist ein richtiger Choleraherd; seit fünfzehn Jahren ist sie nicht gereinigt worden; die Arbeiter werden an ihrem Lohn verkürzt; die Besitzer sind Millionäre. Ich versichere Ihnen, daß unter den Arbeitern manche einen Begriff von der Internationale haben. Sie lächeln? Nun, Sie werden selbst sehen; lassen Sie mir nur noch ein ganz, ganz klein bißchen Zeit! Ich habe Sie schon einmal um Frist gebeten und bitte jetzt wieder darum; aber dann . . . Übrigens, pardon, ich werde nicht weiter davon reden; runzeln Sie nicht die Stirn! Nun adieu! Aber was mache ich nur!« fügte er, plötzlich wieder umkehrend, hinzu. »Ich habe ja gerade die Hauptsache vergessen: Es wurde mir soeben gesagt, unsere Kiste aus Petersburg sei angekommen.«

»Was meinen Sie?« fragte Nikolai Wsewolodowitsch, ihn verständnislos anblickend.

»Ich meine Ihre Kiste mit Ihren Sachen, den Fracks, den Beinkleidern und der Wäsche; ist sie angekommen? Wirklich?«

»Ja, es wurde mir vorhin so etwas gesagt.«
»Ach, also ist es für den Augenblick nicht möglich . . .«
»Fragen Sie Alexej!«
»Nun, wie ist es mit morgen? Es ist ja neben Ihren Sachen auch einiges von mir darin: ein Jackett, ein Frack und drei Paar Beinkleider, die ich mir auf Ihre Empfehlung hin bei Scharmer habe machen lassen; erinnern Sie sich?«
»Ich habe gehört, daß Sie hier den Gentleman spielen«, bemerkte Nikolai Wsewolodowitsch lächelnd. »Ist das wahr, daß Sie bei einem Stallmeister Reitstunde nehmen wollen?«
Pjotr Stepanowitsch verzog das Gesicht zu einem schiefen Lächeln.
»Wissen Sie«, sagte er dann außerordentlich schnell, aber mit wiederholt stockender Stimme, »wissen Sie, Nikolai Wsewolodowitsch, wir wollen doch ein für allemal alles Persönliche beiseite lassen, nicht wahr? Sie können mich natürlich verachten, soviel wie es Ihnen beliebt, wenn ich Ihnen so lächerlich vorkomme; aber doch wäre es das beste, wenn wir eine Zeitlang Persönliches im Gespräche vermieden, nicht wahr?«
»Gut, ich werde es nicht wieder tun«, erwiderte Nikolai Wsewolodowitsch.
Pjotr Stepanowitsch lächelte, schlug sich mit dem Hute auf das Knie, trat von dem einen Fuß auf den andern und nahm wieder seine frühere Miene an.
»Hier halten mich manche Leute sogar für Ihren Nebenbuhler bei Lisaweta Nikolajewna; wie sollte ich da nicht auf mein Äußeres bedacht sein?« sagte er lachend. »Wer hat Ihnen das aber nur zugetragen? Hm, gerade acht Uhr; nun, dann will ich mich auf den Weg machen; ich habe allerdings versprochen, noch zu Warwara Petrowna heranzugehen; aber ich werde es lassen. Sie aber sollten sich ins Bett legen; dann wird Ihnen morgen besser sein. Draußen regnet es, und es ist dunkel; ich habe übrigens eine Droschke vor der Tür, weil es auf den Straßen hier nachts nicht sicher ist . . . Ach, da fällt mir noch ein: Hier in der Stadt und in der Umgegend treibt sich jetzt ein gewisser Fedka umher, ein

entlaufener Sträfling aus Sibirien, denken Sie sich nur, ein früherer Gutsknecht von mir, den mein Papa vor etwa fünfzehn Jahren für Geld unter die Soldaten steckte. Eine sehr bemerkenswerte Persönlichkeit.«

»Haben Sie ... haben Sie mit ihm gesprochen?« fragte Nikolai Wsewolodowitsch, ihn scharf anblickend.

»Ja. Vor mir verbirgt er sich nicht. Er ist zu allem bereit, zu allem; selbstverständlich für Geld; aber er hat auch eigene Überzeugungen, in seiner Art natürlich. Ach ja, noch einmal apropos: Wenn Sie vorhin im Ernst von dieser Absicht gesprochen haben (Sie erinnern sich: in betreff Lisaweta Nikolajewnas), so wiederhole ich Ihnen noch einmal, daß auch ich zu allem bereit bin, in jeder Art, in der es Ihnen gefällig ist, und daß ich vollständig zu Ihren Diensten stehe ... Was heißt das? Sie greifen nach dem Stocke? Ach nein, ich habe mich geirrt. Denken Sie nur, mir schien es, als ob Sie nach dem Stocke suchten!«

Nikolai Wsewolodowitsch hatte nichts gesucht und sagte nichts, stand aber tatsächlich auf einmal mit einer eigentümlichen Bewegung im Gesichte auf.

»Und wenn Sie auch in bezug auf Herrn Gaganow irgend etwas nötig haben sollten«, platzte Pjotr Stepanowitsch plötzlich heraus und deutete dabei geradezu mit dem Kopfe auf den Briefbeschwerer hin, »so kann ich selbstverständlich alles arrangieren und bin überzeugt, daß Sie mich nicht übergehen werden.«

Er ging schnell hinaus, ohne eine Antwort abzuwarten, schob aber den Kopf noch einmal durch die Türspalte.

»Ich bin der Ansicht«, rief er eilig, »daß auch Schatow nicht berechtigt war, sein Leben aufs Spiel zu setzen, damals am Sonntag, als er zu Ihnen herantrat, nicht wahr? Es wäre mir lieb, wenn Sie das beachteten.«

Er verschwand wieder, ohne eine Antwort abzuwarten.

## IV

Vielleicht dachte er, während er verschwand, daß Nikolai Wsewolodowitsch jetzt, wo er allein zurückgeblieben sei, anfangen werde, mit den Fäusten gegen die Wand zu schlagen, und er hätte sich gewiß gefreut, das anzusehen, wenn es möglich gewesen wäre. Aber er hätte sich sehr getäuscht gesehen. Nikolai Wsewolodowitsch blieb ruhig. Etwa zwei Minuten lang stand er noch in derselben Haltung am Tische, anscheinend in Gedanken versunken; aber dann wurde ein mattes, kaltes Lächeln auf seinen Lippen sichtbar. Er setzte sich langsam auf das Sofa, auf seinen früheren Platz in der Ecke und schloß wie vor Müdigkeit die Augen. Die Ecke des Briefes schaute wie vorher unter dem Briefbeschwerer hervor; aber er rührte sich nicht, um das in Ordnung zu bringen.

Bald schwand ihm das Bewußtsein vollständig. Warwara Petrowna, die sich diese Tage über mit schweren Sorgen gequält hatte, konnte es nicht länger ertragen, und nach Pjotr Stepanowitschs Weggehen, der zwar zu ihr heranzukommen versprochen, aber sein Versprechen nicht gehalten hatte, wagte sie es trotz der ungeeigneten Stunde, Nicolas selbst zu besuchen. Sie hatte immer eine unbestimmte Hoffnung, er werde ihr endlich doch etwas Definitives sagen. Leise, wie kurz zuvor, klopfte sie an die Tür und öffnete, da sie keine Antwort erhielt, sie wieder selbst. Da sie sah, daß Nicolas völlig regungslos dasaß, ging sie mit stark schlagendem Herzen vorsichtig näher an das Sofa heran. Es befremdete sie, daß er so bald eingeschlafen war und daß er in dieser Haltung schlafen konnte, so gerade und so unbeweglich dasitzend; selbst das Atmen war kaum wahrnehmbar. Das Gesicht war blaß und finster, aber ganz unbeweglich, wie erstarrt; die Augenbrauen ein wenig zusammengezogen; er hatte eine entschiedene Ähnlichkeit mit einer leblosen Wachsfigur. Die Mutter stand ungefähr drei Minuten lang über ihn gebeugt da; sie wagte kaum zu atmen und wurde plötzlich von Angst befallen; sie ging auf den Zehen hinaus, blieb schnell noch in der Tür stehen,

bekreuzte ihn und entfernte sich unbemerkt, mit einem neuen, schweren Gefühl des Kummers.
Er schlief lange, über eine Stunde, und die ganze Zeit über in demselben Zustande der Erstarrung: Kein Muskel seines Gesichtes zuckte, und an seinem ganzen Körper war nicht die geringste Bewegung wahrzunehmen; die Augenbrauen blieben immer in gleicher Weise finster zusammengezogen. Wäre Warwara Petrowna noch drei Minuten länger geblieben, so würde sie das bedrückende Gefühl, das diese lethargische Unbeweglichkeit hervorrief, sicherlich nicht ertragen und ihn geweckt haben. Aber plötzlich öffnete er von selbst die Augen und blieb wie vorher, ohne sich zu rühren, noch etwa zehn Minuten sitzen; es schien, als blicke er neugierig und beharrlich nach einem ihn interessierenden Gegenstande in der Zimmerecke hin, obgleich da überhaupt nichts Neues und Besonderes vorhanden war.
Endlich ertönte der leise, tiefe Klang der großen Wanduhr, welche einen Schlag tat. Mit einer gewissen Unruhe drehte er den Kopf herum, um nach dem Zifferblatte zu sehen; aber fast in demselben Augenblicke öffnete sich eine nach dem Korridor hinausführende Hintertür, und es erschien der Kammerdiener Alexej Jegorowitsch. Er trug in der Hand einen warmen Überzieher, einen Schal und einen Hut, in der andern einen silbernen Teller, auf dem ein Zettel lag.
»Es ist halb zehn Uhr«, sagte er leise, legte die mitgebrachten Garderobenstücke in einer Ecke auf einen Stuhl und präsentierte auf dem Teller den Zettel, ein kleines unversiegeltes Blättchen, auf dem zwei Zeilen mit Bleistift geschrieben standen.
Nachdem Nikolai Wsewolodowitsch diese Zeilen gelesen hatte, nahm er ebenfalls einen Bleistift vom Tisch, schrieb am unteren Ende des Zettels zwei Worte und legte ihn wieder auf den Teller.
»Gib ihn ab, sowie ich weggegangen bin; jetzt will ich mich anziehen«, sagte er und erhob sich vom Sofa.
Da ihm einfiel, daß er ein leichtes Samtjackett anhatte, so überlegte er einen Augenblick und ließ sich dann einen anderen Rock reichen, einen Tuchrock, wie man ihn bei

förmlicheren Abendgesellschaften trägt. Nachdem er sich endlich ganz angekleidet und den Hut aufgesetzt hatte, verschloß er diejenige Tür, durch die Warwara Petrowna zu ihm hereingekommen war, nahm unter dem Briefbeschwerer den versteckten Brief hervor und ging, von Alexej Jegorowitsch begleitet, schweigend auf den Korridor hinaus. Von dem Korridor stiegen sie eine schmale, steinerne Hintertreppe hinab und gelangten in einen Flur, der unmittelbar in den Garten hinausführte. In einer Ecke des Flures standen eine Laterne und ein großer Regenschirm bereit.
»Infolge des starken Regens ist auf den hiesigen Straßen ein unerträglicher Schmutz«, berichtete Alexej Jegorowitsch; er machte damit einen letzten bescheidenen Versuch, den jungen Herrn von seinem Ausgange zurückzuhalten.
Aber dieser spannte den Schirm auf und trat schweigend in den nassen alten Garten hinaus, wo es so dunkel war wie in einem Keller. Der Wind brauste und schüttelte die Wipfel der halbkahlen Bäume; die schmalen, mit Sand beschütteten Steige waren morastig und glitschig. Alexej Jegorowitsch ging so, wie er war, im Frack und ohne Hut, und erleuchtete mit der Laterne den Weg voraus auf eine Entfernung von drei Schritten.
»Wird es auch niemand bemerken?« fragte Nikolai Wsewolodowitsch.
»Aus den Fenstern ist es nicht zu sehen; zudem habe ich alle Vorsorge getroffen«, antwortete der Diener leise und gemessen.
»Schläft meine Mutter?«
»Die gnädige Frau haben sich nach Gewohnheit der letzten Tage Punkt neun Uhr eingeschlossen und können jetzt nichts wahrnehmen. Zu welcher Stunde befehlen Sie mir, Sie zu erwarten?« fügte er hinzu, indem er es wagte, selbst eine Frage zu stellen.
»Um eins, halb zwei, jedenfalls nicht später als um zwei.«
»Zu Befehl.«
Sie durchschritten auf gewundenen Wegen den ganzen Garten, den sie beide genau kannten, gelangten zu der steinernen Gartenmauer und fanden hier ganz in der Ecke

ein kleines Pförtchen, das auf eine schmale, stille Gasse hinausführte und fast immer verschlossen war, dessen Schlüssel sich aber jetzt in Alexej Jegorowitschs Hand befand.

»Wird die Tür auch nicht knarren?« erkundigte sich Nikolai Wsewolodowitsch wieder.

Aber Alexej Jegorowitsch meldete, er habe sie noch gestern geölt, »und ebenso heute«. Er war schon ganz durchnäßt. Nachdem er die Tür aufgeschlossen hatte, reichte er Nikolai Wsewolodowitsch den Schlüssel hin.

»Wenn Sie einen weiten Weg zu unternehmen belieben, so melde ich, daß ich dem hiesigen geringen Volke nicht traue, insonderheit nicht in den stillen Nebengassen und am allerwenigsten jenseits des Flusses«, konnte er sich noch einmal nicht enthalten zu bemerken. Er war ein alter Diener, der ehemals des kleinen Nikolai Wsewolodowitsch Hüter gewesen war und ihn auf den Armen getragen hatte, ein ernster, solider Mann, der gern den Gottesdienst besuchte und fromme Bücher las.

»Sei unbesorgt, Alexej Jegorowitsch!«

»Gott segne Sie, gnädiger Herr, bei allen guten Werken.«

»Wie?« fragte Nikolai Wsewolodowitsch und blieb noch einmal stehen, nachdem er schon auf die Gasse hinausgetreten war.

Alexej Jegorowitsch wiederholte seinen Wunsch in festem Tone; nie vorher hätte er es gewagt, diesen Wunsch mit solchen Worten seinem Herrn gegenüber laut auszusprechen.

Nikolai Wsewolodowitsch schloß die Tür zu, steckte den Schlüssel in die Tasche und ging die Gasse entlang, wo er bei jedem Schritte fünf Zoll tief in den Schmutz sank. Endlich gelangte er in eine lange, menschenleere Straße und auf Pflaster. Die Stadt war ihm so bekannt wie seine fünf Finger; aber die Bogojawlenskaja-Straße war noch sehr fern. Es war schon zehn Uhr durch, als er endlich vor dem verschlossenen Tore des dunklen alten Filippowschen Hauses stehen blieb. Das untere Stockwerk stand jetzt nach dem Wegzuge des Lebjadkinschen Geschwisterpaares ganz leer, und die

Fenster waren mit Brettern vernagelt; aber im Halbgeschoß bei Schatow war Licht. Da keine Klingel da war, so schlug er mit der Hand gegen das Tor. Es wurde ein Fenster geöffnet, und Schatow blickte auf die Straße hinaus; es war eine furchtbare Dunkelheit, so daß es schwer hielt, jemanden zu erkennen; Schatow sah lange hin, wohl eine Minute lang.
»Sind Sie es?« fragte er auf einmal.
»Ja, ich bin es«, antwortete der unerwartete Besucher.
Schatow schlug das Fenster zu, kam herunter und schloß das Tor auf. Nikolai Wsewolodowitsch trat über die hohe Schwelle und ging, ohne ein Wort zu sagen, an ihm vorbei geradeswegs nach dem Seitengebäude zu Kirillow hin.

## V

Hier war alles unverschlossen und nicht einmal die Türen angelehnt. Der Flur und die ersten beiden Zimmer waren dunkel; aber aus dem letzten, in welchen Kirillow wohnte und seinen Tee zu trinken pflegte, schimmerte Licht, und es war Gelächter sowie ein sonderbares Kreischen vernehmbar. Nikolai Wsewolodowitsch ging auf das Licht zu, blieb aber ohne einzutreten auf der Schwelle stehen. Auf dem Tische stand Tee. Mitten im Zimmer stand die alte Frau, die Verwandte des Hauswirtes, mit bloßem Kopf, nur im Unterrock, mit Schuhen auf den bloßen Füßen und mit einer Jacke von Hasenfell. Auf dem Arm hielt sie ein Kind von anderthalb Jahren, im bloßen Hemdchen, mit nackten Beinchen, heißen Bäckchen und weißen, wirren Härchen; es war soeben aus der Wiege genommen. Es hatte offenbar unlängst geweint; denn es standen ihm noch Tränchen in den Augen; aber in diesem Augenblick streckte es die Ärmchen aus, klatschte in die Hände und lachte, wie eben kleine Kinder lachen, so daß es fast wie ein Schluchzen klang. Vor ihm stand Kirillow und warf einen großen roten Gummiball auf den Fußboden; der Ball sprang bis an die Decke hinauf, fiel wieder nieder, und das Kindchen schrie: »Ba, Ba!« Kirillow fing den Ball und gab ihn ihm; das

Kindchen warf ihn dann selbst mit seinen ungeschickten Händchen, und Kirillow lief hin und hob ihn wieder auf. Endlich rollte der »Ba« unter einen Schrank. »Ba, Ba!« schrie das Kindchen. Kirillow warf sich auf den Fußboden, streckte sich lang aus und versuchte den »Ba« mit dem Arme unter dem Schranke hervorzuholen. Nikolai Wsewolodowitsch trat ins Zimmer; als das Kind ihn erblickte, drückte es sich an die alte Frau und brach in ein langgezogenes, kindliches Weinen aus; diese trug es sofort hinaus.
»Stawrogin?« sagte Kirillow, indem er sich mit dem Balle in der Hand vom Fußboden erhob; er zeigte sich über den unerwarteten Besuch nicht im geringsten verwundert. »Wollen Sie Tee?«
Er richtete sich vollständig auf.
»Ich nehme ihn sehr gern an, wenn er warm ist«, erwiderte Nikolai Wsewolodowitsch. »Ich bin ganz durchnäßt.«
»Warm ist er, sogar heiß«, versicherte Kirillow mit Vergnügen. »Setzen Sie sich; Sie sind naß und schmutzig; das tut nichts; ich wische nachher den Fußboden mit einem nassen Lappen auf.«
Nikolai Wsewolodowitsch setzte sich und trank die eingegossene Tasse beinah mit einem Male aus.
»Noch mehr?« fragte Kirillow.
»Danke.«
Kirillow, der sich bis dahin nicht gesetzt hatte, setzte sich ihm nun sogleich gegenüber und fragte:
»Was führt Sie her?«
»Ein Anliegen. Lesen Sie diesen Brief, er ist von Gaganow. Sie erinnern sich, ich habe Ihnen von ihm schon in Petersburg erzählt.«
Kirillow nahm den Brief, las ihn durch, legte ihn auf den Tisch und sah seinen Gast erwartungsvoll an.
»Diesen Gaganow«, begann Nikolai Wsewolodowitsch seine Auseinandersetzung, »habe ich, wie Sie wissen, vor einem Monate in Petersburg zum erstenmal in meinem Leben getroffen. Wir waren etwa dreimal zusammen in Gesellschaft bei anderen Leuten. Obwohl er sich mir nicht vorstellen ließ und nicht mit mir redete, fand er doch die

Möglichkeit, sich gegen mich sehr dreist zu benehmen. Ich habe Ihnen das damals gesagt; aber eines wissen Sie noch nicht: Als er damals aus Petersburg noch vor mir abreiste, schickte er mir einen Brief, der, wenn auch nicht von der Art wie dieser, so doch ebenfalls im höchsten Grade unanständig und um so sonderbarer war, als sich darin überhaupt kein Grund für seine Abfassung und Zusendung angegeben fand. Ich antwortete ihm sofort, ebenfalls brieflich, und schrieb ihm ganz offenherzig, er grolle wahrscheinlich wegen des Vorfalls mit seinem Vater vor vier Jahren hier im Klub; ich sei meinerseits bereit, ihn in jeder Weise um Entschuldigung zu bitten, mit der Begründung, daß meine Handlung unbeabsichtigt gewesen und durch Krankheit veranlaßt worden sei. Ich bat ihn, meine Entschuldigungen in Erwägung zu ziehen. Er reiste ab, ohne mir geantwortet zu haben. Aber jetzt finde ich ihn hier bereits in einer wahren Raserei. Es sind mir mehrere Äußerungen hinterbracht worden, die er in aller Öffentlichkeit über mich getan hat: Es sind grobe Beschimpfungen und erstaunliche Beschuldigungen. Und endlich geht mir heute dieser Brief zu, ein Brief, wie ihn gewiß noch nie jemand erhalten hat, mit den ärgsten Schimpfworten und mit Ausdrücken wie ›Ihre geohrfeigte Fratze‹. Ich bin zu Ihnen gekommen in der Hoffnung, daß Sie sich nicht weigern werden, mein Sekundant zu sein.«

»Sie sagten, einen solchen Brief habe noch niemand erhalten«, bemerkte Kirillow. »In der Raserei ist alles möglich; so etwas ist schon oft geschrieben. Puschkin hat so an Heckeren geschrieben.* Nun gut; ich werde hingehen. Sagen Sie, wie es sein soll!«

Nikolai Wsewolodowitsch erklärte, er wünsche, daß das Duell gleich am nächsten Tage stattfinde; sein Sekundant solle aber jedenfalls mit einer Erneuerung der Entschuldigungen beginnen und sogar einen zweiten Entschuldigungsbrief versprechen, jedoch nur unter der Bedingung, daß auch Gaganow seinerseits verspreche, keine Briefe mehr zu

* Puschkin duellierte sich mit d'Antès-Heckeren und wurde von diesem erschossen. (A. d. Ü.)

schreiben. Der bereits empfangene Brief solle als nicht existierend betrachtet werden.
»Zu viel Konzessionen; er wird nicht darauf eingehen«, meinte Kirillow.
»Ich bin vor allen Dingen hergekommen, um zu hören, ob Sie bereit sind, ihm diese Bedingungen zu überbringen.«
»Ich bin bereit. Der Inhalt ist Ihre Sache. Aber er wird nicht darauf eingehen.«
»Das weiß ich, daß er nicht darauf eingehen wird.«
»Er will sich schlagen. Sagen Sie, wie das Duell vor sich gehen soll!«
»Die Sache ist eben die: Ich möchte, daß die ganze Sache morgen beendet würde. Um neun Uhr morgens können Sie bei ihm sein. Er wird Sie anhören und nicht darauf eingehen, sondern Sie zu seinem Sekundanten führen; nehmen wir an, etwa um elf Uhr. Sie werden mit diesem die nötigen Festsetzungen treffen, und dann könnten wir alle um ein oder zwei Uhr an Ort und Stelle sein. Bitte, suchen Sie es so einzurichten! Waffen natürlich Pistolen, und besonders bitte ich Sie, es folgendermaßen zu arrangieren: Setzen Sie fest, daß die Barrieren zehn Schritt voneinander entfernt sein sollen; stellen Sie uns dann einen jeden zehn Schritt von seiner Barriere auf, und auf ein gegebenes Zeichen gehen wir aufeinander los. Jeder muß unfehlbar bis an seine Barriere herangehen; er kann aber auch schon vorher im Gehen schießen. Ich meine, das wird alles sein.«
»Zehn Schritte zwischen den Barrieren, das ist zu nah«, bemerkte Kirillow.
»Nun, dann zwölf, aber nicht mehr; Sie sehen ja, daß er ein ernsthaftes Duell haben will. Verstehen Sie eine Pistole zu laden?«
»Ja. Ich habe Pistolen; ich werde mein Wort geben, daß Sie aus ihnen nicht geschossen haben. Sein Sekundant mag ebenfalls sein Wort mit Bezug auf die seinigen geben; dann haben wir zwei Paare und losen mit paar und unpaar, ob seines oder unseres genommen werden soll.«
»Sehr schön.«
»Wollen Sie die Pistolen sehen?«

»Meinetwegen.«
Kirillow kauerte sich in der Ecke vor seinem Koffer nieder, der immer noch nicht ausgepackt war, aus dem aber einzelne Stücke je nach Bedürfnis herausgezogen waren. Er hob einen unten auf dem Boden stehenden Kasten von Palmenholz heraus, der innen mit rotem Samt ausgeschlagen war, und entnahm ihm ein Paar eleganter, höchst wertvoller Pistolen.
»Es ist alles da: Pulver, Kugeln, Patronen. Ich habe auch einen Revolver; warten Sie!«
Er griff wieder in den Koffer und holte ein anderes Kästchen mit einem amerikanischen Revolver heraus.
»Sie haben ja viele Waffen, und sehr kostbare.«
»Sehr. Außerordentlich.«
Der arme, fast bettelarme Kirillow, der sich übrigens niemals seiner Armut bewußt wurde, zeigte jetzt offenbar mit Stolz seine wertvollen Waffen, die er sich ohne Zweifel mit großen Opfern angeschafft hatte.
»Haben Sie immer noch denselben Gedanken?« fragte Stawrogin nach einem etwa eine Minute lang dauernden Stillschweigen mit einiger Vorsicht.
»Ja«, antwortete Kirillow kurz, der sogleich am Tone erkannt hatte, wonach er gefragt wurde, und begann, die Waffen vom Tische wieder wegzuräumen.
»Wann denn?« fragte Nikolai Wsewolodowitsch noch vorsichtiger, wieder nach einem ziemlich langen Schweigen.
Kirillow hatte unterdessen die beiden Kästchen wieder in den Koffer getan und sich auf seinen früheren Platz gesetzt.
»Das hängt nicht von mir ab, wie Sie wissen; sobald es mir gesagt wird«, murmelte er, durch die Frage anscheinend etwas in Verlegenheit gesetzt, gleichzeitig aber mit völliger Bereitwilligkeit, auf alle anderen Fragen zu antworten.
Seine schwarzen, glanzlosen Augen waren unverwandt mit einem ruhigen, aber gutherzigen, freundlichen Blicke auf Stawrogin gerichtet.
»Ich habe jedenfalls Verständnis dafür, daß man sich erschießen kann«, begann mit etwas finsterem Gesichte Nikolai

Wsewolodowitsch von neuem nach einem langen, wohl drei Minuten währenden, nachdenklichen Stillschweigen. »Ich habe es mir selbst manchmal vorgestellt, und da hatte ich immer einen neuen Gedanken: Wenn man nun eine Übeltat beginge oder besonders etwas Schmähliches, das heißt eine so gemeine und . . . lächerliche Tat, daß die Menschheit tausend Jahre lang daran denken und einen verabscheuen würde, und dann auf einmal der Gedanke: ›ein einziger Schuß in die Schläfe, und alles ist vorbei!‹ Was kümmern einen dann noch die Menschen, und daß sie einen tausend Jahre lang verabscheuen werden, nicht wahr?«

»Sie nennen das einen neuen Gedanken?« sagte Kirillow, nachdem er eine kleine Weile nachgedacht hatte.

»Ich . . . will ihn nicht schlechthin neu nennen . . . Als ich einmal nachdachte, da kam mir dieser mir neue Gedanke zum Bewußtsein.«

»Der Gedanke kam Ihnen zum Bewußtsein?« wiederholte Kirillow. »Das ist gut. Es gibt viele Gedanken, die immer da sind und auf einmal neu werden. Das ist sicher. Es erscheint mir jetzt vieles so, als ob ich es zum erstenmal sähe.«

»Gesetzt, Sie hätten vorher auf dem Monde gelebt«, unterbrach ihn Stawrogin, der nicht auf ihn hingehört hatte und seinen eigenen Gedanken weiterspann, »und gesetzt, Sie hätten dort all solche lächerlichen Schändlichkeiten begangen; Sie wissen von hier aus genau, daß man dort tausend Jahre lang, ewig, auf dem Monde über Sie lachen und Ihren Namen verabscheuen wird; aber jetzt sind Sie hier und betrachten den Mond von hier aus: Was kümmert Sie dann hier all das, was Sie dort angerichtet haben, und daß die dort Lebenden Sie tausend Jahre lang verabscheuen werden? Nicht wahr?«

»Ich weiß es nicht«, antwortete Kirillow, »ich bin nicht auf dem Monde gewesen«, fügte er ohne Ironie hinzu, nur zur Feststellung der Tatsache.

»Wem gehörte denn das Kind von vorhin?«

»Die Schwiegermutter der alten Frau ist angekommen; nein, ihre Schwiegertochter . . . ganz egal. Vorgestern. Sie liegt krank, mit dem Kinde; nachts schreit es sehr; der Magen.

Die Mutter schläft; aber die alte Frau bringt es her; ich spiele Ball. Der Ball ist aus Hamburg. Ich habe ihn in Hamburg gekauft, um damit zu werfen und ihn zu fangen; das stärkt den Rücken. Ein kleines Mädchen.«
»Sie haben Kinder gern?«
»O ja«, antwortete Kirillow, jedoch in ziemlich gleichgültigem Tone.
»Also lieben Sie auch das Leben?«
»Ja, auch das Leben; wieso?«
»Wenn Sie doch beabsichtigen, sich zu erschießen.«
»Nun und? Warum bringen Sie das zusammen? Das Leben ist eine Sache für sich und das andere auch. Das Leben existiert; aber der Tod existiert gar nicht.«
»Sie haben angefangen, an ein künftiges ewiges Leben zu glauben?«
»Nein, nicht an ein künftiges ewiges Leben, sondern an ein ewiges Leben hier. Es gibt Augenblicke, man gelangt zu Augenblicken, wo die Zeit auf einmal stehen bleibt und zur Ewigkeit wird.«
»Und Sie hoffen zu einem solchen Augenblicke zu gelangen?«
»Ja.«
»Das ist in unserer Zeit wohl kaum möglich«, erwiderte Nikolai Wsewolodowitsch langsam und nachdenklich und ebenfalls ohne alle Ironie. »In der Offenbarung St. Johannis schwört der Engel, daß es keine Zeit mehr geben wird.«
»Ich weiß. Das ist da sehr richtig gesagt, klar und genau. Sobald ein jeder Mensch das Glück erreicht hat, wird es keine Zeit mehr geben, weil sie dann nicht mehr nötig ist. Ein sehr richtiger Gedanke.«
»Wohin wird denn die Zeit versteckt werden?«
»Nirgends hin. Die Zeit ist kein Gegenstand, sondern eine Idee. Sie wird im Geiste erlöschen.«
»Alte philosophische Gemeinplätze, immer dieselben seit dem Anfang der Dinge«, murmelte Stawrogin mit einer Art von geringschätzigem Bedauern.
»Immer dieselben! Immer dieselben seit dem Anfang der Dinge und niemals andere!« fiel Kirillow mit blitzenden

Augen ein, als ob in diesem Gedanken für ihn ein Triumph läge.

»Sie sind wohl sehr glücklich, Kirillow?«

»Ja, sehr glücklich«, antwortete dieser, als ob er die allergewöhnlichste Antwort gäbe.

»Aber Sie waren doch erst neulich so betrübt; Sie hatten sich über Liputin geärgert.«

»Hm! . . . Jetzt schimpfe ich nicht. Damals wußte ich noch nicht, daß ich glücklich war. Haben Sie einmal ein Blatt gesehen, ein Baumblatt?«

»Ja.«

»Ich sah neulich ein gelbes Blatt; wenig Grün daran; an den Rändern war es vermodert. Der Wind hatte es fortgetragen. Als ich zehn Jahre alt war, schloß ich im Winter manchmal absichtlich die Augen und stellte mir ein grünes, hellgeädertes Blatt vor, auf dem die Sonne glänzte. Ich machte die Augen auf und traute ihnen nicht, weil es so gut gewesen war, und schloß sie wieder.«

»Was wollen Sie damit sagen? Ist das eine Allegorie?«

»N-nein . . . weshalb? Keine Allegorie; ich meine einfach ein Blatt, nur ein Blatt. Das Blatt ist gut. Alles ist gut.«

»Alles?«

»Ja. Der Mensch ist unglücklich, weil er nicht weiß, daß er glücklich ist; nur darum. Das ist alles, alles! Wer das erkennt, der wird sogleich glücklich, augenblicklich. Diese Schwiegermutter wird sterben, und das kleine Mädchen wird zurückbleiben – alles ist gut. Ich habe das auf einmal entdeckt.«

»Aber wenn jemand Hungers stirbt, oder wenn jemand ein Mädchen beleidigt und entehrt – ist das auch gut?«

»Ja, es ist gut. Und wenn jemand einem kleinen Kinde den Kopf zerschmettert, so ist auch das gut, und wenn er ihn nicht zerschmettert, ist es ebenfalls gut. Alles ist gut, alles. All denen geht es gut, welche wissen, daß alles gut ist. Wenn die Menschen wüßten, daß es ihnen gut geht, dann würde es ihnen gut gehen; aber solange sie nicht wissen, daß es ihnen gut geht, wird es ihnen schlecht gehen. Das ist der ganze Gedanke, der ganze; weiter gibt es keinen!«

»Wann haben Sie denn erkannt, daß Sie so glücklich sind?«
»In der vorigen Woche, am Dienstag; nein, es war am Mittwoch; denn es war schon Mittwoch, in der Nacht.«
»Bei welchem Anlaß denn?«
»Ich erinnere mich nicht; ohne besonderen Anlaß; ich ging im Zimmer auf und ab . . . es ist ja ganz egal. Ich hielt die Uhr an; es war zwei Uhr siebenunddreißig Minuten.«
»Das sollte wohl symbolisch bedeuten, daß die Zeit stehen bleiben muß.«
Kirillow schwieg eine Weile.
»Die Menschen sind nicht gut«, begann er dann auf einmal wieder, »weil sie nicht wissen, daß sie gut sind. Sobald sie das erkennen werden, werden sie kein Mädchen mehr vergewaltigen. Sie müssen erkennen, daß sie gut sind, und alle werden sofort gut werden, alle, ohne Ausnahme.«
»Also Sie selbst, Sie haben erkannt, daß Sie gut sind?«
»Ja, ich bin gut.«
»Darin stimme ich Ihnen übrigens bei«, murmelte Stawrogin finster.
»Wer da lehren wird, daß alle gut sind, der wird die Welt zur Vollendung führen.«
»Den, der das gelehrt hat, hat man gekreuzigt.«
»Er wird kommen, und sein Name wird Menschgott sein.«
»Gottmensch?«
»Menschgott; das ist ein Unterschied.«
»Zünden Sie selbst schon das Lämpchen vor dem Heiligenbilde an?«
»Ja, diesmal habe ich es angezündet.«
»Sind Sie gläubig geworden?«
»Die alte Frau hat es gern, daß das Lämpchen brennt . . . und heute hatte sie keine Zeit«, murmelte Kirillow.
»Aber Sie selbst beten noch nicht?«
»Ich bete zu allem. Sehen Sie, da kriecht eine Spinne an der Wand; ich sehe sie an und bin ihr dankbar dafür, daß sie da kriecht.«
Seine Augen brannten wieder. Er sah seinem Gaste mit

festem, unverwandtem Blicke gerade ins Gesicht. Dieser hörte ihm mit finsterer, widerwilliger Miene zu, in der jedoch kein Spott lag.

»Ich möchte darauf wetten: Wenn ich wieder herkomme, werden Sie schon auch an Gott glauben«, sagte er, indem er aufstand und nach seinem Hute griff.

»Warum?« fragte Kirillow, der sich ebenfalls erhob.

»Wenn Sie erkennten, daß Sie an Gott glauben, dann würden Sie an ihn glauben; aber da Sie noch nicht wissen, daß Sie an Gott glauben, so glauben Sie auch nicht an ihn«, antwortete Nikolai Wsewolodowitsch lächelnd.

»Das ist doch etwas anderes«, erwiderte Kirillow, nachdem er ein Weilchen nachgedacht hatte. »Sie haben meinen Gedanken verdreht. Ein weltmännischer Scherz. Erinnern Sie sich, was Sie in meinem Leben für eine bedeutende Rolle gespielt haben, Stawrogin!«

»Leben Sie wohl, Kirillow.«

»Kommen Sie einmal in der Nacht! Wann?«

»Sie haben doch nicht vergessen, was wir morgen vorhaben?«

»Ach ja, ich hatte es vergessen; aber seien Sie unbesorgt; ich werde die Zeit nicht verschlafen; um neun Uhr. Ich bin imstande aufzuwachen, wann ich will. Ich sage beim Hinlegen: ›Um sieben Uhr!‹ und wache um sieben auf; oder: ›Um zehn Uhr!‹ und wache um zehn auf.«

»Sie besitzen ja merkwürdige Eigenschaften«, sagte Nikolai Wsewolodowitsch und blickte ihm in das blasse Gesicht.

»Ich werde Ihnen das Tor aufschließen.«

»Bemühen Sie sich nicht! Schatow wird mich hinauslassen.«

»Ah so, Schatow! Gut! Leben Sie wohl!«

## VI

Die Tür des Hauses, dessen einziger Bewohner jetzt Schatow war, war nicht zugeschlossen; aber als Stawrogin in den Flur getreten war, befand er sich in vollständiger Finsternis und mußte die Treppe zum Halbgeschoß mit der Hand suchen. Auf einmal wurde oben eine Tür geöffnet, und es wurde Licht sichtbar; Schatow kam nicht selbst heraus, sondern hatte nur seine Tür aufgemacht. Als Nikolai Wsewolodowitsch auf der Schwelle von Schatows Zimmer stand, sah er diesen wartend in der Ecke am Tische stehen.

»Ich komme in einer ernsten Angelegenheit; wollen Sie meinen Besuch annehmen?« fragte er von der Schwelle aus.

»Kommen Sie herein, und setzen Sie sich!« antwortete Schatow. »Schließen Sie die Tür zu; oder warten Sie, ich werde es selbst tun.«

Er schloß die Tür zu, kehrte zum Tische zurück und setzte sich Nikolai Wsewolodowitsch gegenüber. Er war in dieser Woche magerer geworden und schien jetzt zu fiebern.

»Sie haben mich gefoltert«, sagte er leise, fast flüsternd, mit niedergeschlagenen Augen. »Warum sind Sie nicht gekommen?«

»Waren Sie so fest davon überzeugt, daß ich kommen würde?«

»Ja, warten Sie, ich habe davon im Fieber phantasiert . . . vielleicht phantasiere ich auch jetzt . . . Warten Sie!«

Er stand auf und nahm vom Rande des obersten seiner drei Bücherbretter einen Gegenstand herunter. Es war ein Revolver.

»Ich meinte einmal in der Nacht, als ich fieberte, Sie würden herkommen, um mich zu töten, und früh am Morgen kaufte ich mir bei dem Taugenichts, dem Ljamschin, für mein letztes Geld diesen Revolver; ich wollte mich Ihnen doch nicht wehrlos ergeben. Nachher kam ich wieder zu mir . . . Ich habe weder Pulver noch Kugeln; seitdem liegt er da auf dem Bücherbrett unnütz herum. Warten Sie . . .«

Er trat ans Fenster und wollte die Luftklappe öffnen.

»Werfen Sie ihn nicht hinaus; wozu?« hielt ihn Nikolai Wsewolodowitsch zurück. »Er hat Geld gekostet, und morgen würden die Leute sagen, daß bei Schatow unter dem Fenster Revolver umherliegen. Legen Sie ihn wieder hin; so ist's recht; setzen Sie sich! Sagen Sie, warum haben Sie mir gewissermaßen reuig Ihre Befürchtung gebeichtet, daß ich herkommen würde, um Sie zu töten? Ich bin auch jetzt nicht hergekommen, um mich mit Ihnen zu versöhnen; sondern ich muß Ihnen eine notwendige Mitteilung machen. Klären Sie mich zunächst darüber auf: Sie haben mich nicht wegen meiner Beziehungen zu Ihrer Frau geschlagen?«

»Sie wissen selbst, daß das nicht der Grund war!« erwiderte Schatow, wieder zu Boden blickend.

»Auch nicht etwa, weil Sie dem dummen Gerede über Darja Pawlowna Glauben beimäßen?«

»Nein, nein, gewiß nicht! Dummheit! Meine Schwester hat mir von Anfang an gesagt . . .« versetzte Schatow ungeduldig in scharfem Ton; er stampfte sogar ein wenig mit dem Fuße auf.

»Also habe ich richtig geraten, und Sie haben auch richtig geraten«, fuhr Stawrogin in ruhigem Tone fort. »Sie haben recht: Marja Timofejewna Lebjadkina ist meine legitime, mir vor viereinhalb Jahren in Petersburg angetraute Ehefrau. Also ihretwegen haben Sie mich geschlagen?«

Schatow hörte dies mit größter Überraschung und schwieg.

»Ich hatte es erraten; aber ich wollte es nicht glauben«, murmelte er endlich und sah Stawrogin mit einem seltsamen Blicke an.

»Und da haben Sie mich geschlagen?«

Schatow wurde dunkelrot und murmelte unzusammenhängend:

»Ich tat es wegen Ihres Falles . . . wegen der Lüge. Ich trat an Sie nicht in der Absicht heran, Sie zu bestrafen; als ich an Sie herantrat, wußte ich noch nicht, daß ich Sie schlagen würde . . . Ich habe es getan, weil Sie in meinem Leben eine so bedeutende Rolle gespielt haben . . . Ich . . .«

»Ich verstehe, ich verstehe; sparen Sie die Worte! Es tut mir leid, daß Sie fiebern; ich habe etwas sehr Notwendiges zu sagen.«

»Ich habe gar zu lange auf Sie warten müssen«, erwiderte Schatow, am ganzen Leibe zitternd, und erhob sich halb von seinem Platze. »Sagen Sie, was Sie hergeführt hat; ich werde dann ebenfalls reden . . . nachher . . .«

Er setzte sich wieder.

»Diese Angelegenheit gehört einem anderen Gebiete an«, begann Nikolai Wsewolodowitsch, indem er ihn forschend anblickte. »Gewisse Umstände haben mich genötigt, gleich heute eine solche Stunde zu wählen und zu Ihnen zu kommen, um Sie zu benachrichtigen, daß Sie vielleicht werden getötet werden.«

Schatow blickte ihn wild an.

»Ich weiß, daß mir möglicherweise Gefahr droht«, sagte er in gemessenem Tone, »aber woher kann das Ihnen, gerade Ihnen bekannt sein?«

»Weil ich ebenfalls zu ihnen gehöre, wie Sie, und ebenso wie Sie ein Mitglied ihres Bundes bin.«

»Sie . . . Sie sind ein Mitglied des Bundes?«

»Ich sehe Ihnen an den Augen an, daß Sie von mir alles andre eher erwartet hätten als dies«, erwiderte Nikolai Wsewolodowitsch leise lächelnd. »Aber erlauben Sie, also wußten Sie schon, daß man Ihnen nach dem Leben trachtet?«

»Ich habe es nicht geglaubt. Und auch jetzt glaube ich es nicht, trotz Ihrer Worte, obgleich . . . obgleich man bei diesen Narren auf alles gefaßt sein muß!« rief er auf einmal wütend und schlug mit der Faust auf den Tisch. »Aber ich fürchte sie nicht! Ich habe mit ihnen gebrochen. Dieser Mensch ist viermal zu mir gelaufen gekommen und hat mir gesagt, ich dürfe es . . . aber« (er blickte Stawrogin an) »was ist Ihnen denn eigentlich bekannt?«

»Beunruhigen Sie sich nicht; ich täusche Sie nicht«, fuhr Stawrogin in ziemlich kühlem Tone fort, mit der Miene eines Menschen, der nur seine Pflicht erfüllt. »Sie examinieren mich, was mir bekannt ist? Es ist mir bekannt, daß Sie in diesen Bund im Auslande eingetreten sind, vor zwei Jahren und noch zur Zeit seiner alten Organisation, kurz vor Ihrer Reise nach Amerika und wohl unmittelbar nach unserm letzten Gespräche, über das Sie mir so viel in Ihrem Briefe aus Amerika geschrieben haben. Apropos, entschuldigen

Sie, daß ich Ihnen nicht ebenfalls mit einem Briefe geantwortet, sondern mich darauf beschränkt habe . . .«

»Geld zu schicken; warten Sie einen Augenblick!« unterbrach ihn Schatow, zog eilig den Tischkasten auf und suchte unter den darin liegenden Papieren eine regenbogenfarbene Banknote heraus. »Hier, nehmen Sie die hundert Rubel zurück, die Sie mir damals geschickt haben; ohne Ihre Hilfe wäre ich dort zugrunde gegangen. Ich könnte Ihnen das Geld noch lange nicht zurückgeben, wenn mir nicht Ihre Mutter beigestanden hätte: Sie hat mir diese hundert Rubel vor neun Monaten in meiner Armut nach meiner Krankheit geschenkt. Aber, bitte, fahren Sie fort! . . .«

Er atmete nur mühsam.

»In Amerika haben Sie Ihre Ansichten geändert und wollten, als Sie nach der Schweiz zurückgekehrt waren, austreten. Man hat Ihnen keine Antwort gegeben, sondern Sie beauftragt, hier in Rußland von irgend jemandem eine Druckerei zu übernehmen und sie bis zur Übergabe an eine Person aufzubewahren, die von seiten des Bundes sich bei Ihnen melden werde. Ich kenne nicht alle Einzelheiten; aber in der Hauptsache verhält es sich wohl so, nicht wahr? In der Hoffnung oder unter der Bedingung, daß dies die letzte Forderung sei, die der Bund an Sie stelle, und daß man Sie nachher ganz loslassen werde, haben Sie das übernommen. All dies, mag es sich nun so verhalten oder nicht, habe ich nicht von den Mitgliedern des Bundes, sondern ganz zufällig gehört. Aber eines scheinen Sie bis jetzt noch gar nicht zu wissen: Diese Herren beabsichtigen ganz und gar nicht, sich von Ihnen zu trennen.«

»Das ist sinnlos!« schrie Schatow. »Ich habe ehrlich erklärt, daß ich vollständig aus dem Bunde ausscheide! Das ist mein Recht, das Recht meines Gewissens und meines Verstandes . . . Das werde ich mir nicht gefallen lassen! Es gibt keine Macht, die imstande wäre . . .«

»Wissen Sie, schreien Sie nicht so!« unterbrach ihn Nikolai Wsewolodowitsch sehr ernst. »Diesem Werchowenski ist es zuzutrauen, daß er uns jetzt vielleicht mit seinen eigenen

Ohren oder durch fremde Ohren belauscht, womöglich auf Ihrem eigenen Flur. Sogar der Trunkenbold Lebjadkin war wohl verpflichtet, Sie zu beobachten, und vielleicht auch umgekehrt Sie ihn, nicht wahr? Sagen Sie mir lieber: Hat sich Werchowenski jetzt mit Ihren Argumenten einverstanden erklärt oder nicht?«

»Er war einverstanden; er sagte, ich dürfte es und ich hätte das Recht . . .«

»Nun, dann hat er Sie betrogen. Ich weiß, daß sogar Kirillow, der fast gar nicht zu ihnen gehört, Nachrichten über Sie geliefert hat; Agenten haben sie in Menge, sogar solche, die gar nicht wissen, daß sie dem Bunde dienen; Sie sind fortwährend beaufsichtigt worden. Pjotr Werchowenski ist unter anderm auch zu dem Zwecke hierher gekommen, um Ihre Angelegenheit endgültig zu erledigen, und hat dazu Vollmacht erhalten, nämlich Sie in einem geeigneten Momente als einen, der zuviel weiß und denunzieren könnte, beiseite zu schaffen. Ich wiederhole Ihnen, daß das zuverlässig richtig ist; und gestatten Sie mir hinzuzufügen, daß man aus irgendwelchem Grunde vollkommen davon überzeugt ist, daß Sie ein Spion sind und, wenn Sie nicht schon denunziert haben, es doch tun werden. Hat denn das seine Richtigkeit?«

Schatow zog den Mund schief, als er hörte, wie eine solche Frage in einem so gewöhnlichen Tone an ihn gerichtet wurde.

»Wenn ich ein Spion wäre, bei wem sollte ich dann eine Denunziation anbringen?« fragte er zornig, ohne geradezu zu antworten. »Nein, kümmern Sie sich nicht um mich; mag mich der Teufel holen!« rief er und griff auf einmal auf den andern Gedanken zurück, der ihn heftig erschüttert hatte, nach allen Anzeichen unvergleichlich viel mehr als die Nachricht von seiner eigenen Gefahr. »Sie, Sie, Stawrogin, wie konnten Sie sich nur in eine so schamlose, talentlose, lakaienhafte, abgeschmackte Gesellschaft verirren? Sie ein Mitglied dieses Bundes! Ist das Nikolai Stawrogins würdig?« rief er beinah in Verzweiflung.

Er schlug sogar die Hände zusammen, als ob es nichts

Betrübenderes und Trostloseres für ihn geben könne als diese Entdeckung.

»Entschuldigen Sie«, sagte Nikolai Wsewolodowitsch, der wirklich erstaunt war, »aber Sie scheinen mich als eine Art Sonne zu betrachten und sich selbst im Vergleich mit mir als ein kleines Käferchen. Ich habe das bei dem Briefe bemerkt, den Sie mir aus Amerika schrieben.«

»Sie . . . Sie wissen . . . Ach, lassen wir mich lieber ganz beiseite!« brach Schatow plötzlich ab. »Wenn Sie etwas zur Erklärung Ihrer Handlungsweise sagen können, so tun Sie es . . . Antworten Sie auf meine Frage!« wiederholte er in starker Erregung.

»Mit Vergnügen. Sie fragen, wie ich in eine so gemeine Gesellschaft habe hineingeraten können. Nach meiner Mitteilung von vorhin fühle ich mich Ihnen gegenüber sogar zu einiger Offenherzigkeit in bezug auf diesen Punkt verpflichtet. Sehen Sie, strenggenommen gehöre ich diesem Bunde gar nicht an, habe ihm auch früher nicht angehört und bin weit mehr als Sie berechtigt, mich von ihnen loszusagen, weil ich gar nicht beigetreten bin. Im Gegenteil habe ich gleich zu Anfang erklärt, daß ich nicht ihr Genosse bin, und wenn ich ihnen gelegentlich geholfen habe, so habe ich das nur so aus Langerweile getan. Ich habe mich bis zu einem gewissen Grade an der Reorganisation des Bundes auf Grund eines neuen Planes beteiligt, das ist alles. Aber sie sind jetzt anderen Sinnes geworden und haben sich gesagt, daß auch meine Entlassung gefährlich sei, und es scheint, daß auch ich verurteilt bin.«

»Oh, bei denen wird immer gleich Todesstrafe verhängt, alles nach den Vorschriften, auf einem Blatt Papier mit einem Siegel, und drei bis vier Leute unterschreiben es. Und Sie glauben, daß diese Menschen imstande sind, etwas zu leisten!«

»Da haben Sie zum Teil recht, zum Teil unrecht«, fuhr Stawrogin in dem früheren gleichmütigen, sogar matten Tone fort. »Ohne Zweifel besitzen sie viel Phantasie, wie das in solchen Fällen immer ist: Ein kleines Häufchen hat übertriebene Vorstellungen von seiner Größe und von seiner

Bedeutung. Meiner Ansicht nach ist der einzige wirkliche Kopf unter ihnen Pjotr Werchowenski, und es ist gar zu bescheiden von ihm, wenn er sich nur für einen Agenten des Bundes hält. Übrigens ist die Grundidee nicht dümmer als andere dieser Art. Sie haben Verbindungen mit der Internationale; sie haben es verstanden, Agenten in Rußland anzustellen, und sind dabei sogar auf recht originelle Methoden verfallen . . . aber selbstverständlich nur theoretisch. Was aber ihre hiesigen Absichten anlangt, so ist ja die Bewegung unserer russischen Organisation etwas so Dunkles und fast immer etwas so Unerwartetes, daß man bei uns in der Tat auf alles gefaßt sein muß. Beachten Sie auch, daß Werchowenski ein hartnäckiger Mensch ist!«

»Diese Wanze, dieser Ignorant, dieser Dummkopf, der von Rußland nichts versteht!« schrie Schatow aufgebracht.

»Da kennen Sie ihn schlecht. Allerdings verstehen sie überhaupt alle wenig von Rußland, aber doch nicht viel weniger als Sie und ich; und außerdem ist Werchowenski ein Schwärmer.«

»Werchowenski ein Schwärmer?«

»O ja. Es gibt einen Punkt, wo er aufhört, ein Hansnarr zu sein, und sich in einen Halbverrückten verwandelt. Erinnern Sie sich, bitte, an einen Ausspruch, den Sie selbst einmal getan haben: ›Wissen Sie, wie stark ein einzelner Mensch sein kann?‹ Bitte, lachen Sie nicht; er ist sehr wohl imstande, den Hahn einer Pistole abzudrücken. Diese Menschen sind überzeugt, daß auch ich ein Spion bin. Weil sie ihre Sache nicht durchzuführen verstehen, sind sie alle sehr geneigt, jemanden der Spionage zu beschuldigen.«

»Aber Sie fürchten sich ja nicht.«

»N-nein . . . Ich fürchte mich nicht sehr . . . Aber Ihre Sache liegt ganz anders. Ich habe Sie gewarnt, damit Sie sich jedenfalls in acht nehmen. Meiner Ansicht nach brauchen wir uns nicht dadurch gekränkt zu fühlen, daß uns von Dummköpfen Gefahr droht: Die Sache selbst geht über ihren Verstand, und gegen Leute, die, wie Sie und ich, von anderer Art sind als sie, heben sie die Hand auf. Indessen es ist ein Viertel auf zwölf«, sagte er nach einem Blicke auf die

Uhr und stand vom Stuhle auf. »Ich möchte gern noch eine ganz andersartige Frage an Sie richten.«

»Um Gottes willen!« rief Schatow und sprang hastig auf.

»Was haben Sie?« Nikolai Wsewolodowitsch sah ihn fragend an.

»Fragen Sie, fragen Sie, wenn es sein muß!« rief Schatow in unbeschreiblicher Aufregung. »Aber unter der Bedingung, daß auch ich Ihnen eine Frage vorlegen darf. Ich bitte Sie inständig, es mir zu erlauben . . . ich muß notwendig . . . Sprechen Sie Ihre Frage aus!«

Stawrogin wartete einen Augenblick und begann dann:

»Ich habe gehört, daß Sie hier auf Marja Timofejewna einigen Einfluß hatten und daß sie Sie gern sah und gern reden hörte. Verhält es sich so?«

»Ja . . . sie hörte mich gern reden«, erwiderte Schatow etwas verlegen.

»Ich habe die Absicht, in den nächsten Tagen meine Ehe mit ihr hier in der Stadt öffentlich bekannt zu geben.«

»Ist das denn möglich?« flüsterte Schatow ganz erschrocken.

»Wie meinen Sie das? Die Sache hat keine Schwierigkeiten; die Trauzeugen sind hier. Es ist damals in Petersburg alles in völlig gesetzlicher, ordnungsgemäßer Weise zugegangen, und wenn es bisher nicht veröffentlicht worden ist, so ist dies nur deshalb unterblieben, weil die beiden einzigen Trauzeugen, Kirillow und Pjotr Werchowenski, und schließlich Lebjadkin selbst (den ich die Ehre habe jetzt meinen Verwandten zu nennen) ihr Wort darauf gaben, zu schweigen.«

»Das meinte ich nicht . . . Sie sprechen so ruhig davon . . . aber fahren Sie fort! Hören Sie, sind Sie nicht etwa mit Gewalt zu dieser Ehe gezwungen worden? Wie?«

»Nein, es hat mich niemand mit Gewalt dazu gezwungen«, versetzte Nikolai Wsewolodowitsch, über Schatows eilige, hitzige Frage lächelnd.

»Und was redet sie denn von ihrem Kinde?« fragte Schatow in fieberhafter Hast und zusammenhangslos.

»Sie redet von einem Kinde? Oh! Das wußte ich nicht; das

höre ich zum erstenmal. Sie hat kein Kind gehabt und konnte keines haben: Marja Timofejewna ist Jungfrau.«

»Ah! Habe ich es doch gedacht! Hören Sie!«

»Was ist Ihnen, Schatow?«

Schatow verbarg das Gesicht in den Händen und wandte sich um; aber plötzlich faßte er Stawrogin kräftig an den Schultern.

»Wissen Sie wenigstens, wissen Sie wenigstens«, schrie er, »weswegen Sie das alles angerichtet haben und weswegen Sie sich jetzt zu einer solchen Buße entschließen?«

»Ihre Frage ist verständig und kränkend; aber ich beabsichtige, Sie ebenfalls in Verwunderung zu versetzen: Ja, ich weiß beinahe, weswegen ich mich damals verheiratet habe und weswegen ich mich jetzt zu einer solchen ›Buße‹, wie Sie sich ausdrücken, entschließe.«

»Lassen wir das jetzt . . . davon später; warten Sie noch mit Ihrer Mitteilung; reden wir von der Hauptsache, von der Hauptsache: Ich habe zwei Jahre auf Sie gewartet.«

»Ja?«

»Ich habe sehr lange auf Sie gewartet; ich habe unaufhörlich an Sie gedacht. Sie sind der einzige Mensch, der imstande wäre . . . Ich habe schon aus Amerika darüber an Sie geschrieben.«

»Ich erinnere mich sehr gut Ihres langen Briefes.«

»War er zu lang zum Durchlesen? Ich gebe es zu; es waren sechs Briefbogen. Schweigen Sie, schweigen Sie! Sagen Sie: Können Sie mir noch zehn Minuten schenken, aber jetzt, sofort? . . . Ich habe sehr lange auf Sie gewartet!«

»Bitte, ich gewähre Ihnen eine halbe Stunde, aber nicht mehr, wenn Ihnen das möglich ist.«

»Aber unter der Bedingung«, fiel Schatow wütend ein, »daß Sie Ihren Ton ändern. Hören Sie, ich fordere es, während ich darum bitten müßte . . . Verstehen Sie, was das bedeutet: fordern, während man bitten müßte?«

»Ich verstehe es, daß Sie sich auf diese Weise über alles Gewöhnliche hinwegsetzen, um höhere Ziele zu erreichen«, erwiderte Nikolai Wsewolodowitsch ein wenig lächelnd. »Ich sehe auch zu meinem Leidwesen, daß Sie fiebern.«

»Ich bitte um Achtung vor mir; ich verlange sie!« schrie Schatow. »Nicht vor meiner Person (die mag der Teufel holen!), sondern vor etwas anderem, nur für diese Zeit, für einige Worte ... Wir sind hier zwei Wesen und begegnen uns in der Unendlichkeit ... zum letztenmal auf der Welt. Legen Sie Ihren Ton ab und nehmen Sie einen menschlichen an! Reden Sie wenigstens einmal in Ihrem Leben mit menschlicher Stimme! Ich sage das nicht um meinetwillen, sondern um Ihretwillen. Begreifen Sie auch wohl, daß Sie mir diesen Schlag ins Gesicht schon allein deswegen verzeihen müssen, weil ich Ihnen dadurch Gelegenheit gegeben habe, Ihre grenzenlose Kraft zu erkennen? ... Sie lächeln wieder in Ihrer süffisanten, weltmännischen Weise. Oh, wann werden Sie mich verstehen! Weg mit dem junkerhaften Benehmen! Verstehen Sie doch, daß ich das fordere; sonst werde ich nicht reden, um keinen Preis!«

Seine Wut ging fast bis zu fieberhaftem Irrereden; Nikolai Wsewolodowitsch machte ein finsteres Gesicht und schien vorsichtiger zu werden.

»Wenn ich noch auf eine halbe Stunde hiergeblieben bin«, sagte er ernst und nachdrücklich, »obwohl meine Zeit kostbar ist, so seien Sie überzeugt, daß ich Sie wenigstens mit Interesse anzuhören beabsichtige, und ... und daß ich von Ihnen viel Neues zu hören erwarte.«

Er setzte sich auf einen Stuhl.

»Setzen Sie sich!« schrie Schatow und setzte sich plötzlich selbst hin.

»Gestatten Sie mir aber, daran zu erinnern«, bemerkte Stawrogin noch einmal, »daß ich Ihnen eine Bitte in betreff Marja Timofejewnas aussprechen wollte, eine Bitte, die wenigstens für diese von großer Wichtigkeit ist ...«

»Nun?« fragte Schatow finster; er sah aus wie jemand, der an der wichtigsten Stelle unterbrochen worden ist, und der, obgleich er den andern anblickt, die Frage desselben doch noch nicht verstanden hat.

»Und daß Sie mich nicht haben zu Ende reden lassen«, schloß Nikolai Wsewolodowitsch lächelnd.

»Ach was, Unsinn, nachher!« winkte Schatow geringschätzig ab, nachdem er endlich das Verlangen seines Gegenübers begriffen hatte, und ging geradeswegs auf sein Hauptthema los.

## VII

»Wissen Sie wohl«, begann er fast drohend mit funkelnden Augen, indem er sich auf seinem Stuhle nach vorn beugte und den Zeigefinger der rechten Hand vor sich in die Höhe hob (offenbar, ohne es selbst zu bemerken), »wissen Sie wohl, welches Volk jetzt auf der ganzen Welt der einzige ›Träger des wahren Gottesglaubens‹ ist, welches Volk dasjenige ist, das im Namen des neuen Gottes die Welt erneuern und erlösen wird, und dem allein die Quellen des Lebens und des neuen Wortes gegeben sind? . . . Wissen Sie wohl, welches Volk das ist, und wie sein Name lautet?«
»Aus Ihrem Gebaren muß ich wohl mit Notwendigkeit und aufs schnellste schließen, das dies das russische Volk ist . . .«
»Und Sie lachen schon! O diese Menschensorte!« fuhr Schatow auf ihn los.
»Beruhigen Sie sich, ich bitte Sie; ich habe im Gegenteil gerade etwas Derartiges erwartet.«
»Sie haben Derartiges erwartet? Und Ihnen selbst ist dieser Satz nicht bekannt?«
»Er ist mir sehr wohl bekannt; ich sehe ganz genau voraus, worauf Sie hinauswollen. Der ganze Gedanke, den Sie da aussprechen, und sogar der Ausdruck ›Träger des wahren Gottesglaubens‹ ist nur der Schluß eines Gespräches, das wir beide vor mehr als zwei Jahren im Auslande führten, nicht lange vor Ihrer Abreise nach Amerika . . . Wenigstens soweit ich mich jetzt erinnern kann.«
»Das ist ganz und gar Ihr Gedanke und nicht der meinige. Ihr eigener Gedanke und nicht etwa nur der Schluß unseres Gespräches. Ein ›von uns beiden geführtes‹ Gespräch hat überhaupt nicht stattgefunden: Es war ein Lehrer da, der gewaltige Worte verkündete, und es war ein Schüler da, der

in geistigem Sinne von den Toten auferstand. Ich war jener Schüler und Sie der Lehrer.«

»Aber wenn ich mich recht erinnere, so traten Sie gerade nach meinen Worten in jenen Bund ein und fuhren erst dann nach Amerika.«

»Ja, und ich habe Ihnen darüber aus Amerika geschrieben; ich habe Ihnen über all das geschrieben. Ja, ich konnte mich nicht blutend von allem losreißen, womit ich seit meiner Kindheit verwachsen war, von allem, worauf ich voll Entzücken gehofft und worüber ich voll Haß geweint hatte. Es fällt dem Menschen schwer, seine Götter zu wechseln. Ich glaubte Ihnen damals nicht, weil ich Ihnen nicht glauben wollte, und klammerte mich zum letztenmal an diese Mistgrube . . . Aber der Same blieb und wuchs. Im Ernst, sagen Sie, haben Sie meinen Brief aus Amerika nicht durchgelesen? Vielleicht haben Sie ihn überhaupt nicht gelesen?«

»Ich habe davon drei Seiten gelesen, die beiden ersten und die letzte, und habe außerdem die Mitte flüchtig überblickt. Übrigens hatte ich immer vor . . .«

»Ach, es ist ja ganz gleichgültig; weg damit; zum Teufel!« wehrte Schatow ab. »Wenn Sie jetzt von Ihren damaligen Ansichten über dieses Volk zurückgetreten sind, wie konnten Sie sie dann damals so energisch aussprechen? Das ist es, was mich jetzt niederdrückt.«

»Ich habe auch damals nicht mit Ihnen gescherzt; wenn ich Sie zu überzeugen suchte, so mühte ich mich dabei mit mir selbst vielleicht noch mehr ab als mit Ihnen«, antwortete Stawrogin rätselhaft.

»Sie haben nicht gescherzt! In Amerika habe ich drei Monate neben einem Unglücklichen auf Stroh gelegen und von ihm erfahren, daß Sie zu derselben Zeit, wo Sie mir Gott und das Vaterland ins Herz pflanzten, daß Sie zu derselben Zeit, ja vielleicht in denselben Tagen das Herz dieses Unglücklichen, dieser Drahtpuppe, dieses Kirillow vergiftet haben. Sie haben ihn in der Unwahrheit und Lüge bestärkt und seinen Verstand zur Raserei gebracht . . . Gehen Sie hin, und sehen Sie ihn sich jetzt an; er ist Ihr Werk . . . Übrigens haben Sie ihn ja gesehen.«

»Erstens muß ich Ihnen bemerken, daß Kirillow mir soeben selbst gesagt hat, er sei glücklich und gut. Ihre Annahme, daß dies alles zu derselben Zeit vorgegangen sei, ist ziemlich richtig; aber was folgt daraus? Ich wiederhole: Ich habe weder Sie noch ihn getäuscht.«

»Sind Sie Atheist? Sind Sie jetzt Atheist?«

»Ja.«

»Waren Sie es auch damals?«

»Genau ebenso wie jetzt.«

»Ich habe Sie bei Beginn unseres Gespräches nicht um Achtung vor meiner Person gebeten; bei Ihrem Verstande könnten Sie das begreifen«, murmelte Schatow unwillig.

»Ich bin nicht bei Ihren ersten Worten aufgestanden; ich habe das Gespräch nicht abgebrochen; ich bin nicht von Ihnen weggegangen; ich sitze bis jetzt hier und antworte friedlich auf Ihre Fragen und auf Ihr . . . Anschreien; also habe ich es Ihnen gegenüber nicht an Achtung fehlen lassen.«

Schatow unterbrach ihn mit einer abwehrenden Handbewegung:

»Erinnern Sie sich an Ihren Ausdruck: ›Ein Atheist kann nicht Russe sein‹, ›Ein Atheist hört sofort auf, Russe zu sein‹? Erinnern Sie sich daran?«

»Ja?« erwiderte Nikolai Wsewolodowitsch in fragendem Tone.

»Sie fragen? Sie haben es vergessen? Und doch war das einer der feinsten Hinweise auf eine der wichtigsten Eigenheiten des russischen Geistes, die Sie richtig erkannt hatten. Das haben Sie nicht vergessen können! Ich will Sie an noch mehr erinnern: Sie sagten damals: ›Wer nicht zur rechtgläubigen Kirche gehört, kann nicht Russe sein‹.«

»Ich meine, das ist ein Gedanke der Slawophilen.«

»Nein, die heutigen Slawophilen lehnen ihn ab. Heute ist das Volk klüger geworden. Aber Sie gingen noch weiter: Sie glaubten, daß der römische Katholizismus kein Christentum mehr sei; Sie behaupteten, Rom habe einen Christus verkündet, der der dritten Versuchung des Teufels erlegen sei, und wenn der Katholizismus der ganzen Welt gepredigt habe, daß Christus ohne ein weltliches Reich auf Erden nicht bestehen könne, so habe er eben damit den Antichrist gepredigt und dadurch die ganze westliche Welt verdorben. Sie wiesen speziell darauf hin, wenn Frankreich unglücklich sei, so sei einzig und allein der Katholizismus daran schuld; denn dieses Land habe den stinkenden römischen Gott verworfen, einen neuen aber nicht gefunden. So haben Sie damals reden können! Ich erinnere mich an alles, was Sie sagten.«

»Wenn ich gläubig wäre, so würde ich dies ohne Zweifel auch jetzt wiederholen; ich habe nicht gelogen, als ich wie ein Gläubiger sprach«, erwiderte Nikolai Wsewolodowitsch sehr ernst. »Aber ich versichere Ihnen, daß diese Reproduktion meiner früheren Gedanken bei mir eine sehr unangenehme Empfindung hervorruft. Können Sie nicht damit aufhören?«

»Wenn Sie gläubig wären?!« schrie Schatow, ohne auf die Bitte seines Gastes die geringste Rücksicht zu nehmen. »Aber haben Sie nicht zu mir gesagt, wenn man Ihnen mathematisch bewiese, daß die Wahrheit außerhalb Christi liege, so würden Sie doch lieber bei Christus bleiben wollen als bei der Wahrheit? Haben Sie das gesagt? Haben Sie es gesagt?«

»Aber gestatten Sie auch mir endlich die Frage«, versetzte Stawrogin mit erhobener Stimme: »Wozu soll dieses ganze intolerante, boshafte Examen führen?«

»Dieses Examen wird für alle Zeit ein Ende haben, und Sie werden nie wieder daran erinnert werden.«

»Sie bleiben hartnäckig bei Ihrer Meinung, daß wir uns außerhalb von Raum und Zeit befinden.«

»Schweigen Sie!« schrie Schatow. »Ich bin dumm und ungeschickt; aber mag mein Name im Fluche der Lächerlichkeit untergehen! Erlauben Sie mir, vor Ihren Ohren Ihre damalige Anschauung in den Hauptzügen zu wiederholen . . . Oh, nur zehn Zeilen, nur den zusammenfassenden Schluß.«

»Tun Sie es, vorausgesetzt, daß das dann wirklich der Schluß ist . . .«

Stawrogin machte eine Bewegung, als wollte er nach der Uhr sehen; aber er beherrschte sich und unterließ es.

Schatow bog sich wieder auf dem Stuhle nach vorn und wollte einen Augenblick lang sogar schon wieder den Finger aufheben.

»Kein einziges Volk«, begann er, als läse er Zeile für Zeile aus einem Manuskripte ab, und fuhr gleichzeitig fort, Stawrogin drohend anzublicken, »kein einziges Volk hat sich jemals nach den Prinzipien der Wissenschaft und der Vernunft organisiert; dafür hat es niemals ein Beispiel gegeben, außer auf ganz kurze Zeit, aus Dummheit. Der Sozialismus muß schon seinem Wesen nach Atheismus sein; denn er hat das gleich von vornherein ausdrücklich ausgesprochen, daß er eine atheistische Institution ist und sich ausschließlich nach den Prinzipien der Wissenschaft und der Vernunft organisieren will. Vernunft und Wissenschaft haben im Leben der Völker immer, jetzt und vom Anfang aller Dinge an, nur eine Stellung zweiten Ranges, eine dienende Stellung eingenommen, und so wird es auch bis zum Ende aller Dinge bleiben. Es ist eine andere Kraft, durch die sich die Völker bilden und bewegen, eine befehlende und herrschende Kraft, deren Ursprung aber unbekannt und unerklärlich ist. Das ist die Kraft des unstillbaren Verlangens, das bis ans Ende gehen möchte und doch zugleich das Ende verneint. Das ist die Kraft der ununterbrochenen, unermüdlichen Bejahung der eigenen Existenz und der Verneinung des Todes; es ist der Geist des Lebens, wie die Schrift sagt, die ›Ströme lebendigen Wassers‹, mit deren Versiegen die Offenbarung des Johannes so droht. Es ist ein ästhetisches Prinzip, wie die Philosophen sagen, oder, was damit identisch ist, ein ethisches Prinzip. Ich nenne es ganz einfach ›das Suchen nach Gott‹. Das Ziel einer jeden Volksbewegung, bei jedem Volke und in jeder Periode seines Daseins, ist einzig und allein das Suchen nach Gott, nach seinem Gott, unbedingt nach seinem eigenen Gott, und der Glaube an ihn als an den einzig wahren. Gott ist die synthetische Persönlichkeit des ganzes Volkes, von seinem Beginn bis zu seinem Ende. Noch nie ist es vorgekommen, daß alle oder viele Völker einen gemeinsamen Gott gehabt hätten; sondern ein jedes hat immer seinen besonderen gehabt. Es ist ein Symptom des Schwindens der Nationalität, wenn die Götter anfangen, gemeinsam zu werden. Wenn die Götter gemeinsam werden, so sterben die Götter und der Glaube an sie mitsamt den Völkern selbst ab. Je stärker ein Volk ist, um so ausschließlicher gehört ihm sein Gott. Noch niemals hat es ein Volk ohne Religion gegeben, das heißt ohne den Begriff des Guten und des Bösen. Jedes Volk hat seine besonderen Begriffe von Gut und Böse und sein besonderes Gutes und Böses. Wenn die Begriffe des Guten und des Bösen bei vielen Völkern gemeinsam zu werden anfangen, dann sterben die Völker ab, und der Unterschied zwischen Gut und Böse fängt selbst an, sich zu verwischen und zu verschwinden. Niemals ist die Vernunft imstande gewesen, das Böse und das Gute zu definieren oder auch nur das Gute vom Bösen zu scheiden, nicht einmal annähernd; vielmehr hat sie beides immer in schmachvoller, kläglicher Weise miteinander vermischt; und die Wissenschaft hat ganz plumpe Antworten auf diese Frage gegeben. Besonders hat sich dadurch die Halbwissenschaft ausgezeichnet, die furchtbarste Geißel der Menschheit, schlimmer als Pest, Hunger und Krieg, die vor unserem jetzigen Jahrhundert unbekannt war. Die Halbwissenschaft ist ein Despot, wie es bisher noch nie einen ärgeren gegeben hat, ein Despot, der seine Priester und Sklaven hat, ein Despot, vor dem alle sich in Liebe und mit einem früher undenkbaren Aberglauben beugen; ja selbst die Wissenschaft zittert vor ihm und zeigt ihm gegenüber eine schmähliche Nachgiebigkeit. All das sind Ihre eigenen Worte, Stawrogin, mit Ausnahme dessen, was ich über die Halbwissenschaft gesagt habe; das sind meine Worte, weil ich selbst nur ein Halbgebildeter bin und sie darum ganz besonders hasse. An Ihren eigenen Gedanken aber und sogar an Ihren Worten habe ich nichts geändert, kein einziges Wort.«

»Ich glaube nicht, daß es ohne Veränderungen abgegangen ist«, bemerkte Stawrogin vorsichtig. »Sie haben das, was ich seinerzeit sagte, mit feurigem Interesse aufgenommen und, ohne es zu merken, es mit feurigem Interesse umgeändert. Schon allein, daß Sie Gott zu einem bloßen Attribut der Nationalität erniedrigt haben . . .«

Er hatte auf einmal angefangen, Schatow eine besondere, gesteigerte Aufmerksamkeit zuzuwenden, und zwar nicht sowohl seinen Worten als seiner Person.

»Ich erniedrige Gott zu einem Attribut der Nationalität!« rief Schatow. »Vielmehr hebe ich das Volk zu Gott hinauf. Und ist es denn auch jemals anders gewesen? Das Volk ist der Körper Gottes. Jedes Volk ist nur so lange ein Volk, als es seinen besonderen Gott hat und alle übrigen Götter auf der Welt unversöhnlich ausschließt, nur solange es daran glaubt, daß es durch seinen Gott alle übrigen Götter besiegen und aus der Welt vertreiben wird. So haben alle gedacht, solange die Welt steht, wenigstens alle großen Völker, alle, die einige Bedeutung hatten, alle, die an der Spitze der Menschheit standen. Gegen die Tatsachen läßt sich nicht ankämpfen. Die Hebräer haben nur dazu gelebt, um den wahren Gott zu erwarten, und haben der Welt den wahren Gott hinterlassen. Die Griechen vergötterten die Natur und vermachten der Welt ihre Religion, das heißt die Philosophie und die Kunst. Rom vergötterte das Volk im Staate und vermachte den Völkern den Staat. Frankreich ist im Laufe seiner ganzen langen Geschichte lediglich eine Inkarnation und Entwicklung der Idee des römischen Gottes gewesen, und wenn es schließlich seinen römischen Gott in den Abgrund geworfen und sich dem Atheismus ergeben hat, der bei ihnen vorläufig Sozialismus heißt, so ist das einzig und allein deswegen geschehen, weil der Atheismus immerhin gesünder ist als der römische Katholizismus. Wenn ein großes Volk nicht glaubt, daß es im alleinigen und ausschließlichen Besitze der Wahrheit ist, wenn es nicht glaubt, daß es allein fähig und dazu berufen ist, durch seine Wahrheit alle andern von den Toten aufzuerwecken und zu retten, dann verwandelt es sich sogleich in ethnographisches Material und hört auf, ein großes Volk zu sein. Ein großes Volk kann sich niemals mit einer Rolle zweiten Ranges in der Menschheit begnügen, nicht einmal mit einer solchen ersten Ranges, sondern es verlangt unbedingt und ausschließlich, den ersten Platz einzunehmen. Ein Volk, das diesen Glauben verliert, ist kein Volk mehr. Aber es gibt nur eine Wahrheit, und folglich kann nur ein einziges Volk den wahren Gott haben, wenn auch die übrigen Völker ihre eigenen, großen Götter haben mögen. Der einzige ›Träger des wahren Gottesglaubens‹ ist das russische Volk und . . . und . . . halten Sie mich denn wirklich für einen solchen Dummkopf, Stawrogin«, brüllte er plötzlich wütend, »daß ich nicht sollte beurteilen können, ob das, was ich in diesem Augenblicke sage, altes, wertloses Geschwätz ist, wie es auf allen Mühlen der Slawophilen in Moskau gemahlen wird, oder etwas vollkommen Neues, das letzte Wort, das einzige Wort der Erneuerung und Auferstehung, und . . . und was schert mich jetzt in diesem Augenblicke Ihr Lachen! Was schert es mich, daß Sie mich gar nicht, gar nicht verstehen, auch nicht ein Wort, auch nicht einen Laut! . . . Oh, wie verachte ich in diesem Augenblicke Ihr stolzes Lachen und Ihren stolzen Blick!«

Er sprang von seinem Platze auf; es war ihm sogar Schaum auf die Lippen getreten.

»Im Gegenteil, Schatow, im Gegenteil«, sagte Stawrogin sehr ernst und ruhig, ohne sich von seinem Platze zu erheben, »im Gegenteil, Sie haben durch Ihre flammenden Worte bei mir viele sehr starke Erinnerungen wachgerufen. In Ihren Worten erkenne ich meine eigene Gesinnung wieder, wie sie vor zwei Jahren war, und ich sage jetzt nicht mehr wie vorhin, daß Sie meine damaligen Gedanken übertreiben. Es scheint mir sogar, daß dieselben noch ablehnender, noch selbstbewußter waren, und ich versichere Ihnen zum drittenmal, daß ich gern alles, was Sie jetzt gesagt haben, bestätigen würde, sogar bis auf das letzte Wort, aber . . .«

»Aber Sie brauchen einen Hasen?«

»Wa-as?«

»Das ist Ihr eigener unwürdiger Ausdruck«, erwiderte Schatow boshaft lachend und setzte sich wieder hin. »›Um ein Hasenragout zu machen, braucht man einen Hasen; um an Gott zu glauben, braucht man einen Gott‹; das sollen Sie wiederholentlich in Petersburg gesagt haben, à la Nosdrjow, der einen Hasen an den Hinterbeinen fangen wollte.«

»Nein, der rühmte sich sogar, schon einen gefangen zu haben. Apropos, erlauben Sie, daß ich nun auch Ihnen eine Frage vorlege, um so mehr, da ich, wie mir scheint, jetzt ein volles Recht dazu habe. Sagen Sie mir: Ist Ihr Hase schon gefangen, oder läuft er noch?«

»Erdreisten Sie sich nicht, mich in dieser Form zu fragen! Fragen Sie in anderer Form, in anderer!« schrie Schatow, am ganzen Leibe zitternd.

»Wie Sie wünschen; also in anderer Form«, erwiderte Nikolai Wsewolodowitsch und betrachtete ihn mit hartem Blicke. »Ich wollte nur wissen: Glauben Sie selbst an Gott oder nicht?«

»Ich glaube an Rußland; ich glaube an seine Rechtgläubigkeit . . . Ich glaube an den Leib Christi . . . Ich glaube, daß die neue Wiederkunft Christi in Rußland stattfinden wird . . . Ich glaube . . .« stammelte Schatow in Ekstase.

»Aber auch an Gott? An Gott?«

»Ich . . . ich werde an Gott glauben.«

In Stawrogins Gesicht bewegte sich kein Muskel. Schatow sah ihn herausfordernd mit flammenden Blicken an, als ob er ihn damit verbrennen wollte.

»Ich habe Ihnen nicht gesagt, daß ich überhaupt nicht glaube!« schrie er endlich. »Ich bekenne nur, daß ich ein unglückliches, langweiliges Buch und vorläufig weiter nichts bin, vorläufig weiter nichts . . . Aber mag mein Name untergehen! Von Ihnen hängt die Sache ab, nicht von mir . . . Ich bin ein unbegabter Mensch und kann nur mein Blut hingeben, weiter nichts, wie jeder unbegabte Mensch. So mag denn mein Blut fließen! Von Ihnen rede ich; ich habe hier zwei Jahre lang auf Sie gewartet . . . Ihretwegen tanze ich jetzt eine halbe Stunde lang nackt umher. Sie, Sie allein wären imstande, diese Fahne zu erheben! . . .«

Er sprach nicht zu Ende; wie in Verzweiflung stemmte er die Ellbogen auf den Tisch und stützte den Kopf mit beiden Händen.

»Ich möchte anläßlich Ihres letzten Ausdrucks nur eines als Kuriosität bemerken«, unterbrach Stawrogin das Schweigen. »Warum wollen mir nur alle eine Fahne aufdrängen? Pjotr Werchowenski ist ebenfalls überzeugt, daß ich ›bei ihnen die Fahne erheben‹ könne, wenigstens hat man mir dies als einen von ihm getanen Ausspruch mitgeteilt. Er hat sich die Vorstellung zurechtgemacht, ich könne bei ihnen die Rolle eines Stenka Rasin spielen ›wegen ungewöhnlicher Befähigung zum Verbrechen‹; auch dies sind seine Worte.«
»Wie?« fragte Schatow. »Wegen ungewöhnlicher Befähigung zum Verbrechen?«
»Ganz richtig.«
»Hm! . . . Ist denn das wahr«, fragte er mit boshaftem Lächeln, »ist denn das wahr, daß Sie in Petersburg einem viehischen, wollüstigen Geheimbunde angehört haben? Ist das wahr, daß Sie geäußert haben, der Marquis de Sade hätte von Ihnen noch viel lernen können? Ist das wahr, daß Sie Kinder an sich gelockt und mißbraucht haben? Reden Sie! Wagen Sie nicht zu lügen!« schrie er ganz außer sich. »Nikolai Stawrogin kann Schatow gegenüber, der ihn ins Gesicht geschlagen hat, nicht lügen! Sagen Sie alles, und wenn es wahr ist, werde ich Sie sofort totschlagen, augenblicklich, hier auf der Stelle!«
»Ich habe diese Worte gesagt; aber ich habe Kindern nichts Böses getan«, sagte Stawrogin, aber erst nach sehr langem Stillschweigen.
Er war blaß geworden, und seine Augen glühten.
»Aber Sie haben es gesagt!« fuhr Schatow herrisch fort, ohne seine funkelnden Augen von ihm abzuwenden. »Ist es wahr, daß Sie gesagt haben, Sie wüßten hinsichtlich der Schönheit keinen Unterschied zwischen einer wollüstigen, tierischen Handlung und irgendwelcher Großtat, selbst wenn sie in der Hingabe des Lebens für die Menschheit bestehe? Ist es wahr, daß Sie gefunden haben, an beiden Polen sei die Schönheit gleich groß und der Genuß identisch?«
»Auf eine solche Frage zu antworten ist mir nicht möglich . . . ich will nicht darauf antworten«, murmelte Stawro-

gin, der sehr wohl hätte aufstehen und weggehen können, aber trotzdem nicht aufstand und nicht wegging.

»Ich weiß ebenfalls nicht, warum das Böse häßlich und das Gute schön ist; aber ich weiß, warum das Gefühl für diesen Unterschied sich bei Herren von Ihrer Art verwischt und verliert«, setzte ihm Schatow, der am ganzen Leibe zitterte, noch weiter hartnäckig zu. »Wissen Sie, warum Sie sich damals so schmählich und unwürdig verheiratet haben? Gerade deshalb, weil da die Schande und die Sinnlosigkeit bis zur Genialität gingen! Oh, Sie schlendern nicht vom Rande des Abgrundes hinweg, sondern stürzen sich kühn kopfüber hinab. Sie haben sich verheiratet aus Leidenschaft für die Selbstquälerei, aus Leidenschaft für Gewissensbisse, aus seelischer Wollust. Ihr Nervensystem war zerrüttet. Die gesunde Vernunft herauszufordern, das erschien Ihnen sehr reizvoll! Stawrogin und eine häßliche, lahme, schwachsinnige, bettelarme Frauensperson! Als Sie den Gouverneur ins Ohr bissen, haben Sie da ein Gefühl der Wollust gehabt? Ja? Sie müßig umherbummelndes Herrchen, haben Sie dabei ein solches Gefühl gehabt?«

»Sie sind ein Psychologe«, versetzte Stawrogin, der immer blasser geworden war, »wiewohl Sie sich über die Beweggründe zu meiner Ehe teilweise geirrt haben . . . Wer könnte Ihnen übrigens all diese Nachrichten geliefert haben?« fügte er mit erzwungenem Lächeln hinzu. »Etwa Kirillow? Aber der war nicht beteiligt . . .«

»Sie sind ja ganz blaß geworden?«

»Was wollen Sie denn aber eigentlich von mir?« fragte Nikolai Wsewolodowitsch, der jetzt endlich ebenfalls die Stimme erhob. »Ich habe nun eine halbe Stunde lang unter Ihren Peitschenhieben dagesessen, und Sie könnten mich wenigstens in höflicher Form entlassen . . . wenn Sie wirklich keinen vernünftigen Zweck damit verfolgen, daß Sie so mit mir umgehen.«

»Einen vernünftigen Zweck?«

»Ohne Zweifel. Sie waren mindestens verpflichtet, mir endlich Ihren Zweck anzugeben. Ich habe immer darauf gewartet, daß Sie das tun würden, habe aber bei Ihnen nichts als wütende Bosheit gesehen. Ich bitte Sie nun, mir das Tor zu öffnen.«

Er stand vom Stuhle auf. Schatow eilte wie ein Rasender hinter ihm her.

»Küssen Sie die Erde, tränken Sie sie mit Tränen, bitten Sie um Verzeihung!« schrie er und packte ihn an der Schulter.

»Ich habe Sie aber doch an jenem Vormittage nicht totgeschlagen ... sondern ich habe beide Arme auf den Rücken genommen ...« sagte Stawrogin beinah schmerzlich mit niedergeschlagenen Augen.

»Sprechen Sie alles aus, sprechen Sie alles aus! Sie sind hergekommen, um mich vor einer Gefahr zu warnen; Sie haben mich reden lassen; Sie wollen morgen Ihre Ehe öffentlich bekannt geben! ... Ich sehe Ihnen ja am Gesichte an, daß ein schrecklicher neuer Gedanke Sie niederdrückt ... Stawrogin, warum bin ich dazu verurteilt, lebenslänglich an Sie zu glauben? Könnte ich etwa mit anderen so reden? Ich bin keusch, habe mich aber meiner Nacktheit nicht geschämt, weil ich mit Stawrogin sprach. Ich habe mich nicht gescheut, einen großen Gedanken durch meine Berührung zu karikieren, weil mein Zuhörer Stawrogin war ... Und wenn Sie werden fortgegangen sein, werde ich sicherlich Ihre Fußspuren küssen! Ich kann Sie mir nicht aus dem Herzen reißen, Nikolai Stawrogin!«

»Es tut mir leid, daß ich Sie nicht lieben kann, Schatow«, erwiderte Nikolai Wsewolodowitsch kalt.

»Ich weiß, daß Sie das nicht können, und ich weiß, daß Sie nicht lügen. Hören Sie, ich kann alles in Ordnung bringen: Ich werde Ihnen einen Hasen verschaffen!«

Stawrogin schwieg.

»Sie sind ein Atheist, weil Sie ein Herrensohn sind, im höchsten Grade ein Herrensohn. Sie haben den Unterschied zwischen Gut und Böse verlernt, weil Sie aufgehört haben, Ihr Volk zu kennen ... Es wird eine neue Generation kommen, unmittelbar aus dem Herzen des Volkes, und wir alle werden sie nicht erkennen, weder Sie noch die Werchowenskis Vater und Sohn, noch auch ich, da ich ebenfalls ein Herrensohn bin, ich, der Sohn Ihres leibeigenen Lakaien

Pawel . . . Hören Sie, suchen Sie zu Gott durch Arbeit zu gelangen; darin liegt der Kern der Sache; oder Sie werden verschwinden wie gemeiner Schimmel; suchen Sie durch Arbeit zu ihm zu gelangen!«

»Durch Arbeit zu Gott? Durch was für Arbeit?«

»Durch Bauernarbeit. Wohlan, werfen Sie Ihren Reichtum von sich! . . . Ah, Sie lachen; Sie meinen, es läuft auf einen Spaß hinaus?«

Aber Stawrogin lachte nicht.

»Sie glauben, daß man zu Gott durch Arbeit gelangen kann, und speziell durch Bauernarbeit?« fragte er nach einigem Nachdenken, wie wenn ihm da wirklich ein neuer, ernster Gedanke entgegengetreten wäre, welcher Erwägung verdiente. »Apropos«, fuhr er, plötzlich auf einen anderen Gegenstand übergehend, fort, »Sie haben mich soeben daran erinnert: Wissen Sie auch wohl, daß ich keineswegs reich bin, so daß ich gar nichts von mir zu werfen brauche? Ich bin kaum imstande, Marja Timofejewnas Zukunft sicherzustellen . . . Und nun noch eins: Ich war hergekommen, um Sie zu bitten, daß Sie, wenn es Ihnen möglich wäre, auch in Zukunft Marja Timofejewna nicht verlassen möchten, da Sie der einzige sind, der einigen Einfluß auf ihren armen Geist haben kann. Ich sage das für alle Fälle.«

»Gut, gut, Sie sprechen von Marja Timofejewna«, erwiderte Schatow und machte nur mit der einen Hand eine abwehrende Bewegung, da er in der andern das Licht hielt. »Gut, das versteht sich dann von selbst . . . Hören Sie, gehen Sie doch einmal zu Tichon!«

»Zu wem?«

»Zu Tichon. Tichon ist ein früherer Bischof; er lebt krankheitshalber im Ruhestande, hier in der Stadt, in unserem Jefimjewski-Bogorodski-Kloster.«

»Was soll ich da?«

»Nichts Besonderes. Es kommen viele Leute zu ihm, zu Fuß und zu Wagen. Gehen Sie doch auch hin; warum nicht? Was hindert Sie?«

»Ich höre das zum erstenmal, und . . . ich bin mit solchen

Menschen noch nie zusammengekommen. Ich danke Ihnen; ich werde hingehen.«
»Hierher!« Schatow leuchtete auf der Treppe. »So, nun gehen Sie!« Er öffnete das Pförtchen, das nach der Straße führte.
»Ich werde nicht wieder zu Ihnen kommen, Schatow«, sagte Stawrogin leise, als er durch das Pförtchen schritt.
Die Dunkelheit und der Regen waren unverändert geblieben.

## ZWEITES KAPITEL

### *Die Nacht (Fortsetzung)*

#### I

Er ging die ganze Bogojawlenskaja-Straße entlang; endlich senkte sich der Weg; die Füße wateten im Schmutz, und auf einmal tat sich ein weiter, nebliger, anscheinend leerer Raum auf: der Fluß. Die Häuser verwandelten sich in Hütten; die Straße verlor sich in einer Menge unordentlicher Gäßchen. Nikolai Wsewolodowitsch ging längere Zeit an Zäunen hin, ohne sich vom Ufer zu entfernen; aber er verfolgte mit Sicherheit seinen Weg und dachte sogar kaum an ihn. Er war mit ganz anderen Gedanken beschäftigt und blickte erstaunt um sich, als er, aus seiner Versonnenheit zu sich kommend, bemerkte, daß er sich beinah auf der Mitte unserer langen, nassen Schiffbrücke befand. Ringsum war kein Mensch zu sehen, so daß es ihm sonderbar erschien, als sich plötzlich, beinahe dicht an seinem Ellbogen, eine höflich-familiäre, übrigens ziemlich angenehme Stimme mit jener süßlichen, skandierenden Aussprache hören ließ, mit der bei uns sehr kultivierte Kleinbürger oder junge lockige Handlungskommis sich ein Air zu geben suchen.
»Erlauben Sie wohl, mein Herr, daß ich Ihren Schirm mitbenutze?«

Und wirklich schlüpfte eine Gestalt unter seinen Schirm oder stellte sich wenigstens so, als ob sie es tun wollte. Der Landstreicher ging neben ihm her und nahm beinah »Fühlung mit dem Ellbogen«, wie die Soldaten sich ausdrücken. Nikolai Wsewolodowitsch verlangsamte seinen Schritt und bog sich ein wenig zur Seite, um den Menschen anzusehen, soweit das in der Dunkelheit möglich war: er war von kleiner Statur und machte den Eindruck eines verlotterten Kleinbürgers; sein Anzug war nicht warm und dabei nachlässig; auf dem strubbligen, krausen Kopfe saß eine nasse Tuchmütze mit halb abgerissenem Schirme. Wie es schien, war er kräftig und mager, mit dunklem Haar und dunkler Hautfarbe; seine Augen waren groß, sicherlich schwarz, mit dem starken Glanze und gelblichen Schimmer, den man oft bei Zigeunern findet; das ließ sich sogar in der Dunkelheit erraten. Er mochte etwa vierzig Jahre alt sein; betrunken war er nicht.

»Du kennst mich?« fragte Nikolai Wsewolodowitsch.

»Herr Stawrogin, Nikolai Wsewolodowitsch; Sie wurden mir auf dem Bahnhofe, als der Zug angekommen war, gezeigt. Außerdem habe ich früher von Ihnen gehört.«

»Durch Pjotr Stepanowitsch? Du . . . du bist der Sträfling Fedka?«

»Getauft bin ich Fjodor Fjodorowitsch; bis jetzt habe ich noch meine leibliche Mutter hier in der Gegend wohnen; sie ist eine gottesfürchtige alte Frau, ganz gebückt; sie betet für mich Tag und Nacht, um so ihre alten Tage nicht nutzlos auf dem Ofen zuzubringen.«

»Du bist von der Zwangsarbeit weggelaufen?«

»Ich habe meine Lage verändert. Ich hatte Bücher und Glocken und Kirchengeräte zu Gelde gemacht; dafür war ich zu lebenslänglicher Zwangsarbeit verurteilt worden und hätte also etwas lange warten müssen, bis ich freigekommen wäre.«

»Was tust du denn hier?«

»Ich sehe zu, wie Tag und Nacht abwechseln. Mein Onkel ist letzte Woche auch im hiesigen Gefängnis gestorben, wegen falschen Geldes; da habe ich, um ihm eine Gedächtnisfeier zu veranstalten, ein paar Dutzend Steine nach Hunden geworfen; weiter habe ich bis jetzt noch nichts getan. Außerdem hat mir Pjotr Stepanowitsch einen Paß, zum Beispiel als Kaufmann, durch ganz Rußland in Aussicht gestellt; da warte ich nun darauf, wann er so freundlich sein wird. ›Denn‹, sagt er, ›mein Papa hat dich damals im Englischen Klub im Kartenspiel verloren, und ich‹, sagt er, ›finde diese Unmenschlichkeit ungerecht.‹ Möchten Sie mir nicht drei Rubel schenken, gnädiger Herr, damit ich mich mit Tee erwärmen kann?«

»Du hast mir also hier aufgepaßt; ich kann so etwas nicht leiden. Wer hat dich dazu angewiesen?«

»Angewiesen hat mich niemand dazu; bloß weil ich Ihre Menschenfreundlichkeit kenne, die ja allen Leuten bekannt ist. Meine Einnahmen sind, wie Sie sich denken können, Luft, wenn mir nicht gelegentlich etwas an den Fingern hängen bleibt. Am Freitag habe ich mich an Kuchen satt gegessen wie Martyn an Seife; aber seitdem habe ich einen Tag nichts gegessen, den andern gehungert und am dritten wieder nichts gegessen. Wasser ist ja im Flusse, soviel man nur will; da habe ich mir eine Karauschenzucht im Bauch angelegt. Also wollen Euer Gnaden nicht mildtätig sein? Ich habe hier gerade in der Nähe eine Gevatterin wohnen; man darf sich bloß bei ihr nicht ohne Geld blicken lassen.«

»Was hat dir denn Pjotr Stepanowitsch von mir versprochen?«

»Versprochen hat er mir eigentlich nichts; er hat mir nur so gesprächsweise gesagt, ich könnte Euer Gnaden vielleicht einmal nützlich sein, wenn es sich so träfe; aber worin, das hat er nicht deutlich gesagt; denn Pjotr Stepanowitsch prüft mich in der Geduld und hat zu mir kein Vertrauen.«

»Wieso denn?«

»Pjotr Stepanowitsch ist ein Astronom und kennt alle Planeten, die Gott geschaffen hat; aber alles weiß er doch auch nicht. Ich rede zu Ihnen ganz aufrichtig, gnädiger Herr, weil ich viel von Ihnen gehört habe. Pjotr Stepanowitsch ist eine Art Mensch, und Sie, gnädiger Herr, eine andere Art. Wenn der von jemand sagt: ›er ist ein Schuft‹, so sieht er in ihm weiter nichts als einen Schuft. Oder wenn er sagt: ›er ist ein Dummkopf‹, dann hat er von ihm keine andere Vorstellung, als daß er ein Dummkopf ist. Aber ich bin vielleicht am Dienstag oder Mittwoch nur ein Dummkopf und doch am Donnerstag klüger als er. Da weiß er nun jetzt über mich, daß ich große Sehnsucht nach einem Passe habe (denn in Rußland kann man ohne einen solchen Ausweis nichts anfangen), und da denkt er denn, er habe meine Seele gefangen. Ich will Ihnen sagen, gnädiger Herr: Pjotr Stepanowitsch macht sich das Leben auf der Welt sehr leicht; denn er macht sich von einem Menschen selbst in seinem Kopfe eine bestimmte Vorstellung zurecht und behandelt ihn dann fortwährend auf Grund dieser Vorstellung. Außerdem ist er sehr geizig. Er ist der Meinung, ich würde es nicht wagen, mich mit Übergehung seiner eigenen Person an Sie zu wenden; aber ich will Ihnen, gnädiger Herr, in aller Aufrichtigkeit sagen: Dies ist schon die vierte Nacht, daß ich Euer Gnaden auf dieser Brücke erwarte, in Erwägung, daß ich auch ohne ihn mit leisen Schritten meinen eigenen Weg gehen kann. Ich meine, ich verbeuge mich lieber vor einem Stiefel als vor einem Bastschuh.«

»Wer hat dir denn gesagt, daß ich in der Nacht über die Brücke kommen würde?«

»Das habe ich, offen gesagt, auf einem Umwege erfahren, mehr durch die Dummheit des Hauptmanns Lebjadkin, der nichts für sich zu behalten versteht ... Also drei Rubel kommen mir wohl von Euer Gnaden für drei Tage und drei Nächte und für die Langeweile zu. Und daß meine Kleider ganz naß geworden sind, davon will ich nun schon anstandshalber ganz schweigen.«

»Mein Weg geht links und der deinige rechts; die Brücke ist zu Ende. Höre, Fjodor, ich habe es gern, wenn das, was ich sage, ein für allemal verstanden wird: Ich werde dir auch nicht eine Kopeke geben; begegne mir in Zukunft weder auf der Brücke noch sonst irgendwo; ich bedarf deiner nicht und werde deiner nie bedürfen; und wenn du nicht gehorchst, so werde ich dich binden und zur Polizei bringen. Marsch!«

»O weh! Na, spendieren Sie wenigstens dafür etwas, daß ich

Ihnen Gesellschaft geleistet habe; der Weg ist Ihnen doch amüsanter gewesen.«
»Mach, daß du wegkommst!«
»Aber kennen Sie auch hier den Weg? Hier sind so verzwickte Gassen . . . ich könnte Sie führen. Denn diese Stadt, das ist ganz so, wie wenn der Teufel sie in einem Korbe getragen hätte und der entzwei gegangen wäre.«
»Hör mal, ich werde dich binden!« sagte Nikolai Wsewolodowitsch und wandte sich drohend zu ihm hin.
»Vielleicht überlegen Sie es sich doch noch, gnädiger Herr; wozu wollen Sie einen armen Menschen lange hinhalten?«
»Du besitzt offenbar ein großes Selbstvertrauen!«
»Ich setze mein Vertrauen auf Sie, gnädiger Herr, nicht auf mich.«
»Ich habe dir gesagt, daß ich deiner ganz und gar nicht bedarf!«
»Aber ich bedarf Ihrer, gnädiger Herr; das ist die Sache. Nun gut, dann werde ich Sie auf dem Rückwege erwarten.«
»Ich gebe dir mein Ehrenwort darauf: wenn ich dir wieder begegne, binde ich dich.«
»Dann werde ich also einen Leibgurt dazu in Bereitschaft halten. Glück auf den Weg, gnädiger Herr! Sie haben unter Ihrem Schirm einen armen Menschen warm werden lassen; schon dafür werde ich Ihnen lebenslänglich dankbar sein.«
Er blieb zurück. Nikolai Wsewolodowitsch setzte, von Sorgen erfüllt, seinen Weg fort. Dieser vom Himmel geschneite Mensch war felsenfest davon überzeugt, daß er ihn unumgänglich nötig habe, und hatte sich in recht unverschämter Weise beeilt, dies auszusprechen. Überhaupt machten die Leute mit ihm nicht viel Umstände. Aber es konnte auch sein, daß der Landstreicher nicht alles erlogen hatte und ihm wirklich nur aus eigenem Antriebe und absichtlich ohne Pjotr Stepanowitschs Wissen seine Dienste angeboten hatte; und das wäre das Allermerkwürdigste gewesen.

## II

Das Haus, nach welchem Nikolai Wsewolodowitsch hinging, stand in einer öden Gasse zwischen Zäunen, hinter denen sich Gemüsegärten hinzogen, buchstäblich am äußersten Rande der Stadt. Es war ein ganz einzeln stehendes kleines Holzhaus, das eben erst gebaut und noch nicht mit Brettern verkleidet war. An einem Fenster waren die Läden absichtlich nicht geschlossen, und auf dem Fensterbrette stand ein Licht, offenbar um dem heute erwarteten späten Gaste als Leuchtfeuer zu dienen. Als Nikolai Wsewolodowitsch noch dreißig Schritte entfernt war, unterschied er die vor der Haustür stehende Gestalt eines hochgewachsenen Mannes, wahrscheinlich des Bewohners, der ungeduldig herausgetreten war, um den Weg entlang zu sehen. Nun ließ sich auch seine ungeduldige und anscheinend schüchterne Stimme vernehmen.

»Sind Sie es? Ja?«

»Ja, ich bin es«, antwortete Nikolai Wsewolodowitsch, aber erst als er ganz bis zur Haustür gelangt war und seinen Schirm zumachte.

»Endlich!« sagte der Hauptmann Lebjadkin (denn dieser war es), der nun geschäftig hin und her zu treten begann und sich sehr eifrig zeigte. »Ich bitte um Ihren Schirm; er ist ganz naß; ich werde ihn hier auf der Diele in der Ecke aufspannen. Bitte näherzutreten, bitte näherzutreten.«

Die Tür, die vom Flur in das von zwei Kerzen erleuchtete Zimmer führte, stand weit offen.

»Wenn Sie nicht Ihr Wort darauf gegeben hätten, bestimmt zu kommen, so hätte ich Sie nicht mehr erwartet.«

»Dreiviertel auf eins«, sagte Nikolai Wsewolodowitsch nach einem Blick auf seine Uhr und trat ins Zimmer.

»Und dabei dieser Regen und die weite Entfernung ... Eine Uhr habe ich nicht, und vom Fenster aus sehe ich nur Gemüsegärten, so daß ich ganz von der Kultur abgeschnitten bin ... Aber ich mache Ihnen keinen Vorwurf; das wage ich nicht, das wage ich nicht; ich sage es nur, weil mich diese ganze Woche lang die Ungeduld verzehrt hat;

man möchte doch endlich wissen, wie sich die Sache entscheidet.«
»Was meinen Sie?«
»Ich möchte mein Schicksal hören, Nikolai Wsewolodowitsch. Bitte nehmen Sie Platz!«
Er wies mit einer Verbeugung nach einem Sofa, vor dem ein Tischchen stand.
Nikolai Wsewolodowitsch blickte sich um; das Zimmer war sehr klein und niedrig; es befanden sich nur die notwendigsten Möbel darin: ein paar hölzerne Stühle und ein hölzernes Sofa, sämtlich ebenfalls neu gearbeitet, ohne Überzüge und ohne Kissen, zwei Tische von Lindenholz, einer beim Sofa, der andere in der Ecke; der letztere war mit einem Tischtuche gedeckt und mit irgendwelchen Dingen vollgestellt, über welche eine ganz reine Serviette gebreitet war. Auch das ganze Zimmer war anscheinend höchst sauber gehalten. Der Hauptmann Lebjadkin hatte sich schon seit acht Tagen nicht betrunken; sein Gesicht war etwas aufgedunsen und sah gelb aus; sein Blick war unruhig, neugierig und offenbar unsicher; man konnte deutlich merken, daß er selbst noch nicht wußte, in welchem Tone er reden durfte und welchen er am vorteilhaftesten von vornherein anschlagen konnte.
»Sehen Sie«, sagte er, rings umherzeigend, »ich lebe wie der heilige Sossima. Nüchternheit, Einsamkeit und Armut, das Gelübde der alten Ritter.«
»Meinen Sie, daß die alten Ritter ein solches Gelübde ablegten?«
»Vielleicht irre ich mich? Ich besitze leider keine Bildung! Ich bin geistig verkrüppelt! Können Sie es glauben, Nikolai Wsewolodowitsch: hier bin ich zum erstenmal von schmählichen Leidenschaften losgekommen – kein Gläschen, kein Tropfen! Ich habe meinen stillen Winkel und empfinde schon seit sechs Tagen die Glückseligkeit eines guten Gewissens. Sogar die Wände riechen nach Harz und erinnern dadurch an die freie Natur. Und was war ich vorher, wie stand es mit mir?

›Keine Ruh und Rast am Tage,
Keine Lagerstatt bei Nacht‹,

nach dem genialen Ausdruck des Dichters! Aber . . . Sie sind so durchnäßt . . . Ist Ihnen vielleicht Tee gefällig?«

»Bemühen Sie sich nicht!«

»Der Samowar hat seit acht Uhr gesiedet, aber nun ist er erloschen . . . wie alles in der Welt. Auch die Sonne, sagt man, wird seinerzeit erlöschen . . . Übrigens kann ich ihn, wenn es nötig ist, wieder in Gang bringen lassen. Agafja schläft noch nicht.«

»Sagen Sie, ist Marja Timofejewna . . .«

»Sie ist hier, sie ist hier«, fiel Lebjadkin sogleich flüsternd ein. »Belieben Sie, sie zu sehen?« Er wies auf die zugemachte Tür, die nach dem andern Zimmer führte.

»Schläft sie nicht?«

»O nein, nein, wie wäre das möglich? Sie erwartet Sie schon von Beginn des Abends an, und sowie sie vorhin erfuhr, daß Sie kommen würden, hat sie sogleich Toilette gemacht.« Er wollte den Mund zu einem scherzhaften Lächeln verziehen, hielt aber sofort damit wieder inne.

»Wie geht es ihr im allgemeinen?« fragte Nikolai Wsewolodowitsch mit finsterer Miene.

»Im allgemeinen? Das wissen Sie ja selbst« (er zuckte bedauernd mit den Schultern), »jetzt aber . . . jetzt sitzt sie und legt sich Karten . . .«

»Gut, nachher; zunächst muß ich die Sache mit Ihnen erledigen.«

Nikolai Wsewolodowitsch setzte sich auf einen Stuhl.

Der Hauptmann hatte noch nicht gewagt, sich auf das Sofa zu setzen; nun zog er sich sogleich einen anderen Stuhl heran und beugte sich in unruhiger Erwartung vor, um zu hören.

»Was haben Sie denn da in der Ecke unter der Serviette?« fragte Nikolai Wsewolodowitsch, der plötzlich darauf aufmerksam geworden war.

»Was das ist?« versetzte Lebjadkin. »Das ist von Ihrer freigebigen Spende beschafft worden, um sozusagen den

Einzug in die neue Wohnung zu feiern, auch in Anbetracht Ihres weiten Weges und der natürlichen Müdigkeit«, kicherte er gerührt; dann stand er auf, ging auf den Zehen hin und nahm respektvoll und behutsam die Serviette von dem Tischchen ab.
Es wurde darunter ein bereitstehender kalter Imbiß sichtbar: Schinken, Kalbsbraten, Sardinen, Käse, eine kleine, grünliche Karaffe und eine hohe Flasche Bordeaux; alles war sauber, mit Sachkenntnis und sogar geschmackvoll arrangiert.
»Haben Sie sich diese Mühe gemacht?«
»Jawohl, ich. Schon gestern, und ich habe getan, was ich konnte, um Ehre einzulegen . . . Marja Timofejewna kümmert sich, wie Sie selbst wissen, um solche Dinge nicht. Aber die Hauptsache ist, daß es von Ihrer freigebigen Spende beschafft worden ist; es ist Ihr Eigentum, so daß Sie hier der Wirt sind und nicht ich; ich bin sozusagen nur Ihr Verwalter; aber dennoch, Nikolai Wsewolodowitsch, bin ich, was meinen Geist anlangt, unabhängig! Nehmen Sie mir nicht dieses Letzte, was ich habe!« schloß er gerührt.
»Hm! . . . Wollen Sie sich nicht wieder hinsetzen?«
»Ich bin dankbar, ja dankbar, und unabhängig!« (Er setzte sich.) »Ach, Nikolai Wsewolodowitsch, in diesem Herzen kochte soviel, daß ich Ihre Ankunft gar nicht erwarten konnte! Entscheiden Sie jetzt mein Schicksal und . . . und das jener Unglücklichen; und dann . . . dann werde ich Ihnen, wie oftmals früher, in alten Zeiten, mein ganzes Herz ausschütten, wie vor vier Jahren. Sie erwiesen mir damals die Ehre, mich anzuhören, und lasen meine Verse . . . Mochten Sie mich damals auch Ihren Falstaff aus dem Shakespeare nennen; aber Sie haben in meinem Schicksal eine so bedeutende Rolle gespielt! . . . Ich lebe jetzt in großer Angst, und Sie sind der einzige, von dem ich Rat und Belehrung erwarte. Pjotr Stepanowitsch geht schrecklich mit mir um!«
Nikolai Wsewolodowitsch hörte mit lebhaftem Interesse zu und blickte ihn aufmerksam an. Offenbar befand sich der Hauptmann Lebjadkin, obwohl er aufgehört hatte zu trin-

ken, doch bei weitem nicht in einem harmonischen Gemütszustande. Bei solchen langjährigen Trinkern setzt sich zuletzt für immer eine gewisse Verworrenheit, Benommenheit, Verdrehtheit fest, obwohl sie es übrigens nötigenfalls fast ebensogut wie andere Leute fertigbringen, jemanden hinters Licht zu führen, zu betrügen und zu begaunern.

»Ich sehe, daß Sie sich in diesen mehr als vier Jahren gar nicht verändert haben, Hauptmann«, sagte Nikolai Wsewolodowitsch etwas freundlicher. »Man sieht allerdings, daß die ganze zweite Hälfte des menschlichen Lebens sich gewöhnlich nur aus den Gewohnheiten zusammensetzt, die sich in der ersten Hälfte angesammelt haben.«

»Das sind goldene Worte! Sie lösen da das Rätsel des Lebens!« rief der Hauptmann, halb aus Schlauheit, zur Hälfte aber auch in wirklichem, ungekünsteltem Entzücken, da er ein großer Freund pointierter Ausdrücke war. »Von allen Ihren Aussprüchen, Nikolai Wsewolodowitsch, erinnere ich mich ganz besonders an einen, den Sie taten, als Sie noch in Petersburg waren: ›Man muß wirklich ein großer Mensch sein, um auch gegen den gesunden Menschenverstand ankämpfen zu können.‹ So war es!«

»Nun, ich hätte ebensogut auch sagen können: ›ein Dummkopf‹.«

»Nun ja, meinetwegen auch ein Dummkopf; aber Sie haben Ihr ganzes Leben lang mit scharfsinnigen Bemerkungen um sich gestreut; und diese Menschen? Da soll mal Liputin, da soll mal Pjotr Stepanowitsch einen ähnlichen Ausspruch tun! Oh, wie grausam ist Pjotr Stepanowitsch mit mir umgegangen!«

»Aber Sie, Hauptmann, wie haben Sie selbst sich denn aufgeführt?«

»Ich habe der Trunksucht gefrönt, und dazu hatte ich eine Unmenge von Feinden! Aber jetzt liegt das alles, alles hinter mir, und ich häute mich wie eine Schlange. Nikolai Wsewolodowitsch, wissen Sie wohl, daß ich mein Testament mache und daß ich es schon aufgesetzt habe?«

»Das ist ja interessant. Was hinterlassen Sie denn, und wem hinterlassen Sie es?«

»Dem Vaterlande, der Menschheit und den Studenten. Nikolai Wsewolodowitsch, ich habe in den Zeitungen die Lebensbeschreibung eines Amerikaners gelesen. Er hinterließ sein ganzes kolossales Vermögen den Fabriken und den positiven Wissenschaften, sein Skelett den Studenten einer dortigen Universität, und mit seiner Haut sollte eine Trommel bezogen und auf dieser Tag und Nacht die amerikanische Nationalhymne getrommelt werden. Aber wir sind leider Pygmäen im Vergleich mit dem hohen Gedankenfluge der nordamerikanischen Staaten. Rußland ist ein Spiel der Natur, aber nicht des Verstandes. Wenn ich versuchen wollte, meine Haut beispielsweise dem Akmolinsker Infanterieregimente, bei welchem ich die Ehre hatte, meine militärische Laufbahn zu beginnen, zu einer Trommel zu hinterlassen, unter der Bedingung, daß täglich darauf vor dem Regimente die Nationalhymne getrommelt werde, so würde man das für Liberalismus halten und eine solche Benutzung meiner Haut inhibieren; und daher beschränke ich mich auf die Studenten. Ich will mein Skelett der Universität vermachen, aber nur unter der Bedingung, daß an der Stirn desselben für alle Zeit ein Etikett angeklebt wird mit der Aufschrift: ›Ein reuiger Freidenker‹. Ja, so ist das.«
Der Hauptmann sprach mit großer Lebhaftigkeit und glaubte natürlich selbst an die Schönheit seines amerikanischen Testamentes; aber er war auch schlau und wünschte sehr, Nikolai Wsewolodowitsch, bei dem er früher lange Zeit die Stellung eines Narren innegehabt hatte, zum Lachen zu bringen. Aber dieser lächelte nicht, sondern fragte vielmehr mit einem gewissen Mißtrauen:
»Sie beabsichtigen also wohl, Ihr Testament noch bei Ihren Lebzeiten zu publizieren, um eine Belohnung dafür zu erhalten?«
»Ach, wenn sich das nur so machte, Nikolai Wsewolodowitsch, wenn sich das nur so machte!« sagte Lebjadkin, sein Gegenüber vorsichtig betrachtend. »Was habe ich für ein trauriges Schicksal! Ich habe sogar aufgehört, Verse zu schreiben; und früher einmal haben doch auch Sie, Nikolai

Wsewolodowitsch, sich über meine Verse amüsiert, erinnern Sie sich wohl noch, bei der Flasche? Aber meine Feder ruht jetzt. Ich habe nur noch ein Gedicht geschrieben, wie Gogol seine ›Letzte Erzählung‹; Sie erinnern sich wohl, er verkündete dem ganzen Rußland, sie sei seiner Brust ›entströmt‹. So habe auch ich dieses Gedicht verfaßt und damit Schluß gemacht.«

»Was denn für ein Gedicht?«

»Die Überschrift lautet: ›Wenn sie sich das Bein bräche‹.«

»Wa-as?«

Darauf hatte der Hauptmann nur gewartet. Seine Gedichte bewunderte und schätzte er über alle Maßen; aber infolge einer schlauen Zweiteiligkeit seiner Seele hatte er zugleich seine Freude daran gehabt, daß Nikolai Wsewolodowitsch sich oft über seine Verse amüsierte und manchmal so darüber lachte, daß er sich die Seiten halten mußte. Auf diese Weise erreichte er zwei Ziele, ein dichterisches und ein geschäftliches; aber jetzt hatte er noch ein drittes, besonderes, sehr heikles Ziel: der Hauptmann beabsichtigte, indem er die Verse aufmarschieren ließ, sich hinsichtlich eines Punktes zu rechtfertigen, in betreff dessen er für sich ganz besondere Befürchtungen hegte und sich für besonders schuldig hielt.

»›Wenn sie sich das Bein bräche‹, das heißt bei einem Spazierritt. Es ist eine Phantasie, Nikolai Wsewolodowitsch, ein Hirngespinst, aber das Hirngespinst eines Dichters. Als ich einmal einer Reiterin begegnete, überraschte mich ihr Anblick, und ich legte mir die materielle Frage vor: ›Was würde dann geschehen?‹, nämlich in jenem Falle. Die Sache ist klar: Alle Verehrer würden sich zurückziehen, alle Bewerber würden über Nacht verschwinden; nur der Dichter mit dem zerquetschten Herzen in der Brust würde treu bleiben. Nikolai Wsewolodowitsch, sogar eine Laus darf verliebt sein; auch der ist es durch kein Gesetz verboten. Und doch fühlte die betreffende Person sich durch meinen Brief und durch meine Verse beleidigt. Sogar Sie sollen ärgerlich geworden sein; ist dem so? Das wäre schmerzlich; ich wollte es gar nicht glauben! Nun, wem hätte ich denn durch dieses Produkt meiner Einbildungskraft schaden können? Außerdem versichere ich Ihnen mit meinem Ehrenworte, daß mich Liputin dazu angestiftet hatte. ›Schicke es ab, schicke es ab!‹ sagte er. ›Jeder Mensch hat das Recht, Briefe zu schreiben‹; und so schickte ich es denn ab.«

»Sie haben sich ja wohl als Bräutigam angeboten?«

»Feinde, Feinde, nichts als Feinde!«

»Nun, dann sagen Sie ihre Verse!« unterbrach ihn Nikolai Wsewolodowitsch verdrossen.

»Es ist ein Hirngespinst, ein Hirngespinst; das muß ich hervorheben.«

Indessen, er richtete sich gerade, streckte die Hand aus und begann:

»Ein Bein die schöne Reit'rin brach,
Was ihren Reiz nur noch vermehrte,
Und doppelt liebte sie danach
Er, der schon stets sie hoch verehrte.«

»Nun genug!« sagte Nikolai Wsewolodowitsch und winkte ihm ab.

»Ich träume von Petersburg«, rief Lebjadkin mit schnellem Übergange zu einem anderen Gegenstande, als ob von Versen nie die Rede gewesen wäre. »Ich träume von einer Auferstehung . . . Mein Wohltäter! Darf ich darauf rechnen, daß Sie mir die Mittel zur Reise nicht abschlagen werden? Ich habe die ganze Woche über auf Sie gewartet wie auf die Sonne.«

»Nein, entschuldigen Sie mich; ich habe fast gar keine Geldmittel übrig. Und weshalb sollte ich Ihnen auch Geld geben?«

Nikolai Wsewolodowitsch schien auf einmal ärgerlich zu werden. Mit kurzen, trockenen Worten zählte er alle Übeltaten des Hauptmanns auf: seine Trunksucht, seine Lügen, die Vergeudung des für Marja Timofejewna bestimmten Geldes, daß er sie aus dem Kloster herausgenommen hatte, seine frechen Briefe mit der Drohung, ein Geheimnis zu veröffentlichen, sein Benehmen gegen Darja Pawlowna usw. usw. Der Hauptmann bog sich hin und her, gestikulierte, begann etwas zu erwidern; aber Nikolai Wsewolodowitsch hielt ihn jedesmal gebieterisch zurück.

»Und erlauben Sie«, bemerkte er endlich, »Sie schreiben immer von ›Familienschande‹. Was liegt für Sie darin für eine Schande, daß Ihre Schwester mit Stawrogin in legitimer Form verheiratet ist?«

»Aber es ist eine heimliche Ehe, Nikolai Wsewolodowitsch, eine heimliche Ehe, ein verhängnisvolles Geheimnis. Ich empfange von Ihnen Geld, und da fragt man mich: ›Wofür ist dieses Geld?‹ Ich bin gebunden und kann darauf nicht antworten, zum Schaden meiner Schwester und zum Schaden der Familienehre.«

Der Hauptmann erhob die Stimme; er liebte dieses Thema und hatte fest darauf gerechnet. O weh, er ahnte nicht, welche schreckliche Nachricht ihm bevorstand. Ruhig und bestimmt, als ob es sich um die alltäglichste häusliche Angelegenheit handelte, teilte ihm Nikolai Wsewolodowitsch mit, daß er in den nächsten Tagen, vielleicht schon morgen oder übermorgen, seine Ehe im ganzen Orte bekannt zu machen gedenke, »sowohl der Polizei als auch der Gesellschaft«; damit werde sich die Frage der Familienehre und zugleich auch die Frage der Subsidien ganz von selbst erledigen. Der Hauptmann riß die Augen auf: er verstand gar nicht; es mußte ihm erst noch einmal erläutert werden.

»Aber sie ist ja . . . nur halb bei Verstande?«

»Ich werde die erforderlichen Anordnungen treffen.«

»Aber . . . was wird Ihre Mutter dazu sagen?«

»Nun, mag sie sagen, was sie will.«

»Aber werden Sie denn Ihre Gattin in Ihr Haus einführen?«

»Vielleicht auch das. Übrigens ist das absolut nicht Ihre Sache und geht Sie gar nichts an.«

»Wieso geht mich das nichts an?« rief der Hauptmann. »Und wie ist's mit mir?«

»Nun, Sie werden selbstverständlich nicht in mein Haus kommen.«

»Aber ich bin ja doch ein Verwandter?«

»Solche Verwandten hält man fern. Wozu sollte ich Ihnen dann noch Geld geben? Überlegen Sie sich das nur selbst!«
»Nikolai Wsewolodowitsch, Nikolai Wsewolodowitsch, das ist unmöglich; Sie werden sich das vielleicht noch überlegen; Sie werden nicht selbst Hand an sich legen wollen . . . Was wird die vornehme Welt davon denken, dazu sagen?«
»Ich fürchte mich auch wohl sehr vor Ihrer vornehmen Welt! Ich habe damals Ihre Schwester geheiratet, als mir die Lust ankam, nach einem Diner mit vielem Wein, infolge einer Wette, und jetzt werde ich es laut veröffentlichen . . . wenn mir das jetzt Freude macht.«
Er sagte das in besonders gereiztem Tone, so daß Lebjadkin in seiner Angst zu glauben anfing.
»Aber ich, ich bin ja doch dabei die Hauptsache! . . . Sie scherzen vielleicht, Nikolai Wsewolodowitsch?«
»Nein, ich scherze nicht.«
»Nehmen Sie es nicht übel, Nikolai Wsewolodowitsch, aber ich kann es nicht glauben . . . Dann habe ich eine Bitte an Sie.«
»Sie sind furchtbar dumm, Hauptmann.«
»Mag sein; aber es bleibt mir ja nichts anderes übrig!« erwiderte der Hauptmann total verwirrt. »Früher gaben mir die Leute für die Dienstleistungen meiner Schwester wenigstens eine Unterkunft in ihren elenden Wohnungen; aber was wird jetzt aus mir werden, wenn Sie Ihre Hand ganz von mir abziehen?«
»Sie wollen ja nach Petersburg fahren und Ihre Karriere wechseln. Apropos, ist das wahr, ich habe gehört, Sie hätten die Absicht, zum Zwecke einer Denunziation hinzureisen, in der Hoffnung, Verzeihung zu erlangen, wenn Sie alle andern angäben?«
Der Hauptmann öffnete den Mund, riß die Augen auf und antwortete nicht.
»Hören Sie mal, Hauptmann«, begann auf einmal Stawrogin außerordentlich ernst, indem er sich zu dem Tische vorbeugte. Er hatte bis dahin gewissermaßen zweideutig gesprochen, so daß Lebjadkin, der sich in die Rolle eines

Narren eingelebt hatte, bis zum letzten Augenblicke immer noch ein wenig ungläubig gewesen war: Ob sein Herr wirklich ärgerlich sei oder nur Spaß mache, ob er wirklich die böse Absicht habe, die Ehe zu veröffentlichen, oder nur scherze. Jetzt aber war Nikolai Wsewolodowitschs ungewöhnlich strenge Miene so überzeugend, daß dem Hauptmann sogar ein Schauer über den Rücken lief. »Hören Sie mal, sagen Sie die Wahrheit, Lebjadkin: Haben Sie eine Denunziation eingereicht oder noch nicht? Haben Sie wirklich schon etwas getan? Haben Sie vielleicht in Ihrer Dummheit einen Brief abgeschickt?«

»Nein, ich habe noch nichts getan, und . . . ich habe auch gar nicht daran gedacht«, erwiderte der Hauptmann, starr vor sich hinblickend.

»Nun, daß Sie nicht daran gedacht hätten, das lügen Sie. Deswegen erbaten Sie sich ja auch das Reisegeld nach Petersburg. Wenn Sie nicht geschrieben haben, haben Sie nicht hier zu jemand so etwas geschwatzt? Sagen Sie die Wahrheit; ich habe etwas gehört.«

»In betrunkenem Zustande, zu Liputin. Liputin ist ein Verräter. Ich habe ihm mein Herz ausgeschüttet«, flüsterte der arme Hauptmann.

»Ach was, Herz! Man darf kein Dummkopf sein. Wenn Sie einen solchen Gedanken hatten, so mußten Sie ihn für sich behalten; heutzutage schweigen verständige Menschen und plaudern nicht.«

»Nikolai Wsewolodowitsch«, begann der Hauptmann zitternd, »Sie selbst sind ja an nichts beteiligt gewesen; gegen Sie kann ich ja nichts . . .«

»Ihre Melkkuh würden Sie ja natürlich nicht zu denunzieren wagen.«

»Nikolai Wsewolodowitsch, urteilen Sie selbst, urteilen Sie selbst! . . .«

Und nun erzählte der Hauptmann in heller Verzweiflung und unter Tränen hastig, wie es ihm in den ganzen letzten vier Jahren ergangen war. Es war die alberne Geschichte eines Dummkopfes, der sich in eine Sache, die nicht für ihn paßte, eingelassen und infolge seiner Trunksucht und seines

Bummellebens den Ernst derselben bis zum letzten Augenblicke kaum begriffen hatte. Er erzählte, er habe sich schon in Petersburg anfangs einfach aus Freundschaft, wie ein richtiger Student, obwohl er kein Student gewesen sei, hinreißen lassen und, ohne etwas davon zu verstehen, »in aller Unschuld« allerlei Papiere auf den Treppen ausgestreut, dutzendweis an den Türen und Klingeln hinterlassen, statt der Zeitungen hindurchgeschoben, ins Theater mitgenommen, dort in die Hüte hineingetan und den Leuten in die Taschen gesteckt. Dann habe er auch angefangen, Geld von ihnen anzunehmen; »denn mit meinen Mitteln war es gar zu kläglich bestellt!« In zwei Gouvernements habe er in den einzelnen Kreisen »allen möglichen Schund« verbreitet.

»Oh, Nikolai Wsewolodowitsch!« rief er aus. »Am meisten war ich darüber empört, daß dies den bürgerlichen Gesetzen und namentlich den vaterländischen Gesetzen durchaus zuwiderlief! Da stand auf diesen Blättern plötzlich gedruckt, die Bauern sollten mit Heugabeln ausziehen und nicht vergessen, daß, wer am Morgen arm ausziehe, am Abend als reicher Mann nach Hause zurückkehren könne – nun denken Sie einmal an! Ich selbst zitterte dabei, aber ich verbreitete die Blätter. Oder es waren da auf einmal fünf, sechs Zeilen an ganz Rußland, in denen es ohne weiteres hieß: ›Schließt schnell die Kirchen, schafft Gott ab, hebt die Ehen auf, vernichtet das Erbrecht, ergreift die Messer!‹ und weiß der Teufel was sonst noch. Mit diesem fünfzeiligen Blatte wäre es mir beinah schlimm gegangen; denn bei einem Regimente prügelten mich die Offiziere durch; indes ließen sie mich noch laufen, Gott lohne es ihnen! Und im vorigen Jahre wäre ich beinah abgefaßt worden, als ich Fünfzigrubelscheine französischen Fabrikats an Korowajew ablieferte; aber Gott sei Dank, Korowajew ertrank damals gerade in betrunkenem Zustande in einem Teiche, und da konnten sie mir nichts beweisen. Hier bei Wirginski verkündigte ich die Freiheit der sozialistischen Frau. Im Juni habe ich wieder im Kreise B*** Flugblätter verbreitet. Sie sagen, sie werden mich noch weiter dazu zwingen . . . Pjotr

Stepanowitsch teilt mir auf einmal mit, ich müsse gehorchen; er droht mir schon lange. Und wie hat er mich damals am Sonntag behandelt! Nikolai Wsewolodowitsch, ich bin ein Sklave, ein Wurm, aber kein Gott; nur dadurch unterscheide ich mich von Derschawin*. Aber mit meinen Mitteln ist es gar zu kläglich bestellt!«

Nikolai Wsewolodowitsch hatte aufmerksam zugehört.

»Vieles davon habe ich nicht gewußt«, sagte er. »Mit Ihnen konnten sie natürlich alles mögliche anfangen . . . Hören Sie«, fuhr er nach kurzer Überlegung fort, »wenn Sie wollen, so sagen Sie ihnen doch (ich meine denjenigen, mit denen Sie da bekannt sind), Liputin hätte gelogen, und Sie hätten, in der Annahme, daß ich ebenfalls kompromittiert sei, mich nur durch eine Denunziation einschüchtern wollen, um auf diese Weise von mir mehr Geld herauszuquetschen . . . Verstehen Sie?«

»Nikolai Wsewolodowitsch, Täubchen, droht mir wirklich von jenen Menschen Gefahr? Ich habe nur darum so ungeduldig auf Sie gewartet, um Sie danach zu fragen.«

Nikolai Wsewolodowitsch lächelte.

»Nach Petersburg wird man Sie allerdings nicht reisen lassen, auch wenn ich Ihnen das Reisegeld gäbe . . . Übrigens, es ist Zeit, daß ich zu Marja Timofejewna gehe.«

Er stand vom Stuhle auf.

»Nikolai Wsewolodowitsch, wie ist es aber mit Marja Timofejewna?«

»So, wie ich Ihnen gesagt habe.«

»Ist das wirklich wahr?«

»Glauben Sie es immer noch nicht?«

»Werden Sie mich wirklich wegwerfen wie einen alten abgetragenen Stiefel?«

»Ich werde einmal sehen«, erwiderte Nikolai Wsewolodowitsch lachend. »Nun, lassen Sie mich zu ihr!«

»Befehlen Sie nicht, daß ich mich vor die Haustür stelle, . . . damit ich nicht unversehens etwas mit anhöre . . . denn die Zimmer sind sehr klein.«

* Derschawin sagt in seiner Ode »Gott« (1784): »Ich bin ein Fürst, ein Sklav, ein Wurm, ein Gott!« (A. d. Ü.)

»Das ist richtig; stellen Sie sich vor die Haustür! Nehmen Sie meinen Schirm!«
»Ihren Schirm? . . . Ist der nicht zu schade für mich?« fragte der Hauptmann süßlich.
»Jeder Mensch ist einen Regenschirm wert.«
»Da haben Sie in knappster Form das Minimum der Menschenrechte definiert . . .«
Aber er redete nur noch mechanisch; er war durch diese Nachrichten zu sehr niedergedrückt und vollständig aus der Fassung geraten. Und dennoch begann fast in demselben Augenblicke, als er vor die Haustür trat und den Schirm aufspannte, sich in seinem leichtsinnigen, schlauen Kopfe wieder der stets beruhigend wirkende Gedanke Bahn zu brechen, daß man ihn zu überlisten suche und ihn belüge, und daß, wenn dem so sei, er sich nicht zu fürchten brauche, sondern die andern vor ihm Furcht hätten.
»Wenn sie lügen und mich zu überlisten suchen, warum tun sie es dann eigentlich?« Diese Frage ging ihm durch den Kopf. Die Veröffentlichung der Ehe erschien ihm als eine Albernheit. »Allerdings ist bei diesem seltsamen Menschen alles möglich; er lebt nur, um anderen Leuten zu schaden. Aber wie, wenn er sich selbst fürchtet, nach dem Affront vom Sonntag, und sich so fürchtet wie sonst noch niemals? Da kommt er nun hergelaufen, um zu versichern, daß er es selbst veröffentlichen werde, aus Furcht, daß ich es veröffentliche. Ei, ei, schieße keinen Bock, Lebjadkin! Und warum kommt er heimlich bei Nacht, während er doch selbst die Publikation wünscht? Wenn er sich aber fürchtet, so hat sich diese Furcht jetzt eingestellt, gerade jetzt, gerade vor einigen Tagen . . . Ei, ei, tu nur keinen falschen Schritt, Lebjadkin! . . .
»Er schreckt mich mit Pjotr Stepanowitsch. O weh, das ist schlimm; o weh, das ist schlimm; ja, das ist wirklich sehr schlimm! Mußte mich auch der Teufel plagen, zu Liputin zu schwatzen! Weiß der Teufel, was diese nichtswürdigen Kerle vorhaben; ich bin nie so recht daraus klug geworden. Nun haben sie wieder ihre Organisation geändert wie vor fünf Jahren. Es ist wahr: An wen sollte ich eine Denunziation

einreichen? ›Haben Sie auch nicht in Ihrer Dummheit an jemand geschrieben?‹ Hm! Also kann ich doch schreiben, unter dem Scheine der Dummheit? Gibt er mir vielleicht damit einen Rat? ›Dies ist die Absicht, in der Sie nach Petersburg fahren wollen.‹ Der Schurke! Mir hat nur davon geträumt, und da hat er auch schon meinen Traum erraten! Es klingt, als ob er mich selbst zu der Reise veranlassen wollte. Da sind sicherlich zwei Möglichkeiten, eine oder die andere: Entweder fürchtet er wieder einmal für sich selbst, weil er einen dummen Streich gemacht hat, oder . . . oder er fürchtet für sich selbst nichts und möchte mich nur dazu veranlassen, alle anderen zu denunzieren! Ach, es ist ein schlimmes Ding, Lebjadkin; ach, schieße nur ja keinen Bock! . . .«

Er war so nachdenklich geworden, daß er längere Zeit sogar das Horchen vergaß. Übrigens hatte das Horchen auch seine Schwierigkeit; die Tür war dick und einflügelig, und sie sprachen sehr leise; es drangen nur undeutliche Laute heraus. Der Hauptmann spuckte ärgerlich aus, nachdem er vergeblich etwas zu erlauschen versucht hatte, und ging wieder hinaus, um nachdenklich vor der Haustür zu pfeifen.

## III

Marja Timofejewnas Zimmer war noch einmal so groß wie dasjenige, welches der Hauptmann benutzte, und mit ebenso plumpen Möbeln ausgestattet; aber der Tisch vor dem Sofa war mit einer hübschen, bunten Decke bedeckt; auf ihm brannte eine Lampe; über den ganzen Fußboden war ein schöner Teppich gebreitet; das Bett war durch einen langen grünen Vorhang abgesondert, der durch das ganze Zimmer ging, und außerdem stand beim Tische ein großer, weicher Lehnstuhl, auf den sich jedoch Marja Timofejewna nicht gesetzt hatte. In einer Ecke hatte, ebenso wie in der früheren Wohnung, ein Heiligenbild mit einem davor brennenden Lämpchen seinen Platz gefunden, und auf dem

Tische lagen nebeneinander ganz dieselben unentbehrlichen Requisiten, nämlich: das Spiel Karten, das Spiegelchen, das Liederbuch, sogar die Semmel. Außerdem fanden sich dort zwei Büchelchen mit farbigen Illustrationen; das eine war ein für das Jugendalter hergestellter Auszug aus einer populären Reisebeschreibung, das andere eine Sammlung einfacher, moralischer Erzählungen, meist aus der Ritterzeit, zu Weihnachtsgeschenken und zum Gebrauch in Instituten bestimmt. Auch ein Album mit verschiedenen Photographien war da. Marja Timofejewna hatte allerdings auf den Gast gewartet, wie der Hauptmann gesagt hatte; aber als Nikolai Wsewolodowitsch zu ihr hereintrat, schlief sie in halb liegender Haltung auf dem Sofa, gegen ein Kissen von Wollenstoff gelehnt. Der Gast schloß geräuschlos hinter sich die Tür und betrachtete, ohne sich vom Fleck zu rühren, die Schlafende.

Der Hauptmann hatte gelogen, als er gesagt hatte, sie habe Toilette gemacht. Sie trug dasselbe dunkle Kleid wie am Sonntag bei Warwara Petrowna. Ihr Haar war ganz ebenso im Nacken in einen winzigen Kauz zusammengebunden, der lange, magere Hals ganz ebenso entblößt. Das schwarze Schaltuch, das ihr Warwara Petrowna geschenkt hatte, lag, sorgsam zusammengelegt, auf dem Sofa. Wie früher war sie stark weiß und rot geschminkt. Nikolai Wsewolodowitsch hatte noch nicht eine Minute lang dagestanden, als sie plötzlich erwachte, wie wenn sie gefühlt hätte, daß sein Blick auf sie gerichtet war; sie schlug die Augen auf und richtete sich schnell in die Höhe. Aber es mußte wohl auch in der Seele des Gastes etwas Sonderbares vorgehen: Er blieb auf demselben Fleck an der Tür stehen und sah ihr, ohne sich zu rühren, mit einem durchdringenden Blicke schweigend und unverwandt ins Gesicht. Vielleicht war dieser Blick ungewöhnlich finster, vielleicht prägte sich in ihm ein Widerwille aus oder sogar Schadenfreude über ihren Schreck, wenn das der eben erwachenden Marja Timofejewna nicht alles nur so schien; aber jedenfalls malte sich nach einem fast eine Minute dauernden Warten auf dem Gesichte des armen Weibes eine grenzenlose Angst: krampfhafte Zuckungen liefen darüber hin; sie hob die Arme in die Höhe, schüttelte sie abwehrend und brach plötzlich ganz wie ein erschrockenes kleines Kind in Tränen aus; noch ein Augenblick, und sie hätte aufgeschrien. Aber der Besucher sammelte sich; in einem Nu veränderte sich sein Gesicht, und er trat mit dem angenehmsten, freundlichsten Lächeln an den Tisch heran.

»Verzeihen Sie, Marja Timofejewna, daß ich Sie durch mein unerwartetes Kommen aus dem Schlafe aufgestört habe«, sagte er und streckte ihr die Hand hin.

Der Klang der freundlichen Worte tat seine Wirkung; der Ausdruck des Schreckens verschwand, obgleich sie immer noch ängstlich aussah und sich augenscheinlich anstrengen mußte, um etwas zu begreifen. Furchtsam streckte sie ihm die Hand hin. Endlich begann ein schüchternes Lächeln um ihre Lippen zu spielen.

»Willkommen, Fürst«, flüsterte sie und blickte ihn seltsam an.

»Sie haben gewiß einen bösen Traum gehabt?« fragte er, noch angenehmer und freundlicher lächelnd als vorher.

»Aber woher wissen Sie, daß ich gerade davon geträumt habe?« Und plötzlich fuhr sie wieder zusammen, lehnte sich zurück, hob den Arm wie zu ihrem Schutze vor sich in die Höhe und schickte sich an, wieder loszuweinen.

»Fassen Sie sich! Lassen Sie es doch gut sein! Warum ängstigen Sie sich? Erkennen Sie mich denn nicht?« redete Nikolai Wsewolodowitsch auf sie ein, vermochte aber diesmal lange Zeit nichts auszurichten.

Sie sah ihn schweigend an, immer mit derselben qualvollen Ungewißheit, mit einem peinigenden Gedanken in ihrem armen Kopfe, und strengte sich immer noch an, über etwas ins klare zu kommen. Bald schlug sie die Augen nieder, bald wieder streifte sie ihn mit einem schnellen, seine ganze Gestalt umfassenden Blicke. Endlich schien sie sich zwar nicht eigentlich beruhigt zu haben, aber doch zu einem Entschlusse gekommen zu sein.

»Bitte, setzen Sie sich neben mich, damit ich Sie nachher ansehen kann«, sagte sie in ziemlich festem Tone, mit irgendwelcher bestimmten, neuen Absicht. »Und jetzt seien Sie ganz unbesorgt; ich meinerseits werde Sie nicht ansehen, sondern zu Boden schauen, und blicken auch Sie mich nicht eher an, als bis ich selbst Sie darum bitte! Setzen Sie sich doch!« fügte sie ordentlich ungeduldig hinzu.

Ein neues Gefühl hatte sich ihrer augenscheinlich immer mehr und mehr bemächtigt.

Nikolai Wsewolodowitsch setzte sich und wartete; es trat ein ziemlich langes Stillschweigen ein.

»Hm! Das kommt mir alles so sonderbar vor«, murmelte sie auf einmal beinah unwillig. »Allerdings haben mich böse Träume bedrückt; aber warum hat mir gerade von Ihnen so etwas geträumt?«

»Nun, lassen wir die Träume beiseite!« sagte er ungeduldig und wendete sich trotz des Verbotes zu ihr; und vielleicht zeigte sich der Ausdruck von vorhin wieder für einen Moment in seinen Augen. Er sah, daß sie einigemal Lust hatte, große Lust hatte, ihn anzusehen, sich aber mit Energie beherrschte und nach unten schaute.

»Hören Sie, Fürst«, begann sie plötzlich mit erhobener Stimme. »Hören Sie, Fürst . . .«

»Warum haben Sie sich abgewandt? Warum sehen Sie mich nicht an? Wozu diese Komödie?« konnte er sich nicht enthalten zu rufen.

Aber sie schien ihn gar nicht zu hören.

»Hören Sie, Fürst«, sagte sie zum dritten Male mit fester Stimme; ihr Gesicht hatte dabei einen unangenehmen, geschäftigen Ausdruck. »Als Sie mir damals im Wagen sagten, die Ehe solle öffentlich bekanntgegeben werden, da bekam ich gleich einen Schreck darüber, daß das Geheimnis ein Ende nehmen solle. Jetzt aber weiß ich gar nicht, wie es dann werden soll; ich habe immer darüber nachgedacht und sehe klar, daß ich ganz und gar nicht dazu tauge. Ich verstehe zwar, mich zu putzen, und Gäste kann ich vielleicht auch empfangen: Leute zu einer Tasse Tee einzuladen, das ist kein Kunststück, namentlich wenn man Bediente hat. Aber doch wird man mich nicht für voll ansehen. Ich habe mir damals am Sonntagvormittag vieles in jenem Hause angesehen. Dieses hübsche Fräulein blickte mich die ganze Zeit über an, besonders nachdem Sie hereingekommen waren. Sie waren es doch, der damals hereinkam, nicht wahr? Die Mutter dieses Fräuleins ist einfach eine komische alte Dame. Mein Lebjadkin war ebenfalls kostbar; um nicht laut loszulachen, sah ich immer nach der Decke hinauf; es ist da eine sehr schön gemalte Decke. ›Seine‹ Mutter könnte eine Äbtissin sein; ich fürchte mich vor ihr, obgleich sie mir ein schwarzes Schaltuch geschenkt hat. Gewiß sind alle Frauen damals über mich befremdet gewesen; ich nahm es ihnen nicht übel; aber ich saß immer da und dachte: Wie kann ich deren Verwandte werden? Allerdings verlangt man von einer Gräfin nur geistige Eigenschaften, da sie für die wirtschaftlichen Dinge eine Menge Diener hat, und ferner noch eine gewisse gesellschaftliche Gewandtheit, so daß sie es versteht, ausländische Reisende zu empfangen. Aber trotzdem sahen mich die Damen am Sonntag mit hoffnungslosen Mienen an. Nur Dascha ist ein Engel. Ich fürchte sehr, daß die Damen ›ihn‹ durch eine unvorsichtige Bemerkung über mich betrübt haben.«

»Fürchten Sie nichts, und beunruhigen Sie sich nicht!« sagte Nikolai Wsewolodowitsch, den Mund verziehend.

»Übrigens macht mir das nichts aus, wenn er sich auch über mich ein bißchen schämt; denn das Mitleid wird bei ihm immer größer sein als die Scham, sollte ich vom menschlichen Standpunkte aus meinen. Er weiß ja, daß ich eher Anlaß habe, sie zu bemitleiden, als sie mich.«

»Es scheint, daß Sie sich sehr über sie geärgert haben, Marja Timofejewna?«

»Wer? Ich? Nein«, antwortete sie mit einem einfältigen Lächeln. »Durchaus nicht. Ich habe sie damals sämtlich betrachtet: ›Alle ärgert ihr euch, alle zankt ihr euch‹, dachte ich; ›recht von Herzen zu lachen, wenn sie einmal zusammenkommen, das verstehen sie nicht; so viel Reichtum und so wenig Heiterkeit!‹ Das alles war mir so widerwärtig. Jetzt bedaure ich übrigens niemanden als mich selbst.«

»Ich habe gehört, daß Sie in meiner Abwesenheit mit Ihrem Bruder ein schlechtes Leben gehabt haben?«

»Wer hat Ihnen das gesagt? Unsinn! Jetzt habe ich es weit schlechter; jetzt habe ich böse Träume, und die bösen Träume kommen davon her, daß Sie angekommen sind. Ich möchte nur wissen, warum Sie erschienen sind; sagen Sie das doch einmal!«
»Möchten Sie nicht wieder ins Kloster?«
»Na, das habe ich mir doch gedacht, daß man mir wieder das Kloster vorschlagen würde! Ein reizender Ort, euer Kloster! Und warum soll ich denn dahin gehen, wozu soll ich jetzt da eintreten? Jetzt bin ich mutterseelenallein! Es ist zu spät für mich, ein drittes Leben anzufangen.«
»Sie sind über irgend etwas sehr böse; fürchten Sie etwa, daß ich Sie nicht mehr liebe?«
»Um Sie kümmere ich mich überhaupt nicht. Ich fürchte, daß ich selbst jemanden nicht mehr liebe.«
Sie lächelte geringschätzig.
»Ich habe mir gewiß ›ihm‹ gegenüber etwas Großes zuschulden kommen lassen«, fügte sie auf einmal wie im Selbstgespräche hinzu. »Ich weiß nur nicht, was ich mir habe zuschulden kommen lassen; das ist nun lebenslänglich mein ganzes Unglück. Immer und immer, diese ganzen fünf Jahre lang, habe ich Tag und Nacht gefürchtet, daß ich mir ›ihm‹ gegenüber etwas habe zuschulden kommen lassen. Ich bete, ich bete oft und denke immer an mein großes Verschulden ›ihm‹ gegenüber. Und es hat sich auch herausgestellt, daß es damit seine Richtigkeit hat.«
»Was hat seine Richtigkeit?«
»Ich fürchte nur, daß von ›seiner‹ Seite etwas vorliegt«, fuhr sie fort, ohne auf die Frage zu antworten, die sie überhaupt nicht gehört hatte. »Andererseits ist es eigentlich doch unmöglich, daß ›er‹ mit so geringwertigen Menschen gemeinsame Sache gemacht haben sollte. Die Gräfin möchte mich am liebsten auffressen, obgleich sie mich zu sich in ihren Wagen genommen hat. Alle sind sie miteinander verschworen; ob auch ›er‹ dabei ist? Hat auch ›er‹ mich verraten?« (Ihr Kinn und ihre Lippen begannen zu zucken.)
»Hören Sie, haben Sie von Grischka Otrepjew gelesen, daß er in sieben Kathedralen verflucht worden ist?«

Nikolai Wsewolodowitsch schwieg.
»Übrigens werde ich mich jetzt zu Ihnen wenden und Sie ansehen«, sagte sie, wie wenn sie sich plötzlich dazu entschlossen hätte. »Wenden auch Sie sich zu mir, und sehen Sie mich an, aber recht aufmerksam! Ich will mich zum letztenmal vergewissern.«
»Ich sehe Sie schon lange an.«
»Hm!« sagte Marja Timofejewna, ihn unverwandt anblikkend. »Sie sind sehr dick geworden . . .«
Sie wollte noch etwas hinzufügen; aber auf einmal entstellte wieder, zum drittenmal, die frühere Angst momentan ihr Gesicht; sie sank wieder zurück und hob den Arm vor sich in die Höhe.
»Aber was ist Ihnen denn?« schrie Nikolai Wsewolodowitsch beinah wütend.
Aber die Angst dauerte nur einen Augenblick; ihr Gesicht verzog sich zu einem seltsamen, argwöhnischen, unangenehmen Lächeln.
»Ich bitte Sie, Fürst, stehen Sie auf und treten Sie ein!« sagte sie auf einmal mit fester, energischer Stimme.
»Was meinen Sie damit: ›Treten Sie ein‹? Wo soll ich eintreten?«
»Ich habe die ganzen fünf Jahre lang immer nur die eine Vorstellung gehabt, wie ›er‹ eintreten wird. Stehen Sie sofort auf, und gehen Sie durch die Tür in jenes Zimmer! Ich werde hier sitzen, als ob ich jemand erwartete, und ein Buch in die Hand nehmen, und plötzlich werden Sie, nachdem Sie fünf Jahre auf Reisen abwesend gewesen sind, eintreten. Ich will sehen, wie das sein wird.«
Nikolai Wsewolodowitsch knirschte im stillen mit den Zähnen und murmelte etwas Unverständliches.
»Genug!« sagte er, indem er mit der flachen Hand auf den Tisch schlug. »Ich bitte Sie, Marja Timofejewna, mich anzuhören. Tun Sie mir den Gefallen und nehmen Sie, wenn Sie es vermögen, Ihre ganze Aufmerksamkeit zusammen! Sie sind ja doch nicht ganz verrückt!« fuhr er ungeduldig heraus. »Morgen werde ich unsere Ehe bekanntgeben. Sie werden niemals in Palästen wohnen; davon mögen Sie

überzeugt sein! Wollen Sie mit mir Ihr ganzes Leben verbringen, aber allerdings sehr weit von hier? Da im Gebirge, in der Schweiz, ist ein Ort . . . Seien Sie unbesorgt; ich werde Sie nie im Stich lassen und Sie nicht in ein Irrenhaus geben. Ich habe genug Geld, um leben zu können, ohne andere Menschen bitten zu müssen. Sie werden eine Magd haben; Sie werden keine Arbeit zu tun brauchen. Alles, was Sie im Bereiche der Möglichkeit wünschen werden, wird Ihnen beschafft werden. Sie werden beten, werden gehen, wohin es Ihnen beliebt, und tun, was Ihnen beliebt. Ich werde Sie nicht berühren. Ich werde diesen Ort ebenfalls mein ganzes Leben lang nicht verlassen. Wenn Sie wollen, werde ich lebenslänglich nicht mit Ihnen reden, und wenn Sie wollen, mögen Sie mir jeden Abend, wie damals in Petersburg in den elenden Wohnungen, Ihre Geschichten erzählen. Ich werde Ihnen aus Büchern vorlesen, wenn Sie es wünschen. Aber dafür werden Sie lebenslänglich an einem Orte wohnen, und der Ort ist unschön. Wollen Sie das? Können Sie sich dazu entschließen? Werden Sie es nicht bereuen und mich nicht mit Ihren Tränen und Verwünschungen quälen?«

Sie hatte mit größtem Interesse zugehört; nun schwieg sie lange und dachte nach.

»Das alles kommt mir unwahrscheinlich vor«, sagte sie endlich spöttisch und geringschätzig. »Da soll ich am Ende vierzig Jahre dort im Gebirge wohnen?«

Sie lachte auf.

»Nun gut; leben wir da vierzig Jahre!« erwiderte Nikolai Wsewolodowitsch mit sehr finsterem Gesichte.

»Hm! . . . Um keinen Preis werde ich dahin fahren.«

»Auch nicht mit mir?«

»Was sind Sie denn für einer, daß ich mit Ihnen mitfahren sollte? Vierzig Jahre hintereinander soll ich mit ihm im Gebirge sitzen – ist das eine Zumutung! Und was für geduldige Menschen es heutzutage gibt! Nein, das ist nicht möglich, daß ein Falke zum Uhu wird. Mein Fürst ist von anderer Art!« rief sie stolz und triumphierend mit erhobenem Haupte.

Es ging ihm ein Licht auf.
»Warum nennen Sie mich Fürst, und . . . für wen halten Sie mich?« fragte er schnell.
»Wie? Sind Sie kein Fürst?«
»Das bin ich nie gewesen.«
»Also gestehen Sie das selbst, mir gerade ins Gesicht, ein, daß Sie kein Fürst sind?«
»Ich sage es ja, das bin ich nie gewesen.«
»O Gott!« rief sie und schlug die Hände zusammen. »Alles hatte ich von ›seinen‹ Feinden erwartet, aber eine solche Dreistigkeit niemals! Ist er am Leben?« schrie sie rasend und bog sich nahe an Nikolai Wsewolodowitsch heran. »Hast du ihn getötet? Bekenne!«
»Für wen hältst du mich?« rief er und sprang mit entsetztem Gesichte auf.
Aber es war jetzt schwer, sie zu erschrecken; sie triumphierte.
»Wer kennt dich, was du für einer bist, und von wo du auf einmal herkommst? Aber mein Herz, mein Herz hat diese ganzen fünf Jahre her die ganze Intrige geahnt! Und ich sitze hier und wundere mich: Was für eine blinde Eule ist denn da gekommen? Nein, mein Lieber, du bist ein schlechter Schauspieler, sogar ein schlechterer als Lebjadkin. Bestelle meine ergebenste Empfehlung an die Gräfin und sage ihr, sie möchte einen gewandteren Menschen schicken, als du bist! Sie hat dich wohl in Dienst genommen, sag mal? Da bist du nun bei ihr aus Gnade und Barmherzigkeit in der Küche angestellt! Ich durchschaue euren ganzen Betrug vollständig; ich verstehe euch alle, ohne Ausnahme!«
Er faßte sie kräftig oberhalb des Ellbogens an den Arm; sie lachte ihm ins Gesicht.
»Du bist ihm ähnlich, sehr ähnlich; vielleicht bist du auch ein Verwandter von ihm; ein schlaues Volk seid ihr! Aber mein Mann ist ein echter Falke und ein Fürst und du ein Waldkauz und ein ganz gewöhnlicher Kaufmann! Mein Mann verbeugt sich vor Gott, wenn er will, und, wenn er will, auch nicht; aber dich hat der liebe Schatow, den ich so gut leiden kann, auf die Backen gehauen; mein Lebjadkin

hat es erzählt. Und warum bist du damals so feige gewesen, als du hereinkamst? Wer hat dich damals erschreckt? Als ich hingefallen war und du mich auffingst, da sah ich dein gemeines Gesicht, und es war mir, als kröche mir ein Wurm ins Herz hinein: ›er‹ ist es nicht, dachte ich bei mir, ›er‹ ist es nicht! Mein Falke hätte sich niemals meiner vor einem vornehmen Fräulein geschämt! O Gott! Was mich die ganzen fünf Jahre lang glücklich gemacht hat, das war nur der Gedanke, daß mein Falke dort irgendwo jenseits der Berge lebt und umherfliegt und zur Sonne aufschaut ... Sage, du Betrüger, hast du viel dafür bekommen, daß du eine falsche Rolle spielst? Du hast dich wohl nur für eine tüchtige Geldsumme bereit erklärt? Ich hätte dir nicht einen Groschen gegeben. Ha-ha-ha! Ha-ha-ha! ...«

»Ach, du Idiotin!« rief Nikolai Wsewolodowitsch zähneknirschend; er hielt sie noch immer fest am Arm gepackt.

»Weg, du Betrüger!« schrie sie befehlend. »Ich bin das Weib meines Fürsten; ich fürchte mich nicht vor deinem Messer!«

»Vor dem Messer?«

»Ja, vor dem Messer! Du hast ein Messer in der Tasche. Du dachtest, ich schliefe; aber ich habe es gesehen: Als du vorhin hereinkamst, nahmst du ein Messer heraus!«

»Was hast du gesagt, Unglückliche? Was hast du geträumt?« schrie er und stieß sie aus voller Kraft von sich, so daß sie mit den Schultern und dem Kopfe schmerzhaft gegen das Sofa schlug.

Er stürzte hinaus; sie aber sprang sogleich auf und eilte hinkend und hüpfend hinter ihm her; vor der Haustür hielt der erschrockene Lebjadkin sie mit Gewalt fest; aber sie schrie dem Davoneilenden noch kreischend und lachend in der Dunkelheit nach:

»Grischka Ot-rep-jew, sei ver-flucht!«

## IV

»Ein Messer, ein Messer!« sagte er in grimmigem Zorne vor sich hin, während er, ohne auf den Weg zu achten, mit großen Schritten durch den Schmutz und die Pfützen dahinging. In einzelnen Augenblicken hatte er allerdings die größte Lust, laut und wütend aufzulachen; aber aus irgendwelchem Grunde beherrschte er sich und unterdrückte das Lachen. Er kam erst auf der Brücke wieder zu sich, gerade an derselben Stelle, wo ihm vorhin Fedka begegnet war; ebenderselbe Fedka erwartete ihn dort auch jetzt, nahm, sobald er ihn erblickte, die Mütze ab, grinste fröhlich und begann sogleich flott und munter etwas zu schwatzen. Nikolai Wsewolodowitsch ging anfangs ohne anzuhalten vorbei und hörte eine Weile gar nicht nach dem Landstreicher hin, der sich ihm wieder angeschlossen hatte. Auf einmal überraschte ihn der Gedanke, daß er den Menschen vollständig vergessen hatte, und ihn vergessen hatte gerade in der Zeit, wo er selbst alle Augenblicke vor sich hingesagt hatte: »Ein Messer, ein Messer!« Er faßte den Landstreicher beim Kragen und warf ihn mit all dem Ingrimm, der sich in ihm aufgesammelt hatte, aus Leibeskräften auf die Brückenbohlen nieder. Einen Augenblick lang dachte dieser daran, mit dem Gegner zu ringen; aber er sagte sich sofort, daß er demselben gegenüber, noch dazu bei einem so unerwarteten Angriff, nur eine Art Strohhalm sein würde; daher verhielt er sich ruhig, schwieg und leistete überhaupt keinen Widerstand. Kniend, auf den Boden niedergedrückt, die Ellbogen auf den Rücken zurückgezwängt, wartete der schlaue Landstreicher ruhig die weitere Entwicklung ab, ohne im geringsten an eine Gefahr zu glauben, wie es schien.

Er hatte sich nicht geirrt. Nikolai Wsewolodowitsch war allerdings schon im Begriff, sich mit der linken Hand den warmen Schal abzunehmen, um seinem Gefangenen damit die Hände zu binden; aber auf einmal ließ er Fedka aus irgendwelchem Grunde wieder los und stieß ihn von sich. Dieser sprang im Nu auf die Füße, drehte sich um, und ein

kurzes, breites Schustermesser, das plötzlich irgendwoher zum Vorschein kam, blitzte in seiner Hand.
»Weg mit dem Messer! Steck es ein, steck es sofort ein!« befahl Nikolai Wsewolodowitsch mit einer ungeduldigen Handbewegung, und das Messer verschwand ebenso schnell, wie es erschienen war.
Nikolai Wsewolodowitsch setzte wieder schweigend und ohne sich umzuwenden seinen Weg fort; aber der hartnäckige Taugenichts ließ dennoch nicht von ihm ab, wenn er auch jetzt nicht schwatzte und sogar eine respektvolle Entfernung von einem ganzen Schritte hinter dem Vorangehenden innehielt. Beide überschritten auf diese Weise die Brücke und stiegen das Ufer hinauf; dann wendeten sie sich diesmal links und bogen in eine gleichfalls lange, öde Gasse ein, durch die man schneller in das Zentrum der Stadt gelangte als auf dem vorher benutzten Wege durch die Bogojawlenskaja-Straße.
»Ist das wahr? Man sagt, du hättest neulich hier irgendwo im Kreise eine Kirche beraubt?«
»Das heißt, ursprünglich war ich eigentlich hingegangen, um zu beten«, antwortete der Landstreicher ruhig und höflich, als ob nichts vorgefallen wäre, und nicht nur ruhig, sondern sogar mit einer gewissen Würde.
Von der früheren freundschaftlichen Familiarität war in seiner Redeweise keine Spur mehr vorhanden. Er machte den Eindruck eines tüchtigen, ernsten Menschen, der zwar grundlos beleidigt worden ist, es aber versteht, auch eine Beleidigung zu vergessen.
»Aber als Gott mich dorthin geführt hatte«, fuhr er fort, »da dachte ich: Siehe da, das ist eine Gnade des Himmels! Das ist wegen meiner Armut geschehen, da es bei meinem Schicksal ohne Unterstützung nun einmal nicht geht. Aber Sie können es bei Gott glauben, gnädiger Herr: Ich habe davon Schaden gehabt; denn Gott hat mich für meine Sünden gestraft. Für die Kirchengeräte habe ich zusammen nur zwölf Rubel bekommen. Den Kinnriemen des heiligen Nikolaus, den ich für reines Silber gehalten hatte, habe ich als Zugabe gegeben; er sei unecht, sagten sie.«

»Und den Wächter hast du ermordet?«

»Das heißt, ich habe mit dem Wächter zusammen in der Kirche aufgeräumt, und dann nachher gegen Morgen sind wir bei dem Flüßchen in Streit geraten, wer den Sack tragen solle. Da habe ich mich versündigt und ihn von allem Erdenleide befreit.«

»So ist's recht; morde nur immer, stiehl nur immer!«

»Genau dasselbe, mit denselben Worten wie Sie, rät mir auch Pjotr Stepanowitsch, weil er, was eine Unterstützung anlangt, sehr geizig und hartherzig ist. Außerdem glaubt er nicht die Bohne an den himmlischen Schöpfer, der uns aus Erdenstaub erschaffen hat, sondern glaubt und sagt, das habe alles die Natur so eingerichtet, sogar bis zum geringsten Tiere herab. Überdies hat er auch kein Verständnis dafür, daß ich bei meinem Schicksal ohne wohltätige Unterstützung schlechterdings nicht existieren kann. Wenn man ihm das sagt, so sieht er einen an wie der Hammel das Wasser; man kann sich über ihn bloß wundern. Werden Sie es glauben: Bei dem Hauptmann Lebjadkin, den Sie soeben besucht haben, als der noch in dem Filippowschen Hause wohnte, da stand bei ihm manchmal die Tür die ganze Nacht über sperrangelweit auf, und er selbst schlief sternhagelvoll betrunken, und das Geld war ihm aus allen Taschen auf die Dielen gefallen. Ich habe es mit eigenen Augen gesehen; denn daß ich bei der Wendung, die mein Schicksal genommen hat, ohne Unterstützung leben könnte, ist ganz unmöglich . . .«

»Was meinst du damit: mit eigenen Augen? Bist du in der Nacht hingegangen?«

»Vielleicht bin ich auch hingegangen; nur weiß es niemand.«

»Und warum hast du ihn nicht ermordet?«

»Ich habe es mir auf dem Rechenbrett ausgerechnet und bin dadurch zu besonnenem Handeln gelangt. Denn obgleich ich bestimmt wußte, daß ich mir immer hundertfünfzig Rubel holen konnte, wie werde ich mich denn darauf einlassen, da ich doch ganze tausendfünfhundert bekommen kann, wenn ich nur ein bißchen warte? Denn der

Hauptmann Lebjadkin (das habe ich mit meinen eigenen Ohren gehört) hoffte, wenn er betrunken war, immer stark auf Sie, und es gibt hier kein Restaurant, ja keine Schenke niedrigsten Ranges, wo er das nicht in solchem Zustande erklärt hätte. Da ich also dergleichen über Sie aus dem Munde vieler hörte, so habe auch ich auf Euer Erlaucht meine ganze Hoffnung gesetzt. Ich sehe Sie, gnädiger Herr, so an, als ob Sie mein leiblicher Vater oder mein leiblicher Bruder wären, und weder Pjotr Stepanowitsch noch sonst eine Menschenseele wird jemals etwas darüber von mir erfahren. Werden Sie mir also die drei Rubelchen schenken, Euer Erlaucht, oder nicht? Sie sollten mir einen endgültigen Bescheid geben, gnädiger Herr, damit ich die volle Wahrheit weiß; denn ohne Unterstützung kann unsereiner nicht existieren.«

Nikolai Wsewolodowitsch lachte laut auf, zog sein Portemonnaie aus der Tasche, in welchem sich etwa fünfzig Rubel in kleinen Scheinen befanden, und warf ihm eine Banknote aus dem Päckchen hin, dann eine zweite, eine dritte, eine vierte. Fedka haschte sie im Fluge, sprang hin und her, die Banknoten fielen in den Schmutz, Fedka fischte sie heraus und rief dabei bedauernd: »Oh, oh!« Nikolai Wsewolodowitsch warf ihm schließlich das ganze Päckchen zu und ging, immer noch lachend, die Gasse nunmehr allein weiter. Der Landstreicher blieb zurück und suchte, auf den Knien im Schmutze herumrutschend, die im Winde auseinanderflatternden und in den Pfützen versinkenden Banknoten, und noch eine ganze Stunde lang konnte man in der Dunkelheit seine abgebrochenen Ausrufe: »Oh, oh!« hören.

## DRITTES KAPITEL

### *Das Duell*

### I

Am andern Tage um zwei Uhr nachmittags fand das in Aussicht genommene Duell statt. Zu der schnellen Abwicklung der Sache trug wesentlich Artemi Petrowitsch Gaganows unbezähmbares Verlangen bei, sich um jeden Preis zu schlagen. Er begriff das Benehmen seines Gegners nicht und war wütend. Schon einen ganzen Monat lang hatte er ihn ungestraft beleidigt und es immer noch nicht dahin bringen können, daß ihm die Geduld gerissen wäre. Es schien ihm unumgänglich notwendig, daß die Forderung von seiten Nikolai Wsewolodowitschs selbst erfolge, da er selbst keinen direkten Anlaß zu einer Forderung hatte. Er schämte sich, seinen geheimen Beweggrund zu bekennen, nämlich einen krankhaften Haß gegen Stawrogin wegen der Beleidigung, die dieser vor vier Jahren der Familie angetan hatte. Auch hielt er selbst eine solche Begründung für unmöglich, besonders im Hinblick auf die friedfertigen Entschuldigungen, zu denen sich Nikolai Wsewolodowitsch schon zweimal erbötig gezeigt hatte. Er nahm im stillen an, dieser sei ein schamloser Feigling; er konnte nicht verstehen, wie er die Ohrfeige von Schatow hatte hinnehmen können; so hatte er sich denn schließlich entschlossen, jenen unerhört groben Brief abzusenden, durch den dann endlich Nikolai Wsewolodowitsch dazu veranlaßt worden war, selbst die Forderung zum Duell auszusprechen. Nachdem er am vorhergehenden Tage diesen Brief abgesandt hatte, hatte er in fieberhafter Ungeduld auf die Forderung gewartet, indem er in schmerzhafter Spannung die Chancen dafür abwog und bald hoffte, bald verzweifelte, und unter diesen Umständen sich auf jeden Fall noch am Abend einen Sekundanten beschafft, nämlich Mawriki Nikolajewitsch Drosdow, einen Freund und Schulkameraden von ihm, den er besonders hochschätzte. Auf diese Weise fand Kirillow, als er am andern

Tage vormittags um neun Uhr mit seinem Auftrage erschien, den Boden schon vorbereitet. Alle Entschuldigungen und weitgehenden Zugeständnisse Nikolai Wsewolodowitschs wurden sofort beim ersten Worte mit außerordentlicher Heftigkeit zurückgewiesen. Mawriki Nikolajewitsch, der erst am vorhergehenden Tage von dem Gange der Sache Kenntnis erhalten hatte, öffnete bei so unerhörten Anerbietungen den Mund vor Erstaunen und wollte auf eine Versöhnung dringen; aber er bemerkte, daß Artemi Petrowitsch, der seine Absicht erriet, auf seinem Stuhle beinah zu zittern anfing; so schwieg er denn und unterdrückte seinen Vorschlag. Hätte er nicht seinem Kameraden sein Wort gegeben gehabt, so wäre er unverzüglich fortgegangen; er blieb in der einzigen Hoffnung, bei der Austragung der Sache vielleicht irgendwie hilfreich sein zu können. Kirillow übermittelte die Forderung; alle von Stawrogin aufgestellten Bedingungen des Duells wurden sofort buchstäblich ohne den geringsten Widerspruch angenommen. Nur ein Zusatz wurde gemacht, und zwar ein recht scharfer, nämlich: Wenn die ersten Schüsse kein entscheidendes Resultat ergäben, sollten die Gegner ein zweites Mal einander gegenübertreten; wenn auch der zweite Gang erfolglos bliebe, ein drittes Mal. Kirillow machte ein finsteres Gesicht und wollte den dritten Gang abhandeln; da er aber nichts erreichte, so fügte er sich darein, jedoch nur unter der Bedingung, daß drei Gänge zulässig sein sollten, aber nicht vier. In diesem Punkte gab die Gegenpartei nach. So kam denn die Begegnung um zwei Uhr mittags in Brykowo zustande, nämlich in einem kleinen, vor der Stadt gelegenen Wäldchen zwischen Skworeschniki auf der einen und der Schpigulinschen Fabrik auf der andern Seite. Der Regen vom vorhergehenden Tage hatte ganz aufgehört; aber es war naß und windig. Niedrige, trübe, zerrissene Wolken zogen schnell am kalten Himmel dahin; durch die Wipfel der Bäume pflanzte sich bei den Windstößen ein dumpfes Rauschen fort, und ihre Wurzeln knarrten. Es war ein trübseliges Wetter.

Gaganow und Mawriki Nikolajewitsch erschienen am Platze in einem eleganten, zweispännigen char à banc, den

Artemi Petrowitsch lenkte; bei ihnen befand sich ein Diener. Fast in demselben Augenblicke erschienen auch Nikolai Wsewolodowitsch und Kirillow, aber nicht in einem Wagen, sondern zu Pferde und ebenfalls in Begleitung eines Dieners; dieser war gleichfalls beritten. Kirillow, der noch nie auf einem Pferde gesessen hatte, hielt sich kühn und gerade im Sattel; in der rechten Hand hatte er den schweren Pistolenkasten, den er dem Diener nicht anvertrauen mochte, und mit der linken drehte und zupfte er aus Unkenntnis fortwährend an den Zügeln, infolge wovon das Pferd mit dem Kopfe hin und her schlug und starke Lust zeigte, sich zu bäumen, was übrigens den Reiter ganz und gar nicht in Furcht versetzte. Der argwöhnische Gaganow, der sehr dazu neigte, sich schwer beleidigt zu fühlen, hielt die Ankunft der Reiter für eine neue ihm angetane Beleidigung, da er meinte, die Feinde rechneten doch gar zu sehr auf einen für sie günstigen Ausgang, wenn sie nicht einmal die Möglichkeit in Betracht zögen, daß ein Wagen zum Transport eines Verwundeten erforderlich sein könnte. Als er aus seinem char à banc ausstieg, war er ganz gelb vor Ärger und fühlte, daß ihm die Hände zitterten, was er auch seinem Sekundanten Mawriki Nikolajewitsch mitteilte. Nikolai Wsewolodowitschs Verbeugung erwiderte er gar nicht, sondern wandte sich ab. Die Sekundanten losten: Das Los traf die von Kirillow mitgebrachten Pistolen. Die Barrieren wurden abgemessen, die Gegner aufgestellt, die Equipage und die Pferde mit den Dienern dreihundert Schritte zurückgeschickt. Die Waffen wurden geladen und den Gegnern eingehändigt.

Es ist schade, daß ich meine Erzählung schnell weiterführen muß und keine Zeit zu eingehenderen Schilderungen habe; aber ganz ohne Bemerkungen geht es doch nicht an. Mawriki Nikolajewitsch war trübe und sorgenvoll. Dafür war Kirillow vollständig ruhig und gleichmütig, sehr sorgsam in der Erfüllung aller Einzelheiten der von ihm übernommenen Pflicht, aber ohne die geringste Hast und fast ohne Spannung auf den jetzt so nahegerückten, möglicherweise verhängnisvollen Ausgang der Sache. Nikolai Wsewolodowitsch war blasser als gewöhnlich; er war ziemlich leicht gekleidet und trug einen Überzieher und einen weißen Kastorhut. Er schien sehr müde zu sein, machte mitunter ein finsteres Gesicht und fand es nicht für nötig, seine schlechte Stimmung zu verbergen. Aber am auffälligsten von allen benahm sich in diesem Augenblicke Artemi Petrowitsch, so daß ich nicht umhin kann, über ihn ein paar besondere Worte zu sagen.

## II

Wir haben bisher keine Gelegenheit gehabt, seines Äußeren Erwähnung zu tun. Er war ein hochgewachsener Mann, blaß, wohlgenährt oder, wie das niedere Volk sagt, wohlgemästet, mit hellblondem, dünnem Haar, ungefähr dreiunddreißig Jahre alt und, man kann vielleicht sogar sagen, mit hübschen Gesichtszügen. Er hatte den Dienst als Oberst quittiert und würde, wenn er bis zum General weitergedient hätte, in dieser Rangstellung eine noch imposantere Erscheinung gewesen sein und sehr möglicherweise im Kriege einen tüchtigen General abgegeben haben.
Ich darf zur Charakteristik seiner Persönlichkeit nicht unerwähnt lassen, daß den Hauptgrund für seinen Austritt aus dem Militär ein Gedanke bildete, der ihn sehr lange und zu seiner großen Pein verfolgt hatte, der Gedanke an die Schande der Familie infolge der Beleidigung, welche Nikolai Stawrogin seinem Vater vor vier Jahren im Klub zugefügt hatte. Er hielt es in seinem Gewissen für unehrenhaft, weiterzudienen, und war innerlich davon überzeugt, daß er durch seine Person das Regiment und die Kameraden beflecke, obgleich keiner derselben von dem Vorfall etwas wußte. Allerdings hatte er auch früher schon einmal den Dienst quittieren wollen, schon in weit zurückliegender Zeit, lange vor der Beleidigung, und aus einem ganz anderen Grunde, hatte aber bisher immer noch geschwankt. Wie seltsam es auch klingen mag, aber diesen ursprünglichen Grund oder, richtiger gesagt, diese erste Anregung zum Austritt aus dem Dienst bildete das Manifest vom 19. Fe-

bruar 1861 über die Befreiung der Bauern. Artemi Petrowitsch, einer der reichsten Gutsbesitzer unseres Gouvernements, der durch das Manifest gar nicht einmal so viel verlor und überdies fähig war, die Humanität der Maßregel und beinahe auch die wirtschaftlichen Vorteile der Reform zu würdigen, fühlte sich beim Erscheinen des Manifestes gewissermaßen persönlich beleidigt. Es war dies eine Art von unbewußtem Gefühl, das aber um so stärker war, je weniger er sich darüber Rechenschaft ablegen konnte. Bis zum Tode seines Vaters hatte er sich übrigens nicht zu einem entscheidenden Schritte entschließen können; er war aber in Petersburg durch seine »vornehme« Denkungsart mit vielen hervorragenden Persönlichkeiten bekannt geworden und pflegte die Verbindungen mit ihnen sehr eifrig. Er war ein in sich gekehrter, verschlossener Mensch. Noch ein Zug: Er gehörte zu jenen sonderbaren, aber noch immer in Rußland vorkommenden Edelleuten, die auf das Alter und die Reinheit ihres Adels hohen Wert legen und sich dafür sehr ernstlich interessieren. Zugleich konnte er die russische Geschichte nicht leiden und hielt überhaupt das russische Wesen zu einem großen Teile für unwürdig. Schon in seiner Kindheit, in der besonderen, nur für die vornehmsten und reichsten Zöglinge bestimmten Kriegsschule, auf der er die Ehre hatte seinen Bildungsgang zu beginnen und zu vollenden, hatten sich bei ihm gewisse poetische Anschauungen herausgebildet: Er fand Gefallen an Burgen, an dem mittelalterlichen Leben, an der ganzen opernhaften Seite desselben und am Ritterwesen; er weinte schon damals beinahe vor Scham darüber, daß in den Zeiten des Moskauer Zarentums der Zar einen russischen Bojaren hatte körperlich bestrafen dürfen, und errötete, wenn er das westeuropäische Wesen dagegenhielt. Dieser hartköpfige, außerordentlich streng gesinnte Mensch, der seinen Dienst vortrefflich verstand und seine Obliegenheiten auf das genaueste erfüllte, war doch in tiefster Seele ein Träumer. Man versicherte, er könne in Versammlungen sehr gut reden und besitze die Gabe des Wortes; aber doch hatte er seine ganzen dreiunddreißig Jahre über geschwiegen. Sogar in jenem vornehmen Petersburger Kreise, in dem er in der letzten Zeit verkehrte, benahm er sich ungewöhnlich hochmütig. Als er in Petersburg mit Nikolai Wsewolodowitsch zusammentraf, der aus dem Auslande zurückgekehrt war, verlor er darüber fast den Verstand. Im gegenwärtigen Augenblicke, wo er an der Barriere stand, befand er sich in einer schrecklichen Unruhe. Er fürchtete immer, die Sache könne auf irgendeine Weise nicht zustande kommen; die geringste Verzögerung versetzte ihn in Aufregung. Eine qualvolle Empfindung prägte sich auf seinem Gesichte aus, als Kirillow, statt das Zeichen zum Kampfe zu geben, auf einmal zu reden begann, allerdings nur pro forma, wie er selbst sofort allen erklärte:

»Ich spreche nur pro forma; beliebt es Ihnen nicht jetzt, wo Sie bereits die Pistolen in Händen haben und das Kommando gegeben werden muß, sich noch im letzten Augenblick zu versöhnen? So zu fragen ist Pflicht des Sekundanten.«

Es kam noch ärger: Mawriki Nikolajewitsch, der bisher geschwiegen, aber seit dem vorhergehenden Tage sich wegen seiner Nachgiebigkeit Vorwürfe gemacht hatte, griff nun auch seinerseits noch Kirillows Gedanken auf und sagte ebenfalls:

»Ich bin mit dem, was Herr Kirillow gesagt hat, vollkommen einverstanden. Der Gedanke, daß man sich an der Barriere nicht mehr versöhnen könne, ist ein Vorurteil, das man den Franzosen überlassen kann. Und nehmen Sie es nicht übel: Ich verstehe auch die Beleidigung gar nicht; das wollte ich schon längst sagen. Es werden ja doch alle nur denkbaren Entschuldigungen angeboten, nicht wahr?«

Er war ganz rot geworden. Es war ihm selten begegnet, so viel und in solcher Erregung zu sprechen.

»Ich erkläre wiederholt, daß ich erbötig bin, in jeder nur möglichen Weise um Entschuldigung zu bitten«, fiel Nikolai Wsewolodowitsch mit großer Eilfertigkeit ein.

»Ist denn das überhaupt möglich?« schrie, zu Mawriki Nikolajewitsch gewendet, Gaganow wütend und stampfte außer sich mit dem Fuße. »Setzen Sie, Mawriki Nikolajewitsch, wenn Sie mein Sekundant und nicht mein Feind sind, diesem Menschen« (er wies mit der Pistole nach Nikolai Wsewolodowitsch hin) »doch auseinander, daß durch eine solche Nachgiebigkeit die Beleidigung nur noch vergrößert wird! Er hält es für unmöglich, von mir beleidigt zu werden! . . . Er findet keine Schande darin, von mir wegzugehen, wenn wir schon an der Barriere stehen! Was müssen Sie denn bei einem solchen Benehmen glauben, wofür er mich hält? . . . Und Sie sind noch dazu mein Sekundant! Sie regen mich nur auf, damit ich nicht treffe!«

Er stampfte wieder mit dem Fuße; der Speichel spritzte ihm von den Lippen.

»Die Unterhandlungen sind beendet. Ich bitte, auf das Kommando zu hören!« rief Kirillow, so laut er konnte. »Eins, zwei, drei!«

Bei dem Worte »drei« gingen die Gegner aufeinander los. Gaganow hob sogleich die Pistole in die Höhe und schoß beim fünften oder sechsten Schritte. Eine Sekunde lang blieb er stehen, und als er sich überzeugt hatte, daß er gefehlt hatte, ging er schnell an die Barriere vor. Auch Nikolai Wsewolodowitsch ging näher, hob die Pistole, aber sehr hoch, und schoß fast ohne zu zielen. Dann zog er sein Taschentuch heraus und umwickelte damit den kleinen Finger der rechten Hand. Erst jetzt wurde deutlich, daß Artemi Petrowitsch nicht vollständig vorbeigeschossen hatte; aber seine Kugel hatte nur den Finger am fleischigen Teile des Gelenkes gestreift, ohne den Knochen zu berühren; es war nur eine unbedeutende Schramme entstanden. Kirillow erklärte sogleich, wenn die Gegner noch nicht befriedigt seien, so nehme das Duell seinen Fortgang.

»Ich mache darauf aufmerksam«, rief Gaganow mit heiserer Stimme (die Kehle war ihm ganz ausgetrocknet), indem er sich wieder an Mawriki Nikolajewitsch wandte, »daß dieser Mensch« (er wies wieder auf Stawrogin hin) »absichtlich in die Luft geschossen hat . . . mit Vorbedacht . . . Das ist eine neue Beleidigung! Er will das Duell unmöglich machen!«

»Ich habe das Recht zu schießen, wie ich will, vorausge-

setzt, daß es nicht gegen die Regeln verstößt«, erklärte Nikolai Wsewolodowitsch in festem Tone.
»Nein, ein solches Recht hat er nicht! Machen Sie ihm das klar, machen Sie ihm das klar!« schrie Gaganow.
»Ich schließe mich der Meinung Nikolai Wsewolodowitschs völlig an«, erklärte Kirillow.
»Warum schont er mich?« schrie Gaganow wütend, ohne darauf zu hören. »Ich verachte seine Schonung . . . Ich spucke darauf . . . Ich . . .«
»Ich gebe Ihnen mein Wort, daß ich durchaus nicht beabsichtigt habe, Sie zu beleidigen«, sagte Nikolai Wsewolodowitsch ungeduldig. »Ich habe nach oben geschossen, weil ich niemand mehr töten will, weder Sie noch sonst jemand; etwas Sie persönlich Betreffendes liegt darin nicht. Allerdings halte ich mich nicht für beleidigt, und es tut mir leid, daß Sie dies so aufbringt. Aber ich erlaube niemand, mich in meinem Rechte zu stören.«
»Wenn er so blutscheu ist, so fragen Sie ihn doch, warum er mich gefordert hat!« brüllte Gaganow, sich immer an Mawriki Nikolajewitsch wendend.
»Wie konnte er es denn vermeiden, Sie zu fordern?« mischte sich Kirillow ein. »Sie wollten ja auf nichts hören; wie sollte er da von Ihnen loskommen?«
»Ich möchte nur eins bemerken«, sagte Mawriki Nikolajewitsch, der mit Anstrengung und seelischer Qual die Sache erwogen hatte: »Wenn der Gegner im voraus erklärt, daß er nach oben schießen werde, so kann der Zweikampf tatsächlich nicht fortgesetzt werden . . . aus Gründen des Ehrgefühls, die wohl klar sind.«
»Ich habe keineswegs erklärt, daß ich jedesmal nach oben schießen werde!« rief Stawrogin, der jetzt alle Geduld verlor. »Sie wissen gar nicht, was ich im Sinne habe und wie ich das nächste Mal schießen werde . . . ich hindere eine Fortsetzung des Duells nicht.«
»Wenn es so ist, kann der Kampf fortgesetzt werden«, wandte sich Mawriki Nikolajewitsch an Gaganow.
»Meine Herren, nehmen Sie Ihre Plätze ein!« kommandierte Kirillow.

Sie gingen wieder aufeinander los; wieder ein Fehlschuß von seiten Gaganows und wieder ein Schuß nach oben von seiten Stawrogins. Über diese Schüsse nach oben hätte sich streiten lassen: Nikolai Wsewolodowitsch hätte, wenn er sich nicht selbst zu absichtlichem Fehlschießen bekannt hätte, dreist behaupten können, er habe ordnungsmäßig geschossen. Er richtete die Pistole nicht geradezu nach dem Himmel oder nach einem Baume, sondern zielte anscheinend auf den Gegner, wiewohl er etwa eine Elle weit über dessen Hut hielt. Bei diesem zweiten Male nahm er sein Ziel sogar noch etwas niedriger, so daß eine Absicht zu treffen noch etwas glaublicher erschien; aber Gaganow ließ sich nicht mehr überzeugen.

»Wieder!« rief er zähneknirschend. »Ganz egal! Ich bin gefordert und werde von meinem Rechte Gebrauch machen. Ich will zum drittenmal schießen . . . mag werden, was da will!«

»Dazu sind Sie vollkommen berechtigt«, unterbrach ihn Kirillow kurz.

Mawriki Nikolajewitsch sagte nichts. Die Gegner wurden zum dritten Male aufgestellt, das Kommando gegeben; diesmal ging Gaganow bis dicht an die Barriere heran und begann von der Barriere aus auf zwölf Schritte Entfernung zu zielen. Die Hände zitterten ihm zu sehr für einen richtigen Schuß. Stawrogin stand mit gesenkter Pistole da und erwartete, ohne sich zu bewegen, den Schuß des andern.

»Er zielt zu lange, er zielt zu lange!« rief Kirillow heftig. »Schießen Sie, schießen Sie!«

Aber der Schuß ertönte, und diesmal flog Nikolai Wsewolodowitschs weißer Kastorhut ihm vom Kopfe. Der Schuß hatte ziemlich gut getroffen; der Kopf des Hutes war an recht tiefer Stelle durchschlagen; noch einen halben Zoll tiefer, und alles wäre beendet gewesen.

Kirillow hob den Hut auf und reichte ihn seinem Besitzer hin.

»Schießen Sie! Halten Sie den Gegner nicht hin!« rief Mawriki Nikolajewitsch in großer Erregung, da er sah, daß

Stawrogin, wie wenn er den ihm zustehenden Schuß vergessen hätte, mit Kirillow den Hut besah.
Stawrogin fuhr zusammen, blickte nach Gaganow hin, wendete sich ab und schoß, diesmal ohne zarte Rücksicht, seitwärts in den Wald. Das Duell war beendet. Gaganow stand in tiefer Niedergeschlagenheit da. Mawriki Nikolajewitsch trat zu ihm und begann, etwas zu reden; aber dieser schien ihn gar nicht zu verstehen. Kirillow nahm beim Weggehen den Hut ab und nickte dem gegnerischen Sekundanten zu; aber Stawrogin hatte die frühere Höflichkeit vergessen; nachdem er den Schuß in das Gehölz abgegeben hatte, wandte er sich gar nicht mehr nach der Barriere um, sondern gab seine Pistole Kirillow und begab sich eilig zu den Pferden. Sein Gesicht drückte Ärger aus; er schwieg. Auch Kirillow sagte nichts. Sie setzten sich auf die Pferde und jagten im Galopp davon.

## III

»Warum schweigen Sie?« rief er Kirillow ungeduldig zu, als sie nicht mehr weit vom Stawroginschen Hause entfernt waren. »Was wünschen Sie?« antwortete dieser, der beinah von dem sich bäumenden Pferde herunterrutschte.
Stawrogin beherrschte sich.
»Ich wollte diesen . . . Narren nicht beleidigen und habe ihn doch wieder beleidigt«, sagte er leise.
»Ja, Sie haben ihn wieder beleidigt«, versetzte Kirillow kurz, »und dabei ist er kein Narr.«
»Ich habe doch alles getan, was ich konnte.«
»Nein.«
»Was hätte ich denn tun sollen?«
»Ihn nicht fordern.«
»Noch einen Schlag ins Gesicht hinnehmen?«
»Ja, noch einen Schlag hinnehmen.«
»Da hört mein Verständnis auf!« versetzte Stawrogin ärgerlich. »Warum erwarten alle von mir etwas, was sie von anderen nicht erwarten? Warum soll ich ertragen, was

niemand erträgt, und freiwillig eine Last auf mich nehmen, die niemand tragen kann?«
»Ich glaubte, Sie suchten selbst nach einer Last.«
»Ich suchte nach einer Last?«
»Ja.«
»Haben Sie . . . haben Sie das gesehen?«
»Ja.«
»War das so bemerkbar?«
»Ja.«
Sie schwiegen etwa eine Minute lang. Stawrogin sah sorgenvoll, beinah betroffen aus.
»Ich habe auf ihn nicht geschossen, weil ich nicht töten wollte; weiter hatte ich keinen Grund, versichere ich Sie«, sagte er eilfertig und erregt, als ob er sich rechtfertigen wollte.
»Sie hätten ihn nicht beleidigen sollen.«
»Was hätte ich denn tun sollen?«
»Sie mußten ihn töten.«
»Sie bedauern, daß ich ihn nicht getötet habe?«
»Ich bedauere nichts. Ich hatte gedacht, Sie wollten ihn wirklich töten. Sie wissen nicht, was Sie suchen.«
»Ich suche eine Last«, versetzte Stawrogin lachend.
»Wenn Sie selbst Blutvergießen vermeiden wollten, warum gaben Sie ihm die Möglichkeit, Sie zu töten?«
»Wenn ich ihn nicht gefordert hätte, so würde er mich so getötet haben, ohne Duell.«
»Das war nicht Ihre Sache. Vielleicht hätte er es auch nicht getan.«
»Sondern mich nur geprügelt?«
»Das war nicht Ihre Sache. Tragen Sie die Last! Sonst gibt es kein Verdienst.«
»Was schert mich Ihr Verdienst; danach strebe ich bei niemandem.«
»Ich glaubte, Sie täten es«, schloß Kirillow sehr kaltblütig.
Sie ritten auf den Hof des Hauses.
»Wollen Sie zu mir kommen?« fragte Nikolai Wsewolodowitsch einladend.

»Nein, ich will nach Hause; leben Sie wohl!«
Er stieg vom Pferde und nahm seinen Kasten unter den Arm.
»Sie sind mir doch wenigstens nicht böse?« sagte Stawrogin und streckte ihm die Hand hin.
»Ganz und gar nicht!« erwiderte Kirillow und kehrte noch einmal um, um ihm die Hand zu drücken. »Wenn mir meine Last leicht ist, weil das in meiner Natur liegt, so ist Ihnen Ihre Last vielleicht schwerer, weil Ihre Natur so beschaffen ist. Sehr zu schämen brauchen Sie sich darüber nicht, nur ein klein wenig.«
»Ich weiß, daß ich ein schwacher Charakter bin; aber ich dränge mich auch nicht unter die Starken ein.«
»Daran tun Sie recht; Sie sind kein starker Mensch. Kommen Sie zu mir, Tee trinken!«
Nikolai Wsewolodowitsch ging in großer Erregung auf sein Zimmer.

## IV

Er erfuhr sogleich von Alexej Jegorowitsch, seine Mutter habe sich sehr über seinen Spazierritt gefreut, den ersten nach achttägiger Krankheit, habe selbst anspannen lassen und sei allein ausgefahren, »so wie die gnädige Frau das in früheren Tagen zu tun pflegten, um frische Luft zu atmen; denn in diesen acht Tagen hatten die gnädige Frau schon ganz vergessen, was es heißt, frische Luft atmen.«
»Ist sie allein ausgefahren oder mit Darja Pawlowna?« unterbrach Nikolai Wsewolodowitsch den Alten schnell und machte ein sehr finsteres Gesicht, als er hörte, daß Darja Pawlowna wegen Unwohlseins nicht habe mitfahren mögen und sich jetzt auf ihrem Zimmer befinde.
»Höre mal, Alter«, sagte er, wie wenn er plötzlich einen Entschluß faßte. »Paß heute den ganzen Tag über auf sie auf, und wenn du merkst, daß sie zu mir kommen will, so halte sie sogleich zurück und bestelle ihr, ich könne sie wenigstens ein paar Tage nicht empfangen . . . ich selbst

ließe sie bitten, nicht zu kommen . . . zur rechten Zeit würde ich sie selbst rufen lassen – hörst du?«
»Ich werde es ausrichten«, antwortete Alexej Jegorowitsch in bekümmertem Tone und mit niedergeschlagenen Augen.
»Aber nicht eher, als bis du deutlich siehst, daß sie selbst zu mir kommen will!«
»Seien Sie unbesorgt; es soll kein Versehen stattfinden. Die Besuche sind ja bisher immer durch meine Vermittlung erfolgt; es ist stets meine Mitwirkung in Anspruch genommen worden.«
»Ich weiß. Aber nicht eher, als bis sie selbst kommen will! Bring mir Tee; wenn es geht, recht schnell!«
Kaum war der Alte hinausgegangen, als sich fast in demselben Augenblicke dieselbe Tür öffnete und Darja Pawlowna auf der Schwelle erschien. Ihr Blick war ruhig, aber ihr Gesicht blaß.
»Wo kommen Sie her?« rief Stawrogin.
»Ich habe hier vor der Tür gestanden und gewartet, bis er wegging, um dann zu Ihnen zu kommen. Ich habe gehört, was Sie ihm auftrugen, und als er eben herauskam, habe ich mich rechts hinter dem Vorsprung versteckt, und er hat mich nicht bemerkt.«
»Ich wollte schon lange den Verkehr mit Ihnen abbrechen, Dascha, . . . solange . . . es noch Zeit ist. Ich konnte Sie heute nacht nicht empfangen, trotz Ihres Zettels. Ich wollte Ihnen selbst schreiben; aber ich verstehe mich nicht auf das Briefschreiben«, fügte er ärgerlich und anscheinend sogar mit einem Gefühle des Ekels hinzu.
»Ich habe selbst schon gedacht, daß wir unsern Verkehr abbrechen müssen. Warwara Petrowna hat zu starken Verdacht wegen unserer Beziehungen.«
»Mag sie Verdacht haben!«
»Es ist nicht gut, daß sie sich darüber beunruhigt. Und also ist es jetzt zu Ende?«
»Warten Sie immer noch auf ein Ende?«
»Ja, ich bin davon überzeugt, daß es kommen wird.«
»Auf der Welt hat nichts ein Ende.«

»Hier aber wird es ein Ende geben. Dann werden Sie mich rufen, und ich werde kommen. Jetzt leben Sie wohl!«

»Aber von welcher Art wird das Ende sein?« sagte Nikolai Wsewolodowitsch lächelnd.

»Sie sind nicht verwundet und . . . haben kein Blut vergossen?« fragte sie, ohne auf die Frage nach dem Ende zu antworten.

»Es war ein dummer Hergang; ich habe niemand getötet; beunruhigen Sie sich nicht! Übrigens werden Sie gleich heute alles von allen hören. Ich fühle mich etwas unwohl.«

»Ich werde weggehen. Die Veröffentlichung der Ehe wird heute nicht stattfinden?« fügte sie unentschlossen hinzu.

»Heute wird sie nicht stattfinden; auch morgen nicht; ob übermorgen, das weiß ich noch nicht; vielleicht sterben wir alle, und das wäre das Beste. Verlassen Sie mich, verlassen Sie mich endlich!«

»Sie werden die andere nicht zugrunde richten . . . die Unvernünftige?«

»Unvernünftige Frauen werde ich nicht zugrunde richten, weder die eine noch die andere; aber die vernünftige werde ich, wie es scheint, zugrunde richten: Ich bin so gemein und schlecht, Dascha, daß ich Sie, wie es scheint, am letzten Ende, nach Ihrem Ausdrucke, wirklich rufen werde und Sie trotz Ihrer Vernunft kommen werden. Warum richten Sie sich selbst zugrunde?«

»Ich weiß, daß ich am letzten Ende die einzige sein werde, die bei Ihnen bleibt, . . . und darauf warte ich.«

»Aber wenn ich am letzten Ende Sie nicht rufe, sondern von Ihnen weglaufe?«

»Das ist unmöglich; Sie werden mich rufen.«

»Darin liegt viel Geringschätzung meiner Person«, versetzte Nikolai Wsewolodowitsch.

»Sie wissen, daß nicht nur Geringschätzung darin liegt.«

»Also Geringschätzung liegt doch darin?«

»Ich habe mich falsch ausgedrückt«, erwiderte Darja Pawlowna. »Gott ist mein Zeuge, daß ich innig wünsche, Sie möchten meiner niemals bedürfen.«

»Eine schöne Redewendung ist der anderen wert: Ich wünsche ebenfalls, Sie nicht zugrunde zu richten.«

»Niemals und auf keine Weise können Sie mich zugrunde richten, und das wissen Sie selbst am besten«, antwortete Darja Pawlowna schnell mit fester Stimme. »Wenn ich nicht zu Ihnen komme, dann werde ich Barmherzige Schwester und pflege Kranke oder Bücherverkäuferin und verkaufe Neue Testamente. Ich habe meinen Entschluß gefaßt. Ich kann niemandes Weib sein; ich kann nicht in solchen Häusern leben wie dieses. Das will ich nicht . . . Sie wissen alles.«

»Nein, ich habe nie daraus klug werden können, was Sie eigentlich wollen; es scheint mir, daß Sie sich für mich interessieren, wie bejahrte Krankenpflegerinnen sich aus irgendwelchem Grunde für einen bestimmten Kranken mehr interessieren als für die übrigen, oder, noch besser gesagt, wie manche alten Beterinnen, die sich bei den Begräbnissen umhertreiben, diese und jene ansehnlichere Leiche den anderen vorziehen. Warum sehen Sie mich so sonderbar an?«

»Sie sind sehr krank?« fragte sie teilnahmsvoll, indem sie ihn forschend anschaute. »O Gott! Und dieser Mensch will ohne mich zurechtkommen!«

»Hören Sie, Dascha, ich sehe jetzt immer Gespenster. Ein kleiner Teufel hat sich mir gestern auf der Brücke erboten, Lebjadkin und Marja Timofejewna zu ermorden, um meiner legitimen Ehe ein Ende zu machen und die ganze Sache zu begraben. Als Handgeld verlangte er drei Rubel; aber er gab mir deutlich zu verstehen, daß die ganze Leistung nicht weniger als tausendfünfhundert kosten werde. Das ist einmal ein Teufel, der zu rechnen versteht! Der reine Buchhalter! Ha-ha!«

»Aber sind Sie auch davon überzeugt, daß es ein Gespenst war?«

»O nein, es war gar kein Gespenst! Es war ganz einfach der Sträfling Fedka, ein von der Zwangsarbeit entlaufener Räuber. Aber darum handelt es sich nicht; was meinen Sie, daß ich getan habe? Ich habe ihm mein ganzes Geld aus dem

Portemonnaie gegeben, und er ist jetzt vollständig überzeugt, daß ich ihm Handgeld gegeben habe!«

»Sie haben ihn in der Nacht getroffen, und er hat Ihnen einen solchen Vorschlag gemacht? Sehen Sie denn wirklich nicht, daß diese Menschen Sie rings wie mit einem Netze umgarnen?«

»Nun, mögen sie! Aber wissen Sie, Ihnen geht eine Frage im Kopfe herum; das sehe ich Ihnen an den Augen an«, fügte er mit einem boshaften Lächeln in gereiztem Tone hinzu.

Dascha erschrak. »Ich beabsichtige gar nicht, nach etwas zu fragen, und hege überhaupt keine Zweifel; schweigen Sie lieber!« rief sie aufgeregt und schien mit einer Handbewegung eine weitere Frage abwehren zu wollen.

»Also sind Sie überzeugt, daß ich den Handel mit Fedka nicht abschließen werde?«

»O Gott!« rief sie und schlug die Hände zusammen, »warum quälen Sie mich so?«

»Nun, verzeihen Sie mir meinen dummen Scherz; offenbar nehme ich von jenen Leuten schlechte Manieren an. Wissen Sie, seit gestern nacht habe ich schreckliche Lust zu lachen, immer zu lachen, unaufhörlich, lange und viel zu lachen. Ich bin mit einer Art von Lachsucht infiziert ... Horch! Da ist meine Mutter angekommen; ich merke es an dem Gepolter ihres Wagens, der vor der Haustür hält.«

Dascha ergriff seine Hand.

»Möge Gott Sie vor Ihrem Dämon bewahren, und ... rufen Sie mich, rufen Sie mich recht bald!«

»Oh, einen Dämon habe ich ja gar nicht! Das ist einfach ein kleines, häßliches, skrofulöses Teufelchen, das den Schnupfen hat, so ein mißlungenes Wesen. Aber Sie, Dascha, wagen ja wieder nicht, etwas zu sagen?«

Sie sah ihn mit schmerzlichem Vorwurf an und wandte sich zur Tür.

»Hören Sie«, rief er ihr mit einem boshaften, spöttischen Lächeln nach. »Wenn ... nun ja, mit einem Worte, *wenn* ... verstehen Sie wohl, also wenn ich wirklich den Handel einginge und Sie dann riefe, würden Sie dann auch nach dem Handel kommen?«

Sie ging hinaus, ohne sich umzuwenden und ohne zu antworten, das Gesicht in den Händen verbergend.

»Sie wird auch nach dem Handel kommen!« flüsterte er nach kurzem Nachdenken, und eine spöttische Geringschätzung prägte sich auf seinem Gesichte aus. »Krankenwärterin! Hm . . . Aber vielleicht ist es gerade das, was ich nötig habe.«

## VIERTES KAPITEL

### *Alle in Erwartung*

### I

An dem Eindrucke, den die schnell bekannt gewordene Geschichte des Duells bei unserer ganzen vornehmen Gesellschaft machte, war das Merkwürdigste die Einmütigkeit, mit der alle sich beeilten, sich rückhaltlos auf Nikolai Wsewolodowitschs Seite zu stellen. Viele seiner früheren Feinde erklärten sich jetzt mit aller Entschiedenheit für seine Freunde. Den Hauptgrund dieses überraschenden Umschwungs der öffentlichen Meinung bildeten einige sehr treffende Worte, die von einer bis dahin sehr zurückhaltenden Persönlichkeit laut ausgesprochen waren und mit einemmal dem Ereignis eine Deutung verliehen, welche dem größten Teile unserer Gesellschaft höchst interessant war. Das trug sich folgendermaßen zu. Gerade am Tage nach jenem Ereignisse kam bei der Gemahlin des Adelsmarschalls unseres Gouvernements, die ihren Namenstag feierte, die ganze Stadt zusammen. Unter den Anwesenden befand sich auch Julija Michailowna, oder, richtiger gesagt, sie hatte unter ihnen den Vorsitz; sie war mit Lisaweta Nikolajewna gekommen, die von Schönheit und besonderer Heiterkeit strahlte, was vielen unserer Damen diesmal sogleich sehr verdächtig vorkam. Beiläufig gesagt: An ihrer Verlobung mit Mawriki Nikolajewitsch konnte kein Zweifel mehr bestehen. Auf die scherzhafte Frage eines verabschiedeten, aber sehr angesehenen Generals, von dem weiter unten die Rede sein wird, antwortete Lisaweta Nikolajewna selbst an diesem Abend geradezu, daß sie Braut sei. Und was geschah? Keine unserer Damen mochte an diese Verlobung so recht glauben. Alle blieben hartnäckig bei der Vermutung, daß da irgendein Roman vorliege, eine bedeutsame, geheimnisvolle Familiengeschichte, die sich in der Schweiz und, wie man aus irgendwelchem Grunde mit Bestimmtheit annahm, unter Julija Michailownas Mitwirkung abgespielt habe. Es ist schwer zu sagen, warum sich diese Gerüchte oder, richtiger gesagt, diese Phantasien mit solcher Hartnäckigkeit hielten und warum man mit solcher Sicherheit Julija Michailowna mit hineinflocht. Sowie sie eintrat, wandten sich alle mit seltsamen, erwartungsvollen Blicken zu ihr hin. Es muß bemerkt werden, daß man von dem Duell, sowohl weil es erst kurz vorher stattgefunden hatte als auch wegen gewisser Begleitumstände desselben, an diesem Abend noch mit einiger Vorsicht und nicht laut sprach. Außerdem wußte man noch nichts von den Maßnahmen der Behörde. Die beiden Duellanten waren, soweit es bekannt geworden war, unbehelligt geblieben. Alle wußten zum Beispiel, daß Artemi Petrowitsch frühmorgens ohne jede Behinderung nach seinem Gute Duchowo gefahren war. Indessen lauerte man natürlich darauf, daß jemand als der erste anfinge, davon zu reden, und dadurch für die Ungeduld der ganzen Gesellschaft die Schleusen öffnete. Namentlich hoffte man auf den obenerwähnten General, und man hatte sich nicht getäuscht.

Dieser General, eines der vornehmsten Mitglieder unseres Klubs, ein nicht sehr reicher Gutsbesitzer, aber ein Mann von tadelloser Denkart, ein altmodischer Courmacher der jungen Damen, liebte es unter anderm sehr, in großen Gesellschaften mit generalsmäßigem Aplomb gerade von solchen Dingen laut zu reden, über die alle bis dahin nur in vorsichtigem Flüstertone gesprochen hatten. Das war sozusagen seine Spezialität in unserer Gesellschaft. Dabei zog er die Worte besonders in die Länge und bediente sich einer süßlichen Aussprache; entlehnt hatte er diese Angewohnheit entweder solchen Russen, die im Auslande gereist waren, oder jenen vormals reichen russischen Gutsbesitzern, die infolge der bäuerlichen Reform ganz heruntergekommen waren. Stepan Trofimowitsch machte sogar einmal die Bemerkung, je mehr ein Gutsbesitzer heruntergekommen sei, um so süßlicher lispele er und um so mehr ziehe er die Worte in die Länge. Auch er selbst reckte übrigens die Worte in süßlicher Manier und lispelte; aber an sich bemerkte er das nicht.

Der General begann auf Grund seiner besonderen Kompetenz davon zu reden. Denn er war nicht nur mit Artemi Petrowitsch weitläufig verwandt (obwohl er mit ihm in Streit lebte und sogar mit ihm prozessierte), sondern hatte überdies früher einmal selbst zwei Duelle gehabt und war sogar wegen des einen zum Gemeinen degradiert und nach dem Kaukasus geschickt worden. Jemand erwähnte Warwara Petrowna, die bereits zum zweitenmal »nach der Krankheit« wieder ausgefahren sei; eigentlich aber erwähnte der Betreffende nicht sie selbst, sondern das vorzügliche Zusammenpassen ihrer vier grauen Kutschpferde von eigener Stawroginscher Zucht. Der General bemerkte auf einmal, er sei heute »dem jungen Stawrogin« begegnet, der zu Pferde gewesen sei . . . Alle verstummten sofort. Der General schmatzte mit den Lippen und ließ sich folgendermaßen vernehmen, wobei er seine goldene Tabaksdose, ein Geschenk von hoher Stelle, zwischen den Fingern herumdrehte: »Ich bedaure, daß ich nicht vor einigen Jahren hier gewesen bin . . . ich war nämlich in Karlsbad. Hm . . . Mich interessiert dieser junge Mann sehr, über den ich nachher so viele Gerüchte von allerlei Art vorfand. Hm . . . Wie ist das? Ist es wahr, daß er geistesgestört ist? Damals behauptete es jemand. Auf einmal hörte ich neulich, daß ihn hier ein Student in Gegenwart seiner Kusinen beleidigt habe und er vor ihm unter den Tisch gekrochen sei; und gestern höre ich von Stepan Wyssozki, daß Stawrogin sich mit diesem . . . Gaganow duelliert habe. Und einzig und allein in der kavaliermäßigen Absicht, dem wütenden Menschen seine

Stirn darzubieten, um nur von ihm loszukommen. Hm ... Das war in den zwanziger Jahren bei der Garde so Sitte. Verkehrt er hier bei jemandem?«

Der General schwieg, wie wenn er eine Antwort erwartete. Für die Ungeduld der Gesellschaft waren nun die Schleusen geöffnet.

»Was kann einfacher sein?« sagte auf einmal Julija Michailowna mit erhobener Stimme; sie war gereizt darüber, daß alle plötzlich wie auf Kommando die Blicke zu ihr hingewandt hatten. »Es ist doch nicht weiter zu verwundern, daß Stawrogin sich mit Gaganow geschlagen, dem Studenten aber sich nicht gestellt hat. Er konnte doch seinen früheren Leibeigenen nicht zum Duell fordern!«

Das waren bedeutsame Worte! Ein einfacher, klarer Gedanke, der aber niemandem bis dahin in den Sinn gekommen war. Diese Worte taten außerordentliche Wirkung. Aller skandalöse Klatsch, alles Kleinliche und Anekdotenhafte trat mit einem Schlage in den Hintergrund. Die Sache gewann auf einmal ein ganz anderes Gesicht. Es erschien auf dem Plan eine neue Persönlichkeit, in der sich alle bisher geirrt hatten, ein Mann von fast idealer Strenge der Denkweise. Tödlich beleidigt von einem Studenten, also von einem gebildeten, nicht mehr leibeigenen Menschen, verachtet er die Beleidigung, weil der Beleidiger sein früherer Leibeigener ist. In der Gesellschaft ruft dieses Verhalten Aufsehen und häßliches Gerede hervor; die unbesonnen urteilende Gesellschaft blickt geringschätzig auf einen Menschen, der sich hat ins Gesicht schlagen lassen; er verachtet die Meinung der Gesellschaft, die sich nicht zu einer richtigen Anschauungsweise erheben kann und doch über solche Dinge urteilt.

»Und da sitzen nun wir beide da, Iwan Alexandrowitsch, und reden über die richtige Anschauungsweise«, bemerkte ein altes Klubmitglied mit edler Erregung über die eigenen Mängel zu einem andern.

»Jawohl, Pjotr Michailowitsch, jawohl!« stimmte ihm der andere mit einer Art von Genuß bei. »Und da redet man noch von der Jugend!«

»Hier ist nicht von der Jugend im allgemeinen die Rede, Iwan Alexandrowitsch«, mischte sich ein dritter ein. »Hier handelt es sich nicht um die Jugend im allgemeinen, sondern um ein Meteor, nicht um einen beliebigen jungen Menschen; so muß man die Sache auffassen.«
»Das ist es gerade, was wir brauchen; wir haben Mangel an wirklichen Männern.«
Die Hauptsache war dabei, daß der »neue Mann« nicht nur ein »unzweifelhafter Edelmann«, sondern überdies auch einer der reichsten Grundbesitzer des Gouvernements war und folglich als eine kräftige Stütze der Gesellschaft angesehen werden mußte. Übrigens habe ich auch schon früher die Stimmung unserer Gutsbesitzer beiläufig erwähnt.
Man ereiferte sich sogar:
»Nicht genug daran, daß er den Studenten nicht gefordert hat, er hat sogar die Hände auf den Rücken gelegt; beachten Sie das noch ganz besonders, Exzellenz!« betonte ein anderer.
»Auch hat er ihn nicht vor ein neumodisches Gericht gezogen«, fügte wieder ein anderer hinzu.
»Obgleich der Student von einem neumodischen Gerichte wegen tätlicher Beleidigung eines Edelmannes zu fünfzehn Rubeln verurteilt worden wäre, he-he-he!«
»Nein, ich will Ihnen ein geheimes Mittel angeben, das bei den neumodischen Gerichten von Nutzen ist«, sagte einer ganz wütend. »Wenn jemand gestohlen oder betrogen hat und abgefaßt und klar überführt ist, dann muß er so schnell wie möglich, solange es noch Zeit ist, nach Hause laufen und seine Mutter totschlagen. Sofort wird er von allem freigesprochen, und die Damen auf den Tribünen winken mit ihren batistenen Taschentüchern. Das ist die volle Wahrheit!«
»Ja, das ist die Wahrheit! Das ist die Wahrheit!«
Interessante Geschichtchen durften natürlich nicht fehlen. Man erinnerte sich an Nikolai Wsewolodowitschs Beziehungen zum Grafen K***. Die scharfen, isoliert dastehenden Ansichten des Grafen K*** über die letzten Reformen waren bekannt. Bekannt war auch seine merkwürdige Tä-

tigkeit, die in der letzten Zeit allerdings etwas nachgelassen hatte. Und nun wurde es allen auf einmal unzweifelhaft, daß Nikolai Wsewolodowitsch mit einer der Töchter des Grafen K*** verlobt sei, obgleich nichts einen bestimmten Anlaß zu einem solchen Gerüchte gab. Was aber die wunderbaren Abenteuer mit Lisaweta Nikolajewna in der Schweiz anlangte, so redeten die Damen davon überhaupt nicht mehr. Wir erwähnen bei dieser Gelegenheit, daß Drosdows gerade in dieser Zeit alle bisher von ihnen unterlassenen Besuche nachgeholt hatten. Über Lisaweta Nikolajewna hatten sich alle bereits die feststehende Meinung gebildet, sie sei ein ganz gewöhnliches Mädchen und kokettiere mit ihren kranken Nerven. Ihre Ohnmacht am Tage von Nikolai Wsewolodowitschs Ankunft erklärte man jetzt ganz einfach als eine Folge des Schrecks über das ungeheuerliche Benehmen des Studenten. Man betonte sogar übermäßig den prosaischen Charakter eben des Begebnisses, dem man vorher eine Art von phantastischem Kolorit zu geben gesucht hatte; und an eine gewisse lahme Frauensperson dachte man überhaupt nicht mehr; man genierte sich, sie auch nur zu erwähnen. »Und wenn auch hundert lahme Frauenspersonen da wären – wer ist nicht einmal jung gewesen?« hieß es. Man hob Nikolai Wsewolodowitschs respektvolles Benehmen gegen seine Mutter hervor, fand an ihm diese und jene Tugenden und sprach wohlwollend von dem Wissen, das er sich in den vier Jahren auf deutschen Universitäten erworben habe. Artemi Petrowitschs Verhalten wurde entschieden als taktlos bezeichnet, als eine Verkennung der Pflichten gegen einen Standesgenossen; Julija Michailowna erklärte man für eine überaus scharfsinnige Dame.
So kam es, daß, als endlich Nikolai Wsewolodowitsch selbst erschien, alle ihm mit dem naivsten Ernste begegneten und in allen Augen, die auf ihn gerichtet waren, die ungeduldigste Erwartung zu lesen war. Nikolai Wsewolodowitsch hüllte sich sogleich in das strengste Schweigen, was alle selbstverständlich weit mehr billigten, als wenn er eine Unmenge zusammengeredet hätte. Kurz, alles glückte ihm; er war in die Mode gekommen. Wer sich einmal in der

Gesellschaft der Gouvernementsstadt gezeigt hatte, konnte sich nachher auf keine Weise wieder verbergen. Nikolai Wsewolodowitsch begann wieder wie früher alle gesellschaftlichen Gebräuche der Gouvernementsstadt auf das peinlichste zu erfüllen. Man fand ihn nicht heiter: »Der junge Mann hat viel gelitten«, hieß es; »er ist ein anderer Mensch wie andere Leute; er hat allen Anlaß, nachdenklich zu sein.« Selbst sein Stolz und seine launenhafte Unzugänglichkeit, um derentwillen er bei uns vier Jahre vorher so gehaßt worden war, wurden jetzt geachtet und gefielen wohl.

Am meisten triumphierte Warwara Petrowna. Ich kann nicht sagen, ob sie sich über die Zerstörung ihrer Zukunftsträumereien in betreff Lisaweta Nikolajewnas sehr grämte. Auch der Familienstolz half dabei natürlich sehr mit. Eins war merkwürdig: Warwara Petrowna war auf einmal ganz fest davon überzeugt, daß Nikolai tatsächlich bei dem Grafen K*** »seine Wahl getroffen« habe; aber (und das war das Allermerkwürdigste) sie war davon nur auf Grund von Gerüchten überzeugt, die ihr wie allen anderen der Wind zugetragen hatte; Nikolai Wsewolodowitsch selbst zu fragen fürchtete sie sich. Ein paarmal allerdings konnte sie sich doch nicht beherrschen und machte ihm in heiterem Tone unter vier Augen Vorwürfe, daß er ihr gegenüber nicht recht offen sei; Nikolai Wsewolodowitsch lächelte und fuhr fort zu schweigen. Das Schweigen faßte sie als Zeichen der Zustimmung auf. Aber bei alledem wurde sie den Gedanken an die Lahme nicht los. Dieser Gedanke lag ihr wie ein Stein, wie ein Alp auf dem Herzen und ängstigte sie durch sonderbare Träume und Ahnungen, und das alles zusammen und gleichzeitig mit den hoffnungsvollen Vermutungen in betreff der Töchter des Grafen K***. Aber davon wird noch später die Rede sein. Selbstverständlich begann man in der Gesellschaft, sich gegen Warwara Petrowna wieder mit außerordentlicher Zuvorkommenheit und Hochachtung zu benehmen; aber sie nutzte das nur wenig aus und machte nur sehr selten Besuche.

Indessen stattete sie der Frau Gouverneur eine feierliche

Visite ab. Natürlich konnte niemand von den oben angeführten bedeutsamen Worten, welche Julija Michailowna auf der Abendgesellschaft bei der Frau Adelsmarschall gesprochen hatte, in höherem Grade entzückt und bezaubert sein als sie: Diese Worte hatten ihr viel Kummer aus der Seele genommen und mit einem Male vieles beseitigt, was sie seit jenem unglücklichen Sonntage so gequält hatte. »Ich habe diese Frau nicht verstanden!« äußerte sie und sagte mit dem ihr eigenen Ungestüm zu Julija Michailowna geradezu, sie sei gekommen, um ihr zu danken. Julija Michailowna fühlte sich geschmeichelt, vermied es aber, familiär zu werden. Sie fing in jener Zeit bereits sehr an, sich ihres eigenen Wertes bewußt zu sein, vielleicht sogar etwas zu sehr. Sie äußerte zum Beispiel im Laufe des Gespräches, sie habe noch nie etwas von Stepan Trofimowitschs Tätigkeit und Gelehrsamkeit gehört.

»Ich empfange natürlich den jungen Werchowenski und bin freundlich gegen ihn. Er ist unbesonnen; aber er ist ja auch noch jung; übrigens besitzt er solide Kenntnisse. Aber jedenfalls ist er nicht so ein verabschiedeter ehemaliger Kritiker.«

Warwara Petrowna beeilte sich, sogleich zu bemerken, daß Stepan Trofimowitsch überhaupt niemals Kritiker gewesen sei, sondern vielmehr sein ganzes Leben in ihrem Hause zugebracht habe. Berühmt sei er durch die »in der ganzen Welt bekannten« Umstände zu Beginn seiner Laufbahn und in der letzten Zeit durch seine Arbeiten auf dem Gebiete der spanischen Geschichte; auch wolle er über den jetzigen Zustand der deutschen Universitäten schreiben und, wie es scheine, auch etwas über die Dresdner Madonna. Kurz, Warwara Petrowna wollte im Gespräch mit Julija Michailowna auf Stepan Trofimowitsch nichts kommen lassen.

»Über die Dresdner Madonna? Sie meinen die Sixtinische? Chère Warwara Petrowna, ich habe zwei Stunden lang vor diesem Gemälde gesessen und bin enttäuscht weggegangen. Ich verstand seine Berühmtheit nicht und war höchst verwundert. Karmasinow sagt auch, es sei schwer zu begreifen. Jetzt finden alle nichts daran, sowohl die Russen als auch die Engländer. Diesen ganzen Ruhm haben dem Bilde nur die alten Leute durch ihr Geschrei verschafft.«

»Da ist also jetzt eine neue Mode aufgekommen?«

»Ich bin der Ansicht, daß man die jungen Leute der Jetztzeit nicht verachten darf. Da schreit man nun, sie seien Kommunisten; aber meiner Meinung nach muß man sie rücksichtsvoll behandeln und ihren Wert anerkennen. Ich lese jetzt alles: alle möglichen Zeitungen, Sozialistisches, Naturwissenschaftliches; ich verschaffe mir das alles; denn man muß doch schließlich wissen, wo man lebt und mit wem man zu tun hat. Man kann doch nicht sein ganzes Leben auf den Berghöhen der Phantasie wohnen. Ich habe mir die Sache reiflich überlegt und es mir zum Grundsatz gemacht, gegen die jungen Leute freundlich zu sein und sie gerade dadurch am Rande des Abgrundes festzuhalten. Glauben Sie, Warwara Petrowna, daß nur wir, die Gesellschaft, durch unsern wohltätigen Einfluß und namentlich durch Freundlichkeit sie an dem Abgrunde festhalten können, in den sie die Unduldsamkeit all dieser alten Leute hineinstößt. Übrigens freue ich mich, von Ihnen etwas über Stepan Trofimowitsch gelernt zu haben. Da geben Sie mir einen Gedanken ein: Er kann bei unserer literarischen Vorlesung nützlich sein. Wissen Sie, ich arrangiere ein Vergnügen, das einen ganzen Tag dauern soll, auf Subskription, zum Besten armer Gouvernanten aus unserem Gouvernement. Sie sind über ganz Rußland zerstreut; man zählt ihrer allein schon sechs aus unserem Kreise; dazu kommen noch zwei Telegraphistinnen; ferner studieren zwei junge Mädchen auf der Universität, und andere würden wünschen, es ebenfalls zu tun, haben aber nicht die Mittel dazu. Das Los der Frau in Rußland ist schrecklich, Warwara Petrowna! Diese Frage wird jetzt auf den Universitäten viel behandelt, und es hat sogar schon eine Sitzung des Reichsrates darüber stattgefunden. In unserem sonderbaren Rußland kann man alles tun, was einem beliebt. Und daher könnten wir, wieder nur durch Freundlichkeit und unmittelbare warme Teilnahme der ganzen Gesellschaft, diese große, gemeinsame Angelegenheit auf den richtigen Weg bringen. O Gott, haben wir denn etwa viele illustre Persönlichkeiten? Allerdings gibt es solche; aber sie sind zerstreut. Schließen wir uns zusammen, und wir werden stärker sein. Kurz, es wird bei mir zunächst eine literarische Matinee stattfinden, dann ein leichtes Frühstück, dann eine Pause, und an demselben Tage abends ein Ball. Wir wollten den Abend eigentlich mit lebenden Bildern beginnen; aber es scheint, daß das zuviel Ausgaben verursachen würde, und daher sollen für das Publikum nur eine oder zwei Quadrillen in Masken und Charakterkostümen getanzt werden; die Kostüme sollen bestimmte literarische Richtungen darstellen. Diese scherzhafte Idee hat Karmasinow in Vorschlag gebracht; er ist mir sehr behilflich. Wissen Sie, er wird bei uns sein letztes Werk vorlesen, das noch niemand kennt. Er legt die Feder nieder und wird nicht mehr schreiben; dieser letzte Artikel ist sein Abschied vom Publikum. Es ist ein reizendes Sächelchen mit dem Titel: ›Merci‹. Ein französischer Titel; aber er findet das scherzhafter und sogar feiner. Ich habe ihm ebenfalls dazu geraten. Ich denke, Stepan Trofimowitsch könnte auch etwas vorlesen, wenn es nur kurz ist und . . . nicht allzu gelehrt. Pjotr Stepanowitsch und sonst noch jemand werden ebenfalls etwas vorlesen, wie es scheint. Pjotr Stepanowitsch wird zu Ihnen herankommen und Ihnen das Programm mitteilen; oder gestatten Sie mir lieber, daß ich es Ihnen selbst bringe!«

»Und Sie bitte ich um die Erlaubnis, mich auch in Ihre Liste eintragen zu dürfen. Ich werde es Stepan Trofimowitsch mitteilen und ihn selbst darum bitten.«

Warwara Petrowna kehrte ganz entzückt nach Hause zurück; sie war zu einer glühenden Verteidigerin Julija Michailownas geworden und war aus nicht recht klarem Grunde jetzt gegen Stepan Trofimowitsch sehr aufgebracht; aber der arme Mensch saß ahnungslos zu Hause.

»Ich bin in sie verliebt; ich begreife nicht, wie ich mich in dieser Frau so habe irren können«, sagte sie zu Nikolai Wsewolodowitsch und zu Pjotr Stepanowitsch, der am Abend bei ihr vorsprach.

»Sie müssen sich doch mit meinem alten Herrn versöhnen«, meinte Pjotr Stepanowitsch, »er ist ganz verzweifelt. Sie haben ihn sozusagen wie ein Kind in die Küche verwiesen. Gestern begegnete er Ihrem Wagen und verbeugte sich; aber Sie wandten sich weg. Wissen Sie, wir wollen ihn herausholen und in Bewegung bringen; ich habe so meine Absichten mit ihm, und er kann noch nützlich sein.«
»Oh, er wird schon etwas vorlesen.«
»Ich meine nicht das allein. Ich wollte sowieso heute zu ihm herangehen. Soll ich ihm also davon Mitteilung machen?«
»Wenn Sie wollen. Übrigens weiß ich nicht, wie Sie das arrangieren können«, sagte sie unentschlossen. »Ich beabsichtigte, mich selbst mit ihm auszusprechen, und wollte ihm dazu einen Tag und einen Ort bestimmen.«
Sie machte ein sehr finsteres Gesicht.
»Nun, erst noch einen Tag zu bestimmen, das ist nicht nötig. Ich werde es ihm einfach bestellen.«
»Meinetwegen, bestellen Sie es ihm! Aber fügen Sie hinzu, daß ich ihm jedenfalls einen Tag zu einer Aussprache bestimmen werde! Fügen Sie das unter allen Umständen hinzu!«
Pjotr Stepanowitsch lief lächelnd davon. Überhaupt war er, soviel ich mich erinnere, in dieser Zeit ganz besonders boshaft und erlaubte sich sogar fast allen gegenüber unerträgliche Unarten. Merkwürdig, daß ihm das niemand übelnahm. Aber es hatte sich überhaupt über ihn die Meinung gebildet, daß man an ihn einen besonderen Maßstab anlegen müsse. Ich bemerke, daß er über Nikolai Wsewolodowitschs Duell sehr aufgebracht war. Die Nachricht davon war ihm ganz überraschend gekommen; er wurde ordentlich grün im Gesicht, als es ihm erzählt wurde. Möglicherweise fühlte er sich dabei in seiner Eitelkeit verletzt: Er erfuhr es erst am andern Tage, als es bereits allen Leuten bekannt war.
»Aber Sie hatten doch kein Recht, sich zu duellieren«, flüsterte er Stawrogin zu, als er mit diesem erst am fünften Tage zufällig im Klub zusammentraf.

Sonderbarerweise waren sie in diesen fünf Tagen einander nirgends begegnet, obwohl Pjotr Stepanowitsch bei Warwara Petrowna fast täglich vorsprach.
Nikolai Wsewolodowitsch sah ihn schweigend mit zerstreuter Miene an, wie wenn er gar nicht verstände, um was es sich handelte, und ging ohne stehen zu bleiben an ihm vorbei. Er durchschritt den großen Klubsaal und begab sich nach dem Büfett.
»Sie sind auch bei Schatow gewesen ... Sie wollen Ihre Ehe mit Marja Timofejewna bekanntgeben«, fuhr Pjotr Stepanowitsch fort, indem er hinter ihm herlief und ihn wie in der Zerstreuung an der Schulter faßte.
Nikolai Wsewolodowitsch schüttelte seine Hand von sich ab und drehte sich mit drohend gerunzelter Stirn zu ihm um. Dieser blickte ihn an und lächelte in einer sonderbaren, starren Weise. Das Ganze dauerte nur einen Augenblick. Nikolai Wsewolodowitsch ging weiter.

## II

Von Warwara Petrowna ging er sogleich schnell zu seinem Vater, und wenn er sich so beeilte, so tat er das lediglich aus Bosheit, um sich für eine frühere Beleidigung zu rächen, von der ich bis dahin noch keine Kenntnis gehabt hatte. Die Sache war die, daß bei ihrem letzten Zusammensein, nämlich am Donnerstag der vorhergehenden Woche, Stepan Trofimowitsch, der übrigens den Streit selbst angefangen hatte, schließlich seinen Sohn mit dem Stocke hinausgejagt hatte. Diese Tatsache hatte er mir damals verheimlicht; aber als jetzt Pjotr Stepanowitsch hereingelaufen kam, mit seinem steten naiv-hochmütigen Lächeln und mit seinem unangenehm neugierigen, in allen Ecken herumhuschenden Blicke, da machte mir Stepan Trofimowitsch sofort ein geheimes Zeichen, ich möchte das Zimmer nicht verlassen. Auf diese Weise enthüllten sich mir ihre augenblicklichen Beziehungen; denn diesmal hörte ich das ganze Gespräch mit an.

Stepan Trofimowitsch saß, halb liegend, auf einer Chaiselongue. Seit jenem Donnerstage war er abgemagert und gelblich geworden. Pjotr Stepanowitsch setzte sich mit der familiärsten Miene neben ihn, wobei er ungeniert die Beine unter den Leib schlug und auf der Chaiselongue weit mehr Platz einnahm, als sich mit dem Respekt gegen seinen Vater vertrug. Stepan Trofimowitsch rückte schweigend und würdevoll zur Seite.

Auf dem Tische lag ein aufgeschlagenes Buch. Es war Tschernyschewskis Roman »Was ist zu tun?« Leider muß ich hier eine sonderbare Schwäche unseres Freundes bekennen: Der Gedanke, daß er aus seiner Vereinsamung heraustreten und die letzte Schlacht liefern müsse, gewann in seiner irregehenden Phantasie immer mehr die Oberhand. Ich erriet, daß er sich diesen Roman einzig und allein zu dem Zwecke beschafft hatte und nun studierte, um bei dem mit Sicherheit erwarteten Zusammenstoße mit den »Schreiern« im voraus ihre Methode und ihre Argumente aus ihrem eigenen Katechismus kennenzulernen und, so vorbereitet, alle seine Gegner vor den Augen seiner Gönnerin zu widerlegen. Oh, wie quälte ihn dieses Buch! Er warf es manchmal in Verzweiflung hin und ging, von seinem Platze aufspringend, ganz außer sich im Zimmer hin und her.

»Ich gebe zu, daß der Grundgedanke des Verfassers richtig ist«, sagte er zu mir in fieberhafter Erregung, »aber das ist ja um so schrecklicher! Es ist derselbe Gedanke, den wir ausgesprochen haben, genau unser Gedanke; wir, wir sind die ersten gewesen, die ihn gepflanzt und großgezogen und ausgestaltet haben – und was könnten sie nach uns noch Neues sagen! Aber, mein Gott, wie haben sie das alles ausgedrückt, entstellt, verdreht!« rief er, mit den Fingern auf das Buch klopfend. »Sind das die Resultate, nach denen wir gestrebt haben? Wer kann da den ursprünglichen Gedanken wiedererkennen?«

»Du klärst dich wohl auf?« fragte Pjotr Stepanowitsch, der das Buch vom Tische aufgenommen und den Titel gelesen hatte, lächelnd. »Das hättest du schon längst tun sollen. Ich werde dir noch Besseres bringen, wenn du willst.«

Stepan Trofimowitsch beobachtete wieder ein würdevolles Stillschweigen.

Ich saß in einer Ecke auf dem Sofa.

Pjotr Stepanowitsch erklärte schnell den Anlaß seines Besuches. Natürlich war Stepan Trofimowitsch maßlos überrascht und hörte diese Mitteilung mit einem Schrecken an, in den sich ein gut Teil Unwille mischte.

»Und diese Julija Michailowna rechnet wirklich darauf, daß ich zu ihr hinkomme und etwas vorlese!«

»Das heißt, eigentlich hat sie dich überhaupt nicht nötig. Sie tut es vielmehr nur, um dir eine Freundlichkeit zu erweisen und sich dadurch bei Warwara Petrowna einzuschmeicheln. Aber selbstverständlich wirst du es nicht wagen, die Vorlesung abzulehnen. Ich glaube auch, du hast selbst große Lust dazu«, fügte er lächelnd hinzu. »Ihr alten Herren habt ja alle einen höllischen Ehrgeiz. Aber hör mal, du darfst es nicht langweilig machen. Du hast wohl etwas fertig, spanische Geschichte, wie? Gib es mir doch auf drei Tage zur Durchsicht; sonst bringst du womöglich die Zuhörer zum Einschlafen.«

Die unverhüllte Grobheit dieser eilig vorgebrachten Sticheleien war offenbar beabsichtigt. Er tat, als könne man mit Stepan Trofimowitsch überhaupt nicht in feinerer Ausdrucks- und Denkweise reden. Stepan Trofimowitsch beharrte standhaft dabei, die Beleidigung nicht zu bemerken; aber die ihm mitgeteilten Tatsachen versetzten ihn in immer steigende Aufregung.

»Und sie selbst, sie selbst hat dich beauftragt, mir dies zu bestellen?« fragte er erblassend.

»Das heißt, siehst du, sie will dir Tag und Ort zu einer gegenseitigen Aussprache bestimmen; das ist noch so ein Überrest von eurer Sentimentalität. Du hast zwanzig Jahre lang mit ihr kokettiert und ihr die lächerlichsten Manieren angewöhnt. Aber beunruhige dich nicht; die Sache liegt jetzt ganz anders; sie sagt selbst alle Augenblicke, sie fange jetzt erst an, ›klar zu sehen‹. Ich habe ihr geradezu auseinandergesetzt, daß eure ganze Freundschaft nur ein wechselseitiges Begießen mit Spülicht war. Sie hat mir vieles erzählt, mein

Lieber; pfui, was für eine Bedientenstellung hast du diese ganze Zeit her innegehabt! Ich bin ordentlich rot geworden, so habe ich mich über dein Verhalten geschämt.«

»Ich hätte eine Bedientenstellung innegehabt?« brauste Stepan Trofimowitsch auf.

»Sogar eine noch schlimmere; du bist ein Parasit gewesen, das heißt ein freiwilliger Bedienter. Zu faul zum Arbeiten, haben wir doch Appetit auf Geld. All das durchschaut auch sie jetzt; wenigstens hat sie mir schrecklich viel über dich erzählt. Na, mein Lieber, und wie habe ich über deine Briefe an sie gelacht! Die sind ja gräßlich, zum Schämen! Aber ihr Parasiten seid sittlich so verdorben, sittlich so verdorben! Im Almosenempfangen liegt doch etwas, was den Menschen für immer zugrunde richtet. Dafür bist du ein eklatantes Beispiel!«

»Sie hat dir meine Briefe gezeigt?«

»Alle. Das heißt, natürlich, wie könnte ich sie durchlesen? Donnerwetter, was hast du ihr für eine Menge Briefe geschrieben; ich glaube, es sind über zweitausend Stück da ... Aber weißt du, Alter, ich glaube, es hat bei euch einmal einen Augenblick gegeben, wo sie bereit war, dich zu heiraten. Du hast dir die Gelegenheit höchst dummerweise entgehen lassen! Ich sage das natürlich von deinem Standpunkte aus; aber es wäre doch besser gewesen als jetzt, wo man dir wie einem Hausnarren eine Braut gibt, damit du für Geld fremde Sünden zudeckst.«

»Für Geld! Sie, sie sagt: ›Für Geld!‹« jammerte Stepan Trofimowitsch schmerzerfüllt.

»Aber was ist denn dabei? Was willst du denn? Das habe ich zu deiner Verteidigung angeführt. Das ist ja der einzige Weg, um deine Handlungsweise zu entschuldigen. Sie sieht das selbst ein, daß du Geld brauchtest, wie jeder Mensch, und daß du von diesem Gesichtspunkte aus am Ende recht getan hast, so zu verfahren. Ich habe ihr mathematisch bewiesen, daß ihr von eurem Zusammenleben alle beide Vorteil gehabt habt: sie als Kapitalistin und du als ihr sentimentaler Hausnarr. Übrigens ist sie des Geldes wegen nicht weiter ärgerlich, obgleich du sie gemolken hast wie eine Ziege. Sie ist bloß darüber wütend, daß sie dir zwanzig Jahre lang geglaubt hat und daß du sie mit deiner vornehmen Gesinnung so betrogen und sie gezwungen hast, so lange zu lügen. Daß sie von selbst gelogen hat, wird sie nie eingestehen; aber du sollst jetzt doppelt dafür gestraft werden. Ich begreife nicht, daß du dir nicht gesagt hast, es müsse doch notwendigerweise einmal zur Abrechnung mit dir kommen! Du hattest ja doch immer einigen Verstand. Ich habe ihr gestern geraten, dich in ein Armenhaus zu geben; beruhige dich, in ein anständiges; darin wird für dich keine Beleidigung liegen; ich glaube, sie wird es auch tun. Erinnerst du dich an den letzten Brief, den du mir vor drei Wochen nach dem Gouvernement Ch*** schriebst?«

»Hast du ihr den wirklich gezeigt?« rief Stepan Trofimowitsch und sprang erschrocken auf.

»Na, aber selbstverständlich! Vor allen Dingen! Das ist derselbe Brief, in dem du mitteiltest, sie beute dich aus und beneide dich um dein Talent; na, und dann schriebst du darin von ›fremden Sünden‹. Nun, mein Lieber, apropos, was besitzt du doch für eine Eitelkeit! Ich habe so darüber gelacht! Im ganzen sind deine Briefe allerdings langweilig; du hast einen schauderhaften Stil. Ich habe sie oft gar nicht gelesen, und einer liegt bei mir noch jetzt uneröffnet umher; ich werde ihn dir morgen zuschicken. Aber dieser, dieser dein letzter Brief, das war das Nonplusultra! Wie habe ich gelacht, wie habe ich gelacht!«

»Du Unmensch, du Unmensch!« jammerte Stepan Trofimowitsch.

»Pfui Teufel, aber mit dir kann man auch gar nicht reden! Hör mal, du fühlst dich wohl wieder beleidigt wie vorigen Donnerstag?«

Stepan Trofimowitsch richtete sich drohend auf.

»Wie kannst du es wagen, mir gegenüber eine solche Sprache zu führen?«

»Was denn für eine Sprache? Ich rede schlicht und deutlich.«

»Aber sage mir doch endlich, du Unmensch, bist du mein Sohn oder nicht?«

»Das mußt du besser wissen als ich. Allerdings neigt jeder Vater in diesem Punkte zur Selbstverblendung . . .«

»Schweig, schweig!« rief Stepan Trofimowitsch, am ganzen Leibe zitternd.

»Siehst du, du schreist und schimpfst gerade wie vorigen Donnerstag, wo du sogar den Stock gegen mich erheben wolltest; ich suchte damals ein Dokument. Aus Neugier kramte ich den ganzen Abend über in deinem Koffer umher. Allerdings habe ich nichts Zuverlässiges gefunden; du kannst dich trösten. Es war nur ein Briefchen meiner Mutter an jenen Polen da. Aber nach ihrem Charakter zu schließen . . .«

»Noch ein Wort, und ich gebe dir ein paar Ohrfeigen!«

»So sind die Menschen!« wandte Pjotr Stepanowitsch sich auf einmal zu mir. »Sehen Sie, das schreibt sich bei uns noch vom vorigen Donnerstag her. Ich freue mich, daß Sie wenigstens heute hier sind und sich ein Urteil darüber bilden können. Zuerst eine Tatsache: Er macht es mir zum Vorwurf, daß ich so über meine Mutter spreche; aber hat er mich nicht selbst darauf hingestoßen? Hat er mich nicht in Petersburg, als ich noch Gymnasiast war, oft zweimal in der Nacht aufgeweckt, mich umarmt und wie ein altes Weib geweint, und was meinen Sie, was er mir da in der Nacht erzählt hat? Eben diese unsauberen Geschichten von meiner Mutter! Er ist der erste gewesen, von dem ich sie gehört habe.«

»Oh, ich verfolgte damals damit eine höhere Absicht! Oh, du hast mich nicht verstanden. Nichts, nichts hast du verstanden!«

»Aber doch kommt es bei dir gemeiner heraus als bei mir; das mußt du selbst zugeben. Siehst du, mir kann es ja ganz egal sein. Ich redete von deinem Gesichtspunkte aus. Von meinem Gesichtspunkte aus mache ich meiner Mutter keine Vorwürfe, da kannst du unbesorgt sein; ob du mein Vater bist oder der Pole, ist mir ganz egal. Ich kann nichts dafür, daß es bei euch in Berlin so dumm herging. Und es hätte freilich bei euch etwas verständiger hergehen können. Na, muß man unter diesen Umständen nicht sagen, daß ihr lächerliche Menschen seid? Und ist es dir nicht ganz gleichgültig, ob ich dein Sohn bin oder nicht? Hören Sie«, wandte er sich wieder zu mir, »sein ganzes Leben lang hat er auch nicht einen Rubel für mich ausgegeben; bis zu meinem sechzehnten Lebensjahre hat er mich überhaupt nicht gekannt; dann hat er mich hier ausgeplündert; und jetzt schreit er, das Herz habe ihm sein ganzes Leben lang um mich weh getan, und gebärdet sich vor mir wie ein Schauspieler. Aber ich bin ja doch nicht Warwara Petrowna; ich bitte dich!«

Er stand auf und griff nach seinem Hute.

»Ich verfluche dich!« rief Stepan Trofimowitsch, blaß wie der Tod, und streckte den Arm gegen ihn aus.

»Auf was für Dummheiten der Mensch doch verfällt!« bemerkte Pjotr Stepanowitsch sehr erstaunt. »Na, leb wohl, Alter; ich werde nun nie mehr wieder zu dir kommen. Das Manuskript zu der Vorlesung schick mir nur recht bald vorher; vergiß es nicht; und wenn du kannst, so gib dir Mühe, daß kein Unsinn darin steht: Tatsachen, Tatsachen, nichts als Tatsachen, und, was die Hauptsache ist, kurz. Adieu!«

### III

Übrigens spielten hier auch noch andere Gründe mit. Pjotr Stepanowitsch hatte allerdings gegen seinen Vater einen bestimmten Anschlag im Kopfe. Meiner Ansicht nach beabsichtigte er, den alten Mann zur Verzweiflung zu bringen und ihn dadurch in einer gewissen Art zu einem offenen Skandal zu treiben. Daran war ihm um weiterer, andersartiger Ziele willen gelegen, von denen später die Rede sein wird. Ähnliche Pläne und Absichten mannigfacher Art hatten sich damals in großer Menge in seinem Kopfe angesammelt, allerdings hatten sie fast alle etwas Phantastisches. Außer Stepan Trofimowitsch hatte er noch einen anderen zum Märtyrer bestimmt. Überhaupt machte er nicht wenige Menschen zu Märtyrern, wie sich das in der

Folge herausstellte; aber diesen hatte er besonders ins Auge gefaßt, und das war Herr von Lembke selbst.

Andrej Antonowitsch von Lembke gehörte zu jenem von der Natur begünstigten Volksstamme, von dem man in Rußland laut den Angaben des Kalenders einige Hunderttausende zählt, und der, vielleicht ohne es selbst zu wissen, bei uns in seiner ganzen Masse einen streng organisierten Bund bildet. Dieser Bund ist natürlich nicht planmäßig ausgedacht und ersonnen; aber er besteht in dem ganzen Volksstamm von selbst ohne Worte und Verabredungen als eine Art von moralischer Verpflichtung zu gegenseitiger Unterstützung aller Mitglieder dieses Volksstammes, immer und überall und unter allen Umständen. Andrej Antonowitsch hatte die Ehre gehabt, in einem jener vornehmen russischen Lehrinstitute erzogen zu werden, die von den Söhnen der reichsten und mit den besten Verbindungen ausgestatteten Familien besucht werden. Die Zöglinge dieser Anstalt wurden fast unmittelbar nach Absolvierung des Kursus dazu bestimmt, ziemlich bedeutende Ämter in einem Ressort des Staatsdienstes zu bekleiden. Andrej Antonowitsch hatte einen Onkel, welcher Ingenieuroberst, und einen andern, welcher Bäcker war; aber er drängte sich auf die vornehme Schule und traf dort eine Anzahl von Stammesgenossen ähnlicher Art. Er war ein munterer Kamerad; das Lernen fiel ihm ziemlich schwer; aber alle hatten ihn gern. Als er schon in den oberen Klassen war, hatten viele seiner Mitschüler, meist Russen, schon gelernt über sehr bedeutsame Fragen der Gegenwart zu disputieren, mit einer Miene, welche besagte, sowie sie würden abgegangen sein, würden sie alle diese Probleme erledigen; aber Andrej Antonowitsch fuhr immer noch fort, sich mit den unschuldigsten Schülerstreichen zu beschäftigen. Er brachte durch seine allerdings nicht sehr schlauen, mitunter nur derben Späße alle zum Lachen; aber eben dies hatte er sich zur Aufgabe gemacht. So zum Beispiel schneuzte er sich mit erstaunlichem Geräusche, wenn der Lehrer sich beim Unterrichte mit einer Frage an ihn wandte, wodurch er seine Mitschüler und den Lehrer erheiterte; oder er gab auf dem Schlafsaal ein lebendes Bild zum Besten, indem er irgendeine zynische Haltung annahm, die ein allgemeines Händeklatschen hervorrief; oder er spielte lediglich mit der Nase (und zwar recht geschickt) die Ouvertüre zu Fra Diavolo. Er zeichnete sich auch durch absichtliche Unsauberkeit aus, da er dies seltsamerweise für geistreich hielt. Im letzten Jahre begann er russische Verse zu schreiben. In seiner Muttersprache beging er zahlreiche grammatische Fehler, wie viele Angehörige dieses Volkes in Rußland. Diese Neigung zur Poesie brachte ihn in Verkehr mit einem mürrischen, schüchternen Klassengenossen, dem Sohne eines armen russischen Generals, der auf der Anstalt für einen zukünftigen großen Schriftsteller galt. Dieser übernahm ihm gegenüber die Rolle eines Gönners. Aber es begab sich, daß nach dem Abgange von der Anstalt, ungefähr drei Jahre nachher, dieser mürrische Kamerad, der seine dienstliche Laufbahn um der russischen Literatur willen aufgegeben hatte und infolgedessen schon in zerrissenen Stiefeln umherstolzierte und im Spätherbst im Sommerüberzieher vor Kälte mit den Zähnen klapperte, zufällig bei der Anitschkow-Brücke seinen früheren Protégé »Lembka« traf, wie diesen alle auf der Schule genannt hatten. Er erkannte ihn beim ersten Blick gar nicht wieder und blieb erstaunt stehen. Vor ihm stand ein tadellos gekleideter junger Mann, mit einem vorzüglich gepflegten Backenbarte von rötlicher Farbe, mit einem Pincenez, Lackstiefeln, ganz neuen Handschuhen, einem von Scharmer angefertigten stattlichen Überzieher und mit einer Aktenmappe unter dem Arme. Lembke sprach mit dem Schulkameraden freundlich, gab ihm seine Adresse an und lud ihn ein, ihn abends einmal zu besuchen. Dabei stellte sich auch heraus, daß er nicht mehr »Lembka« war, sondern von Lembke. Dennoch ging der Schulkamerad zu ihm hin, vielleicht nur aus Bosheit. Auf der Treppe, die ziemlich häßlich und ganz und gar nicht prunkvoll, aber mit rotem Tuch belegt war, begegnete ihm der Portier, fragte ihn, zu wem er wolle, und zog dann eine nach oben führende Klingel, die laut ertönte. Aber statt der Reichtümer, die der Besucher zu sehen erwartete, fand er seinen »Lembka« in einem sehr kleinen

Seitenzimmerchen, das ein dunkles, altes Aussehen hatte und durch einen großen dunkelgrünen Vorhang in zwei Teile geteilt war; möbliert war es mit zwar weichen, aber sehr alten dunkelgrünen Möbeln; an den schmalen, hohen Fenstern hingen dunkelgrüne Vorhänge. Herr von Lembke wohnte bei einem sehr entfernten Verwandten, einem General, der ihn protegierte. Er empfing den Gast freundlich und benahm sich ernst und mit auserlesener Höflichkeit. Es wurde auch über Literatur gesprochen, aber in anständigen Grenzen. Ein Diener mit weißer Krawatte brachte dünnen Tee mit kleinen, runden, trockenen Küchelchen. Der Schulkamerad bat aus Bosheit um Selterwasser. Es wurde ihm gereicht, aber mit einiger Verzögerung, da Lembke darüber verlegen zu sein schien, daß er den Diener noch einmal rufen und ihm einen Befehl geben mußte. Übrigens fragte er selbst seinen Gast, ob er nicht einen Imbiß zu sich nehmen wolle, und war offenbar zufrieden, als dieser dankte und endlich wegging. Kurz gesagt: Lembke hatte seine Karriere begonnen und wohnte bei einem Stammesgenossen, der aber ein angesehener General war.

Zu jener Zeit hatte er sich in die fünfte Tochter des Generals verliebt, und seine Neigung schien erwidert zu werden. Aber dennoch gab man Amalie, als die Zeit da war, einem alten deutschen Fabrikbesitzer, einem alten Freunde des alten Generals, zur Frau. Andrej Antonowitsch vergoß darüber nicht viele Tränen, sondern klebte sich aus Pappe ein Theater zusammen. Der Vorhang ging in die Höhe; die Schauspieler traten heraus und gestikulierten mit den Händen; in den Logen saß das Publikum; das Orchester fuhr mittels einer kleinen Maschinerie mit den Violinbögen über die Violinen; der Kapellmeister schwang den Taktstock; die Kavaliere und Offiziere im Parkett klatschten in die Hände. Alles war aus Pappe gemacht; alles hatte von Lembke selbst ersonnen und gearbeitet; er hatte an dem Theater ein halbes Jahr gearbeitet. Der General gab expreß eine intime Abendgesellschaft; das Theater wurde zur Schau gestellt; die sämtlichen fünf Töchter des Generals, einschließlich der neuvermählten Amalie, ihr Fabrikbesitzer und viele deutsche Fräulein und Frauen nebst deren Männern nahmen das Theater aufmerksam in Augenschein und lobten es sehr; nachher wurde getanzt. Lembke war sehr zufrieden und tröstete sich bald.

Die Jahre gingen dahin, und seine Karriere gestaltete sich günstig. Er bekleidete immer Ämter, bei denen man auf ihn aufmerksam wurde, und immer unter Landsleuten als Vorgesetzten, und erreichte schließlich eine für seine Jahre sehr ansehnliche Stellung. Er hatte schon lange den Wunsch sich zu verheiraten und hielt schon lange vorsichtig Umschau. Ohne Wissen seines Vorgesetzten sandte er der Redaktion einer Zeitschrift eine Novelle ein; aber sie wurde nicht gedruckt. Dafür klebte er einen ganzen Eisenbahnzug, und wieder kam etwas sehr Wohlgelungenes heraus: Das Publikum ging mit Koffern und Reisetaschen, Kindern und Hunden aus dem Wartesaal und in die Waggons. Die Schaffner und Beamten liefen hin und her; eine Glocke ertönte, das Abfahrtssignal wurde gegeben, und der Zug setzte sich in Bewegung. Über diesem klugen Kunstwerke hatte er ein ganzes Jahr gesessen. Aber er mußte sich nun doch verheiraten. Der Kreis seiner Bekanntschaften war ein ziemlich ausgedehnter, vorzugsweise in der deutschen Gesellschaft; aber er verkehrte auch in der russischen Sphäre, natürlich bei Vorgesetzten. Endlich, als er schon achtunddreißig Jahre alt war, fiel ihm eine Erbschaft zu. Sein Onkel, der Bäcker, starb und hinterließ ihm testamentarisch dreizehntausend Rubel. Das kam ihm sehr zupaß. Herr von Lembke war trotz seines ziemlich hohen Dienstranges ein sehr bescheidener Mensch. Er würde sich gern mit irgendeiner kleinen selbständigen Stellung begnügt haben, in der er etwa fiskalisches Holz nach seinen eigenen Dispositionen abzunehmen gehabt oder sich einer ähnlichen Annehmlichkeit erfreut hätte, und wäre darin ruhig sein Lebelang verblieben. Aber da kam ihm statt einer erwarteten Minna oder Ernestine auf einmal Julija Michailowna in den Wurf. Seine Karriere erhielt mit einem Schlage für ihn eine erhöhte Wichtigkeit. Der Bescheidene, gewissenhafte von Lembke fühlte, daß auch er selbstbewußt sein konnte.

Julija Michailowna besaß nach alter Rechnung zweihundert Seelen und erfreute sich außerdem guter Protektion. Auf der andern Seite war von Lembke ein hübscher Mann, und sie hatte bereits das vierzigste Lebensjahr überschritten. Es ist bemerkenswert, daß er sich ganz allmählich in sie verliebte und tatsächlich um so mehr, je mehr er sich in seine Stellung als Bräutigam hineinfand. Am Morgen des Hochzeitstages sandte er ihr Verse. Ihr gefiel dies alles sehr, selbst die Verse: Vierzig Jahre sind kein Spaß. Bald darauf erhielt er ein höheres Amt und einen höheren Orden und wurde in der Folge zum Gouverneur unseres Gouvernements ernannt.

Als sie sich anschickten, zu uns zu ziehen, begann Julija Michailowna eifrig an ihrem Gatten zu arbeiten. Er war nach ihrer Meinung nicht unbefähigt, verstand, in einen Salon einzutreten und sich in gutem Lichte zu zeigen, auch tiefsinnig zuzuhören und zu schweigen; er besaß sehr anständige Manieren, konnte sogar Reden halten, hatte sogar einige Gedankenpartikelchen aufzuweisen und trug die Politur des neuesten unumgänglich notwendigen Liberalismus. Aber doch beunruhigte es sie, daß er bereits recht unregsam war und nach einem so langen Strebertum ein entschiedenes Ruhebedürfnis zu empfinden begann. Sie wollte ihm ihren Ehrgeiz einflößen; aber da begann er auf einmal eine Kirche zu kleben: Der Pastor trat heraus, um eine Predigt zu halten; die Kirchenbesucher hörten, fromm die Hände faltend, zu; eine Dame trocknete sich mit dem Taschentuche die Tränen; ein alter Mann schneuzte sich; gegen Ende ertönte ein kleines Orgelwerk, das trotz der Kosten in der Schweiz auf Bestellung angefertigt und von dort bereits hergeschickt war. Julija Michailowna bekam einen ordentlichen Schreck, als sie von dieser Arbeit erfuhr, nahm sie ihrem Manne sogleich weg und schloß sie bei sich in die Kommode ein; statt dessen erlaubte sie ihm, Romane zu schreiben, aber nur insgeheim. Von der Zeit an begann sie, nur auf sich selbst zu rechnen. Das Unglück war dabei nur, daß sie gar zu unbesonnen war und nicht Maß zu halten verstand. Das Schicksal hatte sie gar zu lange eine alte Jungfer bleiben lassen. Eine Idee nach der andern keimte nun in ihrem ehrgeizigen und etwas reizbaren Geiste. Sie schmiedete Pläne; sie wollte unbedingt das Gouvernement regieren, sah sich schon vorahnend von einer Schar von Anhängern umgeben und wählte sich eine politische Richtung. Herr von Lembke wurde sogar ein wenig ängstlich, wiewohl er mit seinem Beamteninstinkt bald herausfühlte, daß er für sein Ansehen als Gouverneur eigentlich keinen Anlaß zu Befürchtungen habe. Die ersten zwei, drei Monate vergingen sogar in recht befriedigender Weise. Aber da erschien Pjotr Stepanowitsch auf der Bildfläche, und es begab sich etwas sehr Sonderbares.

Die Sache war die, daß der junge Werchowenski gleich von seinem ersten Auftreten an eine entschiedene Respektlosigkeit gegen Andrej Antonowitsch an den Tag legte und ihm gegenüber ganz sonderbare Rechte in Anspruch nahm, Julija Michailowna aber, die doch sonst immer so eifersüchtig darauf bedacht war, die Autorität ihres Gatten zu wahren, überhaupt nichts davon zu bemerken schien; wenigstens maß sie der Sache keine Bedeutung bei. Der junge Mann wurde ihr Günstling, aß und trank im Hause, ja er schlief sogar dort mitunter. Herr von Lembke suchte sich gegen ihn zu wehren, nannte ihn in Anwesenheit anderer »junger Mann«, klopfte ihm gönnerhaft auf die Schulter, machte aber damit auf ihn keinen Eindruck. Pjotr Stepanowitsch lachte, selbst wenn er anscheinend ernst sprach, ihm immer geradezu ins Gesicht und sagte ihm in Gegenwart anderer die unerwartetsten Dinge. Als von Lembke eines Tages nach Hause zurückkehrte, fand er den jungen Menschen uneingeladen in seinem Arbeitszimmer, wo er auf dem Sofa schlief. Dieser erklärte, er habe ihm einen Besuch machen wollen und sei, da er ihn nicht zu Hause getroffen habe, zufällig eingeschlafen. Herr von Lembke fühlte sich beleidigt und beklagte sich von neuem bei seiner Gemahlin; aber diese lachte ihn wegen seiner Empfindlichkeit aus und bemerkte anzüglich, er selbst verstehe offenbar nicht, den richtigen Standpunkt einzunehmen; ihr gegenüber wenigstens erlaube sich »dieser Junge« niemals Familiaritäten; übrigens besitze er »eine hübsche Naivität und Frische,

wenn auch keine gesellschaftlichen Formen«. Herr von Lembke schmollte. Diesmal brachte sie eine Versöhnung zwischen den beiden zustande. Pjotr Stepanowitsch bat nicht eigentlich um Entschuldigung, sondern half sich durch einen derben Witz heraus, den man unter andern Umständen für eine neue Beleidigung hätte halten können, der aber im vorliegenden Falle als ein Ausdruck von Reue aufgefaßt wurde. Der schwache Punkt lag darin, daß Andrej Antonowitsch gleich zu Beginn einen Fehler begangen, nämlich dem andern von seinem Roman Mitteilung gemacht hatte. Da er in ihm einen jungen Mann von feurigem Temperamente und poetischen Empfindungen zu erkennen geglaubt und sich schon längst einen Zuhörer gewünscht hatte, so hatte er gleich in den ersten Tagen der Bekanntschaft ihm eines Abends zwei Kapitel vorgelesen. Pjotr Stepanowitsch hatte zugehört, ohne seine Langeweile zu verbergen, hatte unhöflich gegähnt, an keiner Stelle ein Lob ausgesprochen, aber beim Weggehen sich das Manuskript ausgebeten, um sich in Muße eine Meinung darüber bilden zu können, und Andrej Antonowitsch hatte es ihm überlassen. Seitdem hatte er das Manuskript nicht zurückgegeben, obwohl er täglich ins Haus kam, und auf Fragen danach nur mit Lachen geantwortet; zuletzt hatte er erklärt, er habe es gleich damals auf der Straße verloren. Als Julija Michailowna davon erfuhr, wurde sie auf ihren Mann gewaltig böse.
»Hast du ihm am Ende gar auch von der Kirche etwas gesagt?« fragte sie aufgeregt und ängstlich.
Herr von Lembke wurde entschieden nachdenklich; aber das Nachdenken war ihm schädlich und war ihm von den Ärzten verboten worden. Abgesehen davon, daß ihm die Verwaltung des Gouvernements viel Mühe und Sorge machte, wovon wir weiter unten sprechen werden, war da noch ein besonderer Umstand, und es litt dabei sogar sein Herz und nicht nur sein Ehrgefühl als hoher Beamter. Als Andrej Antonowitsch seine Ehe einging, hielt er es für ganz ausgeschlossen, daß in seiner Familie künftig einmal Streitigkeiten und Zerwürfnisse vorkommen könnten. Diese Vorstellung hatte er sein ganzes Leben über gehabt, wenn er

von einer Minna und Ernestine träumte. Er fühlte, daß er nicht imstande sei, häusliche Gewitter zu ertragen. Julija Michailowna sprach sich endlich mit ihm offen aus.
»Zu ärgern brauchst du dich doch darüber nicht«, sagte sie, »schon deswegen nicht, weil du dreimal so verständig bist als er und auf der gesellschaftlichen Stufenleiter unermeßlich hoch über ihm stehst. In diesem Jungen stecken noch viele Überreste früherer freidenkerischer übler Angewohnheiten oder nach meiner Auffassung einfach viel Unart; aber so plötzlich ist dagegen nichts zu tun; da muß man Schritt für Schritt vorgehen. Man muß unsere jungen Leute achten und schätzen; ich wirke durch Freundlichkeit auf sie ein und halte sie so am Rande des Abgrundes zurück.«
»Aber er redet ganz tolle Geschichten«, erwiderte von Lembke. »Ich kann mich nicht tolerant benehmen, wenn er in meiner Gegenwart und vor den Ohren anderer Leute behauptet, die Regierung befördere absichtlich das Branntweintrinken, um das Volk zu verdummen und dadurch von einem Aufstande abzuhalten. Stelle dir vor, was ich für eine Rolle spiele, wenn ich so etwas in Gegenwart aller Leute anhören muß!«
Als von Lembke dies sagte, erinnerte er sich an ein Gespräch, das er unlängst mit Pjotr Stepanowitsch gehabt hatte. Mit der unschuldigen Absicht, diesen durch Bekundung einer liberalen Gesinnung zu entwaffnen, hatte er ihm seine eigene geheime Sammlung von allen möglichen in Rußland und im Auslande erschienenen revolutionären Proklamationen gezeigt; er hatte diese Papiere seit dem Jahre 1859 mit großer Sorgfalt gesammelt, nicht sowohl aus innerem Interesse als vielmehr einfach, weil er sich davon möglicherweise einen Nutzen versprach. Pjotr Stepanowitsch, der seine Absicht erriet, bemerkte grob, in einer einzigen Zeile der neuen Proklamationen stecke mehr Sinn und Verstand als in einer ganzen Regierungskanzlei, »die Ihrige nicht ausgenommen«.
Lembke fühlte sich verletzt. »Aber das ist für uns noch verfrüht, stark verfrüht«, erwiderte er in beinah bittendem Tone, indem er auf die Proklamationen wies.

»Nein, es ist nicht verfrüht; Sie fürchten sich ja davor; also ist es nicht verfrüht.«

»Aber hier steht doch zum Beispiel eine Aufforderung zur Zerstörung der Kirchen.«

»Warum denn nicht? Sie sind ja doch ein verständiger Mensch und glauben gewiß selbst an nichts, sehen aber recht gut ein, daß der Glaube für Sie notwendig ist, damit das Volk dumm bleibt. Die Wahrheit ist ehrenhafter als die Lüge.«

»Einverstanden, einverstanden, ich bin mit Ihnen vollkommen einverstanden; aber das ist für uns noch verfrüht, verfrüht«, versetzte von Lembke mit gerunzelter Stirn.

»Aber was sind Sie denn für ein Regierungsbeamter, wenn Sie sich selbst damit einverstanden erklären, daß das Volk die Kirchen zerstören und mit Keulen bewaffnet nach Petersburg ziehen soll, und nur über den Zeitpunkt, wann das geschehen soll, anderer Meinung sind?«

Als von Lembke sich in so grober Weise hatte fangen lassen, war er sehr pikiert.

»So verhält sich das nicht, so verhält sich das nicht«, sagte er, in seinem Selbstgefühl verletzt und immer mehr in Eifer geratend. »Sie als junger Mensch, und namentlich bei Ihrer Unbekanntschaft mit unseren Zielen, befinden sich in einem großen Irrtum. Sehen Sie, liebster Pjotr Stepanowitsch, Sie nennen uns Regierungsbeamte? Richtig. Selbständige Beamte? Richtig. Aber erlauben Sie, wie verfahren wir? Auf uns liegt die Verantwortung, und alles in allem genommen, dienen wir der gemeinsamen Sache ebenso wie Sie jungen Leute. Wir stützen nur das, was Sie wankend machen, und was ohne unsere Tätigkeit nach allen Seiten auseinanderfallen würde. Wir sind nicht Ihre Feinde, durchaus nicht; wir sagen zu Ihnen: ›Gehen Sie vorwärts, wirken Sie fortschrittlich; rütteln Sie sogar an allem Alten, das der Umgestaltung bedarf; aber wir werden Sie, wenn es erforderlich ist, auch in den notwendigen Grenzen halten und Sie dadurch vor sich selbst retten, weil Sie ohne uns nur Rußland erschüttern und seines hohen Ansehens berauben würden; unsere Aufgabe aber besteht gerade darin, für die Erhaltung dieses hohen

Ansehens zu sorgen. Seien Sie überzeugt, daß wir und Sie einander wechselseitig nötig haben! In England haben die Whigs und die Torys einander ebenfalls nötig. Nun also: Wir sind die Torys und Sie die Whigs.‹ Das ist meine Auffassung.«

Andrej Antonowitsch wurde sogar pathetisch. Er liebte es, noch von Petersburg her, verständig und liberal zu reden, und hier (was die Hauptsache war) behorchte ihn niemand. Pjotr Stepanowitsch schwieg und benahm sich ungewöhnlich ernsthaft. Das regte den Redner noch mehr an.

»Wissen Sie wohl«, fuhr er fort, indem er in seinem Arbeitszimmer auf und ab ging, »wissen Sie wohl, daß ich, ›der Herr des Gouvernements‹, wegen der Menge meiner Obliegenheiten keine einzige von ihnen wirklich zu erfüllen vermag, andrerseits aber ebenso wahrheitsgemäß sagen kann, daß ich hier nichts zu tun habe? Das ganze Geheimnis liegt darin, daß hier alles von den Anschauungen der Regierung abhängt. Wenn die Regierung zum Beispiel aus Politik oder zur Besänftigung der Leidenschaften die Republik ausrufen und andrerseits dementsprechend die Amtsgewalt der Gouverneure vergrößern sollte, so werden wir Gouverneure uns auch mit der Republik abfinden; und was sage ich Republik: Mit jeder beliebigen Staatsform werden wir uns abfinden; ich wenigstens fühle, daß ich dazu imstande bin . . . Kurz, wenn mir die Regierung telegraphisch eine activité dévorante anbefiehlt, so werde ich eine activité dévorante leisten. Ich habe hier den Leuten gerade ins Gesicht gesagt: ›Meine Herren, zur Herstellung des Gleichgewichts und zum Gedeihen aller Institutionen des Gouvernements ist eines unumgänglich notwendig: die Vergrößerung der Amtsgewalt des Gouverneurs.‹ Sehen Sie, es ist notwendig, daß alle diese Institutionen, landschaftliche und gerichtliche, sozusagen ein Doppelleben führen, das heißt, es ist notwendig, daß sie existieren (ich gebe zu, daß das erforderlich ist), nun, und andrerseits ist es notwendig, daß sie nicht existieren. Immer nach der Anschauung der Regierung geurteilt. Kommt ein Erlaß, daß diese Institutionen notwendig seien, so sind sie sofort bei mir faktisch vorhanden; geht die Notwendigkeit vorüber, so wird niemand diese Institutionen bei mir finden. So verstehe ich die activité dévorante, und eine solche ist ohne Vergrößerung der Amtsgewalt des Gouverneurs nicht möglich. Ich spreche mit Ihnen ganz vertraulich. Wissen Sie, ich habe bereits in Petersburg auf die Notwendigkeit einer besonderen Schildwache vor dem Hause des Gouverneurs hingewiesen. Ich warte auf die Antwort.«

»Sie brauchen zwei Schildwachen«, sagte Pjotr Stepanowitsch.

»Warum zwei?« fragte von Lembke, indem er vor ihm stehenblieb.

»Ich bitte Sie, eine ist zu wenig, damit man Sie hochschätzt. Sie brauchen unbedingt zwei.«

Andrej Antonowitsch verzog das Gesicht.

»Sie . . . Sie erlauben sich denn aber doch etwas zuviel, Pjotr Stepanowitsch. Sie mißbrauchen meine Gutherzigkeit, um Stichelreden zu führen und sozusagen den bourru bienfaisant zu spielen . . .«

»Na, meinetwegen«, murmelte Pjotr Stepanowitsch; »Sie bahnen uns damit doch nur den Weg und ermöglichen uns den Erfolg.«

»Wen meinen Sie mit ›uns‹, und von was für einem Erfolge reden Sie?« fragte von Lembke, ihn erstaunt anstarrend; aber er erhielt keine Antwort.

Als Julija Michailowna einen Bericht über dieses Gespräch anhörte, war sie sehr unzufrieden.

»Aber«, verteidigte sich von Lembke, »ich konnte doch deinen Günstling nicht wie einen Untergebenen behandeln, und noch dazu unter vier Augen . . . Da konnte es leicht kommen, daß ich ein Wort zuviel sagte . . . aus Gutherzigkeit.«

»Aus übergroßer Gutherzigkeit. Ich habe gar nicht gewußt, daß du eine Sammlung von Proklamationen hast; tu mir den Gefallen und zeige sie mir!«

»Aber . . . aber er hat mich gebeten, sie ihm auf einen Tag nach Hause zu geben.«

»Und das hast du wirklich wieder getan!« rief Julija Michailowna ärgerlich. »Was für eine Taktlosigkeit!«
»Ich werde sofort zu ihm hinschicken und sie zurückholen lassen.«
»Er wird sie nicht zurückgeben.«
»Ich werde es verlangen!« brauste von Lembke auf und sprang sogar von seinem Platze in die Höhe. »Wer ist er, daß man sich so vor ihm fürchten müßte, und wer bin ich, daß ich nichts mehr zu tun wagen sollte?«
»Setze dich hin und beruhige dich!« hemmte Julija Michailowna seinen Zornesausbruch. »Ich will auf deine erste Frage antworten: Er ist mir vorzüglich empfohlen worden; er besitzt gute Fähigkeiten und spricht manchmal sehr verständige Dinge. Karmasinow hat mir versichert, dieser Pjotr Stepanowitsch habe fast überall seine Verbindungen und übe auf die jungen Leute in der Residenz einen bedeutenden Einfluß aus. Wenn ich nun durch ihn alle an mich heranziehe und um mich gruppiere, dann rette ich sie vom Verderben, indem ich ihrem Ehrgeize einen neuen Weg zeige. Er ist mir von ganzem Herzen ergeben und gehorcht mir in allen Dingen.«
»Aber während man sie so freundlich behandelt, können sie ja weiß der Teufel was alles anrichten! Allerdings, das ist eine Idee . . .« verteidigte von Lembke sich immer noch unruhig. »Aber . . . aber da höre ich, daß im Kreise B*** Proklamationen erschienen sind.«
»Ach, dieses Gerücht ging ja schon im Sommer; Proklamationen, falsches Papiergeld, was nicht noch alles; aber eingeliefert ist dir bisher nichts davon. Wer hat es dir gesagt?«
»Ich habe es bei von Blühm gehört.«
»Ach, verschone mich mit deinem Blühm und erwähne ihn, bitte, nie wieder!«
Julija Michailowna regte sich sehr auf und war sogar einen Augenblick nicht imstande zu reden. Herr von Blühm war ein Beamter der Gouvernementskanzlei, den sie ganz besonders haßte. Davon später.
»Bitte, beunruhige dich nicht über Werchowenski!« schloß

sie das Gespräch. »Wenn er an irgendwelchen Dummheiten beteiligt wäre, so würde er nicht so sprechen, wie er mit dir und mit allen hier spricht. Leute, die hochtönende Reden führen, sind nicht gefährlich, und ich kann sogar sagen: Sollte etwas passieren, so würde ich die erste sein, die durch ihn etwas davon erfährt. Er ist mir fanatisch ergeben, ganz fanatisch.«

Den Ereignissen vorgreifend, bemerke ich, daß, wenn Julija Michailowna nicht einen solchen Dünkel und einen solchen Ehrgeiz besessen hätte, vielleicht das, was diese schändlichen Burschen bei uns nachher angerichtet haben, nicht geschehen wäre. Sie trägt dabei an vielem die Schuld.

## FÜNFTES KAPITEL

### *Vor dem Feste*

### I

Der Tag des Festes, das Julija Michailowna auf Subskription zum Besten der Gouvernanten unseres Gouvernements zu veranstalten gedachte, war schon mehrmals angesetzt und immer wieder verschoben worden. Um sie herum waren beständig tätig: Pjotr Stepanowitsch und der als Laufbursche dienende niedrige Beamte Ljamschin, der eine Zeitlang bei Stepan Trofimowitsch verkehrt hatte und auf einmal im Gouverneurshause wegen seines Klavierspiels zu Gnaden gekommen war; dann bis zu einem gewissen Grade Liputin, welchen Julija Michailowna zum Redakteur der künftigen unabhängigen Gouvernementszeitung ausersehen hatte; ferner einige junge Mädchen und verheiratete Damen; und endlich ist sogar Karmasinow zu nennen, der zwar nicht eine solche Geschäftigkeit an den Tag legte, aber laut und mit zufriedener Miene versicherte, wenn die literarische Quadrille beginne, werde er allen eine angenehme Überraschung bereiten. Die Zahl derjenigen, die subskribierten und ihren Beitrag bezahlten, stellte sich als außerordentlich groß heraus; die gesamte auserlesene Gesellschaft unserer Stadt beteiligte sich; aber es wurden auch solche, die sehr wenig auserlesen waren, zugelassen, wenn sie nur ihr Geld brachten. Julija Michailowna bemerkte, daß es manchmal geradezu notwendig sei, eine Mischung der Stände zuzulassen; wer sollte sonst die unteren Stände aufklären? Es hatte sich ein geheimes Hauskomitee gebildet, in welchem beschlossen worden war, daß das Fest einen demokratischen Charakter tragen solle. Die so reichliche Subskription verlockte zu weiteren Ausgaben; man wollte etwas Wunderbares schaffen; dies war der Grund, weshalb der Termin mehrmals aufgeschoben wurde. Es war immer noch nicht festgesetzt, wo am Abend der Ball stattfinden sollte; ob in dem sehr geräumigen Hause der Frau Adelsmarschall, das diese für den betreffenden Tag dazu hergeben wollte, oder bei Warwara Petrowna in Skworeschniki. Nach Skworeschniki wäre es etwas weit gewesen; aber viele in dem Komitee waren der Meinung, es würde dort »freier« sein. Warwara Petrowna selbst wünschte lebhaft, daß man sich für ihr Gut entscheiden möchte. Es ist schwer zu sagen, warum diese stolze Frau beinah um Julija Michailownas Gunst buhlte. Wahrscheinlich gefiel es ihr, daß diese ihrerseits sich vor Nikolai Wsewolodowitsch fast erniedrigte und gegen ihn von einer Liebenswürdigkeit war, wie gegen keinen andern. Ich wiederhole noch einmal: Pjotr Stepanowitsch hatte die ganze Zeit über ununterbrochen fortgefahren, im Hause des Gouverneurs einem Gedanken, den er schon früher in Umlauf gesetzt hatte, durch geflüsterte Mitteilungen immer festeren Glauben zu verschaffen: Daß nämlich Nikolai Wsewolodowitsch ein Mensch sei, der in einer sehr geheimnisvollen Welt sehr geheimnisvolle Verbindungen habe, und daß er sich wahrscheinlich mit irgendeinem besonderen Auftrage hier aufhalte.

Es herrschte hier damals eine seltsame Stimmung der Gemüter. Besonders in der Damenwelt machte sich eine Art von Leichtsinn bemerklich, und man kann nicht sagen, daß sich das nur allmählich so entwickelt hätte. Nein, wie vom

Winde herbeigetragen, wurden plötzlich mancherlei sehr freie Anschauungen laut. Es kam ein ausgelassenes, leichtes Wesen auf, von dem ich nicht sagen kann, daß es immer angenehm gewesen wäre. Eine gewisse Unordnung in den Köpfen war Mode geworden. Nachher, als alles zu Ende war, beschuldigte man deswegen Julija Michailowna, ihren Kreis und ihren Einfluß; aber schwerlich ging alles nur von ihr aus. Im Gegenteil lobten sehr viele anfangs um die Wette die neue Frau Gouverneur, weil sie es verstehe, die Gesellschaft zu vereinigen, und der Ton auf einmal ein heitrerer geworden sei. Es kamen sogar einige skandalöse Begebenheiten vor, an denen übrigens Julija Michailowna ganz und gar keine Schuld trug; aber alle lachten damals nur darüber und amüsierten sich, und niemand fand sich veranlaßt, hemmend einzugreifen. Allerdings hielt sich eine ziemlich bedeutende Gruppe von Personen abseits, die ihre besonderen Ansichten über den damaligen Lauf der Dinge hatten; aber auch diese murrten damals noch nicht, sondern lächelten nur.

Ich erinnere mich, es hatte sich damals wie von selbst ein ziemlich weiter Kreis gebildet, dessen Mittelpunkt sich wohl tatsächlich in Julija Michailownas Salon befand. In diesem intimen Kreise, der sich um sie geschart hatte, erlaubte man (das heißt natürlich die Jugend) es sich, allerlei Streiche zu begehen, ja man machte sich das sogar zur Regel, und diese Streiche waren wirklich manchmal ziemlich ausgelassen. Es gehörten zu diesem Kreise auch einige sehr hübsche Damen. Die jungen Leute veranstalteten Picknicks und kleine Abendgesellschaften und fuhren oder ritten manchmal in ganzen Kavalkaden durch die Stadt. Sie gingen auf Abenteuer aus und führten solche sogar absichtlich selbst herbei, lediglich um einen amüsanten Gesprächsstoff zu liefern. Unsere Stadt behandelten sie, als ob lauter Dummköpfe darin wohnten. Man nannte sie »die Spötter«, weil sie vor nichts Respekt hatten. So begab es sich zum Beispiel, daß die Frau eines Leutnants der Garnison, eine noch sehr jugendliche Brünette, die allerdings von ihrem Manne sehr knapp gehalten wurde, bei einer Abendgesellschaft sich aus Leichtsinn an einem hohen Whistspiel beteiligte, in der Hoffnung, das Geld zu einer Mantille zu gewinnen, und statt zu gewinnen fünfzehn Rubel verlor. Da sie sich vor ihrem Manne fürchtete und kein Geld zum Bezahlen hatte, entschloß sie sich, in Erinnerung an ihre frühere Keckheit, gleich auf dieser Abendgesellschaft den Sohn unseres Bürgermeisters insgeheim um ein Darlehn zu bitten, einen sehr widerwärtigen, trotz seines jugendlichen Alters sehr liederlichen Burschen. Dieser schlug die Bitte nicht nur ab, sondern ging auch laut lachend zu ihrem Manne hin, um es diesem zu erzählen. Der Leutnant, der wirklich von seinem bloßen Gehalte ein ärmliches Leben führte, brachte seine Gattin nach Hause und tränkte es ihr dort gehörig ein, mochte sie auch noch soviel jammern und schreien und ihn auf den Knien um Verzeihung bitten. Diese häßliche Geschichte erregte überall in der Stadt nur Gelächter, und obgleich die arme Leutnantsfrau nicht zu der Gesellschaft gehörte, die sich um Julija Michailowna geschart hatte, so fuhr doch eine exzentrische, kecke Dame aus diesem Zirkel, die mit der Leutnantsfrau einigermaßen bekannt war, zu ihr hin und brachte sie ganz einfach zu sich in ihr Haus, damit sie da wohne. Hier bemächtigten sich ihrer sogleich unsere Taugenichtse, spielten die Liebenswürdigen, beschenkten sie und hielten sie vier Tage lang fest, ohne sie zu ihrem Manne zurückzulassen. Sie wohnte bei der kecken Dame, fuhr mit ihr und der ganzen ausgelassenen Gesellschaft ganze Tage lang in der Stadt spazieren und nahm an den Vergnügungen und Tanzbelustigungen teil. Sie stachelten sie immer auf, sie solle doch ihren Mann vor Gericht ziehen und einen Skandal hervorrufen; sie versicherten, sie würden sie dann sämtlich unterstützen und als Zeugen auftreten. Der Gatte verhielt sich ruhig, da er es nicht wagte, mit dieser Gesellschaft den Kampf aufzunehmen. Die arme Frau sah endlich ein, daß sie sich ins Unglück stürzte, entfloh am vierten Tage in der Dämmerzeit ihren Beschützern und lief halbtot vor Angst zu ihrem Manne. Man erfuhr nicht genau, was nun zwischen den Eheleuten vorging; aber die beiden Fensterläden des niedrigen Holzhäuschens, in dem der Leutnant eine Mietswohnung innehatte, wurden vierzehn Tage lang nicht geöffnet. Julija Michailowna wurde, als sie alles erfuhr, sehr ärgerlich auf die Taugenichtse und war mit dem Benehmen der kecken Dame sehr unzufrieden, obgleich diese ihr die Leutnantsfrau gleich am Tage der Entführung vorgestellt hatte. Übrigens kam die Geschichte sehr bald in Vergessenheit.

Ein andermal hatte bei einem kleinen Beamten, einem geachteten Familienvater, ein aus einem anderen Kreise zu uns gezogener junger Mann, ebenfalls ein kleiner Beamter, sich um die Hand der Tochter desselben, eines siebzehnjährigen, schönen, in der Stadt allgemein bekannten Mädchens, beworben und sie auch erhalten. Aber auf einmal erfuhr man, daß der junge Ehemann in der Hochzeitsnacht mit der schönen jungen Frau sehr unhöflich umgegangen sei, um sich an ihr für eine Beschimpfung seiner Ehre zu rächen. Ljamschin, der beinah Zeuge des Vorfalls gewesen war, weil er sich bei der Hochzeit betrunken hatte und in dem Hause über Nacht geblieben war, lief am Morgen, als es eben dämmerte, mit der lustigen Nachricht bei allen herum. Schleunigst bildete sich eine Gesellschaft von ungefähr zehn Mann, sämtlich zu Pferde, einige auf gemieteten Kosakenpferden, darunter zum Beispiel Pjotr Stepanowitsch und Liputin, welcher letztere trotz seiner grauen Haare damals fast an allen skandalösen Unternehmungen unserer leichtfertigen jungen Leute teilnahm. Als die jungen Eheleute in einem zweispännigen Wagen auf der Straße erschienen, um die Besuche zu machen, die nach unserem Gebrauche gleich am Tage nach der Hochzeit unter allen Umständen obligatorisch waren, da umringte diese ganze Kavalkade den Wagen mit fröhlichem Gelächter und begleitete ihn den ganzen Vormittag durch die Stadt. Allerdings gingen sie nicht in die Häuser hinein, sondern warteten zu Pferde vor den Haustüren; auch enthielten sie sich besonderer Beleidigungen des jungen Ehemannes und seiner jungen Frau; aber sie riefen trotzdem ein skandalöses Aufsehen hervor. Die ganze Stadt sprach davon. Natürlich lachten alle. Aber

diesmal wurde von Lembke zornig und hatte mit Julija Michailowna wieder eine erregte Szene. Diese war ebenfalls sehr aufgebracht und beabsichtigte schon, den ausgelassenen Buben ihr Haus zu verbieten. Aber bereits am folgenden Tage verzieh sie ihnen allen auf Zureden von seiten Pjotr Stepanowitschs, sowie infolge einer Bemerkung Karmasinows. Dieser fand den »Scherz« recht witzig.
»Das liegt nun einmal in den Sitten hier zu Lande«, sagte er; »wenigstens ist es charakteristisch und . . . kühn. Sehen Sie, alle lachen; Sie sind die einzige, die darüber empört ist.«
Aber es kamen auch schlechte Streiche vor, die über das Maß des allenfalls zu Ertragenden hinausgingen und eine bestimmte Färbung trugen.
Es erschien in der Stadt eine Bücherverkäuferin, welche Neue Testamente verkaufte, eine achtungswerte Frau, wenn sie auch nur eine Kleinbürgerin war. Man wurde auf sie aufmerksam und sprach von ihr, weil soeben in den hauptstädtischen Zeitungen merkwürdige Mitteilungen über solche Bücherverkäuferinnen gestanden hatten. Wieder war es derselbe Schalk Ljamschin, der hier einen Streich verübte. Mit Hilfe eines Seminaristen, der auf eine Lehrerstelle an einer Schule wartete und sich bis dahin müßig umhertrieb, praktizierte er der Bücherverkäuferin, indem er sich stellte, als wolle er ihr Bücher abkaufen, heimlich in ihren Sack ein ganzes Päckchen verführerischer, unsauberer ausländischer Photographien, die, wie wir nachher erfuhren, ein hochangesehener alter Herr eigens zu diesem Zwecke hergegeben hatte; seinen Namen will ich weglassen; er trägt einen hohen Orden am Halse und liebt nach seinem Ausdrucke, »ein gesundes Lachen und einen lustigen Spaß«. Als die arme Frau in unserem Kaufhofe ihre frommen Bücher herausnahm, fielen auch die Photographien heraus. Es erhob sich ein Gelächter, es wurde gemurrt; eine dichte Menschenmenge sammelte sich; man schimpfte auf die Frau und hätte sie wohl sogar geprügelt, wenn die Polizei nicht rechtzeitig dazugekommen wäre. Die Bücherverkäuferin wurde in Arrest gebracht; erst am Abend wurde sie infolge der Bemühungen Mawriki Nikolajewitschs, der mit Entrüstung die

geheimen Einzelheiten dieser garstigen Geschichte gehört hatte, wieder in Freiheit gesetzt und aus der Stadt geschafft. Diesmal war Julija Michailowna fest entschlossen, Ljamschin wegzujagen; aber noch an demselben Abend brachte ein ganzer Schwarm der Unsrigen ihn zu ihr mit der Nachricht, er habe ein besonderes neues Klavierstück ersonnen, und beredeten sie, es wenigstens anzuhören. Dieses Stück, das den komischen Titel: »Der französisch-preußische Krieg« führte, erwies sich wirklich als sehr amüsant. Es begann mit den drohenden Klängen der Marseillaise: Qu'un sang impur abreuve nos sillons!
Man hörte eine hochtrabende Herausforderung, eine Berauschtheit von künftigen Siegen. Aber plötzlich ertönten gleichzeitig mit der meisterhaft variierten Melodie der Hymne irgendwo seitwärts, unten, im Winkel, aber sehr nah die häßlichen Klänge von »Mein lieber Augustin«. Die Marseillaise bemerkt diese Klänge nicht. Von ihrer eigenen Größe berauscht, befindet sie sich jetzt auf der höchsten Stufe der Trunkenheit; aber Augustin wird kräftiger, Augustin wird immer dreister, und nun beginnt unerwartet die Melodie Augustins mit der Melodie der Marseillaise zusammenzufallen. Die Marseillaise scheint ärgerlich zu werden; sie wird Augustin endlich gewahr; sie will ihn verjagen, vertreiben, wie eine zudringliche, unbedeutende Fliege; aber Mein lieber Augustin hat sich festgeklammert; er ist fröhlich und selbstbewußt, vergnügt und frech, und die Marseillaise benimmt sich auf einmal schrecklich dumm: Sie verbirgt es nicht mehr, daß sie gereizt ist und sich beleidigt fühlt; da hört man das Geheul der Entrüstung; da hört man Tränen und Schwüre mit himmelwärts aufgehobenen Händen: Pas un pouce de notre terrain, pas une pierre de nos forteresses.
Aber schon sieht sie sich genötigt, mit Mein lieber Augustin in demselben Takte zu singen. Ihre Klänge gehen in der dümmsten Weise in die Klänge von Augustin über; sie fügt sich; sie erlischt. Nur ganz selten, bruchstückweis hört man wieder: Qu'un sang impur . . . aber sofort springt diese Melodie auch wieder in den garstigen Walzer hinüber. Die

Marseillaise hat sich vollständig ergeben: Das ist Jules Favre, der an Bismarcks Brust schluchzt und alles hingibt, alles ... Aber nun wird auch Augustin grimmig: Man hört heisere Laute; man spürt das maßlos getrunkene Bier, die Raserei des Selbstlobes, die Forderung von Milliarden, von feinen Zigarren, von Champagner und Geiseln; Augustin geht in ein wütendes Gebrüll über ... der französisch-preußische Krieg ist zu Ende. Die Unsrigen klatschten Beifall; Julia Michailowna lächelte und sagte: »Nun, wie soll man einen solchen Menschen wegjagen?« Der Friede war geschlossen. Dieser Schuft besaß tatsächlich ein bißchen Talent. Stepan Trofimowitsch versicherte mir einmal, die höchsten künstlerischen Talente seien mitunter die ärgsten Schufte und eines stehe dem anderen nicht im Wege. Nachher verbreitete sich das Gerücht, Ljamschin habe dieses Musikstück einem talentvollen, bescheidenen jungen Manne, einem Bekannten von ihm, bei dessen Durchreise gestohlen, infolge wovon die Autorschaft desselben unbekannt geblieben sei; aber dies nur nebenbei. Dieser Taugenichts, der mehrere Jahre lang um Stepan Trofimowitsch herumscherwenzelt und bei dessen Abendgesellschaften auf Verlangen verschiedene Juden oder die Beichte einer tauben Frau oder die Geburt eines Kindes zur Darstellung gebracht hatte, der karikierte jetzt manchmal in humoristischer Weise bei Julija Michailowna unter anderm auch Stepan Trofimowitsch selbst, unter dem Titel: »Ein Liberaler der vierziger Jahre.« Alle wälzten sich vor Lachen, so daß es schließlich unmöglich war, ihn wegzujagen: Der Mensch war geradezu unentbehrlich. Zudem bemühte er sich in knechtischer Weise um Pjotr Stepanowitschs Gunst, der seinerseits in jener Zeit bereits einen auffallend starken Einfluß auf Julija Michailowna gewonnen hatte.

Ich würde von diesem schändlichen Menschen nicht besonders reden und es wäre nicht der Mühe wert, sich mit ihm aufzuhalten, wenn sich nicht eine empörende Geschichte zugetragen hätte, bei der er, wie behauptet wird, ebenfalls beteiligt war; diese Geschichte aber kann ich in meiner geschichtlichen Darstellung unmöglich übergehen.

Eines Morgens lief durch die ganze Stadt die Kunde von einem unerhörten, abscheulichen Religionsfrevel. Am Eingange zu unserm großen Marktplatze steht eine alte Kirche zu Mariä Geburt, ein bemerkenswertes Altertumsdenkmal in unserer altertümlichen Stadt. Neben dem Tore der Umfassungsmauer ist seit alter Zeit ein großes Bild der Muttergottes angebracht; es ist hinter einem Gitter in die Mauer eingefügt. Dieses Bild war in der Nacht beraubt worden, das davor befindliche Glas zerschlagen, das Gitter zerbrochen, und aus der Krone sowie aus der Einfassung des Bildes waren mehrere Edelsteine und Perlen entwendet; ob sehr wertvolle, weiß ich nicht. Aber die Hauptsache war, daß außer dem Diebstahl auch sinnloser, spöttischer Religionsfrevel begangen war; hinter dem zerschlagenen Glase des Heiligenbildes wurde, wie man sagt, am Morgen eine lebende Maus gefunden. Es ist jetzt, vier Monate nach dem Ereignisse, positiv bekannt, daß das Verbrechen von dem Sträfling Fedka begangen war; aber aus irgendwelchem Grunde ist man zu der Annahme gelangt, daß auch Ljamschin dabei beteiligt war. Damals sprach niemand von Ljamschin, und man hatte überhaupt keinen Verdacht auf ihn; aber jetzt behaupten alle, daß er es gewesen sei, der damals die Maus hineingesetzt habe. Ich erinnere mich, daß unsere gesamte Obrigkeit ein wenig den Kopf verloren hatte. Das Volk drängte sich vom Morgen an bei dem Orte des Verbrechens zusammen. Beständig stand ein großer Haufe da, Gott weiß was alles für Menschen, aber an Zahl gewiß gegen hundert. Die einen kamen hinzu, die andern gingen wieder weg. Die Leute traten heran, bekreuzten sich und küßten das heilige Bild; sie begannen, Spenden zu geben, und es erschien ein Opferbecken und bei dem Opferbecken ein Mönch, und erst um drei Uhr nachmittags kam die Behörde auf den Gedanken, daß man dem Volke befehlen könne, es solle nicht in einem Haufen stehenbleiben, sondern jeder solle, nachdem er gebetet, das Bild geküßt und seine Spende gegeben habe, weitergehen. Auf Herrn von Lembke übte dieser unglückliche Vorfall die traurigste Wirkung aus. Wie mir erzählt wurde, äußerte

Julija Michailowna später, sie habe seit diesem unseligen Morgen an ihrem Gatten jene seltsame Niedergeschlagenheit bemerkt, die dann bei ihm ununterbrochen fortdauerte, bis er vor zwei Monaten krankheitshalber aus unserer Stadt wegreiste, und die ihn, wie es scheint, auch jetzt in der Schweiz noch nicht verlassen hat, wo er sich nach seiner kurzen Amtstätigkeit in unserm Gouvernement immer noch erholt.

Wie ich mich erinnere, kam ich damals zwischen zwölf und ein Uhr mittags auf den Marktplatz; die Menge verhielt sich schweigsam und machte ernste, finstere Gesichter. In einem Wagen kam ein feister Kaufmann mit gelblicher Gesichtsfarbe herbeigefahren, stieg aus, verbeugte sich bis zur Erde, küßte das Bild, opferte einen Rubel, stieg ächzend wieder in seine Equipage und fuhr davon. Auch eine Kutsche mit zweien unserer Damen kam gefahren, in deren Begleitung sich zwei unserer Taugenichtse befanden. Die jungen Leute (von denen der eine ganz und gar nicht mehr jung war) stiegen gleichfalls aus und drängten sich, das Volk ziemlich geringschätzig zur Seite schiebend, zu dem Heiligenbilde durch. Beide behielten die Hüte auf dem Kopfe, und der eine setzte sich sein Pincenez auf die Nase. In der Menge wurde gemurrt, allerdings nur leise, aber es klang doch recht unfreundlich. Der junge Mann mit dem Pincenez entnahm seinem Portemonnaie, das dick mit Banknoten vollgestopft war, eine kupferne Kopeke und warf sie in das Opferbecken; dann kehrten beide lachend und laut redend zu der Kutsche zurück. In diesem Augenblicke sprengte, von Mawriki Nikolajewitsch begleitet, Lisaweta Nikolajewna herbei. Sie sprang vom Pferde, warf den Zügel ihrem Begleiter zu, der auf ihre Weisung bei dem Pferde blieb, und trat zu dem Heiligenbilde gerade zu der Zeit heran, als die Kopeke in das Becken geworfen wurde. Die Röte des Unwillens übergoß ihre Wangen; sie nahm ihren Zylinderhut ab, zog die Handschuhe aus, fiel vor dem Heiligenbilde einfach auf dem schmutzigen Trottoir auf die Knie und verbeugte sich andächtig dreimal bis zur Erde. Dann zog sie ihr Portemonnaie aus der Tasche; aber da sie darin nur ein paar

Zehnkopekenstücke fand, so nahm sie ohne zu zaudern ihre Brillantohrringe aus den Ohren und legte sie in das Becken.

»Ist das zulässig? Ja? Zur Ausschmückung der Einfassung?« fragte sie in starker Aufregung den Mönch.

»Gewiß, es ist zulässig«, antwortete dieser. »Jede Gabe ist nützlich.«

Das Volk schwieg und brachte weder Mißfallen noch Billigung zum Ausdruck. Lisaweta Nikolajewna stieg in ihrem beschmutzten Kleide wieder zu Pferde und ritt davon.

## II

Zwei Tage nach dem soeben erzählten Ereignisse begegnete ich ihr in einer zahlreichen Gesellschaft, die in drei Wagen fuhr und von Reitern umgeben war. Sie winkte mich mit der Hand heran, ließ den Wagen halten und bat mich dringend, ich möchte mich doch der Gesellschaft anschließen. In der Equipage fand sich ein Platz für mich; sie stellte mich lachend ihren Begleiterinnen, reich gekleideten Damen, vor und erklärte mir, sie begäben sich alle auf eine außerordentlich interessante Expedition. Sie lachte laut und schien überaus glücklich zu sein. In der letzten Zeit hatte sich ihrer eine an Ausgelassenheit grenzende Fröhlichkeit bemächtigt. Das Unternehmen war in der Tat exzentrisch: Alle wollten sich über den Fluß nach dem Hause des Kaufmanns Sewastjanow begeben, bei dem in einem Nebengebäude schon seit etwa zehn Jahren in Ruhe, Zufriedenheit und Behaglichkeit unser gottbegnadeter Prophet Semjon Jakowlewitsch lebte, der nicht nur bei uns, sondern auch in den angrenzenden Gouvernements und sogar in den Hauptstädten wohlbekannt war. Alle möglichen Leute, namentlich Fremde, besuchten ihn, um aus seinem Munde ein ihm von Gott eingegebenes Wort zu hören, ihm ihre Verehrung zu bezeigen und eine Geldspende zu opfern. Die mitunter sehr beträchtlichen Opfergaben wurden, wenn Semjon Jakowlewitsch nicht sofort selbst darüber verfügte, frommerweise einer Kirche überwiesen, vorzugsweise unserem Bogorodski-Kloster; zu diesem Zwecke hatte das Kloster die Einrichtung getroffen, daß beständig ein Mönch bei Semjon Jakowlewitsch Dienst hatte. Alle erwarteten ein großes Amüsement. Keiner von dieser Gesellschaft hatte bisher Semjon Jakowlewitsch gesehen. Nur Ljamschin war früher einmal bei ihm gewesen und erzählte jetzt, dieser habe befohlen, ihn mit einem Besen wegzujagen, und ihm eigenhändig zwei große gekochte Kartoffeln nachgeworfen. Unter den Reitern bemerkte ich auch Pjotr Stepanowitsch, wieder auf einem gemieteten Kosakenpferde, auf dem er sich sehr schlecht hielt, und Nikolai Wsewolodowitsch, ebenfalls zu Pferde. Dieser schloß sich manchmal von den gemeinsamen Vergnügungen nicht aus, zeigte bei solchen Gelegenheiten immer, wie es der Anstand gebot, eine heitere Miene, redete aber wie früher nur selten und nur wenig. Als die Kavalkade auf dem abwärtsführenden Wege sich der Brücke näherte und zu einem Gasthause gelangte, machte jemand plötzlich die Mitteilung, daß in einem Logierzimmer des Gasthauses soeben ein Fremder gefunden sei, der sich erschossen habe; man warte jetzt auf die Polizei. Sofort wurde der Gedanke ausgesprochen, man solle sich den Selbstmörder ansehen. Dieser Gedanke wurde beifällig aufgenommen: Unsere Damen hatten noch nie einen Selbstmörder gesehen. Ich erinnere mich, daß eine derselben sogleich laut äußerte, alles sei schon so langweilig geworden, daß man keine Zerstreuung von der Hand weisen dürfe, wenn sie nur interessant sei. Nur wenige blieben vor der Haustür und warteten; die übrigen betraten in dichtem Schwarme den unsauberen Flur, und unter ihnen erblickte ich zu meiner Verwunderung auch Lisaweta Nikolajewna. Das Zimmer des Selbstmörders stand offen, und natürlich wagte niemand, uns den Eintritt zu verwehren. Es war ein noch sehr junger Mensch, etwa neunzehnjährig, jedenfalls nicht älter, von sehr hübschem Äußeren, mit vollem, blondem Haar, regelmäßiger, ovaler Gesichtsbildung und reiner, schöner Stirn. Er war schon starr geworden, und sein blasses Gesicht sah aus wie aus Marmor gemeißelt. Auf dem Tische lag ein von ihm geschriebener Zettel, man möge niemandem die Schuld an seinem Tode beimessen; er habe sich erschossen, weil er vierhundert Rubel »verjeudet« habe. Das Wort »verjeudet« stand so auf dem Zettel; in den vier Zeilen, die derselbe enthielt, steckten drei orthographische Fehler. Neben dem Toten stand ächzend und stöhnend ein dicker Gutsbesitzer; der wohl in der Heimat desselben sein Nachbar sein mochte, in eigenen Geschäften nach der Stadt gekommen war und in einem anderen Zimmer logierte. Aus seinen Mitteilungen war zu entnehmen, daß der junge Mensch von seiner Familie, das heißt von seiner verwitweten Mutter, seinen Schwestern und Tanten, aus ihrem Dorfe nach der Stadt geschickt war, um unter der Leitung einer in der Stadt lebenden Verwandten verschiedene Einkäufe für die Aussteuer der ältesten Schwester zu machen, die sich demnächst verheiraten wollte, und die Sachen nach Hause zu bringen. Sie hatten ihm vierhundert Rubel anvertraut, die sie sich in Jahrzehnten zusammengespart hatten, bei seiner Abreise vor Angst gestöhnt, ihm endlose Ermahnungen mit auf den Weg gegeben, viel für ihn gebetet und unzählige Male das Zeichen des Kreuzes über ihn gemacht. Der junge Mensch war bisher wohlgesittet gewesen und hatte die besten Hoffnungen erweckt. Als er vor drei Tagen in die Stadt gekommen war, hatte er sich bei seiner Verwandten nicht blicken lassen, sondern war in dem Gasthause abgestiegen und geradeswegs in einen Klub gegangen, in der Hoffnung, in einem Hinterzimmer einen von auswärts zugereisten Bankhalter oder wenigstens ein Pochspiel zu finden. Aber Poch wurde an diesem Abend nicht gespielt; es war auch kein Bankhalter da. Erst gegen Mitternacht war er in sein Zimmer zurückgekehrt, hatte sich Champagner und Havannazigarren geben lassen und sich ein Abendessen von sechs oder sieben Gängen bestellt. Aber von dem Champagner war er betrunken geworden, und die Zigarren hatten ihm Übelkeit erregt, so daß er die aufgetragenen Speisen nicht angerührt, sondern sich beinah bewußtlos schlafen gelegt hatte. Als er am andern Tage aufgewacht war, hatte er sich frisch und munter gefühlt und sich sogleich zu einer jenseits des Flusses in der Vorstadt lagernden Zigeunerhorde begeben, von der er tags zuvor im Klub gehört hatte, und hatte sich im Gasthause zwei Tage lang nicht sehen lassen. Gestern war er endlich um fünf Uhr nachmittags erschienen, hatte sich sogleich hingelegt und bis zehn Uhr abends geschlafen. Als er aufgewacht war, hatte er sich ein Kotelett, eine Flasche Château Yquem und Weintrauben, sowie Papier, Feder und Tinte geben lassen. Niemand hatte an ihm etwas Besonderes bemerkt; er war ruhig, still und freundlich gewesen. Wahrscheinlich hatte er sich schon um Mitternacht erschossen, obwohl sonderbarerweise niemand den Schuß gehört hatte; man war erst heute mittag darauf aufmerksam geworden, daß von dem jungen Manne nichts zu sehen und zu hören war, und hatte nach vergeblichem Klopfen die Tür aufgebrochen. Die Flasche Château Yquem war zur Hälfte geleert, der Teller mit Weintrauben war ebenfalls noch halb voll. Der Schuß war aus einem kleinen dreiläufigen Revolver abgefeuert worden und gerade ins Herz gegangen. Blut war nur sehr wenig herausgeflossen; der Revolver war ihm aus der Hand auf den Teppich gefallen. Der junge Mann saß halbliegend in der Sofaecke. Der Tod mußte augenblicklich eingetreten sein; auf dem Gesichte war nichts von Todeskampf zu bemerken; der Ausdruck desselben war ruhig, beinah glücklich, wie wenn er lebte. Die Unsrigen betrachteten den Toten alle mit lebhafter Neugier. Überhaupt liegt in jedem Unglück des Nächsten immer etwas, was ein fremdes Auge erfreut; das trifft für jeden Menschen zu. Unsere Damen schwiegen während dieser Besichtigung des Selbstmörders; ihre Begleiter aber suchten sich durch scharfsinnige Bemerkungen und besondere Geistesgegenwart hervorzutun. Einer äußerte, dies sei der beste Ausweg gewesen, und etwas Verständigeres habe der junge Mann überhaupt nicht ersinnen können; ein anderer hob hervor, daß er wenigstens eine kurze Zeit einmal gut gelebt habe. Ein dritter warf plötzlich die Frage auf, woher es nur komme, daß das sich Erhängen und sich Erschießen bei uns so häufig werde; gerade als ob die Menschen von ihren Wurzeln abgesägt seien, gerade als ob ihnen allen der Boden unter den Füßen wegglitte! Den, der so philosophierte, sah man unfreundlich an. Dafür mauste Ljamschin, der es sich zur Ehre anrechnete, die Rolle des Narren zu spielen, eine Weintraube vom Teller; nach ihm tat ein zweiter lachend dasselbe, und ein dritter streckte schon die Hand nach dem Château Yquem aus. Aber er mußte innehalten, da in diesem Augenblicke der Polizeimeister eintrat; dieser ersuchte uns sogar, das Zimmer zu verlassen. Da alle bereits genug gesehen hatten, gingen sie widerspruchslos hinaus, obgleich Ljamschin gern mit dem Polizeimeister angebunden hätte. Die allgemeine Fröhlichkeit, das Lachen, das muntere Gespräch, alles das zeigte sich auf der noch übrigen Hälfte des Weges auf das Doppelte gesteigert.

Wir kamen bei Semjon Jakowlewitsch Punkt ein Uhr an. Das Tor des ziemlich großen Kaufmannshauses stand weit offen, und der Zugang zu dem Nebengebäude war unbehindert. Wir erfuhren sogleich, daß Semjon Jakowlewitsch gerade beim Mittagessen sei, aber trotzdem Besuch empfange. Unsere ganze Schar trat zugleich ein. Das Zimmer, in dem der Gottesmann empfing und speiste, war ziemlich geräumig, dreifenstrig und durch ein halbmannshohes Holzgitter, das querüber von einer Wand zur andern ging, in zwei gleiche Teile geteilt. Die gewöhnlichen Besucher blieben außerhalb des Gitters; die Glückskinder aber wurden auf Anweisung des Gottesmannes durch ein Türchen des Gitters in seine Hälfte hereingelassen, und er ließ sie, wenn er wollte, auf seinen alten Ledersesseln und auf dem Sofa Platz nehmen; er selbst aber saß unveränderlich auf einem alten, abgescheuerten Lehnstuhl. Er war ein ziemlich großer, aufgedunsener Mann mit gelblicher Hautfarbe, etwa fünfundfünfzig Jahre alt, mit dünnem, blondem Haar und einer Glatze, mit rasiertem Gesichte, mit geschwollener rechter Backe und etwas schiefgezogenem Munde, mit einer großen Warze nahe am linken Nasenflügel, mit kleinen, schmalen Augen und einem ruhigen, gesetzten, schläfrigen Gesichtsausdruck. Er trug deutsche Tracht, einen schwarzen Oberrock, aber keine Weste und kein Halstuch. Unter seinem Rocke schaute ein ziemlich grobes, aber weißes Hemd hervor; die anscheinend kranken Füße steckten in Pantoffeln. Ich hörte, daß er einmal Beamter gewesen sei und zu einer der Rangklassen gehört habe. Er hatte soeben eine leichte Fischsuppe gegessen und machte sich nun an sein zweites Gericht: Kartoffeln in der Schale mit Salz. Etwas anderes aß er niemals; er trank nur viel Tee, von dem er ein großer Freund war. Um ihn waren drei Diener, die ihm der Kaufmann hielt, in geschäftiger Bewegung; einer von ihnen trug einen Frack; der zweite sah aus wie ein Arbeiter, der dritte wie ein Kirchendiener. Es war auch ein etwa sechzehnjähriger, sehr munterer Knabe anwesend. Außer der Dienerschaft war da noch ein ehrwürdiger, grauhaariger, nur etwas zu korpulenter Mönch mit einer Sammelbüchse. Auf einem der Tische siedete ein gewaltiger Samowar, und es stand dort auch ein Präsentierbrett mit nahezu zwei Dutzend Gläsern. Auf einem andern, gegenüberstehenden Tische hatten die dargebrachten Gaben ihren Platz gefunden: mehrere Hüte Zucker, sowie einige einzelne Pfunde Zucker, ferner ungefähr zwei Pfund Tee, ein Paar gestickte Pantoffeln, ein seidenes Taschentuch, ein Stück Tuch, ein Stück Leinwand und so weiter. Die Geldspenden wurden fast alle in die Sammelbüchse des Mönchs hineingetan. Im Zimmer waren eine Menge Menschen, schon allein an Besuchern etwa ein Dutzend, von denen zwei bei Semjon Jakowlewitsch innerhalb des Gitters saßen; das waren ein alter, grauhaariger Wallfahrer, ein Mann aus dem Volke, und ein kleiner, magerer Mönch von auswärts, der sehr manierlich mit niedergeschlagenen Augen dasaß. Die übrigen Besucher standen alle außerhalb des Gitters; auch sie gehörten größtenteils dem gewöhnlichen Volke an, nur drei Personen nicht: ein dicker, bärtiger Kaufmann, der aus einer Kreisstadt gekommen war, russische Tracht trug, aber, wie man wußte, hunderttausend Rubel besaß; ferner eine bejahrte, bedürftige adelige Dame und drittens ein Gutsbesitzer. Alle warteten auf ihr Glück, ohne daß sie selbst gewagt hätten zuerst zu reden. Vier von ihnen lagen auf den Knien; am meisten von allen zog der Gutsbesitzer die Aufmerksamkeit auf sich, ein dicker Mann von etwa fünfundvierzig Jahren; er kniete dicht am Gitter an besonders sichtbarer Stelle und wartete andächtig auf einen gnädigen Blick oder ein gnädiges Wort Semjon Jakowlewitschs. Er kniete schon ungefähr eine Stunde lang; der aber beachtete ihn gar nicht.

Unsere Damen drängten sich, heiter und spöttisch miteinander tuschelnd, am Gitter zusammen. Sie schoben die Knienden und alle andern Besucher beiseite oder traten vor sie hin und verdeckten ihnen den Blick; nur bei dem Gutsbesitzer gelang ihnen dies nicht, der hartnäckig an seinem Platze blieb und sich sogar mit den Händen am Gitter festhielt. Sie richteten vergnügte Blicke voll neugieriger Spannung auf Semjon Jakowlewitsch; ja sie sahen auch durch Lorgnetten, Pincenezs und sogar durch Operngläser nach ihm hin; wenigstens benutzte Ljamschin ein solches. Semjon Jakowlewitsch überschaute sie ruhig und lässig mit seinen kleinen Augen.

»Liebäugler, Liebäugler!« rief er halblaut mit seiner heiseren Baßstimme.

Die Unsrigen fingen alle an zu lachen: »Was heißt das: Liebäugler?« Aber Semjon Jakowlewitsch versank in Schweigen und aß seine Kartoffeln weiter. Endlich wischte er sich mit einer Serviette den Mund, und es wurde ihm Tee gereicht.

Er trank den Tee gewöhnlich nicht allein, sondern ließ auch den Besuchern welchen eingießen, aber bei weitem nicht einem jeden; gewöhnlich bezeichnete er selbst denjenigen von ihnen, der beglückt werden sollte. Diese Anordnungen überraschten immer dadurch, daß sie völlig unberechenbar waren. Manchmal befahl er mit Übergehung der Reichen und Vornehmen, einem Bauer oder einer hinfälligen alten Frau Tee zu reichen; ein andermal überging er die geringen Leute und bedachte irgendeinen wohlgenährten, reichen Kaufmann. Der Tee wurde auch in verschiedener Weise gereicht; die einen erhielten ihn mit Zucker darin; anderen wurde ein Stück Zucker zum Abbeißen dazugelegt; wieder andere bekamen ihn ganz ohne Zucker. Diejenigen, die diesmal beglückt wurden, waren der fremde Mönch, der ein Glas Tee mit Zucker darin erhielt, und der alte Wallfahrer, dem er ganz ohne Zucker gegeben wurde. Dagegen wurde dem dicken Mönche aus unserem Kloster, dem mit der Sammelbüchse, aus unverständlichem Grunde überhaupt kein Tee gereicht, obgleich dieser bisher täglich sein Glas erhalten hatte.

»Semjon Jakowlewitsch, sagen Sie mir doch etwas; ich habe schon so lange gewünscht, Ihre Bekanntschaft zu machen«, sagte in singendem Tone, lächelnd und die Augen ein wenig zusammenkneifend, die elegante Dame aus unserem Wagen, die vorhin bemerkt hatte, daß man keine Zerstreuung von der Hand weisen dürfe, wenn sie nur interessant sei.

Semjon Jakowlewitsch blickte gar nicht nach ihr hin. Der kniende Gutsbesitzer seufzte laut und tief, so daß es klang, wie wenn ein großer Blasebalg angehoben und niedergedrückt wurde.

»Mit Zucker darin!« befahl Semjon Jakowlewitsch plötzlich, auf den Kaufmann mit den hunderttausend Rubeln weisend. Dieser trat nach vorn und stellte sich neben den Gutsbesitzer.

»Gib ihm noch mehr Zucker!« befahl Semjon Jakowlewitsch, als das Glas schon eingegossen war; es wurde noch ein Stück hineingelegt. »Noch mehr, noch mehr!« Es wurde zum dritten Male und zuletzt auch noch zum vierten Male Zucker hineingetan.

Der Kaufmann begann ohne Widerspruch seinen Sirup zu trinken.

»O Gott!« flüsterten die einfachen Leute und bekreuzten sich.

Der Gutsbesitzer seufzte wieder laut und tief.

»Väterchen! Semjon Jakowlewitsch!« rief auf einmal die ärmliche Dame, welche die Unsrigen an die Wand gedrückt hatten, mit kummervoller Stimme, die aber schärfer klang, als man hätte erwarten können. »Eine ganze Stunde lang warte ich schon auf deine Wohltat, Liebster, Bester! Sprich zu mir Ärmsten, entscheide mein Schicksal!«

»Frage sie!« befahl Semjon Jakowlewitsch dem Kirchendiener.
Dieser trat an das Gitter heran.
»Hast du das ausgeführt, was dir Semjon Jakowlewitsch das vorige Mal befohlen hat?« fragte er die Witwe leise und gemessen.
»Wie konnte ich es denn ausführen, Väterchen Semjon Jakowlewitsch? Wie soll man es denn ausführen, wenn die so sind?« heulte die Witwe. »Menschenschinder sind sie; sie machen eine Eingabe gegen mich beim Bezirksdirektor und drohen mir mit dem Senat; so benehmen sie sich gegen ihre leibliche Mutter!«
»Gib ihr den!« befahl Semjon Jakowlewitsch, auf einen Hut Zucker weisend. Der Knabe sprang herzu, nahm den Hut Zucker und trug ihn zu der Witwe hin.
»Ach, Väterchen, deine Gnade ist groß. Was soll ich denn mit soviel?« fing die Witwe wieder an.
»Noch einen, noch einen!« befahl Semjon Jakowlewitsch zur Belohnung.
Es wurde noch ein Hut Zucker zu ihr hingeschleppt. »Noch einen, noch einen!« ordnete der Gottesmann an, und es wurde ein dritter und schließlich ein vierter hingetragen. Die Witwe war von allen Seiten mit Zuckerhüten umstellt. Der Mönch aus dem Kloster seufzte; all dies hätte gleich heute nach dem Kloster gebracht werden können, wie das früher geschehen war.
»Aber was soll ich denn mit soviel?« stöhnte die Witwe demütig. »Es wird mir ja übel werden, wenn ich das allein verzehren soll! . . . Liegt darin vielleicht eine Prophezeiung, Väterchen?«
»Gewiß, darin liegt eine Prophezeiung«, sagte jemand in der Menge.
»Noch ein Pfund, noch ein Pfund!« befahl Semjon Jakowlewitsch, der nicht müde wurde zu schenken.
Auf dem Tische war noch ein ganzer Hut Zucker übriggeblieben; aber Semjon Jakowlewitsch hatte nur befohlen, ein Pfund zu geben, und so gab man denn der Witwe ein Pfund.

»O Gott, o Gott!« seufzte das Volk und bekreuzte sich. »Eine deutliche Prophezeiung!«
»Versüßen Sie zuerst Ihr Herz durch Güte und Freundlichkeit, und dann kommen Sie her, um sich über Ihre eigenen Kinder zu beklagen, die doch Bein von Ihrem Bein und Fleisch von Ihrem Fleisch sind! Das ist, wie man annehmen muß, die Bedeutung dieses Sinnbildes«, sagte der dicke, mit dem Tee übergangene Mönch aus dem Kloster leise, aber selbstzufrieden, indem er in einem Anfall gereizter Eitelkeit die Ausdeutung auf sich nahm.
»Aber was redest du da, Väterchen!« erwiderte die Witwe, die auf einmal zornig wurde. »Sie haben mich mit einem Fangstrick ins Feuer schleppen wollen, als es bei Werchischins brannte. Sie haben mir eine tote Katze in meinen Kasten gelegt, und so sind sie zu jeder Schändlichkeit bereit . . .«
»Jage sie weg, jage sie weg!« rief Semjon Jakowlewitsch mit einer entsprechenden Handbewegung.
Der Kirchendiener und der Knabe eilten durch die Tür im Gitter nach dem äußeren Teil des Zimmers. Der Kirchendiener faßte die Witwe unter den Arm; sie hatte sich wieder beruhigt und ließ sich zur Tür ziehen, wobei sie sich nach den ihr geschenkten Hüten Zucker umsah, die der Knabe ihr nachschleppte.
»Einen wegnehmen! Nimm ihr einen wieder weg!« befahl Semjon Jakowlewitsch dem bei ihm zurückgebliebenen Arbeiter.
Dieser eilte den Hinausgehenden nach, und nach einiger Zeit kehrten alle drei Diener zurück und brachten einen Hut mit, der der Witwe zuerst geschenkt und nun wieder abgenommen war; die drei andern trug sie jedoch mit sich fort.
»Semjon Jakowlewitsch«, erscholl eine Stimme von hinten, ganz von der Tür her. »Mir hat von einem Vogel geträumt, von einer Dohle; die kam aus dem Wasser geflogen und flog ins Feuer. Was hat der Traum zu bedeuten?«
»Kälte«, antwortete Semjon Jakowlewitsch.
»Semjon Jakowlewitsch, warum haben Sie mir denn nichts

geantwortet? Ich interessiere mich doch schon so lange für Sie«, begann unsere Dame wieder.
»Frage ihn!« befahl Semjon Jakowlewitsch, ohne auf sie zu hören, und wies auf den knienden Gutsbesitzer.
Der Mönch aus dem Kloster, an den der Befehl zum Fragen gerichtet war, trat gemessenen Ganges an den Gutsbesitzer heran.
»Womit haben Sie gesündigt? Und war Ihnen nicht befohlen worden, etwas auszuführen?«
»Ich sollte nicht schlagen, sollte meine Hände im Zaum halten«, antwortete der Gutsbesitzer heiser.
»Haben Sie das getan?« fragte der Mönch.
»Es ist mir nicht möglich; meine eigene Kraft trägt den Sieg über mich davon.«
»Jage ihn fort, jage ihn fort! Mit dem Besen, mit dem Besen!« rief Semjon Jakowlewitsch, wieder heftig gestikulierend.
Der Gutsbesitzer wartete die Ausführrung der Bestrafung nicht ab, sondern sprang auf und lief aus dem Zimmer hinaus.
»Er hat an seinem Platze ein Goldstück zurückgelassen«, meldete der Mönch und hob einen halben Imperial vom Fußboden auf.
»Wer soll das bekommen?« sagte Semjon Jakowlewitsch und zeigte mit dem Finger auf den Kaufmann mit den hunderttausend Rubeln.
Der reiche Mann wagte es nicht, das Geschenk abzulehnen, und nahm das Goldstück hin.
»Gold zu Golde!« konnte sich der Mönch aus dem Kloster nicht enthalten zu bemerken.
»Und diesem mit Zucker darin!« befahl Semjon Jakowlewitsch plötzlich und wies auf Mawriki Nikolajewitsch.
Ein Diener goß Tee ein und wollte ihn versehentlich dem Stutzer mit dem Pincenez bringen.
»Dem Langen, dem Langen!« berichtigte Semjon Jakowlewitsch.
Mawriki Nikolajewitsch nahm das Glas entgegen, machte eine militärische Verbeugung und begann zu trinken. Ich

weiß nicht warum; aber die Unsrigen wollten sich ausschütten vor Lachen.
»Mawriki Nikolajewitsch!« wandte sich auf einmal Lisa an ihn. »Der Herr, der da gekniet hat, ist weggegangen; knien Sie an seiner Stelle nieder!«
Mawriki Nikolajewitsch blickte sie erstaunt an.
»Ich bitte Sie darum; Sie werden mir damit das größte Vergnügen machen, hören Sie wohl, Mawriki Nikolajewitsch?« sagte sie hartnäckig, eigensinnig und mit fieberhafter Hast. »Tun Sie es ohne Widerrede; ich will unbedingt sehen, wie Sie da knien. Wenn Sie es nicht tun, dann dürfen Sie nie wieder zu mir kommen. Ich will es unbedingt; unbedingt will ich es!«
Ich weiß nicht, was sie damit beabsichtigte; aber sie stellte ihre Forderung mit einer unerbittlichen Hartnäckigkeit wie in einem Krankheitsfall. Mawriki Nikolajewitsch erklärte sich, wie wir später sehen werden, bei ihr solche namentlich in der letzten Zeit häufigen launischen Anwandlungen als Ausbrüche eines blinden Hasses gegen ihn, eines Hasses, der nicht etwa auf böser Gesinnung beruhte (vielmehr achtete, liebte und schätzte sie ihn sehr, und er selbst wußte das), sondern ein eigenartiger, unbewußter Haß war, den sie zu gewissen Zeiten schlechterdings nicht zu unterdrücken vermochte.
Er übergab sein Teeglas schweigend einer hinter ihm stehenden alten Frau, öffnete die Tür im Gitter, ging ohne Einladung in Semjon Jakowlewitschs reservierte Hälfte und kniete in der Mitte des Raumes vor aller Augen nieder. Ich glaube, daß er in seiner zartfühlenden, ehrlichen Seele durch den plumpen Scherz, den sich Lisa angesichts der ganzen Gesellschaft erlaubte, sich tief verletzt fühlte. Vielleicht meinte er, sie werde sich ihres Benehmens schämen, wenn sie seine Erniedrigung sähe, auf der sie so eigensinnig bestanden hatte. Allerdings hätte es wohl niemand außer ihm versucht, eine Frau auf eine so naive, gewagte Weise zu bessern. So lag er nun da auf den Knien, mit seinem unerschütterlichen Ernst im Gesichte, mit seiner langen Gestalt, in ungeschickter, lächerlicher Haltung. Aber die

Unsrigen lachten nicht; der überraschende Vorgang brachte eine peinliche Wirkung hervor. Alle blickten Lisa an.
»Öl, Öl!« murmelte Semjon Jakowlewitsch.
Lisa wurde auf einmal ganz blaß, schrie auf und eilte nach der andern Seite des Gitters. Hier spielte sich mit großer Geschwindigkeit eine sehr aufgeregte Szene ab: Sie bemühte sich mit aller Kraft, Mawriki Nikolajewitsch aus seiner knienden Stellung aufzuheben, indem sie ihn mit beiden Händen an den Ellbogen faßte.
»Stehen Sie auf, stehen Sie auf!« rief sie wie von Sinnen. »Stehen Sie sofort auf, sofort! Wie konnten Sie das nur tun!«
Mawriki Nikolajewitsch erhob sich von den Knien. Sie preßte mit ihren Händen seine Arme oberhalb der Ellbogen zusammen und sah ihm unverwandt ins Gesicht. Eine große Angst lag in ihrem Blicke.
»Liebäugler, Liebäugler!« sagte Semjon Jakowlewitsch noch einmal.
Sie zog endlich Mawriki Nikolajewitsch wieder nach der anderen Seite des Gitters; in dem ganzen Schwarm der Unsrigen machte sich eine starke Bewegung bemerklich. Die Dame aus unserem Wagen, die wahrscheinlich diesen Eindruck zu verwischen wünschte, fragte Semjon Jakowlewitsch zum dritten Male mit heller, klagender Stimme und wie früher mit einem affektierten Lächeln: »Nun, Semjon Jakowlewitsch, werden Sie mir denn wirklich gar nichts sagen? Und ich hatte doch so bestimmt darauf gerechnet!«
»Du kannst . . .« sagte auf einmal Semjon Jakowlewitsch, zu ihr gewendet, und bediente sich dabei eines ganz unerlaubten Ausdrucks, den er grimmig und mit erschreckender Deutlichkeit aussprach. Unsere Damen kreischten auf und liefen Hals über Kopf hinaus; die Herren brachen in ein homerisches Gelächter aus. Damit endete unsere Fahrt zu Semjon Jakowlewitsch.
Und doch ereignete sich dabei, wie man sagt, noch ein höchst rätselhafter Vorfall. und um seinetwillen habe ich eigentlich diese Fahrt so ausführlich erzählt.
Man sagte, als alle in dichtem Schwarm herausströmten, sei

Lisa, die von Mawriki Nikolajewitsch am Arm geführt wurde, auf einmal in der Tür im Gedränge mit Nikolai Wsewolodowitsch zusammengestoßen. Es muß bemerkt werden, daß die beiden seit jenem Sonntagvormittag und seit jener Ohnmacht einander zwar mehrfach begegnet, aber nie in persönliche Berührung miteinander gekommen waren und kein Wort miteinander gewechselt hatten. Ich sah, wie sie in der Tür zusammentrafen; es kam mir vor, als ob sie beide einen Augenblick stutzten und einander sonderbar ansähen. Aber ich konnte in dem dichten Haufen schlecht sehen. Es wurde aber behauptet, und zwar ganz ernst, daß Lisa Nikolai Wsewolodowitsch angesehen, schnell die Hand bis zur Höhe seines Gesichtes erhoben habe und ihn sicherlich geschlagen haben würde, wenn er sich nicht noch schnell vorher abgewandt hätte. Vielleicht mißfiel ihr der Ausdruck seines Gesichtes oder ein Lächeln auf demselben, besonders jetzt nach dem eigenartigen Vorfall mit Mawriki Nikolajewitsch. Ich muß gestehen, daß ich selbst nichts gesehen habe; dagegen versicherten alle andern, es gesehen zu haben, obgleich alle es in dem Getümmel bestimmt nicht hatten sehen können, sondern höchstens einige. Aber ich glaubte diese Geschichte damals nicht. Ich erinnere mich jedoch, daß Nikolai Wsewolodowitsch auf dem ganzen Rückwege etwas blaß aussah.

## III

An demselben Tage und fast zu derselben Stunde kam nun auch endlich die Wiederbegegnung zwischen Stepan Trofimowitsch und Warwara Petrowna zustande, die diese schon längst beabsichtigt, schon längst ihrem früheren Freunde angekündigt, aber seither aus irgendwelchem Grunde immer wieder verschoben hatte. Sie fand in Skworeschniki statt. Warwara Petrowna war in sorgenvoller Erregung nach ihrem nahe bei der Stadt gelegenen Gute gekommen; denn tags zuvor war endgültig bestimmt worden, daß das bevorstehende Fest bei der Frau Adelsmarschall veranstaltet

werden sollte. Aber Warwara Petrowna hatte sich mit der ihr eigenen Schnelligkeit des Denkens sofort gesagt, daß niemand sie hindern könne, nach dem Feste selbst ein besonderes Fest, und zwar dann in Skworeschniki, zu geben und von neuem die ganze Stadt dazu einzuladen. Dann würden alle sich mit eigenen Augen davon überzeugen können, wessen Haus das beste sei, und wo man es am besten verstehe, Gäste zu empfangen und mit Geschmack einen Ball zu geben. Sie schien eine ganz andere geworden zu sein und sich aus der früheren unnahbaren »höchstklassigen Dame« (ein Ausdruck Stepan Trofimowitschs) in eine ganz gewöhnliche, unvernünftige Weltdame verwandelt zu haben. Übrigens schien das möglicherweise auch nur so.
Nachdem sie in dem unbewohnten Hause angekommen war, ging sie in Begleitung des treuen, altmodischen Alexej Jegorowitsch und Fomuschkas, eines Menschen, der sich in der Welt umgesehen hatte und im Dekorationsfache Spezialist war, durch alle Zimmer. Nun begannen die Überlegungen und Beratungen: Was an Möbeln aus dem Stadthause herüberzuholen sei; welche Kunstgegenstände und Gemälde; wo sie zu placieren seien; wie sich die Orangerie und die Blumen am passendsten arrangieren ließen; wo man neue Draperien anbringen müsse, wo das Büfett eingerichtet werden solle, und ob eines oder zwei, und so weiter, und so weiter. Und siehe da, mitten in diesem Trubel von Sorgen kam ihr plötzlich der Einfall, einen Wagen zu Stepan Trofimowitsch zu schicken, um ihn abholen zu lassen.
Dieser war schon längst benachrichtigt und bereit und erwartete täglich gerade eine solche plötzliche Aufforderung. Als er in den Wagen stieg, bekreuzte er sich: Die Entscheidung seines Schicksals stand bevor. Er traf seine Freundin in dem großen Saale, auf einem kleinen, in einer Nische stehenden Sofa, an einem kleinen Mamortischchen, mit Bleistift und Papier in den Händen; Fomuschka maß mit einem Zollstock die Höhe der Galerien und der Fenster, und Warwara Petrowna notierte selbst die Zahlen und machte Randbemerkungen dazu. Ohne sich in ihrer Arbeit zu unterbrechen, nickte sie Stepan Trofimowitsch zu, und

als dieser eine Begrüßung murmelte, gab sie ihm schnell die Hand und wies ihm, ohne ihn anzusehen, einen Platz neben sich an.

»Ich saß und wartete wohl fünf Minuten lang, mein Herz zur Ruhe zwingend«, erzählte er mir nachher. »Ich sah nicht die Frau vor mir, die ich zwanzig Jahre lang gekannt hatte. Die feste Überzeugung, daß alles zu Ende sei, verlieh mir eine Kraft, von der selbst sie überrascht war. Ich versichere Sie, sie war erstaunt über meinen Stoizismus in dieser letzten Stunde.«

Warwara Petrowna legte auf einmal den Bleistift auf das Tischchen und wandte sich schnell zu Stepan Trofimowitsch.

»Stepan Trofimowitsch, wir müssen ein sachliches Gespräch führen. Ich bin überzeugt, daß Sie nach Ihrer Art allerlei hochtrabende Worte und Redensarten sich zurechtgelegt haben; aber es wäre doch wohl das Beste, gleich zur Sache zu kommen, nicht wahr?«

Sein Herz zog sich schmerzhaft zusammen. Sie beeilte sich so, den Ton für das bevorstehende Gespräch anzugeben; was konnte nun noch Gutes kommen?

»Warten Sie, schweigen Sie, lassen Sie mich reden; nachher können Sie selbst reden, wiewohl ich wirklich nicht weiß, was Sie mir antworten könnten«, fuhr sie in schnellem Tempo fort. »Ich halte es für meine heilige Pflicht, Ihnen Ihre Pension von zwölfhundert Rubeln bis an Ihr Lebensende zu zahlen. Aber warum heilige Pflicht? Nennen wir es ganz einfach eine vertragsmäßige Verpflichtung, das wird weit realistischer sein, nicht wahr? Wenn Sie wollen, können wir es schriftlich machen. Für den Fall meines Todes habe ich besondere Anordnungen getroffen. Aber Sie empfangen von mir jetzt Wohnung und Dienerschaft und den gesamten Unterhalt. Veranschlagen wir das in Geld, so werden etwa fünfzehnhundert Rubel herauskommen, nicht wahr? Ich werde noch einen Extraposten von dreihundert Rubeln hinzufügen, so daß es volle dreitausend Rubel ergibt. Reicht Ihnen das für ein Jahr? Ich möchte meinen, es ist nicht wenig. In ganz besonderen Fällen werde ich übrigens noch etwas zulegen. Also nehmen Sie das Geld, schicken Sie mir meine Leute zurück, und leben Sie für sich, wo Sie wollen: in Petersburg, in Moskau, im Auslande oder hier, nur nicht bei mir! Hören Sie auch zu?«

»Vor kurzem wurde ebenso dringlich und ebenso schnell von demselben Munde eine andere Forderung an mich gestellt«, antwortete Stepan Trofimowitsch traurig, langsam und deutlich. »Ich fügte mich . . . und tanzte Ihnen zu Gefallen den Kosakentanz. Qui, la comparaison peut être permise. C'était comme un petit cosaque du Don, qui sautait, sur sa propre tombe. Jetzt . . .«

»Halt, Stepan Trofimowitsch! Sie machen viele Worte. Sie haben nicht getanzt, sondern sind mit einer neuen Krawatte, weißer Wäsche und Handschuhen, pomadisiert und parfürmiert zu mir gekommen. Ich versichere Ihnen, daß Sie selbst die größte Lust hatten zu heiraten; das stand Ihnen auf dem Gesichte geschrieben, und Sie können es glauben: Dieser Ausdruck war durchaus ungekünstelt. Wenn ich es Ihnen nicht gleich damals aussprach, so unterließ ich es einzig aus Zartgefühl. Aber Sie wünschten, Sie wünschten zu heiraten, trotz der Schändlichkeiten, die Sie im geheimen über mich und Ihre Braut geschrieben hatten. Jetzt liegt die Sache ganz anders. Und was soll hier der cosaque du Don, der auf Ihrem Grabe tanzt? Ich verstehe nicht, was das für ein Vergleich ist. Vielmehr: Sterben Sie nicht, sondern leben Sie; leben Sie, so lange wie möglich, und ich werde mich sehr darüber freuen.«

»Im Armenhause?«

»Im Armenhause? Mit dreitausend Rubeln Jahreseinnahme geht man nicht ins Armenhaus. Ach so, ich erinnere mich«, fügte sie lächelnd hinzu, »Pjotr Stepanowitsch hat wirklich einmal im Scherz etwas vom Armenhause gesagt. Aber da handelte es sich in der Tat um ein besonderes ›Armenhaus‹, das in Erwägung zu ziehen sich der Mühe lohnt. Es ist für die achtenswertesten Personen bestimmt; es wohnen Obersten darin; sogar ein General will jetzt hinziehen. Wenn Sie mit Ihrem ganzen Gelde da eintreten, so finden Sie da Ruhe, Behaglichkeit, Bedienung. Sie werden sich da mit den Wissenschaften beschäftigen können und immer die Möglichkeit haben, eine Partie Préférence zu spielen.«

»Passons!«

»Passons?« wiederholte Warwara Petrowna, sich verletzt fühlend. »In diesem Falle sind wir zu Ende; Sie sind benachrichtigt, daß wir von jetzt an vollständig getrennt leben werden.«

»Und das ist alles? Alles, was von zwanzig Jahren übbriggeblieben ist? Ihr letztes Abschiedswort?«

»Sie sind ein großer Liebhaber von pathetischen Ausrufen, Stepan Trofimowitsch. Heutzutage ist das gar nicht mehr Mode. Man redet jetzt einfach und geradezu. Bleiben Sie mir vom Leibe mit Ihren zwanzig Jahren! Zwanzig Jahre eines beiderseitigen Egoismus, weiter nichts! Jeder Brief, den Sie mir schrieben, war nicht für mich bestimmt, sondern für die Nachwelt. Sie sind ein Stilist, aber kein Freund, und unsere Freundschaft war nur ein großartig klingendes Wort, in Wirklichkeit aber ein wechselseitiges Begießen mit Spülicht . . .«

»O Gott, wie viele entlehnte Ausdrücke! Auswendig gelernte Pensen! Auch Ihnen haben diese Menschen schon ihre Uniform angezogen! Auch Sie sind vergnügt und sonnen sich; chère, chère, für welches Linsengericht haben Sie diesen Menschen Ihre Freiheit verkauft!«

»Ich bin kein Papagei, daß ich die Worte anderer nachsprechen sollte«, ereiferte sich Warwara Petrowna. »Seien Sie überzeugt, daß ich einen genügenden Vorrat eigener Worte besitze! Was haben Sie diese zwanzig Jahre her für mich getan? Sie haben mir sogar die Bücher vorenthalten, die ich Ihnen kommen ließ, und die ohne den Buchbinder unaufgeschnitten geblieben wären. Was haben Sie mir zu lesen gegeben, wenn ich Sie in den ersten Jahren bat, mich zu führen und zu leiten? Immer Capefigue und Capefigue.* Sie sahen sogar meine geistige Entwicklung ungern und ergriffen Maßregeln dagegen. Und dabei machen über Sie selbst

* Ein französischer Historiker, 1802-1872. (A. d. Ü.)

sich alle Leute lustig. Ich gestehe, ich habe Sie immer nur für einen Kritiker gehalten; Sie sind ein literarischer Kritiker, weiter nichts. Als ich Ihnen auf der Reise nach Petersburg auseinandersetzte, daß ich die Absicht hätte, ein Journal herauszugeben und ihm mein ganzes Leben zu weihen, da begannen Sie sogleich, mich mit ironischen Blicken zu betrachten, und wurden auf einmal furchtbar hochmütig.«

»Das verhielt sich nicht so, das verhielt sich nicht so . . . wir fürchteten damals Verfolgungen . . .«

»Genau so verhielt es sich, und Verfolgungen hatten Sie in Petersburg keine zu befürchten. Erinnern Sie sich dann wohl später im Februar, als jene Nachricht kam, wie Sie da auf einmal erschrocken zu mir gelaufen kamen und von mir verlangten, ich solle Ihnen sofort eine Bestätigung geben, in Form eines Briefes, daß das geplante Journal Sie gar nichts angehe, daß die jungen Männer zu mir kämen und nicht zu Ihnen, und daß Sie nur ein Hauslehrer seien, der im Hause wohnen geblieben sei, weil er noch nicht sein ganzes Gehalt ausgezahlt bekommen habe, nicht wahr? Erinnern Sie sich wohl noch daran? Sie haben sich Ihr ganzes Leben lang herrlich benommen, Stepan Trofimowitsch!«

»Das war nur ein Augenblick des Kleinmutes, ein Augenblick des intimen Gespräches!« rief er bekümmert aus. »Aber können Sie denn wirklich, wirklich um so kleinlicher Empfindungen willen alle Bande zerreißen? Ist denn wirklich nach so langen Jahren nichts von unseren Beziehungen übriggeblieben?«

»Sie sind ein kluger Rechner; Sie möchten es immer so darstellen, als ob ich noch in Ihrer Schuld wäre. Als Sie aus dem Auslande zurückkamen, da sahen Sie mich von oben herab an und erlaubten mir nicht, auch meinerseits ein Wort zu sagen, und als ich selbst ins Ausland gefahren war und nachher mit Ihnen über den Eindruck zu reden anfing, den mir die Madonna gemacht hatte, da hörten Sie mich nicht zu Ende und begannen hochmüchtig in Ihre Krawatte hineinzulächeln, als ob ich nicht ebensolche Empfindungen haben könnte wie Sie.«

»Das verhielt sich nicht so, wahrscheinlich verhielt sich das nicht so . . . J'ai oublié.«
»Nein, das verhielt sich genau so; und dabei hatten Sie gar keinen Anlaß, sich vor mir zu brüsten; denn das war ja alles dummes Zeug und nur Einbildung von Ihnen. Heutzutage gerät kein Mensch, kein Mensch mehr über die Madonna in Entzücken, und niemand verliert mehr seine Zeit damit außer ein paar verstockten alten Herren. Das ist bewiesen.«
»Auch schon bewiesen?«
»Sie ist zu nichts zu gebrauchen. Dieser Krug ist nützlich, weil man Wasser hineingießen kann, und dieser Bleistift ist nützlich, weil man mit ihm alles mögliche schreiben kann; aber jenes gemalte Frauengesicht hat geringeren Wert als alle anderen, wirklichen Gesichter. Machen Sie die Probe: Zeichnen Sie einen Apfel, und legen Sie hier einen wirklichen Apfel daneben; welchen werden Sie nehmen? Sie werden gewiß nicht fehlgreifen. Solche Resultate haben unsere Theorien jetzt bereits gezeitigt, wo sie soeben der erste Strahl der freien Forschung erleuchtet hat.«
»Ja, ja.«
»Sie lächeln ironisch. Aber was haben Sie mir zum Beispiel vom Almosengeben gesagt? Und doch ist der Genuß, den man beim Almosengeben empfindet, ein hochmütiger, unmoralischer Genuß, die Freude des Reichen über seinen Reichtum, über seine Macht und über seine gesellschaftliche Stellung im Vergleich mit der des Armen. Das Almosengeben verdirbt sowohl den Gebenden als auch den Nehmenden und erfüllt überdies nicht einmal seinen Zweck, da es die Bettelei nur vermehrt. Faule Menschen, die nicht arbeiten wollen, drängen sich um die Gebenden wie Spieler um den Spieltisch in der Hoffnung zu gewinnen. Und dabei reichen die kläglichen paar Groschen, die man ihnen hinwirft, nicht im entferntesten für ihre Bedürfnisse aus. Haben Sie in Ihrem Leben schon viel Geld weggegeben? Wohl nicht mehr als etwa acht Zehnkopekenstücke; denken Sie einmal darüber nach! Suchen Sie sich einmal zu erinnern, wann Sie zum letztenmal ein Almosen

gegeben haben; das wird wohl schon zwei Jahre, vielleicht vier Jahre zurückliegen. Sie machen nur ein törichtes Geschrei und schaden der Sache. Das Almosengeben müßte auch schon im jetzigen Staate gesetzlich verboten werden. In dem neu geordneten Staate wird es überhaupt keine Armen geben.«

»Oh, welch eine Reproduktion fremder Gedanken! Also sind Sie auch schon bis zur Neuordnung des Staates gelangt? Sie Unglückliche, möge Ihnen Gott helfen!«

»Ja, dahin bin ich gelangt, Stepan Trofimowitsch; sie haben sorgsam alle neuen Ideen vor mir verborgen gehalten, die jetzt schon allen Leuten bekannt sind, und haben das einzig und allein aus Egoismus getan, um über mich eine Macht zu besitzen. Jetzt ist mir sogar diese Julija meilenweit voraus. Aber jetzt sind mir die Augen aufgegangen. Ich habe Sie verteidigt, Stepan Trofimowitsch, soviel ich nur konnte; denn geradezu alle erheben Anklagen gegen Sie!«

»Genug!« sagte er und stand von seinem Platze auf. »Genug! Und was kann ich Ihnen nun noch anderes wünschen als Reue?«

»Setzen Sie sich noch auf einen Augenblick, Stepan Trofimowitsch! Ich wollte Sie noch etwas fragen. Es ist Ihnen die Aufforderung überbracht worden, bei der literarischen Matinee etwas vorzulesen; das ist durch meine Vermittlung erfolgt. Sagen Sie, was werden Sie denn vorlesen?«

»Gerade etwas über diese Königin der Königinnen, über dieses Ideal der Menschheit, die Sixtinische Madonna, die Ihrer Ansicht nach nicht soviel wert ist wie ein Glas oder ein Bleistift.«

»Also nichts Historisches?« fragte Warwara Petrowna unangenehm überrascht. »Aber da werden Sie keine aufmerksamen Zuhörer haben. Verschonen Sie uns mit dieser Madonna! Wie kann es Ihnen nur Vegnügen machen, alle einzuschläfern! Seien Sie überzeugt, Stepan Trofimowitsch, daß ich nur in Ihrem Interesse rede. Das Richtige wäre, wenn Sie ein kurzes, interessantes, mittelalterliches Hofhistörchen aus der spanischen Geschichte nähmen, oder besser gesagt eine Anekdote, und diese dann noch mit eigenen Anekdoten und geistreichen Bemerkungen farcierten. Es hat dort üppige Hofhaltungen gegeben und zweifelhafte Damen und Vergiftungen. Karmasinow sagt, es würde sonderbar sein, wenn Sie aus der spanischen Geschichte nicht etwas Interessantes zum Zwecke der Vorlesung herausfänden.«

»Karmasinow, dieser Dummkopf, der sich ausgeschrieben hat, sucht für mich Themata!«

»Karmasinow, dieser Mann mit dem großartigen Verstande! Sie lassen Ihrer Zunge zu sehr den Zügel schießen, Stepan Trofimowitsch!«

»Ihr Karmasinow ist ein altes, wütendes Weib, das sich ausgeschrieben hat! Chère, chère, haben Sie sich schon lange in die Knechtschaft dieser Menschen begeben? O Gott!«

»Ich kann ihn jetzt auch nicht leiden wegen seiner Wichtigtuerei; aber ich lasse seinem Verstande Gerechtigkeit widerfahren. Ich wiederhole, ich habe Sie aus all meiner Kraft verteidigt, soviel ich nur konnte. Und wozu wollen Sie sich denn durchaus als einen lächerlichen, langweiligen Menschen hinstellen? Treten Sie doch lieber mit einem würdevollen Lächeln an das Rednerpult als der Vertreter eines vergangenen Zeitalters, und erzählen Sie drei Anekdoten mit all Ihrem Witz, erzählen Sie sie so, wie nur Sie manchmal zu erzählen verstehen! Mögen Sie auch ein alter Mann sein, mögen Sie auch einem Zeitalter angehören, das sich überlebt hat, mögen Sie endlich auch hinter den Männern von heute rückständig sein; aber Sie werden das selbst in der Vorrede lächelnd einräumen, und alle werden sehen, daß Sie eine liebenswürdige, gutherzige, geistreiche Ruine sind, kurz, ein Mensch von altem Witz und Verstand, ein Mensch, der so weit vorgeschritten ist, daß er die ganze Torheit mancher Anschauungen, in denen er bisher befangen gewesen ist, selbst zu beurteilen vermag. Also, tun Sie mir den Gefallen; ich bitte Sie darum.«

»Chère, genug! Bitten Sie mich nicht; ich kann es nicht tun. Ich werde über die Madonna lesen; aber ich werde einen

Sturm erregen, der entweder sie alle zu Boden wirft oder mich allein vernichtet!«

»Sicherlich Sie allein, Stepan Trofimowitsch.«

»Das ist dann eben mein Schicksal! Ich werde von dem gemeinen Knechte, von dem übelriechenden, liederlichen Bedienten erzählen, der als der erste mit einer Schere in der Hand auf die Leiter steigen und das göttliche Antlitz dieses Ideals zerschneiden wird, im Namen der Gleichheit, des Neids und . . . der Verdauung. Möge mein Fluch wie ein Donner erschallen, und dann, dann . . .«

»Ins Irrenhaus?«

»Vielleicht. Aber jedenfalls, mag ich nun unterliegen oder als Sieger hervorgehen, jedenfalls werde ich gleich an jenem Abend meinen Sack, meinen Bettelsack nehmen, werde alle meine Habseligkeiten, alle Ihre Geschenke, alle Pensionen und Versprechungen künftiger Wohltaten zurücklassen und zu Fuß davonwandern, um mein Leben bei einem Kaufmann als Hauslehrer zu beschließen oder irgendwo an einem Zaune zu verhungern. Weiter habe ich nichts mehr zu sagen. Alea iacta est!«

Er erhob sich von neuem.

»Ich war schon seit Jahren davon überzeugt«, sagte Warwara Petrowna mit funkelnden Augen, indem sie ebenfalls aufstand, »daß Ihr eigentlicher Lebenszweck darin besteht, zuletzt mich und mein Haus durch Verleumdung in Unehre zu bringen! Was wollen Sie mit Ihrer Hauslehrerstelle bei einem Kaufmann oder mit dem Tode am Zaun sagen? Bosheit, Verleumdung, nichts weiter!«

»Sie haben mich immer geringgeschätzt; aber ich werde als treuer Ritter meiner Dame enden; denn Ihre Meinung ist mir immer überaus teuer gewesen. Von diesem Augenblicke ab nehme ich nichts mehr an, und die Vorlesung werde ich unentgeltlich halten.«

»Wie dumm Sie reden!«

»Sie haben mich nie geachtet. Ich habe gewiß eine Menge Schwächen gehabt. Ja, ich habe bei Ihnen schmarotzt, um in der Sprache des Nihilismus zu reden; aber das Schmarotzen ist niemals das höchste Prinzip meines Handelns gewesen. Das hat sich so ganz von selbst gemacht, ich weiß nicht wie ... Ich habe immer gedacht, daß zwischen uns noch höhere Beziehungen beständen als das bloße Essen, und bin niemals, niemals ein Lump gewesen. Nun will ich mich also auf den Weg machen, um die Sache wieder zurechtzubringen! Auf einen späten Weg; draußen ist es Spätherbst; der Nebel liegt auf den Feldern; der kalte Reif des Alters verdeckt den Pfad, den ich zu wandern habe, und der heulende Wind kündet mir, daß mein Grab nahe ist ... Aber auf den Weg will ich mich machen, auf den Weg, auf den neuen Weg:

›Voll von edler, reiner Liebe,
Treu der süßen Schwärmerei ...‹

Oh, lebe wohl, meine Schwärmerei! Zwanzig Jahre! Alea iacta est.«

Die Tränen brachen ihm aus den Augen und netzten seine Wangen; er griff nach seinem Hute.

»Ich verstehe kein Latein«, sagte Warwara Petrowna, die sich mit aller Kraft zusammennahm.

Wer weiß, vielleicht hätte auch sie am liebsten angefangen zu weinen; aber Unwille und Eigensinn gewannen noch einmal die Oberhand.

»Ich weiß nur eins, nämlich, daß das alles bloß Geschwätz ist. Sie werden nie imstande sein, Ihre egoistischen Drohungen wahr zu machen. Sie werden nirgends hingehen, zu keinem Kaufmann, sondern werden ganz ruhig den Rest Ihres Lebens in meiner Nähe verbringen und Ihre Pension in Empfang nehmen und Dienstags Ihre Freunde, diese unglaublichen Menschen, bei sich sehen. Leben Sie wohl, Stepan Trofimowitsch!«

»Alea iacta est!« sagte er noch einmal, verbeugte sich tief vor ihr und ging, halb tot vor Aufregung, nach Hause.

## SECHSTES KAPITEL

*Pjotr Stepanowitsch in geschäftiger Tätigkeit*

### I

Der Tag, an dem das Fest stattfinden sollte, war nun endgültig festgesetzt; aber Herr Lembke wurde immer trüber und nachdenklicher. Er war von seltsamen, schlimmen Ahnungen erfüllt, und Julija Michailowna beunruhigte sich über ihn sehr. Allerdings befand sich nicht alles im besten Zustande. Unser früherer milder Gouverneur hatte die Verwaltung nicht ganz in Ordnung hinterlassen; zur Zeit rückte die Cholera heran; an manchen Orten waren heftige Viehseuchen aufgetreten; den ganzen Sommer über hatten in den Städten und Dörfern Feuersbrünste gewütet, und im Volke gewann das törichte Gemurmel von Brandstiftungen immer mehr an Kraft. Das Räuberwesen war im Vergleich mit früher zu doppelten Dimensionen angewachsen. Aber all das wäre selbstverständlich noch nicht so schlimm gewesen, wenn nicht noch andere, schwerer wiegende Gründe hinzugekommen wären, die die Ruhe des bisher so glücklichen Andrej Antonowitsch störten.

Am meisten befremdete Julija Michailowna der Umstand, daß er mit jedem Tage schweigsamer und, was das Sonderbarste war, verschlossener wurde. Was hatte er denn überhaupt zu verbergen? fragte sie sich. Allerdings widersprach er ihr nur selten und ordnete sich ihr größtenteils völlig unter. Auf ihr Andringen waren z. B. zwei oder drei sehr gewagte und beinah gesetzwidrige Maßregeln getroffen worden, durch die die Amtsgewalt des Gouverneurs vergrößert wurde. Mehrmals war zu demselben Zwecke eine sehr bedenkliche Nachsicht geübt worden: Es waren zum Beispiel Menschen, die verdient hätten, vor Gericht gestellt und nach Sibirien geschickt zu werden, einzig und allein auf ihr Verlangen zu einer Auszeichnung vorgeschlagen. Auf manche Anfragen und Beschwerden war prinzipiell keine Antwort erteilt. All dies kam erst in der Folge an den Tag.

Lembke unterschrieb nicht nur alles, sondern legte sich überhaupt nicht die Frage vor, in welchem Maße seine Gemahlin seine eigenen amtlichen Obliegenheiten versah. Dafür begann er auf einmal sich ab und zu bei »reinen Lappalien« zu sträuben und Julija Michailowna dadurch in Erstaunen zu versetzen. Er fühlte allerdings das Bedürfnis, sich für ganze Tage des Gehorsams durch kurze Augenblikke der Auflehnung zu belohnen. Unglücklicherweise vermochte Julija Michailowna trotz all ihres Scharfsinns diesen edlen Zug eines edlen Charakters nicht zu verstehen. Leider kümmerte sie sich darum nicht, und daraus entstanden viele Mißverständnisse.

Es schlägt nicht in mein Fach, und ich verstehe mich nicht darauf, gewisse Dinge zu berichten. Über Fehler in Verwaltungsangelegenheiten zu urteilen, ist nicht meine Sache, und so will ich denn dieses ganz administrative Gebiet völlig beiseite lassen. Als ich die Darstellung dieser Ereignisse begann, habe ich mir andere Aufgaben gestellt. Außerdem wird vieles durch die gerichtliche Untersuchung klargestellt werden, die jetzt in unserm Gouvernement in die Wege geleitet ist, und so braucht man nur noch ein wenig zu warten. Einige Auseinandersetzungen indessen werde ich doch nicht vermeiden können.

Aber ich fahre über Julija Michailowna fort. Die arme Dame (ich bedaure sie aufrichtig) hätte alles, was sie reizte und lockte (nämlich Ruhm und dergleichen), ganz wohl ohne die starke, exzentrische Tätigkeit erreichen können, die sie bei uns gleich vom ersten Tage an auszuüben begann. Aber ob nun infolge ihrer allzu poetischen Veranlagung oder infolge der langen, traurigen Mißerfolge in ihrer ersten Jugend: Nach dem Umschwunge ihres Schicksals fühlte sie sich auf einmal als eine besonders Berufene, beinah als eine Gesalbte, über der ein feuriges Flämmchen aufzüngelte; aber gerade in diesem Flämmchen lag das Malheur: Das ist eben kein Chignon, der jeden Frauenkopf bedecken kann. Aber von dieser Wahrheit eine Frau zu überzeugen, ist ganz besonders schwer; im Gegenteil, wer ihr nach dem Munde spricht, macht bei ihr Glück, und so sprachen ihr denn alle um die Wette nach dem Munde. Die Ärmste war mit einem Male ein Spielball der verschiedenartigsten Einflüsse geworden, während sie sich gleichzeitig einbildete, völlig selbständig zu sein. Viele geschickte Menschen machten sich während der kurzen Zeit, wo sie bei uns die Frau Gouverneur war, ihre Harmlosigkeit zunutze und verstanden es, ihr Schäfchen zu scheren. Und was für ein Ragout kam bei ihr unter dem Scheine der Selbständigkeit heraus! Es gefiel ihr alles mögliche: der Großgrundbesitz, und das aristokratische Element, und die Vermehrung der Amtsgewalt des Gouverneurs, und das demokratische Element, und die neuen Einrichtungen, und die alte Ordnung, und die Freidenkerei, und die sozialistischen Ideen, und der strenge Ton des aristokratischen Salons, und die beinah wirtshausmäßige Ungeniertheit der jungen Leute in ihrer Umgebung. Sie schwärmte davon, »glücklich zu machen« und unversöhnliche Gegensätze miteinander zu versöhnen oder, richtiger gesagt, alle und alles in der Vergötterung ihrer eigenen Person zu vereinigen. Sie hatte auch ihre Lieblinge; so gefiel ihr ganz besonders Pjotr Stepanowitsch, der sich unter andern Mitteln auch der gröbsten Schmeichelei bediente. Aber er gefiel ihr auch noch aus einem andern sehr wunderlichen und für die arme Dame höchst charakteristischen Grunde: Sie hoffte immer, er werde ihr eine ganze politische Verschwörung aufdecken! Wie schwer es auch sein mag, sich das vorzustellen, aber es war so. Sie hatte sich aus irgendwelchem Grunde die Meinung zurechtgemacht, daß sich in dem Gouvernement bestimmt eine politische Verschwörung verberge. Durch sein Schweigen in manchen Fällen und durch Andeutungen bei anderen Gelegenheiten trug Pjotr Stepanowitsch dazu bei, daß sich diese seltsame Idee immer mehr bei ihr festsetzte. Sie hatte die Vorstellung, er stehe mit allem, was es in Rußland an revolutionären Elementen gebe, in Verbindung, sei aber gleichzeitig ihr selbst bis zur Vergötterung ergeben. Die Aufdeckung der Verschwörung, der Dank aus Petersburg, die künftige Karriere, die Einwirkung auf die jungen Leute durch Freundlichkeit, um sie am Rande des Verderbens zurückzuhalten: All diese Gedanken

erfüllten ihren phantasievollen Kopf. Sie hatte ja Pjotr Stepanowitsch gerettet und überwunden (davon war sie unerschütterlich überzeugt); da war zu erwarten, daß sie auch die übrigen retten werde. Sie sagte sich, es solle keiner, keiner von ihnen zugrunde gehen; sie werde sie alle retten; werde sie in verschiedene Klassen sortieren und so über sie berichten; sie werde im Geiste der höchsten Gerechtigkeit verfahren, und vielleicht werde sogar die Geschichte und der ganze russische Liberalismus ihren Namen segnen; aber dabei werde doch auch eine Verschwörung aufgedeckt sein. Alle möglichen Vorteile mit einemmal.
Aber doch war es erforderlich, daß wenigstens am Tage des Festes Andrej Antonowitsch ein vergnügteres Gesicht machte. Er mußte aufgeheitert und beruhigt werden. In dieser Absicht schickte sie Pjotr Stepanowitsch zu ihm; sie hoffte, daß dieser durch irgendein ihm bekanntes Beruhigungsmittel, vielleicht auch durch irgendwelche Mitteilungen, sozusagen Mitteilungen aus erster Hand, die Niedergeschlagenheit ihres Mannes beheben werde. Auf seine Geschicklichkeit setzte sie volles Vertrauen. Pjotr Stepanowitsch war schon lange nicht in Herrn von Lembkes Arbeitszimmer gewesen. Er kam jetzt zu ihm gerade in einem Augenblicke hereingelaufen, wo der Patient sich in besonders übler Stimmung befand.

## II

Es hatte ein eigentümliches Zusammentreffen von Ereignissen stattgefunden, aus welchem von Lembke absolut nicht klug werden konnte. In einer Kreisstadt (in ebenderjenigen, wo Pjotr Stepanowitsch unlängst an einem Trinkgelage teilgenommen hatte) hatte ein Unterleutnant von seinem Hauptmann einen mündlichen Verweis erhalten. Dies war in Gegenwart der ganzen Kompagnie geschehen. Der Unterleutnant, der erst vor kurzem aus Petersburg gekommen war, war ein noch junger Mensch, immer schweigsam und finster, mit selbstbewußter Miene, obwohl er klein, dick und rotbäckig war. Er ließ sich den Verweis nicht gefallen; mit einem unerwarteten Aufkreischen, über das die ganze Kompagnie erstaunt war, stürzte er sich plötzlich auf den Hauptmann, versetzte ihm mit dem grimmig gesenkten Kopfe einen heftigen Stoß und biß ihn aus aller Kraft in die Schulter; nur mit Mühe konnte man ihn losreißen. Es war kein Zweifel, daß er den Verstand verloren hatte; wenigstens stellte es sich heraus, daß in der letzten Zeit an ihm die unglaublichsten Sonderbarkeiten wahrgenommen worden waren. So hatte er zum Beispiel aus seinem Quartier zwei dem Wirte gehörige Heiligenbilder herausgeworfen und eines derselben mit dem Beil zerhackt; in seinem Zimmer hatte er auf drei Untergestellen, die mit kirchlichen Lesepulten Ähnlichkeit hatten, die Werke von Vogt, Moleschott und Büchner ausgelegt und bei jedem Lesepulte ein Paar wächserne Kirchenlichte angezündet. Aus der Menge der bei ihm gefundenen Bücher konnte man schließen, daß er ein sehr belesener Mann sei. Hätte er fünfzigtausend Franks gehabt, so wäre er vielleicht nach den Markesas-Inseln gefahren, wie jener »Kadett«, von welchem Herzen in einer seiner Schriften mit so heiterem Humor spricht. Als er festgenommen wurde, fand man in seinen Taschen und in seiner Wohnung eine ganze Menge der wildesten Proklamationen.

Diese Proklamationen waren an und für sich eine Lappalie und meines Erachtens in keiner Weise besorgniserregend. Dergleichen hatten wir schon wer weiß wie viele zu sehen bekommen. Zudem waren sie gar nicht einmal neu: Ganz ebensolche waren, wie man bald darauf erfuhr, unlängst im Gouvernement Ch*** verbreitet worden, und Liputin, der vor anderthalb Monaten in den Kreis und in das benachbarte Gouvernement gereist war, versicherte, schon damals genau die gleichen Blätter gesehen zu haben. Aber was unseren Andrej Antonowitsch befremdete, war besonders der Umstand, daß der Direktor der Schpigulinschen Fabrik gerade zu derselben Zeit an die Polizei zwei oder drei Pakete genau solcher Blätter, wie sie der Unterleutnant besessen hatte, ablieferte, die zur Nachtzeit auf den Fabrikhof geworfen waren. Die Pakete waren noch nicht aufgemacht gewesen, und es hatte noch keiner der Arbeiter etwas von dem Inhalte lesen können. Die Tat war ziemlich einfältig; aber Andrej Antonowitsch dachte angestrengt darüber nach. Er war der Ansicht, daß hier eine sehr unangenehme Komplikation vorliege.

In dieser Schpigulinschen Fabrik hatte damals soeben jene »Schpigulinsche Affäre« begonnen, die bei uns soviel Lärm hervorrief und mit mancherlei Varianten auch in die hauptstädtischen Zeitungen überging. Vor drei Wochen war dort ein Arbeiter an der asiatischen Cholera erkrankt und gestorben; darauf waren noch mehrere andere ebenfalls erkrankt. In der Stadt bekamen es alle mit der Angst, weil die Cholera aus dem Nachbargouvernement im Anrücken war. Ich bemerke, daß bei uns nach Möglichkeit geeignete sanitäre Maßregeln ergriffen waren, um dem ungebetenen Gaste entgegenzutreten. Aber die Schpigulinsche Fabrik, deren Besitzer Millionäre waren und vorzügliche Konnexionen besaßen, hatte man eigentümlicherweise übergangen. Nun erhob sich auf einmal ein allgemeines Geschrei, gerade dort sei ein geheimer Herd, eine Brutstätte der Krankheit; in der Fabrik selbst und ganz besonders in den Arbeiterwohnungen herrsche von jeher eine solche Unreinlichkeit, daß, wenn die Cholera nicht schon verbreitet wäre, sie dort von selbst entstehen müßte. Natürlich ergingen nun sofort die erforderlichen Anordnungen, und Andrej Antonowitsch bestand energisch auf ihrer unverzüglichen Ausführung. Die Fabrik wurde drei Wochen lang gereinigt; aber die Gebrüder Schpigulin schlossen dieselbe nun aus unbekanntem Grunde. Der eine von ihnen lebte beständig in Petersburg, und der andere reiste nach der behördlichen Verfügung über die Reinigung nach Moskau. Der Direktor schritt dazu, die Arbeiter abzulohnen, und betrog sie dabei, wie sich jetzt herausstellt, auf eine schamlose Weise. Die Arbeiter fingen an zu murren; sie verlangten eine gerechte Entlohnung und gingen in ihrer Dummheit zur Polizei, übrigens ohne viel Geschrei und noch ohne besondere Aufregung. Und gerade in dieser Zeit waren von dem

Direktor die Proklamationen an Andrej Antonowitsch abgeliefert worden.
Pjotr Stepanowitsch kam in seiner Eigenschaft als guter Freund und als Angehöriger des Hauses und überdies als Julija Michailownas Beauftragter unangemeldet in das Arbeitszimmer hereingelaufen. Als von Lembke ihn erblickte, runzelte er finster die Stirn und blieb unhöflich am Tische stehen. Bis dahin war er im Zimmer auf und ab gegangen und hatte über irgendwelchen Gegenstand eine intime Unterredung mit einem Beamten seiner Kanzlei, namens Blühm, gehabt, einem sehr unbeholfenen, mürrischen Deutschen, den er trotz heftigster Opposition von seiten Julija Michailownas aus Petersburg mitgebracht hatte. Der Beamte machte bei Pjotr Stepanowitschs Eintritt einige Schritte nach der Tür zu, ging aber nicht hinaus. Dem Eintretenden schien es sogar, als ob Blühm mit seinem Vorgesetzten einen bedeutsamen Blick wechselte.
»Oho! Da habe ich Sie einmal abgefaßt, Sie geheimnisvoller hoher Chef!« rief Pjotr Stepanowitsch lachend und legte die flache Hand auf eine Proklamation, die auf dem Tische lag. »Damit vergrößern Sie wohl Ihre Sammlung, wie?«
Andrej Antonowitsch wurde dunkelrot, und sein Gesicht verzerrte sich.
»Lassen Sie das liegen! Nehmen Sie sofort die Hand weg!« schrie er, vor Zorn zitternd. »Und unterstehen Sie sich nicht, mein Herr . . .«
»Was haben Sie denn? Sie scheinen böse zu sein?«
»Ich muß Ihnen bemerken, mein Herr, daß ich durchaus nicht willens bin, Ihre Ungeniertheit künftighin zu dulden; ich bitte Sie, sich das zu merken . . .«
»Pfui Teufel! Er ist ja wirklich ganz grimmig!«
»Schweigen Sie, schweigen Sie!« rief von Lembke und stampfte mit den Füßen auf den Teppich. »Und erdreisten Sie sich nicht . . .«
Gott weiß, wie weit die Sache noch gegangen wäre. Leider war da außer allem andern noch ein Umstand, von dem weder Pjotr Stepanowitsch noch auch Julija Michailowna Kenntnis hatten. Der unglückliche Andrej Antonowitsch

war in seiner geistigen Zerrüttung in den letzten Tagen schon dahin gelangt, im stillen wegen seiner Frau auf Pjotr Stepanowitsch eifersüchtig zu sein. Wenn er allein war, namentlich nachts, hatte er Augenblicke, wo ihn eine sehr unangenehme Empfindung peinigte.

»Und ich hatte gedacht, wenn einer einem andern zwei Tage hintereinander bis nach Mitternacht im Tete-a-Tete seinen Roman vorliest und dessen Urteil zu hören verlangt, dann hat er doch wenigstens für seine Person sich von diesen äußeren Förmlichkeiten freigemacht. Julija Michailowna empfängt mich ohne alle Umstände; wie soll man sich da Ihr eigenes Verhalten erklären?« sagte Pjotr Stepanowitsch mit einer Art von würdigem Ernst. »Apropos, hier ist auch Ihr Roman«, fuhr er fort und legte ein großes, schweres, zusammengerolltes, fest in blaues Papier gewickeltes Heft auf den Tisch.

Lembke wurde rot und fing an zu stottern.

»Wo haben Sie ihn denn gefunden?« fragte er vorsichtig, wobei aber doch seine Freude zum Durchbruch kam. Er suchte dieses Gefühl mit aller Macht zu verbergen; aber es gelang ihm nicht.

»Denken Sie sich nur: So zusammengerollt, wie das Heft war, ist es hinter die Kommode gefallen. Ich muß es damals, als ich hereinkam, ungeschickt auf die Kommode geworfen haben. Erst vorgestern wurde es beim Scheuern des Zimmers gefunden. Aber Sie haben mir eine gehörige Arbeit gemacht!«

Lembke schlug ernst die Augen nieder.

»Um Ihretwillen habe ich zwei Nächte hintereinander nicht geschlafen. Vorgestern wurde es gefunden; da habe ich es nun noch behalten und ganz durchgelesen; bei Tage hatte ich keine Zeit, so habe ich die Nächte darauf verwandt. Na, aber ... ich bin nicht damit zufrieden: Es ist nicht meine Anschauungsweise. Aber Sie brauchen sich um mein Urteil nicht zu scheren; ich bin nie ein Kritiker gewesen; indessen, mein Bester, losreißen konnte ich mich doch nicht davon, obwohl ich unzufrieden war! Das vierte und fünfte Kapitel, die ... die ... die sind ja ganz eigenartig, hol's der Teufel!

Und wieviel Humor Sie hineingestopft haben; ich habe so gelacht! Wie vorzüglich Sie es verstehen, jemand lächerlich zu machen sans que cela paraisse! Na, da im neunten Kapitel, da ist nur von Liebe die Rede; das ist nichts für mich; aber es ist sehr wirkungsvoll; nach Igrenews Briefe habe ich beinah losgeheult, obgleich Sie den jungen Mann so fein dargestellt haben ... Wissen Sie, das ist ja sehr gefühlvoll; aber gleichzeitig wollen Sie doch durchblicken lassen, daß sein Wesen nicht das richtige ist, nicht wahr? Habe ich das erraten? Na, aber für den Schluß möchte ich Sie einfach prügeln! Was empfehlen Sie denn da? Das ist ja die frühere Vergötterung des Familienglücks, der Kindererzeugung, der Erwerbung von Kapitalien; das Ideal Ihrer Personen ist, ein behäbiges Leben zu führen, ich bitte Sie! Sie bezaubern den Leser, wie denn selbst ich mich gar nicht davon losreißen konnte; aber um so tadelnswerter ist dann doch diese Tendenz. Der Leser bleibt so dumm, wie er vorher war; Sie hätten ihn doch durch den Mund verständiger Menschen aufklären lassen sollen; aber statt dessen ... Na, aber genug; leben Sie wohl! Seien Sie ein andermal nicht so grimmig; ich war nur hergekommen, um Ihnen ein paar Worte zu sagen, die allerdings notwendig sind; aber wenn Sie in einer solchen Laune sind ...«

Andrej Antonowitsch hatte unterdessen seinen Roman genommen und ihn in seinen eichenen Bücherschrank eingeschlossen; zugleich hatte er auch Blühm mit den Augen einen Wink gegeben, daß er verschwinden möchte. Dieser entfernte sich mit einem langen, betrübten Gesichte.

»Ich bin nicht in einer solchen Laune; ich bin nur ... immerzu Unannehmlichkeiten«, murmelte er mit finsterem Gesichte, aber nicht mehr zornig, und setzte sich an den Tisch. »Setzen Sie sich, und sagen Sie Ihre paar Worte. Ich habe Sie lange nicht gesehen, Pjotr Stepanowitsch; kommen Sie nur künftig nicht wieder in dieser Manier hereingestürmt ... manchmal, wenn man bei der Arbeit ist, dann ist das ...«

»Meine Manieren sind nur ...«

»Ich weiß; ich glaube, daß Sie es ohne Absicht tun; aber

man hat manchmal den Kopf voll mit Sorgen . . . Setzen Sie sich!«
Pjotr Stepanowitsch rekelte sich auf das Sofa hin und schlug sofort die Beine unter.

## III

»Was haben Sie denn für Sorgen? Doch nicht etwa diese Bagatellen?« fragte er, mit dem Kopfe nach der Proklamation hindeutend. »Ich kann Ihnen solcher Blättchen so viele herbringen, wie Ihnen nur beliebt; ich habe sie schon im Gouvernement Ch*** kennengelernt.«
»Das heißt, in der Zeit, als Sie dort wohnten?«
»Nun, natürlich nicht in meiner Abwesenheit. Das Ding hat noch eine Vignette; es war darüber ein Beil gezeichnet. Erlauben Sie«, (er nahm die Proklamation in die Hand); »na ja, da ist ja auch das Beil; es ist dieselbe Proklamation, genau dieselbe.«
»Ja, ein Beil! Sehen Sie, ein Beil!«
»Nun ja; haben Sie vor dem Beile Angst?«
»Nein, vor dem Beile nicht . . . und ich habe überhaupt keine Angst; aber diese Sache . . . die Sache ist die, es sind da noch gewisse Umstände . . .«
»Was denn für Umstände? Was man Ihnen aus der Fabrik gebracht hat? He-he! Wissen Sie, in dieser Fabrik werden die Arbeiter selbst bald Proklamationen schreiben.«
»Wieso?« fragte von Lembke erstaunt in strengem Tone.
»Nun, ganz einfach. Sehen Sie sich nur einmal diese Leute an! Sie sind zu milde, Andrej Antonowitsch; Sie schreiben Romane. Aber hier müßte nach alter Sitte verfahren werden.«
»Was soll das heißen: ›nach alter Sitte‹? Was sind das für Ratschläge? Die Fabrik ist gereinigt; ich habe es befohlen, und sie ist gereinigt worden.«
»Aber unter den Arbeitern ist eine Rebellion ausgebrochen. Man müßte sie durch die Bank auspeitschen; dann wäre die Sache erledigt.«

»Eine Rebellion? Das ist Unsinn; ich habe es befohlen, und die Fabrik ist gereinigt worden.«
»Ach, Andrej Antonowitsch, Sie sind zu milde!«
»Erstens bin ich überhaupt nicht so milde, und zweitens . . .« Herr von Lembke fühlte sich wieder verletzt. Es kostete ihn große Überwindung, dieses Gespräch mit dem jungen Menschen zu führen; aber er tat es aus Neugier, um zu sehen, ob dieser ihm nicht vielleicht etwas Neues sagen werde.
»Ah, ah, wieder eine alte Bekannte!« unterbrach ihn Pjotr Stepanowitsch und wies auf ein anderes Blatt, das unter einem Briefbeschwerer lag, ebenfalls wie eine Proklamation aussah und augenscheinlich im Auslande gedruckt war, aber in Versen. »Na, diese kann ich auswendig: ›Eine glänzende Persönlichkeit!‹ Wollen mal sehen; na ja, es stimmt: ›Eine glänzende Persönlichkeit‹, ganz richtig. Ich habe dieses Blatt schon kennengelernt, als ich noch im Auslande war. Wo haben Sie es denn aufgegabelt?«
»Sie sagen, Sie haben es im Auslande gesehen?« fragte von Lembke auffahrend.
»Gewiß! Vor vier Monaten; es können auch fünf sein.«
»Was Sie aber doch alles im Auslande gesehen haben!« bemerkte von Lembke fein und blickte sein Gegenüber an.
Ohne auf ihn zu hören, schlug Pjotr Stepanowitsch das Blatt auseinander und las laut das folgende Gedicht:

*»Eine glänzende Persönlichkeit.*

Stammend aus der niedern Masse,
Nicht aus stolzer Adelsklasse,
Hart verfolgt vom Zorn des Zaren
Und vom Hasse der Bojaren,
Litt er willig; doch sein Mund
Tat dem armen Volke kund:
Alle müssen wir auf Erden
Frei und gleich und Brüder werden.

Zu entzünden klug den Brand,
Ging er in ein fremdes Land;
Fern vom Henker und der Knute
Wirkte still der Edle, Gute.
Und das Volk, im Joche stöhnend,
Harrte schon, den Kampf ersehnend,
Von Smolensk bis nach Taschkent:
›Gib das Zeichen uns, Student!‹

Und dann wollten alle eilen,
Um mit Äxten und mit Beilen
Zu zerschlagen der Bojaren
Herrschaft und des bösen Zaren,
Äcker, Vieh und alle Sachen
Zum Gemeinbesitz zu machen,
Kirch' und Ehe aufzuheben
Und in Freud und Glück zu leben.«

»Gewiß ist das bei jenem Offizier gefunden worden, ja?« fragte Pjotr Stepanowitsch.

»Sie kennen auch jenen Offizier?«

»Gewiß doch! Ich habe da mit ihm zwei Tage lang gekneipt. Es war vorauszusehen, daß er einmal verrückt werden würde.«

»Vielleicht ist er gar nicht verrückt geworden.«

»Sie glauben, daß er einen gebissen hat, zeugt von Verstand?«

»Aber erlauben Sie: Wenn Sie diese Verse im Auslande gesehen haben und sich dann bei diesem Offizier herausstellt . . .«

»Was meinen Sie? Sehr scharfsinnig! Sie wollen mich, wie ich sehe, examinieren, Andrej Antonowitsch? Sehen Sie mal«, begann er auf einmal mit ungewöhnlichem Ernste, »über das, was ich im Auslande gesehen habe, habe ich nach meiner Rückkehr schon an geeigneter Stelle Auskunft gegeben, und die von mir gegebene Auskunft ist für befriedigend erachtet worden; sonst würde ich die hiesige Stadt nicht mit meiner Gegenwart beglücken. Ich bin der Ansicht, daß meine Angelegenheiten auf diesem Gebiete erledigt sind und ich niemandem mehr zur Rechenschaft verpflichtet bin. Und erledigt sind die nicht etwa, weil ich ein Denunziant wäre, sondern weil ich nicht anders handeln konnte. Diejenigen Personen, die aus ihrer Kenntnis der Sache heraus an Julija Michailowna Empfehlungsbriefe für mich geschrieben haben, haben mich darin als einen ehrenhaften Menschen bezeichnet . . . na, aber lassen wir das alles beiseite; ich bin zu Ihnen gekommen, um etwas sehr Ernstes mit Ihnen zu besprechen, und es ist recht gut, daß Sie diesen Ihren Schornsteinfeger hinausgeschickt haben. Die Sache ist mir von großer Wichtigkeit, Andrej Antonowitsch; ich habe eine außerordentliche Bitte an Sie.«

»Eine Bitte? Hm . . . Nun, sprechen Sie sie aus; ich warte darauf und bin, wie ich bekenne, einigermaßen gespannt. Und ich muß hinzufügen, daß Sie mich überhaupt in große Verwunderung versetzen, Pjotr Stepanowitsch.«

Herr von Lembke befand sich in ziemlicher Aufregung. Pjotr Stepanowitsch schlug ein Bein über das andere.

»In Petersburg«, begann er, »bin ich in vielen Punkten offenherzig gewesen; aber über manches, so zum Beispiel in bezug auf dies hier« (er tippte mit dem Finger auf die »Glänzende Persönlichkeit«), »habe ich geschwiegen, erstens weil es nicht der Mühe wert war, darüber zu reden, und zweitens, weil ich mich nur über das aussprach, wonach ich gefragt wurde. Ich liebe es nicht, bei solchen Dingen von selbst mehr zu tun, als nötig ist; darin finde ich den Unterschied zwischen einem Schurken und einem anständigen Menschen, den die Verhältnisse einfach überrumpelt haben . . . Na, aber das nur nebenbei. Aber jetzt . . . jetzt, wo diese Dummköpfe . . . na, da das nun einmal herausgekommen ist und Sie es bereits in Händen haben und vor Ihnen, wie ich sehe, nichts verborgen bleibt (denn Sie sind ein Mann, der Augen im Kopfe hat, und man kann Sie nicht vorausberechnen), und da diese Narren doch ihr Beginnen fortsetzen, da wollte ich . . . da wollte ich . . . nun ja, mit einem Worte, ich bin hergekommen, um Sie zu bitten, einen gewissen Menschen zu retten, der ebenfalls ein Narr, vielleicht ein Verrückter ist, ihn zu retten in Anbetracht seiner

Jugend und des vielen Unglücks, das er gehabt hat, und ich vertraue dabei auf Ihre Humanität ... Sie werden ja doch wohl nicht bloß in Ihren selbstverfaßten Romanen human sein!« fügte er mit plumpen Spaß hinzu und brach dann ungeduldig ab.
Kurz, man sah, er war ein aufrichtiger Mensch, der sich aber infolge eines Übermaßes von menschenfreundlichen Gefühlen und vielleicht infolge allzu großen Zartgefühls ungeschickt und linkisch benahm, und vor allen Dingen ein Mensch, mit dessen geisten Fähigkeiten es nicht weit her war, wie von Lembke ihn gleich von vornherein mit großem Scharfsinn taxiert und längst über ihn geurteilt hatte, besonders während er in der letzten Woche, allein in seinem Arbeitszimmer, namentlich nachts, aus Leibeskräften im stillen über die unerklärlichen Fortschritte geschimpft hatte, die dieser in Julija Michailownas Gunst gemacht hatte.
»Für wen bitten Sie denn, und was bedeutet das alles?« erkundigte er sich mit vornehmer Würde, wobei er sich bemühte, seine Neugier zu verbergen.
»Das ... das ... zum Teufel ... Ich kann doch nichts dafür, daß ich zu Ihnen Vertrauen habe! Was kann ich dafür, daß ich Sie für einen höchst anständig denkenden Menschen halte, und namentlich für einen vernünftigen Menschen, das heißt für einen, der imstande ist zu begreifen, daß ... hol's der Kuckuck! ...«
Der arme Kerl wußte augenscheinlich nicht, wie er das, was er sagen wollte, herausbringen sollte.
»Sie sehen jedenfalls ein«, fuhr er fort, »Sie sehen jedenfalls ein, daß, wenn ich Ihnen seinen Namen nenne, ich Ihnen den Menschen auf Gnade und Ungnade preisgebe; ich gebe ihn Ihnen auf Gnade und Ungnade preis, nicht wahr? Nicht wahr?
»Aber wie kann ich denn erraten, um wen es sich handelt, wenn Sie sich nicht entschließen können, seinen Namen auszusprechen?«
»Das ist es ja eben; Sie zwingen einen immer auf die Knie mit dieser Ihrer Logik, hol's der Henker ... na, hol's der

Henker . . . Diese ›Glänzende Persönlichkeit‹, dieser ›Student‹, das ist Schatow . . . nun wissen Sie alles!«

»Schatow? Was meinen Sie damit: ›Das ist Schatow?‹«

›Schatow ist der ›Student‹, von dem in diesem Gedichte die Rede ist. Er wohnt hier; ein früherer Leibeigener; na, der, welcher die Ohrfeige gegeben hat.«

»Ich weiß, ich weiß!« erwiderte Lembke stirnrunzelnd. »Aber, erlauben Sie, was wird ihm denn eigentlich schuldgegeben, und, was die Hauptsache ist, in welcher Hinsicht legen Sie für ihn Fürsprache ein?«

»Ich bitte Sie, ihn zu retten, verstehen Sie wohl! Ich habe ihn ja schon vor acht Jahren gekannt; ich war sogar sein Freund, kann man vielleicht sagen«, erwiderte Pjotr Stepanowitsch, der in lebhafte Erregung geriet. »Na, ich bin Ihnen ja keine Rechenschaft über mein früheres Leben schuldig«, fuhr er mit einer wegwerfenden Handbewegung fort; »das Ganze ist von gar keiner Bedeutung; es sind nur drei bis vier Menschen, und mit denen im Auslande kommen noch nicht zehn heraus; aber, was die Hauptsache ist, ich hatte auf Ihre Humanität und auf Ihren Verstand gehofft. Sie werden die Sache in ihrer wahren Gestalt erkennen und Ihrerseits darstellen und nicht als Gott weiß was, sondern als die törichte Schwärmerei eines durch Unglück, beachten Sie das wohl, durch langes Unglück verrückt gewordenen Menschen und nicht als wer weiß was für eine unerhörte politische Verschwörung . . .«

Er war ordentlich außer Atem gekommen.

»Hm . . . Ich sehe, daß er an den Proklamationen mit dem Beil Schuld trägt«, sagte Lembke, das Resultat ziehend, in beinah majestätischem Tone. »Erlauben Sie aber: Wenn er alleinsteht, wie konnte er sie dann sowohl hier als auch in den Provinzen und sogar im Gouvernement Ch*** verbreiten, und endlich . . . vor allen Dingen: Wo hat er sie herbekommen?«

»Ich sage Ihnen ja, es sind ihrer offenbar im ganzen nur fünf Menschen, na oder zehn; woher soll ich es wissen?«

»Sie wissen es nicht?«

»Woher, zum Kuckuck, soll ich das wissen?«

»Aber Sie wußten doch, daß Schatow einer der Teilnehmer ist?«
»Ach!« Pjotr Stepanowitsch bewegte die Hand, als ob er sich gegen den überwältigenden Scharfsinn des Fragers schützen wollte. »Na, hören Sie, ich will Ihnen die ganze Wahrheit sagen: Von den Proklamationen weiß ich nichts, das heißt absolut nichts, hol's der Henker; verstehen Sie wohl: nichts ... Na, natürlich, da ist jener Unterleutnant, und noch jemand hier am Orte ... na, und vielleicht Schatow; na, und noch jemand; na, das sind sie auch alle, eine elende, klägliche Gesellschaft ... Aber ich bin hergekommen, um für Schatow zu bitten; der muß gerettet werden; denn dieses Gedicht ist von ihm, sein eigenes Machwerk, und in seinem Auftrage im Ausland gedruckt; das weiß ich genau; aber von den Proklamationen weiß ich schlechterdings nichts.«
»Wenn die Verse von ihm herrühren, dann trifft das gewiß auch für die Proklamationen zu. Welche Tatsachen veranlassen Sie aber, Herrn Schatow im Verdacht zu haben?«
Mit der Miene eines Menschen, der nun völlig die Geduld verloren hat, holte Pjotr Stepanowitsch eine Brieftasche aus der Tasche und entnahm dieser einen Zettel.
»Da sind die Tatsachen!« rief er und warf ihn auf den Tisch.
Lembke faltete den Zettel auseinander und sah, daß derselbe vor einem halben Jahre von hier nach irgendeinem Orte im Auslande geschrieben war; der Inhalt war kurz und bestand nur aus zwei Zeilen:
»Die ›Glänzende Persönlichkeit‹ kann ich hier nicht drukken; ich kann überhaupt nichts; drucken Sie das Blatt im Auslande! Iw. Schatow.«
Lembke blickte Pjotr Stepanowitsch starr an. Warwara Petrowna hatte recht gehabt mit ihrer Bemerkung, daß sein Blick an den eines Hammels erinnere, besonders manchmal.
»Die Sache hängt nämlich so zusammen«, sagte Pjotr Stepanowitsch hastig: »Er hat diese Verse hier vor einem halben Jahre geschrieben, konnte sie aber hier nicht drukken, nun, auf einer geheimen Druckerei. Und daher bittet er,

sie im Auslande zu drucken ... Es scheint, das ist deutlich?«

»Ja, das ist deutlich; aber wen bittet er denn? Sehen Sie, das ist noch nicht deutlich«, bemerkte Lembke mit schlauer Ironie.

»Nun, natürlich Kirillow; der Brief ist an Kirillow nach dem Auslande geschrieben ... Das wußten Sie nicht, wie? Das Ärgerliche ist eben dies, daß Sie sich vielleicht vor mir nur verstellen und schon längst selbst von diesen Versen und allem andern Kenntnis haben! Wie sind diese Verse denn auf Ihren Tisch gekommen? Die Verse haben den Weg hierher schlau gefunden! Warum foltern Sie mich, wenn es so ist?«

Er wischte sich krampfhaft mit dem Taschentuche den Schweiß von der Stirn.

»Es ist mir vielleicht einiges bekannt ...« erwiderte Lembke geschickt ausweichend; »aber wer ist denn dieser Kirillow?«

»Nun, das ist ein von auswärts hergezogener Ingenieur; er war Stawrogins Sekundant, ein Wahnsinniger, ein Verrückter; Ihr Unterleutnant hat tatsächlich vielleicht nur einen Anfall von Tobsucht gehabt; aber dieser Mensch ist total verrückt, total; das garantiere ich. Ach, Andrej Antonowitsch, wenn die Regierung wüßte, von welcher Art diese Leute durch die Bank sind, dann würde sie keine Hand gegen sie aufheben. Alle, wie sie da sind, gehören sie ins Irrenhaus; ich habe sie mir in der Schweiz und auf ihren Kongressen zur Genüge angesehen.«

»Dort, von wo aus die hiesige Bewegung geleitet wird?«

»Aber wer leitet sie? Drei bis vier Menschen. Sowie man sie ansieht, bekommt man Langeweile. Und was für eine hiesige Bewegung leiten sie denn? Die Proklamationen, ja? Und wer wird denn angeworben: Unterleutnants, die am Delirium leiden, und zwei, drei Studenten! Sie sind ein vernünftiger Mensch; daher möchte ich Ihnen die Frage vorlegen: Warum lassen sich nicht bedeutendere Leute anwerben, warum immer nur Studenten und unausgereifte Menschen von zweiundzwanzig Jahren? Und sind ihrer etwa viele? Eine Million Spürhunde ist auf der Suche nach ihnen, und wie viele finden sie denn im ganzen? Sieben Menschen! Ich sage Ihnen, die Geschichte wird einem langweilig.«

Lembke hörte aufmerksam zu, aber mit einer Miene, die deutlich besagte: Mit allgemeinen Redensarten ist mir nicht gedient.

»Aber erlauben Sie, Sie behaupten, daß der Brief nach dem Auslande adressiert war; aber eine Adresse ist hier nicht vorhanden; woher wissen Sie denn, daß der Brief an Herrn Kirillow adressiert war und ferner nach dem Auslande, und . . . und . . . daß er wirklich von Herrn Schatow geschrieben ist?«

»Verschaffen Sie sich doch sogleich Schatows Handschrift, und vergleichen Sie beides! In Ihrer Kanzlei wird sich gewiß eine Unterschrift von ihm auftreiben lassen. Und daß der Brief an Kirillow gerichtet war, weiß ich daher, weil Kirillow ihn mir damals selbst gezeigt hat.«

»Also sind Sie selbst . . .«

»Nun ja, natürlich, ich selbst. Die Leute haben mir da alles mögliche gezeigt. Und was diese Verse anlangt, so wird fingiert, der verstorbene Herzen habe sie für Schatow geschrieben, als dieser sich noch im Auslande herumtrieb; sie seien als eine Erinnerung an ihre Begegnung, als ein Lob und eine Empfehlung der Persönlichkeit gemeint; na, weiß der Teufel . . . Und Schatow verbreitet das Gedicht nun unter den jungen Leuten und sagt ihnen damit: ›So hat Herzen selbst über mich geurteilt.‹«

»Tje, tje, tje!« schnalzte Lembke, als wenn er nun endlich alles erraten hätte. »Ich habe immer überlegt: die Proklamation, das versteht man; aber warum die Verse?«

»Wie sollten Sie das nicht verstehen? Aber weiß der Kukkuck, warum ich Ihnen das alles vorplaudere! Hören Sie, geben Sie mir Schatow frei, und dann mag alle übrigen der Teufel holen, sogar Kirillow einbegriffen, der sich jetzt im Filippowschen Hause eingeschlossen hat und verborgen hält, wo auch Schatow wohnt. Diese Menschen mögen mich nicht leiden, weil ich mich von ihnen losgesagt habe; aber versprechen Sie mir, Schatow zu schonen, und ich will Ihnen alle andern auf einem Präsentierteller darbieten. Ich werde mich nützlich machen, Andrej Antonowitsch! Ich schätze diese ganze klägliche Gesellschaft auf neun bis zehn Mann. Ich werde ihnen selbst nachspüren, auf eigene Hand. Dreie kennen wir schon: Schatow, Kirillow und den Unterleutnant. Die übrigen erkenne ich noch nicht mit hinreichender Deutlichkeit . . . übrigens bin ich nicht kurzsichtig. Es ist hier gerade wie im Gouvernement Ch***; was waren das da für Leute, die mit Proklamationen abgefaßt wurden: zwei Studenten, ein Gymnasiast, zwei zwanzigjährige Adlige, ein Lehrer und ein sechzigjähriger Major a. D., der vom Trinken ganz dumm im Kopfe war; das war alles, glauben Sie mir, das war alles; man war ganz erstaunt darüber, daß das alles war. Aber ich brauche sechs Tage. Ich habe es mir schon ausgerechnet: sechs Tage, nicht weniger. Wenn Sie ein gutes Resultat erzielen wollen, so lassen Sie die Leute noch sechs Tage lang unangerührt, und dann werde ich sie Ihnen in ein Bündel zusammenbinden; aber wenn Sie sie früher aufstören, so fliegt das Nest aus. Aber schenken Sie mir Schatow! Ich bitte für Schatow . . . Das beste wäre, wenn Sie ihn insgeheim und freundschaftlich zu sich rufen ließen, etwa hierher, in Ihr Arbeitszimmer, den Schleier vor ihm lüfteten und ihn examinierten. Er wird Ihnen gewiß von selbst zu Füßen fallen und in Tränen ausbrechen! Er ist ein nervöser, unglücklicher Mensch; seine Frau hat intimen Verkehr mit Stawrogin gehabt. Seien Sie freundlich zu ihm, und er wird Ihnen alles selbst enthüllen; aber Sie müssen noch sechs Tage damit warten . . . Und vor allen Dingen, vor allen Dingen, sagen Sie keine Silbe zu Julija Michailowna! Es muß ein Geheimnis bleiben. Können Sie das Geheimnis bewahren?«

»Wie?« fragte Lembke und riß die Augen weit auf. »Haben Sie denn Julija Michailowna nichts davon entdeckt?«

»Ihr entdeckt? Aber ich bitte Sie, Gott soll mich behüten! Ach, Andrej Antonowitsch! Sehen Sie, ich lege den größten Wert auf die Freundschaft Ihrer Frau Gemahlin und schätze sie selbst sehr hoch ... na und so weiter ... aber einen solchen Bock werde ich nicht schießen. Ich widerspreche ihr nicht, weil das, wie Sie selbst wissen, gefährlich ist. Ich lasse wohl auch ab und zu ein Wörtchen vor ihr fallen, weil sie das gerne hat; aber daß ich ihr, wie jetzt eben Ihnen, Namen oder so etwas angeben sollte, davon ist nicht die Rede, liebster Herr! Warum wende ich mich denn jetzt an Sie? Weil Sie noch eine Mannsperson sind, ein ernsthafter Mensch mit langjähriger, sicherer dienstlicher Erfahrung. Sie haben vieles in der Welt gesehen. sie wissen, meine ich, noch von Ihrer Petersburger Tätigkeit her genau über jeden Schritt Bescheid, den man in solchen Angelegenheiten tun muß. Aber wenn ich ihr zum Beispiel diese zwei Namen angäbe, so würde sie sie sogleich austrommeln ... Sie möchte ja doch Petersburg von hieraus in Erstaunen versetzen. Nein, sie ist zu hitzig; das ist die Sache!«

»Ja, dazu inkliniert sie ein wenig«, murmelte Andrej Antonowitsch mit einem gewissen Vergnügen; gleichzeitig aber ärgerte er sich gewaltig darüber, daß dieser Flegel sich erdreistete, über Julija Michailowna in so freier Manier zu reden.

Pjotr Stepanowitsch meinte wahrscheinlich, daß das Gesagte noch nicht ausreichte und noch eine weitere Dosis nötig sei, um Herrn von Lembke zu schmeicheln und ihn völlig in seine Gewalt zu bekommen.

»Sehr richtig, sie inkliniert dazu«, stimmte er bei. »Sie ist ja vielleicht eine geniale, literarisch hochgebildete Dame; aber sie scheucht die Sperlinge auseinander. Sie hält es nicht sechs Stunden aus, geschweige denn sechs Tage. Ach, Andrej Antonowitsch, verbieten Sie einer Frau nie etwas auf die Dauer von sechs Tagen! Sie erkennen ja an, daß ich einige Erfahrung besitze, ich meine in diesen Dingen; ich weiß ja manches, und Sie wissen selbst, daß ich in der Lage bin, manches zu wissen. Ich bitte Sie nicht aus Mutwillen um die sechs Tage, sondern aus ernstem Grunde.«

»Ich habe gehört ...« (Lembke entschloß sich nur schwer dazu, seinen Gedanken auszusprechen), »ich habe gehört, daß Sie nach Ihrer Rückkehr aus dem Auslande an der

gehörigen Stelle Erklärungen abgegeben haben . . . als fühlten Sie Reue?«
»Na, nehmen wir an, es wäre so etwas geschehen!«
»Ich habe natürlich kein Verlangen, tiefer einzudringen . . . Aber es hat mir immer geschienen, als hätten Sie hier bisher in einem ganz anderen Sinne gesprochen, zum Beispiel über den christlichen Glauben, über die gesellschaftlichen Einrichtungen und selbst über die Regierung . . .«
»Ich habe alles mögliche gesagt. Ich spreche auch jetzt noch ebenso; nur darf man diese Gedanken nicht in der Weise durchzuführen suchen, wie es jene Dummköpfe möchten; das ist der Drehpunkt. Oder was hat das für Sinn, daß jener Unterleutnant einen in die Schulter gebissen hat? Auch Sie waren ja mit mir einverstanden und sagten nur, es sei verfrüht.«
»Meine Äußerung, daß ich einverstanden sei, und meine Bemerkung, das sei verfrüht, bezogen sich eigentlich auf etwas anderes.«
»Bei Ihnen hat doch jedes Wort einen Doppelsinn! He-he! Sie sind ein vorsichtiger Mensch!« sagte Pjotr Stepanowitsch in heiterem Tone. »Hören Sie, mein Teuerster, ich mußte mit Ihnen bekannt werden; na, und darum habe ich in meiner Manier geredet. In dieser Art habe ich nicht nur mit Ihnen, sondern auch schon mit vielen anderen Bekanntschaft gemacht. Vielleicht hielt ich für nötig, Ihren Charakter kennenzulernen.
»Wozu wollten Sie denn meinen Charakter kennenlernen?«
»Na, was weiß ich wozu« (er lachte wieder). »Sehen Sie, teurer und hochverehrter Andrej Antonowitsch, Sie sind schlau; aber darauf sind Sie doch noch nicht gekommen und werden auch gewiß nicht darauf kommen, verstehen Sie? Vielleicht verstehen Sie mich? Ich habe zwar nach meiner Rückkehr aus dem Auslande an der gehörigen Stelle Erklärungen abgegeben und weiß wirklich nicht, warum jemand, der seine bestimmten Überzeugungen hat, nicht so sollte handeln dürfen, wie es seine aufrichtigen Überzeugungen verlangen; aber es hat mich ›dort‹ niemand über Ihren Charakter aufgeklärt, und ich habe ›von dort‹ noch keine

derartigen Aufträge übernommen. Erwägen Sie nur selbst: Statt Ihnen als erstem die zwei Namen anzugeben, hätte ich auch direkt ›dorthin‹ einen Wink geben können, nämlich dorthin, wo ich gleich zuerst meine Erkärungen abgegeben habe; und wenn ich eine Verbesserung meiner Finanzen oder sonst einen Vorteil im Auge gehabt hätte, so wäre mein jetziges Verfahren ein Rechenfehler; denn dankbar werden die Herren dort jetzt nicht mir sein, sondern Ihnen. Ich handle so einzig und allein, um Schatow zu retten«, fügte Pjotr Stepanowitsch mit edler Wärme hinzu, »nur um Schatows willen, in Erinnerung an unsere frühere Freundschaft . . . Na, und wenn Sie die Feder ergreifen, um ›dorthin‹ zu berichten, dann loben Sie mich ein bißchen, wenn Sie wollen . . . ich werde nichts dagegen haben, he-he! Aber nun adieu; ich habe gar zu lange dagesessen und hätte nicht soviel schwatzen sollen!« fügte er nicht ohne Anmut hinzu und stand vom Sofa auf.

»Im Gegenteil, ich freue mich sehr, daß die Angelegenheit sozusagen geordnet ist«, sagte von Lembke, indem er sich ebenfalls mit freundlicher Miene erhob, offenbar unter der Einwirkung der letzten Worte. »Ich nehme Ihren Dienst dankbar an; und seien Sie überzeugt, daß alles, was meinerseits hinsichtlich einer Äußerung über Ihren Eifer geschehen kann . . .«

»Sechs Tage, das ist die Hauptsache; sechs Tage Frist, und daß Sie sich diese sechs Tage still verhalten; das ist's, was ich brauche.«

»Nun gut.«

»Natürlich binde ich Ihnen nicht die Hände; wie könnte ich das wagen? Sie werden es nicht unterlassen können, der Sache nachzuspüren; nur erschrecken Sie das Nest nicht vor der Zeit; in diesem Punkte verlasse ich mich auf Ihre Klugheit und auf Ihre Erfahrung. Aber Sie haben gewiß eine Menge eigener Spürhunde aller Art bereit, he-he!« platzte Pjotr Stepanowitsch, wie junge Menschen eben sind, heiter und leichtfertig heraus.

»Ganz so ist es denn doch nicht«, erwiderte Lembke, liebenswürdig ausweichend. »Das pflegen sich junge Leute

so einzubilden, daß wir immer einen großen Apparat in Bereitschaft haben . . . Aber, apropos, gestatten Sie noch ein Wort: Wenn dieser Kirillow Stawrogins Sekundant war, dann ist wohl auch Herr Stawrogin . . .«
»Was ist mit Stawrogin?«
»Ich meine, wenn sie miteinander so befreundet sind?«
»Ach nein, nein, nein! Da haben Sie trotz all Ihrer Schlauheit doch fehlgeschossen. Ich muß mich sogar darüber wundern. Ich glaubte, ja, daß Sie hierüber orientiert wären . . . Hm . . . Stawrogin ist das vollständige Gegenteil, aber das vollständige . . . Avis au lecteur.«
»Wirklich? Ist das möglich?« fragte Lembke mißtrauisch. »Julija Michailowna hat mir mitgeteilt, nach Nachrichten, die sie aus Petersburg erhalten habe, sei er sozusagen mit gewissen Instruktionen hergekommen . . .«
»Ich weiß nichts, nichts weiß ich, gar nichts! Adieu! Avis au lecteur!« rief Pjotr Stepanowitsch, der Frage unverhohlen ausweichend.
Er lief zur Tür.
»Gestatten Sie, Pjotr Stepanowitsch, gestatten Sie!« rief ihm Lembke nach. »Noch eine ganz kleine amtliche Sache, und dann werde ich Sie nicht mehr aufhalten.«
Er nahm aus dem Tischkasten ein Kuvert.
»Hier ist noch ein eigentümliches Exemplar aus derselben Kategorie, und ich beweise Ihnen damit, daß ich Ihnen im höchsten Grade vertraue. Sehen Sie es an, und sagen Sie mir Ihre Meinung darüber!«
In dem Kuvert steckte ein Brief, ein seltsamer, anonymer, an Lembke adressierter Brief, der ihm erst tags zuvor zugegangen war. Pjotr Stepanowitsch las zu seinem größten Ärger folgendes:
»Exzellenz!
Denn dem Range nach sind Sie das. Hiermit mache ich Anzeige von einem Anschlage auf das Leben hochgestellter Persönlichkeiten und des Vaterlandes; denn dazu führt es direkt. Ich selbst habe viele Jahre lang fortwährend welche ausgestreut. Auch Gottlosigkeit ist dabei. Es wird eine Rebellion vorbereitet; es sind mehrere tausend Proklamatio-

nen da, und hinter jeder werden hundert Menschen jappend herlaufen, wenn die Behörde sie nicht vorher wegnimmt; denn es sind eine Menge Belohnungen versprochen, und das gewöhnliche Volks ist dumm, und dann noch der Branntwein. Das Volk, das sich fragt, wer der Schuldige ist, wird den einen und den andern zu Grunde richten und da ich vor beiden Seiten in Furcht bin, so habe ich bereut, woran ich nicht teilgenommen habe; denn meine Verhältnisse sind nun einmal von der Art. Wenn Sie wollen, daß eine Anzeige erfolgt zur Rettung des Vaterlandes, sowie auch der Kirchen und Heiligenbilder, so bin ich der einzige, der das tun kann. Aber nur unter der Bedingung, daß mir vom Ministerium des Innern telegraphisch Verzeihung erteilt wird, sofort, mir allein von allen; die andern mögen sich verantworten. Stellen Sie als Signal jeden Abend um sieben Uhr ein Licht ins Fenster beim Portier. Wenn ich das sehe, werde ich Vertrauen haben und hinkommen, um die barmherzige Hand aus der Hauptstadt zu küssen, aber unter der Bedingung, daß ich eine Pension bekomme; denn wovon soll ich leben? Sie selbst werden es nicht zu bereuen haben; denn für Sie wird dabei ein hoher Orden herauskommen. Es muß ganz im stillen verfahren werden; sonst drehen sie einem das Genick um.

Euer Exzellenz verzweifelter Mensch
fällt zu Ihren Fußspuren nieder
der reuige Freidenker Incognito.«

Herr von Lembke erwähnte, der Brief sei gestern in die Portierloge hineingelegt worden in einem Augenblicke, als niemand darin gewesen sei.

»Wie denken Sie denn darüber?« fragte Pjotr Stepanowitsch in beinah grobem Tone.

»Ich möchte meinen, daß es ein anonymes Pasquill ist, eine Verspottung.«

»Das wird das Wahrscheinlichste sein. Sie führt man nicht hinter das Licht.«

»Ich glaube das besonders deshalb, weil es so dumm ist.«

»Haben Sie hier schon andere Pasquille erhalten?«

»Ja, zweimal, beide anonym.«
»Na, natürlich tragen sie keine Unterschrift. In verschiedenem Stil und in verschiedener Handschrift?«
»Ja, in verschiedenem Stil und in verschiedener Handschrift.«
»Und waren die auch so possenhaft wie dieses hier?«
»Ja, das waren sie, und, wissen Sie, sehr garstig.«
»Na, wenn Sie sonst schon welche bekommen haben, dann wird wohl auch dies eins sein.«
»Ich glaube das hauptsächlich deswegen, weil es so dumm ist. Denn jene Leute sind gebildet und schreiben sicherlich nicht so dumm.«
»Na ja, na ja.«
»Wie aber, wenn da wirklich jemand eine Anzeige erstatten will?«
»Das ist unwahrscheinlich«, antwortete Pjotr Stepanowitsch kurz und trocken. »Was bedeutet denn das Telegramm aus dem Ministerium des Innern und die Pension? Ein offenkundiges Pasquill.«
»Ja, ja«, stimmte ihm Lembke beschämt bei.
»Wissen Sie was? Überlassen Sie das Schriftstück mir! Ich werde Ihnen den Verfasser mit Sicherheit ausfindig machen. Noch bevor ich die andern herausbekomme.«
»Nehmen Sie es!« willigte von Lembke ein, wiewohl nach einigem Zaudern.
»Haben Sie es schon jemandem gezeigt?«
»Nein, nach Möglichkeit niemandem.«
»Also doch Ihrer Frau Gemahlin?«
»Ach, Gott soll mich bewahren, und zeigen auch Sie es ihr um des Himmels willen nicht!« rief Lembke ängstlich. »Es würde sie so angreifen . . . und sie würde auf mich furchtbar aufgebracht sein.«
»Ja, Sie würden der erste sein, der es von ihr abbekäme; sie würde sagen, sie seien selbst schuld daran, wenn Ihnen solche Briefe geschrieben würden. Man kennt ja die Logik der Frauen. Nun, leben Sie wohl! Ich werde Ihnen vielleicht schon in drei Tagen diesen Verfasser vorstellen. Die Hauptsache bleibt unsere Verabredung.«

## IV

Pjotr Stepanowitsch war vielleicht kein dummer Mensch; aber der Sträfling Fedka hatte mit Recht von ihm gesagt, er mache sich in seinem Kopfe von einem Menschen eine bestimmte Vorstellung zurecht und behandle ihn dann dauernd auf Grund dieser Vorstellung. Als er von Lembke fortging, war er fast davon überzeugt, daß er diesen wenigstens für sechs Tage beruhigt habe; diese Frist aber brauchte er höchst notwendig. Aber seine Annahme war irrig, und seine ganze Spekulation beruhte nur darauf, daß er sich Andrej Antonowitsch gleich von Anfang an und ein für alle Mal als einen ganz beschränkten Menschen vorgestellt hatte.

Wie jeder zu seiner eigenen Qual argwöhnische Mensch war Andrej Antonowitsch jedesmal, wenn er aus einem Zustande der Ungewißheit herauskam, im ersten Augenblick sehr fröhlich und vertrauensvoll. Die neue Wendung der Dinge erschien ihm zunächst in ziemlich erfreulichem Lichte, obwohl sich schon wieder einige sorgenvolle Komplikationen bemerklich machten. Aber wenigstens waren die alten Zweifel erledigt. Überdies war er nach den letzten Tagen so müde und fühlte sich so zermartert und hilflos, daß seine Seele unwillkürlich nach Ruhe dürstete. Aber leider war er doch schon wieder unruhig. Das lange Leben in Petersburg hatte in seiner Seele unverwischbare Spuren zurückgelassen. Die offizielle und sogar die geheime Geschichte der »neuen Generation« war ihm hinreichend bekannt (er war ein wißbegieriger Mensch und hatte Proklamationen gesammelt); aber begriffen hatte er von dieser Geschichte niemals auch nur das geringste. Jetzt aber hatte er eine Empfindung, wie wenn er sich in einem Walde verirrt hätte: Er spürte instinktiv, daß in Pjotr Stepanowitschs Worten etwas lag, was mit allen Formen und Gebräuchen unvereinbar war; »freilich, weiß der Teufel, was bei dieser ›neuen Generation‹ alles geschehen kann, und weiß der Teufel, wie es bei ihnen zugeht«, meinte er im stillen, sich in Gedanken verlierend.

Aber gerade in diesem Augenblicke steckte Blühm wieder den Kopf zu ihm herein. Während der ganzen Zeit, wo Pjotr Stepanowitsch da gewesen war, hatte er in der Nähe gewartet. Dieser Blühm war sogar ein entfernter Verwandter Andrej Antonowitschs; aber diese Verwandtschaft war bisher stets sorgsam und ängstlich geheimgehalten worden. Ich bitte den Leser um Verzeihung, wenn ich dieser unbedeutenden Persönlichkeit hier wenigstens ein paar Worte widme. Blühm gehörte zu der sonderbaren Gattung der »unglücklichen« Deutschen, nicht wegen seines völligen Mangels an Begabung, sondern aus unbekannter Ursache. Die »unglücklichen« Deutschen sind kein Mythus, sondern sie existieren tatsächlich, sogar in Rußland, und haben ihren besonderen Typus. Andrej Antonowitsch hegte das ganze Leben über das rührendste Mitleid mit ihm und brachte ihn überall, wo er nur konnte, je nach seinen eigenen Erfolgen in der amtlichen Laufbahn, unter, in einer untergeordneten, von ihm abhängigen Stelle; aber dem wollte es nirgends glücken. Bald wurde die Stelle eingezogen, bald wechselte der Vorgesetzte, bald wurde er beinahe mit anderen vor Gericht gezogen. Er war im Amte sorgfältig, aber sozusagen übermäßig, ohne Not, und mürrisch, wovon er selbst den Schaden hatte; dazu rothaarig, hochgewachsen, von gebückter Haltung, trübsinnig, sogar sentimental, aber bei all seiner Demut hartnäckig und eigensinnig wie ein Bulle, wiewohl immer am falschen Fleck. Seinem Gönner Andrej Antonowitsch bewies er mitsamt seiner Frau und seinen zahlreichen Kindern eine vieljährige, ehrerbietige Anhänglichkeit. Außer Andrej Antonowitsch hatte ihn nie jemand gern gehabt. Julija Michailowna hatte ihn gleich von vornherein für minderwertig erklärt, hatte aber die Hartnäckigkeit ihres Gemahls nicht überwinden können. Dies war ihr erster ehelicher Streit gewesen; er trug sich gleich nach der Hochzeit zu Beginn der Flitterwochen zu, als der bis dahin sorgsam vor ihr verborgen gehaltene Blühm ihr plötzlich vor die Augen trat und sie das beleidigende Geheimnis erfuhr, daß er mit ihr verwandt sei. Andrej Antonowitsch flehte sie mit gefalteten Händen an und

erzählte ihr mit rührenden Worten Blühms ganze Geschichte, und wie sie von ihrer Kindheit an Freunde gewesen wären; aber Julija Michailowna hielt sich für lebenslänglich entehrt und brachte sogar eine Ohnmacht zur Anwendung. Aber Herr von Lembke gab ihr auch nicht einen Zollbreit nach und erklärte, er werde Blühm um keinen Preis aufgeben und aus seiner Nähe entfernen, so daß sie endlich in Staunen geriet und sich genötigt sah, Blühm zu dulden. Indes beschloß man, die Verwandtschaft noch sorgfältiger als bisher, wenn das überhaupt möglich war, zu verheimlichen und sogar Blühms Namen zu ändern; denn dieser hieß ebenfalls Andrej Antonowitsch. Blühm verkehrte bei uns mit niemand als mit einem deutschen Apotheker, hatte niemandem einen Besuch gemacht und lebte nach seiner Gewohnheit geizig und zurückgezogen. Andrej Antonowitschs schriftstellerische Sünden waren ihm schon längst bekannt. Er wurde vorzugsweise dazu berufen, seinen Roman bei geheimen Vorlesungen unter vier Augen anzuhören, und saß dann oft sechs Stunden hintereinander wie ein Pfahl da; er schwitzte und strengte all seine Kraft an, um nicht einzuschlafen, sondern zu lächeln; wenn er nachher nach Hause kam, stöhnte er mit seiner langbeinigen, hageren Frau über die unglückliche Schwäche, die dieser Wohltäter der Familie für die russische Literatur besaß.
Andrej Antonowitsch blickte den eintretenden Blühm mit einem mitleidvollen Ausdruck an.
»Ich bitte dich, Blühm, mich in Ruhe zu lassen«, begann er hastig und in Erregung, mit dem offensichtlichen Wunsche, eine Erneuerung des Gespräches von vorhin, das durch Pjotr Stepanowitschs Ankunft unterbrochen war, zu vermeiden.
»Aber das läßt sich doch auf die taktvollste Weise, ganz im stillen machen; Sie besitzen ja alle erforderlichen Vollmachten«, sagte Blühm, der respektvoll, aber hartnäckig auf etwas bestand und den Rücken krümmend mit kleinen Schritten immer näher an Andrej Antonowitsch herankam.
»Blühm, du bist mir dermaßen ergeben und gehorsam, daß

ich es jedesmal mit der Angst bekomme, sowie ich dich nur ansehe.«
»Sie machen immer witzige Bemerkungen und schlafen dann in der Freude über das, was Sie gesagt haben, ruhig ein; aber eben dadurch schaden Sie sich.«
»Blühm, ich bin soeben zu der Überzeugung gelangt, daß sich diese Sache ganz anders verhält, ganz anders.«
»Doch nicht etwa auf Grund der Reden dieses verlogenen, lasterhaften jungen Menschen, gegen den Sie selbst Verdacht hegen? Er hat Sie durch schmeichlerisches Lob Ihres schriftstellerischen Talentes eingewickelt.«
»Blühm, du verstehst nichts davon; dein Projekt ist eine Torheit, sage ich dir. Wir werden nichts finden; es wird sich ein gewaltiges Geschrei erheben, und dann ein Gelächter, und dann wird Julija Michailowna . . «
»Wir werden zweifellos alles finden, was wir suchen«, unterbrach ihn Blühm und trat, die rechte Hand auf das Herz legend, mit festem Schritte an ihn heran. »Wir werden plötzlich eine Haussuchung veranstalten, früh morgens, mit aller Rücksichtnahme auf die Person und unter genauer Beobachtung aller gesetzlich vorgeschriebenen Formen. Die jungen Leute, Ljamschin und Teljatnikow, versichern auf das bestimmteste, daß wir alles Gewünschte finden werden. Sie sind dort oft zu Besuch gewesen. Herrn Werchowenski ist hier niemand sonderlich zugetan. Die Generalin Stawrogina hat ihm ihre Wohltaten offenkundig entzogen, und jeder ehrenhafte Mensch, wenn es einen solchen in dieser argen Stadt gibt, ist überzeugt, daß sich dort von jeher die Quelle des Unglaubens und der sozialistischen Lehre versteckt hat. In seiner Wohnung sind alle möglichen verbotenen Bücher vorhanden, Rylejews ›Träumereien‹, alle Schriften von Herzen . . . Ich habe für alle Fälle ein leidlich vollständiges Verzeichnis.«
»Ach Gott, diese Bücher besitzt jeder; wie einfältig du bist, mein armer Blühm!«
»Auch viele Proklamationen hat er«, fuhr Blühm fort, ohne auf die Zwischenbemerkung zu hören. »Es wird uns dabei sicher gelingen, auf die Spur der Proklamationen zu kom-

men, die hier jetzt verbreitet werden. Dieser junge Werchowenski ist mir im höchsten Grade verdächtig.«
»Aber du verwechselst den Vater mit dem Sohne. Sie leben nicht in Eintracht; der Sohn macht sich über den Vater unverhohlen lustig.«
»Das ist nur eine Maske.«
»Blühm, du hast dir vorgenommen, mich zu Tode zu quälen! Bedenke nur, er ist doch eine hier am Orte angesehene Persönlichkeit. Er ist Professor gewesen; er ist ein bekannter Mann; er wird ein großes Geschrei erheben, und es werden sogleich die Spottreden durch die Stadt schwirren; na, und wir haben uns dann gründlich blamiert . . . und bedenke nur, in welche Stellung dann Julija Michailowna gerät . . .«
Blühm drang weiter vor, ohne zu hören.
»Er ist nur Privatdozent gewesen, nicht Professor, und dem Range nach war er bei seinem Ausscheiden nur Kollegienassessor«, sagte er, indem er sich mit der Hand gegen die Brust schlug. »Dekorationen besitzt er keine; entlassen wurde er aus der dienstlichen Tätigkeit wegen Verdachtes regierungsfeindlicher Gesinnung. Er hat unter geheimer Aufsicht gestanden und steht unzweifelhaft noch unter ihr. Und angesichts der jetzt hervortretenden Ordnungswidrigkeiten sind Sie ohne Zweifel zum Einschreiten verpflichtet. Sie aber lassen sich die Gelegenheit, sich auszuzeichnen, entgehen, wenn Sie gegen einen tatsächlich Schuldigen Nachsicht üben.«
»Julija Michailowna kommt! Mach, daß du hinauskommst, Blühm!« rief von Lembke auf einmal, da er die Stimme seiner Gemahlin im anstoßenden Zimmer hörte.
Blühm fuhr zusammen, wollte sich aber noch nicht ergeben.
»Gestatten Sie, gestatten Sie«, sagte er, indem er noch näher herantrat und noch fester beide Hände gegen die Brust drückte.
»Mach, daß du hinauskommst!« rief Andrej Antonowitsch zähneknirschend. »Tu, was du willst . . . ein andermal . . . O mein Gott!«

Die Portiere wurde aufgehoben, und Julija Michailowna erschien. Bei Blühms Anblick blieb sie majestätisch stehen, musterte ihn mit einem hochmütigen, kränkenden Blicke, wie wenn schon allein die Anwesenheit dieses Menschen an diesem Orte für sie eine Beleidigung wäre. Blühm machte ihr schweigend und achtungsvoll eine tiefe Verbeugung und ging, sich vor Respekt zusammenkrümmend und die Arme ein wenig auseinanderbreitend, auf den Zehen zur Tür.
Ob er wirklich Andrej Antonowitschs letzten ungeduldigen Ausruf als eine direkte Erlaubnis auffaßte, so zu verfahren, wie er es vorgeschlagen hatte, oder ob er in diesem Falle, um seinem Wohltäter zu nützen, gegen sein Gewissen handelte, weil er gar zu fest davon überzeugt war, daß das Ende das Werk krönen werde, das muß dahingestellt bleiben; aber, wie wir weiter unten sehen werden, aus diesem Gespräche des Vorgesetzten mit seinem Untergebenen ging ein höchst unerwartetes Begebnis hervor, daß eine große Publizität erlangte, viele Leute zum Lachen brachte, Julija Michailownas heftigen Zorn erregte und durch all dies Andrej Antonowitsch vollständig in Verwirrung setzte und ihn gerade zur kritischsten Zeit in bedauerlicher Weise ratlos machte.

## V

Pjotr Stepanowitsch war an diesem Tage von Geschäften sehr stark in Anspruch genommen. Von Herrn von Lembke wollte er so schnell wie möglich nach der Bogojawlenskaja-Straße eilen, aber als er die Bykowa-Straße passierte und an dem Hause vorbeikam, in welchem Karmasinow Wohnung genommen hatte, blieb er plötzlich stehen, lächelte und trat in das Haus hinein. Auf seine Frage nach Karmasinow wurde ihm geantwortet: »Sie werden erwartet«, was ihm sehr interessant war, da er sein Kommen in keiner Weise vorher angekündigt hatte.
Aber der große Schriftsteller erwartete ihn tatsächlich und sogar schon seit einem oder zwei Tagen. Vor drei Tagen

hatte er ihm das Manuskript seines Schriftchens »Merci« eingehändigt, das er auf der literarischen Matinee bei dem von Julija Michailowna veranstalteten Feste vorlesen wollte, und zwar hatte er das aus Liebenswürdigkeit getan, weil er der festen Überzeugung war, er schmeichle in angenehmer Weise dem Selbstgefühl jemandes, wenn er ihm das großartige Werk vorher zum Lesen gebe. Pjotr Stepanowitsch hatte schon längst bemerkt, daß dieser eitle, verwöhnte, für Nichtauserwählte in beleidigender Weise unzugängliche Herr, dieser »überragende Verstand« ganz einfach um seine Gunst buhle, und noch dazu mit großer Beflissenheit. Ich glaube, der junge Mensch hatte es schließlich erraten, daß jener ihn wenn nicht für den Leiter der gesamten geheimen revolutionären Bewegung in ganz Rußland, so doch wenigstens für jemand halte, der in die Geheimnisse der russischen Revolution besonders tief eingeweiht sei und einen unbestreitbaren Einfluß auf die junge Generation ausübe. Die Anschauungen des »klügsten Mannes in Rußland« interessierten Pjotr Stepanowitsch; aber einer Aussprache war er bisher aus gewissen Gründen aus dem Wege gegangen.
Der große Schriftsteller wohnte in dem Hause seiner Schwester, der Frau eines Kammerherrn und Gutsbesitzers; beide, Mann und Frau, verehrten ihren berühmten Verwandten außerordentlich, befanden sich aber bei seinem jetzigen Besuche zu ihrem großen Bedauern in Moskau, so daß die Ehre, ihn zu empfangen, einer alten Frau zufiel, einer sehr entfernten armen Verwandten des Kammerherrn, die schon lange im Hause wohnte und die ganze Hauswirtschaft leitete. Seit Herrn Karmasinows Ankunft ging jedermann im Hause auf Fußspitzen. Die alte Frau erstattete fast täglich nach Moskau Bericht darüber, wie er geschlafen und was er gespeist habe, und hatte einmal ein Telegramm mit der Nachricht abgesandt, daß er nach einem Diner beim Bürgermeister genötigt gewesen sei, einen Löffel voll Medizin einzunehmen. In sein Zimmer zu ihm hineinzugehen wagte sie nur selten, obwohl er mit ihr höflich verkehrte; sein Ton ihr gegenüber war allerdings ziemlich trocken, und er

redete mit ihr nur so viel, wie nötig war. Als Pjotr Stepanowitsch hereinkam, nahm er gerade sein aus einem Kotelett und einem halben Glase Rotwein bestehendes Frühstück ein. Pjotr Stepanowitsch war auch früher schon einige Male beim ihm gewesen und hatte ihn immer bei diesem Frühstückskotelett getroffen, das er in seiner Gegenwart weiter aß, ohne ihm selbst jemals etwas anzubieten. Nach dem Kotelett wurde noch eine kleine Tasse Kaffee serviert. Der aufwartende Diener war in Frack und Handschuhen und trug weiche, unhörbare Stiefel.

»A-ah!« machte Karmasinow, erhob sich vom Sofa, wischte sich mit der Serviette den Mund und näherte mit dem Ausdruck der reinsten Freude dem Besucher sein Gesicht, um sich mit ihm zu küssen – eine charakteristische Gewohnheit der Russen, wenn sie bereits sehr berühmt sind.

Aber Pjotr Stepanowitsch erinnerte sich von seiner früheren Erfahrung her, daß jener sich zwar anzunähern pflegte, als ob er sich mit dem andern küssen wolle, dann aber nur seine Backe hinhielt; und daher macht er selbst es diesmal ebenso; die Backen beider trafen zusammen. Karmasinow tat, als ob er das nicht bemerkt hätte, setzte sich wieder auf das Sofa und wies den Besucher liebenswürdig auf einen gegenüberstehenden Lehnstuhl hin, auf dem dieser es sich auch sofort bequem machte.

»Sie mögen nicht . . . Wollen Sie nicht frühstücken?« fragte der Wirt, diesmal von seiner Gewohnheit abgehend, aber selbstverständlich mit einer Miene, die dem andern eine höflich ablehndende Antwort in deutlicher Art nahelegte.

Pjotr Stepanowitsch sprach sofort den Wunsch aus zu frühstücken. Einen Schatten der Verwunderung und Empfindlichkeit verdunkelte das Gesicht des Wirtes, aber nur für einen Augenblick; er klingelte nervös dem Diener und sprach, als er befahl, noch ein Frühstück zu bringen, trotz all seiner Erziehung mit erhobener Stimme und in verdrießlichem Tone.

»Was wünschen Sie, ein Kotelett oder Kaffee?« erkundigte er sich noch einmal.

»Sowohl ein Kotelett als auch Kaffee, und lassen Sie doch

auch Wein bringen; ich bin ganz ausgehungert«, antwortete Pjotr Stepanowitsch und musterte dabei mit ruhiger Aufmerksamkeit das Kostüm seines Wirtes.
Herr Karmasinow trug eine Art von wattierter Hausjacke mit Perlmutterknöpfen; sie hatte die Fasson eines Jaketts, war aber so kurz, daß sie nicht bis an seinen ziemlich feisten Bauch und bis an die prallen, rundlichen Teile am Anfang der Beine reichte; aber der Geschmack ist eben verschieden. Auf den Knien hatte er ein ausgebreitetes, wollenes, kariertes Plaid liegen, obgleich es im Zimmer warm war.
»Sie sind wohl krank?« bemerkte Pjotr Stepanowitsch.
»Nein, ich bin gesund; aber ich fürchte, in diesem Klima krank zu werden«, antwortete der Schriftsteller mit seiner kreischenden Stimme, wobei er nach jeder Silbe eine kleine Pause machte und in vornehmer Art anmutig lispelte. »Ich hatte Sie schon gestern erwartet.«
»Wieso denn? Ich hatte doch nichts versprochen.«
»Nein, aber Sie haben mein Manuskript. Haben Sie es durchgelesen?«
»Manuskript? Was für ein Manuskript?«
Karmasinow war höchlichst erstaunt.
»Aber Sie werden es doch mitgebracht haben?« fragte er in solcher Aufregung, daß er sogar zu essen aufhörte, und blickte Pjotr Stepanowitsch ganz erschrocken an.
»Ach so, das über ›Bonjour‹, nicht wahr?«
»›Merci‹.«
»Na, das tut nichts. Ich habe es ganz vergessen und es nicht gelesen; ich hatte keine Zeit. Wahrhaftig, ich weiß nicht, in den Taschen habe ich es nicht; also muß es bei mir zu Hause auf dem Tische liegen. Seien Sie unbesorgt; es wird sich schon finden.«
»Nein, das Beste ist doch wohl, daß ich sofort zu Ihnen hinschicke. Es könnte verloren gehen; oder es könnte es am Ende jemand stehlen.«
»Na, wer kann das brauchen? Aber warum sind Sie denn so erschrocken? Julija Michailowna hat mir ja gesagt, Sie hätten von Ihren Schriften immer mehrere fertige Abschriften, eine bei einem Notar im Auslande, eine zweite in

Petersburg, eine dritte in Moskau, und eine schicken Sie ja wohl noch an die Bank, nicht wahr?«

»Aber Moskau kann ja doch auch abbrennen und mit ihm mein Manuskript. Nein, ich werde doch lieber gleich hinschicken.«

»Halt, da ist es!« rief Pjotr Stepanowitsch und zog aus der hinteren Rocktasche ein Päckchen mit Briefbogen. »Es ist ein bißchen zerknittert; denken Sie sich: Wie ich es damals bei Ihnen bekommen habe, so hat es die ganze Zeit über mit dem Taschentuche zusammen in der hinteren Rocktasche gesteckt! Ich habe es ganz vergessen.«

Karmasinow griff eifrig nach dem Manuskripte, betrachtete es sorgsam, zählte die Blätter durch und legte es respektvoll einstweilen neben sich auf ein besonderes Tischchen, aber so, daß er es fortwährend im Auge hatte.

»Sie lesen nicht sehr viel, wie es scheint?« konnte er sich nicht enthalten mit seiner zischenden Aussprache zu fragen.

»Nein, nicht sehr viel.«

»Und auf dem Gebiete der russischen Belletristik wohl gar nichts?«

»Auf dem Gebiete der russischen Belletristik? Erlauben Sie, ich habe etwas gelesen . . . ›Auf dem Wege‹ hieß es . . . oder ›Auf den Weg‹ . . . oder ›Am Kreuzwege‹, ich besinne mich nicht mehr. Es ist schon lange her, daß ich es gelesen habe, etwa fünf Jahre. Ich habe keine Zeit.«

Es trat ein längeres Stillschweigen ein.

»Seit ich hierher kam«, begann Karmasinow von neuem, »habe ich allen Leuten hier versichert, daß Sie ein außerordentlich kluger Mensch seien, und jetzt scheinen ja auch alle ganz entzückt von Ihnen zu sein.«

»Ich danke Ihnen«, erwiderte Pjotr Stepanowitsch ruhig.

Das Frühstück wurde gebracht. Pjotr Stepanowitsch machte sich mit großem Appetit über das Kotelett her, aß es im Handumdrehen auf, trank den Wein aus und schlürfte den Kaffee .

»Dieser Grobian«, dachte Karmasinow, indem er ihn von der Seite betrachtete und dabei von seinem eigenen Früh-

stück den letzten Bissen aß und das letzte Schlückchen trank, »dieser Grobian hat wahrscheinlich die Stichelei, die in meiner Bemerkung lag, sofort vollständig verstanden ... und auch das Manuskript hat er gewiß begierig durchgelesen und lügt jetzt nur in besonderer Absicht. Möglich aber auch, daß er nicht lügt, sondern ganz ohne Verstellung dumm ist. Ich habe es gern, wenn ein genialer Mensch ein bißchen dumm ist. Und ob die Stadt nicht wirklich an ihm ein Genie besitzt? Hol ihn übrigens der Teufel!«
Er stand vom Sofa auf und begann im Zimmer von einer Ecke nach der andern auf und ab zu gehen, um sich Bewegung zu machen, was er jeden Tag nach dem Frühstück tat.
»Werden Sie die Stadt bald wieder verlassen?« fragte Pjotr Stepanowitsch von seinem Lehnsessel aus, nachdem er sich eine Zigarette angezündet hate.
»Ich bin eigentlich hergekommen, um ein Gut zu verkaufen, und hänge jetzt von meinem Verwalter ab.«
»Sie sind ja doch, wie es scheint, hergekommen, weil man dort im Auslande nach dem Kriege eine Epidemie befürchtete?«
»N-nein, doch nicht ganz deswegen«, fuhr Herr Karmasinow fort, indem er in vornehmer Weise die Silben voneinander trennte und bei jeder Umdrehung von einer Ecke nach der andern forsch mit dem rechten Beine schlenkerte, übrigens nur ein ganz klein wenig. »Ich beabsichtige tatsächlich«, sagte er mit einem Lächeln, das nicht frei von Bosheit war, »möglichst lange zu leben. Die russischen Adligen nutzen sich außerordentlich schnell ab, in jeder Beziehung. Aber ich möchte mich möglichst spät abnutzen und werde daher jetzt ganz und gar ins Ausland übersiedeln; dort ist das Klima besser, und die Häuser und Staaten sind aus Stein gebaut und fester als bei uns. Solange ich lebe, wird Westeuropa wohl vorhalten, meine ich. Wie denken Sie darüber?«
»Woher soll ich das wissen?«
»Hm ... Wenn es da wirklich dazu kommt, daß Babel zusammenbricht und sein Fall ein großer wird (worin ich

mit Ihnen vollständig einer Meinung bin, wiewohl ich glaube, daß es noch so lange, wie ich lebe, vorhalten wird), so ist bei uns in Rußland überhaupt nichts vorhanden, was zusammenstürzen könnte, relativ gesprochen. Bei uns werden nicht Steine zusammenstürzen, sondern alles wird in Schmutz zerfließen. Weniger als irgendein anderes Land auf der Welt ist das heilige Rußland in der Lage, einem Stoße Widerstand zu leisten. Das einfache Volk hält sich noch so zur Not durch den russischen Gott aufrecht; aber der russische Gott ist nach den letzten Erfahrungen sehr unzuverlässig und hat sogar der bäuerlichen Reform gegenüber kaum standgehalten; wenigstens hat er stark gewackelt. Und dazu kommen noch die Eisenbahnen und Ihre Tätigkeit . . . an den russischen Gott glaube ich überhaupt nicht mehr.«

»Aber an den westeuropäischen?«

»Ich glaube an keinen. Man hat mich bei der russischen Jugend verleumdet. Ich habe immer mit allen Bestrebungen derselben sympathisiert. Man hat mir die hiesigen Proklamationen gezeigt. Man sieht sie mit verständnislosem Staunen an, weil alle Leute ihre Form erschreckt; aber doch sind alle Leute von der Macht derselben überzeugt, wenn sie es auch nicht eingestehen. Alle Leute sind hier schon längst dem Fallen nahe, und alle wissen längst, daß sie sich an nichts halten können. Ich bin schon deswegen von dem Erfolge dieser geheimen Propaganda überzeugt, weil gerade Rußland jetzt auf der ganzen Welt dasjenige Land ist, wo man alles Beliebige tun kann, ohne den geringsten Widerstand zu finden. Ich verstehe sehr wohl, warum die vermögenden Russen alle nach dem Auslande geströmt sind und dies von Jahr zu Jahr in größerem Umfange tun. Das ist ganz einfach Instinkt. Wenn ein Schiff untergeht, so sind die Ratten die ersten, die aus ihm auswandern. Das heilige Rußland ist sozusagen ein hölzernes Land, ein armes Land und . . . ein gefährliches Land, ein Land eitler Bettler in seinen höchsten Schichten; aber die überwältigende Mehrzahl hockt abwartend in elenden Hütten. Das russische Volk freut sich über jede Möglichkeit, aus dieser Lage herauszukommen; man braucht sie ihm nur klarzumachen. Nur die Regierung will noch Widerstand leisten; aber sie schlägt im Dunkeln mit dem Knittel um sich und trifft ihre eigenen Leute. Hier ist alles verurteilt und dem Tode geweiht. Rußland, wie es ist, hat keine Zukunft. Ich bin ein Deutscher geworden und rechne mir dies zur Ehre an.«

»Sie fingen da vorhin von den Proklamationen an zu reden; sprechen Sie sich doch ganz aus: Wie denken Sie darüber?«

»Diese Proklamationen werden allgemein gefürchtet; folglich sind sie mächtig. Sie decken den Betrug offen auf und zeigen, daß man sich bei uns an nichts halten und auf nichts stützen kann. Sie reden laut da, wo alle andern schweigen. Was ihnen (trotz ihrer Form) am meisten zum Siege verhilft, das ist die bisher unerhörte Kühnheit, mit der sie der Wahrheit gerade ins Gesicht sehen. Diese Fähigkeit, der Wahrheit gerade ins Gesicht zu sehen, ist der russischen Rasse ausschließlich eigen. Nein, in Westeuropa ist man noch nicht so kühn; dort ist das Königtum von Stein; dort ist noch etwas, worauf man sich stützen kann. Soweit ich sehe, und soweit ich es beurteilen kann, besteht der eigentliche Kern des russischen revolutionären Gedankens in der Verneinung der Ehre. Es gefällt mir, daß dies so kühn und furchtlos ausgesprochen wird. Nein, in Westeuropa hat man dafür noch kein Verständnis; aber bei uns legt man gerade darauf den Nachdruck. Dem Russen erscheint die Ehre nur als eine überflüssige Last. Und sie ist ihm auch immer eine Last gewesen, in seiner ganzen Geschichte. Mit dem offen verkündeten ›Recht auf Ehrlosigkeit‹ kann man ihn am leichtesten anlocken und mit sich ziehen. Ich gehöre zur alten Generation und bin noch, wie ich gestehe, ein Verteidiger der Ehre, aber nur aus Gewohnheit, nur weil mir die alten Formen gefallen, allerdings infolge einer Schwäche; man muß doch seinem Leben irgendwie einen Abschluß geben.«

Er blieb auf einmal stehen.

»Aber«, dachte er, »ich rede und rede, und er schweigt immer dabei und sieht mich an. Er ist hergekommen, damit ich ihm eine offene Frage vorlege. Nun, das werde ich tun.«

»Julija Michailowna hat mich gebeten«, sagte plötzlich Pjotr Stepanowitsch, »irgendwie durch List von Ihnen herauszubekommen, was das für eine Überraschung ist, die Sie für den übermorgen stattfindenden Ball vorbereiten.«

»Ja, es wird wirklich eine Überraschung sein, und ich werde wirklich die Gesellschaft in Erstaunen versetzen«, erwiderte Karmasinow wichtig und würdevoll; »aber ich werde Ihnen nicht verraten, worin sie besteht.«

Pjotr Stepanowitsch drang nicht weiter in ihn.

»Hier lebt ein gewisser Schatow«, erkundigte sich der große Schriftsteller; »und denken Sie sich: Ich habe ihn noch nicht zu sehen bekommen.«

»Ein Mensch von sehr gutem Charakter. Wieso?«

»Ich frage nur so; er sucht hier gewisse Ideen zu verbreiten. Er ist es doch gewesen, der Stawrogin auf die Backe geschlagen hat?«

»Ja.«

»Und wie denken Sie über Stawrogin?«

»Ich weiß nicht; er ist ein Weiberfreund.«

Karmasinow hatte einen Haß auf Stawrogin, weil dieser die Gewohnheit hatte, ihn gar nicht zu bemerken.

»Wenn bei Ihnen«, sagte er kichernd, »einmal das, was die Proklamationen predigen, verwirklicht wird, dann wird dieser Weiberfreund wahrscheinlich der erste sein, den man an einem Aste aufhängt.«

»Vielleicht auch schon früher«, erwiderte Pjotr Stepanowitsch.

»Und das wäre nur in der Ordnung«, stimmte ihm Karmasinow, nicht mehr lachend, sondern sehr ernst, bei.

»Sie haben das schon früher einmal ausgesprochen, und wissen Sie, ich habe es ihm wiedergesagt.«

»Wie? Haben Sie es ihm wirklich wiedergesagt?« fragte Karmasinow, jetzt wieder lachend.

»Er erwiderte, wenn er an einem Ast aufgehängt würde, dann würde es für Sie genügen, wenn man Sie durchpeitschte, aber nicht, um Ihnen Unehre anzutun, sondern schmerzhaft, wie man einen Bauern durchpeitscht.«

Pjotr Stepanowitsch nahm seinen Hut und stand auf. Karmasinow streckte ihm zum Abschied beide Hände hin.

»Aber wie ist es?« flötete er plötzlich mit honigsüßer Stimme und einem besonders herzlichen Klange, während er immer noch die Hände des Gastes in den seinigen hielt, »wie ist es? Wenn nun alledem, was da geplant wird, beschieden ist verwirklicht zu werden, . . . wann könnte das dann wohl vorgehen?«

»Woher soll ich das wissen?« versetzte Pjotr Stepanowitsch in etwas grobem Tone.

Beide blickten einander scharf in die Augen.

»Nun, beispielsweise? Annähernd?« flötete Karmasinow noch süßer.

»Sie werden noch Zeit haben, Ihr Gut zu verkaufen und auch sich davonzumachen«, murmelte Pjotr Stepanowitsch noch gröber.«

Beide blickten einander noch schärfer an. Es folgte ein Stillschweigen, das wohl eine Minute lang dauerte.

»Zu Anfang des nächsten Mai wird es beginnen, und zu Mariä Fürbitte, am ersten Oktober, wird alles beendet sein«, sagte Pjotr Stepanowitsch plötzlich.

»Ich danke Ihnen aufrichtig«, erwiderte Karmasinow warm und drückte ihm die Hände.

»Du wirst noch Zeit haben, du Ratte, aus dem Schiffe auszuwandern!« dachte Pjotr Stepanowitsch, als er auf die Straße trat. »Na, wenn sogar dieser ›überragende Verstand‹ sich mit solcher Überzeugung von dem Gelingen nach Tag und Stunde erkundigt und sich respektvoll für die erhaltene Auskunft bedankt, dann brauchen wir an unserer Kraft nicht zu zweifeln.« (Er lächelte.) »Hm . . . Aber sie haben an ihm wirklich keinen dummen Parteigänger, und . . . er ist doch nur eine auswandernde Ratte; eine solche denunziert nicht.«

Er begab sich eilig nach der Bogojawlenskaja-Straße, nach dem Filippowschen Hause.

## VI

Pjotr Stepanowitsch ging zuerst zu Kirillow. Dieser war wie gewöhnlich allein und war diesmal damit beschäftigt, mitten im Zimmer turnerische Freiübungen auszuführen; nämlich mit gespreizten Beinen dastehend, schwenkte er die Arme in einer besonderen Weise über dem Kopfe herum. Auf dem Fußboden lag ein Ball. Auf dem Tische stand der noch nicht weggeräumte, schon kalt gewordene Morgentee. Pjotr Stepanowitsch blieb ein Weilchen auf der Schwelle stehen.

»Sie sind ja sehr besorgt um Ihre Gesundheit«, sagte er laut und heiter, als er dann ins Zimmer trat. »Aber was ist das für ein prächtiger Ball! Hui, wie er springt! Dient der auch zur Leibesübung?«

Kirillow zog sich den Rock an. »Ja, er ist auch zur Gesundheit da«, murmelte er trocken. »Setzen Sie sich!«

»Ich bin nur auf einen Augenblick gekommen. Aber hinsetzen will ich mich. Lassen wir nun die Gesundheit; ich bin hergekommen, um Sie an die Verabredung zu erinnern. Unser Termin rückt ›in gewissem Sinne‹ heran«, schloß er mit einer ungeschickten Begründung.

»Was für eine Verabredung?«

»Was ist das für eine Frage?« fuhr Pjotr Stepanowitsch auf. Er hatte ordentlich einen Schreck bekommen.

»Es besteht keine Verabredung und keine Verpflichtung; ich habe mich durch nichts gebunden; das ist von Ihrer Seite ein Irrtum.«

»Hören Sie mal, was reden Sie denn da?« rief Pjotr Stepanowitsch und sprang nun vollständig in die Höhe.

»Ich habe meinen freien Willen.«

»Welchen?«

»Den früheren.«

»Wie ist das zu verstehen? Das bedeutet doch, daß Sie wie früher denken?«

»Ja. Nur ist keine Verabredung da und ist nie eine dagewesen, und ich habe mich durch nichts gebunden. Es war lediglich mein Wille und ist auch jetzt mein Wille.«

Kirillow sprach in scharfem, mißmutigem Tone.
»Einverstanden, einverstanden; sagen wir ›Wille‹, wenn nur dieser Wille sich nicht geändert hat«, sagte Pjotr Stepanowitsch und setzte sich mit zufriedener Miene wieder hin. »Sie ärgern sich über Worte. Sie sind in der letzten Zeit sehr reizbar geworden; darum bin ich einmal herangekommen, um Sie zu besuchen. Übrigens war ich vollkommen davon überzeugt, daß Sie Ihren Entschluß nicht ändern würden.«
»Sie sind mir sehr widerwärtig; aber Sie können vollkommen überzeugt sein! Obgleich ich die Begriffe Veränderung und Nichtveränderung nicht gelten lasse.«
»Aber wissen Sie«, fuhr Pjotr Stepanowitsch von neuem auf, »wir müssen doch wieder vernünftig reden, um uns nicht mißzuverstehen. Die Sache verlangt Bestimmtheit, und Sie machen mich ganz wirr. Gestatten Sie, daß ich rede?«
»Reden Sie!« versetzte Kirillow kurz und blickte in eine Ecke.
»Sie haben sich schon lange vorgenommen, sich das Leben zu nehmen . . . das heißt, Sie hatten eine solche Idee. Habe ich mich richtig ausgedrückt, ja? Ist da auch kein Irrtum?«
»Ich habe diese Idee auch jetzt noch.«
»Sehr schön. Beachten Sie dabei, daß Sie niemand dazu gezwungen hat.«
»Am Ende gar! Wie dumm Sie reden!«
»Mag sein, mag sein; ich habe mich sehr dumm ausgedrückt. Unzweifelhaft wäre es sehr dumm, jemanden dazu zu zwingen. Ich fahre fort: Sie waren Mitglied der Gesellschaft schon zur Zeit der alten Organisation und bekannten es gleich damals einem Mitgliede der Gesellschaft.«
»Bekannt habe ich nichts; ich habe es einfach gesagt.«
»Meinetwegen. Es wäre ja auch lächerlich, so etwas zu ›bekennen‹; es ist ja doch keine Beichte. Sie haben es einfach gesagt; sehr schön.«
»Nein, nicht sehr schön; denn sie reden sehr unverständig. Ich bin Ihnen keine Rechenschaft schuldig, und Sie können meine Gedanken nicht begreifen. Ich will mir das Leben

nehmen, weil das mein Gedanke ist, weil ich keine Todesfurcht will, weil ... weil Sie nichts davon zu wissen brauchen ... Was möchten Sie? Wollen Sie Tee trinken? Er ist kalt. Warten Sie, ich werde Ihnen ein anderes Glas bringen.«

Pjotr Stepanowitsch hatte wirklich schon nach der Teekanne gegriffen und suchte ein leeres Trinkgefäß. Kirillow ging zum Schranke und holte ein reines Glas.

»Ich habe eben bei Karmasinow gefrühstückt«, bemerkte der Gast; »dann habe ich zugehört, wie er redete, und geriet dabei in Schweiß; darauf lief ich hierher und geriet auch wieder in Schweiß; ich habe davon furchtbaren Durst bekommen.«

»Trinken Sie! Kalter Tee ist bekömmlich.«

Kirillow setzte sich wieder auf seinen Stuhl und bohrte sich wieder mit den Augen in der Ecke fest.

»In der Gesellschaft wurde der Gedanke ausgesprochen«, fuhr er in demselben Tone wie vorher fort, »ich könnte mich dadurch nützlich machen, daß ich mich tötete; wenn Sie hier irgend etwas angerichtet hätten und man nach den Schuldigen suchte, dann sollte ich mich erschießen und einen Brief hinterlassen, daß ich alles getan hätte, so daß auf Sie ein ganzes Jahr lang kein Verdacht fallen könnte.«

»Wenn auch nur für einige Tage; auch ein einzelner Tag ist kostbar.«

»Gut. In dieser Absicht wurde mir gesagt, wenn es mir recht wäre, möchte ich noch warten. Ich sagte, ich würde warten, bis mir von seiten der Gesellschaft der Zeitpunkt angegeben würde, weil es mir ganz egal war.«

»Ja, aber erinnern Sie sich, daß Sie sich verpflichtet haben, den Brief vor dem Tode nur in Gemeinschaft mit mir abzufassen und nach der Ankunft in Rußland zu meiner ... na, kurz, zu meiner Verfügung zu stehen, das heißt selbstverständlich nur für diesen einen Fall; in jeder andern Hinsicht sind Sie natürlich frei«, fügte Pjotr Stepanowitsch in beinah liebenswürdigem Tone hinzu.

»Ich habe mich nicht verpflichtet; ich habe mich nur einverstanden erklärt, weil mir doch alles egal ist.«

»Nun schön, schön; ich beabsichtige durchaus nicht, Ihr Ehrgefühl zu verletzen, aber . . .«
»Um Ehrgefühl handelt es sich nicht.«
»Aber erinnern Sie sich, daß für Sie hundertundzwanzig Taler zur Reise zusammengebracht wurden, und Sie somit Geld genommen haben.«
»Durchaus nicht!« rief Kirillow hitzig. »Diese Bedingung war nicht an das Geld geknüpft. Dafür nimmt man kein Geld.«
»Mitunter doch.«
»Sie lügen. Ich habe in einem Briefe aus Petersburg die Sache klargestellt, und in Petersburg habe ich Ihnen die hundertzwanzig Taler zurückgezahlt, in Ihre eigene Hand . . . und sie sind dorthin zurückgesandt worden, vorausgesetzt, daß Sie sie nicht für sich behalten haben.«
»Gut, gut, ich will über nichts streiten; sie sind zurückgesandt. Die Hauptsache ist, daß Sie noch ebenso denken wie früher.«
»Das tue ich. Sobald Sie kommen und sagen: ›Es ist Zeit‹, werde ich alles ausführen. Wie steht's? Wird es bald soweit sein?«
»In wenigen Tagen . . . Aber vergessen Sie nicht: Den Brief fassen wir zusammen ab, gleich in derselben Nacht.«
»Meinetwegen auch bei Tage. Sie sagten, ich solle die Proklamationen auf mich nehmen?«
»Und sonst noch etwas.«
»Ich nehme nicht alles auf mich.«
»Was wollen Sie denn nicht auf sich nehmen?« fuhr Pjotr Stepanowitsch wieder auf.
»Was ich nicht will; das genügt. Ich mag nicht mehr darüber reden.«
Pjotr Stepanowitsch bezwang sich und änderte das Gesprächsthema.
»Ich will noch von etwas anderem reden«, schickte er voraus. »Werden Sie heute abend bei den Unsrigen sein? Wirginski begeht seinen Namenstag; unter diesem Vorwande werden sie sich versammeln.«
»Ich habe keine Lust.«

»Tun Sie uns den Gefallen und kommen Sie hin! Es ist nötig. Wir müssen durch die Zahl und durch die Gesichter Eindruck machen . . . und Sie haben ein Gesicht . . . na, kurz, Sie haben ein bedeutsames Gesicht.«

»Finden Sie?« erwiderte Kirillow lachend. »Gut, ich werde kommen; aber nicht wegen meines Gesichtes. Wann?«

»Oh, möglichst früh, um halb sieben. Und wissen Sie, Sie können hereinkommen und sich hinsetzen und brauchen mit niemandem zu reden, mögen auch noch so viele da sein. Nur, wissen Sie, vergessen Sie nicht, Papier und Bleistift mitzunehmen.«

»Wozu das?«

»Ihnen ist ja alles ganz egal, und dies ist eine besondere Bitte von mir. Sie brauchen nur dazusitzen und mit keinem Menschen zu sprechen und nur zuzuhören und manchmal zu tun, als ob Sie sich Notizen machten; na, zeichnen Sie meinetwegen auch etwas!«

»Was ist das für dummes Zeug! Wozu?«

»Na, wenn Ihnen doch alles egal ist; Sie sagen ja selbst immer, es sei Ihnen alles egal.«

»Ich muß doch wissen wozu.«

»Na, dann will ich es sagen. Ein Mitglied der Gesellschaft, ein Revisor, hat heimlich seinen Wohnsitz in Moskau genommen, und ich habe hier diesem und jenem gesagt, vielleicht werde uns der Revisor besuchen; da werden sie nun denken, Sie seien der Revisor, und, da Sie schon drei Wochen hier sind, sich um so mehr wundern.«

»Spiegelfechtereien. Sie haben gar keinen Revisor in Moskau.«

»Na, meinetwegen nicht, hol's der Teufel; was kümmert das Sie, und wie kann Sie das stören? Sie sind ja selbst ein Mitglied der Gesellschaft.«

»Sagen Sie ihnen, ich sei der Revisor; ich werde dasitzen und schweigen; aber Papier und Bleistift will ich nicht vornehmen.«

»Aber warum denn nicht?«

»Ich will es nicht.«

Pjotr Stepanowitsch ärgerte sich wütend; sein Gesicht wur-

de sogar ganz grünlich; aber auch diesmal bezwang er sich, stand auf und nahm seinen Hut.
»Ist ›dieser Mensch‹ bei Ihnen?« fragte er auf einmal halblaut.
»Ja.«
»Das ist gut. Ich werde ihn bald fortschaffen; seien Sie unbesorgt!«
»Ich bin auch unbesorgt. Er übernachtet hier nur. Die alte Frau ist im Krankenhause; ihre Schwiegertochter ist gestorben; ich bin seit zwei Tagen allein. Ich habe ihm eine Stelle im Zaun gezeigt, wo sich ein Brett herausnehmen läßt; da kriecht er durch; niemand sieht ihn.«
»Ich werde ihn bald wegnehmen.«
»Er hat mir gesagt, er habe viele Stellen, wo er nächtigen könne.«
»Er lügt; er wird gesucht; aber hier fällt einstweilen niemandem etwas auf. Lassen Sie sich denn mit ihm in Gespräche ein?«
»Ja, ich rede mit ihm die ganze Nacht. Er schimpft sehr auf Sie. Ich habe ihm in der Nacht aus der Offenbarung des Johannes vorgelesen und ihm Tee gegeben. Er hat aufmerksam zugehört, sehr aufmerksam sogar, die ganze Nacht.«
»Aber zum Teufel, da bekehren Sie ihn am Ende gar noch zum Christentum?«
»Er ist auch so schon christlichen Glaubens. Aber seien Sie unbesorgt: Er wird morden. Wen wollen Sie denn ermorden lassen?«
»Nein, das ist nicht meine Absicht mit ihm; ich habe mit ihm etwas anderes vor . . . Weiß Schatow von Fedka?«
»Ich rede nicht mit Schatow und sehe ihn nicht.«
»Er ist wohl böse auf Sie?«
»Nein, wir sind nicht böse aufeinander; wir gehen uns nur aus dem Wege. Wir haben in Amerika zu lange zusammen gelegen.«
»Ich werde gleich zu ihm hingehen.«
»Wie Sie wollen.«
»Ich werde vielleicht auch mit Stawrogin von dort zu Ihnen herkommen, so gegen zehn Uhr.«

»Tun Sie das!«
»Ich muß mit ihm über eine wichtige Angelegenheit reden ... Wissen Sie, schenken Sie mir Ihren Ball; wozu brauchen Sie ihn jetzt? Ich möchte ihn ebenfalls zu Leibesübungen haben. Ich will ihn Ihnen bezahlen, wenn's Ihnen recht ist.«
»Nehmen Sie ihn so!«
Pjotr Stepanowitsch steckte den Ball in die hintere Rocktasche.
»Aber gegen Stawrogin werde ich Ihnen nichts geben«, murmelte Kirillow, während er den Besucher hinausließ.
Dieser blickte ihn erstaunt an, antwortete aber nichts darauf.
Kirillows letzte Worte befremdeten Pjotr Stepanowitsch außerordentlich; er war über ihren Sinn noch nicht ganz ins klare gekommen, bemühte sich aber schon auf der Treppe zu Schatow, seine unzufriedene Miene in eine freundliche umzuwandeln. Schatow war zu Hause und nicht recht wohl. Er lag auf dem Bette, war aber angekleidet.
»Na so ein Malheur!« rief Pjotr Stepanowitsch von der Schwelle aus. »Sind Sie ernstlich krank?«
Der freundliche Ausdruck war mit einem Schlage von seinem Gesichte verschwunden; etwas Boshaftes funkelte in seinen Augen.
»Durchaus nicht«, rief Schatow in nervöser Erregung und sprang auf. »Ich bin gar nicht krank; nur der Kopf tut mir ein bißchen weh ...«
Er war ganz fassungslos; das plötzliche Erscheinen dieses Gastes versetzte ihn geradezu in Schrecken.
»Ich komme gerade in einer Angelegenheit, bei der man nicht krank sein darf«, begann Pjotr Stepanowitsch eilig und gewissermaßen gebieterisch. »Gestatten Sie, daß ich mich setze«, (er setze sich), »und setzen Sie sich auch wieder auf Ihr Bett; so ist es recht! Heute werden sich, angeblich um Wirginskis Namenstag zu feiern, die Unsrigen bei diesem versammeln; Leute von anderer Couleur werden nicht da sein; dagegen sind Maßregeln getroffen. Ich werde mit Nikolai Stawrogin hingehen. Sie würde ich natürlich nicht

hinschleppen, da ich Ihre jetzige Denkweise kenne, . . . das heißt, um Sie da nicht zu quälen, nicht etwa aus Besorgnis, Sie könnten eine Denunziation einreichen. Es hat sich aber doch als notwendig herausgestellt, daß Sie hinkommen. Sie werden dort gerade diejenigen Persönlichkeiten vorfinden, mit denen wir eine endgültige Entscheidung darüber treffen werden, auf welche Weise Sie aus der Gesellschaft ausscheiden können, und wem Sie das, was sich in Ihren Händen befindet, zu übergeben haben. Wir wollen das unauffällig tun; ich werde Sie in eine Ecke führen; es werden viele Menschen da sein, und es brauchen es nicht alle zu wissen. Offen gestanden, ich habe um Ihretwegen meine Zunge gehörig anstrengen müssen; aber jetzt sind, wie es scheint, auch die andern einverstanden, natürlich unter der Bedingung, daß Sie die Druckerei und alle Papiere abgeben. Dann mögen Sie hingehen, wohin es Ihnen beliebt.«

Schatow hörte mit finsterer, grimmiger Miene zu. Die nervöse Angst von vorhin war vollständig geschwunden.

»Ich erkenne keine Verpflichtung an, irgend jemandem Rechenschaft zu geben«, erwiderte er in entschiedenem Tone. »Niemand kann mich freilassen.«

»Ganz so steht es denn doch nicht. Es ist Ihnen vieles anvertraut worden. Sie hatten nicht das Recht, mit der Gesellschaft geradezu zu brechen. Und schließlich haben Sie das auch niemals klar ausgesprochen, so daß Sie die Gesellschaft in eine zweideutige Situation gebracht haben.«

»Als ich hierher kam, habe ich es in einem Briefe klar ausgesprochen.«

»Nein, nicht klar«, widersprach Pjotr Stepanowitsch in aller Ruhe. »Ich schickte Ihnen zum Beispiel die ›Glänzende Persönlichkeit‹, um sie hier zu drucken und die Abzüge hier bei Ihnen aufzubewahren, bis sie Ihnen abverlangt würden, desgleichen zwei Proklamationen. Sie schickten mir alles mit einem zweideutigen Briefe zurück, der nichts klar besagte.«

»Ich habe es offen und deutlich abgelehnt, die Sachen zu drucken.«

»Abgelehnt ja, aber nicht offen und deutlich. Sie schrieben:

›Ich kann nicht‹; aber Sie gaben nicht an, warum Sie es nicht könnten. ›Ich kann nicht‹ bedeutet nicht ›Ich will nicht‹. Man konnte denken, Sie könnten es einfach aus materiellen Gründen nicht. So hat man es denn auch aufgefaßt und gemeint, Sie seien doch willens, Ihre Verbindung mit der Gesellschaft fortzusetzen, und man könne Ihnen somit wieder etwas anvertrauen, sich folglich Ihnen gegenüber kompromittieren. Hier sagen allerdings einige, Sie wollten uns einfach täuschen, um, sobald Ihnen etwas Wichtiges mitgeteilt würde, zu denunzieren. Ich habe Sie aus allen Kräften verteidigt und Ihre schriftliche zweizeilige Antwort als Beleg zu Ihren Gunsten vorgezeigt. Aber ich mußte, als ich sie jetzt durchlas, selbst zugeben, daß diese zwei Zeilen nicht klar sind und einen Irrtum hervorrufen können.«

»Und diesen Brief haben Sie sorgfältig aufgehoben?«

»Da ist nichts dabei, daß ich ihn aufgehoben habe. Ich habe ihn auch jetzt noch.«

»Na, zum Teufel, meinetwegen!« rief Schatow wütend. »Mögen Ihre Dummköpfe meinetwegen glauben, daß ich sie denunziert habe, was schert es mich! Ich möchte wissen, was Sie mir tun können!«

»Man würde Sie notieren und Sie beim ersten Erfolg der Revolution aufhängen.«

»Also sobald Sie die Oberhand erlangt und Rußland in Ihre Gewalt gebracht haben werden?«

»Lachen Sie nicht! Ich wiederhole, ich habe Sie verteidigt. Na, so oder so, jedenfalls rate ich Ihnen, heute zu erscheinen. Was hat es für Zweck, aus falschem Stolz unnütze Worte zu machen? Ist es nicht besser, freundschaftlich auseinanderzugehen? Jedenfalls müssen Sie ja die Druckerpresse und die Lettern und die alten Papiere abliefern, und darüber wollen wir eben reden.«

»Ich werde kommen«, brummte Schatow und ließ nachdenklich den Kopf herunterhängen.

Pjotr Stepanowitsch betrachtete ihn von seinem Platze aus mit einem schrägen Blicke.

»Wird Stawrogin da sein?« fragte Schatow plötzlich, indem er den Kopf in die Höhe hob.

»Ganz sicher.«
»He-he!«
Wieder schwiegen sie etwa eine Minute lang. Schatow lächelte verächtlich und gereizt.
»Und diese Ihre unwürdige ›Glänzende Persönlichkeit‹, die ich hier nicht drucken wollte, ist sie nun gedruckt?«
»Allerdings.«
»Gimnasistow behauptet, Herzen hätte Ihnen das Gedicht selbst ins Album geschrieben; ist das wahr?«
»Ja, Herzen hat es mir selbst eingeschrieben.«
Sie schwiegen wieder etwa drei Minuten lang. Endlich stand Schatow vom Bette auf.
»Gehen Sie von mir weg; ich mag nicht mit Ihnen zusammen sein.«
»Das will ich tun«, sagte Pjotr Stepanowitsch höchst vergnügt und erhob sich sofort. »Nur noch ein Wort: Kirillow wohnt jetzt, wie es scheint, in seinem Seitengebäude mutterseelenallein, ohne eine Dienerin?«
»Ja, ganz allein. Gehen Sie weg; ich kann nicht mit Ihnen in ein und demselben Zimmer sein.«
»Na, du bist ja jetzt gut!« dachte Pjotr Stepanowitsch munter, als er auf die Straße hinaustrat; »und du wirst auch heute abend gut sein. Gerade so habe ich dich jetzt nötig; besser kann ich es mir gar nicht wünschen! Der russische Gott hilft selbst!«

## VII

Wahrscheinlich besorgte er an diesem Tage bei seinen vielen Laufereien noch eine ganze Menge von Geschäften und erledigte sie offenbar erfolgreich; das zeigte der selbstzufriedene Ausdruck seines Gesichtes, als er am Abend Punkt sechs Uhr bei Nikolai Wsewolodowitsch erschien. Aber zu diesem wurde er nicht sogleich hereingelassen, weil sich gerade Mawriki Nikolajewitsch bei Nikolai Wsewolodowitsch im Arbeitszimmer befand. Diese Nachricht machte ihn sofort besorgt. Er setzte sich dicht an die Tür des

Arbeitszimmers, um zu warten, bis der Besucher weggehen würde. Daß gesprochen wurde, war zu hören; aber die Worte ließen sich nicht verstehen. Der Besuch dauerte nicht lange; bald wurde ein Geräusch vernehmbar; eine sehr laute, scharfe Stimme ertönte; darauf öffnete sich die Tür und Mawriki Nikolajewitsch trat mit ganz blassem Gesichte heraus. Er bemerkte Pjotr Stepanowitsch nicht und ging schnell an ihm vorbei. Pjotr Stepanowitsch lief sofort in das Arbeitszimmer hinein.

Ich kann nicht umhin, über diese kurze Begegnung der beiden »Nebenbuhler« ausführlich zu berichten, eine Begegnung, die unter den obwaltenden Umständen anscheinend unmöglich war, aber doch tatsächlich stattfand.

Das ergab sich folgendermaßen. Nikolai Wsewolodowitsch schlummerte nach dem Mittagessen in seinem Arbeitszimmer auf der Chaiselongue, als ihm Alexej Jegorowitsch die Ankunft des unerwarteten Besuchers meldete. Als er bei der Meldung den Namen hörte, sprang er erstaunt auf und wollte es nicht glauben. Aber bald glänzte ein Lächeln auf seinen Lippen auf, ein Lächeln hochmütigen Triumphes und gleichzeitig einer mißtrauischen Verwunderung. Den eintretenden Mawriki Nikolajewitsch schien dieses eigenartige Lächeln stutzig zu machen; wenigstens blieb er auf einmal mitten im Zimmer stehen, wie wenn er unschlüssig wäre, ob er weitergehen oder umkehren solle. Der Wirt veränderte aber im selben Augenblicke sein Gesicht und kam ihm mit dem Ausdruck ernster Verwunderung entgegen. Dieser nahm die hingestreckte Hand nicht an, zog sich linkisch einen Stuhl heran und setzte sich, ohne ein Wort zu sagen und ohne eine Aufforderung abzuwarten, noch vor dem Wirte hin. Nikolai Wsewolodowitsch setzte sich ihm schräg gegenüber auf die Chaiselongue, blickte Mawriki Nikolajewitsch aufmerksam an, schwieg und wartete.

»Wenn Sie können, so heiraten Sie Lisaweta Nikolajewna!« sagte Mawriki Nikolajewitsch auf einmal, und, was das merkwürdigste war, an dem Tone, in dem er das sagte, ließ sich nicht erkennen, was es eigentlich war, eine Bitte, eine Empfehlung, ein Zugeständnis oder ein Befehl.

Nikolai Wsewolodowitsch fuhr fort zu schweigen; aber der Gast hatte offenbar bereits alles gesagt, weswegen er gekommen war, und blickte in Erwartung einer Antwort seinem Gegenüber ins Gesicht.
»Wenn ich mich nicht irre (übrigens ist die Sache ja sehr sicher), so ist Lisaweta Nikolajewna bereits mit Ihnen verlobt«, erwiderte Stawrogin endlich.
»Sie ist in aller Form mit mir verlobt«, bestätigte Mawriki Nikolajewitsch mit fester, deutlicher Stimme.
»Haben Sie . . . sich entzweit? . . . Verzeihen Sie die Frage, Mawriki Nikolajewitsch!«
»Nein. Sie ›liebt und achtet‹ mich; das sind ihre eigenen Worte. Und ihre Worte sind absolut zuverlässig.«
»Daran ist kein Zweifel.«
»Aber wissen Sie: Wenn sie in der Kirche schon am Lesepult unter der Brautkrone dastehen wird und Sie sie rufen, dann wird sie mich und alle im Stich lassen und zu Ihnen hingehen.«
»Von der Trauung weg?«
»Ja, und auch nach der Trauung.«
»Irren Sie sich auch nicht?«
»Nein. Unter dem ununterbrochenen, aufrichtigen, starken Hasse, den sie gegen Sie empfindet, leuchtet alle Augenblicke die Liebe und . . . der Wahnsinn hervor . . . die aufrichtigste, maßlose Liebe und . . . der Wahnsinn! Umgekehrt leuchtet aus der Liebe, die sie ebenso aufrichtig zu mir fühlt, jeden Augenblick der größte Haß hervor! Ich hätte mir früher all diese Metamorphosen niemals vorstellen können.«
»Aber ich wundere mich darüber, wie Sie herkommen konnten, um über Lisaweta Nikolajewnas Hand zu verfügen. Haben Sie ein Recht dazu? Oder hat sie Ihnen eine Vollmacht erteilt?«
Mawriki Nikolajewitsch machte eine finsteres Gesicht und senkte einen Augenblick den Kopf. »Das sind ja von Ihrer Seite nur Worte«, sagte er dann plötzlich, »rachsüchtige, triumphierende Worte; ich bin überzeugt, Sie verstehen auch das, was ich unausgesprochen lasse; und ist denn hier

wirklich der Ort für kleinliche Prahlerei? Ist Ihnen diese Genugtuung noch nicht ausreichend? Soll ich denn wirklich alles ausführlich und haarklein darlegen? Nun gut, ich werde es tun, wenn Ihnen an meiner Demütigung soviel gelegen ist: Ein Recht habe ich nicht; eine Vollmacht ist ein Ding der Unmöglichkeit; Lisaweta Nikolajewna weiß von nichts, sondern ihr Bräutigam hat den letzten Rest von Verstand verloren und ist reif für das Irrenhaus, und um allem die Krone aufzusetzen, kommt er selbst her, um Ihnen davon Meldung abzustatten. Auf der ganzen Welt können nur Sie allein sie glücklich und nur ich allein sie unglücklich machen. Sie machen sie mir streitig, Sie verfolgen sie; aber, ich weiß nicht warum, Sie heiraten sie nicht. Wenn der Grund dafür ein Liebeszank ist, der im Auslande stattgefunden hat, und wenn, um ihn zu beenden, ich zum Opfer gebracht werden muß, so bringen Sie mich zum Opfer! Sie ist sehr unglücklich, und ich kann das nicht ertragen. Meine Worte sind keine Erlaubnis, keine Vorschrift und enthalten daher auch nichts, was für Ihr Selbstgefühl verletzend sein könnte. Wenn es in Ihrer Absicht läge, meinen Platz am Kirchenpult einzunehmen, so hätten Sie das ohne jede Erlaubnis von meiner Seite tun können, und ich hätte dann keinen Anlaß gehabt, mit diesem verdrehten Anliegen zu Ihnen zu kommen. Um so mehr, da auch unsere Hochzeit nach meinem jetzigen Schritt schon unmöglich geworden ist. Ich kann sie doch nicht zum Altare führen, wenn ich ein gemeiner Mensch bin! Und das, was ich jetzt tue, indem ich sie Ihnen, vielleicht ihrem unversöhnlichsten Feinde, übergebe, ist eine solche Gemeinheit, daß ich sie selbstverständlich nicht überstehen werde.«

»Sie werden sich erschießen, wenn wir getraut werden?«

»Nein, erst weit später. Wozu soll ich ihr Hochzeitskleid mit meinem Blute beflecken? Vielleicht werde ich mich überhaupt nicht erschießen, weder jetzt noch später.«

»Durch diese letzte Bemerkung wollen Sie mich wohl beruhigen?«

»Sie beruhigen? Was macht es Ihnen denn aus, ob etwas Blut mehr vergossen wird?«

Er war blaß geworden, und seine Augen fingen an zu funkeln. Es folgte ein Stillschweigen, das wohl eine Minute lang dauerte.
»Verzeihen Sie mir die Fragen, die ich Ihnen vorlegte«, begann Stawrogin von neuem. »Einige derselben Ihnen vorzulegen war ich nicht berechtigt; aber zu einer andern Frage habe ich, wie ich meine, ein volles Recht: Sagen Sie mir, durch welche Tatsachen sind sie veranlaßt worden, auf meine Gefühle gegen Lisaweta Nikolajewna zu schließen? Ich meine auf einen solchen Grad dieser Gefühle, daß die Überzeugung von deren Vorhandensein Ihnen erlaubte, zu mir zu kommen . . . und einen solchen Vorschlag zu riskieren?«
»Wie?« rief Mawriki Nikolajewitsch und zuckte dabei sogar ein wenig zusammen; »haben Sie sich denn nicht um sie beworben? Bewerben Sie sich nicht um sie, und wollen Sie sich nicht um sie bewerben?«
»Über meine Gefühle gegen diese oder jene Frau kann ich überhaupt nicht laut zu einem Dritten sprechen, wer es auch sein mag, sondern nur zu der betreffenden Frau. Verzeihen Sie, das ist nun einmal eine Eigentümlichkeit meines Organismus. Aber dafür will ich Ihnen im übrigen die volle Wahrheit sagen: Ich bin verheiratet, und es ist mir daher nicht mehr möglich, mich zu verheiraten oder mich zu ›bewerben‹.«
Mawriki Nikolajewitsch war dermaßen erstaunt, daß er gegen die Rückenlehne des Sessels zurückschwankte und seinem Gegenüber eine Zeitlang ins Gesicht sah, ohne sich zu rühren. »Denken Sie sich, das habe ich wirklich in keiner Weise gedacht«, murmelte er. »Sie sagten damals, an jenem Vormittag, Sie seien nicht verheiratet . . . und daher glaubte ich, daß es nicht der Fall sei.«
Er war furchtbar blaß geworden; auf einmal schlug er aus voller Kraft mit der Faust auf den Tisch.
»Wenn Sie nach diesem Bekenntnis nicht von Lisaweta Nikolajewna ablassen und sie absichtlich unglücklich machen, so werde ich Sie mit dem Stocke totschlagen, wie einen Hund am Zaun!«

Er sprang auf und verließ schnell das Zimmer. Als Pjotr Stepanowitsch hereingelaufen kam, fand er Stawrogin in einer ganz unerwarteten Gemütsverfassung.
»Ah, Sie sind da!« rief dieser, laut lachend. Er lachte anscheinend nur über Pjotr Stepanowitschs Figur, der mit allen Zeichen neugieriger Aufregung hereingelaufen kam.
»Haben Sie an der Tür gehorcht? Warten Sie mal, warum sind Sie doch gekommen? Ich habe Ihnen ja etwas versprochen . . . Ach ja, ich erinnere mich: Wir wollten zu den ›Unsrigen‹! Gehen wir; ich freue mich sehr darauf, und Sie hätten nichts ersinnen können, was mir jetzt gelegener käme.«
Er griff nach seinem Hute, und beide verließen ohne Verzug das Haus.
»Sie lachen schon im voraus darüber, daß Sie die ›Unsrigen‹ zu sehen bekommen werden?« fragte Pjotr Stepanowitsch, lustig umherschwenzelnd, indem er bald neben seinem Gefährten auf dem schmalen Ziegeltrottoir zu gehen suchte, bald sogar auf den Straßendamm geradezu in den Schmutz lief, weil sein Gefährte es gar nicht gewahr wurde, daß er allein gerade in der Mitte des Trottoirs ging und es somit mit seiner eigenen Person allein einnahm.
»Ich lache durchaus nicht«, antwortete Stawrogin laut und fröhlich. »Ich bin im Gegenteil davon überzeugt, daß ich bei Ihnen dort sehr ernste Leute finden werde.«
»›Ingrimmige Dummköpfe‹, wie Sie sich einmal auszudrükken beliebten.«
»Es gibt nichts Amüsanteres als so einen ingrimmigen Dummkopf.«
»Ah, damit zielen Sie auf Mawriki Nikolajewitsch! Ich bin überzeugt, daß er soeben zu Ihnen gekommen war, um Ihnen seine Braut abzutreten, wie? Dazu habe ich ihn direkt aufgehetzt, wie Sie sich vorstellen können. Und wenn er sie Ihnen nicht abtritt, dann nehmen wir sie ihm einfach weg, nicht wahr?«
Pjotr Stepanowitsch wußte natürlich, was er riskierte, wenn er sich auf solche Wendungen einließ; aber da er selbst sehr aufgeregt war, so wollte er lieber nötigenfalls alles riskieren,

als länger in Ungewißheit bleiben. Nikolai Wsewolodowitsch lachte nur.
»Spekulieren Sie immer noch darauf, mir zu helfen?« fragte er.
»Sobald Sie rufen werden. Wissen Sie aber, daß es einen sehr guten Weg gibt?«
»Ich kenne Ihren Weg.«
»Nein doch, das ist vorläufig noch ein Geheimnis. Aber vergessen Sie nicht, daß das Geheimnis Geld kostet!«
»Ich weiß, wieviel es kostet«, brummte Stawrogin vor sich hin, beherrschte sich aber und sprach nicht weiter.
»Wieviel? Was sagten Sie?« fragte Pjotr Stepanowitsch aufgeregt.
»Ich sagte: Gehen Sie zum Teufel mit Ihrem Geheimnisse! Sagen Sie mir lieber, wen ich da jetzt treffen werde. Ich weiß, daß wir zur Feier eines Namenstages gehen; aber wer ist denn eigentlich da?«
»Oh, ein äußerst bunter Mischmasch! Selbst Kirillow wird da sein.«
»Lauter Komiteemitglieder?«
»Donnerwetter, haben Sie es aber eilig! Hier hat sich noch kein einziges Komitee gebildet.«
»Wie haben Sie es denn dann fertigbekommen, so viele Proklamationen zu verbreiten?«
»Dort, wohin wir gehen, sind nur vier Komiteemitglieder. Die übrigen bespionieren einander vorläufig um die Wette und erstatten mir Bericht. Es sind Leute, von denen man sich viel versprechen kann. Das ist lauter Material, das man organisieren muß; dann allerdings muß man sich davonmachen. Übrigens haben Sie ja selbst das Statut verfaßt; da brauche ich Ihnen nichts weiter auseinanderzusetzen.«
»Wie ist es? Die Sache geht wohl schwer? Hapert es?«
»Wie es geht? So leicht, wie man es sich nur denken kann. Ich werde Sie zum Lachen bringen: Das erste, was gewaltig wirkt, das sind die Ämter. Die sind das stärkste Zugmittel. Ich ersinne absichtlich Titel und Obliegenheiten: Ich habe Sekretäre, geheime Kundschafter, Kassierer, Vorsitzende, Registratoren und Gehilfen all dieser Chargen; das gefällt

sehr und ist sehr gut aufgenommen worden. Dann folgt natürlich als zweites kräftiges Moment die Sentimentalität. Wissen Sie, der Sozialismus verdankt seine Verbreitung bei uns vorzugsweise der Sentimentalität. Aber das Malheur ist, daß sich auch Unterleutnants finden, die zu beißen anfangen; da kann man leicht hereinfallen. Darauf folgen die reinen Schurken; na, die sind ein ganz braves Völkchen und manchmal sehr nützlich; nur muß man auf sie viel Zeit verwenden; sie verlangen eine unaufhörliche Überwachung. Na, und dann schließlich das Hauptmoment, der alles bindende Zement, das ist die Scheu vor einer eigenen Meinung. Sehen Sie, das ist etwas, was stark wirkt! Und wer hat das durch seine Arbeit herbeigeführt? Welcher ›liebe Mensch‹ hat es durch seine Bemühungen dahin gebracht, daß kein einziger eigener Gedanke in jemandes Kopfe übbriggeblieben ist? Selbständiges Denken betrachten sie geradezu als eine Schande.«

»Wenn es so dürftige Menschen sind, warum geben Sie sich dann mit ihnen soviel Mühe?«

»Aber wenn sie doch so einfach daliegen und einen gleichsam mit aufgesperrtem Munde dazu einladen, wie sollte man sie da nicht in die Tasche stecken! Es klingt, als ob Sie an die Möglichkeit des Gelingens nicht ernsthaft glaubten? Oder vielmehr, der Glaube ist schon da, es fehlt jedoch am rechten Wollen. Aber gerade mit solchen Leuten ist ein Gelingen möglich. Ich sage Ihnen, meine Kerle gehen durch Wasser und Feuer; ich brauche ihnen nur zuzurufen, sie seien nicht fortschrittlich genug. Die Dummköpfe werfen mir vor, ich hätte sie alle hier mit dem Zentralkomitee und den ›zahllosen Verzweigungen‹ hinters Licht geführt. Auch Sie selbst haben mich einmal deswegen gescholten; aber wie kann da von Täuschung die Rede sein: Das Zentralkomitee sind Sie und ich, und Verzweigungen wird es so viele geben, als man nur will.«

»Und alles, was Sie hier haben, ist solcher Pöbel!«

»Es ist Material. Auch die sind zu brauchen.«

»Und Sie spekulieren immer noch auf mich?«

»Sie sind der Chef, Sie sind die bewegende Kraft; ich werde

Ihnen nur zur Seite stehen, etwa als Sekretär. Wissen Sie, wir werden in einen Nachen steigen, dessen Ruder von Ahornholz, dessen Segel von Seide sind, und am Steuer sitzt ein schönes Mädchen, die liebe Lisaweta Nikolajewna ... oder wie das da in jenem Liede heißt . . .«

»Da ist er steckengeblieben!« lachte Stawrogin. »Nein, da will ich Ihnen lieber noch ein gutes Mittel angeben. Sie zählen an den Fingern die wirksamen Umstände auf, durch die die Komitees gebildet und zusammengehalten werden. All dieses Beamtenwesen und diese Sentimentalität, das ist wohl ein guter Kleister; aber es gibt noch einen besseren Kunstgriff: Bereden Sie vier Komiteemitglieder, das fünfte zu ermorden, unter dem Vorgeben, dieses sei ein Denunziant, und sofort werden Sie sie mittels des vergossenen Blutes wie mit einem Strick zusammenknoten. Sie werden Ihre Sklaven werden und nicht wagen, sich zu empören oder Rechenschaft zu fordern. Ha-ha-ha!«

»Aber«, dachte Pjotr Stepanowitsch für sich, »aber für diese Worte sollst du mir büßen, und noch heute abend. Du erlaubst dir denn doch schon gar zu viel!«

So oder fast so mochte Pjotr Stepanowitsch denken. Übrigens näherten sie sich schon dem Hause Wirginskis.

»Sie haben mich da gewiß für ein Mitglied ausgegeben, das aus dem Auslande kommt und mit der Internationale in Verbindung steht, für einen Revisor?« fragte Stawrogin.

»Nein, für einen Revisor nicht; den Revisor sollen nicht Sie, sondern ein anderer spielen; Sie werden ein zu den Gründern gehöriges, aus dem Ausland eingetroffenes Mitglied sein, dem gewisse höchste Geheimnisse bekannt sind; das ist Ihre Rolle. Sie werden natürlich reden?«

»Wie kommen Sie darauf?«

»Sie sind jetzt verpflichtet zu reden.«

Stawrogin blieb vor Verwunderung mitten auf der Straße stehen, nicht weit von einer Laterne. Pjotr Stepanowitsch hielt seinen Blick dreist und ruhig aus. Stawrogin spuckte aus und ging weiter.

»Aber Sie selbst, werden Sie reden?« fragte er auf einmal Pjotr Stepanowitsch.

»Nein, ich werde Ihnen zuhören.«

»Hol Sie der Teufel! Sie bringen mich wirklich auf eine Idee!«

»Auf was für eine?« fragte Pjotr Stepanowitsch hastig.

»Ich werde da reden, meinetwegen; aber dafür werde ich Sie nachher durchprügeln, und wissen Sie, gehörig durchprügeln.«

»Apropos, ich habe vorhin von Ihnen zu Karmasinow gesagt, Sie hätten über ihn geäußert, man müsse ihn durchpeitschen, aber nicht einfach, um ihm eine Unehre anzutun, sondern wie man einen Bauern durchpeitscht, schmerzhaft.«

»Aber ich habe das nie gesagt, ha-ha!«

»Das tut nichts. Se non è vero . . .«

»Nun, ich danke Ihnen, ich danke Ihnen aufrichtig.«

»Noch eins; wissen Sie, was Karmasinow sagte? In der Hauptsache sei unsere Lehre eine Verneinung der Ehre, und mit dem offen verkündeten Recht auf Ehrlosigkeit könne man den Russen am leichtesten anlocken und mit sich ziehen.«

»Ein vorzüglicher Gedanke! Ein goldener Gedanke!« rief Stawrogin. »Da hat er den Nagel auf den Kopf getroffen! Das Recht auf Ehrlosigkeit – ja, dann werden alle zu uns gelaufen kommen, und kein einziger wird auf der andern Seite bleiben! Aber hören Sie mal Werchowenski, gehören Sie auch nicht zur Geheimpolizei, was?«

»Aber wem solche Fragen im Kopfe herumgehen, der spricht sie doch nicht aus.«

»Ich verstehe; aber wir sind ja unter uns.«

»Nein, vorläufig gehöre ich noch nicht zur Geheimpolizei. Aber nun genug; wir sind am Ziele. Machen Sie Ihr Gesicht zurecht, Stawrogin; ich tue das auch immer, wenn ich zu ihnen hineingehe. Recht viel finsteren Ernst; weiter ist nichts nötig; es ist kein Kunststück.«

## SIEBENTES KAPITEL

### *Bei den Unsrigen*

### I

Wirginski wohnte in einem eigenen Hause, das heißt in dem Hause seiner Frau, in der Murawjinaja-Straße. Es war ein einstöckiges Haus, das sonst keine Bewohner hatte. Unter dem Vorwande, den Namenstag des Hausherrn zu feiern, hatten sich etwa fünfzehn Gäste versammelt; aber diese Abendgesellschaft hatte ganz und gar keine Ähnlichkeit mit solchen, wie sie in der Provinz an Namenstagen üblich sind. Gleich beim Beginn ihres Zuammenlebens hatten die Wirginskischen Eheleute sich ein für allemal darüber geeinigt, daß es ganz dumm sei, zum Namenstage Gäste einzuladen, und daß dieser Tag überhaupt kein Anlaß zur Freude biete. In einigen Jahren hatten sie sich bereits vollständig von der Gesellschaft zurückgezogen. Obgleich er nicht ohne Fähigkeiten und durchaus kein »armseliger Tropf« war, galt er doch allen als ein wunderlicher Kauz, der die Einsamkeit liebe und überdies eine hochmütige Sprache führe. Madame Wirginskaja selbst, die den Hebammenberuf ausübte, stand schon allein deswegen auf der gesellschaftlichen Stufenleiter besonders tief, tiefer sogar als die Frau des Popen, trotzdem ihr Mann Offiziersrang besaß. Von einer ihrem Berufe entsprechenden Demut war an ihr allerdings nichts zu bemerken. Und nach der überaus dummen und unverzeihlich offenkundigen Liaison, die sie um des Prinzips willen mit einem Lumpen, dem Hauptmann Lebjadkin, eingegangen war, hatten sich sogar unsre nachsichtigen Damen mit deutlich bemerkbarer Geringschätzung von ihr zurückgezogen. Aber Madame Wirginskaja nahm das alles so hin, als ob sie es gerade so wünschte. Merkwürdigerweise wandten sich gerade jene besonders strengen Damen, wenn sie sich in interessanten Umständen befanden, mit Übergehung der drei anderen Hebammen unserer Stadt, nach Möglichkeit an Arina Prochorowna (das heißt an Frau Wirginskaja).

Sogar zu den Gutsbesitzerfrauen im Kreise wurde sie gerufen; ein solches Zutrauen hatten alle zu ihren Kenntnissen, zu ihrem Glücke und zu ihrer Geschicklichkeit in kritischen Fällen. Schließlich praktizierte sie nur noch in den reichsten Häusern; das Geld aber liebte sie mit einer wahren Gier. Im vollen Bewußtsein ihrer Macht legte sie sich zuletzt in ihrem Benehmen keinerlei Zwang mehr auf. Bei Ausübung ihres Berufes in den vornehmsten Häusern erschreckte sie, vielleicht sogar absichtlich, nervenschwache Gebärerinnen durch irgendwelche unerhörte nihilistische Vernachlässigung der Anstandsregeln oder sogar durch Spöttereien über »alles Heilige«, und zwar gerade in den Augenblicken, wo das »Heilige« am ehesten hätte nützen können. Aber unser Stabsarzt Rosanow, der ebenfalls Geburtshelfer war, bezeugte mit aller Bestimmtheit, daß einmal, als die Gebärerin in ihren Qualen schrie und den Namen des allmächtigen Gottes anrief, gerade eine solche plötzliche freidenkerische Äußerung Arina Prochorownas die Kranke »wie ein Pistolenschuß« erschreckt und die schnellste Befreiung von der Leibesfrucht herbeigeführt habe. Aber obwohl sie eine Nihilistin war, hielt Arina Prochorowna in geeigneten Fällen nicht nur an den in der vornehmen Welt üblichen, sondern auch an veralteten und abergläubischen Gebräuchen fest, wenn diese ihr Nutzen bringen konnten. Um keinen Preis wäre sie zum Beispiel von der Taufe eines von ihr zur Welt beförderten Kindes fortgeblieben; sie erschien dabei in einem grünseidenen Schleppkleide und frisierte sich ihren Chignon in Locken und Löckchen, während sie zu jeder anderen Zeit mit Genuß der ärgsten Schlumpigkeit frönte. Und obgleich sie während der Vollziehung des Sakramentes der Taufe immer »eine ganz unverschämte Miene« aufsetzte, so daß der Geistliche und die Kirchenbeamten darüber verlegen wurden, so trug sie doch nach Vollendung der heiligen Handlung stets selbst den Champagner herum (eben deswegen war sie erschienen und hatte sie sich geputzt), und da hätte einmal jemand versuchen sollen, ein Glas zu nehmen, ohne ihr ein Trinkgeld hinzulegen!

Die Gäste, die sich diesmal bei Wirginski versammelt hatten (es waren fast nur Männer), hatten ein besonderes, feierliches Aussehen. Es gab keinen Imbiß; auch wurde nicht Karte gespielt. In der Mitte des großen Salons, der mit alten blauen Tapeten schön tapeziert war, waren zwei Tische zusammengerückt und mit einem großen Tischtuch bedeckt, das allerdings nicht ganz sauber war, und auf ihnen siedeten zwei Samoware. Ein gewaltiges Präsentierbrett mit fünfundzwanzig Gläsern und ein Korb mit gewöhnlichem Weißbrot, das in eine Menge Scheiben geschnitten war, wie das in vornehmen Knaben- und Mädchenpensionaten für die Zöglinge zu geschehen pflegt, nahmen das eine Ende des Tisches ein. Den Tee goß ein dreißigjähriges Fräulein ein, eine Schwester der Hausfrau, ohne Augenbrauen, mit hellblonden Wimpern, ein schweigsames, boshaftes Wesen, das die neuen Ansichten teilte, und vor welchem Wirginski selbst in seinem häuslichen Leben furchtbare Angst hatte. Es waren im ganzen drei Damen im Zimmer: die Hausfrau selbst, ihre der Augenbrauen entbehrende Schwester und eine Schwester Wirginskis, ein Fräulein Wirginskaja, die soeben erst aus Petersburg angekommen war. Arina Prochorowna, eine stattliche Dame von etwa siebenundzwanzig Jahren, eine hübsche Erscheinung, etwas strubbelig, in einem wollenen Alltagskleide von grünlicher Farbe, saß am Tische, ließ ihre dreisten Augen über die Gäste schweifen und sagte gleichsam mit ihrem Blicke: »Seht ihr wohl, ich fürchte mich vor nichts!« Das soeben erst eingetroffene Fräulein Wirginskaja, ebenfalls eine hübsche Person, eine Studentin und Nihilistin, dick und rund wie eine Kugel, klein von Wuchs, mit sehr roten Backen, hatte neben Arina Prochorowna Platz genommen; sie befand sich noch beinah im Reiseanzuge, hatte eine Papierrolle in der Hand und betrachtete die Gäste mit ungeduldig umherhüpfenden Augen. Wirginski selbst war an diesem Abend etwas unwohl, war indessen doch in den Salon gekommen und saß am Teetisch in einem Lehnstuhl. Alle Gäste saßen ebenfalls, und an dieser zeremoniösen Placierung auf Stühlen um den Tisch herum ließ sich im voraus ersehen, daß es sich um eine

Sitzung handelte. Offenbar warteten alle auf etwas und führten während des Wartens zwar laute, aber nebensächliche Gespräche. Als Stawrogin und Werchowenski erschienen, wurde alles auf einmal still.

Aber ich erlaube mir zum Zwecke der Charakterisierung der Anwesenden einige Mitteilungen zu machen.

Ich glaube, daß alle diese Herren sich damals tatsächlich in der angenehmen Hoffnung versammelt hatten, etwas besonders Interessantes zu hören, und daß ihnen so etwas vorher angekündigt worden war. Sie repräsentierten die Blüte des rotesten Liberalismus in unserer alten Stadt und waren von Wirginski für diese »Sitzung« sehr sorgfältig ausgesucht worden. Ich bemerke noch, daß einige von ihnen (übrigens nur sehr wenige) ihn vorher noch gar nicht besucht hatten. Gewiß hatte die Mehrzahl der Gäste keine klare Vorstellung davon, zu welchem Zwecke sie zusammengerufen waren. allerdings hielten damals alle Pjotr Stepanowitsch für einen aus dem Auslande gekommenen, mit weitgehenden Vollmachten versehenen Emissär; diese Vorstellung hatte sich bei ihnen sofort festgesetzt und schmeichelte naturgemäß ihrem eigenen Selbstbewußtsein. Indessen fanden sich unter diesem Häufchen von Einwohnern unserer Stadt, das sich unter dem Vorwande der Feier eines Namenstages eingefunden hatte, bereits einige, denen bestimmte Vorschläge gemacht worden waren. Pjotr Werchowenski hatte bei uns schon ein Fünferkomitee gebildet, ähnlich denjenigen, die er bereits in Moskau und, wie sich jetzt herausgestellt hat, in unserm Kreise unter den Offizieren eingerichtet hatte. Es heißt, auch im Gouvernement Ch*** habe er ein solches ins Leben gerufen. Diese fünf Auserwählten saßen jetzt mit an dem gemeinsamen Tische und verstanden es sehr kunstvoll, sich den Anschein ganz gewöhnlicher Menschen zu geben, so daß sie niemand herauserkennen konnte. Es waren dies (denn jetzt ist das kein Geheimnis mehr): erstens Liputin, dann Wirginski selbst, der langohrige Schigalew, ein Bruder von Frau Wirginskaja, Ljamschin und endlich ein gewisser Tolkatschenko, eine sonderbare Persönlichkeit, ein Mann von ungefähr vierzig Jahren, der sich einer außerordentlichen Kenntnis des niederen Volkes, namentlich der Spitzbuben und Räuber, rühmte, absichtlich in die Schenken ging (übrigens nicht nur zum Studium des Volkes) und sich bei uns in der Stadt durch schlechte Kleidung, Schmierstiefel, schlau zusammengekniffene Augen und Volksjargon interessant zu machen suchte. Ljamschin hatte ihn früher ein- oder zweimal zu Stepan Trofimowitsch auf die Abendgesellschaft mitgebracht, wo er aber keinen besonderen Effekt machte. In der Stadt erschien er nur von Zeit zu Zeit, namentlich wenn er ohne Stelle war; er tat nämlich Dienst bei den Eisenbahnen. Alle diese fünf Politiker waren zu einem Komitee in dem festen Glauben zusammengetreten, daß ihr Komitee nur eines unter Hunderten und Tausenden von ebensolchen über ganz Rußland ausgebreiteten sei, und daß alle von einer gewaltigen, aber geheimen Zentralstelle abhingen, die ihrerseits mit der allgemeinen europäischen Revolutionspartei organisch verbunden sei. Aber leider muß ich bekennen, daß unter ihnen schon damals Mißhelligkeiten hervortraten. Die Sache war nämlich die: Allerdings hatten sie schon seit dem Frühjahr Pjotr Werchowenski erwartet, der ihnen zuerst durch Tolkatschenko und dann durch den angekommenen Schigalew angekündigt worden war, und sie hatten von ihm besondere Wunderdinge erwartet und waren sogleich alle, ohne das geringste Bedenken zu äußern, auf seinen ersten Ruf zu einem Komitee zusammengetreten; aber kaum hatten sie das Fünferkomitee gebildet, als sie sich sogleich alle gewissermaßen beleidigt fühlten, und zwar meiner Vermutung nach durch die Schnelligkeit, mit der sie eingewilligt hatten. Zusammengetreten waren sie natürlich aus einem hochherzigen Gefühl der Scham, damit man nicht nachher sage, sie hätten es nicht gewagt; aber doch hätte Pjotr Werchowenski ihre Großtat würdigen und ihnen zur Belohnung irgendein kapitales Geschichtchen erzählen müssen. Aber Werchowenski wollte ihre rechtmäßige Neugier schlechterdings nicht befriedigen und erzählte nichts Überflüssiges; überhaupt behandelte er sie mit merkwürdiger Strenge und sogar mit Geringschätzung. Dies reizte sie entschieden, und das Mitglied Schigalew hetzte bereits die übrigen dazu auf, »Rechenschaft zu fordern«, aber natürlich nicht jetzt bei Wirginski, wo so viele Fremde zusammengekommen waren.

Was aber die Fremden anlangt, so habe ich auch da eine Vermutung, daß nämlich die oben genannten Mitglieder des ersten Fünferkomitees an diesem Abend geneigt waren, unter Wirginskis Gästen die Mitglieder noch anderer, ihnen unbekannter Gruppen zu vermuten, die ebenfalls in der Stadt nach derselben geheimen Organisation und von demselben Werchowenski konstituiert seien, so daß schließlich fast alle Versammelten einander beargwöhnten und voreinander mannigfaltige gekünstelte Haltungen annahmen, was der ganzen Versammlung ein sehr verworrenes und sogar zum Teil romanhaftes Aussehen verlieh. Übrigens waren auch Leute da, die keinerlei Verdacht hegten. So zum Beispiel ein noch im Dienst stehender Major, ein naher Verwandter Wirginskis, ein ganz unschuldiger Mensch, der auch gar nicht eingeladen worden, sondern von selbst gekommen war, um seinem Verwandten zum Namenstage zu gratulieren, so daß keine Möglichkeit gewesen war, ihn abzuweisen. Aber der Hausherr war trotzdem seinetwegen beruhigt, da der Major in keiner Weise denunzieren konnte; denn trotz all seiner Dummheit hatte er sich sein ganzes Leben lang mit Vorliebe an solchen Orten herumgetrieben, wo Liberale extremer Richtung ihr Wesen hatten; er selbst sympathisierte zwar nicht mit ihnen, hörte aber sehr gern zu. Überdies war er sogar kompromittiert: Es hatte sich so gemacht, daß in seiner Jugend ganze Pakete des Kolokol* und aufreizender Proklamationen durch seine Hände gegangen waren, und obgleich er sich sogar fürchtete, sie auch nur aufzuschlagen, so hätte er doch die Weigerung, sie zu verbreiten, für eine Gemeinheit höchsten Grades gehalten – und solche Russen gibt es sogar noch heutigentages. Die übrigen Gäste repräsentierten entweder den Typus des durch Niederdrückung in Galle verwandelten edlen Ehrgeizes oder den Typus des ersten edlen Ausbruchs feurigen

* Eine von A. Herzen im Auslande herausgegebene Zeitschrift. (A. d. Ü.)

Jugenddranges. Es waren da zwei oder drei Lehrer, der eine lahm, schon etwa fünfundvierzig Jahre alt, am Gymnasium angestellt, ein sehr giftiger und auffallend eitler Mensch, und zwei oder drei Offiziere. Von den letzteren war der eine ein sehr junger Artillerist, der eben erst von einer Kriegsschule gekommen war, ein schweigsamer Mensch, der noch keine Bekanntschaften gemacht und sich jetzt plötzlich bei Wirginski eingefunden hatte; er hatte einen Bleistift in der Hand, beteiligte sich am Gespräche fast gar nicht, schrieb sich aber alle Augenblicke etwas in seinem Notizbuche auf. Alle sahen dies; aber aus irgendwelchem Grunde taten alle, als ob sie es nicht bemerkten. Auch der stellenlose Seminarist war anwesend, der mit Ljamschin zusammen der Bücherverkäuferin die schmutzigen Photographien in den Sack gesteckt hatte, ein stämmiger Bursche mit ungeniertem, aber gleichzeitig unsicherem Benehmen, mit einem steten streitbaren Lächeln und zugleich mit einer Miene des Triumphes über seine eigene Vortrefflichkeit. Auch der Sohn unseres Bürgermeisters war da, ich weiß nicht warum, eben jener widerwärtige vorzeitig verlotterte junge Mensch, dessen ich bereits Erwähnung getan habe, als ich den Vorfall mit der kleinen Leutnantsfrau erzählte. Dieser schwieg den ganzen Abend über. Und endlich zum Schluß ein Gymnasiast, ein sehr hitziger, aufgeregter junger Mensch von ungefähr achtzehn Jahren, der mit der finsteren Miene eines in seiner Würde gekränkten Jünglings dasaß und offenbar unter seinen achtzehn Jahren litt. Dieses Bürschchen war schon Vorsitzender einer selbständigen Verschwörergruppe, die sich in der obersten Klasse des Gymnasiums gebildet hatte, wie sich das zum allgemeinen Erstaunen in der Folge herausstellte. Ich habe Schatow noch nicht erwähnt: Er hatte an einer der hinteren Ecken des Tisches Platz genommen, seinen Stuhl ein wenig aus der Reihe herausgerückt, blickte zu Boden, schwieg finster, lehnte den Tee und das Brot ab und legte die ganze Zeit über die Mütze nicht aus der Hand, wie wenn er dadurch bekunden wollte, daß er nicht als Gast, sondern in einer geschäftlichen Angelegenheit gekommen sei und, sobald es ihm gut scheine, aufstehen und weggehen werde. Nicht weit von ihm hatte sich auch Kirillow niedergelassen; auch er verhielt sich sehr schweigsam, blickte aber nicht zur Erde, sondern hielt im Gegenteil seinen unbeweglichen, glanzlosen Blick auf jeden, der redete, starr geheftet und hörte alles ohne die geringste Erregung oder Verwunderung mit an. Einige der Gäste, die ihn vorher noch nie gesehen hatten, betrachteten ihn nachdenklich und verstohlen. Es muß dahingestellt bleiben, ob Madame Wirginskaja selbst etwas von der Existenz des Fünferkomitees wußte. Ich glaube, daß sie alles wußte, und zwar von ihrem Manne. Die Studentin beteiligte sich natürlich an nichts; aber sie hatte ihre eigene Sorge: Sie beabsichtigte, nur einen oder zwei Tage dort zu logieren und sich dann weiter und weiter nach allen Universitätsstädten zu begeben, um »an den Leiden der armen Studenten teilzunehmen und sie zum Protest aufzurufen«. Sie führte einige hundert Exemplare eines lithographierten Aufrufes mit sich, den sie wahrscheinlich selbst verfaßt hatte. Merkwürdig war, daß der Gymnasiast sie vom ersten Blicke an beinahe tödlich haßte, obwohl er sie zum ersten Male im Leben sah, und sie ihn in gleicher Weise. Der Major war ihr Onkel und traf heute zum erstenmal seit zehn Jahren mit ihr zusammen. Als Stawrogin und Werchowenski eintraten, waren die Backen der Studentin rot wie Preiselbeeren: Sie hatte sich soeben mit ihrem Onkel wegen ihrer Anschauungen in betreff der Frauenfrage gestritten.

## II

Werchowenski rekelte sich mit auffälliger Ungeniertheit auf einen Stuhl am oberen Ende des Tisches hin, nachdem er fast niemand begrüßt hatte. Seine Miene war mürrisch und sogar hochmütig. Stawrogin grüßte die Versammelten höflich; aber obgleich alle nur auf die beiden gewartet hatten, so taten sie doch sämtlich wie auf Kommando, als ob sie sie fast gar nicht bemerkten. Die Wirtin wandte sich in gemes-

senem Tone an Stawrogin, sowie derselbe Platz genommen hatte.
»Stawrogin, wollen Sie Tee?«
»Bitte!« antwortete dieser.
»Für Stawrogin Tee!« befahl sie ihrer Schwester, die das Einschenken besorgte. »Wollen Sie auch?« (Die letzten Worte waren an Werchowenski gerichtet.)
»Geben Sie her! Natürlich! Wer fragt denn Gäste danach erst? Und geben Sie auch Sahne dazu; bei Ihnen bekommt man immer ein schreckliches Gesöff für Tee; und dabei wird hier doch sogar ein Namenstag gefeiert.«
»Was? Auch Sie erkennen das Feiern von Namenstagen als berechtigt an?« rief die Studentin lachend. »Wir haben soeben darüber gesprochen.«
»Eine alte Geschichte!« brummte der Gymnasiast vom andern Ende des Tisches her.
»Was meinen Sie mit ›alte Geschichte‹? Vorurteile, und wenn es auch die allerunschuldigsten sind, abzulegen, ist keine alte Geschichte, sondern im Gegenteil zu allgemeiner Schande bis jetzt noch etwas Neues«, entgegnete die Studentin sofort und bewegte sich dabei so heftig, als ob sie aufspringen wollte. »Außerdem gibt es gar keine unschuldigen Vorurteile«, fügte sie erbittert hinzu.
»Ich wollte nur erklären«, entgegnete der Gymnasiast in starker Aufregung, »daß Vorurteile zwar sicherlich eine alte Sache sind und ausgerottet werden müssen, daß aber, was Namenstage anlangt, alle Menschen schon wissen, daß das eine Dummheit und eine zu alte Geschichte ist, als daß man seine kostbare Zeit damit verlieren sollte, von der sowieso schon die ganze Welt zuviel verliert, so daß man seinen Scharfsinn auf notwendigere Dinge verwenden könnte . . .«
»Sie ziehen das zu sehr in die Länge; es ist ja nicht zu verstehen!« rief die Studentin.
»Mir scheint, daß ein jeder das Recht der Meinungsäußerung hat, ebensogut wie der andere, und wenn ich ebenso wie jeder andere meine Meinung auszusprechen wünsche, so . . .«

»Niemand nimmt Ihnen das Recht der Meinungsäußerung«, unterbrach ihn hier die Hausfrau selbst in scharfem Tone. »Man fordert Sie nur auf, nicht zu quasseln, weil Sie sonst niemand verstehen kann.«
»Aber erlauben Sie mir zu bemerken, daß Sie mich nicht respektvoll behandeln; wenn ich meinen Gedanken nicht bis zu Ende bringen konnte, so kam das nicht daher, daß ich keine Gedanken gehabt hätte, sondern eher von einer Überfülle an Gedanken ...« murmelte der Gymnasiast halb verzweifelt und geriet nun vollständig in Konfusion.
»Wenn Sie nicht zu reden verstehen, dann schweigen Sie!« trumpfte ihn die Studentin ab.
Der Gymnasiast sprang von seinem Stuhle in die Höhe.
»Ich wollte nur bemerken«, rief er (sein Gesicht brannte vor Scham, und er fürchtete sich, die Anwesenden anzusehen), »daß Sie nur Ihren Verstand leuchten lassen wollten, weil Herr Stawrogin hereingekommen ist. Das ist die Sache!«
»Was Sie da gesagt haben, ist schmutzig und unmoralisch und zeigt, auf einer wie niedrigen Entwicklungsstufe Sie stehen. Ich ersuche Sie, sich nicht mehr an mich zu wenden«, erwiderte die Studentin scharf.
»Stawrogin«, begann die Wirtin, »ehe Sie kamen, disputierte man hier über die Familienrechte – besonders der Offizier da« (sie deutete durch eine Kopfbewegung auf ihren Verwandten, den Major, hin). »Ich werde Sie natürlich nicht mit diesem alten Unsinn behelligen; diese Frage ist ja längst entschieden. Aber woher haben denn die Rechte und Pflichten der Familie, so wie man sie dem jetzt bestehenden Vorurteile zufolge auffaßt, entstehen können? Das ist die Frage. Wie denken Sie darüber?«
»Wie meinen Sie das: woher sie haben entstehen können?« fragte Stawrogin.
»Das ist so gemeint: Wir wissen zum Beispiel, daß das Vorurteil von der Existenz Gottes sich von dem Blitze und dem Donner herschreibt«, mischte sich die Studentin schnell wieder ein und blickte dabei Stawrogin an, als ob ihr die Augen aus dem Kopfe springen wollten. »Es ist ganz bekannt, daß die Menschen der Urzeit, durch den Blitz und

den Donner erschreckt, den unsichtbaren Feind, dem gegenüber sie sich schwach fühlten, zum Gotte erhoben. Aber woher schreibt sich das Vorurteil von der Familie? Wie hat die Familie selbst entstehen können?«

»Das ist nicht ganz dasselbe . . .« versuchte die Wirtin einzuwerfen.

»Ich glaube, daß die Antwort auf diese Frage indezent herauskommen würde«, antwortete Stawrogin.

»Wieso?« fragte die Studentin heftig.

Aber in der Lehrergruppe ließ sich ein Kichern vernehmen, das sogleich am andern Ende bei Ljamschin und dem Gymnasiasten seinen Widerhall fand; nach ihnen brach auch der Major in ein heiseres Gelächter aus.

»Sie sollten Vaudevilles schreiben«, sagte die Wirtin zu Stawrogin.

»Ihr Lachen macht Ihnen keine Ehre; ich weiß gar nicht, wie Sie alle eigentlich heißen«, rief die Studentin in starker Entrüstung den Lachenden zu.

»Sei du nicht vorwitzig!« schalt der Major. »Du bist ein junges Mädchen; du solltest dich bescheiden zurückhalten; aber dich prickelt es ja, als ob du auf Nadeln säßest.«

»Schweigen Sie still, und erlauben Sie sich nicht, sich in dieser familiären Weise mit Ihren garstigen Vergleichungen an mich zu wenden! Ich sehe Sie zum erstenmal und mag von einer Verwandtschaft mit Ihnen nichts wissen.«

»Aber ich bin ja doch dein Onkel; ich habe dich, als du noch ein Säugling warst, auf meinen Armen herumgetragen!«

»Was geht das mich an, was Sie da herumgeschleppt haben? Ich habe Sie damals nicht darum gebeten, mich herumzuschleppen; also muß es Ihnen, Sie unhöflicher Herr Offizier, doch wohl selbst damals Vergnügen gemacht haben. Und gestatten Sie mir noch die Bemerkung, daß Sie kein Recht haben, mich zu duzen, es müßte denn wegen unserer Stellung als Mitbürger sein, und ich verbiete Ihnen das ein für allemal.«

»Ja, so sind die Weiber alle!« rief der Major, sich zu dem gegenübersitzenden Stawrogin wendend, und schlug mit der Faust auf den Tisch. »Nein, erlauben Sie, ich liebe den Liberalismus und die moderne Richtung und höre gern verständige Gespräche mit an; aber ich muß sagen: nur von Männern. Aber was die Weiber reden, dieses moderne leichtfertige Volk – nein, davon verspüre ich einen physischen Schmerz! Dreh dich doch nicht soviel hin und her!« rief er der Studentin zu, die auf dem Stuhle nicht ruhig sitzen konnte; »nein, jetzt möchte ich auch das Wort haben; ich bin beleidigt worden.«

»Sie sind nur den anderen hinderlich, wissen aber selbst nichts zu sagen«, brummte die Hausfrau unwillig.

»Nein, nun will ich doch auch meine Meinung aussprechen«, wandte sich der hitzig werdende Major an Stawrogin. »Ich rechne auf Sie, Herr Stawrogin, als auf einen neu Hinzugekommenen, obwohl ich nicht die Ehre habe, Sie zu kennen. Ohne Männer gehen die Weiber zugrunde wie die Fliegen; das ist meine Meinung. Und ihre ganze Frauenfrage beruht lediglich auf Mangel an Originalität. Ich versichere Sie: Diese ganze Frauenfrage haben ihnen die Männer dummerweise ausgedacht und sich damit selbst eine Rute gebunden; Gott sei nur Dank, daß ich nicht verheiratet bin! Nichts wozu ein bißchen Phantasie gehört, nicht einmal ein einfaches Stickmuster können sie sich ausdenken; selbst die Stickmuster denken die Männer für sie aus! Sehen Sie, dieses Mädchen habe ich auf den Armen getragen, und als sie zehn Jahre alt war, habe ich mit ihr Masurka getanzt; heute ist sie angekommen, ich eile ihr natürlich entgegen, um sie zu umarmen, sie aber erklärt mir gleich nach dem zweiten Worte, daß es keinen Gott gebe. Hätte sie es wenigstens erst nach dem dritten Worte getan und nicht gleich nach dem zweiten; aber sie hatte es gar zu eilig! Na, wenn verständige Leute nicht an Gott glauben, dann tun sie das infolge ihres Verstandes; aber du, sage ich, du Knirps, was verstehst du von Gott? Dir hat das doch nur ein Student beigebracht, und wenn er dich unterwiesen hätte, die Lämpchen vor den Heiligenbildern anzuzünden, dann würdest du auch das tun.«

»Sie lügen immer; Sie sind ein sehr schlechter Mensch, und

ich habe Ihnen vorhin Ihren geistigen Bankerott nachgewiesen«, antwortete die Studentin geringschätzig, wie wenn es unter ihrer Würde wäre, sich mit einem solchen Menschen in lange Auseinandersetzungen einzulassen. »Ich habe Ihnen vorhin gesagt, daß man uns alle in der Religionsstunde gelehrt hat: ›Wenn du deinen Vater und deine Eltern ehrst, dann wirst du lange leben, und es wird dir Reichtum gegeben werden.‹ Das steht in den zehn Geboten. Wenn Gott für nötig befunden hat, für die Liebe eine Belohnung zu bieten, so ist Ihr Gott unmoralisch. Mit diesen Sätzen habe ich Ihnen das vorhin bewiesen, und übrigens auch nicht gleich nach dem zweiten Worte, sondern weil sie als Verwandter Rechte auf mich geltend machten. Wer kann etwas dafür, daß Sie so stumpfsinnig sind und es noch nicht verstehen? Sie fühlen sich gekränkt und ärgern sich – so erklärt sich das Verhalten Ihrer ganzen Generation.«

»Du Närrin!« sagte der Major.

»Und Sie sind ein Narr.«

»Schimpfe nur!«

»Aber erlauben Sie, Kapiton Maximowitsch, Sie haben ja selbst zu mir gesagt, Sie glaubten nicht an Gott«, kreischte vom Ende des Tisches her Liputin.

»Was soll hier das, was ich gesagt habe? Mit mir ist das eine ganz andere Sache! Vielleicht glaube ich auch, nur nicht so ganz. Aber obgleich ich nicht vollständig glaube, sage ich doch nicht, daß Gott erschossen werden müsse. Ich habe, als ich noch bei den Husaren diente, über Gott viel nachgedacht. In allen Gedichten heißt es herkömmlicherweise, ein Husar trinke und führe ein flottes Leben; na ja, ich habe vielleicht auch getrunken; aber, glauben Sie mir, ich bin manchmal in der Nacht in bloßen Socken aufgesprungen und habe mich vor dem Heiligenbilde bekreuzt und gebetet, daß Gott mir den Glauben geben möge, weil mich schon damals die Frage beunruhigte: Gibt es einen Gott oder nicht? So sauer habe ich es mir werden lassen! Am Morgen hat man dann natürlich seine Ablenkung, und der Glaube sinkt gewissermaßen zusammen, wie ich denn überhaupt bemerkt habe, daß bei Tage der Glaube immer etwas abnimmt.«

»Wird denn bei Ihnen nicht Karte gespielt werden?« fragte Werchowenski die Hausfrau und gähnte dabei mit weit geöffentem Munde.

»Ich sympathisiere durchaus mit Ihrer Frage, durchaus!« rief die Studentin, die vor Entrüstung über die Worte des Majors einen ganz roten Kopf bekommen hatte.

»Man verliert nur die goldene Zeit, wenn man diese törichten Reden mit anhört«, sagte die Wirtin in scharfem Tone und blickte ihren Mann streng an.

Die Studentin schickte sich zum Reden an.

»Ich wollte der Versammlung von den Leiden und dem Proteste der Studenten Mitteilung machen, und da die Zeit mit unmoralischen Gesprächen vergeudet wird . . .«

»Es gibt weder etwas Moralisches noch etwas Unmoralisches!« konnte der Gymnasiast sich nicht enthalten zu bemerken, sowie die Studentin angefangen hatte zu reden.

»Das habe ich viel früher gewußt, als man es Ihnen beigebracht hat, Herr Gymnasiast.«

»Und ich behaupte«, versetzte dieser wütend, »daß Sie ein Kind sind, das aus Petersburg hergekommen ist, um uns über alle Dinge aufzuklären, die wir bereits selbst wissen. Über das Gebot ›Du sollst deinen Vater und deine Mutter ehren‹, das Sie nicht aufsagen konnten, und darüber, daß es unmoralisch ist, wissen schon seit Belinski alle Leute in Rußland Bescheid.«

»Wird denn dieses Gerede nicht endlich einmal ein Ende nehmen?« fragte Madame Wirginskaja ihren Mann in scharfem Tone.

Als Wirtin schämte sie sich über die wertlosen Gespräche, besonders, da sie bei den zum ersten Male eingeladenen Gästen eine gewisse Verwunderung und ein leises Lächeln bemerkte.

»Meine Herren«, sagte Wirginski auf einmal mit erhobener Stimme, »falls jemand wünschen sollte, über etwas mehr zur Sache Gehöriges zu reden, oder falls jemand eine Mitteilung zu machen hat, schlage ich vor, ohne weiteren Zeitverlust damit zu beginnen.«

»Ich bin so frei, eine Frage zu stellen«, sagte in sanftem Tone der lahme Lehrer, der bis dahin schweigsam und in besonders wohlanständiger Haltung dagesessen hatte: »Ich würde gerne wissen, ob wir hier jetzt eine Sitzung darstellen oder einfach eine Versammlung von gewöhnlichen Sterblichen bilden, die zu Besuch gekommen sind. Ich frage mehr um der Ordnung willen, und um mich nicht in Ungewißheit zu befinden.«

Die »listige« Frage tat ihre Wirkung; alle schauten einander an, als ob einer vom andern eine Antwort erwartete, und plötzlich richteten alle wie auf Kommando ihre Blicke auf Werchowenski und Stawrogin.

»Ich schlage einfach vor, über die Antwort auf die Frage: ›Sind wir eine Sitzung oder nicht?‹ abzustimmen«, sagte Madame Wirginskaja.

»Ich schließe mich diesem Vorschlag durchaus an«, ließ sich Liputin vernehmen, »obwohl er etwas unbestimmt ist.«

»Auch ich schließe mich an! Auch ich!« riefen mehrere Stimmen.

»Auch ich bin der Ansicht, daß dann tatsächlich mehr Ordnung sein wird«, fügte Wirginski bekräftigend hinzu.

»Also zur Abstimmung!« forderte die Hausfrau auf. »Ljamschin, bitte, setzen Sie sich ans Klavier; Sie können auch von dort aus Ihre Stimme abgeben, wenn die Abstimmung begonnen hat.«

»Schon wieder!« rief Ljamschin. »Ich habe Ihnen doch schon genug vorgetrommelt!«

»Ich bitte Sie dringend: Setzen Sie sich hin, und spielen Sie! Wollen Sie denn nicht der Sache nützen?«

»Aber ich versichere Ihnen, Arina Prochorowna, daß niemand horcht. Das ist Ihrerseits nur eine Einbildung. Auch liegen ja die Fenster hoch, und wer kann da etwas verstehen, selbst wenn er horchte?«

»Wir verstehen ja selbst nicht einmal, um was es sich handelt«, brummte eine Stimme.

»Ich aber sage Ihnen, daß Vorsicht immer notwendig ist.

Ich möchte es für den Fall, daß Spione da sind«, wandte sie sich erklärend an Werchowenski. »Mögen sie von der Straße aus hören, daß bei uns ein Namenstag gefeiert und musiziert wird.«
»Na, hol's der Teufel!« schimpfte Ljamschin, setzte sich ans Klavier und begann nachlässig und fast mit den Fäusten auf die Tasten schlagend einen Walzer zu spielen.
»Diejenigen, die da wünschen, daß eine Sitzung stattfindet, fordere ich auf, die rechte Hand in die Höhe zu heben«, schlug Madame Wirginskaja vor.
Einige hoben die Hand in die Höhe, andere nicht. Es gab auch solche, die die Hand in die Höhe hoben und wieder sinken ließen. Sie ließen sie sinken und hoben sie wieder in die Höhe.
»Donnerwetter, ich habe nichts verstanden!« rief ein Offizier.
»Ich vestehe es auch nicht!« rief ein anderer.
»Doch, ich verstehe es!« rief ein dritter. »Wenn ›ja‹, dann die Hand in die Höhe.«
»Aber was bedeutet denn ›ja‹?«
»Das bedeutet: Sitzung.«
»Nein, es bedeutet: nicht Sitzung.«
»Ich habe für Sitzung gestimmt«, rief der Gymnasiast, sich an Madame Wirginskaja wendend.
»Warum haben Sie denn dann nicht die Hand in die Höhe gehoben?«
»Ich habe immer nach Ihnen hingesehen; Sie haben sie nicht in die Höhe gehoben; deshalb habe ich es auch nicht getan.«
»Wie dumm! Ich habe es deswgen nicht getan, weil ich die Abstimmung vorschlug. Meine Herren, ich schlage noch einmal das umgekehrte Verfahren vor: Wer eine Sitzung will, möge sitzenbleiben und die Hand nicht in die Höhe heben, und wer sie nicht will, der möge die rechte Hand in die Höhe heben!«
»Wer sie nicht will?« fragte der Gymnasiast.
»Sie tun das wohl mit Absicht, wie?« rief Madame Wirginskaja zornig.

»Nein, erlauben Sie, wer will, oder wer nicht will? Denn das muß doch ganz genau bestimmt werden«, erschollen zwei, drei Stimmen.
»Wer nicht will, wer nicht will.«
»Na ja; aber was soll der tun? Die Hand in die Höhe heben oder sie nicht in die Höhe heben, wenn er nicht will?« rief der Offizier.
»Ach, wir sind an den Parlamentarismus noch nicht gewöhnt!« bemerkte der Major.
»Herr Ljamschin, tun Sie uns den Gefallen, Sie pauken so darauflos, daß niemand ein Wort verstehen kann«, sagte der lahme Lehrer.
»Es horcht wahrhaftig niemand, Arina Prochorowna!« rief Ljamschin aufspringend. »Und ich will auch nicht mehr spielen! Ich bin als Gast zu Ihnen gekommen, und nicht um auf dem Klavier herumzutrommeln!«
»Meine Herren!« fuhr Wirginski fort; »antworten Sie alle mündlich: Sind wir eine Sitzung oder nicht?«
»Eine Sitzung, eine Sitzung!« ertönte es von allen Seiten.
»Wenn es so ist, dann bedarf es keiner Abstimmung; das genügt. Sind Sie damit zufrieden, meine Herren, oder soll noch abgestimmt werden?«
»Nicht nötig, nicht nötig; wir haben verstanden.«
»Vielleicht wünscht jemand keine Sitzung?«
»Nein, nein, wir wollen alle!«
»Aber was ist denn eigentlich Sitzung?« rief eine Stimme.
Es erfolgte keine Antwort.
»Es muß ein Präsident gewählt werden!« wurde von verschiedenen Seiten gerufen.
»Der Hausherr, selbstverständlich, der Hausherr!«
»Meine Herren, wenn es so ist«, begann der zum Präsidenten gewählte Wirginski, »so wiederhole ich den von mir vorhin gemachten Vorschlag: Falls jemand wünschen sollte, über etwas mehr zur Sache Gehöriges zu reden, oder falls jemand eine Mitteilung zu machen hat, so möge er ohne Zeitverlust damit beginnen.«
Allgemeines Schweigen. Die Blicke aller wandten sich von neuem nach Stawrogin und Werchowenski hin.

»Werchowenski, haben Sie nicht eine Erklärung abzugeben?« fragte ihn die Hausfrau direkt.
»Absolut nicht!« sagte er, die Silben dehnend, und rekelte sich gähnend auf seinem Stuhle. »Ich würde übrigens gern ein Glas Kognak trinken.«
»Stawrogin, wollen Sie nicht?«
»Ich danke, ich trinke nicht.«
»Ich meine, ob Sie nicht reden wollen; vom Kognak spreche ich nicht.«
»Reden? Wovon? Nein, das liegt nicht in meiner Absicht.«
»Es wird Ihnen Kognak gebracht werden«, antwortete sie Werchowenski.
Die Studentin erhob sich. Sie war schon vorher mehrmals halb aufgesprungen.
»Ich bin hergekommen, um von den Leiden der unglücklichen Studenten Mitteilung zu machen, und davon, daß sie aller Orten zum Protest aufgerufen werden sollen . . .«
Aber sie brach ab; am andern Ende des Tisches war bereits ein Konkurrent erschienen, und alle Blicke wandten sich zu ihm hin. Der langohrige Schigalew hatte sich mit finsterer, mürrischer Miene langsam von seinem Platze erhoben und melancholisch ein dickes Heft mit außerordentlich kleiner Schrift auf den Tisch gelegt. Er setzte sich nicht wieder hin und schwieg. Viele blickten mit Bestürzung auf das Heft; aber Liputin, Wirginski und der lahme Lehrer schienen mit irgend etwas zufrieden zu sein.
»Ich bitte ums Wort«, sagte Schigalew in mürrischem, aber festem Tone.
»Sie haben das Wort«, erklärte Wirginski.
Der Redner setzte sich, schwieg etwa eine halbe Minute lang und begann dann mit gewichtigem Ernste:
»Meine Herren! . . .«
»Da ist der Kognak!« sagte verdrossen und geringschätzig die Verwandte, deren Amt es war, den Tee einzuschenken; sie hatte sich entfernt gehabt, um den Kognak zu holen, und stellte jetzt vor Werchowenski die Flasche hin, sowie auch ein Glas, das sie in den bloßen Fingern gebracht hatte, ohne Untersatz und ohne Teller.

Der unterbrochene Redner hielt würdevoll inne.
»Lassen Sie sich nicht stören; fahren Sie nur fort; ich höre doch nicht zu!« rief Werchowenski und goß sich ein Glas ein.
»Meine Herren, indem ich mich an ihre Aufmerksamkeit wende«, begann Schigalew von neuem, »und, wie Sie weiter unten sehen werden, um Ihre Hilfe in einem Punkte von allergrößter Wichtigkeit bitte, muß ich eine Einleitung vorausschicken.«
»Arina Prochorowna, haben Sie keine Schere?« fragte Pjotr Stepanowitsch auf einmal.
»Wozu brauchen Sie eine Schere?« fragte sie und sah ihn mit weitgeöffneten Augen an.
»Ich habe vergessen, mir die Nägel zu schneiden; seit drei Tagen habe ich es mir schon vorgenommen«, erwiderte er und betrachtete harmlos seine langen, unsauberen Nägel.
Arina Prochorowna wurde dunkelrot vor Ärger; aber Fräulein Wirginskaja schien an dieser Ungeniertheit Gefallen zu finden.
»Ich glaube, ich habe sie vorhin hier auf dem Fensterbrett gesehen«, sagte Arina Prochorowna, stand vom Tische auf, ging hin, suchte die Schere und brachte sie alsbald.
Pjotr Stepanowitsch gönnte der gefälligen Hausfrau nicht einmal einen Blick, nahm die Schere hin und begann, sie zu benutzen. Arina Prochorowna sagte sich, das müsse wohl ein realistisches Benehmen sein und schämte sich ihrer Empfindlichkeit. Die Versammelten wechselten schweigend Blicke miteinander. Der lahme Lehrer betrachtete Werchowenski voll Zorn und Haß. Schigalew fuhr fort:
»Indem ich meine Energie dem Studium der Frage widmete, wie beschaffen die sozialistische Einrichtung der künftigen Gesellschaft sein müsse, von der die jetzige abgelöst werden wird, bin ich zu der Überzeugung gelangt, daß alle Begründer sozialistischer Systeme von den ältesten Zeiten bis zu unserem Jahre 187 . . . Phantasten, Märchenerzähler und Dummköpfe gewesen sind, die absolut nichts von der Naturwissenschaft und von jenem seltsamen Wesen, das

Mensch genannt wird, verstanden. Plato, Rousseau, Fourier sind Säulen aus Aluminium; all das taugt vielleicht für Spatzen, aber nicht für die menschliche Gesellschaft. Aber da die Feststellung der künftigen Gesellschaftsform gerade jetzt, wo wir alle uns endlich zum Handeln anschicken, unumgänglich notwendig ist, damit wir nachher nicht mehr darüber nachzudenken brauchen, so schlage ich mein eigenes System der Welteinrichtung vor. Hier ist es!« Er klopfte auf das Heft. »Ich wollte der Versammlung mein Buch nach Möglichkeit in abgekürzter Form darlegen; aber ich sehe, daß ich notwendigerweise noch eine Menge von mündlichen Erklärungen werde hinzufügen müssen, und daher wird die ganze Darlegung mindestens zehn Abende erfordern, nach der Zahl der Kapitel meines Buches.« (Gelächter wurde vernehmbar.) »Außerdem erkläre ich im voraus, daß mein System noch nicht zum Abschluß gebracht ist.« (Wieder Lachen.) »Ich habe mich in meinen eigenen Aufstellungen verwirrt, und mein Schlußresultat steht in direktem Widerspruche mit der ursprünglichen Idee, von der ich ausgehe. Indem ich von unbeschränkter Freiheit ausgehe, schließe ich mit unbeschränktem Despotismus. Ich füge jedoch hinzu, daß es außer meiner Lösung des sozialistischen Problems keine andere geben kann.«
Das Gelächter hatte sich immer mehr gesteigert; aber es lachten vorwiegend die jungen und sozusagen noch wenig eingeweihten Gäste. Auf den Gesichtern der Hausfrau, Liputins und des lahmen Lehrers prägte sich deutlich ein gewisser Ärger aus.
»Wenn Sie selbst es nicht verstanden haben, Ihr System zurechtzumodeln, und darüber in Verzweiflung geraten sind, was sollen dann wir erst machen?« bemerkte vorsichtig einer der Offiziere.
»Sie haben recht, Herr aktiver Offizier«, wandte sich Schigalew in scharfem Tone zu ihm, »und besonders darin, daß Sie das Wort ›Verzweiflung‹ gebraucht haben. Ja, ich bin zur Verzweiflung gelangt; nichtsdestoweniger ist alles, was in meinem Buche dargelegt ist, durch nichts anderes zu ersetzen, und eine andere Lösung gibt es nicht; es wird niemand

eine andere erdenken können. Und darum beeile ich mich ohne Zeitverlust, die ganze Gesellschaft aufzufordern, wenn sie mein Buch im Laufe von zehn Abenden wird angehört haben, ihre Meinung zu sagen. Wenn aber die Mitglieder mich nicht anhören wollen, dann wollen wir gleich von vornherein auseinandergehen: Die Männer, um im Staatsdienste tätig zu sein, die Frauen in ihre Küchen; denn nach Ablehnung meines Buches wird den einen wie den andern weiter nichts übrigbleiben. Ab-so-lut nichts! Wenn sie den richtigen Zeitpunkt vorübergehen lassen, so werden sie sich selbst schaden, da sie dann unvermeidlich zu ihrer alten Beschäftigung zurückkehren müssen.«
Es entstand eine Bewegung: »Was ist mit ihm? Er ist wohl verrückt, wie?« wurde von mehreren gerufen.
»Also handelt es sich jetzt lediglich um Schigalews Verzweiflung«, bemerkte Ljamschin, das Fazit ziehend. »Der Kern der Frage ist aber der: Darf er in Verzweiflung sein oder nicht?«
»Schigalews an Verzweiflung grenzender Zustand ist eine rein persönliche Frage«, äußerte sich der Gymnasiast.
»Ich beantrage, darüber abzustimmen, inwieweit Schigalews Verzweiflung die gemeinsame Sache berührt, und damit zugleich, ob es der Mühe wert ist, ihn anzuhören«, schlug ein Offizier vergnügt vor.
»Es handelt sich hier um etwas anderes«, mischte sich endlich der Lahme ein. Meist sprach er mit einer Art von spöttischem Lächeln, so daß schwer zu unterscheiden war, ob er im Ernst redete oder scherzte. »Es handelt sich hier um etwas anderes, meine Herrschaften! Herr Schigalew hat sich seiner Aufgabe mit großem Ernste gewidmet und ist dabei sehr bescheiden. Sein Buch ist mir bekannt. Er schlägt als endgültige Lösung der Frage die Zerlegung der Menschheit in zwei ungleiche Teile vor. Ein Zehntel erhält die Freiheit der Persönlichkeit und das unbeschränkte Recht über die übrigen neun Zehntel. Diese aber müssen ihre Persönlichkeit verlieren und sich in eine Art von Herde verwandeln und bei unbegrenztem Gehorsam durch eine Reihe von Wiedergeburten die ursprüngliche Unschuld, gewisserma-

ßen das ursprüngliche Paradies wiedererlangen, obwohl sie übrigens auch werden arbeiten müssen. Die vom Verfasser vorgeschlagenen Maßregeln, um neun Zehntel der Menschheit den Willen zu nehmen und dieselben vermittels einer umbildenden Erziehung ganzer Generationen in eine Herde zu verwandeln, sind sehr interessant, auf naturwissenschaftliche Tatsachen gegründet und streng logisch. Man kann mit einzelnen Schlußfolgerungen nicht einverstanden sein; aber an der Klugheit und den Kenntnissen des Verfassers kann man nicht leicht zweifeln. Es ist schade, daß seine Forderung von zehn Abenden mit den Umständen völlig unvereinbar ist; sonst würden wir viel Interessantes zu hören bekommen.«

»Reden Sie wirklich im Ernst?« wandte sich Madame Wirginskaja ordentlich erregt an den Lahmen. »Wenn doch dieser Mensch nicht weiß, wo er mit den Menschen bleiben soll, und daher neun Zehntel von ihnen zu Sklaven macht? Ich habe ihn schon lange im Verdacht gehabt.«

»Sie reden von Ihrem Bruder?« fragte der Lahme.

»Was soll dabei die Verwandtschaft? Wollen Sie sich über mich lustig machen?«

»Und außerdem sollen sie für die Aristokraten arbeiten und ihnen wie Göttern gehorchen; das ist eine Gemeinheit!« rief die Studentin hitzig.

»Was ich vorschlage, ist nicht eine Gemeinheit, sondern ein Paradies, ein irdisches Paradies, und ein anderes ist auf der Erde nicht möglich«, erklärte Schigalew autoritativ.

»Ich aber würde«, rief Ljamschin, »statt eines Paradieses, diese neun Zehntel der Menschheit, wenn man nun doch einmal nicht weiß, wo man mit ihnen bleiben soll, einfach nehmen und in die Luft sprengen und würde nur ein Häufchen von gebildeten Leuten übriglassen, die dann ein behagliches, der Wissenschaft gewidmetes Leben führen könnten.«

»So kann nur ein Hansnarr sprechen!« fuhr die Studentin auf.

»Ein Hansnarr ist er, aber ein nützlicher«, flüsterte ihr Madame Wirginskaja zu.

»Und vielleicht wäre das die beste Lösung der Aufgabe!« wandte sich Schigalew eifrig an Ljamschin. »Sie wissen natürlich gar nicht, was für einen tiefen Gedanken auszusprechen Ihnen gelungen ist, Sie lustiger Herr! Aber da Ihr Gedanke nahezu undurchführbar ist, so müssen wir uns auf das irdische Paradies beschränken, wenn es nun einmal so genannt worden ist.«

»Aber das ist ja der reine Unsinn!« rief Werchowenski, als ob ihm dieser Ausruf unwillkürlich entführe. Übrigens war er immer noch, ohne irgendwelche Teilnahme zu bekunden und ohne die Augen in die Höhe zu heben, damit beschäftigt, sich die Nägel zu schneiden.

»Warum soll es denn Unsinn sein?« fiel der Lahme sofort ein, wie wenn er nur auf das erste Wort von jenem gewartet hätte, um daran anzuknüpfen. »Warum denn Unsinn? Herr Schigalew ist teilweise ein Fanatiker der Menschenliebe; aber vergessen Sie nicht, daß sich bei Fourier, besonders bei Cabet und sogar bei Proudhon selbst eine Menge der despotischsten, phantastischsten Lösungsversuche für diese Frage finden. Herr Schigalew behandelt die Frage sogar vielleicht weit nüchterner, als es jene Männer tun. Ich versichere Sie, wenn man sein Buch liest, ist es beinahe unmöglich, in einigen Punkten anderer Meinung zu sein. Er hat sich vielleicht weniger als alle anderen vom Realismus entfernt, und sein irdisches Paradies ist fast das wirkliche, eben jenes, über dessen Verlust die Menschheit seufzt, wenn anders es wirklich einmal existiert hat.«

»Na, das hatte ich mir doch gedacht, daß ich da übel ankommen würde«, murmelte Werchowenski wieder.

»Erlauben Sie«, fuhr der Lahme, immer hitziger werdend, fort, »über die künftige soziale Einrichtung zu urteilen und zu sprechen, das ist für alle denkenden Menschen der Jetztzeit geradezu ein Ding der Notwendigkeit. Herzen hat sich sein ganzes Leben lang ausschließlich mit diesem Gegenstande beschäftigt; Belinski hat, wie mir glaubwürdig bekannt geworden ist, ganze Abende mit seinen Freunden damit verbracht, sogar über die unbedeutendsten Details, sozusagen über die Küchenfragen in der künftigen sozialen

Einrichtung, zu debattieren und im voraus Festsetzungen zu treffen.«
»Manche verlieren dabei sogar den Verstand«, bemerkte auf einmal der Major.
»Man könnte doch wenigstens etwas sagen, statt diktatorhaft dazusitzen und zu schweigen«, äußerte Liputin boshaft, als wenn er endlich Mut gefaßt hätte, den Angriff zu beginnen.
»Ich habe nicht von Schigalew gesagt, daß sein System Unsinn sei«, murmelte Werchowenski. »Sehen Sie, meine Herren«, (hier hob er einen Moment die Augen in die Höhe) »meiner Ansicht nach sind alle diese Bücher von Fourier, von Cabet, dieses ganze Recht auf Arbeit, der Schigalewismus, sämtlich eine Art von Romanen, deren man hunderttausend schreiben könnte. Ein ästhetischer Zeitvertreib. Ich verstehe es, daß Sie sich hier in der kleinen Stadt langweilen und sich auf das Schreibpapier stürzen.«
»Erlauben Sie«, erwiderte der Lahme, auf seinem Stuhle hin und her zuckend, »wenn wir auch Provinzialen und somit gewiß bedauernswerte Menschen sind, so wissen wir doch, daß auf der Welt einstweilen noch nichts Neues von solcher Art geschehen ist, daß wir darüber weinen müßten, es verpaßt zu haben. Da wird uns nun in allerlei heimlich verbreiteten Blättchen ausländischen Fabrikats vorgeschlagen, wir möchten uns zusammentun und Klubs bilden ausschließlich zum Zwecke allgemeiner Zerstörung, mit der Begründung, wie man auch an der Welt herumkurieren möge, ganz gesund werde man sie doch nie machen können; wenn man aber durch ein radikales Verfahren hundert Millionen Köpfe abschneiden und sich dadurch eine Erleichterung verschaffe, so könne man besser über den Graben springen. Ohne Zweifel ein schöner Gedanke, der aber mindestens ebenso unvereinbar mit der Wirklichkeit ist wie der ›Schigalewismus‹, über den Sie sich soeben so geringschätzig geäußert haben.«
»Na, ich bin nicht hergekommen, um zu debattieren«, entfuhr es Werchowenski unversehens, und als ob er den von ihm geschossenen Bock gar nicht bemerkte, rückte er sich

ein Licht näher heran, um für seine Beschäftigung mehr Helligkeit zu haben.
»Schade, sehr schade, daß Sie nicht hergekommen sind, um zu debattieren, und sehr schade, daß Sie jetzt mit Ihrer Toilette beschäftigt sind!«
»Was geht Sie meine Toilette an?«
»Das Abschlagen von hundert Millionen Köpfen ist ebenso schwer ausführbar wie die Umgestaltung der Welt durch Propaganda. Ja, vielleicht noch schwerer, besonders wenn es in Rußland geschehen soll«, wagte Liputin wieder zu bemerken.
»Auf Rußland sind jetzt die Hoffnungen der Welt gerichtet«, sagte ein Offizier.
»Das haben wir gehört, daß man auf uns hofft«, fiel der Lahme ein. »Es ist uns bekannt, daß auf unser schönes Vaterland ein geheimnisvoller Zeigefinger hinweist als auf dasjenige Land, das zur Ausführung der großen Aufgabe am meisten befähigt ist. Nur eines möchte ich dabei bemerken: Im Falle einer allmählichen Lösung der Aufgabe durch Propaganda habe ich persönlich wenigstens einen kleinen Gewinn davon, ich kann wenigstens vergnüglich darüber plaudern und erhalte von den Oberen für die Dienste, die ich der Sache des Sozialismus leiste, einen Rang und Titel. Aber im zweiten Falle, bei einer schnellen Lösung der Aufgabe mittels des Abschlagens von hundert Millionen Köpfen, welche Belohnung wird mir dabei zuteil werden? Wenn ich dafür Propaganda zu machen anfange, schneidet man mir womöglich noch die Zunge aus.«
»Die wird man Ihnen unfehlbar ausschneiden«, sagte Werchowenski.
»Sehen Sie wohl! Und da man selbst unter den günstigsten Umständen nicht früher als in fünfzig Jahren, na, sagen wir selbst in dreißig Jahren mit einer solchen Metzelei fertig werden wird (denn die andern sind doch auch keine Hammel und werden sich nicht so ohne weiteres abschlachten lassen), wäre es da nicht besser, seine Siebensachen zusammenzunehmen und über stille Meere irgendwohin nach stillen Inseln auszuwandern und dort in Ruhe und Frieden

die Augen zu schließen? Glauben Sie mir«, schloß er und klopfte bedeutsam mit dem Finger auf den Tisch, »Sie werden durch eine solche Propaganda nur eine Auswanderung hervorrufen, weiter nichts!«

Er schwieg, sichtlich im Gefühl des Triumphes. Er war einer der stärksten Köpfe der Gouvernementsstadt. Liputin lächelte heimtückisch; Wirginski hörte mit etwas niedergeschlagener Miene zu; alle übrigen folgten dem Streite mit größter Aufmerksamkeit, besonders die Damen und die Offiziere. Alle hatten den Eindruck, daß der Agent für das Abschlagen von hundert Millionen Köpfen an die Wand gedrückt sei, und warteten, wie sich die Sache weiter entwickeln werde.

»Das war übrigens von Ihnen sehr gut gesagt«, murmelte Werchowenski in noch gleichgültigerer Manier als vorher und sogar wie gelangweilt. »Auswandern, das ist ein guter Gedanke. Aber wenn trotz all der offenbaren Nachteile, die Sie vorhersehen, sich von Tag zu Tag immer mehr Kämpfer für die gemeinsame Sache anfinden, dann werden wir auch ohne Sie auskommen. Hier, mein Verehrter, wird eine neue Religion an die Stelle der alten treten; daher werden sich auch so viele Vorkämpfer für sie einstellen, und die Sache wird mächtig werden. Sie aber, wandern Sie immerhin aus! Und wissen Sie, ich möchte Ihnen raten, gehen Sie nach Dresden, und nicht nach den stillen Inseln. Erstens hat diese Stadt noch nie eine Epidemie in ihren Mauern gesehen, und da Sie ein geistig hochentwickelter Mensch sind, so fürchten Sie sich gewiß vor dem Tode; zweitens liegt es nicht weit von der russischen Grenze, so daß Sie schneller aus dem lieben Vaterlande Ihre Einkünfte beziehen können; drittens enthält es sogenannte Kunstschätze, und Sie sind ein ästhetisch veranlagter Mensch, ein früherer Lehrer der Literatur, wenn ich nicht irre; na, und endlich hat Dresden sogar eine eigene Schweiz im Westentaschenformat, und das ist von Wert für die poetische Begeisterung; denn Sie schreiben doch gewiß Verse. Kurz, Sie werden sich da wie in Abrahams Schoß fühlen!«

Es wurde eine lebhafte Bewegung bemerkbar; namentlich

die Offiziere wurden unruhig. Noch ein Augenblick, und alle hätten gleichzeitig losgeredet. Aber der Lahme fuhr gereizt auf den Köder los:
»Nein, ich werde denn doch wohl die gemeinsame Sache nicht im Stiche lassen! Man muß diese Dinge verstehen . . .«
»Wenn es so ist, würden Sie dann auch in ein Fünferkomitee eintreten, wenn ich Sie dazu aufforderte?« platzte Werchowenski plötzlich heraus und legte die Schere auf den Tisch.
Alle fuhren zusammen. Dieser rätselhafte Mensch decouvrierte sich gar zu plötzlich. Sogar von dem Fünferkomitee sprach er geradezu.
»Jeder fühlt sich als einen Ehrenmann und wird sich der gemeinsamen Sache nicht entziehen«, erwiderte der Lahme ausweichend; »aber . . .«
»Nein, hier gilt kein Aber«, unterbrach ihn Werchowenski herrisch und schroff. »Ich erkläre, meine Herren, daß ich eine offene Antwort haben muß. Ich weiß sehr wohl, daß ich, da ich Sie alle zusammengerufen habe und selbst hierhergekommen bin, Ihnen Aufklärungen schulde« (wieder eine unerwartete Offenherzigkeit); »aber ich kann Ihnen keine Aufklärungen geben, ehe ich nicht Ihre Gesinnung kennengelernt habe. Unter Vermeidung von Gesprächen (denn wir wollen nicht wieder dreißig Jahre lang schwatzen, wie man bisher dreißig Jahre lang geschwatzt hat) frage ich Sie: was ist Ihnen lieber: der langsame Weg, der darin besteht, daß man sozialistische Romane schreibt und die Schicksale der Menschheit für tausend Jahre in kanzleimäßiger Art auf dem Papier im voraus bestimmt, während unterdes der Despotismus die Bratenstücke verschluckt, die Ihnen von selbst an den Mund fliegen, die Sie aber an Ihrem Munde vorbeilassen; oder halten Sie es mit der schnellen Entscheidung, sie bestehe, worin sie wolle, die aber endlich die Hände freimachen und der Menschheit die Möglichkeit geben wird, sich nach Bequemlichkeit selbst in sozialistischer Form einzurichten, und zwar nun in Wirklichkeit und nicht mehr bloß auf dem Papier? Da schreit man nun:

›Hundert Millionen Köpfe!‹ Das ist vielleicht überhaupt nur ein vager Ausdruck; aber selbst wörtlich genommen, was ist dabei Fürchterliches, wenn doch bei den langsamen, schreibseligen Träumereien der Despotismus in hundert Jahren nicht hundert, sondern fünfhundert Millionen Köpfe frißt? Beachten Sie auch, daß ein unheilbarer Kranker doch nicht geheilt wird, was für papierne Rezepte auch immer für ihn geschrieben werden, sondern vielmehr, wenn es lange dauert, dermaßen in Fäulnis übergeht, daß er auch uns ansteckt und alle frischen Kräfte verdirbt, auf die man jetzt noch rechnen kann, so daß wir schließlich all zugrunde gehen. Ich gebe völlig zu, daß schönklingende liberale Reden zu führen sehr vergnüglich, zu handeln dagegen etwas kitzlig ist ... Na, ich verstehe mich übrigens nicht darauf, zu reden; ich bin mit gewissen Mitteilungen hergekommen, und daher bitte ich die ganze verehrte Gesellschaft, nicht abzustimmen, sondern schlicht und einfach zu erklären, was Ihnen mehr Vergnügen macht: der Schildkrötengang im Sumpfe oder die Fahrt mit Volldampf durch den Sumpf hindurch?«

»Ich bin entschieden für die Fahrt mit Volldampf!« rief der Gymnasiast entzückt.

»Ich auch«, schloß sich Ljamschin an.

»Was man zu wählen hat, kann natürlich nicht zweifelhaft sein«, murmelte ein Offizier, nach ihm ein anderer, nach diesem noch jemand.

Besonders überraschte es alle, daß Werchowenski »Mitteilungen« machen wollte und selbst in Aussicht gestellt hatte, sofort zu reden.

»Meine Herren, ich sehe, daß fast alle sich im Sinne der Proklamationen entscheiden«, sagte er, indem er seine Augen über die Anwesenden hinschweifen ließ.

»Alle, alle!« rief die Mehrzahl.

»Ich muß gestehen, ich stehe mehr auf Seiten der humanen Lösung«, sagte der Major; »aber da alle der andern Ansicht sind, so will ich mich ihnen anschließen.«

»Also auch Sie erheben keinen Widerspruch?« wandte sich Werchowenski an den Lahmen.

»Ich kann eigentlich nicht sagen, daß ich ...« erwiderte dieser, ein wenig errötend; »aber wenn ich jetzt der Meinung aller beitrete, so tue ich es einzig und allein, um nicht ein störendes Element zu sein ...«

»Sehen Sie wohl, so sind Sie alle! Sie, mein Herr, sind bereit, ein halbes Jahr lang als liberaler Schönredner zu debattieren; aber schließlich stimmen Sie doch mit allen! Meine Herren, überlegen Sie es sich: Ist es wahr, daß Sie alle bereit sind?«

(Wozu bereit? Die Frage war unbestimmt, aber sehr verführerisch.)

»Gewiß, alle ...« wurde von vielen geantwortet.

Übrigens blickten alle einander an.

»Aber vielleicht werden Sie es nachher bereuen, so schnell zugestimmt zu haben? So geht es ja bei Ihnen fast immer.«

Der Anwesenden bemächtigte sich eine Erregung, eine Erregung in verschiedenem Sinne, aber eine starke Erregung. Der Lahme eilte auf Werchowenski zu.

»Gestatten Sie mir aber doch die Bemerkung, daß Antworten auf solche Fragen nur bedingungsweise gegeben werden. Wenn wir auch Ja gesagt haben, so vergessen Sie doch, bitte, nicht, daß eine in so seltsamer Art gestellte Frage ...«

»Wieso in seltsamer Art?«

»In einer Art, in welcher ähnliche Fragen sonst nicht gestellt werden.«

»Dann bitte, belehren Sie mich! Aber wissen Sie, ich war von vornherein überzeugt, daß Sie der erste sein würden, der es bereuen werde.«

»Sie haben uns eine Bereitschaftserklärung zu sofortigem Handeln entlockt; aber welches Recht hatten Sie zu solchem Vorgehen? Welche Vollmacht, um solche Fragen zu stellen?«

»Wenn es Ihnen nur vorher eingefallen wäre, danach zu fragen! Warum haben Sie geantwortet? Sie haben zugestimmt, und nun haben Sie sich anders besonnen.«

»Meiner Ansicht nach legt die leichtfertige Offenherzigkeit

Ihrer Hauptfrage den Gedanken nahe, daß Sie überhaupt keine Vollmacht und kein Recht besitzen, sondern diese neugierige Frage nur aus sich gestellt haben.«

»Wovon reden Sie? Wovon reden Sie?« rief Werchowenski, wie wenn er anfinge sich sehr zu beunruhigen.

»Ich meine, daß die Übertragung irgendeiner Vertrauensstellung doch wenigstens unter vier Augen erfolgt und nicht in einer unbekannten Gesellschaft von zwanzig Personen!« sagte der Lahme heftig.

Er hatte sich jetzt völlig ausgesprochen, war aber sehr gereizt. Werchowenski wandte sich mit vorzüglich erkünstelter Unruhe an die Gesellschaft.

»Meine Herren, ich halte es für meine Pflicht, Ihnen allen zu erklären, daß dieses alles nur dummes Zeug ist und unser Gespräch zu weit gegangen ist. Ich habe noch niemandem eine Vertrauensstellung übertragen, und niemand hat das Recht, von mir zu sagen, ich übertrüge Vertrauensstellungen; sondern wir haben einfach unsere Meinungen ausgetauscht. Nicht wahr? Aber wie dem auch sei«, wandte er sich wieder an den Lahmen, »Sie versetzen mich in große Unruhe; ich hätte nicht gedacht, daß es hier erforderlich wäre, über solche beinah unschuldigen Dinge unter vier Augen zu reden. Oder befürchten Sie eine Denunziation? Kann sich wirklich jetzt ein Denunziant unter uns befinden?«

Es entstand eine gewaltige Aufregung; alle fingen an zu reden.

»Meine Herren, wenn es so ist«, fuhr Werchowenski fort, »so bin ich derjenige, der sich am meisten von allen kompromittiert hat, und darum schlage ich Ihnen vor, auf meine Frage zu antworten, selbstverständlich nur, wenn Sie wollen. Sie haben vollständig Ihren freien Willen.«

»Was für eine Frage? Was für eine Frage?« lärmten alle los.

»Eine Frage von der Art, daß durch ihre Beantwortung klar werden wird, ob wir zusammenbleiben können, oder ob es angezeigt ist, daß wir schweigend unsere Mützen nehmen und auseinandergehen, ein jeder seines Weges.«

»Die Frage, die Frage!«

»Wenn ein jeder von uns von einem beabsichtigten politischen Morde wüßte, würde er dann, obgleich er alle Folgen seines Schrittes voraussieht, hingehen und denunzieren, oder würde er zu Hause bleiben und die Ereignisse abwarten? Darüber können die Ansichten verschieden sein. Die Antwort auf diese Frage wird deutlich besagen, ob wir auseinandergehen müssen oder zusammenbleiben können, und zwar nicht nur für diesen einen Abend. Gestatten Sie, daß ich mich zuerst an Sie wende!« wandte er sich an den Lahmen.

»Warum denn zuerst an mich?«

»Weil Sie die ganze Sache angefangen haben. Tun Sie mir den Gefallen und weichen Sie nicht aus! Geschicklichkeit hilft hier nichts. Aber natürlich, wie Sie wollen: Sie haben Ihren freien Willen.«

»Entschuldigen Sie, aber eine derartige Frage ist geradezu beleidigend.«

»Nein, antworten Sie recht präzise!«

»Ein Agent der Geheimpolizei bin ich nie gewesen«, erwiderte der, noch mehr bemüht, einer geraden Antwort zu entgehen.

»Tun Sie mir den Gefallen, präziser zu antworten; halten Sie mich nicht auf!«

Der Lahme war so wütend, daß er überhaupt nicht mehr antwortete. Schweigend sah er mit zornigem Blicke durch seine Brille seinen Peiniger starr an.

»Ja oder nein? Würden Sie denunzieren oder nicht?« rief Werchowenski.

»Selbstverständlich werde ich nicht denunzieren!« rief der Lahme noch viel lauter.

»Und keiner wird denunzieren, selbstverständlich nicht!« ließen sich viele Stimmen vernehmen.

»Erlauben Sie, daß ich mich an Sie wende, Herr Major! Würden Sie denunzieren oder nicht?« fuhr Werchowenski fort. »Und beachten Sie, bitte: Ich wende mich absichtlich gerade an Sie.«

»Ich werde nicht denunzieren.«

»Nun, aber wenn Sie wüßten, daß jemand einen andern,

gewöhnlichen Sterblichen ermorden und berauben will, dann würden Sie denunzieren und den Betreffenden warnen?«

»Gewiß, aber das ist ein Fall aus dem bürgerlichen Leben, und vorher handelte es sich um eine politische Denunziation. Ein Agent der Geheimpolizei bin ich nie gewesen.«

»Das ist hier niemand gewesen«, erschollen wieder mehrere Stimmen. »Die Frage war unnötig. Wir alle haben dafür dieselbe Antwort. Hier sind keine Denunzianten!«

»Warum steht dieser Herr auf?« rief die Studentin.

»Das ist Schatow. Warum sind Sie aufgestanden, Schatow?« rief die Wirtin.

Schatow war tatsächlich aufgestanden, er hielt seine Mütze in der Hand und blickte Werchowenski an. Er schien etwas sagen zu wollen, aber noch zu schwanken. Sein Gesicht war blaß und grimmig; aber er beherrschte sich, sagte kein Wort und ging schweigend zur Tür.

»Schatow, das ist für Sie nicht vorteilhaft!« rief ihm Werchowenski rätselhaft nach.

»Aber für dich ist es vorteilhaft, du Spion, du Schurke!« schrie ihm von der Tür aus Schatow zu und ging vollends hinaus.

Wieder wurde durcheinander geschrien und gerufen.

»Das war eine gute Probe!« rief jemand.

»Die hat sich bewährt!« rief ein anderer.

»Hat sie sich nicht zu spät bewährt?« bemerkte ein dritter.

»Wer hat ihn eingeladen? – Wer hat ihn aufgenommen? – Was ist das für einer? – Was für ein Mensch ist dieser Schatow? – Wird er denunzieren oder nicht?« so schwirrten nun die Fragen durcheinander.

»Wenn er ein Denunziant wäre, würde er sich verstellen; aber er hat die Sache einfach hingeworfen und ist hinausgegangen«, bemerkte jemand.

»Da steht auch Stawrogin auf; Stawrogin hat ebenfalls nicht auf die Frage geantwortet!« rief die Studentin.

Stawrogin war wirklich aufgestanden, und mit ihm zugleich hatte sich am andern Ende des Tisches auch Kirillow erhoben.

»Erlauben Sie, Herr Stawrogin«, wandte sich die Hausfrau an ihn in scharfem Tone; »wir alle haben hier auf die Frage geantwortet, und Sie gehen schweigend fort?«
»Ich sehe keine Notwendigkeit, auf eine Frage zu antworten, weil sie Sie interessiert«, murmelte Stawrogin.
»Aber wir haben uns kompromittiert, und Sie sich nicht!« schrien einige Stimmen.
»Was geht das mich an, daß Sie sich kompromittiert haben?« versetzte Stawrogin lachend; aber seine Augen funkelten.
»Wie meint er das: ›was geht es mich an?‹ Was will er damit sagen?« wurde von verschiedenen Seiten gerufen.
Viele sprangen von den Stühlen auf.
»Erlauben Sie, meine Herren, erlauben Sie«, rief der Lahme; »Herr Werchowenski hat ja die Frage ebenfalls nicht beantwortet, sondern sie nur gestellt.«
Diese Bemerkung brachte eine überraschende Wirkung hervor. Alle sahen sich wechselseitig an. Stawrogin lachte dem Lahmen laut ins Gesicht und ging hinaus; Kirillow folgte ihm. Werchowenski lief hinter ihnen her ins Vorzimmer.
»Was tun Sie mir da an?« murmelte er, indem er Stawrogin bei der Hand ergriff und sie aus aller Kraft in der seinigen zusammendrückte. Der riß schweigend seine Hand los.
»Gehen Sie gleich zu Kirillow«, fuhr Pjotr Stepanowitsch fort; »ich werde auch hinkommen . . . Ich muß notwendig mit Ihnen reden, ganz notwendig!«
»Aber ich nicht mit Ihnen«, versetzte Stawrogin kurz.
»Stawrogin wird da sein«, erklärte Kirillow, das Gespräch abschließend. »Sie müssen, Stawrogin. Ich werde Ihnen dort etwas zeigen.«
Sie gingen hinaus.

## ACHTES KAPITEL

### *Iwan, der Zarensohn*

Sie gingen hinaus. Pjotr Stepanowitsch hatte zunächst vor, in die »Sitzung« zurückzueilen, um das Chaos zu besänftigen; aber da er sich wahrscheinlich sagte, es lohne sich nicht, sich mit diesen Leuten lange abzumühen, so ließ er alles im Stich und lief zwei Minuten darauf schon auf der Straße hinter den Fortgegangenen her. Während des Laufens erinnerte er sich einer Seitengasse, durch die man näher zu dem Filippowschen Hause gelangen konnte; bis an die Knie im Schmutze versinkend durcheilte er sie und kam wirklich gerade in dem Augenblicke an, als Stawrogin und Kirillow sich dem Tore näherten.

»Sie sind schon hier?« bemerkte Kirillow. »Das ist gut. Treten Sie ein!«

»Sie haben mir aber doch gesagt, daß Sie ganz allein wohnen?« fragte Stawrogin, als er im Flur an einem zurechtgemachten und bereits kochenden Samowar vorbeikam.

»Sie werden sogleich sehen, mit wem ich hier zusammen wohne«, murmelte Kirillow. »Treten Sie ein!«

Sie gingen hinein. Werchowenski zog sofort den anonymen Brief aus der Tasche, den er kurz vorher bei Lembke erhalten hatte, und legte ihn vor Stawrogin auf den Tisch. Alle drei setzten sich hin. Stawrogin las den Brief schweigend durch.

»Nun?« fragte er.

»Dieser Taugenichts wird so handeln, wie er da schreibt«, sagte Werchowenski. »Da Sie ihn in Ihrer Gewalt haben, so sollten Sie ihn lehren, wie er sich zu benehmen hat. Ich versichere Ihnen, daß er vielleicht schon morgen zu Lembke hingehen wird.«

»Na, mag er es tun!«

»Wie können Sie so reden! Besonders, wo man es verhindern kann.«

»Sie irren sich: Er hängt nicht von mir ab. Und die Sache ist mir auch ganz gleichgültig; mir droht er ja mit nichts, nur Ihnen.«

»Auch Ihnen.«
»Ich meine nicht.«
»Aber es kann leicht so kommen, daß die anderen Sie nicht schonen; verstehen Sie das denn nicht? Hören Sie, Stawrogin, das ist ja nur ein Spiel mit Worten. Tut Ihnen wirklich das Geld leid?«
»Ist denn dazu etwa Geld nötig?«
»Unbedingt, zweitausend Rubel oder wenigstens fünfzehnhundert. Geben Sie mir das Geld morgen oder womöglich heute noch, und ich spediere ihn Ihnen morgen abend nach Petersburg, wo er ja auch hinmöchte. Wenn Sie wollen, mit Marja Timofejewna zusammen, wohl zu bemerken!«
Er befand sich in vollständiger Verwirrung, redete ohne jede Behutsamkeit und stieß unüberlegte Worte hervor. Stawrogin betrachtete ihn erstaunt.
»Ich habe keinen Anlaß, Marja Timofejewna wegzuschicken.«
»Vielleicht wollen Sie es auch gar nicht«, sagte Pjotr Stepanowitsch ironisch lächelnd.
»Möglich, daß ich es nicht will.«
»Machen wir's kurz: Werden Sie das Geld geben oder nicht?« schrie ihn Pjotr Stepanowitsch in zorniger Ungeduld und in einem gewissermaßen gebieterischen Tone an.
Dieser musterte ihn mit ernster Miene.
»Ich werde das Geld nicht geben.«
»Hören Sie mal, Stawrogin, Sie wissen etwas, oder Sie haben schon etwas getan!«
Sein Gesicht verzerrte sich; die Mundwinkel zuckten, und er brach auf einmal in ein ganz unmotiviertes Lachen aus.
»Sie haben ja doch von Ihrem Vater das Geld für das Gut bekommen«, bemerkte Nikolai Wsewolodowitsch ruhig. »Meine Mutter hat Ihnen an Stepan Trofimowitschs Stelle sechs- oder achttausend Rubel gegeben. Bezahlen Sie doch die fünfzehnhundert Rubel von Ihrem eigenen Gelde. Ich bin es endlich müde, für andere Leute Geld zu bezahlen; ich habe so schon sehr viel ausgegeben und bereue es ...« Er mußte selbst über seine Worte lächeln.
»Ah, Sie fangen an zu scherzen ...«

Stawrogin erhob sich von seinem Stuhle; augenblicklich sprang auch Werchowenski auf und stellte sich mechanisch mit dem Rücken gegen die Tür, als wenn er ihm den Ausgang versperren wollte. Nikolai Wsewolodowitsch machte schon eine Bewegung, um ihn von der Tür wegzustoßen und hinauszugehen; aber plötzlich blieb er wieder stehen.

»Ich werde Ihnen Schatow nicht überlassen«, sagte er.

Pjotr Stepanowitsch zuckte zusammen; beide blickten einander an.

»Ich habe Ihnen vorhin gesagt, wozu Sie Schatows Blut nötig haben«, fuhr Stawrogin mit funkelnden Augen fort. »Sie wollen durch diese Bindemittel Ihre Gruppen zusammenleimen. Soeben haben Sie Schatow auf sehr geschickte Art hinausgetrieben: Sie wußten ganz genau, daß er nicht sagen würde: ›Ich werde nicht denunzieren‹, und es für eine Gemeinheit halten würde, Ihnen gegenüber zu lügen. Aber mich, wozu in aller Welt haben Sie mich jetzt nötig? Sie setzen mir fast von dem Augenblicke an zu, wo ich aus dem Auslande gekommen bin. Was Sie mir bisher als Erklärung für dieses Ihr Verhalten gesagt haben, ist nur Schwindel. Dabei wünschen Sie, ich möchte dadurch, daß ich Lebjadkin fünfzehnhundert Rubel gebe, Ihren Fedka veranlassen, ihn zu ermorden. Ich weiß, Sie haben die Vorstellung, es sei mir erwünscht, wenn auch meine Frau gleichzeitig ermordet würde. Dadurch, daß Sie mich durch ein Verbrechen binden, hoffen Sie natürlich Gewalt über mich zu erlangen; so ist es doch? Aber wozu wollen Sie über mich Gewalt haben? Wozu wollen Sie mich gebrauchen? Sehen Sie mich doch ein für allemal näher an, ob ich ein Mensch bin, der für Sie taugt, und lassen Sie mich dann in Ruhe!«

»Ist Fedka selbst zu Ihnen gekommen?« fragte Werchowenski ängstlich.

»Ja, er hat sich an mich gewendet; sein Preis war ebenfalls fünfzehnhundert Rubel . . . Da! Er kann es selbst bestätigen; da steht er ja!« fügte Stawrogin hinzu und wies mit der Hand nach der Tür.

Pjotr Stepanowitsch wandte sich schnell um. Aus dem

Dunkeln war eine neue Gestalt auf die Schwelle getreten – Fedka, im Halbpelz, aber ohne Mütze, wie wenn er da wohnte. Er stand da und lachte, indem er seine gleichmäßigen, weißen Zähne fletschte. Seine schwarzen, gelblich schimmernden Augen huschten vorsichtig im Zimmer umher und beobachteten die Herren. Er verstand irgend etwas nicht; offenbar hatte ihn Kirillow soeben hergeholt, und an diesen wandte sich sein fragender Blick; er stand auf der Schwelle, wollte aber das Zimmer nicht betreten.

»Sie haben ihn wahrscheinlich hier in Bereitschaft gehalten, damit er unseren Handel mit anhören oder wohl gar gleich Geld auf die Hand bekommen könne; nicht wahr?« fragte Stawrogin und verließ, ohne eine Antwort abzuwarten, das Haus.

Der fast wahnsinnige Werchowenski holte ihn am Tore ein.

»Halt! Keinen Schritt weiter!« schrie er und faßte ihn am Ellenbogen.

Stawrogin suchte seinen Arm loszureißen; aber es gelang ihm nicht. Da ergriff ihn die Wut: Er packte Werchowenksi mit der linken Hand bei den Haaren, warf ihn aus aller Kraft auf die Erde und ging aus dem Tore hinaus. Aber er war noch nicht dreißig Schritte gegangen, als jener ihn wieder einholte.

»Schließen wir Frieden, schließen wir Frieden!« flüsterte er ihm krampfhaft zu.

Nikolai Wsewolodowitsch zuckte mit den Achseln, blieb aber nicht stehen und wendete sich auch nicht um.

»Hören Sie, ich werde Ihnen gleich morgen Lisaweta Nikolajewna zuführen; wollen Sie? Nein? Warum antworten Sie denn nicht? Sagen Sie, was Sie verlangen; ich werde es tun. Hören Sie: Ich werde Ihnen Schatow freigeben; wollen Sie?«

»Also hatten Sie wirklich vor, ihn zu töten?« rief Nikolai Wsewolodowitsch.

»Nun, was wollen Sie mit Schatow? Was wollen Sie mit ihm?« redete der Unsinnige hastig und atemlos weiter; er lief alle Augenblicke ein Stückchen vorwärts und faßte Stawrogin am Ellenbogen, wahrscheinlich, ohne sich dessen bewußt zu sein. »Hören Sie: Ich will ihn Ihnen freigeben; lassen Sie uns Frieden schließen! Ihr Schuldkonto ist groß; aber . . . lassen Sie uns Frieden schließen!«

Stawrogin sah ihn endlich an und war überrascht. Das war ein ganz anderer Blick und eine ganz andere Stimme wie sonst immer und wie noch soeben dort im Zimmer; er sah fast ein anderes Gesicht. Der Ton der Stimme war verändert: Werchowenski bat und flehte. Das war ein Mensch, dem man seinen kostbarsten Schatz wegnimmt oder bereits weggenommen hat, und der noch nicht hat zur Besinnung kommen können.

»Was ist Ihnen denn?« rief Stawrogin.

Der andere antwortete nicht, sondern lief hinter ihm her und sah ihn mit dem früheren flehenden, zugleich aber hartnäkkigen Blicke an.

»Lassen Sie uns Frieden schließen!« flüsterte er noch einmal. »Hören Sie, ich habe ebenso wie Fedka ein Messer im Stiefel bereit; aber mit Ihnen möchte ich Frieden schließen.«

»Aber zum Teufel, wozu haben Sie mich denn nötig?« rief Stawrogin in höchstem Erstaunen und in hellem Zorn. »Da steckt wohl ein Geheimnis dahinter, wie? Was bin ich denn für Sie für ein Talisman geworden?«

»Hören Sie, wir werden einen Aufstand erregen«, murmelte jener schnell und wie im Fieber. »Sie glauben nicht, daß wir einen Aufstand erregen werden? Wir werden einen solchen Aufstand erregen, daß alles aus den Fugen geht. Karmasinow hat ganz recht, daß nichts da ist, woran sich jemand halten könnte. Karmasinow ist sehr klug. Nur zehn ebensolche Gruppen in Rußland, und ich bin nicht zu fassen.«

»Gruppen von ebensolchen Dummköpfen, wie dieser hier«, entfuhr es Stawrogin unwillkürlich.

»Oh, seien Sie selbst etwas dümmer, Stawrogin; seien Sie selbst etwas dümmer! Wissen Sie, Sie sind ja auch gar nicht so klug, daß man Ihnen das erst noch zu wünschen brauchte; Sie fürchten sich nur, Sie glauben nicht, Sie lassen sich durch die Dimensionen schrecken. Und warum sollen sie

Dummköpfe sein? Sie sind gar keine so besonderen Dummköpfe; heutzutage hat kein Mensch seinen eigenen Verstand. Heutzutage gibt es sehr wenige selbständig denkende Köpfe. Wirginski ist ein sehr reiner Mensch, reiner als solche wie wir, zehnmal so rein; na, mag er es sein! Liputin ist ein Schurke; aber ich kenne seine schwache Seite. Es gibt keinen Schurken, der nicht seine schwache Seite hätte. Nur Ljamschin ist ohne jede schwache Seite; aber dafür ist er in meiner Hand. Noch einige solche Gruppen, und ich habe überall Pässe und Geld zur Verfügung. Und sichere Verstekke; da mögen sie mich suchen! Die eine Gruppe werden sie aufheben und eine andere in nächster Nähe nicht bemerken. Wir werden einen Aufruhr ins Werk setzen . . . Glauben Sie wirklich nicht, daß wir beide dazu völlig ausreichend sind?«

»Nehmen Sie Schigalew, und lassen Sie mich in Ruhe! . . .«

»Schigalew ist ein genialer Mensch! Wissen Sie, er ist ein Genie in der Art von Fourier, aber kühner als Fourier, stärker als Fourier; ich werde sein System studieren. Er hat die ›Gleichheit‹ erdacht!«

»Er fiebert und redet irre; es muß ihm etwas ganz Besonderes widerfahren sein«, dachte Stawrogin, als er ihn noch einmal musterte. Beide gingen ohne stehenzubleiben weiter.

»Das ist in seinem Hefte schön«, fuhr Werchowenski fort: »er hat der Spionage ihre Stelle angewiesen. Bei ihm beaufsichtigt jedes Mitglied der Gesellschaft jedes andere und ist zur Anzeige verpflichtet. Jeder gehört allen und alle jedem. Alle sind Sklaven und in diesem Sklavenzustande untereinander gleich. In extremen Fällen kommen Verleumdungen und Mord zur Anwendung; aber die Hauptsache ist die Gleichheit. Das erste, was geschehen wird, ist, daß sich das Niveau der Bildung, der Wissenschaften und der Talente senken wird. Ein hohes Niveau der Wissenschaften und der Talente ist nur höher Begabten erreichbar; aber wir brauchen keine höher Begabten! Die höher Begabten haben immer die Macht an sich gerissen und sind Despoten gewesen. Die höher Begabten müssen notwendigerweise Despoten sein und haben immer mehr zur Demoralisation beigetragen als Nutzen gebracht; die werden vertrieben oder hingerichtet. Einem Cicero wird die Zunge ausgeschnitten, einem Kopernikus werden die Augen ausgestochen; ein Shakespeare wird gesteinigt: Da haben Sie den Schigalewismus! Sklaven müssen gleich sein: Ohne Despotismus hat es noch nie weder Freiheit noch Gleichheit gegeben; aber in einer Herde muß Gleichheit herrschen, und das ist der Schigalewismus! Ha-Ha-Ha! Kommt Ihnen das sonderbar vor? Ich bin für den Schigalewismus!«

Stawrogin suchte seinen Schritt zu beschleunigen und möglichst bald nach Hause zu gelangen. Es ging ihm der Gedanke durch den Kopf: »Wenn dieser Mensch betrunken ist, wo hat er denn Gelegenheit gehabt, sich zu betrinken? Sollte es wirklich der Kognak getan haben?«

»Hören Sie, Stawrogin: Berge zu planieren, das ist ein schöner, keineswegs lächerlicher Gedanke. Ich bin für Schigalew! Wir brauchen keine Bildung, wir haben genug Wissenschaft! Auch ohne Wissenschaft reicht das Material auf tausend Jahre aus; was eingeführt werden muß, das ist der Gehorsam. In der Welt mangelt es nur an einem: am Gehorsam. Der Durst nach Bildung ist schon ein aristokratischer Durst. Kaum sind Familie oder Liebe da, so regt sich auch das Verlangen nach Eigentum. Wir werden dieses Verlangen ertöten: Wir werden die Trunksucht, die Klatscherei, das Denunziantentum befördern; wir werden eine unerhörte Demoralisation hervorrufen; wir werden jedes Genie im Säuglingsalter ersticken. Alles wird unter einen Nenner gebracht, vollständige Gleichheit geschaffen werden. ›Wir haben ein Handwerk gelernt, und wir sind ehrliche Leute; weiter brauchen wir nichts‹, das war vor kurzem die Antwort englischer Arbeiter. Nur das Notwendige ist notwendig, das wird von nun an der Wahlspruch des Erdballs sein. Aber es ist auch eine Art von Krampf nötig; dafür werden wir, die Leiter, sorgen. Sklaven müssen Leiter haben. Voller Gehorsam, vollständiger Verlust der eigenen Persönlichkeit; aber alle dreißig Jahre einmal gestattet

Schigalew auch einen Krampf, und dann fangen auf einmal alle an, einander bis zu einem gewissen Grade aufzufressen, einzig und allein, damit es nicht langweilig wird. Die Langeweile ist eine aristokratische Empfindung; im Schigalewismus wird es kein Verlangen geben. Verlangen und Streben für uns, aber für die Sklaven der Schigalewismus.«

»Sich selbst schließen Sie aus?« sagte Stawrogin wieder unwillkürlich.

»Mich und Sie. Wissen Sie, ich hatte daran gedacht, die Welt dem Papste zu übergeben. Mag er zu Fuß und barfuß herauskommen und sich dem Pöbel zeigen: ›Seht, wohin man mich gebracht hat!‹ und alle werden hinter ihm herfluten, sogar die Heere. Der Papst oben, wir um ihn herum und unter uns die Schigalewsche Masse. Erforderlich ist nur, daß die Internationale sich mit dem Papste verständigt; und das wird auch geschehen. Der alte Herr wird sich augenblicklich einverstanden erklären. Es wird ihm auch gar nichts anderes übrigbleiben; denken Sie an das, was ich Ihnen vorhersage. Ha-ha-ha, ist das dumm? Sagen Sie, ist das dumm oder nicht?«

»Hören Sie auf damit!« murmelte Stawrogin ärgerlich.

»Gut, ich will damit aufhören. Hören Sie, den Gedanken mit dem Papst habe ich aufgegeben! Hol den Schigalewismus der Teufel! Hol der Teufel den Papst! Wir brauchen das, was der heutige Tag verlangt, und nicht den Schigalewismus; denn der ist eine Art Goldschmiedsarbeit, ein Ideal, etwas, was der Zukunft angehört. Schigalew ist ein Goldschmied und dumm wie alle Philanthropen. Wir brauchen grobe Arbeit, und Schigalew verachtet solche. Hören Sie: Der Papst wird im Westen regieren, und bei uns, bei uns Sie!«

»Lassen Sie mich in Ruhe; Sie sind ja betrunken!« murmelte Stawrogin und schritt schneller aus.

»Stawrogin, Sie sind ein schöner Mann!« rief Pjotr Stepanowitsch beinah verzückt. »Wissen Sie wohl, daß Sie ein schöner Mann sind? Und das beste ist an Ihnen, daß Sie das manchmal selbst nicht wissen. Oh, ich habe Sie studiert! Ich sehe Sie oft von der Seite, aus einem Winkel her an! In Ihnen steckt sogar Treuherzigkeit und Naivität, wissen Sie das? Das steckt noch in Ihnen, jawohl! Sie leiden gewiß, leiden wirklich infolge dieser Treuherzigkeit. Ich liebe die Schönheit. Ich bin ein Nihilist; aber ich liebe die Schönheit. Lieben etwa die Nihilisten die Schönheit nicht? Nur die Idole lieben sie nicht; na, aber ich liebe ein Idol! Sie sind mein Idol! Sie beleidigen niemand, und dennoch hassen alle Sie; Sie sehen aus wie alle, und dennoch fürchten sich alle vor Ihnen; das ist gut. An Sie wird niemand herantreten, um Ihnen auf die Schulter zu klopfen. Sie sind ein echter Aristokrat. Ein Aristokrat, der unter die Demokratie geht, ist bezaubernd! Ihnen kommt es nicht darauf an, ein Leben zu opfern, sei es Ihr eigenes, sei es ein fremdes. Sie sind ein solcher Mensch, wie er nötig ist. Ich, ich habe gerade einen solchen Menschen wie Sie nötig. Ich kenne außer Ihnen niemand, der meinen Wünschen entspräche. Sie sind der Führer, Sie sind die Sonne, und ich bin Ihr Wurm . . .«

Er küßte ihm plötzlich die Hand. Ein Gefühl der Kälte lief Stawrogin über den Rücken, und er riß erschrocken seine Hand weg. Sie blieben stehen.

»Ein Verrückter!« flüsterte Stawrogin.

»Vielleicht rede ich irre, vielleicht rede ich irre!« fiel dieser hastig ein; »aber ich habe den ersten Schritt gemacht. Niemals könnte Schigalew den ersten Schritt ausdenken. Menschen wie Schigalew gibt es viele! Aber nur einer, nur ein einziger Mensch in Rußland hat den ersten Schritt ersonnen und weiß, wie er gemacht werden muß. Dieser Mensch bin ich. Warum sehen Sie mich so an? Ich bedarf Ihrer gerade, Ihrer bedarf ich; ohne Sie bin ich eine Null. Ohne Sie bin ich eine Fliege, eine in eine Flasche eingesperrte Idee, ein Kolumbus ohne Amerika.«

Stawrogin stand da und blickte ihn unverwandt in die irrsinnigen Augen.

»Hören Sie, wir werden zuerst einen Aufruhr erregen«, sagte Werchowenski mit größter Schnelligkeit und faßte dabei alle Augenblicke Stawrogin an den linken Ärmel. »Ich habe Ihnen schon gesagt: Wir werden tief in die Volksmassen eindringen. Wissen Sie wohl, daß wir schon jetzt außerordentlich stark sind? Zu uns gehören nicht nur diejenigen, die da Mord und Brandstiftung begehen, Aufsehen erregende Schüsse abfeuern oder jemand in die Schulter beißen. Solche Leute sind uns nur hinderlich. Ohne Disziplin kann ich mir keinen Erfolg denken. Ich bin ja ein Schurke, aber kein Sozialist, ha-ha! Hören Sie, ich habe sie mir alle zusammengerechnet: Der Lehrer, der sich mit den Kindern über ihren Gott und ihre Wiege lustig macht, der ist schon unser. Der Advokat, der einen gebildeten Mörder damit verteidigt, daß dieser geistig höher entwickelt sei als seine Opfer und, um Geld zu erlangen, notwendig habe morden müssen, ist schon unser. Die Schüler, die einen Bauer totschlagen, um das Gefühl, das man dabei empfindet, kennenzulernen, sind unser. Die Geschworenen, die alle Verbrecher ohne Ausnahme freisprechen, sind unser. Der Staatsanwalt, der sich bei Gericht ängstigt, er erscheine vielleicht nicht liberal genug, ist unser, unser. Von den Verwaltungsbeamten und von den Männern der Feder, oh, da sind viele unser, sehr viele und sie wissen es selbst nicht einmal. Auf der anderen Seite hat der Gehorsam der Schüler und der Dummköpfe den höchsten Grad erreicht; den Lehrern aber ist die Gallenblase geplatzt, und sie lehren dementsprechend; überall maßlose Hoffart, unerhörte, viehische Begierde . . . Wissen Sie, wissen Sie, wie viele wir schon allein durch unsere gebrauchsfertigen Ideen für uns gewinnen? Als ich abreiste, grassierte die Littrésche These, das Verbrechen sei Wahnsinn; jetzt, wo ich wiederkomme, ist das Verbrechen nicht mehr Wahnsinn, sondern geradezu ein gesunder Gedanke, beinah eine Pflicht, wenigstens ein edler Protest. ›Na, warum soll denn ein geistig hochentwikkelter Mörder nicht morden, wenn er Geld braucht!‹ Aber das sind nur kleine, unbedeutende Beispiele. Der russische Gott retiriert sich schon vor dem Fusel. Das Volk ist betrunken, die Mütter sind betrunken, die Kinder sind betrunken, die Kirchen sind leer, und in den Gerichten heißt es: ›Zweihundert Rutenhiebe, oder schleppe einen Eimer Schnaps herbei!‹ Oh, lassen Sie nur diese Generation heranwachsen! Nur schade, daß wir keine Zeit haben zu warten;

sonst könnten wir die Trunksucht noch mehr um sich greifen lassen! Ach, wie schade, daß es keine Proletarier gibt! Aber es wird welche geben, es wird welche geben; es wird dazu kommen . . .«

»Schade auch, daß wir dumm geworden sind«, murmelte Stawrogin und setzte seinen Weg fort.

»Hören Sie, ich habe selbst ein sechsjähriges Kind gesehen, das seiner betrunkenen Mutter als Führer nach Hause diente, und die schimpfte auf das Kind mit unflätigen Ausdrücken. Sie können sich denken, daß ich mich darüber gefreut habe! Wenn das Kind in unsere Hände fällt, werden wir es vielleicht kurieren . . . erforderlichenfalls treiben wir es auf vierzig Jahre in die Wüste . . . Aber eine oder zwei Generationen der Demoralisation sind jetzt notwendig, einer unerhörten, grundgemeinen Demoralisation, wobei sich der Mensch in ein garstiges, feiges, grausames, selbstisches Scheusal verwandelt – das ist es, was wir nötig haben! Und dann noch etwas ›frisches Blut‹, damit er sich daran gewöhnt. Warum lachen Sie? Ich widerspreche mir nicht. Ich widerspreche nur den Philanthropen und dem Schigalewismus, aber nicht mir selbst! Ich bin ein Schurke und kein Sozialist. Ha-ha-ha! Nur schade, daß wir so wenig Zeit haben. Ich habe zu Karmasinow gesagt, wir würden im Mai anfangen und zur Mariä Fürbitte fertig sein. Ist das schnell? Ha-ha! Wissen Sie, was ich Ihnen sagen will, Stawrogin: Im russischen Volke hat es bisher keine Schamlosigkeit gegeben, obwohl es mit schmutzigen Ausdrücken geschimpft hat. Wissen Sie wohl, daß dieser leibeigene Knecht seine Würde besser gewahrt hat als Karmasinow die seinige? Man hat ihn geprügelt; aber er hat seine Götter verteidigt, während Karmasinow das nicht getan hat.«

»Nun, Werchowenski, ich höre Sie zum erstenmal so reden und höre Sie mit Erstaunen«, sagte Nikolai Wsewolodowitsch. »Sie sind also geradezu kein Sozialist, sondern verfolgen ehrgeizige politische Pläne?«

»Ein Schurke bin ich, ein Schurke. Machen Sie sich Gedanken darüber, was ich für ein Mensch bin? Ich werde Ihnen sogleich sagen, was für einer ich bin; darauf steuere ich ja

hin. Nicht ohne besonderen Grund habe ich Ihnen die Hand geküßt. Aber notwendigerweise muß auch das Volk die Überzeugung haben, daß wir wissen, was wir wollen, und daß die Gegner nur ›die Knittel schwingen und die Ihren treffen‹. Ach, hätten wir nur mehr Zeit! Das einzige Unglück ist, daß wir keine Zeit haben. Wir werden die Zerstörung proklamieren . . . denn das ist wieder so eine bezaubernde Idee! Aber wir müssen die Gelenke geschmeidig machen. Wir werden Brandstiftungen veranlassen . . . Wir werden Legenden in Umlauf setzen . . . Dabei wird eine jede dieser räudigen ›Gruppen‹ von Nutzen sein können. Ich werde Ihnen in diesen selben Gruppen Jäger ausfindig machen, die jeden verlangten Schuß abzugeben bereit und obendrein noch für die Ehre dankbar sind. Na, und dann wird der Aufruhr beginngen! Ein Wackeln und Schwanken wird sich begeben, wie es die Welt noch nie gesehen hat . . . Ein dunkler Nebel wird sich über Rußland breiten; das Land wird sich mit Tränen nach seinen alten Göttern zurücksehnen . . . Na, und dann lassen wir ihn auftreten . . . wen?«
»Nun wen denn?«
»Iwan, den Zarensohn.«
»We-en?«
»Iwan, den Zarensohn; Sie, Sie!«
Stawrogin dachte ein Weilchen nach.
»Einen Usurpator?« fragte er plötzlich, indem er den fanatischen Menschen in tiefem Staunen anblickte. »Ah, sieh da, endlich bekomme ich Ihren Plan zu hören!«
»Wir werden sagen, daß er ›sich verbirgt‹«, sagte Werchowenski leise, wie wenn ein Verliebter flüsterte; er machte tatsächlich den Eindruck eines Betrunkenen. »Wissen Sie wohl, was der Ausdruck: ›er verbirgt sich‹ besagt? Aber er wird erscheinen, er wird erscheinen. Wir werden eine Legende in Umlauf setzen, eine bessere als die der Skopzen. Er ist da; aber niemand hat ihn gesehen. Oh, was für eine prächtige Legende kann man da fabrizieren! Und die Hauptsache ist: Eine neue Kraft kommt. Und eben die ist nötig; nach der sehnt man sich. Das ist ja für den Sozialismus charakteristisch: Er hat immer nur die alten Kräfte

zerstört, aber keine neuen hervorgebracht. Aber hier ist eine Kraft, und dazu was für eine Kraft, eine noch nie dagewesene Kraft! Wir brauchen nur ein einziges Mal den Hebel anzusetzen, um die Erde aus ihrem Lager zu heben. Alles wird in Bewegung kommen!«

»Also haben Sie im Ernst auf mich gerechnet?« fragte Stawrogin boshaft lächelnd.

»Warum lachen Sie, und noch dazu so boshaft? Jagen Sie mir keinen Schreck ein! Ich bin jetzt wie ein kleines Kind; durch ein bloßes derartiges Lächeln kann man mich in den Tod erschrecken. Hören Sie, ich werde Sie niemandem zeigen, niemandem: Es muß so sein. Er ist da; aber niemand hat ihn gesehen; er verbirgt sich. Aber wissen Sie, man kann Sie auch zeigen, zum Beispiel einem unter hunderttausend. Dann wird sich die Kunde im ganzen Lande verbreiten: ›er ist gesehen worden, er ist gesehen worden!‹ Auch Iwan Filippowitsch, der Gott Zebaoth, ist gesehen worden; ›mit eigenen Augen‹ haben ihn die Menschen gesehen, wie er in einem Wagen gen Himmel fuhr. Und Sie sind nicht ein Iwan Filippowitsch; Sie sind ein schöner Mann, stolz wie ein Gott; Sie suchen keinen eigenen Gewinn; Sie haben den Glorienschein der Selbstaufopferung; Sie sind der, der ›sich verbirgt‹. Die Hauptsache ist die Legende! Sie werden die Menschen gewinnen; Sie werden Sie ansehen und gewinnen. Er bringt eine neue Wahrheit und ›verbirgt sich‹. Und dann werden wir zwei oder drei salomonische Aussprüche in Umlauf setzen. Die Gruppen, die Fünferkomitees werden das Ihre tun; Zeitungen brauchen wir nicht. Wenn von zehntausend Bitten nur eine erfüllt wird, so werden alle mit Bitten kommen. In jeder Gemeinde wird jeder Bauer wissen, daß da irgendwo ein Baumloch ist, in das Bittschriften hineingelegt werden sollen. Und die Erde wird freudig aufstöhnen: ›Ein neues, gerechtes Gesetz kommt!‹ und das Meer wird wogen, und die Komödiantenbude wird zusammenstürzen, und dann werden wir überlegen, wie wir dafür einen steinernen Bau errichten können. Zum ersten Male! Wir werden ihn errichten, wir, nur wir.«

»Wahnwitz!« rief Stawrogin.

»Warum wollen Sie nicht? Warum nicht? Fürchten Sie sich? Eben deswegen bin ich doch gerade auf Sie verfallen, weil Sie sich vor nichts fürchten. Ist der Plan unvernünftig, wie? Ich bin ja vorläufig noch ein Kolumbus ohne Amerika; ist etwa ein Kolumbus ohne Amerika vernünftig?«

Stawrogin schwieg. Unterdessen waren sie zum Hause gelangt und blieben an der Haustür stehen.

»Hören Sie«, sagte Werchowenski, indem er sich zu seinem Ohre hinbog; »ich will Ihnen einen Dienst leisten, ohne daß es Sie Geld kostet; ich werde morgen mit Marja Timofejewna ein Ende machen, ohne daß es Sie etwas kostet; und gleich morgen werde ich Ihnen Lisa zuführen. Wollen Sie Lisa haben, gleich morgen?«

»Was ist mit ihm? Ist er wirklich verrückt geworden?« dachte Stawrogin und lächelte dabei. Die Haustür wurde geöffnet.

»Stawrogin, wollen Sie unser Amerika sein?« fragte Werchowenski, indem er ihn zum letzten Male an den Arm faßte.

»Wozu?« erwiderte Nikolai Wsewolodowitsch in strengem, ernstem Tone.

»Er hat keine Lust! Hab ich's doch vorher gewußt!« rief jener in einem Anfall rasenden Zornes. »Sie lügen, Sie erbärmlicher, alberner, schlaffer Junker; ich glaube es Ihnen nicht; Appetit haben Sie schon, sogar einen Wolfshunger! . . . Begreifen Sie doch, daß Ihre Rechnung jetzt schon allzu groß ist und ich auf Sie schlechterdings nicht verzichten kann! Es gibt auf der Erde keinen andern, den ich brauchen könnte, als Sie! Ich habe mir Ihre Rolle im Auslande ausgedacht; ich habe die Rolle erdacht im Hinblick auf Sie. Wenn ich Sie nicht aus dem Winkel her betrachtet hätte, wäre mir der ganze Gedanke gar nicht in den Sinn gekommen! . . .«

Stawrogin antwortete ihm nicht, sondern ging die Treppe hinauf.

»Stawrogin!« rief ihm Werchowenski nach, »ich gebe Ihnen einen Tag Bedenkzeit . . . na, zwei Tage . . . na, drei Tage; mehr als drei kann ich Ihnen nicht gewähren; aber dann, dann bitte ich um Ihre Antwort!«

*Dostojewski hatte für den Erstdruck des Romans an dieser Stelle das Kapitel »Bei Tichon« vorgesehen, die Redaktion der Zeitschrift »Russkij vestnik« hatte den Abdruck aber abgelehnt. Durch die Eröffnung des Nachlasses am 12.11.1921, den Dostojewskis Frau, Anna Grigorjewna (1846–1918) geordnet hatte, wurde das Kapitel bekannt, inzwischen liegt es in zwei Fassungen vor, die beide vom Autor nicht endgültig bearbeitet und nicht ganz vollständig sind – den Korrekturfahnen von 1871 und einer Abschrift seiner Frau von etwa 1904/05.*

*H. Röhl hatte für die Insel-Ausgabe 1921 den Roman noch ohne dieses Kapitel übersetzen müssen. Heute läßt sich nach der Dostojewski-Ausgabe der Akademie der Wissenschaften der UdSSR in 30 Bänden (Bd. 11. 1974) das ausgelassene Kapitel ergänzen, wobei die ursprüngliche Version gewählt wurde.*

## NEUNTES KAPITEL

### *Bei Tichon*

(Aus dem Russischen von Wolfgang Kasack)

### I

Nikolai Wsewolodowitsch hatte in dieser Nacht nicht geschlafen, hatte unverwandt auf dem Sofa gesessen und immer wieder in die Ecke gestarrt, auf ein- und denselben Punkt neben der Kommode. Die ganze Nacht hatte bei ihm das Licht gebrannt. Um sieben Uhr morgens war er sitzend eingeschlafen, und als Alexej Jegorowitsch nach seiner ein für allemal eingeführten Gewohnheit genau um halb zehn mit dem Morgenkaffee zu ihm ins Zimmer trat und ihn damit weckte, da war er, wie er da die Augen öffnete, anscheinend unangenehm verwundert, daß er so lange hatte schlafen können und daß es schon so spät war. Er trank seinen Kaffee rasch aus, zog sich schnell an und verließ eilends das Haus. Auf Alexej Jegorowitschs behutsame Frage, ob es keinerlei Anordnungen gäbe, antwortete er nichts. Er ging tief in Gedanken versunken die Straße entlang, blickte zu Boden, und wenn er ab und an kurz den Kopf hob, dann zeigte er eine verschwommene, doch starke Unruhe. An einer Kreuzung, noch nicht weit von zu Hause entfernt, schnitt ihm ein Haufen vorübergehender Männer den Weg ab, etwa fünfzig an der Zahl oder ein paar mehr; sie gingen gemessen, fast schweigend, in fester Ordnung. Bei dem Laden, neben dem er etwa eine Minute lang zu warten hatte, äußerte jemand, das seien Schpigulins Arbeiter. Er beachtete sie kaum. Schließlich war er gegen halb elf am Tor unseres Euthymios-Gottesmutterklosters angekommen, das am Rande der Stadt am Fluß liegt. Dort erst schien er sich an etwas zu erinnern, blieb stehen, tastete rasch und aufgeregt nach irgend etwas in seiner Seitentasche und verzog sein Gesicht zu einem Grinsen. Er trat durch das Tor und fragte den erstbesten Klosterdiener, wie man zum Erzpriester Tichon käme, der im Kloster zurückgezogen lebe. Der Klosterdiener verbeugte sich mehrfach und geleitete ihn sofort weiter. An einer Eingangstreppe am Ende eines langen zweietagigen Klostergebäudes übernahm ihn von dem Klosterdiener mit geschickter und herrischer Gebärde ein dicker grauer Mönch und führte ihn einen langen schmalen Flur entlang. Auch er verneigte sich ständig (obwohl er sich wegen seiner Körperfülle nicht tief verneigen, sondern nur häufig und abgehackt mit dem Kopf zucken konnte), er forderte ihn immer wieder auf, ihm zu folgen, obwohl Stawrogin ihm ohnehin nachschritt. Der Mönch versuchte noch Fragen zu stellen, kam auch auf den Vater Abt zu sprechen und wurde, da er keine Antwort bekam, zunehmend ehrerbietiger. Stawrogin merkte, daß man ihn hier kannte, obwohl er, soweit er sich erinnerte, nur in seiner Kindheit einmal im Kloster gewesen war. Als sie bis zu einer Tür am äußersten Ende des Flurs gelangt waren, öffnete der Mönch diese mit einer gleichsam gebieterischen Hand, erkundigte sich bei dem herbeigesprungenen Zellendiener herablassend, ob man eintreten dürfe, und stieß sogar, ohne die Antwort abzuwarten, die Tür weit auf. Unter erneuter Verbeugung ließ er den »werten« Besucher an sich vorüber und entfernte sich, als er seinen Dank erhalten hatte, flink, beinahe im Laufen. Nikolai Wsewolodowitsch trat in ein kleines Zimmer ein, und fast in demselben Augenblick tauchte in der Tür zum Nebenzimmer ein großer hagerer Mann auf, etwa fünfundfünfzig Jahre alt, dem Aussehen nach etwas kränklich, im einfachen Hausgewand eines Geistlichen, mit einem unbestimmten Lächeln und einem seltsamen, eher schüchternen Blick. Das also war jener Tichon, über den Nikolai Wsewolodowitsch zum ersten Mal etwas von Schatow gehört und über den er seitdem einige Auskünfte eingezogen hatte.

Die Auskünfte waren unterschiedlich und widersprüchlich gewesen, hatten aber etwas Gemeinsames, und zwar das, daß sich sowohl diejenigen, welche Tichon mochten, als auch die anderen, die ihn nicht mochten (solche gab es auch), alle über ihn in Schweigen hüllten – die ihn nicht mochten wahrscheinlich aus Mißachtung, seine Anhänger aber, sogar die fanatischen, aus Bescheidenheit, als wollten sie etwas über ihn verbergen: irgendeine Schwäche, vielleicht die Hellsichtigkeit des Narren in Gott. Nikolai Wsewolodowitsch hatte erfahren, daß er schon etwa sechs Jahre lang im Kloster lebte und daß ihn Menschen aus dem ganz einfachen Volk und aus hochangesehenen Kreisen aufsuchten; daß er sogar im fernen Petersburg fanatische Verehrer, vornehmlich Verehrerinnen besaß. Indessen hatte er von einem der würdevollen alten Herren unseres Klubs, einem gottesfürchtigen Herren, gehört, dieser Tichon sei fast als Irrsinniger zu bezeichnen, sei jedenfalls ein völlig unbegabtes Wesen und zweifellos dem Alkohol verfallen. Von mir aus füge ich etwas vorausgreifend hinzu, daß letzteres absoluter Unsinn ist, Tichon hatte lediglich eine chronische rheumatische Erkrankung der Beine, und ihn überkam zeitweilig ein nervöses Zucken. Nikolai Wsewolodowitsch hatte auch erfahren, daß der zurückgezogen lebende Erzpriester es nicht vermocht hatte – aus Charakterschwäche oder »wegen einer bei seinem Rang unverzeihlichen und unangemessenen Zerstreutheit« – sich im Kloster selbst besondere Achtung zu verschaffen. Es hieß, daß der Vater Abt, ein in seinen Aufgaben als Klostervorsteher strenger und harter

Mann, der darüber hinaus für seine Gelehrsamkeit bekannt war, ihm gegenüber sogar ein fast feindliches Gefühl hegte und ihn (nicht offen, sondern hinter dem Rücken) der nachlässigen Lebensführung, ja sogar fast der Häresie beschuldigte. Die Klosterbrüder verhielten sich zu dem kranken geistlichen Würdenträger zwar nicht geradezu unaufmerksam, aber doch sozusagen recht familiär. Die beiden Zimmer, die Tichons Zelle bildeten, waren auch seltsam eingerichtet. Neben klobigen alten Möbeln mit durchgeriebenem Lederbezug standen drei, vier ausgesucht schöne Stücke: ein prächtiger Lehnstuhl, ein großer, hervorragend gearbeiteter Schreibtisch, ein feiner geschnitzter Bücherschrank, kleine Tische und Etageren – lauter Geschenke. Da lag auch ein teurer Bucharateppich, doch daneben aus Lindenbast geflochtene Matten. Da hingen Stiche mit »weltlichen« und mythologischen Motiven, und in der Ecke stand ein großer Heiligenschrein mit in Gold und Silber glänzenden Ikonen, von denen eine aus sehr alter Zeit stammte, sie enthielt eine Reliquie. Die Bibliothek, so hieß es, war auch allzu verschiedenartig und widersprüchlich zusammengesetzt. Neben den Werken der Kirchenväter und anderer Vorkämpfer des Christentums standen Werke aus dem Theaterbereich, »vielleicht auch noch Schlimmeres«.

Nach der ersten Begrüßung, die beide offensichtlich recht befangen, hastig und sogar unverständlich aussprachen, leitete Tichon seinen Gast weiter in sein Arbeitszimmer, bat ihn, auf einem Sofa vor einem Tisch Platz zu nehmen. Er selbst ließ sich daneben auf einem geflochtenen Sessel nieder. Nikolai Wsewolodowitsch war infolge einer inneren, ihn bedrückenden Erregung sehr zerstreut. Es sah so aus, als habe er sich zu etwas Außerordentlichem und Unabänderlichem, zugleich aber für ihn beinahe Unmöglichem entschlossen. Ungefähr eine Minute lang blickte er sich im Zimmer um, offensichtlich ohne das Betrachtete aufzunehmen; er war in Gedanken, natürlich ohne zu wissen, woran er dachte. Die Stille weckte ihn, und plötzlich schien es ihm, Tichon würde fast schamhaft und sogar mit einem überflüssigen komischen Lächeln seine Augen niederschlagen. Das löste augenblicklich in ihm einen Widerwillen aus; er wollte aufstehen und fortgehen, um so mehr, als Tichon seiner Ansicht nach völlig betrunken war. Doch da hob dieser unversehens seine Augen und richtete auf ihn einen so festen, so gedankenvollen Blick und hatte dabei einen so unerwarteten und rätselhaften Ausdruck, daß es Stawrogin fast schauderte. Es deuchte ihm, daß Tichon schon wußte, weshalb er gekommen war, daß er bereits über alles im Bilde war (obwohl auf der ganzen Welt niemand diesen Grund kennen konnte) und daß Tichon nur deshalb nicht als erster anfing zu sprechen, um ihn zu schonen, um ihn nicht herabzuwürdigen.

»Sie kennen mich?« fragte er plötzlich abrupt. »Habe ich mich Ihnen vorgestellt oder nicht, als ich hereinkam? Ich bin so zerstreut...«

»Sie haben sich nicht vorgestellt, aber ich hatte das Vergnügen, Sie einmal zu sehen, etwa vor vier Jahren, hier im Kloster... zufällig.«

Tichon sprach ohne jegliche Eile und gleichmäßig, mit weicher Stimme, die einzelnen Wörter kamen klar und deutlich.

»Ich war nicht in diesem Kloster vor vier Jahren«, entgegnete Nikolai Wsewolodowitsch recht grob, »ich war hier nur als kleines Kind, als Sie hier überhaupt noch nicht lebten.«

»Vielleicht haben Sie es vergessen«, bemerkte Tichon behutsam und ohne Nachdruck.

»Nein, ich habe es nicht vergessen; es wäre ja auch lächerlich, wenn ich mich daran nicht erinnern würde«, beharrte Stawrogin unangemessen scharf. »Vielleicht haben Sie von mir nur gehört und sich ein Bild gemacht, daher haben Sie die irrige Vorstellung, Sie hätten mich gesehen.«

Tichon schwieg. Da bemerkte Nikolai Wsewolodowitsch, daß über sein Gesicht manchmal ein nervöses Zucken lief, Zeichen einer langjährigen Nervenkrankheit.

»Ich sehe nur, daß es Ihnen heute gesundheitlich nicht gut geht«, sagte er, »und es scheint besser zu sein, wenn ich wieder gehe.« Er machte sogar Anstalten aufzustehen.

»Ja, ich habe heute wie schon gestern starke Schmerzen in den Beinen und habe in der Nacht wenig geschlafen...«

Tichon hielt inne. Sein Gast war erneut und unversehens in dasselbe unbestimmbare Grübeln verfallen wie zuvor. Das Schweigen dauerte lange, wohl an die zwei Minuten.

»Sie haben mich beobachtet?« fragte Stawrogin plötzlich aufgeregt und mißtrauisch.

»Ich habe Sie angeschaut und mich an die Gesichtszüge Ihrer Frau Mutter erinnert. Bei aller äußeren Unähnlichkeit gibt es viel innere Ähnlichkeit, geistige.«

»Keinerlei Ähnlichkeit, besonders keine geistige. Sogar ü-ber-haupt keine!« gab Nikolai Wsewolodowitsch wieder aufgeregt mit überflüssiger und unangemessener Härte, die er sich selbst nicht erklären konnte, zurück. »Das reden Sie bloß so dahin, aus Mitleid mit meiner Situation – aber das ist ja alles Unsinn«, platzte er plötzlich verächtlich heraus. »Holla! Kommt denn meine Mutter zu Ihnen?«

»Ja.«

»Das wußte ich nicht. Habe ich noch nie von ihr gehört. Oft?«

»Fast jeden Monat, auch öfter.«

»Habe ich noch nie, niemals gehört. Noch nie. Aber Sie haben natürlich von ihr gehört, daß ich verrückt bin«, fügte er plötzlich hinzu.

»Nein, verrückt hat sie Sie nicht genannt. Übrigens habe ich so etwas gehört, aber von anderen.«

»Sie haben offenbar ein hervorragendes Gedächtnis, wenn Sie sich an solche Kleinigkeiten erinnern. Haben Sie auch von der Ohrfeige gehört?«

»Ja, es kam mir etwas zu Ohren.«

»Also alles. Sie haben schrecklich viel überflüssige Zeit. Auch von dem Duell?«

»Ja, auch vom Duell.«

»Sie haben ja sehr viel hier gehört. Das ist eine Stelle, wo man keine Zeitungen braucht. Hat Schatow Sie vor mir gewarnt? Na?«

»Nein. Ich kenne zwar Herrn Schatow, aber ich habe ihn schon lange nicht zu Gesicht bekommen.«

»Hm... Was haben Sie denn da für eine Karte? Holla! Die ist ja von der Krim! Vom letzten Krieg! Wozu brauchen Sie die denn?«
»Ich ziehe die Karte für einen Text zu Rate. Eine hochinteressante Beschreibung.«
»Zeigen Sie einmal. Ja, die Darstellung ist nicht schlecht. Aber für Sie ist das eine seltsame Lektüre.«
Er holte sich den Band heran und warf einen kurzen Blick hinein. Es handelte sich um eine umfangreiche Schilderung der Ereignisse des letzten Krieges, ein gutes Buch, übrigens nicht so sehr in militärischer als in rein literarischer Hinsicht. Plötzlich hatte er genug und schob das Buch ungeduldig beiseite.
»Ich weiß beim besten Willen nicht, warum ich hierhergekommen bin«, stieß er verächtlich hervor und blickte dabei Tichon so in die Augen, als erwarte er von ihm eine Antwort.
»Sie scheinen auch nicht gesund zu sein?«
»Ja, ich bin nicht gesund.«
Dann fing er plötzlich an zu erzählen – übrigens in ganz kurzen und abgehackten Worten, so daß manches sogar schwer zu verstehen war –, daß ihn besonders nachts gewisse Halluzinationen überfielen, daß er bisweilen neben sich so ein böses Wesen sähe oder fühle, ein höhnisches und »vernunftbegabtes«. »Es tritt in verschiedenen Gestalten und verschiedenen Charakteren auf, aber es ist stets ein und dasselbe. Ich aber werde immer böse...«
Wild und verworren waren diese Eröffnungen und kamen tatsächlich wie von einem Geistesgestörten. Doch Nikolai Wsewolodowitsch sprach dabei mit einer so seltsamen Offenheit, wie man sie an ihm nie beobachtet hatte, mit einer solchen Einfalt, wie sie ihm überhaupt nicht eigen war, daß es den Eindruck machte, als sei in ihm plötzlich und unversehens der frühere Mensch vollkommen verschwunden. Er schämte sich kein bißchen, die Angst offenzulegen, mit der er von seiner Vision sprach. Doch all das war ein kurzer Augenblick und verschwand genauso schnell, wie es gekommen war.

»Das ist natürlich alles Unsinn«, schloß er schnell vor Scham verärgert, als er sich wieder gefangen hatte. »Ich werde zu einem Doktor gehen.«
»Tun Sie das unbedingt«, bestätigte Tichon.
»Sie sagen das so sicher... Haben Sie Menschen wie mich, mit solchen Erscheinungen schon gesehen?«
»Ja, doch schon, aber sehr selten. Ich erinnere mich nur an einen Fall, den ich selbst erlebte, einen Offizier, der hatte seine Gattin verloren, die ihm unersetzliche Lebensgefährtin. Von einem anderen Fall habe ich nur gehört. Beide wurden im Ausland kuriert... Sind Sie dem seit langem ausgesetzt?«
»Etwa seit einem Jahr, aber das ist alles Unsinn. Ich werde zu einem Doktor gehen. Das ist alles Unsinn, schrecklicher Unsinn. Das bin ich selbst in verschiedenen Gestalten und sonst nichts. Da ich jetzt diesen... Satz hinzugefügt habe, glauben Sie wahrscheinlich, ich hätte immer noch Zweifel und sei nicht davon überzeugt, daß ich das selbst bin und daß es nicht in Wirklichkeit der Teufel ist?«
Tichon blickte fragend.
»Und... Sie sehen ihn in Wirklichkeit?« wollte er wissen, um sozusagen jeglichen Zweifel daran zu beseitigen, daß es sich fraglos um eine trügerische und krankhafte Halluzination handeln könne, »sehen Sie in der Tat eine Gestalt?«
»Seltsam, daß Sie noch einmal nachgreifen, wo ich Ihnen doch schon gesagt habe, daß ich etwas sehe«, entgegnete Stawrogin und wurde von Wort zu Wort gereizter. »Selbstverständlich sehe ich etwas, sehe es so, wie ich Sie sehe... Doch manchmal sehe ich etwas und bin nicht sicher, daß ich etwas sehe, obwohl ich etwas sehe... Bisweilen aber bin ich nicht sicher, daß ich etwas sehe, und ich weiß nicht, was die Wahrheit ist: ich oder er... Unsinn ist das alles. Sie indessen, können Sie sich denn überhaupt nicht vorstellen, daß das wahrhaftig der Teufel ist?« fügte er grinsend hinzu und verfiel unvermittelt in einen spöttischen Ton, »wäre das denn nicht mit Ihrem Beruf eher zu vereinbaren?«
»Wahrscheinlicher ist es, daß eine Krankheit vorliegt, obwohl...«

»Obwohl – was?«
»Teufel existieren ohne jeden Zweifel, doch was man darunter versteht, kann recht unterschiedlich sein.«
»Sie haben deshalb jetzt die Augen wieder gesenkt«, warf Stawrogin gereizt und spöttisch dazwischen, »weil Sie sich für mich schämen, daß ich an den Teufel glaube, aber Ihnen unter dem Deckmantel des Nichtglaubens schlau die Frage stelle: gibt es ihn nun in Wirklichkeit oder gibt es ihn nicht?«
Tichon lächelte unbestimmt.
»Wissen Sie, es steht Ihnen überhaupt nicht, Ihre Augen zu senken: das ist unnatürlich, lächerlich und manieriert. Und um Sie für meine Grobheit zu entschädigen, sage ich Ihnen in allem Ernst direkt ins Gesicht: ich glaube an den Teufel, glaube im kanonischen Sinn, glaube an den persönlichen Teufel und an keine Allegorie, und ich brauche bei niemandem irgend etwas zu erfragen. So, da haben Sie es. Sie müssen schrecklich froh sein...«
Er lachte nervös und unnatürlich. Tichon sah ihn interessiert mit einem weichen und scheinbar etwas schüchternen Blick an.
»Glauben Sie an Gott?« fragte Stawrogin plötzlich unvermittelt.
»Ja, ich glaube.«
»Es heißt doch: ›So Ihr allen Glauben hättet, könntet Ihr Berge versetzen...‹ Ach was, das ist ja alles Unsinn. Indes, ich möchte doch gerne wissen: Werden Sie einen Berg versetzen oder nicht?«
»Wenn Gott es befiehlt, werde ich es tun«, äußerte Tichon leise und bescheiden, wobei er sich wieder anschickte, seine Augen zu senken.
»Nun, das ist ja dasselbe, als ob Gott ihn versetzte. Nein, Sie, Sie, als Lohn für Ihren Glauben an Gott.«
»Vielleicht werde ich ihn auch nicht versetzen.«
»›Vielleicht‹? Das ist nicht übel. Warum zweifeln Sie denn?«
»Mein Glaube ist nicht vollkommen.«
»Wie? Der *Ihre* nicht vollkommen? Wirklich?«

»Ja... Vielleicht nicht vollkommen.«
»Na, na, immerhin glauben Sie zumindest, daß Sie wenigstens mit Gottes Hilfe Berge versetzen werden, und das ist schon nicht wenig. Das ist immerhin mehr als jenes *très peu*, das auch irgendein Erzbischof einmal sagte, allerdings unter Todesandrohung. Sie sind natürlich auch Christ?«
»Laß, o Herr, deines Kreuzes mich nicht schämen«, wisperte Tichon in einem leidenschaftlichen Flüsterton und neigte seinen Kopf noch tiefer. Seine Mundwinkel begannen nervös und schnell zu zittern.
»Kann man denn an den Teufel glauben, ohne ganz an Gott zu glauben?« fragte Stawrogin lachend.
»Oh, das kann man durchaus, voll und ganz«, antwortete Tichon, hob die Augen auf und lächelte ebenfalls.
»Dabei bin ich überzeugt, daß Sie einen solchen Glauben dennoch höher achten als gänzlichen Unglauben... Oh, Pope!« lachte Stawrogin schallend auf. Tichon lächelte ihm wieder zu.
»Im Gegenteil, vollständiger Atheismus ist höher zu achten als weltliche Gleichgültigkeit«, fügte er heiter und aufrichtig hinzu.
»Oho, so einer sind Sie.«
»Ein vollständiger Atheist steht auf der vorletzten Stufe der Leiter zum vollkommensten Glauben – ob er sie überschreitet oder nicht, ist eine andere Frage –, ein Gleichgültiger aber hat keinerlei Glauben, hat nur armselige Angst.«
»Aber, sagen Sie... haben Sie die Offenbarung des Johannes gelesen?«
»Ja.«
»Erinnern Sie sich an die Stelle: ›Und dem Engel der Gemeinde zu Laodicea schreibe...‹?«
»Ja, ich erinnere mich, hübsche Worte.«
»Hübsche? Ein seltsamer Ausdruck für einen Erzpriester. Sie sind überhaupt ein sonderbarer Kauz... Wo haben Sie das Buch?« fragte Stawrogin seltsam hektisch und aufgeregt und suchte auf dem Tisch nach der Bibel. »Ich möchte es Ihnen vorlesen... Haben Sie eine russische Übersetzung?«

»Ich kenne die Stelle, kenne sie, erinnere mich gut«, sagte Tichon.

»Kennen Sie sie auswendig? Lassen Sie hören ...!«

Er senkte schnell die Augen, stemmte beide Hände auf die Knie und stellte sich ungeduldig darauf ein zuzuhören. Tichon sprach textgenau Wort um Wort: »Und dem Engel der Gemeinde zu Laodicea schreibe: Das sagt Amen, der treue und wahrhaftige Zeuge, der Anfang der Kreatur Gottes: Ich weiß deine Werke, daß du weder kalt noch warm bist. Ach, daß du kalt oder warm wärest! Weil du aber lau bist und weder kalt noch warm, werde ich dich ausspeien aus meinem Munde. Du sprichst: ich bin reich und habe gar satt und bedarf nichts; und weißt nicht, daß du bist elend und jämmerlich, arm, blind und bloß ...«

»Genug«, unterbrach ihn Stawrogin, »das ist für den Durchschnitt, das ist für die Gleichgültigen, nicht wahr? Wissen Sie was, ich liebe Sie sehr.«

»Und ich Sie«, erwiderte Tichon halblaut.

Stawrogin verstummte und fiel plötzlich wieder in sein früheres Nachsinnen. Das geschah wie anfallweise, schon zum dritten Mal. Er hatte zu Tichon sein ›ich liebe‹ auch fast in einem Anfall gesagt, jedenfalls für sich selbst unerwartet. Es verging mehr als eine Minute.

»Nicht wütend werden«, flüsterte Tichon und berührte behutsam, fast schüchtern mit den Fingern seinen Ellenbogen. Stawrogin schauderte zusammen und runzelte zornig seine Augenbrauen.

»Woran haben Sie erkannt, daß ich wütend wurde«, fragte er hastig. Tichon wollte gerade etwas antworten, doch da unterbrach er ihn plötzlich in unerklärbarer Aufregung.

»Warum haben Sie eigentlich unterstellt, daß ich unbedingt böse werden mußte? Ja, ich war böse, Sie haben recht, und zwar genau deshalb, weil ich zu Ihnen gesagt habe ›ich liebe Sie‹. Sie haben recht, aber Sie sind ein grober Zyniker, Sie denken erniedrigend von der menschlichen Natur. Es brauchte da gar nicht zur Bosheit zu kommen, wenn es sich um einen anderen Menschen handelte und nicht um mich ... Übrigens, es geht nicht um irgendeinen Menschen, sondern um mich. Trotz allem, Sie sind ein seltsamer Kauz und ein Narr in Gott...«

Er erregte sich immer mehr und mehr und verlor in seinen Worten seltsamerweise jede Beherrschung.

»Hören Sie, ich mag keine Spione und Psychologen, wenigstens nicht solche, die in meine Seele kriechen. Ich lade niemanden ein, in meine Seele zu kommen, ich brauche niemanden, ich werde allein fertig. Denken Sie denn, ich habe Angst vor Ihnen?« sagte er mit erhobener Stimme und reckte herausfordernd den Kopf. »Sie sind restlos davon überzeugt, daß ich gekommen bin, um Ihnen ein ›schreckliches‹ Geheimnis zu eröffnen, sind gespannt und verbergen Ihre Neugier, so gut Sie können. Na schön, dann lassen Sie sich gesagt sein, daß ich Ihnen gar nichts eröffne, gar kein Geheimnis, denn ich brauche Sie überhaupt nicht.«

Tichon sah ihn fest an:

»Sie waren überrascht, daß das LAMM den Kalten mehr liebt als den lediglich Lauen«, sagte er. »Sie wollen nicht *nur* lau sein. Ich ahne, daß ein außergewöhnlicher, vielleicht entsetzlicher Plan in Ihnen aufkeimt. Wenn es so ist, dann flehe ich Sie an, quälen Sie sich nicht und sagen Sie alles, weshalb Sie hierhergekommen sind.«

»Haben Sie mit Sicherheit gewußt, daß ich mit bestimmter Absicht hierhergekommen bin?«

»Ich... habe es Ihrem Gesicht abgelesen«, flüsterte Tichon und senkte seine Augen.

Nikolai Wsewolodowitsch war blaß, seine Hände zitterten ein wenig. Ein paar Sekunden blickte er unbeweglich und schweigend Tichon an, als versuche er, sich endgültig zu entscheiden. Schließlich holte er aus der Seitentasche seines Rocks einige bedruckte Blätter und legte sie auf den Tisch.

»Hier sind ein paar Blätter, die zur Veröffentlichung bestimmt sind«, äußerte er mit etwas stockender Stimme. »Sie mögen wissen, sobald ein einziger Mensch sie gelesen hat, werde ich sie nicht mehr verbergen, dann werden alle sie lesen. Das steht fest. Ich brauche Sie überhaupt nicht, denn ich habe schon alles beschlossen. Aber lesen Sie sie...

Während Sie lesen werden, sagen Sie nichts, aber wenn Sie das gelesen haben – sagen Sie alles...«
»Soll ich es nun lesen?« fragte Tichon unentschlossen.
»Lesen Sie; ich bin schon lange ganz ruhig.«
»Nein, ohne Brille kann ich das nicht entziffern, das ist klein gedruckt, im Ausland.«
»Hier ist Ihre Brille«, sagte Stawrogin, nahm sie vom Tisch und reichte sie ihm. Er lehnte sich im Sofa zurück. Tichon vertiefte sich in die Lektüre.

## II

Der Text war tatsächlich im Ausland hergestellt worden – drei bedruckte und zusammengeheftete Blätter von der Größe des üblichen kleinen Briefpapiers. Das hatte offensichtlich insgeheim eine ausländische russische Druckerei besorgt, die Blätter glichen auf den ersten Blick einem Aufruf. Oben auf der ersten Seite stand der Name des Verfassers: Nikolai W. Stawrogin.
Ich füge dieses Dokument in meine Chronik im Wortlaut ein. Man kann unterstellen, daß es inzwischen schon vielen bekannt ist. Ich habe mir lediglich erlaubt, die orthographischen Fehler zu verbessern, es waren ziemlich viele, was mich sogar etwas verwunderte, da der Verfasser immerhin ein gebildeter und sogar belesener Mann war (natürlich relativ gesehen). Am Stil habe ich ungeachtet mancher Unkorrektheit und sogar einiger Unklarheiten keinerlei Veränderungen vorgenommen. In jedem Fall sieht jeder, daß der Verfasser keineswegs ein Schriftsteller war.

»Nikolai W. Stawrogin
Ich, Nikolai Stawrogin, Offizier außer Dienst, lebte im Jahre 186* in Petersburg und führte ein ausschweifendes Leben, das mir keine Befriedigung verschaffte. Ich hatte damals einige Zeit lang drei Wohnungen. In einer mit Kost und Bedienung lebte ich selbst. Dort war zu der Zeit auch Marja Lebjadkina, mit der ich heute gesetzlich verheiratet

bin. Die beiden anderen Wohnungen hatte ich damals monatsweise für gewisse Abenteuer gemietet: in der einen empfing ich eine mich liebende Dame, in der anderen ihr Dienstmädchen, und ich spielte einige Zeit lang mit dem Gedanken, die beiden zusammentreffen zu lassen, und zwar so, daß Herrin und Mädchen einander vor meinen Freunden und vor dem Ehemann der Dame begegneten. Da mir die beiden Charaktere wohl vertraut waren, erhoffte ich mir von diesem dummen Witz ein köstliches Vergnügen.
Bei der heimlichen Vorbereitung dieses Zusammentreffens mußte ich häufiger in eine dieser Wohnungen in einem großen Hause in der Gorochowaja-Straße gehen, da mich dort jenes Dienstmädchen zu besuchen pflegte. Ich hatte da nur ein einzelnes Zimmer im dritten Stock, hatte es von kleinen Leuten gemietet, von Russen. Sie selbst wohnten nebenan in einem anderen Zimmer, hausten recht beengt, so daß die Tür zwischen unseren Zimmern immer offenstand, was mir gerade recht war. Der Mann arbeitete in einem Büro und war vom Morgen bis zum späten Abend außer Hause, seine Frau, etwa vierzig Jahre alt, trennte irgendwelche Kleidung auf, nähte aus Altem Neues und ging auch oft weg, um das Genähte fortzubringen. Ich blieb dann mit ihrer Tochter allein, einem Mädchen von vielleicht vierzehn Jahren, die noch ganz wie ein Kind aussah. Sie hieß Matrjoscha. Ihre Mutter liebte sie, doch schlug sie das Kind oft und hatte dann nach Art dieser Leute die Angewohnheit, mit schrecklichem Weibergekeif auf sie einzuschreien. Dieses Mädchen bediente mich und räumte hinter meiner spanischen Wand auf. Ich erkläre ausdrücklich, daß ich die Nummer des Hauses vergessen habe. Jetzt habe ich mir die Auskunft verschafft, daß das alte Haus verkauft und abgerissen ist, daß an der Stelle von zwei oder drei früheren Häusern dort ein neues sehr großes steht. Ich habe auch den Namen dieser kleinen Leute vergessen. (Vielleicht aber habe ich ihn selbst damals nicht gekannt.) Ich erinnere mich, daß die Frau Stepanida hieß, ich glaube Michailowna. Bei ihm erinnere ich mich nicht. Ich habe keine Ahnung, wohin sie gehörten, woher sie stammten, und wohin sie jetzt

gezogen sind, weiß ich schon vollends nicht. Ich nehme an, wenn man sich jetzt sehr darum kümmern würde, sie aufzuspüren, und allerlei Nachforschungen bei der Petersburger Polizei anstellte, so ließen sie sich ausfindig machen. Die Wohnung lag im Hof, in einer Ecke. Alles ist im Juni geschehen. Das Haus war hellblau gestrichen.

Eines Tages war mein Federmesser vom Schreibtisch verschwunden, ein Gegenstand, den ich überhaupt nicht brauchte und der nur herumlag. Ich teilte es der Wirtin mit, ohne mir zu überlegen, daß sie dafür ihre Tochter prügeln würde. Doch sie hatte gerade erst das Kind angeschrien (ich lebte einfach, und sie nahmen da auf mich keine Rücksicht), weil irgendein Tuch fehlte, wobei die Mutter angenommen hatte, das Kind sei daran schuld. Sie hatte es sogar an den Haaren gerissen. Als sich dieses Tuch unter der Tischdecke fand, setzte das Mädchen nicht einmal an, ein Wort zu entgegnen, sie blickte nur schweigend vor sich. Ich sah das und nahm in diesem Augenblick zum ersten Mal das Gesicht des Mädchens wahr, das bis dahin an mir nur vorübergehuscht war. Sie war hellblond und sommersprossig, ein Gesicht wie andere auch, aber es hatte sehr viel Kindliches und Stilles, außerordentlich Stilles. Der Mutter gefiel es nicht, daß ihre Tochter sich wegen der unverdienten Prügel nicht verteidigte, sie holte mit der Faust nach ihr aus, schlug aber nicht zu. Da kam ihr mein Federmesser gerade zupaß. Tatsächlich gab es außer uns dreien niemanden, und zu mir hinter den Wandschirm ging nur das Mädchen. Die Frau wurde von Wut übermannt, da sie beim ersten Mal zu Unrecht zugeschlagen hatte, sie stürzte sich auf ihren Reisigbesen, zerrte einige Ruten heraus und prügelte auf das Kind vor meinen Augen ein, bis es blutete. Matrjoscha schrie unter der Prügel nicht, schluchzte aber bei jedem Schlag seltsam auf. Dann schluchzte sie noch heftig weiter, eine ganze Stunde lang.

Vorher aber hatte sich folgendes ereignet: In demselben Augenblick, als die Wirtin den Reisigbesen ergriff, um die Ruten herauszuziehen, hatte ich das Federmesser auf meinem Bett gefunden, wohin es vom Tisch gerutscht war.

Sofort war ich entschlossen, dies nicht mitzuteilen, damit sie auch geprügelt würde. Ich hatte das schlagartig beschlossen; in solchen Momenten stockt mir immer der Atem. Aber ich habe die Absicht, alles in ganz deutliche Worte zu fassen, damit nun nichts mehr verborgen bleibt.

Jede außerordentlich schändliche, unendlich erniedrigende, gemeine und vor allem lächerliche Lage, in die ich in meinem Leben geraten bin, hat in mir immer neben maßloser Wut ein unglaubliches Wonnegefühl ausgelöst, in gleicher Weise in den Augenblicken von Verbrechen wie in den Augenblicken von Lebensgefahr. Hätte ich etwas gestohlen, dann würde ich während der Ausführung des Diebstahls eine Befriedigung aus dem Bewußtsein der Tiefe meiner Niedertracht empfunden haben. Ich genoß nicht die Gemeinheit (hier war mein Verstand vollständig heil), sondern die Befriedigung aus dem quälenden Bewußtsein der Niedrigkeit. Ebenso empfand ich jedesmal, wenn ich bei einem Duell auf den Schuß des Gegners wartete, dasselbe schändliche und enthemmende Gefühl, in einem Fall sogar besonders stark. Ich gebe zu, daß ich es oft auch selbst suchte, da es für mich stärker als alles andere in dieser Art ist. Als ich eine Ohrfeige bekam (und das geschah zweimal in meinem Leben), da war es genauso – ungeachtet meiner schrecklichen Wut. Doch wenn man hierbei die Wut unterdrückt, dann übertrifft der Genuß alles, was man sich vorstellen kann. Ich habe noch nie zu jemandem darüber gesprochen, nicht einmal einen kleinen Hinweis gegeben, sondern habe es als Schimpf und Schande verborgen gehalten. Als man mich jedoch einmal in einer Petersburger Kneipe schlimm geschlagen und an den Haaren gerissen hatte, da erlebte ich diese Empfindung nicht, sondern nur maßlose Wut. Ich war nicht betrunken, prügelte mich nur. Doch hätte mich jener Franzose, ein Vicomte, der mir die Ohrfeige versetzte und dem ich dafür den Unterkiefer zerschoß, im Ausland an den Haaren gepackt und niedergezwungen, dann hätte ich wohl jene Befriedigung empfunden und wäre von Wut frei gewesen. So schien es mir damals.

Ich schreibe das alles, damit ein jeder weiß, daß dieses

Gefühl mich niemals ganz übermannt hat und ich immer bei vollem Bewußtsein geblieben bin (im Bewußtsein war das alles ja auch begründet!). Obwohl es mich bis zum Wahnsinn übermannte, bis zur Selbstvergessenheit kam es nie. Es ging in mir bis zum lodernden Feuer, doch konnte ich es gleichzeitig völlig beherrschen, sogar im Kulminationspunkt anhalten; nur wollte ich es niemals anhalten. Ich bin überzeugt, daß ich mein ganzes Leben wie ein Mönch verbringen könnte – ungeachtet der tierischen Triebhaftigkeit, die mir angeboren ist und die ich immer hervorlockte. Bis ich sechzehn wurde, gab ich mich mit ungewöhnlicher Maßlosigkeit dem Laster hin, das Jean Jacques Rousseau beichtete, hörte aber im siebzehnten Lebensjahr in dem Augenblick damit auf, als ich mir das vornahm. Ich bin immer Herr meiner selbst, wenn ich will. So sage ich ausdrücklich, daß ich die Verantwortung für meine Verbrechen weder auf die Umwelt noch auf Krankheiten abwälzen will.
Als sie aufhörte, das Kind zu prügeln, steckte ich das Federmesser in die Westentasche, ging auf die Straße und warf es weit vom Haus entfernt fort, damit niemals jemand etwas davon erführe. Dann wartete ich zwei Tage ab. Das Mädchen hatte sich ausgeweint und war noch schweigsamer geworden; mir gegenüber hatte es, da war ich sicher, kein böses Gefühl. Sicher schämte sie sich etwas, weil man sie in dieser Art vor meinen Augen bestraft hatte. Doch hatte sie nicht geschrien und unter den Schlägen nur aufgeschluchzt, sicher weil ich dagestanden und alles mit angesehen hatte. Die Schuld für diese Scham gab sie sich als Kind wohl nur selbst. Bis jetzt hatte sie vor mir vermutlich bloß Scheu empfunden, doch nicht eine persönliche, sondern gegenüber dem Mieter, dem fremden Menschen, sie war anscheinend sehr schüchtern.
In diesen zwei Tagen war es, daß ich mir die Frage vorlegte, ob ich die gefaßte Absicht aufgeben und bleibenlassen könnte, und da spürte ich sofort: ich kann es zu jedem Zeitpunkt und auch sofort. In jener Zeit wollte ich mir das Leben nehmen – infolge einer krankhaften Gleichgültigkeit; eigentlich weiß ich gar nicht warum. In diesen zwei bis drei

Tagen (denn ich mußte unbedingt so lange abwarten, damit das Mädchen alles vergäße), beging ich – wahrscheinlich um mich von dem pausenlosen Wunschtraum abzulenken oder auch nur zum Spaß – in einer der möblierten Wohnungen einen Diebstahl. Das war der einzige Diebstahl in meinem Leben.

In diesen möblierten Wohnungen hausten viele Menschen. Unter anderem lebte da ein Beamter mit seiner Familie in zwei Zimmern. Er war etwa vierzig Jahre alt, nicht ganz dumm, sah ordentlich aus, war aber arm. Ich hatte mit ihm keinen Kontakt, und er hatte Angst vor der Gesellschaft, die mich umgab. Er hatte gerade sein Gehalt bekommen, fünfunddreißig Rubel. Den Hauptanstoß gab der Umstand, daß ich in der Tat zu jenem Zeitpunkt Geld brauchte (obwohl ich vier Tage später eine Postüberweisung erhielt), so daß ich gleichsam aus Not und nicht aus Spaß stahl. Gemacht habe ich das frech und offen. Ich ging einfach in seine Wohnung, als seine Frau, die Kinder und er selbst im anderen Zimmerchen Mittag aßen. Da lag auf einem Stuhl unmittelbar neben der Tür sorgfältig hingelegt seine Uniform. Der Gedanke war mir plötzlich gekommen, als ich im Flur war. Ich ließ meine Hand in die Tasche gleiten und zog sein Portemonnaie heraus. Doch der Beamte hörte das Rascheln und blickte aus dem Nebenzimmer. Er hatte wohl sogar etwas gesehen, doch da es nicht eindeutig war, traute er natürlich seinen Augen nicht. Ich sagte, daß ich auf dem Flur vorübergekommen sei und hätte nachschauen wollen, wie spät es auf seiner Wanduhr wäre. ›Die steht, mein Herr‹, antwortete er, und ich ging hinaus.

Damals trank ich viel, und in meiner Wohnung war ein ganzer Haufen Leute, darunter auch Lebjadkin. Ich warf das Portemonnaie mit dem Kleingeld fort und behielt die Scheine. Es waren zweiunddreißig Rubel, drei rote Zehner und zwei gelbe Scheine. Ich wechselte sofort einen roten und ließ Champagner holen; dann schickte ich noch einen roten und danach auch den dritten Schein. Etwa vier Stunden später, es war schon am Abend, paßte mich der Beamte auf dem Flur ab.

›Nikolai Wsewolodowitsch, wie Sie da vorhin zu mir hereingekommen sind, haben Sie da nicht aus Versehen meine Uniform vom Stuhl heruntergeworfen? Sie lag an der Tür.‹
›Nein, ich erinnere mich nicht. Lag da etwa eine Uniform?‹
›Ja, die lag da, mein Herr.‹
›Auf dem Boden?‹
›Zunächst auf dem Stuhl, später auf dem Boden.‹
›Haben Sie sie denn wieder aufgehoben?‹
›Ja.‹
›Nun, und was wollen Sie dann noch?‹
›Ja, wenn es so ist, dann nichts für ungut, mein Herr.‹
Er wagte nicht, weiterzusprechen, wagte auch keinem anderen Mieter etwas zu sagen – so scheu sind diese Leute. Übrigens hatten alle Leute im Hause schreckliche Angst und Respekt vor mir. Später machte es mir Spaß, ihm in die Augen zu schauen, zweimal auf dem Flur. Bald war mir auch das über.
Als drei Tage vergangen waren, kehrte ich in die Gorochowaja-Straße zurück. Die Mutter brach mit irgendwelchen Sachen auf, ihr Mann war natürlich nicht da. Ich und Matrjoscha blieben allein. Die Fenster standen offen. Im Hause lebten lauter Handwerker, und man hörte den ganzen Tag über aus allen Stockwerken das Klopfen von Hämmern oder Liedersingen. Es verging etwa eine Stunde. Matrjoscha saß in ihrem Zimmerchen auf einer kleinen Bank mit dem Rücken zu mir und war mit einer Nadelarbeit beschäftigt. Schließlich fing sie plötzlich leise an zu singen, sehr leise! Das kam bei ihr ab und an vor. Ich holte meine Uhr heraus und sah nach, wie spät es ist: es war zwei Uhr. Mein Herz fing an zu schlagen. Doch fragte ich mich plötzlich wieder: kann ich innehalten? Sogleich antwortete ich mir, daß ich es kann. Ich stand auf und schlich mich an sie heran. Bei den Leuten standen viele Geranien vor den Fenstern, die Sonne leuchtete schrecklich grell. Ich setzte mich still neben sie auf den Boden. Sie schauderte, hatte zunächst unglaubliche Angst, sprang auf. Ich nahm ihre

Hand und küßte sie zart, drückte sie wieder auf die Bank zurück und schaute ihr in die Augen. Daß ich ihr die Hand geküßt hatte, ließ das Kind plötzlich loslachen, doch nur für eine Sekunde, denn dann drängte sie ein zweites Mal fort und sprang wieder auf, jetzt schon mit solchem Schrecken, daß sich ihr Gesicht verkrampfte. Sie starrte mich mit vor Entsetzen unbeweglichen Augen an, ihre Lippen zuckten, als wolle sie losweinen, aber sie schrie trotzdem nicht auf. Wieder fing ich an, ihr die Hände zu küssen, setzte mir das Mädchen auf die Knie, küßte ihr Gesicht und Beine. Als ich ihr die Beine küßte, stemmte sie sich von mir und lächelte verlegen wie vor Scham, aber es war ein schiefes Grinsen. Ihr ganzes Gesicht loderte vor Scham. Ich flüsterte ihr irgend etwas zu. Schließlich ereignete sich etwas so Seltsames, was ich nie vergessen werde und was mich erstaunte: Das Mädchen umschlang meinen Hals mit seinen Armen und begann plötzlich, mich von sich aus schrecklich zu küssen. Sein Gesicht drückte vollkommenes Entzücken aus. Fast wäre ich aufgestanden und fortgegangen, so unangenehm war mir das bei einem so kleinen Kind. Ich spürte Mitleid. Doch ich überwand dies überraschende Angstgefühl und blieb.
Als alles vorüber war, war sie verwirrt. Ich versuchte nicht, sie zu bereden und streichelte sie nicht länger. Sie sah mich an und lächelte schüchtern. Ihr Gesicht kam mir auf einmal dumm vor. Von Minute zu Minute geriet sie mehr und mehr in Verwirrung. Schließlich bedeckte sie ihr Gesicht mit den Händen und stellte sich unbeweglich in eine Ecke, mit dem Gesicht zur Wand. Ich fürchtete, sie würde wieder wie kurz vorher erschrecken und ging schweigend fort.
Ich nehme an, alles, was geschehen war, mußte ihr schließlich mit tödlichem Schrecken wie eine grenzenlose Abscheulichkeit vorkommen. Ungeachtet der russischen Flüche, die sie von den Windeln an hatte hören müssen, und all der seltsamen Gespräche, bin ich fest davon überzeugt, daß sie noch nichts verstand. Sicher hatte sie schließlich den Eindruck, ein maßloses Verbrechen begangen zu haben, an dem sie tödliche Schuld trug – sie hatte ›Gott getötet‹.

In dieser Nacht ereignete sich auch jene Schlägerei in der Kneipe, die ich erwähnte. Doch ich wachte morgens in meiner Wohnung auf, Lebjadkin hatte mich dahin gebracht. Mein erster Gedanke nach dem Aufwachen war: hat sie etwas gesagt oder nicht; das war ein Augenblick echter Furcht, wenn auch keiner sehr starken. Ich war an jenem Morgen sehr fröhlich und zu allen sehr gut, alle Leute um mich waren mit mir sehr zufrieden. Ich ließ sie aber alle im Stich und ging in die Gorochowaja-Straße. Ich traf sie noch unten im Hausflur. Sie kam aus einem Laden, wohin man sie geschickt hatte, um Zichorie zu kaufen. Sobald sie mich erblickte, raste sie in schrecklicher Angst die Treppe hinauf. Als ich eintrat, hatte sie die Mutter bereits zweimal ins Gesicht geschlagen, weil sie in die Wohnung ›Hals über Kopf‹ gelaufen war, wodurch der wahre Grund ihres Erschreckens unentdeckt blieb. So war vorläufig alles ruhig. Sie verdrückte sich irgendwohin und kehrte die ganze Zeit, solange ich mich in der Wohnung aufhielt, nicht zurück. Ich blieb etwa eine Stunde und ging fort.

Gegen Abend überfiel mich wieder die Furcht, aber schon unvergleichlich stärker. Natürlich konnte ich alles abstreiten, doch man konnte mich auch überführen. Mir stand die Katorga vor den Augen. Niemals hat mich Furcht überkommen, und ich habe außer in diesem Fall in meinem Leben weder früher noch später irgend etwas gefürchtet. Nicht einmal Sibirien, obwohl ich mehr als einmal dorthin hätte verbannt werden können. In diesem Fall aber war mir der Schreck in die Glieder gefahren, und ich empfand tatsächlich Furcht. Ich weiß nicht warum, es war das erste Mal in meinem Leben – ein sehr quälendes Gefühl. Außerdem haßte ich sie an diesem Abend in meiner Wohnung so sehr, daß ich mich entschloß, sie umzubringen. Mein Hauptthaß erwachte bei der Erinnerung an ihr Grinsen. Verachtung stieg in mir auf, zusammen mit einem maßlosen Ekel, wie sie sich nach allem in die Ecke gestürzt und das Gesicht mit den Händen bedeckt hatte, mich packte eine unerklärliche Wut, und dann folgte Schüttelfrost; als gegen Morgen Fieber eintrat, übermannte mich wieder die Furcht, diesmal in

solcher Stärke, daß ich um keinerlei stärkere Qual weiß. Doch ich haßte das Mädchen nicht mehr; zumindest kam es nicht zu solchem Paroxysmus wie am Abend. Ich merkte, daß starke Furcht Haß und Rachelust vertreibt.
Gegen Mittag wachte ich gesund auf und wunderte mich sogar über einige meiner gestrigen Empfindungen. Ich hatte allerdings schlechte Laune und mußte trotz allem Widerwillen erneut dem Zwang folgen, in die Gorochowaja-Straße zu gehen. Ich erinnere mich, wie ich eine unbändige Lust verspürte, in diesem Augenblick mit irgend jemandem Streit anzuzetteln, allerdings einen ernsthaften. Doch wie ich in die Gorochowaja-Straße kam, stieß ich in meinem Zimmer überraschenderweise auf Nina Saweljewna, jenes Dienstmädchen. Sie wartete schon etwa eine Stunde auf mich. Dieses Mädchen liebte ich überhaupt nicht, so daß sie selbst mit einer gewissen Angst gekommen war, ob ich nicht zornig würde, weil sie ungebeten erschienen war. Ich aber freute mich plötzlich sehr über sie. Sie war nicht häßlich, bescheiden und hatte Manieren, wie sie den Spießern gefallen, so daß meine Wirtin sie mir gegenüber seit langem sehr herausstrich. Ich traf die beiden beim Kaffee, und meine Wirtin war höchst erbaut über den ihr angenehmen Plausch. In der Ecke ihres Zimmers entdeckte ich Matrjoscha. Sie stand da und blickte unbeweglich auf die Mutter und den Besuch. Als ich eintrat, verbarg sie sich nicht wie beim letzten Mal, lief auch nicht fort. Ich hatte nur den Eindruck, daß sie sehr dünn geworden war und Fieber hatte. Ich umarmte Nina und machte die Tür zum Zimmer der Wirtsleute zu, was ich seit langem nicht getan hatte, so daß Nina außerordentlich beglückt fortging. Ich begleitete sie und kehrte die nächsten beiden Tage nicht in die Gorochowaja-Straße zurück. Ich war es schon satt.
Dann beschloß ich, mit allem Schluß zu machen, die Wohnung zu kündigen und Petersburg zu verlassen. Doch als ich kam, um die Kündigung auszusprechen, traf ich meine Wirtin aufgeregt und betrübt an: Matrjoscha sei schon den dritten Tag krank, jede Nacht wälze sie sich im Fieber und rede wirres Zeug. Selbstverständlich fragte ich,

was sie da rede (wir sprachen leise in meinem Zimmer). Sie flüsterte mir zu, Matrjoscha rede ›Fürchterlichkeiten‹: ›Ich habe Gott getötet‹. Ich bot ihr an, einen Arzt auf meine Rechnung herbeizurufen, doch wollte sie das nicht: ›Wenn Gott will, geht es auch so vorüber, sie ist ja nicht bettlägerig, tags geht sie auch nach draußen, eben war sie gerade beim Krämer.‹ Ich beschloß, Matrjoscha allein zu sehen. Da ihre Mutter ausgeplaudert hatte, sie müsse um fünf Uhr in die Peterburgskaja gehen, nahm ich mir vor, am Abend zurückzukehren.

Ich aß im Wirtshaus. Genau Viertel nach fünf kam ich zurück. Ich öffnete die Wohnung immer mit meinem eigenen Schlüssel. Außer Matrjoscha war keiner da. Sie lag hinter einem Wandschirm auf dem Bett ihrer Mutter, und ich sah, wie sie mich von dort erblickte, tat aber so, als ob ich es nicht bemerke. Alle Fenster standen offen. Die Luft war warm, es war sogar heiß. Ich wanderte im Zimmer auf und ab und setzte mich dann auf das Sofa. An alles erinnere ich mich bis zum letzten Augenblick. Es bereitete mir ein ausgesprochenes Vergnügen, Matrjoscha nicht anzusprechen. Ich wartete und saß eine ganze Stunde da, bis sie plötzlich von selbst hinter dem Wandschirm aufsprang. Ich hörte ihre beiden Füße auf den Boden patschen, als sie aus dem Bett sprang, dann folgten ziemlich schnelle Schritte, und sie stand an der Schwelle zu meinem Zimmer. Sie sah mich schweigend an. In diesen vier oder fünf Tagen, die ich sie seit jenem Zeitpunkt kein einziges Mal von Nahem gesehen hatte, war sie tatsächlich sehr mager geworden. Ihr Gesicht wirkte wie ausgetrocknet, und ihr Kopf war sicher heiß. Ihre Augen waren groß geworden und starrten mich unbeweglich an, mit tumber Neugier, wie es mir zunächst vorkam. Ich saß in der Ecke des Sofas, schaute zu ihr hin und rührte mich nicht. Da überkam mich plötzlich wieder der Haß. Doch recht bald bemerkte ich, daß sie überhaupt keine Angst vor mir hatte und sich eher im Wahn befand. Doch sie war nicht im Wahn. Sie machte auf einmal ein paar kurze Kopfbewegungen zu mir hin, wie man es tut, wenn man jemandem einen ernsten Vorwurf macht, und hob plötzlich ihre kleine Faust gegen mich. Sie drohte mir damit von dort, wo sie stand. Im ersten Augenblick kam mir diese Bewegung komisch vor, doch dann konnte ich sie nicht mehr ertragen. Ich stand auf und bewegte mich auf sie zu. In ihrem Gesicht war eine solche Verzweiflung, wie man sie im Gesicht eines Kindes nicht für möglich hält. Sie drohte mir weiter mit ihrer kleinen Faust und machte die ganze Zeit ihre vorwurfsvollen Kopfbewegungen. Ich trat dicht an sie heran und versuchte, sie vorsichtig anzusprechen, doch dann sah ich, daß sie nichts verstand. Plötzlich bedeckte sie ruckartig ihr Gesicht mit beiden Händen wie damals, ging fort und stellte sich mit dem Rücken zu mir vor das Fenster. Ich ließ sie allein, kehrte in mein Zimmer zurück und setzte mich auch ans Fenster. Ich verstehe einfach nicht, warum ich dann nicht fortgegangen, sondern dageblieben bin, als warte ich auf irgend etwas. Bald hörte ich wieder ihre raschen Schritte, sie war durch eine Tür auf eine hölzerne Galerie hinausgegangen, von der man auch über eine Treppe nach unten gelangen konnte. Da lief ich sofort zu meiner Tür, machte sie ein wenig auf und konnte noch wahrnehmen, wie Matrjoscha in einem winzigen Abstellraum, so einer Art Hühnerstall neben einem gewissen Ort, verschwand. Ein seltsamer Gedanke flackerte in mir auf. Ich zog die Tür heran und ging zum Fenster. Natürlich war es mir nicht möglich zu glauben, daß der eben aufgeflackerte Gedanke stimmen könne – jedoch... (ich erinnere mich an alles).

Eine Minute später blickte ich auf die Uhr und merkte mir die Zeit. Der Abend nahte. Über mir summte eine Fliege und setzte sich mir immer wieder ins Gesicht. Ich fing sie, hielt sie zwischen den Fingern und ließ sie aus dem Fenster fliegen. Irgendein Wagen kam unten sehr laut in den Hof gerumpelt. Sehr laut (und schon lange) sang in der Ecke des Hofes am Fenster ein Schneider. Er saß über seiner Arbeit, und ich konnte ihn sehen. Mir kam in den Kopf, mir sei ja niemand über den Weg gelaufen, als ich zum Tor hereingekommen und die Treppe hinaufgestiegen war, also sei es eigentlich auch nicht nötig, daß man mich jetzt sähe, wenn ich hinunterging. So schob ich den Stuhl vom Fenster weg. Dann nahm ich ein Buch, legte es aber wieder fort, betrachtete eine winzige rote Spinne auf einem Geranienblatt und döste vor mich hin. An alles, bis zum letzten Augenblick erinnere ich mich noch.

Plötzlich holte ich meine Uhr heraus. Zwanzig Minuten waren vergangen, seit Matrjoscha hinausgegangen war. Meine Vermutung wurde zur Wahrscheinlichkeit. Doch ich beschloß, noch eine Viertelstunde zu warten. Mir kam auch in den Kopf, ob sie nicht zurückgekommen sei und ich es vielleicht überhört hätte; doch das konnte nicht sein: es war Todesstille, und ich konnte das Summen jeder Fliege hören. Plötzlich fing mein Herz an zu klopfen. Ich zog die Uhr heraus; drei Minuten fehlten noch; ich stand sie durch, obwohl mein Herz schmerzhaft klopfte. Da erhob ich mich, setzte meinen Hut auf, knöpfte den Mantel zu und prüfte im Zimmer, ob alles an Ort und Stelle sei, ob keinerlei Spuren zurückgeblieben seien, daß ich dagewesen war. Ich schob den Stuhl dichter ans Fenster, wie er vorher gestanden hatte. Schließlich öffnete ich behutsam die Tür, verschloß sie mit meinem Schlüssel und ging zu dem Abstellraum. Die Tür war angelehnt, aber nicht verschlossen. Ich wußte, daß er sich nicht zuschließen ließ, aber ich wollte ihn nicht aufmachen, sondern stellte mich auf die Zehenspitzen und blickte durch einen Spalt. In demselben Augenblick, als ich mich auf die Zehenspitzen erhob, fiel mir ein, daß ich, während ich am Fenster saß, die rote Spinne betrachtete und vor mich hindöste, mir vorgestellt hatte, wie ich mich auf die Zehenspitzen stelle und mit meinen Augen an diesen Spalt reiche. Wenn ich jetzt diese Einzelheit hier erwähne, möchte ich damit unbedingt beweisen, bis zu welchem Grade ich offensichtlich Herr meiner Sinne war. Ich schaute lange durch den Spalt, da war es dunkel, doch nicht gänzlich. Schließlich erkannte ich, was ich sehen wollte... hatte ich mich doch vollkommen überzeugen wollen.

Da war mir endgültig klar, daß ich gehen konnte, und ich stieg die Treppe hinab. Ich begegnete niemandem. Etwa drei Stunden später tranken wir alle in meiner Wohnung

Tee, hatten unsere Röcke abgelegt und spielten Karten mit einem alten Spiel, Lebjadkin rezitierte Gedichte. Man erzählte viel und wie abgemacht – dieses Mal nur gekonnt und komisch und nicht albern wie sonst immer. Auch Kirillow war da. Keiner trank, obwohl eine Flasche Rum zur Hand war, aber über die machte sich nur Lebjadkin her. Prochor Malow stellte fest, wenn Nikolai Wsewolodowitsch zufrieden und gut aufgelegt sei, dann seien alle unsere Leute fröhlich und würden vernünftig reden. Ich merkte mir das damals.

Doch schon um elf Uhr kam die Tochter des Hausmeisters von der Gorochowaja-Straße. Meine Wirtin hatte sie mit der Nachricht zu mir geschickt, Matrjoscha habe sich aufgehängt. Ich ging mit dem Mädchen hin und erkannte, daß die Frau selbst nicht wußte, weshalb sie nach mir geschickt hatte. Sie schrie und tobte, da war ein großes Durcheinander, viele Leute, auch die Polizei. Ich verharrte kurz auf dem Flur und ging wieder fort.

Man behelligte mich so gut wie gar nicht, lediglich die nötigen Fragen wurden an mich gestellt. Doch konnte ich außer dem Umstand, daß das Mädchen krank war und während der letzten Tage im Fieber und nicht bei Sinnen gewesen sei, so daß ich meinerseits angeboten hätte, einen Arzt auf meine Kosten herbeizubitten, absolut keine Aussage machen. Man fragte mich auch nach dem Federmesser. Ich sagte, meine Wirtin habe Matrjoscha geschlagen, aber das sei üblich gewesen. Daß ich da abends in der Wohnung gewesen war, hatte niemand herausbekommen. Über das Ergebnis der medizinischen Untersuchung habe ich nichts erfahren.

Etwa eine Woche ging ich nicht hin. Erst als man sie schon lange beerdigt hatte, sprach ich wieder vor, um das Zimmer aufzugeben. Die Frau weinte noch immer, obwohl sie schon wieder wie früher mit irgendwelchen Kleidungsstücken und ihrer Näherei befaßt war. ›Ich habe sie wegen Ihres Federmessers zu hart angepackt‹, sagte sie zu mir, jedoch ohne sich erhebliche Vorwürfe zu machen. Ich kündigte unter dem Vorwand, ich könne jetzt nicht in einem solchen

Zimmer bleiben, um dort Nina Saweljewna zu empfangen. Beim Abschied war sie noch einmal voll des Lobes über Nina Saweljewna. Als ich ging, gab ich ihr fünf Rubel über den Zimmerpreis hinaus.

Überhaupt ödete mich damals das Leben bis zum Verrücktwerden an. Den Vorfall in der Gorochowaja-Straße hätte ich, als die Gefahr vorüber war, schier ganz vergessen, wie alles, was damals geschah, wenn ich mich nicht eine Zeitlang noch voller Wut daran erinnert hätte, welche Furcht mich überkommen hatte. Ich ließ meine Wut an jedem beliebigen aus. In dieser Zeit, doch ohne jeglichen konkreten Grund, kam mir der Gedanke, irgendwie mein Leben zu zerstören, und zwar so scheußlich wie möglich. Schon vor rund einem Jahr hatte ich überlegt, mich zu erschießen, nun ergab sich etwas Besseres. Unvermittelt, als ich mir die hinkende Marja Timofejewna Lebjadkina ansah, die hier und da aushalf – sie war damals noch nicht verrückt, sondern nur eine exaltierte beschränkte Frau, die insgeheim in mich wahnsinnig verliebt war (das hatten meine Leute herausbekommen) –, beschloß ich, sie zu ehelichen. Der Gedanke, Stawrogin würde ein derart letztes Wesen heiraten, kitzelte meine Nerven. Etwas Schauerlicheres konnte man sich nicht vorstellen. Aber ich wage nicht zu entscheiden, ob mein Entschluß wenigstens unterbewußt (natürlich unterbewußt!) von der Wut wegen meiner niedrigen Feigheit beeinflußt war, die mich nach der Geschichte mit Matrjoscha überkommen hatte. Eigentlich glaube ich das nicht; aber in jedem Falle ließ ich mich nicht nur wegen einer ›Wette um Wein nach einem Saufgelage‹ trauen. Trauzeugen waren Kirillow und Pjotr Werchowenski, der sich damals zufällig in Petersburg aufhielt, außerdem Lebjadkin selbst und Prochor Malow (inzwischen verstorben). Außer diesen hat es niemand erfahren, jene aber gaben ihr Wort zu schweigen. Dieses Schweigen schien mir immer irgendwie gemein zu sein, aber es ist bis jetzt nicht gebrochen worden, obwohl ich die Absicht hatte, die Eheschließung bekanntzugeben. Ich erledige dies im jetzigen Zusammenhang.

Nach der Trauung fuhr ich damals in die Provinz zu meiner Mutter. Ich fuhr dorthin, um mich zu zerstreuen, denn ich konnte es nicht mehr aushalten. In unserer Stadt ließ ich die Vorstellung zurück, ich sei verrückt – eine Vorstellung, die sogar bis jetzt nicht ausgerottet und für mich zweifellos schädlich ist. Ich werde das weiter unten erklären. Dann fuhr ich ins Ausland und verbrachte dort vier Jahre.
Ich war im Orient, nahm auf dem Athos acht Stunden lang stehend an einem nächtlichen Gottesdienst teil, war in Ägypten, lebte in der Schweiz, kam sogar nach Island; ich studierte ein ganzes Jahr lang in Göttingen. Im letzten Jahr war ich mit einer angesehenen russischen Familie in Paris und mit zwei russischen jungen Damen in der Schweiz in näheren Kontakt gekommen. Vor zwei Jahren war mir in Frankfurt, als ich an einem Papierladen vorüberging, unter den zum Verkauf ausgelegten Fotografien die kleine Aufnahme eines elegant gekleideten Mädchens aufgefallen, das Matrjoscha sehr ähnlich sah. Ich hatte mir die Aufnahme sofort gekauft und, als ich ins Hotel gekommen war, auf den Kamin gelegt. Hier lag sie ungefähr eine Woche unberührt, auch warf ich kein einziges Mal einen Blick darauf, und als ich dann aus Frankfurt abreiste, vergaß ich, sie mitzunehmen.
Ich vermerke das ausdrücklich, um zu beweisen, bis zu welchem Grade ich meine Erinnerungen beherrschte und ihnen gegenüber empfindungslos wurde. Ich verdrängte sie alle auf einmal als Ganzes, und dieses Ganze verschwand gehorsam, sobald ich es nur wünschte. Es ödete mich immer an, mir die Vergangenheit ins Gedächtnis zu rufen, und ich konnte nie über die Vergangenheit reden, wie das fast alle machen. Was Matrjoscha anbetrifft, so hatte ich sogar das Foto auf dem Kamin vergessen.
Etwa vor einem Jahr, im Frühling, als ich durch Deutschland reiste, überfuhr ich aus Unachtsamkeit die Bahnstation, wo ich hätte umsteigen müssen, und geriet in die falsche Richtung. Am nächsten Bahnhof mußte ich aussteigen. Es war drei Uhr nachmittags, ein klarer Tag. Ich befand mich in einer winzigen deutschen Stadt. Man wies

mich zum Hotel. Ich hatte zu warten; der nächste Zug kam erst um elf Uhr nachts. Mir war der Zwischenfall sogar recht, denn ich hatte es nicht eilig. Das Hotel war recht kümmerlich und klein, lag aber ganz im Grünen und war ringsum von Blumenbeeten umgeben. Man gab mir ein enges Zimmerchen. Ich aß prächtig, und da ich die ganze Nacht unterwegs gewesen war, schlief ich nach dem Essen um vier Uhr nachmittags bestens ein.

Da träumte ich einen mir völlig unerwarteten Traum. Noch nie hatte ich etwas in dieser Art gesehen. In Dresden in der Gemäldegalerie gibt es ein Bild von Claude Lorrain, laut Katalog heißt es, glaube ich, ›Acis und Galatea‹, ich nannte es immer das ›Goldene Jahrhundert‹, weiß selbst nicht warum. Ich hatte es schon früher einmal gesehen, nun war es mir vor drei Tagen bei der Durchreise wieder aufgefallen. Dieses Bild nun sah ich im Traum, aber nicht als Bild, sondern gleichsam als ein wirkliches Geschehen.

Das war eine Stelle des griechischen Archipels: blaue zarte Wellen, Inseln und Felsen, ein blühendes Ufer, ein zauberhaftes Panorama in der Ferne, die untergehende einladende Sonne – es läßt sich nicht in Worte fassen. Dort sehen die Menschen Europas ihre Wiege, dort spielen die ersten Szenen der Mythologie, liegt ihr irdisches Paradies... Dort lebten wunderbare Menschen! Glücklich und unschuldig standen sie auf und legten sie sich schlafen; ihre fröhlichen Lieder füllten die Wälder, der große Überschuß unverbrauchter Kräfte floß in Liebe und einfältige Freude über. Die Sonne umgab mit ihren Strahlen diese Inseln und das Meer, freute sich an ihren schönen Kindern. Ein wunderbarer Traum, ein gewaltiger Irrtum! Ein Wunschgebilde der Phantasie, das allerunwahrscheinlichste von allen, die es je gab, auf das die ganze Menschheit lebenslang all ihre Kräfte verwendete, für das sie alles opferte, für das die Propheten an Kreuzen starben und sich töten ließen, ohne das die Völker nicht leben wollen und nicht einmal sterben können. All diese Empfindungen durchlebte ich gleichsam in diesem Traum; ich weiß nicht, was ich genau geträumt habe, aber die Felsen und das Meer und die schrägen Strahlen der untergehenden Sonne – all das sah ich schier noch, als ich aufwachte und die Augen öffnete, die zum ersten Mal in meinem Leben buchstäblich tränenüberströmt waren. Ein mir bis dahin unbekanntes Glücksempfinden strömte sogar schmerzhaft durch mein Herz. Inzwischen war es tatsächlich Abend geworden. Durch das Fenster meines kleinen Zimmers brach zwischen dem Grün der vor dem Fenster stehenden Blumen ein ganzes Bündel leuchtender schräger Strahlen der untergehenden Sonne und überschüttete mich mit seinem Licht. Rasch schloß ich wieder die Augen, als dürste es mich, den entschwundenen Traum zurückzuholen, doch da sah ich plötzlich gleichsam mitten in dem grellen, grellen Licht einen winzigen Punkt. Er nahm Gestalt an, und da erschien klar vor mir eine winzige rote Spinne. Sofort erinnerte ich mich ihrer auf dem Geranienblatt, als sich genauso die schrägen Strahlen der untergehenden Sonne ergossen. Da bohrte sich etwas in mich hinein, ich richtete mich auf und setzte mich im Bett hin... (Das ist alles, wie es sich damals ereignete!)

Ich sah vor mir (oh, nicht in Wirklichkeit! Ach, wäre es, wäre es doch eine echte Vision gewesen!), ich sah Matrjoscha, abgemagert und mit Fieberaugen, genauso wie damals, als sie vor mir auf der Schwelle stand, ihre strengen Kopfbewegungen machte und gegen mich ihre kleine Faust erhob. Niemals war etwas für mich so quälend! Die jämmerliche Verzweiflung eines hilflosen zehnjährigen Wesens mit dem noch nicht voll entwickelten Verstand, das mir drohte (womit? was konnte es mir tun?), das aber dennoch ganz natürlich nur sich selbst Schuld vorwarf! Niemals zuvor war mir etwas derartiges widerfahren. Ich saß so bis in die Nacht hinein, ohne mich zu bewegen, und vergaß die Zeit. Nennt man das Gewissensbisse oder Reue? Ich weiß es nicht, und ich könnte es bis heute nicht sagen. Vielleicht ist mir sogar bis jetzt die Erinnerung an die Tat selbst nicht widerlich. Vielleicht schließt diese Erinnerung sogar jetzt etwas für meine Leidenschaft Angenehmes ein. Nein, mir ist nur dieses Bild unerträglich, und zwar das auf der Schwelle mit der erhobenen und mir drohenden kleinen Faust, nur ihr damaliges Aussehen, nur der damalige Augenblick, nur diese Kopfbewegungen. Das ist es, was ich nicht ertragen kann, denn seitdem erscheint es mir nahezu tagtäglich. Es erscheint nicht von sich aus, sondern ich selbst rufe es hervor und kann nicht umhin, dies zu tun, obwohl ich damit nicht leben kann. Ach, sähe ich es doch einmal im Wachen – und sei es als Halluzination!

Ich habe noch andere alte Erinnerungen, vielleicht noch bessere als diese. Ich bin mit einer Frau schlimmer verfahren, und sie ist daran gestorben. Zwei Menschen, die sich mir gegenüber nichts hatten zuschulden kommen lassen, habe ich im Duell getötet. Ich bin einmal tödlich beleidigt worden und habe mich an meinem Gegner nicht gerächt. Auf mir lastet eine Vergiftung, eine geplante und gelungene und niemandem bekannte. (Falls erforderlich, werde ich davon allgemein Kenntnis geben.)

Doch warum ruft keine einzige von diesen Erinnerungen in mir etwas Ähnliches hervor? Höchstens Haß, und auch dieser ist nur durch meine jetzige Lage ausgelöst, früher habe ich das kaltblütig vergessen und verdrängt.

Ich war danach fast dieses ganze Jahr lang ruhelos unterwegs und versuchte, mich irgendwie zu beschäftigen. Ich weiß, daß ich auch jetzt dieses Mädchen aus meinem Denken löschen könnte, wenn ich es wollte. Ich beherrsche meinen Willen wie früher vollkommen. Doch das ist es ja gerade, daß ich dies nie tun wollte, nicht will und nicht wollen werde; das ist mir bereits klar. So wird es weitergehen, bis ich wahnsinnig werde.

In der Schweiz konnte ich mich vor zwei Monaten in ein junges Mädchen verlieben oder, besser gesagt, empfand ich die Anwandlung einer solchen Leidenschaft mit einer jener stürmischen Aufwallungen, wie ich sie nur aus früheren Jahren kenne, aus der ersten Zeit. Ich fühlte eine schreckliche Lust zu einem neuen Verbrechen, das heißt, eine Bigamie einzugehen (denn ich bin ja schon verheiratet); doch ich floh auf Anraten eines anderen Mädchens, dem ich fast alles gestanden hatte. Außerdem hätte das neue Verbrechen mich nicht im geringsten von Matrjoscha befreit.

Somit also faßte ich den Entschluß, diese Blätter in Druck zu geben und sie nach Rußland in dreihundert Exemplaren mitzunehmen. Wenn die Zeit reif ist, werde ich sie der Polizei und den örtlichen Behörden zustellen. Gleichzeitig werde ich sie an die Redaktionen aller Zeitungen mit der Bitte um Veröffentlichung schicken, auch an die vielen Menschen, die mich in Petersburg und überhaupt in Rußland kennen. Darüber hinaus wird eine Übersetzung im Ausland erscheinen. Ich weiß, daß man mich juristisch wohl kaum behelligen wird, jedenfalls nicht merklich. Ich allein bin es, der mich anklagt, es gibt keinen Kläger. Außerdem gibt es keinerlei oder außerordentlich wenige Beweise.

Schließlich werden die eingefleischte Vorstellung von meinen zerrütteten Nerven und wohl auch die Bemühungen meiner Verwandten, die diese Vorstellung nutzen werden, jegliche für mich gefährliche juristische Verfolgung vereiteln. Ich schreibe das übrigens, um zu beweisen, daß ich bei klarem Verstand bin und meine Lage begreife. Doch für mich bleiben jene, die alles wissen werden und ihre Augen auf mich richten werden und ich die meinen auf sie. Je mehr solcher Menschen es gibt, desto besser. Ob mich das erleichtern wird – das weiß ich nicht. Ich greife danach wie nach dem letzten Mittel.

Noch einmal: wenn man bei der Petersburger Polizei gründlich nachforscht, läßt sich möglicherweise etwas herausbekommen. Meine Wirtsleute leben vielleicht noch jetzt in Petersburg. An das Haus wird man sich natürlich erinnern. Es war hellblau. Ich werde nirgendwohin fortfahren und mich einige Zeit lang (ein oder zwei Jahre) ständig in Skworeschniki aufhalten, dem Gut meiner Mutter. Wenn man mich braucht, melde ich mich wo auch immer.

Nikolai Stawrogin«

Das Lesen dauerte etwa eine Stunde. Tichon las langsam und einige Stellen wohl mehrfach. Die ganze Zeit saß Stawrogin schweigend und unbeweglich da. Seltsam, daß auch der Hauch von Ungeduld, Zerstreutheit und scheinbarer Verwirrtheit, der den ganzen Morgen über seinem Gesicht gelegen hatte, fast verschwunden war, daß ihn eine Ruhe und irgendwie eine Aufrichtigkeit abgelöst hatten, was ihm fast ein würdiges Aussehen gab. Tichon nahm die Brille ab und begann als erster – mit gewisser Vorsicht – zu sprechen.

»Könnte man nicht an diesem Dokument ein paar Verbesserungen vornehmen?«

»Weshalb? Ich habe aufrichtig geschrieben«, antwortete Stawrogin.

»Ein bißchen am Stil.«

»Ich vergaß, Sie zu warnen, daß alle Ihre Worte umsonst sind. Ich schiebe meinen Plan nicht auf, geben Sie sich keine Mühe, ihn mir auszureden.«

»Sie hatten diese Warnung vorhin, vor der Lektüre, durchaus nicht vergessen.«

»Trotzdem, ich wiederhole es: wie stark auch die Kraft Ihrer Einwände sein mag, ich lasse von meinem Plan nicht ab. Merken Sie sich, mit dieser ungeschickten oder geschickten Äußerung – denken Sie, was Sie wollen – will ich Sie bestimmt nicht dazu bewegen, mir möglichst bald zu widersprechen und bittend auf mich einzureden«, fügte er hinzu, als könne er es nicht mehr aushalten, und verfiel plötzlich für einen Augenblick wieder in den Ton von vorher. Dann aber lächelte er sofort bitter zu seinen Worten.

»Ich könnte Ihnen nicht einmal widersprechen und besonders nicht versuchen, Sie durch Bitten dazu zu bewegen, Ihren Plan aufzugeben. Ihre Idee ist eine große Idee, und christliches Denken kann keinen vollständigeren Ausdruck finden. Weiter als so einen erstaunlichen Schritt, den Sie vorhaben, kann Reue nicht gehen, wenn es nur...«

»Wenn es nur was?«

»Wenn es nur wirklich Reue wäre und ein wirklich christliches Denken.«

»Das sind doch wohl Spitzfindigkeiten. Ist das nicht ganz egal? Ich habe aufrichtig geschrieben.«

»Sie wollen sich gleichsam absichtlich gröber darstellen,

als es ihr Herz möchte...«, sagte Tichon, der mehr und mehr Mut faßte. Offenbar hatte das »Dokument« auf ihn einen starken Eindruck gemacht.

»›Darstellen‹? Ich wiederhole Ihnen, ich habe nichts ›dargestellt‹ und, vor allem, ich habe mich nicht ›verstellt‹.«

Tichon senkte schnell die Augen.

»Dieses Dokument stammt unmittelbar aus dem Bedürfnis eines tödlich verletzten Herzens – verstehe ich das recht?« setzte er beharrlich und mit ungewöhnlichem Eifer fort. »Wahrlich, das ist Reue, und es ist deren natürliches Bedürfnis, was Sie niedergezwungen hat. Sie haben einen großen Weg beschritten, einen unerhörten Weg. Doch Sie hassen da ja schon im voraus alle jene, die das hier Beschriebene lesen werden, und fordern sie zum Kampf heraus. Wenn Sie sich nicht schämen, Ihr Verbrechen zuzugeben, warum schämen Sie sich dann der Reue? Sie sagen, sollen doch alle ihre Augen auf mich richten. Schön, aber Sie selbst, in welcher Weise werden Sie Ihre Augen auf jene richten? Manche Stellen in Ihrer Darlegung sind stilistisch überzogen; Sie haben da Spaß an ihrer eigenen Psychologie und ziehen jede Kleinigkeit heran, um den Leser mit einer Gefühllosigkeit zu erstaunen, die in Ihnen gar nicht steckt. Was ist denn das anderes als eine eitle Herausforderung des Richters durch den Schuldigen?«

»Wo soll da eine Herausforderung sein? Ich habe alle von mir ausgehenden Reflexionen gestrichen.«

Tichon schwieg. In seine blassen Wangen war sogar Farbe getreten.

»Lassen wir das«, unterbrach Stawrogin sein Schweigen. »Darf ich Ihnen meinerseits eine Frage stellen: jetzt reden wir schon fünf Minuten danach (er machte eine Kopfbewegung in Richtung auf sein Schriftstück), und ich sehe in Ihrem Gesicht weder Abscheu noch Scham... Sie scheinen ja einiges vertragen zu können...!«

Er redete nicht zu Ende und lachte auf.

»Sie hätten es also lieber, wenn ich Ihnen möglichst schnell meine Verachtung zeigen würde«, sprach Tichon fest wei-

ter. »Ich verberge Ihnen nichts: mich hat die gewaltige überschüssige Kraft erschreckt, die absichtlich ins Gemeine abgeglitten ist.
Was Ihr Verbrechen selbst anbetrifft, so begehen viele dieselbe Sünde, leben aber ohne Gewissensbisse unter den Leuten, leben in Ruhe, halten das sogar für unvermeidliche Verfehlungen der Jugend. Es gibt auch alte Männer, die dieselbe Sünde begehen – und es sogar spielerisch und voller Lust betreiben. Mit all diesen Entsetzlichkeiten ist die ganze Welt angefüllt. Sie haben die Tiefe voll erspürt, was in solchem Ausmaß sehr selten geschieht.«
»Haben Sie etwa nach der Lektüre dieser Blätter angefangen, mich zu verehren?« fragte Stawrogin mit schiefem Grinsen.
»Da gebe ich Ihnen keine direkte Antwort. Doch ein größeres und schrecklicheres Verbrechen als das, was Sie dem Kind angetan haben, gibt es selbstverständlich nicht und kann es nicht geben.«
»Lassen wir die Ellenmesserei. Mich verwundert ein wenig Ihre Bemerkung über andere Menschen und über die Verbreitung solcher Verbrechen. Vielleicht leide ich gar nicht so, wie ich es hier beschrieben habe. Vielleicht habe ich wirklich in vielen Punkten nicht die Wahrheit über mich geschrieben«, fügte Stawrogin unerwartet hinzu.
Tichon schwieg erneut. Stawrogin dachte nicht daran fortzugehen, im Gegenteil, er verfiel wieder augenblicksweise in sein tiefes Nachsinnen.
»Und dieses junge Mädchen«, hob Tichon sehr zaudernd wieder an, »mit dem Sie in der Schweiz gebrochen haben, befindet sich, wenn ich wagen darf, Sie zu fragen, … in diesem Augenblick wo?«
»Hier.«
Erneutes Schweigen.
»Ich habe vielleicht in erheblichem Ausmaß nicht die Wahrheit über mich geschrieben«, wiederholte Stawrogin beharrlich. »Übrigens, was heißt hier, ich fordere meine Leser durch die Grobheit meiner Beichte heraus, wenn Sie bereits die Herausforderung bemerkt haben? Ich zwinge die

Leser, mich noch mehr zu hassen, das ist alles. So wird es mir doch leichter.«

»Das heißt, deren Haß löst den Ihren aus, und im Haß wird Ihnen leichter, als wenn Sie von ihnen Mitleid annähmen?«

»Sie haben recht. Wissen Sie«, lachte er plötzlich auf, »vielleicht wird man mich einen Jesuiten und einen frömmelnden Scheinheiligen nennen, ha, ha, ha? Ist es nicht so?«

»Natürlich, so eine Reaktion wird es auch geben. Hoffen Sie, diesen Plan bald auszuführen?«

»Heute morgen, übermorgen, woher soll ich es wissen? Lediglich sehr bald. Sie haben recht: Ich glaube, es wird sich so ergeben, daß ich den Text unversehens und in irgendeiner rachsüchtigen, haßerfüllten Minute preisgebe, wenn ich sie am meisten hassen werde.«

»Antworten Sie mir auf eine Frage, mir allein, doch aufrichtig, nur mir: Wenn Ihnen jemand dies (Tichon wies auf die Druckschrift) verzeihen würde, und zwar nicht einer von denen, die Sie achten oder fürchten, sondern ein Unbekannter, ein Mensch, von dem Sie niemals erfahren würden, der schweigend für sich Ihre entsetzliche Beichte liest, wäre Ihnen von diesem Gedanken leichter, oder wäre Ihnen das ganz gleichgültig?«

»Leichter«, antwortete Stawrogin halblaut und blickte zu Boden. »Wenn Sie mir verzeihen würden, wäre mir erheblich leichter«, fügte er unerwartet und halb flüsternd hinzu.

»Dann Sie aber auch mir«, äußerte Tichon mit bewegter Stimme.

»Weshalb? Was haben Sie mir denn angetan? Ach ja, ist das so eine Sitte im Kloster?«

»Für die wissentlichen und unwissentlichen Sünden. In seiner Sünde hat jeder Mensch allen gegenüber gesündigt, und jeder Mensch ist irgendwie an des anderen Sünde schuld. Es gibt keine vereinzelte Sünde. Ich bin auch ein großer Sünder, vielleicht ein noch größerer als Sie.«

»Ich werde Ihnen die ganze Wahrheit sagen: ich möchte, daß Sie mir verzeihen und zusammen mit Ihnen noch der eine oder andere, aber die Allgemeinheit – die Allgemeinheit, die möge mich besser hassen. Ich wünsche mir das, um es in Demut zu ertragen...«

»Und ein allgemeines Mitleid könnten Sie nicht mit derselben Demut ertragen?«

»Vielleicht könnte ich es nicht. Sie haben das sehr fein erfaßt. Doch... Warum machen Sie das?«

»Ich fühle den Grad Ihrer Aufrichtigkeit und bin natürlich dadurch sehr schuldig, daß ich es nicht verstehe, mich den Menschen zu nähern. Ich empfand dies immer als meinen großen Mangel«, sagte Tichon aufrichtig und aus der Seele heraus, blickte dabei Stawrogin direkt in die Augen. »Ich sage das nur deshalb, weil ich große Angst um Sie habe«, fügte er hinzu, »vor Ihnen klafft ein fast unüberwindbarer Abgrund.«

»Daß ich es nicht aushalte? Daß ich den Haß der Leute nicht voller Demut ertrage?«

»Nicht nur allein den Haß.«

»Was denn noch?«

»Ihr Lachen«, brachte Tichon mühsam und halb flüsternd hervor.

Stawrogin war betroffen. Unruhe stand ihm im Gesicht.

»Ich habe das geahnt«, sagte er. »Also habe ich auf Sie den Eindruck einer sehr komischen Figur gemacht, als Sie mein ›Dokument‹ lasen – ungeachtet der ganzen Tragödie? Beunruhigen Sie sich nicht, lassen Sie sich nicht irritieren... Ich habe das ja selbst geahnt.«

»Das Entsetzen wird allgemein und natürlich eher falsch als aufrichtig sein. Die Menschen fürchten nur das, was ihre persönlichen Interessen unmittelbar bedroht. Ich spreche nicht von den reinen Seelen: die schaudern zurück und klagen sich selbst an, aber sie bleiben unbemerkt. Das Lachen wird allgemein sein.«

»Da können Sie noch den Gedanken eines Philosophen hinzufügen, daß fremdes Unglück immer auch etwas Angenehmes hat.«

»Ein richtiger Gedanke.«

»Indessen Sie... Sie haben doch selbst... Ich staune, wie

übel Sie von den Menschen denken, wie scheußlich«, sagte Stawrogin nicht ohne Bosheit.
»Glauben Sie mir, ich habe das mehr von mir ausgehend gesagt als über die Menschen!« rief Tichon aus.
»In der Tat? Gibt es wirklich in Ihrer Seele auch nur irgend etwas, was Sie an meinem Unglück erheitert?«
»Wer weiß, vielleicht gibt es das. Oh ja, vielleicht gibt es das!«
»Genug. Sagen Sie mir doch, worin ich in meinem Text denn lächerlich bin? Ich weiß worin, aber ich möchte, daß Sie Ihren Finger darauf legen. Und sagen Sie es mir so zynisch wie möglich, sagen Sie es mir mit der ganzen Aufrichtigkeit, zu der Sie fähig sind. Und ich wiederhole Ihnen nochmals: Sie sind ein schrecklich seltsamer Kauz.«
»Sogar in der Form dieses großen Sündenbekenntnisses selbst liegt etwas Lächerliches. Oh, seien Sie überzeugt, daß Sie letztlich den Sieg davontragen werden!« rief er plötzlich fast verzückt aus, »sogar diese Form (er wies auf die Druckschrift) wird siegen, wenn Sie nur aufrichtig hinnehmen, daß man Sie dafür ohrfeigt und bespeit. Es endete immer so, daß das schimpflichste Kreuz zum größten Ruhm und zur größten Kraft wurde, wenn die Demut der Tat aufrichtig war. Es kann sogar sein, daß Sie zu Ihren Lebzeiten bereits den Trost erfahren . . . !«
»Sie finden also nur in der Form, im Stil etwas Lächerliches?« beharrte Stawrogin.
»Im wesentlichen auch. Das Unschöne macht es kaputt«, flüsterte Tichon und senkte seine Augen.
»Was? Das Unschöne? Das Unschöne wovon?«
»Von dem Verbrechen. Es gibt Verbrechen, die wahrlich unschön sind. Für Verbrechen welcher Art auch immer gilt: je mehr Blut, je mehr Entsetzliches, desto imposanter, sozusagen malerischer sind sie. Aber es gibt schändliche, schimpfliche Verbrechen jenseits jeglichen Entsetzens, sozusagen allzu geschmacklose . . .«
Tichon sprach nicht zu Ende.
»Das heißt«, fiel Stawrogin aufgeregt ein, »Sie finden meine Figur ganz lächerlich, als ich das Bein des schmutzigen

Mädchens küßte... Und alles, was ich über mein Temperament gesagt habe, und... nun, und alles übrige... Ich verstehe. Ich verstehe Sie sehr gut. Sie sind eben deshalb über mich so verzweifelt, weil es unschön ist, ekelhaft, nein, nicht ekelhaft, sondern schändlich, lächerlich, und Sie glauben, daß gerade ich dies am allerwenigsten ertragen werde?«

Tichon schwieg.

»Ja, Sie kennen die Menschen, das heißt, Sie wissen, daß ich, gerade ich, es nicht ertragen werde... Ich verstehe, warum Sie nach der jungen Dame aus der Schweiz gefragt haben, ob sie hier sei.«

»Sie sind nicht vorbereitet, nicht hart genug«, flüsterte Tichon zögernd und senkte die Augen.

»Hören Sie, Vater Tichon: ich möchte mir selbst verzeihen, das ist doch mein Hauptziel, mein eigentliches Ziel!« sagte Stawrogin plötzlich mit finsterer Begeisterung in den Augen. »Ich weiß, daß nur dann die Vision verschwindet. Darum suche ich ja auch grenzenloses Leid, suche es selbst. Machen Sie mir keine Angst.«

»Wenn Sie glauben, daß Sie sich selbst verzeihen können und daß Sie diese Verzeihung auf dieser Erde erreichen können, dann glauben Sie doch an alles!« rief Tichon begeistert aus. »Wie konnten Sie denn sagen, daß Sie nicht an Gott glauben?«

Stawrogin antwortete nicht.

»Ihren Unglauben wird Gott Ihnen verzeihen, denn Sie achten den Heiligen Geist, ohne ihn zu kennen.«

»Übrigens, wie soll mir Christus denn verzeihen?« fragte Stawrogin, und im Ton der Frage ließ sich ein leichter Anflug von Ironie vernehmen. »Heißt es doch in der Bibel: ›Verführet Ihr eines dieser Kleinen‹, erinnern Sie sich? Dem Evangelium zufolge gibt es kein größeres Verbrechen und kann es kein größeres geben. So steht es in diesem Buch!«

Er zeigte auf das Evangelium.

»Ich kann Ihnen dazu etwas Erfreuliches sagen«, antwortete Tichon mit innerer Anteilnahme, »auch Christus wird

Ihnen verzeihen, wenn Sie es nur schaffen, sich selbst zu verzeihen... Oh nein, halt, das stimmt nicht. Ich habe da etwas Schlimmes gesagt: Auch wenn Sie keinen Frieden mit sich selbst schließen und wenn Sie sich nicht verzeihen können, auch dann wird ER Ihnen um der Absicht und um Ihres großen Leidens willen verzeihen... Denn es gibt keine Worte, keine Gedanken in der menschlichen Sprache, um *alle* Wege und Beweggründe des *Lammes* auszudrücken, ›dazumal seine Wege uns nicht offen bloßgelegt werden‹. Wer erfaßt Ihn, den Unfaßlichen, wer versteht *alles*, das Unendliche!«

Seine Mundwinkel zitterten wie einige Zeit zuvor, und ein kaum merkliches Zittern glitt wieder über sein Gesicht. Für einen Augenblick festigte er sich, aber es blieb nicht dabei, und er senkte rasch die Augen.

Stawrogin nahm seinen Hut vom Sofa.

»Ich werde irgendwann wiederkommen«, sagte er stark erschöpft. »Wir beide... ich schätze das Vergnügen und die Ehre, mit Ihnen zu sprechen, allzusehr... auch Ihre Gefühle. Glauben Sie mir, ich verstehe, warum manche Leute Sie so lieben. Ich bitte Sie um Ihre Gebete bei Dem, den Sie so lieben...«

»Sie wollen schon gehen?« sagte Tichon und erhob sich rasch, als habe er eine so unvermittelte Verabschiedung überhaupt nicht erwartet. »Ich aber«, sagte er verunsichert, »hatte eigentlich vor, Sie noch um etwas zu bitten, doch... Ich weiß nicht recht... zaudere jetzt.«

»Ach, machen Sie doch keine Umstände.« Stawrogin setzte sich sofort hin und behielt den Hut in der Hand. Tichon sah sich diesen Hut und diese Pose an, die Pose eines Mannes, der plötzlich ein ganz weltliches Gebaren hatte, das eines etwas aufgeregten und halb verrückten Menschen, der ihm fünf Minuten gewährte, um eine Angelegenheit zu Ende zu führen – so war Tichon um so mehr verunsichert.

»Meine ganze Bitte besteht lediglich darin, daß Sie... Sie haben doch schon zugegeben, Nikolai Wsewolodowitsch (so waren doch wohl Ihr Vor- und Vatersname?), daß Sie, wenn Sie Ihr Schriftstück veröffentlichen, Ihr weiteres Geschick verderben – im Sinne der Karriere zum Beispiel, und auch was alles Übrige betrifft.«

»Karriere?« Nikolai Wsewolodowitsch runzelte unangenehm berührt die Stirn.

»Warum sollten Sie es zerstören? Was soll denn eigentlich diese Unerbittlichkeit?« schloß Tichon fast bittend im offensichtlichen Bewußtsein der eigenen Ungeschicklichkeit. Ein schmerzlicher Zug zeigte sich auf Nikolai Wsewolodowitschs Gesicht.

»Ich hatte Sie schon gebeten und bitte Sie noch einmal: alle Ihre Worte werden überflüssig sein... und überhaupt fängt unsere ganze Aussprache an, unerträglich zu werden.«

Tichon wandte sich würdevoll in seinem Sessel Stawrogin zu.

»Sie verstehen mich nicht, hören Sie zu, und fahren Sie nicht gleich aus der Haut. Sie kennen meine Meinung: Ihre Tat würde, wenn sie aus Demut geschah, eine sehr große christliche Tat sein, wenn Sie sie durchstehen würden. Sogar wenn Sie sie nicht durchstehen würden, wird Ihnen dennoch der Herr das ursprüngliche Opfer anrechnen. Alles wird angerechnet: kein einziges Wort, keine einzige seelische Regung, kein einziger halber Gedanke vergehen umsonst. Aber ich schlage Ihnen statt dessen eine andere Tat vor, eine noch größere als diese, etwas unzweifelhaft Gewaltiges...«

Nikolai Wsewolodowitsch schwieg.

»Sie bewegt der Wunsch nach Märtyrertum und Selbstopfer; überwinden Sie auch diesen Wunsch, legen Sie das Schriftstück und Ihren Plan beiseite, dann werden Sie alles überwinden. Dann werden Sie Ihren ganzen Stolz und Ihren Teufel beschämen. Sie werden als Sieger hervorgehen und Freiheit erringen...«

Seine Augen brannten; er legte die Hände bittend zusammen.

»Sie wollen ganz einfach beim besten Willen keinen Skandal, und Sie stellen mir eine Falle, lieber Vater Tichon«, brabbelte Stawrogin grob und ärgerlich und rüstete sich zum Gehen. »Kurzum, Sie wollen, daß ich schön gesittet werde, wohl auch heirate und mein Leben als Mitglied des hiesigen Klubs beschließe, daß ich jeden Feiertag Ihr Kloster besuche. Das ist mir vielleicht eine Epitemie! Da haben Sie eine schöne Buße ausgesucht. Übrigens als Herzenskenner spüren Sie vielleicht schon, daß es zweifellos auch so werden wird und daß es nur noch darum geht, mich jetzt aus Anstand hübsch zu bitten, weil ich ja selbst nichts anderes begehre, nicht wahr?«

Er lachte brüchig.

»Nein, nicht diese Epitemie, ich bereite eine andere vor!« fuhr Tichon voller Eifer fort, ohne sich im geringsten um das Lachen und die Bemerkung Stawrogins zu kümmern. »Ich kenne einen Starzen, nicht hier, aber auch nicht weit weg, einen Einsiedler und strengen Mönch von so hoher christlicher Weisheit, daß wir beide nicht heranreichen. Er hört auf meine Bitten. Ich werde ihm alles von Ihnen berichten. Stellen Sie sich unter seine Leitung, befolgen Sie seine Weisungen, für fünf Jahre vielleicht, oder auch für sieben, wieviel Sie später selbst für notwendig erachten werden. Geben Sie sich selbst dieses Versprechen, und Sie werden durch dieses große Opfer alles erkaufen, wonach Sie sich sehnen, und sogar das, was Sie nicht erwarten, denn Sie können jetzt nicht erfassen, was Sie erhalten werden!«

Stawrogin hörte sich den letzten Vorschlag sehr ernsthaft, sogar außerordentlich ernsthaft an.

»Sie schlagen mir also ganz einfach vor, als Mönch in jenes Kloster einzutreten? So sehr ich Sie auch verehre, das hätte ich eigentlich erwarten müssen. Nun, ich gebe Ihnen gegenüber sogar zu, daß in meinen schwachen Minuten schon folgender Gedanke in mir aufkam: erst dieses Schriftstück allgemein bekanntzugeben und mich dann wenigstens eine Zeitlang vor den Menschen in einem Kloster zu verbergen. Doch da trat mir auf der Stelle wegen dieser Niedrigkeit die Schamröte ins Gesicht. Indessen, das Mönchsgewand anzulegen – das ist mir selbst in Augenblicken allerängstlichsten Kleinmuts nicht in den Kopf gekommen.«

»Sie brauchen nicht im Kloster zu leben, brauchen kein Mönch zu werden. Sie brauchen nur insgeheim, nicht offen, seinen Weisungen zu folgen, können das so machen, daß Sie dabei ganz unter den Menschen leben ...«

»Lassen Sie das, Vater Tichon«, unterbrach ihn Stawrogin mit Abscheu und stand auf. Tichon erhob sich auch.

»Was ist mit Ihnen los?« schrie Stawrogin plötzlich auf und blickte fast erschrocken auf Tichon. Dieser stand vor ihm, hatte die Hände vor sich zusammengelegt, während sich ein schmerzlicher Krampf wie von einem großen Schrecken über sein Gesicht zog.

»Was ist los mit Ihnen? Was haben Sie?« wiederholte Stawrogin und stürzte auf ihn zu, um ihn zu halten. Ihm schien, daß Tichon zu Boden fallen könne.

»Ich sehe ... ich sehe wie im Wachen«, rief Tichon mit einer in die Seele dringenden Stimme und dem Ausdruck stärksten Kummers, »daß Sie, armer verlorener junger Mann, noch nie so nahe vor dem allerentsetzlichsten Verbrechen gestanden haben, wie in diesem Augenblick!«

»Beruhigen Sie sich!« wiederholte der ernsthaft um ihn besorgte Stawrogin. »Ich werde das vielleicht wirklich noch aufschieben ... Sie haben recht, ich werde es vielleicht nicht durchstehen, werde in meiner Bosheit ein neues Verbrechen begehen ... all das ist so ... Sie haben recht, ich werde es aufschieben.«

»Nein, nicht nach der Veröffentlichung, sondern noch vor der Veröffentlichung, vielleicht einen Tag oder eine Stunde vor dem großen Schritt werden Sie sich wie in einen Ausweg in ein neues Verbrechen stürzen, allein um die Veröffentlichung des Schriftstücks *zu vermeiden*!«

Stawrogin fing sogar an zu zittern – vor Zorn und vielleicht vor Schreck.

»Verfluchter Psychologe!« rief er plötzlich voller Wut und verließ, ohne sich umzuschauen, die Zelle.

## ZEHNTES KAPITEL

*Stepan Trofimowitsch wird »konfisziert«*

Inzwischen trug sich bei uns ein Ereignis zu, das mich in Erstaunen vesetzte und Stepan Trofimowitsch ernstlich erschütterte. Um acht Uhr morgens kam von ihm seine Nastasja zu mir gelaufen mit der Nachricht, der Herr sei »konfisziert«. Ich konnte zunächst nicht daraus klug werden; ich begriff nur, daß die »Konfiskation« durch Beamte erfolgt sei; diese waren gekommen und hatten Papiere weggenommen, und ein Soldat hatte sie in ein Bündel gebunden und »auf einer Schubkarre weggefahren«. Die Nachricht klang seltsam. Ich eilte sogleich zu Stepan Trofimowitsch hin.

Ich traf ihn in einem wunderlichen Zustande: Er war verstört und in großer Erregung; aber doch hatte seine Miene gleichzeitig unzweifelhaft etwas Triumphierendes. Mitten im Zimmer siedete auf dem Tische ein Samowar, und daneben stand ein vollgegossenes, aber noch unberührtes, vergessenes Glas Tee. Stepan Trofimowitsch schlenderte um den Tisch herum und ging in alle Ecken des Zimmers, ohne sich von seinen Bewegungen Rechenschaft zu geben. Er trug seine gewöhnliche rote Jacke; aber als er mich erblickte, beeilte er sich, die Weste und den Rock anzuziehen, was er früher nie getan hatte, wenn einer der näher Stehenden ihn in seiner Jacke getroffen hatte. Er griff sogleich in großer Aufregung nach meiner Hand.

»Enfin un ami!« (Er seufzte aus tiefster Brust.) »Cher, Sie sind der einzige, zu dem ich geschickt habe; sonst weiß niemand etwas davon. Ich muß Nastasja befehlen, die Tür zuzuschließen und niemanden hereinzulassen, natürlich mit Ausnahme jener Menschen . . . Vous comprenez?«

Er blickte mich unruhig an, wie wenn er eine Antwort erwartete. Selbstverständlich beeilte ich mich, ihn zu befragen, und erfuhr mit Not und Mühe aus seiner unzusammenhängenden, an Unterbrechungen und unnötigen Einschaltungen reichen Darstellung, daß um sechs Uhr morgens

»plötzlich« ein Gouvernementsbeamter zu ihm gekommen sei.

»Pardon, j'ai oublié son nom. Il n'est pas du pays; aber wie es scheint, hat ihn Lembke mitgebracht, quelque chose de bête et d'allemand dans la physionomie. Il s'appelle Rosenthal.«

»Nicht etwa Blühm?«

»Blühm. Ganz richtig, so hieß er. Vous le connaissez? Quelque chose d'hébété et de très content dans la figure, pourtant très sévère, roide et sérieux. Ein echter Polizeimensch, gehorsam gegen die Vorgesetzten, je m'y connais. Ich schlief noch, und denken Sie sich: Er bat um die Erlaubnis, meine Bücher und Manuskripte ›ansehen‹ zu dürfen; oui, je m'en souviens; il a employé ce mot. Er hat mich nicht arretiert, sondern nur einige Bücher mitgenommen . . . Il se tenait à distance, und als er anfing, mir sein Kommen zu erklären, da machte er ein Gesicht, als ob ich . . . enfin il avait l'air de croire que je tomberai sur lui immédiatement et que je commencerai à le battre comme plâtre. Tous ces gens du bas étage sont comme ça, wenn sie mit einem anständigen Menschen zu tun haben. Selbstverständlich begriff ich sofort alles. Voilà vingt ans que je m'y prépare. Ich schloß ihm alle Schubfächer auf und übergab ihm alle Schlüssel; ich selbst übergab ihm alles. J'étais digne et calme. An Büchern nahm er mit: ausländische Ausgaben von Schriften Herzens, ein gebundenes Exemplar des Kolokol, vier Abschriften meines Gedichtes et enfin tout ça. Ferner Papiere und Briefe et quelques unes de mes ebauches historiques, critiques et politiques. Das alles nahm er fort. Nastasja sagt, ein Soldat habe es auf eine Schubkarre geladen, mit einer Schürze zugedeckt und fortgefahren; oui, c'est cela, mit einer Schürze.«

Das war ein seltsames Gerede. Wer konnte davon etwas begreifen? Ich fiel ihn von neuem mit Fragen an: Ob Blühm allein gekommen sei? In wessen Auftrage? Mit welchem Rechte? Wie er sich habe erdreisten können? Was er zur Erklärung gesagt habe?

»Il était seul, bien seul; übrigens war auch noch jemand

dans l'antichambre, oui, je m'en souviens, et puis ... Übrigens war wohl auch noch jemand da, und auf dem Flur stand ein Wärter. Wir müssen Nastasja danach fragen; die weiß all das am besten. J'étais surexcité, voyez-vous. Il parlait, il parlait ... un tas de choses; übrigens redete er nur sehr wenig; ich war eigentlich derjenige, der immer sprach ... Ich erzählte meine Lebensgeschichte, selbstverständlich nur von diesem Gesichtspunkt aus ... J'étais surexcité, mais digne, je vous l'assure. Übrigens fürchte ich, daß ich in Tränen ausgebrochen bin. Die Schubkarre hatten sie sich von dem Krämer nebenan geben lassen.«

»O Gott, wie ist das alles nur möglich gewesen! Aber ich bitte Sie um Gottes willen, teilen Sie mir die Sache noch genauer mit, Stepan Trofimowitsch; was Sie da erzählen, klingt ja wie ein Traum!«

»Cher, ich glaube selbst zu träumen ... Savez-vous! Il a prononcé le nom de Teliatnikoff, und ich glaube, daß dieser der war, der sich im Vorzimmer versteckt hielt. Ja, ich erinnere mich, er schlug mir vor, einige Bekannte als Bürgen zu stellen, etwa den Staatsanwalt und Dmitri Mitritsch ... der mir noch fünfzehn Rubel vom Whist schuldig ist, soit dit en passant. Enfin, je n'ai pas trop compris. Aber ich bin doch noch schlauer gewesen als er, und was habe ich auch mit Dmitri Mitrisch zu schaffen? Ich bat ihn sehr, die Sache geheimzuhalten; sehr dringend bat ich ihn darum; ich fürchte sogar, daß ich dabei meiner Würde etwas vergeben habe; comment croyez-vouz? Enfin il a consenti ... Ja, ich erinnere mich, daß er selbst darum bat; er meinte, es werde am besten sein, die Sache geheimzuhalten, weil er nur gekommen sei, um sich dies und jenes ›anzusehen‹, et rien de plus, und weiter nichts ... und wenn nichts gefunden werde, so werde die Sache keine weiteren Folgen haben. So haben wir denn das Geschäft en amis beendet; je suis tout-à-fait content.«

»Aber ich bitte Sie, er hat Ihnen doch das in solchen Fällen übliche Verfahren vorgeschlagen, nämlich die Stellung von Bürgen, und Sie haben das selbst zurückgewiesen!« rief ich in freundlicher Entrüstung.

»Nein, es ist schon besser so ohne Bürgen. Wozu einen Skandal heraufbeschwören? Mag die Sache bis zu einem gewissen Zeitpunkt en amis bleiben ... Sie wissen, wenn man es in unserer Stadt erfährt ... mes ennemis ... et puis à quoi bon ce procureur, ce cochon de notre procureur, qui deux fois m'a manqué de politesse et qu'on a rossé à plaisir l'autre année chez cette charmante et belle Natalja Pawlowna, quand il se cacha dans son boudoir. Et puis, mon ami, widersprechen Sie mir nicht und entmutigen Sie mich nicht, ich bitte Sie dringend; denn es gibt nichts Unerträglicheres, als wenn ein Mensch unglücklich ist und ihm dann hundert Freunde nachweisen, wie dumm er gehandelt hat. Aber setzen Sie sich, und trinken Sie Tee; und ich muß gestehen, ich bin sehr müde ... wäre es nicht gut, wenn ich mich hinlegte und mir Essigumschläge um den Kopf machte? Was meinen Sie?«

»Unbedingt!« rief ich; »und nehmen Sie auch Eis dazu! Sie sind sehr angegriffen. Sie sehen blaß aus, und die Hände zittern Ihnen. Legen Sie sich hin, erholen Sie sich, und verschieben Sie die Fortsetzung Ihrer Erzählungen eine Weile! Ich werde mich hier neben Sie setzen und warten.«

Er konnte sich noch nicht dazu entschließen, sich hinzulegen; aber ich bestand darauf. Nastasja brachte Essig in einer Tasse, und ich befeuchtete ein Handtuch und legte es ihm auf den Kopf. Dann stieg Nastasja auf einen Stuhl und zündete in der Ecke vor dem Heiligenbilde ein Lämpchen an. Ich bemerkte dies mit Verwunderung; ein Lämpchen war früher nie vorhanden gewesen, und jetzt war auf einmal eins da.

»Das habe ich vorhin angeordnet, gleich nachdem die Leute weggegangen waren«, murmelte Stepan Trofimowitsch, mich schlau anblickend; »quand on a de ces choses-là dans sa chambre et qu'on vient vous arrêter, so macht das Eindruck, und sie müssen dann melden, was sie gesehen haben ...«

Als Nastasja mit dem Lämpchen fertig war, stellte sie sich in die Tür, legte die rechte Handfläche gegen die Backe und begann, ihn mit weinerlicher Miene anzusehen.

»Eloignez-la unter irgendeinem Vorwande!« sagte er zu mir vom Sofa aus, indem er mir mit dem Kopfe einen Wink gab. »Ich kann diese russische Art des Bemitleidens nicht ausstehen, et puis ça m'embête.«

Aber sie ging von selbst fort. Ich bemerkte, daß er immer nach der Tür hinspähte und nach dem Vorzimmer hinhorchte.

»Il faut être prêt, voyez-vous«, sagte er, mich bedeutsam anblickend; »chaque moment . . . können sie kommen, mich mitnehmen, und hui – ist ein Mensch verschwunden!«

»O Gott! Wer wird denn kommen? Wer wird Sie mitnehmen?«

»Voyez-vous, mon cher, ich habe ihn, als er wegging, geradezu gefragt, was man jetzt mit mir machen werde.«

»Sie hätten lieber fragen sollen, wohin man Sie verschicken werde!« rief ich mit demselben Unwillen wir kurz vorher.

»Das war ja auch der verborgene Sinn meiner Frage; aber er ging weg, ohne eine Antwort gegeben zu haben. Voyez-vous, was Wäsche, Kleidung, namentlich warme Kleidung anlangt, da werden sie schon nach eigenem Ermessen anordnen, was ich mitnehmen soll; oder aber man transportiert mich vielleicht auch in einem bloßen Soldatenmantel fort. Aber ich habe fünfunddreißig Rubel« (er ließ plötzlich die Stimme sinken und blickte besorgt nach der Tür, durch welche Nastasja hinausgegangen war) »heimlich in einen Riß in der Westentasche geschoben; hier, fühlen Sie einmal! . . . Ich denke, die Weste werden sie mir nicht wegnehmen; zum Scheine aber habe ich sieben Rubel im Portemonnaie gelassen; ›das ist alles, was ich habe‹, will ich sagen. Wissen Sie, hier auf dem Tische habe ich Kleingeld und Kupfergeld herumliegen lassen, so daß sie nicht auf den Gedanken kommen können, daß ich Geld versteckt habe, sondern denken werden, daß dies alles sei. Gott mag wissen, wo ich die nächste Nacht zubringen werde.«

Ich ließ den Kopf hängen bei diesem Nonsens. Offenbar war es ganz unmöglich, daß er so arretiert und durchsucht wurde, wie er das befürchtete; er war eben ganz verwirrt. Allerdings trug sich das alles damals noch vor Erlaß der jetzigen Gesetze zu. Und allerdings war er, als man ihm (nach seiner eigenen Mitteilung) ein regelrechteres Verfahren vorgeschlagen hatte, »schlauer gewesen« und hatte es abgelehnt . . . Gewiß konnte früher, daß heißt noch vor kurzem, ein Gouverneur in ganz außerordentlichen Fällen auch . . . Aber was konnte denn hier für ein solcher ganz außerordentlicher Fall vorliegen? Das machte mich ganz wirr.

»Es ist sicherlich ein Telegramm aus Petersburg gekommen«, sagte Stepan Trofimowitsch auf einmal.

»Ein Telegramm! Eines, das Sie betrifft? Wegen der Schriften von Herzen und wegen Ihres Gedichtes? Sie haben wohl den Verstand verloren! Weswegen sollte man Sie arretieren?«

Ich war geradezu ärgerlich. Er schnitt eine Grimasse und fühlte sich offenbar beleidigt, nicht wegen meines Ausrufes, sondern wegen meiner Ansicht, daß kein Grund zu seiner Festnahme vorhanden sei.

»Wer kann in unserer Zeit wissen, wofür man ihn arretieren kann?« murmelte er rätselhaft.

Ein wunderlicher, törichter Gedanke fuhr mir durch den Kopf.

»Stepan Trofimowitsch, sagen Sie mir als Ihrem Freunde«, rief ich, »als Ihrem aufrichtigen Freunde, ich werde Sie nicht verraten: Gehören Sie irgendeiner geheimen Gesellschaft an?«

Und siehe da, zu meiner Verwunderung war er sich auch darüber nicht sicher, ob er einer geheimen Gesellschaft angehörte oder nicht.

»Das ist so, wie man's nehmen will; voyez-vous . . .«

»Was heißt das: ›wie man's nehmen will‹?«

»Wenn man mit ganzem Herzen dem Fortschritt anhängt . . . wer kann da dafür garantieren? Man denkt, daß man keiner solchen Gesellschaft angehört; aber wenn man's genauer betrachtet, so stellt sich heraus, daß es doch der Fall ist.«

»Wie ist das möglich? Hier gibt es doch nur ein Ja oder ein Nein!«

»Cela date de Pétersbourg, als ich mit ihr zusammen dort eine Zeitschrift gründen wollte. Davon schreibt sich das her. Wir sind damals durchgeschlüpft, und sie haben uns vergessen; aber jetzt haben sie sich unser erinnert. Cher, cher, kennen Sie mich denn nicht?« rief er schmerzerfüllt. »Man wird mich festnehmen, mich auf einen Bauernwagen setzen, und dann marsch nach Sibirien fürs ganze Leben; oder man sperrt mich in eine Kasematte und vergißt mich.«

Und plötzlich brach er in heiße Tränen aus. Die Tränen strömten ihm nur so aus den Augen. Er bedeckte sich die Augen mit seinem rotseidenen Taschentuche und schluchzte, schluchzte etwa fünf Minuten lang krampfhaft. Mir tat das Herz weh. Dieser Mann, der zwanzig Jahre lang unser Prophet, unser Prediger, unser Lehrer, unser Patriarch, unserer Kukolnik* gewesen war, der eine so hohe, imposante Stellung über uns allen eingenommen hatte, vor dem wir uns von ganzem Herzen gebeugt hatten, indem wir uns den Verkehr mit ihm zur Ehre anrechneten: Der fing jetzt auf einmal an zu schluchzen, zu schluchzen wie ein kleiner Knabe, der eine Unart begangen hat und der Rute entgegensieht, die der Lehrer herbeiholt. Er tat mir schrecklich leid. An den Bauernwagen glaubte er offenbar ebenso sicher wie an die Tatsache, daß ich neben ihm saß, und erwartete ihn gleich an diesem Vormittage, sofort, augenblicklich, und all das, weil er Schriften von Herzen besessen und selbst einmal ein Gedicht gemacht hatte! Eine solche vollständige, gänzliche Unkenntnis der alltäglichen Wirklichkeit hatte etwas Rührendes und zugleich etwas Widerwärtiges.

Endlich hörte er auf zu weinen, stand vom Sofa auf und begann wieder im Zimmer auf und ab zu gehen, wobei er das Gespräch mit mir fortsetzte, aber alle Augenblicke durchs Fenster sah und nach dem Vorzimmer hinhorchte. Unser Gespräch nahm zusammenhanglos seinen Fortgang. Alle meine Versicherungen und Beruhigungsversuche sprangen von ihm ab wie Erbsen von der Wand. Er hörte nur wenig

* Ehemals angesehener Verfasser von Dramen und Romanen, 1809-1868. (A. d. Ü.)

danach hin; aber dennoch war es ihm ein dringendes Bedürfnis, daß ich beruhigend zu ihm spräche, und er redete denn auch unaufhörlich in diesem Sinne. Ich sah, daß er mich jetzt nicht entbehren konnte und mich um keinen Preis fortgelassen hätte. Ich blieb daher, und wir saßen länger als zwei Stunden zusammen. Im Laufe des Gespräches erwähnte er, daß Blühm zwei Proklamationen bei ihm gefunden und mitgenommen habe.

»Wie? Proklamationen?« rief ich dummerweise erschrocken. »Haben Sie denn . . .«

»Ach was! Man hat mir zehn Stück zugesteckt«, antwortete er ärgerlich (er redete mit mir bald in ärgerlichem und hochmütigem, bald in höchst kläglichem und kleinmütigem Tone); »aber acht hatte ich schon wieder weggegeben; so hat Blühm nur zwei beschlagnahmt . . .«

Er wurde plötzlich rot vor Unwillen.

»Vous me mettez avec ces gens-là! Glauben Sie denn wirklich, daß ich mit diesen Schurken Gemeinschaft haben kann, mit diesen heimlichen Zusteckern, mit meinem Söhnchen Pjotr Stepanowitsch, avec ces esprits-forts de la lâcheté? O Gott!«

»Nicht doch; aber ob man Sie nicht doch irgendwie mit denen vermengt hat? . . . Übrigens, Unsinn! Das ist ja unmöglich!« erwiderte ich.

»Savez-vous«, entfuhr es ihm auf einmal; »ich habe manchmal die Empfindung, que je ferai lá-bas quelque esclandre. Oh, gehen Sie nicht weg; lassen Sie mich nicht allein! Ma carrière est finie aujourd'hui, je le sens. Wissen Sie, ich werde mich dort vielleicht auf jemand stürzen und ihn beißen wie jener Unterleutnant . . .«

Er sah mich mit einem sonderbaren Blicke an, mit einem furchtsamen Blicke, in welchem zu gleicher Zeit der Wunsch lag, Furcht zu erregen. Er regte sich in der Tat immer mehr und mehr über irgend jemand und über irgend etwas auf, je weiter die Zeit fortschritt, ohne daß der Bauernwagen erschienen wäre; er wurde sogar zornig. Plötzlich stieß Nastasja, die zu irgendwelchem Zwecke aus der Küche ins Vorzimmer gegangen war, dort an einen Kleiderständer an und warf ihn um. Stepan Trofimowitsch fing sofort an zu zittern und wurde leichenblaß; aber als die Sache sich aufgeklärt hatte, kreischte er Nastasja grimmig an, stampfte mit den Füßen und jagte sie wieder in die Küche zurück. Eine Weile darauf blickte er mich verzweifelt an und murmelte:

»Ich bin verloren! Cher«, (er setzte sich auf einmal neben mich und sah mir mit unendlich kläglicher Miene starr in die Augen), »cher, ich fürchte mich nicht vor Sibirien, das schwöre ich Ihnen, o, je vous jure« (es traten ihm sogar die Tränen in die Augen), »ich fürchte etwas anderes . . .«

Ich vermutete nach seiner Miene, daß er mir endlich etwas Außerordentliches mitteilen wollte, was mitzuteilen er sich bisher noch nicht hatte entschließen können.

»Ich fürchte die Schande«, flüsterte er geheimnisvoll.

»Was für Schande? Aber ganz im Gegenteil! Glauben Sie mir, Stepan Trofimowitsch, die ganze Sache wird noch heute ihre Aufklärung finden und zu Ihren Gunsten enden . . .«

»Sind Sie so fest davon überzeugt, daß man mir verzeihen wird?«

»Was reden Sie denn von Verzeihen! Was sind das für Ausdrücke! Was haben Sie denn begangen? Ich versichere Ihnen, daß Sie nichts begangen haben!«

»Qu'en savez-vous? Mein ganzes Leben war . . . cher . . . Man wird sich an alles erinnern . . . und wenn man nichts findet, um so schlimmer«, fügte er überraschend hinzu.

»Wieso, ›um so schlimmer‹?«

»Um so schlimmer.«

»Das verstehe ich nicht.«

»Mein Freund, mein Freund, nun, mag man mich meinetwegen nach Sibirien oder nach Archangelsk verschicken und mich der bürgerlichen Rechte berauben; wenn ich zugrunde gehen soll, nun gut! Aber . . . ich fürchte etwas anderes« (wieder Flüstern, ängstliche Miene und geheimnisvolles Wesen).

»Aber was denn, was denn?«

»Man wird mich auspeitschen«, sagte er und blickte mich mit ganz verstörtem Gesichte an.

»Wer wird Sie auspeitschen? Wo? Warum?« rief ich; ich ängstigte mich, ob er auch nicht den Verstand verliere.
»Wo? Nun, hier . . . wo so etwas ausgeführt wird.«
»Aber wo wird denn so etwas ausgeführt?«
»Ach, cher«, flüsterte er ganz dicht an meinem Ohre, »da geht auf einmal unter einem der Fußboden auseinander, und man sinkt bis zur Mitte des Leibes hinein . . . Das weiß ja jeder Mensch.«
»Fabeln!« rief ich, indem ich die Fortsetzung erriet; »alte Fabeln! Haben Sie das wirklich bis jetzt geglaubt?« Ich lachte laut auf.
»Fabeln! Diese Fabeln müssen doch einen Ursprung haben; ein Durchgepeitschter erfindet keine Fabeln. Ich habe mir das schon viele tausend Male im Geiste vorgestellt!«
»Aber wofür sollte man Sie, gerade Sie so bestrafen? Sie haben ja doch nichts getan?«
»Um so schlimmer; sie werden sehen, daß ich nichts getan habe, und mich durchpeitschen.«
»Und Sie sind davon überzeugt, daß man Sie zu diesem Zwecke nach Petersburg bringen wird?«
»Mein Freund, ich habe schon gesagt, daß ich mich um nichts mehr gräme; ma carrière est finie. Seit jener Stunde in Skworeschniki, als sie von mir Abschied nahm, ist es mir um mein Leben nicht leid . . . aber die Schande, die Schande; que dira-t-elle, wenn sie es erfährt?«
Er blickte mich ganz verzweifelt an; der Ärmste war dunkelrot geworden. Ich schlug ebenfalls die Augen nieder.
»Sie wird nichts erfahren, weil Ihnen nichts zustoßen wird. Mir ist, als ob ich zum erstenmal in meinem Leben mit Ihnen spräche, Stepan Trofimowitsch, in solches Erstaunen versetzen Sie mich heute.«
»Mein Freund, das ist bei mir nicht Furcht. Aber selbst wenn man mir verzeiht, selbst wenn man mich wieder hierher zurückbringt und mir nichts tut, auch dann bin ich zugrunde gerichtet. Elle me soupçonnera toute sa vie . . . mich, mich, den Dichter, den Denker, den Mensch, den sie zweiundzwanzig Jahre lang verehrt hat!«
»So etwas wird ihr gar nicht in den Sinn kommen!«

»Doch, doch!« flüsterte er aus tiefster Überzeugung. »Wir beide, ich und sie, haben mehrmals darüber in Petersburg gesprochen, in den Großen Fasten, vor unserer Abreise, als wir beide unsere Besorgnisse hatten. Elle me soupçonnera toute sa vie . . . und wie kann ich sie vom Gegenteil überzeugen? Alles, was ich sagen könnte, wird unwahrscheinlich klingen. Und wer wird es überhaupt hier in dieser elenden Stadt glauben? C'est invraisemblable . . . Et puis les femmes . . . Sie wird sich freuen. Sie wird als wahre Freundin betrübt sein, aufrichtig betrübt; aber im geheimen wird sie sich freuen . . . Ich habe ihr damit fürs ganze Leben eine Waffe gegen mich in die Hand gegeben. Oh, mein Leben ist zugrunde gerichtet! Zwanzig Jahre eines vollkommenen Glückes im Zusammenleben mit ihr . . . und nun!«

Er verbarg das Gesicht in den Händen.

»Stepan Trofimowitsch, wäre es nicht das beste, wenn Sie Warwara Petrowna jetzt gleich von dem Vorgefallenen benachrichtigten?« schlug ich vor.

»Gott soll mich bewahren!« erwiderte er zusammenfahrend und sprang von seinem Platze auf. »Um keinen Preis, niemals; nach dem, was zwischen uns beim Abschiede in Skworeschniki gesprochen worden ist, ist das ganz unmöglich. Niemals!«

Seine Augen funkelten.

Wir blieben so noch eine Stunde oder länger, glaube ich, zusammen, er immer etwas erwartend; denn diese Vorstellung hatte sich nun einmal in seinem Kopfe festgesetzt. Er legte sich wieder hin, schloß sogar die Augen und lag etwa zwanzig Minuten lang da, ohne ein Wort zu sagen, so daß ich sogar glaubte, er schliefe oder habe kein Bewußtsein. Plötzlich richtete er sich ungestüm in die Höhe, riß sich das Handtuch vom Kopfe, sprang vom Sofa auf, stürzte zum Spiegel, band sich mit zitternden Händen ein Halstuch um, rief mit lauter Stimme Nastasja und befahl ihr, ihm den Überzieher, den neuen Hut und den Stock zu bringen.

»Ich kann das nicht länger aushalten«, sagte er mit stockender Stimme. »Es ist mir unmöglich, ganz unmöglich! . . . Ich will von selbst hingehen.«

»Wohin?« fragte ich, ebenfalls aufspringend.
»Zu Lembke. Cher, ich muß das tun; das ist meine Pflicht. Ich bin ein Bürger und ein Mensch und kein willenlos im Strudel herumwirbelndes Holzspänchen; ich habe Rechte und will auf meinen Rechten bestehen ... Ich habe zwanzig Jahre lang nicht auf ihnen bestanden, sondern sie mein ganzes Leben lang freventlich vergessen ... aber jetzt werde ich auf ihnen bestehen. Er soll mir alles sagen, alles. Er hat ein Telegramm erhalten. Er darf mich nicht quälen; lieber mag er mich arretieren, mich arretieren, mich arretieren!«
Er schrie das mit kreischender Stimme und stampfte dabei mit den Füßen.
»Ich stimme Ihnen ganz bei«, sagte ich, absichtlich möglichst ruhig, obgleich ich sehr um ihn in Sorge war. »Das wird in der Tat besser sein als in Kummer und Angst hier zu sitzen; aber Ihre Stimmung kann ich nicht billigen; sehen Sie nur, wie entstellt Sie aussehen, und ob Sie so dorthin gehen können. Il faut être digne et calme avec Lembke. Sie wären wirklich jetzt imstand sich dort auf jemand zu stürzen und ihn zu beißen.«
»Ich werde mich freiwillig ausliefern. Ich werde geradewegs in den Rachen des Löwen gehen.«
»Ich werde mit Ihnen mitkommen.«
»Ich habe von Ihnen nicht weniger erwartet; ich nehme Ihr Opfer an, das Opfer eines aufrichtigen Freundes, aber nur bis zum Hause, nur bis zum Hause; Sie sollen und dürfen sich nicht durch meine Gesellschaft noch weiter kompromittieren. O, croyez-moi, je serai calme! Ich fühle mich in diesem Augenblicke à la hauteur de tout ce qu'il y a de sacré ...«
»Ich werde vielleicht mit Ihnen auch ins Haus hineingehen«, unterbrach ich ihn. »Gestern hat mich das dumme Festkomitee durch Wyssozki benachrichtig, man zähle auf mich und fordere mich auf, bei dem morgigen Feste einer der Festordner, oder wie sie das nennen, zu sein, das heißt einer von den sechs jungen Leuten, die dazu da sind, auf die Präsentierbretter aufzupassen, den Damen den Hof zu

machen, den Gästen ihre Plätze anzuweisen und eine Schleife aus weißen und roten Bändern an der linken Schulter zu tragen. Ich wollte es eigentlich ablehnen; aber jetzt kann ich es ja in der Weise benutzen, daß ich in das Haus komme unter dem Vorwande, mit Julija Michailowna selbst darüber reden zu wollen. Da kann ich also mit Ihnen zusammen hingehen.«

Er hörte es an und nickte mit dem Kopfe, schien aber nichts davon verstanden zu haben. Wir standen auf der Schwelle.

»Cher«, sagte er und streckte die Hand nach der Ecke aus, wo sich das Heiligenbild mit dem Lämpchen davor befand, »cher, ich habe nie daran geglaubt; aber . . . meinetwegen, meinetwegen!« (Er bekreuzigte sich.) »Allons!«

»Na, um so besser«, dachte ich, als ich mit ihm vor die Haustür trat. »Unterwegs wird die frische Luft das Ihrige tun; wir werden uns beruhigen, nach Hause zurückkehren und uns schlafen legen . . .«

Aber ich hatte die Rechnung ohne den Wirt gemacht. Gerade unterwegs mußte uns ein Abenteuer zustoßen, das Stepan Trofimowitsch noch heftiger erschütterte und ihm endgültig die Richtung für sein Verhalten gab . . . so daß ich, offen gestanden, von unserem Freunde gar nicht eine solche Bravour erwartet hätte, wie er sie plötzlich an diesem Vormittage bewies. Armer Freund, braver Freund!

## ELFTES KAPITEL

### *Die Flibustier*
### *Der verhängnisvolle Vormittag*

### I

Das Erlebnis, das wir unterwegs hatten, war ebenfalls eines, welches geeignet war, Erstaunen zu erregen. Aber ich muß alles der Reihe nach erzählen. Eine Stunde bevor Stepan

Trofimowitsch und ich auf die Straße traten, zog durch die Stadt, von vielen neugierig betrachtet, eine Schar von Menschen, Arbeitern der Schpigulinschen Fabrik, etwa siebzig Mann, vielleicht auch mehr. Sie gingen wohlanständig, fast schweigend und absichtlich in guter Ordnung. Später ist behauptet worden, diese siebzig seien von allen Schpigulinschen Arbeitern, deren Zahl sich auf ungefähr neunhundert belief, deputiert worden mit dem Auftrage, zum Gouverneur zu gehen und in Abwesenheit der Fabrikbesitzer bei diesem ihr Recht gegen den Fabrikdirektor zu suchen, der nach Schließung der Fabrik und Entlassung der Arbeiter sie alle in schamloser Weise betrogen hatte, eine Tatsache, die jetzt keinem Zweifel unterliegt. Andere bestreiten bei uns bis auf den heutigen Tag, daß es sich um eine Deputation gehandelt habe, mit der Begründung, siebzig Mann seien für eine Deputation zuviel; diese Schar habe einfach aus den am meisten Geschädigten bestanden, und sie seien gekommen, um lediglich für sich selbst zu bitten, so daß von einer allgemeinen »Arbeiterrebellion«, von der später so viel Lärm gemacht worden ist, überhaupt nicht die Rede sein könne. Wieder andere vertreten mit Heftigkeit die Ansicht, diese siebzig Mann seien nicht einfache Aufständische, sondern politische Aufrührer der schlimmsten Sorte gewesen und seien überdies lediglich durch heimlich verbreitete Flugschriften aufgereizt worden. Kurz, ob da irgend jemandes Einfluß oder Überredung dahintersteckte, ist noch bis jetzt nicht genau bekannt. Meine persönliche Meinung ist, daß die Arbeiter die geheimen Flugschriften überhaupt nicht gelesen und, wenn sie sie gelesen, kein Wort davon verstanden hatten, schon allein aus dem Grunde, weil die Verfasser derselben bei aller Nacktheit ihrer Ausdrucksweise noch äußerst unklar schreiben. Da aber die Arbeiter in der Tat übers Ohr gehauen waren und die Polizei, an die sie sich gewendet hatten, sich auf ihre Klage nicht einlassen wollte, was war da natürlicher, als daß sie auf den Gedanken kamen, zusammen »zum General selber« zu gehen, sich womöglich mit einer Klageschrift an der Spitze des Zuges wohlanständig vor seiner Haustür aufzustellen und, sowie er erscheinen würde, sich alle vor ihm auf die Knie zu werfen und ihn jammernd anzurufen wie die Vorsehung selbst? Meiner Ansicht nach brauchte man da weder an eine Rebellion noch auch nur an eine Deputation zu glauben; denn dies ist ein altes, historisches Mittel; das russische Volk hat von jeher ein Gespräch »mit dem General selber« geliebt, schon allein wegen des damit verbundenen Vergnügens, mochte der Ausgang des Gespräches sein, wie er wollte.

Und daher bin ich vollkommen überzeugt, daß, wenn auch Pjotr Stepanowitsch, Liputin und vielleicht sonst noch jemand, vielleicht sogar auch Fedka vorher unter den Arbeitern umherhuschten (denn für diesen Punkt sind wirklich ziemlich starke Beweise vorhanden) und mit ihnen redeten, sie sich dabei sicherlich doch an nicht mehr als zwei, drei, nun, sagen wir auch an fünf lediglich versuchsweise wendeten, und daß diese Gespräche ohne Erfolg blieben. Was aber eine Rebellion anlangt, so hörten die Arbeiter, wenn sie überhaupt etwas von der Propaganda dieser Agitatoren verstanden, doch gewiß sofort auf, zuzuhören, weil sie dieselbe für etwas Dummes und für ein durchaus ungeeignetes Mittel hielten. Eine andere Sache war es mit Fedka: Diesem glückte es anscheinend besser als Pjotr Stepanowitsch. An der Brandstiftung, die drei Tage darauf in der Stadt stattfand, waren, wie jetzt unzweifelhaft klargestellt ist, tatsächlich mit Fedka zusammen zwei Fabrikarbeiter beteiligt, und später, einen Monat nachher, wurden noch drei frühere Fabrikarbeiter im Kreise ebenfalls wegen Brandstiftung und Raubes festgenommen. Aber wenn es auch Fedka gelungen war, sie zu direktem Handeln zu verleiten, so bezog sich das doch auch wieder nur auf diese fünf; denn von den andern hat nie etwas Derartiges verlautet.

Wie dem nun auch sein mochte, die ganze Arbeiterschar gelangte schließlich auf den freien Platz vor dem Hause des Gouverneurs und stellte sich dort ordentlich und schweigend auf. Dann blickten sie mit offenem Munde nach dem Portal hin und warteten. Man hat mir erzählt, sie hätten sofort nach der Aufstellung die Mützen abgenommen, das heißt vielleicht eine halbe Stunde vor der Ankunft des Herrn Gouverneurs, der augenblicklich gerade nicht zu Hause war. Die Polizei erschien sofort, zunächst nur in Gestalt einzelner Vertreter, dann aber in möglichst vollzähligem Aufgebot; sie begann natürlich damit, unter Drohungen zum Auseinandergehen aufzufordern. Aber die Arbeiter waren eigensinnig wie eine gegen einen Zaun gerannte Hammelherde und antworteten lakonisch, sie wollten »zum General selber«; es war klar, daß sie fest entschlossen waren. So hörte denn das heftige Anschreien seitens der Polizei auf; an seine Stelle trat schnell das Nachdenken darüber, was zu tun sei; flüsternd wurden geheime Anordnungen getroffen, und die höheren Beamten zogen in finsterer, sorgenvoller Geschäftigkeit die Augenbrauen zusammen. Der Polzeimeister zog es vor zu warten, bis Herr von Lembke selbst käme. Unsinnig ist die Version, dieser sei mit seinem Dreigespann in vollem Galopp herbeigesaust gekommen und habe noch vom Wagen aus den Befehl zum Prügeln erteilt. Er pflegte allerdings gern bei uns in seiner Kutsche mit dem gelben Hinterteil schnell dahinzujagen; und wenn dann die Seitenpferde zum Entzücken aller Kaufleute des Kaufhauses in immer rasenderem Laufe einherstürmten, dann erhob er sich im Wagen, stellte sich in seiner ganzen Größe hin, hielt sich an einem zu diesem Zwecke an der Seite angebrachten Riemen fest, streckte den rechten Arm in der Art von sich, wie man das oft bei Statuen sieht, und überschaute auf diese Weise die Stadt. Aber im vorliegenden Falle gab er nicht Befehl zum Prügeln, und obgleich er beim Herausspringen aus dem Wagen nicht umhin konnte, sich eines kräftigen Wörtchens zu bedienen, so tat er das doch einzig und allein, um seine Popularität nicht einzubüßen. Noch unsinniger ist die Behauptung, es seien Soldaten mit aufgepflanzten Bajonetten herbeigeholt worden, und man habe telegraphisch ein Gesuch um Entsendung von Artillerie und Kosaken irgendwohin gerichtet: Das sind Märchen, an die jetzt die Erfinder selbst nicht mehr glauben. Unsinn ist auch, daß man die Wasserfässer der Feuerwehr herbeigeschafft und aus ihnen das Volk begossen hätte. Es hat ganz einfach Ilja Iljitsch in der Erregung gerufen, er werde schon dafür sorgen, daß die Kerle gehörig in die Traufe kämen; daraus sind dann wahrscheinlich die Wasserfässer entstanden, die auf diese Weise dann auch in die Korrespondenzen der hauptstädtischen Zeitungen übergingen. Die glaublichste Lesart war, wie man annehmen muß, diese, daß man die Menge zunächst mit allen gerade verfügbaren Polizisten umstellte und an Lembke einen expressen Boten schickte, den Polizeikommissar des ersten Reviers, der denn auch in dem Wagen des Polizeimeisters schnell auf dem Wege nach Skworeschniki dahinrollte, da man wußte, daß sich von Lembke vor einer halben Stunde in seiner Kutsche dorthin begeben hatte . . .

Aber ich muß bekennen, daß eine Frage für mich doch unbeantwortet bleibt: Auf welche Weise man eine harmlose, ganz gewöhnliche Schar von Bittstellern (allerdings in einer Stärke von siebzig Mann) so ohne weiteres, gleich von ihrem ersten Auftreten an, in eine Bande von Rebellen verwandeln konnte, die die Grundlagen des Staates zu erschüttern drohe. Wie kam es, daß Lembke selbst diese Idee aufgriff, als er zwanzig Minuten nach Absendung des Expressen erschien? Ich würde meinen (aber das ist wieder nur meine persönliche Ansicht), daß Ilja Iljitsch, der ein Gevatter des Fabrikdirektors war, es sogar für vorteilhaft hielt, Herrn von Lembke diese Menschenschar in einem solchen Lichte darzustellen, um ihn nicht zu einer richtigen Prüfung der Sache kommen zu lassen; wer ihn aber auf diesen Gedanken gebracht hatte, das war Herr von Lembke selbst gewesen. Während der beiden letzten Tage hatte dieser mit ihm zwei besondere, geheime Unterredungen gehabt, bei denen er sich allerdings sehr konfus gezeigt hatte, aus denen aber Ilja Iljitsch dennoch hatte entnehmen könne, daß sein Chef sich fest in die Idee verrannt hatte, die Proklamationen richteten viel Schaden an und die Schpigulinschen Arbeiter würden von jemandem zu einer sozialistischen Rebellion aufgewiegelt, und daß diese seine Überzeugung eine so feste war, daß es ihm womöglich sogar leid tun würde, wenn die Aufwiegelung sich als Unsinn herausstellen sollte. »Er will sich in den Augen der Vorgesetzten in Petersburg auszeichnen«, dachte unser schlauer Ilja Iljitsch, als er von Herrn von Lembke herauskam; »na, schön, mir kann's recht sein!«

Aber ich bin überzeugt, daß der arme Andrej Antonowitsch, auch um sich auszuzeichnen, keine Rebellion gewünscht hätte. Er war ein äußerst gewissenhafter Beamter, der bis zu seiner Verheiratung durchaus harmlos dahingelebt hatte. Und konnte er etwas dafür, daß statt harmlosen fiskalischen Holzes und eines ebenso harmlosen Minchens eine vierzigjährige Prinzessin ihn zu sich emporgehoben hatte? Ich weiß so gut wie sicher, daß gerade von diesem verhängnisvollen Vormittage an die ersten deutlichen Symptome jenes Zustandes sich zu zeigen begannen, der, wie man sagte, den armen Andrej Antonowitsch in ein gewisses besonderes Institut in der Schweiz gebracht hat, wo er angeblich jetzt neue Kräfte sammelt. Aber wenn man einmal zugibt, daß sich gerade von diesem Vormittage an deutliche Anzeichen »eines gewissen Zustandes« bemerklich machten, so kann man meines Erachtens auch zugeben, daß schon tags zuvor ähnliche Anzeichen hervorgetreten sein konnten, wenn auch nicht so deutlich. Es ist mir aus ganz intimen Mitteilungen bekannt (na, der Leser mag annehmen, daß mir in der Folgezeit Julija Michailowna selbst, und zwar nicht mehr in triumphierender, sondern beinah in reuiger Gemütsverfassung – denn vollständig bereut eine Frau niemals – einen kleinen Teil dieser Geschichte erzählt hat), es ist mir bekannt, daß Andrej Antonowitsch am vorhergehenden Tage, noch tief in der Nacht, zwischen zwei und drei Uhr morgens, zu seiner Gemahlin kam, sie aufweckte und von ihr verlangte, sie solle »sein Ultimatum« anhören. Dieses Verlangen stellte er in so energischer Weise, daß sie genötigt war sich von ihrem Lager mit Unwillen im Herzen und mit Papilloten in den Haaren zu erheben und auf einer Chaiselongue sitzend ihren Mann anzuhören, allerdings mit spöttischer Geringschätzung, aber doch ihn anzuhören. Hier begriff sie zum ersten Male, wie weit es schon mit ihrem Andrej Antonowitsch gekommen war, und bekam im stillen einen Schreck. Sie hätte ja nun freilich zur Besinnung kommen und nachgeben sollen; aber sie verheimlichte ihren Schreck und zeigte sich noch hartnäckiger und eigensinniger als vorher. Sie (wie wohl alle Ehefrauen) hatte ihre eigene Methode, Andrej Antonowitsch zu behandeln, eine Methode, die sie schon zu wiederholten Malen erprobt hatte, und durch die er bereits mehrmals in Wut versetzt worden war. Julija Michailownas Methode bestand in einem verächtlichen Stillschweigen, das eine Stunde, zwei Stunden, einen Tag und bis zu drei Tagen dauerte, in einem Stillschweigen unter allen Umständen, er mochte reden und tun, was er wollte, und wenn er aufs Fensterbrett gestiegen wäre, um sich vom dritten Stockwerk hinabzustürzen, eine Methode, die für einen Menschen mit Gefühl und Empfindung geradezu unerträglich ist! Ob nun Julija Michailowna ihren Gemahl für die in den letzten Tagen von ihm begangenen Mißgriffe und für seinen eifersüchtigen Neid als Verwaltungschef auf ihre administrativen Fähigkeiten bestrafen wollte, oder ob sie darüber unwillig war, daß er ohne jedes Verständnis für ihre feinen, weitausschauenden politischen Absichten, ihr Verhalten den jungen Leuten und unserer ganzen Gesellschaft gegenüber sich zu kritisieren erlaubte, oder ob sie über seine dumme, sinnlose Eifersucht auf Pjotr Stepanowitsch zornig war; wie dem auch sein mochte, jedenfalls nahm sie sich vor, auch jetzt nicht nachzugeben, trotzdem es drei Uhr in der Nacht war, und trotz Andrej Antonowitschs noch nie dagewesener Aufregung. Während er ganz außer sich auf den Teppichen ihres Boudoirs hin und her und nach allen Richtungen herumwanderte, setzte er ihr alles auseinander, alles, allerdings ohne allen Zusammenhang, aber dafür auch alles, was in ihm kochte; denn »es überschreite schon alle Grenzen«. Er begann mit der Mitteilung, daß alle sich über ihn lustig machten und ihn »an der Nase herumführten«. »Der Ausdruck ist dabei ganz gleichgültig«, schrie er sofort, da er ihr Lächeln bemerkte; »dem Sinne nach ist es die Wahrheit! . . . Nein, gnädige Frau, der richtige Augenblick ist da; wissen Sie, daß jetzt Lachen und die Kunstgriffe weiblicher Koketterie nicht am Platze sind!

Wir sind nicht im Boudoir einer affektierten Dame, sondern gleichsam zwei abstrakte Wesen auf einem Luftballon, die einander begegnen, um die Wahrheit zu sagen.« (Er verwirrte sich allerdings und fand nicht die richtigen Ausdrükke für seine an sich richtigen Gedanken.) »Sie sind es gewesen, gnädige Frau, Sie sind es gewesen, die mich aus meinem früheren Zustande herausgerissen hat; nur um Ihretwillen, nur um Ihres Ehrgeizes willen habe ich dieses Amt angenommen . . . Sie lächeln spöttisch? Triumphieren Sie nicht, triumphieren Sie nicht zu früh! Wissen Sie, gnädige Frau, wissen Sie, daß ich imstande wäre und verstehen würde mit diesem Amte fertig zu werden, und nicht nur mit diesem einen Amte, sondern mit einem Dutzend solcher Ämter; denn ich besitze Fähigkeiten; aber an Ihrer Seite kann ich nicht damit fertig werden; denn an Ihrer Seite habe ich keine Fähigkeiten. Zwei Mittelpunkte können nicht existieren; Sie aber haben zwei Mittelpunkte eingerichtet, den einen bei mir und den andern bei sich in Ihrem Boudoir, zwei Mittelpunkte der Amtsgewalt, gnädige Frau; aber ich werde das nicht dulden, ich werde das nicht dulden!! Im Dienste wie in der Ehe kann es nur einen Mittelpunkt geben, und zwei sind unmöglich . . . Wie haben Sie mir gelohnt?« rief er weiter. »Unsere Ehe hat nur darin bestanden, daß Sie mir die ganze Zeit über allstündlich bewiesen haben, daß ich ein wertloser, ein dummer, ja ein gemeiner Mensch bin, und ich bin die ganze Zeit über allstündlich in unwürdiger Weise genötigt gewesen, Ihnen zu beweisen, daß ich nicht wertlos, ganz und gar nicht dumm bin und alle Menschen durch meine hochherzige Gesinnung in Erstaunen versetze; nun, ist das nicht von beiden Seiten ein unwürdiges Verhalten?« Hier begann er schnell und zu wiederholten Malen mit den Füßen auf den Teppich zu stampfen, so daß Julija Michailowna sich genötigt sah, sich mit einer Miene mürrischer Würde halb aufzurichten. Er wurde schnell still, ging aber nun zur Sentimentalität über und fing an zu schluchzen (ja, zu schluchzen), indem er sich fast ganze fünf Minuten lang gegen die Brust schlug und infolge des hartnäckigen Stillschweigens, das Julija Michailowna beobachtete, immer mehr außer sich geriet. Schließlich schoß er einen entschiedenen Bock, indem er gestand, daß er ihretwegen auf Pjotr Stepanowitsch eifersüchtig sei. Sowie er aber dann merkte, daß er eine maßlose Dummheit begangen hatte, geriet er in einen wütenden Zorn und schrie, er werde »keine Gottesleugnung dulden«; er werde ihren »unverzeihlichen, gottlosen Salon« wegjagen; ein hoher Verwaltungsbeamter sei sogar verpflichtet an Gott zu glauben, »und folglich auch seine Frau«; er werde die jungen Leute nicht mehr dulden; »Sie, gnädige Frau, Sie müßten um Ihrer eigenen Würde willen für die Stellung Ihres Mannes Sorge tragen und seinen Verstand verteidigen, selbst wenn er nur geringe Fähigkeiten besäße (und ich habe keineswegs geringe Fähigkeiten!); statt dessen sind gerade Sie schuld daran, daß alle mich hier geringschätzen; Sie sind diejenige, die sie alle dazu gebracht hat! . . .« Er schrie, er werde die Frauenfrage ausrotten, sie wie einen schlechten Geruch wegräuchern; er werde das abgeschmackte Subskriptionsfest zum Besten der Gouvernanten (hol sie der Teufel!) gleich morgen verbieten und diejenigen, die sich etwa dennoch dazu einfänden, auseinandertreiben lassen; die erste Gouvernante, die ihm begegne, werde er gleich morgen früh, »durch einen Kosaken« aus dem Gouvernement hinaustransportieren lassen. »Mit voller Absicht, mit voller Absicht!« kreischte er. »Wissen Sie wohl, wissen Sie wohl«, schrie er, »daß Ihre Taugenichtse in der Fabrik die Leute aufwiegeln, und daß mir das bekannt ist? Wissen Sie wohl, daß sie absichtlich Proklamationen verbreiten, ab-sicht-lich? Wissen Sie wohl, daß mir die Namen von vier Taugenichtsen bekannt sind, und daß ich den Verstand verliere, endgültig, endgültig den Verstand verliere?« Aber hier unterbrach Julija Michailowna plötzlich ihr Stillschweigen und erklärte in ernstem Tone, daß sie selbst schon längst von den verbrecherischen Plänen Kenntnis habe, und daß das lauter dummes Zeug sei, und daß er es zu ernst aufgefaßt habe, und daß, was die Taugenichtse anlange, sie nicht nur jene vier kenne, sondern alle (sie log), daß sie aber ganz und gar nicht beabsichtige, deswegen den Verstand zu verlieren, sondern im Gegenteil noch mehr auf ihren Verstand vertraue und alles zu einem harmonischen Ende zu bringen hoffe; sie werde die jungen Leute ermutigen, ihnen vernünftige Gedanken eingeben, ihnen plötzlich und unerwartet zeigen, daß ihre Pläne bekannt seien und ihnen dann neue Ziele für eine vernünftige, edlere Tätigkeit weisen. Oh, wie wirkte das alles auf Andrej Antonowitsch! Als er erfuhr, daß Pjotr Stepanowitsch ihn wieder betrogen und sich in gröblicher Weise über ihn lustig gemacht habe, daß er ihr weit mehr und früher enthüllt habe als ihm, und daß schließlich Pjotr Stepanowitsch vielleicht sogar der Rädelsführer bei all diesen verbrecherischen Plänen sei: Da wurde er geradezu rasend. »Wisse, du unvernünftiges, aber boshaftes Weib«, rief er, indem er mit einem Male alle Ketten sprengte, »wisse, daß ich sogleich Befehl geben werde, deinen unwürdigen Liebhaber zu arretieren, in Fußfesseln zu schmieden und auf die Festung zu bringen! Oder ich werde selbst sofort vor deinen Augen aus dem Fenster springen!« Als Antwort auf diese Tirade brach Julija Michailowna, die vor Ärger im Gesichte ganz grün geworden war, unverzüglich in ein Gelächter aus, in ein langes, helles Gelächter mit Läufern und Übergängen, gerade wie auf dem französischen Theater, wenn eine Pariser Schauspielerin, die für hunderttausend Rubel engagiert ist, um die Kokettenrolle zu spielen, ihrem Manne ins Gesicht lacht, der ihretwegen Eifersucht zu bekunden wagt. Herr von Lembke wollte schon zum Fenster hinstürzen, blieb aber plötzlich wie angewurzelt stehen, verschränkte die Arme über der Brust und sah leichenblaß mit einem Unheil verkündenden Blicke die Lachende an: »Weißt du, weißt du, Julija ...« sagte er schwer atmend mit flehender Stimme, »weißt du, daß auch ich etwas tun kann?« Aber als auf seine letzten Worte von ihrer Seite ein neuer, noch stärkerer Ausbruch von Gelächter folgte, biß er die Zähne zusammen, stöhnte auf und stürzte plötzlich – nicht nach dem Fenster, sondern auf seine Frau los und erhob die Faust über sie! Er ließ die Faust nicht auf sie niederfallen, nein, dreimal nein; sondern statt dessen verschwand er selbst auf der Stelle. Ohne die Beine unter sich zu spüren, lief er in sein Arbeitszimmer, warf sich, angekleidet wie er war, mit dem Gesicht nach unten auf das für ihn zurechtgemachte Bett, wickelte sich krampfhaft mitsamt dem Kopfe in die Bettdecke und lag so etwa zwei Stunden lang, ohne zu schlafen, ohne nachzudenken, mit einem Steine auf dem Herzen, die Seele von dumpfer, starrer Verzweiflung erfüllt. Ab und zu lief ihm ein qualvolles, fieberhaftes Zittern durch den ganzen Körper. Es kamen ihm irgendwelche zusammenhanglose Dinge ins Gedächtnis, die mit seiner gegenwärtigen Lage in gar keiner Beziehung standen: Er dachte zum Beispiel an eine alte Wanduhr, die er vor fünfzehn Jahren in Petersburg besessen hatte, und von der der Minutenzeiger abgefallen war; dann an den lustigen Beamten Milbois, und wie sie beide einmal im Alexanderpark einen Sperling gefangen und nach dem Fange mit einem durch den ganzen Park schallenden Gelächter sich daran erinnert hatten, daß der eine von ihnen schon Kollegienassessor war. Ich glaube, er schlief gegen sieben Uhr morgens ein, ohne es zu merken, und schlief mit Genuß und mit angenehmen Träumen. Als er gegen zehn Uhr erwachte, sprang er plötzlich wild vom Bette in die Höhe, erinnerte sich mit einem Male an alles und schlug sich heftig mit der flachen Hand vor die Stirn. Er frühstückte nicht; er ließ weder Blühm vor noch den Polizeimeister, noch den Beamten, welcher kam, um ihn daran zu erinnern, daß die Mitglieder der und der Versammlung an diesem Vormittag darauf warteten, daß er den Vorsitz übernehme; er empfing niemand; er hörte nichts und wollte nichts verstehen, sondern lief wie ein Toller nach den von Julija Michailowna bewohnten Zimmern. Dort teilte ihm Sofja Antropowna, eine alte adlige Dame, die schon lange bei Julija Michailowna wohnte, mit, daß diese sich schon um zehn Uhr mit einer großen Gesellschaft in drei Equipagen zu Warwara Petrowna Stawrogina nach Skworeschniki begeben habe, um für das zweite geplante Fest, das in vierzehn Tagen stattfinden solle, die dortigen Lokalitäten zu besichtigen; dieser Besuch sei schon vor drei Tagen mit Warwara

Petrowna verabredet worden. Über diese Nachricht betroffen, kehrte Andrej Antonowitsch in sein Arbeitszimmer zurück und gab heftig Befehl zum Anspannen. Er konnte kaum die Zeit erwarten, bis der Wagen bereit war. Seine Seele dürstete nach Julija Michailowna: Nur sie ansehen wollte er, nur fünf Minuten lang in ihrer Nähe sein; vielleicht würde sie ihm einen Blick zuwerfen, ihn bemerken, ihm wie früher zulächeln, ihm verzeihen . . . oh, oh! »Aber wo bleibt denn der Wagen?« Mechanisch schlug er ein auf dem Tische liegendes dickes Buch auf (mitunter suchte er mittels eines Buches die Zukunft zu erkennen, indem er es aufs Geratewohl aufschlug und auf der rechten Seite oben drei Zeilen las). Er traf auf den Satz: »Tout est pour le mieux dans le meilleur des mondes possibles.« Voltaire, Candide. Er spuckte aus und lief hinaus, um einzusteigen: »Nach Skworeschniki!« Der Kutscher erzählte später, der Herr habe auf dem ganzen Wege die schnellste Fahrt verlangt; aber kaum hätten sie sich dem Gutshause genähert, da habe er auf einmal befohlen umzuwenden und wieder nach der Stadt zu fahren: »Recht schnell, bitte, recht schnell!« »Ehe wir noch den Stadtwall erreichten, befahl er mir wieder anzuhalten, stieg aus dem Wagen und ging vom Wege weg aufs Feld; ich dachte, wegen eines Bedürfnisses; aber er blieb stehen und besah sich ein paar Blümchen, und so stand er eine Weile da; es war wirklich wunderlich; ich war schon damals sehr bedenklich.« So erzählte der Kutscher. Ich erinnere mich an das Wetter an jenem Vormittage: Es war ein kalter, klarer, aber windiger Septembertag; vor Andrej Antonowitsch, der vom Wege abgegangen war, breitete sich das öde, kahle Feld aus, von dem das Getreide längst weggeräumt war; der heulende Wind schaukelte die kläglichen Überbleibsel absterbender gelber Blümchen . . . Ob er wohl sich und sein Schicksal mit den kümmerlichen, vom Herbst und der Kälte arg zugerichteten Blümchen vergleichen wollte? Ich glaube nicht. Ich glaube sogar bestimmt, daß er es nicht wollte, und daß er überhaupt gar nicht an die Blümchen dachte, trotz der Angabe des Kutschers und des Polizeikommissars des ersten Reviers, der in diesem Augenblicke in dem Wagen des

Polizeimeisters herbeigefahren kam und später versicherte, er habe tatsächlich den Chef mit einem Sträußchen gelber Blumen in der Hand getroffen. Dieser Kommissar, ein für die administrative Tätigkeit begeisterter Beamter namens Wassili Iwanowitsch Flibustjerow, war noch nicht lange ein Einwohner unserer Stadt, hatte sich aber bereits ausgezeichnet und Aufsehen erregt durch seinen enormen Diensteifer, durch seine Tatkraft auf allen Gebieten der Exekutive und durch den ihm angeborenen Mangel an Nüchternheit. Er sprang aus dem Wagen, und ohne beim Anblicke der Beschäftigung seines Vorgesetzten mit dem irrsinnigen, aber zuversichtlichen Gesichtsausdrucke stutzig zu werden, meldete er kurz und knapp, in der Stadt sei es nicht ruhig.

»Nun? Wer sind Sie?« wandte sich Andrej Antonowitsch zu ihm mit strenger Miene, aber ohne das geringste Erstaunen oder irgendwelche Erinnerung an die Kutsche und den Kutscher, gerade wie wenn er sich in seinem Arbeitszimmer befände.

»Der Polizeikommissar des ersten Reviers Flibustjerow, Exzellenz. In der Stadt ist Rebellion.«

»Von Flibustiern?« fragte Andrej Antonowitsch wie versonnen.

»Jawohl, Exzellenz. Die Schpigulinschen rebellieren.«

»Die Schpigulinschen! . . .«

Bei dem Namen »die Schpigulinschen« schien ihm etwas einzufallen. Er fuhr sogar zusammen und hob den Finger zur Stirn in die Höhe: »Die Schpigulinschen!« Schweigend, aber immer noch versonnen, ging er ohne Eile zu seinem Wagen, stieg ein und befahl nach der Stadt zu fahren. Der Kommissar fuhr in dem Wagen, in dem er gekommen war, hinter ihm her.

Ich denke mir, daß ihm unterwegs viele sehr interessante Dinge, mancherlei Gegenstände unklar durch den Kopf gingen; aber er hatte schwerlich einen festen Gedanken oder eine bestimmte Absicht, als sein Wagen auf den Platz vor dem Gouvernementsgebäude anlangte. Kaum jedoch erblickte er die Schar der »Rebellen«, die sich dort aufgestellt hatte und in fester Haltung dastand, die Kette der Polizisten, den machtlosen (vielleicht aber absichtlich machtlosen) Polizeimeister und die allgemeine auf ihn gerichtete Erwartung, als ihm alles Blut zum Herzen strömte. Blaß stieg er aus der Kutsche.

»Die Mützen herunter!« sagte er schwer atmend und kaum vernehmbar. »Auf die Knie!« kreischte er unerwartet, auch für ihn selbst unerwartet, und gerade dieser plötzliche Einfall hatte vielleicht die ganze nachfolgende Entwicklung der Sache zur Folge. Es war wie auf den Rutschbergen in der Fastnachtswoche: Kann da etwa ein von oben herabsausender Schlitten mitten auf dem Berge anhalten? Andrej Antonowitsch hatte sich, gewissermaßen sich selbst zum Trotze, sein ganzes Leben lang durch ein ruhiges Wesen ausgezeichnet, nie jemanden angeschrien, nie ärgerlich mit den Füßen gestampft; aber gerade solche Menschen werden am gefährlichsten, wenn es einmal passiert, daß ihr Schlitten unversehens vom Berge herunterfährt. Alles schien sich vor seinen Augen herumzudrehen.

»Ihr Flibustier!« schrie er noch kreischender und häßlicher, und die Stimme brach ihm plötzlich ab. Er stand da, ohne noch zu wissen, was er tun werde; aber er wußte und fühlte mit seinem ganzen Wesen, daß er unfehlbar im nächsten Augenblicke etwas tun werde.

»O Gott!« hörte man aus der Menge rufen. Ein junger Bursche begann sich zu bekreuzen; drei oder vier Menschen schickten sich wirklich an auf die Knie zu fallen; aber die andern rückten in ihrer ganzen Masse etwa drei Schritte vor und begannen auf einmal alle durcheinanderzuschreien: »Exzellenz ... wir sind für vierzig Kopeken gedungen worden ... der Fabrikdirektor ... du kannst ja nicht reden« usw. usw. Es war nicht daraus klug zu werden.

Leider konnte Andrej Antonowitsch nicht daraus klug werden: Die Blümchen hatte er immer noch in der Hand. Von der Rebellion war er ebenso fest überzeugt wie vorhin Stepan Trofimowitsch von dem Bauernwagen. Aber in dem Schwarm der »Rebellen«, die ihn mit weitgeöffneten Augen anstarrten, glaubte er ihren »Aufwiegler« Pjotr Stepanowitsch umherhuschen zu sehen, der ihn seit dem gestrigen Tage auch nicht einen Augenblick verlassen hatte, Pjotr Stepanowitsch, den ihm verhaßten Pjotr Stepanowitsch.

»Ruten her!« rief er noch unerwarteter als vorher.

Es trat Totenstille ein.

So hat sich, nach den zuverlässigsten Nachrichten und nach meinen Vermutungen, die Sache in ihrem ersten Stadium abgespielt. Aber die weiteren Nachrichten sind nicht so zuverlässig, und das gleiche gilt von meinen Vermutungen. Indessen stehen doch einige Tatsachen fest.

Erstens erschienen die Ruten mit einer auffälligen Geschwindigkeit; offenbar hatte sie der umsichtige Polizeimeister in Erwartung des Kommenden bereit gehalten. Bestraft wurden übrigens nur zwei Personen; ich glaube nicht, daß es drei waren; daß die Zahl so gering war, kann ich bestimmt versichern. Eine reine Erfindung ist es, daß alle oder mindestens die Hälfte der Leute bestraft worden seien. Unsinn ist es auch, daß eine vorbeigehende arme adlige Dame ergriffen und sofort aus irgendwelchem Grunde durchgepeitscht worden sei; trotzdem habe ich selbst nachher in einer Korrespondenz einer Petersburger Zeitung solche Angaben über diese Dame gelesen. Viele sagten bei uns von einer Insassin des auf dem Kirchhof stehenden Armenhauses, namens Awdotja Petrowna Tarapygina, sie habe sich, als sie sich auf dem Heimwege von einem Besuche nach ihrem Armenhause befunden hätte und über den Platz gekommen sei, aus natürlicher Neugier durch die Zuschauer hindurchgedrängt und beim Anblicke des Vorganges ausgerufen: »Das ist ja eine Schande!« und habe dabei ausgespien; dafür sei sie festgenommen und gleichfalls »ermahnt« worden. Über diesen angeblichen Vorfall wurde nicht nur in den Zeitungen berichtet, sondern man setzte bei uns in der Stadt in der ersten Hitze sogar eine Subskription für sie ins Werk. Ich selbst habe zwanzig Kopeken gezeichnet. Und sollte man es glauben? Jetzt stellt sich heraus, daß es eine solche Armenhäuslerin Tarapygina bei uns überhaupt nicht gegeben hat! Ich bin selbst nach dem Armenhause auf dem Kirchhofe gegangen, um mich zu erkundigen: Dort hat man nie etwas von einer Frau Tarapygina gehört; ja, die Leute fühlten sich sogar sehr gekränkt, als ich ihnen erzählte, was für ein Gerücht im Umlauf sei. Ich erwähne aber diese Geschichte von der nicht existierenden Awdotja Petrowna namentlich deswegen, weil sich mit Stepan Trofimowitsch beinah dasselbe begeben hat wie mit ihr (falls sie nämlich wirklich existiert hätte); ja, vielleicht hat sich dieses ganze alberne Gerücht über eine Frau Tarapygina irgendwie an seine Person geknüpft, das heißt, man hat einfach bei der weiteren Ausbildung der Klatschgeschichte ihn hurtig in eine Frau Tarapygina verwandelt. Vor allem begreife ich nicht, wie er mir hat entschlüpfen können, als wir eben zusammen auf den Platz gelangt waren. Da ich Unheil ahnte, wollte ich ihn um den Platz herum direkt zum Eingang des Gouvernementsgebäudes führen; aber ich war selbst neugierig und blieb nur einen Augenblick stehen, um den ersten besten, auf den ich stieß, zu befragen, und auf einmal sah ich, daß Stepan Trofimowitsch nicht mehr neben mir war. Instinktmäßig beeilte ich mich sogleich, ihn an der gefährlichsten Stelle zu suchen; ich hatte eine Art von Ahnung, daß sein Schlitten den Berg hinuntersauste; und wirklich fand ich ihn bereits gerade im Mittelpunkt der Ereignisse. Ich erinnere mich, daß ich ihn bei der Hand ergriff; aber still und stolz blickte er mich mit einer Miene maßloser Überlegenheit an.

»Cher«, sagte er mit einer Stimme, in der man eine gewisse Saite zittern hörte, »wenn alle hier auf dem Platze in unserer Gegenwart so rücksichtslos verfahren, was kann man dann von diesem Menschen erwarten . . . falls er in die Lage kommt, selbständig zu handeln?«

Und zitternd vor Empörung und in dem maßlosen Wunsche Opposition zu machen, wies er im Sinne einer Drohung und Anklage mit dem Finger auf Flibustjerow, der zwei Schritte von uns stand und uns mit weitaufgerissenen Augen anglotzte.

»›Von diesem Menschen!‹« schrie jener, vor Wut seiner nicht mächtig. »Was soll das heißen: ›von diesem Menschen‹? Wer bist du denn?« brüllte er wie ein Rasender (ich

bemerke, daß er Stepan Trofimowitsch von Ansehen sehr gut kannte).
Noch einen Augenblick, und er hätte ihn sicherlich am Kragen gepackt; aber zum Glück wandte Lembke auf das Geschrei den Kopf um. Verwundert, aber aufmerksam blickte er Stepan Trofimowitsch an, wie wenn er sich etwas im Kopfe zurechtlegte; dann winkte er plötzlich ungeduldig mit der Hand ab. Flibustjerow verstummte. Ich zog Stepan Trofimowitsch aus der Menge heraus. Übrigens hatte er vielleicht selbst schon den Wunsch, sich zu entfernen.
»Kommen Sie nach Hause, nach Hause!« drang ich in ihn. »Wenn Sie nicht geschlagen worden sind, so haben Sie das entschieden nur Lembke zu verdanken.«
»Gehen Sie, mein Freund! Ich tue unrecht daran, Sie in Gefahr zu bringen. Sie haben eine Zukunft und eine Laufbahn vor sich, während ich . . . mon heure a sonné.«
Festen Schrittes stieg er die Stufen zur Tür des Gouvernementsgebäudes hinan. Der Portier kannte mich; ich sagte ihm, daß wir beide zu Julija Michailowna wollten. Im Wartezimmer setzten wir uns hin und warteten. Ich wollte meinen Freund nicht verlassen, hielt es aber für überflüssig, noch etwas zu ihm zu sagen. Er hatte die Miene eines Mannes, der sich in Treue dem Tode für das Vaterland weiht. Wir saßen nicht zusammen, sondern in verschiedenen Ecken, ich näher an der Eingangstür, er von ihr entfernt, gegenüber; den Kopf hielt er nachdenklich gesenkt und stützte sich mit beiden Händen leicht auf seinen Stock; seinen breitkrämpigen Hut hielt er in der linken Hand. So saßen wir etwa zehn Minuten lang.

## II

Lembke trat in Begleitung des Polizeimeisters plötzlich mit schnellen Schritten ein, blickte uns zerstreut an und wollte, ohne uns zu beachten, nach rechts in sein Arbeitszimmer gehen; aber Stepan Trofimowitsch trat vor ihn hin und versperrte ihm den Weg. Seine hohe Gestalt und seine ungewöhnliche Erscheinung machten Eindruck; Lembke blieb stehen.

»Wer ist das?« murmelte er überrascht, wie wenn er den Polizeimeister fragte; aber er drehte den Kopf gar nicht zu ihm hin und fuhr fort, Stepan Trofimowitsch zu betrachten.

»Der Kollegienassessor a. D. Stepan Trofimowitsch Werchowenski, Exzellenz«, antwortete Stepan Trofimowitsch, indem er mit würdigem Anstande den Kopf beugte.

Seine Exzellenz sah ihn immer noch an, indes mit ganz stumpfem Blicke.

»In was für einer Angelegenheit?« fragte er in der lakonischen Art eines hohen Beamten mißmutig und ungeduldig und wandte Stepan Trofimowitsch sein Ohr zu; er mochte ihn für einen gewöhnlichen Bittsteller halten, der eine schriftliche Eingabe mitgebracht hatte.

»Ich bin heute von einem Beamten, der in Euer Exzellenz Namen handelte, einer Haussuchung unterworfen worden; ich würde daher wünschen . . .«

»Wie war der Name? Wie war der Name?« fragte Lembke ungeduldig, wie wenn ihm etwas einfiele.

Stepan Trofimowitsch wiederholte seinen Namen mit noch größerer Würde.

»A-a-ah! Das . . . das ist jene Pflanzstätte . . . Mein Herr, Sie haben sich von einer Seite gezeigt . . . Sie sind Professor? Professor?«

»Ich habe einmal die Ehre gehabt, der Jugend an der ***er Universität einige Kollegien zu halten.«

»Der Jugend!« wiederholte Lembke. Er war ordentlich zusammengezuckt, obgleich ich darauf wetten möchte, daß er noch immer nicht recht verstand, um was es sich handelte, vielleicht nicht einmal, mit wem er sprach.

»Ich werde das nicht dulden, mein Herr!« rief er auf einmal in heftigem Zorne. »Ich dulde keine Jugend. Das sind nur Proklamationen. Das ist ein Attentat auf die Gesellschaft, mein Herr, Seeräuberei, Flibustiertum . . . Um was wollten Sie bitten?«

»Im Gegenteil, Ihre Frau Gemahlin hat mich gebeten,

morgen bei ihrem Feste etwas vorzutragen. Ich bitte um nichts; ich bin hergekommen, um mein Recht zu suchen . . .«

»Bei dem Feste? Es wird kein Fest stattfinden. Ich werde Ihr Fest nicht zulassen! Kollegien? Kollegien?« schrie er wütend.

»Ich möchte Sie sehr bitten, mit mir höflicher zu sprechen, Exzellenz, nicht mit den Füßen zu stampfen und mich nicht wie einen kleinen Knaben anzuschreien.«

»Verstehen Sie wohl auch, mit wem Sie reden?« rief Lembke, rot vor Zorn.

»Vollkommen, Exzellenz!«

»Ich schütze die Gesellschaft mit meinem Leibe, und Sie suchen sie zu vernichten! . . . Sie . . . Übrigens erinnere ich mich Ihrer: Sie waren ja wohl Erzieher im Hause der Generalin Stawrogina?«

»Ja, ich war . . . Erzieher . . . im Hause der Generalin Stawrogina.«

»Und Sie haben da im Laufe von zwanzig Jahren eine Pflanzstätte all der schlechten Elemente angelegt, die sich jetzt angesammelt haben . . . das sind alles die Früchte Ihrer Tätigkeit . . . Ich glaube, ich habe Sie soeben auf dem Platze gesehen. Aber nehmen Sie sich in acht, mein Herr, nehmen Sie sich in acht; Ihre Gesinnung ist uns bekannt. Verlassen Sie sich darauf, ich werde Sie im Auge behalten. Ich darf Ihre Kollegien nicht gestatten, mein Herr; ich darf es nicht. Kommen Sie mir nicht mit solchen Bitten!«

Er wollte wieder vorbeigehen.

»Ich wiederhole, daß Sie sich irren, Exzellenz: Ihre Frau Gemahlin ist es gewesen, die mich gebeten hat, bei dem morgigen Feste eine Vorlesung zu halten, kein Kolleg, sondern eine Vorlesung über ein literarisches Thema. Aber ich werde jetzt meinerseits die Vorlesung ablehnen. Meine gehorsamste Bitte aber ist, mir, wenn möglich, zu erklären, warum und weshalb ich der heutigen Haussuchung unterworfen worden bin. Man hat mir einige Bücher und Papiere weggenommen, sowie einige mir teure Privatbriefe und sie auf einer Schubkarre durch die Stadt transportiert . . .«

»Wer hat die Haussuchung abgehalten?« fragte Lembke, der jetzt auf einmal völlig zur Besinnung kam, zusammenfuhr und ganz rot wurde.
Er wandte sich schnell zu dem Polizeimeister hin. In diesem Augenblicke erschien in der Tür die lange, gebückte, ungeschickte Gestalt Blühms.
»Eben dieser Beamte da«, sagte Stepan Trofimowitsch, auf ihn hinweisend.
Blühm trat mit schuldbewußter, aber keineswegs schüchterner Miene heran.
»Vous ne faites que des bêtises«, warf ihm Lembke ärgerlich und verdrießlich hin, kam nun auf einmal zu sich und war wie verwandelt.
»Entschuldigen Sie . . .« stammelte er außerordentlich verlegen und wurde dabei dunkelrot; »es war alles . . . es war alles wahrscheinlich nur eine Ungeschicklichkeit, ein Mißverständnis . . . nur ein Mißverständnis.«
»Exzellenz«, bemerkte Stepan Trofimowitsch, »in meiner Jugend war ich einmal Zeuge eines charakteristischen Vorganges. Im Korridor des Theaters trat jemand schnell an einen andern heran und versetzte ihm in Gegenwart des ganzen Publikums eine schallende Ohrfeige. Nachdem er sofort erkannt hatte, daß das mißhandelte Gesicht gar nicht dasjenige war, dem er die Ohrfeige zugedacht hatte, sondern ein ganz anderes, jenem nur einigermaßen ähnliches, sagte er ärgerlich und eilig wie jemand, der seine kostbare Zeit nicht verlieren möchte, genau so wie jetzt Euer Exzellenz: ›Ich habe mich geirrt . . . entschuldigen Sie; es war ein Mißverständnis, nur ein Mißverständnis.‹ Und als der Geschlagene sich trotzdem noch beleidigt fühlte und Lärm machte, bemerkte er ihm sehr ärgerlich: ›Aber ich sage Ihnen ja, daß es nur ein Mißverständnis war; was machen Sie denn noch für Geschrei!‹«
»Das . . . das ist allerdings sehr komisch . . .« erwiderte Lembke mit gezwungenem Lächeln. »Aber . . . aber sehen Sie denn wirklich nicht, wie unglücklich ich selbst bin?«
Er schrie beinah auf, und es schien, als wolle er das Gesicht mit den Händen bedecken.

Dieser unerwartete krankhafte, beinah von Schluchzen begleitete Ausruf machte einen unerträglich peinlichen Eindruck. Es war dies wahrscheinlich seit dem gestrigen Tage der erste Augenblick, wo er ein volles klares Bewußtsein alles dessen hatte, was vorgegangen war, und daran schloß sich nun sofort eine vollständige, demütige, sich ergebende Verzweiflung; wer weiß – noch ein Augenblick, und er wäre vielleicht in ein durch den ganzen Saal hörbares Schluchzen ausgebrochen. Stepan Trofimowitsch blickte ihn zuerst befremdet an; aber dann ließ er auf einmal den Kopf sinken und sagte mit tief gerührter Stimme:

»Exzellenz, beunruhigen Sie sich nicht weiter über meine streitsüchtige Beschwerde, und befehlen Sie nur, daß mir meine Bücher und Briefe zurückgegeben werden . . .«

Er wurde unterbrochen. Gerade in diesem Augenblicke kehrte Julija Michailowna mit der ganzen Gesellschaft, die sie begleitet hatte, geräuschvoll zurück. Aber dies möchte ich möglichst eingehend schildern.

## III

Erstens also traten alle, die in den drei Equipagen gefahren waren, gleichzeitig in dichtem Schwarm in das Wartezimmer. Zu Julija Michailownas Gemächern gehörte ein besonderer Eingang, gleich von der Haustür aus links; aber diesmal nahmen alle den Weg durch das Wartezimmer, und zwar, wie ich glaube, eben deshalb, weil sich Stepan Trofimowitsch hier befand, und weil alles, was sich mit ihm begeben hatte, sowie auch die Vorgänge mit den Schpigulinschen Arbeitern schon beim Einfahren in die Stadt zu Julija Michailownas Kenntnis gelangt waren. Derjenige, der sie so schnell davon unterrichtet hatte, war Ljamschin gewesen; er war wegen irgendeines Verschuldens zu Hause gelassen worden und hatte nicht an der Fahrt teilgenommen; infolgedessen hatte er alles früher erfahren als die andern. Voller Schadenfreude war er auf einem gemieteten Kosakengaul den Weg nach Skworeschniki entlang geritten, um die heimkehrende Kavalkade mit den fröhlichen Nachrichten zu begrüßen. Ich glaube, Julija Michailowna wurde trotz ihres außerordentlich festen Charakters doch ein wenig verlegen, als sie diese erstaunliche Neuigkeit hörte; übrigens dauerte das bei ihr wahrscheinlich nur einen Augenblick. Die politische Seite der Sache zum Beispiel konnte ihr keine Sorge machen: Pjotr Stepanowitsch hatte ihr schon etwa viermal nachdrücklich gesagt, die Schpigulinschen Krakeeler müßten alle durchgepeitscht werden, und Pjotr Stepanowitsch war seit einiger Zeit wirklich für sie eine bedeutende Autorität geworden. »Aber . . . das soll er mir dennoch büßen«, dachte sie sicherlich bei sich, wobei »er« sich natürlich auf ihren Gemahl bezog. In aller Eile merke ich an, daß Pjotr Stepanowitsch diesmal an der gemeinsamen Ausfahrt ebenfalls (und zwar anscheinend absichtlich) nicht teilgenommen hatte und vom frühen Morgen an nirgends von jemandem gesehen worden war. Ich erwähne bei dieser Gelegenheit noch, daß Warwara Petrowna, nachdem sie die Gäste bei sich zu Hause empfangen hatte, mit ihnen zusammen nach der Stadt zurückgekehrt war (in ein und demselben Wagen mit Julija Michailowna), in der Absicht, jedenfalls an der letzten Komiteesitzung über das morgige Fest teilzunehmen. Die Nachrichten, welche Ljamschin über Stepan Trofimowitsch mitteilte, mußten natürlich auch sie interessieren und sie vielleicht sogar aufregen.

Die Abrechnung mit Andrej Antonowitsch begann unverzüglich. Ach, er merkte das beim ersten Blick auf seine schöne Gemahlin! Mit offener Miene und mit einem bezaubernden Lächeln ging sie schnell auf Stepan Trofimowitsch zu, streckte ihm ihr reizend behandschuhtes Händchen hin und überschüttete ihn mit den schmeichelhaftesten Begrüßungen, als ob sie den ganzen Vormittag über keine andere Sorge gehabt hätte, als nur möglichst schnell herbeizueilen und Stepan Trofimowitsch ihre Freude darüber auszusprechen, daß sie ihn endlich in ihrem Hause sehe. Auf die Haussuchung am Morgen deutete sie mit keiner Silbe hin, wie wenn sie noch nichts davon wüßte. Kein Wort zu ihrem Manne, keinen Blick nach der Seite hin, wo er stand, gerade

als ob er gar nicht im Zimmer wäre. Und damit nicht genug: Sie nahm auch Stepan Trofimowitsch sofort gebieterisch in Beschlag und führte ihn weg in den Salon, als ob er mit Lembke keinerlei Auseinandersetzungen gehabt hätte, oder als ob, wenn solche stattgefunden hätten, es nicht der Mühe wert sei, sie fortzusetzen.
Ich wiederhole: Es scheint mir, daß Julija Michailowna trotz all ihrer gesellschaftlichen Gewandtheit in diesem Falle einen großen Fehler beging. Besonders behilflich war ihr dabei Karmasinow (der an der Fahrt auf Julija Michailownas besondere Bitte teilgenommen und auf diese Art, wiewohl nur beiläufig, endgültig auch Warwara Petrowna einen Besuch abgestattet hatte, worüber diese schwach genug war in das größte Entzücken zu geraten). Schon von der Tür aus (er trat etwas später ein als die andern) schrie er, als er Stepan Trofimowitsch erblickte, auf und lief mit offenen Armen auf ihn zu, wobei er sogar Julija Michailowna unterbrach.
»Wie viele Sommer und Winter sind vergangen, seit wir uns zum letzten Male gesehen haben! Endlich! . . . Excellent ami!«
Er machte Miene, als ob er sich mit ihm küssen wolle, und hielt ihm natürlich nur seine Backe hin. Stepan Trofimowitsch, der sich nicht sogleich zu fassen wußte, sah sich genötigt, diese zu küssen.
»Cher«, sagte er zu mir am Abend, als er sich die Erlebnisse dieses Tages ins Gedächtnis zurückrief, »ich überlegte in diesem Augenblicke: Wer von uns beiden ist gemeiner? Er, der mich umarmte, um mich herabzuwürdigen, oder ich, der ich ihn und seine Backe verachtete und sie trotzdem küßte, obwohl ich mich doch hätte abwenden können . . . Pfui!«
»Nun, dann erzählen Sie, erzählen Sie!« sagte Karmasinow mit Kaubewegungen und lispelnd, als ob der andere ihm so ohne weiteres sein ganzes Leben während dieser fünfundzwanzig Jahre hätte erzählen können.
Aber diese dumme Oberflächlichkeit gehörte zum feinsten Ton.

»Erinnern Sie sich, daß wir uns zum letztenmal in Moskau sahen, bei dem Diner zu Ehren Granowskis, und daß seitdem vierundzwanzig Jahre vergangen sind . . .« begann Stepan Trofimowitsch sehr vernünftig und daher sehr wenig dem feinsten Tone entsprechend.

»Ce cher homme«, unterbrach ihn Karmasinow familiär mit seiner kreischenden Stimme und drückte ihm mit der Hand allzu freundschaftlich die Schulter zusammen. »Führen Sie uns nur recht schnell in Ihren Salon, Julija Michailowna; er wird sich da hinsetzen und alles erzählen.«

»Und dabei habe ich diesem nervösen alten Weibe niemals nahegestanden«, fuhr an demselben Abend Stepan Trofimowitsch, zitternd vor Ingrimm, fort, sich mir gegenüber zu beklagen. »Wir waren fast noch Jünglinge, und ich begann schon damals ihn zu hassen . . . gerade so wie er mich, selbstverständlich . . .«

Julija Michailownas Salon füllte sich schnell. Warwara Petrowna befand sich in einem Zustande besonderer Aufregung, obwohl sie sich bemühte gleichmütig zu erscheinen; aber ich beobachtete zwei- bis dreimal, daß sie haßerfüllte Blicke auf Karmasinow und zornige Blicke auf Stepan Trofimowitsch richtete. Die zornigen Blicke waren eine Art Vorausbezahlung und gingen aus Eifersucht und Liebe hervor; hätte Stepan Trofimowitsch diesmal irgendeine Ungeschicklichkeit begangen und dadurch dem andern die Möglichkeit gegeben, ihn in Gegenwart aller zu blamieren, so wäre sie, glaube ich, sogleich aufgesprungen und hätte ihn geprügelt. Ich habe vergessen zu sagen, daß auch Lisa anwesend war, und noch nie hatte ich sie sorgloser, heiterer und glücklicher gesehen. Selbstverständlich war auch Mawriki Nikolajewitsch da. Unter dem Schwarm der jungen Damen und der halbverlotterten jungen Männer, die Julija Michailownas gewöhnliche Suite bildeten, und bei denen man dieses verlotterte Wesen als Fröhlichkeit gelten ließ und wohlfeilen Zynismus als Verstand, unter diesen bemerkte ich zwei bis drei neue Persönlichkeiten: einen erst kürzlich zugereisten scherwenzelnden Polen, ferner einen deutschen Doktor, einen gesunden, alten Mann, der laut und mit

großem Genusse alle Augenblicke über seine eigenen Witze lachte, und endlich einen sehr jungen Fürsten aus Petersburg von automatenhafter Haltung, mit dem würdigen Anstande eines Staatsmannes und schrecklich langen Vatermördern. Aber es war deutlich, daß Julija Michailowna diesen Gast besonders hochschätzte und sich sogar beunruhigte, die Mitglieder ihres Salons könnten sich vor ihm zu sehr gehen lassen.
»Cher monsieur Karmazinoff«, begann Stepan Trofimowitsch, indem er sich malerisch auf dem Sofa zurechtsetzte und auf einmal nicht weniger als Karmasinow zu lispeln anfing, »cher monsieur Karmazinoff, das Leben eines Menschen, der noch aus unserer alten Zeit stammt und gewisse Anschauungen hat, muß selbst in einem Zeitraume von fünfundzwanzig Jahren einförmig erscheinen . . .«
Der Deutsche lachte laut und stoßweise, ordentlich wiehernd, offenbar in der Annahme, daß Stepan Trofimowitsch etwas sehr Lächerliches gesagt habe. Dieser blickte ihn mit besonders herausgekehrter Verwunderung an, ohne übrigens dadurch auf ihn irgendwelchen Eindruck zu machen. Auch der Fürst blickte hin, indem er sich zu dem Deutschen mit seinen ganzen Vatermördern umkehrte und das Pincenez aufsetzte, wiewohl ohne das geringste Zeichen von Interesse.
». . . Muß einförmig erscheinen«, wiederholte Stepan Trofimowitsch absichtlich und reckte dabei jedes Wort so lang und ungeniert wie nur möglich. »Von der Art war auch mein Leben während dieses ganzen Vierteljahrhunderts, et comme on trouve partout plus de moines que de raison, und da ich dem vollständig zustimme, so ist es gekommen, daß ich während dieses ganzen Vierteljahrhunderts . . .«
»C'est charmant, les moines«, flüsterte Julija Michailowna, sich zu der neben ihr sitzenden Warwara Petrowna wendend.
Warwara Petrowna antwortete mit einem stolzen Blicke. Aber Karmasinow ärgerte sich im stillen über den Effekt, den die französische Phrase gemacht hatte, und beeilte sich, Stepan Trofimowitsch mit seiner kreischenden Stimme zu

unterbrechen: »Was mich anlangt, so habe ich mich in dieser Hinsicht vollkommen beruhigt und sitze nun schon seit mehr als sechs Jahren in Karlsruhe. Und als im vorigen Jahre die städtische Behörde eine neue Kanalisation anzulegen beschloß, da fühlte ich in meinem Herzen, daß diese Karlsruher Kanalisationsfrage mir wichtiger und interessanter war als alle Fragen meines lieben Vaterlandes . . . was die ganze Zeit der sogenannten hiesigen Reformen anlangt.«

»Ich kann nicht umhin, Ihnen das nachzufühlen, wenn auch mit widerstrebendem Herzen«, erwiderte Stepan Trofimowitsch seufzend und ließ bedeutsam den Kopf sinken.

Julija Michailowna triumphierte: Das Gespräch begann tiefsinnig zu werden und von den großen Richtungen zu handeln.

»Ein Rohrwerk zur Ableitung der Schmutzwässer?« erkundigte sich der Doktor laut.

»Jawohl, Doktor, eine Kanalisation, und ich habe den Herren damals sogar bei der Aufstellung des Projektes geholfen.«

Der Doktor lachte knatternd. Nach ihm lachten viele und diesmal dem Doktor gerade ins Gesicht; indes bemerkte dieser es nicht und war über das allgemeine Gelächter sehr erfreut.

»Gestatten Sie mir, hierin anderer Ansicht zu sein als Sie, Karmasinow«, schaltete Julija Michailowna eilig ein. »Karlsruhe in Ehren; aber Sie mystifizieren Ihre Zuhörer gern, und wir glauben Ihnen diesmal nicht. Welcher russische Schriftsteller hat so viele allermodernste typische Charaktere geschaffen, so viele höchst aktuelle Fragen gelöst und gerade auf die Hauptpunkte hingewiesen, aus denen sich der Typus der heutzutage wirkenden Männer zusammensetzt? Und da wollen Sie uns einreden, Sie wären gegen die Heimat gleichgültig und interessierten sich gewaltig für die Karlsruher Kanalisation! Ha-ha!«

»Ja, ich habe allerdings«, lispelte Karmasinow, »in der Gestalt Pogoschews alle Mängel der Slawophilen und in

der Gestalt Nikodimows alle Mängel der Freunde der westeuropäischen Kultur zur Darstellung gebracht . . «
»Alle wahrhaftig nicht«, flüsterte Ljamschin leise.
»Aber ich tue das nur so nebenbei, nur um irgendwie die Zeit totzuschlagen und . . . um all die zudringlichen Forderungen meiner Landsleute zu befriedigen.«
»Es ist Ihnen wohl bekannt, Stepan Trofimowitsch«, fuhr Julija Michailowna enthusiastisch fort, »daß wir morgen den Genuß haben werden, ein reizendes Produkt zu hören, eine der letzten, auserlesensten belletristischen Inspirationen Semjon Jegorowitschs; sie führt den Titel ›Merci‹. Er kündigt darin an, daß er in Zukunft nicht mehr schreiben werde, um keine Schätze der Welt, selbst wenn ein Engel vom Himmel oder, besser gesagt, die ganze vornehme Gesellschaft ihn bitten sollte, seinen Entschluß zu ändern. Kurz, er legt die Feder für das ganze Leben nieder, und dieses reumütige ›Merci‹ wendet sich an das Publikum und dankt demselben für das dauernde Entzücken, mit dem es so viele Jahre lang die dem ›ehrenhaften russischen Gedanken‹ von ihm ununterbrochen geleisteten Dienste begleitet hat.«
Julija Michailowna war auf dem Gipfel der Glückseligkeit.
»Ja, ich werde mich verabschieden: Ich werde mein ›Merci‹ sagen und wegreisen, und dort . . . in Karlsruhe . . . werde ich meine Augen schließen«, begann Karmasinow, der dem Lobe gegenüber allmählich schwach wurde.
Wie viele unserer großen Schriftsteller (und große Schriftsteller gibt es bei uns sehr viele) konnte er Lob nicht vertragen und begann in solchem Falle sogleich schwach zu werden, trotz seines Scharfsinnes. Aber ich meine, daß ist verzeihlich. Man sagt, einer unserer Shakespeares sei in einem Privatgespräche geradezu mit der Äußerung herausgeplatzt: »Wir großen Männer können nicht anders« und so weiter, und er habe es überhaupt nicht bemerkt.
»Dort in Karlsruhe werde ich meine Augen schließen. Uns großen Männern bleibt, wenn wir unser Werk getan haben, nichts weiter übrig, als baldigst die Augen zuzumachen,

ohne nach einer Belohnung Ausschau zu halten. So werde auch ich es machen.«

»Geben Sie mir Ihre Adresse, dann will ich zu Ihnen nach Karlsruhe an Ihr Grab kommen«, bemerkte der Deutsche mit unmäßigem Gelächter.

»Jetzt werden auch Leichen mit der Bahn versandt«, sagte unerwartet einer der unbedeutenden jungen Männer.

Ljamschin winselte geradezu vor Entzücken. Julija Michailowna machte ein finsteres Gesicht. Nikolai Stawrogin trat ins Zimmer.

»Mir ist gesagt worden, die Polizei habe den Einfall gehabt, Sie anzutasten?« sagte er laut, indem er sich mit Übergehung aller andern an Stepan Trofimowitsch wandte.

»Dieser Einfall war ein Hereinfall«, witzelte Stepan Trofimowitsch.

»Aber ich hoffe, er wird nicht den geringsten Einfluß auf meine Bitte haben«, fiel Julija Michailowna wieder ein. »Ich hoffe, Sie werden, unbeirrt durch diese bedauerliche Unannehmlichkeit, von der ich bisher noch keine klare Vorstellung habe, nicht unsere schönsten Erwartungen täuschen und uns nicht des Genusses berauben, Ihre Vorlesung bei der literarischen Matinee zu hören.«

»Ich weiß nicht . . . ich bin jetzt . . .«

»Aber das macht mich wirklich unglücklich, Warwara Petrowna; stellen Sie sich das nur vor: Gerade wo ich mich darauf freute, bald einen der bedeutendsten, unabhängigsten Geister Rußlands persönlich kennenzulernen, gerade nun erklärt Stepan Trofimowitsch auf einmal, er beabsichtige sich von uns fernzuhalten.«

»Das Lob ist so laut ausgesprochen worden, daß ich es allerdings nicht hätte hören dürfen«, bemerkte Stepan Trofimowitsch pointiert. »Aber ich glaube nicht, daß meine arme Persönlichkeit morgen für Ihr Fest unentbehrlich ist. Übrigens könnte ich . . .«

»Aber Sie verwöhnen ihn!« rief Pjotr Stepanowitsch, der schnell ins Zimmer hereingelaufen kam. »Kaum habe ich ihn ordentlich in den Zügel genommen, da kommt nun plötzlich an einem einzigen Vormittag Haussuchung, Arre-

tierung, ein Polizist faßt ihn am Kragen, und jetzt verhätscheln ihn noch die Damen im Salon unseres Gouverneurs! Da muß ihm ja jedes Knöchelchen singen vor Entzücken; so einen Glückstag hätte er sich gewiß nie träumen lassen. Da wird er jetzt am Ende anfangen, die Sozialisten zu denunzieren!«
»Das ist nicht möglich, Pjotr Stepanowitsch. Der Sozialismus ist eine zu große Idee, als daß Stepan Trofimowitsch ihn nicht anerkennen sollte«, verteidigte Julija Michailowna ihn energisch.
»Er ist eine große Idee; aber diejenigen, die ihn verkündigen, sind nicht immer Riesen, et brisons là, mon cher«, schloß Stepan Trofimowitsch, zu seinem Sohne gewendet, und erhob sich in schöner Haltung von seinem Platze.
Aber nun begab sich etwas ganz Unerwartetes. Herr von Lembke befand sich schon seit einiger Zeit im Salon; indes schien ihn niemand zu bemerken, obgleich alle gesehen hatten, wie er hereinkam. Julija Michailowna, die immer noch an ihrer früheren Idee festhielt, fuhr fort, ihn zu ignorieren. Er hatte neben der Tür Platz genommen und mit finsterer, strenger Miene die Gespräche mit angehört. Als er die Bemerkungen über die Vorgänge vom Vormittag hörte, begann er sich unruhig hin und her zu drehen und den Fürsten starr anzusehen, dessen nach vorn vorragende, steif gestärkte Vatermörder ihn offenbar frappierten. Als er dann Pjotr Stepanowitschs Stimme hörte und diesen selbst hereinlaufen sah, da fuhr er plötzlich zusammen, und kaum hatte Stepan Trofimowitsch seinen geistvollen Satz über die Sozialisten ausgesprochen, als er plötzlich zu ihm trat, wobei er unterwegs Ljamschin stieß, der sogleich mit einer übertriebenen Geste und erstaunter Miene zur Seite sprang, sich die Schulter rieb und tat, als habe er einen schmerzhaften Stoß erhalten.
»Genug!« sagte von Lembke, indem er den erschrockenen Stepan Trofimowitsch energisch bei der Hand ergriff und diese aus aller Kraft in der seinigen zusammendrückte. »Genug, die modernen Flibustier sind festgestellt. Kein Wort mehr! Es sind Maßregeln ergriffen . . .«

Er hatte so laut gesprochen, daß es durch das ganze Zimmer zu hören gewesen war, und schloß mit starkem Nachdruck. Der Eindruck, den seine Worte hervorbrachten, war ein sehr peinlicher. Alle hatten ein unheimliches Gefühl. Ich sah, wie Julija Michailowna blaß wurde. Aber ein dummer Zufall änderte den Eindruck. Nachdem Lembke erklärt hatte, daß Maßregeln ergriffen seien, drehte er sich kurz um und wollte schnell das Zimmer verlassen; aber nach zwei Schritten stolperte er über den Teppich und wäre beinah vornüber auf die Nase gefallen. Einen Augenblick lang blieb er stehen, betrachtete die Stelle, an der er gestolpert war, und sagte laut: »Das muß abgeändert werden«; dann ging er hinaus. Julija Michailowna eilte hinter ihm her. Sowie sie hinaus war, erhob sich ein Lärm, in welchem es schwer war, etwas zu verstehen. Die einen sagten, er sei angegriffen, andere, er habe einen nervösen Anfall. Wieder andere zeigten mit dem Finger auf die Stirn; Ljamschin hielt in einer Ecke zwei Finger über der Stirn in die Höhe. Es wurden Anspielungen auf gewisse häusliche Vorgänge gemacht, natürlich alles im Flüstertone. Niemand griff nach dem Hute; alle warteten. Ich weiß nicht, was Julija Michailowna inzwischen getan hatte; aber nach ungefähr fünf Minuten kehrte sie zurück und bemühte sich aus aller Kraft, ruhig zu scheinen. Sie antwortete ausweichend, Andrej Antonowitsch sei ein wenig aufgeregt; aber das habe nichts zu bedeuten; das habe er schon von seiner Kindheit an; sie müsse das ja am allerbesten wissen, und das morgige Fest werde ihn sicherlich erheitern. Darauf folgten noch einige schmeichelhafte, aber lediglich um des Anstandes willen gesprochene Worte an Stepan Trofimowitsch und die laute Aufforderung an die Komiteemitglieder, gleich jetzt, ohne Verzug, die Sitzung zu beginnen. Nun erst schickten sich diejenigen, die nicht zum Komitee gehörten, an, nach Hause zu gehen; aber die aufregenden Ereignisse dieses verhängnisvollen Tages waren noch nicht zu Ende ...

Schon gleich von dem Augenblicke an, als Nikolai Wsewolodowitsch hereingekommen war, hatte ich bemerkt, daß Lisa schnell und prüfend nach ihm hinblickte und dann lange die

Augen nicht von ihm abwandte, so lange, daß dies schließlich Aufmerksamkeit erregte. Ich sah, daß Mawriki Nikolajewitsch sich von hinten zu ihr herunterbeugte und ihr anscheinend etwas zuflüstern wollte; aber er änderte offenbar seine Absicht, richtete sich schnell wieder gerade und sah wie schuldbewußt alle ringsumher an. Auch Nikolai Wsewolodowitsch erregte Neugier: Sein Gesicht war blasser als gewöhnlich und sein Blick auffällig zerstreut. Nachdem er beim Hereinkommen jene Frage an Stepan Trofimowitsch gerichtet hatte, schien er ihn sofort zu vergessen, und er vergaß, glaube ich, wirklich, zu der Wirtin heranzutreten. Lisa sah er überhaupt nicht an, nicht weil er es nicht gewollt hätte, sondern weil er, wie ich behaupte, sie ebenfalls gar nicht bemerkt hatte. Und auf einmal, nach dem kurzen Stillschweigen, das auf Julija Michailownas Aufforderung ohne Zeitverlust die letzte Sitzung zu beginnen, folgte, auf einmal ließ sich Lisas helle, absichtlich laute Stimme vernehmen. Sie rief Nikolai Wsewolodowitsch an.

»Nikolai Wsewolodowitsch, ein Hauptmann namens Lebjadkin, der sich Ihren Verwandten, den Bruder Ihrer Frau nennt, schreibt mir fortwährend unpassende Briefe, beklagt sich darin über Sie und erbietet sich, mir Geheimnisse zu enthüllen, die Sie beträfen. Wenn er tatsächlich Ihr Verwandter ist, so verbieten Sie ihm doch, mich in dieser Weise zu beleidigen, und befreien Sie mich von diesen Belästigungen!«

Eine furchtbare Herausforderung lag in diesen Worten; das verstanden alle. Die Beschuldigung war klar und deutlich; Lisa selbst mochte vielleicht erst ganz plötzlich auf diesen Einfall gekommen sein. Es war, wie wenn jemand die Augen zukneift und sich vom Dache hinunterstürzt.

Aber Nikolai Stawrogins Antwort war noch erstaunlicher.

Erstens war schon das seltsam, daß er überhaupt keine Verwunderung zeigte und Lisa mit der ruhigsten Aufmerksamkeit anhörte. Weder Verlegenheit noch Zorn prägte sich auf seinem Gesichte aus. Schlicht und fest, sogar mit der Miene vollständiger Bereitwilligkeit antwortete er auf die verhängnisvolle Frage:

»Ja, ich habe das Unglück, mit diesem Menschen verwandt zu sein. Ich bin der Mann seiner Schwester, einer geborenen Lebjadkina, schon seit fast fünf Jahren. Sie können überzeugt sein, daß ich ihm Ihr Verlangen in kürzester Zeit übermitteln werde, und ich stehe dafür, daß er Sie nicht mehr inkommodieren wird.«

Niemals werde ich den Schrecken vergessen, der sich auf Warwara Petrownas Gesichte malte. Mit irrem Blick stand sie vom Stuhle auf, indem sie, wie um sich zu schützen, die rechte Hand vor sich in die Höhe hob. Nikolai Wsewolodowitsch blickte sie an, blickte Lisa an, blickte die Zuschauer an und lächelte auf einmal in einer grenzenlos hochmütigen Weise; ohne Eile verließ er das Zimmer. Alle sahen, wie Lisa, sowie nur Nikolai Wsewolodowitsch sich umwandte, um hinauszugehen, vom Sofa aufsprang und offenbar eine Bewegung machte, um ihm nachzulaufen; aber sie besann sich noch und lief nicht, sondern ging sachte hinaus, ebenfalls ohne zu jemand ein Wort zu sagen und ohne jemand anzusehen, natürlich in Begleitung des ihr nacheilenden Mawriki Nikolajewitsch . . .

Von dem Lärm und Gerede in der Stadt an diesem Abend will ich weiter nichts sagen. Warwara Petrowna schloß sich in ihrem Stadthause ein; Nikolai Wsewolodowitsch aber fuhr, wie man sagt, direkt nach Skworeschniki, ohne seine Mutter vorher gesehen zu haben. Stepan Trofimowitsch schickte mich am Abend zu »cette chère amie«, damit ich für ihn um die Erlaubnis bäte, zu ihr kommen zu dürfen; aber sie empfing mich nicht. Er war furchtbar ergriffen und weinte: »Eine solche Ehe! Eine solche Ehe! Eine solche Schmach für die Familie!« wiederholte er alle Augenblicke. Indessen erinnerte er sich auch an Karmasinow und schimpfte gewaltig auf ihn. Auch auf die morgige Vorlesung bereitete er sich energisch vor und zwar (als echter Künstler!) vor dem Spiegel; und er rief sich all die scharfsinnigen Aussprüche und Witze ins Gedächtnis zurück, die er in seinem ganzen Leben produziert und in ein besonderes Heft eingetragen hatte; hiervon wollte er bei der morgigen Vorlesung einige anbringen.

»Mein Freund, ich tue das im Interesse der großen Idee«, sagte er zu mir, offenbar um sich zu rechtfertigen. »Cher ami, ich habe einen Platz, an dem ich fünfundzwanzig Jahre lang gewesen bin, verlassen und bin plötzlich weggereist; wohin, das weiß ich nicht; aber weggereist bin ich . . .«

# DRITTER TEIL

## ERSTES KAPITEL

### *Das Fest*

I

Das Fest kam zustande trotz der bedenklichen Begebnisse des »Schpigulinschen Tages«. Ich glaube, selbst wenn Lembke gerade in dieser Nacht gestorben wäre, hätte das Fest dennoch am Vormittage stattgefunden; eine so ganz besondere Bedeutung legte ihm Julija Michailowna bei. Leider verharrte sie bis zum letzten Augenblicke in ihrer Verblendung und hatte kein Verständnis für die Stimmung der Gesellschaft. Es glaubte zuletzt niemand mehr, daß der festliche Tag ohne irgendein kolossales Ereignis vorübergehen werde, ohne eine Katastrophe, wie sich manche ausdrückten, indem sie sich schon im voraus die Hände rieben. Viele bemühten sich allerdings, eine finstere Miene anzunehmen, welche Sorge für das Gemeinwohl ausdrücken sollte; aber im allgemeinen belustigt den Russen jede skandalöse Affäre, die sich in den Kreisen der vornehmen Gesellschaft zuträgt, ganz außerordentlich. Freilich kam bei uns noch ein Moment hinzu, das sehr viel ernster war als bloße Skandalsucht: Es herrschte eine allgemeine Gereiztheit, eine unbändig boshafte Stimmung; es schien, als ob allen alles schrecklich zuwider geworden sei. Es war ein allgemeiner, unklarer Zynismus verbreitet, ein übertriebener Zynismus, zu dem man sich gewissermaßen erst zwang. Nur die Damen waren sich klar und einig, wenn auch nur in einem Punkte: In einem schonungslosen Hasse gegen Julija Michailowna. In diesem Gefühle kamen alle bei den Damen bestehenden Richtungen zusammen. Aber die Ärmste argwöhnte davon nichts; sie war bis zur letzten Stunde immer

noch der Überzeugung, sie sei von einem großen Anhange umringt und alle seien ihr fanatisch ergeben.
Ich habe schon angedeutet, daß bei uns mancherlei elende Subjekte auftauchten. In den trüben Zeiten des Schwankens oder des Überganges finden sich solche elenden Subjekte immer und überall. Ich rede nicht von den sogenannten »leitenden Männern«, die stets allen voraneilen (das ist ihre Hauptsorge) und dabei ein zwar sehr oft recht dummes, aber doch mehr oder weniger bestimmtes Ziel verfolgen. Nein, ich rede nur von dem Gesindel. In jeder Übergangszeit erhebt sich dieses Gesindel, das in jeder Gesellschaft vorhanden ist und nicht nur kein Ziel, sondern nicht einmal eine Spur von einem Gedanken hat und nur seine innere Unruhe und Ungeduld mit aller Kraft zum Ausdruck bringt. Dabei gerät dieses Gesindel, ohne es selbst gewahr zu werden, fast immer unter die Herrschaft jenes kleinen Häufchens »leitender Männer«, die bei ihre Tätigkeit ein bestimmtes Ziel verfolgen, und dieses Häufchen lenkt dann jenen ganzen Kehricht, wohin es ihm beliebt, wenn die »leitenden Männer« nur nicht selbst vollständige Idioten sind, was freilich ebenfalls vorkommt. Bei uns sagt man jetzt, wo alles vorüber ist, Pjotr Stepanowitsch habe seine Weisungen von der Internationale erhalten, Julija Michailowna die ihrigen von Pjotr Stepanowitsch, und diese habe nun nach seinem Kommando dem ganzen Gesindel die Richtung gewiesen. Die verständigsten Köpfe bei uns wundern sich jetzt über sich selbst, wie sie es nur fertiggebracht hätten, damals solche Fehlgriffe zu begehen. Worin eigentlich das Wesen unserer trüben Zeit bestand, und aus welchem Zustande und zu welchem Zustande sie bei uns den Übergang bildete, das weiß ich nicht, und das weiß, wie ich glaube, auch niemand außer etwa einigen fremden Gästen. Aber dabei bekamen auf einmal die allerelendsten Subjekte das Übergewicht und begannen laut alles Heilige zu kritisieren, während sie vorher nicht den Mund aufzumachen gewagt hatten, und die allerersten Männer, die bis dahin zum Segen des Ganzen die Oberhand gehabt hatten, fingen auf einmal an auf sie zu hören und selbst zu schwei-

gen, zum Teil sogar in schmählichster Weise dazu zu kichern. Menschen wie Ljamschin und Teljatnikow, Gutsbesitzer wie Tentetnikow in Gogols »Toten Seelen«, einheimische Rotznasen wie Radischtschew, melancholisch, aber hochmütig lächelnde Judenjünglinge, lachlustige, von auswärts gekommene Reisende, Dichter mit hauptstädtischer Richtung, Dichter ohne bestimmte Richtung und ohne Talent, aber dafür mit ärmellosen Jacken und Schmierstiefeln, Majore und Obersten, die sich über die Abgeschmacktheit ihres Berufes lustig machten und für einen Rubel Mehrgehalt bereit waren, sofort ihren Degen abzulegen und Eisenbahnsekretäre zu werden, Generäle, die zur Advokatur übergingen, fortschrittlich gebildete Makler, nach fortschrittlicher Bildung begierige kleine Kaufleute, unzählige Seminaristen, Frauen, die die Frauenfrage an ihrer eigenen Person in die Praxis umsetzten: All dies gewann bei uns plötzlich die Oberhand, und über wen? Über den Klub, über achtungswerte Würdenträger, über Generäle mit Stelzfüßen, über unsere so strenge, unnahbare Damenwelt. Wenn sogar Warwara Petrowna, bevor die Katastrophe mit ihrem Sohne eintrat, sich beinah zur Dienerin dieses ganzen Gesindels herabwürdigte, so kann man unseren anderen Minerven ihre damalige Torheit einigermaßen verzeihen. Jetzt führt man, wie ich schon gesagt habe, alles auf die Internationale zurück. Diese Vorstellung hat sich dermaßen festgesetzt, daß man sogar Fremden, die nach unserer Stadt kommen, über die Vorgänge in diesem Sinne berichtet. Erst neulich hat der Rat Kubrikow, ein Herr von zweiundsechzig Jahren mit dem Stanislausorden am Halse, öffentlich, ohne dazu herausgefordert zu sein, in tiefer Ergriffenheit erklärt, er habe ganze drei Monate lang unzweifelhaft unter dem Einflusse der Internationale gestanden. Und als man ihn mit aller, seinen Jahren und seinen Verdiensten schuldigen Hochachtung aufforderte, sich deutlicher darüber auszusprechen, so konnte er zwar dafür keine anderen Beweise anführen, als daß er »durchaus diese Empfindung gehabt habe«, blieb aber trotzdem bei seiner Angabe, so daß man ihn nicht weiter befragte.

Ich wiederhole noch einmal. Es hatte sich auch bei uns ein kleines Häufchen vorsichtiger Leute erhalten, die sich gleich zu Anfang zurückgezogen und sich sogar eingeschlossen hatten. Aber welches Türschloß hält gegen das Naturgesetz stand? Auch in den vorsichtigsten Familien gibt es heranwachsende junge Mädchen, die notwendig manchmal ein bißchen tanzen müssen. Und so subskribierten denn schließlich auch diese vorsichtigen Leute sämtlich für das Fest zum Besten der Gouvernanten. Der geplante Ball sollte glänzend werden, etwas noch nie Dagewesenes; man erzählte sich Wunderdinge davon; es gingen Gerüchte über zugereiste Fürsten mit Lorgnetten; über ein Dutzend Festordner, sämtlich junge Kavaliere mit Schleifen an der linken Schulter; über einige Herren aus Petersburg, die als Triebräder der geistigen Bewegung zu betrachten seien; Gerüchte, daß Karmasinow, um die Einnahmen zu erhöhen, eingewilligt habe, sein »Merci« im Kostüm einer Gouvernante unseres Gouvernements zu lesen; daß eine »literarische Quadrille« getanzt werden würde, ebenfalls vollständig in Kostümen, und jedes Kostüm eine bestimmte literarische Richtung versinnbildlichen werde; endlich daß auch »der ehrenhafte russische Gedanke« einen Kostümtanz aufführen werde, was schon an sich eine vollständige Neuheit darstellte. Wie sollte man da nicht subskribieren? Es subskribierten alle.

## II

Der festliche Tag zerfiel nach dem Programm in zwei Teile: In eine literarische Matinee vom Mittage bis vier Uhr, und dann in einen Ball von zehn Uhr an, die Nacht hindurch. Aber gerade in dieser Anordnung lagen schon die Keime von Unstimmigkeiten verborgen. Erstens hatte sich gleich von vornherein unter dem Publikum das Gerücht verbreitet, es werde gleich nach der Matinee oder sogar während derselben in einer extra dazu eingerichteten Pause ein Frühstück gereicht werden, natürlich gratis, als Teil des Programmes, und zwar mit Champagner. Der hohe Preis des Billetts (drei Rubel) trug dazu bei, daß das Gerücht Glauben fand. »Sonst hätte es ja gar keinen Zweck, daß ich subskribiere. Für das Fest ist ein ganzer Tag in Aussicht genommen; na, da gebe man uns auch etwas zu essen; sonst bekommt der Mensch Hunger.« In dieser Weise wurde bei uns über die Sache gesprochen. Ich muß bekennen, das Julija Michailowna selbst durch ihre Leichtfertigkeit die Entstehung dieses Gerüchtes verschuldet hatte. Einen Monat vorher, als der große Gedanke noch seinen ersten Zauber auf sie ausübte, hatte sie diesem und jenem etwas von ihrem Feste zugeflüstert und unter anderem geäußert, es würden dabei Toaste ausgebracht werden; ja sie hatte sogar an eine der hauptstädtischen Zeitungen eine Mitteilung dieses Inhalts gesandt. Gerade diese Toaste waren es, was sie damals reizte: Sie wollte sie selbst ausbringen und beschäftigte sich in ungeduldiger Erwartung bereits damit, sie abzufassen. In diesen Toasten sollte sozusagen unsere Fahne entrollt werden (Was für eine Fahne? Ich möchte wetten, daß die arme Frau so gut wie nichts zustande brachte), und sie sollten dann in Gestalt von Korrespondenzen in die hauptstädtischen Zeitungen übergehen, die höchste Behörde entzücken und bezaubern, dann sich über alle Gouvernements verbreiten und überall Bewunderung und Nachahmung hervorrufen. Aber für die Toaste war Champagner obligatorisch, und da man Champagner nicht auf nüchternen Magen trinken kann, so wurde selbstverständlich auch ein Frühstück notwendig. Als sich dann später durch ihre Bemühungen bereits ein Komitee gebildet hatte und man die Sache ernstlicher in Angriff nahm, da wurde ihr sofort deutlich bewiesen, daß, wenn man an Schmausereien denke, für die Gouvernanten nur sehr wenig übrigbleiben werde, selbst bei reichsten Einnahmen. Es boten sich demnach zwei Möglichkeiten dar: ein sardanapalischer Schmaus und Toaste und etwa neunzig Rubel für die Gouvernanten, oder Erzielung einer bedeutenden Einnahme für die letzteren bei einem sozusagen nur formellen Charakter des Festes. Übrigens hatte ihr das Komitee damit nur ein bißchen Bange machen wollen und ersann schließlich selbst eine vermittelnde, verständige Lösung der Frage: Nämlich es solle ein in jeder Hinsicht sehr anständiges Fest gegeben werden, jedoch ohne Champagner; auf diese Art werde eine recht hübsche Summe übrigbleiben, weit mehr als neunzig Rubel. Aber Julija Michailowna war damit nicht einverstanden; ihr Charakter verachtete die kleinbürgerliche Mittelstraße. Sie erklärte sogleich, wenn der erste Gedanke undurchführbar sei, so müsse man sich unverzüglich für das entgegengesetzte Extrem entscheiden, das heißt eine kolossale Einnahme erzielen und dadurch alle übrigen Gouvernements neidisch machen. »Das Publikum muß denn doch begreifen«, schloß sie ihre flammende Rede im Komitee, »daß die Erreichung allgemein menschlicher Ziele unvergleichlich viel höher steht als leibliche Genüsse von kurzer Dauer, und daß ein Fest im Grunde nur die Verkündigung einer großen Idee ist, und daher muß es sich mit einem ganz ökonomisch eingerichteten kleinen Balle in deutscher Manier begnügen, der lediglich eine Art von Symbol sein will, wenn es denn einmal ohne einen solchen unausstehlichen Ball schlechterdings nicht geht!« Dermaßen haßte sie ihn auf einmal. Aber schließlich beruhigte man sie doch. Damals wurden zum Beispiel die »literarische Quadrille« und andere ästhetische Dinge als Ersatz für die leiblichen Genüsse ausgedacht und in Vorschlag gebracht. Damals erklärte auch Karmasinow endgültig seine Bereitwilligkeit, sein »Merci« vorzulesen (bis dahin hatte er das Komitee nur mit undeutlichen Redensarten gequält) und dadurch schon den bloßen Gedanken an das Essen in den Köpfen unseres unenthaltsamen Publikums zu ertöten. Auf diese Weise wurde der Ball wieder ein herrliches Prachtstück, wiewohl nunmehr in anderer Art. Und um sich nicht ganz in die Wolken zu verlieren, beschloß man, es solle zu Beginn des Balles Tee mit Zitrone und kleinen runden Kuchen gereicht werden, dann Orgeade und Limonade und gegen den Schluß sogar Gefrorenes, aber weiter auch nichts. Für diejenigen aber, die unfehlbar immer und überall Hunger und namentlich Durst verspürten, solle am Ende der Zimmerflucht ein besonderes Büfett aufgestellt werden; hier solle Prochorytsch, der Oberkoch im Klub, seines Amtes walten und (allerdings unter strengster Aufsicht des Komitees) den Gästen beliebige Speisen und Getränke verabfolgen, aber gegen besondere Bezahlung, und daher solle an der Tür des Saales ausdrücklich ein Plakat angebracht werden, daß das Büfett nicht zum Programme gehöre. Am Vormittag aber solle das Büfett überhaupt nicht geöffnet sein, um eine Störung der Vorlesung zu vermeiden, trotzdem das Büfett fünf Zimmer weit entfernt von dem Weißen Saale eingerichtet werden sollte, in welchem Karmasinow sein »Merci« vorzulesen eingewilligt hatte. Es ist merkwürdig, daß man diesem Ereignisse, nämlich der Vorlesung des »Merci«, im Komitee anscheinend eine ganz kolossale Wichtigkeit beimaß und sogar sehr praktisch denkende Menschen diese Auffassung teilten. Was nun aber gar die poetisch veranlagten Naturen anlangt, so erklärte zum Beispiel die Frau Adelsmarschall Herrn Karmasinow, sie werde sogleich nach der Vorlesung in die Wand ihres Weißen Saales eine Marmortafel einfügen lassen mit der goldenen Inschrift, daß an dem und dem Tage und Jahre hier an dieser Stelle der große russische und europäische Schriftsteller, nachdem er die Feder niedergelegt, sein »Merci« vorgelesen und auf diese Weise zum erstenmal vom russischen Publikum in der Gestalt der Vertreter unserer Stadt Abschied genommen habe; diese Inschrift sollten alle schon sogleich auf dem Balle lesen können, das heißt nur fünf Stunden nach der Vorlesung des »Merci«. Ich weiß zuverlässig, daß gerade Karmasinow darauf bestand, das Büfett dürfe am Vormittag während seiner Vorlesung unter keinen Umständen geöffnet sein, obwohl mehrere Komiteemitglieder bemerkten, daß dies zu unseren Sitten und Gewohnheiten nicht recht stimme.

Dies war die Lage der Dinge, während man in der Stadt immer noch an einen sardanapalischen Schmaus glaubte, das heißt an ein vom Komitee gestelltes Büfett; man glaubte daran bis zur letzten Stunde. Sogar die jungen Damen phantasierten von einer Unmenge von Konfekt und Eingemachtem und anderen schönen Dingen. Alle wußten, daß die Einnahme sehr reich ausgefallen sei, daß sich die ganze

Stadt dazu dränge, daß auch aus den Kreisen viele angereist kämen und die Billette nicht ausreichten. Es war auch bekannt, daß über den festgesetzten Preis hinaus noch bedeutende Spenden dargebracht waren: Warwara Petrowna zum Beispiel hatte für ihr Billett dreihundert Rubel bezahlt und wollte zur Ausschmückung des Saales alle Blumen aus ihren Gewächshäusern liefern. Die Frau Adelsmarschall (Komiteemitglied) gab ihr Haus und die Beleuchtung her; der Klub stellte die Musik und die Bedienung und überließ dem Komitee für den ganzen Tag seinen Prochorytsch. Auch sonst waren noch Spenden gemacht, wenngleich nicht so beträchtliche, so daß sogar der Gedanke auftauchte, den ursprünglichen Preis des Billetts von drei Rubeln auf zwei herabzusetzen. Im Komitee hatte man tatsächlich zuerst gefürchtet, daß bei drei Rubeln die jungen Damen nicht kommen würden, und vorgeschlagen, Familienbillette einzurichten, dergestalt, daß jede Familie nur für eine junge Dame bezahlen solle und alle übrigen zu der Familie gehörigen jungen Damen, selbst wenn sie zehn an Zahl wären, freien Eintritt hätten. Aber alle Befürchtungen erwiesen sich als grundlos: Im Gegenteil, gerade die jungen Damen erschienen zahlreich. Selbst die ärmsten Beamten brachten ihre jungen Mädchen mit, und es war ganz klar, daß, wenn sie keine jungen Mädchen gehabt hätten, es ihnen selbst gar nicht in den Sinn gekommen wäre, zu subskribieren. Ein Sekretär in untergeordneter Stellung brachte seine sämtlichen sieben Töchter mit, seine Frau natürlich ungerechnet,und außerdem noch eine Nichte, und jede von diesen Damen hatte eine Eintrittskarte für drei Rubel in der Hand. Man kann sich vorstellen, was für eine Revolution in unserer Stadt herrschte! Man ziehe auch in Betracht, daß, da das Fest in zwei Abteilungen zerfiel, auch für jede Dame zwei Toiletten erforderlich waren: eine Matinee-Toilette für die Vorlesung und eine Balltoilette für die Tänze. Viele Familien aus dem Mittelstande versetzten, wie sich später herausstellte, zu diesem Tage alles, sogar die Wäsche, die Bettlaken und beinahe auch die Matratzen bei unseren Juden. (Von Juden hat sich im Laufe der letzten

zwei Jahre eine erschreckende Menge eingenistet, und der Zuzug wird immer noch je länger je stärker.) Fast alle Beamten ließen sich einen Gehaltsvorschuß geben, und manche Gutsbesitzer verkauften notwendiges Vieh; und alles nur, damit ihre Fräulein Töchter bei dem Feste wie Marquisinnen auftreten könnten. Die Pracht der Toiletten war diesmal eine für unseren Ort unerhörte. Die Stadt war in den vorhergehenden zwei Wochen voll von Familiengeschichten, die alle sogleich von unseren Spöttern der Frau Gouverneur zugetragen wurden. Karikaturen einzelner Familien wurden in Umlauf gesetzt. Ich selbst habe in Julija Michailownas Album mehrere derartige Zeichnungen gesehen. All dies wurde natürlich auch denjenigen Personen, auf die sich die Geschichtchen bezogen, nur zu gut bekannt; dies war, wie mir scheint, der Grund, weswegen in den Familien in der allerletzten Zeit ein so starker Haß gegen Julija Michailowna heranwuchs. Jetzt schimpfen alle auf sie und knirschen, bei der Erinnerung an das Geschehene, mit den Zähnen. Aber es war schon vor dem Feste klar, daß, falls das Komitee irgendeinen Fehler beginge oder der Ball in irgendwelcher Hinsicht mißglückte, ein unerhörter Ausbruch von Empörung erfolgen werde. Daher erwartete jeder im stillen einen Skandal; wenn aber alle ihn schon so erwarteten, wie hätte er da nicht eintreten sollen?
Pünktlich um zwölf Uhr fing das Orchester an zu spielen. Da ich zu den Festordnern gehörte, das heißt, einer der zwölf jungen Männer mit Schleifen war, so habe ich mit eigenen Augen gesehen, wie dieser Tag schmählichen Angedenkens begann. Er begann mit einem maßlosen Gedränge am Eingange. Wie kam es, daß alles gleich von Anfang an mißglückte und als erste die Polizei Fehler beging? Dem wirklichen Publikum messe ich keine Schuld bei: Die Familienväter, auch hochgestellte, suchten sich nicht durchzudrängen und drängten niemanden, sondern gerieten vielmehr, wie man sagt, schon auf der Straße in Verlegenheit beim Anblick des für unsere Stadt ungewöhnlichen Andranges der Menge, die das Portal belagerte und nicht einfach hineinging, sondern einen Sturmangriff ausführte. Unter-

dessen kamen fortwährend Equipagen angefahren und versperrten schließlich die Straße. Jetzt, wo ich dies schreibe, habe ich sichere Beweise für die Behauptung, daß mehrere Personen des gemeinsten Gesindels unserer Stadt von Ljamschin, Liputin und vielleicht noch von einem dritten, welche alle drei, ebenso wie ich, zu den Festordnern gehörten, einfach ohne Billette hereingelassen wurden. Wenigstens wurden sogar ganz unbekannte Individuen sichtbar, die aus den Kreisen und anderswoher hereingekommen waren. Kaum hatten diese Wilden den Saal betreten, als sie sich sofort einstimmig (wie wenn sie dazu instruiert gewesen wären) erkundigten, wo sich das Büfett befinde, und, sowie sie erfuhren, daß keines da sei, ohne allen Anstand und mit einer bisher bei uns nicht dagewesenen Dreistigkeit zu schimpfen begannen. Allerdings waren manche von ihnen betrunken angekommen. Einige waren wie Wilde von der Pracht des Saales der Frau Adelsmarschall überrascht, da sie noch nie etwas Ähnliches gesehen hatten, wurden beim Eintritt ein Weilchen still und sahen sich mit offenem Munde um. Dieser große Weiße Saal war tatsächlich prächtig, wenn auch von einem schon aus der Mode gekommenen Baustile: Er war von gewaltigen Dimensionen, ging durch zwei Stockwerke und hatte eine altertümliche gemalte und mit Vergoldung geschmückte Decke, Galerien, Wandspiegel, rote Draperie auf weißem Grunde, Marmorstatuen (vielleicht nicht sehr schöne, aber immerhin Statuen) und altertümliche, schwere Möbel aus der napoleonischen Zeit, weiß mit Gold und mit rotem Samt überzogen. Zurzeit befand sich am einen Ende des Saales eine hohe Estrade für die Literaten, welche Vorlesungen halten sollten, und der ganze Saal war wie das Parkett eines Theaters dicht mit Stühlen vollgestellt, mit breiten Durchgängen für das Publikum. Aber nach den ersten Augenblicken des Erstaunens begannen die sinnlosesten Fragen und Bemerkungen. »Wir wollen vielleicht noch gar keine Vorlesung ... Wir haben unser Geld bezahlt ... Das Publikum ist in einer unverschämten Weise betrogen worden ... Wir sind hier die Herren vom Hause, und nicht die Lembkes! ...« Kurz, es

machte den Eindruck, als seien sie gerade zu diesem Zwecke hereingelassen worden. Besonders erinnere ich mich an ein Renkontre, bei welchem sich der fremde junge Fürst auszeichnete, der am Vormittag des vorhergehenden Tages bei Julija Michailowna gewesen war, einen großen Stehkragen getragen und wie eine Holzpuppe ausgesehen hatte. Er hatte sich ebenfalls auf ihre dringende Bitte bereitfinden lassen, sich eine Schleife an die linke Schulter zu stecken und mit uns zusammen das Amt eines Festordners zu versehen. Nun stellte sich heraus, daß diese stumme Wachsfigur, die sich nur durch ein Federwerk zu bewegen schien, wenn auch nicht zu reden, so doch in ihrer Art zu handeln verstand. Als ein pockennarbiger, hochgewachsener Hauptmann a. D., gestützt auf einen ganzen sich hinter ihm herdrängenden Schwarm von allerlei Gesindel ihm mit der Frage zusetzte, wo man hier zum Büfett komme, da winkte er einem Polizisten. Seine Weisung wurde unverzüglich ausgeführt: Trotz seines Schimpfens wurde der betrunkene Hauptmannn aus dem Saale hinausspediert. Unterdes begann endlich auch das »wirkliche« Publikum zu erscheinen und zog sich in drei langen Strömen in den drei Durchgängen zwischen den Stühlen hin. Das unordentliche Element wurde ruhig; aber das Publikum, auch das »beste«, machte unzufriedene und erstaunte Gesichter; manche Damen waren geradezu ängstlich.
Endlich hatten alle Platz genommen; nun schwieg auch die Musik. Man fing an sich zu schneuzen und sich umzusehen. Man wartete jedoch mit gar zu stolzer Miene, was an sich schon immer ein schlechtes Vorzeichen ist. Aber Lembkes waren noch nicht da. Seide, Samt und Brillanten glänzten und leuchteten auf allen Seiten; die Luft war von Wohlgerüchen erfüllt. Die Männer hatten ihre sämtlichen Orden angelegt, und selbst die alten Herren trugen Uniform. Endlich erschien auch die Frau Adelsmarschall, von Lisa begleitet. Noch nie war Lisa so blendend schön gewesen wie an diesem Tage und noch nie in so reicher Toilette. Ihr Haar war in Locken frisiert, ihre Augen blitzten, auf ihrem Gesichte strahlte ein Lächeln. Sie machte augenscheinlich

Effekt; man betrachtete sie und flüsterte einander Bemerkungen über sie zu. Man sagte, sie suche mit den Augen nach Stawrogin; aber weder Stawrogin noch Warwara Petrowna waren anwesend. Ich verstand damals Lisas Gesichtsausdruck nicht: Warum zeigte dieses Gesicht so viel Glückseligkeit und Freude, so viel Energie und Kraft? Ich erinnerte mich an das Geschehnis vom vorhergehenden Tage und war völlig verblüfft. Aber Lembkes waren immer noch nicht da. Schon dies war ein Fehler. Ich habe später erfahren, daß Julija Michailowna bis zum letzten Augenblicke auf Pjotr Stepanowitsch gewartet hatte, ohne den sie in der letzten Zeit keinen Schritt tun konnte, obwohl sie sich dessen nie so recht bewußt war. Ich bemerke in Parenthese, daß Pjotr Stepanowitsch am vorhergehenden Tage in der letzten Komiteesitzung die Schleife eines Festordners abgelehnt und die Frau Gouverneur dadurch sehr betrübt hatte, sogar so, daß sie Tränen vergoß. Zu ihrem Erstaunen und nachher auch zu ihrer größten Bestürzung (ich werde das später erklären) blieb er den ganzen Vormittag unsichtbar und erschien auch nicht zu den literarischen Vorlesungen, so daß ihn bis zum Abend niemand zu sehen bekam. Endlich begann das Publikum deutlich seine Ungeduld zu bekunden. Auch auf der Estrade zeigte sich noch niemand. In den hinteren Reihen begann man in die Hände zu klatschen wie im Theater. Die älteren Herren und Damen machten finstere Gesichter und bemerkten: »Lembkes benehmen sich offenbar schon gar zu vornehm.« Sogar bei den besseren Teilen des Publikums begann ein törichtes Geflüster: Das Fest werde vielleicht wirklich nicht stattfinden, Lembke sei vielleicht wirklich ernstlich krank, und so weiter und so weiter. Aber Gott sei Dank, endlich erschienen Lembkes: Er führte sie am Arme; ich muß gestehen, ich war selbst sehr besorgt gewesen, ob sie kommen würden. Aber nun waren alle Mutmaßungen zu Ende, und die Wirklichkeit trat in ihr Recht. Das Publikum atmete gewissermaßen auf. Lembke selbst schien völlig gesund zu sein, und diesen Eindruck gewannen, wie ich mich erinnere, alle von ihm; denn man kann sich vorstellen, wie viele Blicke sich auf ihn richteten. Ich merke noch als charakteristisch an, daß es überhaupt im Kreise unserer höchsten Gesellschaft nur sehr wenige Leute gab, die da annahmen, daß Lembke irgendwie geistig erkrankt sei: Sie fanden seine dienstlichen Handlungen vollständig ordnungsmäßig, dergestalt, daß sie sogar den Vorgang, der sich am vorhergehenden Tage auf dem Platze abgespielt hatte, beifällig aufnahmen. »So hätte er nur gleich von Anfang an verfahren sollen«, sagten die höheren Beamten. »Aber da kommen nun solche Herren mit philanthropischen Anschauungen her und müssen doch schließlich zu dem alten Verfahren greifen und merken dabei nicht, daß das gerade um der Philanthropie willen notwendig ist.« So urteilte man wenigstens im Klub. Man tadelte nur, daß er dabei hitzig geworden war; »So etwas muß mit größerer Kaltblütigkeit geschehen; na, aber er ist noch neu in seinem Amte«, sagten die Sachverständigen. Mit der gleichen Neugier richteten sich alle Blicke auch auf Julija Michailowna. Über einen gewissen Punkt kann natürlich von mir, dem Berichterstatter, niemand sehr eingehende Details verlangen: Es handelt sich da um ein Geheimnis, um eine Frau. Ich weiß nur so viel: Am Abend des vorhergehenden Tages war Julija Michailowna in Andrej Antonowitschs Arbeitszimmer gekommen und bis lange nach Mitternacht bei ihm geblieben. Sie hatte ihm vergeben und ihn getröstet. Die beiden Ehegatten hatten sich über alles geeinigt; alles war vergessen; und als am Schlusse der Aussprache von Lembke mit Schrecken sich an die Schlußszene der vorhergehenden Nacht erinnert hatte und vor seiner Frau auf die Knie gefallen war, da hatte das reizende Händchen und nach dem Händchen auch die Lippen der Gattin den flammenden Erguß der reuigen Worte des ritterlich zartfühlenden, aber von Rührung überwältigten Mannes gehemmt. Alle sahen die Glückseligkeit auf ihrem Gesichte. Sie schritt mit offener Miene und in prächtiger Toilette einher. Sie schien auf den Gipfel ihrer Wünsche gelangt zu sein: Das Fest, welches das Ziel und die Krone ihrer Politik bildete, war zur Wirklichkeit geworden. Während sie zu ihren dicht an der Estrade befindlichen Plätzen hindurchgingen, verneigten die beiden Lembkes in Erwiderung der Verbeugungen des Publikums sich nach allen Seiten. Sie wurden sofort umringt. Die Frau Adelsmarschall erhob sich, um sie zu begrüßen ... Aber da begab sich ein garstiges Mißverständnis: Das Orchester ließ ohne jeden Anlaß einen schmetternden Tusch ertönen, nicht einen Marsch, sondern einfach einen Tafeltusch wie bei uns im Klub bei Tisch, wenn bei einem offiziellen Diner auf jemandes Gesundheit getrunken wird. Ich weiß jetzt, daß dies Ljamschin in seiner Eigenschaft als Festordner angeordnet hatte, als sollte damit den eintretenden Lembkes eine Ehre erwiesen werden. Freilich konnte er sich immer damit herausreden, er habe es aus Dummheit oder aus Übereifer getan ... Leider wußte ich damals noch nicht, daß diese Buben sich um Entschuldigungen überhaupt keine Sorge mehr machten und mit jenem Tage alles zum Abschluß zu bringen gedachten. Aber mit dem Tusche war es noch nicht genug: Während das Publikum noch ärgerlich staunte und lächelte, erscholl plötzlich am Ende des Saales und auf den Galerien ein Hurra, ebenfalls wie den Lembkes zu Ehren. Es waren nicht viele Stimmen; aber sie setzten, wie ich gestehen muß, das Rufen eine ziemliche Weile fort. Julija Michailowna wurde dunkelrot, und ihre Augen fingen an zu funkeln. Lembke blieb an seinem Platze stehen, wandte sich nach der Seite hin, von wo das Geschrei kam, und ließ einen majestätischen, strengen Blick über den Saal schweifen. Man veranlaßte ihn, sich schleunigst hinzusetzen. Ich bemerkte wieder mit Angst auf seinem Gesichte jenes gefährliche Lächeln, mit dem er am Vormittage des vorhergehenden Tages im Salon seiner Gemahlin dagestanden und Stepan Trofimowitsch angesehen hatte, ehe er an ihn herantrat. Es schien mir, daß auch jetzt sein Gesicht einen unheilverkündenden und, was das Allerschlimmste war, einen etwas komischen Ausdruck trug, einen Ausdruck, als ob er in Gottes Namen sich zum Opfer bringen wolle, um nur damit den höheren Zielen seiner Gemahlin zu dienen ... Julija Michailowna winkte mich schnell zu sich und flüsterte mir zu, ich möchte zu Karmasinow laufen und ihn dringend bitten anzufangen.

Und siehe da: Kaum daß ich mich umgedreht hatte, da trug sich eine andere Abscheulichkeit zu, nur noch weit garstiger als die erste. Auf der Estrade, auf der leeren Estrade, wohin bis jetzt die Blicke und Erwartungen aller gerichtet waren, und wo nur ein kleiner Tisch, dahinter ein Stuhl und auf dem Tische ein Glas Wasser auf einem silbernen Präsentierteller zu sehen waren, auf der leeren Estrade erschien plötzlich die riesenhafte Gestalt des Hauptmanns Lebjadkin im Frack und mit weißer Halsbinde. Ich war so überrascht, daß ich meinen Augen nicht traute. Der Hauptmann schien verlegen zu sein und blieb im Hintergrunde der Estrade stehen. Auf einmal hörte man aus dem Publikum rufen: »Lebjadkin! du?« Die dumme, rote Visage des Hauptmanns (er war total betrunken) verzog sich bei diesem Anrufe zu einem breiten, stumpfsinnigen Lächeln. Er hob die Hand in die Höhe, wischte sich mit ihr die Stirn, schüttelte seinen struppigen Kopf, machte dann, wie wenn er zu allem entschlossen wäre, zwei Schritte vorwärts und – brach plötzlich in ein prustendes Lachen aus, das nicht laut, aber helltönend, langgezogen und glückselig war, und bei dem die ganze wuchtige Masse seines Körpers in schaukelnde Bewegung geriet und die kleinen Augen sich zusammenzogen. Bei diesem Anblick fing beinah die Hälfte des Publikums an zu lachen, und etwa zwanzig Menschen klatschten Beifall. Der ernste Teil des Publikums wechselte finstere Blicke; das Ganze dauerte indes nicht länger als eine Minute. Liputin mit seiner Festordnerschleife und zwei Diener liefen schnell auf die Estrade; sie faßten den Hauptmann behutsam unter die Arme, und Liputin flüsterte ihm etwas zu. Der Hauptmann runzelte die Stirn, murmelte: »Na, wenn's so ist!«, machte eine Handbewegung, als verzichte er, wendete dem Publikum seinen gewaltigen Rücken zu und verschwand mit seinen Begleitern. Aber einen Augenblick darauf sprang Liputin wieder auf die Estrade. Auf seinen auch sonst stets lächelnden Lippen lag die süßeste Sorte von Lächeln, die er hervorbringen konnte, und die gewöhnlich an Essig mit Zucker erinnerte; in der Hand aber hielt er ein Blatt Briefpapier. Mit kleinen, aber schnellen Schritten trat er an den vorderen Rand der Estrade.

»Meine Herrschaften«, wandte er sich an das Publikum, »durch Unachtsamkeit ist ein komisches Mißverständnis entstanden, das bereits beseitigt ist; aber hoffnungsvoll habe ich den Auftrag übernommen und die tiefe, ehrerbietige Bitte eines in unserer Stadt lebenden Dichters ... durchdrungen von dem humanen, hohen Ziele ... trotz seines persönlichen Zustandes ... demselben Ziele, das uns alle vereinigt hat ... die Tränen armer gebildeter Mädchen unseres Gouvernements zu trocknen ... würde dieser Herr, das heißt, ich will sagen, dieser hiesige Dichter ... trotz des Wunsches, sein Inkognito zu bewahren ... er würde sehr wünschen, sein Gedicht vor dem Beginne des Balles vorgelesen zu sehen ... das heißt, ich wollte sagen, vor dem Beginne der Vorlesungen. Obgleich dieses Gedicht nicht im Programm steht und nicht darin stehen kann ... weil es erst vor einer halben Stunde eingeliefert ist, so wollte es uns doch scheinen« (wem denn: »uns«? Ich führe seine unzusammenhängende, konfuse Ansprache wörtlich an), »daß wegen der bemerkenswerten Naivität des Gefühls, das sich mit einer gleichfalls bemerkenswerten Heiterkeit vereinigt, das Gedicht vorgelesen werden könne, das heißt, nicht als etwas Ernstes, sondern nur als etwas zum Feste Passendes ... Mit einem Worte, zur Idee ... Um so mehr, da es nur einige Zeilen sind ... und ich wollte dazu die Erlaubnis des wohlgeneigten Publikums erbitten.«

»Lesen Sie es!« brüllte eine Stimme am Ende des Saales.

»Also soll ich es lesen?«

»Lesen Sie, lesen Sie!« riefen viele Stimmen.

»Ich werde es mit Erlaubnis des Publikums lesen«, sagte Liputin und verzog sein Gesicht wieder zu demselben zuckerigen Lächeln. Indessen schien er sich doch nicht recht dazu entschließen zu können, und es kam mir sogar so vor, als befinde er sich in Aufregung. Trotz all ihrer Dreistigkeit fühlen sich solche Leute doch manchmal unsicher. Übrigens hätte der Seminarist sich nicht unsicher gefühlt; aber Liputin gehörte noch zur älteren Generation.

»Ich sage im voraus, das heißt, ich habe die Ehre im voraus zu sagen, daß dies nicht etwa eine Ode ist, wie sie früher für Feste geschrieben wurden, sondern sozusagen beinahe ein Scherz, aber voll unzweifelhaften Gefühles, das sich mit spaßhafter Heiterkeit vereinigt, und voll sehr realistischer Wahrheit.«

»Vorlesen, vorlesen!« Selbstverständlich konnte ihn niemand daran hindern. Überdies war er mit seiner Festordnerschleife aufgetreten. Mit helltönender Stimme deklamierte er: »Der vaterländischen Gouvernante der hiesigen Gegenden von einem Dichter zum Feste gewidmet.

›Sei gegrüßt uns, arme Gouvernante!‹
Rufen alle wir unisono!
Ob man deinen Wert auch oft verkannte,
Heute sei fidel und juble froh!«

»Das ist von Lebjadkin! Wirklich, von Lebjadkin!« erschollen mehrere Stimmen.

Gelächter ließ sich vernehmen; es wurde sogar applaudiert, wiewohl nicht von vielen.

»Kinder lehrst französisch du parlieren,
Wischst die rotz'gen Nasen ihnen rein,
Und du würdest dich gewiß nicht zieren,
Wollt' ein Kirchendiener um dich frei'n.«

»Hurra, hurra!«

»Doch in dieser Zeit voll Not und Jammer
Führt dich auch ein Kirchendiener nicht
Als sein Ehweib in die Hochzeitskammer,
Wenn es an Moneten dir gebricht.«

»Sehr richtig, sehr richtig! Das ist der echte Realismus! Ohne Moneten ist nichts anzufangen!«

»Aber heute wird es uns gelingen,
Schmausend, tanzend hier in diesem Saal,
Gouvernante, für dich aufzubringen,
Was du brauchst, ein tücht'ges Kapital.

Mit 'ner Mitgift kann dir's dann nicht fehlen;
Man bewirbt sich stark um deine Hand;
Wirst im Handumdrehen dich vermählen,
Und dann spuck auf deinen früh'ren Stand!«

Ich muß gestehen, ich traute meinen Ohren nicht. Dies war eine so offenkundige Frechheit, daß keine Möglichkeit blieb, Liputin auch nur mit Dummheit zu entschuldigen. Und Liputin war überhaupt nicht dumm. Die Absicht war klar, wenigstens für mich: Es sollte so bald wie möglich alles in Unordnung gebracht werden. Einige Verse dieses verrückten Gedichtes, zum Beispiel der letzte, waren derartig, daß keine Dummheit sie entschuldigen konnte. Liputin schien auch selbst die Empfindung zu haben, daß er mit der Ausführung dieser seiner Heldentat zu weit gegangen sei; er bekam einen solchen Schreck über seine eigene Dreistigkeit, daß er nicht einmal von der Estrade herunterging, sondern stehen blieb, wie wenn er noch etwas hinzufügen wollte. Er hatte sicherlich angenommen, daß die Sache einen anderen Ausgang nehmen werde; aber selbst das Häufchen von Tumultuanten, das während der Ausführung des schändlichen Streiches applaudiert hatte, schwieg auf einmal, wie wenn es selbst erschrocken wäre. Das Allerschlimmste war, daß viele von ihnen das ganze Gedicht zunächst als echtes Pathos aufgefaßt hatten, daß heißt, nicht als ein Pasquill, sondern tatsächlich als wirkliche Wahrheit über die Gouvernanten, als eine tendenziöse Dichtung. Aber die übermäßige Ungeniertheit des Ausdrucks machte schließlich auch sie stutzig. Was nun das gesamte Publikum anlangte, so fühlte sich der ganze Saal nicht nur unangenehm berührt, sondern offensichtlich beleidigt. Ich irre mich nicht, wenn ich dies als die allgemeine Empfindung bezeichne. Julija Michailowna sagte später, sie sei nahe daran gewesen, in Ohnmacht zu fallen. Einer der achtungswertesten alten Herren veranlaßte seine Gattin aufzustehen, und beide verließen, von den aufgeregten Blicken des Publikums begleitet, den Saal. Wer weiß, vielleicht hätte dieses Beispiel noch manchen zur Nachahmung bewogen, wenn nicht in diesem Augenblicke

Karmasinow selbst auf der Estrade erschienen wäre, in Frack und weißer Binde und mit einem Hefte in der Hand. Julija Michailowna richtete einen Blick voll Entzücken auf ihn wie auf einen Retter . . . Ich aber war schon hinter den Kulissen; ich mußte mit Liputin sprechen.

»Das haben Sie mit Absicht getan!« sagte ich und ergriff ihn empört am Arme.

»Ich habe mir, weiß Gott, nichts dabei gedacht«, erwiderte er sofort, indem er sich zusammenkrümmte; er log und spielte den Unglücklichen. »Die Verse waren soeben gebracht worden, und ich dachte, daß sie als ein heiterer Scherz . . .«

»Das haben Sie gar nicht gedacht. Halten Sie denn dieses abgeschmackte Zeug wirklich für einen heiteren Scherz?«

»Ja, das tue ich.«

»Sie lügen einfach, und das Gedicht ist Ihnen gar nicht eben erst gebracht worden. Sie haben es selbst mit Lebjadkin zusammen verfaßt, vielleicht schon gestern, um einen Skandal hervorzurufen. Der letzte Vers rührt zweifellos von Ihnen her; ebenso das von dem Kirchendiener Gesagte. Warum ist er denn im Frack auf die Estrade gekommen? Offenbar war von Ihnen alles dazu vorbereitet, daß er das Gedicht selbst vorlesen sollte, wenn er sich nicht betrunken hätte.«

Liputin blickte mich kalt und boshaft an.

»Was geht Sie das an?« fragte er auf einmal mit seltsamer Ruhe.

»Was ist das für eine Frage? Sie tragen ebenfalls diese Schleife . . . Wo ist Pjotr Stepanowitsch?«

»Ich weiß es nicht; er wird wohl hier irgendwo sein; wieso?«

»Ich will sagen, daß ich jetzt alles durchschaue. Das ist einfach ein Komplott gegen Julija Michailowna, um das Fest durch einen Skandal zu stören . . .«

»Was kümmert es Sie?« sagte er lächelnd, zuckte mit den Achseln und ging zur Seite.

Es überlief mich kalt. Alle meine bösen Ahnungen gingen in Erfüllung. Und ich hatte noch gehofft, daß ich mich irrte!

Was sollte ich nun tun? Ich dachte schon daran, Stepan Trofimowitsch um Rat zu fragen; aber dieser stand vor dem Spiegel, probierte verschiedene Arten des Lächelns und blickte alle Augenblicke auf einen Zettel, auf dem er sich Notizen gemacht hatte. Er sollte unmittelbar nach Karmasinow auftreten und war nicht mehr imstande mit mir ein Gespräch zu führen. Sollte ich zu Julija Michailowna laufen? Aber dazu war es noch zu früh; für sie war eine weit stärkere Lektion erforderlich, um sie von der Einbildung zu kurieren, daß sie von Anhängern »umringt« und alle ihr »fanatisch ergeben« seien. Sie hätte mir nicht geglaubt und mich für einen Gespensterseher gehalten. Und wodurch hätte sie auch helfen können? »Ach was!« dachte ich; »was geht es mich eigentlich an? Ich werde die Schleife abmachen und nach Hause gehen, sobald die Geschichte losgeht.« Ich gebrauchte diesen Ausdruck: »sobald die Geschichte losgeht«; das ist mir noch im Gedächtnis.
Aber ich mußte hingehen und Karmasinow hören. Als ich zum letztenmal einen Blick hinter die Kulissen warf, bemerkte ich, daß sich dort ziemlich viel fremdes Volk herumtrieb, kam und ging, darunter sogar Weiber. Dieses »hinter den Kulissen« war ein ziemlich enger Raum, der vom Publikum durch einen Vorhang vollständig abgeschlossen war und nach hinten zu über einen Korridor weg mit den anderen Zimmern in Verbindung stand. Hier warteten unsere Vorleser, bis sie an die Reihe kamen. Aber mich setzte in diesem Augenblicke besonders der Lektor in Erstaunen, der auf Stepan Trofimowitsch folgen sollte. Dies war ebenfalls eine Art Professor (ich weiß auch jetzt nicht genau, was er eigentlich war), der freiwillig nach einem Studentenkrawalle von einer Hochschule abgegangen und aus irgendwelchem Grunde nach unserer Stadt gekommen war, und zwar erst vor einigen Tagen. Er hatte ebenfalls Empfehlungen an Julija Michailowna mitgebracht, und sie hatte ihn voll Verehrung aufgenommen. Ich weiß jetzt, daß er vor der Vorlesung nur an einem Abend bei ihr gewesen war, den ganzen Abend über bei ihr geschwiegen, über die Scherze und den ganzen Ton der Gesellschaft, die sich um Julija

Michailowna scharte, zweideutig gelächelt und durch sein hochmütiges und gleichzeitig bis zur Schreckhaftigkeit empfindliches Wesen auf alle einen unangenehmen Eindruck gemacht hatte. Zu einer Vorlesung hatte ihn Julija Michailowna selbst angeworben. Jetzt ging er von einer Ecke in die andere und flüsterte ebenfalls, gerade wie Stepan Trofimowitsch, etwas vor sich hin, blickte aber zu Boden und nicht in den Spiegel. Er probierte nicht verschiedene Arten des Lächelns, obwohl er häufig und grimmig lächelte. Es war klar, daß auch mit ihm nicht zu reden war. Er war von Statur klein, anscheinend etwa vierzig Jahre alt, kahlköpfig, mit grauem Barte, anständig gekleidet. Aber am meisten interessierte es mich, daß er bei jeder Wendung die rechte Faust in die Höhe hob, sie in der Luft über seinem Kopfe schüttelte und dann auf einmal niederfallen ließ, als ob er einen Gegner zu Boden schmetterte. Diesen Hokuspokus machte er alle Augenblicke. Mir wurde bänglich zumute. Ich lief so schnell wie möglich hin, um Karmasinow zu hören.

## III

Im Saale herrschte wieder eine unheimliche Atmosphäre. Ich erkläre im voraus: Ich verbeuge mich respektvoll vor der Größe eines Genies; aber warum benehmen sich denn diese Herren, unsere Genies, am Ende ihrer ruhmvollen Jahre manchmal vollständig wie kleine Knaben? Was hatte es für Sinn und Verstand, das Karmasinow mit einer Grandezza auftrat, die für fünf Kammerherrn ausgereicht hätte? Kann man denn das Interesse eines solchen Publikums, wie es das unsrige ist, für einen einzigen Gegenstand eine ganze Stunde lang rege erhalten? Und dann habe ich allgemein die Beobachtung gemacht, daß selbst ein großes Genie bei einer öffentlichen, populären literarischen Vorlesung das Publikum nicht länger als zwanzig Minuten ungestraft mit seiner eigenen Persönlichkeit beschäftigen kann. Allerdings wurde das Auftreten des großen Genies in höchst respektvoller Weise begrüßt: Sogar die strengsten alten Herren gaben ihr

Wohlgefallen und ihr Interesse zu erkennen und die Damen sogar ein gewisses Entzücken. Das Händeklatschen indes war nur von kurzer Dauer und sozusagen uneinheitlich und verwirrt. Dafür wurde in den hinteren Reihen bis zu dem Augenblicke, wo Herr Karmasinow zu sprechen anfing, keine einzige Ausschreitung begangen, und auch dann geschah fast nichts besonders Schlimmes; es war, als sei man dort im unklaren. Ich habe schon früher erwähnt, daß er eine sehr kreischende, sogar einigermaßen weibische Stimme hatte und außerdem in echt vornehmer, adliger Manier lispelte. Kaum hatte er ein paar Worte gesprochen, als sich plötzlich jemand erlaubte laut zu lachen, wahrscheinlich irgendein unerfahrener Dummkopf, der noch nichts von der Welt kannte und obendrein eine angeborene Lachsucht besaß. Aber es fand nicht die geringste Demonstration statt; im Gegenteil zischte man dem Dummkopf zu, und er versank in ein Nichts. Aber nun erklärte Herr Karmasinow in affektierter Weise, er habe anfänglich sich um keinen Preis dazu verstehen wollen, zu lesen (es war auch wohl sehr nötig, dies zu erklären!). Es gebe Gedanken, die dermaßen aus dem tiefsten Herzen quöllen, daß man sie nicht einmal mit Worten aussprechen dürfe, so daß es in keiner Weise zulässig sei, sie vor das Publikum zu bringen (nun, warum tat er es dann trotzdem?); aber da man ihn dringend gebeten habe, so habe er nachgegeben, und da er überdies die Feder für immer niederlegen wolle und sich geschworen habe, künftig um keinen Preis mehr etwas zu schreiben, so habe er nun in Gottes Namen diese letzte Schrift verfaßt; und da er sich geschworen habe, um keinen Preis künftig jemals wieder etwas dem Publikum vorzulesen, so wolle er nun in Gottes Namen dieses letzte Werk noch dem Publikum vorlesen, und so weiter und so weiter, alles in dieser Art.

Aber alles das wäre noch nichts gewesen, und wer kennt nicht die Vorreden der Autoren? Wiewohl ich bemerke: Bei der geringen Bildung unseres Publikums und bei der Reizbarkeit der hinteren Reihen konnte dies alles eine unerwünschte Wirkung ausüben. Wäre es nicht besser gewesen, eine kleine Novelle vorzulesen, eine kurze Erzählung von der Art, wie er sie früher geschrieben hatte, das heißt, zwar affektiert und verkünstelt, aber doch manchmal geistreich? Dadurch hätte er alles retten können. Aber nein, es kam etwas ganz anderes! Es begann eine erbauliche Ansprache! Mein Gott, was war da nicht alles darin! Ich kann mit Bestimmtheit sagen, daß sogar ein hauptstädtisches Publikum dadurch in starre Betäubung versetzt worden wäre, nicht nur das unsrige. Man stelle sich beinah zwei Druckbogen voll des geziertesten, zwecklosen Geredes vor; überdies las dieser Herr noch gewissermaßen von oben herab, mit trüber Miene, wie aus Gnade und Barmherzigkeit, so daß es sogar wie eine Beleidigung unseres Publikums herauskam. Das Thema . . . Aber wer konnte es herausfinden, dieses Thema? Es war eine Art von Bericht über Empfindungen und Erinnerungen. Aber über was für Empfindungen und Erinnerungen? Wie sehr wir armen Provinzialen auch während der ganzen ersten Hälfte der Vorlesung unsere Stirnen in Falten zogen, wir konnten nicht daraus klug werden, so daß die zweite Hälfte nur noch aus Höflichkeit angehört wurde. Es war allerdings viel von Liebe die Rede, von der Liebe eines Genies zu irgendeiner Person; aber ich muß gestehen, das kam etwas ungeschickt heraus. Meiner Ansicht nach paßte es nicht recht zu der kleinen, dicken Figur des genialen Schriftstellers, daß er von seinem ersten Kusse erzählte . . . Und was wieder beleidigend wirkte, diese Küsse begaben sich in anderer Weise als bei der ganzen übrigen Menschheit. Da mußte unfehlbar ringsumher Ginster wachsen (unfehlbar Ginster oder ein anderes derartiges Kraut, das man erst in der Botanik nachschlagen muß). Außerdem mußte der Himmel unfehlbar eine Art von violetter Färbung haben, die allerdings noch nie ein anderer Sterblicher beobachtet hat, das heißt, es haben sie zwar alle gesehen, aber nicht verstanden, sie zu beobachten, und da sagte er nun gewissermaßen: »Ich habe sie genau beobachtet und schildere sie nun euch Dummköpfen wie etwas ganz Gewöhnliches.« Der Baum, unter dem das interessante Paar saß, mußte unfehlbar eine Art Orangenfarbe haben. Sie sitzen irgendwo in Deutschland. Auf einmal sehen sie Pompejus oder Cassius am Vorabend einer Schlacht, und beide überläuft ein kalter Schauer des Entzückens. Eine Waldnymphe quiekt im Gebüsch. Gluck spielt im Röhricht auf der Geige. Das Stück, das er spielt, heißt En toutes lettres, ist aber niemandem bekannt, so daß man darüber ein musikalisches Nachschlagewerk befragen muß. Inzwischen hat sich ein Nebel zusammengeballt, so zusammengeballt, so zusammengeballt, daß er mehr einer Million von Kissen als einem Nebel gleicht. Und plötzlich verschwindet alles, und das große Genie setzt im Winter bei Tauwetter über die Wolga. Das Übersetzen dauert zwei und eine halbe Seite lang; aber dennoch fällt das Genie in eine Wuhne. Das Genie geht unter – man denkt, es ertrinkt? Fällt ihm nicht ein: Das alles hat nur den Zweck, daß, wenn das Genie schon ganz untergegangen ist und Wasser geschluckt hat, vor ihm ein Eisstückchen aufschimmert, ein winziges Eisstückchen, nur erbsengroß, aber rein und durchsichtig »wie eine gefrorene Träne«, und in diesem Eisstückchen spiegelt sich Deutschland wider oder, richtiger gesagt, der Himmel Deutschlands, und diese Widerspiegelung ruft durch ihr regenbogenartiges Farbenspiel dem Genie eben jene Träne ins Gedächtnis zurück: »›Erinnerst du dich wohl, sie rann aus deinem Auge, als wir unter dem smaragdenen Baume saßen und du freudig ausriefst: Es gibt kein Verbrechen!‹ ›Ja‹, sagte ich unter Tränen, ›aber wenn dem so ist, dann gibt es ja auch gar keine Gerechten.‹ Wir schluchzten und trennten uns für immer.« Sie begibt sich irgendwohin an das Gestade des Meeres, er in eine Höhle; und da steigt er hinab, immer tiefer hinab, drei Jahre lang steigt er in Moskau unter dem Sucharew-Turme immer tiefer hinab, und auf einmal findet er in den innersten Eingeweiden der Erde in einer Höhle ein vor einem Heiligenbilde brennendes Lämpchen und vor dem Lämpchen einen Asketen. Der Asket betet. Das Genie drückt sich an ein kleines vergittertes Fensterchen und hört auf einmal einen Seufzer. Man denkt wohl, daß der Asket geseufzt hat? Mag sein; aber was schert sich das Genie um den Asketen! Bei diesem Seufzer erinnert es sich ganz einfach an den ersten Seufzer jenes weiblichen Wesens vor dreißig Jahren: »›Du erinnerst dich, es war in Deutschland; wir saßen unter dem achatfarbenen Baume, und du sagtest zu mir: Wozu liebt man? Siehe, ringsumher wächst Ocker, und ich liebe; aber der Ocker wird aufhören zu wachsen, und ich werde aufhören zu lieben.‹ Da ballte sich wieder der Nebel zusammen, es zeigte sich Theodor Amadeus Hoffmann, eine Waldnymphe pfiff eine Chopinsche Melodie, und plötzlich erschien aus dem Nebel, mit einem Lorbeerkranze auf dem Haupte, über den Dächern Roms Ancus Marcius. Ein Wonneschauer ging uns über den Rücken, und wir trennten uns für immer«, und so weiter und so weiter. Kurz, ich gebe es vielleicht nicht ganz richtig wieder und verstehe auch nicht, das zu tun; aber der Sinn des Geredes war ganz von dieser Art. Und schließlich, welch eine schmähliche Passion für »elegante Witze« findet sich bei unsern großen Geistern! Die großen westeuropäischen Philosophen, die großen Gelehrten und Erfinder, die Sklaven der Arbeit und Märtyrer, all diese Mühseligen und Beladenen sind für unser großes russisches Genie nur eine Art von Köchen in seiner Küche. Er ist der Herr, und sie erscheinen vor ihm mit der Mütze in der Hand und erwarten seine Befehle. Allerdings lacht er auch über Rußland hochmütig, und nichts macht ihm größeres Vergnügen als vor den Ohren der großen Geister Westeuropas zu erklären, daß Rußland in jeder Hinsicht bankerott sei; aber was ihn selbst anlangt, nein, er ist über diese großen Geister Westeuropas schon weit hinausgestiegen: Die liefern alle nur Material für seine Witze. Er nimmt einen fremden Gedanken, verflicht damit das Gegenteil desselben, und der Witz ist fertig. Es gibt ein Verbrechen, es gibt kein Verbrechen; es gibt keine Wahrheit und keine Gerechten; der Atheismus, der Darwinismus, die Moskauer Glocken . . . Aber leider glaubt er an die Moskauer Glocken nicht mehr; Rom, der Lorbeer . . . Aber er glaubt nicht einmal an den Lorbeer . . . Da findet sich der obligate Anfall Byronschen Grames, eine Grimasse aus Heine, eine Äußerung von Lermontows Petschorin – und nun geht's los, nun geht's los, die Eisenbahn hat gepfiffen ... Und bei sich denkt er: »Übrigens lobt mich nur, lobt mich nur; das habe ich furchtbar gern; ich sage das ja nur so, daß ich die Feder hinlegen werde; wartet nur, ich werde euch noch dreihundertmal langweilen; ihr werdet es müde werden, mich zu lesen ...«

Selbstverständlich konnte die Sache kein harmonisches Ende haben; aber schlimm war, daß das üble Ende mit einem von ihm selbst begangenen entscheidenden Fehler anfing. Schon lange hatte Scharren, Schneuzen, Husten und alles Sonstiges begonnen, was stattzufinden pflegt, wenn bei einer literarischen Vorlesung der Vorleser, wer er auch sei, das Publikum länger als zwanzig Minuten in Anspruch nimmt. Aber der geniale Schriftsteller bemerkte davon nichts. Er fuhr fort zu lispeln und zu kauen, ohne jede Rücksicht auf das Publikum, so daß alle in Erstaunen gerieten. Da plötzlich ließ sich aus den hintersten Reihen eine einzelne, aber laute Stimme vernehmen:

»Herr Gott, was für Quatsch!«

Dieser Ausruf erfolgte ganz unwillkürlich, und ich bin überzeugt, daß damit keine Demonstration beabsichtigt war. Der Betreffende war einfach müde. Aber Herr Karmasinow hielt inne, warf einen spöttischen Blick auf das Publikum und lispelte mit der Würde eines beleidigten Kammerherrn:

»Ich langweile Sie wohl tüchtig, meine Herrschaften?«

Gerade das war ja nun ein Fehler von ihm, daß er als erster ein Gespräch begann; denn indem er auf diese Weise zu einer Antwort aufforderte, gab er eben dadurch dem ganzen Pöbel die Möglichkeit mitzureden und sozusagen sogar mit Fug und Recht, während, wenn er Zurückhaltung beobachtet hätte, sie sich wohl noch immer weiter geschneuzt haben würden, die Sache aber doch wohl noch einigermaßen leidlich abgelaufen wäre ... Vielleicht erwartete er Beifallklatschen als Antwort auf seine Frage; aber dergleichen erfolgte nicht; im Gegenteil, alle hatten gewissermaßen einen Schreck bekommen, krümmten sich zusammen und schwiegen.

»Sie haben Ancus Marcius überhaupt nie gesehen; das sind

Phrasen!« rief jemand in gereiztem Tone, ja, als ob ihm ein Schmerz zugefügt sei.

»Ganz richtig«, fiel sogleich ein anderer ein. »Heutzutage gibt es keine Geistererscheinungen, sondern nur Naturwissenschaften. Schlagen Sie im Naturgeschichtsbuch nach!«

»Meine Herrschaften, solche Einwände hatte ich am allerwenigsten erwartet«, erwiderte Karmasinow höchst erstaunt.

Das große Genie hatte sich in Karlsruhe vollständig von den Sitten seines Vaterlandes entwöhnt.

»In unserem Zeitalter ist es eine Schande zu sagen, daß die Welt auf drei Fischen ruhe«, rief ein junges Mädchen. »Daß Sie in eine Höhle zu einem Einsiedler hinabgestiegen wären, Karmasinow, ist ein Ding der Unmöglichkeit. Und wer spricht jetzt überhaupt von Einsiedlern?«

»Meine Herrschaften, am meisten wundere ich mich darüber, daß Sie das so ernst auffassen. Übrigens . . . übrigens . . . haben Sie durchaus recht. Niemand kann die realistische Wahrheit höher schätzen als ich . . .«

Er lächelte zwar ironisch, war aber stark betroffen. Sein Gesichtsausdruck besagte: »Ich bin ja gar nicht so einer, wie ihr meint; ich stehe ja ganz auf eurer Seite; nur lobt mich, lobt mich noch mehr, so viel wie möglich; das habe ich schrecklich gern . . .«

»Meine Herrschaften«, rief er endlich, nunmehr aufs tiefste verletzt, »ich sehe, daß mein geringes Dichtwerk hier kein Treffer gewesen ist. Und auch meine eigene Person ist hier wohl kein Treffer gewesen.«

»Er hat auf eine Krähe gezielt und eine Kuh getroffen«, rief ein wahrscheinlich betrunkener Dummkopf aus voller Kehle. Natürlich wäre es das Richtige gewesen, ihn gar nicht weiter zu beachten.

Allerdings ließ sich ein respektloses Lachen vernehmen.

»Eine Kuh, sagen Sie?« fiel Karmasinow sogleich ein. Seine Stimme war noch kreischender geworden. »Über Krähen und Kühe zu reden, dessen möchte ich mich enthalten, meine Herrschaften. Ich achte jedes Publikum zu sehr, um

mir Vergleiche, wenn auch unschuldiger Art, zu erlauben; aber ich hatte geglaubt . . .«
»Aber Sie, mein Herr, sollten nicht so sehr . . .« rief jemand aus den hintersten Reihen.
»Aber ich hatte gedacht, wenn ich die Feder niederlegte und vom Leser Abschied nähme, so würde man mich anhören . . .«
»Ja, ja, wir wollen hören, wir wollen hören!« ertönten endlich einige mutig gewordene Stimmen aus der ersten Reihe.
»Lesen Sie, lesen Sie!« fielen einige enthusiastische Damenstimmen ein, und endlich brach ein Beifallklatschen aus, das allerdings nur dünn und schwach war.
Karmasinow verzog den Mund zu einem schiefen Lächeln und erhob sich von seinem Platze.
»Seien Sie überzeugt, Karmasinow, daß alle es sich sogar zur Ehre anrechnen . . .« konnte sich die Frau Adelsmarschall selbst nicht enthalten zu bemerken.
»Herr Karmasinow«, ertönte auf einmal eine helle, jugendliche Stimme aus der Tiefe des Saales. Es war die Stimme eines sehr jungen Lehrers der Kreisschule, eines hübschen, ruhigen, anständigen jungen Menschen, der noch nicht lange in unserer Stadt wohnte. Er stand sogar von seinem Platze auf. »Herr Karmasinow, wenn ich das Glück hätte, mich so zu verlieben, wie Sie das geschildert haben, so hätte ich wahrhaftig über meine Liebe nichts in eine für eine öffentliche Vorlesung bestimmte Schrift aufgenommen . . .« Er war sogar ganz rot geworden.
»Meine Herrschaften«, rief Karmasinow, »ich schließe. Ich werde den letzten Abschnitt fortlassen und abtreten. Erlauben Sie mir nur noch, die Schlußzeilen vorzulesen!«
»Ja, lieber Leser, lebe wohl!« begann er sogleich aus seinem Manuskripte zu lesen, ohne sich noch einmal auf den Stuhl zu setzen. »Lebe wohl, lieber Leser! Ich spreche nicht einmal die dringende Bitte aus, daß wir als Freunde scheiden möchten: In der Tat, wozu soll ich dich mit einer solchen Bitte belästigen? Schimpfe sogar, o schimpfe auf mich, soviel du willst, wenn es dir Vergnügen macht! Das Beste aber

wäre, wenn wir einander für immer vergäßen. Und wenn Sie alle, liebe Leser, jetzt vor mir auf die Knie fielen und mich mit Tränen bäten: ›Schreibe, o schreibe um unsertwillen, Karmasinow, um des Vaterlandes willen, um der Nachwelt willen, um der Lorbeerkränze willen!‹ so würde ich auch dann, selbstverständlich mit höflichstem Danke, Ihnen antworten: ›Nein, wir haben uns schon genug miteinander abgemüht, liebe Landsleute, merci! Es ist Zeit, daß wir jeder seines Weges gehen! Merci, merci, merci!‹«

Karmasinow machte eine zeremonielle Verbeugung und begab sich ganz rot, wie wenn er gekocht wäre, hinter die Kulissen.

»Es wird überhaupt kein Mensch auf die Knie fallen; eine wunderliche Phantasie!«

»Ist das eine Eitelkeit!«

»Das ist nur Humor«, wollte ein Vernünftiger berichtigen.

»Nein, bleiben Sie uns mit Ihrem Humor vom Leibe!«

»Aber das ist doch eine Dreistigkeit, meine Herren!«

»Na, wenigstens hat er jetzt aufgehört.«

»War das aber eine Langeweile!«

Aber all diese groben Ausrufe der hinteren Reihen (übrigens nicht nur der hinteren) wurden nun übertönt durch das Beifallklatschen des übrigen Publikums. Karmasinow wurde herausgerufen. Mehrere Damen, an ihrer Spitze Julija Michailowna und die Frau Adelsmarschall, drängten sich bei der Estrade zusammen. Julija Michailowna hielt ein weißes Samtkissen in den Händen, auf dem ein prachtvoller Lorbeerkranz innerhalb eines anderen Kranzes von frischen Rosen lag.

»Lorbeeren!« sagte Karmasinow mit einem feinen, etwas boshaften Lächeln. »Ich bin natürlich gerührt und nehme diesen im voraus fertiggestellten, aber noch nicht verwelkten Kranz mit lebhaftem Gefühle des Dankes an; aber ich versichere Ihnen, mesdames, ich bin auf einmal ein solcher Realist geworden, daß ich meine, in unserem Zeitalter sind Lorbeeren in den Händen eines geschickten Koches weit mehr am Platze als in den meinigen . . .«

»Ja, ein Koch ist nützlicher«, rief jener selbe Seminarist, der in der »Sitzung« bei Wirginski gewesen war.

Die Ordnung wurde jetzt etwas gestört. Die Anwesenden sprangen aus vielen Reihen auf, um die Überreichung des Lorbeerkranzes mit anzusehen.

»Für einen Koch würde ich jetzt noch drei Rubel zulegen«, sagte eine andere Stimme laut, sogar sehr laut und mit starkem Nachdruck.

»Ich auch.«

»Ich auch.«

»Ist denn hier wirklich kein Büfett?«

»Meine Herren, das ist einfach Betrug . . .«

Übrigens muß ich bekennen, daß diese zügellosen Herren sich noch stark vor unseren Würdenträgern und vor dem im Saale anwesenden Polizeikommissar fürchteten. Nach ungefähr zehn Minuten war alles wieder einigermaßen zum Sitzen gekommen; aber die frühere Ordnung existierte nicht mehr. Und gerade in dieses beginnende Chaos geriet der arme Stepan Trofimowitsch hinein . . .

IV

Ich lief jedoch noch einmal zu ihm hinter die Kulissen und teilte ihm ganz außer mir in der Geschwindigkeit mit, daß meiner Ansicht nach alles verloren sei und er am besten tun würde, überhaupt nicht aufzutreten, sondern sofort nach Hause zu fahren, allenfalls mit der Begründung, daß er von Cholerine befallen sei; ich würde ebenfalls die Schleife ablegen und mit ihm mitkommen. Er war in diesem Augenblicke schon auf die Estrade getreten, blieb plötzlich stehen, sah mich hochmütig vom Kopfe bis zu den Füßen an und sagte feierlich:

»Warum halten Sie mich einer so unwürdigen Handlungsweise für fähig, mein Herr?«

Ich trat zurück. So sicher wie davon, daß zweimal zwei vier ist, war ich überzeugt, daß er von dort nicht ohne eine Katastrophe wieder wegkommen werde. Während ich in

tiefer Niedergeschlagenheit dastand, fiel mir wieder die Gestalt des fremden Professors in die Augen, der nach Stepan Trofimowitsch an die Reihe kommen sollte und vorhin immer die Faust in die Höhe gehoben und in vollem Schwunge hatte niederfallen lassen. Er ging immer noch ebenso, in Gedanken vertieft, auf und ab und murmelte mit einem boshaften, triumphierenden Lächeln etwas vor sich hin. Fast ohne jede Absicht (eine Art von innerem Drange trieb mich) trat ich auch zu ihm heran.
»Wissen Sie«, sagte ich, »aus vielen Beispielen steht fest, daß wenn ein Vorleser das Publikum mehr als zwanzig Minuten lang in Anspruch nimmt, dieses nicht mehr zuhört. Selbst Zelebritäten können sich nicht eine halbe Stunde lang behaupten . . .«
Er blieb plötzlich stehen und fing sogar am ganzen Leibe an zu zittern, wie wenn er schwer beleidigt wäre. Ein maßloser Hochmut prägte sich auf seinem Gesichte aus.
»Machen Sie sich darüber keine Sorge!« murmelte er geringschätzig und ging vorbei.
In diesem Augenblicke wurde im Saale Stepan Trofimowitschs Stimme vernehmbar. »Ach, hol euch alle der Teufel!« dachte ich und lief in den Saal.
Stepan Trofimowitsch hatte sich auf den Sessel niedergelassen, während die Unordnung noch fortdauerte. In den ersten Reihen empfing man ihn offenbar mit unfreundlichen Blicken. (Im Klub mochte man ihn in der letzten Zeit nicht mehr recht leiden und schätzte ihn weit weniger als früher.) Übrigens war auch das schon ein Glück, daß nicht gezischt wurde. Schon seit dem vorhergehenden Tage wollte mir ein sonderbarer Gedanke nicht aus dem Kopfe gehen: Ich meinte immer, man würde ihn gleich bei seinem Erscheinen auszischen. Indessen wurde er infolge der noch fortdauernden Unordnung nicht einmal sofort bemerkt. Worauf konnte dieser Mensch hoffen, wenn die Zuhörer schon mit Karmasinow so umgesprungen waren? Er war blaß; seit zehn Jahren war er nicht vor das Publikum hingetreten. Aus seiner Aufregung und aus allen sonstigen Anzeichen, die ich an ihm nur zu gut kannte, war es mir klar, daß auch er selbst

sein jetziges Erscheinen auf der Estrade als etwas für sein Schicksal Entscheidendes oder dergleichen ansah. Und gerade das war es, was ich fürchtete. Dieser Mensch war mir teuer. Wie wurde mir aber zumute, als er die Lippen öffnete und ich seinen ersten Satz hörte!

»Meine Herrschaften!« begann er in einem Tone, wie wenn er zu allem entschlossen wäre, und dabei doch mit fast versagender Stimme. »Meine Herrschaften! Noch heute morgen lag vor mir eines jener neuerdings hier verbreiteten gesetzwidrigen Blätter, und ich legte mir zum hundertsten Male die Frage vor: Worin besteht ihr Geheimnis?«

Der ganze Saal war mit einem Schlage still geworden; alle Blicke hatten sich ihm zugewandt, manche mit einem Ausdrucke von Angst. Man mußte es ihm lassen: Er hatte es verstanden, gleich beim ersten Worte das Interesse zu erregen. Sogar hinter den Kulissen streckten sich Köpfe hervor; Liputin und Ljamschin hörten mit einer Art von Gier zu. Julija Michailowna winkte mich wieder mit der Hand zu sich heran.

»Halten Sie ihn zurück, halten Sie ihn um jeden Preis zurück!« flüsterte sie mir aufgeregt zu.

Ich zuckte nur mit den Achseln; war es etwa möglich, einen Menschen, der in dieser Weise zu allem entschlossen war, zurückzuhalten? O weh, ich verstand Stepan Trofimowitschs Absicht.

»Ah, von den Proklamationen spricht er!« flüsterte man im Publikum; der ganze Saal geriet in unruhige Bewegung.

»Meine Herrschaften, ich habe dieses ganze Geheimnis ergründet. Das ganze Geheimnis ihrer Wirkung besteht in ihrer Dummheit!« (Seine Augen funkelten.) »Ja, meine Herrschaften, wäre das eine beabsichtigte, planmäßig imitierte Dummheit, oh, dann wäre das sogar genial! Aber man muß diesen Blättern Gerechtigkeit widerfahren lassen: Sie imitieren nichts. Das ist die nackteste, einfältigste, simpelste Dummheit, c'est la bêtise dans son essence la plus pure, quelque chose comme un simple chimique. Wäre das, was darin gesagt wird, auch nur um eine Spur verständiger, so würde jedermann sofort die ganze Armseligkeit dieser simplen Dummheit erkennen. Aber jetzt stutzen alle verwundert: Niemand mag glauben, daß es wirklich so bodenlos dumm ist. ›Es muß doch etwas dahinterstecken‹, sagt sich jeder, sucht einen verborgenen Sinn, sieht darin ein Geheimnis, möchte zwischen den Zeilen lesen – und der Effekt ist da! Oh, noch nie hat die Dummheit eine so großartige Belohnung erhalten, trotzdem ihr Belohnungen so oft verdientermaßen zuteil geworden sind . . . Denn, en parenthèse, die Dummheit wie das höchste Genie sind in den Geschicken der Menschheit in gleicher Weise nützlich.«

»Witzworte aus den vierziger Jahren!« bemerkte zunächst jemand, indes in sehr bescheidenem Tone. Aber gleich nach ihm brach ein Sturm los; es wurde gelärmt und geschrien.

»Meine Herrschaften, Hurra! Ich bringe ein Hoch aus auf die Dummheit!« rief Stepan Trofimowitsch, der in vollständiger Raserei den ganzen Saal herausforderte.

Ich lief zu ihm hin, indem ich tat, als ob ich ihm Wasser eingießen wollte.

»Stepan Trofimowitsch, hören Sie damit auf; Julija Michailowna bittet Sie dringend . . .«

»Nein, lassen Sie mich, Sie junger Müßiggänger!« schrie er mich aus voller Kehle an.

Ich lief von ihm weg.

»Messieurs!« fuhr er fort; »wozu die Aufregung, wozu das Geschrei der Entrüstung, das ich höre? Ich bin mit dem Ölzweige hergekommen. Ich werde noch ein letztes Wort hierüber sagen (denn in dieser Sache steht mir das letzte Wort zu), und aufgrund dessen werden wir uns versöhnen.«

»Hinaus!« riefen die einen.

»Still, lassen Sie ihn reden, lassen Sie ihn sich aussprechen!« brüllte ein anderer Teil.

Besonders aufgeregt war der junge Lehrer, der nachdem er einmal Mut zum Reden gefaßt hatte, nun, wie es schien, nicht aufhören konnte.

»Messieurs, das letzte Wort in dieser Sache ist: Generalpardon. Ich, ein abgelebter alter Mann, erkläre feierlich, daß in der jungen Generation der Geist des Lebens wie früher weht und die lebendige Kraft nicht versiegt ist. Der Enthusiasmus der modernen Jugend ist ebenso rein und leuchtend wie der unserer Zeiten. Nur eines ist vorgegangen: Die Ziele haben sich geändert; eine Schönheit ist durch eine andere ersetzt worden! Der ganze Zweifel besteht nur darin: Was ist schöner, Shakespeare oder ein Paar Stiefel, ein Raffaelsches Gemälde oder Petroleum?«

»Das ist eine Denunziation!« brummten manche.

»Kompromittierende Erörterungen!«

»Agent-provocateur!«

»Aber ich erkläre«, kreischte Stepan Trofimowitsch in hitzigster Erregung weiter, »aber ich erkläre, daß Shakespeare und Raffael höher stehen als die Bauernbefreiung, höher als die Nationalität, höher als der Sozialismus, höher als die junge Generation, höher als die Chemie, höher als die ganze Menschheit; denn sie sind die Frucht, die wahre Frucht der ganzen Menschheit und vielleicht die höchste Frucht, die es überhaupt nur geben kann! Die ideale Form der Schönheit ist bereits erreicht; wäre sie nicht erreicht, so würde ich vielleicht nicht einmal leben mögen . . . O Gott!« rief er und schlug die Hände zusammen, »vor zehn Jahren habe ich ganz ebenso in Petersburg von einer Estrade gesprochen, ganz ebenso und mit denselben Worten, und in ganz derselben Weise wie jetzt haben sie nichts begriffen, sondern gelacht und gezischt; ihr törichten Menschen, was für ein Mangel hindert euch denn am Verständnis? Wissen Sie wohl, wissen Sie wohl, daß ein Fortbestehen der Menschheit möglich ist ohne die Engländer, möglich ist ohne Deutschland, sehr möglich ist ohne die Russen, möglich ist ohne Wissenschaft, möglich ist ohne Brot, und daß es nur ohne die Schönheit unmöglich ist; denn dann wäre auf der Welt überhaupt nichts mehr anzufangen! Das ist das ganze Geheimnis, die ganze Sache! Selbst die Wissenschaft kann nicht einen Augenblick ohne die Schönheit bestehen; hören Sie wohl, Sie, die Sie da lachen; sie verwandelt sich in ein Lakaientum; auf diese Art kann man nicht einmal einen Nagel erfinden! . . . Ich gebe nicht nach!« schrie er sinnlos zum Schlusse und schlug aus aller Kraft mit der Faust auf den Tisch.

Aber während er so ohne Vernunft und Ordnung kreischend redete, hatte die Ordnung im Saale aufgehört. Viele waren von ihren Plätzen aufgesprungen; manche hatten sich nach vorn gedrängt, näher an die Estrade heran. All das ging weit schneller vor sich, als ich es erzähle, und es war keine Zeit, Maßregeln dagegen zu ergreifen. Vielleicht wollte man es auch nicht.

»Ja, Sie haben es gut, Sie Glückspilze; Sie sitzen im Fettöpfchen!« brüllte dicht bei der Estrade jener selbe Seminarist und fletschte vergnügt die Zähne gegen Stepan Trofimowitsch.

Dieser bemerkte es und sprang an den Rand der Estrade.

»Habe ich nicht selbst soeben erklärt, daß der Enthusiasmus bei der jungen Generation ebenso rein und leuchtend ist, wie er es früher war, und daß sie nur deswegen zugrunde geht, weil sie sich über die Formen des Schönen im Irrtum befindet? Genügt Ihnen das noch nicht? Und wenn Sie dann noch bedenken, daß das ein gebeugter, schwer gekränkter Vater gesagt hat, kann man da wirklich, was Unparteilichkeit und Ruhe der Anschauung anlangt, einen höheren Standpunkt einnehmen, o ihr törichten Menschen? ... Ihr Undankbaren; ihr Ungerechten, warum, warum wollt ihr euch nicht versöhnen? ...«

Und plötzlich brach er in ein krampfhaftes Schluchzen aus. Er wischte sich mit den Fingern die herabrinnenden Tränen weg. Seine Schultern und seine Brust schütterten vor Schluchzen ... Er hatte alles in der Welt vergessen.

Ein gewaltiger Schrecken ergriff das Publikum; fast alle erhoben sich von ihren Plätzen. Auch Julija Michailowna sprang schnell auf, faßte ihren Gemahl unter den Arm und zog ihn von seinem Sessel in die Höhe ... Es entstand ein grenzenloser Lärm.

»Stepan Trofimowitsch!« schrie der Seminarist fröhlich. »Hier in der Stadt und in der Umgegend treibt sich jetzt der Sträfling Fedka umher, der von der Zwangsarbeit entwichen ist. Er raubt und hat erst kürzlich einen neuen Mord begangen. Gestatten Sie die Frage: Wenn Sie ihn nicht vor fünfzehn Jahren zum Militär verkauft hätten, um eine Karten-Spielschuld zu bezahlen, das heißt einfach, wenn Sie ihn nicht im Kartenspiel verloren hätten, sagen Sie mal, wäre er dann ins Zuchthaus geraten? Würde er dann Menschen ermorden, wie er es jetzt im Kampfe ums Dasein tut? Was sagen Sie, Herr Ästhetiker?«

Ich verzichte darauf, die nun folgende Szene zu schildern. Zunächst erscholl ein wütendes Beifallklatschen. Nicht alle klatschten, sondern nur etwa der fünfte Teil der im Saale Anwesenden; aber diese klatschten eben wütend. Das ganze übrige Publikum strömte dem Ausgange zu; aber da der applaudierende Teil des Publikums sich nach vorn zur Estrade hindrängte, so war das Resultat eine allgemeine Verwirrung. Die Frauen schrien auf; einige junge Mädchen fingen an zu weinen und baten, man möchte sie nach Hause bringen. Lembke stand neben seinem Stuhle und ließ befremdet seine Augen zu wiederholten Malen durch den Saal schweifen. Julija Michailowna hatte völlig die Fassung verloren, zum erstenmal seit sie in unserer Stadt lebte. Was Stepan Trofimowitsch anlangt, so schien er im ersten Augenblick durch die Worte des Seminaristen buchstäblich niedergeschmettert zu sein; aber auf einmal hob er beide Arme in die Höhe, wie wenn er sie über das Publikum hinstrecken wollte, und schrie:

»Ich schüttle den Staub von meinen Füßen und spreche einen Fluch aus ... Es ist alles zu Ende ... alles zu Ende ...«

Er wandte sich um und lief, indem er drohend die Arme schwenkte, hinter die Kulissen.

»Er hat die Gesellschaft beleidigt! ... Werchowenski soll wieder herauskommen!« brüllten die Wütenden.

Sie wollten sogar hinter ihm herstürzen und ihm nachsetzen. Sie zu beruhigen, war unmöglich, wenigstens in diesem Augenblicke, und – auf einmal schlug die endgültige Katastrophe wie eine Bombe in die Versammlung ein und explodierte in ihrer Mitte: Der dritte Vorleser, jener Schauspieler, der immer hinter den Kulissen die Faust geschwungen hatte, kam plötzlich auf die Bühne gelaufen.

Er sah vollständig wie ein Verrückter aus. Mit einem breiten, triumphierenden Lächeln voll maßlosen Selbstbewußtseins überschaute er den aufgeregten Saal und schien sich selbst über die Unordnung zu freuen. Es setzte ihn nicht im geringsten in Verlegenheit, daß er in einem solchen Wirrwarr lesen sollte; im Gegenteil hatte er offenbar sein Vergnügen daran. Das war so offensichtlich, daß es sogleich die Aufmerksamkeit auf ihn lenkte.

»Was gibt es da noch?« wurde gefragt. »Wer ist das noch? Ssst! Was will er sagen?«

»Meine Herrschaften!« schrie der Schauspieler, ganz am Rande der Estrade stehend, aus voller Kehle und fast mit ebenso weibisch kreischender Simme wie Karmasinow, nur ohne das vornehme Lispeln. »Meine Herrschaften! Vor zwanzig Jahren, am Vorabende eines Krieges mit halb Europa, stand Rußland in den Augen aller Staats- und Geheimräte als ein Ideal da! Die Literatur stand unter Zensur; auf den Universitäten wurden Vorlesungen über das Exerzieren gehalten; die Armee hatte sich in ein Ballett verwandelt; das Volk aber bezahlte Steuern und schwieg unter der Knute der Leibeigenschaft. Der Patriotismus bestand darin, daß man Bestechungsgelder von Lebenden und Toten erpreßte. Wer keine Bestechungsgelder nahm, galt als Rebell; denn er störte die Harmonie. Die Birkenhaine wurden vernichtet, um der Ordnung zu Hilfe zu kommen. Westeuropa zitterte. Aber noch niemals ist Rußland im Laufe des ganzen einfältigen Jahrtausends seines Bestehens zu einem so schmählichen Zustande gelangt . . .«

Er hob die Faust in die Höhe, schwenkte sie wild und drohend über seinem Kopfe und ließ sie dann auf einmal wütend niederfallen, wie wenn er einen Gegner in Grund und Boden schmettere. Ein wütendes Geheul erscholl von allen Seiten; ein betäubendes Beifallklatschen erdonnerte. Es applaudierte schon fast die Hälfte des Saales; sie ließen sich ganz harmlos mitreißen: Rußland wurde vor allem Volke öffentlich beschimpft; mußte man da nicht brüllen vor Entzücken?

»Ja, so ist es! Das ist richtig! Hurra! Nein, das ist nun mal kein Ästhetiker!«
Der Schauspieler fuhr enthusiastisch fort:
»Seitdem sind zwanzig Jahre vergangen. Die Universitäten sind geöffnet und haben sich vermehrt. Das Exerzieren ist zur Legende geworden; an Offizieren fehlen zum vollen Bestande Tausende. Die Eisenbahnen haben alle Kapitalien aufgezehrt und Rußland wie mit einem Spinnennetze überzogen, so daß man etwa in fünfzehn Jahren vielleicht auch wird irgendwohin fahren können. Die Brücken brennen nur selten ab; die Städte aber verbrennen regelmäßig, in der festgesetzten Ordnung, der Reihe nach, in der Saison der Feuersbrünste. Bei den Gerichten werden salomonische Urteile gefällt, und die Geschworenen nehmen nur im Kampfe um das Dasein Bestechungsgelder an, wenn sie nahe daran sind zu verhungern. Die freigelassenen Leibeigenen prügeln sich gegenseitig mit Ruten, wie es ihnen früher die Gutsbesitzer taten. Meere und Ozeane von Branntwein werden ausgetrunken zum Besten des Staatssäckels, und in Nowgorod ist gegenüber der alten, nutzlosen Sophienkathedrale feierlich eine kolossale Bronzekugel zur Erinnerung an die tausendjährige Dauer der nunmehr vergangenen Unordnung und Unvernunft aufgestellt worden.* Westeuropa macht ein finsteres Gesicht und beginnt von neuem unruhig zu werden ... Fünfzehn Jahre der Reformen! Und doch ist Rußland noch nie, nicht einmal in den schlimmsten Zeiten seiner Unvernunft, zu einem so schmählichen Zustande gelangt ...«
Die letzten Worte waren wegen des Gebrülles der Menge nicht zu verstehen. Man sah nur, wie er wieder den Arm in die Höhe hob und ihn noch einmal siegreich niederfallen ließ. Die Begeisterung überschritt alle Grenzen: Man heulte, schlug in die Hände, manche Damen riefen sogar: »Genug! Etwas Besseres können Sie nicht mehr sagen!« Die Leute waren wie betrunken. Der Redner ließ seine Augen

* Gemeint ist das in Nowgorod im Jahre 1862 zur Feier des tausendjährigen Bestehens des russischen Reiches errichtete Rurikdenkmal: auf einem runden Sockel ruht ein großer Reichsapfel. (A. d. Ü.)

über alle dahinschweifen und zerschmolz gewissermaßen im Gefühle seines Triumphes. Ich sah flüchtig, daß Lembke in unbeschreiblicher Aufregung jemandem etwas befahl. Julija Michailowna, die ganz blaß geworden war, sagte hastig etwas zu dem Fürsten, der eilig zu ihr herangetreten war . . . Aber in diesem Augenblicke kam ein ganzer Haufe, etwa sechs Menschen von mehr oder weniger amtlichem Charakter, aus den Kulissen auf die Estrade gestürzt; sie ergriffen den Redner und zogen ihn hinter die Kulissen. Ich begreife nicht, wie er es möglich machte, sich von ihnen wieder loszureißen; aber es gelang ihm; er sprang von neuem bis an den Rand der Estrade vor und schrie noch einmal, so laut er konnte, unter starkem Schwingen der Faust:

»Aber noch nie ist Rußland zu einem so schmählichen Zustande gelangt . . .«

Aber da zogen sie ihn von neuem fort. Ich sah, wie vielleicht fünfzehn Menschen, um ihn zu befreien, hinter die Kulissen eilten, aber nicht über die Estrade hinweg, sondern seitwärts, wobei sie eine leichte Barriere zerbrachen, so daß diese schließlich auch umfiel . . . Ich sah dann (ich traute meinen Augen nicht), daß plötzlich von irgendwoher eine Studentin, die Schwester Wirginskis, auf die Estrade sprang, mit derselben Papierrolle unter dem Arme, ebenso gekleidet, ebenso rot, ebenso wohlgenährt, von zwei, drei Frauen und zwei, drei Männern umgeben und in Begleitung ihres Todfeindes, des Gymnasiasten. Ich verstand sogar noch ihre Worte: »Meine Herrschaften, ich bin hergekommen, um von den Leiden der unglücklichen Studenten zu sprechen und sie aller Orten zum Protest aufzurufen.«

Aber ich lief fort. Meine Schleife steckte ich in die Tasche und gelangte durch einen mir bekannten hinteren Ausgang auf die Straße. Vor allem eilte ich natürlich zu Stepan Trofimowitsch.

## ZWEITES KAPITEL

### *Der Schluß des Festes*

### I

Er nahm meinen Besuch nicht an. Er hatte sich eingeschlossen und schrieb. Auf mein wiederholtes Klopfen und Rufen antwortete er durch die Tür:

»Mein Freund, ich habe meine Rechnung ganz abgeschlossen; wer kann noch etwas von mir fordern?«

»Sie haben keine Rechnung abgeschlossen, sondern nur dazu beigetragen, daß alles zusammengestürzt ist. Um Gottes willen, lassen Sie die witzigen Redensarten, Stepan Trofimowitsch, und machen Sie auf! Wir müssen Maßregeln ergreifen; am Ende kommen Ihre Feinde noch her und beleidigen Sie . . .«

Ich hielt mich für berechtigt, besonders nachdrücklich und sogar gebieterisch zu reden. Ich fürchtete, er werde irgend etwas noch Sinnloseres unternehmen. Aber zu meiner Verwunderung stieß ich bei ihm auf eine ungewöhnliche Festigkeit.

»Seien Sie nicht der erste, der mich beleidigt! Ich danke Ihnen für alles Frühere; aber ich wiederhole: Ich habe meine Rechnung mit den Menschen ganz abgeschlossen, mit den guten und mit den bösen. Ich schreibe einen Brief an Darja Pawlowna, die ich bisher in so unverzeihlicher Weise vergessen habe. Tragen Sie ihn ihr morgen hin, wenn Sie wollen; aber jetzt: merci!«

»Stepan Trofimowitsch, ich versichere Sie: Die Sache ist ernster, als Sie meinen. Sie meinen, Sie hätten dort jemanden zermalmt? Sie haben niemanden zermalmt, sondern sind selbst zerschlagen worden wie ein leeres Fläschchen« (oh, ich war grob und unhöflich; ich erinnere mich daran mit Betrübnis!). »An Darja Pawlowna zu schreiben haben Sie schlechterdings keinen Anlaß . . . und was werden Sie jetzt ohne meinen Beistand anfangen? Was verstehen Sie vom praktischen Leben? Sie haben gewiß noch irgenwelche

besonderen Pläne? Sie werden nur noch einmal Malheur haben, wenn Sie wieder so etwas aushecken . . .«
Er stand auf und trat dicht an die Tür heran.
»Sie haben noch nicht lange mit jenen Menschen verkehrt, haben sich aber doch schon von ihrer Sprache und ihrem Tone anstecken lassen; Dieu vous pardonne, mon ami, et Dieu vous garde! Aber ich habe an Ihnen immer einen anständigen Kern bemerkt, und daher werden Sie sich vielleicht noch ändern – après le temps natürlich, wie wir Russen alle. Was Ihre Bemerkung über mein unpraktisches Wesen anlangt, so erinnere ich Sie an einen Gedanken, den ich neulich aussprach: Daß bei uns in Rußland eine Unmenge von Menschen ihr Amüsement darin finden, mit besonderem Ingrimm und mit einer Zudringlichkeit, wie Fliegen im Sommer, über das unpraktische Wesen anderer Leute herzufallen und all und jeden dieses Fehlers zu beschuldigen, nur sich selbst nicht. Cher, vergessen Sie nicht, daß ich sehr aufgeregt bin, und quälen Sie mich nicht! Noch einmal sage ich Ihnen merci für alles, und dann lassen Sie uns voneinander scheiden wie Karmasinow vom Publikum, das heißt, vergessen wir einander möglichst edelmütig! Allerdings war es von ihm nur ein schlaues Manöver, daß er seine bisherigen Leser dringend bat, ihn zu vergessen; quant à moi, so bin ich nicht so selbstsüchtig und hoffe vor allem auf die Jugendlichkeit Ihres unverdorbenen Herzens: Wie sollten Sie denn lange an einen nutzlosen alten Mann denken? ›Leben Sie weiter!‹ mein Freund, wie mir das an meinem letzten Namenstage Nastasja wünschte (ces pauvres gens ont quelquefois des mots charmants et pleins de philosophie). Ich wünsche Ihnen nicht viel Glück; das Glück langweilt. Ich wünsche Ihnen auch nicht Unglück. Sondern ich wiederhole einfach gemäß der Volksphilosophie: ›Leben Sie weiter!‹ und bemühen Sie sich, sich nicht allzusehr zu langweilen! Diesen gehaltlosen Wunsch füge ich aus dem Meinigen hinzu. Nun leben Sie wohl, leben Sie in allem Ernste wohl! Und bleiben Sie nicht an meiner Tür stehen; ich werde nicht aufschließen.«
Er ging weg, und ich erreichte nichts weiter. Trotz der von

ihm erwähnten Aufregung hatte er fließend, ohne Hast und energisch gesprochen und offenbar gewünscht, auf mich Eindruck zu machen. Gewiß hatte er sich über mich ein bißchen geärgert und wollte sich nun indirekt an mir rächen, vielleicht noch wegen des gestrigen Bauernwagens und der auseinandergehenden Dielen. Die Tränen, die er am Vormittag vor dem Publikum vergossen hatte, hatten ihn trotz einer Art von Sieg dennoch (das wußte er) in eine etwas komischen Situation gebracht, und es gab keinen Menschen, der um die strenge Innehaltung einer schönen Form im Verkehr mit Freunden so besorgt gewesen wäre wie Stepan Trofimowitsch. Oh, ich klage ihn nicht an! Aber diese Pedanterie und Spottlust, die sich bei ihm trotz aller Erschütterungen erhalten hatten, beruhigten mich damals: Ein Mensch, der anscheinend so wenig von seinem sonstigen steten Wesen abgegangen war, konnte schließlich in diesem Augenblicke nicht zu etwas Tragischem oder Ungewöhnlichem Lust verspüren. So urteilte ich damals, und, o Gott, wie irrte ich mich! Ich hatte dabei gar zu vieles außer acht gelassen! ...

Den Ereignissen vorgreifend führe ich hier die ersten Zeilen des Briefes an Darja Pawlowna an, den diese wirklich am folgenden Tage empfing.

»Mon enfant, meine Hand zittert; aber ich habe mit allem abgeschlossen. Sie waren bei meinem letzten Zusammenstoße mit den Menschen nicht zugegen; Sie waren nicht zu dieser ›Vorlesung‹ gekommen, und Sie hatten gut daran getan. Aber man wird Ihnen erzählen, daß in unserem an Charakteren so armen Rußland ein kühner Mann aufgestanden ist und trotz der furchtbarsten Bedrohungen, mit denen er von allen Seiten überschüttet wurde, diesen Dummköpfen die Wahrheit gesagt hat, nämlich, daß sie Dummköpfe sind. O, ce sont de pauvres petits vauriens et rien de plus, de petits Dummköpfe, voilà le mot! Der Würfel ist geworfen; ich verlasse diese Stadt für immer und weiß nicht, wohin ich gehe. Alle, die ich geliebt habe, haben sich von mir abgewandt. Aber Ihnen, Sie reines, kindliches Wesen, Ihnen, Sie sanftes Geschöpf, dessen Schicksal sich nach dem Willen eines launenhaften, herrschsüchtigen Herzens beinah mit dem meinigen vereinigt hätte, Ihnen, die Sie mich vielleicht mit Geringschätzung angesehen haben, als ich kurz vor unserer nicht zustandegekommenen Ehe kleinmütige Tränen vergoß, Ihnen, die Sie, wie Sie auch immer sein mögen, mich notwendigerweise als eine komische Person betrachten müssen, o Ihnen, Ihnen gilt der letzte Aufschrei meines Herzens, gegen Sie habe ich meine letzte Pflicht zu erfüllen, nur gegen Sie! Ich kann Sie nicht für immer in der Meinung belassen, daß ich ein undankbarer Tor, ein grober Egoist sei, wie Ihnen das wahrscheinlich ein undankbares, grausames Herz, das ich leider nicht vergessen kann, täglich von mir versichert . . .«

Und so weiter, und so weiter, im ganzen vier Seiten großen Formates.

Nachdem ich zur Antwort auf sein »Ich werde nicht aufschließen« dreimal mit der Faust gegen die Tür geschlagen und ihm nachgerufen hatte, er werde noch heute Nastasja dreimal zu mir schicken, um mich zu holen, ich würde aber nicht kommen, verließ ich ihn und eilte zu Julija Michailowna.

## II

Hier wurde ich Zeuge einer aufregenden Szene: Die arme Frau wurde, ihr gerade ins Gesicht, belogen und betrogen, und ich konnte nichts dabei tun. In der Tat, was konnte ich ihr sagen? Ich war schon einigermaßen zur Besinnung gekommen und zu der Anschauung gelangt, daß ich nur gewisse Empfindungen und argwöhnische Vermutungen hätte, aber weiter nichts. Ich fand sie in Tränen, beinah in Krämpfen; sie befeuchtete sich das Angesicht mit Eau de Cologne und trank ab und zu Wasser aus einem Glase. Vor ihr stand Pjotr Stepanowitsch, der ohne Unterbrechung redete, und der Fürst, welcher schwieg, als ob er ein Schloß vor dem Munde hätte. Mit Tränen und Geschrei machte sie Pjotr Stepanowitsch Vorwürfe wegen seiner »Abtrünnigkeit«. Von vornherein überraschte es mich, daß sie den ganzen Mißerfolg, den ganzen schmählichen Verlauf dieses Vormittages, mit einem Worte alles einzig und allein darauf zurückführte, daß Pjotr Stepanowitsch nicht dabei gewesen war.

An ihm selbst bemerkte ich eine wichtige Veränderung: Er war anscheinend über irgend etwas sehr in Sorge, ja er war beinah ernst. Gewöhnlich sah er nie ernst aus; er lachte immer, sogar wenn er ärgerlich war, und er war oft ärgerlich. Oh, er war auch jetzt ärgerlich und redete grob, nachlässig, mürrisch und ungeduldig. Er versicherte, er habe in der Wohnung Gaganows, den er zufällig früh morgens besucht habe, Kopfschmerzen und Erbrechen bekommen. Leider hatte die arme Frau die größte Lust, sich noch weiter betrügen zu lassen! Die wichtigste Frage, die bei meiner Ankunft verhandelt wurde, war, ob der Ball, das heißt die ganze zweite Hälfte des Festes, stattfinden solle oder nicht. Julija Michailowna erklärte, sie werde »nach den Beleidigungen von vorhin« um keinen Preis auf dem Balle erscheinen; mit andern Worten, sie wünschte dringend, dazu gezwungen zu werden, und zwar gerade von ihm, von Pjotr Stepanowitsch. Sie betrachtete ihn wie ein Orakel und würde sich, wenn er sogleich weggegangen wäre, ins Bett gelegt haben. Aber er wollte gar nicht weggehen: Er selbst wollte durchaus, daß der Ball heute stattfände und Julija Michailowna unbedingt auf ihm erschiene.

»Na, was ist da zu weinen? Müssen Sie denn durchaus eine Szene machen und an jemandem Ihren Ärger auslassen? Na, lassen Sie ihn immerhin an mir aus, aber recht schnell; denn die Zeit vergeht, und wir müssen zu einem Entschlusse kommen. Haben wir mit der Vorlesung Pech gehabt, so wollen wir es mit dem Balle wieder wettmachen. Da, der Fürst ist derselben Meinung. Ja, wenn der Fürst nicht dagewesen wäre, wie wäre die Sache dann erst abgelaufen?«

Der Fürst war anfänglich gegen den Ball (das heißt gegen Julija Michailownas Erscheinen auf dem Balle; der Ball selbst mußte in jedem Falle stattfinden); aber nach zwei oder drei solchen Berufungen auf seine Meinung fing er allmählich an zum Zeichen der Zustimmung zu brummen.

In Erstaunen versetzte mich auch Pjotr Stepanowitschs ganz ungewöhnlich unhöflicher Ton. Oh, mit Entrüstung weise ich das nachher verbreitete gemeine Geklätsch zurück, als ob Julija Michailowna mit Pjotr Stepanowitsch irgendwelches Verhältnis gehabt habe. Es hat nichts Derartiges bestanden, und es konnte auch gar nichts Derartiges bestehen. Er hatte nur dadurch eine so große Macht über sie erlangt, daß er ihr gleich von Anfang an bei ihren phantastischen Hoffnungen, auf die Gesellschaft und auf das Ministerium Einfluß zu gewinnen, aus aller Kraft zugestimmt hatte, auf ihre Pläne eingegangen war, ihr solche selbst entworfen, die gröbste Schmeichelei bei ihr zur Anwendung gebracht, sie vom Kopf bis zu den Füßen umstrickt hatte und ihr so notwendig geworden war wie die Luft. Als sie mich erblickte, rief sie mit funkelnden Augen:

»Da, fragen Sie ihn! Er ist ebenfalls, gerade wie der Fürst, die ganze Zeit über nicht von meiner Seite gewichen. Sagen Sie, ist es nicht deutlich, daß das alles ein Komplott ist, ein gemeines, schlaues Komplott, um mir und Andrej Antonowitsch alles mögliche Böse anzutun. Oh, sie haben sich verschworen! Sie hatten einen bestimmten Plan. Das ist eine geschlossene Partei, eine ganze Partei!«

»Sie gehen zu weit, wie immer. Sie haben stets Phantasiegebilde im Kopf. Ich freue mich übrigens über die Anwesenheit dieses Herrn« (er tat, als hätte er meinen Namen vergessen); »er wird Ihnen seine Ansicht sagen.«

»Meine Ansicht«, beeilte ich mich zu erwidern, »stimmt in allen Punkten mit Julija Michailownas Ansicht überein. Daß ein Komplott vorliegt, ist klar. Ich habe Ihnen diese Bänder zurückgebracht, Julija Michailowna. Ob der Ball stattfindet oder nicht, das ist natürlich nicht meine Sache, da ich darüber nichts zu sagen habe; aber meine Rolle als Festordner ist beendet. Verzeihen Sie meine Heftigkeit; aber ich kann nicht gegen die gesunde Vernunft und gegen meine Überzeugung handeln.«

»Hören Sie, hören Sie!« rief sie und schlug die Hände zusammen.
»Ich höre«, versetzte er. »Und nun ein Wort zu Ihnen«, wandte er sich an mich. »Ich glaube, Sie haben alle irgendein Tollkraut gegessen, von dem Sie so irrereden. Meiner Ansicht nach hat sich nichts zugetragen, absolut nichts, was nicht auch früher schon passiert wäre, und was nicht immer in dieser Stadt passieren könnte. Was für ein Komplott soll denn stattgefunden haben? Es ist ein häßlicher, schmählich dummer Vorfall gewesen; aber wo ist da ein Komplott zu finden? Und ein Komplott gegen Julija Michailowna, die doch gerade diese Menschen verzogen und patronisiert und ihnen all ihre leichtfertigen Streiche unverdientermaßen verziehen hat? Julija Michailowna! Was habe ich Ihnen einen ganzen Monat lang unaufhörlich wiederholt? Wovor habe ich Sie gewarnt? Wozu in aller Welt hatten Sie denn dieses ganze Pack nötig? Mußten Sie sich denn mit diesen gemeinen Menschen liieren? Um eine Vereinigung der Gesellschaft herbeizuführen? Die werden auch gerade eine Vereinigung eingehen; ich bitte Sie!«
»Wann hätten Sie mich gewarnt? Im Gegenteil, Sie haben es gebilligt; Sie haben es geradezu verlangt ... Ich muß gestehen, ich bin im höchsten Grade erstaunt ... Sie selbst haben mir viele seltsame Leute zugeführt.«
»Nein, ich habe mich mit Ihnen darüber gestritten und es nicht gebilligt; was aber das Zuführen anlangt, so ist es richtig, daß ich Ihnen welche zugeführt habe, aber erst als sie schon von selbst sich dutzendweise herandrängten, und erst in der letzten Zeit, um die literarische Quadrille zustande zu bringen; denn dabei kann man diesen Pöbel nicht entbehren. Aber ich möchte darauf wetten: Heute haben diese Kerle noch ein Dutzend ebensolchen Gesindels ohne Billette mitgebracht!«
»Zweifellos!« stimmte ich ihm bei.
»Sehen Sie wohl, Sie sind schon meiner Ansicht. Erinnern Sie sich wohl, was hier in der letzten Zeit für ein Ton geherrscht hat, ich meine in der ganzen Stadt? Überall nichts als Frechheit und Schamlosigkeit; unaufhörlich wur-

den Skandalgeschichten ausposaunt. Und wer ermutigte dieses Treiben? Wer deckte es durch seine Autorität? Wer hat sie alle aus Rand und Band gebracht? Wer hat die ganze untere Volksklasse vor den Kopf gestoßen? In Ihrem Album sind ja alle hiesigen Familiengeheimnisse reproduziert. Haben Sie nicht Ihren Dichtern und Zeichnern den Kopf gestreichelt? Haben Sie nicht diesem Ljamschin Ihre Hand zum Küssen gereicht? Hat nicht in Ihrer Gegenwart der Seminarist den wirklichen Staatsrat ausgeschimpft und seiner Tochter mit seinen Teerstiefeln das Kleid verdorben? Wie können Sie sich da darüber wundern, daß das Publikum unfreundlich gegen Sie gesinnt ist?«

»Aber das ist doch alles Ihr eigenes Werk! O mein Gott!«

»Nein, ich habe Sie gewarnt; wir haben uns gestritten, hören Sie wohl? Wir haben uns gestritten!«

»Sie lügen mir ja ins Gesicht!«

»Na, das können Sie allerdings leicht sagen. Sie brauchen jetzt ein Opfer, an dem Sie Ihren Ärger auslassen können; na gut, lassen Sie ihn an mir aus; ich habe es schon einmal gesagt. Ich will mich lieber an Sie wenden, mein Herr . . .« (Er konnte sich garnicht auf meinen Namen besinnen.) »Lassen Sie uns an den Fingern abzählen: Ich behaupte, daß es außer Liputin keinen Verschwörer gegeben hat, ab-so-lut keinen! Das werde ich beweisen; aber sehen wir uns zunächst einmal diesen Liputin genauer an! Er hat ein Gedicht des Narren Lebjadkin vorgebracht – ist das nun also Ihrer Ansicht nach ein Komplott? Wissen Sie, Liputin hat das möglicherweise einfach für einen Witz gehalten. Im Ernst, im Ernst, für einen Witz. Er hat das einfach in der Absicht vorgebracht, alle zu erheitern und zum Lachen zu bringen, und in erster Linie seine Gönnerin Julija Michailowna; das ist die ganze Geschichte. Glauben Sie das nicht? Na, war das denn etwa nicht in ganz demselben Tone, der hier einen ganzen Monat lang geherrscht hat? Und mit Ihrer Erlaubnis möchte ich sagen: Weiß Gott, unter anderen Umständen hätte das auch vorkommen können! Der Scherz war plump, na ja, von starkem Kaliber, zugegeben, aber doch immerhin lächerlich.«

»Wie? Sie halten Liputins Benehmen für witzig?« rief Julija Michailowna in heftiger Entrüstung. »Diese Dummheit, diese Taktlosigkeit, diese schändliche Gemeinheit, dieses Attentat? Oh, Sie reden absichtlich so! Danach muß man annehmen, daß Sie selbst mit diesem Menschen im Komplott sind!«

»Unzweifelhaft; ich habe im Hintergrunde gesessen, mich versteckt gehalten und die ganze Maschinerie in Bewegung gesetzt. Aber wenn ich an einem Komplott beteiligt gewesen wäre, dann würde (das sollten Sie begreifen) die Sache mit der Liputinschen Geschichte allein nicht zu Ende gewesen sein! Also Ihrer Ansicht nach habe ich mit meinem Papa ein Komplott gemacht, damit er absichtlich einen solchen Skandal hervorrufen sollte? Na, wer ist denn schuld daran, daß Papachen eine Vorlesung halten durfte? Wer hat Sie gestern davon zurückzuhalten gesucht, noch gestern?«

»Oh, hier il avait tant d'esprit; ich rechnete so auf ihn; und dabei besitzt er gute Manieren: Ich dachte, der und Karmasinow . . . und nun!«

»Ja, und nun! Aber trotz tant d'esprit hat Papachen die Sache verdorben; wenn ich aber selbst voraus wußte, daß er die Sache verderben würde, hätte ich dann als Mitglied eines unzweifelhaft gegen Ihr Fest gerichteten Komplotts Ihnen gestern davon abgeredet, den Bock zum Gärtner zu machen? Nun aber habe ich Ihnen gestern davon abgeredet, habe Ihnen davon abgeredet, weil ich eine Ahnung hatte. Alles vorherzusehen war natürlich unmöglich: Wahrscheinlich hat nicht einmal er selbst eine Minute vorher gewußt, wie er losschießen werde. Diese nervösen alten Herren haben ja gar keine Ähnlichkeit mit anderen Menschen. Aber die Sache läßt sich noch retten: Schicken Sie gleich morgen zur Genugtuung des Publikums mittels administrativer Anordnung und mit aller schuldigen Rücksicht zwei Ärzte zu ihm, um seinen Gesundheitszustand festzustellen; es würde sogar heute schon gehen; und dann geradewegs in eine Kaltwasserheilanstalt mit ihm! Wenigstens werden alle lachen und einsehen, daß sie keinen Grund haben, sich für beleidigt zu halten. Ich werde davon gleich heute auf dem

Balle in meiner Eigenschaft als sein Sohn Mitteilung machen. Mit Karmasinow ist es eine andere Sache; der ist als grüner Esel aufgetreten und hat das Publikum mit seinem Opus eine ganze Stunde gelangweilt – der ist also ohne Zweifel mit mir im Komplott! Er hat gewiß zu mir gesagt: ›Erlauben Sie, daß ich ebenfalls das Fest verderbe, um Julija Michailowna zu schaden!‹«

»Oh, Karmasinow, quelle honte! Ich wollte in den Boden sinken vor Scham über unser Publikum!«

»Na, ich wäre nicht in den Boden gesunken, sondern hätte mir Herrn Karmasinow selbst gehörig vorgenommen. Das Publikum hatte ja ganz recht. Und wer ist nun wieder an Karmasinow schuld? Habe ich ihn Ihnen ans Kleid gehängt? Habe ich mich an seiner Vergötterung beteiligt? Na, hol ihn der Teufel, aber der dritte, der politisierende Schauspieler, na, mit dem ist es etwas anderes. Dabei haben wir alle einen Bock geschossen und nicht nur mein Verschwörerbund!«

»Ach, reden Sie nicht davon; das ist ja schrecklich, ganz schrecklich! An dem bin ich allein schuld!«

»Gewiß, aber hier habe ich für Sie eine Entschuldigung in Bereitschaft. Wer in aller Welt soll sie genau kennen, diese ›Aufrichtigen‹? Selbst in Petersburg kann man sich nicht vor ihnen hüten. Er war Ihnen ja doch empfohlen, und noch dazu wie! Geben Sie also selbst zu, daß Sie jetzt sogar verpflichtet sind, auf dem Balle zu erscheinen. Denn das ist doch eine ernste Sache, daß Sie ihn selbst auf das Katheder geführt haben. Sie müssen jetzt öffentlich erklären, daß Sie mit ihm nicht solidarisch sind, daß der dreiste Mensch sich schon in den Händen der Polizei befindet, und daß Sie auf eine unbegreifliche Weise getäuscht worden sind. Sie müssen mit Entrüstung erklären, daß Sie das Opfer eines Verrückten geworden sind. Denn ein Verrückter ist er ja, weiter nichts. In diesem Sinne muß auch über ihn nach oben berichtet werden. Ich kann diese bissigen Kerle nicht ausstehen. Ich äußere mich ja selbst vielleicht noch ärger, aber doch nicht vom Katheder herab. Und gerade jetzt machen die Leute ein Gerede von einem Senator.«

»Von was für einem Senator? Wer macht Gerede?«
»Sehen Sie, ich selbst begreife nichts davon. Ist Ihnen, Julija Michailowna, nichts von einem Senator bekannt geworden?«
»Von einem Senator?«
»Sehen Sie, die Leute sind davon überzeugt, daß in Petersburg bereits ein Senator dazu designiert ist, Sie hier abzulösen. Ich habe es von vielen gehört.«
»Ich habe es auch gehört«, bemerkte ich bestätigend.
»Wer hat das gesagt?« rief Julija Michailowna, die dunkelrot geworden war.
»Sie meinen, wer es zuerst gesagt hat? Woher soll ich das wissen? Es wird nun eben so geredet. Die ganze Einwohnerschaft redet es. Namentlich gestern wurde es gesagt. Alle waren dabei ganz ernst, obgleich man daraus nicht recht klug werden kann. Freilich, die Verständigeren, Sachkundigeren reden dabei nicht mit; aber auch von denen hören manche zu.«
»Was für eine Gemeinheit! Und – was für eine Dummheit!«
»Na, eben deswegen müssen Sie auf dem Balle erscheinen, um es diesen Dummköpfen zu zeigen.«
»Ich muß gestehen, ich habe selbst die Empfindung, daß ich dazu sogar verpflichtet bin; aber . . . wie, wenn ein anderer Schimpf meiner wartet? Wie nun, wenn die Leute nicht kommen? Und es wird ja niemand kommen, niemand, niemand!«
»Unnötige Sorge! Die werden nicht kommen? Und die Kleider, die sie sich haben machen lassen, und die Toiletten der jungen Mädchen? Wenn Sie so reden, kann ich Sie gar nicht mehr für eine Frau halten. Ist das eine Menschenkenntnis!«
»Die Frau Adelsmarschall wird nicht da sein; sie wird bestimmt nicht da sein!«
»Aber was ist denn im Grunde passiert, weswegen man wegbleiben sollte?« rief er endlich ärgerlich und ungeduldig.
»Eine Blamage, eine Schande – das ist passiert! Was eigent-

lich passiert ist, weiß ich nicht genau; aber jedenfalls war es etwas Derartiges, daß ich nun unmöglich hingehen kann.«

»Warum nicht? Was können Sie denn schließlich dafür? Warum nehmen Sie die Schuld auf sich? Ist nicht weit eher das Publikum schuld, die alten Herren, die Familienväter? Die mußten die Taugenichtse und Herumtreiber im Zaume halten; denn um Taugenichtse und Herumtreiber handelt es sich dabei einzig und allein, nicht um irgendwelche ernstzunehmenden Elemente. In keiner Gesellschaft und nirgends läßt sich lediglich durch die Polizei zurechtkommen. Aber bei uns verlangt jeder, wenn er hereinkommt, daß hinter ihm ein besonderer Polizist aufgestellt wird, um ihn zu behüten. Die Leute begreifen nicht, daß die Gesellschaft sich selbst beschützen muß. Aber was tun bei uns die Familienväter, die Würdenträger, die Frauen und Mädchen in solchen Fällen? Sie schweigen und fühlen sich gekränkt. Nicht einmal dazu reicht die Willenskraft der Gesellschaft aus, solche Schlingel im Zaum zu halten.«

»Ach wie wahr, wie wahr! Sie schweigen, fühlen sich gekränkt und sehen sich um.«

»Wenn das aber wahr ist, dann müssen Sie es auch dort aussprechen, laut, stolz und streng. Sie müssen gerade zeigen, daß Sie nicht geschlagen sind. Gerade diesen alten Herrn und den Müttern. Oh, Sie verstehen sich darauf, Sie haben Talent dazu, wenn Ihr Kopf klar ist. Sie werden alle um sich herumgruppieren und dann laut, ganz laut reden. Und dann schicken wir eine Korrespondenz an den Golos und die Börsennachrichten. Warten Sie, ich werde mich selbst an die Arbeit machen und Ihnen alles arrangieren. Natürlich wird erhöhte Aufmerksamkeit vonnöten sein; wir werden das Büfett beobachten müssen; wir müssen den Fürsten bitten und diesen Herrn hier . . . Sie dürfen uns nicht im Stich lassen, monsieur, jetzt, wo alles eigentlich von neuem beginnen soll. Na, und zuletzt erscheinen Sie an Andrej Antonowitschs Arm. Wie steht es mit Andrej Antonowitschs Befinden?«

»O wie ungerecht, wie falsch, wie beleidigend haben Sie

immer über diesen engelhaften Menschen geurteilt!« rief Julija Michailowna plötzlich in einem unerwarteten Ausbruch ihrer Empfindungen; sie brach beinahe in Tränen aus und führte das Taschentuch an die Augen.

Pjotr Stepanowitsch konnte im ersten Augenblick nur stottern:

»Ich bitte Sie, ich ... aber wieso denn ... ich habe immer ...«

»Nein, niemals, niemals! Sie haben ihm niemals Gerechtigkeit widerfahren lassen!«

»Aus einer Frau kann man doch nie klug werden!« brummte Pjotr Stepanowitsch mit einem schiefen Lächeln.

»Er ist der redlichste, zartfühlendste, engelhafteste Mensch! Der beste Mensch!«

»Aber ich bitte Sie, was seine Herzensgüte anlangt ... ich habe seine Herzensgüte immer anerkannt ...«

»Niemals! Aber lassen wir das! Ich habe ihn früher immer nur in sehr ungeschickter Weise in Schutz genommen. Vorhin hat diese Jesuitin, die Frau Adelsmarschall, ebenfalls ein paar spöttische Bemerkungen über die Geschichte von gestern fallen lassen.«

»Oh, jetzt wird sie keine Lust mehr haben, Bemerkungen über gestrige Geschehnisse zu machen; sie hat heute ihr eigenes Erlebnis. Und warum beunruhigen Sie sich so darüber, daß sie nicht auf den Ball kommen wird? Kommen wird sie allerdings nicht, nachdem sie in eine solche Skandalgeschichte hineingeraten ist. Vielleicht trägt sie dabei keine Schuld; aber für ihren Ruf ist es doch sehr nachteilig; sie hat eben schmutzige Hände bekommen.«

»Was bedeutet das? Ich verstehe das nicht. Wieso hat sie schmutzige Hände bekommen?« fragte Julija Michailowna, ihn erstaunt anblickend.

»Das heißt, ich behaupte es nicht; aber in der Stadt sagt man allgemein, sie habe die beiden zusammengebracht.«

»Was bedeutet das? Wen zusammengebracht?«

»Aber wissen Sie denn etwa noch nichts davon?« rief er mit vorzüglich fingiertem Erstaunen. »Nun, Stawrogin und Lisaweta Nikolajewna!«

»Wie? Was?« riefen wir beide.

»Aber wissen Sie es wirklich nicht? Hui! Da hat sich ein tragischer Roman abgespielt: Lisaweta Nikolajewna ist aus dem Wagen der Frau Adelsmarschall direkt in Stawrogins Kutsche umgestiegen und mit diesem Letzteren nach Skworeschniki gefahren, am hellen Tage. Erst vor einer Stunde; es ist noch nicht einmal eine Stunde her.«

Wir waren starr. Selbstverständlich bestürmten wir ihn mit weiteren Fragen; aber obgleich er selbst »zufällig« Zeuge des Vorganges gewesen war, konnte er doch zu unserer Verwunderung nichts Genaueres darüber erzählen. Die Sache hatte sich angeblich folgendermaßen zugetragen: Als die Frau Adelsmarschall nach der Vorlesung Lisa und Mawriki Nikolajewitsch in ihrem Wagen zu dem Hause von Lisas noch immer fußkranker Mutter gebracht hatte, da hatte nicht weit von der Haustür, etwas fünfundzwanzig Schritte entfernt, seitwärts ein anderer Wagen gewartet. Sobald Lisa an der Haustür hinausgesprungen war, war sie geradewegs zu diesem Wagen hingelaufen; der Schlag war geöffnet und dann wieder zugeschlagen worden; Lisa hatte Mawriki Nikolajewitsch zugerufen: »Kümmern Sie sich nicht um mich!« und der Wagen war im schnellsten Tempo nach Skworeschniki gefahren. Auf unsere hastigen Fragen, ob eine Verabredung vorgelegen habe, und wer in dem Wagen gesessen habe, antwortete Pjotr Stepanowitsch, er wisse das nicht; eine Verabredung habe gewiß vorgelegen; aber Stawrogin selbst habe er im Wagen nicht bemerkt; vielleicht habe dessen Kammerdiener, der alte Alexej Jegorowitsch, darin gesessen. Auf die Fragen: »Wie kam es denn, daß Sie gerade dabei waren? Und woher wissen Sie denn so bestimmt, daß sie nach Skworeschniki gefahren ist?« antwortete er, er sei dort zufällig vorbeigekommen und, als er Lisa erblickt habe, sogar an den Wagen herangelaufen (und doch hatte er nicht bemerkt, wer in dem Wagen saß, er bei seiner Neugier!); aber Mawriki Nikolajewitsch habe nicht nur keine Verfolgung unternommen, sondern nicht einmal versucht, Lisa zurückzuhalten; ja er habe sogar der Frau Adelsmarschall, die aus voller Kehle geschrien habe: »Sie will zu Stawrogin,

sie will zu Stawrogin!« mit der Hand den Mund zugehalten. Hier verlor ich plötzlich die Geduld und schrie Pjotr Stepanowitsch wütend an:
»Das haben Sie Taugenichts alles angestiftet! Darauf haben Sie den Vormittag verwendet! Sie haben Stawrogin geholfen; Sie sind in dem Wagen hingefahren; Sie haben sie einsteigen lassen, Sie, Sie, Sie! Julija Michailowna, dieser Mensch ist Ihr Feind; er wird auch Sie zugrunde richten! Nehmen Sie sich vor ihm in acht!«
Und ich lief Hals über Kopf aus dem Hause.
Ich verstehe bis jetzt noch nicht und wundere mich selber darüber, wie ich ihm dies damals habe zuschreien können. Aber ich hatte ganz richtig geraten: Alles war fast genau so zugegangen, wie ich es zu ihm gesagt hatte; das hat sich in der Folge herausgestellt. Sehr auffällig war vor allen Dingen die offenbar gekünstelte Manier, in der er uns die Nachricht mitteilte. Er erzählte sie uns nicht sofort, nachdem er ins Haus gekommen war, als erste, außerordentliche Neuigkeit, sondern tat, als glaube er, daß wir es schon ohne ihn wüßten, was doch in so kurzer Zeit unmöglich war. Und wenn wir es gewußt hätten, so hätten wir nicht davon schweigen können, bis er darüber zu reden anfing. Auch hatte er nicht hören können, was in der Stadt bereits über die Frau Adelsmarschall »allgemein gesagt« wurde, wiederum wegen der Kürze der Zeit. Außerdem lächelte er beim Erzählen ein paarmal in einer gemeinen, leichtfertigen Art, wahrscheinlich weil er uns schon für völlig betrogene Dummköpfe hielt. Aber ich hatte keine Lust, weiter an ihn zu denken; den eigentlichen Kern seiner Mitteilung hielt ich für wahr und lief ganz außer mir von Julija Michailowna weg. Diese Katastrophe empfand ich wie einen tiefen Stich ins Herz. Vor seelischem Schmerze kamen mir fast die Tränen, und vielleicht habe ich sogar wirklich geweint. Ich wußte gar nicht, was ich unternehmen sollte. Ich eilte zu Stepan Trofimowitsch; aber ärgerlicherweise schloß er wieder seine Tür nicht auf. Nastasja versicherte mir in ehrfurchtsvollem Flüstertone, er habe sich schlafen gelegt; aber ich glaubte es nicht. In Lisas Hause gelang es mir, die Dienerschaft zu

befragen; sie bestätigten die Flucht, wußten aber selbst weiter nichts. Im Hause herrschte Wirrwarr; die kranke gnädige Frau hatte Ohnmachtsanfälle bekommen, und Mawriki Nikolajewitsch befand sich bei ihr. Diesen herausrufen zu lassen erschien mir unmöglich. Über Pjotr Stepanowitsch wurde mir auf meine Fragen gesagt, er sei in der letzten Zeit täglich verstohlen im Hause erschienen, mitunter zweimal an einem Tage. Die Dienerschaft war betrübt und sprach von Lisa mit besonderem Respekt; sie hatten sie alle gern gehabt. Daß sie verloren war, vollständig verloren, daran zweifelte ich nicht; aber die psychologische Seite des Vorgangs war mir völlig unverständlich, namentlich nach der Szene, welche Lisa tags zuvor mit Stawrogin gehabt hatte. Durch die Stadt zu laufen und mich in den Häusern schadenfroher Bekannter zu erkundigen, wo sich die Nachricht jetzt natürlich verbreitete, das widerstrebte mir und schien mir auch entwürdigend für Lisa. Aber sonderbarerweise lief ich zu Darja Pawlowna, wo ich übrigens nicht empfangen wurde (im Stawroginschen Hause wurde seit dem vorhergehenden Tage niemand empfangen); ich weiß nicht, was ich ihr hätte sagen können, und warum ich zu ihr gelaufen war. Von ihr begab ich mich zu ihrem Bruder. Schatow hörte mich mürrisch und schweigend an. Ich bemerke, daß ich ihn in ungewöhnlich düsterer Stimmung getroffen hatte; er war sehr nachdenklich, und es schien ihn große Anstrengung zu kosten, mir zuzuhören. Er redete fast nichts und ging in seinem Zimmerchen auf und ab, von einer Ecke in die andere, wobei er stärker als sonst mit den Stiefeln aufstampfte. Als ich beim Weggehen schon auf der Treppe war, rief er mir nach, ich möchte zu Liputin herangehen: »Dort werden Sie alles erfahren.« Aber ich ging nicht zu Liputin heran, sondern kehrte, als ich schon ziemlich weit weg war, wieder zu Schatow zurück, öffnete die Tür halb und fragte ihn ohne einzutreten lakonisch und ohne alle Erklärungen, ob er heute zu Marja Timofejewna gehen werde. Darauf fing Schatow an zu schimpfen, und ich ging weg. Um es nicht zu vergessen, merke ich hier an, daß er noch an diesem Abend expreß nach dem Rande der Stadt zu

Marja Timofejewna ging, die er seit ziemlich langer Zeit nicht gesehen hatte. Er fand sie den Umständen nach bei guter Gesundheit und in heiterer Stimmung; Lebjadkin aber war sinnlos betrunken und schlief auf dem Sofa im ersten Zimmer. Das war genau um neun Uhr gewesen. So berichtete er mir selbst gleich am folgenden Tage, als er mir eilig auf der Straße begegnete. Es war schon zwischen neun und zehn Uhr abends, als ich mich entschloß auf den Ball zu gehen, aber nicht mehr in der Eigenschaft als Festordner (ich hatte auch meine Schleife bei Julija Michailowna gelassen), sondern aus unbezähmbarer Neugier, um ohne eigene Fragen zu hören, wie man bei uns in der Stadt über all diese Ereignisse rede. Auch wollte ich gern Julija Michailowna sehen, wenn auch nur von weitem. Ich machte mir starke Vorwürfe, daß ich vorher so formlos von ihr weggelaufen war.

## III

Diese ganze Nacht mit ihren beinah absurden Ereignissen und mit der furchtbaren »Entwicklung« am Morgen schwebt mir noch bis auf den heutigen Tag wie ein häßlicher, beängstigender Traum vor und bildet, wenigstens für mich, den peinlichsten Teil dessen, was ich hier berichte. Ich hatte allerdings den Anfang des Balles versäumt, kam aber zu seinem Ende hin; so schnell war ihm zu enden beschieden. Es war schon zehn Uhr vorbei, als ich zum Portale des Hauses der Frau Adelsmarschall gelangte, wo derselbe Weiße Saal, in welchem vor kurzem die Vorlesung stattgefunden hatte, trotz der Kürze der Zeit bereits aufgeräumt und zurechtgemacht war, um als Haupttanzsaal für die ganze Stadt, wie geplant war, zu dienen. Aber eine wie ungünstige Prognose ich auch dem Balle am Vormittage gestellt hatte, so hatte ich doch nicht die volle Wahrheit geahnt: Es war keine einzige Familie aus den höheren Kreisen erschienen; sogar die einigermaßen angesehenen Beamten fehlten, was ein sehr bemerkenswerter Zug war.

Was die Frauen und jungen Mädchen anlangt, so ergab sich, daß Pjotr Stepanowitschs Voraussagungen (die sich jetzt offenbar als heimtückisch erwiesen) im höchsten Grade fehlerhaft waren: Es waren nur äußerst wenige erschienen; auf vier Männer kam kaum eine Dame, und was für Damen! Die bedenklichen Gattinnen einiger höherer Offiziere des Regimentes, die Frauen kleinerer Post- und Verwaltungsbeamten, drei Doktorfrauen mit ihren Töchtern, zwei oder drei ärmere Gutsbesitzersfrauen, die sieben Töchter und die Nichte jenes Sekretärs, dessen ich schon oben Erwähnung getan habe, Kaufmannsfrauen – war dies das Ballpublikum, welches Julija Michailowna erwartet hatte? Sogar von den Kaufmannsfamilien war die Hälfte nicht gekommen. Was die Männer anlangt, so bildeten sie trotz des vollständigen Fehlens unserer vornehmen Welt doch eine kompakte Masse; aber diese Masse machte einen zweideutigen, verdächtigen Eindruck. Allerdings waren darunter auch mehrere sehr ruhige, achtbare Offiziere mit ihren Frauen, einige sehr gehorsame Familienväter, wie zum Beispiel immer derselbe Sekretär, der Vater der sieben Töchter. Dieses ganze friedliche Völkchen war erschienen sozusagen, »weil es sich nicht vermeiden ließ«, wie sich einer dieser Herren ausdrückte. Aber andererseits schien die Menge verwegener Persönlichkeiten und außerdem die Menge derjenigen, von denen ich und Pjotr Stepanowitsch vorher geargwöhnt hatten, daß sie ohne Billette hereingelassen seien, sich gegen vorhin noch vermehrt zu haben. Sie saßen vorläufig sämtlich beim Büfett, und zwar begab sich ein jeder gleich beim Eintreffen geradeweg dorthin wie nach einem im voraus bestimmten Platze. So schien es mir wenigstens. Das Büfett war am Ende einer Zimmerflucht in einem geräumigen Saale untergebracht, wo sich Prochorytsch mit allen Verlockungen der Klubküche und mit einer verführerischen Ausstellung von kalten Speisen und Getränken eingerichtet hatte. Ich bemerkte hier mehrere Individuen in beinah zerrissenen Rökken, in höchst zweifelhaftem, durchaus nicht ballmäßigem Anzuge, Leute, die offenbar nur mit großer Mühe für kurze Zeit nüchtern gemacht und Gott weiß woher herangeholt waren, einige sogar aus anderen Städten. Es war mir freilich bekannt, daß nach Julija Michailownas Idee der Ball einen demokratischen Charakter tragen sollte; selbst Kleinbürger sollten nicht ausgeschlossen werden, wenn sie ihre Billette bezahlten. Das hatte sie kühn in ihrem Komitee ausgesprochen, fest davon überzeugt, daß es keinem der durchweg sehr armen Kleinbürger unserer Stadt in den Sinn kommen werde, ein Billett zu nehmen. Aber dennoch befremdete es mich, daß man diese traurigen Subjekte in beinah zerrissenen Röcken hatte hereinlassen können, trotz aller demokratischen Gesinnung des Komitees. Aber wer hatte sie hereingelassen und in welcher Absicht? Liputin und Ljamschin trugen ihre Festordner-Schleifen nicht mehr (obwohl sie beim Balle anwesend waren, da sie an der literarischen Quadrille teilnahmen); aber an Liputins Stelle war zu meiner Verwunderung jener Seminarist von vorhin getreten, der die Matinee durch sein Renkontre mit Stepan Trofimowitsch am meisten gestört hatte, und an Ljamschins Stelle Pjotr Stepanowitsch selbst; was konnte man unter solchen Umständen Gutes erwarten? Ich bemühte mich, die Gespräche mit anzuhören. Manche Ansichten überraschten durch ihre Seltsamkeit. So wurde zum Beispiel in einer Gruppe behauptet, die ganze Geschichte mit Stawrogin und Lisa habe Julija Michailowna eingefädelt und dafür von Stawrogin Geld erhalten. Es wurde sogar die Summe genannt. Es wurde behauptet, sie habe sogar das Fest in dieser Absicht arrangiert, und eben darum sei die halbe Stadt nicht erschienen, weil sie gewußt habe, um was es sich handle, und Lembke selbst sei darüber so frappiert gewesen, daß sein Verstand in Unordnung gekommen sei, und sie behandle ihn jetzt als Verrückten. – Es gab dort auch viel Gelächter, heiseres, rohes, selbstgefälliges Gelächter. Alle kritisierten scharf den Ball und schimpften ganz ungeniert auf Julija Michailowna. Im allgemeinen ging dieses Gerede ohne Ruhe und Ordnung vor sich und bestand aus abgerissenen Bemerkungen Halbbetrunkener, so daß es schwer war, daraus klug zu werden und etwas daraus zu entnehmen. Ebendort beim Büfett hatte sich auch eine Anzahl von

Leuten niedergelassen, die einfach vergnügt waren; es waren sogar einige Damen da von der Art, die man durch nichts mehr in Verwunderung oder in Schrecken versetzen kann, sehr liebenswürdige, ausgelassene Damen, größtenteils Offiziersfrauen mit ihren Männern. Sie hatten gruppenweise an einzelnen Tischen Platz genommen und tranken höchst vergnügt Tee. Der Büfettraum hatte sich in einen behaglichen Zufluchtsort für fast die Hälfte des anwesenden Publikums verwandelt. Und doch mußte nach einiger Zeit diese ganze Masse in den Saal fluten; man bekam einen Schreck, wenn man daran auch nur dachte.

Unterdessen waren im Weißen Saale unter Mitwirkung des Fürsten drei dürftige Quadrillen zustande gekommen. Die jungen Damen tanzten, und die Eltern freuten sich über sie. Aber auch hier begannen schon viele dieser achtungswerten Personen daran zu denken, wie sie, wenn ihre Töchter sich hinreichend amüsiert haben würden, sich möglichst frühzeitig davon machen könnten, und nicht erst dann, »wenn es losgehe«. Daß es unfehlbar losgehen werde, davon waren alle fest überzeugt. Julija Michailownas eigenen Seelenzustand zu schildern würde schwer sein. Ich sprach nicht mit ihr, obgleich ich ihr mehrmals ziemlich nahe kam. Auf meine Verbeugung beim Eintritt antwortete sie nicht; sie schien mich nicht bemerkt zu haben (sie hatte mich tatsächlich nicht bemerkt). Ihr Gesicht hatte einen leidenden Ausdruck; der Blick war verächtlich und hochmütig, aber fahrig und unruhig, Sie nahm sich mit offenbarer Qual zusammen – wozu und für wen? Sie hätte unbedingt wegfahren und vor allen Dingen ihren Gemahl wegschaffen sollen; aber sie blieb! Schon an ihrem Gesichte konnte man wahrnehmen, daß ihr die Augen »vollständig aufgegangen« waren und daß sie nichts Gutes mehr erwartete. Sie rief nicht einmal Pjotre Stepanowitsch zu sich heran (dieser schien sie auch selbst zu vermeiden; ich sah ihn am Büfett; er war außerordentlich heiter). Aber sie blieb dennoch auf dem Balle und ließ Andrej Antonowitsch keinen Augenblick von ihrer Seite. Oh, bis zum letzten Augenblick würde sie noch vorhin bei der Matinee jede Anspielung auf seinen Gesundheitszustand mit der aufrichtigsten Entrüstung zurückgewiesen haben; aber jetzt mußten ihr auch in dieser Hinsicht die Augen aufgehen. Was mich betrifft, so hatte ich gleich beim ersten Blicke den Eindruck, daß Andrej Antonowitsch schlechter aussah als am Vormittage. Er schien sich in einem Zustande der Selbstvergessenheit zu befinden und gar nicht zu wissen, wo er eigentlich war. Ab und zu sah er mit auffallend strenger Miene um sich, so zum Beispiel ein paarmal nach mir hin. Einmal versuchte er, über irgendeinen Gegenstand ein Gespräch anzufangen; er begann laut und kräftig, sprach aber nicht zu Ende und versetzte dadurch einen friedlichen alten Beamten, der zufällig in seiner Nähe war, in Schrecken. Aber auch diese friedliche Hälfte des Publikums, die sich im Weißen Saale befand, hielt sich mit düsterer, ängstlicher Miene von Julija Michailowna fern und richtete gleichzeitig sehr sonderbare Blicke auf ihren Gemahl, Blicke, deren Beharrlichkeit und Offenheit zu der sonstigen Schüchternheit dieser Leute wenig stimmte.

»Sehen Sie, dieses Benehmen war es, was mir einen Stich ins Herz gab, und ich fing auf einmal an, etwas über Andrej Antonowitsch zu ahnen«, gestand Julija Michailowna mir selbst später.

Ja, sie hatte wieder einen Fehler begangen. Wahrscheinlich war sie vor kurzem, als sie nach meinem Davonlaufen sich mit Pjotr Stepanowitsch dafür entschieden hatte, den Ball stattfinden zu lassen und auf ihm zu erscheinen, wahrscheinlich war sie da wieder in das Arbeitszimmer des schon bei der Vorlesung endgültig »erschütterten« Andrej Antonowitsch gegangen, hatte wieder all ihre Zauberkünste zur Anwendung gebracht und ihn mit sich mitgeschleppt. Aber welche Qual stand sie aller Wahrscheinlichkeit nach jetzt aus! Und trotzdem fuhr sie nicht weg! Ob ihr Stolz sie peinigte, oder ob sie einfach die ruhige Überlegenheit verloren hatte, ich weiß es nicht. Bei all ihrem Hochmute versuchte sie es doch, demütig lächelnd mit einigen Damen ein Gespräch anzuknüpfen; aber diese wurden sofort verlegen, machten sich mit den einsilbigen, mißtrauischen Ant-

worten »ja« und »nein« los und vermieden sie dann unverhohlen.
Von den unbestrittenen Würdenträgern unserer Stadt befand sich nur einer auf dem Balle, jener selbe angesehene General a. D., den ich schon einmal geschildert habe, und der bei der Frau Adelsmarschall nach Stawrogins Duell mit Gaganow »für die Ungeduld der ganzen Gesellschaft die Schleusen öffnete«. Er wanderte in würdevoller Haltung durch die Säle, betrachtete alles, hörte hier und da zu und suchte sich den Anschein zu geben, als sei er mehr zum Studium der Charaktere als zu seinem wirklichen Vergnügen hergekommen. Zuletzt ließ er sich definitiv bei Julija Michailowna nieder und wich keinen Schritt von ihr, offenbar bemüht, sie zu ermutigen und zu beruhigen. Ohne Zweifel war er ein herzensguter, sehr vornehmer und schon so bejahrter Mann, daß man es von ihm sogar ertragen konnte, bedauert zu werden. Aber Julija Michailowna fühlte sich sehr indigniert, da sie bemerkte, daß dieser alte Schwätzer sie zu bedauern und sogar zu protegieren wagte und ihr durch seine Gegenwart eine Ehre zu erweisen glaubte. Der General aber ließ von ihr nicht ab und schwatzte ohne Aufhören.
»Eine Stadt, sagt man, kann ohne sieben Gerechte nicht bestehen . . . sieben, glaube ich, ich besinne mich nicht mit Be-stimmt-heit auf die Zahl. Ich weiß nicht, wie viele von diesen sieben . . . unzweifelhaften Gerechten unserer Stadt . . . die Ehre haben, Ihren Ball zu besuchen; aber trotz ihrer Anwesenheit bekomme ich das Gefühl, daß ich hier in Gefahr bin. Vous me pardonnerez, charmante dame, n'est-ce pas? Ich rede nur so an-deu-tungs-wei-se; aber ich ging in das Büfettzimmer und war froh, als ich mit heiler Haut wieder heraus war . . . Unser unschätzbarer Prochorytsch ist da nicht an seinem Platze, und gegen Morgen werden sie ihm wohl seine ganzen Speisevorräte wegnehmen. Übrigens macht mir die Sache Spaß. Ich warte nur, wie sich die li-te-ra-ri-sche Quadrille machen wird; dann aber heißt es bei mir: ins Bett. Verzeihen Sie einem alten Podagriker; ich pflege mich früh hinzulegen und würde auch Ihnen raten,

nach Hause zu fahren und sich in die Baba zu legen, wie man aux enfants sagt. Ich bin um der schönen jungen Damen willen hergekommen ... die ich nirgends in solcher Vollzähligkeit zu sehen bekommen kann wie hier ... Sie sind alle von jenseits des Flusses, und da komme ich nicht hin. Die Frau eines Offiziers ... wohl eines Jägeroffiziers ... ist eine sehr hübsche Erscheinung, sehr hübsch und ... und sie weiß das auch selbst. Ich habe mich mit dieser schalkhaften Person unterhalten; sie ist sehr keck und ... na, ihre Töchter sind auch ganz frisch; aber weiter auch nichts; außer ihrer Frische ist an ihnen nichts Besonderes. Übrigens hat es mir Vergnügen gemacht. Es gibt so Knöspchen, da sind nur die Lippen dick. Überhaupt besitzen schöne russische Frauengesichter wenig von jener Regelmäßigkeit und ... und bekommen leicht etwas Pfannkuchenhaftes ... Vous me pardonnerez, n'est-ce pas? ... übrigens neben schönen Augen ... lachenden Augen. Diese Knöspchen sind während zweier Jugendjahre ent-zük-kend, sogar drei Jahre lang ... na, aber dann werden sie weich und schwammig für das ganze Leben ... und rufen bei ihren Männern jene bedauerliche Gleich-gül-tig-keit hervor, durch die die weitere Entwicklung der Frauenfrage so sehr befördert wird ... wenn anders ich diese Frage richtig verstehe ... Hm! Der Saal ist schön, die Zimmer sind nett ausgeschmückt. Es könnte schlechter sein. Die Musik könnte viel schlechter sein ... ich sage nicht, daß sie schlechter sein sollte. Es macht einen schlechten Eindruck, daß so wenig Damen da sind. Von den Toiletten will ich nicht reden. Unpassend, daß der da in den grauen Hosen sich so offen erlaubt Kankan zu tanzen. Ich würde es verzeihen, wenn er es aus Freude täte, und weil er ein hiesiger Apotheker ist ... aber vor elf Uhr ist es doch zu früh, auch für einen Apotheker ... Da im Büfettzimmer haben sich zwei geprügelt, ohne daß sie hinausgebracht worden wären. Vor elf Uhr müssen Raufbolde noch hinausspediert werden, mögen die Sitten des Publikums sein, wie sie wollen ... ich rede nicht von der Zeit nach zwei Uhr morgens; da muß man schon den Anschauungen der betreffenden Gesellschaft eine gewisse Konzession machen – wenn dieser Ball überhaupt bis nach zwei Uhr dauert. Warwara Petrowna hat doch nicht Wort gehalten und keine Blumen hergegeben. Hm! Sie wird wohl jetzt an andere Dinge denken als an Blumen, pauvre mère! Und die arme Lisa, haben Sie es gehört? Man sagt, es sei eine geheimnisvolle Geschichte, und ... und wieder erscheint dieser Stawrogin auf dem Plan ... Hm! Ich möchte gern wegfahren und mich schlafen legen ... ich kann schon den Kopf gar nicht mehr gerade halten. Wann mag denn diese li-te-ra-ri-sche Quadrille anfangen?«

Endlich fing auch die literarische Quadrille an. In der Stadt war man in der letzten Zeit, sobald irgendwo ein Gespräch über den bevorstehenden Ball begonnen hatte, immer alsbald auf diese literarische Quadrille zu reden gekommen, und da sich niemand so recht vorstellen konnte, was das sei, so hatte sie maßlose Neugier erregt. Nichts konnte für den Erfolg gefährlicher sein, und – wie groß war nun die Enttäuschung!

Eine bis dahin verschlossene Seitentür des Weißen Saales öffnete sich, und plötzlich erschienen einige Masken. Das Publikum umringte sie mit lebhaftem Interesse. Alle, die bisher im Büfettzimmer gewesen waren, kamen bis auf den letzten Mann auf einmal in den Saal geströmt. Die Masken stellten sich zum Tanzen auf. Es gelang mir, mich in die vorderste Reihe durchzudrängen, und ich kam gerade hinter Julija Michailowna, von Lembke und den General zu stehen. In diesem Augenblicke sprang zu Julija Michailowna Pjotr Stepanowitsch heran, der bis dahin nirgends zu sehen gewesen war.

»Ich halte mich immer im Büfettzimmer auf und beobachte«, flüsterte er mit der Miene eines schuldbewußten Schulknaben, die er übrigens absichtlich fingierte, um sie noch mehr zu reizen.

Diese wurde dunkelrot vor Zorn.

»Wenn Sie mich nur wenigstens jetzt nicht mehr betrügen wollten, Sie frecher Mensch!« entfuhr es ihr beinah laut, so daß man es im Publikum hören konnte.

Pjotr Stepanowitsch lief, mit sich selbst höchst zufrieden, davon.
Es war schwer, sich eine kläglichere, gemeinere, dümmere, fadere Allegorie als diese »literarische Quadrille« vorzustellen. Man hätte nichts ersinnen können, was für unser Publikum weniger geeignet gewesen wäre, und dabei hatte diese Quadrille, wie gesagt wurde, Karmasinow ausgedacht. Arrangiert hatte sie allerdings Liputin nach Beratungen mit eben jenem lahmen Lehrer, der an der abendlichen Zusammenkunft bei Wirginski teilgenommen hatte. Aber Karmasinow hatte doch die Idee dazu geliefert und hatte sogar, wie man sagte, sich selbst verkleiden und eine besondere, selbständige Rolle übernehmen wollen. Die Quadrille bestand aus sechs Paaren von kläglichen Masken; eigentlich waren es gar keine Masken, da die betreffenden Personen ebensolche Kleider trugen wie alle andern. So hatte zum Beispiel ein bejahrter Herr von kleiner Statur einen Frack an, war, mit einem Worte, ebenso gekleidet wie alle Leute; nur hatte er sich einen würdevollen, grauen Bart angeheftet, und darin bestand sein ganzes Maskenkostüm; dieser Herr tanzte mit ernstem Gesichtsausdrucke immer auf einem Fleck herum, indem er mit raschen, kleinen Schritten umhertrippelte und sich fast nicht von der Stelle bewegte. Er stieß mit einer leidlichen, aber heiseren Baßstimme einige Laute aus, und diese heisere Stimme sollte eine bekannte Zeitung bedeuten. Dieser Maske gegenüber tanzten zwei Riesen X und Z, und diese Buchstaben waren ihnen an den Frack geheftet; aber was diese Buchstaben X und Z bedeuteten, blieb unaufgeklärt. »Der ehrenhafte russische Gedanke« wurde von einem Herrn in mittlerem Alter dargestellt, mit Brille, Frack, Handschuhen und – Fußfesseln (echten Fußfesseln). Unter dem Arm trug dieser Gedanke eine Portefeuille mit irgendwelchen Akten. Aus seiner Tasche schaute ein aus dem Auslande gekommener, erbrochener Brief hervor, der für alle Zweifler eine Bescheinigung über die Ehrenhaftigkeit des »ehrenhaften russischen Gedankens« enthielt. All dies wurde von den Festordnern mündlich auseinandergesetzt; denn lesen konnte man natürlich

den aus der Tasche heraussehenden Brief nicht. In der erhobenen rechten Hand hielt der »ehrenhafte russische Gedanke« ein Trinkglas, wie wenn er einen Toast ausbringen wollte. Rechts und links neben ihm trippelten zwei Nihilistinnen mit kurz geschorenem Haar umher, und vis-à-vis tanzte ein ebenfalls bejahrter Herr im Frack, aber mit einem schweren Knittel in der Hand; er stellte angeblich ein nicht in Petersburg erscheinendes Revolverjournal »Wen ich kriege, dem wasche ich den Kopf!« dar. Aber trotz seines Knittels konnte er die Blicke, die der »ehrenhafte russische Gedanke« durch seine Brillengläser beharrlich auf ihn richtete, nicht ertragen und bemühte sich zur Seite zu sehen, und wenn er einen pas de deux ausführte, so drehte und wand er sich und wußte nicht, wo er bleiben sollte; so quälte ihn wahrscheinlich das Gewissen ... Übrigens kann ich mich nicht auf all diese albernen Einfälle besinnen; es war alles von derselben Art, so daß ich mich schließlich in peinlichem Grade schämte. Und siehe da, diese selbe Empfindung der Scham prägte sich auch auf den Gesichtern des ganzen übrigen Publikums aus, sogar in den mürrischen Physiognomien derjenigen, die aus dem Büfettzimmer gekommen waren. Eine Zeitlang schwiegen alle und sahen mit unwilligem Staunen zu. Wer sich schämt, wird gewöhnlich unwillig und bekommt Lust zu schimpfen. Allmählich machte sich im Publikum ein dumpfes Gemurmel hörbar.

»Was soll denn das vorstellen?« brummte in einer Gruppe ein Büfettfreund.

»Irgendeine Dummheit.«

»Etwas aus der Literatur. Der Golos wird kritisiert.«

»Was kümmert das mich?«

In einer andern Gruppe:

»Die Esel!«

»Nein, sie sind keine Esel, sondern wir sind Esel.«

»Warum bist du ein Esel?«

»Nein, ich bin kein Esel.«

»Na, wenn du kein Esel bist, dann bin ich schon lange keiner.«

In einer dritten Gruppe:
»Man müßte ihnen allen einen Fußtritt geben und sie zum Teufel jagen!«
»Den ganzen Saal in Aufregung zu bringen!«
In einer vierten:
»Daß sich bloß die Lembkes nicht schämen, dabei zuzusehen!«
»Warum sollen sie sich schämen? Du schämst dich ja auch nicht!«
»Doch, ich schäme mich; und er ist doch der Gouverneur.«
»Und du bist ein Schafskopf.«
»In meinem ganzen Leben habe ich noch keinen so ordinären Ball gesehen«, sagte giftig dicht neben Julija Michailowna eine Dame, offenbar mit der Absicht, von dieser gehört zu werden.
Diese Dame war etwa vierzig Jahre alt, stämmig, geschminkt; sie trug ein grellfarbiges Seidenkleid; in der Stadt kannten sie fast alle; aber niemand empfing sie. Sie war die Witwe eines Staatsrates, der ihr ein hölzernes Haus und eine kärgliche Pension hinterlassen hatte; aber sie lebte auf großem Fuße und hielt sich Wagen und Pferde. Vor zwei Monaten hatte sie der neuen Frau Gouverneur ihrerseits zuerst einen Besuch gemacht, war aber nicht angenommen worden.
»Das war ja auch vorherzusehen«, fügte sie hinzu, indem sie Julija Michailowna frech ins Gesicht blickte.
»Wenn Sie das vorhersehen konnten, warum sind Sie denn dann hergekommen?« konnte sich Julija Michailowna nicht enthalten zu entgegnen.
»Aus Harmlosigkeit«, erwiderte die schlagfertige Dame sofort und setzte sich mit einem Ruck in Positur (sie hatte die größte Lust, mit Julija Michailowna anzubinden); aber der General trat zwischen die beiden:
»Chère dame«, sagte er, sich zu Julija Michailowna hinbeugend, »Sie sollten wirklich wegfahren. Wir genieren hier die Leute nur, und sie werden sich ohne uns vorzüglich amüsieren. Sie, meine Gnädige, haben alles getan; Sie haben ihnen

den Ball eröffnet; nun, so überlassen Sie denn jetzt die Leute sich selbst ... Und auch Andrej Antonowitsch scheint sich nicht voll-stän-dig wohl zu fühlen ... Daß nur nicht noch ein Malheur passiert!«
Aber es war schon zu spät.
Andrej Antonowitsch hatte während der ganzen Quadrille den Tanzenden mit einer Art von zornigem Erstaunen zugesehen; aber als nun die lauten Bemerkungen im Publikum anfingen, begann er unruhig um sich zu blicken. Da fielen ihm zum erstenmal einige Persönlichkeiten aus dem Büfettzimmer in die Augen, und sein Blick drückte die größte Verwunderung aus. Plötzlich erscholl ein lautes Gelächter über ein Kunststück in der Quadrille; der Herausgeber des »nicht in Petersburg erscheinenden Revolverjournals«, der mit dem Knittel in der Hand tanzte, fühlte endlich, daß er die auf ihn gerichteten Brillengläser des »ehrenhaften russischen Gedankens« nicht länger ertragen konnte, und da er nicht wußte, wo er vor seinem Visavis bleiben sollte, ging er in der letzten Tanzfigur diesem plötzlich auf den Händen mit den Beinen nach oben entgegen, was (wie ich anmerke) das beständige Auf-den-Kopf-Stellen des gesunden Menschenverstandes in dem »nicht in Petersburg erscheinenden Revolverjournal« versinnbildlichen sollte. Da nur Ljamschin auf den Händen zu gehen verstand, so hatte er es übernommen, den Herausgeber mit dem Knittel darzustellen. Julija Michailowna wußte absolut nichts davon, daß da auf den Händen gegangen werden würde. »Das hatte man mir verheimlicht, das hatte man mir verheimlicht«, sagte sie später ganz verzweifelt und entrüstet zu mir. Das Gelächter der Menge galt natürlich nicht dem allegorischen Sinne, um den sich niemand kümmerte, sondern einfach dem Gehen auf den Händen in einem Frack mit Schößen. Lembke kochte vor Wut und zitterte am ganzen Leibe.
»Taugenichts!« schrie er, auf Ljamschin zeigend. »Man fasse den Schurken und drehe ihn um ... um, drehe ihn mit den Beinen um ... mit dem Kopf ... der Kopf soll oben sein ... oben!«

Ljamschin sprang auf die Füße. Das Gelächter wurde noch stärker.
»Man jage alle Schurken, die da lachen, hinaus!« befahl Lemke plötzlich.
Die Menge murrte und lachte.
»Das geht nicht, Exzellenz.«
»Das Publikum darf man nicht schimpfen.«
»Selbst ein Narr!« erscholl eine Stimme aus irgendeiner Ecke.
»Die Flibustier!« rief jemand von einem andern Ende her.
Lembke drehte sich auf diesen Ruf schnell um und wurde ganz blaß. Ein stumpfsinniges Lächeln zeigte sich auf seinen Lippen, wie wenn er auf einmal etwas begriffe und sich an etwas erinnerte.
»Meine Herren«, wandte sich Julija Michailowna an die herandrängende Menge, indem sie gleichzeitig ihren Mann hinter sich herzog, »meine Herren, entschuldigen Sie Andrej Antonowitsch; er ist nicht wohl . . . entschuldigen Sie . . . verzeihen Sie ihm, meine Herren!«
Ich hörte genau, daß sie sagte: »Verzeihen Sie.« Die Szene spielte sich sehr schnell ab. Aber ich erinnere mich bestimmt, daß ein Teil des Publikums in diesem Augenblicke schon aus dem Saale hinausstrebte, anscheinend erschrokken, namentlich nach diesen Worten Julija Michailownas. Ich erinnere mich sogar, daß eine Frauenstimme, von Tränen fast erstickt, krampfhaft schrie:
»Ach, wieder wie am Vormittag!«
Und plötzlich schlug in dieses schon beginnende Gedränge wieder eine Bombe ein, gerade »wieder wie am Vormittag«.
»Feuer! Die ganze jenseitige Stadt brennt!«
Ich erinnere mich nur nicht, wo dieser schreckliche Ruf zuerst erscholl: Ob in den Sälen, oder ob jemand, wie es scheint, mit diesem Rufe von der Treppe und aus dem Vorzimmer hereingelaufen kam; aber unmittelbar darauf trat ein solcher Wirrwarr ein, daß ich es nicht unternehme, ihn zu schildern. Mehr als die Hälfte des auf dem Balle anwesenden Publikums war aus dem jenseitigen Stadtteile

und besaß dort Holzhäuser oder wohnte in solchen zur Miete. Sie stürzten zu den Fenstern; im Nu waren die Gardinen auseinandergezogen, die Rouleaus zerrissen. Der jenseitige Stadtteil brannte. Allerdings war die Feuersbrunst erst im Entstehen; aber es brannte an drei ganz verschiedenen Stellen; gerade das war es, was Schrecken erregte.

»Brandstiftung! Die Schpigulinschen!« wurde in der Menge gerufen.

Ich erinnere mich an einige sehr charakteristische Ausrufe.

»Das habe ich doch geahnt, daß sie Feuer anlegen werden; all diese Tage her habe ich es geahnt!«

»Die Schpigulinschen, die Schpigulinschen; kein anderer!«

»Man hat uns hier absichtlich versammelt, um dort Feuer anzulegen!«

Dieser letzte, wunderlichste, unwillkürliche Ausruf rührte von einer Frau her, die ihr Haus ebenfalls gefährdet wußte. Alles strömte dem Ausgange zu. Ich versuche nicht zu schildern, welches Gedränge im Vorzimmer beim Suchen nach den Pelzen, Tüchern und Pelerinen herrschte, wie erschrockene Frauen kreischten und junge Mädchen weinten. Diebstähle sind wohl kaum vorgekommen; aber es ist kein Wunder, daß bei solcher Unordnung manche Leute ohne ihre warmen Überkleider wegfuhren, da sie das Ihrige nicht hatten finden können; darüber kursierten nachher in der Stadt viele Erzählungen mit legendenhaften Ausschmückungen. Lembke und Julija Michailowna wurden von der Menge in der Tür beinah erdrückt.

»Alle zurückhalten! Niemanden hinauslassen!« schrie Lembke und streckte den Drängenden drohend die Hand entgegen. »Alle sollen Mann für Mann aufs strengste visitiert werden, sofort!«

Aus dem Saale antwortete ein Hagel kräftiger Schimpfworte.

»Andrej Antonowitsch! Andrej Antonowitsch!« rief Julija Michailowna in heller Verzweiflung.

»Die soll zuerst verhaftet werden!« schrie dieser und wies drohend mit dem Finger auf sie. »Die soll zuerst visitiert werden. Der Ball ist zum Zwecke der Brandstiftung arrangiert worden . . .«

Sie schrie auf und fiel in Ohnmacht (oh, natürlich in eine wirkliche Ohnmacht). Ich, der Fürst und der General stürzten zu ihr ihn, um ihr zu helfen; es fanden sich auch andere, die uns in diesem schweren Augenblicke beistanden, sogar einige Damen. Wir trugen die Unglückliche aus dieser Hölle hinaus und setzten sie in ihren Wagen; aber erst als wir bei ihrem Hause vorfuhren, kam sie zur Besinnung, und ihr erster Schrei betraf wieder Andrej Antonowitsch. Nach der Zerstörung all ihrer Phantasiegebilde stand nur noch Andrej Antonowitschs Gestalt vor ihrem geistigen Blicke. Wir schickten zu einem Arzte. Ich wartete bei ihr eine ganze Stunde lang, desgleichen der Fürst; der General wollte in einem Anfall hochherziger Gesinnung (obwohl er selbst einen großen Schreck bekommen hatte) die ganze Nacht nicht »von dem Bette der Unglücklichen« weggehen; aber nach zehn Minuten schlief er, noch ehe der Arzt gekommen war, im Saale auf einem Lehnstuhle sitzend ein; da ließen wir ihn denn auch.

Dem Polizeimeister, der sofort den Ball verieß, um zum Feuer zu eilen, gelang es, Andrej Antonowitsch hinter uns her hinauszuführen, und er wollte ihn veranlassen zu Julija Michailowna in die Kutsche zu steigen, indem er Seiner Exzellenz aus aller Kraft zuredete, sich doch zu beruhigen. Aber ich begreife nicht, warum er nicht auf diesem Verlangen bestand. Allerdings wollte Andrej Antonowitsch nichts von Ruhe hören, sondern wollte mit Gewalt zum Feuer; aber das hätte kein Grund sein dürfen. Schließlich nahm ihn der Polizeimeister in seinem eigenen Wägelchen mit zum Feuer. Später erzählte er, Lembke habe während der ganzen Fahrt gestikuliert und schreiend ganz absonderliche, unausführbare Ideen vorgebracht. In der Folge lautete denn auch die amtliche Darstellung, Seine Exzellenz habe zu jener Zeit »infolge des plötzlichen Schrecks« bereits ein Nervenfieber gehabt.

Ich brauche nicht erst zu erzählen, wie der Ball endete. Ein paar Dutzend Strolche und mit ihnen sogar einige Damen waren in den Sälen zurückgeblieben. Polizei war keine mehr da. Die Musik ließ man nicht weg; die Musikanten, die fortgehen wollten, wurden geprügelt. Bis zum Morgen wurden dem Koche Prochorytsch seine sämtlichen Vorräte weggenommen; man trank bis zur Bewußtlosigkeit, tanzte den Kamarinski ohne Zensur, besudelte die Zimmer, und erst bei Tagesgrauen eilte ein Teil dieser Bande völlig betrunken zur Brandstätte, um dort neuen Unfug zu treiben. Die andere Hälfte übernachtete in den Sälen, in sinnlos betrunkenem Zustande mit allen Folgen desselben, auf den Samtsofas und auf dem Fußboden. Am Morgen, so bald es irgend möglich war, zog man sie an den Beinen auf die Straße hinaus. So endete das Fest zum Besten der Gouvernanten unseres Gouvernements.

## IV

Die Feuersbrunst rief bei unserer jenseits des Flusses wohnenden Einwohnerschaft namentlich deswegen einen so großen Schrecken hervor, weil die Brandstiftung zweifellos war. Es ist bemerkenswert, daß bei dem ersten Schrei: »Es brennt« sogleich auch gerufen wurde: »Die Schpigulinschen legen Feuer an!« Jetzt ist bereits hinreichend festgestellt, daß sich in der Tat drei Schpigulinsche Arbeiter an der Brandstiftung beteiligt haben, aber auch nicht mehr; alle übrigen Arbeiter dieser Fabrik sind sowohl von der öffentlichen Meinung als auch amtlich völlig freigesprochen worden. Außer diesen drei Taugenichtsen (von denen einer ergriffen wurde und geständig war, während die beiden andern noch bis jetzt flüchtig sind) war an der Brandstiftung zweifellos auch der Sträfling Fedka beteiligt. Das ist alles, was vorläufig über die Entstehung der Feuersbrunst mit Sicherheit bekannt ist; etwas anderes ist es mit den Mutmaßungen. Wodurch sind diese drei Taugenichtse zu der Tat veranlaßt worden? Hat sie jemand dazu angestiftet? Auf

diese Fragen ist es sehr schwer eine Antwort zu geben, selbst jetzt.
Infolge des starken Windes, infolge der fast durchweg hölzernen Bauart des jenseits des Flusses gelegenen Stadtteiles und endlich infolge der Brandstiftung an drei verschiedenen Stellen breitete sich das Feuer schnell aus und ergriff mit unglaublicher Gewalt eine ganze Menge von Häusern (übrigens darf man eigentlich nur Brandstiftung an zwei Stellen rechnen; eine dritte wurde fast in demselben Augenblicke, wo es aufbrannte, bemerkt und gelöscht; hierauf komme ich noch weiter unten zu sprechen). Aber in den Korrespondenzen der hauptstädtischen Zeitungen wurde das Unglück, das uns betroffen hatte, übertrieben: Abgebrannt ist nicht mehr als ein Viertel (vielleicht sogar noch weniger) des ganzen jenseits gelegenen Stadtteils, schätzungsweise gesagt. Unsere Feuerwehr, die allerdings im Verhältnis zu der Ausdehnung und Einwohnerzahl unserer Stadt nur schwach ist, arbeitete doch sehr prompt und aufopfernd. Aber sie hätte nicht viel ausgerichtet, auch trotz der freundlichen Mithilfe der Einwohner nicht, wenn nicht gegen Morgen eine Änderung im Winde eingetreten wäre, der sich auf einmal kurz vor Tagesanbruch legte. Als ich nur eine Stunde nach meiner Flucht vom Balle nach dem jenseitigen Stadtteil gelangte, war das Feuer auf seiner vollen Höhe. Die ganze mit dem Flusse parallel laufende Straße brannte. Es war so hell wie am Tage. Ich will das Bild, das die Feuersbrunst darbot, nicht eingehend schildern: Wer kennt es in Rußland nicht? In den der brennenden Straße zunächst liegenden Gassen war ein maßloses Gehaste und Gedränge. Hier wurde das Feuer mit Bestimmtheit erwartet, und die Bewohner schleppten ihre Habe heraus, entfernten sich aber immer noch nicht von ihren Wohnungen, sondern saßen wartend auf ihren herausgeschleppten Kasten und Betten, jeder vor seinen Fenstern. Ein Teil der männlichen Bevölkerung war mit schwerer Arbeit beschäftigt: Sie schlugen schonungslos Zäune nieder und trugen sogar ganze Hütten ab, die dem Feuer zu nahe waren und unter dem Winde lagen. Die soeben aus dem Schlafe

gerissenen Kinder weinten; die Weiber, die bereits ihren Kram herausgeschleppt hatten, heulten und jammerten; diejenigen, die noch nicht damit fertig waren, verrichteten die Arbeit des Heraustragens schweigend und mit aller Energie. Funken und brennende Holzstücke flogen weithin; man löschte sie nach Möglichkeit. An der Brandstätte selbst drängten sich die Zuschauer, die von allen Enden der Stadt zusammengelaufen waren. Manche halfen löschen; andere sahen nur schaulustig zu. Ein großes nächtliches Feuer hat immer die Wirkung, die Nerven zu reizen und ein Gefühl des Vergnügens hervorzurufen; darauf beruhen die Feuerwerke; aber da wird das Feuer nach schönen, regelmäßigen Entwürfen arrangiert und bringt bei seiner völligen Gefahrlosigkeit eine muntere, lustige Stimmung hervor, ähnlich wie ein Glas Champagner. Etwas anderes ist eine wirkliche Feuersbrunst: Hier haben der Schrecken und eine Art von Gefühl, als ob man selbst gefährdet sei, neben dem vergnüglichen Eindrucke des nächtlichen Feuers, bei dem Zuschauer (natürlich nicht bei dem Bewohner, welcher abbrennt) eine gewisse Erschütterung des Gehirnes zur Folge und erwecken seinen eigenen Zerstörungstrieb, der leider in eines jeden Seele verborgen liegt, sogar in der Seele des friedlichsten Familienvaters und Titularrates . . . Diese düstere Empfindung hat fast immer etwas Berauschendes. »Ich weiß wirklich nicht, ob man eine Feuersbrunst ohne ein gewisses Vergnügen mit ansehen kann«, sagte Wort für Wort Stepan Trofimowitsch einmal zu mir, als er von einer nächtlichen Feuersbrunst zurückkehrte, zu der er zufällig gekommen war, noch unter dem ersten Eindrucke dieses Schauspieles. Natürlich wird derselbe Liebhaber eines nächtlichen Feuers sich auch selbst ins Feuer stürzen, um ein von den Flammen bedrohtes Kind oder eine alte Frau zu retten; aber das steht auf einem andern Blatte.

Indem ich mich hinter einem neugierigen Haufen herdrängte, gelangte ich ohne zu fragen zu dem wichtigsten, gefährdetsten Punkte, wo ich endlich Lembke erblickte, den ich in Julija Michailownas eigenem Auftrage suchte. Seine Situation war wunderlich und ungewöhnlich. Er stand auf den

Trümmern eines Zaunes; links von ihm, in einer Entfernung von etwa dreißig Schritten, ragte das schwarze Skelett eines schon fast ganz verbrannten zweistöckigen Holzhauses in die Höhe, mit Löchern statt der Fenster in beiden Etagen, mit dem eingestürzten Dache und mit Flämmchen, die immer noch hier und da an den verkohlten Balken herumzüngelten. Hinten auf dem Hofe, ungefähr zwanzig Schritte von dem verbrannten Hause entfernt, begann ein ebenfalls zweistöckiges Nebengebäude zu brennen, und um dieses bemühte sich die Feuerwehr aus allen Kräften. Rechts suchten Feuerwehrleute und Zivilisten ein ziemlich großes hölzernes Gebäude zu schützen, das noch nicht brannte, aber schon mehrmals zu bennen angefangen hatte und dem Schicksal des Abbrennens nicht entgehen zu können schien. Lembke wandte das Gesicht dem Nebengebäude zu, schrie und gestikulierte und gab Befehle, die niemand ausführte. Ich hatte den Eindruck, daß man ihn einfach unbeachtet ließ und sich gar nicht um ihn kümmerte. Denn der dichte und sehr buntscheckige Menschenhaufe, der ihn umgab, und in welchem mit allerlei Volk zusammen sich auch Herren befanden und sogar der Dompfarrer, hörte zwar neugierig und verwundert an, was er sagte; aber niemand von ihnen redete mit ihm, und niemand versuchte, ihn fortzuführen. Blaß und mit funkelnden Augen sprach Lembke das wunderlichste Zeug; obendrein war er barhäuptig, da er seinen Hut schon lange verloren hatte.
»Immer Brandstiftung! Das ist der Nihilismus! Wenn etwas brennt, so ist es der Nihilismus!« hörte ich ihn sagen und erschrak darüber; denn wenn ich mich bei ihm auch über nichts mehr wundern konnte, so hat die nackte Wirklichkeit doch immer etwas Erschütterndes.
»Exzellenz«, sagte ein Reviervorsteher, der zu ihm trat, »wenn Sie doch belieben wollten, sich zu Hause Ruhe zu vergönnen . . . Hier zu stehen ist für Euer Exzellenz sogar gefährlich.«
Dieser Reviervorsteher war, wie ich nachher erfuhr, von dem Polizeimeister ausdrücklich zu Andrej Antonowitsch abkommandiert worden, um ihn zu beobachten und mit allen

Mitteln zu versuchen, ihn nach Hause zu schaffen, und im Falle von Gefahr sogar unter Anwendung von Gewalt, ein Auftrag, der augenscheinlich über die Kräfte des Beauftragten hinausging.

»Die Tränen der Abgebrannten werden getrocknet werden, aber die Stadt wird abbrennen. Das sind immer die vier Schurken, vier bis fünf. Man arretiere den Schurken! Er drängt sich in die Ehre der Familien ein. Zum Anzünden der Häuser haben sie sich der Gouvernanten bedient. Das ist gemein, gemein! Oho, was macht der da?« rief er, da er auf dem Dache des brennenden Nebengebäudes einen Feuerwehrmann bemerkte, unter dem das Dach schon brannte, und um den herum das Feuer aufloderte. »Zieht ihn weg, zieht ihn weg; er wird herunterfallen; er wird verbrennen; löscht ihn! . . . Was tut er da?«

»Er löscht, Exzellenz.«

»Das ist unwahrscheinlich. Die Feuersbrunst ist in den Köpfen der Menschen, nicht auf den Dächern der Häuser. Zieht ihn herunter und laßt alles stehen und liegen! – Das ist das Beste, alles stehen und liegen zu lassen! Mag es selbst sehen, wie es zurechtkommt! Oho, wer weint da? Eine alte Frau! Da schreit eine alte Frau; warum hat man die alte Frau vergessen?«

In der Tat schrie in dem unteren Stockwerke des brennenden Nebengebäudes eine alte Frau, eine achtzigjährige Verwandte des Kaufmanns, dem das brennende Haus gehörte. Aber man hatte sie nicht vergessen, sondern sie war selbst, als es noch möglich war, in das brennende Haus zurückgekehrt, in der sinnlosen Absicht, aus ihrer noch unversehrten Kammer ihr Federbett herauszuholen. Nur mühsam in dem Rauche atmend und in der Gluthitze schreiend, da auch die Kammer nun zu brennen angefangen hatte, versuchte sie dennoch aus aller Kraft mit ihren schwachen Armen ihr Bett durch den Fensterrahmen, aus dem die Scheiben herausgeschlagen waren, hindurchzuschieben. Lembke stürzte zu ihr hin, um ihr zu helfen. Alle sahen, wie er zum Fenster hinlief, einen Zipfel des Bettes ergriff und es mit aller Kraft aus dem Fenster zu ziehen suchte. Unglücklicherweise fiel von dem Dache gerade in diesem Augenblicke ein losgebrochenes Brett herunter und traf den Ärmsten; das Brett erschlug ihn nicht, da es ihn im Falle nur mit einem Ende am Halse streifte; aber Andrej Antonowitschs Laufbahn war damit, wenigstens bei uns, beendet; der Schlag warf ihn zu Boden, und er fiel besinnungslos hin.

Endlich dämmerte trübe und verdrossen der Morgen herauf. Die Feuersbrunst wurde schwächer; der Wind hatte sich auf einmal gelegt, und die Luft war still geworden, und darauf begann ein leiser, langsamer Regen wie durch ein Sieb herabzurieseln. Ich war schon in einer andern Gegend dieses jenseitigen Stadtteils, weit entfernt von der Stelle, wo Lembke hingefallen war, und hier hörte ich in der Volksmenge sehr seltsame Gespräche. Eine sonderbare Tatsache war zutage gekommen: Ganz am Rande des Stadtviertels stand auf einem freien Platze, hinter Gemüsegärten, nicht weniger als fünfzig Schritte von anderen Gebäuden entfernt, ein soeben erst erbautes kleines Holzhaus, und dieses einsame Haus war fast zu allererst in Brand geraten, gleich zu Anfang der Feuersbrunst. Wenn es auch in Flammen aufgegangen wäre, so hätte es bei dem Abstande doch das Feuer keinem andern Bauwerke der Stadt mitteilen können; und umgekehrt, wenn auch der ganze jenseitige Stadtteil gebrannt hätte, so hätte doch dieses Haus allein unversehrt bleiben können, von welcher Richtung auch der Wind kommen mochte. Es ergab sich daraus, daß es für sich und selbständig zu brennen angefangen hatte und folglich eine besondere Absicht vorgelegen haben mußte. Aber die Hauptsache war, daß es nicht zum Abbrennen des Häuschens gekommen war und in seinem Innern um die Morgendämmerung erstaunliche Dinge entdeckt worden waren. Der Besitzer dieses neuen Hauses, ein Kleinbürger, der in der nächsten Vorstadt wohnte, hatte kaum das Feuer in seinem neuen Hause gesehen, als er auch schon hineilte und es mit Erfolg schützte, indem er mit Hilfe der Nachbarn das an einer Seitenwand aufgeschichtete Holz, welches brannte, auseinanderwarf. Aber in dem Hause wohnten Mieter, ein in der Stadt bekannter Hauptmann mit seiner Schwester und bei ihnen eine bejahrte Magd; und siehe da, diese Mieter, der Hauptmann, seine Schwester und die Magd, waren alle drei in dieser Nacht ermordet und offenbar beraubt worden. (Hierher hatte sich auch der Polizeimeister von der Feuersbrunst zu der Zeit begeben gehabt, als Lembke das Bett zu retten suchte.) Gegen Morgen verbreitete sich diese Nachricht, und eine gewaltige Menge von Menschen aller Art, darunter sogar viele Abgebrannte, strömten nach dem freien Platze zu dem neuen Hause hin. Es war schwer hindurchzukommen, so groß war das Gedränge. Man erzählte mir sofort, der Hauptmann sei mit durchschnittener Kehle gefunden worden, auf einer Bank liegend, angekleidet; er sei wahrscheinlich in sinnlos betrunkenem Zustande ermordet worden, so daß er den Mörder nicht gehört habe, und habe geblutet »wie ein Ochse«; seine Schwester Marja Timofejewna sei von Messerstichen ganz durchlöchert und habe auf dem Fußboden an der Tür gelegen, so daß mit Sicherheit anzunehmen sei, sie sei wach gewesen und habe sich gewehrt und mit dem Mörder gerungen. Der Magd, die sicherlich ebenfalls aufgewacht sei, sei der Schädel vollständig zerschmettert. Nach den Erzählungen des Hauswirtes war der Hauptmann noch am Vormittage des vorhergehenden Tages betrunken zu ihm gekommen, hatte geprahlt und viel Geld gezeigt, gegen zweihundert Rubel. Die alte, abgescheuerte grüne Brieftasche des Hauptmanns war leer auf dem Fußboden gefunden worden; aber Marja Timofejewnas Kasten war unangerührt gewesen, desgleichen der silberne Rahmen des Heiligenbildes; auch die Garderobe des Hauptmanns stellte sich als unversehrt heraus. Es war offenbar, daß der Dieb es eilig gehabt, die Verhältnisse des Hauptmanns genau gekannt hatte, nur um des Geldes willen gekommen war und gewußt hatte, wo er es finden konnte. Wäre der Hauswirt nicht so bald herbeigekommen, so würde das brennende Holz sicherlich das Haus in Brand gesetzt haben, und, sagten die Leute, an den verbrannten Leichnamen wäre es dann schwer gewesen, die Wahrheit zu erkennen.

So wurde die Sache dargestellt. Noch eine Notiz wurde hinzugefügt: Die Wohnung habe für den Hauptmann und dessen Schwester Herr Nikolai Wsewolodowitsch Stawrogin, der Sohn der Generalin Stawrogina, gemietet, und er sei zu diesem Zwecke persönlich zu dem Wirte gekommen; er habe dem Wirte erst sehr zureden müssen, da dieser die Wohnung nicht habe hergeben wollen, weil er das Haus zu einer Schenke bestimmt gehabt habe; aber Nikolai Wsewolodowitsch habe wegen des Preises keine Schwierigkeiten gemacht und die Miete gleich auf ein halbes Jahr vorausbezahlt.

»Dieses Feuer ist nicht ohne besondere Absicht angelegt worden«, hörte ich in der Menge sagen.

Aber die Mehrzahl schwieg. Die Gesichter waren finster; eine größere, sichtbare Aufregung konnte ich jedoch nicht wahrnehmen. Ringsumher fuhr man aber fort Geschichten von Nikolai Wsewolodowitsch zu erzählen, und daß die Ermordete seine Frau gewesen sei, und daß er gestern aus einem der angesehensten Häuser der Stadt, bei der Generalin Drosdowa, ein junges Mädchen, ihre Tochter, »unehrenhafter Weise« zu sich entführt habe, und daß darüber Klage in Petersburg erhoben werden solle; und daß seine Frau ermordet sei, daß sei offenbar geschehen, damit er das Fräulein Drosdowa heiraten könne. Skworeschniki war nicht weiter als zwei und eine halbe Werst entfernt, und ich erinnere mich, daß mir der Gedanke kam: Soll ich nicht die Nachricht dorthin gelangen lassen? Übrigens bemerkte ich nicht, daß jemand die Menge besonders aufgehetzt hätte; ich will keine Unwahrheit auf mein Gewissen laden; allerdings huschten vor meinen Augen die Visagen zweier oder dreier jener Büfettfreunde vorüber, die sich gegen Morgen bei der Feuersbrunst eingefunden hatten, und die ich sofort wiedererkannte. Aber besonders erinnere ich mich an einen hageren, ausgemergelten, hochgewachsenen Burschen mit krausem, kohlschwarzem Haar, einen Kleinbürger, von Beruf Schlosser, wie ich später erfuhr. Er war nicht betrunken, war aber im Gegensatz zu der finster dastehenden Menge wie außer sich. Er wandte sich fortwährend an das

Volk, obwohl ich mich an seine Worte nicht erinnere. Alles, was er Zusammenhängendes sagte, war nicht länger als folgendes: »Brüder, was stellt das vor? Soll das wirklich so weitergehen?« und dabei fuchtelte er mit den Armen umher.

## DRITTES KAPITEL

### *Der beendete Roman*

### I

Von dem großen Saale in Skworeschniki aus (eben jenem Saale, in welchem die letzte Begegnung Warwara Petrownas mit Stepan Trofimowitsch stattgefunden hatte) war die Feuersbrunst so klar zu sehen, als ob sie ganz nahe wäre. Bei Tagesanbruch, zwischen fünf und sechs Uhr morgens, stand Lisa an dem letzten Fenster rechts und blickte starr nach dem erlöschenden Feuerscheine hin. Sie war allein im Zimmer. Sie trug ihr gestriges Festkleid, in dem sie bei der Vorlesung erschienen war, ein hellgrünes, kostbares, ganz mit Spitzen besetztes Kleid, das aber schon zerknittert und eilig und nachlässig angezogen war. Als sie auf einmal bemerkte, daß es über der Brust nicht vollständig zugeknöpft war, errötete sie, brachte es eilig in Ordnung, nahm von einem Stuhl das rote Tuch, das sie schon tags zuvor bei ihrer Ankunft dort hingeworfen hatte, und band es sich um den Hals. Ihr üppiges Haar fiel in welk gewordenen Locken unter dem Tuche hervor auf die rechte Schulter. Ihr Gesicht war müde und sorgenvoll; aber die Augen brannten unter den finster zusammengezogenen Brauen. Sie ging wieder zum Fenster hin und drückte die heiße Stirn gegen die kalte Scheibe. Die Tür öffnete sich, und Nikolai Wsewolodowitsch trat herein.

»Ich habe einen besonderen reitenden Boten hingeschickt«, sagte er; »in zehn Minuten werden wir alles erfahren;

vorläufig sagen die Leute, ein Teil des jenseitigen Stadtteiles sei abgebrannt, nach dem Ufer zu, rechts von der Brücke. Es hat schon zwischen elf und zwölf angefangen zu brennen; jetzt erlischt das Feuer.«

Er ging nicht zum Fenster hin, sondern blieb drei Schritte hinter ihr stehen; sie wendete sich nicht zu ihm um.

»Nach dem Kalender müßte es schon seit einer Stunde hell sein, und dabei ist es noch fast Nacht«, sagte sie mißmutig.

»Alle Kalender lügen«, bemerkte er mit einem freundlichen Lächeln; aber beschämt beeilte er sich hinzuzufügen: »Nach dem Kalender zu leben ist langweilig, Lisa.«

Er verstummte nun völlig; er ärgerte sich über die neue Trivialität, die er gesagt hatte. Lisa verzog die Lippen zu einem schiefen Lächeln.

»Sie sind in einer so trüben Stimmung, daß Sie nicht einmal die richtigen Worte für ein Gespräch mit mir finden können. Aber beruhigen Sie sich; Sie haben ganz zutreffend gesagt, daß ich immer nach dem Kalender lebe. Jeder meiner Schritte ist nach dem Kalender berechnet. Sie wundern sich darüber?«

Sie wandte sich schnell vom Fenster weg und setzte sich auf einen Lehnstuhl.

»Bitte, setzen Sie sich ebenfalls! Wir werden nicht lange zusammen sein, und ich will alles sagen, was mir beliebt . . . Warum sollten nicht auch Sie alles sagen, was Ihnen bliebt?«

Nikolai Wsewolodowitsch setzte sich neben sie und ergriff sachte, beinah furchtsam ihre Hand.

»Was bedeutet diese Sprache, Lisa? Woher rührt sie auf einmal? Was bedeutet das: ›Wir werden nicht lange zusammen sein?‹ Das ist schon der zweite rätselhafte Ausdruck in der halben Stunde, seit du aufgewacht bist.«

»Sie fangen an, meine rätselhaften Ausdrücke zu zählen?« erwiderte sie lachend. »Aber erinnern Sie sich, daß ich gestern, als ich hereinkam, mich Ihnen als eine Tote vorstellte? Das haben Sie wohl für nötig gefunden zu vergessen? Zu vergessen oder nicht zu beachten.«

»Ich erinnere mich nicht daran, Lisa. Warum als eine Tote? Du mußt leben . . .«
»Und nun verstummen Sie? Ihre Redegewandtheit ist Ihnen ja ganz abhanden gekommen. Ich habe meine Stunde auf der Welt abgelebt, und nun ist's genug. Erinnern Sie sich wohl an Christofor Iwanowitsch?«
»Nein, ich erinnere mich nicht«, antwortete er mit finsterer Miene.
»Christofor Iwanowitsch in Lausanne? Er hat Sie furchtbar gelangweilt. Er öffnete immer die Tür und sagte: ›Ich komme nur auf eine Minute‹, und saß dann den ganzen Tag da. Ich will ihm nicht ähnlich sein und den ganzen Tag dasitzen.«
Eine schmerzliche Empfindung malte sich auf seinem Gesichte.
»Lisa, diese gezwungene Sprache tut mir weh. Dieses gekünstelte Benehmen ist dir selbst peinlich. Warum redest du so? Wozu?«
Seine Augen brannten.
»Lisa«, rief er, »ich schwöre dir, ich liebe dich jetzt noch mehr als gestern, wo du zu mir kamst!«
»Was für ein seltsames Bekenntnis! Was soll hier gestern und heute und die Abmessung beider?«
»Du wirst mich nicht verlassen«, fuhr er beinah verzweifelt fort; »wir werden zusammen wegreisen, heute noch, nicht wahr? Nicht wahr?«
»Au, drücken Sie mir nicht so heftig die Hand! Wohin sollen wir gleich heute zusammen reisen? Irgendwohin, um wieder ›aufzuerstehen‹? Nein, ich habe schon genug herumversucht . . . und das geht auch für mich zu langsam; und ich bin auch dafür nicht geeignet; das ist zu hoch für mich. Wenn wir reisen sollten, dann müßte es nach Moskau sein, und da müßten wir Besuche machen und selbst Besuche annehmen – das ist mein Ideal, wie Sie wissen; ich habe Ihnen schon in der Schweiz nicht verheimlicht, wie ich beschaffen bin. Da wir nun aber nicht imstande sind nach Moskau zu fahren und dort Besuche zu machen, weil Sie verheiratet sind, so ist es zwecklos, darüber zu reden.«

»Lisa, was war denn das gestern?«
»Es war eben, was es war.«
»Das ist eine schreckliche Antwort! Eine grausame Antwort!«
»Was tut das, daß es grausam ist? Wenn es grausam ist, so ertragen Sie es!«
»Du rächst dich an mir für deine gestrige phantastische Laune . . .« murmelte er, ingrimmig lächelnd.
Lisa fuhr auf.
»Welch ein unwürdiger Gedanke!«
»Warum hast du mir denn . . . ›so viel Glück‹ geschenkt? Habe ich ein Recht, danach zu fragen?«
»Nein, behelfen Sie sich ohne Rechte mir gegenüber; fügen Sie zu der Unwürdigkeit Ihrer Mutmaßungen nicht noch eine Dummheit hinzu. Es gelingt Ihnen heute nichts. Apropos, fürchten Sie etwa die Meinung der Welt, und daß man Sie wegen dieses ›so vielen Glückes‹ verdammen werde? Oh, wenn es so ist, da regen Sie sich, bitte, nicht auf! Sie tragen dabei keine Schuld und brauchen sich vor niemand zu verantworten. Als ich gestern Ihre Tür öffnete, wußten Sie nicht einmal, wer da hereinkam. Es war eben nur eine phantastische Laune von mir, wie Sie sich soeben ausdrückten, und nichts weiter. Sie können allen kühn und stolz in die Augen sehen!«
»Die Art, wie du schon seit einer Stunde redest und lachst, macht, daß mir ein kalter Schauder über den Leib läuft. Dieses ›Glück‹, von dem du mit einem solchen Ingrimm sprichst, kostet mich . . . geradezu alles. Kann ich dich denn jetzt verlieren? Ich schwöre dir, ich habe dich gestern weniger geliebt als in diesem Augenblicke. Weshalb nimmst du mir heute alles fort? Weißt du, was sie mich gekostet hat, diese neue Hoffnung? Der Preis ist ein Menschenleben.«
»Das Ihrige oder ein fremdes?«
Er erhob sich schnell.
»Was bedeutet das?« fragte er, sie starr anblickend.
»Haben Sie mit Ihrem oder mit meinem Leben dafür bezahlt? Das war der Sinn meiner Frage. Oder verstehen

Sie mich jetzt gar nicht mehr?« sagte Lisa, die dunkelrot geworden war. »Warum sind Sie so plötzlich aufgesprungen? Warum sehen Sie mich mit einem solchen Gesichte an? Sie erschrecken mich. Wovor fürchten Sie sich denn immer? Ich habe schon lange bemerkt, daß Sie ängstlich sind, gerade jetzt, gerade in diesem Augenblicke . . . O Gott, wie blaß Sie geworden sind!«

»Wenn du etwas weißt, Lisa, so schwöre ich dir, daß ich nichts weiß . . . und überhaupt davon nicht geredet habe, als ich sagte, daß der Preis ein Menschenleben sei . . .«

»Ich verstehe Sie gar nicht«, erwiderte sie, furchtsam stockend.

Endlich erschien langsam ein melancholisches Lächeln auf seinen Lippen. Er setzte sich sachte wieder hin, setzte die Ellbogen auf die Knie und verbarg das Gesicht in den Händen.

»Das war ein böser Traum mit Irrereden . . . Wir haben von zwei verschiedenen Dingen gesprochen.«

»Ich weiß überhaupt nicht, wovon Sie gesprochen haben . . . Haben Sie gestern wirklich nicht gewußt, daß ich heute wieder von Ihnen gehen würde? Haben Sie es gewußt oder nicht? Lügen Sie nicht: Haben Sie es gewußt oder nicht?«

»Ich wußte es . . .« erwiderte er leise.

»Nun also, was ist Ihnen denn dann? Sie wußten es und nutzten den Augenblick. Was ist da noch viel zu reden?«

»Sage mir die ganze Wahrheit«, rief er mit tiefem Schmerze »als du gestern meine Tür öffnetest, wußtest du da selbst, daß du sie nur für eine Stunde öffnetest?«

Sie blickte ihn voller Haß an.

»Die vernünftigsten Leute können wirklich die wunderlichsten Fragen stellen. Und warum beunruhigen Sie sich denn so? Aus verletzter Eitelkeit, weil eine Frau sich von Ihnen zuerst lossagt, und nicht Sie sich von ihr? Wissen Sie, Nikolai Wsewolodowitsch, ich bin, während ich hier bei Ihnen war, unter anderem zu der Überzeugung gelangt, daß Sie gegen mich überaus großmütig sind, und das kann ich von Ihnen nicht ertragen.«

Er stand von seinem Platze auf und machte einige Schritte im Zimmer.

»Nun gut, es mag sein, daß es so enden muß . . . Aber wie hat das Ganze geschehen können?«

»Darum machen Sie sich Sorge? Und besonders, da Sie es doch selbst ganz genau wissen und es besser als irgend jemand in der Welt begreifen und selbst darauf gerechnet haben! Ich bin ein vornehmes Fräulein; mein Herz hat in der Oper seine Nahrung erhalten; daher ist alles gekommen, das ist die Lösung des Rätsels.«

»Nein.«

»Es liegt darin nichts, was für Ihre Eitelkeit verletzend sein könnte, und es ist alles die volle Wahrheit. Es begann mit einem schönen Augenblicke, den ich nicht ertragen konnte. Vorgestern, als ich Sie in aller Öffentlichkeit ›beleidigte‹ und Sie mir so ritterlich antworteten, da sagte ich mir, sobald ich nach Hause gefahren war, sogleich, daß Sie vor mir geflohen waren, weil Sie verheiratet sind, und nicht aus Geringschätzung gegen mich, was ich als ein junges Mädchen der vornehmen Gesellschaft am meisten gefürchtet hatte. Ich verstand, daß Sie durch Ihre Flucht mich, mich Unsinnige, hatten schützen wollen. Sie sehen, wie ich Ihre Großmut schätze. Da kam Pjotr Stepanowitsch zu mir herangelaufen und erklärte mir sogleich alles. Er entdeckte mir, daß Sie von einem großen Gedanken erfüllt seien, im Vergleich mit dem wir beide, er und ich, ein reines Nichts wären, daß ich aber dabei doch auf Ihrem Wege stände. Er rechnete auch sich selbst immer mit dazu; er wollte durchaus, daß wir drei uns zusammenschlössen, und redete phantastisches Zeug von einem Nachen und von Rudern aus Ahornholz; das komme in einem russischen Volksliede vor. Ich lobte ihn und sagte ihm, er sei ein Dichter, und er nahm das für bare Münze. Und da ich auch ohne dies längst wußte, daß es mit mir schnell ein Ende haben würde, so entschloß ich mich kurz. Also das ist alles, und nun genug davon und, bitte, weiter keine Erklärungen mehr! Sonst zanken wir uns womöglich noch. Fürchten Sie sich vor niemand; ich werde alles auf mich nehmen. Ich bin eine Närrin, ich bin launisch, ich habe mich durch einen opernhaften Nachen verführen lassen, ich bin ein vornehmes Fräulein . . . Aber wissen Sie, ich habe doch gedacht, daß Sie mich Wunder wie sehr liebten. Verachten Sie mich Närrin nicht, und lachen Sie nicht über dieses Tränchen, das da eben herunterfiel! Ich weine immer sehr gern aus Mitleid mit mir selbst. Nun genug, genug! Ich bin zu allem unfähig, und Sie desgleichen; wir haben jeder dem andern einen Nasenstüber gegeben; damit können wir uns trösten. Wenigstens leidet die Eitelkeit nicht dabei.«

»Ein Irrereden im Traum!« rief Nikolai Wsewolodowitsch und ging händeringend im Zimmer auf und ab. »Lisa, du Arme, was hast du dir angetan?«

»Ich habe mich an einer Kerze verbrannt, weiter nichts. Am Ende weinen Sie ebenfalls? Benehmen Sie sich anstandsmäßiger, gefühlloser . . .«

»Warum, warum bist du zu mir gekommen?«

»Aber begreifen Sie denn gar nicht, in welche komische Situation Sie sich der Meinung der Welt gegenüber durch solche Fragen bringen?«

»Warum hast du dich in so häßlicher, törichter Weise zugrunde gerichtet, und was willst du jetzt tun?«

»Und das ist nun Stawrogin, der blutdürstige Stawrogin, wie eine hiesige Dame, die in Sie verliebt ist, Sie nennt! Hören Sie, ich habe es Ihnen ja schon gesagt: Ich habe mein Leben nur auf eine Stunde berechnet und bin ganz ruhig. Machen Sie es mit Ihrem Leben ebenso . . . übrigens, Sie haben dazu keinen Grund; Sie werden noch viele solche ›Stunden‹ und ›Augenblicke‹ haben.«

»Ebenso viele wie du; ich gebe dir mein heiliges Ehrenwort: auch nicht eine Stunde mehr als du!«

Er ging immer noch im Saale auf und ab und sah ihren schnellen, prüfenden Blick nicht, in dem plötzlich eine Hoffnung aufzuleuchten schien. Aber dieser Schimmer erlosch im selben Augenblicke wieder.

»Wenn du wüßtest, welche Qual es für mich ist, jetzt gegen dich nicht offen sein zu können, Lisa; wenn ich dir nur enthüllen könnte . . .«

»Enthüllen? Sie wollen mir etwas enthüllen? Bewahre mich Gott vor Ihren Enthüllungen!« unterbrach sie ihn beinah ängstlich.
Er blieb stehen und wartete in starker Unruhe.
»Ich muß Ihnen gestehen«, fuhr sie fort, »schon damals in der Schweiz hat sich bei mir der Gedanke festgesetzt, daß Sie eine schreckliche, schmutzige, blutige Handlung auf dem Gewissen haben, eine Handlung, die Sie gleichzeitig in ein sehr komisches Licht stellen würde ... Hüten Sie sich, sie mir zu enthüllen, wenn dem so ist; ich würde Sie auslachen. Ich würde Ihr ganzes Leben lang über Sie lachen ... Ach, Sie werden wieder blaß? Ich werde nichts weiter sagen, ich werde nichts weiter sagen, ich gehe gleich fort!« rief sie und sprang mit einer mißmutigen, geringschätzigen Gebärde vom Stuhle auf.
»Quäle mich, martere mich, laß deinen Grimm an mir aus!« schrie er verzweifelt. »Du hast ein volles Recht dazu! Ich wußte, daß ich dich nicht liebte, und habe dich zugrunde gerichtet. Ja, ich habe ›den Augenblick genutzt‹; ich hegte die Hoffnung ... schon lange ... eine letzte Hoffnung ... Ich konnte dem Lichte nicht widerstehen, von dem mein Herz erhellt wurde, als du gestern zu mir hereinkamst, von selbst, allein, zuerst. Ich glaubte auf einmal ... Vielleicht glaube ich es auch jetzt noch.«
»Zum Danke für eine so edle Offenherzigkeit will ich Ihnen mit gleicher Münze zahlen: Ich will nicht Ihre Barmherzige Schwester sein. Vielleicht werde ich wirklich Krankenpflegerin, wenn ich nicht heute rechtzeitg zu sterben verstehe; aber auch wenn ich es werden sollte, werde ich es nicht bei Ihnen werden, obwohl Sie allerdings nicht besser daran sind als ein Beinloser oder Armloser. Ich habe immer die Vorstellung gehabt, Sie würden mich nach einem Orte führen, wo eine riesige, böse Spinne von Menschengröße säße, und wir würden sie da unser ganzes Leben lang ansehen und uns vor ihr fürchten; und darüber würde unsere wechselseitige Liebe vergehen. Wenden Sie sich doch an Dascha; die wird mit Ihnen gehen, wohin Sie wollen.«
»Mußten Sie die sogar jetzt erwähnen?«

»Das arme Hündchen! Grüßen Sie sie von mir! Weiß sie, daß Sie schon in der Schweiz sie zur Pflegerin Ihres höheren Alters ausersehen haben? Welche Vorsorglichkeit! Welche Voraussicht! Halt, wer ist da?«

Im Hintergrunde des Saales wurde eine Tür ein wenig geöffnet; ein Kopf schob sich hindurch und verschwand schnell wieder.

»Bist du es, Alexej Jegorowitsch?« fragte Stawrogin.

»Nein, ich bin es nur«, antwortete Pjotr Stepanowitsch und schob sich wieder mit dem halben Leibe herein. »Guten Morgen, Lisaweta Nikolajewna! Wußte ich es doch, daß ich Sie beide in diesem Saale treffen würde! Ich bin nur auf einen Augenblick hergekommen, Nikolai Wsewolodowitsch; so schnell ich nur irgend konnte, bin ich hergeeilt, um ein paar Worte mit Ihnen zu reden . . . etwas dringend Notwendiges . . . nur ein paar Worte!«

Stawrogin ging auf ihn zu; aber nach drei Schritten wandte er sich zu Lisa wieder um.

»Wenn du jetzt gleich etwas erfahren wirst, Lisa, so wisse: Ich bin daran schuld!«

Sie fuhr zusammen und sah ihn erschrocken an; aber er ging eilig hinaus.

## II

Das Zimmer, aus welchem Pjotr Stepanowitsch in den Saal hineingesehen hatte, war ein großes, ovales Vorzimmer. Dort hatte bis dahin Alexej Jegorowitsch gesessen; aber er hatte ihn fortgeschickt. Nikolai Wsewolodowitsch machte die Tür nach dem Saale hinter sich zu und blieb erwartungsvoll stehen. Pjotr Stepanowitsch sah ihn mit einem schnellen, prüfenden Blicke an.

»Nun?«

»Das heißt, wenn Sie es schon wissen«, begann Pjotr Stepanowitsch eilig, und als wollte er mit seinen Augen dem andern in die Seele dringen, »so trägt selbstverständlich niemand von uns irgendwelche Schuld an etwas und am allerwenigsten Sie, weil das ein solches Zusammentreffen ... ein so merkwürdiges Zusammentreffen von Zufällen ist ... mit einem Worte, gerichtlich kann es Sie nicht berühren, und ich bin hergeeilt, um Sie zu benachrichtigen.«

»Sind sie verbrannt? Ermordet?«

»Ermordet, aber nicht verbrannt; das ist unangenehm; aber ich gebe Ihnen mein Ehrenwort, daß ich nicht daran schuld bin, wie sehr Sie mich auch im Verdacht haben mögen; denn im Verdacht haben Sie mich vielleicht, wie? Wenn Sie die ganze Wahrheit wissen wollen: Sehen Sie, es war mir wirklich der Gedanke durch den Kopf gegangen – Sie selbst hatten ihn mir eingegeben, nicht im Ernst, sondern um mich zu necken (denn im Ernst würden Sie einem so etwas nicht eingeben) – aber ich konnte mich nicht dazu entschließen und hätte mich um keinen Preis dazu entschlossen, nicht für hundert Rubel – und es ist auch keinerlei Vorteil dabei, das heißt für mich, für mich ...« (Er hastete gewaltig und redete wie eine Windklapper.) »Aber nun sehen Sie dieses Zusammentreffen der Umstände: Ich habe aus meinen Mitteln (hören Sie wohl, aus meinen Mitteln; von Ihrem Gelde war auch nicht ein Rubel dabei, und vor allen Dingen, Sie wissen das ja selbst), ich habe diesem verdrehten Trunkenbolde, dem Lebjadkin, schon vorgestern abend zweihundertdreißig Rubel gegeben – hören Sie wohl, vorgestern, nicht erst gestern nach der Vorlesung; beachten Sie das wohl: Das ist ein sehr wichtiges Zusammentreffen; denn ich wußte ja damals noch nicht bestimmt, ob Lisaweta Nikolajewna zu Ihnen kommen würde oder nicht; ich gab aber mein eigenes Geld einzig und allein deshalb hin, weil Sie sich vorgestern so vorzüglich benommen und den Einfall gehabt hatten, allen Leuten Ihr Geheimnis zu enthüllen. Nun, da menge ich mich nicht hinein ... das ist Ihre Sache ... Sie haben nun einmal so etwas Ritterliches ... aber ich muß gestehen, ich war erstaunt, wie betäubt. Aber da mir diese Tragödien gar sonderlich mißbehagten (notabene, ich rede im Ernst, wenn ich auch einen altväterischen Ausdruck gebrauche), da das alles schließlich meinen Plänen schadet, so nahm ich mir vor, die Lebjadkins um jeden Preis und ohne Ihr Vorwissen nach Petersburg abzuschieben, um so mehr, da er auch selbst dorthin strebte. Nur einen Fehler habe ich dabei begangen: Ich habe ihm das Geld gegeben, als ob es von Ihnen käme; war das ein Fehler oder nicht? Vielleicht war es gar kein Fehler, wie? Nun, hören Sie jetzt, hören Sie, wie sich das alles gestaltet hat . . .«

Im Eifer der Rede war er ganz dicht an Stawrogin herangekommen und griff, ohne es selbst zu merken, nach dem Brustaufschlag seines Rockes (vielleicht tat er es auch absichtlich). Stawrogin schlug ihn mit einer kräftigen Bewegung auf die Hand.

»Aber was haben Sie denn . . . lassen Sie das doch . . . Sie können einem ja die Hand zerschlagen . . . Die Hauptsache ist, wie sich das alles gestaltete«, plapperte er von neuem los, ohne sich über den Schlag im geringsten zu wundern. »Ich übergebe ihm also am Abend das Geld, damit er und seine Schwester am andern Tage frühmorgens abfahren; ich gebe dem Schurken Liputin den Auftrag, ihn selbst in den Wagen zu setzen und fortzuspedieren. Aber der Lump, der Liputin, wollte dem Publikum seine albernen Streiche vormachen – vielleicht haben Sie davon gehört? Bei der Vorlesung? Hören Sie nur, hören Sie nur: Die beiden trinken zusammen und machen ein Gedicht, das zur Hälfte von Liputin herrührt; dieser zieht dem Hauptmann einen Frack an und redet mir vor, er habe ihn schon am Morgen fortgeschafft, hält ihn aber in einem Hinterzimmer versteckt, um ihn dann auf die Estrade zu stoßen. Aber der hatte sich in der Geschwindigkeit unerwarteterweise betrunken. Dann folgte der bekannte Skandal; dann brachte man ihn halbtot nach Hause; dabei aber nahm ihm Liputin im stillen zweihundert Rubel weg und ließ ihm nur das kleinere Geld. Aber unglücklicherweise hatte Lebjadkin, wie sich herausstellte, schon am Morgen die zweihundertdreißig Rubel aus der Tasche hervorgeholt, damit geprahlt und sie an einer Stelle gezeigt, wo er das besser unterlassen hätte. Und da Fedka nur darauf lauerte und bei Kirillow so etwas gehört hatte (Sie erinnern sich wohl, daß Sie darauf hindeuteten), so entschloß er sich, die Gelegenheit zu benutzen. Da haben Sie die ganze Wahrheit. Ich freue mich wenigstens darüber, daß Fedka kein Geld gefunden hat; der Schuft hatte ja auf tausend Rubel gerechnet! Er hat es eilig gehabt und, wie es scheint, über die Feuersbrunst selbst einen Schreck bekommen ... Glauben Sie mir: Als ich diese Feuersbrunst sah, war es mir, als ob mich jemand mit einem Knittel über den Kopf schlüge. Nein, weiß der Teufel, was das vorstellen sollte! Das ist eine Eigenmächtigkeit ... Sehen Sie, ich will Ihnen, von dem ich so viel erwarte, nichts verheimlichen: Nun ja, in meinem Kopfe war schon längst so ein Gedanke an Feuer herangereift, da das eine sehr volkstümliche, populäre Sache ist; aber ich habe diesen Gedanken bis zu der kritischen Stunde zurückgelegt, bis zu dem erhabenen Momente, wo wir alle uns erheben werden und ... Aber da haben sie sich jetzt auf einmal eigenmächtigerweise und ohne Befehl so etwas beikommen lassen, gerade in einem Augenblicke, wo man sich verborgen halten muß und nur hinter der vorgehaltenen Hand atmen darf! Nein, das ist eine arge Eigenmächtigkeit! ... Kurz, ich weiß noch nichts Genaueres; man redet hier von zwei Schpigulinschen Arbeitern ... aber wenn auch die ›Unsrigen‹ dabei beteiligt sind, wenn auch nur ein einziger von ihnen dabei sein Schäfchen hat scheren wollen, dann wehe ihm! Da sehen Sie, wohin es führt, wenn man ihnen auch nur ein bißchen den Zügel locker läßt! Nein, dieses demokratische Gesindel mit seinen Fünferkomitees ist eine schlechte Stütze; was nötig ist, das ist ein einziger, majestätischer Wille, der Wille eines Götzen und Despoten, ein Wille, der sich auf nichts Zufälliges und außerhalb Stehendes stützt ... Dann werden auch die Fünferkomitees gehorsam den Schwanz einklemmen und gelegentlich sich als Sklaven brauchbar erweisen. Aber jedenfalls wird jetzt hier die Behauptung austrompetet, Stawrogin habe seine Frau verbrennen wollen und zu diesem Zwecke die Stadt angezündet; indessen ...«

»Das wird schon austrompetet?«

»Das heißt, eigentlich noch nicht, und ich muß bekennen,

ich habe noch gar nichts gehört; aber mit dem Volke ist ja nichts anzufangen, namentlich nicht mit den Abgebrannten. Vox populi vox Dei. Ein solches dummes Gerücht verbreitet sich ja im Handumdrehen ... Aber in Wirklichkeit haben Sie gar nichts zu befürchten. Dem Gerichte gegenüber stehen Sie völlig unschuldig da, und ebenso Ihrem eigenen Gewissen gegenüber; Sie haben es ja doch nicht gewollt? Nicht wahr? Indizien sind keine vorhanden, nur das eigentümliche Zusammentreffen ... Es müßte denn sein, daß Fedka sich an Ihre damalige unvorsichtige Äußerung bei Kirillow erinnerte (warum haben Sie das damals auch gesagt?); aber das beweist überhaupt nichts, und diesen Fedka werden wir unschädlich machen. Ich werde ihn gleich heute unschädlich machen ...«

»Und die Leichen sind gar nicht verbrannt?«

»Nicht im geringsten; diese Kanaille hat nichts so zu machen verstanden, wie es sich gehört. Aber ich freue mich wenigstens, daß Sie so ruhig sind ... denn Sie tragen ja zwar keinerlei Schuld daran, nicht einmal durch einen Gedanken; aber trotz alledem. Und dabei werden Sie selbst zugeben müssen, daß Ihnen dies alles vorzüglich zustatten kommt: Sie sind auf einmal ein freier Witwer und können jeden Augenblick ein schönes Mädchen mit gewaltigem Vermögen heiraten, ein Mädchen, das sich obendrein bereits in Ihren Händen befindet. Da sieht man, was ein einfaches, natürliches Zusammentreffen der Umstände für Wirkungen haben kann, nicht wahr?«

»Sie drohen mir, Sie Dummkopf?«

»Nun, lassen Sie es gut sein, lassen Sie es gut sein; warum sagen Sie gleich ›Dummkopf‹, und in was für einem Tone reden Sie? Sie sollten sich freuen; aber statt dessen ... Ich bin expreß hergeeilt, um Sie so schnell wie möglich zu benachrichtigen ... Und warum sollte ich Ihnen drohen? Was hätte ich davon? Ich brauche Ihren guten Willen und nicht Ihre Furcht. Sie sind mein Licht und meine Sonne! ... Ich bin es, der vor Ihnen gewaltige Furcht hat, nicht Sie vor mir! Ich bin ja kein Mawriki Nikolajewitsch ... Stellen Sie sich vor, ich fahre in einer extraschnellen Droschke her, und da sehe ich Mawriki Nikolajewitsch hier an Ihrem Gartengitter, an der hinteren Ecke des Gartens . . . im Mantel, ganz durchnäßt; er hat gewiß die ganze Nacht da gesessen! Es ist erstaunlich, bis zu welchem Grade Menschen den Verstand verlieren können!«

»Mawriki Nikolajewitsch! Ist das wahr?«

»Gewiß ist es wahr. Er sitzt am Gartengitter. Von hier – von hier mögen es ungefähr dreihundert Schritte sein, denke ich. Ich suchte so schnell wie möglich an ihm vorbeizukommen; aber er hat mich doch gesehen. Sie haben es nicht gewußt? Dann freue ich mich sehr, daß ich nicht vergessen habe, es Ihnen mitzuteilen. Gerade so einer ist am gefährlichsten, wenn er einen Revolver bei sich hat; und dazu noch die Nacht, das Schlackerwetter, die natürliche Gereiztheit; denn seine Situation ist ja allerdings eine sehr eigentümliche, ha-ha! Was meinen Sie, warum er da sitzt?«

»Er wartet selbstverständlich auf Lisaweta Nikolajewna.«

»So so! Aber weshalb sollte sie zu ihm herauskommen? Und noch dazu bei solchem Regen . . . Ist das ein Dummkopf!«

»Sie wird sogleich zu ihm hinausgehen.«

»Ach! Das ist ja eine merkwürdige Nachricht! Also . . . Aber hören Sie, jetzt hat sich doch die Lage der jungen Dame vollständig geändert: Was soll ihr jetzt Mawriki Nikolajewitsch? Sie sind ja jetzt ein freier Witwer und können sie gleich morgen heiraten. Sie weiß es noch nicht – überlassen Sie es mir, und ich werde Ihnen sofort alles in Ordnung bringen. Wo ist sie denn? Man muß doch auch sie erfreuen.«

»Erfreuen?«

»Und ob! Lassen Sie uns zu ihr gehen!«

»Und Sie glauen, sie wird nicht erraten, wie es sich mit diesen drei Leichen verhält?« fragte Stawrogin und kniff in besonderer Weise die Augen zusammen.

»Natürlich wird sie es nicht erraten«, erwiderte Pjotr Stepanowitsch, wie wenn er der größte Dummkopf wäre; »denn was die Gerichte anlangt . . . Ach, Sie! Und wenn sie es auch erriete! Von den Weibern läuft all so etwas leicht ab; Sie kennen die Weiber noch nicht! Abgesehen davon, daß es jetzt sehr in ihrem Interesse liegt, Sie zu heiraten, weil sie sich doch arg in der Leute Mäuler gebracht hat, abgesehen davon habe ich ihr etwas von dem ›Nachen‹ gesagt und mich überzeugt, daß man mit dem ›Nachen‹ auf sie einwirken kann; da sieht man also, von welchem Kaliber dieses Mädchen ist. Seien Sie unbesorgt: Sie wird über diese Leichen mit Leichtigkeit hinwegschreiten – um so mehr, da Sie vollständig, vollständig schuldlos sind, nicht wahr? Sie wird sich diese Leichen nur aufheben, um Sie nachher, so etwa im zweiten Jahre der Ehe, damit zu peinigen. Jede Frau, die zum Altare geht, legt sich in dieser Weise etwas aus der Vergangenheit ihres Mannes als Reservewaffe hin. Aber dann wird ja . . . was wird nach einem Jahre sein? Ha-ha-ha!«

»Wenn Sie in einem Wagen hergekommen sind, so bringen Sie sie sogleich zu Mawriki Nikolajewitsch. Sie hat soeben gesagt, daß sie mich nicht leiden kann und von mir weggehen will, und wird natürlich von mir keinen Wagen annehmen.«

»Nun sehe mal einer an! Will sie wirklich fort? Wie hat denn das kommen können?« fragte Pjotr Stepanowitsch mit etwas dummem Gesichte.

»Sie hat in dieser Nacht auf irgendeine Weise erraten, daß ich sie gar nicht liebe . . . was sie natürlich immer schon gewußt hat.«

»Aber lieben Sie sie denn etwa nicht?« fiel Pjotr Stepanowitsch mit einer Miene grenzenlosen Erstaunens ein. »Aber wenn es so ist, warum haben Sie sie denn gestern, als sie hereinkam, bei sich behalten und ihr nicht als anständiger Mensch offen gesagt, daß Sie sie nicht lieben? Das ist ja furchtbar gemein von Ihnen; und in welchem gemeinen Lichte haben Sie mich da vor ihr erscheinen lassen?«

Stawrogin lachte auf einmal auf.

»Ich lache über meinen Affen«, fügte er sogleich zur Erklärung hinzu.

»Ach, Sie haben es erraten, daß ich den Clown gespielt habe!« rief Pjotr Stepanowitsch, ebenfalls höchst vergnügt lachend. »Ich wollte Sie erheitern! Denken Sie sich, ich habe gleich, als Sie zu mir herauskamen, Ihnen am Gesichte angesehen, daß es bei Ihnen ein Malheur gegeben hat. Vielleicht ist es sogar ein völliger Mißerfolg, wie? Na, ich wette darauf«, rief er, sich vor Entzücken fast beim Reden verschluckend, »daß Sie die ganze Nacht über im Saale nebeneinander auf Stühlen gesessen und die ganze kostbare Zeit damit zugebracht haben, über irgendeinen hohen, edlen Gegenstand zu disputieren . . . Na, verzeihen Sie, verzeihen Sie; was geht es mich an? Ich habe ja schon gestern bestimmt gewußt, daß es bei Ihnen mit einer Dummheit enden würde. Ich habe sie Ihnen einzig und allein hergebracht, um Sie zu amüsieren, und um Ihnen zu beweisen, daß Sie sich in der Verbindung mit mir nicht langweilen werden; ich werde Sie noch dreihundertmal in dieser Weise regalieren; ich bin überhaupt andern Leuten gern gefällig. Wenn Sie sie aber jetzt nicht gebrauchen können, worauf ich gerechnet hatte, und in welcher Voraussetzung ich hierher gefahren bin, dann . . .«

»Also haben Sie sie nur zu meinem Amüsement hergebracht?«

»Wozu denn sonst?«

»Nicht, um mich dazu zu veranlassen, meine Frau zu töten?«

»Na so etwas! Haben Sie sie denn etwa getötet? Wie tragisch Sie die Sache auffassen!«

»Ganz gleich; Sie haben sie getötet.«

»Ich sollte sie getötet haben? Ich sage Ihnen, ich habe nicht das geringste damit zu tun. Aber Sie fangen an, mich zu beunruhigen . . .«

»Fahren Sie fort; Sie sagten: ›Wenn Sie sie jetzt nicht gebrauchen können, dann . . .‹«

»Dann überlassen sie mir das Weitere, selbstverständlich! Ich werde sie glänzend mit Mawriki Nikolajewitsch verheiraten, den ich übrigens durchaus nicht beim Garten postiert habe; setzen Sie sich nur nicht eine solche Vorstellung in den Kopf! Ich fürchte mich ja jetzt vor ihm. Da sagen Sie, ich soll sie in meiner Droschke fortschaffen; aber ich bin vorhin nur

so so an ihm vorbeigekommen . . . wirklich, wenn er nun einen Revolver bei sich hat? . . . Nur gut, daß ich meinen mitgenommen habe. Da ist er« (er zog einen Revolver aus der Tasche, zeigte ihn und steckte ihn sogleich wieder ein); »ich habe ihn mitgenommen, weil es ein so weiter Weg ist . . . Übrigens will ich Ihnen gleich in der Geschwindigkeit sagen: Ihr tut jetzt das Herzchen nach Mawriki weh . . . wenigstens müßte das nach allgemeiner Regel der Fall sein . . . und wissen Sie, sie tut mir sogar wahrhaftig ein bißchen leid! Ich werde sie mit Mawriki zusammenbringen, und sie wird sich sogleich wieder Ihrer erinnern, wird ihm gegenüber Ihr Lob singen und ihm Schmähworte ins Gesicht werfen – so ist das Weiberherz! Na, sehen Sie, Sie lachen ja wieder? Ich freue mich sehr, daß Sie so heiter geworden sind. Na also, dann wollen wir zu ihr gehen. Ich werde geradezu von Mawriki zu reden anfangen; von jenen aber . . . von den Getöteten . . . wissen Sie, wollen wir von denen nicht lieber jetzt schweigen? Es schadet ja nichts, wenn sie es erst später erfährt.«
»Was soll ich erfahren? Wer ist getötet? Was haben Sie von Mawriki Nikolajewitsch gesagt?« fragte Lisa welche die Tür öffnete.
»Ah, Sie haben gehorcht?«
»Was haben Sie eben von Mawriki Nikolajewitsch gesagt? Ist er getötet?«
»Ah, also haben Sie nicht ordentlich verstanden! Beruhigen Sie sich, Mawriki Nikolajewitsch lebt und ist gesund, wovon Sie sich sofort überzeugen können, da er hier am Wege sitzt, neben dem Gartengitter . . . und wie es scheint, hat er die ganze Nacht über da gesessen; er ist ganz naß geworden, er hat einen Mantel an . . . Als ich herfuhr, hat er mich gesehen.«
»Das ist nicht wahr. Sie haben gesagt: ›Getötet‹ . . . Wer ist getötet?« fragte sie in qualvollem Mißtrauen hartnäckig weiter.
»Getötet ist nur meine Frau, ihr Bruder Lebjadkin und die Magd der beiden«, antwortete Stawrogin in festem Tone.
Lisa fuhr zusammen und wurde furchtbar blaß.

»Ein brutales, seltsames Ereignis, Lisaweta Nikolajewna, ein ganz dummer Fall von Raub«, plapperte Pjotr Stepanowitsch sofort los; »nur ein Fall von Raub mit Benutzung der Feuersbrunst; es ist das Werk des Räubers Fedka, eines entsprungenen Sträflings, und schuld daran trägt der Dummkopf Lebjadkin, der allen Leuten sein Geld gezeigt hat . . . Ich bin mit der Nachricht hierher geeilt . . . es war mir, als ob mich jemand mit einem Stein gegen die Stirn geworfen hätte. Stawrogin konnte sich kaum auf den Beinen halten, als ich es ihm mitteilte. Wir haben uns hier beraten, ob wir es Ihnen jetzt gleich mitteilen sollten oder nicht.«
»Nikolai Wsewolodowitsch, sagt er die Wahrheit?« brachte Lisa nur mit Anstrengung heraus.
»Nein, die Unwahrheit.«
»Wieso die Unwahrheit?« rief Pjotr Stepanowitsch zusammenfahrend. »Was soll das nun wieder?«
»O Gott, ich verliere den Verstand!« rief Lisa.
»Aber begreifen Sie doch wenigstens, daß er jetzt ein Irrsinniger ist!« schrie Pjotr Stepanowitsch überlaut. »Seine Frau ist ermordet worden! Sehen Sie nur, wie blaß er ist! . . . Er ist ja doch mit Ihnen die ganze Nacht über zusammengewesen und keinen Augenblick weggegangen; wie kann ihn da jemand verdächtigen?«
»Nikolai Wsewolodowitsch, sagen Sie mir, wie wenn Sie vor Gott ständen: Sind Sie schuldig oder nicht? Und ich schwöre Ihnen, ich werde Ihrem Worte glauben wie dem Worte Gottes und Ihnen bis ans Ende der Welt folgen, ja, das werde ich tun. Wie ein Hündchen werde ich Ihnen folgen . . .«
»Warum quälen Sie sie denn so, Sie phantastischer Kopf?« schrie Pjotr Stepanowitsch in rasender Wut. »Lisaweta Nikolajewna, zerstampfen Sie mich in einem Mörser, er ist unschuldig; vielmehr befindet er sich selbst in einem Zustande, als hätte er einen Schlag auf den Kopf bekommen, und redet irre, wie Sie sehen. Er ist unbeteiligt, ganz unbeteiligt; nicht einmal mit einem Gedanken hat er sich schuldig gemacht! Das Ganze ist nur die Tat von Räubern, die man bestimmt in Zeit von acht Tagen ergreifen und mit der Knute bestrafen wird . . . Die Schuldigen sind der

Sträfling Fedka und die Schpigulinschen Arbeiter; das sagt die ganze Stadt, und daher sage ich es ebenfalls.«
»Ist es so? Ist es so?« fragte Lisa am ganzen Leibe zitternd, wie wenn sie ihr Todesurteil erwartete.
»Ich habe sie nicht getötet und bin dagegen gewesen; aber ich habe gewußt, daß sie getötet werden würden, und habe die Mörder nicht zurückgehalten. Gehen Sie von mir fort, Lisa!« sagte Stawrogin und ging in den Saal hinein.
Lisa verbarg das Gesicht in den Händen und verließ das Haus. Pjotr Stepanowitsch wollte ihr zunächst nacheilen, kehrte aber sofort wieder um und ging in den Saal.
»Also so sind Sie? Also so sind Sie? Also Sie fürchten nichts?« stürzte er auf Stawrogin los. Er befand sich in völliger Raserei, murmelte unzusammenhängend, vermochte kaum Worte zu finden, und der Schaum stand ihm vor dem Munde.
Stawrogin stand mittem im Saale und antwortete ihm keine Silbe. Er hatte mit der linken Hand einen Büschel seines Haares lose gefaßt und lächelte wie geistesabwesend. Pjotr Stepanowitsch faßte ihn kräftig am Ärmel.
»Ist es denn mit Ihnen ganz zu Ende, wie? Was haben Sie denn da angerichtet? Sie werden noch alle denunzieren und selbst in ein Kloster oder zum Teufel gehen . . . Aber ich werde Ihnen doch das Lebenslicht ausblasen, wenn Sie mich auch nicht fürchten!«
»Ah, Sie sind es, der da so plappert?« sagte Stawrogin endlich, ihn ansehend und erkennend. »Laufen Sie«, fuhr er, zur Besinnung kommend, fort, »laufen Sie ihr nach; lassen Sie meinen Wagen anspannen; verlassen Sie sie nicht . . . Laufen Sie; so laufen Sie doch! Bringen Sie sie nach Hause, damit es niemand erfährt, und damit sie nicht dorthin geht . . . zu den Leichen . . . zu den Leichen . . . Setzen Sie sie mit Gewalt in den Wagen . . . Alexej Jegorowitsch! Alexej Jegorowitsch!«
»Warten Sie, schreien Sie nicht! Die liegt gewiß schon in Mawrikis Armen . . . Mawriki wird sie nicht in Ihren Wagen einsteigen lassen . . . Warten Sie! Hier ist etwas, was jetzt mehr Wert hat als der Wagen!«

Er zog wieder den Revolver heraus; Stawrogin sah ihm ernst ins Gesicht.
»Nun gut, schießen Sie mich tot!« sagte er leise, fast in versöhnlichem Tone.
»Pfui Teufel, in was für eine unwahre Situation sich ein Mensch verirren kann!« rief Pjotr Stepanowitsch, der nur so zitterte. »Wahrhaftig, man sollte Sie totschießen! Sie hätte Ihnen wirklich verächtlich den Rücken drehen sollen! . . . Ein schöner ›Nachen‹ sind Sie, Sie alter, löchriger, ausrangierter Kahn! . . . Na, wenigstens aus Ingrimm, wenigstens aus Ingrimm sollten Sie jetzt zur Besinnung kommen! Ach, ach! Ist Ihnen denn wirklich alles egal, daß Sie selbst um eine Kugel vor die Stirn bitten?«
Stawrogin lächelte seltsam.
»Wenn Sie nicht ein solcher Clown wären, so würde ich jetzt vielleicht ja sagen . . . Wenn Sie nur eine Spur verständiger wären . . .«
»Ich bin ein Clown; aber ich will nicht, daß Sie, die bessere Hälfte meines Ich, ein Clown seien! Verstehen Sie mich?«
Stawrogin verstand ihn und war vielleicht der einzige, der ihn verstand. Schatow war erstaunt gewesen, als Stawrogin zu ihm gesagt hatte, Pjotr Stepanowitsch sei ein Enthusiast.
»Verlassen Sie mich jetzt, und gehen Sie zum Teufel; bis morgen aber werde ich irgendeinen Entschluß aus mir herauspressen. Kommen Sie morgen wieder her!«
»Ja? Ja?«
»Wissen kann ich es nicht! . . . Scheren Sie sich weg!«
Er ging aus dem Saal hinaus.
»Na, vielleicht ist es gerade so am besten«, murmelte Pjotr Stepanowitsch vor sich hin und steckte den Revolver weg.

## III

Er lief, um Lisaweta Nikolajewna einzuholen. Diese war noch nicht weit gegangen und nur einige Schritte vom Hause entfernt. Alexej Jegorowitsch hatte sie zurückzuhalten gesucht und folgte ihr auch jetzt, einen Schritt hinter ihr, im Frack, ohne Hut, in respektvoll vorgebeugter Haltung. Er flehte sie unaufhörlich an, doch auf die Equipage zu warten; der Alte war ganz erschrocken und weinte beinahe.

»Mach, daß du wegkommst; der Herr verlangt Tee, und es ist niemand da, um ihn zu servieren«, sagte Pjotr Stepanowitsch, schob den Kammerdiener weg und legte ohne weiteres Lisaweta Nikolajwnas Arm in den seinigen.

Diese entzog ihm ihren Arm nicht, schien aber noch nicht recht zur Besinnung gekommen zu sein und noch nicht den vollen Gebrauch der Denkkraft wiedererlangt zu haben.

»Erstens dürfen Sie nicht den Weg da einschlagen«, begann Pjotr Stepanowitsch auf sie einzureden; wir müssen hier gehen, nicht am Garten vorbei; und zweitens können Sie jedenfalls unmöglich zu Fuß gehen; bis zu Ihrer Wohnung sind drei Werst, und Sie haben nicht einmal einen Mantel. Wenn Sie nur einen Moment warten wollten. Ich bin in einer Droschke gekommen; die steht jetzt auf dem Hofe; ich will sie sofort vorfahren lassen, Sie hineinsetzen und nach Hause bringen, ohne daß es jemand gewahr wird.«

»Wie gut Sie sind«, sagte Lisa freundlich.

»Aber ich bitte Sie, in solchem Falle würde jeder human denkende Mensch an meiner Stelle ebenso . . .«

Lisa sah ihn an und war erstaunt.

»Ach, mein Gott, ich dachte, es wäre immer noch der alte Mann.«

»Hören Sie, ich freue mich sehr, daß Sie die Sache so auffassen; denn das alles ist doch ein ganz törichtes Vorurteil. Und wenn Sie nun einmal durchaus fort wollen, wäre es da nicht das Beste, wenn ich diesem alten Manne beföhle, die Equipage anspannen zu lassen? Das dauert nur zehn Minuten, und wir kehren unterdessen zurück und warten an der Haustür, wie?«

»Ich will vorher . . . wo sind die Ermordeten?«

»Ach, das ist nun wieder einmal so ein Einfall! Das hatte ich doch gefürchtet! Nein, diese Torheit wollen wir lieber unterlassen; und es ist für Sie auch nichts daran zu sehen.«

»Ich weiß, wo sie sind; ich kenne das Haus.«
»Nun, was tut das zur Sache, daß Sie das Haus kennen! Ich bitte Sie, der Regen, der Nebel ... ich habe die heilige Verpflichtung übernommen! ... Hören Sie, Lisaweta Nikolajewna, eins von beiden: Entweder Sie fahren mit mir in der Droschke; dann warten Sie hier ein bißchen, und gehen Sie keinen Schritt weiter vorwärts; denn wenn wir noch zwanzig Schritte weiter gehen, so sieht uns Mawriki Nikolajewitsch unfehlbar.«
»Mawriki Nikolajewitsch! Wo ist er? Wo ist er?«
»Nun, wenn Sie mit ihm gehen wollen, so will ich Sie meinetwegen noch ein bißchen weiterführen und Ihnen zeigen, wo er sitzt, und dann meinerseits mich Ihnen empfehlen; ich möchte ihm jetzt nicht nahe kommen.«
»Er wartete auf mich, o Gott!« rief sie, plötzlich stehenbleibend, und dunkele Röte übergoß ihr Gesicht.
»Aber ich bitte Sie, wenn er ein vorurteilsloser Mensch ist! Wissen Sie, Lisaweta Nikolajewna, das ist ja alles nicht meine Sache; ich bin dabei ganz unbeteiligt, und Sie wissen das selbst; aber ich wünsche Ihnen dennoch alles Gute ... Wenn es uns mit unserem ›Nachen‹ nicht geglückt ist, sondern es sich herausgestellt hat, daß er nur ein alter, morscher Kahn ist, der nur zum Zerschlagen taugt ...«
»Ach, wundervoll!« rief Lisa.
»›Wundervoll‹ sagen Sie; aber dabei fließen Ihnen die Tränen nur so. Hier ist Mannhaftigkeit vonnöten. Die Frau darf hinter dem Manne in keiner Hinsicht zurückbleiben. In unserm Zeitalter, wo die Frau ... pfui Teufel!« (Pjotr Stepanowitsch hätte beinah ausgespuckt.) »Die Hauptsache aber ist: sich über nichts grämen; vielleicht wird sich alles noch vorzüglich gestalten. Mawriki Nikolajewitsch ist ein Mensch, der ... mit einem Worte, ein Mensch von tiefem Gefühl, wenn er auch nicht gesprächig ist, was übrigens ebenfalls gut ist, natürlich unter der Voraussetzung, daß er keine Vorurteile hat ...«
»Wundervoll, wundervoll!« rief Lisa unter krampfhaftem Lachen.
»Aber, zum Teufel ... Lisaweta Nikolajewna«, redete Pjotr

Stepanowitsch weiter, der auf einmal sehr pikiert tat, »ich bin ja eigentlich nur Ihretwegen hier . . . mich persönlich geht es ja nichts an . . . Ich habe Ihnen gestern gedient, als Sie das selbst wollten; und heute . . . Na, von hier ist Mawriki Nikolajewitsch zu sehen; da sitzt er; er sieht uns nicht. Wissen Sie, Lisaweta Nikolajewna, haben Sie ›Polinka Sachs‹ gelesen?«

»Was ist das?«

»Das ist eine Erzählung von Druschinin, ›Polinka Sachs‹. Ich habe sie gelesen, als ich noch Student war . . . Da hat ein sehr vermögender Beamter namens Sachs seine Frau wegen Untreue in seiner Sommerwohnung eingesperrt . . . Aber zum Teufel mit diesen Dummheiten! Sie werden sehen, daß Mawriki Nikolajewitsch, noch ehe Sie nach Hause kommen, Ihnen einen Heiratsantrag macht. Er sieht uns noch nicht.«

»Ach, er soll mich auch nicht sehen!« rief Lisa wie eine Unsinnige. »Kommen Sie weg, kommen Sie weg! In den Wald, aufs Feld!«

Sie lief zurück.

»Lisaweta Nikolajewna, was ist das für ein Kleinmut!« rief Pjotr Stepanowitsch, ihr nachlaufend. »Warum wollen Sie, daß er Sie nicht sieht? Im Gegenteil sehen Sie ihm gerade und stolz in die Augen . . . Wenn Sie sich etwa deswegen genieren . . . wegen der Jungfräulichkeit . . . so ist das ja ein bloßes Vorurteil, eine arge Rückständigkeit . . . Aber wohin wollen Sie denn, wohin wollen Sie denn? Ach, sie läuft davon! Lassen Sie uns doch lieber zu Stawrogin zurückkehren und meine Droschke nehmen . . . Aber wohin wollen Sie denn? Da ist ja nur freies Feld! Na, nun ist sie gefallen!«

Er blieb stehen. Lisa war wie ein Vogel dahingeflogen, ohne zu wissen wohin, und Pjotr Stepanowitsch war schon fünfzig Schritte hinter ihr zurückgeblieben. Sie war gefallen, weil sie über einen Erdhöcker gestolpert war. In demselben Augenblicke ertönte von hinten, von seitwärts, ein furchtbarer Schrei, ein Schrei Mawriki Nikolajewitschs, der sie hatte laufen und fallen sehen und nun über das Feld zu ihr hineilte. Pjotr Stepanowitsch retirierte im Nu in das Tor des

Stawroginschen Hauses, um so schnell wie möglich in seine Droschke zu steigen.
Aber Mawriki Nikolajewitsch stand bereits in höchster Angst neben der hingefallenen Lisa, indem er sich über sie beugte und ihre Hand in den seinigen hielt. Die ganze Ungeheuerlichkeit dieser Begegnung erschütterte seine Denkkraft, und die Tränen liefen ihm über das Gesicht. Er hatte sie, die er so hoch verehrte, sinnlos über das Feld laufen sehen, zu solcher Tageszeit, bei solchem Wetter, im bloßen Kleide, in jenem prächtigen Kleide vom vorhergehenden Tage, das jetzt verknittert und von dem Falle beschmutzt war . . . Er konnte kein Wort herausbringen, zog seinen Mantel aus und legte ihn ihr mit zitternden Händen um die Schultern. Plötzlich schrie er auf: Er hatte gefühlt, daß sie mit den Lippen seine Hand berührte.
»Lisa«, rief er, »ich verstehe nichts; aber treiben Sie mich nicht von sich fort!«
»Nein, nein, kommen Sie schnell von hier weg; verlassen Sie mich nicht!« Sie ergriff ihn selbst bei der Hand und zog ihn hinter sich her. »Mawriki Nikolajewitsch«, fuhr sie fort und ließ ängstlich die Stimme sinken, »ich bin dort sehr mutig gewesen; aber jetzt fürchte ich mich vor dem Tode. Ich werde sterben, werde sehr bald sterben; aber ich fürchte mich, ich fürchte mich davor . . .« flüsterte sie und drückte ihm stark die Hand.
»Oh, wenn wir doch jemand hier hätten!« rief er, indem er sich verzweifelt nach allen Seiten umschaute. »Wenn doch jemand vorbeigefahren käme! Sie werden sich die Füße naß machen; Sie . . . werden ganz von Sinnen kommen!«
»Das tut nichts, das tut nichts!« redete sie ihm ermutigend zu. »Sehen Sie, so, wenn Sie bei mir sind, fürchte ich mich weniger; geben Sie mir Ihren Arm; führen Sie mich! . . . Wohin gehen wir jetzt? Nach Hause? Nein, ich will zunächst die Ermordeten sehen. Es heißt, seine Frau sei ermordet, und er sagt, er habe es selbst getan; aber das ist doch unwahr, das ist doch unwahr? Ich will selbst die Ermordeten sehen . . . sie sind für mich ermordet worden . . . und um ihretwillen hat er in dieser Nacht aufgehört, mich zu

lieben ... Ich will sie sehen und alles erfahren. Nur schnell, nur schnell; ich kenne dieses Haus ... es hat da gebrannt ... Mawriki Nikolajewitsch, mein Freund, verzeihen Sie mir nicht; ich bin eine Ehrlose! Warum sollten Sie mir verzeihen? Weshalb weinen Sie? Geben Sie mir eine Ohrfeige, und schlagen Sie mich hier auf dem Felde tot wie einen Hund!«

»Niemand hat jetzt ein Recht, Sie zu richten«, versetzte Mawriki Nikolajewitsch mit fester Stimme; »Gott möge Ihnen verzeihen; ich aber kann am allerwenigsten Ihr Richter sein!«

Aber es würde sonderbar herauskommen, wenn ich ihr Gespräch wiedergeben wollte. Während desselben gingen sie beide Arm in Arm dahin, schnell, eilig, wie halb von Sinnen. Sie schlugen geradewegs die Richtung nach der Brandstätte ein. Mawriki Nikolajewitsch hatte immer noch nicht die Hoffnung aufgegeben, wenigstens einen Bauernwagen zu treffen; aber kein Mensch ließ sich sehen. Ein dünner, feiner Regen erfüllte die ganze Gegend, verschlang alles Licht und jede Farbenschattierung und verwandelte alles in eine dunstige, bleifarbene, unterschiedslose Masse. Es war schon längst Tag; aber es schien immer noch nicht hell werden zu wollen. Und auf einmal hob sich aus diesem dicken, kalten Nebel eine Gestalt ab, eine sonderbare, wunderliche Gestalt, die ihnen entgegenkam. Wenn ich es mir jetzt vorstelle, so meine ich, ich hätte meinen Augen nicht getraut, wenn ich an Lisaweta Nikolajewnas Stelle gewesen wäre; aber sie schrie freudig auf und erkannte den sich Nähernden sofort. Es war Stepan Trofimowitsch. Wie er fortgegangen war, und auf welche Weise er seine sinnlose Idee, zu fliehen, hatte zur Ausführung bringen können, davon weiter unten. Ich erwähne nur, daß er an diesem Morgen bereits fieberte; aber auch die Krankheit konnte ihn nicht zurückhalten: Festen Schrittes ging er über den feuchten Erdboden dahin; ersichtlich war er da auf ein Unternehmen verfallen, wie nur er es hatte aussinnen können, der der Welt ganz unkundig war und nur in seinem Arbeitszimmer Bescheid wußte. Sein Anzug war »wandermäßig«; das heißt, er trug einen Mantel mit Ärmeln, um den Leib einen breiten, lackierten Ledergurt mit einer Schnalle, dazu hohe, neue Stiefel; die Beinkleider hatte er in die Stiefelschäfte gesteckt. Wahrscheinlich hatte er sich schon vor geraumer Zeit eine solche Vorstellung von einem Wanderer zurechtgemacht; den Gurt aber und die hohen Stiefel mit den glänzenden Husarenschäften, in denen er nicht zu gehen verstand, hatte er sich erst vor einigen Tagen beschafft. Ein breitkrempiger Hut, ein wollener, fest um den Hals gewikkelter Schal, ein Stock in der rechten Hand und in der linken eine sehr kleine, aber außerordentlich vollgestopfte Reisetasche vervollständigten sein Kostüm. Überdies trug er in der rechten Hand außer dem Stocke auch noch einen aufgespannten Regenschirm. Diese drei Gegenstände, der Regenschirm, der Stock und die Reisetasche, waren bei der ersten Werst recht unbequem zu tragen gewesen, und bei der zweiten machte sich auch das Gewicht der Reisetasche stark fühlbar.

»Sind Sie es wirklich?« rief Lisa und betrachtete ihn mit einem traurigen Erstaunen, das an die Stelle ihres ersten unwillkürlichen Freudenausbruchs getreten war.

»Lise«, rief nun auch Stepan Trofimowitsch und stürzte, ebenfalls beinah wie irrsinnig, auf sie zu. »Chère, chère, wandern auch Sie herum . . . bei solchem Nebel? Sehen Sie dort die Röte vom Brande! Vous êtes malheureuse, n'est-ce pas? Ich sehe es, ich sehe es; Sie brauchen mir nichts zu erzählen; aber befragen Sie auch mich nicht! Nous sommes tous malheureux; mais il faut les pardonner tous. Pardonnons, Lise, und wir werden für unser ganzes Leben frei sein. Um sich mit der Welt abzufinden und völlig frei zu werden, il faut pardonner, pardonner et pardonner!«

»Aber warum fallen Sie auf die Knie?«

»Weil ich, bei meinem Abschiede von der Welt, in Ihrer Person auch von meiner ganzen Vergangenheit Abschied nehmen will!« Er fing an zu weinen und führte ihre beiden Hände an seine tränenfeuchten Augen. »Ich knie nieder vor allem, was in meinem Leben schön war, küsse es und danke ihm! Jetzt habe ich mich in zwei Hälften auseinanderge-

schlagen: Dort ist der sinnlose Tor, der davon träumte, in den Himmel zu fliegen, vingt-deux ans! Hier ein niedergebeugter, durchfrorener alter Hauslehrer . . . chez ce marchand, s'il existe pourtant ce marchand . . . Aber wie durchnäßt Sie sind, Lise!« rief er und sprang auf die Füße, da er fühlte, daß auch seine Knie auf der nassen Erde feucht wurden. »Und wie ist es möglich: Sie in einem solchen Kleide? . . . Und zu Fuß . . . und auf freiem Felde? . . . Sie weinen? Vous êtes malheureuse? Ach ja, ich habe etwas gehört . . . Aber woher kommen Sie jetzt?« fragte er hastig mit ängstlicher Miene und betrachtete mit tiefem Staunen Mawriki Nikolajewitsch; »mais savez-vous l'heure qu'il est?«
»Stepan Trofimowitsch, haben Sie etwas über Leute gehört, die dort ermordet sein sollen? . . . Ist das wahr? Ist das wahr?«
»Diese Menschen! Ich habe die Brandröte ihrer Taten die ganze Nacht über gesehen. Zu einem solchen Ende mußte ihr Tun notwendig führen . . .« (Seine Augen begannen wieder zu funkeln.) »Ich flüchte hinweg aus den Wahnvorstellungen eines Fiebertraumes; ich flüchte, um Rußland zu suchen; existe-t-elle la Russie? Bah, c'est vous, cher capitaine! Ich habe nie daran gezweifelt, daß ich Ihnen irgendwo bei einer hochherzigen Tat begegnen würde . . . Aber nehmen Sie meinen Schirm, und . . . warum gehen Sie denn durchaus zu Fuß? Ich bitte Sie dringend, nehmen Sie wenigstens den Schirm; ich werde mir ja doch sowieso einen Wagen nehmen. Ich gehe ja nur deswegen zu Fuß, weil Stasie (das heißt Nastasja) es in der ganzen Straße ausgeschrien haben würde, wenn sie erfahren hätte, daß ich wegführe; ich habe mich daher auch möglichst inkognito fortgeschlichen. Ich weiß nicht, da im Golos schreiben sie von Räubereien, die überall vorkämen; aber ich denke, es ist doch wohl nicht moglich, daß sofort, wenn ich auf die Landstraße komme, ein Räuber dasteht. Chère Lise, Sie sagten ja wohl, es hätte jemand einen ermordet? O mon Dieu, Ihnen ist nicht wohl!«
»Gehen wir, gehen wir!« schrie Lisa krampfhaft und zog

wieder Mawriki Nikolajewitsch hinter sich her. »Warten Sie, Stepan Trofimowitsch«, wandte sie sich plötzlich an diesen; »warten Sie, Sie Armer, ich möchte Sie bekreuzen. Vielleicht wäre es besser, Sie zu binden; aber ich will Sie doch lieber bekreuzen. Beten auch Sie für die arme Lisa – nur ein klein bißchen; bemühen Sie sich nicht zu sehr! Mawriki Nikolajewitsch, geben Sie diesem Kinde seinen Regenschirm wieder, geben Sie ihn ihm unter allen Umständen! So ist's recht! Nun kommen Sie, kommen Sie!«

Die Ankunft der beiden bei dem Unglückshause erfolgte gerade zu dem Zeitpunkte, als die Menge, die dicht gedrängt vor dem Hause stand, schon genug über Stawrogin und über den Nutzen, den ihm die Ermordung seiner Frau bringe, gehört hatte. Aber (ich wiederhole, was ich schon früher gesagt habe) die weit überwiegende Mehrzahl hörte schweigend und regungslos zu. Es ereiferten sich nur einige betrunkene Schreier und ein paar jähzornige Menschen. Zu den letzteren gehörte namentlich ein Kleinbürger, der heftig mit den Armen gestikulierte. Alle kannten ihn als einen sogar ruhig zu nennenden Menschen; aber sobald ihn etwas irgendwie erregte, pflegte er aus Rand und Band zu kommen und blind drauflos zu stürmen. Zuerst bemerkte ich, starr vor Erstaunen, Lisa, die weit von mir entfernt in der Menge steckte; Mawriki Nikolajewitsch dagegen konnte ich zuerst überhaupt nicht herausfinden. Es mochte gerade ein Augenblick sein, wo er wegen des Gedränges ein paar Schritte hinter ihr zurückgeblieben war, oder wo man ihn von ihr weggeschoben hatte. Lisa, die, ohne etwas um sich herum zu sehen oder wahrzunehmen, wie eine Fiebernde, wie eine aus dem Krankenhaus Entsprungene sich durch die Menge hindurchdrängte, zog natürlich nur zu bald die allgemeine Aufmerksamkeit auf sich: Die Menge begann laut über sie zu reden und zu murren. Da rief jemand: »Das ist die Stawroginsche!« Und von einer andern Seite wurde geschrien: »Nicht genug, daß sie morden, sie kommen auch noch her, um sich die Ermordeten anzusehen!« Auf einmal sah ich, daß über ihrem Kopfe von hinten ein Arm sich erhob und niederfiel; Lisa sank zu Boden. Mawriki Nikolajewitsch stieß einen furchtbaren Schrei aus, stürzte zur Hilfe herbei und stieß mit aller Kraft einen Menschen beiseite, der zwischen ihm und Lisa stand. Aber in demselben Augenblicke umfaßte ihn von hinten jener Kleinbürger mit beiden Armen. Eine Zeitlang war es unmöglich, in dem entstehenden Gewühl etwas zu unterscheiden. Es scheint, daß Lisa sich erhob, aber von einem zweiten Schlage getroffen wieder niederfiel. Auf einmal trat die Menge auseinander, und es bildete sich ein kleiner freier Kreis um die daliegende Lisa; über sie gebeugt stand der blutende, fast wahnsinnige Mawriki Nikolajewitsch da, schreiend, weinend und die Hände ringend. Ich erinnere mich nicht genau der Einzelheiten, wie die Sache weiter verlief; ich erinnere mich nur, daß Lisa auf einmal fortgetragen wurde. Ich lief hinter ihr her; sie war noch am Leben und vielleicht sogar noch bei Bewußtsein. Aus der Menge wurden der Kleinbürger und noch drei Personen festgenommen. Die drei letzteren bestreiten bis jetzt, sich irgendwie an der Übeltat beteiligt zu haben, und behaupten hartnäckig, sie seien irrtümlich arretiert worden; vielleicht sagen sie die Wahrheit. Der Kleinbürger ist zwar klar überführt; aber als ein Mensch ohne rechten Verstand vermag er noch nicht das Geschehene ordentlich auseinanderzusetzen. Auch ich mußte, da ich, wiewohl nur aus der Ferne, Augenzeuge gewesen war, bei der Untersuchung meine Aussage machen: Ich erklärte, das Ganze sei im höchsten Grade das Produkt von Zufällen; die Tat sei von Leuten begangen, die zwar vielleicht aufgehetzt worden seien, aber wenig Bewußtsein von dem, was sie taten, gehabt hätten und betrunken und urteilslos gewesen wären. Und an dieser Auffassung halte ich auch jetzt noch fest.

## VIERTES KAPITEL

### *Der letzte Beschluß*

### I

An diesem Tage sahen viele Pjotr Stepanowitsch; diejenigen, die ihn gesehen hatten, erinnerten sich, daß er sich in höchst aufgeregtem Zustande befunden hatte. Um zwei Uhr nachmittags kam er zu Gaganow gelaufen, der erst am Tage zuvor vom Lande angekommen war, und in dessen Hause sich eine große Menge von Besuchern zusammenfand, die viel und heftig über die soeben stattgefundenen Ereignisse debattierten. Pjotr Stepanowitsch redete am meisten von allen und brachte die anderen dazu, ihm zuzuhören. Man hatte ihn bei uns immer für einen »geschwätzigen, ein bißchen verdrehten Studenten« gehalten; aber jetzt sprach er über Julija Michailowna, und bei dem allgemeinen Wirrwarr war das ein fesselndes Thema. In seiner Eigenschaft als ihr intimer Vertrauter in der letzten Zeit, teilte er über sie viele ganz neue und überraschende Einzelheiten mit; unabsichtlich (und natürlich unvorsichtigerweise) berichtete er mehrere private Äußerungen dieser Dame über einige in der Stadt allgemein bekannte Persönlichkeiten, wodurch deren Ehrgefühl verletzt wurde. Es kam bei ihm alles unklar und verworren heraus wie bei einem nicht allzu klugen Menschen, der sich als ehrlicher Mensch in die peinliche Notwendigkeit versetzt sieht, mit einem Male einen ganzen Berg von Zweifeln aufzuklären, und in seiner Einfalt und Ungeschicklichkeit selbst nicht weiß, womit er anfangen und aufhören soll. Ziemlich unvorsichtig ließ er sich auch die Bemerkung entschlüpfen, daß Julija Michailowna um Stawrogins ganzes Geheimnis gewußt habe, und daß sie es gewesen sei, die die ganze Intrige geleitet hätte. Sie habe auch ihn, Pjotr Stepanowitsch, da er selbst in diese unglückliche Lisa verliebt gewesen sei, mit hineingezogen und ihn dabei dermaßen »eingewickelt«, daß er sie »beinahe« in einem Wagen zu Stawrogin hingebracht habe. »Ja, ja,

Sie haben gut lachen, meine Herren; wenn ich nur gewußt hätte, wie die Sache enden würde, ja, wenn ich das nur gewußt hätte!« schloß er. Auf verschiedene dringende Fragen nach Stawrogin erklärte er geradezu, die Katastrophe mit Lebjadkin sei seiner Meinung nach ein reiner Zufall, und Lebjadkin selbst sei an allem dadurch schuld, daß er Geld gezeigt habe. Diesen Punkt setzte er besonders gut auseinander. Einer der Zuhörer bemerkte ihm, er gebe sich vergebens soviel Mühe sich zu verstellen; er habe in Julija Michailownas Hause gegessen, getrunken, ja beinahe geschlafen, und jetzt sei er der erste, der sie anschwärze; dieses Verhalten sei ganz und gar nicht so schön, wie er meine. Aber Pjotr Stepanowitsch verteidigte sich sofort:
»Ich habe dort nicht etwa deshalb gegessen und getrunken, weil ich kein Geld gehabt hätte, und ich kann nichts dafür, daß man mich einlud. Gestatten Sie, daß ich selbst beurteile, inwieweit ich dafür dankbar zu sein habe.«
Im allgemeinen hinterließ er einen günstigen Eindruck: »Er ist ja ein alberner Patron und gewiß ein hohler Geselle; aber was kann er für Julija Michailownas Dummheiten? Im Gegenteil sieht man ja, daß er sie zurückzuhalten gesucht hat.«
Gegen zwei Uhr nachmittags verbreitete sich die Nachricht, daß Stawrogin, über den soviel geredet wurde, plötzlich mit dem Mittagszug nach Petersburg gefahren sei. Das erregte großes Aufsehen; viele runzelten die Stirn. Pjotr Stepanowitsch war dermaßen überrascht, daß, wie man erzählt, sein Gesicht sich ganz verzerrte und er sonderbarerweise ausrief: »Wie hat man ihn denn weglassen können?« Er lief sogleich von Gaganow fort. Indessen sah man ihn noch in zwei oder drei anderen Häusern.
Um die Dämmerstunde fand er die Möglichkeit, auch zu Julija Michailowna durchzudringen, wiewohl nur mit der größten Mühe, da sie ihn entschieden nicht empfangen wollte. Erst drei Wochen später erfuhr ich von diesem Zusammensein, und zwar aus ihrem eigenen Munde, vor ihrer Abreise nach Petersburg. Sie teilte mir keine Einzelheiten darüber mit, bemerkte aber, noch nachträglich zitternd,

er habe sie damals in ein maßloses Erstaunen versetzt. Ich nehme an, daß er sie einfach durch die Drohung erschreckt hat, sie als Helfershelferin zu denunzieren, falls sie sich beikommen ließe zu »reden«. Die Notwendigkeit, sie einzuschüchtern, hing eng mit seinen damaligen Plänen zusammen, die ihr selbstverständlich unbekannt waren, und erst später, nach fünf Tagen, erriet sie, warum er ihrer Verschwiegenheit so sehr gemißtraut und neue Ausbrüche ihres Unwillens so sehr gefürchtet hatte.

Zwischen sieben und acht Uhr abends, als es bereits ganz dunkel geworden war, versammelten sich am Rande der Stadt in der Fomin-Gasse, in einem kleinen, schief gewordenen Häuschen, in der Wohnung des Fähnrichs Erkel die »Unsrigen« vollzählig als Fünferkomitee. Obwohl Pjotr Stepanowitsch diese Versammlung selbst angesetzt hatte, verspätete er sich doch in unverzeihlicher Weise, und die Mitglieder mußten eine Stunde lang auf ihn warten. Dieser Fähnrich Erkel war jener selbe von auswärts gekommene junge Offizier, der an dem Abende bei Wirginski die ganze Zeit über mit dem Bleistifte in der Hand und mit dem Notizbuche vor sich dagesessen hatte. Er war erst vor kurzem in die Stadt gekommen, hatte sich ganz allein in einer stillen Gasse bei zwei Schwestern, alten Kleinbürgerinnen, eingemietet und mußte bald wieder abreisen; bei ihm zusammenzukommen konnte am wenigsten Aufmerksamkeit erregen. Dieser sonderbare junge Mensch zeichnete sich durch eine ganz ungewöhnliche Schweigsamkeit aus: Er konnte zehn Abende hintereinander in lärmender Gesellschaft und bei den interessantesten Gesprächen dasitzen, ohne selbst ein Wort zu sagen, wobei er aber mit der größten Aufmerksamkeit seine kindlichen Augen auf die Redenden richtete und zuhörte. Er hatte ein sehr hübsches und sogar ein sehr kluges Gesicht. Zum Fünferkomitee gehörte er nicht; die »Unsrigen« nahmen an, daß er irgendwelche besonderen Aufträge rein exekutiver Art habe. Jetzt ist bekannt, daß er keinerlei Aufträge hatte, ja schwerlich selbst seine Lage begriff. Er beugte sich nur vor Pjotr Stepanowitsch, den er erst vor kurzem kennengelernt hatte. Wäre er mit einem vorzeitig sittlich verdorbenen Menschen zusammengekommen und hätte ihn dieser unter irgendeinem sozialistisch und romantisch klingenden Vorwande dazu angeregt, eine Räuberbande zu bilden, und ihm als Probestück befohlen, den ersten besten Bauer totzuschlagen und auszuplündern, so wäre er unfehlbar hingegangen und hätte das gehorsam ausgeführt. Er hatte irgendwo eine kranke Mutter wohnen, der er die Hälfte seines kärglichen Gehaltes schickte – und wie mochte sie diesen armen Blondkopf küssen und für ihn zittern und für ihn beten! Ich habe über ihn so ausführlich gesprochen, weil er mir sehr leid tut.

Die »Unsrigen« befanden sich in großer Aufregung. Die Ereignisse der vorhergehenden Nacht waren ihnen überraschend gekommen und schienen sie ängstlich gemacht zu haben. Der einfache, wiewohl systematisch organisierte Skandal, an dessen Vorbereitung sie sich bisher so eifrig beteiligt hatten, hatte sich in einer für sie unerwarteten Weise entwickelt. Die nächtliche Feuersbrunst, die Ermordung der beiden Lebjadkins, die Gewalttätigkeit der Menge gegen Lisa, all das waren Überraschungen, die in ihrem Programm nicht vorgesehen gewesen waren. Mit Heftigkeit beschuldigten sie die Hand, die sie leitete, des Despotismus und der Unaufrichtigkeit. Kurz, während sie auf Pjotr Stepanowitsch warteten, hetzten sie einander dergestalt auf, daß sie wieder beschlossen, ihn noch einmal energisch um eine unumwundene Erklärung zu ersuchen und, wenn er wieder ausweichen sollte, wie das schon dagewesen war, sogar das Fünferkomitee aufzulösen, aber mit der Absicht, an seiner Statt eine neue geheime Gesellschaft »der Propaganda der Idee« zu gründen, und zwar auf eigene Hand und auf den Prinzipien der Gleichberechtigung und der Demokratie. Liputin, Schigalew und der Kenner des Volkes unterstützten diesen Gedanken ganz besonders; Ljamschin verhielt sich schweigsam, wiewohl er eine zustimmende Miene machte. Wirginski schwankte und wünschte zunächst Pjotr Stepanowitsch zu hören. Man entschied sich dafür, Pjotr Stepanowitsch zu hören; aber dieser kam immer noch nicht; durch eine derartige Rücksichtslosigkeit wurde die Erbitterung noch gesteigert. Erkel schwieg vollständig und beschränkte sich darauf, Tee zu reichen, den er von seinen Wirtinnen eigenhändig in Gläsern auf einem Präsentierbrett holte; einen Samowar hatte er nicht hereingebracht, auch ließ er die Magd nicht ins Zimmer.

Pjotr Stepanowitsch erschien erst um halb neun. Mit schnellen Schritten ging er zu dem runden Sofatisch, an dem die Gesellschaft Platz genommen hatte; er behielt seine Mütze in der Hand und lehnte den Tee ab. Seine Miene war ärgerlich, streng und hochmütig. Wahrscheinlich hatte er sofort an den Gesichtern gemerkt, daß sie »rebellierten«.

»Ehe ich den Mund auftue, packen Sie Ihren Kram aus; Sie haben etwas vor«, bemerkte er mit einem boshaften Lächeln, indem er seinen Blick über die Gesichter schweifen ließ.

Liputin begann »im Namen aller« und erklärte mit einer Stimme, die im Gefühl der erlittenen Kränkung zitterte, wenn das so weitergehe, könne man sich selbst die Stirn zerschlagen. Oh, sie fürchteten sich ganz und gar nicht davor, sich die Stirn zu zerschlagen, und seien sogar dazu bereit, aber einzig und allein für die gemeinsame Sache (allgemeine Bewegung und Zustimmung). Aber deshalb müsse man auch ihnen gegenüber aufrichtig sein, damit sie immer im voraus unterrichtet seien; was solle sonst daraus werden? (wieder Bewegung, einige Kehllaute). »Ein solches Verfahren ist demütigend und gefährlich. Wir sagen das durchaus nicht, weil wir Furcht hätten; aber wenn nur ein einziger handelt und alle übrigen weiter nichts als Steine im Brett sind, dann kann es kommen, daß der eine einen Fehler macht und alle dadurch zugrunde gehen.« (Zurufe: »Ja, ja!« Allgemeine Zustimmung.)

»Hol's der Teufel, was wollen Sie denn eigentlich?«

»Welche Beziehung zur gemeinsamen Sache«, fuhr Liputin fort, der vor Wut kochte, »haben die Intrigen dieses Herrn Stawrogin? Mag er auch auf irgendwelche geheime Weise zur Zentrale gehören, falls überhaupt diese phantastische Zentrale wirklich existiert; indes das wollen wir gar nicht wissen. Aber inzwischen ist ein Mord begangen, die Polizei ist in Bewegung gekommen, und man wird dem Faden nachgehen bis zum Knäuel.«

»Sie werden mit Stawrogin zugrunde gehen, und wir ebenfalls«, fügte der Kenner des Volkes hinzu.

»Und ohne allen Nutzen für die gemeinsame Sache«, schloß Wirginski in trübem Tone.

»Was ist das für Unsinn! Der Mord ist ein zufälliges Ereignis; Fedka hat ihn begangen, um zu rauben.«

»Hm! Es ist doch ein sonderbares Zusammentreffen«, sagte Liputin, sich zusammenkrümmend.

»Na, man kann sogar sagen, daß gerade Sie die Schuld an dem Morde tragen.«

»Wieso? Was soll das heißen?«

»Erstens haben Sie, Liputin, sich selbst an dieser Intrige beteiligt, und zweitens, was die Hauptsache ist, war Ihnen befohlen worden, Lebjadkin wegzuschaffen, und es war Ihnen zu diesem Zwecke Geld gegeben worden; aber was taten Sie? Hätten Sie ihn weggeschafft, dann wäre nichts passiert.«

»Aber haben denn nicht Sie selbst den Gedanken ausgesprochen, daß es gut wäre, wenn man ihn das Gedicht vorlesen ließe?«

»Ein Gedanke ist kein Befehl. Der Befehl lautete, Sie sollten ihn wegschaffen.«

»Der Befehl! Ein recht sonderbarer Ausdruck! . . . Vielmehr haben Sie mir ausdrücklich befohlen, die Wegschaffung zu verschieben.«

»Sie irren sich und reden töricht und eigenwillig. Der Mord aber ist Fedkas Tat, und er hat sie ganz allein begangen, um zu rauben. Sie haben auf das Gerede der Menschen hingehört und es geglaubt. Sie haben es mit der Angst bekommen. Stawrogin ist nicht so dumm; und der Beweis dafür ist, daß er heute um zwölf Uhr mittags nach einem Gespräche mit dem Vizegouverneur weggefahren ist; wenn irgend etwas gegen ihn vorläge, hätte man ihn nicht am hellen, lichten Tage nach Petersburg fahren lassen.«

»Wir behaupten ja auch gar nicht, daß Herr Stawrogin den Mord selbst begangen hat«, erwiderte Liputin giftig und ohne sich zu genieren. »Möglicherweise hat er nicht einmal etwas davon gewußt, ebensowenig wie ich; und das ist Ihnen selbst sehr wohl bekannt, daß ich nichts davon gewußt habe, obgleich ich wie ein Hammel von selbst in den Kochkessel hineingestiegen bin.«

»Wen beschuldigen Sie denn?« fragte Pjotr Stepanowitsch, ihn finster anblickend.

»Eben diejenigen, die für nötig gehalten haben die Stadt anzuzünden.«

»Das Schlimmste ist, daß Sie sich so gewundener Ausdrücke bedienen. Wollen Sie übrigens dies hier gefälligst lesen und es den andern zeigen: nur so zur Kenntnisnahme.«

Er zog Lebjadkins anonymen Brief an Lembke aus der Tasche und übergab ihn Liputin. Dieser las ihn durch, wunderte sich offenbar sehr und gab ihn seinem Nachbar; der Brief machte schnell die Runde.

»Ist das wirklich Lebjadkins Handschrift?« bemerkte Schigalew.

»Ja, es ist seine Handschrift«, erklärten Liputin und Tolkatschenko (das heißt der Kenner des Volkes).

»Ich wollte Ihnen den Brief nur zur Kenntnisnahme vorlegen, und weil ich weiß, daß Sie an Lebjadkins Schicksal so herzlichen Anteil nehmen«, sagte Pjotr Stepanowitsch, als er den Brief wieder in Empfang nahm. »Auf diese Weise, meine Herren, hat ein gewisser Fedka uns ganz zufällig von einem gefährlichen Menschen befreit. Da sieht man, was der Zufall manchmal zu bedeuten hat! Nicht war, das ist lehrreich?«

Die Mitglieder wechselten untereinander schnelle Blicke.

»Aber jetzt, meine Herren, ist die Reihe zu fragen an mir«, fuhr Pjotr Stepanowitsch fort und nahm eine würdevolle Haltung an. »Gestatten Sie die Frage, wie Sie dazu gekommen sind, die Stadt ohne Erlaubnis in Brand zu stecken?«

»Was soll das heißen? Wir, wir sollen die Stadt in Brand gesteckt haben? Sie sind wohl nicht bei Troste!« riefen die Versammelten durcheinander.

»Ich weiß ja, daß Sie schon gar zu übermütig geworden sind«, fuhr Pjotr Stepanowitsch hartnäckig fort; »aber das ist doch eine andere Sache als die kleinen Skandälchen, die Sie sich mit Julija Michailowna erlaubt haben. Ich habe Sie hier versammelt, meine Herren, um Ihnen die Größe der Gefahr darzulegen, die Sie so törichterweise auf sich heraufbeschwören, und die auch außer Ihnen nur zu vieles bedroht.«

»Erlauben Sie, wir beabsichtigten jetzt eben im Gegenteil bei Ihnen Verwahrung einzulegen gegen den Despotismus und die Überhebung, womit über die Köpfe der Mitglieder hinweg eine so ernste und gleichzeitig so sonderbare Maßregel ergriffen worden ist«, erklärte der bis dahin so schweigsame Wirginski ganz empört.

»Also Sie leugnen es? Aber ich behaupte, daß Sie die Stadt angezündet haben, Sie allein und kein anderer. Meine Herren, lügen Sie nicht; ich habe zuverlässige Beweise. Durch Ihre Eigenmächtigkeit haben Sie sogar die gemeinsame Sache in Gefahr gebracht. Sie sind nur eine einzelne Masche in einem gewaltigen Netze und der Zentrale gegenüber zu blindem Gehorsam verpflichtet. Trotzdem haben drei von Ihnen Schpigulinsche Arbeiter zur Brandstiftung aufgereizt, ohne dazu die geringste Instruktion zu besitzen, und so hat denn die Brandstiftung auch wirklich stattgefunden.«

»Welche drei? Welche drei von uns?«

»Vorgestern zwischen drei und vier Uhr in der Nacht haben Sie, Tolkatschenko, den Fabrikarbeiter Fomka Sawjalow im ›Vergißmeinnicht‹ dazu beredet.«

»Aber ich bitte Sie!« rief dieser, halb aufspringend, »ich habe kaum ein Wort zu ihm gesagt, und auch das ohne besondere Absicht, nur so, weil er am Morgen durchgepeitscht worden war; und ich habe die Sache sofort wieder fallen lassen, da ich sah, daß er zu betrunken war. Wenn Sie mich nicht daran erinnert hätten, würde ich die Sache vollständig vergessen haben. Von einem Worte konnte nichts anbrennen.«

»Sie reden gerade wie jener, der sich darüber wunderte, daß von einem einzigen Fünkchen eine ganze Pulverfabrik in die Luft geflogen war.«

»Ich habe es flüsternd gesagt und in einer Ecke, ihm ins Ohr; wie haben Sie es wiedererfahren können?« fragte auf einmal Tolkatschenko, der sich das vergebens überlegt hatte.
»Ich habe dort unter dem Tische gesessen. Beunruhigen Sie sich nicht, meine Herren, ich kenne alle Ihre Schritte. Sie lächeln boshaft, Herr Liputin? Aber ich weiß zum Beispiel, daß Sie vorvorgestern um Mitternacht in Ihrem Schlafzimmer, als Sie sich zu Bette legten, Ihre Frau arg gekniffen haben.«
Liputin sperrte den Mund auf und wurde blaß.
(Später wurde bekannt, daß er von Liputins Heldentat durch Agafja, dessen Dienstmädchen, erfahren hatte, der er gleich von Anfang an Geld für Spionendienste bezahlt hatte, was sich erst in der Folge herausstellte.)
»Darf auch ich eine Tatsache konstatieren?« fragte Schigalew, indem er sich erhob.
»Tun Sie das!«
Schigalew setzte sich und machte sich fertig:
»Soweit ich es verstanden habe, und es war ja auch nicht mißzuverstehen, haben Sie selbst am Anfang und nachher noch einmal mit sehr beredten Worten, wiewohl nur rein theoretisch, ein Bild von Rußland entworfen, das mit einem gewaltigen, maschenreichen Netze bedeckt sei. Jede der tätigen Gruppen habe ihrerseits die Aufgabe, Proselyten zu machen, sich durch seitliche Verzweigungen auszudehnen und durch eine systematische, sich gegen alle Mißbräuche richtende Propaganda ununterbrochen das Ansehen der örtlichen Behörden zu erschüttern, in den Ortschaften Mißtrauen zu erregen, Zynismus und Skandalgeschichten, völligen Unglauben an alles Mögliche, sowie die Begierde nach etwas Besserem hervorzurufen und schließlich durch das Operieren mit Brandstiftungen als dem volkstümlichsten Mittel das Land im vorgeschriebenen Augenblicke nötigenfalls sogar in Verzweiflung zu stürzen. Sind das Ihre Worte? Ich habe mich bemüht, sie buchstäblich im Gedächtnisse zu behalten. Ist das Ihr Aktionsprogramm, das Sie uns in Ihrer Eigenschaft als Bevollmächtigter des zentra-

len, aber uns bisher völlig unbekannten und für uns beinah phantastischen Komitees mitgeteilt haben?«

»Es ist richtig; nur treten Sie die Sache zu breit.«

»Ein jeder hat das Recht, sich in seiner Weise auszusprechen. Indem Sie uns zu verstehen gaben, daß solcher einzelnen Maschen des allgemeinen Netzes, das schon jetzt Rußland überziehe, zur Zeit mehrere Hunderte beständen, und indem Sie die Anschauung entwickelten, daß, wenn ein jeder seine Sache prompt ausführe, ganz Rußland im gegebenen Augenblicke auf ein Signal . . .«

»Ach, hol's der Teufel, ich habe auch schon ohne Sie genug zu tun!« rief Pjotr Stepanowitsch, sich auf seinem Lehnstuhl ungeduldig hin und her drehend.

»Nun gut, ich werde mich kurz fassen und schließe mit einer Frage: Wir haben hier bereits Skandalgeschichten erlebt; wir haben die Unzufriedenheit der Einwohnerschaft gesehen; wir sind bei dem Zusammenbruch der hiesigen Regierungsbehörde zugegen gewesen und haben daran teilgenommen; und wir haben schließlich mit eigenen Augen eine Feuersbrunst gesehen. Womit sind Sie denn unzufrieden? Ist das nicht Ihr Programm? Was können Sie uns für einen Vorwurf machen?«

»Den Vorwurf der Eigenmächtigkeit!« schrie Pjotr Stepanowitsch wütend. »Solange ich hier bin, dürfen Sie nicht wagen, ohne meine Erlaubnis zu handeln. Aber genug davon! Eine Denunziation steht unmittelbar bevor, und vielleicht schon morgen oder heute nacht werden Sie festgenommen werden. Nun wissen Sie es! Die Nachricht ist zuverlässig.«

Jetzt sperrten alle den Mund auf.

»Sie werden nicht nur als Aufhetzer zur Brandstiftung, sondern auch als Fünferkomitee festgenommen werden. Dem Denunzianten ist das ganze Geheimnis des Netzes bekannt. Das haben Sie mit Ihren Streichen angerichtet!«

»Gewiß Stawrogin!« rief Liputin.

»Wie? . . . Warum Stawrogin?« Pjotr Stepanowitsch schien zu stocken. »Unsinn!« fuhr er, sich sogleich besinnend, fort, »es ist Schatow! Es ist Ihnen wohl schon allen bekannt, daß Schatow früher dem Bunde angehörte. Ich muß Ihnen die

Enthüllung machen, daß ich ihn durch Personen, gegen die er keinen Argwohn hegt, habe beobachten lassen und zu meinem Erstaunen erfahren habe, daß für ihn die Einrichtung des Netzes und kurz gesagt alles kein Geheimnis ist. Um sich von der Anklage wegen früherer Beteiligung zu retten, wird er alle denunzieren. Bisher hat er immer noch geschwankt, und ich habe ihn geschont. Jetzt haben Sie ihn durch die Feuersbrunst entfesselt: Das hat ihm einen starken Eindruck gemacht, und er wird nun nicht mehr schwanken. Schon morgen werden wir als Brandstifter und politische Verbrecher arretiert werden.«

»Ist das sicher? Woher weiß es Schatow?«

Die Aufregung war eine unbeschreibliche.

»Alles ist vollkommen sicher. Ich bin nicht berechtigt, Ihnen meine Wege, und wie ich das alles entdeckt habe, zu enthüllen; aber hören Sie, was ich einstweilen für Sie tun kann: Ich kann durch eine bestimmte Persönlichkeit auf Schatow so einwirken, daß er, ganz ohne Verdacht zu schöpfen, die Denunziation noch aufschiebt, aber nicht länger als für einen Tag. Für längere Zeit als einen Tag kann ich es nicht erreichen. Somit können Sie sich bis übermorgen als gesichert betrachten.«

Alle schwiegen.

»Da müßte man ja ihn selbst zum Teufel schicken!« rief als erster Tolkatschenko.

»Das hätte man schon längst tun sollen!« fiel Ljamschin grimmig ein und schlug mit der Faust auf den Tisch.

»Aber wie soll man es machen?« murmelte Liputin.

Pjotr Stepanowitsch griff diese Frage sofort auf und setzte seinen Plan auseinander. Derselbe bestand darin, Schatow zwecks Übergabe der in seinen Händen befindlichen geheimen Druckerei morgen bei Einbruch der Nacht an den einsamen Ort zu locken, wo sie vergraben war, und »dort dann das Erforderliche zu tun«. Er ging auf viele notwendige Einzelheiten ein, die wir jetzt weglassen, und setzte umständlich die gegenwärtigen zweideutigen Beziehungen Schatows zum Zentralkomitee auseinander, die dem Leser bereits bekannt sind.

»Alles ganz gut«, bemerkte Ljamschin unsicher; »aber wenn da wieder ... ein neues Ereignis von derselben Art stattfindet ... so wird das die Leute gar zu stutzig machen.«

»Ohne Zweifel«, stimmte ihm Pjotr Stepanowitsch bei, »aber auch das ist vorhergesehen. Es gibt ein Mittel, um den Verdacht völlig abzulenken.«

Und er erzählte mit derselben Genauigkeit wie vorher, von Kirillow, von seiner Absicht, sich zu erschießen, und wie er versprochen habe, auf das Signal zu warten und bei seinem Tode ein Schriftstück zu hinterlassen und alles auf sich zu nehmen, was man ihm diktieren werde. (Kurz, alles, was dem Leser bereits bekannt ist.)

»Sein fester Entschluß, sich des Lebens zu berauben, ein philosophischer und meiner Ansicht nach verrückter Entschluß, ist ›dort‹ bekannt geworden«, fuhr Pjotr Stepanowitsch in seiner Auseinandersetzung fort. »Dort läßt man auch nicht das Kleinste, nicht das Unbedeutendste unbenutzt; alles wird zum Vorteile der gemeinsamen Sache verwertet. Da man den Nutzen vorhersah und sich überzeugt hatte, daß sein Entschluß durchaus ernst ist, so hat man ihm die Mittel zur Rückreise nach Rußland gewährt (er wollte aus irgendwelchem Grunde unbedingt in Rußland sterben), ihm einen Auftrag erteilt, den er sich verpflichtete auszuführen und auch ausgeführt hat, und ihn überdies durch das Ihnen bereits mitgeteilte Versprechen verpflichtet, seinem Leben erst dann ein Ende zu machen, wenn man es ihm sagen werde. Er hat alles versprochen. Beachten Sie, daß er mit unserer gemeinsamen Sache auf besonderer Grundlage in Beziehung steht und sich nützlich zu machen wünscht; mehr darf ich Ihnen nicht enthüllen. Morgen, nach Erledigung der Schatowschen Angelegenheit, werde ich ihm ein Schriftstück diktieren, daß er Schatow umgebracht habe. Das wird sehr glaublich erscheinen: Sie sind Freunde gewesen und zusammen nach Amerika gereist; dort haben sie sich entzweit, und das alles wird in dem Schriftstück dargelegt werden ... und ... und je nach den Umständen werde ich Kirillow auch sonst noch dies und das in die Feder diktieren können, zum Beispiel von den Proklamationen und womöglich auch etwas über die Brandstiftung. Darüber werde ich übrigens noch nachdenken. Beunruhigen Sie sich nicht; er ist frei von Vorurteilen; er wird alles unterschreiben.«

Es wurden Zweifel geäußert. Die Geschichte erschien phantastisch. Über Kirillow hatten übrigens alle schon mehr oder weniger etwas gehört, Liputin das meiste von allen.

»Er wird auf einmal anderen Sinnes werden und nicht wollen«, sagte Schigalew. »So oder so, jedenfalls ist er ein Verrückter und die Hoffnung auf ihn eine unsichere Sache.«

»Seien Sie ohne Sorge, meine Herren; er wird wollen«, erwiderte Pjotr Stepanowitsch, weitere Einwendungen abschneidend. »Nach der Verabredung bin ich verpflichtet, ihn tags zuvor, also heute noch, zu benachrichtigen. Ich lade Liputin ein, sofort mit zu ihm zu gehen und sich zu vergewissern; und bei der Rückkehr wird er dann Ihnen, meine Herren, nötigenfalls heute noch mitteilen, ob ich Ihnen die Wahrheit gesagt habe oder nicht. Übrigens«, unterbrach er sich plötzlich in sehr gereiztem Tone, wie wenn er sich auf einmal bewußt würde, daß er diesen geringwertigen Menschen gar zu viel Ehre antue, wenn er sie so zu überzeugen versuche und sich mit ihnen abmühe, »übrigens mögen Sie handeln, wie es Ihnen beliebt. Wenn Sie sich nicht dazu entschließen können, ist der Bund zerrissen, aber einzig und allein durch Ihren Ungehorsam und Ihrer Verräterei. Auf diese Weise sind wir von diesem Augenblicke an geschiedene Leute. Wissen Sie aber, daß Sie in solchem Falle außer der Unannehmlichkeit der Schatowschen Denunziation und ihrer Folgen sich auch noch eine kleine Unannehmlichkeit zuziehen, die bei der Bildung des Bundes klar ausgesprochen worden ist. Was mich anlangt, so fürchte ich mich nicht allzu sehr vor Ihnen, meine Herren . . . Glauben Sie nicht, daß ich schon so fest mit Ihnen verbunden bin . . . Übrigens ist das ganz gleichgültig.«

»Nein, wir sind entschlossen«, erklärte Ljamschin.

»Einen anderen Ausweg gibt es nicht«, murmelte Tolka-

tschenko, »und wenn Liputin das wirklich über Kirillow bestätigt, dann . . .«
»Ich bin dagegen; aus aller Kraft meiner Seele protestierte ich gegen einen solchen Blutbeschluß!« sagte Wirginski und erhob sich von seinem Platze.
»Aber?« fragte Pjotr Stepanowitsch.
»Was meinen Sie mit ›aber‹?«
»Sie sagten ›aber‹ . . . und ich warte auf die Fortsetzung.«
»Ich habe, soviel ich weiß, nicht ›aber‹ gesagt . . . Ich wollte nur sagen: Wenn dieser Beschluß gefaßt wird, dann . . .«
»Nun, dann?«
Wirginski verstummte.
»Ich meine, man kann die Sicherheit des eigenen Lebens geringschätzen«, sagte Erkel, der plötzlich auch einmal den Mund auftat; »aber wenn die gemeinsame Sache dadurch leiden kann, so darf man, meine ich, die Sicherheit des eigenen Lebens nicht geringschätzen . . .«
Er verwirrte sich und errötete. Wie sehr auch alle mit ihren eigenen Gedanken beschäftigt waren, so blickten ihn doch alle erstaunt an; so unerwartet kam es ihnen, daß auch er angefangen hatte zu reden.
»Ich bin für die gemeinsame Sache«, erklärte Wirginski plötzlich.
Alle erhoben sich von ihren Plätzen. Es wurde beschlossen, am nächsten Mittage noch einmal Nachrichten auszutauschen, ohne daß alle an einem Orte zusammenkämen, und dann eine endgültige Verabredung zu treffen. Es wurde der Ort bezeichnet, wo die Druckerei vergraben war, und die Rollen und Obliegenheiten verteilt. Liputin und Pjotr Stepanowitsch begaben sich unverzüglich zusammen zu Kirillow.

## II

Daran, daß Schatow denunzieren wollte, glaubten die »Unsrigen« sämtlich; aber daran, daß Pjotr Stepanowitsch mit ihnen wie mit Brettsteinen spiele, glaubten sie ebenfalls.

Aber sie wußten alle, daß sie trotzdem am folgenden Tage vollzählig am bezeichneten Platze erscheinen würden, und daß Schatows Schicksal besiegelt sei. Sie fühlten, daß sie wie Fliegen in das Netz einer riesigen Spinne hineingeraten seien; sie waren ergrimmt, aber sie zitterten vor Furcht.

Pjotr Stepanowitsch hatte sie ihrer Ansicht nach entschieden ungehörig behandelt; die ganze Sache hätte einen viel glatteren, leichteren Verlauf genommen, wenn er sich auch nur ein bißchen Mühe gegeben hätte, die Wirklichkeit auszuschmücken. Statt die beabsichtigte Tat in einem anständigen Lichte darzustellen, etwa als den Ausfluß römischen Bürgersinnes oder etwa Ähnliches, hatte er nur die grobe Furcht und die Bedrohung ihrer eigenen Haut als Moment verwertet, was einfach eine Unhöflichkeit war. Gewiß, überall in der Welt herrschte der Kampf ums Dasein, und ein anderes Prinzip des Handelns gab es nicht; das war ihnen allen bekannt; aber dennoch . . .

Aber Pjotr Stepanowitsch hatte keine Zeit, die Römer in Bewegung zu bringen; er war selbst aus dem Geleise geworfen. Stawrogins Flucht hatte ihn niedergeschmettert und betäubt. Seine Mitteilung, daß Stawrogin eine Unterredung mit dem Vizegouverneur gehabt habe, war eine Lüge gewesen; das war es ja eben, daß dieser weggefahren war, ohne mit irgend jemand, nicht einmal mit seiner Mutter, geredet zu haben; und es war in der Tat seltsam, daß man ihn so ganz unbehelligt gelassen hatte. (In dieser Hinsicht mußte sich unsere Behörde in der Folgezeit besonders verantworten.) Pjotr Stepanowitsch hatte sich den ganzen Tag über erkundigt, aber bisher nichts Näheres erfahren und hatte sich noch nie in solcher Unruhe befunden. Und wie konnte er denn auch so plötzlich auf Stawrogin verzichten? Dies war denn auch der Grund, weshalb er nicht imstande war, mit den »Unsrigen« allzu zart zu verfahren. Zudem fühlte er sich durch sie in ärgerlicher Weise gebunden: Er hatte sich schon vorgenommen gehabt, unverzüglich Stawrogin nachzueilen, und nun hielt ihn die Sache mit Schatow zurück, auch mußte er das Fünferkomitee für alle Fälle fest zusammenschweißen. »Ich darf das Komitee nicht

so ohne weiteres hinwerfen; am Ende ist es doch noch zu etwas zu gebrauchen«; so dachte er, wie ich annehme.
Was Schatow anlangte, so war er völlig davon überzeugt, daß dieser eine Denunziation einreichen werde. Er hatte zwar alles erlogen, was er den »Unsrigen« über die Denunziation gesagt hatte; nie hatte er etwas Derartiges zu sehen oder zu hören bekommen; aber daß eine solche stattfinden werde, war ihm so sicher wie zweimal zwei vier. Er war speziell der Ansicht, Schatow werde sich die letzten Ereignisse, den Tod Lisas und den Tod Marja Timofejewnas, furchtbar zu Herzen nehmen und gerade jetzt sich zu einer Denunziation entschließen. Wer weiß, vielleicht hatte er auch einigen Anlaß, dies zu vermuten. Bekannt ist auch, daß er Schatow persönlich haßte; es hatte zwischen ihnen früher einmal ein Streit stattgefunden, und Pjotr Stepanowitsch verzieh eine Beleidigung niemals. Ich bin sogar überzeugt, daß dies für ihn die Hauptursache war.
Die Ziegeltrottoirs in unserer Stadt sind schmal, und ebenso die hölzernen Brückchen. Pjotr Stepanowitsch ging in der Mitte des Trottoirs, so daß er es ganz einnahm, ohne die geringste Rücksicht auf Liputin zu nehmen, der neben ihm keinen Raum fand und genötigt war, entweder einen Schritt hinter ihm herzulaufen oder, wenn er des Gesprächs wegen neben ihm gehen wollte, auf die Straße in den Schmutz hinauszutreten. Pjotr Stepanowitsch erinnerte sich plötzlich, daß er vor ganz kurzer Zeit genauso durch den Schmutz gelaufen war, um mit Stawrogin Schritt zu halten, der, gerade wie er jetzt, in der Mitte gegangen war und das ganze Trottoir eingenommen hatte. Er dachte an diese ganze Szene, und eine rasende Wut benahm ihm den Atem.
Aber auch Liputin war wütend über die Beleidigung. Mochte Pjotr Stepanowitsch die andern »Unsrigen« behandeln, wie es ihm gut dünkte; aber ihn? Er »wußte« ja doch mehr als alle jene, stand der gemeinsamen Sache näher, war tiefer in sie eingeweiht und hatte bisher zwar nur indirekt, aber doch ununterbrochen sich an ihr beteiligt. Oh, er wußte, daß Pjotr Stepanowitsch auch ihn jetzt »schlimm-

stenfalls« vernichten konnte. Aber er haßte diesen Pjotr Stepanowitsch schon lange, und zwar nicht wegen dieser Gefahr, sondern wegen seines hochmütigen Benehmens. Jetzt, wo man sich zu einer solchen Tat hatte entschließen müssen, war er mehr ergrimmt als all die »Unsrigen« zusammengenommen. Er wußte leider, daß er »wie ein Sklave« morgen jedenfalls als der erste auf dem Platze sein und auch noch alle übrigen hinbringen werde, und hätte er jetzt, vor dem morgigen Tage, Pjotr Stepanowitsch auf irgendeine Weise, ohne sich selbst ins Verderben zu stürzen, töten können, so würde er ihn selbstverständlich unbedingt getötet haben.

In seine Gedanken versunken, schwieg er und ging furchtsam hinter seinem Peiniger her. Dieser schien ihn ganz vergessen zu haben; er stieß ihn nur mitunter unachtsamer und unhöflicher Weise mit dem Ellbogen an. Auf einmal blieb Pjotr Stepanowitsch in einer unserer ansehnlichsten Straßen stehen und ging in ein Restaurant hinein.

»Wo wollen Sie denn hin?« fragte Liputin, vor Wut kochend. »Das ist ja ein Restaurant.«

»Ich will ein Beefsteak essen.«

»Aber ich bitte Sie, da sind ja immer eine Menge Menschen!«

»Na, das schadet ja nichts!«

»Aber . . . wir werden zu spät kommen. Es ist schon zehn Uhr.«

»Da kommt man nie zu spät.«

»Aber ich werde mich verspäten! Die da warten auf meine Rückkehr.«

»Na, mögen Sie; es wäre nur dumm von Ihnen, wenn Sie noch einmal zu denen hingingen. Ich habe infolge der Plackerei, die ich um Ihretwillen gehabt habe, heute noch nicht zu Mittag gespeist. Und je später wir zu Kirillow kommen, um so besser ist es.«

Pjotr Stepanowitsch nahm ein besonderes Zimmer. Liputin setzte sich ärgerlich und beleidigt in einiger Entfernung von ihm auf einen Lehnstuhl und sah zu, wie jener aß. So verging eine halbe Stunde und mehr. Pjotr Stepanowitsch beeilte sich nicht; er aß mit Behagen, klingelte, verlangte anderen Senf, dann Bier und redete die ganze Zeit über kein Wort. Er war in tiefes Nachdenken versunken. Er konnte zwei Dinge zugleich tun: Mit Appetit essen und angestrengt nachdenken. Liputin wurde schließlich so wütend auf ihn, daß er nicht imstande war, seine Blicke von ihm loszureißen. Sein Zustand hatte Ähnlichkeit mit einem nervösen Anfall. Er zählte jeden Bissen des Beefsteaks, den dieser zum Munde führte, haßte ihn für die Art, wie er den Mund öffnete, wie er kaute, wie er wohlgefällig einen besonders saftigen Bissen aussog, haßte sogar das Beefsteak. Zuletzt verwirrten sich die Gegenstände vor seinen Augen; der Kopf wurde ihm etwas schwindlig; es lief ihm abwechselnd heiß und kalt über den Rücken.

»Sie haben nichts zu tun; lesen Sie einmal dies hier!« sagte auf einmal Pjotr Stepanowitsch und warf ihm ein Blatt Papier hin.

Liputin setzte sich näher an die Kerze heran. Das Blatt war mit kleiner, schlechter Schrift bedeckt; in jeder Zeile fanden sich Ausstreichungen. Als Liputin sich hindurchgearbeitet hatte, hatte Pjotr Stepanowitsch schon bezahlt und ging weg. Auf dem Trottoir reichte Liputin ihm das Blatt wieder hin.

»Behalten Sie es an sich; ich werde gleich darüber reden. Übrigens, was sagen Sie dazu?«

Liputin bebte am ganzen Leibe.

»Meiner Ansicht nach . . . ist eine solche Proklamation . . . nur eine lächerliche Abgeschmacktheit.«

Sein Ingrimm kam zum Durchbruch; er hatte ein Gefühl, als ob er von einem Sturmwinde gepackt und vorwärts getrieben werde.

»Wenn wir uns entschließen«, fuhr er, über und über leise zitternd, fort, »solche Proklamationen zu verbreiten, so bewirken wir, daß man uns wegen unserer Dummheit und Unkenntnis der Verhältnisse verachtet.«

»Hm! Ich denke darüber anders«, versetzte Pjotr Stepanowitsch und ging festen Schrittes weiter.

»Ich denke so, wie ich sagte; haben Sie das denn wirklich selbst verfaßt?«

»Das geht Sie nichts an.«
»Ich glaube auch, daß das Gedicht ›Eine glänzende Persönlichkeit‹ das kläglichste Machwerk ist, das es überhaupt nur geben kann, und unmöglich von Herzen herrührt.«
»Sie reden Unsinn; das Gedicht ist gut.«
»Ich wundere mich zum Beispiel auch darüber«, fuhr Liputin fort, während er immer, mühsam atmend, nebenher galoppierte, »daß man uns zu einer Handlungsweise auffordert, bei der alles zusammenstürzt. In Westeuropa ist der Wunsch, daß alles zusammenstürzen möge, ein natürlicher, weil es da ein Proletariat gibt; aber wir hier sind nur Liebhaber und tun meiner Ansicht nach nur groß.«
»Ich meinte, Sie seien ein Anhänger Fouriers.«
»Bei Fourier steht etwas anderes, etwas ganz anderes.«
»Ich weiß, daß da Unsinn steht.«
»Nein, bei Fourier steht kein Unsinn ... Nehmen Sie es mir nicht übel, ich kann aber schlechterdings nicht glauben, daß im Mai ein Aufstand stattfinden wird.«
Liputin knöpfte sich sogar den Rock auf; so heiß war ihm geworden.
»Nun genug davon!« sagte Pjotr Stepanowitsch, indem er mit der größten Kaltblütigkeit zu einem andern Gegenstande übersprang; »ehe ich es vergesse: Dieses Blatt haben Sie eigenhändig zu setzen und zu drucken. Wir werden Schatows Druckerei ausgraben, und Sie werden sie gleich morgen übernehmen. Sie werden die Proklamationen mit möglichster Beschleunigung setzen, möglichst viele Exemplare abziehen und sie dann den ganzen Winter über verbreiten. Über die Mittel und Wege werden Sie belehrt werden. Es sind recht viele Exemplare erforderlich, weil man Ihnen von anderen Orten aus welche abverlangen wird.«
»Nein, entschuldigen Sie; ich kann eine solche ... einen solchen Auftrag nicht übernehmen ... Ich weigere mich.«
»Und doch werden Sie ihn übernehmen. Ich handle nach der mir vom Zentralkomitee erteilten Instruktion, und Sie müssen gehorchen.«
»Ich glaube aber, daß unsere ausländischen Zentralen ganz

vergessen haben, wie es in Rußland wirklich steht, und jede Fühlung verloren haben und darum nur dummes Zeug reden . . . Ich glaube sogar, daß statt vieler Hunderte von Fünferkomitees in Rußland wir das einzige sind, und daß ein Netz überhaupt nicht existiert«, sagte Liputin endlich keuchend und atemlos.

»Um so verächtlicher ist Ihre Handlungsweise, wenn Sie ohne an die Sache zu glauben, ihr doch nachgelaufen sind . . . und jetzt mir nachlaufen wie ein gemeiner Köter.«

»Nein, ich laufe Ihnen nicht nach. Wir haben das volle Recht, uns von Ihnen loszusagen und eine neue Gesellschaft zu bilden.«

»Dumm-kopf!« rief Pjotr Stepanowitsch laut und drohend mit funkelnden Augen.

Beide blieben eine Zeitlang stehen und sahen einander an; dann drehte sich Pjotr Stepanowitsch um und setzte voll Selbstgefühl seinen früheren Weg fort.

Seinem Begleiter Liputin schoß wie ein Blitz ein Gedanke durch den Kopf:

»Ich werde mich umdrehen und zurückgehen; wenn ich mich jetzt nicht umdrehe, werde ich niemals zurückgehen.«

So dachte er genau zehn Schritte lang; aber beim elften Schritte flammte eine neue, tolle Idee in seinem Kopfe auf, und er drehte sich nicht um und ging nicht zurück.

Sie näherten sich dem Filippowschen Hause; aber noch ehe sie ganz hingelangt waren, schlugen sie ein Seitengäßchen oder, richtiger gesagt, einen kaum bemerkbaren Fußsteig an einem Zaune entlang ein, so daß sie sich eine Zeitlang auf der steilen Böschung eines Grabens fortarbeiten mußten, wo die Füße keinen Halt fanden und sie genötigt waren, sich mit den Händen am Zaune festzuhalten. Im dunkelsten Winkel des schief gewordenen Zaunes nahm Pjotr Stepanowitsch ein Brett heraus; es entstand eine Öffnung, durch die er sofort hindurchkroch. Liputin war verwundert, kroch aber ebenfalls hindurch; darauf wurde das Brett wieder eingefügt, wie es vorher gewesen war. Dies war jener geheime

Zugang, durch welchen Fedka zu Kirillow zu schleichen pflegte.
»Schatow darf nicht wissen, daß wir hier sind«, flüsterte Pjotr Stepanowitsch dem andern in strengem Tone zu.

### III

Wie immer um diese Stunde saß Kirillow auf seinem Ledersofa beim Tee. Er erhob sich nicht, um die Ankömmlinge zu begrüßen, sondern zuckte mit dem ganzen Körper zusammen und blickte die Eingetretenen unruhig an.
»Sie irren sich nicht«, sagte Pjotr Stepanowitsch; »ich komme gerade deswegen.«
»Heute?«
»Nein, nein, morgen . . . um diese Zeit.«
Er setzte sich eilig an den Tisch und betrachtete mit einiger Unruhe den aufgeregten Kirillow. Dieser beruhigte sich übrigens bereits wieder und sah aus wie immer.
»Sehen Sie, diese Menschen wollen es durchaus nicht glauben. Hoffentlich sind Sie nicht böse darüber, daß ich Liputin mitgebracht habe?«
»Heute habe ich nichts dagegen; aber morgen will ich allein sein.«
»Aber nicht, bevor ich komme, und dann in meiner Gegenwart.«
»Ich möchte es nicht in Ihrer Gegenwart tun.«
»Sie erinnern sich, daß Sie versprochen haben, alles niederzuschreiben und zu unterschreiben, was ich Ihnen diktieren werde.«
»Es ist mir alles ganz egal. Werden Sie jetzt lange hierbleiben?«
»Ich muß mich mit jemand anderswo treffen und bis dahin noch etwa eine halbe Stunde warten; dann werde ich Ihrem Wunsche gemäß fortgehen; aber diese halbe Stunde werde ich noch hier sitzen.«
Kirillow schwieg. Liputin hatte unterdessen seitwärts Platz genommen, unter dem Bilde des Bischofs. Die tolle Idee von

vorhin bemächtigte sich seiner immer mehr und mehr. Kirillow bemerkte ihn kaum. Liputin kannte Kirillows Theorie schon von früher her und hatte sich über ihn immer lustig gemacht; aber jetzt schwieg er und blickte finster um sich.

»Ich wäre auch nicht abgeneigt, Tee zu trinken«, sagte Pjotr Stepanowitsch, sich auf seinem Platze hin und her bewegend. »Ich habe soeben ein Beefsteak gegessen und rechnete darauf, bei Ihnen Tee zu bekommen.«

»Trinken Sie meinetwegen!«

»Früher boten Sie einem von selbst Tee an«, bemerkte Pjotr Stepanowitsch säuerlich.

»Das ist ganz egal. Liputin kann auch welchen trinken.«

»Nein, ich . . . ich kann nicht.«

»Kann nicht oder will nicht?« fragte Pjotr Stepanowitsch, indem er sich schnell zu ihm umdrehte.

»Ich werde bei Herrn Kirillow nicht trinken«, erwiderte Liputin, nachdrücklich ablehnend.

Pjotr Stepanowitsch zog die Augenbrauen zusammen.

»Das riecht nach Mystizismus; weiß der Teufel, was für Kerle ihr alle seid!«

Niemand antwortete ihm; das Schweigen dauerte eine ganze Minute.

»Aber das Eine weiß ich«, fuhr er dann in scharfem Tone fort, »daß keine Vorurteile einen von uns davon abhalten können, seine Pflicht zu erfüllen.«

»Ist Stawrogin weggereist?« fragte Kirillow.

»Ja.«

»Daran hat er gut getan.«

Pjotr Stepanowitschs Augen fingen schon an zu funkeln; aber er beherrschte sich.

»Was Sie denken, ist mir gleichgültig, wenn nur jeder sein Wort hält.«

»Ich werde mein Wort halten.«

»Übrigens bin ich immer überzeugt gewesen, daß Sie als unabhängiger, fortschrittlich denkender Mensch Ihre Pflicht erfüllen werden.«

»Sie aber sind lächerlich.«

»Mag sein; ich freue mich sehr, wenn ich andere zum Lachen bringen kann. Es ist mir immer eine Freude, jemandem einen Dienst zu erweisen.«
»Sie wünschen sehr, daß ich mich erschieße, und fürchten, daß ich es auf einmal nicht tue?«
»Das heißt, sehen Sie wohl, Sie haben selbst Ihren Plan mit unseren Handlungen in Verbindung gesetzt. Da wir auf Ihren Plan rechneten, haben wir bereits ein Unternehmen eingeleitet, so daß Sie jetzt auf keine Weise sich weigern können, da Sie uns dazu gebracht haben.«
»Sie haben keinerlei Recht.«
»Ich verstehe, ich verstehe; Sie haben Ihren freien Willen und wir kein Recht; aber es ist zu wünschen, daß dieser Ihr freier Wille zur Ausführung gelangt.«
»Und ich soll alle Ihre Schändlichkeiten auf meine Kappe nehmen?«
»Hören Sie mal, Kirillow, Sie haben es doch nicht mit der Angst bekommen? Wenn Sie sich weigern wollen, so erklären Sie es sogleich!«
»Ich habe es nicht mit der Angst bekommen.«
»Ich meine, weil Sie anfangen, so viel zu fragen.«
»Werden Sie bald fortgehen?«
»Sie fragen schon wieder?«
Kirillow blickte ihn verächtlich an.
»Sehen Sie«, fuhr Pjotr Stepanowitsch fort, der sich immer mehr ärgerte und beunruhigte und nicht den richtigen Ton fand, »Sie wollen, daß ich fortgehe, damit Sie allein sind und Ihre Gedanken konzentrieren können; aber all dies sind gefährliche Zeichen, gefährlich für Sie, für Sie in erster Linie. Sie wollen viel nachdenken. Meiner Ansicht nach wäre es besser, nicht nachzudenken, sondern es ohne das zu tun. Sie beunruhigen mich wirklich.«
»Zuwider ist mir dabei nur eins: Daß in jenem Augenblicke ein solches Reptil wie Sie bei mir sein soll.«
»Na, das ist ja ganz gleichgültig. Meinetwegen kann ich ja unterdessen hinausgehen und mich vor die Haustür stellen. Wenn Sie sterben wollen und so wenig gleichmütig sind, so . . . so ist das doch sehr gefährlich. Ich werde vor die

Haustür gehen, und Sie mögen meinetwegen denken, daß ich nichts verstehe und intellektuell unermeßlich tief unter Ihnen stehe.«

»Nein, Sie stehen nicht intellektuell unermeßlich tief unter mir; Sie besitzen Fähigkeiten; aber Sie haben für sehr vieles kein Verständnis, weil Sie ein gemeiner Mensch sind.«

»Freut mich sehr, freut mich sehr! Ich habe schon gesagt, daß es mich sehr freut, wenn ich jemanden amüsiere ... noch dazu in einem solchen Augenblicke.«

»Sie haben kein Verständnis dafür.«

»Das heißt, ich ... jedenfalls höre ich respektvoll an, was Sie sagen.«

»Sie können nichts; Sie können nicht einmal jetzt Ihren kleinlichen Ärger verbergen, obgleich es für Sie unvorteilhaft ist, ihn zu zeigen. Sie werden mich in Wut versetzen, und ich werde es dann auf einmal noch ein halbes Jahr aufschieben.«

Pjotr Stepanowitsch sah nach der Uhr.

»Ich habe niemals Verständnis für Ihre Theorie gehabt; aber ich weiß, daß Sie sie nicht um unseretwillen ersonnen haben und sie darum auch ohne Rücksicht auf uns zur Ausführung bringen werden. Ich weiß auch, daß Sie nicht diese Idee gefaßt haben, sondern umgekehrt die Idee Sie gepackt hat; also werden Sie es auch nicht aufschieben.«

»Wie? Die Idee hat mich gepackt?«

»Ja.«

»Und ich habe nicht die Idee gefaßt? Das ist gut! Sie haben nur wenig Verstand. Sie wollen mich nur anstacheln; aber ich bin stolz.«

»Wunderschön, wunderschön! Gerade das ist nötig, daß Sie stolz sind.«

»Nun genug; Sie haben ausgetrunken; gehen Sie jetzt fort!«

»Hol's der Teufel, ich muß wohl«, sagte Pjotr Stepanowitsch und stand auf. »Aber es ist noch zu früh. Hören Sie mal, Kirillow, werde ich den Betreffenden (Sie verstehen?) bei der Frau Fleischerin treffen? Oder hat die auch gelogen?«

»Sie werden ihn nicht treffen, weil er hier ist, und nicht dort.«
»Was heißt: hier? Zum Teufel, wo?«
»Er sitzt in der Küche und ißt und trinkt.«
»Wie kann er es wagen!« rief Pjotr Stepanowitsch, der vor Zorn ganz rot geworden war. »Er war verpflichtet zu warten . . . Unsinn! Er hat weder einen Paß noch Geld!«
»Das weiß ich nicht. Er ist hergekommen, um mir Lebewohl zu sagen; er ist im Reiseanzuge und völlig fertig. Er geht weg und kommt nicht wieder. Er hat gesagt, Sie seien ein Schurke, und er wolle nicht auf Ihr Geld warten.«
»Aha! Er fürchtet, daß ich . . . nun, ich kann ihn ja auch jetzt, wenn . . . Wo ist er? In der Küche?«
Kirillow öffnete eine Seitentür zu einem winzigen, dunklen Zimmer; aus diesem Zimmer führten drei Stufen in die Küche hinab, unmittelbar in das durch einen Verschlag abgetrennte Kämmerchen, in welchem gewöhnlich das Bett der Köchin seinen Platz hatte. Hier saß jetzt in einer Ecke unter den Heiligenbildern Fedka an einem ungedeckten Brettertisch. Auf dem Tische vor ihm befand sich ein halbes Stof Branntwein, ein Teller mit Brot und eine irdene Schüssel mit kaltem Rindfleisch und Kartoffeln. Er aß mit Behagen und war bereits halb betrunken, saß aber im Schafpelz da und war offenbar vollständig reisefertig. Auf der anderen Seite des Verschlages siedete ein Samowar, aber nicht für Fedka; sondern Fedka hatte selbst pflichtgemäß die Glut darin angeblasen und ihn zum Gebrauche bereit gemacht, wie er das schon seit einer Woche oder noch länger jeden Abend getan hatte, »für Alexej Nilytsch, da der Herr sehr gewöhnt sind, nachts Tee zu trinken«. Ich glaube bestimmt, daß in Ermangelung einer Köchin Kirillow selbst das Rindfleisch und die Kartoffeln für Fedka schon am Vormittag gekocht hatte.
»Was fällt dir denn ein?« schrie Pjotr Stepanowitsch, der eilig die Stufen hinabstieg. »Warum hast du nicht da gewartet, wo ich es dir befohlen hatte?«
Ausholend schlug er mit der Faust auf den Tisch.
Fedka nahm eine würdevolle Haltung an.

»Warte mal, Pjotr Stepanowitsch, warte mal«, begann er, indem er in stutzerhafter Manier jedes Wort mit besonderer Deutlichkeit aussprach; »deine erste Pflicht ist hier, zu begreifen, daß du auf einem anständigen Besuch bei Herrn Alexej Nilytsch Kirillow bist, dem du immer die Stiefel putzen kannst, weil er ein vielgebildeterer Kopf ist als du; denn du bist nur – pfui!«

Er tat in affektierter Weise, als spucke er seitwärts aus. Sein Benehmen zeigte Hochmut, Entschlossenheit und jene sehr gefährliche, trügerische, ruhige Redeweise, die dem ersten Ausbruche vorherzugehen pflegt. Aber Pjotr Stepanowitsch nahm sich keine Zeit, die Gefahr zu bemerken, und das vertrug sich auch nicht mit seiner Auffassung der Dinge. Die Vorgänge und Mißerfolge dieses Tages hatten ihn ganz schwindlig gemacht . . . Liputin, der oben an den drei Stufen in dem dunklen Zimmer stand, blickte neugierig hinunter.

»Willst du nun einen richtigen Paß und gutes Geld haben, um nach dem Orte zu reisen, der dir angegeben ist? Ja oder nein?«

»Siehst du, Pjotr Stepanowitsch, du hast mich gleich von Anfang an betrogen; denn du bist in meinen Augen ein richtiger Schurke. Ganz wie eine garstige Menschenlaus bist du; da hörst du's, wofür ich dich halte! Du hast mir für unschuldiges Blut viel Geld versprochen und mir für Herrn Stawrogin einen Eid geschworen, und nun kommt's heraus, daß das alles von dir nur eine schlechte Manier gewesen ist. Ich habe wahrhaftig keinen Groschen zu sehen bekommen, geschweige denn anderthalbtausend Rubel, und Herr Stawrogin hat dich vor kurzem auf die Backen gehauen, was auch uns schon bekannt ist. Jetzt drohst du mir von neuem und versprichst mir Geld; was ich dafür tun soll, davon schweigst du. Aber ich denke mir in meinem Verstande, daß du mich nach Petersburg schickst, um dich an Herrn Nikolai Wsewolodowitsch Stawrogin in deiner Bosheit für irgend etwas zu rächen, wobei du auf meine Leichtgläubigkeit hoffst. Und daraus ergibt sich, daß du ein Mörder ersten Ranges bist. Und weißt du auch wohl, was du schon allein dafür verdient hast, daß du in deiner Schlechtigkeit aufgehört hast, an Gott selbst, den Schöpfer aller Dinge, zu glauben? Du bist geradezu ein Heide und stehst auf einer Stufe mit einem Tataren oder Mordwinen. Alexej Nilytsch, der ein Philosoph ist, hat dir den wahren Gott, den Schöpfer und Erhalter, und die Schöpfung der Welt oftmals erklärt und dir auch von den zukünftigen Geschicken und der Verwandlung eines jeden Geschöpfes und eines jeden Tieres vieles aus dem Buche der Offenbarung mitgeteilt. Aber du verharrst wie ein unvernünftiges Götzenbild in Taubheit und Stummheit, und auch den Fähnrich Erkelew hast du zu demselben Unglauben verleitet, gerade wie jener allerböseste Verführer, des Name ist Atheist . . .«

»Ach du betrunkenes Schwein! Beraubt selbst Heiligenbilder und will noch von Gott predigen!«

»Ja, siehst du, Pjotr Stepanowitsch, ich will dir das wahrheitsgemäß sagen, daß ich Heiligenbilder beraubt habe; aber ich habe nur Perlen weggenommen; und woher willst du das wissen, vielleicht hat sich die Träne, die ich dabei vergoß in dem Schmelzofen des Allerhöchsten in jenem selben Augenblick in eine Perle verwandelt, zum Lohn für ein mir widerfahrenes Leid; denn ich habe wahrhaftig keinen Menschen auf der Welt und nicht einmal ein Obdach. Weißt du wohl aus den Büchern, daß einmal in alter Zeit ein Kaufmann unter eben solchen Tränen und Seufzern und Gebeten der Allerheiligsten Muttergottes aus dem Heiligenschreine Perlen gestohlen und dann vor allem Volke unter Kniebeugungen die ganze Summe zum Sockel des heiligen Bildes zurückgebracht hat, und daß da die Muttergottes, die Fürbitterin, ihn vor den Augen aller Leute mit dem heiligen Vorhang gesegnet hat, so daß das damals offenbar ein Wunder war und die Obrigkeit es alles in den Staatsbüchern genau aufschreiben ließ? Aber du hast eine Maus hineingesetzt; also du hast den Finger Gottes selbst verspottet. Und wenn du nicht mein natürlicher Herr wärest, den ich als Knaben oft auf meinen Armen getragen habe, so würde ich dich jetzt wahrhaftig auf diesem Fleck abtun!«

Pjotr Stepanowitsch geriet in einen maßlosen Zorn.
»Sprich, bist du heute mit Stawrogin zusammengetroffen?«
»Du darfst dich nie unterstehen, mich ins Verhör zu nehmen. Herr Stawrogin ist über dich wahrhaftig ganz erstaunt und hat sich nicht einmal mit einem Wunsche an der Sache beteiligt, geschweige denn mit einer Anordnung oder mit Geld. Du hast mich frech belogen.«
»Das Geld wirst du bekommen, und die zweitausend Rubel wirst du ebenfalls bekommen, in Petersburg, an Ort und Stelle, alles zusammen, und du wirst noch mehr bekommen.«
»Du lügst, lieber Freund, und es ist mir lächerlich, dich auch nur anzusehen, wie du dir einbilden kannst, daß man dir glauben wird. Herr Stawrogin steht hoch über dir wie auf einer Leiter, und du kläffst ihn von unten an wie ein dummer Hund, während er dir eine große Ehre zu erweisen glaubt, wenn er von oben auf dich herabspuckt.«
»Weißt du wohl, du Kanaille«, schrie Pjotr Stepanowitsch rasend, »daß ich dich keinen Schritt von hier weglassen, sondern dich geradezu der Polizei übergeben werde?«
Fedka sprang auf; seine Augen funkelten vor Wut. Pjotr Stepanowitsch griff nach seinem Revolver. Nun spielte sich schnell eine widerwärtige Szene ab: Bevor Pjotr Stepanowitsch mit dem Revolver zielen konnte, hatte sich Fedka geschwind zur Seite gebogen und schlug ihn aus voller Kraft auf die Backe. Unmittelbar darauf erscholl ein zweiter furchtbarer Schlag, dann ein dritter, ein vierter, alle auf die Backe. Pjotr Stepanowitsch war betäubt; die Augen standen ihm weit auf; er murmelte etwas und fiel auf einmal der Länge lang zu Boden.
»Da habt ihr ihn; nehmt ihn!« rief Fedka, sich mit der Miene eines Siegers zu dem Zuschauer hinwendend, ergriff im Nu seine Mütze und sein unter der Bank liegendes Bündel und war verschwunden.
Pjotr Stepanowitsch röchelte bewußtlos. Liputin glaubte sogar, es hätte ein Totschlag stattgefunden. Kirillow kam Hals über Kopf in die Küche hinabgelaufen.

»Wir wollen ihn mit Wasser . . .« rief er.
Er schöpfte mit einer Blechkelle Wasser aus einem Eimer und goß es ihm über den Kopf. Pjotr Stepanowitsch regte sich, hob den Kopf in die Höhe, setzte sich aufrecht und blickte gedankenlos vor sich hin.
»Nun, wie befinden Sie sich?« fragte Kirillow.
Der sah ihn starr an, immer noch, ohne ihn zu erkennen; aber als er dann Liputin erblickte, der von der Küche aus hereinschaute, verzog er das Gesicht zu seinem gewöhnlichen häßlichen Lächeln, sprang plötzlich in die Höhe und hob den Revolver vom Fußboden auf. Ganz blaß stürzte er wütend auf Kirillow los.
»Wenn Sie sich einfallen lassen, morgen davonzulaufen wie der Schurke Stawrogin«, schrie er ihm stammelnd und die Worte nur undeutlich aussprechend zu, »so werde ich Sie am andern Ende des Erdballs aufhängen . . . ich werde Sie zerquetschen wie eine Fliege . . . merken Sie sich das!«
Er setzte ihm den Revolver gerade vor die Stirn; aber fast in demselben Augenblicke kam er endlich wieder vollständig zu sich, zog die Hand zurück, steckte den Revolver in die Tasche und rannte, ohne ein Wort weiter zu sagen, aus dem Hause. Liputin lief hinter ihm her. Sie krochen durch das frühere Schlupfloch hindurch und gingen wieder, sich am Zaune festhaltend, auf der Grabenböschung dahin. Dann schritt Pjotr Stepanowitsch schnell das Seitengäßchen entlang, so daß Liputin kaum nachkommen konnte. Bei der ersten Straßenkreuzung blieb er plötzlich stehen.
»Nun?« sagte er, sich mit herausfordernder Miene nach Liputin umwendend.
Liputin dachte an den Revolver und zitterte noch am ganzen Leibe in Erinnerung an die Szene, deren Zeuge er geworden war; aber unwillkürlich und unhemmbar kam ihm die Antwort über die Lippen:
»Ich glaube . . . ich glaube, daß man doch nicht von Smolensk bis nach Taschkent mit solcher Ungeduld auf den Studenten wartet.«
»Haben Sie gesehen, was Fedka in der Küche trank?«
»Was er trank? Branntwein trank er.«

»Nun, so mögen Sie wissen, daß er zum letztenmal in seinem Leben Branntwein getrunken hat. Für Ihre weiteren Entschließungen empfehle ich Ihnen, daran zu denken. Jetzt aber scheren Sie sich zum Teufel; vor morgen brauche ich Sie nicht mehr . . . Aber das sage ich Ihnen: Machen Sie keine Dummheiten!«
Liputin eilte Hals über Kopf nach Hause.

IV

Er hatte sich schon vor längerer Zeit einen Paß auf einen falschen Namen beschafft. Es ist ein befremdender Gedanke, daß dieser regulär lebende Mensch, ein kleinlicher Familientyrann, dabei Beamter (wenn auch Anhänger Fouriers) und endlich vor allen Dingen Kapitalist und Wucherer, daß der schon vor langer Zeit im stillen auf den phantastischen Einfall gekommen war, sich für alle Eventualitäten diesen Paß zu beschaffen, um mit dessen Hilfe nach dem Auslande zu entkommen, »wenn« . . . Das Eintreten eines solchen Falles hielt er für möglich, wiewohl er selbst nie imstande war, genauer anzugeben, was dieses »wenn« eigentlich bedeuten konnte.
Aber jetzt hatte sich diese Bedeutung ganz von selbst und in völlig unerwarteter Weise ergeben. Die tolle Idee, mit der er bei Kirillow eingetreten war, nachdem ihm Pjotr Stepanowitsch auf dem Trottoir jenes Schimpfwort »Dummkopf« zu hören gegeben hatte, bestand darin, gleich am folgenden Tage frühmorgens alles im Stich zu lassen, dem Vaterlande den Rücken zu kehren und ins Ausland zu gehen! Wer es nicht glauben mag, daß solche phantastischen Dinge auch jetzt in unserer alltäglichen Wirklichkeit vorkommen, der möge sich nach dem Lebenslaufe aller jetzigen russischen Emigranten im Auslande erkundigen. Kein einziger ist aus verständigeren, realistischeren Gründen entflohen. Alle haben sie lediglich unter der unwiderstehlichen Herrschaft von Wahnvorstellungen gehandelt.
Als er nach Hause gekommen war, schloß er sich sofort ein,

nahm eine Reisetasche und begann, sie hastig zu packen. Seine Hauptsorge bildete das Geld, nämlich die Frage, wieviel er davon retten könne, und wie er es machen müsse. Jawohl, retten; denn nach seiner Vorstellung durfte er auch nicht eine Stunde mehr zaudern und mußte sich bei Tagesanbruch bereits auf der Landstraße befinden. Er wußte auch nicht, wie er in die Eisenbahn steigen sollte; unklar nahm er sich vor, etwa auf der zweiten oder dritten größeren Station von der Stadt einzusteigen, den Weg bis dahin aber nötigenfalls zu Fuß zurückzulegen. So mühte er sich instinktiv und mechanisch, den Kopf voll von durcheinander wirbelnden Gedanken, mit seiner Reisetasche ab und – hielt plötzlich inne, ließ alles liegen und streckte sich tief aufstöhnend auf dem Sofa aus.

Er fühlte es deutlich und war sich darüber klar, daß er fliehen werde, nun ja, fliehen werde, aber daß es jetzt über seine Kraft gehe, die Frage zu entscheiden, ob er vor Erledigung der Schatowschen Angelegenheit fliehen müsse oder erst nachher; daß er jetzt nur ein materieller, vernunftloser Körper, eine träge Masse sei, daß ihn aber eine fremde, schreckliche Kraft in Bewegung setze, und daß er, trotzdem er einen Auslandspaß besitze und vor der Schatowschen Angelegenheit weggehen könne (weswegen hätte er sich denn auch sonst so beeilt?), dennoch nicht vorher, sondern nachher weggehen werde, und daß das nun einmal beschlossene Sache, unterschrieben und untersiegelt sei. In unerträglicher Unruhe, indem er alle Augenblicke zu seiner eigenen Verwunderung zitterte, stöhnte und vor Angst vergehen wollte, verbrachte er, in seinem zugeschlossenen Zimmer auf dem Sofa liegend, kläglich die Zeit bis elf Uhr vormittags, und da erfolgte plötzlich der erwartete äußere Anstoß, der seinem Entschlusse die Richtung gab. Sowie er um elf Uhr seine Tür aufgeschlossen hatte und zu den Seinigen gegangen war, erfuhr er von ihnen, daß der entlaufene Sträfling Fedka, der alle in Schrecken versetzt hatte, dieser Straßen- und Kirchenräuber, Mörder und Brandstifter, den unsere Polizei verfolgte, ohne ihn doch fassen zu können, daß der bei Tagesgrauen erschlagen aufgefunden sei, sechs Werst von der Stadt entfernt, da, wo von der großen Landstraße der Weg nach Sacharjino abzweigt, und daß schon die ganze Stadt davon spreche. Sogleich lief er Hals über Kopf aus dem Hause, um Näheres in Erfahrung zu bringen, und erfuhr erstens, daß Fedka mit zerschmettertem Schädel gefunden und nach allen Anzeichen beraubt worden sei, und zweitens, daß die Polizei schon starken Verdacht und sogar einige bestimmte Indizien habe, aus denen sich schließen lasse, daß sein Mörder der Schpigulinsche Arbeiter Fomka sei, eben der, mit welchem zusammen Fedka zweifellos den Mord und die Brandstiftung bei den Geschwistern Lebjadkin begangen habe; es sei wahrscheinlich zwischen ihnen unterwegs ein Streit entstanden, wohl wegen einer größeren Geldsumme, die Fedka bei Lebjadkin entwendet und dann verheimlicht habe ... Liputin lief auch nach Pjotr Stepanowitschs Wohnung und erfuhr an der Hintertreppe heimlich, Pjotr Stepanowitsch sei zwar in der Nacht erst gegen ein Uhr nach Hause gekommen, habe dann aber die ganze Nacht bis acht Uhr morgens sehr schön geschlafen. Selbstverständlich war an dem Tode des Räubers Fedka absolut nichts, was ungewöhnlich erscheinen konnte, da gerade solche Laufbahnen am häufigsten einen derartigen Ausgang nehmen; aber das Zusammentreffen der verhängnisvollen Worte, daß Fedka an diesem Abend zum letztenmal Branntwein getrunken habe, mit der unverzüglichen Erfüllung dieser Prophezeiung war doch so merkwürdig, daß Liputin auf einmal aufhörte zu schwanken. Der äußere Anstoß war gegeben; es war gleichsam auf ihn ein großer Stein herabgefallen, der ihn für immer zu Boden drückte. Als er nach Hause zurückgekehrt war, stieß er schweigend seine Reisetasche mit dem Fuße unter das Bett und erschien am Abend zur festgesetzten Stunde als erster von allen an dem für das Zusammentreffen mit Schatow verabredeten Orte, allerdings immer noch mit seinem Passe in der Tasche.

## FÜNFTES KAPITEL

### *Die Reisende*

### I

Die Katastrophe mit Lisa und der Tod Marja Timofejewnas machten auf Schatow einen tief schmerzlichen Eindruck. Ich habe bereits erwähnt, daß ich an jenem Vormittage nur flüchtig mit ihm sprach: Es kam mir dabei vor, als hätte er nicht ganz seinen Verstand. Unter anderm teilte er mir mit, er sei am vorhergehenden Abend um neun Uhr (also drei Stunden vor der Feuersbrunst) bei Marja Timofejewna gewesen. Er ging am Vormittag hin, um sich die Leichen anzusehen, machte aber, soviel ich weiß, an jenem Vormittag nirgends Aussagen über das, was er wußte. Gegen Ende des Tages erhob sich indessen in seiner Seele ein wahrer Sturm, und ... und (ich glaube, ich kann das mit aller Bestimmtheit sagen) zur Zeit der Abenddämmerung gab es einen Augenblick, wo er aufstehen, hingehen und alles klarlegen wollte. Was er mit »alles« meinte, das wußte nur er selbst. Natürlich hätte er nichts erreicht, sondern nur sich selbst ans Messer geliefert. Er besaß keinerlei Beweise, um in die soeben ausgeführte Freveltat Licht hineinzubringen, und hatte selbst darüber nur unklare Vermutungen, die nur für ihn einer völligen Überzeugung gleichkamen. Aber er war bereit, sich selbst zugrunde zu richten, wenn er nur »die Schurken zermalmen« konnte; das waren seine eigenen Worte. Pjotr Stepanowitsch hatte diesen Drang bei ihm zum Teil richtig vorausgesehen und wußte selbst, daß er viel riskierte, wenn er die Ausführung seines neuen schrecklichen Planes auf den folgenden Tag verschob. Seinerseits bewies er dabei seiner Gewohnheit nach ein starkes Selbstvertrauen und eine herzliche Verachtung all dieser »geringwertigen Kerle« und insonderheit Schatows. Er verachtete Schatow schon lange wegen seines »weinerlichen, idiotenhaften Wesens«, wie er sich schon im Auslande über ihn ausgedrückt hatte, und hoffte fest, daß es ihm gelingen werde, mit diesem so wenig schlauen Menschen zurechtzukommen, das heißt ihn diesen ganzen Tag über nicht aus den Augen zu lassen und ihm bei der ersten Gefahr den Weg abzuschneiden. Und doch war das, was »die Schurken« noch für eine kurze Zeit rettete, nur ein ganz unerwarteter und von ihnen ganz und gar nicht vorhergesehener Umstand.

Zwischen sieben und acht Uhr abends (also gerade zu derselben Zeit, als die »Unsrigen« sich bei Erkel versammelt hatten, auf Pjotr Stepanowitsch warteten, unwillig wurden und in Erregung gerieten) lag Schatow mit Kopfschmerzen und leichtem Fieberfrost im Dunkeln ohne Licht ausgestreckt auf seinem Bette; er quälte sich mit Zweifeln, ärgerte sich, entschloß sich, konnte sich aber doch nicht endgültig entschließen und fühlte fluchend im voraus, daß das alles doch zu nichts führen werde. Allmählich benahm ihm ein leichter Schlaf das Bewußtsein; ein bedrückender Traum ängstigte ihn; es träumte ihm, er sei mit Stricken an sein Bett geschnürt, am ganzen Leibe festgebunden, so daß er sich nicht rühren könne; und dabei erschöllen im ganzen Hause furchtbare Schläge gegen den Zaun, gegen das Tor, gegen seine Haustür und gegen das Seitengebäude bei Kirillow, so daß das ganze Haus zitterte, und eine ihm wohlbekannte Stimme, die aber schmerzliche Erinnerungen bei ihm erwecke, riefe ihn kläglich von ferne. Er kam auf einmal zur Besinnung und richtete sich auf dem Bette in die Höhe. Zu seinem Erstaunen dauerten die Schläge gegen das Tor fort; sie waren zwar bei weitem nicht so stark, wie es ihm im Traume vorgekommen war, folgten aber mit großer Hartnäckigkeit schnell aufeinander; und die sonderbare, ihm so schmerzliche Stimme, die allerdings überhaupt nicht kläglich, sondern im Gegenteil ungeduldig und gereizt klang, ließ sich immer noch unten am Tore vernehmen und mit ihr abwechselnd eine andere, ruhigere und gewöhnlichere Stimme. Er sprang auf, öffnete die Luftscheibe im Fenster und steckte den Kopf hinaus.

»Wer ist da?« rief er, geradezu starr vor Schreck.

»Wenn Sie Schatow sind«, wurde ihm von unten in scharfem, festem Tone geantwortet, »so geben Sie, bitte, einfach und ehrlich eine Erklärung darüber ab, ob Sie gewillt sind, mich hereinzulassen, oder nicht!«

Es war richtig; er erkannte diese Stimme!

»Marie! . . . Bist du es?«

»Ja, ich bin es, Marja Schatowa, und ich versichere Ihnen, daß ich die Ungeduld des Droschkenkutschers keinen Augenblick länger beschwichtigen kann.«

»Sogleich . . . ich will nur erst Licht . . .« rief Schatow mit schwacher Stimme zurück. Dann suchte er hastig nach den Streichhölzern. Die waren, wie gewöhnlich in solchen Fällen, nicht zu finden. Er ließ in der Erregung den Leuchter mit der Kerze auf den Fußboden fallen, und als von unten wieder die ungeduldige Stimme erscholl, ließ er alles liegen und lief Hals über Kopf seine steile Treppe hinunter, um das Pförtchen zu öffnen.

»Tun Sie mir den Gefallen und halten Sie die Reisetasche, bis ich mich mit diesem Dummkopf auseinandergesetzt habe«, sagte unten Frau Marja Schatowa als Begrüßung zu ihm und schob ihm eine ziemlich leichte, billige Handtasche aus Segeltuch mit Messingbuckeln, Dresdner Fabrikat, in die Hand. Sie selbst fuhr gereizt auf den Kutscher los:

»Ich muß Ihnen sagen, daß Ihre Forderung übermäßig ist. Wenn Sie mich eine ganze Stunde lang unnötigerweise durch diese schmutzigen Straßen gekarrt haben, so sind Sie selbst daran schuld, da Sie offenbar nicht gewußt haben, wo diese dumme Straße und dieses verrückte Haus ist. Nehmen Sie Ihre dreißig Kopeken; Sie können sich darauf verlassen, daß Sie nicht mehr bekommen.«

»Ach, Madamchen, Sie haben ja doch selbst von der Wosnessenskaja-Straße gesprochen, und dies hier ist die Bogojawlenskaja-Straße. Die Wosnessenskaja-Gasse liegt ja an einem ganz anderen Ende. Wir haben den Wallach unnötig in Schweiß gebracht.«

»Wosnessenskaja, Bogojawlenskaja – alle diese dummen Benennungen mußten Ihnen besser bekannt sein als mir, da Sie ein hiesiger Einwohner sind; und außerdem haben Sie unrecht: Ich habe Ihnen gleich von vornherein gesagt, daß ich nach dem Filippowschen Hause wollte, und Sie haben ausdrücklich versichert, daß Sie es kennten. Wenn Sie wollen, können Sie mich morgen beim Friedensrichter belangen; jetzt aber bitte ich Sie, mich in Ruhe zu lassen.«

»Da! Da sind noch fünf Kopeken«, sagte Schatow, indem er hastig ein Fünfkopekenstück aus der Tasche nahm und es dem Kutscher hinreichte.

»Ich bitte Sie, tun Sie mir den Gefallen und geben Sie ihm nichts!« rief Madame Schatowa hitzig; aber der Kutscher trieb schon »den Wallach« an, und Schatow ergriff sie bei der Hand und zog sie ins Tor hinein.

»Schnell, Marie, schnell . . . das sind ja alles nur Kleinigkeiten, und – wie naß du geworden bist! Nur sachte, hier geht es nach oben – schade, schade, daß ich kein Licht habe – die Treppe ist steil; halte dich nur recht fest an meiner Hand! Nun, da ist auch mein Zimmerchen! Entschuldige, daß hier kein Licht ist . . . Sofort!«

Er hob den Leuchter auf; aber die Streichhölzer ließen sich noch längere Zeit nicht finden. Frau Schatowa stand wartend mitten im Zimmer, rührte sich nicht und schwieg.

»Gott sei Dank! Endlich!« rief er freudig und machte das Zimmer hell.

Marja Schatowa musterte die Behausung mit einem schnellen Blicke.

»Es war mir gesagt worden, daß Sie eine garstige Wohnung hätten; aber so habe ich es mir doch nicht gedacht«, sagte sie geringschätzig und ging zum Bette. »Ach, was bin ich müde!« fuhr sie fort und setzte sich kraftlos auf das harte Bett. »Bitte, legen Sie die Reisetasche hin, und setzen Sie sich selbst auf einen Stuhl! Übrigens können Sie meinetwegen auch da so vor mir stehenbleiben. Ich bin nur für kurze Zeit zu Ihnen gekommen, nur bis ich Arbeit finde; denn ich weiß hier gar nicht Bescheid und habe kein Geld. Aber wenn ich Sie geniere, so bitte ich nochmals: Tun Sie mir den Gefallen und sprechen Sie das sofort deutlich aus, wie das ja auch Ihre Pflicht ist, wenn Sie ein ehrenhafter Mensch sind. Ich kann immer noch morgen etwas verkau-

fen und in einem Gasthause bezahlen; wollen Sie mich nur selbst nach einem Gasthause hinführen . . . Ach, aber ich bin so müde!«
Schatow zitterte am ganzen Leibe.
»Nicht doch, Marie; du brauchst nicht in ein Gasthaus zu gehen! Was redest du von einem Gasthause! Wozu, wozu?«
Er faltete mit flehender Gebärde die Hände.
»Nun, wenn ich nicht ins Gasthaus brauche, dann muß ich auseinandersetzen, wie die Dinge liegen. Sie werden sich erinnern, Schatow, daß ich mit Ihnen in Genf zwei Wochen und einige Tage lang als Ihre Ehefrau gelebt habe; es ist jetzt schon drei Jahre her, daß wir uns getrennt haben, übrigens ohne besonderen Streit. Aber glauben Sie nicht, daß ich zurückgekehrt bin, um irgendeine der früheren Dummheiten zu wiederholen! Ich bin zurückgekehrt, um Arbeit zu suchen, und wenn ich gerade nach dieser Stadt gekommen bin, so ist das geschehen, weil mir alles ganz gleichgültig ist. Ich bin nicht gekommen, um etwas zu bereuen; tun Sie mir den Gefallen und bilden Sie sich nicht eine solche Dummheit ein!«
»O Marie, das brauchst du nicht zu sagen, das brauchst du gar nicht zu sagen!« murmelte Schatow undeutlich.
»Nun, wenn es so steht, wenn Sie so weit fortgeschritten sind, daß Sie auch das begreifen können, dann möchte ich noch hinzufügen, daß, wenn ich mich jetzt direkt an Sie gewandt habe und in Ihre Wohnung gekommen bin, ich dies zum Teil deswegen getan habe, weil ich immer der Ansicht gewesen bin, daß Sie ganz und gar kein Schuft, sondern vielleicht weit besser sind als die andern . . . diese Schurken!«
Ihre Augen begannen zu funkeln. Sie mußte wohl von solchen »Schurken« viel Schlimmes erlitten haben.
»Und seien Sie, bitte, überzeugt: Ich habe mich soeben durchaus nicht über Sie lustig machen wollen, wenn ich Ihnen sagte, daß Sie ein guter Mensch sind. Ich habe gerade herausgesprochen, ohne schönklingende Phrasen, die ich überhaupt nicht leiden kann. Aber das ist alles dummes

Zeug. Ich habe immer gehofft, daß Sie genug Verstand besitzen, um nicht lästigerweise an einem festzukleben ... Ach, genug davon, ich bin so müde!«
Und sie sah ihn mit einem langen, gequälten, müden Blicke an. Schatow stand vor ihr, fünf Schritte von ihr entfernt, mitten im Zimmer und hörte mit schüchterner Miene, aber gewissermaßen neubelebt, mit einem bei ihm noch nie dagewesenen Leuchten auf dem Gesichte ihr zu. Dieser starke, rauhe Mensch, der immer etwas Widerhaariges hatte, war auf einmal ganz weich geworden und strahlte förmlich. In seiner Seele zitterte ein ungewohntes, ihm ganz unerwartetes Gefühl. Die drei Jahre der Trennung, die drei Jahre des Nichtbestandes seiner Ehe hatten aus seinem Herzen nichts zu verdrängen vermocht. Und vielleicht hatte er in diesen drei Jahren täglich an sie gedacht, an das teure Wesen, das einstmals zu ihm gesagt hatte: »Ich liebe Sie.« Da ich Schatow gekannt habe, kann ich mit Sicherheit sagen, daß er es nie auch nur für denkbar gehalten hätte, daß eine Frau zu ihm sagen könnte: »Ich liebe Sie.« Er war keusch und schamhaft bis zur Wunderlichkeit, hielt sich für ein schreckliches Scheusal, haßte sein Gesicht und seinen Charakter und glaubte auf einer Stufe zu stehen mit jenen Mißgeburten, die auf die Jahrmärkte gebracht und für Geld gezeigt werden. Infolge dieser ganzen Anschauung schätzte er die Ehrlichkeit am allerhöchsten, hielt an seinen Überzeugungen mit einem wahren Fanatismus fest und war finster, stolz, jähzornig und wortkarg. Aber nun war dieses einzige Wesen, das ihn zwei Wochen lang geliebt hatte (das hatte er immer geglaubt!), dieses Wesen, das er hoch, hoch über sich stellte, obwohl er über die Verirrungen desselben durchaus nüchtern urteilte, dieses Wesen, dem er imstande war alles, alles vollständig zu verzeihen (das konnte überhaupt nicht die Frage sein; es lag sogar das Umgekehrte vor, so daß er selbst seiner Ansicht nach ihr gegenüber in allen Stücken im Unrecht war), diese Frau, diese Marja Schatowa, die war nun auf einmal wieder in seinem Hause und saß da wieder vor ihm ... es war beinah unfaßbar! Er war dermaßen überrascht, in diesem Ereignis lag für ihn so viel

Furchtbares und gleichzeitig so viel Glück, daß er gar nicht zur Besinnung kommen konnte, es vielleicht nicht einmal wünschte, sondern sich davor fürchtete. Es war ihm wie ein Traum. Aber als sie ihn mit diesem gequälten Blicke anschaute, begriff er auf einmal, daß dieses so sehr geliebte Wesen litt, vielleicht unter einer schweren Kränkung. Das Herz zog sich ihm krampfhaft zusammen. Mit einem schmerzlichen Gefühle betrachtete er ihre Gesichtszüge: Schon längst war von diesem müden Gesichte der Schimmer der ersten Jugend verschwunden. Hübsch war sie allerdings immer noch, und in seinen Augen immer noch wie früher eine Schönheit. (In Wirklichkeit war sie eine Frau von ungefähr fünfundzwanzig Jahren, ziemlich kräftig gebaut, von mehr als Mittelgröße und somit größer als Schatow, mit reichem, dunkelblondem Haar, blassem, ovalem Gesichte und großen, dunklen Augen, die jetzt in fieberhaftem Glanze funkelten). Aber an die Stelle der früheren leichtsinnigen, naiven, harmlosen Energie, die er so gut gekannt hatte, war bei ihr eine mürrische Gereiztheit, die Verdrossenheit der Enttäuschung, eine Art von Zynismus getreten, an den sie sich noch nicht gewöhnt hatte, und der ihr selbst peinlich war. Aber die Hauptsache war: sie war krank; das erkannte er klar. Trotz all seiner Furcht vor ihr trat er plötzlich an sie heran und ergriff sie an beiden Händen:

»Marie . . . weißt du . . . du bist vielleicht sehr müde; um Gottes willen, sei nicht böse . . . Wenn du dich doch überreden ließest, zum Beispiel Tee zu trinken, wie? Tee hebt die Kräfte sehr; was meinst du? Wenn du dich überreden ließest! . . .«

»Was ist da erst noch zu überreden; natürlich lasse ich mich überreden; Sie sind doch noch immer dasselbe Kind wie früher. Wenn Sie können, dann geben Sie mir welchen! Wie eng es hier bei Ihnen ist! Und wie kalt!«

»Oh, ich will gleich Holz, Holz . . . Holz habe ich!« erwiderte Schatow, der im Zimmer hin und her zu rennen anfing. »Holz . . . das heißt, aber . . . übrigens will ich auch gleich Tee . . .« Er schwenkte den Arm, als hätte er einen schweren Entschluß gefaßt, und griff nach seiner Mütze.

»Wo wollen Sie denn hin? Sie haben wohl keinen Tee im Hause?«

»Ich werde welchen besorgen; sofort wird alles da sein . . . ich . . .«

Er nahm den Revolver vom Regal herunter.

»Ich werde gleich diesen Revolver verkaufen . . . oder versetzen . . .«

»Was für eine Dummheit! Und wie lange würde das dauern! Da, nehmen Sie mein Geld, wenn Sie keines haben; hier sind achtzig Kopeken, wie ich glaube; das ist alles, was ich habe. Bei Ihnen ist man wie in einem Irrenhause.«

»Dein Geld ist nicht erforderlich, nicht erforderlich; ich will gleich, in einem Augenblick . . . es geht auch ohne den Revolver . . .«

Er lief geradeswegs zu Kirillow. Das war wahrscheinlich etwa zwei Stunden, bevor Pjotr Stepanowitsch und Liputin zu Kirillow kamen.

Obwohl Schatow und Kirillow auf demselben Grundstück wohnten, sahen sie einander doch fast gar nicht, und wenn sie einander begegneten, grüßten sie sich nicht und redeten nicht zusammen. Sie hatten zu lange in Amerika »zusammengelegen«.

»Kirillow, Sie haben ja immer Tee; haben Sie Tee und einen Samowar?«

Kirillow, der in seinem Zimmer von einer Ecke nach der anderen ging, was er die ganze Nacht über zu tun pflegte, blieb plötzlich stehen und blickte seinen Hausgenossen, der so unerwartet zu ihm hereingelaufen kam, unverwandt an, übrigens ohne besondere Verwunderung.

»Tee ist da, und Zucker ist da, und ein Samowar ist da. Aber ein Samowar ist nicht erforderlich; der Tee ist heiß. Setzen Sie sich hin, und trinken Sie ohne weiteres!«

»Kirillow, wir haben in Amerika zusammengelegen . . . Meine Frau ist bei mir angekommen . . . Ich . . . Geben Sie mir Tee . . . Ich brauche einen Samowar.«

»Wenn Ihre Frau da ist, dann ist allerdings ein Samowar nötig. Aber erst später. Ich habe ihrer zwei. Jetzt aber nehmen Sie die Teekanne, die auf dem Tische steht. Der Tee

ist ganz heiß. Nehmen Sie alles; nehmen Sie den Zucker, den ganzen. Auch Brot . . . Es ist viel Brot da; nehmen Sie es ganz. Es ist auch Kalbfleisch da. An Geld ein Rubel.«
»Geben Sie her, Freund; ich werde es Ihnen morgen wiedergeben! Ach, Kirillow!«
»Ist das die Frau, die in der Schweiz war? Das ist gut. Auch daß Sie zu mir gelaufen sind, ist gut.«
»Kirillow!« rief Schatow, indem er die Teekanne unter den Ellbogen schob und den Zucker und das Brot in beide Hände nahm. »Kirillow! Wenn . . . Wenn Sie sich von Ihren schrecklichen Phantasien freimachen und Ihr atheistisches Gerede lassen können . . . oh, was wären Sie dann für ein Mensch, Kirillow!«
»Man sieht, daß Sie Ihre Frau auch noch nach der Schweiz lieben. Das ist gut, daß Sie das auch nach der Schweiz noch tun. Wenn Sie noch Tee brauchen, so kommen Sie wieder her! Kommen Sie die ganze Nacht; ich schlafe gar nicht. Der Samowar wird in Ordnung sein. Nehmen Sie den Rubel; da! Gehen Sie zu Ihrer Frau; ich werde hier bleiben und an Sie und Ihre Frau denken.«
Marja Schatowa war augenscheinlich mit der Geschwindigkeit zufrieden und griff beinahe gierig nach dem Tee; aber den Samowar zu holen war nicht erforderlich; sie trank nur eine halbe Tasse und aß nur ein winziges Stückchen Brot. Das Kalbfleisch wies sie mürrisch und gereizt zurück.
»Du bist krank, Marie; das ist alles bei dir krankhaft . . .« bemerkte Schatow schüchtern, der sie mit ängstlicher Beflissenheit bediente.
»Natürlich bin ich krank; bitte setzen Sie sich hin! Wo haben Sie denn den Tee herbekommen, wenn Sie doch keinen hatten?«
Schatow erzählte ihr obenhin und in Kürze von Kirillow. Sie hatte schon einiges über ihn gehört.
»Ich weiß, daß er verrückt ist; aber hören wir, bitte, davon auf; es gibt ja so furchtbar viele Narren. Also Sie sind in Amerika gewesen? Ich habe davon gehört; Sie haben von dort aus geschrieben.«
»Ja, ich . . . ich habe nach Paris geschrieben!«

»Genug davon; reden wir lieber von etwas anderem! Sie sind überzeugter Slawophile?«
»Ich ... eigentlich doch nicht ... Da es unmöglich ist, Russe zu sein, bin ich Slawophile geworden«, versetzte er mit jenem gezwungenen schiefen Lächeln, wie man es bei jemand zu sehen pflegt, der zur Unzeit und mit Anstrengung ein Witzwort produziert hat.
»Sind Sie denn nicht Russe?«
»Nein, ich bin nicht Russe.«
»Nun, das sind alles Dummheiten. Setzen Sie sich doch endlich; ich bitte Sie darum. Warum gehen Sie denn immer hin und her? Sie meinen, ich rede im Fieber. Das wird vielleicht noch kommen. Sie sagen, Sie sind nur zu zweien im Hause?«
»Ja, nur zu zweien ... Unten ...«
»Und beides so kluge Menschen. Was ist unten? Sie sagten ›unten‹?«
»Ach, nichts.«
»Was soll das heißen? Ich will es wissen.«
»Ich wollte nur sagen, daß jetzt nur wir beide auf diesem Grundstück wohnen und unten früher Lebjadkins wohnten ...«
»Das ist die, die heute nacht ermordet worden ist?« fuhr sie plötzlich auf. »Ich habe es gehört. Kaum war ich angekommen, da hörte ich es. Es ist hier in der Stadt Feuer gewesen?«
»Ja, Marie, ja, und vielleicht begehe ich in diesem Augenblicke eine schreckliche Gemeinheit, wenn ich die Schufte nicht zur Bestrafung bringe ...« erwiderte er, stand plötzlich auf und ging im Zimmer auf und ab, wobei er wie außer sich die Arme in die Höhe hob. Aber Marie verstand ihn nicht ganz. Sie hörte die Antworten nur zerstreut an; sie fragte, hörte aber nicht, was der andere erwiderte.
»Schöne Dinge passieren hier bei euch! Oh, wie gemein! Was für Schufte sind alle Menschen! So setzen Sie sich doch endlich hin, ich bitte Sie; Sie machen mich ja ganz nervös!«
Kraftlos ließ sie den Kopf auf das Kopfkissen sinken.

»Verzeih mir, Marie . . . Wäre es nicht vielleicht gut, wenn du dich hinlegtest, Marie?«
Sie antwortete nicht und schloß ermattet die Augen. Ihr blasses Gesicht bekam die größte Ähnlichkeit mit dem einer Toten. Sie schlief fast augenblicklich ein. Schatow blickte sich rings um, brachte die Kerze in Ordnung, schaute noch einmal unruhig nach dem Gesichte der Schlafenden, preßte die Hände fest vor seiner Brust zusammen und ging auf den Zehen aus dem Zimmer auf den Flur. Oben an der Treppe drückte er sich mit dem Gesichte in eine Ecke und stand so wohl zehn Minuten stumm und regungslos. Er hätte noch länger so dagestanden; aber auf einmal ließen sich unten leise, vorsichtge Schritte hören. Es stieg jemand die Treppe hinauf. Schatow erinnerte sich, daß er vergessen hatte, das Pförtchen zuzuschließen.
»Wer ist da?« fragte er flüsternd.
Der unbekannte Besucher stieg, ohne sich zu beeilen und ohne zu antworten, weiter hinauf. Als er oben angelangt war, blieb er stehen; ihn zu erkennen war in der Dunkelheit unmöglich; auf einmal wurde von ihm die vorsichtige Frage vernehmbar: »Iwan Schatow?«
Schatow gab sich zu erkennen, streckte aber sofort den Arm aus, um den Ankömmling zurückzuhalten; dieser jedoch griff selbst nach seinen Händen – und Schatow zuckte zusammen, wie wenn er ein schreckliches Reptil berührt hätte.
»Bleiben Sie hier stehen!« flüsterte er schnell. »Gehen Sie nicht hinein; ich kann Sie jetzt nicht empfangen. Meine Frau ist zu mir zurückgekehrt. Ich werde die Kerze herausholen.
Als er mit der Kerze zurückkehrte, stand ein junger Offizier da; den Namen desselben kannte er nicht; aber er hatte ihn schon irgendwo gesehen.
»Erkel«, stellte dieser sich vor. »Sie haben mich bei Wirginski gesehen.«
»Ich erinnere mich. Sie saßen da und schrieben. Hören Sie«, brauste Schatow auf einmal auf, indem er wütend auf ihn zutrat, aber wie vorher im Flüsterton sprach; »Sie haben mir

soeben ein Zeichen mit der Hand gemacht, als Sie meine Hand ergriffen. Wissen Sie aber, ich schere mich den Teufel um all diese Zeichen! Ich erkenne keine Verpflichtungen an . . . ich will nicht . . . Ich kann Sie sofort die Treppe hinunterwerfen; wissen Sie das wohl? . . .«

»Nein, das weiß ich nicht, und ich weiß überhaupt nicht, warum Sie so aufgebracht sind«, antwortete der Besucher sanft und beinah gutmütig. »Ich habe nur eine Bestellung an Sie auszurichten und bin noch so spät hergekommen, weil ich keine Zeit zu verlieren wünschte. Sie haben eine Druckerpresse in Händen, die Ihnen nicht gehört, und über die Sie Rechenschaft zu geben verpflichtet sind, wie Sie selbst wissen. Es ist mir befohlen, von Ihnen zu verlangen, daß Sie sie gleich morgen, pünktlich um sieben Uhr abends, an Liputin übergeben. Außerdem ist mir befohlen, Ihnen mitzuteilen, daß weitere Anforderungen niemals an Sie werden gestellt werden.«

»Gar keine?«

»Absolut keine. Man wird Ihre Bitte erfüllen und Sie für immer ausscheiden lassen. Es ist mir ausdrücklich befohlen worden, Ihnen dies mitzuteilen.«

»Wer hat das befohlen?«

»Diejenigen, die mir das Zeichen mitgeteilt haben.«

»Sie kommen vom Auslande?«

»Das . . . das, glaube ich, ist für Sie unerheblich.«

Zum Teufel! Aber warum sind Sie nicht früher gekommen, wenn Sie einen solchen Befehl hatten?«

»Ich befolgte gewisse Instruktionen und war nicht allein.«

»Ich verstehe, ich verstehe, daß Sie nicht allein waren. Hol's der Teufel! Aber warum ist Liputin nicht selbst gekommen?«

»Ich werde Sie also morgen pünktlich um sechs Uhr abends abholen, und wir werden dann zusammen zu Fuß dorthin gehen. Außer uns dreien wird niemand zugegen sein.«

»Wird Werchowenski dabei sein?«

»Nein, er wird nicht dabei sein. Werchowenski reist morgen vormittag um elf Uhr von hier weg.«

»Hab ich es mir doch gedacht!« flüsterte Schatow wütend und schlug sich mit der Faust auf den Schenkel. »Er hat sich aus dem Staube gemacht, die Kanaille!«
Er überlegte etwas in starker Aufregung. Erkel sah ihn aufmerksam an, schwieg und wartete.
»Wie werden Sie sie denn fortschaffen? Die kann man ja nicht so ohne weiteres in die Hände nehmen und wegtragen.«
»Das wird auch nicht nötig sein. Sie sollen uns nur den Ort zeigen, und wir wollen uns nur vergewissern, daß sie wirklich da vergraben ist. Wir wissen ja nur, wo die Gegend ist; den Ort selbst kennen wir nicht. Haben Sie sonst schon jemandem die Stelle gezeigt?«
Schatow sah ihn musternd an.
»Auch Sie, auch Sie, ein solches Bürschchen – ein so törichtes Bürschchen – auch Sie haben Ihren Kopf wie ein Hammel da hineingesteckt? Ja, ja solche frische junge Menschen brauchen sie gerade! Na, dann gehen Sie! Ja, ja dieser Schuft hat Sie alle hinters Licht geführt und sich nun aus dem Staube gemacht.«
Erkel sah ihn mit hellem, ruhigem Blicke, aber anscheinend verständnislos an.
»Werchowenski hat sich aus dem Staube gemacht, Werchowenski!« knirschte Schatow wütend mit den Zähnen.
»Aber er ist ja noch hier; er ist ja noch gar nicht abgereist. Er wird erst morgen abreisen«, bemerkte Erkel in sanftem, beschwichtigendem Tone. »Ich habe ihn besonders eingeladen, als Zeuge mit zugegen zu sein; an ihn wies mich meine ganze Instruktion« (er wurde als junger, unerfahrener Mensch offenherzig). »Aber er ging zu meinem Bedauern nicht darauf ein und führte seine Abreise als Grund an; und er scheint es auch wirklich eilig zu haben.«
Schatow ließ seine Augen noch einmal bedauernd über den naiven jungen Menschen hingleiten, machte aber plötzlich eine wegwerfende Handbewegung, wie wenn er dächte: »Er verdient kein Mitleid.«
»Gut, ich werde kommen«, brach er plötzlich ab. »Jetzt aber scheren Sie sich weg; marsch!«

»Ich werde mich also pünktlich um sechs Uhr einstellen«, sagte Erkel, empfahl sich mit einer höflichen Verbeugung und stieg ohne Eile die Treppe hinab.
»Dummkopf!« konnte sich Schatow nicht enthalten ihm vom oberen Ende der Treppe nachzurufen.
»Wie beliebt?« fragte der von unten.
»Nichts. Gehen Sie nur!«
»Ich glaubte, Sie sagten etwas.«

## II

Erkel war ein Dummkopf von einer bestimmten Sorte: Es mangelte ihm nur der eigentliche Hauptverstand, der im Kopfe seinen Herrschersitz hat; aber die geringeren, untergeordneten Verstandeskräfte waren bei ihm in hinreichendem Maße vorhanden; selbst an Schlauheit fehlte es ihm nicht. Fanatisch und mit jugendlichem Eifer der gemeinsamen Sache und hauptsächlich der Person Pjotr Stepanowitschs ergeben, handelte er nach der Instruktion, die dieser ihm erteilt hatte, als bei der Sitzung der »Unsrigen« die Rollen für den folgenden Tag festgesetzt und verteilt wurden. Pjotr Stepanowitsch wies ihm die Rolle des Abgesandten zu und fand Zeit, mit ihm etwa zehn Minuten lang abseits zu sprechen. Die Ausübung einer ausführenden Tätigkeit, das war ein Bedürfnis dieser klein angelegten, wenig überlegenden Natur, die immer nur danach verlangte, sich einem fremden Willen unterzuordnen – oh, natürlich nur um der »gemeinsamen Sache«, der »großen Sache« willen. Aber auch diese Klausel war ganz bedeutungslos, da geistig beschränkte Fanatiker wie Erkel das »einer Idee dienen« nicht anders begreifen können, als indem sie diese Idee mit der Person selbst vermischen, in der nach ihrer Vorstellung die Idee zum Ausdruck kommt. Der gefühlvolle, freundliche, gutherzige Erkel war vielleicht der gefühlloseste der Mörder, die über Schatow herfallen wollten, und war imstande, ohne allen persönlichen Haß, ohne mit den Wimpern zu zucken, an dessen Ermordung teilzunehmen.

Es war ihm zum Beispiel befohlen worden, bei Ausführung seines Auftrages unter anderm Schatows gesamte Verhältnisse genau ins Auge zu fassen, und als Schatow ihn oben an der Treppe empfing und in der Erregung, wahrscheinlich ohne es zu bemerken, sich die Mitteilung entschlüpfen ließ, daß seine Frau zu ihm zurückgekehrt sei, da wurde Erkel durch seine instinktive Schlauheit sofort davon zurückgehalten, auch nur die geringste weitere Neugier zu bekunden, obwohl in seinem Kopfe der Gedanke aufblitzte, daß diese Tatsache, die Rückkehr von Schatows Frau, für das Gelingen ihres Unternehmens die größte Bedeutung habe . . .
Und so war es wirklich: Einzig und allein diese Tatsache rettete die »Schurken« vor Schatows Absicht, sie ans Messer zu liefern, und half ihnen gleichzeitig, sich von ihm zu befreien . . . Erstens versetzte diese Tatsache Schatow in Aufregung, warf ihn aus dem Geleise und benahm ihm seine gewöhnliche Achtsamkeit und Vorsicht. Ein Gedanke an seine eigene Sicherung konnte jetzt am allerwenigsten in seinem von ganz anderen Dingen angefüllten Kopfe Platz finden. Vielmehr glaubte er ohne weiteres, daß sich Pjotr Werchowenski am folgenden Tage davonmachen werde: Das stimmte so ganz zu seinen Mutmaßungen! Als er in das Zimmer zurückgekehrt war, setzte er sich wieder in eine Ecke, stützte die Ellbogen auf die Knie und verbarg das Gesicht in den Händen. Bittere Gedanken quälten ihn . . .
Dann erhob er von neuem den Kopf, stand auf und ging auf den Fußspitzen hin, um sie zu betrachten.
»O Gott! Gewiß wird gleich morgen früh bei ihr ein hitziges Fieber zum Ausbruch kommen; vielleicht hat es schon jetzt angefangen! Sicherlich hat sie sich erkältet. Sie ist an dieses schreckliche Klima nicht gewöhnt, und dann die Fahrt im Waggon dritter Klasse, ringsum Sturm und Regen; und sie hat nur so einen leichten Burnus, gar keinen ordentlichen Mantel . . . Und da sollte ich mich ihr versagen, mich, ohne ihr zu helfen, von ihr abwenden? Und ihre Reisetasche, ach, die ist so winzig, so leicht, so voller Falten, nur zehn Pfund schwer! Die Arme, wie erschöpft sie ist; wieviel muß sie ertragen haben! Sie ist stolz; daher klagt sie nicht. Aber sie

ist reizbar, sehr reizbar! Das macht die Krankheit: Auch ein Engel wird reizbar, wenn er krank ist. Wie trocken und gewiß auch heiß ist ihre Stirn; wie dunkel sie unter den Augen aussieht, und ... und wie schön ist doch dieses Oval des Gesichtes, und dieses üppige Haar; wie ...«
Schnell wandte er die Augen ab, schnell ging er von ihr weg, als erschräke er schon über den bloßen Gedanken, in ihr etwas anderes zu sehen als ein unglückliches, zermartertes Wesen, dem er helfen müsse.
»Wie dürfte ich da für mich Hoffnungen hegen! O wie niedrig, wie gemein ist der Mensch!«
Und er ging wieder in seinen Winkel, setzte sich hin, verbarg das Gesicht in den Händen und gab sich wieder seinen Träumereien und Erinnerungen hin ... und wieder flimmerten vor seinem geistigen Blicke Hoffnungen auf.
»Ach, sie ist müde; ach, sie ist müde!« dachte er in Erinnerung an ihre Ausrufe und an ihre schwache, versagende Stimme. »O Gott! Wie kann ich sie jetzt im Stich lassen, und sie hat nur achtzig Kopeken; sie hat mir ja ihr altes, winziges Portemonnaie hingehalten! Sie ist hergereist, um sich eine Stelle zu suchen – nun, was versteht sie denn von Stellen, was versteht sie denn von Rußland? Sie ist ja wie ein eigensinniges Kind; alles sind bei ihr nur eigene, selbstgeschaffene Phantasiegebilde; und dann ärgert sie sich, die Arme, daß Rußland ihren ausländischen Träumereien nicht ähnelt! O die Unglückliche, o die Schuldlose! ... Aber es ist hier wirklich kalt ...«
Er erinnerte sich, daß sie über Kälte geklagt und er versprochen hatte, den Ofen zu heizen.
»Holz ist da; das kann ich holen; ich darf sie nur nicht wecken. Das wird schon gehen. Aber wie soll es mit dem Kalbfleisch werden? Wenn sie aufsteht, wird sie vielleicht essen mögen ... Nun, das wollen wir später sehen; Kirillow schläft die ganze Nacht nicht. Ich sollte sie mit etwas zudecken; sie schläft zwar fest; aber es ist ihr gewiß kalt, ach ja, kalt!«
Er trat noch einmal zu ihr, um sie anzusehen; ihr Kleid hatte sich ein wenig zurückgeschlagen, und das halbe rechte Bein

bis zum Knie war entblößt. Er wandte sich plötzlich, beinah erschrocken, ab, zog seinen warmen Überzieher aus, so daß er selbst nur ein altes dürftiges Röckchen anhatte, und bedeckte die entblößte Stelle, wobei er sich bemühte, sie nicht anzusehen.

Das Heizen mit Holz, das Gehen auf den Fußspitzen, das Betrachten der Schläferin, die Träumereien in der Ecke und dann wieder das Betrachten der Schläferin, das alles hatte viel Zeit in Anspruch genommen. Es waren darüber zwei bis drei Stunden vergangen. Gerade während dieser Zeit waren Werchowenski und Liputin bei Kirillow gewesen. Endlich schlief auch Schatow in seiner Ecke ein. Da fing sie an zu stöhnen; sie erwachte und rief ihn; er sprang auf wie ein Verbrecher.

»Marie! Ich war eingeschlafen . . . Ach, was bin ich für ein Schuft, Marie!«

Sie richtete sich auf, sah sich erstaunt um, wie wenn sie nicht begriffe, wo sie sich befinde, und geriet auf einmal in zornige Entrüstung.

»Ich habe Ihr Bett in Besitz genommen und bin unvermerkt vor Müdigkeit eingeschlafen; warum haben Sie mich nicht geweckt? Wie durften Sie denken, daß ich Ihnen zur Last fallen wolle?«

»Wie hätte ich dich wecken dürfen, Marie?«

»Das durften Sie; das mußten Sie! Es ist hier kein anderes Bett für Sie vorhanden, und ich hatte das Ihrige in Besitz genommen. Sie durften mich nicht in eine falsche Lage bringen. Oder meinen Sie, daß ich hergekommen bin, um von Ihnen Wohltaten anzunehmen? Nehmen Sie sofort Ihr Bett in Besitz, und ich werde mich in einer Ecke auf Stühlen lagern . . .«

»Marie, so viele Stühle sind nicht da, und es ist auch nichts da zum Darauflegen.«

»Nun, dann lege ich mich einfach auf den Fußboden. Sonst müßten Sie sich ja selbst zum Schlafen auf den Fußboden legen. Ich will mich auf den Fußboden legen, sofort, sofort!«

Sie stand auf und wollte einen Schritt tun; aber plötzlich

schien ein sehr starker, krampfartiger Schmerz ihr alle Kraft und alle Entschlossenheit zu nehmen, und sie sank mit einem lauten Stöhnen wieder auf das Bett zurück. Schatow lief hinzu; aber Marja, das Gesicht in den Kissen verbergend, ergriff seine Hand und begann, sie aus aller Kraft in der ihrigen zu drücken und zu pressen. So verging ungefähr eine Minute.

»Marie, liebste Marie, wenn es nötig ist, hier ist ein Doktor Frenzel, mit dem ich bekannt bin, sehr bekannt ... Ich könnte zu ihm laufen.«

»Unsinn!«

»Wieso Unsinn? Sage doch, Marie: Was tut dir weh? Sonst könnte ich auch heiße Umschläge ... etwa auf den Leib ... Das kann ich auch ohne Arzt ... Oder ein Senfpflaster ...«

»Was ist das?« fragte sie seltsamerweise, indem sie den Kopf in die Höhe hob und ihn ängstlich ansah.

»Was meinst du eigentlich, Marie?« fragte Schatow verständnislos. »Wonach fragst du? O Gott, ich habe ganz den Kopf verloren; verzeih, Marie, daß ich nichts verstehe.«

»Ach, hören Sie auf; es ist auch nicht Ihre Sache, das zu verstehen. Es würde auch sehr komisch sein ...« fuhr sie bitter lächelnd, fort. »Reden Sie mit mir von irgend etwas! Gehen Sie im Zimmer umher, und reden Sie! Stehen Sie nicht neben mir, und sehen Sie mich nicht an; darum bitte ich Sie nun schon zum fünfzigstenmal!«

Schatow fing an, im Zimmer hin und her zu gehen, wobei er auf den Fußboden blickte und sich alle Mühe gab, sie nicht anzusehen.

»Hier ist (werde nicht böse, Marie; ich bitte dich!), hier ist Kalbfleisch; auch Tee kann ich hier ganz in der Nähe bekommen ... Du hast vorhin so wenig genossen ...«

Sie winkte ihm mißmutig und ärgerlich ab. Schatow biß sich in seiner Verzweiflung auf die Zunge.

»Hören Sie, ich beabsichtige, hier eine Buchbinderei zu eröffnen, nach vernünftigen genossenschaftlichen Prinzipien. Da Sie hier wohnen, wie denken Sie darüber? Wird es gelingen oder nicht?«

»Ach, Marie, bei uns liest man keine Bücher, und es gibt hier auch gar keine. Wie wird er denn da Bücher binden lassen?«
»Wer ist der Er?«
»Der hiesige Leser und überhaupt der hiesige Einwohner, Marie.«
»Na, dann reden Sie doch deutlicher; aber ›er‹ sagen Sie, und wer ›er‹ ist, das weiß man nicht. Sie können keine Grammatik.«
»Aber man redet doch so, Marie; das liegt im Geiste der Sprache«, murmelte Schatow.
»Ach, gehen Sie mir mit Ihrem Geiste; das ist mir langweilig. Warum wird der hiesige Einwohner oder Leser nicht binden lassen?«
»Weil ein Buch lesen und ein Buch binden lassen zwei verschiedene, langdauernde Entwicklungsperioden sind. Zuerst lernt der Mensch allmählich ein Buch lesen, natürlich im Laufe von Jahrhunderten; aber er behandelt das Buch schlecht und läßt es umherliegen, weil er es nicht für einen ernst zu nehmenden Besitzgegenstand ansieht. Ein Buch binden zu lassen, das bedeutet schon einen gewissen Respekt vor dem Buche; es bedeutet, daß man Bücher nicht nur gern liest, sondern sie auch als etwas Ernstes, Wichtiges ansieht. Bis zu dieser Periode ist ganz Rußland noch nicht gelangt. In Westeuropa läßt man schon lange binden.«
»Das ist zwar pedantisch, aber wenigstens nicht dumm gesagt und erinnert mich an die Zeit vor drei Jahren; Sie waren vor drei Jahren manchmal ganz geistreich.«
»Marie, Marie«, wandte sich Schatow gerührt zu ihr, »o Marie! Wenn du wüßtest, was alles in diesen drei Jahren geschehen und vergangen ist! Ich habe nachher gehört, daß du mich wegen des Wechsels meiner Anschauungen verachtetest. Aber was sind denn das für Menschen, von denen ich mich abgewandt habe? Feinde des lebendigen Lebens, abgelebte Liberale, die vor ihrer eigenen Unabhängigkeit einen Schreck bekommen haben, Lakaien des Gedankens, Feinde der Persönlichkeit und der Freiheit, altersschwache Prediger der Fäulnis und Verwesung! Was ist denn auf ihrer

Seite zu finden: Greisenhaftigkeit, goldene Mittelstraße, die spießbürgerlichste, gemeinste Talentlosigkeit, eine neidische Gleichheit, eine Gleichheit ohne eigenes Verdienst, eine Gleichheit, wie ein Lakai sie billigt, oder wie sie die Franzosen von 1793 billigten ... Und, was die Hauptsache ist: überall Schurken, Schurken und Schurken!«

»Ja, Schurken gibt es viele«, sagte sie kurz; ihrem Tone war anzuhören, daß sie Schmerzen hatte. Sie lag ausgestreckt da, regungslos, und als fürchte sie sich vor jeder Bewegung; den Kopf hatte sie auf das Kissen zurücksinken lassen, ein wenig seitwärts; sie blickte mit einem müden, aber heißen Blicke zur Decke hinauf. Ihr Gesicht war blaß, die Lippen waren vertrocknet und brannten.

»Du stimmst mir bei, Marie, du stimmst mir bei!« rief Schatow.

Sie wollte eine verneinende Kopfbewegung machen; aber plötzlich wiederholte sich bei ihr der frühere Krampf. Wieder verbarg sie den Kopf in das Kissen, und wieder drückte sie aus aller Kraft eine ganze Minute lang dem herbeilaufenden und vor Schreck sinnlosen Schatow die Hand so stark, daß es diesen schmerzte.

»Marie, Marie! Aber das ist vielleicht etwas sehr Ernstes, Marie!«

»Schweigen Sie! ... Ich will nicht, ich will nicht, ich will nicht«, rief sie beinah wütend und drehte sich wieder mit dem Gesichte nach oben. »Sehen Sie mich nicht mit Ihrem mitleidigen Blicke an! Gehen Sie im Zimmer umher, reden Sie etwas, reden Sie ...«

Ganz fassungslos begann Schatow von neuem, etwas zu murmeln.

»Womit beschäftigen Sie sich hier?« fragte sie, ihn mit mißmutiger Ungeduld unterbrechend.

»Ich gehe zu einem Kaufmann ins Kontor. Wenn ich es besonders darauf anlegte, könnte ich hier ein gutes Stück Geld verdienen, Marie.«

»Um so besser für Sie ...«

»Ach, denke nur nicht etwas dabei, Marie! Ich habe es ohne Absicht gesagt ...«

»Und was tun Sie sonst noch? Was predigen Sie? Denn ohne zu predigen können Sie ja nicht leben; das liegt nun einmal in Ihrem Charakter!«
»Ich predige Gott, Marie.«
»An den Sie selbst nicht glauben. Diese Idee habe ich nie begreifen können.«
»Lassen wir das jetzt, Marie. Wir können ein andermal darüber reden.«
»Was war denn diese Marja Timofejewna hier für eine?«
»Auch das wollen wir für später lassen, Marie.«
»Solche Bemerkungen verbitte ich mir! Ist es wahr, daß ihr Tod auf ein Verbrechen ... dieser Leute zurückzuführen ist?«
»Ja, es ist zweifellos so«, erwiderte Schatow zähneknirschend.
Marie hob plötzlich den Kopf in die Höhe und rief aufgeregt: »Erlauben Sie sich nie wieder, zu mir davon zu sprechen, niemals, niemals!«
Sie sank in einem Anfalle desselben krampfhaften Schmerzes auf das Bett zurück; das war schon zum dritten Male; aber diesmal wurde das Stöhnen lauter und verwandelte sich in ein Schreien.
»Oh, Sie unerträglicher Mensch! Oh, Sie unausstehlicher Mensch!« rief sie, sich jetzt wild umherwerfend, und stieß den sich über sie beugenden Schatow zurück.
»Marie, ich will tun, was du willst ... ich will umhergehen ... ich will etwas reden ...«
»Sehen Sie denn wirklich nicht, daß es angefangen hat?«
»Was hat angefangen, Marie?«
»Wie soll ich das wissen! Als ob ich etwas davon verstände ... O ich Verfluchte! Oh, möge alles im voraus verflucht sein!«
»Marie, willst du nicht sagen, was anfängt? ... Sonst kann ich ja ... Wie soll ich es denn verstehen, wenn du so sprichst?«
»Sie abstrakter, unnützer Schwätzer! Oh, möge alles in der Welt verflucht sein!«
»Marie, Marie!«

Er fürchtete in allem Ernste, daß sie anfinge, irrsinnig zu werden.
»Aber sehen Sie denn noch immer nicht, daß ich von Geburtswehen befallen bin?« rief sie, indem sie sich aufrichtete und ihn mit einer furchtbaren, krankhaften Wut anblickte, bei der sich ihr ganzes Gesicht verzerrte. »Möge es im voraus verflucht sein, dieses Kind!«
»Marie«, rief Schatow, nachdem er nun endlich begriffen hatte, um was es sich handelte. »Marie . . . Aber warum hast du das nicht früher gesagt?« Er sammelte schnell seine Gedanken und griff mit energischer Entschlossenheit nach seiner Mütze.
»Aber woher sollte ich es denn wissen, als ich herkam? Wäre ich dann etwa zu Ihnen gekommen? Es war mir gesagt worden: erst in zehn Tagen! Wo wollen Sie denn hin? Wo wollen Sie denn hin?«
»Ich will eine Hebamme holen! Ich will den Revolver verkaufen: Vor allen Dingen brauchen wir jetzt Geld!«
»Unterstehen Sie sich nicht, eine Hebamme zu rufen! Nur eine einfache Frau, eine alte Frau will ich haben; in meinem Portemonnaie sind noch achtzig Kopeken . . . Die Bauersfrauen gebären ja auch ohne Hebammen . . . Und wenn ich krepiere, um so besser . . .«
»Eine Hebamme und auch eine alte Frau wird zu haben sein. Aber wie kann ich dich allein lassen, Marie?«
Er überlegte jedoch, daß es besser sei, sie jetzt allein zu lassen, trotz all ihrer Raserei, als sie nachher ohne Hilfe zu lassen; und so lief er denn, ohne auf ihr Stöhnen und auf ihre zornigen Ausrufe zu hören, so schnell er nur konnte die Treppe hinab.

### III

Vor allen Dingen mußte er zu Kirillow. Es war schon gegen ein Uhr nachts. Kirillow stand mitten im Zimmer.
»Kirillow, meine Frau kommt nieder!«
»Was meinen Sie damit?«

»Sie kommt nieder, sie gebiert ein Kind!«
»Hören Sie . . . irren Sie sich auch nicht?«
»Nein, nein, sie hat Wehen! . . . Ich brauche eine Frau, eine alte Frau, unbedingt sofort . . . Läßt sich jetzt eine beschaffen? Sie hatten ja doch viele alte Frauen hier . . .«
»Sehr schade, daß ich nicht niederzukommen verstehe«, antwortete Kirillow nachdenklich; »ich meine nicht, ich verstehe nicht niederzukommen, sondern ich verstehe nicht zu machen, daß eine Frau niederkommt . . . oder . . . Nein, ich verstehe das nicht zu sagen.«
»Sie meinen, Sie können nicht selbst bei einer Entbindung helfen; aber darum bin ich auch nicht gekommen; ich brauche eine alte Frau, eine alte Frau, eine Krankenwärterin, eine Magd!«
»Eine alte Frau wird sich beschaffen lassen, nur vielleicht nicht sogleich. Wenn es Ihnen recht ist, so will ich an deren Statt . . .«
»Oh, das ist unmöglich; dann will ich jetzt zu Frau Wirginskaja, der Hebamme.«
»Ein gräßliches Frauenzimmer!«
»Ja gewiß, Kirillow, gewiß; aber sie ist besser als die andern alle! Freilich, es wird sich alles ohne Andacht, ohne Freude, mit Mißmut, unter Schimpfreden und Gotteslästerungen vollziehen – bei einem so großen Geheimnis, dem Erscheinen eines neuen Wesens! . . . Oh, sie verflucht dieses neue Wesen schon jetzt . . .«
»Wenn es Ihnen recht ist, so will ich . . .«
»Nein, nein, aber während ich hinlaufe (oh, ich will die Wirginskaja schon herschleppen), können Sie manchmal zu meiner Treppe gehen und leise horchen; aber gehen Sie nicht hinein; Sie würden sie erschrecken; gehen Sie ja nicht hinein; horchen Sie nur . . . für den schlimmsten Fall. Nur wenn das Äußerste eintreten sollte, dann können Sie hineingehen.«
»Ich verstehe. An Geld habe ich noch einen Rubel. Da ist er. Ich wollte mir morgen ein Huhn kaufen; aber jetzt will ich es nicht mehr. Laufen Sie schnell, laufen Sie aus Leibeskräften! Der Samowar ist die ganze Nacht über bereit.«

Kirillow wußte nichts von dem Anschlage auf Schatow und hatte auch früher nie etwas von dem Grade der diesem drohenden Gefahr gewußt. Er wußte nur, daß derselbe noch irgendwelche alten Rechnungen mit »diesen Leuten« zu erledigen habe, und obgleich er selbst durch die ihm vom Auslande her erteilten Instruktionen in diese Sache zum Teil verwickelt war (übrigens hielten sich diese Instruktionen sehr auf der Oberfläche; denn näher beteiligt war er bei nichts gewesen), so hatte er doch in der letzten Zeit alles hingeworfen, alle Aufträge unbeachtet gelassen, sich von all diesen Dingen, insonderheit von der »gemeinsamen Sache«, ganz zurückgezogen und sich einem beschaulichen Leben hingegeben. Pjotr Stepanowitsch hatte zwar in der Sitzung Liputin aufgefordert, mit zu Kirillow zu kommen, um sich zu vergewissern, daß dieser im gewiesenen Augenblicke »die Schatowsche Angelegenheit« auf seine Kappe nehmen werde, hatte aber in dem Gespräche mit Kirillow kein Wort von Schatow gesagt und nicht einmal eine Andeutung gemacht, wahrscheinlich weil er dies für politisch unklug und Kirillow sogar für unzuverlässig hielt; er hatte es vielmehr vorgezogen, eine solche Mitteilung auf den folgenden Tag zu verschieben, wo alles bereits erledigt sein und dem Selbstmordkandidaten Kirillow schon »alles egal« sein werde; wenigstens urteilte Pjotr Stepanowitsch so über Kirillow. Auch Liputin hatte sehr wohl bemerkt, daß Schatows trotz des Versprechens mit keiner Silbe Erwähnung getan war; aber Liputin war zu aufgeregt, als daß er gegen dieses Verfahren hätte Einspruch erheben mögen.

Wie der Wind lief Schatow nach der Murawjinaja-Straße, indem er den weiten Weg verwünschte, der gar kein Ende nehmen wollte.

Bei Wirginski mußte er lange klopfen: Alle schliefen schon längst. Aber Schatow schlug ohne alle Umstände aus voller Kraft gegen einen Fensterladen. Der Kettenhund auf dem Hofe riß an seiner Kette und brach in ein wütendes Gebell aus. Die Hunde der ganzen Straße fielen ein; es entstand ein Mordslärm.

»Warum klopfen Sie, und was wünschen Sie?« ließ sich

endlich am Fenster Wirginskis eigene sanfte Stimme vernehmen, die zu der herausfordernden Art des Pochens nicht stimmte. Der Fensterladen wurde ein wenig geöffnet und auch die Luftscheibe aufgemacht.
»Wer ist da? Was für ein Schuft ist da?« kreischte ergrimmt eine Weiberstimme, die der alten Jungfer, der Verwandten Wirginskis; diese Stimme entsprach nun allerdings vollständig dem rücksichtslosen Pochen.
»Ich bin es, Schatow; meine Frau ist zu mir zurückgekehrt und wird jetzt gleich niederkommen . . .«
»Na, dann lassen Sie sie niederkommen! Scheren Sie sich weg!«
»Ich will Arina Prochorowna holen; ich gehe ohne Arina Prochorowna nicht weg!«
»Sie kann nicht zu jedem kommen. Nachts hat sie ihre besondere Praxis . . . Gehen Sie doch zu Frau Makschejewa, und machen Sie hier nicht solchen Lärm!« schalt die erboste Weiberstimme.
Man konnte hören, wie Wirginski ihr Einhalt zu tun suchte; aber die alte Jungfer stieß ihn beiseite und wich nicht von ihrem Platze.
»Ich gehe nicht weg!« rief wieder Schatow.
»Warten Sie, so warten Sie doch!« rief endlich Wirginski, der nun doch über die alte Jungfer die Oberhand gewonnen hatte. »Ich bitte Sie, fünf Minuten zu warten, Schatow; ich werde Arina Prochorowna wecken; bitte, klopfen Sie nicht, und schreien Sie nicht! . . . Ach, wie schrecklich das alles ist!«
Nach fünf endlosen Minuten erschien Arina Prochorowna.
»Ihre Frau ist bei Ihnen angekommen?« erscholl ihre Stimme durch die Luftscheibe, und zu Schatows Verwunderung klang diese Stimme gar nicht böse, sondern nur wie gewöhnlich gebieterisch; anders als gebieterisch konnte Arina Prochorowna überhaupt nicht reden.
»Ja, sie ist angekommen – und sie kommt nieder.«
»Marja Ignatjewna?«
»Ja, Marja Ignatjewna. Natürlich Marja Ignatjewna!«

Es folgte ein Stillschweigen. Schatow wartete. Im Hause wurde geflüstert.

»Ist sie schon lange angekommen?« fragte Madame Wirginskaja wieder.

»Heute abend um acht. Bitte, kommen Sie recht schnell!«

Es wurde von neuem geflüstert; sie schienen sich von neuem zu beraten.

»Hören Sie mal, irren Sie sich auch nicht? Hat sie selbst Sie nach mir geschickt?«

»Nein, sie hat mich nicht nach Ihnen geschickt; sie will eine Frau, eine einfache Frau haben, um nur keine Ausgaben zu verursachen; aber seien Sie unbesorgt, ich werde Sie bezahlen.«

»Gut, ich werde kommen, mögen Sie bezahlen oder nicht. Ich habe Marja Ignatjewnas selbständige Denkart immer zu schätzen gewußt, wiewohl sie sich meiner vielleicht nicht erinnert. Haben Sie die notwendigsten Sachen in Bereitschaft?«

»Nein, es ist nichts da; aber es wird alles beschafft werden, alles, alles . . .«

»Man findet doch auch bei diesen Leuten Edelmut!« dachte Schatow, während er sich zu Ljamschin begab. »Die Anschauungen und der Mensch selbst, das sind, wie es scheint, zwei sehr verschiedene Dinge. Ich habe ihnen vielleicht in vielen Stücken unrecht getan! . . . Keiner von uns ist schuldlos, keiner, und . . . wenn doch alle von dieser Überzeugung durchdrungen wären! . . .

Bei Ljamschin brauchte er nicht lange zu klopfen; zu seiner Verwunderung öffnete dieser sofort die Luftscheibe; er war barfuß und im Nachtanzug aus dem Bett gesprungen, obwohl er damit eine Erkältung riskierte und sonst beständig sehr ängstlich auf seine Gesundheit bedacht war. Aber daß er jetzt wach war und so eilig erschien, hatte seinen besonderen Grund: Ljamschin hatte infolge der Sitzung bei den »Unsrigen« vor Aufregung den ganzen Abend über gezittert und noch nicht einschlafen können; es stand ihm immer der Besuch einer Anzahl von ungeladenen und sogar sehr unerwünschten Gästen vor Augen. Die Mitteilung von

Schatows beabsichtigter Denunziation hatte ihn in einen höchst peinlichen Zustand versetzt . . . Und da mußte nun gerade jemand so furchtbar laut an das Fenster klopfen! . . .

Bei Schatows Anblick bekam er es dermaßen mit der Angst, daß er die Luftscheibe sofort wieder zuschlug, nach seinem Bette lief und sich hineinlegte. Schatow begann wütend zu klopfen und zu schreien.

»Wie können Sie sich erdreisten, mitten in der Nacht so zu klopfen?« rief Ljamschin drohend, aber halbtot vor Furcht, als er nach mindestens zwei Minuten sich entschlossen hatte, die Luftscheibe von neuem zu öffnen, und sich endlich überzeugt hatte, daß Schatow allein gekommen war.

»Da bringe ich Ihnen den Revolver wieder; nehmen Sie ihn zurück, und geben Sie mir fünfzehn Rubel dafür!«

»Was heißt das? Sind Sie betrunken? Das ist ja Raub; ich werde mich noch erkälten. Warten Sie, ich werde mir gleich ein Plaid umlegen.«

»Geben Sie schnell die fünfzehn Rubel her! Wenn Sie sie nicht geben, werde ich bis zum Morgen klopfen und schreien; ich werde Ihnen das ganze Fenster zerschlagen.«

»Und ich werde die Wache rufen; dann werden Sie ins Loch gesteckt.«

»Bin ich etwa stumm, was? Werde ich nicht auch die Wache rufen? Wer hat die Wache zu fürchten, Sie oder ich?«

»Wie können Sie nur eine so unwürdige Meinung hegen? . . . Ich weiß, worauf Sie anspielen . . . Halt, halt; um Gottes willen, klopfen Sie nicht! Ich bitte Sie, wer hat denn in der Nacht Geld? Nun, wozu brauchen Sie denn das Geld, wenn Sie nicht betrunken sind?«

»Meine Frau ist zu mir zurückgekehrt. Ich habe Ihnen zehn Rubel abgelassen, obwohl ich nicht ein einziges Mal daraus geschossen habe; nehmen Sie den Revolver hin, nehmen Sie ihn augenblicklich hin!«

Ljamschin streckte mechanisch die Hand durch die Luftklappe hinaus und nahm den Revolver in Empfang; eine kurze Zeit stand er still da; dann steckte er auf einmal schnell den Kopf durch die Luftklappe und sagte, ohne recht

zu wissen, wie er dazu kam, indem ihm ein Schauer den Rücken entlanglief:
»Sie lügen; Ihre Frau ist gar nicht zu Ihnen gekommen ... Sie wollen sich ganz einfach irgendwohin davonmachen.«
»Sie Dummkopf! Wozu soll ich mich davonmachen? Ihr Pjotr Werchowenski, der mag davonlaufen, aber nicht ich. Ich bin soeben bei der Hebamme Wirginskaja gewesen, und sie hat sich sofort bereit erklärt, zu mir zu kommen. Erkundigen Sie sich danach! Meine Frau wird von Wehen gequält; ich brauche Geld; geben Sie mir Geld!«
Ein ganzes Feuerwerk von Gedanken blitzte in Ljamschins schlauem Kopfe auf. Alles nahm plötzlich eine andere Gestalt an; aber die Furcht ließ ihn immer noch nicht zur ruhigen Überlegung kommen.
»Aber was ist denn das ... Sie leben ja doch gar nicht mit Ihrer Frau zusammen?«
»Ich werde Ihnen für solche Fragen den Schädel einschlagen.«
»Ach, mein Gott, verzeihen Sie; ich verstehe; ich war nur so verblüfft ... Aber ich verstehe, ich verstehe. Aber ... aber ... wird denn Arina Prochorowna wirklich zu Ihnen kommen? Sagten Sie nicht soeben, daß sie zu Ihnen gekommen sei? Wissen Sie, das ist doch nicht wahr. Sehen Sie, sehen Sie, sehen Sie, wie Sie fortwährend die Unwahrheit sagen!«
»Sie sitzt wahrscheinlich jetzt schon bei meiner Frau; halten Sie mich nicht auf; ich kann nichts dafür, daß Sie so dumm sind.«
»Das ist nicht wahr; ich bin nicht dumm. Nehmen Sie es nicht übel; aber ich bin schlechterdings außerstande ...«
Ganz fassungslos machte er die Luftscheibe von neuem zu; aber Schatow erhob ein solches Gebrüll, daß er den Kopf sofort wieder heraussteckte.
»Aber das ist ja ein vollständiger Überfall! Was verlangen Sie denn von mir? Nun? Sagen Sie es in klaren Worten! Und ausgerechnet, ausgerechnet mitten in der Nacht!«
»Fünfzehn Rubel verlange ich, Sie Schafskopf!«
»Aber vielleicht habe ich gar keine Lust, den Revolver

zurückzunehmen. Sie haben kein Recht, das zu verlangen. Sie haben einen Gegenstand gekauft, und damit ist das Geschäft erledigt, und Sie haben weiter kein Recht. Ich kann eine solche Summe bei Nacht absolut nicht bezahlen; wo soll ich eine solche Summe herbekommen?«

»Sie haben immer Geld; ich habe Ihnen zehn Rubel abgelassen; aber Sie sind der richtige Geldjude!«

»Kommen Sie übermorgen; hören Sie wohl? Übermorgen mittag Punkt zwölf, und dann will ich Ihnen alles geben, alles; ist's Ihnen so recht?«

Schatow schlug zum drittenmal wütend an das Fenster.

»So geben Sie jetzt zehn Rubel und morgen bei Tagesanbruch die andern fünf!«

»Nein, übermorgen mittag fünfzehn; aber morgen werde ich, bei Gott, noch kein Geld haben. Kommen Sie lieber nicht her; kommen Sie lieber nicht her!«

»Geben Sie zehn! O Sie Schuft!«

»Warum schimpfen Sie denn so? Warten Sie, ich muß erst Licht machen; sehen Sie, Sie haben eine Scheibe zerschlagen . . . Wer schimpft denn so bei Nacht? Da!« Er reichte ihm eine Banknote durch das Fenster.

Schatow nahm sie; es war ein Fünfrubelschein.

Bei Gott, mehr kann ich nicht, und wenn Sie mich totschlagen; ich kann nicht, übermorgen werde ich alles können; aber jetzt kann ich nichts.«

»Ich gehe nicht weg!« brüllte Schatow.

»Nun, da nehmen Sie, da ist noch etwas; sehen Sie, noch etwas; aber mehr geb ich nicht. Na, wenn Sie auch aus vollem Halse schreien, ich gebe nicht mehr; mag geschehen, was will, ich gebe nicht mehr; ich gebe nicht mehr, und ich gebe nicht mehr!«

Er schien ganz außer sich, ganz verzweifelt zu sein; der Schweiß stand ihm auf der Stirn. Die beiden Scheine, die er noch herausgereicht hatte, waren Rubelnoten. Im ganzen hatte Schatow sieben Rubel bekommen.

»Na, hol Sie der Teufel; morgen komme ich wieder. Ich schlage Sie zu Schanden, Ljamschin, wenn Sie die acht Rubel nicht in Bereitschaft haben.«

»Aber ich werde nicht zu Hause sein, Dummkopf!« dachte Ljamschin schnell im stillen.
»Halt, halt!« schrie er dem bereits davonlaufenden Schatow aufgeregt nach. »Halt, kehren Sie noch einmal um! Sagen Sie, bitte, haben Sie die Wahrheit gesagt, daß Ihre Frau zu Ihnen zurückgekehrt ist?«
»Dummkopf!« rief Schatow zurück, spuckte aus und lief, so schnell er konnte, nach Hause.

## IV

Ich bemerke, daß Arina Prochorowna von den Beschlüssen, die am vorhergehenden Tage in der Sitzung gefaßt waren, nichts wußte. Als Wirginski verstört und angegriffen nach Hause zurückgekehrt war, hatte er nicht gewagt, ihr die getroffene Entscheidung mitzuteilen, sich aber doch nicht enthalten können, ihr die Hälfte zu offenbaren, nämlich alles das, was ihnen Werchowenski über Schatows zweifellose Absicht einer Denunziation gesagt hatte; aber zugleich hatte er erklärt, daß er der Nachricht nicht völlig Glauben schenke. Arina Prochorowna hatte einen gewaltigen Schreck bekommen. Dies war der Grund, weshalb sie, als Schatow angelaufen kam, um sie zu holen, trotz ihrer Müdigkeit, da sie sich die ganze vorhergehende Nacht über mit einer Gebärenden abgeplagt hatte, sich dennoch unverzüglich entschloß hinzugehen. Sie war immer überzeugt gewesen, daß »ein so elendes Subjekt wie Schatow zu einer Gemeinheit gegen seine Mitbürger fähig sei«; aber infolge von Marja Ignatjewnas Ankunft erschien ihr die Sache doch in einem andern Lichte. Schatows Angst, der verzweifelte Ton seiner Bitten, sein Flehen um Hilfe bekundeten einen Umschwung in der Gesinnug des Verräters: Ein Mensch, der entschlossen ist, sogar sich selbst preiszugeben, nur um andere zugrunde zu richten, der würde, meinte sie, eine andere Miene und einen andern Ton haben, als sie Schatow in Wirklichkeit hatte. Kurz gesagt, Arina Prochorowna nahm sich vor, alles selbst mit eigenen Augen anzusehen.

Wirginski war mit ihrem Entschlusse sehr zufrieden; es war ihm, als sei ihm eine Zentnerlast vom Herzen gefallen! Es regte sich bei ihm sogar eine Hoffnung: Schatows Miene schien ihm zu Werchowenskis Vermutung absolut nicht zu stimmen.

Schatow hatte sich nicht geirrt; als er zurückkehrte, fand er Arina Prochorowna bereits bei Marie. Sowie sie gekommen war, hatte sie den unten an der Treppe stehenden Kirillow verächtlich fortgejagt; schnell hatte sie sich dann mit Marie bekannt gemacht, von der sie nicht als frühere Bekannte anerkannt wurde; sie fand sie »in sehr widerwärtiger Stimmung«, das heißt ärgerlich, aufgeregt und »in ganz kleinmütiger Verzweiflung«, und schlug in etwa fünf Minuten alle Entgegnungen derselben siegreich aus dem Felde.

»Warum reden Sie denn immer, daß Sie keine teure Hebamme haben wollen?« sagte sie gerade in dem Augenblicke, als Schatow hereinkam. »Das ist der reine Unsinn, ein ganz falscher Gedanke, der durch Ihren nicht normalen Zustand hervorgerufen ist. Wenn Sie nur eine einfache alte Frau aus dem gewöhnlichen Volke zur Hilfe haben, so haben Sie fünfzig Chancen dafür, daß die Sache einen schlechten Ausgang nimmt; und dabei haben Sie doch mehr Umstände und Ausgaben als bei einer teueren Hebamme. Und woher wissen Sie denn, daß ich eine teure Hebamme bin? Sie können mich später bezahlen; ich werde Ihnen nicht zuviel abnehmen, und für den Erfolg garantiere ich; bei mir werden Sie nicht sterben; das ist bei mir noch nicht dagewesen. Und das Kind werde ich Ihnen gleich morgen in das Kinderasyl bringen, und später aufs Land zum Aufziehen, und damit ist dann die Sache erledigt. Und Sie selbst werden sich wieder erholen und sich an eine vernünftige Arbeit machen und in sehr kurzer Zeit Schatow für die Unterkunft und die Auslagen entschädigen, die überhaupt nicht so bedeutend sein werden . . .«

»Das ist es gar nicht, was mir Sorge macht . . . Ich habe kein Recht, ihn zu belästigen . . .«

»Das ist eine rationelle, einer Bürgerin wohlanstehende Anschauungsweise; aber seien Sie überzeugt, daß Schatow so gut wie keine Ausgaben haben wird, wenn er sich nur ein klein wenig aus einem phantastischen Herrn in einen vernünftig denkenden Menschen verwandeln wollte. Es ist nur nötig, daß er keine Dummheiten begeht, nicht einen Heidenlärm macht und nicht atemlos durch die Stadt galoppiert. Wenn man ihn nicht an der Hand festhält, wird er bis zum Morgen womöglich alle hiesigen Ärzte in Bewegung setzen; alle Hunde hat er in meiner Straße schon in Aufregung gebracht. Ärzte sind gar nicht nötig; ich habe schon gesagt, daß ich für alles garantiere. Eine alte Frau kann meinetwegen noch zur Bedienung angenommen werden; das kostet kaum etwas. Übrigens kann er auch selbst zu dieser oder jener Dienstleistung herangezogen werden; er braucht ja doch nicht bloß Dummheiten zu machen. Er hat Hände und Füße; da kann er nach der Apotheke laufen, ohne daß Ihre Gefühle durch eine Wohltat verletzt werden. Und zum Teufel, wie kann da überhaupt von Wohltat die Rede sein? Hat er Sie nicht in diese Lage gebracht? Hat er Sie nicht mit jener Familie entzweit, wo Sie als Gouvernante in Stellung waren, mit der egoistischen Absicht, Sie zu heiraten? Das haben wir ja gehört . . . Übrigens ist er doch auch selbst vorhin zu mir gerannt gekommen und hat ein Geschrei gemacht, daß man es durch die ganze Straße hörte. Ich dränge mich niemandem auf und bin einzig und allein Ihretwegen gekommen, aus Prinzip, weil wir Gesinnungsgenossen alle solidarisch miteinander verbunden sind; ich habe ihm das erklärt, noch ehe ich das Haus verließ. Wenn ich Ihrer Ansicht nach hier überflüssig bin, so leben Sie wohl; ich wünsche nur, daß kein Unglück daraus entsteht, das doch so leicht zu verhüten wäre.«

Sie stand sogar vom Stuhle auf.

Marie war so hilflos, litt so schwer und, um die Wahrheit zu sagen, fürchtete sich so sehr vor dem, was ihr bevorstand, daß sie nicht wagte, die Hebamme fortzuschicken. Aber diese Frau war ihr auf einmal verhaßt geworden: Sie sprach ja von ganz fremdartigen Dingen, gar nicht von dem, was Maries Seele erfüllte! Aber die Prophezeiung von einem möglichen Tode unter den Händen einer unerfahrenen

Helferin besiegte den Widerwillen. Dafür wurde sie gegen Schatow von diesem Augenblicke an noch anspruchsvoller, noch schonungsloser. Es ging schließlich so weit, daß sie ihm nicht nur verbot, sie anzusehen, sondern sogar, mit dem Gesichte nach ihr hin dazustehen. Die Schmerzen wurden heftiger. Die Verwünschungen und Scheltworte wurden immer grimmiger.
»Ach was, wir wollen ihn hinausschicken«, entschied Arina Prochorowna kurz. »Er sieht ja ganz entstellt aus und erschreckt Sie nur; leichenblaß ist er geworden! Sagen Sie nur, Sie lächerlicher, wunderlicher Mensch, was ist Ihnen denn eigentlich? Ist das eine Komödie!«
Schatow antwortete nicht; er hatte sich dafür entschieden, keine Antworten zu geben.
»Ich habe ja auch sonst schon in solchen Fällen dumme Väter gesehen, die ebenfalls den Verstand verloren hatten. Aber die waren doch wenigstens . . .«
»Hören Sie auf, oder gehen Sie weg und lassen Sie mich krepieren! Reden Sie kein Wort weiter! Ich will es nicht, ich will es nicht!« schrie Marie.
»Kein Wort zu reden ist unmöglich; das müssen Sie einsehen, wenn Sie nicht selbst den Verstand verloren haben; aber das scheint mir fast der Fall zu sein. Wenigstens muß ich doch über das Sachliche sprechen: Sagen Sie, haben Sie etwas vorbereitet? Antworten Sie, Schatow; Ihrer Frau ist nicht danach zumute.«
»Sagen Sie, was denn eigentlich erforderlich ist!«
»Das heißt also, es ist nichts vorbereitet.«
Sie zählte alles unbedingt Nötige auf, und man muß ihr die Gerechtigkeit widerfahren lassen, daß sie sich auf das Allernotwendigste beschränkte, was selbst bei Bettlern nicht entbehrt werden kann. Einzelnes fand sich in Schatows Besitz. Marie zog einen Schlüssel heraus und reichte ihn ihm, damit er in ihrer Reisetasche nachsuche. Da ihm die Hände zitterten, so mühte er sich ungebührlich lange mit dem Öffnen des ihm unbekannten Schlosses ab. Marie geriet außer sich; aber als Arina Prochorowna hinzusprang, um ihm den Schlüssel wegzunehmen, erlaubte sie ihr unter

keinen Umständen, einen Blick in die Reisetasche zu werfen, und bestand mit eigensinnigem Geschrei und Weinen darauf, nur Schatow solle die Tasche öffnen.

Nach einigen Sachen mußte bei Kirillow Nachfrage gehalten werden. Aber kaum wendete sich Schatow um, um hinzugehen, als sie ihn sogleich zornig zurückrief und sich erst dann beruhigte, als er schleunigst von der Treppe zurückkehrte und ihr erklärte, er gehe nur für einen Augenblick weg, um das Notwendigste zu holen, und werde sofort wiederkommen.

»Na, Ihnen etwas recht zu machen ist aber schwer, meine Dame«, bemerkte Arina Prochorowna lachend. »Bald soll er mit dem Gesichte nach der Wand zu stehen und sich nicht erlauben, Sie anzusehen, bald soll er sich nicht einmal auf einen Augenblick entfernen, sonst fangen Sie an zu weinen. Er muß ja dabei schließlich auf eigentümliche Gedanken kommen. Na, na, seien Sie nur nicht eigensinnig und wischen Sie sich nicht die Augen; ich spaße ja nur.«

»Er soll überhaupt nichts denken.«

»Papperlapapp! Wenn er nicht in Sie verliebt wäre wie ein Bock, so wäre er nicht im Galopp durch die Straßen gelaufen und hätte nicht alle Hunde in der Stadt in Aufregung gebracht. Bei mir hat er ein Fenster zerschlagen.«

## V

Schatow traf Kirillow, wie er immer noch im Zimmer von einer Ecke nach der andern ging; er war aber dabei so zerstreut, daß er sogar die Ankunft von Schatows Frau vergessen hatte und diesen reden hörte, ohne ihn zu verstehen.

»Ach ja«, erinnerte er sich auf einmal, wie wenn er sich mit Anstrengung und nur für einen Augenblick aus dem Banne eines ihn völlig beherrschenden Gedankens losrisse; »ja . . . eine Alte . . . die Frau oder eine Alte? Warten Sie mal: sowohl die Frau als auch eine Alte, nicht wahr? Ich erinnere mich; ich bin hingegangen; eine Alte wird kommen, nur nicht sofort. Da, nehmen Sie das Kissen! Noch etwas? Ja ... Warten Sie mal, Schatow: Haben Sie manchmal Augenblicke ewiger Harmonie?«

»Wissen Sie, Kirillow, das geht nicht länger, daß Sie in der Nacht nicht schlafen.«

Kirillow kam nun zu sich und redete jetzt sonderbarerweise weit zusammenhängender als sonst je; offenbar hatte er all diese Gedanken schon längst in bestimmte Form gebracht und vielleicht aufgeschrieben:

»Es gibt Sekunden (es sind ihrer auf einmal immer nur fünf oder sechs), in denen man plötzlich die Gegenwart der vollständig erreichten ewigen Harmonie fühlt. Das ist nichts Irdisches; ich sage nicht, daß es etwas Himmlisches wäre, wohl aber, daß der Mensch in irdischer Gestalt es nicht ertragen kann. Er muß sich physisch umgestalten oder sterben. Dieses Gefühl ist klar und unbestreitbar. Man empfindet gewissermaßen plötzlich die ganze Natur und sagt: ›Ja, das ist recht.‹ Als Gott die Welt schuf, da sagte er am Ende jedes Schöpfungstages: ›Ja, das ist recht, das ist gut.‹ Das ... das ist nicht Rührung, sondern einfach nur Freude. Man verzeiht nichts, weil es nichts zu verzeihen gibt. Man liebt eigentlich auch nicht; oh, diese Empfindung ist höher als die Liebe! Das Furchtbarste ist, daß diese Empfindung so schrecklich klar und eine solche Freude ist. Wenn sie noch fünf Sekunden länger dauerte, so würde die Seele es nicht aushalten und müßte vergehen. In diesen fünf Sekunden durchlebe ich ein Leben, und ich würde für sie mein ganzes Leben hingeben, weil sie das wert sind. Um zehn Sekunden zu ertragen, muß man sich physisch umgestalten. Ich glaube, der Mensch muß aufhören zu zeugen und zu gebären. Wozu Kinder, wozu eine weitere Entwicklung, wenn doch das Ziel erreicht ist? Im Evangelium heißt es, daß die Menschen in der Auferstehung nicht zeugen und gebären werden, sondern sein werden wie Engel Gottes. Das ist ein Fingerzeig. Ihre Frau kommt nieder?«

»Kirillow, haben Sie dieses Gefühl oft?«

»Alle drei Tage einmal, alle Woche einmal.«

»Leiden Sie nicht an Epilepsie?«
»Nein.«
»Dann werden Sie sie noch bekommen. Nehmen Sie sich in acht, Kirillow; ich habe gehört, daß die Epilepsie genau in dieser Weise beginnt. Mir hat ein Epileptiker diese einem Anfalle vorhergehende Empfindung eingehend geschildert, genau so wie Sie; auch er gab als Zeitdauer fünf Sekunden an und sagte, mehr könne man nicht ertragen. Denken Sie an Muhammeds Krug, der nicht völlig ausfloß, während der Prophet auf seinem Rosse das Paradies durchflog. Der Krug, das sind eben jene fünf Sekunden; und das Paradies erinnert sehr an Ihre Harmonie; Muhammed aber war Epileptiker. Nehmen Sie sich vor der Epilepsie in acht, Kirillow!«
»Die kommt zu spät!« erwiderte Kirillow mit stillem Lächeln.

## VI

Die Nacht verging. Schatow wurde gescholten, fortgeschickt, wieder zurückgerufen. Maries Angst um ihr Leben stieg auf den höchsten Grad. Sie schrie, sie wolle »unbedingt, unbedingt« leben und fürchte sich zu sterben: »Ich will nicht sterben, ich will nicht sterben!« wiederholte sie einmal über das andere. Wäre nicht Arina Prochorowna dagewesen, so würde die Sache einen sehr schlimmen Verlauf genommen haben. Allmählich gewann diese vollständig die Herrschaft über ihre Patientin. Letztere hörte wie ein kleines Kind auf jedes Wort und jeden Ruf von ihr. Arina Prochorowna wirkte durch Strenge, nicht durch Freundlichkeit, verrichtete aber ihre Obliegenheiten meisterhaft. Es begann zu dämmern. Arina Prochorowna erwähnte auf einmal, daß Schatow soeben auf die Treppe hinausgelaufen war, um zu beten, und sie fing an zu lachen. Marie lachte ebenfalls in einer boshaften, giftigen Art, als ob ihr von diesem Lachen leichter ums Herz würde. Zuletzt wurde Schatow ganz und gar hinausgejagt. Ein feuchter, kalter Morgen brach an. Schatow drückte sich mit dem Gesichte gegen die Wand, in die Ecke, genauso wie tags zuvor, als Erkel gekommen war. Er zitterte wie Espenlaub und fürchtete sich davor, etwas zu denken; aber sein Geist klammerte sich in Gedanken an alles, was sich ihm darbot, gerade wie es im Traum zu geschehen pflegt. Zukunftsphantasien schlugen ihn fortwährend in ihren Bann und zerrissen wieder fortwährend wie mürbe Fäden. Aus dem Zimmer erscholl endlich kein Stöhnen mehr, sondern ein furchtbares, rein tierisches Geschrei, das gar nicht zu ertragen war. Er wollte sich die Ohren zustopfen; aber er konnte es nicht und fiel auf die Knie, indem er bewußtlos wiederholte: »Marie, Marie!« Und siehe da, endlich erscholl ein Schrei, ein neuer Schrei, bei welchem Schatow zusammenfuhr und von den Knien aufsprang, der schwache, abgebrochene Schrei eines kleinen Kindes! Er bekreuzte sich und lief ins Zimmer. In Arina Prochorownas Händen schrie und zappelte mit den winzigen Händchen und Füßchen ein kleines, rotes, runzeliges Wesen, das erschreckend hilflos und wie ein Stäubchen vom ersten besten Windstoße abhängig war, aber doch schrie und sich kundgab, als hätte es ebenfalls ein volles Recht auf das Leben . . . Marie lag wie bewußtlos da; aber eine Minute darauf schlug sie die Augen auf und sah Schatow ganz seltsam an: Das war ein ganz neuartiger Blick; was für ein Blick es eigentlich war, das vermochte er noch nicht zu begreifen; aber nach seiner Erinnerung hatte er einen solchen Blick früher an ihr noch nie kennengelernt.

»Ein Knabe? Ein Knabe?« fragte sie Arina Prochorowna mit schwacher Stimme.

»Ja, ein Knabe!« rief diese zur Antwort, während sie das Kind wickelte.

Als sie damit fertig war und sich anschickte, das Kind zwischen zwei Kissen quer über das Bett zu legen, gab sie es Schatow einen Augenblick zum Halten. Marie gab ihm gewissermaßen verstohlen, als fürchte sie sich vor Arina Prochorowna, einen Wink mit dem Kopfe. Dieser verstand sie sofort und trug ihr das Kind hin, um es ihr zu zeigen.

»Wie hübsch . . . er ist . . .« flüsterte sie lächelnd mit matter Stimme.

»Nein, aber wie sehen Sie aus!« rief die triumphierende Arina Prochorowna fröhlich lachend, als sie Schatows Gesicht erblickte. »Was machen Sie für ein Gesicht!«

»Lachen Sie nur darüber, Arina Prochorowna . . . Das ist eine große Freude . . .« stammelte Schatow mit idiotenhaft glückseliger Miene; nach den wenigen Worten, die Marie über das Kind gesagt hatte, strahlte er über das ganze Gesicht.

»Wieso ist denn das für Sie eine so große Freude?« fragte Arina Prochorowna belustigt, während sie eifrig herumhantierte und arbeitete wie eine Zuchthäuslerin.

»Es ist das Geheimnis des Erscheinens eines neuen Wesens, ein großes, unerklärliches Geheimnis, Arina Prochorowna; wie schade, daß Sie dafür kein Verständnis haben!«

Und dann murmelte er unzusammenhängend, ganz benommen und verzückt vor sich hin. Die Gedanken schienen in seiner Seele hin und her zu wogen und ihr unwillkürlich zu entströmen.

»Es waren zwei Menschen, und auf einmal ist ein dritter Mensch da, ein neuer, ganzer, vollständiger Geist, wie er aus Menschenhänden nicht hervorgehen kann; eine neue Denkkraft und eine neue Liebe; es ist geradezu furchtbar . . . Und es gibt nichts Höheres auf der Welt!«

»Was schwatzen Sie da zusammen! Es ist einfach die Weiterentwickelung eines Organismus, und weiter ist nichts dabei, kein Geheimnis!« sagte Arina Prochorowna mit herzlichem, fröhlichem Lachen. »Auf die Art wäre ja jede Fliege ein Geheimnis. Aber ich will Ihnen etwas sagen: Überflüssige Menschen sollten nicht geboren werden. Gestaltet zunächst alles auf der Welt um, damit sie nicht überflüssig sind, und dann erzeugt sie! So aber wollen wir ihn übermorgen ins Kinderasyl bringen . . . Übrigens ist das auch notwendig.«

»Niemals soll er von mir weg in das Kinderasyl gebracht werden!« erklärte Schatow, auf den Fußboden starrend, in festem Tone.

»Sie werden ihn adoptieren?«
»Er ist so schon mein Sohn.«
»Gewiß, er ist ein Schatow, nach dem Gesetz ist er ein Schatow, und Sie sind nicht in der Lage, sich als Wohltäter des Menschengeschlechtes aufzuspielen. Bei manchen Leuten geht es eben ohne Phrasen nicht ab. Na, nun gut; aber jetzt will ich Ihnen etwas sagen, meine Herrschaften«, fügte sie hinzu, da sie endlich mit ihrer geschäftigen Tätigkeit fertig war: »Ich muß jetzt gehen. Ich werde im Laufe des Vormittags noch einmal herankommen und ebenso am Abend, wenn es nötig sein sollte; jetzt aber, da alles so glücklich vonstatten gegangen ist, muß ich zu anderen gehen, die schon lange warten. Sie haben da schon irgendwo eine alte Frau sitzen, Schatow; das ist ja ganz gut; aber verlassen auch Sie, als lieber Gatte, die Wöchnerin nicht! Setzen Sie sich da neben sie; vielleicht können Sie ihr von Nutzen sein; Marja Ignatjewna wird Sie ja wohl nicht wegjagen . . . nun, nun, ich scherze ja nur . . .«
Am Tore, wohin Schatow sie begleitete, fügte sie noch für ihn allein hinzu:
»Sie haben mir für das ganze Leben Stoff zum Lachen gegeben; Geld werde ich von Ihnen nicht nehmen; selbst im Traum werde ich lachen. Etwas Komischeres, als Sie in dieser Nacht, habe ich noch nie gesehen.«
Sie ging ganz zufrieden weg. Nach Schatows Miene und Worten schien es ihr sonnenklar, daß dieser Mensch »den Vater spielen werde und ein Waschlappen erster Güte sei«. Obgleich sie auf direktem Wege näher hätte zu einer anderen Patientin gehen können, ging sie doch absichtlich erst nach ihrer Wohnung heran, um ihrem Manne davon Mitteilung zu machen.
»Marie, sie hat dir befohlen, mit dem Schlafen noch eine Weile zu warten, obgleich dir das, wie ich sehe, furchtbar schwer wird . . .« begann Schatow schüchtern. »Ich werde mich hier ans Fenster setzen und auf dich achtgeben, nicht wahr?«
Und er setzte sich ans Fenster hinter das Sofa, so daß sie ihn nicht sehen konnte. Aber es war noch keine Minute vergan-

gen, als sie ihn zu sich rief und ihn mürrisch ersuchte, ihr Kopfkissen zurechtzulegen. Er begann, das zu tun. Sie blickte ärgerlich nach der Wand.

»Nicht so, ach, nicht so . . . Was haben Sie für ungeschickte Hände!«

Schatow legte es noch einmal zurecht.

»Beugen Sie sich zu mir herunter!« sagte sie auf einmal in seltsamem Tone, indem sie sich nach Möglichkeit bemühte, ihn nicht anzusehen.

Er fuhr zusammen, beugte sich aber herab.

»Noch weiter . . . nicht so . . . näher!« Und auf einmal schlang sich ihr linker Arm ungestüm um seinen Hals, und er fühlte auf seiner Stirn einen kräftigen, herzlichen Kuß.

»Marie!«

Ihre Lippen bebten; sie suchte sich zu beherrschen; aber plötzlich richtete sie sich auf und sagte mit funkelnden Augen:

»Nikolai Stawrogin ist ein Schuft!«

Und kraftlos, wie niedergemäht, fiel sie mit dem Gesicht auf das Kissen, schluchzte krampfhaft und drückte Schatows Hand fest in der ihrigen zusammen.

Von diesem Augenblicke an ließ sie ihn nicht mehr von sich; sie verlangte, daß er neben ihr am Kopfende sitzen solle. Sprechen konnte sie nur wenig; aber sie blickte immer nach ihm hin und lächelte ihm glückselig zu. Sie hatte sich auf einmal in eine Art von Törin verwandelt. Alles schien umgewandelt zu sein. Schatow weinte bald wie ein kleiner Knabe, bald redete er Gott weiß was in seltsamer, nebelhafter, begeisterter Art; er küßte ihr die Hände; sie hörte ihm entzückt zu, vielleicht ohne ihn zu verstehen; aber sie spielte mit ihrer matten Hand freundlich in seinem Haar, streichelte es und betrachtete es mit Wohlgefallen. Er sprach ihr von Kirillow und davon, daß sie jetzt für alle Zeit ein neues Leben beginnen würden, und von der Existenz Gottes und davon, daß alle Menschen gut seien . . . In ihrem Entzücken nahmen sie das Kindchen wieder heraus, um es zu betrachten.

»Marie!« rief er, während er das Kindchen auf den Händen

hielt, »nun hat der alte Fieberwahn und die Schmach und der seelische Tod ein Ende! Laß uns arbeiten und zu dreien einen neuen Weg wandeln, ja, ja! . . . Ach ja: Wie wollen wir ihn denn nennen, Marie?«

»Nennen? Wie wir ihn nennen wollen?« fragte sie erstaunt zurück, und plötzlich malte sich auf ihrem Gesichte eine furchtbare Traurigkeit.

Sie schlug die Hände zusammen, blickte Schatow vorwurfsvoll an und warf sich mit dem Gesichte auf das Kissen.

»Marie, was ist dir?« rief er betrübt und erschrocken.

»Und Sie konnten, Sie konnten . . . Oh, Sie Undankbarer!«

»Marie, verzeih mir, Marie . . . Ich fragte nur, wie wir ihn nennen wollen. Ich weiß nicht . . .«

»Iwan, Iwan«, erwiderte sie und hob ihr glühendes, tränenfeuchtes Gesicht in die Höhe. »Konnten Sie wirklich denken, daß wir ihm einen andern, einen schrecklichen Namen geben könnten?«

»Marie, beruhige dich! Oh, wir reizbar du bist!«

»Das ist eine neue Grobheit, daß Sie das auf Reizbarkeit zurückführen. Ich möchte wetten, daß, wenn ich jenen schrecklichen Namen für ihn in Vorschlag gebracht hätte, Sie sogleich einverstanden gewesen wären, ja es nicht einmal beachtet hätten! O wie undankbar, wie niedrig denkend alle sind, alle!«

Nach einer Minute hatten sie sich natürlich versöhnt. Schatow redete ihr zu zu schlafen. Sie schlief ein, ließ aber seine Hand immer noch nicht aus der ihrigen, wachte häufig auf, blickte ihn an, als fürchte sie, daß er weggehe, und schlief dann wieder ein.

Kirillow schickte die alte Frau, »um zu gratulieren«, und außerdem heißen Tee, frisch gebratene Koteletts und Bouillon mit Weißbrot »für Marja Ignatjewna«. Die Kranke trank gierig die Bouillon; die Alte legte das Kind in Windeln; Maria veranlaßte auch Schatow, ein Kotelett zu essen.

Die Zeit verging. Auch Schatow schlief kraftlos auf seinem Stuhle ein, mit dem Kopfe auf Marjas Kissen. So fand die beiden Arina Prochorowna vor, welche Wort gehalten hatte;

sie weckte sie fröhlich, besprach mit Marie das Nötige, besah das Kind und sagte wieder zu Schatow, er solle bei der Kranken bleiben. Dann machte sie über die »Eheleute« ein paar Witzchen, die einen Beigeschmack von Geringschätzung und Hochmut hatten, und ging ebenso zufrieden fort wie das erstemal.

Es war schon ganz dunkel, als Schatow aufwachte. Er zündete schnell Licht an und lief weg, um die alte Frau zu holen; aber kaum fing er an, die Treppe hinabzusteigen, als er zu seiner Verwunderung die leisen, langsamen Schritte eines ihm entgegen Heraufsteigenden hörte. Es war Erkel.

»Ich kann Sie nicht ins Zimmer lassen!« flüsterte Schatow, ergriff ihn hastig bei der Hand und zog ihn nach dem Tore zurück. »Warten Sie hier; ich komme gleich heraus; ich hatte Sie vollständig vergessen. Oh, unter welchen Umständen bringen Sie sich wieder in Erinnerung!«

Er beeilte sich so sehr, daß er nicht einmal zu Kirillow heranlief, sondern nur die alte Frau rief. Marie geriet in Verzweiflung und Entrüstung darüber, daß er »auch nur daran denken konnte, sie allein zu lassen«.

»Aber«, rief er ganz glückselig, »das ist auch der letzte Schritt, den ich auf der alten Bahn tue! Und dann liegt ein neuer Weg vor uns, und niemals, niemals werden wir an die alte schreckliche Zeit zurückdenken!«

Er beruhigte sie mit Not und Mühe und versprach, pünktlich um neun Uhr zurück zu sein, küßte sie herzlich, küßte das Kind und lief schnell hinunter zu Erkel.

Sie schlugen die Richtung nach dem Stawroginschen Parke in Skworeschniki ein, wo Schatow vor anderthalb Jahren an einem einsamen Platze, ganz am Rande des Parks, da, wo bereits ein Fichtenwald anfing, die ihm anvertraute Druckerei vergraben hatte. Es war ein wilder, abgelegener Ort, ganz unbemerkbar, von dem Gutsgebäude ziemlich weit entfernt. Von dem Filippowschen Hause hatten sie etwa drei und eine halbe Werst zu gehen, vielleicht auch vier.

»Wollen wir denn den ganzen Weg zu Fuß zurücklegen?« fragte Schatow. »Ich werde eine Droschke nehmen.«

»Ich bitte Sie dringend, das nicht zu tun«, erwiderte Erkel.

»Die Unsrigen haben das ausdrücklich verlangt. Ein Droschkenkutscher würde ein Zeuge sein.«
»Na, hol's der Teufel, meinetwegen! Es ist ja ganz gleich, wenn die Sache nur zu Ende kommt, endlich zu Ende kommt!« Sie gingen sehr schnell.
»Erkel, Sie kleiner Knabe!« rief Schatow. »Sind Sie einmal glücklich gewesen?«
»Sie sind, wie es scheint, jetzt sehr glücklich«, bemerkte Erkel mit lebhaftem Interesse.

## SECHSTES KAPITEL

### *Die mühevolle Nacht*

### I

Wirginski hatte im Laufe des Tages ein paar Stunden darauf verwandt, bei den sämtlichen »Unsrigen« herumzulaufen und sie davon zu benachrichtigen, daß Schatow aller Wahrscheinlichkeit nach nicht denunzieren werde, da seine Frau zurückgekehrt sei und ein Kind bekommen habe; »aufgrund der Kenntnis des menschlichen Herzens« sei nicht anzunehmen, daß er in diesem Augenblicke gefährlich sein könne. Aber zu seiner unangenehmen Überraschung traf er außer Erkel und Ljamschin niemand zu Hause. Erkel hörte ihn schweigend an und sah ihm klar in die Augen; auf die direkte Frage, ob er denn nun doch um sechs Uhr hingehen werde, antwortete er mit demselben klaren Lächeln, selbstverständlich werde er hingehen.
Ljamschin lag, anscheinend sehr ernstlich krank, im Bette und hatte sogar den Kopf in die Decke eingehüllt. Vor dem eintretenden Wirginski bekam er einen großen Schreck, und sobald dieser zu reden anfing, machte er mit den Händen unter der Decke hervor abwehrende Bewegungen und bat flehentlich, er möchte ihn in Ruhe lassen. Indes hörte er die Nachrichten über Schatow alle an; aber über die Mitteilung,

daß niemand zu Hause sei, war er aus irgendwelchem Grunde außerordentlich betroffen. Es stellte sich auch heraus, daß er über Fedkas Tod bereits unterrichtet war (durch Liputin), und er erzählte selbst seinem Besucher Wirginski eilig in unzusammenhängender Weise von dieser Sache, wodurch er seinerseits letzteren in Unruhe versetzte. Auf Wirginskis direkte Frage aber, ob man unter diesen Umständen hingehen solle oder nicht, begann er auf einmal wieder unter starken Gestikulationen zu beteuern, er könne nichts dafür und wisse von nichts, und zu bitten, man möge ihn in Ruhe lassen.

Niedergeschlagen und in starker Aufregung kehrte Wirginski nach Hause zurück; peinlich war ihm auch, daß er die Angelegenheit vor seiner Familie geheimhalten mußte; er war gewohnt, alles seiner Frau mitzuteilen, und wenn nicht in seinem entzündeten Gehirn in diesem Augenblicke ein neuer Gedanke, ein neuer, versöhnender Plan für die weitere Tätigkeit aufgeblitzt wäre, so hätte er sich vielleicht ebenso wie Ljamschin ins Bett gelegt. Aber der neue Gedanke verlieh ihm wieder Kraft; ja er wartete nun sogar mit Ungeduld auf das Heranrücken der bestimmten Stunde und brach sogar früher, als nötig gewesen wäre, zu dem Rendezvousplatze auf.

Es war dies ein sehr düsterer Ort am Ende des gewaltigen Stawroginschen Parkes. Ich bin später expreß hingegangen, um ihn mir anzusehen; was für einen unheimlichen Eindruck muß er erst an jenem rauhen Herbstabend gemacht haben! Hier begann der alte fiskalische Wald; die riesigen alten Fichten hoben sich als undeutliche dunkle Flecke in der Finsternis ab. Die Finsternis war so groß, daß man einander kaum auf zwei Schritte erkennen konnte; aber Pjotr Stepanowitsch, Liputin und dann auch Erkel brachten Laternen mit. Man weiß nicht, wozu und wann vor undenklicher Zeit hier aus rohen, unbehauenen Steinen eine ziemlich lächerlich aussehende Grotte erbaut worden ist. Der Tisch und die Bänke im Innern der Grotte waren schon längst verfault und auseinandergefallen. Etwa zweihundert Schritte rechts davon endete der dritte Parkteich. Diese drei

Teiche, die dicht beim Hause begannen, zogen sich, einer nach dem andern, über eine Werst weit hin, bis ganz zum Ende des Parkes. Es war schwer anzunehmen, daß irgendwelcher Lärm, ein Schrei oder selbst ein Schuß zu den Bewohnern des fast verlassenen Stawroginschen Hauses hätte dringen können. Nachdem am vorhergehenden Tage Nikolai Wsewolodowitsch abgereist war und auch Alexej Jegorowitsch sich entfernt hatte, waren im ganzen Hause nicht mehr als fünf oder sechs Bewohner zurückgeblieben, die sämtlich sozusagen etwas Invalides hatten. Jedenfalls konnte man mit größter Wahrscheinlichkeit annehmen, daß, wenn auch einer von diesen einsamen Bewohnern ein Geschrei oder einen Hilferuf hören sollte, dies doch nur Furcht erregen, keiner von ihnen aber sich zum Zwecke der Hilfeleistung vom warmen Ofen und der warmen Ofenbank wegrühren werde.

Zwanzig Minuten nach sechs hatten sich bereits alle an dem Versammlungsplatze eingefunden, mit Ausnahme des zu Schatow abkommandierten Erkel. Pjotr Stepanowitsch verspätete sich diesmal nicht; er kam mit Tolkatschenko. Tolkatschenko machte ein finsteres, sorgenvolles Gesicht; seine ganze erkünstelte, frech prahlerische Entschlossenheit war verschwunden. Er wich fast nicht von Pjotr Stepanowitschs Seite, bekundete auf einmal eine grenzenlose Ergebenheit gegen diesen und flüsterte ihm häufig und eifrig etwas zu; der aber antwortete ihm fast gar nicht oder murmelte ärgerlich etwas, um von ihm loszukommen.

Schigalew und Wirginski waren sogar etwas früher erschienen als Pjotr Stepanowitsch und gingen bei dessen Erscheinen sogleich in tiefem und offenbar absichtlichem Schweigen ein wenig beiseite. Pjotr Stepanowitsch hob die Laterne in die Höhe und musterte sie mit ungenierter, beleidigender Aufmerksamkeit. »Die wollen etwas sagen«, ging es ihm schnell durch den Kopf.

»Ist Ljamschin nicht da?« fragte er Wirginski. »Wer sagte doch, daß er krank sei?«

»Ich bin hier«, antwortete Ljamschin, der plötzlich hinter einem Baume hervortrat.

Er trug einen warmen Überzieher und hatte sich fest in ein Plaid gewickelt, so daß es selbst mit einer Laterne schwer war, sein Gesicht zu erkennen.

»Also fehlt nur Liputin.«

Liputin trat schweigend aus der Grotte heraus. Pjotr Stepanowitsch hob wieder die Laterne in die Höhe.

»Warum haben Sie sich da versteckt? Weshalb sind Sie nicht herausgekommen?«

»Ich nehme an, daß wir alle das Recht haben, uns nach Gutdünken zu bewegen«, murmelte Liputin, übrigens wahrscheinlich ohne selbst recht zu wissen, was er sagen wollte.

»Meine Herren«, begann Pjotr Stepanowitsch mit erhobener Stimme und unterbrach so zum ersten Male das bisherige halbe Geflüster, was einen starken Eindruck machte. »Ich glaube, Sie wissen recht wohl, daß wir jetzt keinen Anlaß haben, noch zu schwatzen. Alles ist gestern klar und deutlich gesagt und wiederholt worden. Aber vielleicht wünscht jemand, wie ich an den Gesichtern sehe, eine Erklärung abzugeben; in diesem Falle bitte ich, es schnell zu tun. Hol's der Teufel, wir haben wenig Zeit; Erkel kann ihn jeden Augenblick bringen . . .«

»Er wird ihn jedenfalls bringen«, fügte Tolkatschenko hinzu.

»Wenn ich nicht irre, wird zuerst die Übergabe der Druckerei stattfinden?« erkundigte sich Liputin; auch jetzt schien er selbst nicht zu wissen, warum er die Frage stellte.

»Nun, selbstverständlich dürfen die Sachen nicht verlorengehen«, versetzte Pjotr Stepanowitsch und hob die Laterne zu seinem Gesichte in die Höhe. »Aber wir sind ja gestern alle übereingekommen, daß die faktische Übergabe nicht nötig ist. Mag er Ihnen nur den Fleck zeigen, wo er sie vergraben hat; ausgraben können wir sie dann selbst. Ich weiß, daß es hier irgendwo zehn Schritte von einer Ecke dieser Grotte entfernt ist . . . Aber hol's der Teufel, wie haben Sie das nur vergessen können, Liputin? Es war doch verabredet, daß Sie ihm allein entgegengehen und wir erst nachher herauskommen sollten! . . . Sonderbar, daß Sie erst noch solche Fragen stellen; oder tun Sie es nur so zwecklos?«

Liputin schwieg mit finsterer Miene. Der Wind schaukelte die Wipfel der Fichten.

»Ich hoffe doch, meine Herren, daß ein jeder seine Pflicht tun wird«, sagte Pjotr Stepanowitsch heftig und ungeduldig.

»Ich weiß, daß Schatows Frau zu ihm gekommen ist und ein Kind bekommen hat«, begann Wirginski auf einmal; er war in großer Aufregung, überhastete sich, so daß er die Worte nicht ordentlich aussprach, und gestikulierte heftig. »Aufgrund der Kenntnis des menschlichen Herzens kann man überzeugt sein, daß er jetzt nicht denunzieren wird ... weil er glücklich ist ... Daher bin ich heute bei allen gewesen, habe allerdings nur wenige getroffen. Ich möchte meinen, daß vielleicht jetzt überhaupt nichts nötig ist ...«

Er hielt inne; der Atem stockte ihm.

»Wenn Sie, Herr Wirginski, auf einmal glücklich würden«, erwiderte Pjotr Stepanowitsch, auf ihn zutretend, »würden Sie dann – nicht eine Denunziation, davon kann nicht die Rede sein, sondern irgendeine gewagte, einem Bürger wohlanstehende Tat aufschieben, die Sie sich vor dem Glücke vorgenommen hätten, und die Ihnen trotz der Gefahr, das Glück zu verlieren, als Ihre Pflicht und Schuldigkeit erschiene?«

»Nein, ich würde sie nicht aufschieben! Unter keinen Umständen würde ich sie aufschieben!« versetzte mit ganz sinnlosem Eifer Wirginski, dessen ganzer Körper in Bewegung geriet.

»Sie würden eher wieder unglücklich werden wollen als ein Schuft?«

»Ja, ja ... Ich würde sogar ganz im Gegenteil ... ich würde lieber ein vollständiger Schuft sein wollen ... das heißt nein ... ein Schuft überhaupt nicht, sondern im Gegenteil: Ich würde lieber vollständig unglücklich sein wollen als ein Schuft.«

»Nun, so wissen Sie denn, daß Schatow diese Denunziation nach seiner tiefsten Überzeugung für eine ihm als Bürger wohlanstehende Tat hält; der Beweis dafür ist, daß er selbst der Behörde gegenüber bis zu einem gewissen Grade Gefahr läuft, wiewohl man ihm gewiß zum Dank für die Denunziation vieles verzeihen wird. Ein solcher Mensch tritt unter keinen Umständen von seinem Vorhaben zurück. Kein Glück kann ihn davon abbringen; nach Verlauf eines Tages kommt er zur Besinnung, macht sich Vorwürfe, geht hin und führt seine Absicht aus. Überdies sehe ich gar kein Glück darin, daß seine Frau nach drei Jahren zu ihm gekommen ist, um ein Stawroginsches Kind zu gebären.«

»Aber es hat ja niemand die Denunziation gesehen«, äußerte Schigalew plötzlich mit großem Nachdruck.

»Ich habe die Denunziation gesehen«, rief Pjotr Stepanowitsch; »sie ist vorhanden, und dieses ganze Gerede jetzt ist sehr dumm, meine Herren!«

»Aber ich«, brauste Wirginski auf, »ich protestiere . . . ich protestiere aus aller Kraft . . . Ich will . . . Was ich will, ist dies: Ich will, daß, wenn er kommt, wir alle heraustreten und ihn alle fragen, und daß wir, wenn es wahr ist und er es bereut, das annehmen und ihn, wenn er sein Ehrenwort gibt, loslassen. Jedenfalls ist ein ordentliches Gericht nötig; es muß gerichtsmäßig verfahren werden. Aber daß wir uns alle verstecken und dann über ihn herfallen, das ist nicht das Richtige.«

»Auf ein Ehrenwort hin die gemeinsame Sache gefährden, das ist der Gipfel der Torheit! Hol's der Teufel, wie dumm ist das alles jetzt, meine Herren! Und was wollen Sie jetzt im Augenblicke der Gefahr für eine Rolle spielen?«

»Ich protestiere, ich protestiere«, wiederholte Wirginski.

»Schreien Sie wenigstens nicht; sonst hören wir das Signal nicht. Schatow, meine Herren . . . (Hol's der Teufel, wie dumm das jetzt ist!) Ich habe Ihnen schon gesagt, daß Schatow Slawophile ist, das heißt einer der dümmsten Menschen . . . Übrigens, zum Teufel, das ist ganz gleichgültig und schert uns nicht! Sie machen mich nur ganz wirr! . . . Schatow, meine Herren, war ein verbitterter Mensch, und da er trotzdem, ob nun gern oder ungern, zu unserer Gesellschaft gehörte, so hoffte ich bis zum letzten Augenblick, es würde möglich sein, ihn zum Besten der gemeinsamen Sache zu benutzen und ihn in seiner Eigenschaft als verbitterter Mensch zu verwenden. Ich habe ihn geschont trotz der striktesten Vorschriften . . . Ich habe ihn hundertmal mehr geschont, als er verdiente! Aber nun hat er zu guter Letzt eine Denunziation aufgesetzt; pfui Teufel! . . . Und nun versuche es einmal einer von Ihnen, sich jetzt davonzuschleichen! Keiner von Ihnen ist berechtigt, die gemeinsame Sache im Stich zu lassen! Sie können sich mit ihm küssen, wenn Sie wollen; aber dadurch, daß Sie einem Ehrenworte vertrauen, die gemeinsame Sache preiszugeben, dazu sind Sie nicht berechtigt! So handeln Lumpen und von der Regierung erkaufte Subjekte!«

»Wer ist denn hier von der Regierung erkauft?« fragte Liputin mürrisch.

»Sie vielleicht. Sie würden besser tun zu schweigen, Liputin; Sie reden ja doch nur, um zu reden, aus Angewohnheit. Erkauft, meine Herren, sind alle diejenigen, die sich im Augenblicke der Gefahr feige benehmen. Aus Furcht findet sich immer ein Dummkopf, der im letzten Augenblicke hinläuft und schreit: ›Ach, begnadigt mich, und ich will alle angeben!‹ Aber seien Sie sich darüber klar, meine Herren, daß Sie jetzt durch keine Denunziation mehr Begnadigung erlangen werden. Wenn man Ihnen auch eine Milderung der Strafe um zwei Stufen bewilligt, so blüht doch einem jeden von Ihnen Sibirien, und außerdem werden Sie auch einem anderen Schwerte nicht entgehen. Und dieses andere Schwert ist schärfer als das der Regierung.«

Pjotr Stepanowitsch war in Wut und sprach manches Ungehörige. Schigalew trat mit Festigkeit drei Schritte auf ihn zu.

»Seit gestern abend habe ich die Sache überdacht«, begann er im Tone der Überzeugung und, wie immer, in seiner methodischen Manier (ich glaube, wenn die Erde unter ihm eingestürzt wäre, so hätte er selbst dann den Ton seiner Stimme nicht verstärkt und die Akkuratesse seiner methodischen Darlegung auch nicht um ein Pünktchen vermindert). »Bei dieser Überlegung bin ich zu der Überzeugung gelangt, daß der beabsichtigte Mord nicht nur den Verlust kostbarer Zeit bedeutet, die zur Erreichung wichtigerer und näherliegender Ziele verwendet werden könnte, sondern sich überdies auch als ein verderbliches Abweichen von dem normalen Wege darstellt, das der Sache stets den größten Schaden gebracht und ihren Erfolg um Jahrzehnte verzögert hat, indem man sich dem Einflusse leichtfertiger Menschen und insbesondere politischer Intriganten unterwarf statt demjenigen reiner Sozialisten. Ich bin hier erschienen, einzig und allein um zur Belehrung aller gegen das beabsichtigte Unternehmen zu protestieren und mich dann im gegenwärtigen Augenblicke, den Sie, ich weiß nicht warum, den Augenblick der Gefahr nennen, zu entfernen. Ich gehe fort, nicht aus Furcht vor dieser Gefahr und nicht aus Sympathie für Schatow, mit dem mich zu küssen ganz und gar nicht in meiner Absicht liegt, sondern einzig und allein weil diese ganze Sache von Anfang bis zu Ende meinem Programme vollständig zuwiderläuft. Was etwaige Besorgnisse anlangt, ich könnte denunzieren oder mich von der Regierung erkaufen lassen, so können Sie ganz beruhigt sein: Ich werde nicht denunzieren.«

Er drehte sich um und ging weg.

»Hol's der Teufel, er wird ihnen begegnen und Schatow warnen!« rief Pjotr Stepanowitsch und zog seinen Revolver heraus.

Man hörte das Knacken vom Spannen des Hahnes.

»Sie können überzeugt sein«, sagte Schigalew, sich noch einmal umwendend, »daß, wenn ich Schatow auf dem Wege treffen sollte, ich ihn vielleicht grüßen, aber ihn nicht warnen werde.«

»Aber wissen Sie auch wohl, daß Sie mir für dieses Verhalten vielleicht werden büßen müssen, Herr Fourier?«

»Ich bitte Sie, zu beachten, daß ich kein Fourier bin. Dadurch, daß Sie mich mit diesem süßlichen, abstrakten Faselhans in einen Topf werfen, zeigen Sie nur, daß mein Manuskript, obwohl Sie es in Händen gehabt haben, Ihnen doch völlig unbekannt geblieben ist. Was Ihre Rache anlangt, so muß ich Ihnen sagen, daß Sie den Hahn ganz zwecklos gespannt haben; in diesem Augenblicke ist das für Sie durchaus unvorteilhaft. Wenn Sie mir aber für morgen oder für übermorgen drohen, so werden Sie außer überflüssigen Sorgen und Mühen auch wiederum nichts für sich dadurch gewinnen, daß Sie mich erschießen: Sie können mich töten, werden aber doch früher oder später auf mein System herauskommen. Leben Sie wohl!«

In diesem Augenblicke ertönte in einer Entfernung von etwa zweihundert Schritten aus dem Parke von der Seite des Teiches her ein Pfiff. Liputin antwortete, gemäß der Abrede vom vorhergehenden Tage, sofort ebenfalls mit einem Pfiffe (zu diesem Zwecke hatte er sich, da er sich auf seinen ziemlich zahnlosen Mund nicht verlassen konnte, schon am Morgen auf dem Markte für eine Kopeke ein tönernes Kinderpfeifchen gekauft). Erkel hatte zu Schatow schon vorher gesagt, es werde gepfiffen werden, so daß bei diesem kein Argwohn entstehen konnte.

»Seien Sie unbesorgt; ich werde um die beiden seitwärts herumgehen, und sie werden mich überhaupt nicht bemerken«, flüsterte Schigalew beruhigend.

Und darauf begab er sich ohne Eile, und ohne seinen Schritt zu beschleunigen, endgültig durch den dunklen Park nach Hause.

Jetzt ist es vollständig, bis in die kleinsten Einzelheiten bekannt, wie dieses schreckliche Ereignis sich abgespielt hat. Zuerst trat Liputin den beiden Ankömmlingen Erkel und Schatow dicht bei der Grotte entgegen; Schatow grüßte ihn nicht und reichte ihm nicht die Hand, sondern sagte sogleich eilig und laut:

»Nun, wo haben Sie denn hier einen Spaten, und haben Sie nicht noch eine zweite Laterne? Fürchten Sie nichts; hier umher ist keine Menschenseele, und die Leute in Skworeschniki würden es jetzt nicht hören, selbst wenn hier mit Kanonen geschossen würde. Hier ist es, hier, an dieser Stelle . . .«

Er stieß mit dem Fuße auf die Erde, wirklich gerade zehn Schritte von einer hinteren Ecke der Grotte, nach dem Walde zu. Gerade in diesem Augenblicke stürzte Tolkatschenko, hinter einem Baum hervorspringend, sich von hinten auf ihn, und Erkel packte ihn von hinten an den Ellbogen. Liputin fiel von vorn über ihn her. Alle drei warfen ihn sofort zu Boden und drückten ihn auf die Erde nieder. Nun sprang Pjotr Stepanowitsch mit seinem Revolver hinzu. Es wird erzählt, Schatow habe noch die Möglichkeit gehabt, den Kopf zu ihm hinzuwenden, ihn zu sehen und zu erkennen. Drei Laternen beleuchteten die Szene. Schatow stieß plötzlich einen kurzen, verzweifelten Schrei aus; aber zu weiterem Schreien ließ man ihm nicht Zeit: Pjotr Stepanowitsch setzte ihm den Revolver genau und fest, gerade von vorn, gegen die Stirn und drückte ihn ab. Der Schuß tönte, wie es scheint, nicht sehr laut; wenigstens hörte man in Skworeschniki nichts davon. Schigalew, der kaum dreihundert Schritte weggegangen war, hörte natürlich sowohl den Schrei als auch den Schuß, drehte sich aber nach seiner eigenen späteren Aussage nicht um und blieb nicht einmal stehen. Der Tod trat fast augenblicklich ein. Die volle Fähigkeit, die weiteren Anordnungen zu treffen, bewahrte sich nur Pjotr Stepanowitsch; daß er auch kaltblütig geblieben wäre, möchte ich nicht glauben. Sich niederkauernd durchsuchte er eilig, aber mit fester Hand die Taschen des Ermordeten. Geld fand sich nicht (das Portemonnaie war unter Marja Ignatjewnas Kopfkissen geblieben). Es fanden sich zwei oder drei wertlose Papiere: ein Zettel mit Kontornotizen, das Titelblatt eines Buches und eine alte ausländische Wirtshausrechnung, die Gott weiß wie zwei Jahre lang in seiner Tasche steckengeblieben war. Diese Papiere steckte Pjotr Stepanowitsch in seine eigene Tasche, und da er auf einmal bemerkte, daß alle starr dastanden, den Leichnam anblickten und nichts taten, so begann er ärgerlich und unhöflich zu schimpfen und sie anzutreiben. Zur Besinnung kommend, liefen Tolkatschenko und Erkel davon und brachten im Nu aus der Grotte zwei Steine, die sie dort schon am Vormittag niedergelegt hatten; jeder wog etwa zwanzig Pfund und war bereits zurechtgemacht, das heißt fest und haltbar mit Stricken umwunden. Da in Aussicht genommen war, den Leichnam nach dem nächsten (dem dritten) Teiche zu tragen und ihn dort zu versenken, so machte man sich daran, ihm diese Steine an die Füße und an den Hals zu binden. Das Anbinden besorgte Pjotr Stepanowitsch, während Tolkatschenko und Erkel nur die Steine und Stricke hielten und sie ihm einer nach dem andern hinreichten. Zuerst tat dies Erkel, und während Pjotr Stepanowitsch brummend und schimpfend mit einem Stricke die Füße des Leichnams zusammenschnürte und an ihnen diesen ersten Stein anband, hielt Tolkatschenko seinen Stein diese ganze ziemlich lange Zeit über in den Händen, wobei er sich mit dem ganzen Oberkörper stark und gleichsam respektvoll vorbeugte, um ihn unverzüglich auf das erste Verlangen hin darzureichen; es kam ihm gar nicht in den Sinn, seine Last inzwischen auf die Erde zu legen. Als endlich beide Steine angebunden waren und Pjotr Stepanowitsch sich von der Erde erhob, um die Gesichter der Anwesenden zu mustern, da trug sich plötzlich etwas Seltsames, ganz Unerwartetes und für alle Überraschendes zu.

Wie schon gesagt, standen mit Ausnahme von Tolkatschenko und Erkel alle da, ohne etwas zu tun. Wirginski hatte zwar, als alle sich auf Schatow stürzten, dies ebenfalls getan, hatte aber Schatow nicht angefaßt und nicht geholfen, ihn festzuhalten. Ljamschin hatte sich erst nach dem Schusse zu der Gruppe gesellt. Darauf waren sie alle die ganze Zeit über, während der Leichnam zurechtgemacht wurde, was wohl zehn Minuten dauerte, eines Teiles ihres Bewußtseins beraubt gewesen. Sie standen um den Leichnam herum und schienen nicht sowohl Unruhe und Aufregung als vielmehr nur Erstaunen zu empfinden. Liputin stand ganz vorn, dicht bei dem Leichname, Wirginski stand hinter ihm und sah ihm mit einer besonderen Art von Neugier, als ob er unbeteiligt wäre, über die Schulter; er hob sich sogar auf die Fußspitzen, um besser zu sehen. Ljamschin versteckte sich hinter Wirginski, schaute nur selten und furchtsam hinter ihm hervor und verbarg sich immer sogleich wieder. Als die Steine angebunden waren und Pjotr Stepanowitsch sich aufrichtete, fing Wirginski auf einmal am ganzen Körper leise zu zittern an, schlug die Hände zusammen und rief traurig mit lauter Stimme:

»Das ist nicht das Richtige, nicht das Richtige! Nein, das ist gar nicht das Richtige!«

Er hätte vielleicht noch etwas zu seinem so spät kommenden Ausruf hinzugefügt; aber Ljamschin ließ ihn nicht weitersprechen; auf einmal umfaßte er ihn mit aller Kraft, preßte ihn von hinten zusammen und kreischte dabei in einer ganz unnatürlichen Weise. Es kommen Augenblicke eines starken Affekts, zum Beispiel des Schreckens, vor, wo der Mensch auf einmal mit einer fremdartigen Stimme aufschreit, mit einer Stimme, wie man sie bei ihm von vornherein gar nicht voraussetzen konnte, und das macht manchmal einen geradezu furchtbaren Eindruck. Ljamschin schrie nicht mit menschlicher, sondern mit einer Art von tierischer Stimme. Immer fester und fester, sich krampfhaft anstrengend, preßte er von hinten Wirginski mit seinen Armen zusammen; er kreischte ohne Pause und Unterbrechung, starrte alle mit weit aufgerissenen Augen an, machte den Mund weit auf und stampfte heftig mit den Füßen auf die Erde, als ob er auf ihr einen Trommelwirbel ausführen wolle. Wirginski war so erschrocken, daß er selbst wie von Sinnen aufschrie, und suchte in einer so grimmigen Wut, wie man sie bei ihm gar nicht hätte erwarten können, sich aus Ljamschins Armen loszureißen, wobei er ihn kratzte und stieß, soweit er mit den Armen nach hinten reichen konnte. Erkel half ihm schließlich, Ljamschin loszureißen. Aber als Wirginski voller Angst zehn Schritte beiseite gesprungen war, erblickte Ljamschin plötzlich Pjotr Stepanowitsch, heulte von neuem auf und stürzte sich nun auf diesen. Über den Leichnam stolpernd, fiel er über diesen hinweg auf Pjotr Stepanowitsch und umpackte diesen so fest mit seinen Armen, indem er sich mit seinem Kopfe gegen dessen Brust drückte, daß weder Pjotr Stepanowitsch noch Tolkatschenko noch Liputin im ersten Augenblicke etwas dagegen tun konnten. Pjotr Stepanowitsch schrie, schimpfte und schlug ihn mit den Fäusten auf den Kopf; als er sich endlich mit Not und Mühe losgerissen hatte, ergriff er seinen Revolver und richtete ihn gerade auf den offenen Mund des immer noch heulenden Ljamschin, den nun Tolkatschenko, Erkel und Liputin fest an den Armen gefaßt hatten; aber Ljamschin heulte trotz des Revolvers immer weiter. Schließlich ballte Erkel sein Taschentuch zusammen und stopfte es ihm geschickt in den Mund; auf diese Weise hörte das Schreien auf. Tolkatschenko hatte ihm inzwischen mit einem übriggebliebenen Ende Strick die Hände zusammengebunden.

»Das ist sehr sonderbar«, sagte Pjotr Stepanowitsch, der erstaunt und beunruhigt den Verrückten betrachtete.

Er war sichtlich betroffen.

»Ich hatte ihn ganz anders beurteilt«, fügt er nachdenklich hinzu.

Einstweilen ließ man Erkel bei ihm. Man mußte sich mit dem Toten beeilen: Es war so viel Geschrei gewesen, daß es doch irgendwo gehört worden sein konnte. Tolkatschenko und Pjotr Stepanowitsch hoben die Laternen in die Höhe und faßten den Leichnam unter den Kopf. Liputin und Wirginski griffen nach den Beinen; so trugen sie ihn. Mit den beiden Steinen war die Last ziemlich schwer, und die Entfernung betrug mehr als zweihundert Schritte. Der Stärkste von allen war Tolkatschenko. Er riet, man solle Schritt halten; aber niemand antwortete ihm, und sie gingen, wie es sich gerade traf. Pjotr Stepanowitsch ging rechts und trug, ganz gebückt, den Kopf des Toten auf seiner Schulter; mit der linken Hand hielt er von unten den Stein. Da Tolkatschenko auf der ganzen ersten Hälfte des Weges nicht auf den Gedanken kam, beim Halten des Steines zu helfen, so schrie ihm Pjotr Stepanowitsch dies schließlich mit einem Schimpfworte zu. Dieses Zuschreien war ein plötzliches und vereinzeltes; dann trugen sie alle wieder schweigend, und erst dicht am Teiche rief Wirginski, der unter der Last gebeugt ging und von ihrem Gewichte matt geworden zu sein schien, auf einmal wieder mit ebenso lauter, weinerlicher Stimme wie vorher:

»Das ist nicht das Richtige, nein, nein, das ist gar nicht das Richtige!«

Der Ort, wo dieser dritte, ziemlich große Teich von Skworeschniki endete, und nach dem sie den Ermordeten hintrugen, war eine der ödesten und am wenigsten besuchten Stellen des Parkes, besonders in dieser späten Jahreszeit. Der Teich war an diesem Ende beim Ufer mit Gras durchwachsen. Die Laternen wurden hingestellt, der Leichnam geschwenkt und ins Wasser geworfen. Es erscholl ein dumpfer, lange nachhallender Ton. Pjotr Stepanowitsch hob eine Laterne in die Höhe; hinter ihm standen die andern, und alle spähten mit gespanntem Interesse, wie der Tote versinken würde; aber es war nichts mehr zu sehen: Der Körper mit den beiden Steinen war sogleich untergegangen. Die starken Streifen, die über die Oberfläche des Wassers hinliefen, erstarben bald. Die Sache war beendet.

»Meine Herren«, wandte sich Pjotr Stepanowitsch an alle, »jetzt werden wir uns trennen. Ohne Zweifel empfinden Sie jenen freien Stolz, der mit der Erfüllung einer freien Pflicht verknüpft ist. Sollten Sie aber jetzt zu meinem Bedauern für solche Gefühle zu aufgeregt sein, so werden Sie das ohne Zweifel morgen empfinden, wo es schon eine Schande sein würde, es nicht zu empfinden. Ljamschins schmähliche Aufregung bin ich bereit als Fieberwahn anzusehen, umso mehr da er, wie ich höre, wirklich schon am Vormittag krank gewesen ist. Ihnen aber, Wirginski, wird ein Augenblick unbefangenen Nachdenkens zeigen, daß, wo das Interesse der gemeinsamen Sache in Frage kommt, man nicht im Vertrauen auf ein Ehrenwort handeln darf, sondern genauso handeln muß, wie wir es getan haben. Die Folgezeit wird Ihnen zeigen, daß eine Denunziation wirklich vorgelegen hat. Ich bin bereit, Ihre Äußerungen von vorhin zu vergessen. Was Gefahr anlangt, so ist eine solche aller Voraussicht nach nicht vorhanden. Niemandem wird es in den Sinn kommen, einen von Ihnen zu verdächtigen, besonders wenn Sie selbst es verstehen werden, sich richtig zu benehmen; so wird die Hauptsache von Ihnen selbst abhängen und von Ihrer vollständigen Überzeugung, daß wir recht getan haben, einer Überzeugung, in der Sie sich, wie ich hoffe, schon morgen befestigen werden. Eben darum unter anderm haben Sie sich ja zu einer besonderen, wohlorganisierten freien Vereinigung von Gesinnungsgenossen zusammengeschlossen, um zum Besten der gemeinsamen Sache im gegebenen Augenblick einer dem andern seine Energie mitzuteilen und, wenn es nötig sein sollte, einer den andern zu beobachten und zu kontrollieren. Jeder von Ihnen ist zu genauester Rechenschaft verpflichtet. Sie sind dazu berufen, altersschwache, durch langen Stillstand verfaulte Einrichtungen zu erneuern; halten Sie sich das immer zur Belebung Ihres Mutes vor Augen. Jede Ihrer Handlungen hat vorläufig zum Ziele, daß alles zusammenstürzt: sowohl der Staat als auch seine Moral. Nur wir werden übrigbleiben, die wir uns von vornherein zur Übernahme der Gewalt bestimmt haben: Die Verständigen werden wir auf unsere Seite herüberziehen, und auf den Dummen werden wir herumreiten. Darüber müssen Sie sich klar sein. Wir müssen die jetzige Generation durch Erziehung umbilden, um sie der Freiheit würdig zu machen. Wir organisieren uns, um die Leitung zu übernehmen; wir müßten uns schämen, wenn wir nicht mit starker Hand nach alledem greifen wollten, was untätig daliegt und uns von selbst mit aufgesperrtem Maule dazu einladet. Ich werde sogleich zu Kirillow gehen, und morgen früh werde ich von ihm jenes Schriftstück erhalten, in welchem er kurz vor seinem Tode in Gestalt einer an die Regierung gerichteten Erklärung alles auf sich nimmt. Nichts kann wahrscheinlicher sein als eine solche Kombination. Erstens war er mit Schatow verfeindet; sie hatten zusammen in Amerika gelebt, also Zeit gehabt, sich miteinander zu zanken. Es ist notorisch, daß Schatow seinen früheren Anschauungen untreu geworden war; also beruhte ihre Feindschaft auf Verschiedenheit der Anschauungen und auf Furcht vor Denunziation, war somit die unversöhnlichste, die es überhaupt gibt. All das wird in dieser Weise niedergeschrieben werden. Endlich wird darin noch erwähnt werden, daß Fedka bei ihm im Filippowschen Hause Unterkunft gehabt hat. Auf diese Weise wird das alles jeden Verdacht von Ihnen völlig fernhalten, da es all diese Schafsköpfe ganz wirr im Kopfe machen wird. Morgen, meine Herren, werden wir uns nicht sehen; ich unternehme für ganz kurze Zeit eine Reise in den Kreis. Aber übermorgen werden Sie von mir Mitteilungen erhalten. Ich würde Ihnen raten, speziell morgen zu Hause zu bleiben. Jetzt wollen wir uns alle paarweise auf verschiedenen Wegen entfernen. Sie, Tolkatschenko, bitte ich, sich Ljamschins anzunehmen und ihn nach Hause zu bringen. Sie können auf ihn einwirken und ihm namentlich auseinandersetzen, wie sehr er in erster Linie sich selbst durch seinen Kleinmut schadet. An Ihrem Verwandten Schigalew, Herr Wirginski, will ich ebensowenig zweifeln wie an Ihnen selbst: Er wird nicht denunzieren. Sein Verhalten bleibt sehr bedauerlich; aber er hat doch noch nicht erklärt, daß er aus unserer Gemeinschaft ausscheide, und daher ist es noch zu früh, ihn zu begraben. Nun schnell, meine Herren; wenn unsere Gegner auch Schafsköpfe sind, so kann Vorsicht doch nicht schaden . . .«

Wirginski ging mit Erkel zusammen fort. Bevor Erkel Ljamschin an Tolkatschenko übergab, führte er ihn noch zu Pjotr Stepanowitsch hin und teilte diesem mit, Ljamschin sei zur Besinnung gekommen, bereue, bitte um Verzeihung und könne sich nicht einmal erinnern, was eigentlich mit ihm vorgegangen sei. Pjotr Stepanowitsch ging allein und schlug einen Umweg auf der andern Seite der Teiche am Park entlang ein. Dieser Weg war der längste. Zu seiner Verwunderung holt ihn auf halbem Wege Liputin ein.

»Pjotr Stepanowitsch, Ljamschin wird denunzieren!«

»Nicht doch; er wird zur Besinnung kommen und sich sagen, daß er als erster würde nach Sibirien gehen müssen, wenn er denunzierte! Jetzt wird niemand denunzieren. Auch Sie werden es nicht tun.«

»Und Sie?«

»Ohne Zweifel werde ich Sie alle beiseite schaffen, sobald Sie Miene machen, Verrat zu begehen, und Sie wissen das. Aber Sie werden keinen Verrat begehen. Sind Sie mir darum zwei Werst nachgelaufen?«

»Pjotr Stepanowitsch, Pjotr Stepanowitsch, wir werden uns vielleicht nie wiedersehen!«

»Wie kommen Sie auf einen solchen Gedanken?«

»Sagen Sie mir nur eines!«

»Nun, was? Übrigens wünsche ich, daß Sie sich davonscheren.«
»Nur eine einzige Antwort, aber eine wahre: Sind wir das einzige Fünferkomitee auf der Welt, oder ist es richtig, daß noch mehrere hundert Fünferkomitees existieren? Ich frage vom höchsten Gesichtspunkte aus, Pjotr Stepanowitsch.«
»Das sehe ich an Ihrer hochgradigen Aufregung. Aber wissen Sie auch wohl, Liputin, daß Sie gefährlicher sind als Ljamschin?«
»Ich weiß, ich weiß; aber – die Antwort, Ihre Antwort!«
»Sie sind ein dummer Mensch! Gerade jetzt, möchte ich meinen, kann Ihnen das ganz gleichgültig sein, ob es ein Fünferkomitee gibt oder tausend.«
»Also nur eines! Das hatte ich doch gewußt!« rief Liputin. »Ich habe es diese ganze Zeit her gewußt, daß es nur eines gibt, bis auf diesen Augenblick . . .«
Und ohne eine andere Antwort abzuwarten, drehte er sich um und verschwand schnell in der Dunkelheit.
Pjotr Stepanowitsch dachte ein wenig nach.
»Nein, es wird keiner denunzieren«, sagte er in entschiedenem Tone vor sich hin. »Aber die Gruppe muß zusammenbleiben und gehorchen, oder ich will sie . . . Ach, ist das aber eine jämmerliche Gesellschaft!«

## II

Er ging zuerst nach seiner Wohnung und packte sorgsam und ohne Hast seinen Koffer. Um sechs Uhr morgens ging ein Sonderzug. Dieser frühe Sonderzug ging nur einmal in der Woche und war erst kürzlich eingerichtet worden, zunächst nur probeweise. Obgleich Pjotr Stepanowitsch den »Unsrigen« angekündigt hatte, daß er auf kurze Zeit eine Reise innerhalb des Kreises machen wolle, so waren doch, wie sich in der Folge herausstellte, seine Absichten ganz andere. Als er mit dem Koffer fertig war, erledigte er seine Abrechnung mit der Wirtin, die er schon vorher benachrichtigt hatte, und fuhr mit einer Droschke zu Erkel, der nahe beim Bahnhofe wohnte. Und dann erst, kurz vor ein Uhr nachts, begab er sich zu Kirillow, zu dem er sich wieder auf Fedkas geheimem Wege Zugang verschaffte.

Pjotr Stepanowitschs Stimmung war schauderhaft. Außer anderen für ihn sehr wichtigen Unannehmlichkeiten (er hatte immer noch nichts über Stawrogin in Erfahrung bringen können) hatte er, wie es scheint (denn eine bestimmte Behauptung kann ich nicht aussprechen), im Laufe des Tages irgendwoher, am wahrscheinlichsten aus Petersburg, eine geheime Nachricht über eine Gefahr erhalten, die ihm in nächster Zeit drohe. Allerdings sind über diese Zeit bei uns in der Stadt jetzt sehr viele Legenden in Umlauf, und selbst wenn etwas Sicheres bekannt ist, so wissen es doch wohl nur diejenigen, die damit amtlich zu tun haben. Ich meinerseits bin persönlich der Ansicht, daß Pjotr Stepanowitsch auch irgendwo außerhalb unserer Stadt Geschäfte haben und von daher tatsächlich eine Benachrichtigung erhalten konnte. Ich bin sogar trotz des von Liputin geäußerten dreisten, argen Zweifels überzeugt, daß er tatsächlich noch zwei oder drei Fünferkomitees außer den »Unsrigen« haben konnte, zum Beispiel in den Hauptstädten, und wenn nicht Fünferkomitees, so doch Verbindungen und Beziehungen und vielleicht sogar von sehr merkwürdiger Art. Erst drei Tage nach seiner Abreise ging bei uns in der Stadt aus der Hauptstadt der Befehl ein, ihn unverzüglich zu verhaften, wofür eigentlich, ob für Dinge, die er bei uns begangen hatte, oder für andere, das weiß ich nicht. Dieser Befehl steigerte damals gerade noch das quälende Gefühl einer beinah mystischen Angst, das sich unserer Obrigkeit und der bis dahin in so hartnäckigem Leichtsinn befangenen Gesellschaft beim Bekanntwerden der geheimnisvollen, bedeutsamen Ermordung des Studenten Schatow und der außerordentlich rätselhaften Begleitumstände bemächtigt hatte, einer Mordtat, die das Maß der bei uns vorgekommenen unerhörten Dinge voll machte. Aber der Befehl kam zu spät: Pjotr Stepanowitsch befand sich damals schon unter fremdem Namen in Petersburg; dort spürte er, wie die Sache

stand, und entwischte im Nu ins Ausland . . . Aber ich greife gar zu sehr vor.
Er trat bei Kirillow mit böser, ärgerlicher Miene ein. Er wollte, wie es schien, abgesehen von der Hauptsache, mit Kirillow noch persönlich ein Hühnchen pflücken, sich für etwas an ihm rächen. Kirillow freute sich anscheinend über sein Kommen; offenbar hatte er schon sehr lange und mit schmerzlicher Ungeduld auf ihn gewartet. Sein Gesicht war ungewöhnlich blaß, der Blick der schwarzen Augen starr und unbeweglich.
»Ich dachte schon, Sie würden gar nicht mehr kommen«, sagte er mit schwerfälliger Stimme von der Sofaecke aus, aus der er sich übrigens nicht rührte, um den Besuch zu begrüßen. Pjotr Stepanowitsch trat vor ihn hin und blickte ihm, ehe er ein Wort sprach, forschend ins Gesicht.
»Also ist alles in Ordnung, und wir werden von unserem Vorhaben nicht zurücktreten, Sie tapferer Held!« sagte er mit einem beleidigenden, gönnerhaften Lächeln. »Nun, was macht das?« fügte er mit häßlicher Scherzhaftigkeit hinzu; »wenn ich mich verspätet habe, so können Sie sich darüber nicht beklagen: Ich habe Ihnen ja dadurch drei Stunden geschenkt!«
»Ich will von Ihnen keine Stunden dazugeschenkt haben, und Sie können mir nichts schenken, Sie Dummkopf!«
»Wie?« wollte Pjotr Stepanowitsch auffahren; aber er bezwang sich sofort wieder. »Ist das eine Empfindlichkeit! Ei, ei, sind wir so wütend?« fuhr er langsam und deutlich fort, immer mit derselben Miene beleidigenden Hochmutes. »In einem solchen Augenblicke dürfte vielmehr Ruhe vonnöten sein. Am besten wär's, wenn Sie sich jetzt für einen Kolumbus hielten und auf mich wie auf eine Maus herabblickten, die Sie nicht beleidigen könne. Das hatte ich Ihnen schon gestern empfohlen.«
»Ich will nicht auf Sie wie auf eine Maus herabblicken.«
»Was soll das heißen? Soll es ein Kompliment sein? Übrigens ist auch Ihr Tee kalt; also geht bei Ihnen alles drunter und drüber. Nein, da ist eine gewisse Unzuverlässigkeit zu spüren. Ah! Da sehe ich etwas auf dem Fensterbrett, auf

einem Teller« (er trat an das Fenster heran). »Oho, ein gekochtes Huhn mit Reis! . . . Aber warum ist noch nicht davon gegessen? Also haben Sie sich in einer solchen Stimmung befunden, daß sogar ein Huhn . . .«

»Ich habe gegessen, und das ist nicht Ihre Sache; schweigen Sie!«

»Oh, gewiß, und es ist ja auch ganz egal. Aber für mich ist das jetzt nicht ganz egal: Denken Sie sich: Ich habe fast gar nicht zu Mittag gegessen, und darum, wenn Sie jetzt dieses Huhn, wie ich annehme, nicht mehr nötig haben, wie?«

»Essen Sie es, wenn Sie können!«

»Nun, dann danke ich Ihnen; aber dann auch Tee!«

Er richtete sich im Nu am Tische in der anderen Sofaecke ein und machte sich mit außerordentlichem Appetit ans Essen, beobachtete aber gleichzeitig alle Augenblicke sein Opfer. Kirillow sah ihn mit zornigem Widerwillen unverwandt an, wie wenn er nicht imstande wäre, seinen Blick von ihm loszureißen.

»Aber«, rief Pjotr Stepanowitsch plötzlich, ohne mit Essen aufzuhören, »wollen wir zur Sache kommen? Also wir treten nicht zurück, nicht wahr? Und das Schriftstück?«

»Ich bin heute nacht zu dem Schlusse gelangt, daß mir alles egal ist. Ich werde es niederschreiben. Über die Proklamationen?«

»Ja, auch über die Proklamationen. Ich werde es Ihnen übrigens diktieren. Ihnen ist es ja ganz egal. Wie könnte Sie denn auch der Inhalt in einem solchen Augenblicke beunruhigen!«

»Das ist nicht Ihre Sache.«

»Gewiß, das ist nicht meine Sache. Übrigens sind nur ein paar Zeilen erforderlich: Daß Sie mit Schatow Proklamationen verbreitet haben, unter anderm mit Beihilfe Fedkas, der sich in Ihrer Wohnung verborgen gehalten habe. Dieser letzte Punkt über Fedka und die Wohnung ist sehr wichtig, sogar der wichtigste. Sie sehen, ich bin gegen Sie ganz offenherzig.«

»Mit Schatow? Warum mit Schatow? Über Schatow schreibe ich um keinen Preis etwas.«

»Na aber! Was haben Sie denn? Schaden können Sie ihm dadurch nicht mehr.«
»Seine Frau ist zu ihm gekommen. Sie wachte vorhin auf und schickte zu mir, um fragen zu lassen, wo er wäre.«
»Sie hat sich bei Ihnen erkundigen lassen, wo er wäre? Hm . . . das paßt nicht in meinen Kram. Da wird sie womöglich noch einmal herschicken; es darf aber niemand wissen, daß ich hier bin . . .«
Pjotr Stepanowitsch geriet in Unruhe.
»Sie wird es nicht erfahren; sie schläft wieder; die Hebamme ist bei ihr, Arina Wirginskaja.«
»So so, und . . . sie wird es nicht erfahren, hoffe ich? Wissen Sie, Sie sollten Ihre Haustür zuschließen.«
»Sie wird nichts erfahren. Und wenn Schatow kommt, werde ich Sie in jenes Zimmer dort verstecken.«
»Schatow wird nicht kommen; schreiben Sie, daß Sie mit ihm wegen seines Verrates und wegen seiner Denunziation in Streit geraten seien . . . heute abend . . . und daß Sie an seinem Tode schuld seien.«
»Er ist tot!« rief Kirillow und sprang vom Sofa auf.
»Heute abend zwischen sieben und acht, oder richtiger gestern abend zwischen sieben und acht, da es jetzt schon ein Uhr ist.«
»Sie haben ihn ermordet! . . . Das habe ich gestern geahnt!«
»Das war nicht schwer zu ahnen. Sehen Sie, mit diesem Revolver« (er zog den Revolver heraus, anscheinend, um ihn zu zeigen; aber er steckte ihn nicht wieder ein, sondern behielt ihn schußbereit in der rechten Hand). »Sie sind aber doch ein sonderbarer Mensch, Kirillow; Sie haben doch selbst gewußt, daß es mit diesem dummen Menschen ein solches Ende nehmen mußte. Was war da noch viel zu ahnen? Ich habe Ihnen die Sache ja mehrmals auseinandergesetzt. Schatow bereitete eine Denunziation vor; ich spürte das aus; das durfte unter keinen Umständen geschehen. Und auch Ihnen war ja die Instruktion erteilt worden, ihn zu beobachten, und Sie selbst haben mir vor drei Wochen mitgeteilt . . .«

»Schweigen Sie! Das haben Sie deswegen getan, weil er Ihnen in Genf ins Gesicht gespuckt hat!«
»Deswegen und aus anderen Gründen. Aus vielen anderen Gründen; übrigens ohne allen Groll. Warum sind Sie denn aufgesprungen? Was nehmen Sie denn für Posen ein? So meinen Sie das?«
Er sprang auf, hob den Revolver in die Höhe und hielt ihn vor sich hin. Die Sache war die, daß Kirillow auf einmal vom Fensterbrette seinen Revolver genommen hatte, den er schon am Vormittage in Bereitschaft gesetzt und geladen hatte. Pjotr Stepanowitsch stellte sich in Positur und richtete seine Waffe auf Kirillow. Dieser lachte höhnisch auf.
»Gestehen Sie nur, Sie Schuft, daß Sie Ihren Revolver hervorgeholt haben, weil Sie fürchteten, ich würde Sie erschießen ... Aber ich werde Sie nicht erschießen ... obgleich ... obgleich ...«
Er hob den Revolver gegen Pjotr Stepanowitsch in die Höhe, wie wenn er auf ihn zielte, wie wenn er sich nicht den Genuß versagen könnte, sich vorzustellen, daß er ihn erschösse. Pjotr Stepanowitsch, immer noch in Positur, wartete und wartete bis zum letzten Augenblicke, ohne den Hahn loszudrücken, obwohl er dabei riskierte, selbst zuerst eine Kugel in die Stirn zu bekommen: Von dem »Schauspieler« konnte er sich dessen versehen. Aber der »Schauspieler« ließ schließlich die Hand sinken; er atmete mühsam, zitterte und war nicht imstande zu sprechen.
»Sie haben eine Szene aufgeführt; nun genug!« sagte Pjotr Stepanowitsch und ließ ebenfalls die Waffe sinken. »Ich wußte, daß Sie nur schauspielerten; aber wissen Sie, Sie liefen dabei Gefahr: Ich konnte losdrücken.«
Er setzte sich ziemlich ruhig auf das Sofa und goß sich Tee ein, wobei ihm die Hand allerdings ein wenig zitterte. Kirillow legte den Revolver wieder auf das Fensterbrett und begann im Zimmer auf und ab zu gehen.
»Ich werde nicht schreiben, daß ich Schatow getötet hätte, und ... ich werde jetzt überhaupt nichts schreiben. Es wird kein Schriftstück geben.«
»Nicht?«

»Nein.«
»Was für eine Gemeinheit und was für eine Dummheit!« rief Pjotr Stepanowitsch, ganz grün vor Bosheit. »Ich hatte mir das übrigens vorher gedacht. Bilden Sie sich nicht ein, daß Sie mich damit überrumpeln! Aber wie Sie wollen! Wenn ich Sie mit Gewalt zwingen könnte, so würde ich es tun. Übrigens sind Sie ein Schuft«, fuhr Pjotr Stepanowitsch fort, der immer mehr die Herrschaft übe sich verlor: »Sie haben uns damals um Geld gebeten und alles mögliche versprochen ... Aber ich will doch nicht ganz resultatlos weggehen; ich will wenigstens mit ansehen, wie Sie sich eine Kugel vor den Kopf schießen.«
»Ich will, daß Sie sofort weggehen«, sagte Kirillow und stellte sich ihm fest gegenüber.
»Nein, das tue ich bestimmt nicht«, versetzte Pjotr Stepanowitsch und griff wieder nach dem Revolver. »Jetzt kommt Ihnen womöglich aus Bosheit und Feigheit in den Sinn, alles aufzuschieben und morgen hinzugehen und zu denunzieren, um wieder ein Stück Geld zu bekommen; denn dafür bezahlt ja die Behörde Geld. Hol Sie der Teufel; solche Subjekte, wie Sie, sind zu allem fähig! Aber seien Sie unbesorgt; ich habe alles vorhergesehen: Ich gehe nicht fort, ehe ich Ihnen nicht mit diesem Revolver ein Loch in den Schädel gemacht habe, wie dem Schuft Schatow, wenn Sie selbst feige sind und die Ausführung Ihrer Absicht aufschieben; hol Sie der Teufel!«
»Sie wollen unbedingt auch mein Blut sehen?«
»Nicht aus Bosheit; begreifen Sie das doch, daß es mir ganz gleichgültig ist! Ich will es, um für unsere Sache unbesorgt sein zu können. Auf einen Menschen kann man sich nicht verlassen; das sehen Sie selbst. Ich habe kein Verständnis dafür, woher bei Ihnen die phantastische Idee, sich das Leben zu nehmen, stammt. Ich habe sie Ihnen nicht ersonnen, sondern Sie selbst, noch vor der Bekanntschaft mit mir, und Sie haben davon nicht zuerst mir, sondern Mitgliedern im Auslande Kenntnis gegeben. Und wohl zu beachten: Niemand von ihnen hat Sie ausgeforscht, niemand von ihnen hat Sie überhaupt gekannt; sondern Sie

selbst sind aus Gefühlsüberschwenglichkeit gekommen und haben Ihr Herz ausgeschüttet. Nun, was sollen wir anfangen, wenn dies gleich damals mit Ihrer Zustimmung und auf Ihren Vorschlag (wohl zu beachten: auf Ihren Vorschlag) zur Basis eines bestimmten Planes für die hiesigen Operationen gemacht wurde, eines Planes, dessen Umänderung jetzt nicht mehr möglich ist? Sie sind schon zu einer Stellung gelangt, in der Sie gar zu viel von unseren Geheimnissen wissen. Wenn Sie es nun mit der Angst bekommen und morgen hingehen und denunzieren, so wird das möglicherweise für uns nicht vorteilhaft sein; meinen Sie nicht auch? Nein, Sie haben sich verpflichtet; Sie haben Ihr Wort gegeben; Sie haben Geld genommen. Das können Sie schlechterdings nicht leugnen . . .«

Pjotr Stepanowitsch war sehr in Hitze geraten; aber Kirillow hörte längst nicht mehr zu. Er ging wieder nachdenklich im Zimmer auf und ab.

»Mir tut Schatow leid«, sagte er, von neuem vor Pjotr Stepanowitsch stehenbleibend.

»Er tut mir ja auch leid, nun ja; und ist denn wirklich . . .«

»Schweigen Sie, Sie Schuft!« brüllte Kirillow und machte eine furchtbare, unzweideutige Bewegung. »Ich schlage Sie tot!«

»Nun, nun, nun, ich habe gelogen; ich gebe es zu; er tut mir gar nicht leid; nun, lassen Sie es gut sein, lassen Sie es gut sein!« sagte Pjotr Stepanowitsch, indem er ängstlich aufsprang und die Hand vor sich hinstreckte.

Kirillow wurde plötzlich wieder ruhig und nahm seine Wanderung wieder auf.

»Ich werde es nicht aufschieben; ich will mir gerade jetzt das Leben nehmen: Alle Menschen sind Schufte!«

»Na, sehen Sie; das ist ein Gedanke; allerdings sind alle Menschen Schufte, und da es für einen ordentlichen Menschen ekelhaft ist, auf der Welt zu leben, so . . .«

»Sie Dummkopf; ich bin ebenso ein Schuft wie Sie und wie alle und kein ordentlicher Mensch. Einen ordentlichen Menschen hat es nirgends gegeben.«

»Endlich hat er's erraten! Haben Sie wirklich bisher trotz

Ihres Verstandes das nicht begriffen, daß alle Menschen von ein und derselben Sorte sind, und daß es keine besseren und schlechteren gibt, sondern nur klügere und dümmere, und daß, wenn alle Menschen Schufte sind (was übrigens Unsinn ist), niemand eine Ausnahme zu sein braucht?«

»Ah! Sie machen sich wirklich nicht über mich lustig?« fragte Kirillow, ihn einigermaßen verwundert ansehend. »Sie reden mit Wärme und einfach? ... Haben wirklich solche Leute, wie Sie, Überzeugungen?«

»Kirillow, ich habe nie begreifen können, warum Sie sich töten wollen. Ich weiß nur, daß Sie es infolge einer Überzeugung tun wollen, infolge einer festen Überzeugung. Aber wenn Sie das Bedürfnis verspüren, sozusagen Ihr Herz auszuschütten, so stehe ich zu Ihren Diensten ... Nur müssen wir dabei die Zeit im Auge behalten.«

»Was ist die Uhr?«

»Oh, gerade zwei«, antwortete Pjotr Stepanowitsch nach einem Blicke auf die Uhr und zündete sich eine Zigarette an.

»Es scheint, daß ich mich noch mit ihm werde einigen können«, dachte er bei sich.

»Ich habe Ihnen nichts zu sagen«, murmelte Kirillow.

»Ich erinnere mich, daß Sie mir hier etwas von Gott sagten ... Sie haben es mir ein- oder sogar zweimal auseinandergesetzt. Wenn Sie sich erschießen, so werden Sie ja wohl ein Gott werden, nicht wahr?«

»Ja, ich werde ein Gott werden.«

Pjotr Stepanowitsch lächelte nicht einmal; er wartete; Kirillow sah ihn schlau an.

»Sie sind ein listiger Betrüger und Intrigant; Sie wollen mich auf die Philosophie bringen, mich in Enthusiasmus versetzen und eine Aussöhnung zustande bringen, um meinen Zorn zu verscheuchen und, wenn ich mich beschwichtigen lasse, die schriftliche Aussage zu verlangen, daß ich Schatow getötet habe.«

Pjotr Stepanowitsch antwortete beinah mit natürlicher Offenheit.

»Na, mag ich immerhin ein solcher Schuft sein; aber ist

Ihnen in den letzten Augenblicken nicht alles egal, Kirillow? Nun, weswegen streiten wir uns eigentlich, sagen Sie selbst: Sie sind ein solcher Mensch und ich ein solcher; was folgt denn daraus? Und überdies sind wir alle beide . . .«
»Schufte.«
»Ja, meinetwegen auch Schufte. Sie wissen ja, daß das nur Worte sind.«
»Mein ganzes Leben lang habe ich nicht gewollt, daß das nur Worte seien. Ich habe darum gelebt, weil ich das immer nicht wollte. Auch jetzt will ich jeden Tag, daß es nicht Worte seien.«
»Nun ja, ein jeder sucht sich den Ort, wo er es am besten hat. Der Fisch . . . das heißt ein jeder sucht sich den Komfort, der ihm zusagt; das ist die ganze Sache. Das ist schon sehr lange bekannt.«
»›Komfort‹ sagten Sie?«
»Na, es lohnt sich nicht, über Worte zu streiten.«
»Nein, das haben Sie gut gesagt; bleiben wir bei ›Komfort‹. Gott ist notwendig, und darum muß er sein.«
»Nun, schön.«
»Aber ich weiß, daß er nicht existiert und nicht existieren kann.«
»Das ist richtiger.«
»Begreifen Sie wirklich nicht, daß ein Mensch mit diesen zwei Gedanken nicht unter den Lebenden bleiben kann?«
»Er muß sich also erschießen, wie?«
»Begreifen Sie wirklich nicht, daß man sich schon allein deshalb erschießen kann? Begreifen Sie nicht, daß es einen solchen Menschen geben kann, einen einzigen Menschen unter euren tausend Millionen, einen einzigen, der es nicht will und es nicht erträgt?«
»Ich begreife nur, daß Sie, wie es scheint, schwankend geworden sind . . . Das ist sehr häßlich.«
»Stawrogin ist auch in die Gewalt einer Idee hineingeraten«, sagte Kirillow, der diese Bemerkung gar nicht gehört hatte und mit finsterer Miene im Zimmer auf und ab ging.
»Wie?« fragte Pjotr Stepanowitsch aufhorchend. »Was meinen Sie für eine Idee? Hat er selbst Ihnen etwas gesagt?«

»Nein, ich habe es selbst erraten: Wenn Stawrogin glaubt, so glaubt er nicht, daß er glaubt. Wenn er aber nicht glaubt, so glaubt er nicht, daß er nicht glaubt.«
»Na, Stawrogin hat wohl andere Dinge im Kopfe, die klüger sind als das . . .« murmelte Pjotr Stepanowitsch ärgerlich und verfolgte mit Unruhe die neue Wendung des Gespräches und den blassen Kirillow.
»Hol's der Teufel, er wird sich nicht erschießen«, dachte er. »Ich habe es immer geahnt; er ist eine Pose des Intellekts und weiter nichts; ach, dieses Lumpenpack!«
»Sie sind der Letzte, mit dem ich zusammen bin: Ich möchte von Ihnen nicht im Bösen scheiden«, sagte Kirillow auf einmal in freundlichem Tone.
Pjotr Stepanowitsch antwortete nicht sogleich. »Hol's der Teufel, was ist das nun wieder?« dachte er von neuem.
»Glauben Sie mir, Kirillow, ich habe persönlich nichts gegen Sie als Mensch, und ich habe immer . . .«
»Sie sind ein Schuft und ein verlogenes Subjekt. Aber ich bin ein ebensolcher Mensch wie Sie und werde mich erschießen; Sie aber werden am Leben bleiben.«
»Das heißt, Sie wollen sagen, ich sei so gemein, daß ich unter den Lebenden bleiben möchte.«
Er hatte noch nicht darüber ins klare kommen können, ob es vorteilhaft oder unvorteilhaft sei, ein solches Gespräch in einem solchen Augenblicke fortzusetzen, und entschied sich dafür, sich den Umständen anzupassen. Aber der Ton der Überlegenheit und der unverhohlenen Verachtung, die Kirillow stets gegen ihn an den Tag gelegt hatte, hatte ihn auch früher schon immer gereizt und reizte ihn aus einem bestimmten Grunde jetzt noch mehr als früher: Vielleicht weil Kirillow, dem es bevorstand, nach ungefähr einer Stunde zu sterben (denn daran hielt Pjotr Stepanowitsch immer noch fest), ihm gewissermaßen nur als ein halber Mensch erschien, als ein Mensch, dem man seinen Hochmut gestatten dürfe.
»Sie prahlen, wie es scheint, mir gegenüber damit, daß Sie sich erschießen werden?«
»Ich habe mich immer darüber gewundert, daß die andern

alle am Leben bleiben«, sagte Kirillow, der seine Bemerkung nicht gehört hatte.

»Hm! Allerdings, das ist ein Gedanke; aber . . .«

»Sie Affe, Sie stimmen mir bei, damit ich Ihnen den Willen tue. Schweigen Sie; Sie verstehen nichts davon. Wenn es keinen Gott gibt, so bin ich ein Gott.«

»Sehen Sie, diesen Punkt habe ich bei Ihnen niemals begreifen können: Warum sind Sie ein Gott?«

»Wenn Gott existiert, so ist aller Wille sein, und ich kann ohne seinen Willen nichts tun. Wenn er aber nicht existiert, so ist aller Wille mein, und ich bin verpflichtet, Eigenwillen zu bekunden.«

»Eigenwillen? Aber warum verpflichtet?«

»Weil aller Wille mein geworden ist. Wird denn wirklich niemand auf dem ganzen Planeten, nachdem er mit Gott ein Ende gemacht und an seinen Eigenwillen zu glauben angefangen hat, es wagen, Eigenwillen zu bekunden, und zwar im wichtigsten Punkte? Das ist, wie wenn ein armer Mensch eine Erbschaft gemacht hätte und sich nun fürchtete und nicht wagte, an den Geldsack heranzugehen, in der Meinung, er sei zu schwach, um davon Besitz zu ergreifen. Ich will Eigenwillen bekunden. Mag ich auch der einzige sein; aber ich werde es tun.«

»Nun, dann tun Sie es!«

»Ich bin dazu verpflichtet, weil dies der wichtigste Punkt meines Eigenwillens ist, mich selbst zu töten.«

»Aber Sie sind ja nicht der einzige, der sich tötet; es gibt viele Selbstmörder.«

»Die haben ihre Ursachen. Aber ohne jede Ursache, nur des Eigenwillens wegen, da bin ich der einzige.«

»Er wird sich nicht erschießen«, ging es Pjotr Stepanowitsch wieder durch den Kopf.

»Wissen Sie was?« bemerkte er in gereiztem Tone, »ich würde an Ihrer Stelle, um Eigenwillen zu bekunden, einen andern töten und nicht mich selbst. Sie können sich nützlich machen. Ich werde Ihnen jemand zeigen, wenn Sie keine Furcht haben. Dann brauchen Sie sich meinetwegen heute nicht zu erschießen. Wir können uns einigen.«

»Einen anderen zu töten, das würde der niedrigste Punkt meines Eigenwillens sein; das wäre ganz in Ihrer Art. Ich bin Sie: Ich will den höchsten Punkt und werde mich selbst töten.«

»Nun ist er von selbst darauf gekommen«, murmelte Pjotr Stepanowitsch boshaft vor sich hin.

»Ich bin verpflichtet, meinen Unglauben an den Tag zu legen«, fuhr Kirillow, im Zimmer auf und ab gehend, fort. »Es gibt für mich nichts Höheres als den Gedanken, daß es keinen Gott gibt. Für mich spricht die ganze Weltgeschichte. Der Mensch hat sich Gott nur ausgedacht, um leben zu können, ohne sich zu töten; darauf beruht die ganze Weltgeschichte bis auf den heutigen Tag. Ich bin in der Weltgeschichte der erste und einzige, der sich Gott nicht hat ausdenken wollen. Mögen die Menschen das ein für allemal erfahren.«

»Er wird sich nicht erschießen«, dachte Pjotr Stepanowitsch beunruhigt.

»Wer soll es denn erfahren?« fragte er, um ihn aufzuhetzen. »Hier ist weiter niemand als ich und Sie. Soll es etwa Liputin erfahren?«

»Alle sollen es erfahren; alle werden es erfahren . . . Es gibt nichts Geheimes, das nicht offenbar werden wird. Das hat Er gesagt.«

Er wies in fieberhafter Ekstase nach dem Bilde des Erlösers, vor dem ein Lämpchen brannte. Pjotr Stepanowitsch wurde ganz wütend.

»An Ihn glauben Sie also immer noch und haben ein Lämpchen angezündet; wohl ›für alle Fälle‹?«

Der andere schwieg.

»Wissen Sie was? Meiner Ansicht nach glauben Sie womöglich noch fester als ein Pope.«

»An wen? An Ihn? Hören Sie«, sagte Kirillow, indem er stehenblieb und mit einem starken, verzückten Blicke vor sich hin sah. »Hören Sie einen großen Gedanken: Es war auf der Erde ein Tag, und mitten auf der Erde standen drei Kreuze. Einer der Gekreuzigten glaubte so fest, daß er zu einem der andern sagte: ›Heute wirst du mit mir im

Paradiese sein.‹ Der Tag ging zu Ende, beide starben, gingen hin und fanden weder ein Paradies noch eine Auferstehung. Was der eine gesagt hatte, bewahrheitete sich nicht. Hören Sie: Dieser Mensch war der höchste auf der ganzen Erde; er stellte das Ziel dar, zu dessen Erreichung sie leben sollte. Der ganze Planet, mit allem, was auf ihm ist, ist ohne diesen Menschen nur ein Wahnsinn. Weder vor Ihm noch nach Ihm hat es einen ebensolchen Menschen gegeben; er war geradezu ein Wunder. Das Wunder besteht eben darin, daß es einen ebensolchen nie gegeben hat und nie geben wird. Wenn dem aber so ist, wenn die Naturgesetze nicht einmal mit Ihm Mitleid gehabt, ihr eigenes Wunderwerk nicht geschont, sondern auch Ihn gezwungen haben, inmitten der Unwahrheit zu leben und für eine Unwahrheit zu sterben, dann ist der ganze Planet Unwahrheit und beruht auf Unwahrheit und dummer Verhöhnung. Mithin sind die Gesetze des Planeten selbst Unwahrheit und eine vom Teufel ersonnene Komödie. Wozu soll man also leben? Antworten Sie, wenn Sie ein Mensch sind!«

»Dadurch bekommt die Sache eine andere Wendung. Mir scheint, Sie haben hier zwei verschiedene Ursachen durcheinandergemischt; das ist aber ein sehr unzuverlässiges Verfahren. Aber erlauben Sie, wie nun, wenn Sie ein Gott sind? Wenn die Unwahrheit ein Ende genommen hat und Sie es richtig erraten haben, daß die ganze Unwahrheit daher stammte, daß der frühere Gott existierte?«

»Endlich haben Sie es begriffen!« rief Kirillow enthusiastisch. »Also kann man es doch begreifen, wenn sogar ein solcher Mensch wie Sie es begriffen hat! Jetzt werden Sie begreifen, daß die ganze Rettung für alle darin besteht, daß man allen diesen Gedanken zeigt. Aber wer wird ihn zeigen? Ich! Ich begreife nicht, wie bisher ein Atheist hat wissen können, daß es keinen Gott gibt, ohne sich doch sofort zu töten. Zu wissen, daß es keinen Gott gibt, und gleichzeitig nicht zu wissen, daß man selbst ein Gott geworden ist, das ist eine Absurdität; man tötet sich sonst unfehlbar selbst. Wenn man es weiß, dann ist man ein König und tötet sich nicht mehr selbst, sondern lebt in Pracht und Herrlichkeit.

Aber einer, derjenige, der der erste ist, der muß sich unbedingt selbst töten; denn wer wird sonst den Anfang machen und es zeigen? Und so werde ich mich unfehlbar selbst töten, um den Anfang zu machen und es zu zeigen. Ich bin jetzt nur noch wider meinen Willen ein Gott, und ich bin unglücklich, weil ich verpflichtet bin, Eigenwillen zu zeigen. Alle sind unglücklich, weil alle sich fürchten, Eigenwillen zu zeigen. Eben darum ist der Mensch bisher so unglücklich und arm gewesen, weil er sich gefürchtet hat, in dem wichtigsten Punkte Eigenwillen zu zeigen, und nur so in Nebendingen Eigenwillen gezeigt hat wie ein Schulknabe. Ich bin schrecklich unglücklich, weil ich mich schrecklich fürchte. Die Furcht ist der Fluch des Menschen . . . Aber ich werde Eigenwillen zeigen; ich bin verpflichtet zu glauben, daß ich nicht glaube. Ich werde den Anfang machen und das Ende bringen und die Tür öffnen. Ich werde der Retter sein. Nur dieses Eine wird alle Menschen retten und sie gleich in der folgenden Generation physisch umgestalten; denn in der jetzigen physischen Gestalt kann, soweit ich das einsehe, der Mensch ohne den früheren Gott nicht existieren. Drei Jahre lang habe ich nach dem Attribute meiner Göttlichkeit gesucht und es endlich gefunden: Das Attribut meiner Göttlichkeit ist der Eigenwille! Das ist alles, wodurch ich im wichtigsten Punkte meine Unbotmäßigkeit und meine neue furchtbare Freiheit zeigen kann. Denn furchtbar ist sie in hohem Grade. Ich werde mich töten, um meine Unbotmäßigkeit und meine neue furchtbare Freiheit zu zeigen.«

Sein Gesicht war unnatürlich blaß, sein Blick unerträglich starr. Er war wie im Fieber. Pjotr Stepanowitsch dachte schon, er werde im nächsten Augenblick umfallen.

»Geben Sie eine Feder her!« rief Kirillow auf einmal ganz unerwartet in einem Zustande entschiedener Verzückung. »Diktieren Sie, ich werde alles niederschreiben und unterzeichnen. Auch daß ich Schatow getötet habe. Diktieren Sie, solange mir noch lächerlich zumute ist! Ich fürchte das Urteil hochmütiger Sklaven nicht! Bald werden Sie selbst sehen, daß alles Geheime offenbar werden wird! Aber Sie werden erdrückt werden . . . Ich glaube! Ich glaube!«

Pjotr Stepanowitsch sprang von seinem Platze auf, reichte ihm im Nu Tinte und Papier und begann, den günstigen Augenblick benutzend und in zitternder Angst um das Gelingen, zu diktieren.
»Ich, Alexej Kirillow, erkläre . . .«
»Halt! Das will ich nicht! Wem erkläre ich das?«
Sein ganzer Leib wurde wie vom Fieber geschüttelt. Dieser Ausdruck »Ich erkläre« und ein besonderer plötzlicher Gedanke, der sich daran knüpfte, schienen auf einmal seine ganze Aufmerksamkeit zu absorbieren, wie wenn das ein Ausweg wäre, nach dem sein gequälter Geist wenigstens für einen Augenblick ungestüm hinstürzte.
»Wem erkläre ich das? Ich will wissen wem.«
»Niemandem, allen, dem ersten besten, der es liest. Wozu soll man das näher bestimmen? Der ganzen Welt!«
»Der ganzen Welt? Bravo! Und Reue soll nicht darin vorkommen. Ich will nichts bereuen. Und ich will mich nicht an die Obrigkeit wenden!«
»Nein doch! Das ist ja auch nicht nötig; hole der Teufel die Obrigkeit! So schreiben Sie doch, wenn es Ihnen Ernst ist! . . .« rief Pjotr Stepanowitsch in krankhafter Aufregung.
»Halt! Ich will eine Fratze mit herausgestreckter Zunge darüber zeichnen.«
»Ach, dummes Zeug!« erwiderte Pjotr Stepanowitsch. »Das kann man auch ohne Zeichnung durch den bloßen Ton zum Ausdruck bringen.«
»Durch den Ton? Das ist gut. Ja, durch den Ton, durch den Ton! Diktieren Sie es mit dem Ton!«
»Ich, Alexje Kirillow«, diktierte Pjotr Stepanowitsch mit fester, gebieterischer Stimme, indem er sich über Kirillows Schulter beugte und jeden Buchstaben verfolgte, den dieser mit seiner vor Aufregung zitternden Hand hinschrieb, »ich, Kirillow, erkläre, daß ich heute, am . . . ten Oktober, zwischen sieben und acht Uhr abends, den Studenten Schatow im Parke getötet habe, wegen Verräterei und wegen einer Denunziation betreffend die Proklamationen und Fedka, welcher bei uns beiden im Filippowschen Hause zehn Tage

lang gewohnt und genächtigt hat. Ich töte mich selbst heute mit einem Revolver, nicht weil ich Reue empfände oder vor jemand Furcht hätte, sondern weil ich schon im Auslande den Entschluß gefaßt hatte, mir das Leben zu nehmen.«

»Weiter nichts?« rief Kirillow erstaunt und unwillig.

»Kein Wort weiter!« versetzte Pjotr Stepanowitsch mit einer abwehrenden Handbewegung und suchte ihm das Schriftstück zu entreißen.

»Halt!« rief Kirillow und legte seine Hand fest auf das Papier; »halt, Unsinn! Ich will angeben, in welcher Absicht ich mich getötet habe. Und wozu ist da Fedka erwähnt? Und wie ist's mit der Feuersbrunst? Ich will alles schreiben, und dann will ich noch in kräftigem Tone schimpfen, jawohl, in kräftigem Tone!«

»Genug, Kirillow, ich versichere Ihnen, daß es ausreicht!« sagte, beinahe flehend, Pjotr Stepanowitsch, der vor Angst zitterte, der andere könnte das Blatt zerreißen. »Damit es Glauben findet, muß es möglichst dunkel gehalten sein, gerade so, mit bloßen Andeutungen. Man darf nur ein Zipfelchen von der Wahrheit zeigen, eben nur soviel, daß es diese Leute reizt. Denn sie belügen sich selbst immer mehr, als wir sie belügen, und ebenso glauben sie sicherlich sich selbst mehr als uns, und das ist ja das Allerbeste, das Allerbeste! Geben Sie her! So, wie es ist, ist es vorzüglich; geben Sie her, geben Sie her!«

Er bemühte sich, ihm das Blatt zu entreißen. Kirillow hatte mit weit aufgerissenen Augen zugehört und anscheinend versucht, sich die Sache im Kopfe zurechtzulegen; aber er schien nichts davon verstanden zu haben.

»Aber zum Teufel!« rief Pjotr Stepanowitsch auf einmal ärgerlich. »Er hat ja noch nicht unterschrieben! Warum reißen Sie denn die Augen so auf? Unterschreiben Sie doch!«

»Ich will schimpfen«, murmelte Kirillow, nahm jedoch die Feder und unterschrieb. »Ich will schimpfen . . .«

»Schreiben Sie darunter: Vive la république, und damit basta!«

»Bravo!« brüllte Kirillow ganz entzückt. »Vive la république démocratique, sociale et universelle ou la mort! . . . Nein, nein, so nicht! Liberté, égalité, fraternité ou la mort. Das ist noch besser, das ist noch besser!« Und mit sichtlichem Genuß schrieb er dies unter seine Namensunterschrift.

»Genug, genug!« sagte Pjotr Stepanowitsch noch einmal.

»Halt, noch ein paar Worte . . . Wissen Sie, ich werde noch einmal auf Französisch darunter schreiben: ›de Kirilloff, gentilhomme russe et citoyen du monde.‹ Ha-ha-ha!« lachte er laut auf. »Nein, nein, nein, halt; ich habe das Allerbeste gefunden, heureka: gentilhomme-séminariste russe et citoyen du monde civilisé! Das ist das Allerbeste . . .« Er sprang vom Sofa auf, nahm mit einem schnellen Griffe den Revolver vom Fensterbrett, lief mit ihm in das andere Zimmer und machte die Tür hinter sich fest zu.

Pjotr Stepanowitsch stand ungefähr eine Minute lang nachdenklich da und blickte nach der Tür hin.

»Wenn er sofort zu einem Entschlusse kommt, dann erschießt er sich wohl; aber wenn er erst anfängt, nachzudenken, dann wird nichts daraus werden.«

Er nahm vorläufig das Blatt Papier, setzte sich hin und sah es von neuem durch. Die Fassung der Erklärung gefiel ihm auch jetzt wieder.

»Was ist zunächst erforderlich? Sie müssen für eine Weile ganz wirr gemacht und von der richtigen Spur abgelenkt werden. Der Park? In der Stadt ist kein Park; nun, sie werden von selbst darauf kommen, daß der Park von Skworeschniki gemeint ist. Bis sie darauf kommen, wird Zeit vergehen; ebenso wird das Suchen Zeit in Anspruch nehmen; dann werden sie den Leichnam finden und daraus ersehen, daß die Angabe des Schriftstücks wahr ist, und folgern, daß auch alles andere wahr ist, auch das über Fedka Gesagte. Aber was hat es mit Fedka für eine Bewandtnis? Fedka, das bedeutet die Brandstiftung, die Ermordung der Lebjadkins: Also ist alles von hier, von dem Filippowschen Hause, ausgegangen, und sie haben nichts bemerkt, haben alles übersehen – das wird ihnen den Kopf ganz schwindlig machen! An die ›Unsrigen‹ zu denken wird ihnen gar nicht in den Sinn kommen, Schatow und Kirillow und Fedka und Lebjadkin, und warum sie einander totgeschlagen haben – das wird für sie eine nette Rätselfrage sein. Aber zum Teufel, es ist ja kein Schuß zu hören! . . .«

Obgleich er las und an der Fassung des Schriftstückes seine Freude hatte, horchte er doch jeden Augenblick in peinlicher Unruhe auf und – wurde auf einmal zornig. Erregt blickte er auf die Uhr; es war schon ziemlich spät; und seit Kirillow weggegangen war, waren schon etwa zehn Minuten vergangen . . . Er ergriff das Licht und ging zur Tür des Zimmers hin, in welchem Kirillow verschwunden war. Als er schon dicht an der Tür war, wurde er auf einmal darauf aufmerksam, daß die Kerze schon sehr weit herabgebrannt war und in etwa zwanzig Minuten ganz ausgehen mußte und keine andere da war. Er faßte die Klinke an und horchte vorsichtig; es war nicht das geringste Geräusch hörbar. Er öffnete die Tür und hob das Licht in die Höhe: Da brüllte etwas auf und stürzte auf ihn los. Aus aller Kraft schlug er die Tür zu und drückte sich wieder horchend an sie; aber alles war schon ruhig geworden, und es herrschte wieder Totenstille.

Lange stand er unentschlossen mit dem Lichte in der Hand da. In der Sekunde, als er die Tür geöffnet hatte, hatte er sehr wenig unterscheiden können; aber er hatte doch flüchtig das Gesicht Kirillows gesehen, der im Hintergrunde des Zimmers am Fenster stand, und die tierische Wut bemerkt, mit der dieser plötzlich auf ihn losgestürzt war. Pjotr Stepanowitsch zuckte zusammen, stellte schnell das Licht auf den Tisch, setzte seinen Revolver in Bereitschaft und sprang auf den Zehen in die entgegengesetzte Ecke, so daß, wenn Kirillow die Tür öffnete und mit dem Revolver zum Tische eilte, er noch früher als dieser zielen und abdrücken konnte.

An den Selbstmord glaubte Pjotr Stepanowitsch jetzt gar nicht mehr.

»Er stand mitten im Zimmer und dachte nach«, ging es ihm wie ein Wirbelwind durch den Kopf. »Und dazu das dunkle, unheimliche Zimmer . . . Er brüllte los und stürzte auf mich

zu – da sind zwei Möglichkeiten: Entweder habe ich ihn gerade in der Sekunde gestört, als er den Hahn abdrücken wollte, oder . . . oder er stand und überlegte, wie er mich töten könnte. Ja, so ist es; das hat er überlegt . . . Er weiß, daß ich nicht weggehen werde, ohne ihn getötet zu haben, wenn er selbst sich feige zeigt; also muß er mich zuerst töten, damit ich ihn nicht töte . . . Und nun wieder dort diese Stille! Es ist geradezu unheimlich: Auf einmal wird er die Tür aufmachen . . . Eine Gemeinheit ist es, daß er fester an Gott glaubt als ein Pope . . . Um keinen Preis wird er sich erschießen! . . . Solcher Leute, die ›durch ihren eigenen Verstand dahin gelangt sind‹, gibt es jetzt eine große Menge. Dieses Lumpenpack! Pfui Teufel, das Licht, das Licht! Es wird in einer Viertelstunde sicher zu Ende gebrannt sein . . . Ich muß ein Ende machen, um jeden Preis ein Ende machen . . . Nur zu, töten kann ich ihn jetzt ohne Besorgnis; mit diesem Papier wird niemand denken, daß ich ihn getötet habe. Man kann ihn so auf den Fußboden legen und in die richtige Positur bringen, mit dem abgeschossenen Revolver in der Hand, daß sie unfehlbar glauben werden, er habe selbst . . . Ach, zum Teufel, wie soll ich ihn denn töten? Wenn ich die Tür aufmache, wird er wieder auf mich losstürzen und früher schießen als ich. Ach was, zum Teufel, selbstverständlich wird er mich verfehlen!«
So marterte er sich ab, zitternd angesichts der Unvermeidlichkeit des Vorhabens und infolge seiner Unentschlossenheit. Endlich nahm er das Licht und ging wieder zur Tür, den schußfertigen Revolver in der rechten Hand; mit der linken Hand, in der er das Licht hielt, drückte er auf die Türklinke. Aber hierbei verfuhr er nicht geschickt genug: Die Klinke schnappte und gab einen kreischenden Ton. »Er wird ohne weiteres auf mich schießen!« dachte Pjotr Stepanowitsch im selben Momente. Er stieß aus aller Kraft die Tür mit dem Fuße auf, hob das Licht in die Höhe und streckte den Revolver nach vorn; aber es erfolgte kein Schuß und kein Schrei . . . Im Zimmer war niemand.
Er fuhr zusammen. Das Zimmer war kein Durchgangszimmer; es hatte keinen andern Ausgang, und man konnte aus

ihm nirgendshin entfliehen. Er hob die Kerze noch mehr in die Höhe und sah sich aufmerksam um: absolut niemand. Er rief halblaut: »Kirillow!« Dann zum zweiten Male lauter; niemand antwortete.
»Ist er wirklich durchs Fenster entflohen?«
In der Tat war an einem Fenster die Luftklappe geöffnet. »Unsinn, durch die Luftklappe hat er nicht entfliehen könnnen.« Pjotr Stepanowitsch ging durch das ganze Zimmer geradewegs zum Fenster hin. »Das ist unmöglich.« Plötzlich drehte er sich schnell um, und etwas Ungewöhnliches ließ ihn erzittern.
An der den Fenstern gegenüberliegenden Wand stand rechts vor der Tür ein Schrank. Rechts von diesem Schranke, in der von der Wand und dem Schranke gebildeten Nische, stand Kirillow, und zwar stand er in ganz sonderbarer Weise da: regungslos, gerade aufgerichtet, mit den Händen an der Hosennaht, mit erhobenem Kopfe, den Hinterkopf fest gegen die Wand gedrückt, ganz in der Nische, anscheinend in der Absicht, sich ganz zu verbergen und unsichtbar zu machen. Nach allen Anzeichen hatte er sich da versteckt; und doch schien dies nicht recht glaublich. Pjotr Stepanowitsch stand der Nische etwas schräg gegenüber und konnte nur die hervorragenden Teile der Gestalt sehen. Er konnte sich immer noch nicht dazu entschließen, weiter nach links zu treten, um den ganzen Kirillow zu erkennen und das Rätsel zu lösen. Das Herz begann ihm heftig zu schlagen ... Und auf einmal bemächtigte sich seiner eine vollständige Wut: Er riß sich von seinem Platze los, schrie auf und stürzte, mit den Füßen aufstampfend, zu der furchtbaren Stelle hin.
Aber als er nahe herangekommen war, blieb er wieder wie angeschmiedet stehen und wurde noch von größerem Schrecken gepackt. Ganz besonders überraschte es ihn, daß die Gestalt trotz seines Schreies und seines wütenden Ansprunges sich gar nicht bewegte, sich nicht rührte, auch nicht mit einem Gliede, gerade als ob sie versteinert oder aus Wachs wäre. Die Blässe des Gesichtes war unnatürlich; die völlig starren schwarzen Augen blickten nach irgendeinem

Punkte in weiter Entfernung. Pjotr Stepanowitsch fuhr mit dem Lichte von oben nach unten und wieder nach oben, indem er so dieses Gesicht von allen Punkten beleuchtete und betrachtete. Plötzlich bemerkte er, daß Kirillow, obgleich er irgendwohin geradeaus blickte, ihn doch von der Seite sah und vielleicht sogar beobachtete. Da kam ihm der Gedanke, die Flamme des Lichtes gerade an das Gesicht »diese Schurken« heranzuhalten, es zu verbrennen und zu sehen, was dieser dann tun werde. Auf einmal schien es ihm, als ob Kirillows Kinn sich bewegte und ein spöttisches Lächeln über seine Lippen dahinglitte, gerade wie wenn dieser seine Absicht erraten hätte. Er fuhr zusammen und packte, ohne selbst zu wissen, was er tat, Kirillow fest an der Schulter.

Da geschah etwas so Ungeheuerliches und mit solcher Schnelligkeit, daß Pjotr Stepanowitsch später nicht imstande war, Ordnung in seine Erinnerungen hineinzubringen. Kaum hatte er Kirillow berührt, als dieser schnell den Kopf niederbeugte und mit dem Kopfe selbst ihm das Licht aus der Hand schlug; der Leuchter fiel geräuschvoll auf den Fußboden, und das Licht erlosch. In demselben Augenblikke fühlte er einen furchtbaren Schmerz im kleinen Finger seiner linken Hand. Er schrie auf und erinnerte sich später nur, daß er ganz außer sich Kirillow, der ihn angefallen hatte und ihn in den Finger biß, dreimal aus voller Kraft mit dem Revolver auf den Kopf schlug. Endlich riß er ihm den Finger aus den Zähnen und stürzte nun, im Dunkeln den Weg suchend, Hals über Kopf davon, um aus dem Hause hinauszulaufen. Hinter ihm erscholl aus dem Zimmer ein furchtbares Geschrei:

»Sogleich, sogleich, sogleich, sogleich! . . .«

Wohl zehnmal. Aber er lief weiter und war schon auf den Flur gelangt, als ein lauter Schuß ertönte. Da blieb er auf dem Flur im Dunkeln stehen und überlegte etwa fünf Minuten lang; schließlich kehrte er wieder in die Wohnung zurück. Aber vor allen Dingen mußte er die Kerze wiederhaben. Er brauchte nur rechts bei dem Schranke auf dem Fußboden den ihm aus der Hand geschlagenen Leuchter zu suchen; aber wie sollte er den Lichtstumpf anzünden? Da tauchte in seinem Kopfe eine dunkle Erinnerung auf: Er besann sich, daß er tags zuvor, als er in die Küche gelaufen war, um Fedka zu schelten, in der Ecke auf einem Wandbrette eine große rote Streichholzschachtel flüchtig bemerkt hatte. Tastend wandte er sich nach links zur Küchentür, fand sie, durchschritt den Vorraum und stieg die Stufen hinunter. Auf dem Wandbrette, gerade an der Stelle, an die er sich soeben erinnert hatte, fand er im Dunkeln eine volle, noch nicht angebrochene Schachtel mit Streichhölzern. Ohne Licht zu machen, kehrte er eilig nach oben zurück, und erst bei dem Schranke, an derselben Stelle, wo er den ihn beißenden Kirillow mit dem Revolver geschlagen hatte, erinnerte er sich auf einmal an seinen gebissenen Finger und empfand im selben Augenblicke in ihm einen beinah unerträglichen Schmerz. Die Zähne zusammenbeißend, zündete er mit Mühe und Not das Lichtstümpfchen an, steckte es wieder auf den Leuchter und blickte um sich: Bei dem Fenster mit der geöffneten Luftscheibe lag, mit den Füßen nach der rechten Zimmerecke zu, er Leichnam Kirillows. Der Schuß war in die rechte Schläfe erfolgt, und die Kugel war oben links wieder herausgegangen, nachdem sie den Schädel durchschlagen hatte. Spritzer von Blut und Gehirn waren sichtbar. Der Revolver war in der auf den Fußboden gesunkenen Hand des Selbstmörders geblieben. Nachdem Pjotr Stepanowitsch alles mit größter Genauigkeit gemustert hatte, richtete er sich auf, ging auf den Zehen hinaus, machte die Tür zu, stellte das Licht auf den Tisch im ersten Zimmer, überlegte einen Augenblick und entschied sich dafür, es nicht auszulöschen, da er sich sagte, daß es keinen Brand verursachen könne. Nachdem er noch einen Blick auf das Schriftstück geworfen hatte, das auf dem Tische lag, lächelte er mechanisch und verließ dann, immer noch aus nicht recht verständlichem Grunde, auf den Fußspitzen das Haus. Er kroch wieder durch Fedkas Schlupfloch hindurch und schloß es wieder hinter sich sorgfältig.

•

## III

Genau zehn Minuten vor sechs Uhr gingen auf dem Bahnhofe Pjotr Stepanowitsch und Erkel an der sich ziemlich lang hinziehenden Reihe von Waggons auf und ab. Pjotr Stepanowitsch reiste ab, und Erkel nahm von ihm Abschied. Das Gepäck war aufgegeben, die Reisetasche in einem Waggon zweiter Klasse auf den ausgewählten Platz gelegt. Das erste Glockenzeichen war bereits gegeben; sie warteten auf das zweite. Pjotr Stepanowitsch sah sich offen nach allen Seiten um und beobachtete die in die Waggons einsteigenden Passagiere. Aber nahe Bekannte traf er nicht; nur ein paarmal hatte er Abreisenden mit dem Kopfe zuzunicken: einem Kaufmann, den er entfernt kannte, und dann einem jungen Landgeistlichen, der zwei Stationen weit zu seiner Gemeinde fuhr. Erkel hatte offenbar große Lust, in den letzten Minuten von etwas Wichtigem zu reden, wiewohl er vielleicht selbst nicht einmal wußte, wovon eigentlich; aber er wagte immer nicht anzufangen. Er hatte immer die Empfindung, als ob sich Pjotr Stepanowitsch in seiner Gesellschaft unbehaglich fühle und ungeduldig auf die übrigen Glockenzeichen warte.

»Sie sehen alle so offen an«, bemerkte er etwas schüchtern, wie wenn er ihn warnen wollte.

»Warum denn nicht? Ich habe noch keinen Anlaß, mich zu verstecken; es ist noch früh. Seien Sie unbesorgt! Ich fürchte nur, daß der Teufel diesen Liputin herführt; wenn der etwas davon wittert, dann kommt er auch anglaufen.«

»Pjotr Stepanowitsch, die sind nicht zuverlässig«, sagte Erkel in bestimmtem Tone.

»Liputin?«

»Alle, Pjotr Stepanowitsch.«

»Unsinn; durch die gestrige Geschichte sind jetzt alle gebunden. Es wird keiner Verrat begehen. Wer wird in sein offenes Verderben rennen, wenn er nicht den Verstand verloren hat?«

»Pjotr Stepanowitsch, aber die haben ja den Verstand verloren.«

Dieser Gedanke war auch Pjotr Stepanowitsch offenbar schon in den Kopf gekommen, und darum ärgerte ihn Erkels Bemerkung noch mehr.
»Sind Sie etwa auch feige geworden, Erkel? Auf Sie setze ich doch mehr Vertrauen als auf die andern alle. Ich habe jetzt gesehen, was ein jeder wert ist. Bestellen Sie ihnen gleich heute alles mündlich; ich vertraue sie Ihnen ausdrücklich an. Gehen Sie heute vormittag bei ihnen umher! Meine schriftliche Instruktion lesen Sie ihnen morgen oder übermorgen vor; berufen Sie zu diesem Zwecke eine Versammlung, sobald sie fähig sein werden zuzuhören ... aber Sie können überzeugt sein, daß sie schon heute dazu fähig sein werden, da sie furchtbar feige sind und sich wie Wachs werden kneten lassen ... Die Hauptsache ist, daß Sie selbst nicht den Kopf hängen lassen ...«
»Ach, Pjotr Stepanowitsch, am besten wäre es, wenn Sie nicht wegführen!«
»Ich reise ja nur auf einige Tage fort; ich komme sehr bald wieder zurück.«
»Pjotr Stepanowitsch«, sagte Erkel vorsichtig, aber mit fester Stimme, »und wenn Sie selbst nach Petersburg reisten, ich weiß ja doch, daß Sie es nur tun, weil es für die gemeinsame Sache notwendig ist.«
»Weniger hatte ich von Ihnen auch nicht erwartet, Erkel. Wenn Sie erraten haben, daß ich nach Petersburg fahre, so werden Sie verstehen, daß ich denen gestern in jenem Augenblicke nicht sagen konnte, daß ich so weit wegfahren würde, damit sie nicht einen Schreck bekämen. Was das für Menschen sind, das haben Sie ja selbst gesehen. Aber Sie werden begreifen, daß ich um der Sache willen, um der großen, wichtigen Sache willen, um unserer gemeinsamen Sache willen verreise, und nicht um mich aus dem Staube zu machen, wie so ein Liputin argwöhnt.«
»Pjotr Stepanowitsch, und selbst wenn Sie ins Ausland reisen, so verstehe ich das; ich verstehe, daß Sie Ihre Person in acht nehmen müssen; denn Sie sind alles und wir nichts. Das verstehe ich, Pjotr Stepanowitsch.«
Dem armen Jungen zitterte sogar die Stimme.

»Ich danke Ihnen, Erkel . . . Au, Sie sind mir an meinen schlimmen Finger gekommen« (Erkel hatte ihm ungeschickt die Hand gedrückt; der schlimme Finger war sauber mit schwarzem Taft umwickelt). »Aber ich sage Ihnen noch einmal auf das bestimmteste, daß ich nach Petersburg nur einmal hineinriechen will und vielleicht sogar nur vierundzwanzig Stunden dableiben und gleich wieder zurückkommen werde. Nach meiner Rückkehr werde ich um des äußeren Scheines willen auf dem Lande bei Gaganow wohnen. Wenn sie irgendwelche Gefahr befürchten, so werde ich in die Stadt kommen und die Gefahr als der erste an ihrer Spitze teilen. Sollte ich mich aber in Petersburg länger aufhalten müssen, so werde ich es Sie sofort wissen lassen . . . auf dem bekannten Wege; und Sie mögen es ihnen dann mitteilen.«

Es ertönte das zweite Glockenzeichen.

»Ah, also nur noch fünf Minuten bis zur Abfahrt. Wissen Sie, ich möchte nicht, daß die hiesige Gruppe sich auflöst. Ich für meine Person fürchte mich nicht; um mich brauchen Sie sich keine Sorge zu machen: Solcher Maschen des allgemeinen Netzes habe ich genug und brauche auf eine einzelne keinen besonderen Wert zu legen; aber doch kann eine Masche mehr nicht schaden. Übrigens bin ich für Sie unbesorgt, obgleich ich Sie fast allein mit diesen Mißgeburten hier zurücklasse: Haben Sie keine Furcht; sie werden nicht denunzieren; das werden sie nicht wagen . . . Ah, auch Sie heute hier?« rief er plötzlich mit ganz anderer, fröhlicher Stimme einem sehr jungen Menschen zu, der vergnügt auf ihn zutrat, um ihn zu begrüßen. »Ich wußte gar nicht, daß Sie ebenfalls mit dem Extrazug fahren wollten. Wohin wollen Sie denn? Zur Mama?« Die Mutter des jungen Mannes war eine sehr reiche Gutsbesitzerin im Nachbargouvernement, und der junge Mensch war ein entfernter Verwandter Julija Michailownas und hatte sich in unserer Stadt besuchsweise vierzehn Tage lang aufgehalten.

»Nein, ich fahre weiter; ich will nach R***. Da werde ich acht Stunden im Waggon zubringen müssen. Sie reisen nach Petersburg?« fragte der junge Mensch lachend.

»Woher vermuten Sie, daß ich gerade nach Petersburg will?« versetzte Pjotr Stepanowitsch, ebenfalls lachend und sogar noch offenherziger.

Der junge Mann drohte ihm mit seinem Finger seiner behandschuhten Hand.

»Nun ja, Sie haben es erraten«, flüsterte ihm Pjotr Stepanowitsch geheimnisvoll zu; »ich fahre mit Briefen von Julija Michailowna hin und muß dort bei drei, vier Leuten herumlaufen, Sie können sich wohl denken, bei was für welchen; offen gesagt, hol die Kerle der Teufel! Eine nichtswürdige Obliegenheit!«

»Aber sagen Sie nur, warum ist sie denn so ängstlich?« fragte der junge Mann, ebenfalls flüsternd. »Gestern hat sie nicht einmal mich zu sich gelassen; meiner Ansicht nach braucht sie für ihren Mann keine Besorgnisse zu hegen; im Gegenteil, er ist ja doch bei der Feuersbrunst in sehr gut aussehender Weise zu Fall gekommen, indem er sozusagen sogar sein Leben opferte.«

»Na, das lassen Sie nur gut sein!« erwiderte Pjotr Stepanowitsch lachend. »Sehen Sie, sie fürchtet, daß von hier aus bereits dorthin geschrieben ist . . . das heißt von seiten gewisser Herren . . . Kurz, die Hauptsache dabei ist Stawrogin; das heißt Fürst K***. Ach, das ist eine ganze Geschichte; ich werde Ihnen, wenn Sie mögen, unterwegs einiges davon mitteilen – soviel mir die Ritterlichkeit erlaubt . . . Das hier ist ein Verwandter von mir, Fähnrich Erkel, aus dem Kreise.«

Der junge Mann blickte Erkel von der Seite an und berührte flüchtig seinen Hut; Erkel erwiderte die Verbeugung.

»Ja wissen Sie, Werchowenski, acht Stunden im Waggon, das ist ein gräßliches Schicksal. Da fährt mit mir in der ersten Klasse ein Oberst Berestow, ein sehr komischer Herr, mein Gutsnachbar: Seine Frau ist eine geborene Garina (née de Garine), und wissen Sie, er ist ein ordentlicher Mensch. Er hat sogar eigene Gedanken. Er hat sich hier nur zwei Tage aufgehalten. Er ist ein leidenschaftlicher Whistfreund; wollen wir ihn nicht auffordern, wie? Einen vierten Mann habe ich auch schon im Auge: Pripuchlow, einen bärtigen

Kaufmann aus unserem T***, einen Millionär, das heißt einen wirklichen Millionär, sage ich Ihnen . . . ich werde Sie vorstellen; er ist ein höchst interessanter Geldsack; wir werden etwas zu lachen haben.«

»Whist spiele ich sehr gern und besonders im Waggon; aber ich fahre zweiter Klasse.«

»Ach was, reden Sie nicht, das geht nicht! Setzten Sie sich zu uns! Ich werde sofort Ihren Übergang in die erste Klasse bewerkstelligen. Der Zugführer wird mir schon den Willen tun. Was haben Sie bei sich? Eine Reisetasche? Ein Plaid?«

»Wundervoll! Gehen wir!«

Pjotr Stepanowitsch nahm seine Reisetasche, sein Plaid und ein Buch und siedelte sogleich mit der größten Bereitwilligkeit in die erste Klasse über. Erkel war dabei behilflich. Das dritte Glockenzeichen ertönte.

»Nun, Erkel«, sagte Pjotr Stepanowitsch und streckte eilig noch aus dem Wagenfenster zum letzen Male die Hand hinaus, mit einem Gesichte, als sei er anderweitig in Anspruch genommen, »da werde ich mich denn mit den Herren zum Kartenspiel hinsetzen.«

»Aber wozu erklären Sie mir das, Pjotr Stepanowitsch? Ich verstehe es ja, ich verstehe alles, Pjotr Stepanowitsch.«

»Nun, also auf frohes Wiedersehen«, versetzte dieser und wandte sich schnell infolge eines Anrufes von seiten des jungen Mannes ab, der ihn rief, um ihn den Mitspielern vorzustellen.

Und Erkel sah seinen Pjotr Stepanowitsch nie wieder.

Er kehrte sehr niedergeschlagen nach Hause zurück.

Nicht daß er gefürchtet hätte, Pjotr Stepanowitsch werde sie so plötzlich verlassen; aber . . . aber dieser hatte sich so schnell von ihm abgewandt, als ihn der junge Stutzer gerufen hatte, und . . . er hätte zu ihm doch noch etwas anderes sagen können als nur »Auf frohes Wiedersehen« oder . . . oder ihm wenigstens fester die Hand drücken können.

Letzteres war die Hauptsache. Aber auch etwas anderes begann sein armes Herz zu peinigen, etwas, was er selbst noch nicht verstand, und was mit dem gestrigen Abend in Verbindung stand.

## SIEBENTES KAPITEL

### *Stepan Trofimowitschs letzte Wanderung*

#### I

Ich bin überzeugt, daß sich Stepan Trofimowitsch sehr ängstigte, als er merkte, daß der Termin für sein sinnloses Unternehmen heranrückte. Ich bin überzeugt, daß er unter dieser Furcht sehr gelitten hat, namentlich in der vorhergehenden Nacht, in jener furchtbaren Nacht. Nastasja hat später erzählt, er habe sich erst spät zu Bett gelegt und habe geschlafen. Obgleich er das Haus erst nach Tagwerden verließ, also zu einer Zeit, wo ein nervöser Mensch immer etwas mutiger wird (der Major, Wirginskis Verwandter, hörte sogar auf, an Gott zu glauben, sobald die Nacht vorüber war), so bin ich doch überzeugt, daß er sich vorher nie ohne Angst hat vorstellen können, wie er sich da so ganz allein auf der großen Landstraße und in einer solchen Lage befinden werde. Allerdings hatte wahrscheinlich eine Art von verzweifelter Tollkühnheit bei ihm zunächst die Wirkung, die volle Kraft jenes furchtbaren Gefühles der plötzlichen Vereinsamung abzuschwächen, das ihn sofort befiel, sobald er Stasie und sein zwanzigjähriges warmes Nest verlassen hatte. Aber auch bei der klarsten Erkenntnis all der Schrecknisse, die ihn erwarteten, wäre er dennoch auf die Landstraße hinausgegangen und auf ihr dahingewandert! Dazu trieb ihn ein gewisser Stolz, der ihn allem zum Trotz enthusiasmierte. Oh, er hätte Warwara Petrownas herrliche Anerbietung annehmen, bei ihr bleiben und von ihren Almosen leben können »comme un gewöhnlicher Parasit!« Aber er hatte ihre Almosen nicht angenommen und war nicht geblieben. Und nun verließ er sie selbst und erhob »die Fahne der großen Idee« und schritt auf der großen Landstraße dahin, um für diese Idee zu sterben! Das müssen seine Empfindungen gewesen sein; in diesem Lichte mußte ihm sein Unternehmen erscheinen.

Ich habe mir zu wiederholten Malen die Frage vorgelegt: Warum ging er gerade, das heißt im buchstäblichen Sinne: Warum ging er gerade zu Fuß und fuhr nicht einfach auf einem Wagen? Anfangs erklärte ich mir das mit seiner fünfzigjährigen Unerfahrenheit in praktischen Dingen und mit einer phantastischen, durch ein starkes Gefühl hervorgerufenen Aberration der Ideen. Es schien mir, daß der Gedanke an einen Reiseschein zur Benutzung von Postpferden (selbst wenn die Pferde Glöckchen hätten) ihm gar zu einfach und prosaisch erscheinen mußte, die Pilgerschaft dagegen als eine weit schönere Rache des Liebenden. Aber heute, wo alles schon zu Ende ist, glaube ich, daß alles dies damals viel einfacher zuging: Erstens fürchtete er sich, einen Wagen zu nehmen, weil Warwara Petrowna es erfahren und ihn mit Gewalt zurückhalten konnte, was sie auch gewiß getan hätte; er aber hätte sich ihr dann sicherlich gefügt, und – dann hätte er der großen Idee für immer Lebewohl sagen müssen. Zweitens mußte man, um einen Reiseschein zu nehmen, mindestens wissen, wohin man fahren wollte. Aber gerade daß er dies nicht wußte, war für ihn in diesem Augenblicke der größte Schmerz: Er war absolut nicht imstande, einen Ort zu nennen und zu bestimmen. Denn wenn er sich für irgendeine Stadt entschieden hätte, so wäre sein Unternehmen sofort in seinen eigenen Augen absurd und unmöglich geworden; das sah er sehr wohl vorher. Denn was sollte er gerade in dieser bestimmten Stadt tun, und warum nicht in einer andern? Sollte er ce marchand suchen? Aber was für einen marchand? Hier trat ihm diese zweite, besonders furchtbare Frage entgegen. Im Grunde gab es für ihn nichts Schrecklicheres als ce marchand, den zu finden er sich so plötzlich Hals über Kopf aufmachte, und den zu finden er in Wirklichkeit selbstverständlich aufs äußerste fürchtete. Nein, das beste war schon einfach die Landstraße, so einfach auf sie hinauszugehen und sie entlang zu wandern

und an nichts zu denken, solange das irgend anging. Die Landstraße, das ist etwas Langes, Langes, wobei kein Ende abzusehen ist, gerade wie das menschliche Leben, gerade wie menschliche Zukunftsträumereien. In der Landstraße liegt eine Idee; aber was für eine Idee liegt in einem Reiseschein? Ein Reiseschein, das ist das Ende der Idee ... Vive la grande route, und dann komme, was Gott sendet!
Nach dem plötzlichen, unerwarteten Zusammentreffen mit Lisa, das ich bereits erzählt habe, wanderte er in noch größerer Versunkenheit weiter. Die Landstraße führte in einer Entfernung von einer halben Werst an Skworeschniki vorbei, und seltsamerweise hatte er anfänglich gar nicht einmal bemerkt, wie er auf sie gekommen war. Etwas gründlich zu überlegen oder auch nur sich einer Sache klar bewußt zu sein, war ihm in diesem Augenblicke ein Ding der Unmöglichkeit. Der feine Regen hörte bald auf, bald setzte er wieder ein; aber auch den Regen bemerkte er nicht. Ebensowenig bemerkte er es, daß er die Reisetasche über die Schulter geworfen hatte und ihm infolgedessen das Gehen leichter wurde. So mochte er eine oder anderthalb Werst gegangen sein, als er auf einmal stehenblieb und sich umschaute. Die alte, schwarze, von Wagengeleisen durchfurchte Landstraße zog sich, mit Weidenbäumen eingefaßt, vor ihm wie ein endloser Faden hin; zur Rechten war eine kahle Fläche, längst abgeerntete Felder, zur Linken Gesträuch und weiter dahinter ein Wäldchen. Und fern, ganz fern die kaum wahrnehmbare Linie der in schräger Richtung vorüberfahrenden Eisenbahn und auf ihr der Rauch eines Zuges, von dem aber kein Geräusch mehr zu hören war. Stepan Trofimowitsch wurde ein wenig ängstlich, aber nur für einen Augenblick. Ohne besonderen Grund seufzte er, stellte seine Reisetasche unter eine Weide und setzte sich darauf, um sich auszuruhen. Während er sich niedersetzte, fühlte er im Körper einen Frostschauder und wickelte sich in das Plaid; da er gleichzeitig auch den Regen gewahr wurde, spannte er den Regenschirm auf. So saß er zeimlich lange, wisperte ab und zu etwas vor sich hin und preßte seine Hand fest um den Griff des Regenschirmes. Verschiedene Bilder

zogen in fieberhafter Reihe, einander schnell ablösend, vor seinem geistigen Auge vorüber. »Lise, Lise«, dachte er, »und mit ihr ce Maurice. Sonderbare Menschen ... Aber was war das für eine sonderbare Feuersbrunst, und wovon redeten sie eigentlich, und wer ist da ermordet? ... Ich glaube, Stasie hat noch nichts davon gemerkt, daß ich für immer fortgegangen bin, und wartet noch auf mich mit dem Kaffee ... Im Kartenspiel? Habe ich den Menschen im Kartenspiel verloren? Hm! Bei uns in Rußland zur Zeit der sogenannten Leibeigenschaft ... Ach, mein Gott, aber Fedka?«

Er zuckte mit dem ganzen Leibe vor Schreck zusammen und blickte rings um sich.

»Aber wie, wenn hier irgendwo hinter einem Strauche dieser Fedka sitzt? Es heißt ja, er kommandiere hier eine ganze Räuberbande auf der Landstraße. O Gott, dann werde ich ... dann werde ich ihm die ganze Wahrheit sagen, daß ich schuldig bin ... und daß ich zehn Jahre lang um seinetwillen gelitten habe, mehr als er dort bei den Soldaten, und ... und ich werde ihm mein Portemonnaie geben. Hm! j'ai en tout quarante roubles; il prendra les roubles et il me tuera tout de même.«

Vor Angst machte er (es ist schwer zu sagen warum) den Regenschirm zu und legte ihn neben sich. In der Ferne, auf dem Wege von der Stadt, zeigte sich ein Bauernwagen; Stepan Trofimowitsch begann ihn unruhig zu betrachten.

»Grâce à Dieu, es ist ein Bauernwagen, und – er fährt Schritt; das kann nicht gefährlich sein. Diese hiesigen halbverhungerten Pferdchen ... Ich habe immer über die Rasse gesprochen ... Übrigens war es Pjotr Iljitsch, der im Klub von der Rasse zu reden anfing; aber ich habe ihn damals schön widerlegt, et puis ... Aber was ist denn da hinten ... wie es scheint, sitzt eine Bauersfrau auf dem Wagen. Eine Bauersfrau und ein Bauer cela commence à être rassurant. Die Frau hinten und der Bauer vorn – c'est très rassurant. Hinten ist an den Wagen eine Kuh an den Hörnern angebunden, c'est rassurant au plus haut degré.«

Der Wagen war herangekommen; es war ein ganz einfacher, ordentlicher Bauernwagen. Die Frau saß auf einem prall vollgestopften Sacke und der Bauer auf dem Wagenrande; die Beine ließ er nach Stepan Trofimowitschs Seite zu seitwärts heraushängen. Hinterdrein schleppte sich wirklich eine rote, an den Hörnern angebundene Kuh dahin. Der Bauer und die Frau betrachteten Stepan Trofimowitsch mit weit aufgerissenen Augen, und Stepan Trofimowitsch sah sie ganz ebenso an; aber als er sie bereits ungefähr zwanzig Schritte an sich hatte vorbeipassieren lassen, stand er plötzlich eilig auf und suchte sie einzuholen. In der Nachbarschaft des Wagens fühlte er sich natürlich sicherer; aber als er ihn eingeholt hatte, vergaß er sofort alles wieder und versank von neuem in seine fragmentarischen Gedanken und Vorstellungen. Er schritt dahin und ahnte natürlich nicht, daß er für den Bauer und dessen Frau in diesem Augenblicke den rätselhaftesten und interessantesten Gegenstand bildete, den man auf der Landstraße treffen kann.
»Was sind Sie denn für einer, wenn es nicht unhöflich ist, danach zu fragen?« konnte sich die Frau schließlich nicht enthalten zu fragen, als Stepan Trofimowitsch sie plötzlich in seiner Zerstreutheit anblickte.
Es war eine Frau von etwa siebenundzwanzig Jahren, kräftig gebaut, mit schwarzen Augenbrauen, frischer Gesichtsfarbe und freundlich lächelnden roten Lippen, aus denen die weißen, gleichmäßigen Zähne hervorschimmerten.
»Sie ... Sie wenden sich an mich?« murmelte Stepan Trofimowitsch verwundert und kummervoll.
»Gewiß ein Kaufmann«, sagte der Bauer zuversichtlich.
Er war ein großgewachsener Mann von etwa vierzig Jahren, mit breitem, klugem Gesichte und rötlichem Barte.
»Nein, Kaufmann eigentlich nicht, ich ... ich ... moi c'est autre chose«, antwortete Stepan Trofimowitsch, der Frage notdürftig ausweichend, und blieb für jeden Fall ein wenig vom Hinterteile des Wagens zurück, so daß er nun neben der Kuh ging.
»Sie müssen wohl ein Vornehmer sein«, urteilte der Bauer,

der die nicht-russischen Worte gehört hatte, und schüttelte die Zügel.

»So kommen Sie uns auch ganz vor, wie wenn Sie einen Spaziergang machten!« bemerkte wieder neugierig die junge Frau.

»Soll das . . . soll das eine Frage sein?«

»Die reisenden Ausländer pflegen auf der Bahn zu kommen; Sie haben auch solche Stiefel an, wie sie hier nicht getragen werden . . .«

»Militärstiefel«, fügte selbstzufrieden und nachdrücklich der Bauer hinzu.

»Nein, ich bin eigentlich kein Militär, ich . . .«

»Was für eine neugierige Frau«, dachte Stepan Trofimowitsch ärgerlich bei sich, »und wie sie mich ansehen . . . mais enfin . . . Kurz, es ist seltsam, daß ich vor ihnen gewissermaßen wie ein Schuldiger dastehe, und ich habe doch nichts gegen sie begangen.«

Die Frau flüsterte mit dem Bauer.

»Wenn Sie es nicht übelnehmen, so möchten wir Sie einladen aufzusteigen, falls es Ihnen angenehm ist.«

Stepan Trofimowitsch sammelte auf einmal seine Gedanken.

»Ja, ja, meine Freunde, ich nehme es mit großem Vergnügen an, da ich sehr müde bin; aber wie soll ich da hinaufkommen?«

»Wie wunderlich«, dachte er bei sich, »daß ich so lange neben dieser Kuh hergegangen bin und es mir nicht in den Sinn gekommen ist, die Leute zu bitten, mich auf den Wagen zu nehmen . . . Dieses ›wirkliche Leben‹ hat doch etwas sehr Charakteristisches.«

Der Bauer hielt jedoch sein Pferd noch nicht an.

»Wohin wollen Sie denn?« erkundigte er sich einigermaßen mißtrauisch.

Stepan Trofimowitsch verstand ihn nicht sogleich.

»Gewiß nach Chatowo?«

»Nach Chatowo? Nein, eigentlich nicht nach Chatowo . . . Ich kenne den Ort auch gar nicht, obwohl ich ihn habe nennen hören.«

»Chatowo ist ein Kirchdorf, ein Kirchdorf, neun Werst von hier.«
»Ein Kirchdorf? C'est charmant; mir ist, als hätte ich gerade das schon gehört . . .«
Stepan Trofimowitsch ging immer noch, und sie ließen ihn immer noch nicht aufsteigen. Ein genialer Gedanke blitzte plötzlich in seinem Kopfe auf.
»Vielleicht glauben Sie«, sagte er, »daß ich . . . Ich habe einen Paß, und ich bin ein Professor, das heißt, wenn Sie es so nennen wollen, Lehrer, aber höherer Lehrer. Ich bin höherer Lehrer. Oui, c'est comme ça qu'on peut traduire. Ich würde gern mitfahren und werde Ihnen dafür . . . ich werde Ihnen dafür ein halbes Stof Branntwein kaufen.«
»Einen halben Rubel möchten wir uns ausbitten, Herr; es ist schlechter Weg.«
»Weniger können Sie uns schon nicht bieten«, fiel die junge Frau ein.
»Einen halben Rubel? Nun gut, einen halben Rubel. C'est encore mieux, j'ai en tout quarante roubles, mais . . .«
Der Bauer hielt an, und Stepan Trofimowitsch wurde durch die vereinten Anstrengungen der beiden auf den Wagen hinaufgezogen und dort neben die Frau auf den Sack gesetzt. Der Wirbelsturm von Gedanken verließ ihn noch immer nicht. Zeitweilig hatte er selbst die Empfindung, daß er furchtbar zerstreut sei und nicht an das denke, woran er denken müsse, und wunderte sich darüber. Dieses Bewußtsein seiner krankhaften Denkschwäche war ihm in einzelnen Augenblicken sehr peinlich und sogar kränkend.
»Das . . . das ist gewiß eine Kuh dahinten?« fragte er auf einmal von selbst die junge Frau.
»Na, aber, Herr, als ob Sie noch nie eine gesehen hätten!« erwiderte sie lachend.
»Wir haben sie in der Stadt gekauft«, mischte sich der Bauer ein. »Unser eigenes Vieh ist uns schon im Frühjahr gefallen; an der Seuche. Bei uns rund herum ist alles gefallen, alles; nicht die Hälfte ist übriggeblieben; es ist zum Heulen.«

Er versetzte dem Pferdchen, das in dem tiefen Geleise beinah steckenblieb, wieder einen Schlag mit der Peitsche.

»Ja, das kommt bei uns in Rußland vor . . . und überhaupt wir Russen . . . nun ja, das kommt vor«, erwiderte Stepan Trofimowitsch, ohne zu Ende zu sprechen.

»Wenn Sie Lehrer sind, was wollen Sie denn dann in Chatowo? Oder wollen Sie noch weiter?«

»Ich . . . das heißt ich will eigentlich nicht weiter . . . C'est à dire, ich will zu einem Kaufmann.«

»Gewiß nach Spassow?«

»Ja, ja, ganz richtig, nach Spassow. Es ist übrigens ganz gleich.«

»Wenn Sie nach Spassow wollen, und zu Fuß, dann gehen Sie in Ihren Stiefeln ziemlich eine Woche«, bemerkte die junge Frau lachend.

»So, so; auch das ist ganz gleich, mes amis, ganz gleich«, brach Stepan Trofimowitsch ungeduldig das Gespräch ab.

»Ein furchtbar neugieriges Volk«, dachte er im stillen. »Die Frau redet übrigens besser als er, und ich bemerke, daß seit der Aufhebung der Leibeigenschaft sich die Ausdrucksweise dieser Leute etwas geändert hat, und . . . und was geht es sie an, ob ich nach Spassow will oder nicht? Ich bezahle sie ja doch; warum sind sie so zudringlich?«

»Wenn Sie nach Spassow wollen, dann müssen Sie mit dem Dampfer fahren«, setzte der Bauer das Gespräch doch noch fort.

»Das ist richtig«, fiel die junge Frau lebhaft ein; »denn wenn Sie zu Wagen am Ufer entlang fahren, so machen Sie einen Umweg von etwa dreißig Werst.«

»Vierzig werden's sein.«

»Es trifft sich gut, daß Sie gerade morgen um zwei in Ustjewo den Dampfer vorfinden«, versicherte die Frau.

Aber Stepan Trofimowitsch schwieg hartnäckig. Auch die Fragen der beiden hörten auf. Der Bauer schüttelte wiederholt die Zügel; die Frau wechselte mit ihm manchmal kurze Bemerkungen. Stepan Trofimowitsch schlummerte ein. Er

war sehr verwundert, als ihn die Frau lachend anstieß und er sich in einem ziemlich großen Dorfe vor der Tür eines dreifenstrigen Bauernhauses sah.
»Haben Sie geschlafen, Herr?«
»Was ist das? Wo bin ich? Ach ja! Nun ... es ist ja ganz gleich«, sagte Stepan Trofimowitsch seufzend und stieg von dem Wagen herab.
Er blickte traurig um sich; das Aussehen des Dorfes erschien ihm seltsam und fremdartig.
»Ach, der halbe Rubel; den hatte ich vergessen!« wandte er sich an den Bauer mit einer unverhältnismäßig eiligen Bewegung.
Offenbar fürchtete er sich schon davor, sich von ihnen zu trennen.
»Bitte, bezahlen Sie in der Stube«, versetzte der Bauer und lud ihn mit einer Geste zum Eintritt ein.
»Da drinnen ist es ganz nett«, bemerkte die Frau ermunternd.
Stepan Trofimowitsch stieg die wackeligen Stufen vor der Haustür hinan.
»Aber wie ist das nur möglich?« flüsterte er verständnislos und angstvoll, ging aber in das Haus hinein. »Elle l'a voulu«, fügte er leise hinzu und fühlte wie einen Stich im Herzen.
Er vergaß wieder alles, sogar daß er in das Haus getreten war.
Es war ein helles, ziemlich sauberes Bauernhaus mit drei Fenstern und zwei Zimmern, nicht eigentlich eine Herberge; aber nach alter Gewohnheit kehrten vorbeifahrende Bekannte dort ein. Stepan Trofimowitsch ging ohne Verlegenheit in die vordere Ecke, wo die Heiligenbilder hingen, vergaß zu grüßen, setzte sich hin und versank in Gedanken. Inzwischen begann nach der kalten Nässe, die er unterwegs drei Stunden lang durchgemacht hatte ein höchst angenehmes Wärmegefühl seinen Körper zu durchströmen. Sogar das kurze, periodische Frösteln, das ihm über den Rücken lief, wie das im Fieber bei besonders nervösen Personen beim plötzlichen Übergang von der Kälte in die Wärme

immer der Fall ist, hatte für ihn auf einmal etwas eigentümlich Angenehmes. Er hob den Kopf in die Höhe, und der leckere Duft heißer Pfannkuchen, mit denen die Wirtin am Ofen beschäftigt war, kitzelte sein Geruchsorgan. Mit einem kindlichen Lächeln bog er sich zu der Wirtin hin und stammelte plötzlich:

»Was ist das? Sind das Pfannkuchen? Mais c'est charmant.«

»Sind Ihnen welche gefällig, mein Herr?« fragte die Wirtin sogleich, höflich anbietend.

»Ja, ich möchte gern davon, möchte gern davon, und . . . ich möchte Sie auch um Tee bitten«, erwiderte Stepan Trofimowitsch, der etwas lebendiger wurde.

»Soll ich einen Samowar aufstellen? Mit großem Vergnügen!«

Auf einem großen Teller mit derbem, blauem Muster erschienen einige Pfannkuchen, die bekannten bäuerlichen dünnen, von Halbweizenmehl gebackenen, mit heißer, frischer Butter begossenen, sehr wohlschmeckenden Pfannkuchen. Stepan Trofimowitsch kostete sie mit Genuß.

»Wie fett und schmackhaft sie sind! Und wenn ich nur noch un doigt d'eau de vie haben könnte.«

»Wünschen Sie ein Schnäpschen, mein Herr?«

»Ganz richtig, ganz richtig, ein klein wenig, un tout petit rien.«

»Wohl für fünf Kopeken?«

»Für fünf, für fünf, für fünf, für fünf, un tout petit rien«, stimmte Stepan Trofimowitsch mit glückseligem Lächeln zu.

Man bitte jemand aus dem einfachen Volke, etwas für einen zu tun, und er wird, wenn er kann und will, einem eifrig und bereitwillig zu Diensten sein; aber man bitte ihn, ein Schnäpschen zu holen, und seine gewöhnliche ruhige Dienstfertigkeit wird auf einmal in eine eilfertige, freudige Beflissenheit und in eine fast verwandtschaftliche Fürsorge für den Besteller übergehen. Derjenige, der den Schnaps holt, empfindet, obgleich ihn der andere trinken wird und nicht er, und obgleich er das vorher weiß, er empfindet trotzdem gewissermaßen einen Teil des Genusses, den der Trinkende davon haben wird . . . Nach nicht mehr als drei, vier Minuten (die Schenke war nur wenige Schritte entfernt) stand vor Stepan Trofimowitsch auf dem Tische ein Fläschchen mit einem halben Stof Branntwein und ein großes, grünliches Glas.

»Und das alles soll für mich sein!« sagte er sehr erstaunt. »Ich habe immer Branntwein im Hause gehabt, aber nie gewußt, daß man für fünf Kopeken so viel bekommt.«

Er goß das Glas voll, stand auf und ging mit einer gewissen Feierlichkeit durch das Zimmer nach einer anderen Ecke, wo die junge Frau mit den schwarzen Augenbrauen, die mit ihm zusammen auf dem Sacke gefahren und ihm unterwegs mit ihren Fragen so lästig geworden war, Platz genommen hatte. Die junge Frau wurde verlegen und lehnte es zunächst ab; aber nachdem sie alles gesagt hatte, was zu sagen der Anstand vorschreibt, stand sie schließlich auf, trank das Glas fröhlich in drei Schlucken, wie die Frauen zu trinken pflegen, aus, reichte es mit einer gekünstelten Grimasse des Widerwillens zurück und verbeugte sich vor Stepan Trofimowitsch. Er erwiderte die Verbeugung und kehrte mit ordentlich stolzer Miene an seinen Tisch zurück.

Alles dies vollführte er wie infolge einer Art von Eingebung; er selbst hatte noch eine Sekunde vorher nicht gewußt, daß er hingehen und die junge Bauerfrau regalieren werde.

»Ich verstehe in vollendeter Weise, in vollendeter Weise, mit dem gewöhnlichen Volke umzugehen, und ich habe das meinen Bekannten immer gesagt«, dachte er selbstzufrieden und goß sich aus der Flasche den übriggebliebenen Branntwein ein; obgleich nicht mehr ein ganzes Glas herauskam, so belebte und erwärmte ihn der Branntwein doch und stieg ihm sogar ein bißchen in den Kopf.

»Je suis malade tout à fait, mais ce n'est pas trop mauvais d'être malade.«

»Wünschen Sie vielleicht etwas zu kaufen?« ließ sich neben ihm eine leise Frauenstimme vernehmen.

Er blickte auf und sah zu seinem Erstaunen eine Dame vor sich – une dame et elle en avait l'air – schon über dreißig

Jahre alt, von sehr bescheidenem Aussehen, städtisch gekleidet, in einem dunklen Kleide und mit einem großen, grauen Tuche um die Schultern. In ihrem Gesichtsausdrucke lag eine außerordentliche Freundlichkeit, von der sich Stepan Trofimowitsch sogleich angezogen fühlte. Sie war soeben erst in das Zimmer zurückgekehrt, in welchem sie ihre Sachen auf einer Bank hatte liegen lassen, dicht neben dem Platze, den Stepan Trofimowitsch einnahm, unter anderm ein Portefeuille, das er, wie er sich erinnerte, beim Eintritt neugierig betrachtet hatte, und einen nicht besonders großen Sack von Wachsleinwand. Aus diesem Sacke hatte sie jetzt zwei schön gebundene Bücher mit eingepreßten Kreuzen herausgeholt und hielt sie Stepan Trofimowitsch hin.

»Eh . . . mais je crois que c'est l'Evangile; mit dem größten Vergnügen . . . Ah, jetzt verstehe ich . . . Vous êtes ce qu'on appelle eine Bücherverkäuferin; ich habe es mehrmals gelesen . . . Einen halben Rubel?«

»Fünfunddreißig Kopeken ein jedes«, antwortete die Bücherverkäuferin.

»Mit dem größten Vergnügen. Je n'ai rien contre l'Evangile, et . . . Ich wollte es schon längst einmal wieder lesen . . .«

Es fuhr ihm in diesem Augenblicke der Gedanke durch den Kopf, daß er die Evangelien mindestens seit dreißig Jahren nicht mehr gelesen und sich nur vor etwa sieben Jahren bei der Lektüre von Renans Vie de Jésus ein wenig daran erinnert hatte. Da er kein kleines Geld hatte, so zog er seine vier Zehnrubelscheine hervor, alles, was er besaß. Die Wirtin übernahm es, einen derselben zu wechseln, und erst da bemerkte er aufblickend, daß sich eine ziemliche Anzahl von Menschen in der Stube angesammelt hatte und alle ihn schon lange beobachteten und, wie es schien, über ihn redeten. Sie sprachen auch über die Feuersbrunst in der Stadt, am meisten der Eigentümer des Wagens mit der Kuh, da er eben erst aus der Stadt zurückgekehrt war. Sie redeten von Brandstiftung und von den Schpigulinschen Arbeitern.

»Nun sieh mal, zu mir hat er nichts von dem Brande gesagt, als er mit mir zusammen fuhr, während er doch sonst von allem möglichen geredet hat«, dachte Stepan Trofimowitsch.

»Väterchen, Stepan Trofimowitsch, sehe ich Sie wirklich, gnädiger Herr? Das hätte ich mir nicht träumen lassen! . . . Sie erkennen mich wohl nicht?« rief ein kleiner, bejahrter Mann, der wie ein altmodischer gutsherrlicher Diener aussah, mit glattrasiertem Gesichte, in einem Mantel mit breitem, zurückgeschlagenem Kragen. Stepan Trofimowitsch schrak zusammen, als er seinen Namen hörte.

»Entschuldigen Sie«, murmelte er, »ich kann mich Ihrer nicht recht entsinnen.«

»Sie haben mich vergessen! Ich bin ja Anissim, Anissim Iwanow. Ich stand im Dienst bei dem verstorbenen Herrn Gaganow und habe Sie, gnädiger Herr, wer weiß wie oft mit Warwara Petrowna bei der verstorbenen Awdotja Sergejewna gesehen. Ich bin mehrmals mit Büchern von ihr zu Ihnen geschickt worden und habe Ihnen zweimal Petersburger Konfekt von ihr gebracht . . .«

»Ach ja, nun erinnere ich mich deiner, Anissim«, versetzte Stepan Trofimowitsch lächelnd. »Wohnst du jetzt hier?«

»Nein, in der Nähe von Spassow, beim Kloster W***, in der Vorstadt, bei Marfa Sergejewna, der Schwester von Awdotja Sergejewna; vielleicht erinnern Sie sich: Sie fuhr zu einem Balle und brach sich beim Hinausspringen aus der Kutsche das Bein. Jetzt wohnt sie in der Nähe des Klosters und ich bei ihr; aber augenblicklich, sehen Sie, fahre ich nach der Gouvernementsstadt, um meine Angehörigen zu besuchen . . .«

»Ja, ja.«

»Ich freute mich gewaltig, als ich Sie sah; Sie sind immer gütig gegen mich gewesen«, fuhr Anissim, entzückt lächelnd, fort. »Aber wohin reisen Sie denn, gnädiger Herr? Wie es scheint, so ganz mutterseelenallein . . . Sie sind ja wohl früher niemals allein gereist?«

Stepan Trofimowitsch blickte ihn ängstlich an.

»Wollen Sie vielleicht zu uns nach Spassow?«

»Ja, ich will nach Spassow. Il me semble que tout le monde va à Spasof . . .«
»Vielleicht zu Fjodor Matwejewitsch? Der Herr wird sich sehr über Ihren Besuch freuen. Er hat Sie ja früher schon sehr hoch geschätzt, und auch jetzt hat er mehrmals von Ihnen gesprochen . . .«
»Ja, ja, auch zu Fjodor Matwejewitsch.«
»Gewiß, gewiß. Die Bauern hier wundern sich, gnädiger Herr, daß man Sie zu Fuß auf der Landstraße getroffen hat. Es ist ein dummes Volk.«
»Ich . . . Ich habe . . . Weißt du, Anissim, ich habe gewettet wie ein Engländer, daß ich zu Fuß gehen würde, und da habe ich . . .«
Der Schweiß trat ihm auf der Stirn und an den Schläfen heraus.
»Gewiß, gewiß . . .« sagte Anissim, der mit schonungsloser Neugier zuhörte. Aber Stepan Trofimowitsch konnte es nicht länger ertragen. Er war so verlegen, daß er schon aufstehen und aus der Stube gehen wollte. Aber da wurde der Samowar gebracht, und in demselben Augenblicke kehrte die Bücherverkäuferin zurück, die inzwischen irgendwohin weggegangen war. Mit der Gebärde jemandes, der sich aus schwerer Not rettet, wandte er sich an sie und bot ihr Tee an. Anissim trat zurück und ging hinaus.
In der Tat war unter den Bauern starke Verwunderung entstanden: »Was ist das für ein Mensch? Er ist zu Fuß auf der Landstraße gefunden worden; er sagt, er sei ein Lehrer, ist gekleidet wie ein Ausländer, hat soviel Verstand wie ein kleines Kind, antwortet ungereimt, wie wenn er jemandem davongelaufen wäre, und hat Geld!« Man dachte schon daran, die Obrigkeit zu benachrichtigen, »da es überdies in der Stadt nicht ganz ruhig sei«. Aber gerade da klärte Anissim alles auf. Sowie er auf den Flur kam, teilte er allen, die es hören wollten, mit, Stepan Trofimowitsch sei eigentlich kein Lehrer, sondern ein sehr großer Gelehrter und beschäftige sich mit hohen Wissenschaften; er habe selbst in der Gegend ein Gut besessen, wohne schon zweiundzwanzig Jahre bei der Generalin Stawrogina, wo er die wichtigste

Person im Hause sei, und werde in der Stadt von allen Leuten außerordentlich hoch geachtet. Im adligen Klub habe er an einem einzigen Abend hundertfünfzig Rubel verspielt; im Range sei er Rat, was beim Militär einem Oberstleutnant gleichstehe und nur eine Stufe niedriger sei als ein Oberst. Und Geld habe er durch die Generalin Stawrogina wie Heu, und so weiter und so weiter.

»Mais c'est une dame et très comme il faut«, dachte Stepan Trofimowitsch, der sich von Anissims Überfall erholte und mit vergnüglicher Neugier seine Nachbarin, die Bücherverkäuferin, beobachtete, die übrigens wie die gewöhnlichen Leute den Tee aus der Untertasse trank und dazu von einem Stück Zucker abbiß. »Ce petit morceau de sucre ce n'est rien . . . Sie hat etwas Vornehmes und Selbständiges an sich und gleichzeitig etwas Ruhiges. Le comme il faut tout pur, aber nur in etwas anderem Genre.«

Er erfuhr bald von ihr, daß sie Sofja Matwejewna Ulitina heiße und eigentlich in K*** wohne, wo sie eine verwitwete Schwester habe, eine Kleinbürgerin; sie selbst sei ebenfalls Witwe; ihr Mann sei nach längerer Dienstzeit vom Feldwebel zum Unterleutnant befördert worden, dann aber in Sewastopol gefallen.

»Aber Sie sind noch so jung; vous n'avez pas trente ans.«

»Vierunddreißig«, antwortete Sofja Matwejewna lächelnd.

»Wie? Sie verstehen auch französisch?«

»Ein wenig; ich habe nachher vier Jahre in einem adligen Hause gelebt und es da von den Kindern gelernt.«

Sie erzählte, sie sei im Alter von nur achtzehn Jahren Witwe geworden, sei dann eine Zeitlang in Sewastopol als Barmherzige Schwester tätig gewesen, habe darauf an verschiedenen Orten gelebt und ziehe jetzt umher und verkaufe Neue Testamente.

»Mais mon Dieu, sind Sie nicht die Bücherverkäuferin, mit der in unserer Stadt eine sonderbare, sehr sonderbare Geschichte passiert ist?«

Sie wurde rot; es stellte sich heraus, daß sie es gewesen war.

»Ces vauriens, ces malheureux! . . .« begann er mit einer Stimme, die vor Empörung zitterte. Eine schmerzliche, verhaßte Erinnerung wurde in seinem Herzen rege und peinigte ihn. Für eine Weile versank er vollständig in seine Gedanken.

»Ah, sie ist wieder weggegangen«, sagte er zu sich, als er wieder zur Besinnung kam und bemerkte, daß sie nicht mehr bei ihm war. »Sie geht oft hinaus und muß mit etwas beschäftigt sein; ich bemerke, daß sie sich sogar in einer gewissen Aufregung befindet . . . Bah, je deviens égoïste!«

Er blickte auf und sah wieder Anissim, aber diesmal mit einer höchst bedrohlichen Umgebung. Die ganze Stube war voll von Bauern, die offenbar sämtlich Anissim mitgeschleppt hatte. Da war der Besitzer des Hauses und der Bauer mit der Kuh, noch zwei Bauern (wie sich herausstellte, Lohnkutscher) und ferner noch ein kleiner, halbbetrunkener Mensch in bäuerlicher Kleidung, aber mit glattrasiertem Gesichte, der wie ein durch den Trunk heruntergekommener Kleinbürger aussah und mehr redete als alle andern. Und alle redeten sie von ihm, Stepan Trofimowitsch. Der Bauer mit der Kuh beharrte auf seiner Behauptung, daß es am Ufer entlang ein Umweg von vierzig Werst sei, und daß der Herr unbedingt mit dem Dampfer fahren müsse. Der halbbetrunkene Kleinbürger und der Hauswirt widersprachen ihm hitzig:

»Allerdings, Bruder, haben es Seine Hochwohlgeboren auf dem Dampfer über den See näher; das ist richtig; aber der Dampfer wird in dieser Jahreszeit womöglich gar nicht gehen.«

»Er geht, er geht; noch eine Woche lang wird er gehen«, rief Anissim, der sich noch mehr ereiferte als die andern.

»Das ist so eine Sache! Und er kommt nicht pünktlich, weil es schon spät im Jahre ist; manchmal muß man in Ustjewo drei Tage lang warten.«

»Morgen wird er da sein; morgen pünktlich um zwei Uhr wird er da sein. Noch vor Abend werden Sie nach Spassow kommen, gnädiger Herr!« rief Anissim, ganz außer sich.

»Mais qu'est-ce qu'il a, cet homme?« fragte sich zitternd

Stepan Trofimowitsch, der voller Angst sein Schicksal erwartete. Nun traten auch die Lohnkutscher vor und wollten den Preis abmachen; sie verlangten bis Ustjewo drei Rubel. Die übrigen schrien, das sei nicht zu viel; das sei der Preis; das habe die Fahrt von da nach Ustjewo den ganzen Sommer über gekostet.

»Aber . . . hier ist es doch hübsch . . . Und ich will gar nicht . . .« stammelte Stepan Trofimowitsch undeutlich.

»Da haben Sie recht, gnädiger Herr!« rief Anissim, der ihn nicht verstanden hatte; »es ist jetzt hübsch bei uns in Spassow, sehr hübsch, und Fjodor Matwejewitsch wird sich so über Ihre Ankunft freuen!«

»Mon Dieu, mes amis, all das kommt mir so unerwartet.«

Endlich kehrte Sofja Matwejewna zurück. Aber sie setzte sich sehr niedergeschlagen und traurig auf die Bank.

»Ich komme nicht hin nach Spassow!« sagte sie zu der Wirtin.

»Wie? Sie wollen auch nach Spassow?« fragte Stepan Trofimowitsch aufgeregt.

Es ergab sich, daß eine Gutsbesitzerin, Nadeschda Jegorowna Swetlizyna, sie schon am vorhergehenden Tage aufgefordert hatte, auf sie in Chatowo zu warten, mit dem Versprechen, sie nach Spassow auf ihrem Wagen mitzunehmen, daß sie aber nun doch nicht gekommen war.

»Was soll ich nun anfangen?« klagte Sofja Matwejewna.

»Mais, ma chère et nouvelle amie, ich kann Sie ja ebensogut wie die Gutsbesitzerin nach diesem, wie heißt es doch? nach diesem Dorfe bringen, wohin ich einen Wagen angenommen habe – und, und morgen fahren wir zusammen nach Spassow.«

»Fahren Sie denn auch nach Spassow?«

»Mais que faire? Et je suis enchanté! Ich werde Sie mit großer Freude mitnehmen. Sehen Sie, die Leute da wollen es, und ich habe schon einen Kutscher angenommen . . . Wen von euch habe ich denn angenommen?« rief Stepan Trofimowitsch, der auf einmal die größte Lust bekommen hatte, nach Spassow zu fahren.

Nach einer Viertelstunde stiegen sie schon in eine geschlossene Britschke: er sehr lebhaft und völlig zufrieden, sie neben ihm mit ihrem Sacke und mit einem dankbaren Lächeln. Anissim war ihnen beim Einsteigen behilflich.

»Glückliche Fahrt, gnädiger Herr!« rief er, indem er sich eifrig an der Britschke zu schaffen machte. »Nein, wie habe ich mich gefreut, Sie wiederzusehen!«

»Lebe wohl, lebe wohl, mein Freund, lebe wohl!«

Besuchen Sie nur Fjodor Matwejewitsch, gnädiger Herr . . .«

»Ja, mein Freund, ja . . . Ich werde Fjodor Petrowitsch besuchen . . . aber nun leb wohl!«

## II

»Sehen Sie, meine Freundin – Sie erlauben mir doch, mich Ihren Freund zu nennen, nicht wahr?« begann Stepan Trofimowitsch eilig, sobald sich die Britschke in Bewegung gesetzt hatte. »Sehen Sie, ich . . . J'aime le peuple, c'est indispensable, mais il me semble que je ne l'avais jamais vu de près. Stasie . . . cela va sans dire qu'elle est aussi du peuple . . . mais le vrai peuple, das heißt das wirkliche Volk, das man auf der Landstraße trifft, kümmert sich, wie mir scheint, nur darum, wohin ich eigentlich reise . . . Aber lassen wir alle Kränkungen beiseite. Ich rede wohl allerlei dummes Zeug durcheinander; aber das kommt wohl von der Eile.«

»Es scheint, daß Sie nicht ganz gesund sind«, sagte Sofja Matwejewna, indem sie ihn prüfend, aber respektvoll ansah.

»Nein, nein, ich brauche mich nur ordentlich einzuwickeln, und überhaupt ist so ein frischer Wind, sogar ein sehr frischer Wind; aber . . . wir wollen daran nicht denken. Die Hauptsache ist: Ich wollte etwas anderes sagen. Chère et incomparable amie, es scheint mir, daß ich beinah glücklich bin, und die Ursache davon sind Sie. Für mich ist es unvorteilhaft, glücklich zu sein, weil ich dann sogleich allen meinen Feinden vergebe . . .«

»Aber das ist doch sehr gut.«

»Nicht immer, chère innocente. L'Évangile . . . Voyez-vous, désormais nous le prêcherons ensemble, und ich werde gern Ihre schönen Bücher verkaufen. Ja, ich fühle, daß das vielleicht eine Idee ist, quelque chose de très nouveau dans ce genre. Das Volk ist religiös, c'est admis, aber es kennt das Evangelium noch nicht. Ich werde es ihm auslegen . . . Bei der mündlichen Auslegung kann man die Fehler dieses merkwürdigen Buches verbessern, dem gegenüber ich mich natürlich höchst respektvoll zu verhalten beabsichtige. Auch auf der Landstraße werde ich nützlich sein. Ich bin immer nützlich gewesen; das habe ich immer meinen Freunden und meinen Gegnern gesagt et à cette chère ingrate . . . Oh, vergeben wir, vergeben wir, vergeben wir vor allen Dingen allen und immer! Dann können wir hoffen, daß auch uns vergeben werden wird. Ja, denn wir alle und jeder haben uns einander gegenüber schuldig gemacht. Alle haben wir uns schuldig gemacht! . . .«

»Da haben Sie etwas sehr Gutes gesagt.«

»Ja, ja . . . Ich fühle, daß ich sehr gut rede. Ich werde sehr gut zu ihnen reden; aber, aber was wollte ich denn hauptsächlich sagen? Ich verwirre mich immer und kann mich nicht besinnen . . . Wollen Sie mir wohl erlauben, daß ich mich nicht mehr von Ihnen trenne? Ich fühle, daß Ihr Blick und . . . ich bin sogar erstaunt über Ihr Benehmen: Sie haben etwas Schlichtes und Einfaches; Ihre Aussprache ist nicht ganz korrekt; Sie gießen den Tee in die Untertasse und beißen von diesem häßlichen Stück Zucker ab; aber Sie haben etwas Reizendes, und ich sehe an Ihren Zügen . . . Oh, erröten Sie nicht, und fürchten Sie mich nicht als Mann. Chère et incomparable, pour moi une femme c'est tout. Ich muß unbedingt neben einer Frau leben, aber nur neben . . . Ich bin furchtbar in Verwirrung geraten . . . Ich kann mich gar nicht besinnen, was ich sagen wollte. Oh, glücklich derjenige, dem Gott immer eine Frau sendet, und . . . und ich denke sogar, daß ich mich in einer Art von Begeisterung befinde. Auch auf der Landstraße gibt es große Ideen! Sehen Sie, sehen Sie, das ist es, was ich sagen wollte: über die Idee;

jetzt ist es mir eingefallen; aber vorher konnte ich gar nicht darauf kommen. Und warum haben uns diese Leute in einem Wagen weiter fortgeschickt? Dort war es doch auch hübsch, aber hier – cela devient trop froid. À propos, j'ai en tout quarante roubles et voilà cet argent; nehmen Sie es, nehmen Sie es; ich weiß nicht damit umzugehen; ich werde es verlieren, und man wird es mir wegnehmen, und . . . Es scheint mir, daß ich sehr schläfrig bin; es dreht sich mir etwas im Kopfe herum. Ja, es dreht sich, es dreht sich, es dreht sich. Oh, wie gut Sie sind! Womit decken Sie mich da zu?«

»Sie haben offenbar ein richtiges Fieber, und ich habe Sie mit meinem Tuche zugedeckt. Aber was das Geld anlangt, so möchte ich . . .«

»Oh, um Gotteswillen, n'en parlons plus; parce que cela me fait mal; oh, wie gut Sie sind!«

Er hörte auf einmal auf zu reden und versank außerordentlich schnell in einen fieberhaften, mit Frösteln verbundenen Schlaf. Der Landweg, auf dem sie diese siebzehn Werst fuhren, war sehr uneben, und der Wagen stieß gewaltig. Stepan Trofimowitsch wachte häufig auf, richtete sich schnell von dem kleinen Kissen in die Höhe, das ihm Sofja Matwejewna unter den Kopf geschoben hatte, ergriff sie bei der Hand und sagte: »Sind Sie hier?« als ob er fürchtete, sie könnte ihn verlassen haben. Er erzählte ihr auch, daß er von einem geöffneten Rachen mit Zähnen geträumt habe, und daß ihm das sehr widerwärtig gewesen sei. Sofja Matwejewna war in großer Unruhe um ihn.

Der Kutscher fuhr sie geradeswegs zu einem großen, vierfenstrigen Bauernhause mit mehreren ebenfalls zum Wohnen eingerichteten Nebengebäuden auf dem Hofe. Stepan Trofimowitsch erwachte, beeilte sich hineinzugehen und begab sich ohne weiteres in die zweite Stube des Hauses, die die geräumigste und beste war. Sein verschlafenes Gesicht nahm einen sehr geschäftigen Ausdruck an. Der Wirtin, einer hochgewachsenen, kräftig gebauten Frau von ungefähr vierzig Jahren, die sehr schwarzes Haar und beinah einen Schnurrbart hatte, erklärte er sofort, er verlange das

ganze Zimmer für sich; sie solle die Tür zumachen und niemand mehr hereinlassen, »parce que nous avons à parler. Oui, j'ai beaucoup à vous dire, chère amie. Ich werde es bezahlen, ich werde es bezahlen!« fügte er, zur Wirtin gewandt, mit einer abwehrenden Handbewegung hinzu.
Obgleich er schnell sprach, bewegte er doch die Zunge nur unbeholfen. Die Wirtin hörte ihn mit unfreundlicher Miene an, schwieg aber zum Zeichen der Einwilligung; indes konnte man aus ihrem Wesen schon etwas Drohendes ahnen. Er jedoch merkte nichts davon und verlangte schleunigst (er hatte es furchtbar eilig), sie solle hinausgehen und sofort, so schnell wie nur möglich, das Mittagessen auftragen, »ohne den geringsten Verzug«.
Nun aber konnte sich die Frau mit dem Schnurrbart nicht mehr halten:
»Hier ist kein Wirtshaus, mein Herr; Mittagessen für Reisende liefern wir nicht. Wir kochen Krebse und stellen einen Samowar auf; aber weiter ist bei uns nichts zu haben. Frische Fische werden erst morgen da sein.«
Aber Stepan Trofimowitsch wiederholte in zorniger Ungeduld unter lebhaften Gestikulationen: »Ich werde es bezahlen; nur schnell, nur schnell!« Sie entschieden sich für Fischsuppe und ein gebratenes Huhn; die Wirtin versicherte zwar, im ganzen Dorfe sei kein Huhn zu bekommen, erklärte sich aber bereit, auf die Suche zu gehen, jedoch mit einer Miene, als ob sie ihnen die größte Gefälligkeit erwiese.
Kaum war sie hinausgegangen, als Stepan Trofimowitsch sich sofort auf das Sofa setzte und Sofja Matwejewna veranlaßte, neben ihm Platz zu nehmen. In der Stube befanden sich sowohl ein Sofa als Lehnstühle; aber diese Möbel sahen abstoßend aus. Überhaupt stellte das ganze ziemlich geräumige Zimmer (durch eine Halbwand war ein Teil abgebuchtet, in welchem ein Bett stand) mit den gelben, alten, zerrissenen Tapeten, mit den schrecklichen mythologischen Lithographien an den Wänden, mit der langen Reihe von Heiligenbildern und messingnen Triptychen in der vorderen Ehrenecke und mit seinem sonderbar zusammengewürfelten Mobilar eine häßliche Mischung des

städtischen und des uralt-bäuerlichen Elementes dar. Aber er warf auf all das nicht einmal einen Blick und sah auch nicht das Fenster nach dem gewaltigen See hin, der etwa dreißig Schritte von dem Hause begann.

»Endlich sind wir allein, und wir werden niemand hereinlassen! Ich will Ihnen alles erzählen, alles von Anfang an.«

Sofja Matwejewna hielt ihn mit starker Unruhe davon zurück:

»Ist Ihnen auch wohl bekannt, Stepan Trofimowitsch.«

»Comment, vous savez déjà mon nom?« fragte er, erfreut lächelnd.

»Ich habe ihn vorhin von Anissim Iwanow gehört, als Sie mit ihm sprachen. Ich möchte mir meinerseits erlauben, Ihnen etwas mitzuteilen . . .«

Und indem sie nach der geschlossenen Tür hinblickte, damit niemand horche, flüsterte sie ihm eilig zu, hier in diesem Dorfe sei eine sehr üble Wirtschaft. Die Einwohner des Ortes seien zwar Fischer, erwürben sich aber ihren Unterhalt besonders dadurch, daß sie in jedem Sommer den bei ihnen logierenden Fremden ganz phantastische Preise abnähmen. Der Landweg führe nicht durch das Dorf hindurch, sondern ende hier, und die Fremden kämen lediglich deswegen her, weil hier der Dampfer anlege; wenn nun der Dampfer ausbliebe (und bei auch nur einigermaßen ungünstigem Wetter komme er unter keinen Umständen), so sammle sich hier für einige Tage viel Volk an, so daß alle Häuser im Dorfe besetzt seien, und darauf warteten die Hausbesitzer nur; denn dann nähmen sie für jeden Gegenstand den dreifachen Preis. Der Wirt dieses Hauses sei besonders stolz und hochmütig, weil er für hiesige Verhältnisse sehr reich sei; ein einziges seiner Netze sei tausend Rubel wert.

Stepan Trofimowitsch blickte der Redenden ordentlich vorwurfsvoll in das lebhaft erregte Gesicht und machte mehrmals eine Bewegung, als ob er sie unterbrechen wolle. Aber sie zeigte sich beharrlich und sprach zu Ende: Nach ihrer Erzählung war sie schon im Sommer »mit einer hochadligen

Dame aus der Stadt« hier gewesen; sie sagte, sie hätten hier ebenfalls zwei ganze Tage logiert, bis der Dampfer gekommen sei, und hätten so viel Ärger durchgemacht, daß die bloße Erinnerung daran schrecklich sei.

»Sehen Sie, Stepan Trofimowitsch, Sie haben dieses Zimmer für sich allein verlangt ... Ich sage es nur, um Sie zu warnen ... Dort in dem andern Zimmer sind schon Fremde, ein älterer Herr und ein junger Mensch und eine Dame mit Kindern, und morgen wird das ganze Haus bis zwei Uhr voll Menschen sein; denn da der Dampfer zwei Tage lang nicht gekommen ist, so wird er morgen bestimmt kommen. Und so werden denn die Wirtsleute für das besondere Zimmer und dafür, daß Sie von ihnen Mittagessen verlangt haben, und für die Benachteiligung der übrigen Reisenden von Ihnen einen Preis verlangen, wie er selbst in den Hauptstädten unerhört ist ...«

Aber er litt während ihrer Auseinandersetzung, litt wirklich.

»Assez, mon enfant, ich bitte Sie dringend, nous avons notre argent et après – et après le bon Dieu. Ich wundere mich sogar, daß Sie bei der Höhe Ihrer Denkweise ... Assez, assez, vous me tourmentez«, rief er in krankhafter Aufregung. »Unsere ganze Zukunft liegt vor uns, und da wollen Sie ... da wollen Sie mir vor der Zukunft bange machen ...«

Er begann sogleich seine ganze Lebensgeschichte vorzutragen, wobei er dermaßen hastete, daß es zuerst sogar schwer war, ihn zu verstehen. Diese Geschichte dauerte sehr lange. Es wurde die Fischsuppe gebracht, dann das Huhn, schließlich auch der Samowar; aber er redete immer noch ... Sein Reden machte einen etwas sonderbaren, krankhaften Eindruck; aber er war ja auch wirklich krank. Es war dies eine plötzliche Anspannung seiner Geisteskräfte, auf die mit Sicherheit (und Sofja Matwejewna sah das während seiner ganzen Erzählung mit Betrübnis voraus) nachher sofort in seinem bereits zerrütteten Organismus ein außerordentlicher Zusammensturz der Kräfte folgen mußte. Er begann beinah mit seiner Kindheit, als er »mit frischer Brust durch die Felder lief«; nach einer Stunde war er eben erst bei seinen beiden Ehen und dem Berliner Leben angelangt. Ich erlaube mir übrigens nicht, über ihn zu spotten. Es handelte sich für ihn tatsächlich um etwas Höheres und, um den modernsten Ausdruck zu gebrauchen, beinah um einen Kampf ums Dasein. Er sah die Frau vor sich, die er sich schon für seinen weiteren Lebensweg auserkoren hatte, und beeilte sich, ihr sozusagen die Weihe zu erteilen. Seine Genialität durfte für sie nicht länger ein Geheimnis bleiben . . . Vielleicht sah er Sofja Matwejewna durch ein starkes Vergrößerungsglas; aber er hatte sie nun einmal auserkoren. Er konnte ohne eine Frau nicht existieren. Er selbst erkannte an ihrem Gesichte klar, daß sie ihn fast gar nicht verstand und gerade das Wichtigste nicht.

»Ce n'est rien, nous attendrons; aber einstweilen mag sie es mit dem Ahnungsvermögen erfassen«, dachte er.

»Meine Freundin, ich brauche nur Ihr Herz«, rief er, seine Erzählungen unterbrechend, ihr zu, »und diesen lieben, bezaubernden Blick, mit dem Sie mich jetzt ansehen. Oh, erröten Sie nicht! Ich habe Ihnen bereits gesagt . . .«

Besonders vieles blieb der armen notgedrungenen Zuhörerin Sofja Matwejewna nebelhaft, als die Lebensgeschichte beinah zu einer vollständigen Abhandlung darüber wurde, daß nie jemand Stepan Trofimowitsch habe verstehen können, und daß »bei uns in Rußland die Talente zugrunde gehen«. Es war »etwas sehr Kluges und Verständiges, was er sagte«, berichtete sie darüber später mit inniger Rührung. Sie hörte ihm mit sichtlichem Mitgefühle zu, indem sie dabei die Augen ein wenig aufriß. Als aber Stepan Trofimowitsch humoristisch wurde und witzige Sticheleien gegen unsere »Matadore und Koryphäen« vorbrachte, da versuchte sie in ihrer Betrübnis sogar in Erwiderung auf sein Lachen ein paarmal zu lächeln; aber das nahm sich noch schlechter aus als die Tränen, so daß Stepan Trofimowitsch sogar endlich selbst verlegen wurde und nun mit um so größerem Zorne und Ingrimm über die Nihilisten und die »neuen Männer« herzog. Damit aber erschreckte er sie geradezu, und sie atmete erst da wieder in einer allerdings sehr trügerischen Hoffnung einigermaßen auf, als der eigentliche Liebesroman begann. Frau bleibt Frau, und wenn sie eine Nonne wäre. Sie lächelte, wiegte den Kopf hin und her, errötete und schlug die Augen nieder, wodurch sie Stepan Trofimowitsch in das größte Entzücken und in helle Begeisterung versetzte, so daß er sogar vieles hinzulog. Warwara Petrowna wurde bei ihm eine reizende Brünette (»welche ganz Petersburg und viele andere Hauptstädte Europas bezaubert hatte«), und ihr Mann war gestorben, »in Sewastopol von einer Kugel niedergestreckt«, einzig und allein, weil er sich ihrer Liebe unwürdig fühlte und sie seinem Nebenbuhler, das heißt eben diesem Stepan Trofimowitsch, abtreten wollte . . .

»Werden Sie nicht verlegen, meine sanfte, fromme Freundin!« rief er Sofja Matwejewna zu, indem er selbst fast alles glaubte, was er erzählte. »Dieses Verhältnis war etwas Erhabenes, etwas so Zartes, daß wir beide unser ganzes Leben lang uns nicht ein einziges Mal darüber ausgesprochen haben.«

Als Ursache dieser Lage der Dinge erschien im weiteren Verlaufe der Erzählung eine Blondine (wenn dies nicht Darja Pawlowna war, so wüßte ich nicht, wen Stepan Trofimowitsch sonst damit gemeint haben könnte). Diese Blondine war der Brünetten den größten Dank schuldig und war als entfernte Verwandte im Hause derselben aufgewachsen. Als die Brünette endlich die Liebe der Blondine zu Stepan Trofimowitsch wahrnahm, zog sie sich in sich selbst zurück. Die Blondine ihrerseits, als sie die Liebe der Brünetten zu Stepan Trofimowitsch bemerkte, zog sich ebenfalls in sich selbst zurück. Und so schwiegen sie alle drei, ganz ermattet von gegenseitigem Großmut, zwanzig Jahre lang, indem sie sich in sich selbst zurückzogen. »Oh, was war das für eine Leidenschaft, was war das für eine Leidenschaft!« rief er aus, schluchzend im aufrichtigsten Entzücken. »Ich sah die volle Blüte ihrer Schönheit« (nämlich der Schönheit der Brünetten); »ich sah sie mit tiefem Schmerze im Herzen, wie sie an mir vorüberging, als schäme sie sich ihrer Schönheit.« (Einmal sagte er: »als schäme sie sich ihrer

Fülle.«) Endlich hatte er diesen ganzen zwanzigjährigen fieberhaften Traum von sich geworfen und war davongelaufen. Vingt ans! Und da war er jetzt nun auf der Landstraße . . . Darauf begann er in einer Art von entzündetem Zustande des Gehirnes seiner Reisegefährtin zu erklären, was ihr heutiges so zufälliges und doch für ihr ganzes Leben so entscheidendes Zusammentreffen zu bedeuten habe. Sofja Matwejewna stand schließlich in schrecklicher Verlegenheit vom Sofa auf; er machte sogar einen Versuch, sich vor ihr auf die Knie niederzulassen, so daß sie zu weinen anfing. Die Dämmerung wurde dunkler: Beide hatten in dem geschlossenen Zimmer schon mehrere Stunden verbracht . . .

»Nein, lassen Sie mich jetzt lieber in das andere Zimmer gehen«, stammelte sie; »sonst denken sich die Leute womöglich etwas.«

Sie riß sich endlich los; er ließ sie gehen, nachdem er ihr sein Wort darauf gegeben hatte, daß er sich sofort schlafen legen werde. Beim Abschiednehmen klagte er darüber, daß ihm der Kopf sehr weh täte. Sofja Matwejewna hatte schon, als sie ins Haus gekommen war, ihren Sack und ihre Sachen im ersten Zimmer gelassen, da sie beabsichtigte, mit den Wirtsleuten zusammen zu schlafen; aber es sollte ihr nicht gelingen, sich zu erholen.

In der Nacht bekam Stepan Trofimowitsch einen seiner mir und all seinen Freunden so wohlbekannten Cholerineanfälle, der gewöhnliche Ausgang aller nervösen Anspannungen und seelischen Erschütterungen bei ihm. Die arme Sofja Matwejewna kam die ganze Nacht nicht zum Schlafen. Da sie anläßlich der Pflege des Kranken ziemlich oft durch das Zimmer der Wirtsleute aus dem Hause hinausgehen und auf demselben Wege wieder zu dem Kranken zurückkehren mußte, so murrten die dort schlafende Wirtin und die Fremden und fingen sogar schließlich an zu schimpfen, als sie gegen morgen einen Samowar aufstellen wollte. Stepan Trofimowitsch war während der ganzen Zeit des Anfalls nur bei halbem Bewußtsein; manchmal kam es ihm vor, als werde ein Samowar aufgestellt, als gebe man ihm etwas zu trinken (Himbeerwasser), als wärme man ihm mit etwas den Leib und die Brust. Aber er fühlte fast jeden Augenblick, daß sie neben ihm war, daß sie kam und ging, ihn vom Bett nahm und wieder auf das Bett legte. Um drei Uhr morgens fühlte er sich besser; er richtete sich auf, streckte die Beine aus dem Bette heraus und fiel, ohne sich etwas dabei zu denken, vor ihr auf den Fußboden. Das war nicht die frühere Kniebeugung; er fiel ihr einfach zu Füßen und küßte den Saum ihres Kleides . . .

»Lassen Sie doch; das bin ich ja nicht wert«, flüsterte sie, indem sie sich bemühte, ihn auf das Bett zu heben.

»Meine Retterin!« sagte er, andächtig vor ihr die Hände faltend. »Vous êtes noble comme une marquise! Ich . . . ich bin ein Taugenichts! Oh, ich bin mein ganzes Leben lang ein Ehrloser gewesen . . .«

»Beruhigen Sie sich!« bat Sofja Matwejewna.

»Ich habe Ihnen vorhin alles nur vorgelogen . . . aus Prahlerei, zur Ausschmückung, aus Leichtfertigkeit . . . alles, alles bis auf das letzte Wort; o ich Taugenichts, ich Taugenichts!

Die Cholerine ging auf diese Art in einen anderen Anfall über, in einen Anfall von krankhafter Selbstanklage. Ich habe diese Anfälle bereits erwähnt, als ich von seinen Briefen an Warwara Petrowna sprach. Er erinnerte sich auf einmal an Lisa, an sein Zusammentreffen mit ihr am Morgen des vorhergehenden Tages.

»Das war so schrecklich, und . . . da war gewiß ein Unglück geschehen, und ich habe nicht danach gefragt, mich nicht erkundigt! Ich dachte nur an mich! Oh, was ist mit ihr geschehen? Wissen Sie nicht, was mit ihr geschehen ist?« sagte er in flehendem Tone zu Sofja Matwejewna.

Dann schwor er, er werde »ihr« nicht untreu werden, er werde zu ihr zurückkehren (er meinte Warwara Petrowna).

»Wir wollen zu ihrer Haustür gehen« (er meinte sich und Sofja Matwejewna), »jeden Tag, wenn sie in den Wagen steigt, um ihre morgendliche Spazierfahrt zu machen, und wollen sie ganz still ansehen . . . Oh, ich will, daß sie mich auch auf die andere Wange schlägt; mit Genuß will ich das. Ich werde ihr meine andere Wange darbieten comme dans votre livre! Jetzt, erst jetzt habe ich verstanden, was das heißt: die andere Backe darbieten. Ich hatte es früher nie verstanden!«

Für Sofja Matwejewna folgten nun zwei der furchtbarsten Tage ihres Lebens; noch jetzt zittert sie bei der bloßen Erinnerung. Stepan Trofimowitsch wurde so ernstlich krank, daß er nicht auf dem Dampfer wegfahren konnte, der diesmal pünktlich um zwei Uhr nachmittags ankam; sie aber brachte es nicht fertig, ihn allein zurückzulassen, und fuhr ebenfalls nicht nach Spassow. Wie sie später berichtete, freute er sich sogar sehr darüber, daß der Dampfer abgegangen war.

»Nun, das ist ja prächtig, das ist ja wunderschön«, murmelte er, im Bette liegend. »Ich hatte schon gefürchtet, wir würden wegfahren. Hier ist es so hübsch; hier ist es am allerschönsten . . . Sie werden mich nicht verlassen? Oh, Sie haben mich nicht verlassen!«

Indessen war es »hier« durchaus nicht so hübsch. Von den Schwierigkeiten, die ihr erwuchsen, wollte er nichts wissen; sein Kopf war nur mit Phantasien angefüllt. Seine Krankheit hielt er für etwas Vorübergehendes, für eine Lappalie, und dachte an sie überhaupt nicht; er dachte nur daran, wie sie hingehen und »diese Bücher« verkaufen würden. Er bat sie, ihm aus dem Neuen Testamente vorzulesen.

»Es ist schon lange her, daß ich es gelesen habe . . . im Original gelesen habe. Aber es könnte mich doch jemand nach etwas daraus fragen, und ich gäbe dann vielleicht falsche Auskunft; ich muß mich doch vorbereiten.«

Sie setzte sich neben ihn und schlug das Buch auf.

»Sie lesen sehr schön«, unterbrach er sie schon nach der ersten Zeile. »Ich sehe, ich sehe, daß ich mich nicht geirrt habe!« fügte er undeutlich, aber entzückt hinzu.

Und überhaupt war er ununterbrochen in einem Zustande des Entzückens. Sie las die Bergpredigt.

»Assez, assez, mon enfant, genug! . . . Meinen Sie wirklich, daß das nicht genug ist?«

Er schloß kraftlos die Augen. Er war sehr schwach, hatte aber das Bewußtsein noch nicht verloren. Sofja Matwejewna wollte sich erheben, weil sie annahm, daß er zu schlafen wünsche; aber er hielt sie zurück.

»Meine Freundin, ich habe mein ganzes Leben lang gelogen. Sogar wenn ich die Wahrheit sagte. Ich habe nie um der Wahrheit willen geredet, sondern nur um meinetwillen; ich habe das auch früher schon gewußt; aber erst jetzt sehe ich es klar ein . . . Oh, wo sind jene Freunde, die ich mit meiner Freundschaft mein ganzes Leben lang gekränkt habe? Und sie alle habe ich gekränkt, sie alle! Savez-vous, ich lüge vielleicht auch jetzt; gewiß lüge ich auch jetzt. Die Hauptsache ist, daß ich mir selbst glaube, wenn ich lüge. Das Allerschwerste im Leben ist: zu leben und nicht zu lügen . . . und . . . und an die eigene Lüge nicht zu glauben; ja, ja, gerade das! Aber warten Sie, von alledem wollen wir später einmal reden . . . Wir bleiben zusammen, wir bleiben zusammen!« fügte er enthusiastisch hinzu.

»Stepan Trofimowitsch«, bat Sofja Matwejewna schüchtern, »möchten Sie nicht einen Arzt aus der Gouvernementsstadt holen lassen?«

Er war höchlichst überrascht.

»Wozu? Est-ce que je suis si malade? Mais rien de sérieux. Und wozu brauchen wir fremde Leute? Dann würde es bekannt werden, daß ich hier bin, und was dann? Nein, nein, keinen Fremden! Wir bleiben zusammen, wir bleiben zusammen!«

»Wissen Sie«, sagte er nach kurzem Stillschweigen, »lesen Sie mir noch etwas, etwas Beliebiges, worauf Ihr Auge gerade fällt.«

Sofja Matwejewna schlug das Buch auf und begann zu lesen.

»Wo das Buch aufklappt, wo es zufällig aufklappt«, sagte er noch einmal.

»Und dem Engel der Gemeine zu Laodicea schreibe . . .«

»Was ist das? Wo ist das her?«

»Das ist aus der Offenbarung St. Johannis.«

»O, je m'en souviens, oui, l'Apocalipse. Lisez, lisez, ich

möchte aus dem Buche eine Weissagung über unsere Zukunft entnehmen; ich möchte wissen, was herauskommt; lesen Sie von dem Engel, von dem Engel! . . .«

»Und dem Engel der Gemeine zu Laodicea schreibe: Das saget Amen, der treue und wahrhaftige Zeuge, der Anfang der Kreatur Gottes. Ich weiß deine Werke; du bist weder kalt noch warm; o wenn du kalt oder warm wärest! Weil du aber lau bist und weder kalt noch warm, werde ich dich ausspeien aus meinem Munde. Denn du sprichst: Ich bin reich, ich habe viel Gut erlangt und bedarf nichts; aber du weißt nicht, daß du unglücklich bist und jämmerlich und arm und blind und nackt.«

»Das . . . und das steht in Ihrem Buche!« rief er mit funkelnden Augen und richtete sich vom Kopfkissen in die Höhe. »Ich habe diese großartige Stelle nie gekannt! Hören Sie: eher kalt, kalt als lau, nur lau. Oh, ich werde es beweisen! Nur verlassen Sie mich nicht; lassen Sie mich nicht allein! Wir werden es beweisen, wir werden es beweisen!«

»Nein, ich werde Sie nicht verlassen, Stepan Trofimowitsch; niemals werde ich Sie verlassen!« rief sie, indem sie seine Hand ergriff, sie in der ihrigen drückte, sie an ihr Herz führte und ihn mit Tränen in den Augen anblickte. (»Er tat mir in diesem Augenblicke furchtbar leid«, berichtete sie später.)

Seine Lippen zuckten krampfhaft.

»Aber, Stepan Trofimowitsch, was sollen wir denn nun machen? Wollen Sie nicht einen Ihrer Bekannten oder vielleicht einen Ihrer Verwandten von Ihrer Krankheit benachrichtigen?«

Aber als er das hörte, erschrak er dermaßen, daß sie bedauerte, es noch einmal erwähnt zu haben. Zitternd und bebend flehte er sie an, niemanden zu rufen, nichts zu unternehmen; er nahm ihr das Wort darauf ab und sagte mehrmals: »Niemanden, niemanden! Wir wollen allein bleiben, ganz allein; nous partirons ensemble.«

Recht übel war es auch, daß die Wirtsleute ebenfalls unruhig wurden, brummten und Sofja Matwejewna zu

Leibe gingen. Sie bezahlte ihnen das Gelieferte und war darauf bedacht, sie sehen zu lassen, daß noch mehr Geld da sei; dies besänftigte die Leute für einige Zeit; aber der Wirt verlangte Stepan Trofimowitschs »Schein«. Der Kranke wies mit hochmütigem Lächeln auf seine kleine Reisetasche; in dieser fand Sofja Matwejewna die Verfügung über seine Entlassung oder etwas Derartiges, was er sein ganzes Leben lang als Legitimation benutzt hatte. Der Wirt gab sich damit nicht zufrieden und sagte: »Er muß irgendwo aufgenommen werden; denn bei uns ist kein Krankenhaus; und wenn er stirbt, so wird das am Ende noch eine unangenehme Geschichte; wir haben davon viel Schererei.« Sofja Matwejewna redete mit dem Wirte auch von einem Arzte; aber es ergab sich, daß, wenn man nach der Gouvernementsstadt schicken wollte, dies viel zu teuer werden würde; man mußte natürlich jeden Gedanken an einen Arzt fallen lassen. Bekümmert kehrte sie zu ihrem Kranken zurück. Stepan Trofimowitsch wurde immer schwächer und schwächer.

»Nun lesen Sie mir noch eine Stelle vor ... von den Schweinen«, sagte er auf einmal.

»Was?« fragte Sofja Matwejewna ganz erschrocken.

»Von den Schweinen ... das steht auch darin ... ces cochons ... ich erinnere mich, die Teufel fuhren in Schweine, und diese ertranken alle. Das müssen Sie mir unbedingt vorlesen: Ich werde Ihnen nachher sagen, warum. Ich möchte es wörtlich hören. Ich muß es wörtlich hören.«

Sofja Matwejewna kannte das Neue Testament genau und fand sogleich bei Lucas eben jene Stelle, die ich als Motto an die Spitze dieser Geschichtserzählung gesetzt habe. Ich führe sie hier noch einmal an:

»Es weidete aber daselbst eine große Herde Säue auf dem Berge. Und die Teufel baten ihn, daß er ihnen erlaubte, in diese zu fahren. Da fuhren die Teufel aus von dem Menschen und fuhren in die Säue; und die Herde stürzte sich von dem Abhange in den See und ersoff. Da aber die Hirten sahen, was da geschah, flohen sie und verkündigten's in der Stadt und in den Dörfern. Da gingen die Einwohner hinaus, zu sehen, was da geschehen war, und kamen zu Jesu und fanden den Menschen, von welchem die Teufel ausgefahren waren, sitzend zu den Füßen Jesu, bekleidet und vernünftig; und sie erschraken. Und die es gesehen, verkündigten's ihnen, wie der Besessene gesund geworden war.«

»Meine Freundin«, sagte Stepan Trofimowitsch in großer Aufregung, »savez-vous, diese wunderbare und ... ganz merkwürdige Stelle war mir mein ganzes Leben hindurch ein Stein des Anstoßes ... dans ce livre ... so daß ich diese Stelle noch von meiner Kindheit her im Gedächtnisse habe. Jetzt aber ist mir ein Gedanke gekommen, une comparaison; es kommen mir nämlich jetzt außerordentlich viele Gedanken. Sehen Sie, das ist genau so wie unser Rußland. Diese Teufel, die aus dem Kranken ausfahren und in die Säue fahren, das sind alle die Gifte, all die Miasmen, all die Unreinigkeit, all die großen und kleinen Teufel, die sich in unserm lieben, großen Kranken, in unserm Rußland, seit Jahrhunderten, seit Jahrhunderten angesammelt haben. Aber der große Gedanke und der große Wille werden ihm von oben her zu Hilfe kommen wie jenem sinnlosen Besessenen, und all jene Teufel werden von ihm ausfahren, all die Unreinigkeit, all die Nichtswürdigkeit, die faulend seine Oberfläche bedeckt ... und sie werden selbst bitten, in die Säue fahren zu dürfen. Ja, vielleicht sind sie schon in diese gefahren! Das sind wir, wir und jene und Pjotr ... et les autres avec lui, und ich bin vielleicht der erste an ihrer Spitze, und wir werden uns sinnlos und rasend vom Felsen ins Meer werfen und alle ertrinken, und das ist auch unser verdientes Los; denn zu etwas anderm sind wir nicht zu gebrauchen. Aber der Kranke wird gesund werden und ›zu den Füßen Jesu sitzen‹ ... und alle werden ihn mit Erstaunen ansehen ... Meine Liebe, vous comprendrez après; aber jetzt regt mich das zu sehr auf ... Vous comprendrez après ... Nous comprendrons ensemble.«

Er fing an zu phantasieren und verlor schließlich das Bewußtsein. So verging auch der ganze folgende Tag. Sofja Matwejewna saß neben ihm und weinte; sie hatte schon die dritte Nacht fast gar nicht geschlafen und vermied es, sich vor den Wirtsleuten blicken zu lassen, die, wie sie ahnte, bereits etwas ins Werk setzten. Ihre Erlösung erfolgte erst am dritten Tage. Am Morgen kam Stepan Trofimowitsch zu sich, erkannte sie und streckte ihr die Hand hin. Sie bekreuzte sich hoffnungsvoll. Er wollte gern durch das Fenster sehen.

»Tiens, un lac«, sagte er. »Ach, mein Gott, ich hatte ihn noch gar nicht gesehen . . .«

In diesem Augenblick fuhr vor der Tür des Bauernhauses polternd eine Equipage vor, und im Hause entstand ein geschäftiges Hin- und Herlaufen.

## III

Das war Warwara Petrowna selbst, die in einem viersitzigen, vierspännigen Wagen mit zwei Dienern und mit Darja Pawlowna angekommen war. Dieses Wunder war auf ganz einfache Weise zustande gekommen. Anissim, der vor Neugier starb, war nach seiner Ankunft in der Stadt gleich am folgenden Tage in Warwara Petrownas Haus gegangen und hatte der Dienerschaft erzählt, er habe Stepan Trofimowitsch allein in einem Dorfe getroffen, nachdem ihn vorher Bauern auf der großen Landstraße allein und zu Fuß gefunden hätten; jetzt sei er in Gesellschaft Sofja Matwejewnas über Ustjewo nach Spassow abgefahren. Da Warwara Petrowna ihrerseits sich bereits furchtbar beunruhigte und, soweit es möglich war, nach ihrem entlaufenen Freunde Nachforschungen hatte anstellen lassen, so wurde ihr sofort über Anissim Meldung gemacht. Nachdem sie ihn angehört und ihn besonders eingehend über die Abfahrt nach Ustjewo in ein und derselben Britschke mit einer gewissen Sofja Matwejewna zusammen hatte berichten lassen, machte sie sich im Handumdrehen fertig und fuhr eilig auf der frischen Fährte selbst nach Ustjewo. Von seiner Krankheit hatte sich noch keine Kenntnis.

Es erscholl ihre strenge, gebieterische Stimme; selbst die Wirtsleute bekamen Angst. Sie ließ nur anhalten, um zu fragen und sich zu erkundigen, da sie überzeugt war, daß Stepan Trofimowitsch schon längst in Spassow sei; als sie nun erfuhr, daß er noch hier sei und krank liege, kam sie in großer Aufregung ins Haus.

»Nun, wo ist er denn? Ah, das bist du!« rief sie, als sie Sofja Matwejewna erblickte, die gerade in diesem Augenblicke auf der Schwelle des zweiten Zimmers erschien. »An deinem schamlosen Gesicht habe ich gleich gesehen, daß du das bist. Hinaus, Nichtswürdige! Mach sofort, daß du aus dem Hause kommst! Jagt sie hinaus; sonst werde ich dafür sorgen, meine Werteste, daß man dich lebenslänglich ins Gefängnis sperrt. Einstweilen soll sie in einem andern Hause in Gewahrsam gehalten werden. Sie hat schon einmal in der Stadt im Gefängnis gesessen und wird auch wieder sitzen. Ich ersuche dich, Wirt, niemanden hereinzulassen, solange ich hier bin. Ich bin die Generalin Stawrogina und nehme das ganze Haus für mich in Beschlag. Du aber, meine Verehrteste, wirst mir für alles Rechenschaft ablegen.«

Die bekannten Töne ließen Stepan Trofimowitsch zusammenfahren. Er fing an zu zittern. Aber schon trat sie zu ihm hinter die Halbwand. Ihre Augen funkelten; sie stieß mit dem Fuße einen Stuhl heran, ließ sich darauf nieder, warf den Kopf gegen die Lehne zurück und rief Dascha zu:

»Geh vorläufig hinaus und bleib bei den Wirtsleuten! Was ist das für eine Neugier? Und mach die Tür fest hinter dir zu!«

Eine Zeitlang sah sie ihm schweigend und mit dem Blicke eines Räubers in das erschrockene Gesicht.

»Nun, wie geht es Ihnen, Stepan Trofimowitsch? Haben Sie einen hübschen Spaziergang gemacht?« sagte sie dann plötzlich mit grimmiger Ironie.

»Chère«, stammelte Stepan Trofimowitsch fassungslos, »ich habe das wirkliche russische Leben kennengelernt . . . Et je prêcherai l'Evangile . . .«

»O Sie schamloser, undankbarer Mensch!« schrie sie auf einmal und schlug die Hände zusammen. »Nicht genug, daß Sie mich so blamiert haben, mußten Sie auch gleich solche

Beziehungen anknüpfen ... O Sie alter, schamloser Wüstling!«
»Chère ...«
Die Stimme versagte ihm; er konnte kein Wort herausbringen, sondern sah sie nur erschrocken mit weitgeöffneten Augen an.
»Was ist die für eine?«
»C'est un ange ... C'était plus qu'un ange pour moi; sie hat die ganze Nacht ... Oh, schreien Sie nicht; erschrecken Sie sie nicht, chère, chère ... Er bekam einen Ohnmachtsanfall.
Warwara Petrowna sprang mit Gepolter vom Stuhle in die Höhe und schrie erschrocken: »Wasser, Wasser!« Er kam zwar bald wieder zu sich; aber sie zitterte immer noch vor Angst und blickte in sein entstelltes Gesicht: Erst jetzt begann sie den Ernst seiner Krankheit zu ahnen.
»Darja«, flüsterte sie dieser schnell zu, »laß sofort einen Arzt holen, Dr. Salzfisch; Jegorowitsch soll gleich hinfahren; er soll hier Pferde mieten und zur Rückfahrt von der Stadt einen anderen Wagen nehmen. Sag ihm, er müsse zur Nacht wieder hier sein.«
Darscha eilte davon, um den Auftrag auszuführen. Stepan Trofimowitsch hatte immer denselben erschrockenen Blick aus den weitgeöffneten Augen; seine blaßgewordenen Lippen zitterten.
»Gedulden Sie sich nur ein Weilchen, Stepan Trofimowitsch; gedulden Sie sich nur, Täubchen!« redete sie ihm zu wie einem kleinen Kinde. »Na, so gedulden Sie sich doch, gedulden Sie sich; Darja kommt ja gleich wieder und ... Ach Gott, Wirtin, Wirtin, komm du wenigstens her Mütterchen!«
In ihrer Ungeduld lief sie zur Wirtin hin.
»Sofort, augenblicklich soll diese Frauensperson wieder zurückgerufen werden. Holt sie wieder her, holt sie wieder her!«
Zum Glück hatte sich Sofja Matwejewna noch nicht vom Hause entfernt, sondern war eben erst mit ihrem Sack und ihrem Bündel aus dem Tor getreten. Man holte sie zurück.

Sie war so erschrocken, daß ihr sogar die Hände und die Beine zitterten. Warwara Petrowna packte sie am Arm, wie der Habicht ein Hühnchen, und zog sie ungestüm zu Stepan Trofimowitsch hin.
»Na, da haben Sie sie! Aufgefressen habe ich sie nicht. Sie dachten wohl, ich würde sie auffressen?«
Stepan Trofimowitsch ergriff Warwara Petrownas Hand, führte sie an seine Augen und brach in Tränen aus. Er schluchzte schmerzlich und krampfhaft.
»Na, beruhigen Sie sich, beruhigen Sie sich, mein Täubchen, na, Väterchen! Ach, mein Gott, so be-ru-hi-gen Sie sich doch!« schrie sie aufgebracht. »Oh, Sie sind mein Peiniger, mein Peiniger, lebenslänglich mein Peiniger!«
»Liebes Kind«, stammelte endlich Stepan Trofimowitsch, sich zu Sofja Matwejewna wendend, »gehen Sie ein Weilchen dorthin; ich möchte hier ein paar Worte reden . . .«
Sofja Matwejewna beeilte sich sofort hinauszugehen.
»Chérie . . . chérie . . .« sagte er, schwer atmend.
»Warten Sie noch mit dem Sprechen, Stepan Trofimowitsch; warten Sie noch ein bißchen, bis Sie sich erholt haben! Da ist Wasser. So warten Sie doch!«
Sie setzte sich wieder auf den Stuhl. Stepan Trofimowitsch hielt sie fest an der Hand. Lange Zeit erlaubte sie ihm nicht zu reden. Er zog ihre Hand an seine Lippen und küßte sie. Sie preßte die Zähne aufeinander und blickte irgendwohin in eine Ecke.
»Je vous aimais!« stieß er endlich hervor. Nie hatte sie von ihm ein solches Wort und in dieser Weise ausgesprochen gehört.
»Hm!« brummte sie zur Antwort.
»Je vous aimais toute ma vie . . . vingt ans!«
Sie schwieg immer noch, zwei, drei Minuten lang.
»Aber als Sie sich für Dascha angeputzt und mit Parfüm besprengt hatten . . .« sagte sie auf einmal, in schrecklichem Tone flüsternd. Stepan Trofimowitsch wurde ganz starr.
»Auch ein neues Halstuch hatten Sie sich umgebunden . . .«
Wieder ein Stillschweigen, das zwei Minuten dauerte.

»Denken Sie wohl noch an die Zigarre?«

»Meine Freundin«, murmelte er undeutlich in seinem Schrecken.

»An die Zigarre, abends, am Fenster ... der Mond schien ... nach dem Gespräche in der Laube ... in Skworeschniki? Erinnern Sie sich, erinnern Sie sich?« Sie sprang von ihrem Platze auf, faßte sein Kopfkissen an den beiden oberen Ecken und schüttelte es mitsamt seinem Kopfe. »Denken Sie wohl daran, Sie hohler, hohler, schändlicher, kleinmütiger, lebenslänglich hohler Mensch?« zischte sie in ihrem wütenden Flüstertone, indem sie sich Gewalt antat, um nicht zu schreien. Endlich ließ sie ihn wieder fahren, sank auf den Stuhl zurück und verbarg das Gesicht in den Händen. »Genug davon!« sagte sie abbrechend und richtete sich auf. »Zwanzig Jahre sind dahingegangen; die bringt man nicht wieder zurück. Auch ich bin eine Törin gewesen.«

»Je vous aimais«, sagte er noch einmal und faltete die Hände.

»Aber wozu sagen Sie mir immer aimais und aimais! Hören Sie auf damit!« rief sie und sprang wieder auf. »Und wenn Sie nicht jetzt gleich schlafen, so werde ich ... Sie haben Ruhe nötig; schlafen Sie, schlafen Sie sofort; machen Sie die Augen zu! Ach, mein Gott, er möchte vielleicht etwas zum Frühstück essen! Was möchten Sie essen? Was kann er wohl essen? Ach, mein Gott, wo ist die? Wo ist sie?«

Sie wollte schon alles in Bewegung setzen. Aber Stepan Trofimowitsch flüsterte mit schwacher Stimme, er wolle wirklich schlafen, une heure, und dann bouillon, un thé ... »Enfin je suis si heureux!« Er legte sich hin und schien tatsächlich einzuschlafen (wahrscheinlich stellte er sich nur so). Warwara Petrowna wartete eine kleine Weile und verließ dann auf den Zehen den abgebuchteten Raum.

Sie setzte sich in das Zimmer der Wirtsleute, jagte die Wirtsleute selbst hinaus und befahl Dascha, »jene Frauensperson« zu ihr zu bringen. Nun begann ein strenges Verhör.

»Erzähle jetzt, mein Kind, alles ganz genau; setz dich neben mich, so! Nun?«

»Ich traf Stepan Trofimowitsch . . .«

»Halt, schweig! Ich will dir noch vorher sagen: Wenn du mir etwas vorlügst oder verschweigst, so sollst du dein ganzes Leben lang vor mir keine ruhige Stunde haben. Nun?«

»Ich traf Stepan Trofimowitsch . . . als ich nach Chatowo gekommen war . . .« begann Sofja Matwejewna, die nur mühsam atmete . . .

»Halt, schweig, warte mal! Warum so hastig? Erstens: Was bist du selbst für ein Vogel?«

Die Bücherverkäuferin erzählte ihr, so gut es gehen wollte, übrigens in möglichster Kürze, einiges über sich selbst, wobei sie mit Sewastopol anfing. Warwara Petrowna hörte schweigend zu, indem sie gerade aufgerichtet auf ihrem Stuhle saß und mit strengem, unverwandtem Blicke der Erzählerin gerade in die Augen sah.

»Warum bist du denn so ängstlich? Warum siehst du auf die Erde? Ich habe es gern, wenn man mich gerade ansieht und sich nicht scheut, mit mir zu streiten. Fahre fort!«

Sie erzählte von der Begegnung, von den Büchern, und wie Stepan Trofimowitsch die Bauersfrau mit Branntwein regaliert habe.

»So ist's recht, so ist's recht! Laß auch die kleinsten Einzelheiten nicht aus!« sagte Warwara Petrowna ermunternd. Zuletzt erzählte sie, wie sie weggefahren waren, und wie Stepan Trofimowitsch in einem fort geredet habe; »er war schon ganz krank«, und wie er ihr hier seine ganze Lebensgeschichte vom allerersten Anfange an mehrere Stunden lang erzählt habe.

»Erzähle von seinem Leben!«

Sofja Matwejewna stockte auf einmal und wurde ganz verlegen.

»Davon verstehe ich nichts zu erzählen«, erwiderte sie beinahe weinend, »und ich habe auch beinah nichts davon begriffen.«

»Du lügst! Es ist unmöglich, daß du nichts begriffen hast.«

»Von einer brünetten, vornehmen Dame erzählte er lange«, berichtete Sofja Matwejewna tief errötend; übrigens bemerkte sie, daß Warwara Petrowna blondes Haar hatte und jener Brünette absolut unähnlich war.
»Von einer Brünette? Was erzählte er denn? Nun, sprich!«
»Diese vornehme Dame sei in ihn sehr verliebt gewesen, das ganze Leben lang, zwanzig Jahre hindurch; aber sie habe immer nicht gewagt sich zu entdecken und habe sich vor ihm geschämt, weil sie schon sehr korpulent gewesen sei.«
»Der Dummkopf!« sagte Warwara Petrowna nachdenklich, aber kurz und entschieden.
Sofja Matwejewna weinte nun schon vollständig.
»Ich verstehe das nicht ordentlich zu erzählen, weil ich selbst in großer Angst um ihn war und nicht begreifen konnte, was er sagte, da er ein so kluger Mann ist . . .«
»Ob er klug ist, darüber hat ein so dummes Frauenzimmer wie du kein Urteil. Hat er dir seine Hand angeboten?«
Die Erzählerin fing an zu zittern.
»Hat er sich in dich verliebt? Sprich! Hat er dir seine Hand angeboten?« schrie Warwara Petrowna.
»Beinah kam es so heraus«, erwiderte jene weinend. »Aber ich hielt das alles nicht für Ernst, wegen seiner Krankheit«, fügte sie hinzu und schlug mit festem Blicke die Augen in die Höhe.
»Wie heißt du, mit Vor- und Vatersnamen?«
»Sofja Matwejewna.«
»Nun, so wisse denn, Sofja Matwejewna, daß dies das kläglichste, hohlste Menschlein ist . . . O Gott, o Gott, du hältst mich wohl für eine nichtswürdige Person?«
Die andere riß erstaunt die Augen auf.
»Für eine nichtswürdige Person, für eine Tyrannin, die ihm das Leben verdorben hat?«
»Wie könnte ich so etwas denken, da Sie doch selbst weinen!«
Warwara Petrowna hatte wirklich die Augen voll Tränen.
»Nun, setz dich, setz dich, fürchte dich nicht! Sieh mir noch einmal in die Augen, gerade in die Augen; warum bist du so rot geworden? Dascha, komm einmal her und sieh sie an:

Was meinst du, hat sie ein reines Herz? . . .« Und zu Sofja Matwejewnas Erstaunen, vielleicht sogar zu ihrem noch größeren Schreck, klopfte sie ihr plötzlich auf die Backe.
»Schade nur, daß du eine Närrin bist. Närrischer, als man es nach deinem Lebensalter erwarten sollte. Nun gut, liebes Kind; ich werde für dich sorgen. Ich sehe, daß das alles dummes Zeug ist. Wohne einstweilen hier in der Nähe; es soll eine Wohnung für dich gemietet werden, und auch Beköstigung sowie alles andere wirst du von mir erhalten . . . mittlerweile werde ich mich näher nach dir erkundigen.«
Sofja Matwejewna stotterte erschrocken, sie müsse ihre Reise baldigst fortsetzen.
»Du brauchst nirgend hinzureisen. Deine Bücher kaufe ich dir alle ab; bleib du nur hier! Schweig, ohne Widerrede! Wenn ich nicht gekommen wäre, hättest du ihn ja doch nicht verlassen?«
»Nein, um keinen Preis hätte ich ihn verlassen«, erwiderte Sofja Matwejewna leise in festem Tone und wischte sich die Tränen ab.
Doktor Salzfisch kam erst spät in der Nacht. Er war ein sehr achtbarer alter Herr und ein recht erfahrener Praktiker, der kürzlich bei uns wegen einer Verletzung seines Ehrgefühls mit seiner vorgesetzten Behörde in Streit geraten war und infolgedessen seine amtliche Stellung verloren hatte. Gleich von dieser Zeit an hatte Warwara Petrowna ihn aus aller Kraft zu protegieren begonnen. Er untersuchte den Kranken sorgfältig, stellte die nötigen Fragen und eröffnete der ungeduldig harrenden Warwara Petrowna, der Zustand des Patienten sei infolge einer eingetretenen Komplikation der Krankheit sehr bedenklich und man müsse sich sogar auf das Schlimmste gefaßt machen. Warwara Petrowna, die sich in zwanzig Jahren völlig in den Gedanken hineingelebt hatte, in nichts, was von Stepan Trofimowitsch persönlich ausgehe, könne etwas Ernstes und Entscheidendes enthalten sein, war tief erschüttert; sie wurde sogar blaß.
»Ist wirklich keine Hoffnung mehr?«

»Man kann nicht sagen, daß absolut keine Hoffnung mehr wäre, aber . . .«
Sie legte sich die ganze Nacht nicht schlafen und konnte kaum den Morgen erwarten. Sobald der Kranke die Augen aufschlug und zu sich kam (er war zu jener Zeit noch bei Bewußtsein, wiewohl er von Stunde zu Stunde schwächer wurde), trat sie mit sehr entschlossener Miene zu ihm:
»Stepan Trofimowitsch, man muß auf alles vorher bedacht sein. Ich habe nach dem Geistlichen geschickt. Sie haben eine Pflicht zu erfüllen . . .«
Da sie seine Überzeugungen kannte, so fürchtete sie sehr eine Weigerung. Er sah sie erstaunt an.
»Unsinn, Unsinn!« rief sie, da sie meinte, er weigere sich bereits. »Jetzt ist nicht die richtige Zeit für leichtfertige Streiche. Sie haben genug Torheiten getrieben.«
»Aber . . . bin ich etwa schon so krank?«
Er willigte nachdenklich ein. Und überhaupt erfuhr ich später von Warwara Petrowna mit großem Erstaunen, daß er sich vor dem Tode gar nicht gefürchtet habe. Vielleicht glaubte er einfach nicht an die Nähe desselben und hielt seine Krankheit immer noch für unbedeutend.
Er beichtete und kommunizierte sehr bereitwillig. Alle, auch Sofja Matwejewna und sogar die Diener kamen, um ihm zum Empfange des heiligen Abendmahles Glück zu wünschen. Alle ohne Ausnahme weinten still beim Anblikke seines abgemagerten, welken Gesichtes und seiner blassen, zuckenden Lippen.
»Oui, mes amis, und ich wundere mich nur, daß Sie sich soviel Mühe und Sorge machen. Morgen werde ich wahrscheinlich aufstehen, und wir . . . werden wegfahren . . . Toute cette cérémonie . . . vor der ich natürlich alle gebührende Achtung habe . . . war . . .«
»Ich bitte Sie, Väterchen, jedenfalls bei dem Kranken zu bleiben«, sagte Warwara Petrowna zu dem Geistlichen, der bereits seinen Ornat abgelegt hatte, um fortzugehen. »Sobald Tee gebracht wird, bitte ich Sie, jedenfalls ein religiöses Gespräch zu beginnen, um seinen Glauben zu stärken.«

Der Geistliche sagte zu; alle saßen oder standen um das Bett des Kranken herum.
»In unserer sündigen Zeit«, begann der Geistliche, mit der Teetasse in der Hand, in gleichmäßigem Tone, »ist der Glaube an den Allerhöchsten die einzige Zuflucht des Menschengeschlechtes in allen Leiden und Nöten des Lebens; und ebenso ist die zuversichtliche Hoffnung auf die den Gerechten verheißene ewige Seligkeit . . .«
Stepan Trofimowitsch schien wieder ganz lebhaft zu werden; ein feines Lächeln spielte auf seinen Lippen.
»Mon père, je vous remercie, et vous êtes bien bon, mais . . .«
»Gar kein mais, überhaupt kein mais!« rief Warwara Petrowna, von ihrem Stuhle auffahrend. »Väterchen«, wandte sie sich an den Geistlichen, »das, das ist ein solcher Mensch, das ist ein solcher Mensch . . . nach einer Stunde wird er noch einmal beichten müssen! Sehen Sie, so ein Mensch ist das!«
Stepan Trofimowitsch lächelte ruhig.
»Meine Freunde«, sagte er, »Gott ist schon darum für mich notwendig, weil dies das einzige Wesen ist, das man lebenslänglich lieben kann . . .«
Ob er in Wirklichkeit gläubig geworden war, oder ob die erhabene Zeremonie der Vollziehung des Sakramentes ihn ergriffen und die künstlerische Empfänglichkeit seiner Natur angeregt hatte, mag dahingestellt bleiben; aber er sprach in festem Tone und, wie man sagt, mit vielem Gefühl einige Worte, die in direktem Widerspruch zu vielem standen, wovon er früher überzeugt gewesen war.
»Meine Unsterblichkeit ist schon deswegen mit Notwendigkeit anzunehmen, weil Gott nicht ein Unrecht begehen und das einmal in meinem Herzen entbrannte Feuer der Liebe zu Ihm nicht wird ganz auslöschen wollen. Und was ist kostbarer als die Liebe? Die Liebe steht höher als das Dasein; die Liebe ist die Krone des Daseins, und wie wäre es möglich, daß das Dasein ihr nicht untertan sein sollte? Wenn ich Ihn liebgewonnen und mich über meine Liebe gefreut habe, ist es da möglich, daß Er mich und meine Freude

auslöschen und uns in ein Nichts verwandeln sollte? Wenn Gott existiert, so bin auch ich unsterblich! Voilà ma profession de foi.«

»Gott existiert, Stepan Trofimowitsch; ich versichere Ihnen, daß Er existiert«, sagte Warwara Petrowna in flehendem Tone. »Wenn Sie doch wenigstens einmal im Leben all Ihre Dummheiten aufgeben und von sich werfen wollten!« (Sie hatte, wie es scheint, seine profession de foi nicht ganz verstanden.)

»Meine Freundin«, sagte er, immer lebhafter werdend, obgleich ihm die Stimme häufig versagte, »meine Freundin, da ich diese Geschichte von der darzubietenden Backe verstanden habe, so habe ich zugleich auch noch einiges verstanden. J'ai menti toute ma vie, mein ganzes, ganzes Leben lang! Ich möchte gern ... übrigens morgen ... Morgen werden wir alle wegfahren.«

Warwara Petrowna fing an zu weinen. Er suchte jemand mit den Augen.

»Da ist sie, hier ist sie!« sagte sie, indem sie Sofja Matwejewna an der Hand nahm und zu ihm führte. Er lächelte gerührt.

»Oh, ich möchte gern wieder leben!« rief er mit einem starken Anschwellen der Energie. »Jede Minute, jeder Augenblick des Lebens muß dem Menschen Glückseligkeit sein ... unfehlbar Glückseligkeit sein! Das so einzurichten, ist die eigene Pflicht des Menschen; das ist sein Gesetz, sein verborgenes, aber mit Sicherheit existierendes Gesetz ... Oh, ich würde gern Pjotr noch einmal sehen ... und sie alle ... auch Schatow!«

Ich bemerke, daß über Schatow noch niemand etwas wußte, weder Darja Pawlowna noch Warwara Petrowna, nicht einmal Salzfisch, der zuletzt aus der Stadt gekommen war.

Stepan Trofimowitsch regte sich in krankhafter Weise immer mehr auf, mehr als ihm gut war.

»Schon der stete Gedanke daran, daß etwas unermeßlich viel Gerechteres und Glücklicheres existiert als ich, erfüllt mein ganzes Wesen mit unermeßlicher Rührung und – mit einem unermeßlichen Hochgefühl, oh, wer ich auch immer gewesen sein und was ich auch immer getan haben mag! Weit notwendiger als das eigene Glück ist es für den Menschen, zu wissen und jeden Augenblick daran zu glauben, daß es irgendwo bereits für alle und jeden ein vollkommenes, ruhiges Glück gibt . . . Das ganze Gesetz des menschlichen Daseins besteht nur darin, daß der Mensch sich immer vor etwas unermeßlich Hohem beugen kann. Wenn man die Menschen des unermeßlich Hohen beraubt, so werden sie nicht am Leben bleiben, sondern in Verzweiflung sterben. Das Unermeßliche und Unendliche ist dem Menschen ebenso notwendig wie der kleine Planet, auf dem er wohnt . . . O meine Freunde, Sie alle, alle: Es lebe der Große Gedanke! Der ewige, unermeßliche Gedanke! Jeder Mensch, wer er auch sei, muß sich vor der Tatsache beugen, daß der Große Gedanke existiert. Sogar für den dümmsten Menschen ist wenigstens irgend etwas Großes ein notwendiges Lebensbedürfnis. Pjotr . . . Oh, wie gern möchte ich sie alle wiedersehen! Sie wissen nicht, sie wissen nicht, daß auch in ihnen derselbe ewige Große Gedanke verborgen liegt!«

Doktor Salzfisch war bei der heiligen Handlung nicht zugegen gewesen. Als er jetzt eintrat, bekam er einen Schreck und trieb die Versammlung auseinander, indem er darauf bestand, der Kranke müsse vor Aufregung bewahrt werden.

Stepan Trofimowitsch verschied drei Tage darauf, aber bereits in völliger Bewußtlosigkeit. Er erlosch still wie ein zu Ende gebranntes Licht. Warwara Petrowna ließ das Totenamt für ihn an Ort und Stelle halten und überführte dann den Körper ihres armen Freundes nach Skworeschniki. Sein Grab befindet sich auf dem die Kirche umgebenden Friedhofe und ist bereits mit einer Marmorplatte bedeckt. Die Anbringung einer Inschrift und die Aufstellung eines Gitters sind bis zum Frühjahr verschoben.

Warwara Petrownas Abwesenheit aus der Stadt dauerte im ganzen acht Tage. Mit ihr zusammen, neben ihr im Wagen sitzend, kam auch Sofja Matwejewna an, um, wie es scheint, für immer bei ihr zu wohnen. Ich bemerke, daß, sowie

Stepan Trofimowitsch das Bewußtsein verloren hatte (was noch an demselben Vormittage geschah), Warwara Petrowna sofort Sofja Matwejewna wieder entfernte, ganz aus dem Hause hinaus, und den Kranken persönlich und allein bis zu seinem Ende pflegte, daß sie sie aber, sowie er den Geist aufgegeben hatte, wieder herbeirief. Sofja Matwejewna war über den Vorschlag (richtiger: Befehl), für immer nach Skworeschniki überzusiedeln, sehr erschrocken; aber Warwara Petrowna wollte auf keine Einwendungen hören.

»Das ist lauter dummes Zeug! Ich werde selbst mit dir zusammen Neue Testamente verkaufen gehen. Ich habe jetzt niemand mehr auf der Welt.«

»Sie haben ja doch noch Ihren Sohn«, bemerkte Salzfisch.

»Ich habe keinen Sohn!« erwiderte Warwara Petrowna kurz – und das war gewissermaßen eine Prophezeiung.

## ACHTES KAPITEL

### *Schluß*

Alles, was an Ungebührlichkeiten und Verbrechen begangen war, kam mit großer Geschwindigkeit an den Tag, weit schneller, als es Pjotr Stepanowitsch vorausgesetzt hatte. Die Sache begann damit, daß die unglückliche Marja Ignatjewna in der Nacht, in der ihr Mann ermordet war, vor Tagesgrauen aufwachte, nach ihm hinfaßte und in unbeschreibliche Aufregung geriet, als sie ihn nicht neben sich sah. Es war damals zur Nacht eine von Arina Prochorowna angenommene Wärterin bei ihr. Diese vermochte sie schlechterdings nicht zu beruhigen und lief, sobald es hell wurde, um Arina Prochorowna selbst zu holen, indem sie der Kranken versicherte, die wisse, wo ihr Mann sei, und wann er zurückkehren werde. Inzwischen befand sich Arina Prochorowna ebenfalls in Sorge: Sie wußte bereits durch ihren Mann von der nächtlichen Tat in Skworeschniki. Er war schon zwischen zehn und elf Uhr abends nach Hause zurückgekehrt, in schrecklichem Zustande und Aussehen; die Hände ringend warf er sich, mit dem Gesicht nach unten, auf das Bett und sagte, von konvulsivischem Schluchzen erschüttert, einmal über das andere: »Das ist nicht das Richtige; das ist gar nicht das Richtige!« Selbstverständlich endete die Sache damit, daß er der hinzukommenden Arina Prochorowna alles gestand, übrigens nur ihr allein im ganzen Hause. Diese ließ ihn auf dem Bette liegen, nachdem sie ihm streng eingeschärft hatte, wenn er schluchzen wolle, so solle er das Gesicht ins Kissen drücken, damit es nicht zu hören sei; sie fügte hinzu, er werde ein Dummkopf sein, wenn er sich morgen etwas anmerken ließe. Sie selbst jedoch dachte über das Ereignis ernstlich nach und begann sogleich, für jeden Fall Vorkehrungen zu treffen: Anstößige Papiere und Bücher, vielleicht sogar Proklamationen, versteckte oder vernichtete sie schleunigst. Darauf kam sie zu der Ansicht, daß eigentlich sie, ihre Schwester, ihre Tante, die Studentin und vielleicht auch ihr langohriger Bruder nichts zu fürchten hätten. Als am Morgen die Krankenwärterin zu ihr gelaufen kam, ging sie, ohne sich zu besinnen, zu Marja Ignatjewna. Sie wollte gern so bald als möglich feststellen, ob das wahr sei, was ihr gestern ihr Mann, vor Angst sinnlos, beinah fieberhaft phantasierend, zugeflüstert hatte: Daß Pjotr Stepanowitsch im gemeinsamen Interesse auf einen Selbstmord Kirillows rechne.

Aber sie kam zu Marja Ignatjewna bereits zu spät: Als diese die Wärterin fortgeschickt hatte und allein geblieben war, hatte sie es nicht mehr aushalten können, war vom Bette aufgestanden, hatte sich ein paar Kleidungsstücke, wie sie ihr gerade in die Hand kamen, angezogen, wie es scheint, sehr leichte und für die Jahreszeit nicht passende, und hatte sich selbst in das Seitengebäude zu Kirillow begeben, in der Vorstellung, er werde ihr vielleicht noch am ehesten etwas über ihren Mann mitteilen können. Man kann sich vorstellen, wie das, was sie dort erblickte, auf die Wöchnerin wirkte. Beachtenswert ist, daß sie das von Kirillow vor seinem Selbstmorde geschriebene Dokument, das offen auf dem Tische lag, nicht las, gewiß, weil sie es in ihrem

Schrecken übersehen hatte. Sie eilte in ihr Zimmer zurück, ergriff das Kind und ging mit ihm aus dem Hause auf die Straße. Der Morgen war feucht, und es herrschte ein dichter Nebel. Auf Passanten stiß sie in einer so öden Straße nicht. Atemlos lief sie durch den kalten, morastigen Schmutz immer weiter und begann schließlich an die Häuser zu klopfen; in dem einen Hause wurde ihr nicht geöffnet; auch beim zweiten dauerte es ihr zu lange, und sie stürzte ungeduldig weiter und begann am dritten zu pochen. Dies war das Haus unseres Kaufmanns Titow. Hier rief sie große Aufregung hervor; sie jammerte und versicherte in unzusammenhängenden Worten, daß ihr Mann ermordet sei. Schatow und zum Teil auch seine Lebensgeschichte waren der Familie Titow einigermaßen bekannt: Sie waren bestürzt und erschrocken, daß die Frau, die nach ihrer Angabe eben erst tags zuvor niedergekommen war, in solchem Anzuge und bei solcher Kälte auf den Straßen umherlief, mit dem kaum eingehüllten kleinen Kinde auf dem Arme. Sie dachten zuerst, das seien bei ihr nur Fieberphantasien, um so mehr, da sie schlechterdings nicht herausbringen konnten, wer denn nun eigentlich ermordet sei: Kirillow oder ihr Mann. Da sie merkte, daß man ihr nicht glaubte, wollte sie weiterlaufen; aber man hielt sie mit Gewalt fest, wobei sie schrecklich geschrien und sich gewehrt haben soll. Man begab sich nach dem Filippowschen Hause, und zwei Stunden darauf waren Kirillows Selbstmord und der Zettel, den er vor seinem Tode geschrieben hatte, in der ganzen Stadt bekannt. Die Polizei kam zu der Wöchnerin, die noch bei Besinnung war; hierbei stellte sich auch heraus, daß sie Kirillows Zettel nicht gelesen hatte; woraus sie aber eigentlich geschlossen hatte, daß auch ihr Mann ermordet sei, das war aus ihr nicht herauszubekommen. Sie schrie nur, wenn der ermordet sei, dann sei auch ihr Mann ermordet; die beiden seien zusammengewesen. Gegen Mittag verfiel sie in Bewußtlosigkeit, aus der sie nicht mehr wieder zu sich kam; nach drei Tagen starb sie. Das Kind, welches sich erkältet hatte, war noch vor ihr verschieden. Arina Prochorowna, welche Marja Ignatjewna und das Kind nicht im Zimmer gefunden hatte und merkte, daß da etwas Schlimmes vorgegangen war, wollte schon zu sich nach Hause zurücklaufen, blieb aber doch noch am Tore stehen und schickte die Krankenwärterin zu dem Herrn im Seitengebäude, um zu fragen, ob etwa Marja Ignatjewna bei ihm sei oder er etwas von ihr wisse. Die Abgesandte kehrte zurück und erhob ein entsetzliches Geschrei, das in der ganzen Straße zu hören war. Arina Prochorowna redete auf sie ein, sie solle nicht schreien und niemandem etwas sagen, mit der merkwürdigen Begründung, sie werde sonst streng bestraft werden; sie selbst schlich von dem Hause fort.

Selbstverständlich wurde sie, als die frühere Hebamme der Wöchnerin, noch an demselben Vormittage von der Polizei vernommen; aber das Resultat war nur gering: Sie erzählte sehr verständig und kaltblütig alles, was sie selbst bei Schatow gesehen und gehört hatte; aber von dem stattgefundenen tragischen Ereignisse erklärte sie nichts zu wissen und nichts zu verstehen.

Man kann sich vorstellen, welche Aufregung sich der ganzen Stadt bemächtigte. Ein neues sensationelles Faktum, wieder ein Mord! Aber hier kam noch etwas anderes hinzu: Es stellte sich klar heraus, daß es wirklich eine geheime Gesellschaft von Mördern und Brandstiftern, Revolutionären und Aufrührern gab. Alles wurde in diesen Zusammenhang gebracht: Lisas schrecklicher Tod, die Ermordung der Frau Stawrogins, Stawrogin selbst, die Brandstiftung, der Ball zum Besten der Gouvernanten, die Zügellosigkeit, die in Julija Michailownas Umgebung geherrscht hatte ... Sogar in Stepan Trofimowitschs Verschwinden wollte man durchaus ein Rätsel sehen. Viel, sehr viel wurde über Nikolai Wsewolodowitsch geflüstert. Gegen Ende des Tages erfuhr man auch von Pjotr Stepanowitschs Abwesenheit und redete merkwürdigerweise gerade darüber am wenigsten. Aber am meisten sprach man an diesem Tage von einem »Senator«. Beim Filippowschen Hause stand den ganzen Vormittag über ein großer Haufe von Menschen. Die Behörde wurde durch Kirillows Zettel tatsächlich irregeführt. Man glaubte sowohl an die Ermordung Schatows durch Kirillow als auch an den Selbstmord des »Mörders«. Übrigens, wenn die Behörde auch im dunkeln tappte, so war dies doch nicht in jeder Hinsicht der Fall. Das Wort »Park« zum Beispiel, das in Kirillows Zettel in unbestimmter Weise gebraucht worden war, brachte niemanden in Verwirrung, wie dies doch Pjotr Stepanowitsch erwartet hatte. Die Polizei eilte sofort nach Skworeschniki, und zwar nicht allein deswegen, weil dort ein Park war, während es sonst bei uns an keinem anderen Orte einen solchen gab, sondern auch von einer Art Instinkt geleitet, da alle Schrecknisse der letzten Tage entweder direkt oder indirekt mit Skworeschniki verknüpft gewesen waren. Das war wenigstens meine Vermutung. (Ich bemerke, daß Warwara Petrowna am frühen Morgen, ohne von etwas zu wissen, auf die Suche nach Stepan Trofimowitsch weggefahren war.) Der Leichnam wurde aufgrund einiger Spuren noch an demselben Tage gegen Abend im Teiche entdeckt; an der Stelle des Mordes selbst war Schatows Mütze gefunden worden, die die Mörder dort mit erstaunlichem Leichtsinn vergessen hatten. Die polizeiliche und ärztliche Untersuchung des Leichnams sowie einige Anhaltspunkte, die sich gleich von vornherein ergeben hatten, ließen den Verdacht entstehen, daß Kirillow Mitschuldige gehabt haben müsse. Es ergab sich die Existenz einer geheimen Schatow-Kirillowschen Gesellschaft, die mit den Proklamationen zu tun hatte. Aber wer waren diese Mitschuldigen? Von den »Unsrigen« hatte man an jenem Tage noch keinen einzigen in Verdacht. Man erfuhr, daß Kirillow so zurückgezogen und einsiedlerisch gelebt habe, daß, wie in dem Zettel angegeben war, Fedka, den man überall so eifrig gesucht hatte, bei ihm so viele Tage unbemerkt habe logieren können ... Am peinlichsten war es allen, daß sich aus all diesem Wirrwarr kein größerer, zusammenhängender Komplex entnehmen ließ. Man kann sich schwer vorstellen, zu welchen Schlußfolgerungen und zu welcher Gedankenverwirrung schließlich unsere in panischen Schrecken geratene Gesellschaft gelangt wäre, wenn sich nicht plötzlich, gleich am andern Tage, alles aufgeklärt hätte, und zwar durch Ljamschin.

Er hielt es nicht aus. Es geschah mit ihm das, was auch Pjotr Stepanowitsch zuletzt geahnt hatte. Der Obhut Tolkatschenkos und demnächst Erkels anvertraut, hatte er den ganzen folgenden Tag anscheinend friedlich, mit dem Gesichte nach der Wand zu, im Bette gelegen, kein Wort geredet und kaum geantwortet, wenn zu ihm gesprochen wurde. Auf diese Weise hatte er den ganzen Tag über nichts von dem erfahren, was in der Stadt vorgegangen war. Aber Tolkatschenko, der von all diesen Vorgängen genaue Kenntnis besaß, kam gegen Abend zu dem Entschlusse, das Amt, das ihm Pjotr Stepanowitsch bei Ljamschin übertragen hatte, niederzulegen und sich aus der Stadt in den Kreis zu begeben, das heißt einfach davonzulaufen: In der Tat hatten sie alle den Verstand verloren, wie das Erkel von ihnen allen prophezeit hatte. Ich bemerke bei dieser Gelegenheit, daß auch Liputin an diesem selben Tage aus der Stadt verschwand, noch vor zwölf Uhr. Aber was diesen anlangt, so erhielt eigentümlicherweise von seinem Verschwinden die Behörde erst am Abend des folgenden Tages Kenntnis, als sie geradezu zur Befragung seiner Familie schritt, die über seine Abwesenheit in Angst war, aber aus Furcht geschwiegen hatte. Aber ich fahre über Ljamschin fort. Kaum war er allein geblieben (Erkel war im Vertrauen auf Tolkatschenkos Pflichttreue schon vorher zu sich nach Hause gegangen), als er sogleich aus dem Hause lief und selbstverständlich sehr bald den Stand der Dinge erfuhr. Ohne erst nach seiner Wohnung wieder heranzugehen, begann er ebenfalls blindlings davonzulaufen. Aber die Nacht war so dunkel und sein Unternehmen so schrecklich und mühevoll, daß er, nachdem er zwei oder drei Straßen durcheilt hatte, nach Hause zurückkehrte und sich die ganze Nacht einschloß. Wie es scheint, machte er gegen Morgen einen Selbstmordversuch, der jedoch nicht gelang. Er saß jedoch im verschlossenen Zimmer beinahe bis zum Mittage – und lief dann plötzlich zur Polizei. Man sagt, er sei auf den Knien herumgerutscht, habe geschluchzt, gewinselt, den Fußboden geküßt und geschrien, er sei nicht würdig, auch nur die Stiefel der vor ihm stehenden hohen Beamten zu küssen.

Man beruhigte ihn und behandelte ihn sogar freundlich. Das Verhör zog sich, wie man sagt, etwa drei Stunden lang hin. Er deckte alles auf, alles; er erzählte alle Geheimnisse, alles, was er wußte, mit allen Einzelheiten; er griff vor, konnte gar nicht schnell genug bekennen und teilte sogar Unnötiges mit und ungefragt. Es stellte sich heraus, daß er recht viel wußte und die Sache anschaulich darzustellen verstand. Die Tragödie mit Schatow und Kirillow, die Feuersbrunst, der Tod der Geschwister Lebjadkin und so weiter, dies alles trat dabei in die zweite Linie zurück; in die erste Linie trat Pjotr Stepanowitsch, die geheime Gesellschaft, die Organisation, das Netz. Auf die Frage, wozu denn so viele Mordtaten, Skandalgeschichten und Schändlichkeiten begangen seien, antwortete er eilig und eifrig: zum Zwecke einer systematischen Erschütterung der Fundamente; zum Zwecke einer systematischen Zersetzung der Gesellschaft und aller Elemente; um alle zu entmutigen und aus allem einen Mischmasch zu machen und, wenn dann die Gesellschaft auf diese Weise ins Wanken gebracht, krank und matt, zynisch und ungläubig geworden sei, sich aber grenzenlos nach einem leitenden Gedanken und nach Selbsterhaltung sehne, sie auf einmal selbst in die Hand zu nehmen, indem man die Fahne der Empörung erhebe und sich auf ein ganzes Netz von Fünferkomitees stütze, die unterdes gewirkt, geworben und praktisch alle Kunstgriffe und alle schwachen Stellen, die man in Angriff nehmen könne, ausprobiert hätten. Er schloß damit, hier in unserer Stadt sei durch Pjotr Stepanowitsch nur ein erster Versuch der systematischen Herbeiführung einer solchen Unordnung gemacht worden; es sei damit sozusagen ein Programm der weiteren Aktionen, sogar als Muster für alle Fünferkomitees, aufgestellt worden. Dies sei sein (Ljamschins) eigener Gedanke und seine eigene Vermutung; man möge ihm das jedenfalls gedenken und möge in Betracht ziehen, in welcher offenherzigen, anständigen Weise er die ganze Sache klarlege, und daß er somit sogar auch künftig der Behörde werde gute Dienste leisten können. Auf die bestimmte Frage, ob es viele Fünferkomitees gebe, antwortete er, es gebe ihrer eine unendliche Menge; ganz Rußland sei mit einem Netze überdeckt; und obgleich er keine Beweise dafür beibrachte, so antwortete er, wie ich meine, doch ganz seiner Überzeugung gemäß. Er präsentierte nur ein im Auslande gedrucktes Programm der geheimen Gesellschaft und einen zwar nur im Unreinen, aber von Pjotr Stepanowitschs eigener Hand geschriebenen Entwurf, in welchem das System weiterer Aktionen entwickelt war. Es stellte sich heraus, daß Ljamschin das, was er über die Erschütterung der Fundamente gesagt hatte, buchstäblich aus diesem Blatte zitiert hatte, sogar ohne die Punkte und Kommata zu vergessen, obwohl er versicherte, daß das nur seine eigene Auffassung sei. Über Julija Michailowna äußerte er sich erstaunlich spöttisch und sogar ungefragt und vorgreifend dahin, sie sei ganz unschuldig, und man habe sie nur zum besten gehalten. Merkwürdig aber ist, daß er jede Beteiligung Nikolai Stawrogins an der geheimen Gesellschaft und jedes Einverständnis desselben mit Pjotr Stepanowitsch völlig in Abrede stellte. (Von den großartigen, sehr lächerlichen Hoffnungen, die Pjotr Stepanowitsch auf Stawrogin setzte, hatte Ljamschin nicht die entfernteste Ahnung.) Die Ermordung der Geschwister Lebjadkin war nach seiner Darstellung nur allein von Pjotr Stepanowitsch bewerkstelligt worden, ohne jede Beteiligung Nikolai Wsewolodowitschs, in der schlauen Absicht, diesen in ein Verbrechen hineinzuziehen und dadurch in Abhängigkeit von ihm (Pjotr Stepanowitsch) zu bringen. Aber statt Dankbarkeit, auf die Pjotr Stepanowitsch leichtsinnigerweise zuversichtlich gerechnet habe, habe er bei dem edeldenkenden Nikolai Wsewolodowitsch nur die höchste Entrüstung, ja sogar reine Verzweiflung hervorgerufen. Er schloß seine Aussagen über Stawrogin, wieder eilig und ungefragt, mit der offenbar absichtlichen Bemerkung, dieser sei eine außerordentlich wichtige Persönlichkeit; aber es liege da ein Geheimnis vor; er habe bei uns sozusagen inkognito gelebt, habe gewisse Aufträge, und es sei sehr möglich, daß er wieder von Petersburg zu uns komme (Ljamschin war davon überzeugt, daß Stawrogin in Petersburg sei), aber

dann bereits in ganz anderer Gestalt und in anderer Umgebung und in Begleitung von Persönlichkeiten, von denen man vielleicht auch bei uns bald zu hören bekommen werde; all das habe er von Pjotr Stepanowitsch gehört, dem geheimen Feinde Nikolai Wsewolodowitschs.
Ich mache hierzu eine Anmerkung. Zwei Monate später gestand Ljamschin, er habe Stawrogins Beteiligung absichtlich geleugnet in der Hoffnung, dieser werde ihn protegieren, ihm in Petersburg eine Milderung der Strafe um zwei Stufen auswirken und ihn für die Verschickung mit Geld und Empfehlungsbriefen ausstatten. Aus diesem Geständnisse geht hervor, daß er tatsächlich eine übermäßig hohe Meinung von Nikolai Stawrogin hatte.
An demselben Tage arretierte man selbstverständlich auch Wirginski und im Eifer auch gleich seine ganze Familie. (Arina Prochorowna, ihre Schwester, ihre Tante und sogar die Studentin sind jetzt schon längst wieder in Freiheit; man sagt sogar, auch Schigalew werde jedenfalls in kurzer Zeit entlassen werden, da er zu keiner Kategorie der Angeklagten gehöre; übrigens ist das vorläufig nur ein Gerede.) Wirginski war sofort und in allen Punkten geständig: Er lag krank und fieberte, als er arretiert wurde. Man sagt, er habe sich beinahe gefreut und gesagt, es sei ihm ein Stein vom Herzen gefallen. Es verlautet über ihn, er mache seine Aussagen jetzt offenherzig, aber sogar mit einer gewissen Würde und gebe keine einzige seiner »leuchtenden Hoffnungen« auf, verfluche aber gleichzeitig den politischen Weg (im Gegensatze zu dem sozialistischen), auf den er sich so unversehens und so leichtsinnig »durch den Wirbelsturm der zusammengekommenen Umstände« habe treiben lassen. Sein Verhalten bei der Ausführung des Mordes wird in einem für ihn günstigen Sinne beurteilt, und es scheint, daß auch er auf eine gewisse Milderung seines Schicksals rechnen kann. So behauptet man wenigstens bei uns.
Aber es wird kaum möglich sein, Erkels Los zu erleichtern. Gleich mit seiner Verhaftung hat er angefangen, zu schweigen oder nach Möglichkeit die Wahrheit zu verdrehen. Bis jetzt ist noch kein Wort der Reue von ihm zu erlangen

gewesen. Dabei aber hat er selbst bei den strengsten Richtern eine gewisse Sympathie für sich erweckt durch seine Jugend, durch seine Schutzlosigkeit, sowie durch die klarliegende Tatsache, daß er nur das fanatische Opfer eines politischen Verführers ist, vor allem aber durch sein bekannt gewordenes Betragen gegen seine Mutter, der er dauernd beinah die Hälfte seines kärglichen Gehaltes übersandt hat. Die Mutter wohnt jetzt bei uns; sie ist eine schwächliche, kranke Frau, die über ihre Jahre alt aussieht; sie weint viel und wälzt sich buchstäblich vor den Füßen der Richter umher, bei denen sie Fürbitte für ihren Sohn einlegt. Wie auch immer der Ausgang sein mag, aber Erkel bedauern bei uns viele.

Liputin wurde erst in Petersburg festgenommen, wo er ganze zwei Wochen gelebt hatte. Mit ihm war etwas fast Unglaubliches geschehen, das sich nur schwer erklären läßt. Man sagt, er habe einen Paß auf einen fremden Namen und die vollständige Möglichkeit ins Ausland zu entrinnen gehabt, habe auch sehr bedeutende Geldmittel mit sich geführt und sei trotzdem in Petersburg geblieben und nirgendshin weggereist. Eine Zeitlang hatte er nach Stawrogin und Pjotr Stepanowitsch gesucht; dann aber hatte er sich auf einmal dem Trunke und einem maßlos liederlichen Lebenswandel ergeben, wie ein Mensch, der allen gesunden Verstand und jedes Bewußtsein seiner Lage vollständig verloren hat. Er wurde in Petersburg betrunken in einem Bordell verhaftet. Es geht das Gerücht, er habe auch jetzt keineswegs den Mut verloren, lüge bei seinen Aussagen und bereite sich auf die bevorstehende Gerichtsverhandlung mit einer gewissen Feierlichkeit und hoffnungsvoll (?) vor; er beabsichtige, vor Gericht zu reden. Tolkatschenko, der irgendwo im Kreise zehn Tage nach seiner Flucht festgenommen ist, benimmt sich unvergleichlich viel angemessener, lügt nicht, macht keine Winkelzüge, sagt alles, was er weiß, sucht sich nicht weißzubrennen, gibt seine Schuld mit aller Bescheidenheit zu, neigt aber ebenfalls dazu, kunstvolle Reden zu halten; er spricht viel und gern, und wenn die Rede auf die Kenntnis des gewöhnlichen Volkes und seiner revolutionären (?) Elemente kommt, wirft er sich sogar in besondere Positur und hascht nach Effekt. Auch er beabsichtigt, wie man hört, vor Gericht zu reden. Überhaupt sind er und Liputin nicht besonders in Angst, was einem sonderbar erscheinen kann.

Ich wiederhole: Dieser Prozeß ist noch nicht beendet. Jetzt, drei Monate nach den Ereignissen, hat unsere Gesellschaft wieder Atem geschöpft, sich erholt, neue Kraft gesammelt und sich eine eigene Meinung gebildet, und zwar in der Weise, daß einige sogar Pjotr Stepanowitsch selbst beinah für ein Genie halten, mindestens für einen Menschen »mit genialen Fähigkeiten«. »Ein organisatorisches Talent!« sagen die Herren im Klub und heben dabei den Zeigefinger in die Höhe. Übrigens ist das alles sehr harmlos, und es sind auch nicht viele, die so reden. Andere sprechen ihm zwar hervorragende Fähigkeiten nicht ab, finden aber bei ihm eine vollständige Unkenntnis der Wirklichkeit, ein schreckliches Verranntsein in Theorien, eine ungeheuerliche, absurde Entwicklung nach einer Seite hin, mit einer sich davon herschreibenden außerordentlichen Leichtfertigkeit. Was seine moralischen Qualitäten anlangt, so sind darüber alle einer Meinung; hier ist kein Streit möglich.

Ich weiß wirklich nicht, wen ich noch erwähnen muß, um niemand zu vergessen. Mawriki Nikolajewitsch ist von hier irgendwohin für immer weggereist. Die alte Frau Drosdowa ist kindisch geworden . . . Es bleibt mir jedoch noch eine sehr traurige Geschichte zu erzählen. Ich beschränke mich dabei auf die Tatsachen.

Warwara Petrowna war bei ihrer Rückkehr in ihrem Stadthause abgestiegen. Nun stürmten alle Nachrichten, die sich aufgesammelt hatten, mit einem Male auf sie ein und erschütterten sie in furchtbarem Grade. Sie schloß sich allein ein. Es war Abend; alle waren müde geworden und legten sich früh schlafen.

Am Morgen übergab die Zofe mit geheimnisvoller Miene Darja Pawlowna einen Brief. Sie sagte, der Brief sei schon am vorhergehenden Tage gekommen, aber erst spät, als alle sich bereits zur Ruhe begeben gehabt hätten, so daß sie nicht gewagt habe, das Fräulein zu wecken. Er sei nicht mit der Post gekommen, sondern in Skworeschniki von einem Unbekannten dem Kammerdiener Alexej Jegorowitsch übergeben worden. Alexej Jegorowitsch habe ihn sofort selbst noch am vorhergehenden Abend nach der Stadt gebracht und ihr eingehändigt und sei sogleich wieder nach Skworeschniki zurückgefahren.

Darja Pawlowna betrachtete den Brief lange mit Herzklopfen und wagte ihn nicht zu erbrechen. Sie wußte, von wem er war: Nikolaí Stawrogin hatte ihn geschrieben. Sie las die Adresse auf dem Kuvert: »An Alexej Jegorowitsch, zur Übergabe an Darja Pawlowna, geheim.«

Da ist dieser Brief, Wort für Wort, ohne die geringste Korrektur der Stilfehler eines jungen russischen Edelmannes, der trotz aller seiner westeuropäischen Bildung das Russische nicht vollständig beherrschte:

»Liebe Darja Pawlowna!

Sie wollten einmal zu mir als Krankenwärterin und nahmen mir das Versprechen ab, Sie zu rufen, sobald es nötig sein werde. Ich fahre in zwei Tagen ab und komme nie mehr zurück. Wollen Sie mit?

Im vorigen Jahre habe ich wie Herzen das Bürgerrecht im Kanton Uri erworben, und niemand weiß dies. Ich habe dort schon ein kleines Haus gekauft. Ich besitze noch zwölftausend Rubel; wir wollen hinfahren und dort lebenslänglich wohnen bleiben. Ich will niemals von dort fortreisen.

Der Ort ist sehr langweilig, eine Schlucht; die Berge beschränken den Gesichtskreis und die Gedanken. Es ist ein sehr düsterer Platz. Ich habe das kleine Haus gekauft, weil es gerade zu haben war. Wenn es Ihnen nicht gefällt, werde ich es wieder verkaufen und in einer andern Gegend ein anderes kaufen.

Ich bin nicht wohl; aber ich hoffe, in der dortigen Luft meine Halluzinationen loszuwerden. Das ist physisch; mein Seelenleben kennen Sie; aber ob vollständig?

Ich habe Ihnen vieles aus meinem Leben erzählt. Aber nicht alles. Selbst Ihnen nicht alles! Apropos, ich erkenne an, daß

ich vor meinem Gewissen an dem Tode meiner Frau schuld bin. Ich habe Sie seitdem nicht gesehen, und daher erkenne ich es ausdrücklich an. Auch Lisaweta Nikolajewna gegenüber habe ich mich schuldig gemacht; aber das wissen Sie; das haben Sie alles beinah vorhergesagt.
Das Beste ist, Sie kommen nicht. Daß ich Sie zu mir rufe, ist eine große Gemeinheit. Und wozu sollten Sie auch Ihr Leben mit mir begraben? Sie sind mir lieb; es tat mir wohl, im Kummer neben Ihnen zu sein: Nur zu Ihnen konnte ich laut von mir selbst sprechen. Aber daraus folgt noch nichts. Sie haben sich selbst zur ›Krankenwärterin‹ bestimmt; das war Ihr Ausdruck; aber wozu wollen Sie ein so großes Opfer bringen? Beachten Sie auch, daß ich Sie nicht bedaure, wenn ich Sie rufe, und Sie nicht hochschätze, wenn ich auf Sie warte. Trotzdem aber rufe ich Sie und warte ich auf Sie. Jedenfalls muß ich von Ihnen Antwort haben, weil ich sehr bald abreisen muß. Nötigenfalls werde ich allein reisen.
Ich hoffe nichts von Uri. Ich reise einfach hin. Ich habe nicht mit Absicht einen so unfreundlichen Ort gewählt. In Rußland bin ich durch nichts gebunden; ich fühle mich in meinem Vaterlande ebenso fremd wie überall. Ich habe hier allerdings noch weniger gern gelebt als anderwärts; aber auch hier habe ich nichts hassen können!
Ich habe überall meine Kraft auf die Probe gestellt. Sie rieten mir das, damit ich mich kennenlernen möchte. Bei den Proben, die ich teils in meinem Interesse, teils bloß zur Schau anstellte, erwies sich meine Kraft, ebenso wie auch früher in meinem ganzen Leben, als unbegrenzt. Vor Ihren Augen habe ich die Ohrfeige ertragen, die mir Ihr Bruder versetzte; ich habe meine Ehe öffentlich bekannt. Aber wozu ich diese Kraft verwenden soll, das habe ich nie eingesehen und sehe ich auch jetzt nicht ein, trotz Ihrer Ermutigungen in der Schweiz, denen ich Glauben schenkte. Ich kann, ganz ebenso wie früher immer, wünschen, eine gute Tat zu tun, und empfinde von ihr Vergnügen; daneben aber habe ich auch den Wunsch, Schlechtes zu tun, und empfinde davon ebenfalls Vergnügen. Aber sowohl das eine wie das andere

Gefühl ist, gerade wie früher, immer nur sehr schwach, niemals bedeutend. Meinen Wünschen mangelt es an Energie; sie können mich nicht leiten. Auf einem Balken kann man über einen Fluß schwimmen, aber nicht auf einem Span. Das sage ich, damit Sie nicht denken, ich ginge mit irgendwelchen Hoffnungen nach Uri.

Wie früher gebe ich niemandem die Schuld. Ich habe es mit einem sehr ausschweifenden Leben versucht und in ihm meine Kräfte erschöpft. Aber ich bin kein Freund von Ausschweifungen und fand kein Gefallen daran. Sie haben mich in der letzten Zeit beobachtet. Wissen Sie wohl, daß ich sogar auf die alles verneinenden Unsrigen voll Haß blickte, weil ich sie um ihre Hoffnungen beneidete? Aber Sie hegten ohne Grund Befürchtungen; ich konnte kein Genosse dieser Menschen sein, mit denen ich nichts gemein hatte. Und es bloß zum Spotte, aus Bosheit sein, das konnte ich auch nicht, und zwar nicht weil ich mich vor der Lächerlichkeit gefürchtet hätte (die Lächerlichkeit kann mich nicht schrecken), sondern weil ich doch die Gewohnheiten eines anständigen Menschen habe und dieses Treiben mich anekelte. Aber wenn meine Bosheit und mein Neid gegen sie stärker gewesen wären, dann wäre ich vielleicht mit ihnen zusammen gegangen. Nun urteilen Sie selbst, wie leicht mir ums Herz war, und wie ich mich hin und her gewendet habe!

Liebe Freundin, Sie sanftes, hochherziges Geschöpf, das ich ganz verstanden habe! Vielleicht hegen Sie die phantastische Hoffnung, Sie könnten mir so viel Liebe geben und so viel Schönes aus Ihrer schönen Seele auf mich ausgießen, daß Sie imstande wären, eben dadurch mir endlich ein Ziel vor Augen zu stellen? Nein, seien Sie lieber vorsichtig; meine Liebe wird ebenso kleinlich sein wie ich selbst, und Sie werden unglücklich sein. Ihr Bruder hat zu mir gesagt, wer die Verbindung mit seinem Heimatlande verliere, der verliere auch seine Götter, das heißt all seine Ziele. Über alles kann man endlos hin und her streiten; aber ich habe immer nur Verneinung produziert ohne alle Hochherzigkeit und ohne alle Kraft. Selbst die Verneinung habe ich nicht eigentlich produziert. Alles war bei mir immer kleinlich und matt. Der hochherzige Kirillow vermochte seine Idee nicht zu ertragen und erschoß sich; aber ich sehe ja ein, daß er deswegen hochherzig war, weil er nicht seinen gesunden Verstand hatte. Ich kann nie den Verstand verlieren und kann nie an eine Idee in dem Grade glauben wie er. Ich kann mich mit einer Idee nicht einmal in solchem Grade beschäftigen. Niemals, niemals kann ich mich erschießen!

Ich weiß, daß ich mich töten, mich wie ein gemeines Insekt von der Erde wegfegen müßte; aber ich fürchte mich vor dem Selbstmorde, weil ich mich davor fürchte, hochherzig zu scheinen. Ich weiß, daß das wieder ein neuer Betrug sein würde, der letzte Betrug in einer endlosen Reihe ähnlicher. Was hätte es für einen Nutzen, sich selbst zu täuschen, nur um die Rolle des Hochherzigen zu spielen? Empörung und Schamgefühl kann es in meiner Seele niemals geben, folglich auch keine Verzweiflung.

Verzeihen Sie, daß ich so viel schreibe. Ich habe es unversehens getan und bin jetzt zur Besinnung gekommen. In Wahrheit sind hundert Seiten zu wenig und zehn Zeilen genug. Es genügen zehn Zeilen, um Sie als ›Krankenwärterin‹ zu mir zu rufen.

Ich wohne, seit ich fortgereist bin, auf der sechsten Station beim Bahnhofsvorsteher. Ich bin mit ihm vor fünf Jahren, zur Zeit meines tollen Lebens, in Petersburg bekannt geworden. Daß ich hier wohne, weiß niemand. Schreiben Sie mir durch seine Vermittlung. Ich lege seine Adresse bei.

Nikolai Stawrogin.«

Darja Pawlowna ging mit diesem Briefe sogleich zu Warwara Petrowna und zeigte ihn ihr. Diese las ihn und bat dann Darja hinauszugehen, um ihn noch einmal allein durchzulesen; aber sehr bald rief sie sie wieder zurück.

»Wirst du hinreisen?« fragte sie sie beinah schüchtern.

»Ja, ich werde hinreisen«, antwortete Darja.

»Mach dich fertig! Wir fahren zusammen!«

Darja blickte sie fragend an.

»Was soll ich jetzt hier tun? Ist nicht alles ganz gleich? Ich werde ebenfalls in Uri das Bürgerrecht erwerben und in der Schlucht leben . . . Sei unbesorgt; ich werde euch nicht stören.«

Sie fingen schnell an zu packen, um noch zum Mittagszuge zurechtzukommen. Aber es war noch keine halbe Stunde vergangen, als aus Skworeschniki Alexej Jegorowitsch eintraf. Er meldete, Nikolai Wsewolodowitsch sei plötzlich am Morgen mit dem Frühzuge angekommen und befinde sich in Skworeschniki, aber der Herr sei in einem solchen Zustande, daß er auf Fragen nicht antworte; er sei durch alle Zimmer hindurchgegangen und habe sich in seinen Wohnräumen eingeschlossen . . .

»Ich habe für richtig gehalten, ohne des Herrn Befehl herzufahren und Meldung zu tun«, fügte Alexej Jegorowitsch mit sehr bedeutsamer Miene hinzu.

Warwara Petrowna sah ihn durchdringend an und stellte keine Frage. Augenblicklich mußte der Wagen vorfahren. Sie fuhr mit Darja zusammen. Während der Fahrt soll sie sich häufig bekreuzt haben.

In Nikolai Wsewolodowitschs Wohnräumen waren alle Türen geöffnet, er selbst aber nirgends zu sehen.

»Ob der Herr vielleicht im Halbgeschoß ist?« äußerte der Diener Fomuschka vorsichtig.

Auffälligerweise waren nach den Wohnräumen des Herrn mehrere Diener hinter Warwara Petrowna hergegangen; die übrigen warteten alle im Saale. Niemals hätten sie es früher gewagt, sich eine solche Verletzung der Etikette zu erlauben. Warwara Petrowna sah es und schwieg.

Sie stiegen auch nach dem Halbgeschoß hinauf. Dort waren drei Zimmer; aber in keinem fanden sie ihn.

»Ob der Herr nicht dahin gegangen ist? sagte jemand und zeigte auf eine Tür, die nach der Giebelstube führte.

In der Tat war die sonst stets verschlossen gehaltene Tür zur Giebelstube jetzt geöffnet und stand sperrangelweit auf. Man mußte auf einer langen, sehr engen und furchtbar steilen Treppe bis fast unter das Dach hinaufsteigen. Dort war ebenfalls noch ein Zimmerchen.

»Ich gehe da nicht hinauf. Zu welchem Zwecke sollte er da

hinaufgestiegen sein?« sagte Warwara Petrowna, die sehr blaß geworden war, und sah sich nach den Dienern um. Diese sahen sie an und schwiegen. Darja zitterte.

Warwara Petrowna eilte die Treppe hinauf, Darja ihr nach. Aber kaum war sie in die Giebelstube getreten, als sie aufschrie und bewußtlos hinfiel.

Der Bürger des Kantons Uri hing dort gleich hinter der Tür. Auf einem Tischchen lag ein Stück Papier, auf dem mit Bleistift geschrieben war: »Es soll niemand beschuldigt werden; ich habe es selbst getan.« Ebendort auf dem Tischchen lag auch ein Hammer, ein Stück Seife und ein großer Nagel, der augenscheinlich als Reserve bereitgehalten war. Die starke seidene Schnur, an welcher sich Nikolai Wsewolodowitsch aufgehängt hatte, war offenbar nach sorgsamer Auswahl vorher beschafft und reichlich mit Seife eingerieben worden. Alles zeugte von vorbedachter Absicht und klarer Überlegung bis zum letzten Augenblicke.

Unsere Ärzte stellten nach der Sektion das Vorhandensein von Geistesstörung vollständig und mit aller Entschiedenheit in Abrede.

## DIE HANDELNDEN PERSONEN

*Familien und Personengruppen*

Warwára Petrówna Stawrógina: Generalswitwe, befreundet mit Stepán Trofímowitsch Werchowénski
Nikolái Wséwolodowitsch Stawrógin: ihr Sohn
Stepán Trofímowitsch Werchowénski: Dichter, Erzieher im Hause Stawrógin
Pjotr Stepánowitsch Werchowénski: sein Sohn

<table>
<tr><td>Iwán Schátow: relegierter Student<br>Dárja Páwlowna: Schwester von Iwán Schátow, Pflegekind von Warwára Stawrógina</td><td>} Kinder eines verstorbenen Dieners der Stawrógins</td></tr>
</table>

Márja Schátowa: Ehefrau von Iwán Schátow

Ignát Lebjádkin: ehemaliger Beamter einer Provinzbehörde
Márja Timoféjewna Lebjádkina: seine Schwester, spätere Frau Stawrógins

Sergéj Wassíljewitsch Lipútin: Gouvernementsbeamter
Madame Lipútina: seine Ehefrau

Wirgínski: Beamter
Arína Próchorowna Wirgínskaja: seine Ehefrau, Hebamme
Fräulein Wirgínskaja: seine Schwester
Schigaljów: Bruder von Arína Wirgínskaja

Praskówja Iwánowna Drosdówa: Generalswitwe, Jugendfreundin von Warwára Stawrógina
Lisawéta Nikolájewna Túschina: ihre Tochter aus erster Ehe
Mawríki Nikolájewitsch Drosdów: Artilleriehauptmann, Neffe des verstorbenen Generals Drosdów

Andréj Antónowitsch von Lembke: Gouverneur
Júlija Micháilowna von Lembke: seine Ehefrau, Tante von Lisawéta Túschina

*Handelnde und weitere erwähnte Personen in alphabetischer Reihenfolge*

Agáfja: Lipútins Dienstmädchen
Agáscha: Lieblingszofe von Warwára Stawrógina
Alexéj, Alexéj Jegórowitsch: Kammerdiener von Warwára Stawrógina
Alexéj Nílowitsch: s. Kiríllow
Alexéj Nílytsch: s. Kiríllow
Aljóna Frólowna: Wärterin von Lisawéta Túschina
Andréj Antónowitsch: s. von Lembke
Antón Lawréntjewitsch: Erzähler des Romans
Artémi Petrówitsch: s. Gagánow
Dárja, Dárja Páwlowna, auch Dáscha: Pflegekind von Warwára Stawrógina, Schwester von Iwán Schátow
Dáscha: s. Dárja Páwlowna
Drosdów, Mawríki Nikolájewitsch, auch Maurice: Artilleriehauptmann, Neffe des verstorbenen Generals Drosdów
Drosdówa, Frau: s. Drosdówa, Praskówja Iwánowna
Drosdówa, Fräulein: s. Túschina
Drosdówa, Praskówja Iwánowna: Generalswitwe, Jugendfreundin von Warwára Stawrógina
Erkel: Fähnrich
Fédka, Fjódor, Fjódor Fjódorowitsch: entsprungener Häftling aus Sibirien
Flibustjérow, Wassíli Iwánowitsch: Kommissar
Fómuschka: Dekorateur
Gagánow, Artémi Petrówitsch: Gardehauptmann a. D.
Harry, Prinz: s. Stawrógin, Nikolái Wséwolodowitsch
Iwán Óssipowitsch: Gouverneur, Amtsvorgänger von Lembkes
Jegórowitsch: s. Alexéj Jegórowitsch
Julie, Júlija, Júlija Micháilowna: s. von Lembke

Karmasínow, Semjón Jegórowitsch: Schriftsteller
Kiríllow, Alexéj Nílowitsch, auch Alexéj Nílytsch: Architekt, Bekannter von Iwán Schátow aus Petersburg
Lebjádkin, Ignát: ehemaliger Beamter einer Provinzbehörde
Lebjádkina, Márja Timoféjewna: Schwester von Ignát Lebjádkin, spätere Frau von Stawrógin
von Lembke, Andréj Antónowitsch: Gouverneur
von Lembke, Júlija Micháilowna, auch Julie: Ehefrau von Andréj von Lembke, Tante von Lisawéta Túschina
Lipútin, Sergéj Wassíljewitsch: Gouvernementsbeamter
Lipútina: Frau von Sergéj Lipútin
Lisa, Lise, Lisawéta, Lisawéta Nikolájewna: s. Túschina
Ljámschin: Postbeamter
Márja, Márja Ignátjewna: s. Schátowa
Márja, Márja Timoféjewna: s. Lebjádkina
Matrjóscha: Tochter von Stepanída Micháilowna
Maurice: s. Drosdów
Mawríki Nikolájewitsch: s. Drosdów
Nastásja, auch Stasie: Dienstmädchen von Stepán Werchowénski
Nicolas: s. Stawrógin
Nikolái, Nikolái Wséwolodowitsch: s. Stawrógin
Nílowitsch: s. Kiríllow
Nína Sawéljewna: Dienstmädchen
Pierre: s. Werchowénski, Pjotr Stepánowitsch
Pjotr, Pjotr Stepánowitsch: s. Werchowénski
Praskówja, Praskówja Iwánowna: s. Drosdówa
Schátow, Iwán: relegierter Student, Bruder von Dárja Páwlowna
Schátowa, Márja Ignátjewna: Ehefrau von Iwán Schátow
Schigaljów: Bruder von Arína Wirgínskaja
Sergéj Wassíljewitsch: s. Lipútin
Semjón Jakówlewitsch: Prophet
Stasie: s. Nastásja
Stawrógin, Nikolái Wséwolodowitsch, auch Nicolas, Prinz Harry: Sohn von Warwára Stawrógina

Stawrógina, Warwára Petrówna: Generalswitwe, befreundet mit Stepán Trofímowitsch Werchowénski
Stepán Trofímowitsch: s. Werchowénski
Stepanída Micháilowna: Näherin
Teljátnikow, Aljóscha: Sekretär des Gouverneurs
Tíchon: Erzpriester im Ruhestand
Timoféjewna: s. Lebjádkina
Tolkatschénko: Eisenbahnbediensteter
Túschina, Lisawéta Nikolájewna, auch Jelisawéta, Lisa, Lise, Fräulein Drosdówa: Tochter von Praskówja Drosdówa aus erster Ehe
Warwára Petrówna: s. Stawrógina
Werchowénski, Pjotr Stepánowitsch, auch Pierre: Sohn von Stepán Trofímowitsch Werchowénski
Werchowénski, Stepán Trofímowitsch: Dichter, ehemaliger Erzieher im Hause Stawrógin
Wirgínskaja, Arína Próchorowna: Frau von Wirgínski, Hebamme
Wirgínskaja, Fräulein: Schwester von Wirgínski
Wirgínski: Beamter

# INHALT

*Erster Teil*

*Zweiter Teil*

*Dritter Teil*

## ZU DIESER AUSGABE

insel taschenbuch 972: Dostojewski, Die Dämonen. Titel der russischen Originalausgabe: Besy. Geschrieben 1870–1871. Erstveröffentlichung: 1871–1872. Der Text folgt der Ausgabe: F. M. Dostojewski, Sämtliche Romane und Novellen in 25 Bänden. Übersetzt von Hermann Röhl. Insel Verlag Leipzig 1921/1922. Band 18 bis Band 20, unter dem Titel: *Die Teufel*. Unter diesem Titel erschien die 1. Auflage des vorliegenden insel taschenbuches. Von der 2. Auflage (1996) an erscheint dieser Roman unter dem Titel *Die Dämonen*.
Umschlagabbildung: Theodor Eberle, Berlin.

## Fjodor Michailowitsch Dostojewski
## im Insel Verlag

Sämtliche Romane und Erzählungen. 16 Bände in Kassette. Aus dem Russischen von Hermann Röhl und Karl Nötzel. it 961-976

- Band 1: Arme Leute. Roman. it 961 (nur lieferbar in Kassette)
- Band 2: Der Doppelgänger. Ein Petersburger Poem. Netotschka Neswanowa. it 962 (nur lieferbar in Kassette)
- Band 3: Onkelchens Traum. Aus der Chronik der Stadt Mordassow. Roman. it 963
- Band 4: Das Gut Stepantschikowo und seine Bewohner. Aus den Aufzeichnungen eines Unbekannten. Roman. it 964
- Band 5: Erniedrigte und Beleidigte. Ein Roman in vier Teilen. Mit einem Epilog. it 965
- Band 6: Aufzeichnungen aus einem Totenhause. it 966
- Band 7: Aus dem Dunkel der Großstadt. Aufzeichnungen. it 967
- Band 8: Der Spieler. Aus den Aufzeichnungen eines jungen Mannes. it 968
- Band 9: Schuld und Sühne. Roman. it 969
- Band 10: Der Idiot. Roman. it 970
- Band 11: Der lebenslängliche Ehemann. Erzählung. it 971
- Band 12: Die Teufel. Roman. it 972 (nur lieferbar in Kassette)
- Band 13: Werdejahre. Roman. it 973
- Band 14: Die Brüder Karamasow. Roman. Dritter und vierter Teil. 2 Bde. it 974
- Band 15: Der ehrliche Dieb. Und andere Erzählungen. it 975 (nur lieferbar in Kassette)
- Band 16: Der Traum eines lächerlichen Menschen. Und andere Erzählungen. it 976

*Einzelausgaben*

Aufzeichnungen aus einem Kellerloch. Aus dem Russischen von Hermann Röhl. Leinen

Bei Tichon. Aus dem Russischen übertragen und mit einem Vorwort von Wolfgang Kasack. it 1340

Der Großinquisitor. Übertragen und mit einem Nachwort von Rudolf Kassner. IB 149

Helle Nächte. Ein empfindsamer Roman. Aus dem Russischen von Hermann Röhl. Großdruck. it 2328

Die Sanfte. Eine phantastische Erzählung. Aus dem Russischen von Wolfgang Kasack. it 1138

Der Spieler. Aus den Aufzeichnungen eines jungen Mannes. Aus dem Russischen von Hermann Röhl. Leinen, it 1634 und Großdruck. it 2350

63/1/3.95

